袖珍日漢詞典

ポケット日中辞典

袖珍日漢詞典

ポケット日中辞典

陳　岩・蘇　華・胡傳乃　編

臺灣商務印書館發行

袖珍日漢詞典／陳岩, 蘇華, 胡博乃編. -- 臺灣
二版. -- 臺北市：臺灣商務, 2011.07
面 ； 公分
ISBN 978-957-05-2627-1(精裝)

1. 日語 2. 字典

803.132   100010836

袖珍日漢詞典
ポケット日中辞典

編　者◆陳岩　蘇華　胡傳乃

發行人◆施嘉明

總編輯◆方鵬程

責編◆劉秀英

出版發行：臺灣商務印書館股份有限公司
10660 台北市大安區新生南路三段十九巷三號
電話：(02)2368-3616
傳真：(02)2368-3626
讀者服務專線：0800056196
郵撥：0000165-1
E-mail：ecptw@cptw.com.tw
網路書店網址：www.cptw.com.tw
網路書店臉書：facebook.com.tw/ecptwdoing
臉書：facebook.com.tw/ecptw
部落格：blog.yam.com/ecptw

局版北市業字第 993 號
香港初版：1992 年 8 月
臺灣初版一刷：1993 年 3 月
臺灣二版一刷：2011 年 7 月
臺灣二版二刷：2013 年 5 月
定價：新台幣 370 元
本書經商務印書館(香港)有限公司授權出版

目　　錄

正文目錄　頁次

前　　言

　　本詞典是一部小型日漢雙語詞典,以港澳台和海外讀者爲主要對象,適應於一般日語學習者的需要。本詞典的主要特點是:一,收詞量大。這本區區五百多頁的五十開本袖珍詞典,收各種常用詞三萬有餘;二,詞目新。爲跟上社會前進、語言變遷之形勢,本詞典注意選取"活"語、新詞,對一些在日本社會已廣泛使用,但尚未被收入一般日文詞典的新詞,諸如「カラオケ」、「ボディコン」、「ミーハー」、「エイズ」等也儘量蒐集在中;三,釋義簡明。本詞典釋義力求簡單、扼要,對一詞多義的詞一般選擇主要,常用義項,除不設例不足以説明詞義者外,一般不設例證。

本詞典從編纂之日起，一直得到香港商務印書館編輯部的熱情關懷和具體指導，在此謹致謝忱。

本詞典經廣州外語學院副院長、中國日本語教學研究會副會長謝聯發先生審校，在此一併致謝。

在編纂本詞典過程中，編者雖兢兢業業，但仍惴惴不安，恐有謬誤貽害他人，誠望海內外方家、讀者賜教、斧政。

編　者

庚午年秋日識於大連

凡　例

　　一、本詞典的詞目按日語"五十音圖"的順序排列。活用詞的詞幹和詞尾之間用"·"號隔開。如：

　　　　た・べる　　あか・い

　　二、非外來語詞目用平假名表示，外來語詞目用片假名表示。

　　三、有漢字的詞目，其漢字括在［　］號內置於假名詞目之後。漢字詞目有兩種或兩種以上寫法時，分別表示出其不同寫法，中間用"·"號隔開。如：

　　　　［飛ぶ・跳ぶ］

　　四、外來語詞目的原詞括在［　］號內置於假名詞目之後，原詞不標明其語種。和式外來語或縮略式外來語不標示其原詞。

　　五、同一詞條有兩個或兩個以上詞解時，用詞解序號①②③……來表示其不同詞解。

　　詞解需要加以說明時，其說明部分括在（　）號內，置於詞解之前或之後。

　　同一詞解有幾種不同說法時，分別表示出其不同說法，并均加句號。但詞解的說明部分涉及到這幾種說法時，其不同說

法之間加逗號。

　　六、一詞條的詞解與另一詞條的詞解完全相同時,不標出其詞解,而用"→"號表示參看另一詞條。

　　七、本詞典的各詞條原則上不設例證,但在沒例證無法表示其意思時,則加例證。

　　例證前加"△"號,例證後附中文譯文,例證與譯文中間用"／"號隔開。

　　八、詞目在詞解說明和例證中出現時,用"～"號代替。但活用詞發生詞形變化時,則不用"～"號代替,而是將原文寫出。

　　九、本詞典正文中的省略號簡寫爲"…"。

　　十、詞性置於"〈 〉"號內。

　　同一詞條有幾個詞性,且因詞性不同而詞解不同時,用詞性序號Ⅰ、Ⅱ、Ⅲ……表示其不同詞性。

　　同一詞條有幾個詞性,但不同詞性的詞解相同時,其幾個詞性同時置於"〈 〉"號內,中間用"‧"號隔開。如:

〈名‧他サ〉

本詞典所設詞性略語如下:

〈名〉	名詞	〈代〉	代名詞
〈形〉	形容詞	〈形動〉	形容動詞
〈副〉	副詞	〈連体〉	連體詞
〈感〉	感嘆詞	〈連語〉	連語
〈接頭〉	接頭詞	〈接尾〉	接尾詞
〈接〉	接續詞	〈造語〉	構詞成分
〈助動〉	助動詞	〈補動〉	補助動詞

〈格助〉	格助詞	〈副助〉	副助詞
〈接助〉	接續助詞	〈終助〉	終助詞

〈自カ〉　　カ行變格自動詞

〈自サ〉　　サ行變格自動詞

〈他サ〉　　サ行變格他動詞

〈自五〉　　五段活用自動詞

〈他五〉　　五段活用他動詞

〈自上一〉　上一段活用自動詞

〈他上一〉　上一段活用他動詞

〈自下一〉　下一段活用自動詞

〈他下一〉　下一段活用他動詞

〈他下二〉　下二段活用他動詞

十一、本詞典所用略語如下：

(經)	經濟	(法)	法律
(史)	歷史	(地)	地理
(天)	天文	(軍)	軍事
(哲)	哲學	(理)	物理
(化)	化學	(醫)	醫學
(解)	解剖學	(建)	建築學
(動)	動物學	(植)	植物學
(生)	生物學	(數)	數學
(商)	商業	(電)	電學
(體)	體育	(樂)	音樂
(劇)	戲劇	(宗)	宗教
(佛)	佛教	(文)	文言

（俗）	俗語	（罵）	罵人語
（敬）	敬語	（謙）	謙語

あ　ア

ああ〈副〉那麼。那樣。

ああ〈感〉①〔嗚呼〕啊! 噯呀! 唉。②是。欸。

アークとう[アーク灯]〈名〉弧光燈。

アーケード[arcade]〈名〉拱廊。

アース[earth]〈名・自他サ〉地線。接地。

アーチ[arch]〈名〉①拱門。②彩門。

アートし[アート紙]〈名〉銅版紙。

アーモンド[almond]〈名〉扁桃。扁桃仁。

アール[are]〈名〉公畝。

あい[藍]〈名〉①〔植〕蓼藍。②〔染料〕藍靛。藍色。

あい[愛]〈名〉愛。愛情。

あいいれな・い[相容れない]〈連語〉不相容。

あいか[哀歌]〈名〉哀歌。

あいかぎ[合鍵]〈名〉另配的鑰匙。

あいかわらず[相変らず]〈副〉仍然。依舊。

あいがん[哀願]〈名・自サ〉哀求。乞求。

あいがん[愛玩]〈名・他サ〉玩賞。

あいきゃく[相客]〈名〉(偶爾)同桌的人。(旅舘)同室住宿的人。

あいきょう[愛嬌]〈名〉招人喜歡。(待人)殷勤。

あいくち[合口]〈名〉匕首。

あいけん[愛犬]〈名〉愛犬。喜歡狗。

あいこ[相子]〈名〉不分勝負。

あいこ[愛顧]〈名・他サ〉光顧。

あいご[愛護]〈名・他サ〉愛護。

あいこう[愛好]〈名・他サ〉愛好。

あいこく[愛国]〈名〉愛國。

あいことば[合言葉]〈名〉①口令。②口號。

あいさい[愛妻]〈名〉愛妻。

あいさつ[挨拶]〈名・自サ〉①寒暄。打招呼。②致辭。③回答。

あいじ[愛児]〈名〉愛子。

アイシャドー[eye-shadow]〈名〉眼影粉。

あいしゅう[哀愁]〈名〉傷感。悲哀。

あいしょう[相性]〈名〉緣分。性情相投。

あいしょう[愛称]〈名〉愛稱。

あいしょう[愛唱]〈名・他サ〉愛唱。

あいしょう[愛誦]〈名・他サ〉愛誦。

あいじょう[愛情]〈名〉愛。愛情。

あいじん[愛人]〈名〉情人。相好。

あいず[合図]〈名〉信號。

アイスキャンデー[ice-candy]〈名〉冰棍兒。

アイスクリーム[ice-cream]〈名〉冰淇凌。冰糕。

アイスホッケー[ice-hockey]〈名〉冰球。

あい・する[愛する]〈他サ〉愛。愛好。

あいせき[愛惜]〈名・他サ〉愛惜。

アイゼン[Eisen]〈名〉冰爪。

あいそ[愛想]〈名〉①和氣。②接待。招待。③恭維。④(在飯店)算帳。

あいぞう[愛憎]〈名〉愛憎。

アイソトープ[isotope]〈名〉同位素。

あいだ[間]〈名〉①之間。②間隔。③(人與人)關係。

あいたい・する[相対する]〈自サ〉①相對。②對峙。

あいだがら[間柄]〈名〉(人與人的)關係。

あいちゃく[愛着]〈名・自サ〉眷戀。

あいつ[代]那傢伙。

あいつ・ぐ[相次ぐ]〈自五〉相繼。

あいづち[相槌]〈名〉應聲(稱是)。

あいて[相手]〈名〉①夥伴。②對象。③對手。

アイデア[idea]〈名〉主意。構思。想法。念頭。

あいとう[哀悼]〈名・他サ〉哀悼。

あいどく[愛読]〈名・他サ〉愛讀。

アイドル[idol]〈名〉偶像。崇拜對象。

あいにく[生憎]〈副・形動〉不巧。

アイヌ[Ainu]〈名〉阿伊努人。

あいのり[相乗り]〈名・自サ〉騎自行車帶人。搭伙乘出租車。

あいば[愛馬]〈名〉愛馬。

アイバンク[eyebank]〈名〉眼球銀行。

あいびき[逢引]〈名・自サ〉幽會。

あいぶ[愛撫]〈名・他サ〉愛撫。撫摩。

あいぼう[相棒]〈名〉夥伴。

あいま[合間]〈名〉間隙。空隙。

あいまい[曖昧]〈形動〉曖昧。含糊。模糊。

あいまって[相俟って]〈連語〉①相得（益彰）。②正趕上。

あいみたがい[相身互い]〈名〉①同病相憐。②互相幫助。

あいもち[相持ち]〈名〉①平均負擔。分擔。②輪換拿。替換拿。

あいよう[愛用]〈名・他サ〉愛用。

あいよく[愛欲]〈名〉情慾。

あいらし・い[愛らしい]〈形〉可愛。

アイルシート[aisle seat]〈名〉(列車、飛機等)過道旁的座席。

あいろ[隘路]〈名〉隘路。難關。

アイロン[iron]〈名〉熨斗。烙鐵。

あ・う[会う・遭う]〈自五〉①見面。會面。②碰見（人）。③遇到（事）。

あ・う[合う]Ⅰ〈自五〉①適合。②一致。③對。準確。④合算。Ⅱ〈接尾〉互相。相互。

アウト[out]〈名〉(棒球)出局。(網球等)出界。

アウトウエア[outwear]〈名〉外套。上衣。

アウトオブファッション[out of fashion]〈名〉過時。不時髦。

アウトドア[out door]〈名〉戶外。野外。

アウトライン[outline]〈名〉輪廓。概要。

あえ・ぐ[喘ぐ]〈自五〉①喘。②挣扎。

あえて[敢えて]〈副〉①敢。勉强。②(下接否定)毫不。並(不)。

あえな・い[敢えない]〈形〉脆弱。悲慘。

あえもの[和物]〈名〉拌菜。

あ・える[和える]〈他下一〉拌(菜)。

あえん[亜鉛]〈名〉鋅。

あえんか[亜鉛華]〈名〉氧化鋅。

あお[青]〈名〉藍。青。綠。

あお-[青]〈接頭〉①藍。青。②年輕。未成熟。

あおあお[青青]〈副・自サ〉蔚藍。青青。綠油油。

あお・い[青い]〈形〉①藍。青。綠。②(臉色)發青。蒼白。③未成熟。

あおい[葵]〈名〉葵(葵科植物總稱)。

あおいきといき[青息吐息]〈名・自サ〉長吁短嘆。

あおうめ[青梅]〈名〉青梅。

あおかび[青黴]〈名〉青霉。

あおぎり[青桐]〈名〉梧桐。

あお・ぐ[仰ぐ]〈他五〉①仰。仰望。②仰慕。敬仰。③請求。仰仗。④飲。服(毒)。

あお・ぐ[扇ぐ]〈他五〉搧。

あおくさ[青草]〈名〉青草。

あおくさ・い[青臭い]〈形〉①青草(菜)味兒。②乳臭未乾。

あおざ・める[青ざめる]〈自下一〉(臉色)發青。

あおじゃしん[青写真]〈名〉藍圖。

あおじろ・い[青白い]〈形〉青白。(臉色)蒼白。

あおしんごう[青信号]〈名〉(交通)綠燈。

あおすじ[青筋]〈名〉青筋。

あおぞら[青空]〈名〉藍天。晴空。

あおだいしょう[青大将]〈名〉黃頷蛇。

あおだけ[青竹]〈名〉青竹。

あおな[青菜]〈名〉青菜。

あおにさい[青二才]〈名〉小毛孩子。

あおのり[青海苔]〈名〉滸苔。

あおば[青葉]〈名〉嫩葉。綠葉。

あおぶく・れ[青膨れ]〈名〉(臉)青腫。

あおみどろ[水綿]〈名〉水綿。

あおむ・く[仰向く]〈自五〉仰。臉朝上。

あおむけ[仰向け]〈名〉仰。仰面朝天。

あおむし[青虫]〈名〉菜青蟲。

あおもの[青物]〈名〉青菜。蔬菜。

あおり[煽り]〈名〉衝擊。影響。

あお・る[呷る]〈他五〉大口喝。

あお・る[煽る]Ⅰ〈自五〉(因風吹而)擺動。Ⅱ〈他五〉①搧。②吹動。③煽動。鼓動。④哄抬(物價)。⑤催(馬)。

あか[赤]〈名〉①紅。紅色。②完全。分明。△～の他人／毫不相干的人。陌生人。

あか[垢]〈名〉污垢。

あかあかと[赤赤と]〈副〉紅彤彤。熊熊。

あかあかと[明明と]〈副〉亮堂堂。

あか・い [赤い]〈形〉紅。

あがき [足掻き]〈名〉挣扎。

あかぎれ [皸]〈名〉(手腳)皸裂。

あが・く [足搔く]〈自五〉①挣扎。②焦躁。③徒勞。

あかご [赤子]〈名〉嬰兒。

あかざ [藜]〈名〉藜。

あかざとう [赤砂糖]〈名〉紅糖。

あかさび [赤錆]〈名〉紅銹。

あかし [証]〈名〉①證據。②證明清白。

あかじ [赤字]〈名〉①赤字。虧空。②(校對時訂正的)紅字。

アカシア [acacia]〈名〉洋槐。刺槐。

あかしお [赤潮]〈名〉(由微生物繁殖形成的)赤潮,紅潮。

あかしんごう [赤信号]〈名〉①(交通)紅燈。②危險信號。

あか・す [明かす]〈他五〉①說出,道破(人所不知的事)②過夜。

あか・す [飽かす]〈他五〉①使人厭膩。②(用「…に飽して」的形式)不惜。

あかちゃ・ける [赤茶ける]〈自下一〉(因日曬、褪色)發黃,發紅。

あかちゃん [赤ちゃん]〈名〉嬰兒。

あかつき [暁]〈名〉拂曉。

あがったり [上がったり]〈名〉(買賣等事業)要黃,要垮。

あかつち [赤土]〈名〉紅壤。紅土。

アカデミー [academy]〈名〉學會。科學院。藝術院。最高學府。

アカデミーしょう [アカデミー賞]〈名〉奧斯卡金像獎。

アカデミック [academic]〈形動〉學術性的。學究式的。

あかとんぼ [赤蜻蛉]〈名〉紅蜻蜓。

あがな・う [贖う]〈他五〉贖。賠償。

あかぬけ [垢抜け]〈名・自サ〉時髦。俏皮。

あかね [茜]〈名〉茜草。茜色。

あかはじ [赤恥]〈名〉出醜。

あかはた [赤旗]〈名〉紅旗。

あかぼう [赤帽]〈名〉①紅帽子。②(車站的)行李搬運工。

あかまつ [赤松]〈名〉紅松。

あかみ [赤身]〈名〉瘦肉。

あが・める [崇める]〈他下一〉崇拜。崇敬。

あからがお [赤ら顔]〈名〉(因日曬、飲酒)紅臉。

あからさま [形動]直截了當。露骨。

あから・める [赤らめる]〈他下一〉使…紅。

あかり [明り]〈名〉①光。亮兒。②燈。燈火。

あがり [上がり]〈名〉①向上。進步。②(價格)上漲。③(工作)完成情況。④收益。收成。⑤結束。

-あがり [上がり]〈接尾〉(接名詞後)①出身。②剛停。剛完。③上小學。

あがりぐち [上がり口]〈名〉門口。樓梯口。

あがりさがり [上がり下がり]〈名〉①(氣溫、物價的)昇降,漲落。②高低。起伏。

あがりめ [上がり目]〈名〉①吊眼角。②(物價)開始上漲。

あが・る [上がる]Ⅰ〈自五〉①登。上。②(手、頭、腰等)抬、舉、直。③昇(到空中)。④上,登(岸)。⑤(從浴池、游泳池等)上來。⑥進(屋)。⑦入(學)。⑧怯場,緊張。⑨收到(利益、效果)。⑩(情緒)高昂。⑪(價格)上漲。⑫(度數)上昇。⑬(本領、成績等)提高。⑭響起(聲音)。⑮完成。做完。⑯(費用)够用。⑰(雨)停。⑱(給神佛)上供。⑲(謙)去。Ⅱ〈他五〉(敬)吃。喝。吸(烟)。

あが・る [挙る]〈自五〉①揚名。②(犯人、證據)被抓到。

あが・る [揚る]〈自五〉(食物)炸好。

あかる・い [明るい]〈形〉①明亮。②鮮明。③開朗。快活。④(用「…に〜」的形式)熟悉。通曉。

あかるみ [明るみ]〈名〉①光亮處。②公開的地方。

あかんたい [亜寒帯]〈名〉亞寒帶。

あかんべい〈名〉(作)鬼臉。

あかんぼう [赤ん坊]〈名〉嬰兒。

あき [秋]〈名〉秋天。

あき [空き・明き]〈名〉①空隙。空兒。②閑暇。③空額。空座位。

あき [飽き]〈名〉厭膩。

あきあき・する[飽き飽きする]〈自サ〉厭煩。

あきかぜ[秋風]〈名〉秋風。

あきかん[空缶]〈名〉空罐。

あきぐち[秋口]〈名〉初秋。

あきす[空巣]〈名〉①空巢。空窩。②(人不在家的)空房子。△～ねらい/溜門賊。

あきたりな・い[飽き足りない]〈形〉不滿意。

あきち[空地]〈名〉空地。

あきっぽい[飽きっぽい]〈形〉没耐(常)性。

あきない[商い]〈名〉①生意。買賣。②營業額。

あきばこ[空箱]〈名〉空箱(盒)。

あきばれ[秋晴]〈名〉秋季的晴天。

あきびん[空瓶]〈名〉空瓶。

あきま[空間]〈名〉空房間。

あきめくら[明き盲]〈名〉睁眼瞎。

あきや[空家]〈名〉空(閑)房。

あきらか[明らか]〈形動〉分明。明顯。顯然。

あきらめ[諦め]〈名〉達觀。△～がいい/想得開。

あきら・める[諦める]〈他下一〉斷念。死心。

あ・きる[飽きる]〈自上一〉①厭煩。倦膩。②(接助詞連用形)……够。……膩。

あきれかえ・る[呆れ返る]〈自五〉十分驚訝。

アキレスけん[アキレス腱]〈名〉(解)跟腱。

あき・れる[呆れる]〈自下一〉驚愕。愕然。

あ・く[空く・明く]〈自五〉①出洞。開口。②空。空出。騰出。③空缺。④有空隙。有間隙。

あ・く[開く]〈自五〉①(門、窗、蓋子等)開。②(眼)睜開。(嘴)張開。③(商店)開門。開始營業。

あく[灰汁]〈名〉①灰水。鹹水。②澀味。③傾强。執拗。④俗氣。土氣。

あく[悪]〈名〉悪。邪(道)。

あくい[悪意]〈名〉悪意。歹意。

あくうん[悪運]〈名〉①悪運。②(做壞事不遭悪報)賊運。

あくえき[悪疫]〈名〉瘟疫。

あくかんじょう[悪感情]〈名〉悪感。

あくぎゃく[悪逆]〈名〉兇悪。

あくさい[悪妻]〈名〉悪妻。

あくじ[悪事]〈名〉壞事。

あくしつ[悪質]〈名〉①悪劣。②(質量)低劣。

あくしゅ[握手]〈名・自サ〉①握手。②和好。

あくしゅう[悪臭]〈名〉悪臭。

あくしゅう[悪習]〈名〉悪習。

あくじゅんかん[悪循環]〈名・自サ〉悪性循環。

アクション[action]〈名〉演技。△～ドラマ/打鬥劇。

あくしん[悪心]〈名〉歹意。邪念。

あくせい[悪性]〈名〉悪性。

あくせい[悪政]〈名〉苛政。

あくせく[齷齪]〈副・自サ〉①勞碌。忙碌。②拘泥瑣事。

アクセサリー[accessory]〈名〉①附屬品。②裝飾品。首飾。

アクセル[accelerator]〈名〉(汽車)加速器。

あくせんくとう[悪戦苦闘]〈名・自サ〉艱苦戰鬥。

アクセント[accent]〈名〉①重音。音調。②重點。

あくたい[悪態]〈名〉△～をつく/悪語傷人。

あくだま[悪玉]〈名〉壞人。壞蛋。

あくてんこう[悪天候]〈名〉壞天氣。

あくと[悪徒]〈名〉壞蛋。

あくど・い[形]①(顔色)過濃、艷。(味道)過膩。②(行爲、手段)悪劣。

あくとう[悪党]〈名〉悪棍。壞人。壞蛋。

あくどう[悪童]〈名〉壞孩子。

あくとく[悪徳]〈名〉不道德。

あくにん[悪人]〈名〉壞人。

あくば[悪罵]〈名・他サ〉痛罵。

あくび[欠伸]〈名・自サ〉哈欠。

あくひつ[悪筆]〈名〉難看的字。

あくひょう[悪評]〈名・他サ〉壊的評價。壊名聲。

あくふう[悪風]〈名〉壊風氣。

あくぶん[悪文]〈名〉難懂、拙劣的文章。

あくへい[悪弊]〈名〉惡習。陋習。

あくへき[悪癖]〈名〉壊毛病。

あくま[悪魔]〈名〉魔鬼。

あくまで[飽くまで]〈副〉堅決。堅持到底。

あくむ[悪夢]〈名〉噩夢。惡夢。

あぐ・む[倦む]〈自五〉(接動詞連用形)①厭倦。②難於。

あくめい[悪名]〈名〉臭名。

あくやく[悪役]〈名〉(劇)反面人物。

あくゆう[悪友]〈名〉壊朋友。

あくよう[悪用]〈名・他サ〉濫用。

あぐら[胡座]〈名〉△～をかく/盤腿坐。②高高在上。

あくらつ[悪辣]〈形動〉毒辣。

あくりょう[悪霊]〈名〉冤魂。

あくりょく[握力]〈名〉握力。

あくりょくけい[握力計]〈名〉握力器。

あくる[明くる]〈連体〉次。翌。

あくるとし[明くる年]〈名〉第二年。

あくるひ[明くる日]〈名〉第二天。

あけ[明け]〈名〉①天亮。②期滿。

あげあし[揚足]〈名〉△～をとる/抓話把兒。找碴兒。

あげおろし[上げ下ろし]〈名〉①装卸。②拿起放下。

あけがた[明け方]〈名〉黎明。

あげく[挙句]〈名〉結果。最終。

あけくれ[明け暮れ]Ⅰ〈名〉生活。Ⅱ〈副・自サ〉總是。

あけく・れる[明け暮れる]〈自下一〉埋頭。

あげしお[上潮]〈名〉漲潮。

あけすけ〈形動〉坦率。直率。

あけた・てる[開け閉てる]〈名・他サ〉開關(門)。

あけっぱなし[開けっ放し]Ⅰ〈名〉大敞大開。Ⅱ〈形動〉直率。

あげて[挙げて]〈副〉全。都。

あけのみょうじょう[明けの明星]〈名〉啓明星。

あげはちょう[揚羽蝶]〈名〉鳳蝶。

あけび[木通]〈名〉木通。野木瓜。

あけぼの[曙]〈名〉黎明。

あげもの[揚物]〈名〉油炸的食品。

あ・ける[明ける]〈自下一〉①天亮。②過年。③期滿。

あ・ける[空ける・明ける]〈他下一〉①開孔。打洞。②空開。騰出。倒出。③不在(家)。離開(座位)。

あ・ける[開ける]〈他下一〉①開。打開②開始營業。(劇)開場。③睜開。張開。

あ・げる[上げる]〈他下一〉①舉。抬。昇。②放(到空中)。③提高。加快。④取得。獲得。⑤完成。⑥讓進(客人)。⑦上供。⑧嘔吐。⑨大張(聲勢)。⑩讓…上學。⑪(從船上)卸貨。⑫揚(名)。⑬放(鞭)。⑭(敬)給。⑮(以較低費用)對付過去。

あ・げる[挙げる]〈他下一〉①舉行。列舉。推舉。②竭盡。③抓。逮捕。

あ・げる[揚げる]〈他下一〉油炸。

あけわた・す[明け渡す]〈他〉(把土地、房屋)讓出。

あけわた・る[明け渡る]〈自五〉天大亮。

あご[顎]〈名〉頷。下巴。

アコーデオン[accordion]〈名〉手風琴。

あこが・れる[憧れる]〈自下一〉憧憬。嚮往。

あごひげ[顎鬚]〈名〉鬚。山羊鬍子。

あこやがい[阿古屋貝]〈名〉珍珠貝。

あさ[麻]〈名〉麻。

あさ[朝]〈名〉早晨。

あざ[痣]〈名〉①痣。②(因跌打出現的)青腫。

あさ・い[浅い]〈形〉淺。

あさおき[朝起き]〈名・自サ〉早起。

あさがお[朝顔]〈名〉牽牛花。

あさかぜ[朝風]〈名〉晨風。

あさぎり[朝霧]〈名〉晨霧。

あさぐろ・い[浅黒い]〈形〉(皮膚)微黑。淺黑。

あざけ・る[嘲る]〈他五〉嘲笑。

あさせ[浅瀬]〈名〉淺灘。

あさって[明後日]〈名〉後天。

あさっぱら[朝っぱら]〈名〉△～から/大清早。

あさつゆ[朝露]〈名〉朝露。

あさね[朝寝]〈名・自サ〉睡早覺。

あさぼう[朝寝坊]〈名〉好睡早覺(的人)。

あさはか[浅はか]〈形動〉淺薄。膚淺。

あさばん[朝晩]〈名・副〉①早晚。②經常。

あさひ[朝日]〈名〉朝陽。旭日。

あさまし・い[浅ましい]〈形〉①卑鄙。可恥。②可憐。悽慘。

あざみ[薊]〈名〉(植)薊。

あさみどり[浅緑]〈名〉淺綠。

あざむ・く[欺く]〈他五〉①欺騙。②勝似。

あさめし[朝飯]〈名〉早飯。

あざやか[鮮やか]〈形動〉①鮮艷。鮮明。②精彩。漂亮。

あさやけ[朝焼け]〈名〉朝霞。

あさゆう[朝夕]〈名〉→あさばん。

あざらし[海豹]〈名〉海豹。

あさり[浅蜊]〈名〉蛤仔。玄蛤。

あさ・る[漁る]〈他五〉①(動物)找食。②獵取。搜集。

あざわら・う[嘲笑う]〈他五〉嘲笑。

あし[足・脚]〈名〉①(人、動物的)腿、脚。②(器物的)腿。(山)脚。③脚步。④來往。⑤交通。⑥△～が出る/△～を出す/出赤字。露馬脚。

あし[葦]〈名〉蘆葦。

あじ[味]〈名〉①味道。口味。②情趣。風味。③(體驗)滋味。

あじ[鰺]〈名〉竹莢魚。

アジ[agitation]〈名〉煽動。鼓動。

アジア[Asia]〈名〉亞洲。

あしあと[足跡]〈名〉①足跡。②業績。

あしおと[足音]〈名〉脚步聲。

あしか[海驢]〈名〉海驢。

あしがかり[足掛かり]〈名〉①脚手架。②線索。頭緒。

あしかけ[足掛け]〈名〉(計算時間)前後有。

あしかせ[足枷]〈名〉①脚鐐。桎梏。枷鎖。

あしがため[足固め]〈名〉做好準備。

あしからず[悪しからず]〈連語〉△どうか～/請不要見怪。

あしくび[足首]〈名〉脚脖子。

あしげ[足蹴]〈名〉踢。△恩人を～にする/恩將仇報。

あじけな・い[味気ない]〈形〉乏味。無聊。

あしこし[足腰]〈名〉腰腿。

あじさい[紫陽花]〈名〉繡球。八仙花。

あしざま[悪様]〈副〉惡意(中傷)。

アシスタント[assistant]〈名〉助手。助理。

あした[明日]〈名〉明天。

あしだい[足代]〈名〉車費。

あしだまり[足溜まり]〈名〉(登高時)立足處。(臨時)基地。據點。落脚處。

あしつき[足つき]〈名〉脚步。

あじつけ[味付け]〈名・他サ〉調味。

あしでまとい[足手纏い]〈名・形動〉累贅。

あしどめ[足留め]〈名〉禁止外出。困住。

あしどり[足取り]〈名〉①脚步。②蹤跡。

あしながばち[足長蜂]〈名〉長脚胡蜂。

あしなみ[足並]〈名〉脚步。步調。

あしならし[足慣らし]〈名・自サ〉練走路。練腿脚。

あしのうら[足の裏]〈名〉脚心。

あしのこう[足の甲]〈名〉脚背。

あじのもと[味の素]〈名〉味精。

あしば[足場]〈名〉①立足點。脚手架。②立脚感覺。③交通狀況。

あしばや[足早]〈形動〉脚步快。

あしぶみ[足踏み]〈名・自サ〉踏步。停滯。

あしまかせ[足任せ]〈名〉①信步。②儘量走。

あしまめ[足まめ]〈形動〉腿腳勤。

あしもと[足下]〈名〉①脚下。△～の明るいうちに/趁天未黑。②脚步。③處境。

あしら・う[あしらう]〈他五〉①接待。對待。應付。②點綴。搭配。

あじわい[味わい]〈名〉味道。趣味。

あじわ・う[味わう]〈他五〉①嘗。②欣賞。玩味。③體驗。

あす[明日]〈名〉①明天。②將來。

あずかり[預り]〈名〉①寄存。②保留。擱置。③存單。④看家人。

あずか・る[与る]〈自五〉①參與。②承蒙。

あずか・る[預かる]〈他五〉①收存。保管。②承擔。③擱置。

あずき[小豆]〈名〉小豆。

あず・ける[預ける]〈他下一〉①存。寄存。②託付。

アストロノート[astronaut]〈名〉宇航員。

アスパラガス[asparagus]〈名〉石刁柏。蘆筍。

アスピリン[Aspirin]〈名〉阿斯匹林。

アスファルト[asphalt]〈名〉瀝青。柏油。

あずまや[四阿]〈名〉亭子。

あせ[汗]〈名〉①汗。②反潮。

あぜ[畔]〈名〉田壟。

あせしらず[汗知らず]〈名〉爽身粉。

アセチレン[acetylene]〈名〉乙炔。電石氣。

アセテート[acetate]〈名〉醋酸纖維。

あせば・む[汗ばむ]〈自五〉微微出汗。

あせみず[汗水]〈名〉汗水。

あせも[汗疹]〈名〉痱子。

あせ・る[焦る]〈自五〉焦急。

あ・せる[褪せる]〈自下一〉褪色。

あぜん[啞然]〈形動〉啞然。

あそこ[代]那裏。那裡。那種地步。

あそび[遊び]〈名〉①玩兒。遊戲。②嫖賭。③(機器零件間的)游隙。

あそ・ぶ[遊ぶ]〈自五〉①玩兒。②嫖賭。③賦閑。④閑置(不用)。⑤遊學。

あだ[仇]〈名〉①仇。仇恨。②仇敵。③危害。

あたい[価・値]〈名〉①價值。價錢。②(數學)值。

あたい・する[値する]〈自サ〉值。值得。

あだうち[仇討]〈名・サ〉報仇。

あた・える[与える]〈他下一〉①給。授予。②分配。指定。③使蒙受。

あたかも[恰も]〈副〉好像。猶如。正好。正是。

あたたか・い[暖かい・温かい]〈形〉①暖和。溫暖。②熱情。寬裕。

あたた・まる[暖まる・温まる]〈自五〉暖和。溫暖。

あたた・める[暖める・温める]〈他下一〉①温。熱。燙。②重温(舊情)。③據爲己有。

あだな[渾名]〈名〉綽號。

あたふた[副・自サ]急忙。忽忙。

あたま[頭]〈名〉①頭。腦袋。②頭髮。③頭腦。腦筋。④頭目。⑤上部。頂端。⑥人數。

あたまうち[頭打]〈名〉①到頭兒。達到頂點。

あたまかず[頭数]〈名〉人數。

あたまから[頭から]〈副〉①從開始。②根本。

あたまきん[頭金]〈名〉定金。

あたまごし[頭越し]〈副〉①越過頭頂。②越級。

あたまごなし[頭ごなし]〈名〉不問情由。不分青紅皂白。

あたまでっかち[頭でっかち]〈名〉①大腦袋。②頭重腳輕。上大下小。③光說不練。

あたまわり[頭割]〈名〉均攤。

アダム[Adam]〈名〉(聖經)中的亞當。

あたらし・い[新しい]〈形〉新。新鮮。

あたらしがりや[新しがり屋]〈名〉趕時髦的人。

あたり[辺り]Ⅰ〈名〉附近。一帶。Ⅱ〈造語〉大約。

あたり[当り]Ⅰ〈名〉①觸感。②待人接物。③頭緒。④命中。中彩。⑤成功。Ⅱ〈造語〉平均。

あたりさわり[当り障り]〈名〉得罪人。妨礙。

あたりちら・す[当り散らす]〈自五〉要脾氣。撒氣。出氣。

あたりどし[当り年]〈名〉①豐收年。②走運之年。

あたりはずれ[当り外れ]〈名〉沒準兒。

あたりまえ[当り前]〈形動〉①當然。應該。②普通。平常。

あた・る[当る]〈自五〉①碰。撞。②命中。猜對。③成功。④(風)吹。(雨)淋。(日)曬。⑤中毒。受害。⑥對抗。⑦查。問。⑧相當於。位於。⑨…之際。⑩擔任。從事。⑪出氣。撒氣。

あちこち〈代〉①處處。到處。②(用「～になる」的形式)顛倒。

あちら〈代〉①那裏。②那個。③那位。

あっ〈感〉啊! 噯呀!

あつ・い[厚い・篤い]〈形〉①厚。②(情誼)深厚。③(病)篤,危。

あつ・い[暑い]〈形〉(天氣)熱。

あつ・い[熱い]〈形〉①(温度)熱。燙。②熱烈。

あつえん[圧延]〈名・他サ〉軋製。

あっか[悪化]〈名・自サ〉惡化。

あつかい[扱い]〈名〉①操作。使用。②接待。對待。待遇。③處理。辦理。調停。

あつか・う[扱う]〈他五〉①使用。操作。②處理。辦理。③對待。

あつかまし・い[厚かましい]〈形〉臉皮厚。不要臉。

あつがみ[厚紙]〈名〉厚紙。馬糞紙。

あつがりや[暑がり屋]〈名〉怕熱的人。

あつかん[熱燗]〈名〉燙酒。燙熱的酒。

あっかん[圧巻]〈名〉壓卷。壓軸。最精彩部分。

あっかん[悪漢]〈名〉惡棍。無賴。

あつぎ[厚着]〈名・自サ〉多穿。穿得厚。

あつくるし・い[暑苦しい]〈形〉悶熱。

あっけ[呆気]〈名〉目瞪口呆。發愣。發獃。

あっけな・い[呆気ない]〈形〉①不盡興。②很簡單。

あつさ[厚さ]〈名〉厚(度)。

あつさ[暑さ]〈名〉暑熱(的程度)。暑氣。

あっさく[圧搾]〈名〉壓榨。壓縮。

あっさつ[圧殺]〈名・他サ〉壓制。扼殺。

あっさり〈副・自サ〉①清淡。素淡。②爽快。坦率。③簡單。輕易。不費功。

あっし[圧死]〈名・自サ〉壓死。

あっしゅく[圧縮]〈名・他サ〉壓縮。

あっ・する[圧する]〈他サ〉壓倒。

あっせい[圧制]〈名・他サ〉壓迫。壓制。

あっせん[斡旋]〈名・他サ〉介紹。斡旋。

あつで[厚手]〈名〉(紙、布等)厚實。

あっとう[圧倒]〈名・他サ〉壓倒。勝過。

あっぱく[圧迫]〈名・他サ〉壓迫。壓制。

あっぱれ[天晴]Ⅰ〈形動〉漂亮。出色。Ⅱ

〈感〉好極了!

あっぷあっぷ〈副・自サ〉①溺水挣扎貌。②(比喻)陷入困境。

アップリケ[appliqué]〈名・自サ〉縫紉嵌花。補花。

アップルパイ[applepie]〈名〉蘋果餅。

あつまり[集り]〈名〉①聚集。匯集。②集會。會。③團體。

あつま・る[集まる]〈自五〉聚集。收集。匯集。

あつ・める[集める]〈他下一〉①召集。招集。②收集。搜集。③集中。

あつらえ[誂]〈名〉定做。

あつらえむき[誂向き]〈形動〉恰當。正合適。

あつら・える[誂える]〈他下一〉①定。定做。②點(菜)。

あつりょく[圧力]〈名〉壓力。

あつりょくけい[圧力計]〈名〉壓力表。

あてれき[軋轢]〈名〉傾軋。

あて[当]〈名〉目的。目標。指望。依靠。

-あて[宛]〈造語〉①(寄、發)給。②每。

あてが・う〈他五〉①給。分配。②緊貼。

あてこす・る[当て擦る]〈自五〉挖苦。指桑罵槐。

あてこ・む[当て込む]〈他五〉指望。期待。

あてさき[宛先]〈名〉收件人地址、姓名。

あてじ[当て字]〈名〉借用字。白字。

あてずいりょう[当て推量]〈名〉瞎猜。胡猜。

あてずっぽう[当てずっぽう]〈名〉瞎猜。胡猜。

あてつ・ける[当て付ける]〈他下一〉諷刺。指桑罵槐。

あてど[当て所]〈名〉目的地。目標。

あてな[宛名]〈名〉收件人住址、姓名。

あてはま・る[当て嵌る]〈自五〉適用。合適。

あては・める[当て嵌める]〈他下一〉應用。套用。

あでやか[艶やか]〈形動〉婀娜。華麗。

あてら・れる[当てられる]〈自下一〉艷羨(男女間的親熱勁兒)。

あ・てる[当てる]〈他下一〉①打。擊。②(抽)中。(猜)中。③(獲得)成功。④曬。烤。吹。淋。⑤貼上。挨近。⑥指派。⑦作為。當做。⑧墊上。鋪上。⑨指名。

あ・てる[宛てる]〈他下一〉寄給。發給。

あてレコ[当てレコ]〈名〉(電影、電視)配音複製。

あと[後]〈名〉①(位置)後邊。後頭。②(時間)以後。後來。③繼任者。④其它。此外。⑤將來的事。後事。⑥子孫。

あと[跡]〈名〉①痕跡。遺跡。②蹤跡。③家業。

あとあし[後足]〈名〉(動物的)後腿。

あとあじ[後味]〈名〉①(飲食後口中的)餘味。②回味。

あとおし[後押し]〈名・他サ〉①(在後面)推。②後盾。靠山。

あとがき[後書]〈名〉後記。

あとかた[跡形]〈名〉痕跡。形跡。

あとかたづけ[跡片付け]〈名・自サ〉收拾。整理。

あとがま[後釜]〈名〉後任。繼任。

あとくされ[後腐れ]〈名〉(事情的)後遺症。留下麻煩。

あとくち[後口]〈名〉① →あとあじ。②後面的(人、物)。③(順序)後面。

あどけな・い[形]天真。

あとさき[後先]〈名〉①前後。②先後。順序。③後果。

あとしまつ[跡始末]〈名〉① →あとかたづけ。②善後。

あとずさり[後退り]〈名・自サ〉倒退。後退。

あとつぎ[跡継ぎ]〈名〉繼承人。接班人。

あと・ける[跡づける]〈他下一〉探索。追尋。

あとのまつり[後の祭]〈連語〉馬後炮。雨後送傘。

アドバイザー[adviser]〈名〉顧問。

アドバイザリーコミッティー[advisory committee]〈名〉諮詢委員會。

アドバイス[advice]〈名・他サ〉勸告。建議。

あとばらい[後払い]〈名〉後付款。

アドバルーン[ad-balloon]〈名〉廣告氣球。

あとまわし[後回し]〈名〉推後。推遲。

あとめ[跡目]〈名〉家業。繼承人。

あともどり[後戻り]〈名・自サ〉①返回。②退步。

アトラクション[attraction]〈名〉加演的節目。

アトリエ[atelier]〈名〉畫室。

アドレナリン[adrenalin]〈名〉(醫)腎上腺素。

アトロピン[atropine]〈名〉(醫)阿托品。

あな[穴]〈名〉①孔。洞。坑。②(動物住的)洞穴。③虧空。空缺。漏洞。④(別人不知的釣魚的)好地方。⑤(賽馬等的)冷門。

アナーキスト[anarchist]〈名〉無政府主義者。

アナーキズム[anarchism]〈名〉無政府主義。

あなうめ[穴埋め]〈名・自サ〉①填坑。②填補。

アナウンサー[announcer]〈名〉播音員。

アナウンス[announce]〈名・他サ〉廣播。播音。

あながち[副](下接否定語)不一定。

あなかんむり[穴冠]〈名〉(漢字的)穴字頭兒。

あなぐま[穴熊]〈名〉獾。

あなぐら[穴蔵]〈名〉地窖。

あなた[貴方]〈代〉您。你。

あなたまかせ[貴方任せ]〈名〉一味靠人。聽其自然。

あなど・る[侮る]〈他五〉小看。輕視。

アナフィラキシー[Anaphylaxie]〈名〉(醫)過敏(現象)。

アナログ[analog]〈名〉(用)量顯示(數值)。

あに[兄]〈名〉①哥哥。② →ぎけい。

あにき[兄貴]〈名〉(俗)①哥哥。②(流氓團伙中的)老大哥。

あにでし[兄弟子]〈名〉師兄。

アニメーション[animation]〈名〉動畫片。

あによめ[兄嫁]〈名〉嫂子。

アニリン[Anilin]〈名〉(化)苯胺。

あね[姉]〈名〉①姐姐。②→ぎし。

あねったい[亜熱帯]〈名〉亞熱帶。

あねむこ[姉婿]〈名〉姐夫。

あの[連体]那個。那件。那。

あのかた[あの方]〈代〉(敬)他(她)。那一位。

あのひと[あの人]〈代〉他(她)。那個人。

あのよ[彼の世]〈名〉來世。黄泉。

アパート[apartment house]〈名〉公寓。

あば・く[暴く]〈他五〉①揭露。②挖、掘。

あばずれ[阿婆擦れ]〈名〉刁婦。潑婦。

あばた[痘痕]〈名〉麻子。

あばら[肋]〈名〉肋骨。

あばらや[あばら家]〈名〉破房子。

あば・れる[暴れる]〈自下一〉①亂鬧。②敢闘敢幹。大顯身手。

あばれんぼう[暴れん坊]〈名〉頑皮的孩子。

アピール[appeal]〈名・自サ〉①呼籲。控訴。②魅力。吸引力。

あびきょうかん[阿鼻叫喚]〈名〉慘叫。

あひさん[亜砒酸]〈名〉(化)亞砷酸。

あび・せる[浴びせる]〈他下一〉①澆。潑。②施加。給與。

あひる[家鴨]〈名〉鴨子。

あ・びる[浴びる]〈他上一〉①浴。淋。②曬。照。③遭。蒙。受。

あぶ[虻]〈名〉牛虻。

あぶく[泡]〈名〉→あわ。

あぶくぜに[泡銭]〈名〉不義之財。

アフターサービス[after service]〈名〉(售後)保修。售後服務。

あぶな・い[危ない]〈形〉①危険。②靠不住。

あぶなげ[危なげ]〈名・形動〉不牢靠。没把握。

あぶはちとらず[虻蜂取らず]〈連語〉鶏飛蛋打。兩頭落空。

あぶみ[鐙]〈名〉馬鐙。

あぶら[油・脂]〈名〉①油。②頭油。③幹勁

兒。

あぶらあし[脂足]〈名〉汗脚。

あぶらあせ[脂汗]〈名〉虚汗。

あぶらえ[油絵]〈名〉油畫。

あぶらかす[油粕]〈名〉豆餅。

あぶらがみ[油紙]〈名〉油紙。

あぶらぎ・る[脂ぎる]〈自五〉油光。肥胖。

あぶらけ[油気・脂気]〈名〉油性。光澤。

あぶらげ[油揚]〈名〉炸豆腐。

あぶらしょう[脂性]〈名〉油性(皮膚)。

あぶらぜみ[油蟬]〈名〉大褐螂。

あぶらっこ・い[脂っこい]〈形〉油膩。

あぶらで[脂手]〈名〉汗手。

あぶらな[油菜]〈名〉油菜。

あぶらみ[脂身]〈名〉肥肉。

あぶらむし[油虫]〈名〉①蚜蟲。②蟑螂。

アフリカ[Africa]〈名〉非洲。

あぶりだし[炙り出し]〈名〉烤墨紙。

あぶ・る[炙る]〈他五〉烤。烘。

あふ・れる[溢れる]〈自下一〉溢出。漾出。充滿。

あぶ・れる〈自下一〉①失業。②(狩獵)一無所獲。

あべこべ〈名・形動〉相反。顛倒。

アベック[avec]〈名〉情侶。

あへん[阿片]〈名〉鴉片。

あほう[阿呆]〈名・形動〉傻瓜。笨蛋。蠢貨。

あほうどり[信天翁]〈名〉信天翁。

あほらし・い〈形〉糊塗。愚蠢。

アポロ[Apollo]〈名〉阿波羅。

あま[尼]〈名〉①尼姑。修女。②臭娘們兒。

あま[海女]〈名〉(潛水採集貝類的)海女。

あま[亜麻]〈名〉亞麻。

あまあし[雨脚]〈名〉雨脚。

あま・い[甘い]〈形〉①甜。②(不鹹)淡。③甜美。甜蜜。④單純。天真。⑤鬆弛。不嚴。⑥鈍。⑦鬆。

あま・える[甘える]〈自下一〉①撒嬌。②(用「…に甘えて」的形式)蒙…。

あまおおい[雨覆い]〈名〉雨布。

あまがえる[雨蛙]〈名〉雨蛙。

あまがさ[雨傘]〈名〉雨傘。

あまガッパ[雨合羽]〈名〉雨衣。

あまぐ[雨具]〈名〉雨具。

あまくだり[天下り]〈名〉①下凡。②高官退休後到有關公司任職。③強迫命令。

あまくち[甘口]〈名〉①帶甜味。②愛吃甜食(的人)。③花言巧語。

あまぐつ[雨靴]〈名〉水靴。雨鞋。

あまぐも[雨雲]〈名〉雨雲。陰雲。

あまぐり[甘栗]〈名〉糖炒栗子。

あまごい[雨乞い]〈名〉求雨。

あまざけ[甘酒]〈名〉江米酒。

あまざらし[雨曝し]〈名〉(任)雨淋。

あま・す[余す]〈他五〉餘。剩。留。

あまず[甘酢]甜醋。

あまずっぱ・い[甘酸っぱい]〈形〉甜酸。

あまだれ[雨垂れ]〈名〉檐溜。

アマチュア[amateur]〈名〉業餘愛好者。

あまった・い[甘ったるい]〈形〉①過甜。②嬌媚。

あまったれ[甘ったれ]〈名〉嬌氣。

あまった・れる[甘ったれる]〈下一〉→あまえる。

あまでら[尼寺]〈名〉尼姑庵。女修道院。

あまど[雨戸]〈名〉木套窗。

あまどい[雨樋]〈名〉(建築物上的)雨水管。水溜子。檐槽。

あまとう[甘党]〈名〉愛吃甜食的人。

あまねく[遍く]〈副〉遍。普遍。

あまのがわ[天の川]〈名〉銀河。

あまのじゃく[天の邪鬼]〈名〉拗脾氣。

あまみ[甘み]〈名〉甜味兒。甜點心。

あまみず[雨水]〈名〉雨水。

あまもよう[雨模様]〈名〉要下雨的樣子。

あまもり[雨漏り]〈名・自サ〉漏雨。

あまやか・す[甘やかす]〈他五〉寵。嬌慣。

あまやどり[雨宿り]〈名・自サ〉避雨。

あまり[余り]Ⅰ〈名〉①剩餘。②(用「…の—」和「—の…」的形式)(由於)過分…。Ⅱ〈副〉①太。過分。②(下接否定)不怎麼。不很。

-あまり[余り]〈造語〉(接數詞後)餘。多。

あまりあ・る[余り有る]〈連語〉有餘。充分。

アマリリス[amaryllis]〈名〉朱頂蘭。

あま・る[余る]〈自五〉①剩。剩餘。②超過。過於。

アマルガム[amalgam]〈名〉(化)汞齊。汞合金。

あまん・ずる[甘んずる]〈自サ〉甘願。

あみ[網]〈名〉①網。②羅網。

あみ[醬蝦]〈名〉糠蝦。

あみあげぐつ[編上げ靴]〈名〉高靿靴子。

あみだ[阿弥陀]〈名〉①阿彌陀佛。②(帽子)戴在後腦勺上。③→あみだくじ。

あみだくじ[阿弥陀籤]〈名〉抓鬮。抓大頭。

あみだ・す[編み出す]〈他五〉①開始編。②研究出。

あみだな[網棚]〈名〉行李架。

あみど[網戸]〈名〉紗窗。

アミノさん[アミノ酸]〈名〉氨基酸。胺酸。

あみはん[網版]〈名〉網目銅版。

あみぼう[編棒]〈名〉毛衣針。

あみめ[網目]〈名〉①(織的)針眼。②網眼。

あみもの[編物]〈名〉編織。編織品。

あ・む[編む]〈他五〉①織。②編輯。編寫。

あめ[雨]〈名〉①雨。雨天。②雨點般。

あめ[飴]〈名〉糖果。軟糖。

あめあがり[雨上り]〈名〉雨停。雨過。

あめいろ[飴色]〈名〉琥珀色。

アメーバ[Amöbe]〈名〉阿米巴。變形蟲。

あめんぼ[水黽]〈名〉水蠅。水馬。

あや[文]〈名〉①措詞。②情節。

あやうく[危うく]〈副〉險些。差點。

あやおり[綾織]〈名〉斜紋綢緞。

あやか・る〈自五〉(真想)像(別人那樣幸福)。

あやし・い[怪しい]〈形〉①異常。②可疑。③靠不住。④笨拙。

あやし・む[怪しむ]〈他五〉懷疑。

あや・す〈他五〉哄。逗。

あやつりにんぎょう[操り人形]〈名〉木偶。木偶戲。傀儡。

あやつ・る[操る]〈他五〉①操。掌握。②操縱。

あやとり[綾取り]〈名〉(遊戯)翻花鼓。

あやぶ・む[危ぶむ]〈他五〉擔心。憂慮。

あやふや〈形動〉含糊。模稜兩可。

あやまち[過ち]〈名〉錯。錯誤。過失。

あやまり[誤り]〈名〉錯誤。

あやま・る[誤る]〈自他五〉①錯。搞錯。②貽誤。

あやま・る[謝る]〈自他五〉道歉。賠禮。謝罪。

あやめ[菖蒲]〈名〉菖蒲。

あゆ[鮎]〈名〉香魚。

あゆみ[歩み]〈名〉①脚步。步伐。②歷程。進程。

あゆみいた[歩み板]〈名〉跳板。

あゆみよ・る[歩み寄る]〈自五〉①走近。②互相讓步。

あゆ・む[歩む]〈自五〉①走。②前進。

あら[粗]〈名〉①毛病。缺點。②没剔淨的魚骨頭。

あら〈感〉→おや。

アラー[Allah]〈名〉(伊斯蘭教)真主。阿拉。

アラーム[alarm]〈名〉①警報。②(鐘錶的)報時裝置。

アラームクロック[alarmclock]〈名〉鬧鐘。

あらあらし・い[荒荒しい]〈形〉粗暴。粗野。

あら・い[荒い]〈形〉①劇烈。②粗暴。粗野。③亂來。無度。

あら・い[粗い]〈形〉①粗。稀。②粗糙。

あらいぐま[洗熊]〈名〉浣熊。

あらいざらい[洗い浚い]〈副〉全部。

あらいざらし[洗い晒し]〈名〉洗褪了色(的)衣服。

あらいた・てる[洗い立てる]〈他下一〉揭穿。揭發。

あら・う[洗う]〈他五〉①洗。②清查。

あらうま[荒馬]〈名〉烈馬。

あらうみ[荒海]〈名〉波濤洶湧的海。

あらかじめ[予め]〈副〉預先。事先。

あらかせぎ[荒稼ぎ]〈名・自サ〉①粗活。力氣活。②(靠投機等)發橫財。大肆撈

錢。③盗竊。搶劫。

あらかた[粗方]〈副〉大體上。大部分。

あらかべ[粗壁]〈名〉只抹了頭遍灰的墙。

あらくれ[荒くれ]〈名〉粗野。粗獷。

あらけずり[粗削り]Ⅰ〈名〉粗刨刨過。Ⅱ〈形動〉①粗糙。不拘小節。

あらさがし[粗捜し]〈名・自サ〉挑毛病。

あらし[嵐]〈名〉暴風雨。風暴。

あらしごと[荒仕事]〈名〉粗活。力氣活。

あら・す[荒らす]〈他五〉①糟蹋。毀壞。②偷竊。

あらすじ[粗筋]〈名〉梗概。

あらそい[争い]〈名〉糾紛。爭執。爭奪。

あらそ・う[争う]〈自五〉①爭奪。鬥爭。②爭辯。

あらそって[争って]〈副〉爭先恐後。

あらそわれな・い[争われない]〈連語〉不可否認。

あらた[新た]〈形動〉新。重新。

あらたか[新たか]〈形動〉(藥、神佛)靈驗非凡。

あらだ・つ[荒立つ]〈自五〉①激烈起來。②(事情)惡化。

あらだ・てる[荒立てる]〈他下一〉①使激烈起來。②把事情鬧大。

あらたま・る[改まる]〈自五〉①改變。更新。②鄭重其事。一本正經。③病重。(病情)惡化。

あらためて[改めて]〈副〉再。重新。

あらた・める[改める]〈他下一〉①改變。改正。修改。②檢查。核實。

あらっぽい[荒っぽい]〈形〉①粗暴。粗野。②粗糙。

あらて[新手]〈名〉①生力軍。②新手。③新手法。

あらなみ[荒波]〈名〉①怒濤。②艱辛。

あらなわ[荒縄]〈名〉草繩。

あらぬ[連体]①別的。另外的。②無根據的。

アラビア[Arabia]〈名〉阿拉伯。

あらましⅠ〈名〉概要。梗概。Ⅱ〈副〉大致。

あらもの[荒物]〈名〉雜貨。

あらゆる〈連体〉所有。一切。

あらら・げる[荒らげる]〈他下一〉厲聲。

ありりょうじ[荒療治]〈名・他サ〉①(不

顧患者痛苦)劇烈治療。②大刀闊斧地改革。

あられ[霰]〈名〉霰②(食品)塊兒,丁兒。

あらわ[露]〈形動〉①顯露。暴露。②露骨。

あらわ・す[現す・表す]〈他五〉①顯現。②表達。③表示。說明。

あらわ・す[著す]〈他五〉著(書)。

あらわれ[現れ]〈名〉①表現。②結果。

あらわ・れる[現れる]〈自下一〉出現。表露。暴露。

あらんかぎり[有らん限り]〈連語〉全部。儘可能。

あり[蟻]〈名〉螞蟻。

アリア[aria]〈名〉詠嘆調。

ありあま・る[有り余る]〈自五〉有餘。過多。

ありあり〈副〉歷歷。清清楚楚。

ありあわせ[有合せ]〈名〉現成。現有。

ありか[在処]〈名〉下落。

ありかた[在り方]〈名〉應有的狀態。

ありがた・い[有難い]〈形〉難得。值得感謝。值得慶幸。

ありがたが・る[有難がる]〈他五〉①感謝。感激。②尊重。重視。

ありがたなみだ[有難涙]〈名〉熱淚。感激之淚。

ありがたみ[有難み]〈名〉恩惠。寶貴。

ありがためいわく[有難迷惑]〈名〉反倒令人爲難。

ありがち[有り勝ち]〈名〉常有。常見。

ありがとう[有難う]〈感〉謝謝。

ありがね[有り金]〈名〉手頭的錢。

ありきたり[在り来り]〈形動〉通常。常見。

ありくい[蟻食]〈名〉〈動〉食蟻獸。

ありさま[有様]〈名〉樣子。情況。

ありじごく[蟻地獄]〈名〉〈動〉蟻獅。

ありつ・く〈自五〉(好容易)找到,得到。

ありったけ〈副〉所有。一切。

ありのまま[有りの儘]〈名・副〉照實。據實。

アリバイ[alibi]〈名〉沒在犯罪現場的證明。

ありふ・れる[有り触れる]〈自下一〉常

見。常有。

ありゅう[亜流]〈名〉傚效。模倣者。

ありゅうさん[亜硫酸]〈名〉亞硫酸。

あ・る[有る・在る]Ⅰ〈自五〉①有。②在。③擁有。具有。④發生。⑤擧行。⑥在於。Ⅱ〈補動〉①(接他動詞連用形＋「て」之後)表示動作的結果仍然存在或動作完了。②(用「…で～」的形式)表示斷定。

ある[或]〈連体〉某。有的。

あるいは[或いは]Ⅰ〈接〉或。或者。Ⅱ〈副〉也許。或許。

アルカリ[alkali]〈名〉鹼。

あるきまわ・る[歩き回る]〈自五〉來回走。到處走。

ある・く[歩く]〈自五〉①走。步行。②(接動詞連用形下)到處…。

アルコール[alcohol]〈名〉①酒精。乙醇。②酒。

アルコールちゅうどく[アルコール中毒]〈名〉酒精中毒。

アルゴン[argon]〈名〉(化)氫。

あるじ[主]〈名〉①家主。老闆。②物主。所有者。

あるたけ[有る丈]〈副〉一切。全部。

アルツハイマーびょう[アルツハイマー病]〈名〉老年癡獃症。

アルト[alto]〈名〉女低音。

アルバイト[Arbeit]〈名・自サ〉副業。工讀。

アルバム[album]〈名〉影集。

アルピニスト[Alpinist]〈名〉登山家。

アルファ[alpha]〈名〉①最初。開始。②若干。未知數。③津貼。

アルファせん[アルファ線]〈名〉(理) α 射線。

アルファベット[alphabet]〈名〉拉丁字母表。

アルプス[Alps]〈名〉阿爾卑斯山。

アルミニウム[aluminium]〈名〉鋁。

あれ〈感〉→おや。

あれ[代]①那。那個。②那件事。③他。

あれ[荒れ]〈名〉①風暴。暴風雨。②風波。③(皮膚,手足)皸裂。

あれくる・う[荒れ狂う]〈自五〉狂暴。肆虐。

あれこれ〈名・副〉這個那個。這樣那樣。種種。

あれしき〈名〉(多用於否定)那麼點兒。

あれしょう[荒れ性]〈名〉皮膚好皸裂。

あれち[荒れ地]〈名〉荒地。

あれの[荒れ野]〈名〉荒原。

あれはだ[荒れ肌]〈名〉粗糙的皮膚。

あれは・てる[荒れ果てる]〈自下一〉荒廢。荒蕪。

あれほど〈副〉那樣。那麼。

あれもよう[荒れ模様]〈名〉要變天的樣子。要出事的樣子。

あ・れる[荒れる]〈自下一〉①變天。②闹亂子。③荒廢。荒蕪。④(皮膚)粗糙,皸裂。

アレルギー[Allergie]〈名〉〈醫〉變態反應。過敏性反應。

アレンジ[arrange]〈名・他サ〉①整理。調整。修正。②改編。編曲。

アロハシャツ[aloha shirt]〈名〉夏威夷衫。

あわ[泡]〈名〉泡。沫。

あわ[粟]〈名〉穀子。小米。

あわ・い[淡い]〈形〉淡。淺。微弱。

あわせ[袷]〈名〉夾衣。

あわせて[合せて]〈副〉合計。共計。

あわせて[併せて]〈副〉並。同時。

あわ・せる[会わせる・遭わせる]〈他下一〉(使)會面。(使)遭遇。

あわ・せる[合せる]〈他下一〉①合併。加在一起。②校對。使…一致。③對照。核對。

あわただし・い[慌しい]〈形〉①慌張。忽忙。②不穩定。

あわだ・つ[泡立つ]〈自五〉起泡。起沫兒。

あわだ・つ[粟立つ]〈自五〉起鷄皮疙瘩。

あわてふため・く[慌てふためく]〈自五〉驚慌失措。

あわてもの[慌て者]〈名〉冒失鬼。

あわ・てる[慌てる]〈自下一〉發慌。慌張。急忙。

あわび[鮑]〈名〉鮑魚。

あわや〈副〉差點兒。險些。

あわよくば〈副〉碰巧。運氣好的話。

あわれ[哀れ]Ⅰ〈名・形動〉①可憐。②悲慘。③惆悵。Ⅱ〈感〉真可憐!

あわれみ[哀れみ]〈名〉憐憫。

あわれ・む[哀れむ]〈他五〉憐憫。憐愛。

あん[案]〈名〉①意見。②草案。計劃。

あん[餡]〈名〉餡兒。

あんあんり[暗暗裏]〈名〉暗中。暗地裏。

あんい[安易]〈名・形動〉①容易。簡單。②安逸。

あんいつ[安逸]〈名・形動〉安逸。

あんうん[暗雲]〈名〉烏雲。

あんえい[暗影]〈名〉暗影。

あんか[行火]〈名〉脚爐。

あんか[安価]〈形動〉①廉價。②沒有價值。

あんがい[案外]〈副・形動〉出乎意外。

あんかけ[餡掛け]〈名〉澆汁。

あんかん[安閑]〈形動〉安閑。悠閑。

あんき[安危]〈名〉安危。

あんき[暗記]〈名・他サ〉背。

あんぎゃ[行脚]〈名・自サ〉雲遊。

あんきょ[暗渠]〈名〉暗溝。陰溝。

あんぐり〈副・自サ〉(獸獣地)張大嘴。

アングラけいざい[アングラ経済]〈名〉地下經濟活動。

アングロサクソン[Anglo-Saxon]〈名〉盎格魯撒克遜人。

アンケート[enquête]〈名〉(用發調查表的方式)徵求意見。

あんけん[案件]〈名〉①議案。②案件。

あんこう[鮟鱇]〈名〉鮟鱇。老頭魚。

あんごう[暗号]〈名〉暗號。密碼。

あんごう[暗合]〈名・自サ〉不謀而合。

アンコール[encore]〈名・他サ〉①(喝彩聲)再來一個!②再唱(演)。

あんこく[暗黒]〈名・形動〉黑暗。

あんさつ[暗殺]〈名・他サ〉暗殺。

あんざん[安産]〈名・他サ〉平安分娩。

あんざん[暗算]〈名・他サ〉心算。

あんじ[暗示]〈名・他サ〉暗示。

あんしつ[暗室]〈名〉暗室。

あんじゅう[安住]〈名・自サ〉①安居。②安於。

あんしゅつ[案出]〈名・他サ〉研究出。

あんしょう[暗唱]〈名・他サ〉背。背誦。

あんしょう[暗礁]〈名〉暗礁。

あん・じる[案じる]〈他上一〉→あんずる。

あんしん[安心]〈名・自サ〉安心。放心。

あんず[杏子]〈名〉杏樹。杏子。

あん・ずる[案ずる]〈他サ〉①擔心。②想出。

あんせい[安静]〈名〉安静。

あんぜん[安全]〈名・形動〉安全。保險。

あんぜんベルト[安全ベルト]〈名〉安全帶。

あんそく[安息]〈名・自サ〉安息。

あんだ[安打]〈名・自サ〉(棒球)安全打。

アンダーシャツ[undershirt]〈名〉汗衫。内衣。

アンダーライン[underline]〈名・自サ〉(在重要的字句下劃)加重線。

あんたい[安泰]〈名・形動〉安泰。

あんたん[暗澹]〈形動〉暗澹。黯然。

あんち[安置]〈名・他サ〉安放。停放。

アンチテーゼ[Antithese]〈名〉(哲)反題。對立命題。

アンチミサイルミサイル[antimissile missile]〈名〉反導彈導彈。

アンチモン[Antimon]〈名〉(化)銻。

あんちゃく[安着]〈名・自サ〉安抵。

あんちゅうもさく[暗中摸索]〈名・自サ〉暗中摸索。

あんちょく[安直]〈形動〉①便宜。輕鬆。②簡單。

アンツーカー[en-tout-cas]〈名〉晴雨兩用運動場。

あんてい[安定]〈名・自サ〉安定。穩定。

アンテナ[antenna]〈名〉天綫。

あんてん[暗転]〈名・自サ〉演劇時不閉幕在黑暗中變換場面。

あんど[安堵]〈名・自サ〉放心。

あんとう[暗闘]〈名・自サ〉暗鬥。

アンドロゲン[androgen]〈名〉雄性激素。

あんな〈連体〉那様。那種。

あんない[案内]〈名・他サ〉①嚮導。②通知。③引見。傳達。

あんないしゃ[案内者]〈名〉嚮導。

あんないじょ[案内所]〈名〉問訊處。

あんないじょう[案内状]〈名〉通知。請帖。

あんに[暗に]〈副〉暗中。私下。

あんねい[安寧]〈名〉安寧。

あんのじょう[案の定]〈副〉果然。

あんのん[安穏]〈名・形動〉平安。安閑。

あんばい[按排]〈名・他サ〉安排。

あんばい[塩梅]〈名〉①鹹淡。②情形。狀況。

アンパイア[umpire]〈名〉裁判員。

アンバランス[unbalance]〈名〉不平衡。

あんび[安否]〈名〉安危。②起居。

アンプル[ampoule]〈名〉安瓿。

あんぶん[案分]〈名・他サ〉按比例分配。

あんぶん[案文]〈名〉草稿。

アンペア[ampere]〈名〉安培。

あんぽう[罨法]〈名・他サ〉(醫)敷。

あんま[按摩]〈名・他サ〉按摩。按摩師。

あんまく[暗幕]〈名〉黑窗簾。

あんまり[形動・副〉太。過於。

あんみん[安眠]〈名・自サ〉安眠。

あんもく[暗黙]〈名〉默不作聲。

アンモニア[ammonia]〈名〉(化)氨。阿摩尼亞。

アンモニウム[ammonium]〈名〉(化)銨。

あんや[暗夜]〈名〉黑夜。

あんやく[暗躍]〈名・自サ〉暗中活動。

あんらく[安楽]〈名・形動〉安樂。舒適。

あんらくし[安楽死]〈名〉安樂死。

あんるい[暗涙]〈名〉暗自流淚。

い　イ

い[亥]〈名〉亥。

い[医]〈名〉醫。醫術。醫學。醫生。

い[威]〈名〉威。

い[胃]〈名〉胃。

い[異]〈名・形動〉不同。奇異。

い[意]〈名〉①意。心意。②意義。意思。

い[位]〈名〉位。

いあつ[威圧]〈名・他サ〉威懾。以勢壓人。

いあわ・せる[居合せる]〈自下一〉在場。

いあん[慰安]〈名・他サ〉安慰。慰勞。

い・い[良い]〈形〉→よい（良い）。

いい[唯唯]〈形動〉唯唯。

いいあい[言い合い]〈名・自サ〉争吵。吵嘴。

いいあ・う[言い合う]〈自他五〉①議論。②争吵。

いいあらわ・す[言い表す]〈他五〉表達。説明。

いいえ〈感〉（用於否定的回答）不。不是。

いいお・く[言い置く]〈他五〉留話。

いいおと・す[言い落す]〈他五〉忘説。

いいかえ・す[言い返す]〈自他五〉①反覆説。②頂嘴。

いいか・える[言い換える]〈他下一〉①換言之。②改變話題。

いいがかり[言い掛り]〈名〉找碴兒。找事。

いいかげん[いい加減]Ⅰ〈形動〉①適度。恰當。②馬虎。敷衍。Ⅱ〈副〉相當。十分。

いいかた[言い方]〈名〉説法。表達方法。

いいか・ねる[言い兼ねる]〈他下一〉難説。礙口。

いいかわ・す[言い交す]〈他五〉①應答。②訂婚。

いいき[いい気]〈名・形動〉得意。沾沾自喜。

いいきか・せる[言い聞かせる]〈他下一〉勸説。叮囑。

いいきみ[いい気味]〈名〉痛快! 活該!

いいき・る[言い切る]〈他五〉①斷言。②説完。

いいぐさ[言い草]〈名〉①説法。②説辭。③牢騒。

いいくる・める[言いくるめる]〈他下一〉蒙騙。哄騙。

いいしぶ・る[言い渋る]〈他五〉呑呑吐吐。

いいしれぬ[言い知れぬ]〈連語〉説不出。難以形容。

いいす・ぎる[言い過ぎる]〈自他上一〉説過頭。

イースター[Easter]〈名〉〈宗〉復活節。

いいす・てる[言い捨てる]〈他下一〉（不待回答）説完就不管。

イースト[yeast]〈名〉酵母。

イーゼル[easel]〈名〉畫架。

いいそこな・う[言い損なう]〈他五〉①説錯。②失言。③該説没説。

いいそび・れる[言いそびれる]〈他下一〉（失去機會）未得説出。

いいだ・す[言い出す]〈他五〉説出。

いいた・てる[言い立てる]〈他下一〉①數落。②極力主張。

いいちが・える[言い違える]〈他下一〉説錯。

いいちら・す[言い散らす]〈他五〉①亂説。②宣揚。

いいつか・る[言い付かる]〈他五〉被吩咐。

いいつく・す[言い尽す]〈他五〉説盡。

いいつくろ・う[言い繕う]〈他五〉掩飾。

いいつけ[言い付け]〈名〉吩咐。

いいつ・ける[言い付ける]〈他下一〉①命令。吩咐。②告状。告舌。③常説。説慣。

いいつたえ[言伝え]〈名〉傳説。

いいつた・える[言い伝える]〈他下一〉①傳説。②轉告。

いいとお・す[言い通す]〈他五〉硬説。一口咬定。

いいなお・す[言い直す]〈他五〉①改口。
②重說。

いいなか[いい仲]〈名〉相親相愛。

いいなずけ[許嫁]〈名〉①未婚夫(妻)。②
(從小由父母)訂婚。

いいならわ・す[言い習わす]〈他五〉流
傳。傳說。一般都說。

いいなり[言いなり]〈名〉惟命是從。

いいぬ・ける[言い抜ける]〈他下一〉支
吾。搪塞。

いいね[言い値]〈名〉要價。

いいのが・れる[言い逃れる]〈他下一〉支
吾。搪塞。

いいのこ・す[言い残す]〈他五〉①沒說
盡。②留話。

いいはな・つ[言い放つ]〈他五〉①斷言。
②信口開河。

いいは・る[言い張る]〈他五〉堅持說。硬
說。

いいひらき[言い開き]〈名〉辯白。辯解。分
辯。

いいふく・める[言い含める]〈他下一〉詳
細地說。耐心開導。

いいふら・す[言い触らす]〈他五〉散佈。
宣揚。

いいふる・す[言い古す]〈他五〉說陳腐
了。老生常談。

いいぶん[言い分]〈名〉①主張。②不滿。

いいまか・す[言い負かす]〈他五〉駁倒。

いいまわし[言回し]〈名〉說法。措詞。

いいもら・す[言い漏らす]〈他五〉漏說。

いいよう[言い様]〈名〉說法。措詞。

いいよど・む[言い淀む]〈他五〉吞吞吐
吐。

いいよ・る[言い寄る]〈自五〉求愛。

いいわけ[言訳]〈名〉辯解。

いいわたし[言渡し]〈名〉宣判。

いいわた・す[言い渡す]〈他五〉①吩咐。
②宣判。

いいん[医院]〈名〉(私人)診所。

いいん[委員]〈名〉委員。

い・う[言う]Ⅰ〈他五〉①說。講。②稱。叫
作。③傳說。據說。④「「と〜」用在兩個相

同名詞之間)全部。⑤(用「…と〜」形式
構成同格)這個。這種。⑥(用「…と言わ
ず、…と言わず」的形式)無論…無論…。
⑦(用「…と言ったらない」、「…と〜も
のはない」的形式)沒有比這更…。⑧(用
「…と言い、…と言い」的形式)也
好…也好。⑨(用「…と〜ものの」的形
式)雖然…可是…。⑩(用「…とは言え」
的形式)雖然…但是…。⑪(用「…と言わ
ぬばかりに」的形式)簡直就像。Ⅱ〈自
五〉作響。

いうまでもな・い[言うまでもない]〈形〉
不用說。當然。

いえ[家]〈名〉①房子。②家。家庭。③家世。
門第。

いえい[遺影]〈名〉遺像。

いえがら[家柄]〈名〉家世。門第。

いえき[胃液]〈名〉胃液。

いえじ[家路]〈名〉歸途。

イエス[yes]〈感〉是。對。

イエスマン[yesman]〈名〉應聲蟲。惟命是
從者。

いえだに[家蜱]〈名〉(動)壁虱。家鼠蟎。

いえつき[家付き]〈名〉①帶房子。②招婿
入贅。

いえで[家出]〈名・自サ〉離家出走。

いえども[雖も]〈接助〉(接「と」下)雖然。
即便說。即…。

いえもと[家元]〈名〉師家。

いえやしき[家屋敷]〈名〉房產。

い・える[癒える]〈自下一〉痊愈。

イエロー[yellow]〈名〉黃色。

イエローペーパー[yellow-paper]〈名〉黃
色報刊。

いえん[胃炎]〈名〉胃炎。

いおう[硫黄]〈名〉硫磺。

いおり[庵]〈名〉庵。廬。

イオン[ion]〈名〉(化)離子。

いか[烏賊]〈名〉墨魚。

いか[以下]〈名〉以下。

いが[毬]〈名〉(栗子等)帶刺的外殼。

いがい[以外]〈造語〉以外。

いがい[意外]〈形動〉意外。想不到。

いがい[遺骸]〈名〉遺骸。

いかいよう[胃潰瘍]〈名〉胃潰瘍。

いかが[如何]〈副・形動〉如何。怎麼樣。

いかがわし・い[如何わしい]〈形〉①可疑。②不正派。下流。

いかく[威嚇]〈名・他サ〉威脅。

いがく[医学]〈名〉醫學。

いかくちょう[胃拡張]〈名〉胃擴張。

いかけ[鋳掛]〈名〉焊。補焊。

いかさま[如何様]〈名〉假的。騙局。

いかさまし[如何様師]〈名〉騙子手。

いか・す[生かす・活かす]〈他五〉①弄活。留活命。②活用。有效地利用。③使生動。

いかすい[胃下垂]〈名〉胃下垂。

いかだ[筏]〈名〉筏子。木排。

いがた[鋳型]〈名〉模子。鑄型。

いかつ・い[厳つい]〈形〉①嚴厲。②粗糙。

いかなる[如何なる]〈連体〉①任何。②什麼樣。怎樣。

いかに[如何に]〈副〉如何。怎樣。

いかにも[如何にも]〈副〉真。的確。果然。

いがみあ・う[啀み合う]〈自五〉勾心鬥角。互相傾軋。

いかめし・い[厳しい]〈形〉①莊嚴。威嚴。②森嚴。

いカメラ[胃カメラ]〈名〉胃攝像機。

いかものぐい[如何物食い]〈名〉愛吃怪東西的人。

いから・す[怒らす]〈他五〉①惹怒。②聳(肩)。瞪(眼)。

いかり[錨]〈名〉錨。

いかり[怒り]〈名〉氣憤。憤怒。

いかりがた[怒り肩]〈名〉聳肩膀。

いか・る[怒る]〈自五〉①發怒。②(肩)聳起。

いか・れる〈自下一〉①上當。②精神不正常。③破舊。

いかん[如何]〈名・副〉如何。

いかん[尉官]〈名〉尉官。

いかん[移管]〈名・他サ〉移交。

いかん[遺憾]〈名・形動〉遺憾。

いがん[胃癌]〈名〉胃癌。

いき[粋]〈名・形動〉俏皮。俊俏。

いき[息]〈名〉①呼吸。氣息。②步調。

いき[生き]〈名〉①(魚、青菜等)新鮮。鮮度。②生。活。

いき[行き]〈名〉→ゆき。

いき[域]〈名〉域。境界。範圍。

いき[意気]〈名〉意氣。氣勢。

いき[遺棄]〈名・他サ〉遺棄。

いぎ[威儀]〈名〉威儀。

いぎ[異議]〈名〉異議。

いぎ[意義]〈名〉意義。

いきあたりばったり[行き当りばったり]〈名・形動〉→ゆきあたりばったり。

いきいき[生き生き]〈副・自サ〉生動。活生生。生氣勃勃。

いきうつし[生き写し]〈名〉一模一樣。

いきうま[生き馬]〈名〉△～の目を抜く/雁過拔毛。

いきうめ[生き埋め]〈名〉活埋。

いきえ[生き餌]〈名〉活餌料。

いきおい[勢い]Ⅰ〈名〉①力量。氣勢。②勢力。威勢。③形勢。趨勢。Ⅱ〈副〉勢必。

いきおいこ・む[勢い込む]〈自五〉振奮。鼓足勁。

いきがい[生き甲斐]〈名〉生活的意義。生存的意義。

いきかえり[行き帰り]〈名〉→ゆきかえり。

いきかえ・る[生き返る]〈自五〉復活。蘇醒。

いきがかり[行き掛かり]〈名〉→ゆきがかり。

いきがけ[行き掛け]〈名〉→ゆきがけ。

いきかた[生き方]〈名〉生活方式。生活態度。

いきぎれ[息切れ]〈名・自サ〉①氣喘。②半途而廢。

いきぐるし・い[息苦しい]〈形〉憋悶。沉悶。

いきごみ[意気込み]〈名〉幹勁。

いきご・む[意気込む]〈自五〉幹勁十足。興致勃勃。

いきさつ[経緯]〈名〉原委。

いきじごく[生き地獄]〈名〉人間地獄。

いきじびき[生き字引]〈名〉活字典。萬事通。

いきす・ぎる[行き過ぎる]〈自上一〉→ゆきすぎる。

いきせき・る[息せき切る]〈自五〉喘吁吁。

いきだおれ[行き倒れ]〈名〉→ゆきだおれ。

いきち[生き血]〈名〉鮮血。

いきちがい[行き違い]〈名〉→ゆきちがい。

いきづま・る[息詰る]〈自五〉(緊張得)喘不過氣來。

いきどお・る[憤る]〈自五〉氣憤。憤恨。

いきどまり[行き止り]〈名〉→ゆきどまり。

いきなが・える[生き長らえる]〈自下一〉①長壽。②繼續活着。倖存。

いきなり〈副〉突然。冷不防。

いきぬき[息抜き]〈名〉①歇氣。歇息。②通氣孔。

いきぬ・く[生き抜く]〈自五〉堅持活下來。

いきのこ・る[生き残る]〈自五〉倖存。

いきのね[息の根]〈名〉性命。

いきの・びる[生き延びる]〈自上一〉①長壽。多活。②保住性命。

いきはじ[生き恥]〈名〉活着受辱。

いきぼとけ[活仏]〈名〉活菩薩。

いきま・く[息巻く]〈自五〉①大發雷霆。②揚言。

いきもの[生き物]〈名〉①動物。生物。②有生命力的東西。

いきょう[異教]〈名〉異教。

いきょう[異郷]〈名〉異鄉。外國。

いぎょう[偉業]〈名〉偉業。

いぎょう[遺業]〈名〉遺業。

イギリス[Inglez]〈名〉英國。

いきりた・つ[いきり立つ]〈自五〉①憤怒。②揚言。

い・きる[生きる・活きる]〈自上一〉①生存。生活。②有效。③生動。

いきわかれ[生き別れ]〈名・自サ〉生離。

いく[行く・逝く]〈自五〉→ゆく。

いく-[幾]〈接頭〉幾。多少。

いくえ[幾重]〈名〉幾層。

いくさ[戦]〈名〉戰爭。

いぐさ[藺草]〈名〉燈心草。

いくじ[育児]〈名〉育兒。

いくじ[意気地]〈名〉志氣。魄力。要强心。

いくせい[育成]〈名・他サ〉培養。培育。

いくた[幾多]〈副〉許多。幾多。

いくつ[幾つ]〈名〉①幾個。多少。②幾歲。

いくど[幾度]〈名〉幾次。(好)幾回。

いくどうおん[異口同音]〈名〉異口同聲。

いくばく[幾許]〈副〉幾許。若干。

いくび[猪首]〈名〉粗短脖子。

いくひさしく[幾久しく]〈副〉永遠。

いくぶん[幾分]Ⅰ〈名〉幾分。一部分。Ⅱ〈副〉少許。

いくら[幾ら]〈名・副〉①多少。②(用「〜ても」的形式)不論…也…。怎麼…也…。

イクラ[ikra]〈名〉鹹鮭魚子。

いくらか[幾らか]〈名・副〉稍微。有些。

いくん[遺訓]〈名〉遺訓。

いけ[池]〈名〉池塘。水池。

いけい[畏敬]〈名・他サ〉敬畏。

いけいれん[胃痙攣]〈名〉胃痙攣。

いけがき[生垣]〈名〉綠籬。

いけす[生簀]〈名〉(存放活魚的)水櫃。魚塘。

いけど・る[生け捕る]〈他五〉活捉。

いけない[連語]①不好。不對。不該。②不行。不許。③不行。沒希望。

いけにえ[生贄]〈名〉①活的供品。②犧牲品。

いけばな[生花]〈名〉插花。

い・ける〈自下一〉①不錯。相當好。②能喝酒。

い・ける[生ける]〈他下一〉(在花瓶、花盆裏)插、栽(花草)。

い・ける[埋ける]〈他下一〉①壓火。②(用土澆埋)埋。

いけん[意見]Ⅰ〈名〉意見。見解。Ⅱ〈名・自他サ〉規勸。勸告。

いけん[違憲]〈名〉違反憲法。

いげん[威厳]〈名〉威嚴。

いご[以後]〈名〉今後。之後。

いご[囲碁]〈名〉圍棋。

いこい[憩い]〈名〉休息。

いこ・う[憩う]〈自五〉休息。

いこう[以降]〈名〉以後。

いこう[威勢]〈名〉威勢。威風。威望。

いこう[意向]〈名〉意向。打算。

いこう[遺稿]〈名〉遺稿。

イコール[equal]〈名〉①等於。②等號。

いこく[異国]〈名〉異國。

いごこち[居心地]〈名〉(坐卧、居住、就職的)心情。

いこじ[依怙地]〈名・形動〉固執。執拗。

いこつ[遺骨]〈名〉遺骨。

いこ・む[鋳込む]〈他五〉澆鑄。

いこん[遺恨]〈名〉遺恨。宿怨。

いざ〈感〉喂。咳。一旦。

いさい[委細]〈名〉詳細。詳情。

いさい[異彩]〈名〉異彩。

いさお[勲]〈名〉功勳。

いさかい[諍]〈名〉争執。争吵。

いざかや[居酒屋]〈名〉小酒館。

いさぎよ・い[潔い]〈形〉①純潔。②勇敢。②乾脆。果斷。

いさく[遺作]〈名〉遺作。

いざこざ〈名〉争執。糾紛。

いささか[些か]〈副〉略微。

いさまし・い[勇ましい]〈形〉①勇敢。②雄壯。③活潑。生氣勃勃。

いさみあし[勇み足]〈名〉(因)操之過急(而失敗)。

いさみはだ[勇み肌]〈名〉豪爽氣概。

いさ・む[勇む]〈自五〉振作。振奮。

いさめ[諫め]〈名〉勸告。

いさ・める[諫める]〈他下一〉勸告。

いさりび[漁火]〈名〉漁火。

いざ・る[躄る]〈自五〉膝行。爬行。

いさん[胃散]〈名〉胃散。

いさん[胃酸]〈名〉胃酸。

いさん[遺産]〈名〉遺産。

いし[石]〈名〉①石頭。②鑽石。③圍棋子。④(划拳時的)石頭。

いし[医師]〈名〉醫生。

いし[意志]〈名〉意志。意向。

いし[遺志]〈名〉遺志。

いじ[意地]〈名〉①志氣。要強心。②倔强。固執。③貪婪。嘴饞。④心術。用心。

いじ[維持]〈名・他サ〉維持。維護。

いじ[遺児]〈名〉①孤兒。②遺腹子。

いしあたま[石頭]〈名〉①硬腦殼。②死腦筋。

いしうす[石臼]〈名〉石磨。

いしがき[石垣]〈名〉石墻。

いしき[意識]〈名〉①意識。知覺。②覺悟。

いじきたな・い[意地汚い]〈形〉貪嘴。貪婪。

いしきりば[石切場]〈名〉採石場。

いしく[石工]〈名〉石工。石匠。

いじく・る[他五]→いじる。

いしけり[石蹴り]〈名〉(遊戯)跳房子。跳間。

いじ・ける[自下一]①畏縮。縮成一團。②乖僻。

いしころ[石ころ]〈名〉石子兒。

いしずえ[礎]〈名〉①柱脚。柱石。②基礎。

いしだたみ[石畳]〈名〉①石鋪(的地)。②石階。

いしだん[石段]〈名〉石階。

いしつ[異質]〈名〉異質。

いしつ[遺失]〈名・他サ〉遺失。

いじっぱり[意地っ張り]〈名・形動〉固執。頑固。

いしどうろう[石灯籠]〈名〉石燈籠。

いしばい[石灰]〈名〉石灰。

いしばし[石橋]〈名〉石橋。

いじ・める[苛める]〈他下一〉欺負。虐待。

いしゃ[医者]〈名〉醫生。

いしゃりょう[慰謝料]〈名〉賠償費。贍養費。撫恤金。

いしゅ[異種]〈名〉異種。

いしゅ[意趣]〈名〉怨恨。仇。

いしゅう[異臭]〈名〉異臭。怪味。

いじゅう[移住]〈名・自サ〉移居。

いしゅく[畏縮]〈名・自サ〉畏縮。發怵。

いしゅく[萎縮]〈名・自サ〉萎縮。

いしゅつ[移出]〈名・他サ〉運出。

いじゅつ[医術]〈名〉醫術。

いしょ[遺書]〈名〉遺書。

いしょう[衣装]〈名〉①服裝。衣服。②戲裝。

いしょう[意匠]〈名〉①構思。②式樣。圖案。

いじょう[以上]Ⅰ〈名〉①以上。②上述。上面。③完。終。Ⅱ〈接助〉既然。

いじょう[異常・異状]〈名・形動〉異常。

いしょく[衣食]〈名〉衣食。

いしょく[委嘱]〈名・他サ〉委託。

いしょく[異色]〈名〉特色。

いしょく[移植]〈名・他サ〉移植。

いしょくじゅう[衣食住]〈名〉衣食住。

いじらし・い[形]①天真可愛。②令人憐憫。

いじ・る[弄る]〈他五〉弄。擺弄。

いしわた[石棉]〈名〉石棉。

いじわる[意地悪]〈名・形動〉心眼兒壞。刁難。

いじわる・い[意地悪い]〈形〉心術不正。

いしん[威信]〈名〉威信。

いしん[維新]〈名〉維新。

いじん[偉人]〈名〉偉人。

いしんでんしん[以心伝心]〈名〉心領神會。心心相印。

いす[椅子]〈名〉①椅子。②職位。

いすく・める[射すくめる]〈他下一〉(用目光)盯住。

いずまい[居住い]〈名〉坐姿。

いずみ[泉]〈名〉①泉。②源泉。

イスラムきょう[イスラム教]〈名〉伊斯蘭教。

いずれ[何れ]Ⅰ〈代〉哪個。Ⅱ〈副〉①遲早。②反正。總之。

いすわ・る[居座る]〈自五〉①賴着不走。②(地位)不動。

いせい[威勢]〈名〉①威勢。威風。②朝氣。

いせい[異性]〈名〉異性。

いせいしゃ[為政者]〈名〉執政者。

いせえび[伊勢蝦]〈名〉龍蝦。

いせき[移籍]〈名・自サ〉①遷戶口。②(職業選手)轉隊。

いせき[遺跡]〈名〉遺跡。

いせつ[異説]〈名〉異説。

いせん[緯線]〈名〉緯綫。

いぜん[以前]〈名〉以前。過去。原來。

いぜん[依然]〈副・形動〉依然。仍然。

いそ[磯]〈名〉海濱。湖濱。

いそいそ[副・自サ]高高興興。

いそいで[急いで]〈副〉急忙。

いそうがい[意想外]〈名・形動〉意想不到。

いそうろう[居候]〈名・自サ〉食客。寄宿。

いそがし・い[忙しい]〈形〉忙。忙碌。忽忙。

いそが・せる[急がせる]〈他五〉催促。

いそぎ[急ぎ]〈名〉急。

いそぎあし[急ぎ足]〈名〉快步。

いそぎんちゃく[磯巾着]〈名〉(動)海葵。

いそ・ぐ[急ぐ]〈自他五〉急。加快。

いぞく[遺族]〈名〉遺族。

いそし・む[勤しむ]〈自五〉勤奮。勤勉。

いそん[依存]〈名・自サ〉依賴。

いそん[異存]〈名〉異議。

いた[板]〈名〉板子。木板。

いた・い[痛い]〈形〉①疼。痛。②痛苦。

いたい[遺体]〈名〉遺體。

いだい[偉大]〈形動〉偉大。

いたい[形動]可憐。

いたいたし・い[痛痛しい]〈形〉(令人)心疼,可憐。

いたく[委託・依託]〈名・他サ〉委託。

いたく[痛く]〈副〉極。非常。

いだ・く[抱く]〈他五〉抱。懷有。

いたけだか[居丈高]〈形動〉盛氣凌人。

いたしかた[致し方]〈名〉辦法。

いたしかゆし[痛し痒し]〈連語〉左右爲難。

いた・す[致す]〈他五〉① →する。②招致。

いたずら[悪戯]〈名・自サ〉淘氣。調皮。鬧着玩兒。

いたずらに[徒に]〈副〉白白。徒然。

いただき[頂]〈名〉頂。上部。頂峰

いただ・く[頂く]〈他五〉①頂。戴。②推舉。③領受。④(「もらう」的敬語)請。⑤(謙)吃。喝。抽(烟)。

いただ・ける[頂ける]〈自下一〉相當好。不錯。

いたたまれな・い[居たたまれない]〈連語〉呆不住。無地自容。

いたち[鼬]〈名〉黄鼠狼。

いたって[至って]〈副〉極其。

いたで[痛手]〈名〉①重傷。②沉重的打擊。

いだてん[韋駄天]〈名〉飛毛腿。

いたどり[虎杖]〈名〉(植)虎杖。

いたのま[板の間]〈名〉鋪地板的房間。

いたばさみ[板挟み]〈名〉左右爲難。

いたばり[板張]〈名〉鋪(鑲)木板(的地方)。

いたべい[板塀]〈名〉板墻。

いたまえ[板前]〈名〉(日本菜)廚師。

いたまし・い[痛ましい]〈形〉悽慘。慘不忍睹。

いたみ[痛み・傷み]〈名〉①疼痛。痛心。②損傷。損害。

いたみ・いる[痛み入る]〈自五〉惶恐。不敢當。過意不去。

いた・む[悼む]〈他五〉哀悼。悼念。

いた・む[痛む・傷む]〈自五〉①疼痛。②悲痛。痛心。③損壞。腐爛。

いためつ・ける[痛め付ける]〈他下一〉痛擊。狠整。

いた・める[炒める]〈他下一〉炒。

いた・める[痛める・傷める]〈他下一〉①使疼痛。②傷(心)。③損傷。損壞。

いたらな・い[至らない]〈連語〉不周到。

いたり[至り]〈名〉①極。非常。②由於。

イタリック[italic]〈名〉斜體字。

いた・る[至る]〈自五〉①至。到。②到來。③達到。

いたるところ[至る所]〈名・副〉到處。

いたれりつくせり[至れり尽せり]〈連語〉體貼入微。無微不至。

いたわし・い[労しい]〈形〉可憐。悲慘。

いたわ・る[労る]〈他五〉體貼。照顧。

いたん[異端]〈名〉異端。邪説。

いち[一]〈名〉一。壹。第一。

いち[市]〈名〉集市。

いち[位置]〈名・自サ〉①位置。②地位。

いちい[櫟]〈名〉(植)紅豆杉。

いちいせんしん[一意専心]〈名〉一心一意。專心致志。

いちいたいすい[一衣帯水]〈名〉一衣帯水。

いちいち[一一]〈副〉一一。一個一個。全部。

いちいん[一因]〈名〉一個原因。

いちいん[一員]〈名〉一員。

いちえん[一円]〈名〉一帯。

いちおう[一応]〈副〉①(雖不徹底,但做了)一下,一次。②大致。③姑且。

いちがいに[一概に]〈副〉一概。

いちがん[一丸]〈名〉一個整體。

いちがんレフ[一眼レフ]〈名〉單鏡頭反光相機。

いちぐう[一隅]〈名〉一隅。

いちげい[一芸]〈名〉一技。

いちげき[一撃]〈名・他サ〉一撃。

いちげん[一元]〈名〉(哲)一元。

いちげんいっこう[一言一行]〈名〉一言一行。

いちご[苺]〈名〉草莓。

いちご[一語]〈名〉一句話。一個字。

いちごん[一言]〈名・自サ〉一言。一句話。

いちごんはんく[一言半句]〈名〉一言半語。

いちざ[一座]〈名・自サ〉①劇團。②全體在座的人。③同席。

いちじ[一字]〈名〉一字。

いちじ[一次]〈造語〉①首次。最初。②(数)一次。綫性。

いちじ[一事]〈名〉一件事。

いちじ[一時]〈名〉①某時。②當時。③暫時。一時。④一次。一下了。⑤一點鐘。

いちじき[一時期]〈名〉一個時期。

いちじく[無花果]〈名〉(植)無花果。

いちじしのぎ[一時凌ぎ]〈連語〉權宜之

計。

いちじつ[一日]〈名〉①初一。一日。②某日。

いちじつせんしゅう[一日千秋]〈連語〉一日千秋。

いちじつのちょう[一日の長]〈連語〉一日之長。略勝一籌。

いちじてき[一時的]〈形動〉暫時。

いちじのがれ[一時逃れ]〈名〉敷衍。搪塞。

いちじゅういっさい[一汁一菜]〈名〉一菜一湯。粗茶淡飯。

いちじゅん[一巡]〈名・自サ〉①(都)輪一回。②轉一圈兒。

いちじょ[一助]〈名〉一點幫助。

いちじょう[一条]〈名〉①一絲。一道。一條。②一項。

いちじょう[一場]〈名〉①一席。②一場。

いちじるし・い[著しい]〈形〉顯著。

いちじん[一陣]〈名〉①一陣。②頭陣。先鋒。

いちず[一途]〈形動〉一心一意。一味。

いちぞく[一族]〈名〉一族。一家。

いちぞん[一存]〈名〉個人想法。

いちだい[一代]〈名〉①一代。一生。②一個時代。

いちたいいち[一対一]〈名〉一對一。

いちだいき[一代記]〈名〉傳記。

いちだいじ[一大事]〈名〉大事件。

いちだん[一団]〈名〉一隊。一群。

いちだん[一段]Ⅰ〈名〉①(台階等)一級。②(文章)一段。Ⅱ〈副〉更加。越發。

いちだんらく[一段落]〈名・自サ〉一段落。

いちど[一度]〈名・副〉一次。一回。一旦。一下子。

いちどう[一同]〈名〉全體。

いちどう[一堂]〈名〉一堂。

いちどく[一読]〈名・他サ〉一讀。

いちなん[一難]〈名〉一個困難。一關。

いちに[一二]〈名・副〉①一二。兩。②數一數二。

いちにち[一日]〈名〉①一天。②整天。③一號(日)。

いちにん[一任]〈名・他サ〉全部委託。

いちにんしょう[一人称]〈名〉第一人稱。

いちにんまえ[一人前]〈名〉①一份兒。②成人。能勝任(某種工作)的人。

いちねん[一年]〈名〉①一年。②一年級。

いちねん[一念]〈名〉精心。一心。

いちば[市場]〈名〉市場。集市。菜市。

いちばい[一倍]〈名・他サ〉一倍。加倍。

いちはつ[鳶尾]〈名〉(植)鳶尾。

いちはやく[逸早く]〈副〉迅速。搶先。

いちばん[一番]Ⅰ〈名〉①第一。②最好。③(棋類、體育比賽等)一盤，一場。Ⅱ〈副〉①最。頂。②試試。

いちばんどり[一番鶏]〈名〉報曉鶏。頭遍鶏叫。

いちばんのり[一番乗り]〈名〉最先到場。

いちぶ[一分]〈名〉一點兒。

いちぶ[一部]〈名〉①一部分。②(印刷物)一份。一本。

いちぶいちりん[一分一厘]〈名・副〉分毫。

いちぶしじゅう[一部始終]〈名〉原原本本。

いちぶぶん[一部分]〈名〉一部分。

いちべつ[一瞥]〈名・他サ〉看一眼。

いちべついらい[一別以来]〈連語〉一別之後。

いちぼう[一望]〈名・他サ〉一望。

いちまい[一枚]〈名〉一張。一塊。

いちまいかんばん[一枚看板]〈名〉①台柱子。骨幹。②招牌。

いちまつ[一抹]〈名〉一股。一片。一點兒。

いちまつもよう[市松模様]〈名〉方格花紋。

いちみ[一味]〈名〉一夥。一幫。

いちみゃく[一脈]〈名〉一脈。

いちめい[一名]〈名〉①一名。②別名。

いちめい[一命]〈名〉一命。性命。

いちめん[一面]〈名〉①一面。一方面。②一片。滿。③頭版。

いちめんしき[一面識]〈名〉一面之識。

いちめんてき[一面的]〈形動〉片面。

いちもうさく[一毛作]〈名〉一季作(一年

一收)。

いちもうだじん[一網打尽]〈連語〉一網打盡。

いちもく[一目]〈名・自サ〉①一隻眼。②一眼。一看。③(圍棋)一目。

いちもくさんに[一目散に]〈副〉一溜煙。

いちもくりょうぜん[一目瞭然]〈形動〉一目瞭然。

いちもつ[一物]〈名〉陰謀。鬼胎。

いちもん[一文]〈名〉①一文(錢)。分文。②一個字。

いちもん[一門]〈名〉①一族。一家。②同門(弟子)。

いちもんいっとう[一問一答]〈名・自サ〉一問一答。

いちもんじ[一文字]〈名〉①一個字。②一字形。筆直。

いちや[一夜]〈名〉一夜。一宿。

いちやく[一躍]〈名・副・自サ〉一躍。

いちゃつ・く〈自五〉調情。

いちやづけ[一夜漬]〈名〉①一夜醃成的鹹菜。②臨陣磨槍。

いちゅう[意中]〈名〉意中。心意。

いちよう[一様]〈形動〉①一樣。同樣。②一致。

いちょう[医長]〈名〉主任醫師。

いちょう[胃腸]〈名〉胃腸。

いちょう[移調]〈名・他サ〉(樂)變調。

いちょう[銀杏]〈名〉銀杏。

いちようらいふく[一陽来復]〈名〉冬盡春來。否極泰來。

いちらん[一覧]〈名・他サ〉①一覽。②一覽表。

いちらんそうせいじ[一卵双生児]〈名〉同卵孿生。

いちり[一利]〈名〉一利。

いちり[一理]〈名〉一定的道理。

いちりつ[一律]〈名〉一律。一概。

いちりづか[一里塚]〈名〉里程碑。

いちりゅう[一流]〈名〉①一流。頭等。②獨特。

いちりょうじつ[一両日]〈名〉一兩天。

いちりん[一輪]〈名〉一朶(花)。

いちりんしゃ[一輪車]〈名〉獨輪車。

いちる[一縷]〈名〉一縷。一綫。

いちれい[一礼]〈名・自サ〉行個禮。

いちれい[一例]〈名〉一例。

いちれん[一連]〈名〉一系列。一連串。

いちれんたくしょう[一蓮托生]〈名〉生死與共。

いちろ[一路]Ⅰ〈名〉一路。Ⅱ〈副〉一直。徑直。

いつ[何時]〈代〉甚麼時候。

いつか[何時か]〈副〉①曾。以前。②早晚。改日。③不知不覺。

いっか[一家]〈名〉①一家。全家。②(學術上的)一家。一派。

いっか[一過]〈名・自サ〉一過。

いっかい[一介]〈名〉一介。

いっかい[一階]〈名〉一樓。

いっかく[一角]〈名〉①(數)一角。②一隅。

いっかくせんきん[一攫千金]〈連語〉一攫千金。

いっかげん[一家言]〈名〉一家之言。獨到之見。

いっかつ[一括]〈名・他サ〉總括起來。

いっかつ[一喝]〈名・自サ〉大喝一聲。

いっかん[一貫]〈名・自サ〉一貫。

いっかん[一環]〈名〉一環。一部分。

いっき[一気]〈名〉一口氣。

いっき[一揆]〈名〉(農民)武裝暴動。

いっきいちゆう[一喜一憂]〈名・自サ〉一喜一憂。

いっきうち[一騎打]〈名・自サ〉一個對一個地打(爭奪)。

いっきとうせん[一騎当千]〈名〉一騎當千。

いっきゅう[一級]〈名〉①一個等級。一個年級。②一流。頭等。③(柔道、劍道、圍棋等)一級。

いっきょいちどう[一挙一動]〈名〉一舉一動。

いっきょう[一興]〈名〉有趣。

いっきょしゅいっとうそく[一挙手一投足]〈名〉①舉手之勞。②一舉一動。

いっきょに[一挙に]〈副〉一舉。

いっきょりょうとく[一挙両得]〈名〉一舉両得。

いつ・く[居着く]〈自五〉①落户。定居。②呆住。

いつくし・む[慈しむ]〈他五〉疼愛。

いっけい[一計]〈名〉一計。

いっけん[一件]〈名〉一件事。

いっけん[一見]Ⅰ〈名・他サ〉①一見。一看。②乍一看。Ⅱ〈副〉乍一看。

いっこ[一己]〈名〉一己。個人。

いっこ[一顧]〈名・他サ〉一顧。一看。

いっこう[一向]〈副〉完全。一直。

いっこう[一考]〈名・他サ〉考慮一下。

いっこう[一行]〈名〉一行。

いっこく[一刻]Ⅰ〈名〉一刻。分秒。Ⅱ〈形動〉頑固。

いっこん[一献]〈名〉便宴。

いっさい[一切]〈名・副〉①一切。全部。②〔下接否定〕一概。完全。

いつざい[逸材]〈名〉卓越的人材。

いっさいがっさい[一切合切]〈名・副〉全部。一切。

いっさく[一策]〈名〉一計。

いっさく-[一昨]〈造語〉前。△～日/前天。Ⅱ〈連体〉前天。△～４日/前天四號。

いっさつ[一札]〈名〉一張字據。

いっさんに[一散に]〈副〉→いちもくさん。

いっさんかたんそ[一酸化炭素]〈名〉一氧化碳。

いっし[一子]〈名〉一個孩子。一子。

いっし[一矢]〈名〉一矢。一枝箭。△～を報いる/報之一矢。予以反撃。

いっし[一糸]〈名〉一絲。

いっし[一指]〈名〉一個指頭。

いつしか[何時しか]〈副〉①不知不覺。②遲早。早晚。

いっしき[一式]〈名〉一套。整套。

いっしどうじん[一視同仁]〈名〉一視同仁。

いっしゃせんり[一瀉千里]〈名〉一瀉千里。

いっしゅ[一種]〈名〉一種。

いっしゅう[一周]〈名・他サ〉一週。繞一週。週遊。

いっしゅう[一週]〈名〉一星期。

いっしゅう[一蹴]〈名・他サ〉①拒絶。②輕視。

いっしゅうき[一周忌]〈名〉一週年忌辰。

いっしゅうねん[一周年]〈名〉一週年。

いっしゅん[一瞬]〈名〉一瞬。

いっしょ[一緒]〈名〉①一同。一起。②一樣。相同。③結婚。

いっしょう[一生]〈名〉一生。終身。

いっしょう[一笑]〈名・自他サ〉一笑。

いっしょうけんめい[一生懸命]〈副・形動〉→いっしょけんめい。

いっしょくそくはつ[一触即発]〈名〉一觸即發。

いっしょけんめい[一所懸命]〈副・形動〉拼命。努力。

いっしん[一心]〈名〉一心。專心。

いっしん[一身]〈名〉自身。一身。

いっしん[一新]〈名・自他サ〉一新。

いっしん[一審]〈名〉〔法〕一審。

いっしんいったい[一進一退]〈名・自サ〉一進一退。

いっしんきょう[一神教]〈名〉〔宗〕一神教。

いっしんどうたい[一心同体]〈名〉同心同德。

いっしんふらん[一心不乱]〈名〉全神貫注。

いっすい[一睡]〈名・自サ〉睡一覺。

いっ・する[逸する]〈名・自他サ〉①失去。錯過。②離開。越出。

いっすん[一寸]〈名〉①一寸。②極短的距離。

いっすんぼうし[一寸法師]〈名〉矮子。

いっせい[一世]〈名〉①一生。②一世。一代。③(移民的)第一代。

いっせい[一斉]〈名〉一齊。

いっせいちだい[一世一代]〈名〉①一生中最精彩的(演出)。②一生一次。畢生。

いっせき[一石]〈名〉一石。△～二鳥/一箭雙雕。

いっせき[一席]〈名〉(講話、宴會等)一席。一次。

いっせつ[一説]〈名〉①一說。某種說法。②異說。

いっせん[一戦]〈名・自サ〉一仗。一次交鋒。

いっせん[一線]〈名〉①界綫。②第一綫。

いっそ[副]寧可。索性。乾脆。

いっそう[一掃]〈名・他サ〉掃除。清除。

いっそう[一層]〈副〉更加。越發。

いっそくとび[一足飛び]〈名〉一躍。

いつぞや[何時ぞや]〈副〉曾經。上次。那天。前些日子。

いったい[一体]Ⅰ〈名〉同心協力。Ⅱ〈副〉①總的說。②到底。究竟。

いったい[一帯]〈名〉一帶。

いつだつ[逸脱]〈名・自他サ〉①越出。脫離。②漏掉。

いったん[一旦]〈副〉①一旦。既然。②暫且。

いったん[一端]〈名〉一端。一部分。

いっち[一致]〈名・自サ〉一致。

いっちはんかい[一知半解]〈名〉一知半解。

いっちょう[一朝]〈名〉一朝。一旦。

いっちょういっせき[一朝一夕]〈名〉一朝一夕。

いっちょういったん[一長一短]〈名〉一長一短。

いっちょうら[一張羅]〈名〉僅有的一件好衣服。

いっちょくせん[一直線]〈名〉①一條直綫。②一直。筆直。

いって[一手]〈名〉①獨自。一手。②(棋)一步,一著。③一個方法。

いってい[一定]〈名・自他サ〉一定。規定。固定。

いってつ[一徹]〈名・形動〉頑固。

いつでも[何時でも]〈副〉無論甚麼時候。隨時。

いってん[一天]〈名〉①滿天。②全世界。

いってん[一点]〈名〉①一點。②少微。(分數)一分。④(東西)一件。

いってん[一転]〈名・自サ〉①旋轉一次。②一變。一轉。

いってんばり[一点張り]〈名〉一味。堅持(一點)。專搞(一事)。

いっと[一途]〈名〉①一條道(方針)。②(向)一個方向(發展)。

いっとう[一刀]〈名〉一刀。

いっとう[一等]Ⅰ〈名〉一等。第一。Ⅱ〈副〉最。

いっとう[一頭]〈名〉①(動物)一頭,一匹,一隻。②△~地を抜く/出人頭地。

いっとき[一時]〈名〉①一時。②一個時期。同時。

いつに[一に]〈副〉①完全。②另外。或者。

いつになく[何時になく]〈連語〉不同往常。

いつのまにか[何時の間にか]〈連語〉不知不覺。不知什麼時候。

いっぱ[一派]〈名〉①一派。一個流派。②一夥。一黨。

いっぱい[一杯]〈名・副〉①一杯。一碗。一盅。②(喝)一杯酒。③(小船、蟹子、墨魚等)一隻。④滿。充滿。⑤全部。最大限度。⑥△~食う/上當。

いっぱい[一敗]〈名・自サ〉①(吃)敗仗。②一負。一敗。

いっぱく[一泊]〈名・自サ〉住一宿。

いっぱし[一端]〈名・副〉竟像。滿够得上。

いっぱつ[一発]〈名〉①一發。一顆。②(試)一次。③(棒球)一次本壘打。

いっぱん[一半]〈名〉一半。

いっぱん[一般]〈名〉一般。普通。

いっぱん[一斑]〈名〉一斑。

いっぴき[一匹]〈名〉①(小動物、蟲、魚等)一條,一隻。②一個(男人)。

いっぴつ[一筆]〈名〉①一筆(寫出)。②同一筆跡。③簡短的文章。一封信。

いっぴん[一品]〈名〉①一種。一樣。②第一。

いっぴん[逸品]〈名〉(美術,古董等的)珍品。

いっぴんりょうり[一品料理]〈名〉①單點菜。②經濟小菜。

いっぷいっぷせい[一夫一婦制]〈名〉一夫一妻制。

いっぷう[一風]〈名〉與衆不同。

いっぷく[一服]〈名・自他サ〉①一服(藥)。②抽袋煙。喝杯茶。③歇一會兒。

いつぶ・す[鋳潰す]〈他五〉回爐。

いっぺん[一片]〈名〉①一片。一張。②一點點。

いっぺん[一変]〈名・自他サ〉一變。完全改變。

いっぺん[一遍]〈名〉①一回。一次。②一下子。

いっぺんとう[一辺倒]〈名〉一邊倒。

いっぽ[一歩]〈名〉一步。

いっぽう[一方]Ⅰ〈名〉①一方。一側。一方面。單方面。③(兩個中的)一個。④一直。越來越。Ⅱ〈接〉另一方面。

いっぽう[一報]〈名・他サ〉通知一聲。

いっぽうてき[一方的]〈形動〉①單方面。片面。②一方面。

いっぽん[一本]〈名〉①(細長的東西)一棵。一隻。一把。②一壺酒。

いっぽんぎ[一本気]〈名・形動〉單純。直心眼兒。

いっぽんだち[一本立ち]〈名〉自立。獨立。

いっぽんちょうし[一本調子]〈名・形動〉單調。

いっぽんばし[一本橋]〈名〉獨木橋。

いっぽんやり[一本槍]〈名〉堅持(一點)。專搞(一事)。

いつまでも[何時までも]〈副〉永遠。經久。

いつも[何時も]〈副〉經常。平常。住常。

いつわ[逸話]〈名〉逸聞。逸事。

いつわり[偽り]〈名〉假。虛偽。謊言。

いつわ・る[偽る]〈他五〉①假裝。冒充。②欺騙。

イデオロギー[ideologie]〈名〉思想體系。意識形態。

いでたち[出立]〈名〉①動身。出發。②裝束。打扮。

いてん[移転]〈名・自他サ〉①遷移。②(權利等)轉讓。

いでん[遺伝]〈名・自サ〉遺傳。

いと[糸]〈名〉①綫。②弦。③釣魚綫。

いと[意図]〈名・他サ〉意圖。企圖。

いど[井戸]〈名〉井。

いど[緯度]〈名〉緯度。

いと・う[厭う]〈他五〉①厭。嫌。②保重。珍惜。

いどう[異同]〈名〉異同。差異。

いどう[異動]〈名・自他サ〉變動。調動。

いどう[移動]〈名・自他サ〉移動。轉移。

いときりば[糸切り歯]〈名〉犬齒。

いとくず[糸屑]〈名〉綫頭。

いとぐち[緒]〈名〉①綫索。②開端。

いとぐるま[糸車]〈名〉紡車。

いとこ[従兄弟・従姉妹]〈名〉①堂兄弟。表兄弟。②堂姐妹。表姐妹。

いどころ[居所]〈名〉住處。下落。

いとし・い[愛しい]〈形〉可愛。可憐。

いとな・む[営む]〈他五〉辦。從事。經營。

いとのこ[糸鋸]〈名〉綳絲鋸。

いとへん[糸偏]〈名〉(漢字的)絞絲旁。

いとま[暇]〈名〉①閑暇。工夫。②休假。③告辭。

いとまき[糸巻]〈名〉纒綫板。

いとまごい[暇乞い]〈名・自サ〉①辭行。告辭。②請假。

いど・む[挑む]〈自他五〉挑戰。

いとめ[糸目]〈名〉△金に～をつけない/不惜花費。

いと・める[射止める]〈他下一〉①射死。②獲得。得到。

いとも〈副〉極。非常。

いな[否]Ⅰ〈名〉否。不同意。Ⅱ〈感〉不。

いな[異な]〈連体〉奇怪。離奇。

いない[以内]〈造語〉以內。之內。

いなお・る[居直る]〈自五〉①端坐。②突然翻臉。

いなか[田舎]〈名〉①鄉下。農村。②故鄉。

いなかくさ・い[田舎臭い]〈形〉土氣。

いなかもの[田舎者]〈名〉鄉下人。

いながら[居ながら]〈副〉坐在家裏(不出門)。

いなご[蝗]〈名〉蝗蟲。

いなさく[稲作]〈名〉①種稻子。②稻子的

収成。

いなずま [稲妻]〈名〉閃電。

いなせ〈名・形動〉俊俏。神氣。

いなだ [稲田]〈名〉稲田。

いなな・く [嘶く]〈自五〉(馬)嘶。

いなびかり [稲光]〈名〉→いなずま。

いなほ [稲穂]〈名〉稲穂。

いな・む [否む]〈他五〉①拒絕。②否定。

いなめな・い [否めない]〈連語〉無可否認。

いなや [否や]〈連語〉①可否。②異議。③(用「…や～」的形式)剛一…就…。

いなら・ぶ [居並ぶ]〈自五〉並排坐者。

イニシアチブ [initiative]〈名〉主動。主動權。

イニシアル [initial]〈名〉(姓名的)開頭字母。

いにゅう [移入]〈名・他サ〉(從國外、縣外)運入,遷入。

いにん [委任]〈名・他サ〉委任。委託。

いぬ [犬]〈名〉①狗。②走狗。

いぬ [戌]〈名〉戌。

いぬかき [犬搔き]〈名〉狗刨式游泳。

いぬくぎ [犬釘]〈名〉(鐵路)道釘。

いぬじに [犬死]〈名・自サ〉白送死。白死。

いね [稲]〈名〉稲子。

いねむり [居眠り]〈名・自サ〉打瞌睡。

いね・む [居眠る]〈自五〉打瞌睡。

いのいちばん [いの一番]〈名〉第一個。最先。

いのこずち [牛膝]〈名〉(植)牛膝。

いのこ・る [居残る]〈自五〉①留下。②加班。

いのしし [猪]〈名〉野猪。

いのち [命]〈名〉①生命。②壽命。③命根子。

いのちがけ [命懸け]〈名〉拚命。豁出命。

いのちからがら [命からがら]〈副〉僅以身免。險些喪命。

いのちごい [命乞い]〈名〉祈求饒命。

いのちしらず [命知らず]〈名〉不要命(的人)。

いのちづな [命綱]〈名〉安全帶。保險索。

いのちとり [命取り]〈名〉要命。致命。

いのちびろい [命拾い]〈名・自サ〉九死一生。撿了條命。

いのちみょうが [命冥加]〈名〉命大。命不該死。

いのなかのかわず [井の中の蛙]〈連語〉井底之蛙。

いのり [祈り]〈名〉祈禱。禱告。

いの・る [祈る]〈他五〉①祈禱。②祝願。

いはい [位牌]〈名〉靈牌。靈位。

いばしょ [居場所]〈名〉①住處。②座位。

いはつ [衣鉢]〈名〉衣鉢。

いばら [茨]〈名〉荆棘。

いば・る [威張る]〈自五〉自吹自擂。擺架子。逞威風。

いはん [違反・違犯]〈名・自サ〉違反。違犯。

いびき [鼾]〈名〉鼾聲。

いびつ [歪]〈名・形動〉變形。壓扁。

いひょう [意表]〈名〉意表。意外。

いびょう [胃病]〈名〉胃病。

いび・る〈他五〉虐待。折磨。

いひん [遺品]〈名〉遺物。

いふ [異父]〈名〉異父。

いふう [威風]〈名〉威風。

いふう [遺風]〈名〉遺風。

いぶかし・い [訝しい]〈形〉詫異。可疑。

いぶか・る [訝る]〈他五〉詫異。納悶。

いぶき [息吹]〈名〉氣息。

いふく [衣服]〈名〉衣服。

いぶくろ [胃袋]〈名〉胃。

いぶ・す [燻す]〈他五〉燻。

いぶつ [異物]〈名〉異物。

いぶつ [遺物]〈名〉遺物。

いぶ・る [燻る]〈自五〉(火沒着)冒煙。

いぶんし [異分子]〈名〉異己分子。

いへき [胃壁]〈名〉胃壁。

いへん [異変]〈名〉①異常變化。②顯著變化。

イベント [event]〈名〉①事件。事變。②(體)比賽項目。

いぼ [疣]〈名〉①(醫)瘊子。②疙瘩。

いぼ [異母]〈名〉異母。

いほう[違法]〈名〉違法。

いぼじ[疣痔]〈名〉〈醫〉痔核。

いま[今]Ⅰ〈名〉①現在。目前。②立刻。馬上。③剛剛。方才。Ⅱ〈副〉再。更。Ⅲ〈接〉這裏。現在。

いま[居間]〈名〉起居室。

いまいまし・い[忌忌しい]〈形〉可恨。可氣。可憎。

いまごろ[今頃]〈名〉這時候。(到)現在。

いまさら[今更]〈副〉事到如今。

いましがた[今し方]〈副〉方才。方才。

いましめ[戒め]〈名〉①教訓。②懲戒。③戒備。

いましめ[縛め]〈名〉綁。

いまし・める[戒める]〈他下一〉①訓誡。告誡。②戒備。

いまだ[未だ]〈副〉尚未。未曾。

いまどき[今時]〈名〉①現今。如今。②(到)這時候。

いまに[今に]〈副〉①即將。②早晚。③至今。

いまにも[今にも]〈副〉馬上。眼看。

いまのところ[今の所]〈名〉現在。目前。

いままで[今まで]〈副〉至今。以往。

いまや[今や]〈副〉①現在正是。②眼看就。③現在已經。

いまわし・い[忌わしい]〈形〉①討厭。令人作嘔。②不祥。

いみ[意味]〈名・他サ〉①意思。意味。②意圖。③意義。

いみきら・う[忌み嫌う]〈他五〉厭惡。忌諱。

いみことば[忌み言葉]〈名〉忌諱的話。

いみじくも[副]①恰如其分。②巧妙。

イミテーション[imitation]〈名〉傲製品。

いみょう[異名]〈名〉別名。外號。

いみん[移民]〈名・自サ〉移民。

い・む[忌む]〈他五〉①忌。忌諱。②厭惡。討厭。

いむ[醫務]〈名〉醫務。

イメージ[image]〈名〉①形象。②心象。

いも[芋]〈名〉薯(類的總稱)。

いもうと[妹]〈名〉妹妹。

いもちびょう[稲熱病]〈名〉稲瘟病。稻熱病。

いもづる[芋蔓]〈名〉薯蔓。△～式／連鎖式。

いもの[鋳物]〈名〉鑄件。

いもむし[芋虫]〈名〉蝎。

いもり[井守]〈名〉蠑螈。

いもん[慰問]〈名・他サ〉慰問。

いや[嫌]〈形動〉討厭。厭煩。不願意。

いや[否]〈感〉不。不是。

いやいや[嫌嫌]〈副〉勉勉強強。

いやおう[否応]〈名〉願不願意。答不答應。

いやおうなしに[否応無しに]〈連語〉不容分說。迫不得已。

いやがうえに〈連語〉越發。

いやがらせ[嫌がらせ]〈名〉討人嫌。

いやが・る[嫌がる]〈他五〉討厭。不願意。

いやく[医薬]〈名〉醫藥。

いやく[意訳]〈名・他サ〉意譯。

いやく[違約]〈名・自サ〉違約。

いやけ[嫌気]〈名〉厭煩。

いやし・い[卑しい]〈形〉①微賤。②下賤。下流。③寒酸。④貪婪。

いやしくも[苟も]〈副〉①既然。假如。②萬一。

いやし・む[卑しむ]〈他五〉鄙視。

いやし・める[卑しめる]〈他下一〉鄙視。輕視。

いや・す[癒す]〈他五〉治療。醫治。

いやに[嫌に]〈副〉真。非常。過於。

イヤホーン[earphone]〈名〉耳機。

いやみ[嫌味]〈名・形動〉令人不快。挖苦人(的話)。

いやらし・い[形]①令人作嘔。②卑鄙。下流。

イヤリング[earring]〈名〉耳環。

いゆう[畏友]〈名〉畏友。

いよいよ[愈]〈副〉①越發。②終於。③果真。確實。

いよう[異様]〈名・形動〉奇異。異樣。

いよく[意欲]〈名〉熱情。積極性。

いらい[以来]〈名〉以來。以後。

いらい[依頼]〈名・他サ〉①委託。②依靠。

いらいら[苛苛]〈副・自サ〉焦急。煩躁。

いらか[甍]①屋頂瓦。②瓦房頂。

イラストレーション[illustration]〈名〉插圖。

いらだ・つ[苛立つ]〈自五〉急躁。煩躁。

いらっしゃ・る〈自五〉(敬)在，來，去。

いり[入り]〈名〉①(影劇院等)入場人數。②裝。盛。③收入。開支。④加入。進入。⑤帶有。含有。⑥(日、月)落。

いりえ[入江]〈名〉海灣。湖汊。

いりぐち[入口]〈名〉①入口。門口。②開端。開頭。

いりく・む[入り組む]〈自五〉錯綜複雜。

イリジウム[iridium]〈名〉(化)銥。

いりひ[入り日]〈名〉夕陽。

いりびた・る[入り浸る]〈自五〉①浸泡在水裏。②泡。長時間逗留。

いりまじ・る[入り雑じる]〈自五〉混雜。交織。

いりみだ・れる[入り乱れる]〈自下一〉摻雜。混雜。攪在一起。

いりむこ[入婿]〈名〉贅婿。

いりゅう[慰留]〈名・他サ〉挽留。

いりゅうひん[遺留品]〈名〉失物。遺物。

いりよう[入用]〈名〉需要。必需的費用。

いりょう[衣料]〈名〉衣服。衣料。

いりょう[医療]〈名〉醫療。

いりょく[威力]〈名〉威力。

い・る[入る]〈自五〉→はいる。

い・る[炒る]〈他五〉炒。煎。

いる[居る]Ⅰ〈自上一〉①(人、動物)有。在。②居住。③坐。Ⅱ〈補動〉(動詞連用形＋「て～」，表示動作、作用、狀態的繼續和進行)正在…。…着。

い・る[要る]〈自五〉要。需要。

いる[射る]〈他上一〉①射。②(光、目光)射，逼人。

いる[鋳る]〈他上一〉鑄造。

いるい[衣類]〈名〉衣服。

いるか[海豚]〈名〉海豚。

いるす[居留守]〈名〉假稱不在家。

いれあ・げる[入れ揚げる]〈他下一〉揮霍(無度)。

いれい[威令]〈名〉嚴令。

いれい[異例]〈名〉破例。破格。

いれい[慰霊]〈名〉慰靈。

いれかえ[入れ替え]〈名〉①更換。②(影劇)換場。③(鐵路)調車。

いれか・える[入れ替える]〈他下一〉換。改換。

いれかわりたちかわり[入れ替り立ち替り]〈副〉絡繹不絕。

いれかわ・る[入れ替る]〈自五〉替換。交替。

いれずみ[入墨]〈名〉文身。

いれちえ[入れ知恵]〈名〉出謀劃策。

いれちがい[入れ違い]〈名〉走錯兩way。錯過。

いれちが・える[入れ違える]〈他下一〉裝錯。

いれば[入歯]〈名〉假牙。義齒。

いれもの[入れ物]〈名〉容器。

い・れる[入れる]〈他下一〉①裝入。放進。②插。夾。加。添。鑲。③送進(學校、醫院等)。④包括。算上。⑤用(心、力)。⑥沏(茶等)。⑦開(電門)。

い・れる[容れる]〈他下一〉①容納。②採納。聽從。

いろ[色]〈名〉①顏色。色彩。②膚色。臉色。神色。③景象。情景。狀態。④女色。⑤種類。⑥化妝。⑦(交易等)讓步。

いろあい[色合]〈名〉色調。顏色的配合。

いろいろ[色色]〈形動・副〉各種各樣。

いろう[慰労]〈名・他サ〉慰勞。

いろう[遺漏]〈名〉遺漏。

いろえんぴつ[色鉛筆]〈名〉彩色鉛筆。

いろおとこ[色男]〈名〉①美男子。②情夫。

いろおんな[色女]〈名〉①美女。②情婦。

いろか[色香]〈名〉女色。

いろがみ[色紙]〈名〉彩紙。

いろけ[色気]〈名〉①色調。②風趣。③嬌媚。妖媚。④春心。⑤野心。⑥有女人在場(的氣氛)。

いろこい[色恋]〈名〉戀愛。色情。

いろじかけ[色仕掛け]〈名〉美人計。

いろじろ[色白]〈名・形動〉(皮膚)白淨。

いろずり[色刷]〈名〉彩色印刷。

いろづ・く[色付く]〈自五〉①(樹葉、果實等)呈現出某種顏色。②情竇初開。

いろっぽ・い[色っぽい]〈形〉妖媚。

いろつや[色艶]〈名〉①光澤。色澤。②氣色。③趣味。風趣。

いろどり[彩]〈名〉①彩色。上色。②配色。③配合。點綴。

いろど・る[彩る]〈他五〉①上色。着色。②化妝。③點綴。

いろは〈名〉初步。入門。

いろまち[色町]〈名〉花街柳巷。

いろめ[色目]〈名〉①色調。②秋波。眉目傳情。

いろめがね[色眼鏡]〈名〉①有色眼鏡。②偏見。

いろめ・く[色めく]〈自五〉①呈現出美麗的顏色。②興奮起來。緊張起來。

いろもの[色物]〈名〉①帶顏色的衣服(布料)。②(曲藝、雜技)節目。

いろよい[色好い]〈連体〉令人滿意。

いろり[囲炉裏]〈名〉地爐。

いろわけ[色分け]〈名・他サ〉①用顏色區別開。②分類。

いろん[異論]〈名〉異議。

いわ[岩]〈名〉岩石。

いわい[祝い]〈名〉祝賀。賀禮。

いわ・う[祝う]〈他五〉祝賀。慶祝。

いわお[巌]〈名〉磐石。

いわく[曰く]〈名〉①曰。道。②緣故。隱情。

いわくつき[曰く付き]〈名〉①有說道。有來歷。②有前科。

いわし[鰯]〈名〉沙丁魚。

いわずかたらず[言わず語らず]〈連語〉不言不語。

いわずもがな[言わずもがな]〈連語〉①不說爲好。②自不必說。

いわば[岩場]〈名〉岩壁。

いわば[言わば]〈副〉說起來。可以說。

いわや[岩屋]〈名〉石窟。岩洞。

いわゆる[所謂]〈連体〉所謂。

いわれ[謂れ]〈名〉緣故。由來。

いん[印]〈名〉印章。

いん[陰]〈名〉①暗中。②背陰處。

いん[韻]〈名〉①韻。音韻。韻脚。②韻母。

いんうつ[陰鬱]〈形動〉陰沉。陰鬱。

いんえい[陰影]〈名〉①陰影。②(文章)含蓄。

いんか[引火]〈名・自サ〉引火。點火。

いんが[因果]Ⅰ〈名〉因果。Ⅱ〈形動〉不幸。厄運。

いんが[陰画]〈名〉底片。

いんがし[印画紙]〈名〉印相紙。

いんかしょくぶつ[隠花植物]〈名〉隱花植物。

いんかん[印鑑]〈名〉印章。

いんき[陰気]〈名・形動〉陰暗。陰鬱。憂鬱。

いんきょ[隠居]〈名・自サ〉①退休。閑居。②賦閑老人。

いんきょく[陰極]〈名〉陰極。負極。

いんぎん[慇懃]〈形動〉①慇懃。恭敬。②友誼。交情。③肉體關係。

インク[ink]〈名〉墨水。

いんけん[引見]〈名・他サ〉接見。

いんけん[陰険]〈名・形動〉陰險。

いんげんまめ[隠元豆]〈名〉菜豆。豇豆。

いんこ[鸚哥]〈名〉鸚鵡。

いんご[隠語]〈名〉行話。黑話。

いんこう[咽喉]〈名〉咽喉。

いんごう[因業]〈名・形動〉①罪孽。②殘酷。刻薄。

いんこく[印刻]〈名・他サ〉刻字。

いんざい[印材]〈名〉印料。

いんさつ[印刷]〈名・他サ〉印刷。

いんさん[陰惨]〈形動〉悽慘。

いんし[印紙]〈名〉印花(稅票)。

いんし[因子]〈名〉因子。

いんじゃ[隠者]〈名〉隱士。

いんしゅ[飲酒]〈名・自サ〉飲酒。

いんしゅう[因習]〈名〉舊習。陋習。

インシュリン[insulin]〈名〉胰島素。

いんじゅん[因循]〈名・形動〉①因循。保

守。②猶豫不決。

いんしょう[印象]〈名〉印象。

いんしょく[飲食]〈名・自サ〉飲食。吃喝。

インショップ[in shop]〈名〉店中店。

いんすう[因數]〈名〉(數)因數。因子。

いんずう[員數]〈名〉個數。額數。

インスタント[instant]〈名・形動〉即席。速成。

インスタントコーヒー[instant koffie]〈名〉速溶咖啡。

インスタントラーメン[インスタント老麵]〈名〉方便麵。

インスピレーション[inspiration]〈名〉靈感。

いんせい[院生]〈名〉研究生。

いんせい[陰性]〈名〉陰性。

いんぜい[印税]〈名〉版稅。

いんせき[引責]〈名・自サ〉引咎。

いんせき[姻戚]〈名〉姻親。親家。

いんせき[隕石]〈名〉隕石。

インセスト[incest]〈名〉亂倫。

いんぜん[隠然]〈形動〉隱秘。

いんそつ[引率]〈名・他サ〉率領。

インソムニア[insomnia]〈名〉失眠症。

インターセプト[intercept]〈名〉(足球等)斷球。截奪。

インターチェンジ[interchange]〈名〉高速公路出入口。

インターナショナル[international]〈名〉國際。國際歌。

インターハイ[inter-high]〈名〉高中校際體育比賽。全國高中運動會。

インターホン[interphone]〈名〉内線自動電話機。

インターン[intern]〈名〉(從醫學、美容院校畢業後的)實習。實習生。

いんたい[引退]〈名・自サ〉引退。退職。

インタビュー[interview]〈名・自サ〉採訪。

インチ[inch]〈名〉吋。英寸。

いんちき〈名・形動〉作假。作弊。

いんちょう[院長]〈名〉院長。

インディアペーパー[India paper]〈名〉辭

典紙。聖經紙。

インディアン[Indian]〈名〉印第安人。

インデックス[index]〈名〉索引。

インテリ[intelligentsiya]〈名〉知識分子。

いんでんき[陰電氣]〈名〉陰電。

インドア[indoor]〈名〉室内。

いんとう[咽頭]〈名〉(解)咽頭。

いんとう[淫蕩]〈名・形動〉淫蕩。

いんどう[引導]〈名〉①(佛)引導。②△～を渡す/發佈通牒。

いんとく[陰德]〈名〉陰德。

イントネーション[intonation]〈名〉語調。

いんとん[隠遁]〈名・自サ〉隱遁。遁世。

いんにく[印肉]〈名〉印泥。

いんにん[隠忍]〈名・自サ〉隱忍。

いんねん[因縁]〈名〉①因縁。②藉口。

いんばい[淫売]〈名・自サ〉賣淫。

インビテーション[invitation]〈名〉招待。邀請書。

インビトロファーティライゼーション[in vitrofertilization]〈名〉體外受精。

いんぶ[陰部]〈名〉陰部。

インフォメーション[information]〈名〉①通知。情報。②傳達室。問訊處。

インフルエンザ[influenza]〈名〉流行性感冒。

インフレーション[inflation]〈名〉通貨膨脹。

いんぶん[韻文]〈名〉韻文。

インベストメント[investment]〈名〉投資。

いんぺい[隠蔽]〈名・他サ〉隱蔽。隱瞞。

インボイス[invoice]〈名〉貨票。發貨單。

いんぼう[陰謀]〈名〉陰謀。

インポート[import]〈名〉進口。輸入。

インポテンツ[Impotenz]〈名〉陽痿。

いんぽん[淫奔]〈名・形動〉(女性)淫蕩。

いんめつ[湮滅]〈名・自他サ〉銷毀。消滅。

いんゆ[隠喩]〈名〉隱喻。暗喻。

いんよう[引用]〈名・他サ〉引用。

いんよう[陰陽]〈名〉陰陽。

いんよう[飲用]〈名・他サ〉飲用。

いんよく[淫欲]〈名〉淫慾。
いんらん[淫乱]〈名・形動〉淫亂。
いんりつ[韻律]〈名〉韻律。
いんりょう[飲料]〈名〉飲料。

いんりょく[引力]〈名〉引力。
いんれき[陰暦]〈名〉陰暦。農暦。
いんわい[淫猥]〈名・形動〉淫穢。

う ウ

う[鵜]〈名〉魚鷹。

う[卯]〈名〉卯。

ウイーク[week]〈名〉一週。

ウイークデー[week day]〈名〉(星期日之外的)平日。

ウイークリーマガジン[weekly magazine]〈名〉週刊雜誌。

ういういし・い[初初しい]〈形〉天真爛漫。

ういきょう[茴香]〈名〉茴香。

ウイグル[Uig(h)ur]〈名〉維吾爾族。

ういざん[初産]〈名〉初産。頭胎。

ウイスキー[whisky]〈名〉威士忌。

ウイット[wit]〈名〉詼諧。風趣。

ウイドー[widow]〈名〉寡婦。

ういまご[初孫]〈名〉長孫。

ウイルス[virus]〈名〉病毒。

ウインク[wink]〈名・自サ〉①使眼色。眨眼。②送秋波。

ウイング[wing]〈名〉①翼。翅膀。②(舞台、建築物)兩側。③(足球)邊鋒。

ウインタースポーツ[winter sports]〈名〉冬季運動。

ウインチ[winch]〈名〉絞車。

ウインドー[window]〈名〉①窗。②橱窗。

ウインドーシート[window seat]〈名〉(列車、飛機等)靠窗座席。

ウール[wool]〈名〉羊毛。毛織品。

うえ[上]〈名〉①上。上部。上方。②表面。上面。③(年齢)大。④(地位、程度)高。⑤在…方面。⑥而且。⑦…之後。⑧既然。

うえ[飢え]〈名〉餓。饑餓。

ウエア[wear]〈造語〉衣類。衣服。

ウエート[weight]〈名〉①重量。體重。②重點。

ウエートレス[waitress]〈名〉(餐廳等的)女招待。

ウエーブ[wave]〈名・自他サ〉①(電、光、音)波。②波浪式燙髮。波浪式髮型。

うえき[植木]〈名〉栽種的樹。盆栽花木。

うえきばち[植木鉢]〈名〉花盆。

うえこみ[植込み]〈名〉①(庭院中的)樹叢。②栽種。③鑲入。

うえした[上下]〈名〉①上下。②上下顛倒。

うえじに[飢死]〈名・自サ〉餓死。

ウエスト[waist]〈名〉腰。腰圍。

ウエストボール[waste ball]〈名〉(棒球)棄投(投手故意投出的壊球)。

うえつけ[植付け]〈名〉移植。插秧。

うえつ・ける[植え付ける]〈他下一〉①移植。②插秧。③灌輸。

ウエディング[wedding]〈名〉婚禮。結婚。

う・える[飢える]〈自下一〉①饑餓。②渴望。

う・える[植える]〈他下一〉①種。栽。②嵌入。③灌輸。

ウエルターきゅう[ウエルター級]〈名〉(拳擊)次中量級。

うえん[迂遠]〈形動〉①迂迴。②不切合實際。

うお[魚]〈名〉魚。

うおいちば[魚市場]〈名〉魚市。

うおうさおう[右往左往]〈名・自サ〉(驚慌失措地)東跑西竄。

ウオークマン[walkman]〈名〉便携式立體聲收録機。

ウオーミングアップ[warming up]〈名・自サ〉(賽前)準備活動。

ウオツカ[vodka]〈名〉伏特加酒。

ウオッチ[watch]〈名〉①手錶。懷錶。②(航海用語)看守。值班。

うおつり[魚釣り]〈名〉釣魚。

うおのめ[魚の目]〈名〉(手脚上長的)鷄眼。

うか[羽化]〈名・自サ〉(昆蟲)羽化。

うかい[迂回]〈名・自サ〉迂迴。繞遠兒。

うがい[嗽]〈名・自サ〉漱口。

うかうか〈副・自サ〉馬馬虎虎。稀里糊塗。

うかがい[伺い]〈名〉①請教。拜訪。②請安。③請示。

うかが・う[伺う]〈他五〉①請教。②拜訪。

うかが・う[窺う]〈他五〉窺視。窺伺。窺見。

うかさ・れる[浮かされる]〈自下一〉①(發燒)神志不清。②着迷。

うか・す[浮かす]〈他五〉①使…浮起。②省出。餘出。

うかつ[迂闊]〈名・形動〉①粗心。疏忽。②無知。

うが・つ[穿つ]〈自他五〉①鑿。穿。②道破。

うかぬかお[浮かぬ顔]〈連語〉愁眉苦臉。

うかば・れる[浮ばれる]〈自下一〉①能超度。②能出頭。

うかびあが・る[浮び上がる]〈自五〉①漂起。②暴露。③出息。

うか・ぶ[浮ぶ]〈自五〉①漂。浮。②露出。浮現。③想出。

うか・べる[浮べる]〈他下一〉①浮。泛。②露出。③想起。

うか・る[受かる]〈自五〉考上。及格。

うか・れる[浮かれる]〈自下一〉快活。高興。

うがん[右岸]〈名〉右岸。

うかんむり[う冠]〈名〉(漢字的)寶蓋兒。

うき[浮き]〈名〉①魚漂。②救生圈。

うき[雨季]〈名〉雨季。

うきあが・る[浮き上がる]〈自五〉①浮起。②浮現。③脱離。

うきあした・つ[浮足立つ]〈自五〉倉皇欲逃。

うきうき[浮き浮き]〈副・自サ〉喜氣洋洋。興冲冲。

うきくさ[浮草]〈名〉①浮萍。②漂泊不定。

うきぐも[浮雲]〈名〉①浮雲。②漂泊不定。

うきしずみ[浮き沈み]〈名・自サ〉浮沉。

うきだ・す[浮き出す]〈自五〉①浮出。②浮現。

うきた・つ[浮き立つ]〈自五〉快活。

うきな[浮名]〈名〉艷聞。

うきぶくろ[浮袋]〈名〉①救生圈。太平圈。

②魚鰾。

うきぼり[浮彫]〈名・他サ〉①浮雕。②刻畫。寫照。

うきみ[憂身]〈名〉痛苦的境遇。△～をやつす/非常煩惱。熱衷於。

うきよ[浮生]〈名〉塵世。世間。

うきよえ[浮世絵]〈名〉(江戸時代的)風俗畫。

う・く[浮く]〈自五〉①浮。漂。②鬆動。脱離。③愉快。④輕浮。⑤省出。餘出。

うぐいす[鶯]〈名〉黃鶯。

ウクレレ[ukulele]〈名〉尤克里里琴(夏威夷的一種四弦琴)。

うけ[受け]〈名〉①收。接。②評價。人緣。③答應。④(棋、劍等)守勢。

うけ[有卦]〈名〉好運。

うけあい[請合い]〈名〉①承包。承擔。②管保。保證。

うけあ・う[請け合う]〈他五〉①承擔。承包。②保證。管保。

うけい[右傾]〈名・自サ〉右傾。

うけいれ[受入れ]〈名〉接收。接納。②收入。③答應。

うけい・れる[受け入れる]〈他下一〉接納。收容。②接受。同意。

うけうり[受売り]〈名・他サ〉①轉賣。②現躉現賣。

うけおい[請負]〈名〉承包。包工。

うけお・う[請け負う]〈他五〉承包。

うけこたえ[受け答え]〈名・自サ〉應答。對答。

うけざら[受皿]〈名〉茶托。

うけだ・す[請け出す]〈他五〉①贖回。②贖出。

うけだち[受け太刀]〈名〉招架之勢。

うけたまわ・る[承る]〈他五〉①聽。恭聽。②遵從。③敬悉。④聽說。

うけつ・ぐ[受け継ぐ]〈他五〉繼承。

うけつけ[受付]〈名〉①受理。②傳達室。

うけつ・ける[受け付ける]〈他下一〉①受理。接受。②(藥、食物)吃得下。

うけと・める[受け止める]〈他下一〉①接住。擋住。②阻止。③理解。

うけとり[受取]〈名〉收據。

うけと・る[受け取る]〈他五〉①收。接。②理解。

うけなが・す[受け流す]〈他五〉①〈輕輕〉架開，擋開。②搪塞。

うけみ[受身]〈名〉①被動。守勢。②〈語法〉被動態。

うけもち[受持]〈名〉班主任。擔任者。

うけも・つ[受け持つ]〈他五〉擔任。承擔。

う・ける[受ける]Ⅰ〈他下一〉①接（住）。②受到。得到。③繼承。④接受。⑤遭受。⑥朝，向。Ⅱ〈自下一〉受歡迎。

うけわたし[受渡し]〈名・他サ〉交貨。交接。

うげん[右舷]〈名〉右舷。

うごう[烏合]〈名〉△～の衆/烏合之衆。

うごか・す[動かす]〈他五〉①動。移動。挪動。②推動。打動。③搖動。④調動。發動。⑤開動。轉動。⑥更動。變動。

うごき[動き]〈名〉①動。活動。②變化。動向。③更動。

うご・く[動く]〈自五〉①動。移動。②變化。③搖動。④行動。活動。⑤開動。轉動。⑥更動。

うごのたけのこ[雨後の筍]〈名〉雨後春筍。

うごめか・す[蠢かす]〈他五〉△鼻を～/洋洋得意。

うごめ・く[蠢く]〈自五〉蠕動。蠢動。

うさ[憂さ]〈名〉憂愁。

うさぎ[兎]〈名〉兎。

うさばらし[憂さ晴らし]〈名・自サ〉消愁。消遣。

うさんくさ・い[胡散臭い]〈形〉形跡可疑。奇怪。

うし[丑]〈名〉丑。

うし[牛]〈名〉牛。

うじ[氏]〈名〉氏。門第。

うじ[蛆]〈名〉蛆。

うしあぶ[牛虻]〈名〉牛虻。

うじうじ[副・自サ]遲疑不決。

うしお[潮]〈名〉海潮。潮水。

うしな・う[失う]〈他五〉①丟。丟失。喪失。②喪。亡。③錯過。

うしへん[牛偏]〈名〉〈漢字的〉牛字旁。

うじむし[蛆虫]〈名〉①蛆。②渣滓。鼠輩。

うじゃうじゃ[副・自サ]咕咕容容。

うしろ[後ろ]〈名〉①後。後面。②背後。背地裏。

うしろあし[後足]〈名〉後腿。

うしろがみ[後髪]〈名〉△～を引かれる/戀戀不捨。

うしろぐら・い[後暗い]〈形〉心中有愧。

うしろすがた[後姿]〈名〉背影。

うしろだて[後楯]〈名〉後盾。靠山。

うしろで[後手]〈名〉①背着手。②背後。背影。

うしろまえ[後前]〈名〉〈穿衣等〉前後顛倒。

うしろむき[後向き]〈名〉①背着身。②倒退。

うしろめた・い[後ろめたい]〈形〉①負疚。虧心。②擔心後果。

うしろゆび[後指]〈名〉△～を指される/被人背後指責。

うす[臼]〈名〉磨。臼。

うず[渦]〈名〉漩渦。

うすあかり[薄明り]〈名〉微亮。微明。

うすあじ[薄味]〈名〉〈菜〉清淡。

うす・い[薄い]〈形〉①薄。②〈色、味等〉淺。淡。③淡薄。稀。少。

うすうす[副]稍稍。隱約。

うずうず[副・自サ]憋不住。心裏發癢。

うすがみ[薄紙]〈名〉薄紙。

うすかわ[薄皮]〈名〉薄皮。薄膜。

うすぎ[薄着]〈名・自サ〉穿得少。

うすぎたな・い[薄汚い]〈形〉髒乎乎。

うすきみわる・い[薄気味悪い]〈形〉陰森。令人毛骨悚然。

うず・く[疼く]〈自五〉陣陣劇痛。

うすくち[薄口]〈名〉口味清淡〈的藥〉。

うずくま・る[蹲る]〈自五〉蹲。

うすぐもり[薄曇り]〈名〉微陰。

うすぐら・い[薄暗い]〈形〉昏暗。

うすげしょう[薄化粧]〈名・自サ〉淡妝。

うすじお[薄塩]〈名〉①味淡。②〈往魚、肉上撒的〉薄鹽。

うすずみ[薄墨]〈名〉淡墨。淡黑色。

うずたか・い[堆い]〈形〉堆得很高。

うすっぺら[薄っぺら]〈形動〉①薄。②淺薄。輕薄。膚淺。

うすで[薄手]〈名〉①較薄。②輕薄。膚淺。③輕傷。

うすのろ[薄のろ]〈名〉獃子。半憨子。二百五。

うすばかげろう[薄羽蜉蝣]〈名〉蛟蜻蛉。蟻蛉。

うすび[薄日]〈名〉微弱的陽光。

うすべり[薄縁]〈名〉草蓆。

うずまき[渦巻き]〈名〉漩渦。

うずま・く[渦巻く]〈自五〉①打漩兒。翻滾。②(感情)激動。

うずま・る[埋まる]〈自五〉①(被)埋上。埋着。②擠滿。

うすめ[薄目]〈名〉①半睜的眼睛。②薄些。淡些。

うす・める[薄める]〈他下一〉稀釋。(弄)淡。

うず・める[埋める]〈他下一〉①埋。掩埋。②擠滿。充塞。

うすもの[薄物]〈名〉(紗、羅等做的)薄衣。

うずも・れる[埋もれる]〈自下一〉①被埋上。②湮没。埋没。③充滿。

うずら[鶉]〈名〉鵪鶉。

うすら・ぐ[薄らぐ]〈自五〉漸稀。漸淡。減輕。減少。

うすらさむ・い[薄ら寒い]〈形〉微寒。冷颼颼。

うずらまめ[鶉豆]〈名〉斑豆。

うす・れる[薄れる]〈自下一〉淡薄。減弱。

うすわらい[薄笑い]〈名〉冷笑。

うせつ[右折]〈名・自サ〉右拐。向右轉彎。

う・せる[失せる]〈自下一〉①丟失。消失。②走開。離開。

うそ[嘘]〈名〉①謊言。假話。②錯誤。不正確。③不應該。不恰當。

うぞうむぞう[有象無象]〈名〉蝦兵蟹將。

うそじ[嘘字]〈名〉錯字。別字。

うそつき[嘘つき]〈名〉說謊。

うそぶ・く[嘯く]〈自五〉①佯裝不知。②吹牛。大言不慚。③吼叫。

うた[歌]〈名〉①歌。②(日本的)短歌。和歌。

うたいて[歌い手]〈名〉歌手。歌唱家。

うた・う[歌う]〈他五〉①唱。②詠。

うた・う[謳う]〈他五〉①明文規定。强調。②歌頌。

うたがい[疑い]〈名〉疑問。懷疑。嫌疑。

うたがいぶか・い[疑い深い]〈形〉多疑。疑心大。

うたが・う[疑う]〈他五〉懷疑。疑心。

うたがわし・い[疑わしい]〈形〉可疑。

うたごえ[歌声]〈名〉歌聲。

うたたね[転た寝]〈名・自サ〉打盹兒。打瞌睡。

うだつ[梲]〈名〉樑上短柱。△～が上がらない/翻不了身。永無出頭之日。

うだ・る[茹だる]〈自五〉①煮熟。②(天氣)熱得使人發昏。

うち[内・家]〈名〉①内中。裏。②房子。③(自己)家。④(自己的工作單位)我們。

うちあい[打ち合い・擊ち合い]〈名〉對打。對擊。對射。

うちあ・ける[打ち明ける]〈他下一〉說出(心裏話)。

うちあ・げる[打ち上げる]Ⅰ〈他下一〉①放。發射。②(波浪把東西)沖上岸。③(演出、相撲、圍棋比賽等)結束。Ⅱ〈自下一〉(波浪)沖上岸。

うちあわせ[打ち合せ]〈名〉(事先)商量。

うちあわ・せる[打ち合せる]〈他下一〉商量。洽商。②相碰。

うちうち[内内]〈名・形動〉家裏。内部。私下。

うちうみ[内海]〈名〉①内海。②湖。

うちおと・す[打ち落す・擊ち落す]〈他五〉①打落。擊落。②砍掉。

うちかた[擊ち方]〈名〉①射擊。②(槍等)打法。

うちか・つ[打ち勝つ]〈自五〉①打敗。戰勝。②克服。

うちがわ[内側]〈名〉内側。

うちき[内気]〈名・形動〉羞怯。腼腆。

うちきず[打傷]〈名〉打傷。碰傷。

うちきり[打ち切り]〈名〉停止。中止。

うちき・る[打ち切る]〈他五〉①截止。停止。中止。②砍。③〔圍棋〕下完。

うちきん[内金]〈名〉定錢。預付款。

うちくだ・く[打ち砕く]〈他五〉①打碎。破爛。②粉碎。挫敗。

うちけ・す[打ち消す]〈他五〉否認。否定。

うちこ・む[打ち込む・撃ち込む]Ⅰ〈他五〉打進。砸進。射進。釘進。Ⅱ〈自五〉熱中。專心致志。

うちころ・す[打ち殺す・撃ち殺す]〈他五〉打死。槍殺。

うちこわ・す[打ち壊す]〈他五〉破壞。毀壞。搗毀。

うちじに[討死]〈名・自サ〉戰死。

うちだ・す[打ち出す]〈他五〉①打出。砸出。②提出(主張)。

うちた・てる[打ち立てる]〈他下一〉建立。樹立。奠定。

うちつ・ける[打ち付ける]〈他下一〉①碰。撞。②釘(上)。

うちつづ・く[打ち続く]〈自五〉連綿。接連。

うちづら[内面]〈名〉對自家人的態度。

うちでし[内弟子]〈名〉住在師傅家裏的徒弟。

うちでのこづち[打出の小槌]〈名〉傳說中的萬寶鎚。

うちと・ける[打ち解ける]〈自下一〉融洽。無隔閡。

うちどころ[打ち所]〈名〉①(身體)碰、撞部位。②標有問題記號處。△非の~がない/無可指責。無懈可擊。

うちと・める[撃ち止める]〈他下一〉打死。擊中。

うちぬ・く[打ち抜く・撃ち抜く]〈他五〉①穿孔。穿通。②打到底。打垮。

うちのめ・す[打ちのめす]〈他五〉①打倒。打躺下。②打垮。

うちのり[内法]〈名〉(管子、箱子等)內側尺寸。

うちぶところ[内懐]〈名〉内心。内幕。

うちべんけい[内弁慶]〈名〉在家逞英雄,出門是狗熊。

うちポケット[内ポケット]〈名〉(衣服的)裏兜兒。

うちまく[内幕]〈名〉内幕。

うちまた[内股]〈名〉①大腿的内側。②内八字腳。

うちみ[打身]〈名〉跌打損傷。

うちみず[打水]〈名〉潑水。

うちやぶ・る[打ち破る]〈他五〉①打破。②打敗。

うちゅう[宇宙]〈名〉宇宙。

うちゅうステーション[宇宙ステーション]〈名〉空間站。

うちゅうせん[宇宙船]〈名〉宇宙飛船。

うちゅうひこうし[宇宙飛行士]〈名〉宇航員。

うちゅうロケット[宇宙ロケット]〈名〉宇宙火箭。

うちょうてん[有頂天]〈名・形動〉欣喜若狂。洋洋得意。

うちよ・せる[打ち寄せる]Ⅰ〈自下一〉①(波浪)沖擊,滾來。②迫近。逼近。Ⅱ〈他下一〉(波浪)把…沖上來。

うちわ[内輪]〈名〉①内部。自家。②保守。留有餘地。

うちわ[団扇]〈名〉團扇。

うちわけ[内訳]〈名〉細目。

うちわもめ[内輪揉め]〈名〉内訌。

う・つ[打つ]〈他五〉①打。擊。拍。撞。②打動。③打(字、電報)。(鐘)打點。擀(麵條)。下(圍棋)。撒(網)。灑(水)。②釘(釘子)。打(椿子、針)。澆灌(混凝土)。⑤點(標點)。⑥演(戲)。

う・つ[撃つ]〈他五〉(用槍、炮)打。開(槍)。放(炮)。

う・つ[討つ]〈他五〉討伐。攻擊。

うつうつ[鬱鬱]〈形動〉①鬱悶。②繁茂。

うっかり[副・自サ]馬虎。不留神。

うつぎ[空木]〈名〉(植)溲疏。

うつくし・い[美しい]〈形〉美。美麗。漂亮。美好。

うっけつ[鬱血]〈名・自サ〉淤血。

うつし[写]〈名〉①抄寫。②副本。

うつ・す[写す]〈他五〉①抄寫。②描寫。描繪。③拍照。

うつ・す[映す]〈他五〉①映。照。②放映。

うつ・す[移す]〈他五〉①移。遷。挪。搬。②度過(時間)。③傳染。

うっすら〈副〉微微。薄薄。隱約。

うっせき[鬱積]〈名・自サ〉鬱積。

うっそう[鬱蒼]〈形動〉鬱鬱葱葱。

うったえ[訴え]〈名〉①訴訟。②申訴。

うった・える[訴える]〈他下一〉①控告。②申訴。訴說。③訴諸。④打動。

うっちゃ・る[現]〈他五〉扔掉。擱下。

うつつ[現]〈名〉現實。△～をぬかす/神魂顛倒。

うってかわ・る[打って変る]〈自五〉突變。大變。

うってつけ〈形動〉恰當。合適。

うって・で[打って出で]〈自下一〉①出馬。②登上(政壇、文壇等)。

うっとうし・い[鬱陶しい]〈形〉①鬱悶。沉悶。陰鬱。②討厭。

うっとり〈副・自サ〉出神。陶醉。

うつびょう[鬱病]〈名〉憂鬱症。

うつぶせ[うつ伏せ]〈名〉伏。趴。

うっぷん[鬱憤]〈名〉悶氣。怨憤。

うつぼかずら[靫葛]〈名〉猪籠草。

うつぼつ[鬱勃]〈形動〉勃勃。旺盛。

うつむ・く[俯く]〈自五〉低頭。俯首。

うつむ・ける[俯ける]〈他下一〉俯首。低頭。

うつらうつら〈副・自サ〉→うとうと。

うつり[映り・写り]〈名〉①照。映。②(顔色的)配合。

うつりかわり[移り変り]〈名〉變遷。變化。

うつりぎ[移り気]〈名〉見異思遷。

うつ・る[写る]〈自五〉(拍)照。

うつ・る[映る]〈自五〉①照。映。②相配。相稱。

うつ・る[移る]〈自五〉①移。遷。調動。②推移。變遷。③傳染。④(色、香等)染上。沾上。

うつろ[空ろ]〈名・形動〉①空心。②茫然。發獃。

うつわ[器]〈名〉①容器。器皿。②才幹。才能。器量。

うで[腕]〈名〉①胳膊。②本領。手藝。

うでぎ[腕木]〈名〉托架。桁架。

うできき[腕利き]〈名〉幹練。有本事。

うでぐみ[腕組]〈名〉抱着胳膊。

うでくらべ[腕比べ]〈名・自サ〉比力氣。比本領。

うでずく[腕ずく]〈名〉動武。靠武力。

うでずもう[腕相撲]〈名〉掰腕子。

うでたてふせ[腕立て伏せ]〈名〉俯臥撑。

うでだめし[腕試し]〈名〉試試(力氣、本事)。

うでっぷし[腕っ節]〈名〉腕力。

うでどけい[腕時計]〈名〉手錶。

うでまえ[腕前]〈名〉本領。手藝。

うでまくら[腕枕]〈名〉用胳膊當枕頭。

うでまくり[腕捲り]〈名〉挽袖子。

う・でる[茹でる]〈他下一〉→ゆでる。

うでわ[腕輪]〈名〉手鐲。

うてん[雨天]〈名〉雨天。

うど[独活]〈名〉土當歸。

うと・い[疎い]〈形〉①疏遠。②生疏。不熟悉。

うとうと〈副・自サ〉迷迷糊糊。

うとまし・い[疎ましい]〈形〉討厭。厭煩。

うと・む[疎む]〈他五〉→うとんずる。

うどん[饂飩]〈名〉麵條。

うどんげ[優曇華]〈名〉①(佛)優曇華。②非常罕見的事情。

うとん・ずる[疎んずる]〈他サ〉疏遠。

ウナ〈名〉加急電報的略號。

うなが・す[促す]〈他五〉催促。

うなぎ[鰻]〈名〉鱔魚。

うなぎのぼり[鰻上り]〈名〉直線上昇。

うなさ・れる[魘される]〈自下一〉魘。

うなじ[項]〈名〉脖頸。

うなず・く[頷く]〈自五〉點頭。首肯。

うなず・ける[頷ける]〈自下一〉能够同意。可以理解。

うなだ・れる[項垂れる]〈自下一〉低頭。

垂頭。

うなばら[海原]〈名〉大海。

うなり[唸り]〈名〉①呻吟(聲)。吼叫(聲)。鳴鳴(聲)。②(風箏上的)響笛。

うな・る[唸る]〈自五〉①呻吟。②哼唱。③吼叫。④轟鳴。⑤叫好。喝彩。⑥(用「～ほど」的形式)有的是。多得很。

うに[丹]〈名〉海膽。

うぬぼ・れる[己惚れる]〈自下一〉自負。自鳴得意。

うね[畝]〈名〉壟。

うねうね[副・自サ]彎彎曲曲。

うねり〈名〉①蜿蜒。起伏。②波浪。

うね・る〈自五〉①彎曲。②起伏。

うのみ[鵜呑み]〈名〉囫圇吞下。生吞活剝。

うのめたかのめ[鵜の目鷹の目]〈連語〉瞪着大眼(尋找)。

うは[右派]〈名〉右派。

うば[乳母]〈名〉乳母。奶媽。

うばいあ・う[奪い合う]〈他五〉争奪。

うばいと・る[奪い取る]〈他五〉奪取。

うば・う[奪う]〈他五〉①搶奪。②吸引人。迷人。

うばぐるま[乳母車]〈名〉嬰兒車。

うぶ[初]〈名〉純真。幼稚。

うぶぎ[産着]〈名〉新生兒衣服。

うぶげ[産毛]〈名〉①胎毛。②汗毛。

うぶごえ[産声]〈名〉(初生兒)呱呱聲。

うぶゆ[産湯]〈名〉初生兒洗澡(水)。

うま[午]〈名〉(十二支之一)午。

うま[馬]〈名〉馬。

うま・い[甘い・旨い]〈形〉①高明。棒。好。②香。好吃。③如意。順利。

うまうまと[副](行騙)巧妙,高明。

うまかた[馬方]〈名〉趕馱子的。趕腳的。

うまごやし[苜蓿]〈名〉苜蓿。

うまずめ[石女]〈名〉石女。

うまづら[馬面]〈名〉長臉。驢臉。

うまとび[馬跳]〈名〉跳馬(遊戲)。

うまに[甘煮]〈名〉用肉、蔬菜加醬油,糖燉的菜。

うまのほね[馬の骨]〈名〉來歷不明的傢伙。

うまのり[馬乗り]〈名〉①騎馬(者)。②騎(在…上)。

うまみ[甘み・旨み]〈名〉①美味。②妙處。③油水。賺頭。

うまや[馬屋]〈名〉馬厩。

うま・る[埋る]〈自五〉①(被)埋。②填滿。擠滿。③填補。彌補。

うまれ[生れ]〈名〉①出生。②出身。

うまれお・ちる[生れ落ちる]〈自上一〉生下。

うまれかわ・る[生れ変る]〈自五〉①轉世。②脱胎換骨。

うまれこきょう[生れ故郷]〈名〉故郷。出生地。

うまれつき[生れつき]〈名・副〉天生。生來。

うまれながら[生れながら]〈副〉天生。生來。

うま・れる[生れる]〈自下一〉①出生。②誕生。出現。

うみ[海]〈名〉海。

うみ[膿]〈名〉膿。

うみがめ[海亀]〈名〉海龜。

うみせんやません[海千山千]〈名〉老奸巨猾。老江湖。

うみなり[海鳴り]〈名〉(颱風、海嘯前的)海鳴。

うみねこ[海猫]〈名〉黑尾鷗。

うみのおや[産みの親]〈名〉①生身父母。②創始人。

うみべ[海辺]〈名〉海邊。

うみへび[海蛇]〈名〉海蛇。

う・む[倦む]〈自五〉厭倦。疲倦。

う・む[産む・生む]〈他五〉①生。産。②産生。

う・む[膿む]〈自五〉化膿。

うむ[有無]〈名〉①有無。②是否。

うめ[梅]〈名〉梅。

うめあわ・せる[埋め合せる]〈他下一〉填補。彌補。補償。

うめ・く[呻く]〈自五〉呻吟。

うめくさ[埋草]〈名〉補白。

うめた・てる[埋め立てる]〈他下一〉填埋

(河、湖、海造地)。

うめぼし[梅干]〈名〉鹹梅。

う・める[埋める]〈他下一〉①埋。掩埋。②填(滿)。③填補。彌補。④(往熱水裏)對水。

うもう[羽毛]〈名〉羽毛。

うも・れる[埋れる]〈自下一〉→うずもれる。

うやうやし・い[恭しい]〈形〉恭敬。

うやま・う[敬う]〈他五〉尊敬。愛戴。

うやむや〈形動〉含糊不清。

うようよ〈副・自サ〉咕咕蠕動。蠕動。

うよきょくせつ[紆余曲折]〈名・自サ〉①彎彎曲曲。②曲折。波折。

うよく[右翼]〈名〉①(思想等)右翼。②右翼。右側。

うら[裏]〈名〉①背面。後面。後邊。③(衣服)裏子。(鞋、襪)的底子。④内部。幕後。⑤(棒球)後半場。

うらあみ[裏編]〈名〉(打毛線等)反針。

うらうち[裏打]〈名・他サ〉①裱裏。裱褙。②證實。

うらうらと〈副・自サ〉(陽光)燦爛。

うらおもて[裏表]〈名〉①裏和面。正反兩面。②裏外顛倒。③表裏不一。

うらがえ・す[裏返す]〈他五〉翻過來。

うらがき[裏書き]〈名・自サ〉①背書。(票的)背面簽字。②證實。

うらかた[裏方]〈名〉①貴夫人。(2)(劇)後台工作人員。

うらぎり[裏切り]〈名〉背叛。

うらぎりもの[裏切り者]〈名〉叛徒。

うらぎ・る[裏切る]〈他五〉①背叛。②辜負。

うらぐち[裏口]〈名〉後門。

うらごえ[裏声]〈名〉假聲。假嗓子。

うらごし[裏漉し]〈名・他サ〉濾網。濾篩。過濾。

うらさく[裏作]〈名〉後茬(作物)。

うらじ[裏地]〈名〉衣裏子。襯裏。作衣裏的布料。

うらづけ[裏付け]〈名〉證據。保證。

うらづ・ける[裏付ける]〈他下一〉證明。

證實。

うらて[裏手]〈名〉後面。後邊。

うらどおり[裏通り]〈名〉背街小巷。小胡同。

うらない[占]〈名〉占卦。算命。卜者。

うらな・う[占う]〈他五〉占卜。算命。

うらなり[末成り]〈名〉①蔓梢上結的晚瓜。②臉色蒼白體弱的人。

ウラニウム[uranium]〈名〉鈾。

うらにわ[裏庭]〈名〉後院。

うらばなし[裏話]〈名〉秘密。秘聞。

うらはら[裏腹]〈名〉相反。不一致。

うらびょうし[裏表紙]〈名〉(書)封底。

うらぶ・れる〈自下一〉落魄。潦倒。

うらぼん[盂蘭盆]〈名〉盂蘭盆會。

うらまち[裏町]〈名〉小巷。里弄。小胡同。

うらみ[恨み]〈名〉恨。怨恨。

うらみ[憾み]〈名〉遺憾。

うらみごと[恨み言]〈名〉怨言。

うらみち[裏道]〈名〉①通後門的路。②抄道。③邪道。

うら・む[恨む]〈他五〉怨恨。抱怨。

うら・む[憾む]〈他五〉遺憾。悔恨。

うらむらくは[憾むらくは]〈連語〉遺憾的是。

うらめ[裏目]〈名〉△～に出る/事與願違。

うらめし・い[恨めしい]〈形〉①可恨。②遺憾。

うらもん[裏門]〈名〉後門。

うらやまし・い[羨ましい]〈形〉羨慕。

うらや・む[羨む]〈他五〉羨慕。

うららか[麗らか]〈形動〉①晴朗。和煦。②舒暢。開朗。

ウラン[Uran]〈名〉鈾。

うり[瓜]〈名〉瓜。

うり[売り]〈名〉賣。

うりあげ[売上]〈名〉銷售額。

うりいそ・ぐ[売り急ぐ]〈他五〉急於出賣。

うりかけ[売掛け]〈名〉賒銷。

うりき・れる[売り切れる]〈自下一〉賣光。售完。

うりぐい[売食い]〈名・自サ〉賣着吃。靠

變賣東西過活。

うりこ[売子]〈名〉售貨員。

うりごえ[売声]〈名〉叫賣聲。

うりことば[売言葉]〈名〉挑釁性的話。

うりこ・む[売り込む]〈他五〉①推銷。兜售。②出賣(秘密)。③取寵。巴結。④出名。

うりざねがお[瓜実顔]〈名〉瓜子臉。

うりさば・く[売り捌く]〈他五〉推銷。

うりだし[売出し]〈名〉①開始銷售。②甩賣。大減價。③走紅。出名。

うりだ・す[売り出す]Ⅰ〈他五〉①開始出售。②甩賣。推銷。Ⅱ〈自五〉出名。

うりつ・ける[売け付ける]〈他下一〉强賣。硬賣錢。

うりて[売手]〈名〉賣主。

うりとば・す[売り飛ばす]〈他五〉(忍痛)賣掉。

うりね[売値]〈名〉賣價。

うりば[売場]〈名〉櫃台。售貨處。

うりはら・う[売り払う]〈他五〉賣光。賣掉。

うりもの[売物]〈名〉①出售的東西。②(吸引人的)招牌。手段。③(演員、藝人的)拿手好戲。

うりや[売家]〈名〉出售的房子。

うりょう[雨量]〈名〉雨量。

うりわた・す[売り渡す]〈他五〉①出售。出賣。②出賣(自己人)。

う・る[売る]〈他五〉①賣。②出賣(朋友等)。③尋釁。挑起。④沽名。

うる[得る]〈他下二〉→える。

うるうどし[閏年]〈名〉閏年。

うるおい[潤い]〈名〉①光潤。濕潤。②補益。貼補。③風趣。

うるお・う[潤う]〈自五〉①潤。濕。②變得寬綽。

うるお・す[潤す]〈他五〉①潤。滋潤。②使富足。使受惠。

うるさ・い[煩い]〈形〉①吵鬧。嘈雜。②愛唠叨。愛挑剔。③討厭。

うるさがた[うるさ型]〈名〉好吹毛求疵的人。

うるし[漆]〈名〉①漆樹。②漆。

うるち[粳]〈名〉粳米。

うる・む[潤む]〈自五〉①濕潤。②哽咽。

うるわし・い[麗しい]〈形〉①美麗。②動人。可愛。③晴朗。

うれい[憂い]〈名〉憂愁。憂鬱。憂慮。

う・れる[憂える]〈他下一〉憂慮。擔憂。

うれくち[売れ口]〈名〉①銷路。②(出嫁、就業的)去路。

うれし・い[嬉しい]〈形〉高興。歡喜。

うれしがらせ[嬉しがらせ]〈名〉奉承。討人歡喜。

うれしが・る[嬉しがる]〈自五〉高興。歡喜。

うれしなき[嬉し泣き]〈名〉高興得流淚。

うれしなみだ[嬉し涙]〈名〉喜淚。高興的眼淚。

うれだか[売れ高]〈名〉銷售量。銷售額。

うれっこ[売れっ子]〈名〉①紅演員。②走紅。出名。

うれのこ・る[売れ残る]〈自五〉①賣剩下。賣不出去。②嫁不出去。

うれゆき[売行き]〈名〉銷路。

う・れる[売れる]〈自下一〉①暢銷。②馳名。揚名。③嫁出去。

う・れる[熟れる]〈自下一〉熟。成熟。

うろ[空]〈名〉窟隆。

うろ[雨露]〈名〉雨露。

うろうろ[副・自サ]①彷徨。②急得亂轉。

うろおぼえ[うろ覚え]〈名〉模糊的記憶。

うろこ[鱗]〈名〉鱗。

うろた・える[自下一]驚慌失措。

うろちょろ[副・自サ]轉來轉去。

うろつ・く[自五]踱轉悠悠。轉來轉去。

うわあご[上顎]〈名〉上顎。

うわき[浮気]〈名〉①見異思遷。②亂搞男女關係。愛情不專一。

うわぎ[上着]〈名〉①上衣。②外衣。

うわぐすり[釉薬]〈名〉釉子。

うわくちびる[上唇]〈名〉上唇。

うわごと[うわ言]〈名〉①胡話。囈語。②胡說八道。

うわさ[噂]〈名・他サ〉①背後議論。②傳

閒。風傳。

うわすべり[上滑り]〈名・形動〉①表面光滑。②膚淺。一知半解。

うわずみ[上澄み]〈名〉液體上部澄清部分。

うわず・る[上擦る]〈自五〉浮躁。激越。

うわぜい[上背]〈名〉身材。個子。

うわつ・く[浮つく]〈自五〉輕浮。忘乎所以。

うわっちょうし[上っ調子]〈名・形動〉輕浮。輕率。輕佻。浮躁。

うわづつみ[上包み]〈名〉①外包裝。②包裝紙。(書的)外皮。

うわっつら[上っ面]〈名〉①表面。②皮毛。

うわばり[上っ張り]〈名〉①罩衫。

うわづみ[上積み]〈名・他サ〉①裝在上面(的貨物)。②另加。再加。

うわて[上手]〈名〉①上方。②上游。③上風。④高明。

うわぬり[上塗]〈名・他サ〉①塗最後一遍。②再度做(不好的事)。

うわのそら[上の空]〈形動〉心不在焉。

うわばき[上履]〈名〉室內穿的鞋。

うわばみ[蟒蛇]〈名〉①蟒蛇。②(飲酒)海量。

うわべ[上辺]〈名〉表面。外表。

うわまえ[上前]〈名〉①(衣服的)大襟。②佣金。回扣。

うわまわ・る[上回る]〈自五〉高於。超過。

うわむき[上向き]〈名〉①朝上。仰。②表面。外表。③(行市)看漲。

うわめ[上目]〈名〉①(不仰臉)眼珠朝上翻。②超出。③連皮一起稱。

うわやく[上役]〈名〉上級。上司。

うわ・る[植わる]〈自五〉種。栽。

うん[運]〈名〉運。運氣。命運。

うん〈感〉哦。

うんえい[運営]〈名・他サ〉辦理。經營。

うんか[浮塵子]〈名〉(水稻害蟲)浮塵子,飛虱。

うんか[雲霞]〈名〉①雲霞。②雲集。

うんが[運河]〈名〉運河。

うんかい[雲海]〈名〉雲海。

うんきゅう[運休]〈名〉停止運行。

うんこう[運行]〈名・自サ〉運行。行駛。

うんこう[運航]〈名・自サ〉(船、飛機)航行。

うんざり〈名・自サ〉厭膩。厭煩。

うんざん[運算]〈名〉(數)運算。演算。

うんさんむしょう[雲散霧消]〈名・自サ〉雲消霧散。

うんせい[運勢]〈名〉命。運氣。

うんそう[運送]〈名・他サ〉運輸。運送。搬運。

うんだめし[運試し]〈名・自サ〉碰碰運氣。

うんちく[蘊蓄]〈名〉淵博的知識。

うんちん[運賃]〈名〉運費。

うんでい[雲泥]〈名〉天壤。

うんてん[運転]〈名・自他サ〉①駕駛。②操縱。開動。③運用。④周轉。

うんと〈副〉①很多。②狠狠。用力。③…得多。

うんどう[運動]〈名・自サ〉①(物體)運動。②(體育)運動。③(社會)運動。

うんぬん[云云]Ⅰ〈他サ〉說三道四。Ⅱ〈名〉云云。等等。

うんのう[蘊奧]〈名〉奧秘。

うんぱん[運搬]〈名・他サ〉搬運。

うんぴつ[運筆]〈名〉運筆。

うんめい[運命]〈名〉命。命運。

うんも[雲母]〈名〉雲母。

うんゆ[運輸]〈名〉運輸。

うんよう[運用]〈名・他サ〉運用。

え　エ

え[柄]〈名〉柄。把兒。

え[餌]〈名〉→えさ。

え[絵]〈名〉畫。圖書。繪畫。

-え[重]〈接尾〉重。層。

エア[air]〈名〉①空氣。大氣。②空中。

エアカー[air-car]〈名〉氣墊船。氣墊車。

エアコンディショナー[air conditioner]〈名〉空氣調節器。

エアコンディショニング[air conditioning]〈名〉空氣自動調節器。

エアコンプレッサー[air compressor]〈名〉空氣壓縮機。

エアポートタックス[air port tax]〈名〉機場税。

エアメール[air mail]〈名〉航空郵件。

エアライン[air line]〈名〉航綫。航空公司。

えい[鱝]〈名〉魟魚。鰩魚。

えい[栄]〈名〉光榮。榮譽。

えい[嬰]〈名〉(樂)昇音。昇號。

えい[感]①(用力時發出的聲音)欸！②(強烈感動)噯呀!

えいい[鋭意]〈名・副〉鋭意。

えいえい[営営]〈形動〉孜孜不倦。

えいえん[永遠]〈名〉永遠。永恒。

えいが[映画]〈名〉電影。

えいが[栄華]〈名〉榮華。

えいがかん[映画館]〈名〉電影院。

えいがかんとく[映画監督]〈名〉電影導演。

えいかく[鋭角]〈名〉(數)鋭角。

えいかん[栄冠]〈名〉榮冠。榮譽。

えいき[英気]〈名〉英氣。

えいきゅう[鋭気]〈名〉鋭氣。

えいきゅう[永久]〈名〉永久。

えいきょう[影響]〈名・自サ〉影響。

えいぎょう[営業]〈名・自サ〉營業。

えいけつ[永訣]〈名・自サ〉永訣。永別。

えいこ[栄枯]〈名〉榮枯。

えいご[英語]〈名〉英語。

えいこう[曳航]〈名・他サ〉拖航。

えいこう[栄光]〈名〉光榮。

えいこうだん[曳光弾]〈名〉曳光彈。

えいさい[英才]〈名〉英才。

えいし[英姿]〈名〉英姿。

えいじ[英字]〈名〉英文字母。英文。

えいじ[嬰児]〈名〉嬰兒。

えいしゃ[映写]〈名・他サ〉放映。

えいじゅう[永住]〈名・自サ〉定居。永住。

えいしょう[詠唱]Ⅰ〈名〉詠嘆調。Ⅱ〈名・他サ〉詠唱。吟咏。

えいしん[栄進]〈名・自サ〉榮陞。晉陞。

エイズ[AIDS]〈名〉愛滋病。

えい・ずる[映ずる]〈自サ〉①映照。②映入眼簾。

えいせい[永世]〈名〉永久。永世。

えいせい[衛生]〈名〉衛生。

えいせい[衛星]〈名〉衛星。

えいぞう[映像]〈名〉影像。圖像。②印象。

えいぞう[営造]〈名・他サ〉營造。

えいぞく[永続]〈名・自サ〉持續。持久。

えいたつ[栄達]〈名・自サ〉高陞。飛黄騰達。

えいたん[詠嘆]〈名・自サ〉①讚嘆。②吟詠。

えいだん[英断]〈名〉英明的決斷。

えいち[英知]〈名〉叡智。

エイト[eight]〈名〉八人賽艇。

えいびん[鋭敏]〈形動〉敏鋭。

えいぶん[英文]〈名〉英文。

えいへい[衛兵]〈名〉衛兵。

えいべつ[永別]〈名・自サ〉永別。

えいみん[永眠]〈名・自サ〉長眠。

えいめい[英明]〈名・形動〉英明。

えいやく[英訳]〈名・他サ〉譯成英文。

えいゆう[英雄]〈名〉英雄。

えいよ[栄誉]〈名〉榮譽。

えいよう[栄養]〈名〉營養。

えいり[営利]〈名〉營利。

えいり[鋭利]〈名・形動〉銳利。尖銳。

えいれい[英霊]〈名〉英靈。

えいわ[英和]〈名〉英(國)日(本)。

ええ[感]①〈驚訝〉啊!②〈同意〉欸。③〈不耐煩〉好了。

エーカー[acre]〈名〉英畝。

エーテル[Äther]〈名〉①〈理〉以太。②〈化〉醚。乙醚。

ええと[感]〈談話中思考時發出的聲音〉嗯。

エープリルフール[April fool]〈名〉萬愚節。愚人節。

えがお[笑顔]〈名〉笑臉。

えかき[絵かき]〈名〉畫家。畫師。

えが・く[描く]〈他五〉①畫。描繪。②描寫。

えがた・い[得難い]〈形〉難得。

えき[易]〈名〉易經。易。占卜。

えき[益]〈名・他サ〉有益。益處。利益。

えき[液]〈名〉液。液體。

えき[駅]〈名〉火車站。

えきか[液化]〈名・自他サ〉〈理〉液化。

えきぎゅう[役牛]〈名〉耕牛。

えきしゃ[易者]〈名〉算命先生。

エキス[extract]〈名〉①〈藥品和食物的提取物〉精。精華。

エキストラ[extra]〈名〉臨時演員。

エキスパート[expert]〈名〉專家。行家。

エキスポ[expo]〈名〉博覽會。

えき・する[益する]〈他サ〉有益。裨益。

エキゾチック[exotic]〈形動〉異國情調。

えきたい[液体]〈名〉液體。

えきちく[役畜]〈名〉耕畜。

えきちゅう[益虫]〈名〉益蟲。

えきちょう[益鳥]〈名〉益鳥。

えきちょう[駅長]〈名〉(火車站)站長。

えきでん[駅伝]〈名〉長距離接力賽。

えきびょう[疫病]〈名〉疫病。瘟疫。

えきべん[駅弁]〈名〉車站上賣的盒飯。

えきり[疫痢]〈名〉中毒性痢疾。

エクスチェンジレート[exchange rate]〈名〉匯兌率。

えくぼ[靨]〈名〉酒窩。

えグラフ[絵グラフ]〈名〉象形圖表。

えぐ・る[抉る]〈他五〉①挖。剜。②切中。

えげつな・い[形]①下流。②無情。狠毒。

エゴイスト[egoist]〈名〉利己主義者。

エゴイズム[egoism]〈名〉利己主義。

えこう[回向]〈名・自サ〉祈冥福。

えごころ[絵心]〈名〉①畫興。②懂畫。

えこじ[依怙地]〈名・形動〉→いこじ。

エコノミー[economy]〈名〉經濟。節約。

エコノミークラス[economy class]〈名〉(飛機、船等)普通席。

えこひいき[依怙贔屓]〈名・他サ〉偏祖。偏愛。

えさ[餌]〈名〉①餌食。②誘餌。

えし[壊死]〈名・自サ〉壞死。

えじき[餌食]〈名〉①餌食。②犧牲品。

えしゃく[会釈]〈名・自他サ〉①點頭。打招呼。②理解。③開懷。諒解。

エスオーエス[SOS]〈名〉①航海呼救信號。②危險信號。

エスカレーター[escalator]〈名〉自動扶梯。

エスカレート[escalate]〈名・自他サ〉逐步昇級。

エスキモー[Eskimo]〈名〉愛斯基摩人。

エスパー[esper]〈名〉特異功能者。知覺超人者。

エスペラント[Esperanto]〈名〉世界語。

えせ-[似非]〈接頭〉假冒。冒牌。

えぞ[蝦夷]〈名〉〈醫〉壞疽。

えぞぎく[蝦夷菊]〈名〉翠菊。

えそらごと[絵空事]〈名〉①玄虛。荒唐無稽。②誇張。

えだ[枝]〈名〉樹枝。

えたい[得体]〈名〉△～が知れない／來路不明。莫名其妙。

えだは[枝葉]〈名〉①枝葉。②枝節。

えだぶり[枝振り]〈名〉樹枝的形狀。

えだまめ[枝豆]〈名〉毛豆。

えだみち[枝道]〈名〉①岔道。②離題。

えたり[得たり]〈連語〉(常用「～と」的形式,表示正中下懷)好極了。

エチケット[etiquette]〈名〉禮節。

エチルアルコール[Äthylalkohol]乙醇。酒精。

エチレン[Äthylen]〈名〉乙烯。

えつ[悅]〈名〉喜悅。

えっ〈感〉(表示驚異、懷疑)啊! 怎麼? 是嗎?

えっきょう[越境]〈名・自サ〉越境。

エックスせん[エックス線]〈名〉X射綫。愛克斯光。

えづけ[餌付け]〈名・他サ〉喂熟(野生動物)。

えっけん[越権]〈名〉越權。

えっけん[謁見]〈名・自サ〉謁見。

エッセイ[essay]〈名〉隨筆。

エッセンス[essence]〈名〉①精髓。本質。②香精。

エッチング[etehing]〈名〉蝕刻。

えっとう[越冬]〈名・自サ〉越冬。

えつねん[越年]〈名・自サ〉過年。

エッフェルとう[エッフェル塔]〈名〉埃菲爾鐵塔。

えっぺい[閱兵]〈名・自サ〉閱兵。

えつらん[閱覽]〈名・他サ〉閱覽。

えて[得手]〈名・形動〉擅長。拿手。

エディション[edition]〈名〉版。版本。

えてかって[得手勝手]〈名・形動〉隨心所欲。

えてして[得てして]〈副〉往往。

えと[干支]〈名〉干支(天干地支)。

えとく[会得]〈名・他サ〉領會。掌握。

えな[胞衣]〈名〉胞衣。胎盤。

エナメル[enamel]〈名〉琺瑯。

エニシダ[金雀児]〈名〉金雀花。

エネルギー[Energie]〈名〉①能。能量。②精力。力氣。

エネルギッシュ[energisch]〈形動〉精力充沛。

えのき[榎]〈名〉樸樹。

えのぐ[絵具]〈名〉(繪畫用)顏料。

えのころぐさ[狗尾草]〈名〉狗尾草。

えはがき[絵葉書]〈名〉美術明信片。

えび[蝦・海老]〈名〉蝦。

えびすがお[恵比須顔]〈名〉笑容滿面。

エピソード[episods]〈名〉軼事。插曲。小故事。

えびちゃ[海老茶]〈名〉絳紫色。

エフェドリン[ephedrine]〈名〉(藥)麻黄鹼。麻黄素。

エフエムほうそう[エフエム放送]〈名〉調頻廣播。

エプロン[apron]〈名〉圍裙。

エベレスト[Everest]〈名〉珠穆朗瑪峰。

エポック[epoch]〈名〉(新)紀元。(新)時代。

エボナイト[ebonite]〈名〉硬橡膠。

えほん[絵本]〈名〉連環畫。小人兒書。

えみ[笑み]〈名〉笑容。微笑。

エメラルド[emerald]〈名〉綠寶石。

えもいわれぬ[えも言われぬ]〈連語〉難以形容。

えもの[得物]〈名〉武器。

えもの[獲物]〈名〉①獵獲物。②戰利品。

えもんかけ[衣紋掛]〈名〉衣架。

えら[鰓]〈名〉鰓。

エラー[error]〈名〉錯誤。過失。

えら・い[偉い]〈形〉①偉大。②(地位)高。高貴。③厲害。不得了。

えらぶつ[偉物]〈名〉偉大人物。

えり[襟]〈名〉①(衣服)領子。②後頸。脖頸子。

えりあし[襟足]〈名〉(脖頸上的)髮際。

エリート[élite]〈名〉拔尖人物。

えりくび[襟首]〈名〉後頸。

えりごのみ[選り好み]〈名・自サ〉挑剔。

えりしょう[襟章]〈名〉領章。

えりすぐ・る[選りすぐる]〈他五〉精心挑選。選拔。

エリゼーきゅう[エリゼー宮]〈名〉(法國)愛麗舍宮。

えりぬき[選り抜き]〈名〉選拔。

えらぶ[選ぶ]〈他五〉①選擇。挑選。②選舉。

えりまき[襟巻]〈名〉圍巾。

えりもと[襟元]〈名〉領子。領口。

えりわ・ける[選り分ける]〈他下一〉分選。分類。

える[得る]Ⅰ〈他下一〉①得到。②理解。③能够。Ⅱ〈接尾〉(接動詞連用形後)能。可以。

エルピーレコード[LPレコード]〈名〉密紋唱片。

エレクトロニクス[electronics]〈名〉電子學。

エレベーター[elevator]〈名〉電梯。

エロ[erotic]〈名・形動〉性愛。情慾。色情。

えん[円]〈名〉①圓。②〈數〉圓。圓周。③(日本貨幣單位)圓。

えん[宴]〈名〉酒宴。

えん[塩]〈名〉鹽。

えん[縁]〈名〉①緣。緣分。關係。②套廊。

えんいん[遠因]〈名〉遠因。

えんえい[遠泳]〈名・自サ〉長距離游泳。

えんえき[演繹]〈名・他サ〉演繹。

えんえん[延延]〈形動〉沒完沒了。喋喋不休。

えんえん[炎炎]〈形動〉熊熊。

えんえん[蜒蜒]〈形動〉蜿蜒。

えんか[塩化]〈名・自サ〉(化)氯化。

えんかい[沿海]〈名〉沿海。

えんかい[宴会]〈名〉宴會。

えんがい[塩害]〈名〉鹽害。

えんかく[沿革]〈名〉沿革。

えんかく[遠隔]〈名〉遠隔。

えんかつ[円滑]〈名・形動〉圓滿。順利。

えんがわ[縁側]〈名〉廊檐。

えんかん[鉛管]〈名〉鉛管。

えんがん[沿岸]〈名〉沿岸。

えんがん[遠眼]〈名〉遠視眼。

えんき[延期]〈名・他サ〉延期。

えんき[塩基]〈名〉鹼(性)。

えんぎ[演技]〈名・自サ〉演技。表演。

えんぎ[縁起]〈名〉①緣起。由來。②吉凶之兆。

えんきょく[婉曲]〈形動〉委婉。

えんきり[縁切り]〈名・自サ〉斷絕關係。

えんきん[遠近]〈名〉遠近。

えんぐみ[縁組]〈名・自サ〉①結親。②過繼(子女)。

えんぐん[援軍]〈名〉援軍。

えんけい[円形]〈名〉圓形。

えんけい[遠景]〈名〉①遠景。②背景。

えんげい[園芸]〈名〉園藝。

えんげい[演芸]〈名〉文藝表演。

エンゲージリング[engagement ring]〈名〉訂婚戒指。

えんげき[演劇]〈名〉戲劇。

エンゲルけいすう[エンゲル係数]〈名〉恩格爾係數。

えんこ[縁故]〈名〉①親朋。②(人與人)關係。

えんご[掩護]〈名・他サ〉掩護。

えんご[援護]〈名・他サ〉救援。

えんこん[怨恨]〈名〉怨恨。

えんさ[怨嗟]〈名・自サ〉抱怨。怨恨。

えんざい[冤罪]〈名〉冤罪。

エンサイクロペディア[encyclopaedia]〈名〉百科辭典。

えんさき[縁先]〈名〉套廊邊上。

えんさん[塩酸]〈名〉鹽酸。

えんざん[演算]〈名・他サ〉演算。

えんし[遠視]〈名〉遠視(眼)。

えんし[臙脂]〈名〉胭脂。胭脂紅。老紅色。

えんじつてん[遠日点]〈名〉(天)遠日點。

エンジニア[engineer]〈名〉工程師。技師。

えんじゃ[縁者]〈名〉親屬。

えんじゅ[槐]〈名〉槐樹。

えんしゅう[円周]〈名〉圓周。

えんしゅう[演習]〈名〉①演習。②課堂討論。

えんじゅく[円熟]〈名・自サ〉成熟。老練。

えんしゅつ[演出]〈名・他サ〉導演。

えんじょ[炎暑]〈名〉酷暑。

えんじょ[援助]〈名・他サ〉援助。

えんしょう[延焼]〈名・自サ〉(火勢)蔓延。

えんしょう[炎症]〈名〉炎症。

えんじょう[炎上]〈名・自サ〉起火。

えん・じる[演じる]〈他上一〉→えんずる。

えんしん[円心]〈名〉(數)圓心。

えんしん[遠心]〈名〉離心。

えんじん[円陣]〈名〉圍成一個圓圈。

えんじん[猿人]〈名〉猿人。

エンジン[engine]〈名〉發動機。引擎。

えんすい[円錐]〈名〉(數)圓錐。

えんすい[塩水]〈名〉鹽水。

えんずい[延髄]〈名〉(解)延髓。

えん・ずる[演ずる]〈他サ〉①演。演出。扮演。②做出。造成。

えんせい[延性]〈名〉(理)延性。

えんせい[遠征]〈名・自サ〉遠征。

えんせい[厭世]〈名〉厭世。

えんぜつ[演説]〈名・自サ〉演說。講演。

エンゼル[angel]〈名〉安琪兒。天使。

えんせん[沿線]〈名〉沿綫。

えんせん[厭戦]〈名〉厭戰。

えんそ[塩素]〈名〉氯。氯氣。

えんそう[演奏]〈名・他サ〉演奏。

えんそく[遠足]〈名・自サ〉郊遊。

えんたい[延滞]〈名・自サ〉拖延。拖欠。

えんだい[遠大]〈名・形動〉遠大。

えんだか[円高]〈名〉日元昇値。

えんたく[円卓]〈名〉圓桌。

えんだん[演壇]〈名〉講台。

えんだん[縁談]〈名〉親事。提親。

えんちゃく[延着]〈名・自サ〉(火車等)晚點。

えんちゅう[円柱]〈名〉①圓柱②(數)圓柱體。

えんちょう[延長]〈名・他サ〉延長。

えんちょう[園長]〈名〉(幼兒園、動物園等)園長。

えんちょく[鉛直]〈形動〉垂直。

えんづ・く[縁付く]〈自五〉出嫁。入贅。

えんつづき[縁続き]〈名〉親戚。

えんてい[園丁]〈名〉園丁。

えんてん[炎天]〈名〉炎熱的天氣。

えんでん[塩田]〈名〉鹽田。

えんとう[円筒]〈名〉①圓筒。②(數)圓柱。圓柱體。

えんどう[沿道]〈名〉沿途。

えんどう[豌豆]〈名〉豌豆。

えんどお・い[縁遠い]〈形〉①關係疏遠。②(女性)不好找對象。

エンドカーラー[end curler]〈名〉捲髮器。

エンドスコープ[Endoskop]〈名〉(醫)內窺鏡。

えんとつ[煙突]〈名〉烟囱。

エントロピー[entropy]〈名〉(理)熵。

えんにち[縁日]〈名〉廟會。

えんねつ[炎熱]〈名〉炎熱。

えんのう[延納]〈名・他サ〉運繳。

えんばく[燕麦]〈名〉燕麥。

えんばん[円盤]〈名〉①圓盤。②鐵餅。

えんばん[鉛版]〈名〉(印)鉛版。

えんぴつ[鉛筆]〈名〉鉛筆。

えんびふく[燕尾服]〈名〉燕尾服。

えんぶきょく[円舞曲]〈名〉圓舞曲。

えんぶん[塩分]〈名〉鹽分。

えんぶん[艶聞]〈名〉艷聞。風流韻事。

えんぺい[掩蔽]〈名・他サ〉掩蔽。掩蓋。

えんぺい[援兵]〈名〉援兵。

えんぼう[遠望]〈名・他サ〉遠望。

えんぼう[遠謀]〈名〉遠謀。

えんぽう[遠方]〈名〉遠方。

えんま[閻魔]〈名〉閻王。

えんまく[煙幕]〈名〉煙幕。

えんまん[円満]〈形動〉圓滿。美滿。

えんむすび[縁結び]〈名〉結親。

えんめい[延命]〈名・自サ〉延長壽命。

えんゆうかい[園遊会]〈名〉遊園會。

えんよう[援用]〈名・他サ〉引用。

えんよう[遠洋]〈名〉遠洋。

えんらい[遠来]〈名〉遠來。

えんらい[遠雷]〈名〉遠雷。

えんりょ[遠慮]〈名・他サ〉①客氣。②迴避。辭謝。謝絕。

えんろ[遠路]〈名〉遠路。

お　オ

お[尾]〈名〉尾巴。

お[緒]〈名〉①弦。②細繩。③木屐帶。

オアシス[oasis]〈名〉(沙漠中的)綠洲。

おあずけ[お預け]〈名〉暫緩實行。延緩。

おい[甥]〈名〉侄兒。外甥。

おい[老い]〈名〉年老。老年人。

おい〈感〉(招呼同輩、晚輩時用)喂。欸。

おいうち[追討ち]〈名・他サ〉追擊。

おいえげい[お家芸]〈名〉①家傳絕技。②拿手好戲。

おいおい[追追]〈副〉逐漸。漸漸。

おいおい〈感〉①喂喂!②嗚嗚(大哭)。

おいかえ・す[追い返す]〈他五〉趕回去。趕走。

おいか・ける[追い掛ける]〈他下一〉①追趕。②(用「追い掛けて」的形式)緊接着。

おいかぜ[追風]〈名〉順風。

おいごえ[追肥]〈名〉追肥。

おいこ・す[追い越す]〈他五〉趕過。超過。

おいこみ[追込み]〈名〉最後關頭。最後努力。

おいこ・む[追い込む]〈他五〉①追進。②逼入。使陷入。

おいこ・む[老い込む]〈自五〉衰老。

おいさき[生い先]〈名〉前程。未來。

おいし・い[形]好吃。香。

おいしげ・る[生い茂る]〈自五〉繁茂。叢生。

おいすが・る[追い縋る]〈自五〉緊追不放。

おいそれと〈副〉簡單。輕易。

おいだ・す[追い出す]〈他五〉趕出。攆出。驅逐。

おいたち[生い立ち]〈名〉①成長。②身世。經歷。

おいた・てる[追い立てる]〈他下一〉①趕走。轟走。②催逼搬家。

おいちら・す[追い散らす]〈他五〉驅散。

おいつ・く[追い付く]〈自五〉趕上。追上。

おいつ・める[追い詰める]〈他下一〉窮追。追逼。

おいて[追風]〈名〉→おいかぜ。

おいて[於て]〈連語〉(用「…に～」的形式)①在。於。②在…方面。

おいて[措いて]〈連語〉(用「…を～」的形式)除…之外。

おいで[お出で]〈名〉(敬)在。去。來。

おいてきぼり[置いてきぼり]〈名〉丢下。撇下。

おいとま[お暇]〈名・自サ〉告辭。

おいぬ・く[追い抜く]〈他五〉趕過。超過。

おいはぎ[追剝]〈名〉幼路(賊)。

おいはら・う[追い払う]〈他五〉轟走。趕走。

おいぼれ[老耄]〈名〉①(罵)老東西。老糊塗。②(謙)老朽。

おいまわ・す[追い回す]〈他五〉①到處追趕。②殘酷驅使。

おいめ[負目]〈名〉欠債。負疚。

お・いる[老いる]〈自上一〉老。年老。

オイル[oil]〈名〉①油。②石油。③油畫顏料。

オイルタンク[oil tank]〈名〉油庫。油罐。

お・う[負う]〈他五〉①背。②擔負。負擔。③受(傷)。④多虧。有賴於。

お・う[追う]〈他五〉①追趕。追求。②遵循。按照。③轟走。趕開。④趕(牛馬等)。

おう[王]〈名〉王。大王。

おうい[王位]〈名〉王位。

おういつ[横溢]〈名・自サ〉橫溢。飽滿。充沛。

おういん[押韻]〈名・自サ〉押韻。

おうえん[応援]〈名・他サ〉①援助。②(比賽時)助威。

おうおう[往往]〈副〉往往。

おうおう[快快]〈形動〉快快。

おうか[謳歌]〈名・他サ〉謳歌。

おうかくまく[横隔膜]〈名〉(解)橫膈膜。

おうかん[王冠]〈名〉①王冠。②瓶蓋兒。

おうぎ[扇]〈名〉扇子。折扇。

おうきゅう[王宮]〈名〉王宮。

おうきゅう[応急]〈名〉應急。

おうぎょく[黄玉]〈名〉黄玉。黄寶石。

おうけ[王家]〈名〉王室。王族。

おうこう[王侯]〈名〉王侯。

おうこう[横行]〈名・自サ〉①横行。②横
行霸道。

おうこく[王国]〈名〉王國。

おうごん[黄金]〈名〉①黄金。②金錢。

おうざ[王座]〈名〉①王位。②首位。

おうし[牡牛]〈名〉公牛。

おうし[横死]〈名・自サ〉横死。

おうじ[王子]〈名〉王子。

おうじ[往時]〈名〉往時。

おうしつ[王室]〈名〉王室。

おうじゃ[王者]〈名〉①帝王。②(某方面最
有實力者)大王。

おうしゅう[応酬]〈名・自サ〉①反駁。還
擊。②互相敬酒。③回信。

おうしゅう[押収]〈名・他サ〉没收。扣押。

おうしゅう[欧州]〈名〉歐洲。

おうじょ[王女]〈名〉公主。

おうしょう[王将]〈名〉(象棋中的)將。帥。

おうしょう[応召]〈名・自サ〉(軍)應徵。

おうじょう[往生]〈名・自サ〉①(佛)往
生。死。②認命。屈從。③難於應付。

おうしょく[黄色]〈名〉黄色。

おう・じる[応じる]〈自上一〉→おうず
る。

おうしん[往診]〈名・自サ〉出診。

おうすい[王水]〈名〉(化)王水。

おう・ずる[応ずる]〈自サ〉①應。接受。回
答。響應。②答應。③適應。按照。

おうせ[逢瀬]〈名〉①幽會。②相逢。

おうせい[王政]〈名〉王政。君主政體。

おうせい[旺盛]〈形動〉旺盛。強烈。充沛。

おうせつ[応接]〈名・自サ〉接待。

おうせつま[応接間]〈名〉客廳。

おうせん[応戦]〈名・自サ〉應戰。

おうせん[横線]〈名〉横綫。

おうぞく[王族]〈名〉王族。

おうだ[殴打]〈名・他サ〉毆打。

おうたい[応対]〈名・自サ〉應對。接待。

おうたい[横隊]〈名〉横隊。

おうだく[応諾]〈名・他サ〉應允。

おうだん[黄疸]〈名〉(醫)黄疸。

おうだん[横断]〈名・他サ〉①横斷。②横
渡。横越。横過。

おうちゃく[横着]〈名・形動・自サ〉偷
懶。懶散。

おうちょう[王朝]〈名〉王朝。

おうて[王手]〈名〉(棋步)將軍。

おうてっこう[黄鉄鉱]〈名〉黄鐵礦。

おうてん[横転]〈名・自サ〉①横倒。翻倒。
②左右旋轉。

おうと[嘔吐]〈名・他サ〉嘔吐。

おうど[黄土]〈名〉①黄土。②(顔料)赭黄。

おうとう[応答]〈名・自サ〉應答。

おうどう[王道]〈名〉①王道。②捷徑。

おうどう[黄銅]〈名〉黄銅。

おうとつ[凹凸]〈名〉凹凸。

おうねつびょう[黄熱病]〈名〉黄熱病。

おうねん[往年]〈名〉往年。昔日。

おうのう[懊悩]〈名・自サ〉懊惱。

おうばい[黄梅]〈名〉迎春花。

おうはん[凹版]〈名〉凹版。

おうばんぶるまい[椀飯振舞]〈名〉→お
おばんぶるまい。

おうひ[王妃]〈名〉王妃。

おうふう[欧風]〈名〉歐洲風味。歐式。

おうふく[往復]〈名・自サ〉往返。來往。

おうぶん[応分]〈名〉量力而爲。

おうぶん[欧文]〈名〉西洋文字。

おうへい[横柄]〈形動〉傲慢無禮。妄自尊
大。

おうべい[欧米]〈名〉歐美。

おうぼ[応募]〈名・自サ〉應募。

おうぼう[横暴]〈名・形動〉蠻横。

おうむ[鸚鵡]〈名〉鸚鵡。

おうむがえし[鸚鵡返し]〈名〉鸚鵡學舌。

おうめんきょう[凹面鏡]〈名〉凹面鏡。

おうよう[応用]〈名・他サ〉應用。適用。運
用。

おうよう[鷹揚]〈形動〉大方。

おうらい[往来]〈名・自サ〉①往來。②大街。馬路。

おうりょう[横領]〈名・他サ〉侵吞。盜用。貪污。

おうりん[黄燐]〈名〉黃磷。

おうレンズ[凸レンズ]〈名〉凸透鏡。

おうろ[往路]〈名〉去路。去時。

おえつ[嗚咽]〈名・自サ〉嗚咽。

お・える[終える]Ⅰ〈他下一〉做完。結束。Ⅱ〈自下一〉完成。結束。

おおあじ[大味]〈形動〉①(菜等)味道平常。②乏味。

おおあせ[大汗]〈名〉大汗。

おおあたり[大当り]〈名・自サ〉①(彩票)中頭獎。②(演出)非常成功。

おおあな[大穴]〈名〉①大虧空。②(賽馬、賽車等)大冷門兒。

おおあめ[大雨]〈名〉大雨。

おおあれ[大荒れ]〈名〉①大暴風雨。②鬧得厲害。

おおあわて[大慌て]〈名・形動〉慌慌張張。張皇失措。

おお・い[多い]〈形〉多。

おおい[覆い]〈名〉罩兒。套子。

おおい〈感〉(從遠處招呼)喂!欸!

おおいかく・す[覆い隠す]〈他五〉遮蓋。掩蓋。

おおいそぎ[大急ぎ]〈名〉火速。趕緊。

おおいに[大いに]〈副〉大。很。甚。頗。非常。

おおいばり[大威張り]〈名・形動〉非常自豪。得意洋洋。

おおいり[大入り]〈名〉叫座兒。觀衆多。

おお・う[覆う]〈他五〉①蓋。覆。覆蓋。②掩蓋。掩飾。③籠罩。充滿。

おおうつし[大写し]〈名・他サ〉(電影)特寫。

おおうりだし[大売出し]〈名〉大減價。大甩賣。

おおおじ[大伯父・大叔父]〈名〉從祖父。舅爺。

おおおとこ[大男]〈名〉彪形大漢。

おおおば[大伯母・大叔母]〈名〉從祖母。姑奶。姨奶。

おおがかり[大掛り]〈形動〉大規模。

おおかぜ[大風]〈名〉大風。

おおかた[大方]Ⅰ〈名〉①大部分。多半。②人們。大家。Ⅱ〈副〉大概。大約。

おおがた[大形・大型]〈名・形動〉大型。

おおがねもち[大金持]〈名〉大財主。

おおかみ[狼]〈名〉狼。

おおがら[大柄]〈名・形動〉①魁梧。大個子。②大花圖案。

おおかれすくなかれ[多かれ少なかれ]〈連語〉或多或少。多多少少。

おおき・い[大きい]〈形〉①大。②宏偉。重大。③年長。年大。④誇大。

おおきさ[大きさ]〈名〉大小。尺寸。

おおく[多く]Ⅰ〈名〉多。多數。Ⅱ〈副〉多半。大都。

オークション[auction]〈名〉拍賣。

おおぐち[大口]〈名〉①大嘴。②大話。③大宗。大批。

おおぐまざ[大熊座]〈名〉(天)大熊座。

おおくら[大蔵]〈名〉△～省・大藏省(財政部)。

オーケー[OK]Ⅰ〈感〉好。對。可以。Ⅱ〈名・自サ〉同意。

おおげさ[大袈裟]〈形動〉①誇大。②小題大作。

オーケストラ[orchestra]〈名〉管弦樂隊。交響樂隊。

おおごえ[大声]〈名〉大聲。

おおごしょ[大御所]〈名〉(某方面的)權威。泰斗。

おおごと[大事]〈名〉大事。重大事件。

おおざけのみ[大酒飲み]〈名〉酒鬼。

おおざっぱ[大雑把]〈形動〉①粗枝大葉。②粗略。

おおざと[阝]〈名〉(漢字的)右耳刀。

おおさわぎ[大騒ぎ]〈名・自サ〉①大吵大鬧。②轟動一時。

おおし・い[雄雄しい]〈形〉勇敢。英勇。雄壯。

おおしお[大潮]〈名〉大潮。朔望潮。

おおじかけ[大仕掛]〈形動〉大規模。

おおじだい[大時代]〈名・形動〉陳舊。老式。

おおすじ[大筋]〈名〉梗概。

おおせ[仰せ]〈名〉①吩咐。②您的話。

おおぜい[大勢]〈名〉許多人。很多人。

オーソドックス[orthodox] I〈名〉正統派。Ⅱ〈形動〉正統。

オーソリティー[authority]〈名〉權威。

オーダー[order] I〈名〉①順序。②程度。Ⅱ〈名・他サ〉定購。定做。

おおだい[大台]〈名〉(證券、物價等)大關。

おおだすかり[大助かり]〈名〉求之不得。省事多了。

おおだてもの[大立者]〈名〉①(劇團等)台柱子。②要人。大亨。

おおちがい[大違い]〈名〉大相徑庭。大不相同。

おおづかみ[大摑み]〈名・形動〉概括。扼要。

おおっぴら[形動]公然。明目張膽。

おおづめ[大詰]〈名〉①(劇)最後一幕。②結局。末尾。

おおて[大手]〈名〉大企業。大公司。大户頭。

おおで[大手]〈名〉(張開的)雙臂。

オーディション[audition]〈名〉(與歌唱家等簽訂演出合同前的)試聽。

オーデコロン[eau de Cologne]〈名〉花露水。

おおどうぐ[大道具]〈名〉(劇)大道具。

おおどおり[大通り]〈名〉大馬路。大街。

オートさんりん[オート三輪]〈名〉三輪汽車。

オートバイ[autobicycle]〈名〉摩托車。

オードブル[hors-d'oeuvre]〈名〉小吃。冷盤。

オートプレーヤー[auto player]〈名〉自動唱機。

オートミール[oatmeal]〈名〉燕麥片。燕麥粥。

オートメーション[automation]〈名〉自動化。自動控制。

オートレース[auto race]〈名〉(汽車、摩托車)賽車。

オーナー[owner]〈名〉所有人。船主。職業棒球隊所有者。

おおなた[大鉈]〈名〉△～を振るう/大刀闊斧。

オーバー[over] I〈名・自他サ〉超過。Ⅱ〈名〉大衣。外套。Ⅲ〈形動〉過份。誇大。

オーバーシューズ[oversize]〈名〉雨套鞋。

オーバーネット[over-net]〈名〉(排球)(手)過網。

オーバーホール[overhaul]〈名・他サ〉大修。檢修。

オーバーラップ[overlap]〈名・自他サ〉重疊攝影。疊印。

オーバーワーク[overwork]〈名〉工作過度。過勞。

おおばこ[車前草]〈名〉(植)車前。

おおはば[大幅]〈形動〉大幅度。

おおばん[大判]〈名〉①大張紙。大開本。②(江戸時代的橢圓形)大金幣。

おおばんぶるまい[大盤振舞]〈名〉盛大酒宴。大宴賓客。

オープニングゲーム[opening game]〈名〉開幕式後的比賽。

おおぶね[大船]〈名〉大船。

おおぶり[大降り]〈名〉(雨雪等)下得大。

おおぶろしき[大風呂敷]〈名〉說大話。吹牛。

オーブン[oven]〈名〉烤爐。烤箱。

オープン[open] I〈名・形動〉①公開(比賽)。②坦率。③敞篷。④自由式(游泳)。Ⅱ〈名・自他サ〉開業。開場。

オープンアカウント[open account]〈名〉(經)定期結算帳戶。

オープンカー[open car]〈名〉敞篷汽車。

オープンセット[open set]〈名〉(電影)外景,佈景。

オープンドア[open door]〈名〉門戶開放。

オープンマリッジ[open marriage]〈名〉開放型婚姻。

オーボエ[oboe]〈名〉雙簧管。

おおボス[大ボス]〈名〉大頭子。總後台。

おおまか[大まか]〈形動〉粗略。草率。

おおまた[大股]〈名〉大步。闊步。

おおまじめ[大真面目]〈形動〉非常認真。

おおまちがい[大間違い]〈名〉大錯(特錯)。

おおまわり[大回り]〈名〉繞遠路。

おおみえ[大見得]〈名〉△～を切る/拉架式。

おおみず[大水]〈名〉大水。

おおみそか[大晦日]〈名〉除夕。

オーム[ohm]〈名〉〈電〉歐姆。

おおむかし[大昔]〈名〉太古。上古。古代。

おおむぎ[大麦]〈名〉大麥。

おおむこう[大向う]〈名〉①觀眾。群眾。②站票席。

おおむね[概ね]〈名・副〉大概。大致。

オームメーター[ohmmeter]〈名〉歐姆表。

おおめ[大目]〈名〉寬恕。饒恕。

おおめだま[大目玉]〈名〉△～を食う/挨斥責。

おおもじ[大文字]〈名〉大寫字母。

おおもて[大持て]〈名〉大受歡迎。

おおもと[大本]〈名〉基本。根本。

おおもの[大物]〈名〉大人物。大亨。

おおもり[大盛]〈名〉(飯等)盛得滿滿的。

おおや[大家]〈名〉房東。

おおやけ[公]〈名〉①政府。公家。②公共。公用。③公開。

おおやすうり[大安売り]〈名・他サ〉大減價。

おおよう[大様]〈形動〉→おうよう[鷹揚]。

おおよそ[大凡]〈名・副〉→およそ。

おおよろこび[大喜び]〈名〉歡天喜地。興高彩烈。

おおらか〈形動〉胸襟開闊。豁達。大方。

オーラルピル[oral pill]〈名〉口服避孕藥。

オール[oar]〈名〉槳。

オールウエーブ[all wave]〈名〉全波段收音機。

オールストリップ[all-strip]〈名〉全裸。

オールド[old]〈造語〉老的。古老的。

オールドミス[old miss]〈名〉老姑娘。

オールナイト[all night]〈名〉通宵。徹夜。通宵營業。

オールバック[all back]〈名〉(髮型)背頭。

オールマイティー[almighty]〈名〉①萬能。②(撲克的)王牌。

オーロラ[aurora]〈名〉極光。

おおわらい[大笑い]〈名・自サ〉①大笑。②大笑話。

おおわらわ[大童]〈形動〉拚命。手忙脚亂。

おか[丘]〈名〉山崗。小山。

おか[陸]〈名〉陸地。

おかあさん[お母さん]〈名〉媽媽。

おかえし[お返し]〈名〉①回禮。②找回的錢。③報復。

おがくず[おが屑]〈名〉鋸末子。

おかげ[お陰]〈名〉①幸虧。托福。②由於。③(反語)虧得。

おかし・い[形]①可笑。滑稽。②奇怪。③可疑。

おかしさ〈名〉①可笑。②荒謬。③奇怪。

おか・す[犯す]〈他五〉①(違)犯。②姦污。

おか・す[侵す]〈他五〉侵略。侵犯。

おか・す[冒す]〈他五〉①冒(着)。②患(病)。③冒充。

おかず〈名〉菜。菜餚。

おかっぱ[お河童]〈名〉(髮型)短髮。

おかどちがい[お門違い]〈名〉估計錯。弄錯。

おかぶ[お株]〈名〉專長。地位。

おかぼ[陸稲]〈名〉旱稻。

おかまい[お構い]〈名〉①招待。②理會。顧忌。

おかみ[お上]〈名〉皇上。朝廷。政府。

おかみ[女将]〈名〉女主人。老闆娘。

おがみたお・す[拝み倒す]〈他五〉苦苦哀求。

おが・む[拝む]〈他五〉①拜。叩拜。②懇求。③瞻仰。拜謁。

おかめはちもく[岡目八目]〈連語〉旁觀者清。

おから〈名〉豆腐渣。

おがわ[小川]〈名〉小河。

おかわり[お代り]〈名〉(飯等)再添一碗。

おかん[悪寒]〈名〉惡寒。發冷。

おかんむり[お冠]〈名〉生氣。上火。

おき[沖]〈名〉(離岸遠的)海面。湖心。

-おき[置き]〈接尾〉(接數量詞後)每隔。

おきあか・す[起き明かす]〈他五〉整夜不睡。

おきあがりこぼし[起き上り小法師]〈名〉(玩具)不倒翁。

おきあが・る[起き上がる]〈自五〉起來。站(坐,爬)起來。

おきか・える[置き換える]〈他下一〉①調換。替換。②挪到。

おきがさ[置傘]〈名〉(放在單位的)備用傘。

おきざり[置き去り]〈名〉扔下。拋棄。

おきて[掟]〈名〉規矩。規章。法律。

おきてがみ[置手紙]〈名・自サ〉留言(條)。

おきどけい[置時計]〈名〉座鐘。

おぎな・う[補う]〈他五〉補充。填補。

おきなかし[沖仲仕]〈名〉碼頭裝卸工。

おきにいり[お気に入り]〈名〉心愛的人。寵兒。

おきぬけ[起き抜け]〈名〉剛起床。

おきば[置場]〈名〉放置的地方。

おきまり[お決り]〈名〉慣例。老一套。

おきみやげ[置土産]〈名〉①臨別留下的贈品。②留下的麻煩。

おきもの[置物]〈名〉①裝飾品。②擺設兒。傀儡兒。

お・きる[起きる]〈自上一〉①起來。立起來。②起床。③不睡。④發生。

お・きる[熾きる]〈自上一〉→おこる[熾る]。

おきわす・れる[置き忘れる]〈他下一〉(放的東西)忘帶回來。忘記放的地方。

お・く[措く]〈他五〉①放置。擱下。②除外。

お・く[置く]Ⅰ〈他五〉①放。置。擱。②處於。處在。③設置。設立。④雇用。⑤打(算盤)。⑥隔。⑦扔下。丟下。Ⅱ〈補動〉(用動詞連用形＋「て〜」的形式)繼續保持某種狀態。②預先做好某種準備。

おく[奥]〈名〉①裏頭。深處。②裏屋。盡頭。最後。④夫人。⑤秘密。

おく[億]〈名〉億。

おくがい[屋外]〈名〉室外。

おくぎ[奥義]〈名〉深奥的意義。奥秘。

おくさま[奥様]〈名〉①(稱別人妻子)太太。夫人。②(稱女主人)太太。③(稱年長女性)太太。

おくじょう[屋上]〈名〉屋頂。

おく・する[臆する]〈自サ〉畏懼。膽怯。

おくせつ[臆説]〈名〉臆説。

おくそく[臆測]〈名・他サ〉臆測。猜測。

おくそこ[奥底]〈名〉①深處。②内心。

オクターブ[octave]〈名〉(樂)八度音。

おくだん[臆断]〈名・他サ〉臆斷。

オクタンか[オクタン価]〈名〉(化)辛烷值。

おくち[奥地]〈名〉内地。腹地。

おくづけ[奥付]〈名〉(書籍的)底頁。版權頁。

おくて[晩稲]〈名〉晩稲。

おくて[奥手・晩生]〈名〉晩熟。

おくない[屋内]〈名〉室内。

おくに[お国]〈名〉①貴國。②您的故鄉。③鄉下。

おくにいり[お国入り]〈名〉衣錦還鄉。

おくにじまん[お国自慢]〈名〉誇耀故鄉。

おくのて[奥の手]〈名〉絶招兒。最後一手。

おくば[奥歯]〈名〉槽牙。臼齒。

おくび[噯気]〈名〉打嗝兒。

おくびょう[臆病]〈名・形動〉膽怯。膽小。

おくぶか・い[奥深い]〈形〉①深。幽深。②深遠。深奧。

おくま・る[奥まる]〈自五〉最裏面。僻静。

おくまん[億万]〈名〉億萬。

おくめん[臆面]〈名〉害臊。腼腆。

おくゆかし・い[奥床しい]〈形〉①幽雅。雅致。②文雅。嫻静。

おくゆき[奥行]〈名〉①(房屋,場地)進深。②(知識等)深度。

おくら・せる[遅らせる]〈他下一〉①推遲。②(鐘錶)撥慢。

おくりかえ・す[送り返す]〈他五〉送回。退回。遣返。遺送。

おくりこ・む[送り込む]〈他五〉送到。送進。

おくりさき[送り先]〈名〉送達地點。交貨地。

おくりじょう[送り状]〈名〉(發)貨單。

おくりだ・す[送り出す]〈他五〉①送出。送走。②發(貨)。

おくりな[贈名]〈名〉謚號。

おくりむかえ[送り迎え]〈名・他サ〉迎送。

おくりもの[贈物]〈名〉禮品。

おく・る[送る]〈他五〉①送。寄。②派遣。③送行。度過。④傳遞。

おく・る[贈る]〈他五〉①贈送。②授予。

おくれ[遅れ・後れ]〈名〉①晚。②落後。

おしればせ[遅れ馳せ]〈名〉爲時已晚。事後。

おく・れる[遅れる・後れる]〈自下一〉①晚。遲到。沒趕上。②落後。③(鐘,錶)慢。

おけ[桶]〈名〉木桶。

おける[於ける]〈連語〉①(表示地點,時間)於。在。②(表示關係)對於。關於。

おこえがかり[お声掛り]〈名〉(上司或有地位者的)推薦。介紹。

おこがまし・い[烏滸がましい]〈形〉愚蠢可笑。不知自量。

おこげ[お焦げ]〈名〉鍋巴。

おこし〈名〉江米糖。

おこし[御越し]〈名〉(敬)來。去。

おこ・す[起す・興す]〈他五〉①扶起。立起。②叫醒。喚醒。③翻(地)。開墾(荒地)。④創辦。興辦。振興。⑤引起。惹起。⑥發動。掀起。鬧起。

おこ・す[熾す]〈他五〉生(火)。

おごそか[厳か]〈形動〉莊嚴。嚴肅。

おこた・る[怠る]〈自五〉①懶惰。怠慢。疏忽。②(病)見好。

おこない[行い]〈名〉行爲。行動。品行。

おこな・う[行う]〈他五〉進行。實行。舉行。

おこり[起り]〈名〉①起源。由來。②起因。原因。

おこりっぽ・い[怒りっぽい]〈形〉愛生氣。好發脾氣。

おこ・る[怒る]〈自五〉①生氣。發怒。②申斥。責備。

おこ・る[起る]〈自五〉發生。産生。

おこ・る[興る]〈自五〉興盛。興起。

おこ・る[熾る]〈自五〉(火)燃起。(火)着旺。

おご・る[奢る]Ⅰ〈自五〉奢侈。奢華。Ⅱ〈他五〉請客。

おご・る[驕る]〈自五〉驕傲。

おさえ[押え]〈名〉①壓。按。壓東西的重物。②威嚴。控制力。

おさえつ・ける[押え付ける]〈他下一〉①按住。壓住。②壓制。鎮壓。

おさ・える[押える]〈他下一〉①按。摁。壓。②阻止。止住。控制。鎮壓。③抑制(感情)。④抓住(要點等)。捉住(犯人等)。⑤扣留(財産、贓物等)。

おさおさ[副]〈下接否定〉幾乎。絲毫。完全。

おさがり[お下がり]〈名〉①撤下的供品。②殘羹剩飯。③別人用過的衣物。

おさき[お先]〈名〉①先。②今後。未來。③走卒。

おさきぼう[お先棒]〈名〉走卒。狗腿子。

おさげ[お下げ]〈名〉辮子。髮辮。

おさと[お里]〈名〉①娘家。②出身。老底兒。

おさな・い[幼い]〈形〉①幼小。年幼。②幼稚。

おさながお[幼顔]〈名〉童年的模樣。

おさなごころ[幼心]〈名〉童心。幼小的心靈。

おさななじみ[幼馴染]〈名〉青梅竹馬之交。

おざなり[お座なり]〈形動〉敷衍。逢場作戲。

おさま・る[収まる・納まる]〈自五〉①裝進。容納。②收到。③復元。恢復。④心滿意足。安居於。

おさま・る[治まる・收まる]〈自五〉安定。平靜。平靜。(病情被)控制住。

おさま・る[修まる]〈自五〉(品行)改好。

おさむ・い[お寒い]〈形〉寒酸。簡陋。貧乏。

おさ・める[收める・納める]〈他下一〉①收存。收藏。收下。②得到。取得。③交納。繳納。

おさ・める[治める・收める]〈他下一〉①治理。統治。②平定。平息。

おさ・める[修める]〈他下一〉學習。修治。

おさらい〈名・他サ〉①復習。溫習。②排演。排練。

おさん[お産]〈名〉分娩。

おし[唖]〈名〉啞巴。

おし[押し]〈名〉①推。②壓。(壓東西的)重物。③壓力。威力。威嚴。④魄力。毅力。

おじ[伯父・叔父]〈名〉伯父。叔父。舅父。姨父。姑父。

おしあいへしあい[押し合いへし合い]〈副・自サ〉擁擠。你推我搡。

おしあ・う[押し合う]〈自五〉擁擠。你推我搡。

おしあげポンプ[押し上げポンプ]〈名〉壓力泵。

おし・い[惜しい]〈形〉①可惜。遺憾。②愛惜。捨不得。

おじいさん〈名〉[お祖父さん]祖父。外祖父。

おじいさん[お爺さん]〈名〉老爺爺。

おしい・る[押し入る]〈自五〉闖進。擠入。

おしいれ[押入]〈名〉壁櫥。

おしうり[押売]〈名・他サ〉強賣。硬賣。

おしえ[教え]〈名〉①教。②教導。教誨。教訓。③教義。

おしえご[教え子]〈名〉學生。弟子。

おし・える[教える]〈他下一〉①教。教授。②教導。教訓。③告訴。

おしかえ・す[押し返す]〈他五〉頂回。

おしか・ける[押し掛ける]〈自下一〉①蜂擁而至。擁(向)進。②不請自來。

おじぎ[お辞儀]〈名・自サ〉①行禮。鞠躬。②客氣。

おじぎそう[含羞草]〈名〉含羞草。

おしき・る[押し切る]〈他五〉①切斷。剷。②不顧。排除。

おしげ[惜しげ]〈名〉可惜的樣子。捨不得的樣子。

おじけ[怖じ気]〈名〉害怕。恐懼。

おじ・ける[怖じける]〈自下一〉害怕。膽怯。

おしこ・む[押し込む]Ⅰ〈自五〉闖進。Ⅱ〈他五〉塞。塞進。

おしこ・める[押し込める]〈他下一〉①塞。塞進。②禁閉。監禁。

おじさん〈名〉[小父さん]叔叔。伯伯。

おじさん[叔父さん・伯父さん]〈名〉叔父。伯父。姑父。舅父。姨父。

おしすす・める[推し進める]〈他下一〉推進。推行。

おしせま・る[押し迫る]〈自五〉逼近。臨近。

おしたお・す[押し倒す]〈他五〉推倒。推翻。

おしだし[押し出し]〈名〉風度。儀表。

おしだ・す[押し出す]〈自他五〉頂出。推出。擠出。

おした・てる[押し立てる]〈他下一〉①豎起。扯起。舉起。②推舉。擁戴。

おしだま・る[押し黙る]〈自五〉默不做聲。

おしつけがまし・い[押し付けがましい]〈形〉命令式的。強加於人。

おしつ・ける[押し付ける]〈他下一〉①壓上。按上。摁住。②強加。強逼。強制。

おしつぶ・す[押し潰す]〈他五〉壓碎。壓壞。擠碎。

おしつま・る[押し詰まる]〈自五〉臨近。迫近。②臨近年底。

おして[押して]〈副〉硬。勉強。

おしとお・す[押し通す]〈他五〉堅持(到底)。固執(己見)。

おしどり[鴛鴦]〈名〉鴛鴦。

おしなべて[押し並べて]〈副〉普遍。全都。一般説來。

おしの・ける[押し退ける]〈他下一〉①推開。②戰勝,壓過(競爭者)。

おしのび[お忍び]〈名〉微服出行。

おしはか・る[推し量る]〈他五〉推測。揣度。

おしピン[押しピン]〈名〉圖釘。按釘。

おしべ[雄蕊]〈名〉雄蕊。

おしボタン[押し鈕]〈名〉電鈕。按鈕。

おしぼり[お絞り]〈名〉手巾把兒。

おしまい[お仕舞・お終い]〈名〉→しまい(仕舞・終い)。

おし・む[惜しむ]〈他五〉①愛惜,珍惜。②惋惜,遺憾。

おしむぎ[押麦]〈名〉麥片。

おしめ[襁褓]〈名〉尿布,褯子。

おしめり[お湿り]〈名〉小雨,適量的雨。

おしもんどう[押し問答]〈名・自サ〉口角,爭吵。

おしゃく[お酌]〈名〉斟酒。

おしゃぶり[お喋り]〈名〉奶嘴兒。

おしゃべり[お喋り]〈名・自サ〉①多嘴多舌(的人)。②閑談。

おしゃま〈名・形動〉(女孩)早熟。

おしや・る[押し遣る]〈他五〉①推開。推到一邊。②置之不理。

おしゃれ[お洒落]〈名〉修飾打扮。愛打扮(的人)。

おじゃん〈名〉失敗。落空。

おしょう[和尚]〈名〉和尚。法師。

おじょうさん[お嬢さん]〈名〉①令嬡。②小姐。姑娘。

おしょく[汚職]〈名〉貪污。瀆職。

おじょく[汚辱]〈名・他サ〉汚辱。

おしよ・せる[押し寄せる]Ⅰ〈自下一〉①蜂擁而來。湧上來。Ⅱ〈他下一〉推到一邊。

おしろい[白粉]〈名〉(化妝用)粉。香粉。

おしろいばな[白粉花]〈名〉紫茉莉。胭脂花。

オシログラフ[oscillograph]〈名〉(電)示波器。

おしわ・ける[押し分ける]〈他下一〉撥開。分開。

お・す[押す]〈他五〉①推。擠。②壓。按。③壓倒。④押(韻)。⑤蓋(章)。⑥冒著。不顧。⑦△念を～/叮囑。

お・す[推す]〈他五〉①推測。②推舉。

おす[雄・牡]〈名〉雄。公。牡。

おすい[汚水]〈名〉汚水。

おずおず〈副・自サ〉提心吊膽。

おすそわけ[お裾分け]〈名・他サ〉分贈。分送。

おせじ[お世辞]〈名〉恭維。奉承。

おせっかい[お節介]〈名・形動〉多管閑事。

おせん[汚染]〈名・自他サ〉汚染。

おぜんだて[お膳立て]〈名・他サ〉①備餐。②準備,籌備。

おそ・い[遅い]〈形〉①緩慢。②遲。晩。③來不及。趕不上。

おそ・う[襲う]〈他五〉①襲撃。侵擾。②因襲。繼承。

おそかれはやかれ[遅かれ早かれ]〈連語〉遲早。

おそざき[遅咲き]〈名〉遲開。晩開。

おそなえ[お供え]〈名〉供品。

おそばん[遅番]〈名〉晩班兒。

おそまき[遅蒔き]〈名〉①晩種。②爲時已晩。

おそらく[恐らく]〈副〉恐怕。大概。

おそるおそる[恐る恐る]〈副〉戰戰兢兢。誠惶誠恐。

おそるべき[恐るべき]〈連語〉可怕。驚人。

おそれ[恐れ]〈名〉恐懼。害怕。

おそれ[虞れ]〈名〉有…之虞。有…危險。恐怕會…。

おそれ・いる[恐れ入る]〈自五〉①實在對不起。非常抱歉。②佩服。欽佩。③吃驚。感到意外。

おそれおお・い[恐れ多い]〈形〉①誠惶誠恐。②不勝感激。

おそれおのの・く[恐れ戦く]〈自五〉戰慄失色。驚恐萬狀。

おそれながら［恐れながら］〈副〉不揣冒昧。

おそ・れる［恐れる］〈自下一〉①害怕。恐懼。②惟恐。擔心。

おそろし・い［恐ろしい］〈形〉①怕。②驚人。非常。

おそわ・る［教わる］〈他五〉受教。學習。

おそん［汚損］〈名・自他サ〉污損。

オゾン［ozone］〈名〉（化）臭氧。

おたがいさま［お互い様］〈名〉彼此彼此。

おたかく［お高く］〈副〉△～とまる／擺架子。高傲自大。

おたく［お宅］Ⅰ〈名〉府上。您家。Ⅱ〈代〉您。貴族。

おたけび［雄叫び］〈名〉①吶喊。②（猛獸的）吼叫。

おたずねもの［お尋ね者］〈名〉逃犯。通緝犯。

おだて［煽て］〈名〉①恭維。捧。②煽動。挑唆。

おだ・てる［煽てる］〈他下一〉①恭維。捧。②煽動。挑唆。

おたふくかぜ［お多福風邪］〈名〉腫疹腮。流行性腮腺炎。

おだぶつ［お陀仏］〈名〉①死。嗚呼哀哉。②完蛋。垮台。

おたまじゃくし［お玉杓子］〈名〉①湯勺。②蝌蚪。③五線譜音符。

おためごかし［お為ごかし］〈名〉送空人情。口是心非。

おだやか［穏やか］〈形動〉①平穏。平静。②穏妥。妥當。③温和。温順。

おだわらひょうじょう［小田原評定］〈名〉議而不決的馬拉松式會議。

おち［落ち］〈名〉①漏洞。遺漏。②（不好的）結果。下場。

おちあ・う［落ち合う］〈自五〉①相會。碰頭。②（河流、道路）會合。

おちい・る［陥る］〈自五〉①陷入。落入。②陷落。

おちおち［副〉（下接否定）安穏。安心。

おちこ・む［落ち込む］〈自五〉①墜入。落進。②塌陷。凹陷。③陷入。陷於。④跌落。下降。

おちつき［落着き］〈名〉①沉着。鎮静。穏重。②（器物放得）穏。

おちつきはら・う［落ち着き払う］〈自五〉十分鎮静。非常沉着。

おちつ・く［落ち着く］〈自五〉①（住處、職業等）安頓下來。②穏定。平定。③沉着。鎮静。④歸根結蒂。⑤有頭緒。有眉目。⑥（衣服等）素淨。⑦諧調。

おちつ・ける［落ち着ける］〈他下一〉沉下（心）。沉住（氣）。

おちど［落度］〈名〉過錯。錯誤。

おちば［落葉］〈名〉落葉。

おちぶ・れる［落魄れる］〈自下一〉衰敗。淪落。落魄。

おちぼ［落穂］〈名〉（收割後的）落穂。

おちめ［落ち目］〈名〉倒霉。敗運。

おちゃ［お茶］〈名〉①茶。②茶道。③（工間）休息。

おちゃのこ［お茶の子］〈名〉輕而易舉。

おちょうしもの［お調子者］〈名〉①隨聲附和的人。②輕率的人。

お・ちる［落ちる］〈自上一〉①落下。掉下。②倒塌。③漏掉。遺漏。④落選。落榜。⑤下降。降低。⑥陷落。陷入。⑦脱落。⑧落入（人手）。⑨褪（色）。

おつ［乙］Ⅰ〈名〉乙。Ⅱ〈形動〉別致。別有風味。

おっかなびっくり〈副〉膽戰心驚。提心吊膽。

おっかぶ・せる〈他下一〉①推諉。推卸。②（用「おっかぶせて」或「～よう」的形式）盛氣凌人。

おっくう［億劫］〈形動〉嫌麻煩。懶得（做）。

おつげ［お告］〈名〉（宗）神諭。天啓。

おっしゃ・る［仰る］〈自五〉（敬）說。叫（做）。

おっちょこちょい〈名・形動〉毛手毛脚。冒失（鬼）。

おっつかっつ〈形動〉不分上下。差不多。

おっつけ［追っ付け］〈副〉不久。一會兒。

おって［追手］〈名〉追趕者。追兵。

おって［追って］〈副〉隨後。一會兒。

おっと[夫]〈名〉夫。丈夫。

おっ〈感〉①(表示驚訝)啊! 哎呀! ②(表示阻止)且慢!

おっとせい[膃肭臍]〈名〉海狗。

おっとり[副・自サ]大方。穩重。

おっぱい〈名〉(兒)奶。乳房。

おつまみ[お摘み]〈名〉下酒菜。

おつり[お釣り]〈名〉找的零錢。

おてあげ[お手上げ]〈名〉束手無策。沒轍。

おでき〈名〉癤子。疙瘩。

おでこ〈名〉①額頭。腦門。②鏟兒頭。大腦門。

おてのもの[お手の物]〈名〉擅長。拿手。

おてもり[お手盛り]〈名〉為自己打算。

おてやわらかに[お手柔らかに]〈連語〉(比賽前的套話)手下留情。

おてん[汚点]〈名〉污點。

おてんきや[お天気屋]〈名〉喜怒無常的人。

おてんとさま[お天道様]〈名〉①太陽。②老天爺。

おてんば[お転婆]〈名・形動〉野丫頭。頑皮的姑娘。

おと[音]〈名〉①音。聲音。②音信。③△～に聞く/有名。

おとうさん[お父さん]〈名〉父親。爸爸。

おとうと[弟]〈名〉弟弟。

おとうとでし[弟弟子]〈名〉師弟。

おとうとぶん[弟分]〈名〉盟弟。

おどおど[副・自サ]怯生生。惴惴不安。

おどか・す[脅かす]〈他五〉①威脅。②嚇唬。

おとぎばなし[お伽噺]〈名〉童話故事。

おど・ける[自下一]開玩笑。作怪態。

おとこ[男]〈名〉①男人。男子。②男人的聲譽。③情夫。

おとこぎ[男気]〈名〉大丈夫氣概。義氣。

おとこざかり[男盛り]〈名〉(男性精力充沛的)壯年。年富力強。

おとこずき[男好き]〈名〉①討男人喜歡。②(女人)喜歡男人。

おとこだて[男伊達]〈名〉①俠義。丈夫氣。②俠客。

おとこで[男手]〈名〉男勞力。

おとこぶり[男振り]〈名〉①男人的儀表(風采)。②男人的聲譽。

おとこまさり[男勝り]〈名・形動〉勝似男子。巾幗英雄。

おとこもの[男物]〈名〉男用(物品)。

おとこやもめ[男鰥]〈名〉鰥夫。

おとこゆ[男湯]〈名〉男澡堂。

おとこらし・い[男らしい]〈形〉有男子漢氣概。

おとさた[音沙汰]〈名〉音信。消息。

おどし[脅し]〈名〉①威嚇。威脅。②(田裏轟鳥用的)稻草人。

おとしあな[落し穴]〈名〉陷阱。圈套。

おとしい・れる[陥れる]〈他下一〉①陷害。使陷入。②攻陷。

おとしだま[お年玉]〈名〉壓歲錢。

おとしぬし[落し主]〈名〉失主。

おとしもの[落し物]〈名〉失物。

おと・す[落す]〈他五〉①扔。摔。②去掉。除掉。③漏掉。遺漏。④丟。丟掉。⑤淘汰。⑥降低。減低。⑦攻陷。使落入。⑧中(標)。

おど・す[脅す]〈他五〉恐嚇。威脅。恫嚇。

おとずれ[訪れ]〈名〉①訪問。②來臨。

おとず・れる[訪れる]〈自下一〉①訪問。②來臨。

おととい[一昨日]〈名〉前天。

おととし[一昨年]〈名〉前年。

おとな[大人]Ⅰ〈名〉大人。成年人。Ⅱ〈形動〉(小孩)老實。老成。

おとなげな・い[大人気ない]〈形〉沒有大人樣。不懂事。

おとなし・い[形]①老實。溫順。規矩。②(顏色)雅致。素氣。

おとな・びる[大人びる]〈自上一〉像大人樣兒。

おとめ[乙女]〈名〉少女。姑娘。處女。

オドメーター[odometer]〈名〉(汽車等)的里程表。

おとも[お供]〈名・自サ〉陪同。隨員。

おとり[囮]〈名〉①囮子。②誘餌。

おどり[踊]〈名〉舞蹈。

おどりあが・る[躍り上がる]〈自五〉跳（蹦）起來。

おどりかか・る[躍り掛る]〈自五〉猛撲過去。

おどりこ[踊り子]〈名〉舞女。女舞蹈演員。

おどりこ・む[躍り込む]〈自五〉①闖入。②跳進。

おどりば[踊場]〈名〉①舞場。②(樓梯中途的)休息平台。

おと・る[劣る]〈自五〉劣。不如。

おど・る[踊る]〈自五〉①跳舞。②(用使役被動式)受人操縱。

おど・る[躍る]〈自五〉①跳躍。跳動。②激動。③(字)歪扭。

おとろえ[衰え]〈名〉衰弱。減退。

おとろ・える[衰える]〈自下一〉衰弱。減退。

おどろか・す[驚かす]〈他五〉驚動。嚇唬。

おどろき[驚き]〈名〉吃驚。驚訝。

おどろ・く[驚く]〈自五〉①吃驚。驚恐。②驚奇。③出乎意料。

おないどし[同い年]〈名〉同歲。

おなか[お中]〈名〉肚子。

おながれ[お流れ]〈名〉中止。告吹。成泡影。

おなぐさみ[お慰み]〈名〉①解悶。消遣。②好極了。

おなじ[同じ]Ⅰ〈形動・連体〉一樣。相同。Ⅱ〈副〉(常用「～…なら」)反正。同樣。

おなじく[同じく]Ⅰ〈接〉同。同上。Ⅱ〈副〉同樣。一樣。

オナニー[Onanie]〈名〉手淫。

おなら〈名〉屁。

おに[鬼]Ⅰ〈名〉①鬼。妖魔。②窮兇極惡的人。鐵石心腸的人。③亡靈。靈魂。④(捉迷藏)蒙眼者。老瞎。Ⅱ〈接頭〉①鬼。②勇猛。殘暴。③特大。大型。

おにがわら[鬼瓦]〈名〉獸頭瓦。

おにぎり[お握り]〈名〉飯團子。

おにごっこ[鬼ごっこ]〈名〉捉迷藏(遊戲)。

おにばば[鬼婆]〈名〉老刁婆。

おにび[鬼火]〈名〉鬼火。

おにゆり[鬼百合]〈名〉(植)捲丹。

おね[尾根]〈名〉山脊。

おねじ[雄ねじ]〈名〉螺栓。

おねしょ〈名・自サ〉尿床。

おの[斧]〈名〉斧頭。

おのおの[各]〈名・副〉各。各自。

おのずから[自ずから]〈副〉自然。自然而然。

おのの・く[戦く]〈自五〉發抖。打戰。

おのぼりさん[お上りさん]〈名〉鄉下佬(進城)。

オノマトペア[onomatopoeia]〈名〉象聲詞。擬音。

おのれ[己]Ⅰ〈名〉自己。Ⅱ〈感〉他媽的!你這個東西。

おば[伯母・叔母]〈名〉姑母。姨母。伯母。嬸母。舅母。

おばあさん[お祖母さん]〈名〉祖母。外祖母。

おばあさん[お婆さん]〈名〉老奶奶。老婆婆。

オパール[opal]〈名〉蛋白石。

おはうちから・す[尾羽打ち枯らす]〈自五〉落魄。潦倒。

おばけ[お化け]〈名〉妖精。妖怪。

おはこ〈名〉拿手。拿手戲。

おばさん[伯母さん・叔母さん]〈名〉→おば。

おばさん[小母さん]〈名〉大娘。大嬸。阿姨。

おはち[お鉢]〈名〉(盛飯的)飯桶。

おはつ[お初]〈名〉初次。

おばな[雄花]〈名〉雄花。

おはよう[お早う]〈感〉您早! 早安!

おはらいばこ[お払い箱]〈名〉①解雇。②扔掉(舊物)。

おはりこ[お針子]〈名〉縫紉女工。

おび[帯]〈名〉帶子。腰帶。

おび・える[脅える]〈自下一〉害怕。懼怕。

おびきだ・す[誘き出す]〈他五〉引誘出來。

おびきよ・せる[誘き寄せる]〈他下一〉引誘過來。

おびただし・い[夥しい]〈形〉①非常多。②(用「…こと〜」的形式)非常。厲害。

おひとよし[お人好し]〈名・形動〉老實人。老好人。

おびふう[帯封]〈名〉(郵寄報紙等用的)封帶。

おひや[お冷]〈名〉凉水。

おびやか・す[脅かす]〈他五〉威脅。恫嚇。

おひゃくど[お百度]〈名〉△〜を踏む/①拜廟(祈禱)一百次。②百般央求。

おひらき[お開き]〈名〉散會(席)。

お・びる[帯びる]〈他上一〉①佩帶。②擔任。擔負。③帶有。含有。

おひれ[尾鰭]〈名〉尾和鰭。

オフィス[office]〈名〉辦公室。

オフィスガール[office girl]〈名〉女職員。

オフィスコンピューター[office computer]〈名〉(簡稱「オフコン」)辦公用計算機。

おぶ・う[負う]〈他五〉揹(孩子)。

おふくろ[お袋]〈名〉媽媽。母親。

オブザーバー[obeserver]〈名〉觀察員。

おぶさ・る[負さる]〈自五〉①被揹。②依靠。

おふせ[お布施]〈名〉布施。

オフセット[off set]〈名〉膠印。膠版印刷。

おふだ[お札]〈名〉護符。護身符。

おぶつ[汚物]〈名〉污物。

オプティカルファイバー[optical glass fiber]〈名〉光導纖維。

オブラート[oblaat]〈名〉糯米紙。

おふる[お古]〈名〉舊東西。舊衣服。

おふれ[お触れ]〈名〉佈告。

おべっか〈名〉阿諛奉承。

オペラ[opera]〈名〉歌劇。

オペレッタ[operetta]〈名〉小歌劇。

おぼえ[覚え]〈名〉①記憶。記性。②自信。信任。③量。

おぼえがき[覚書]〈名〉記錄。備忘錄。

おぼえず[覚えず]〈副〉→おもわず。

おぼ・える[覚える]〈他下一〉①覺得。感到。②記得。記住。③學會。掌握。

おぼし・い[思しい]〈形〉(用「…と〜」的形式)像是。

おぼしめし[思召]〈名〉①尊意。您的意見。②(對異性)有意。

おぼつかな・い[覚束ない]〈形〉①靠不住。沒把握。

おぼ・れる[溺れる]〈自下一〉①溺水。淹死。②沉溺。迷戀。

おぼろ[朧]〈形動〉朦朧。

おぼろげ[朧げ]〈形動〉模糊。

おぼん[お盆]〈名〉盂蘭盆會。

おまいり[お参り]〈名・自サ〉參拜。

おまえ[お前]〈代〉(稱同輩或晚輩時用)你。

おまけ〈名・自サ〉①減價。少算。②(購物時給的)贈品。饒頭。③△〜をつける/誇大其詞。添枝加葉。

おまけに[接]加之。而且。

おまちどおさま[お待遠様]〈連語〉讓您久等了。

おまつりさわぎ[お祭騒ぎ]〈名〉①節日的熱鬧。②吵吵鬧鬧。

おまもり[お守]〈名〉護符。護身符。

おまる〈名〉便盆。

おみき[お神酒]〈名〉①供神的酒。②酒。

おみくじ[お神籤]〈名〉(問卜吉凶的)神籤。

おみそれ[お見逸れ]〈名・他サ〉①没認出來(是誰)。②有眼不識泰山。

おみなえし[女郎花]〈名〉(植)黄花龍牙。敗醬。

おみやげ[お土産]〈名〉①土特産。②禮物。

おむつ〈名〉尿布。

オムレツ[omelette]〈名〉軟煎蛋捲。

おめい[汚名]〈名〉臭名。惡名。

おめおめ[副]厚着臉皮。恬不知耻。

おめかし〈名・自サ〉化妝。打扮。

おめがね[お眼鏡]〈名〉眼力。眼光。

おめずおくせず[怖めず臆せず]〈連語〉毫不畏懼。

おめだま[お目玉]〈名〉△〜を食う/受申斥。

おめでた〈名〉(結婚、懷孕、分娩等)喜事。

おめでた・い[形〉①→めでたい。②過於老實。過於天真。傻里傻氣。

おめでとう[感]恭喜。恭賀。

おも・い[重い]〈形〉①(分量)重。②(心情)沉重。③重大。嚴重。

おもい[思い]〈名〉①思想。思考。②感覺。心情。③情思。懷念。④願望。心願。⑤仇恨。⑥憂慮。思慕。愛慕。

おもいあが・る[思い上がる]〈自五〉自高自大。

おもいあた・る[思い当る]〈自五〉想起。想到。

おもいあま・る[思い余る]〈自五〉拿不定主意。苦悶。

おもいあわ・せる[思い合せる]〈下一〉聯繫起來考慮。

おもいうか・べる[思い浮べる]〈他下一〉想起。憶起。

おもいおこ・す[思い起す]〈他五〉想起。

おもいおもい[思い思い]〈副〉各隨己願。

おもいかえ・す[思い返す]〈他五〉①回想。回顧。②重新考慮。轉念。

おもいがけな・い[思い掛けない]〈形〉意想不到。

おもいきった[思い切った]〈連体〉果斷。斷然。

おもいきって[思い切って]〈副〉下決心。大膽。乾脆。

おもいきり[思い切り]I〈名〉斷念。想開。死心。II〈副〉盡情。痛快。

おもいき・る[思い切る]〈他五〉斷念。想開。死心。

おもいこ・む[思い込む]〈自五〉①深信。②認準。下決心。拿定主意。

おもいし・る[思い知る]〈他五〉痛感。體會到。認識到。

おもいすごし[思い過し]〈名〉過慮。

おもいだ・す[思い出す]〈他五〉想起。憶起。

おもいた・つ[思い立つ]〈他五〉打主意。決定(做)。

おもいちがい[思い違い]〈名・他サ〉誤解。誤會。

おもいつき[思い付き]〈名〉①主意。②靈機一動。

おもいつ・く[思い付く]〈他五〉想起。想到。

おもいつ・める[思い詰める]〈他下一〉想不開。

おもいで[思い出]〈名〉回憶。緬懷。

おもいどおり[思い通り]〈名〉①如意。如願。②隨心所欲。

おもいとどま・る[思い止まる]〈他五〉打消念頭。

おもいなお・す[思い直す]〈他五〉改變主意。重新考慮。

おもいなし[思いなし]〈名〉主觀感覺。心理作用。

おもいのこ・す[思い残す]〈他五〉留戀。遺憾。

おもいのたけ[思いの丈]〈名〉愛情。戀情。

おもいのほか[思いの外]〈副〉出乎意料。

おもいもよらな・い[思いも寄らない]〈連語〉萬没想到。

おもいやり[思い遣り]〈名〉體貼。體諒。

おもいや・る[思い遣る]〈他五〉①體貼。體諒。②遙念。③(用「おもいやられる」的形式)可想而知。④(用「おもいやられる」的形式)令人擔心。

おもいわずら・う[思い煩う]〈自五〉煩惱。憂慮。

おも・う[思う]〈他五〉①想。覺得。認爲。以爲。②想像。估計。③打算。④擔心。惦念。⑤想念。懷念。

おもうぞんぶん[思う存分]〈副〉盡情。痛快。

おもうつぼ[思う壺]〈名〉預想。意願。下懷。

おもうまま[思う儘]〈名〉盡情。隨心所欲。

おもおもし・い[重重しい]〈形〉①沉重。②莊重。嚴肅。

おもかげ[面影]〈名〉①面影。②(舊時的)樣子。風貌。

おもかじ[面舵]〈名〉右舵。

おもき[重き]〈名〉△～を置く/重視。△～をなす/受重視。

おもくるし・い[重苦しい]〈形〉①沉悶。鬱悶。②呆板。拙笨。

おもさ[重さ]〈名〉重量。分量。

おもざし[面差し]〈名〉面龐。面貌。

おもし[重し]〈名〉①壓東西的石頭(重物)。②秤砣。砝碼。③威力。

おもしろ・い[面白い]〈形〉①有趣。②愉快。快活。③滑稽。可笑。④[用否定式「おもしろくない」]不妙。不順利。不理想。

おもしろが・る[面白がる]〈他五〉感覺有趣。以…取樂。

おもしろはんぶん[面白半分]〈名〉半開玩笑。

おもしろみ[面白み]〈名〉趣味。

おもた・い[重たい]〈形〉→おもい(重い)

おもだった[主立った]〈連体〉主要。

おもちゃ[玩具]〈名〉①玩具。②玩物。

おもて[表]〈名〉①正面。面前。②表面。外表。③屋外。外邊。④公開。正式。⑤[棒球比賽]上半局。

おもて[面]〈名〉臉。

おもてあみ[表編]〈名〉[編織的]平針。正針。

おもてかんばん[表看板]〈名〉招牌。名目。

おもてぐち[表口]〈名〉正門。前門。

おもてさく[表作]〈名〉頭茬作物。

おもてざた[表沙汰]〈名〉①公開化。聲張出去。②起訴。打官司。

おもてだ・つ[表立つ]〈自五〉①暴露出來。公開。②打官司。

おもてどおり[表通り]〈名〉大街。

おもてむき[表向き]〈名〉①表面。外表。②公開。正式。

おもてもん[表門]〈名〉大門。正門。

おもと[万年青]〈名〉[植]萬年青。

おもな[主な]〈連体〉主要。

おもなが[面長]〈名・形動〉瓜子臉。

おもに[重荷]〈名〉重擔。負擔。

おもに[主に]〈副〉主要。

おもね・る[阿る]〈自五〉阿諛。

おもはゆ・い[面映ゆい]〈形〉害羞。不好意思。

おもみ[重み]〈名〉①重量。②[言行的]分量。③威嚴。威望。

おもむき[趣]〈名〉①旨趣。意思。②[書信用語]據聞。③韻味。風格。④雅趣。情致。

おもむ・く[赴く]〈自五〉①赴。前往。②趨向。

おもむろに[徐に]〈副〉慢慢。徐緩。

おももち[面持]〈名〉神情。

おもや[母屋]〈名〉上房。正房。

おもゆ[重湯]〈名〉米湯。

おもり[お守り]〈名・他サ〉照看。

おもり[錘]〈名〉①秤砣。②鉛墜。

おもわく[思惑]〈名〉①意圖。意圖。②[社會上的]看法。評價。③估計行情(漲落)。

おもわし・い[思わしい]〈形〉令人滿意。中意。

おもわず[思わず]〈副〉不由得。不禁。

おもわせぶり[思わせ振り]〈名・形動〉裝模作樣。(女人)賣弄風情。

おもん・ずる[重んずる]〈他サ〉①重視。注重。②尊重。

おや[親]〈名〉①父母。②祖先。③(撲克、麻將等的)莊家。

おや〈感〉[表示驚訝]哎呀!

おやおもい[親思い]〈名〉孝順父母。

おやがいしゃ[親会社]〈名〉母公司。

おやがかり[親掛り]〈名〉[未獨立]依靠父母生活。

おやかた[親方]〈名〉師傅。

おやがわり[親代り]〈名〉(代替父母的)撫養人。

おやこ[親子]〈名〉父子(女)。母子(女)。

おやこうこう[親孝行]〈名・形動・自サ〉孝順父母。

おやごころ[親心]〈名〉①父母心。父母之愛。②(對部下、晚輩的)親切關懷。

おやじ[親父・親爺]〈名〉①(我的)老子。老爺子。②老頭兒。③(店舖的)老闆。

おやしらず[親知らず]〈名〉智齒。

おやす・い[お安い]〈名〉①容易。簡單。②△お安くない仲(中/男女)關係不一般。

おやだま[親玉]〈名〉頭目。

おやつ[お八つ]〈名〉(午後兒童的)間食。點心。

おやばか[親馬鹿]〈名〉(溺愛子女的)糊塗

父母。溺愛子女。

おやふこう[親不孝]〈名・形動・自サ〉不孝。逆子。

おやぶん[親分]〈名〉①(幫會等的)頭子。頭目。②乾爹。乾媽。

おやま[女形]〈名〉(男扮)旦角。

おやまのたいしょう[お山の大将]〈連語〉①(兒童遊戲)爭山頭。②(在某小集團中)稱王稱霸的人。

おやもと[親元]〈名〉老家(父母的家)。

おやゆずり[親譲り]〈名〉①父母遺傳。②父母遺留。

おやゆび[親指]〈名〉大拇指。

およぎ[泳ぎ]〈名〉游泳。

およ・ぐ[泳ぐ]〈自五〉①游。游泳。②穿過(人群)。③鑽營。④(身體)向前栽去。

およそ[凡そ]Ⅰ〈名〉大概。Ⅱ〈副〉①大概②凡是。③簡直。根本。完全。

およばずながら[及ばずながら]〈副〉儘管能力有限。

および[及び]〈接〉及。與。

およびごし[及び腰]〈名〉①哈腰(向前取東西)。②舉棋不定。曖昧。

およ・ぶ[及ぶ]〈自五〉①達到。及於。②臨到。③匹敵。趕得上。④(用「…には及ばない」的形式)不必。不需要。

およぼ・す[及ぼす]〈他五〉(影響等)達到,波及。使受到。

オラトリオ[oratorio]〈名〉清唱劇。

オランウータン[orang-utan]〈名〉猩猩。

おり[折]〈名〉①盒兒。盒子。②時候。③時機。機會。

おり[澱]〈名〉沉澱。沉渣。

おり[檻]〈名〉獸檻。獸籠。

おりあい[折り合い]〈名〉①(人與人的)關係。②和解。妥協。

おりあ・う[折り合う]〈自五〉①和睦相處。②互相讓步。妥協。

おりあしく[折悪しく]〈副〉偏偏。不巧。

おりいって[折り入って]〈副〉懇切。誠懇。

オリーブ[olive]〈名〉橄欖(樹)。

おりえり[折襟]〈名〉翻領。

オリエンテーション[orientation]〈名〉①定向。確定方針。②入學教育。入廠教育。

おりおり[折折]〈名・副〉時時。隨時。

オリオンざ[オリオン座]〈名〉(天)獵戶座。

おりかえし[折り返し]Ⅰ〈名〉①折。翻。折疊。②折回。返回。③(詩歌的)疊句。Ⅱ〈副〉立即(回音)。

おりかえ・す[折り返す]Ⅰ〈他五〉折疊。挽。翻。Ⅱ〈自五〉①折回。返回。②反復。

おりかさな・る[折り重なる]〈自五〉重疊。摞疊。

おりがみ[折紙]〈名〉①(手工)紙板。②鑑定書。保證書。

おりがみつき[折紙付]〈名〉①可靠。打保票。②著名。有定評。

おりから[折から]〈名・副〉①正在那時。②(書信用語)正值…季節。

おりこみ[折込み]〈名〉夾入(報紙、雜誌裏的廣告或附錄)。

おりこ・む[折り込む]〈他五〉①折進。②夾入。夾進。

おりこ・む[織り込む]〈他五〉①織入。②穿插。

オリザニン[oryzanin]〈名〉(藥)維生素B₁。

オリジナリティー[originality]〈名〉獨創性。

オリジナル[original]Ⅰ〈名〉(對複製品而言的)原作。Ⅱ〈形動〉獨創。

おりたた・む[折り畳む]〈他五〉疊。折疊。

おりま・げる[折り曲げる]〈他下一〉彎。折彎。

おりめ[折目]〈名〉①折痕。折縫。褶子。②規矩。禮貌。

おりめ[織目]〈名〉(紡織、編織品的)疏密。

おりもと[織元]〈名〉紡織廠家。

おりもの[下り物]〈名〉①月經。②胎盤。胎衣。③白帶。

おりもの[織物]〈名〉紡織品。

お・りる[降りる・下りる]〈自上一〉①下。降。②(從交通工具上)下來。③(霜、露、霧等)下,降。④(許可等)批示下來。⑤

下台。退位。辭職。卸任。⑥退出(比賽)。

オリンピック[olympic]〈名〉奧林匹克。

お・る[折る]〈他五〉①疊。折。②折斷。③彎曲。

お・る[織る]〈他五〉織。編織。

オルガン[organ]〈名〉風琴。

オルグ[organizer]〈名〉(政黨、工會)組織。組織者。

オルゴール[orgel]〈名〉〈樂〉八音盒。

おれ[俺]〈代〉(男人對同輩、晚輩自稱)俺。我。

おれい[お礼]〈名〉謝詞。謝禮。

おれくぎ[折れ釘]〈名〉①(掛東西用)彎頭釘。②(廢了的)斷頭釘。

お・れる[折れる]〈自下一〉①折。斷。②拐彎。③遷就。讓步。④消沉。挫折。

オレンジ[orange]〈名〉橘子。

おろおろ[副・自サ]①驚慌不安。②嗚咽。

おろか[愚か]〈形動〉愚蠢。

おろか[副]別說。豈止。

おろし[卸]〈名・他サ〉批發。

おろしうり[卸売]〈名・他サ〉批發。

おろしがね[下し金]〈名〉礤菜板。

お・ろす[卸す]〈他五〉批發。

お・ろす[降ろす・下ろす]〈他五〉①拿下。放下。搬下。卸下。②撤下。③砍下。剪下。④打下(體内寄生蟲)。⑤讓…下(車、船)。⑥扎(根)。⑦上(鎮)。⑧提取(存款)。⑨擦(菜)。

おろそか[疎か]〈形動〉疏忽。馬虎。

おわい[汚穢]〈名〉①髒東西。②糞便。

おわり[終り]〈名〉終了。末尾。

おわ・る[終る]Ⅰ〈自五〉完。結束。Ⅱ〈他五〉做完。結束。

おん[恩]〈名〉恩。

おんあい[恩愛]〈名〉恩愛。

おんいき[音域]〈名〉音域。

おんいん[音韻]〈名〉音韻。

おんが[温雅]〈形動〉文雅。温文爾雅。

おんかい[音階]〈名〉〈樂〉音階。

おんがえし[恩返し]〈名・自サ〉報恩。

おんがく[音楽]〈名〉音樂。

おんかん[音感]〈名〉〈樂〉音感。

おんがん[温顔]〈名〉温厚的面容。

おんぎ[恩義]〈名〉恩義。

おんきゅう[恩給]〈名〉養老金。

おんきゅう[温灸]〈名〉〈醫〉温灸。

おんきょう[音響]〈名〉音響。

おんけい[恩恵]〈名〉恩惠。

おんけん[穏健]〈形動〉穩健。

おんこ[恩顧]〈名〉惠顧。關照。

おんこう[温厚]〈形動〉温厚。

おんさ[音叉]〈名〉(理)音叉。

おんし[恩師]〈名〉恩師。

おんしつ[音質]〈名〉音質。

おんしつ[温室]〈名〉温室。

おんしゃ[恩赦]〈名〉特赦。

おんじゅん[温順]〈形動〉温順。

おんしょう[温床]〈名〉温床。

おんじょう[温情]〈名〉温情。

おんしょく[音色]〈名〉音色。

おんしらず[恩知らず]〈名・形動〉忘恩負義。

おんしん[音信]〈名〉音信。

おんじん[恩人]〈名〉恩人。

オンス[ounce]〈名〉盎司。

おんせい[音声]〈名〉語音。

おんせつ[音節]〈名〉音節。

おんせん[温泉]〈名〉温泉。

おんそ[音素]〈名〉音素。

おんそく[音速]〈名〉音速。

おんぞん[温存]〈名・他サ〉保留。保存。

おんたい[温帯]〈名〉温帶。

おんだん[温暖]〈名・形動〉温暖。

おんち[音痴]〈名〉①五音不全。②(在某方面)感覺遲鈍。

おんちゅう[御中]〈名〉公啓。

おんちょう[音調]〈名〉音調。語調。

おんてい[音程]〈名〉〈樂〉音程。

おんてん[恩典]〈名〉恩典。

おんど[音頭]〈名〉①領唱。領呼。②倡導者。

おんど[温度]〈名〉温度。

おんとう[穏当]〈形動〉穩妥。

おんどく[音読]〈名・他サ〉①朗讀。②(漢字的)音讀。

おんどり[雄鶏]〈名〉公鶏。

オンドル[温突]〈名〉火炕。

おんな[女]〈名〉①女人。②(女人的)容貌。③情婦。④女僕。

おんながた[女形]〈名〉→おやま。

おんなざかり[女盛り]〈名〉女人最美好的年華。

おんなずき[女好き]〈名〉①喜歡女人。②爲女人喜歡。

おんなで[女手]〈名〉(作爲勞動力的)女人。

おんなもの[女物]〈名〉女人用(的東西)。

おんなゆ[女湯]〈名〉女澡堂。

おんならし・い[女らしい]〈形〉像女人。

おんぱ[音波]〈名〉(理)音波。聲波。

おんびき[音引き]〈名〉(字典的)音序檢字。

おんぴょうもじ[音標文字]〈名〉音標文字。

おんびん[穏便]〈形動〉穏妥。

おんぶ〈名・他サ〉①(兒)背。②依賴。

おんぷ[音符]〈名〉音符。

おんぼろ〈名〉破舊。破爛。

おんみつ[隠密]Ⅰ〈名〉(江户時代)密探。Ⅱ〈形動〉秘密。

おんりょう[怨霊]〈名〉冤魂。

おんりょう[音量]〈名〉音量。

おんわ[温和]〈形動〉(氣候、性情)温和。

か　カ

か[香]〈名〉氣味。香味。

か[蚊]〈名〉蚊子。

か[可]〈名〉①可以。②可。及格。

か[科]〈名〉①(生物分類)科。②(學科)科。專業。

か[課]〈名〉①(課本)課。②(組織機構)科。

-か I〈終助〉①表示疑問。②表示反問。③表示感嘆。④表示請求。⑤表示勸誘。II〈並助〉〈表示選擇〉…或者…。III〈副助〉(接疑問詞後)表示不肯定。

-か[日]〈造語〉(接和語數詞後)表示日期、天數。

-か[化]〈接尾〉化。

-か[家]〈接尾〉家。

-か[箇]〈造語〉個。

か[下]〈接頭・接尾〉下。

が[我]〈名〉①我。自己。②自己的主張。自己的想法。

が[蛾]〈名〉蛾。

-が I〈格助〉①表示動作、狀態、性質的主體。②表示願望、可能、巧拙、好惡的對象。II〈接助〉(表示句子的逆接)但是。可是。然而。

カーキいろ[カーキ色]〈名〉土黃色。

ガーゼ[Gaze]〈名〉(醫)紗布。

カーディガン[cardigan]〈名〉對襟毛綫衣。

カーテン[curtain]〈名〉簾子。窗簾。幕。

ガーデンシティー[garden city]〈名〉田園都市。

カード[card]〈名〉①卡片。②紙牌。撲克牌。

ガード[girder]〈名〉架空鐵橋。

カートーン[cartoon]〈名〉諷刺漫畫。連載漫畫。動畫。

ガードマン[guardman]〈名〉守衛。警衛員。

ガードレール[guard-rail]〈名〉護欄。

カートン[carton]〈名〉①紙箱。②一條(煙)。③(銀行、商店遞給顧客錢用的)托盤。

カーネーション[carnation]〈名〉石竹花。

カーバイド[carbide]〈名〉碳化鈣。電石。

カーブ[curve]〈名・自サ〉①彎曲。曲綫。②轉彎。③(棒球)曲綫球。

ガーベラ[gerbera]〈名〉(植)大丁草。扶郎花。非洲菊。

カーボン[carbon]〈名〉①碳。②(電)碳精棒。③複寫紙。

カール[curl]〈名・他サ〉捲髮。

ガール[girl]〈造語〉女孩子。

ガールスカウト[Girl Scouts]〈名〉女童子軍。

ガールフレンド[girl friend]〈名〉女朋友。

かい[貝]〈名〉①貝。海螺②貝殼。

かい[櫂]〈名〉槳。

かい[甲斐]I〈名〉效果。價值。意義。II〈接尾〉(接動詞連用形後,讀「がい」)值得…。

かい[会]〈名〉會。會議。

かい[回]〈名〉回。II〈接尾〉回。次。

かい[階]〈名・接尾〉(樓)層。

かい[下位]〈名〉下等。

-かい[界]〈接尾〉界。

がい[害]〈名〉害。危害。害處。

がい-[該]〈漢造〉該。

-がい[外]〈接尾〉…之外。

-がい[街]〈接尾〉街。區。

かいあく[改悪]〈名・他サ〉(修)改壞。

がいあく[害悪]〈名〉危害。毒害。

かいあげ[買上]〈名〉①(政府)收購。②(用「お～」的形式)您購買。

かいあさ・る[買い漁る]〈他五〉到處收購。搜購。

かいい[魁偉]〈形動〉魁偉。

かいいき[海域]〈名〉海域。

かいいぬ[飼犬]〈名〉家犬。

かいい・れる[買い入れる]〈他下一〉購進。進貨。

かいいん[会員]〈名〉會員。

かいいん[改印]〈名・自サ〉換印。改換圖章。

かいいん[海員]〈名〉海員。

がいいん[外因]〈名〉外因。

かいうん[海運]〈名〉海運。

かいえん[開演]〈名・自他サ〉開演。

がいえん[外延]〈名〉(邏)外延。

かいおうせい[海王星]〈名〉海王星。

かいおき[買置き]〈名・他サ〉儲購(物)。

かいか[開化]〈名・自サ〉開化。

かいか[開花]〈名・自サ〉開花。

かいが[絵画]〈名〉畫。繪畫。

がいか[外貨]〈名〉①外幣。外匯。②外國貨。

がいか[凱歌]〈名〉凱歌。

ガイガーけいすうかん[ガイガー計数管]〈名〉(理)蓋革計數器。

かいかい[開会]〈名・自他サ〉開會。

かいがい[海外]〈名〉海外。

がいかい[外海]〈名〉外海。

がいかい[外界]〈名〉外界。

かいがいし・い[甲斐甲斐しい]〈形〉利落。勤快。

かいかく[改革]〈名・他サ〉改革。

がいかく[外角]〈名〉(數)外角。

がいかく[外郭]〈名〉外廓。

かいかつ[快活]〈形動〉快活。爽快。

がいかつ[概括]〈名・他サ〉概括。

かいかぶ・る[買い被る]〈他五〉①給價過高。買得太貴。②過於相信。估計過高。

かいがら[貝殻]〈名〉貝殼。

かいがらむし[貝殻虫]〈名〉介殼蟲。

かいかん[会館]〈名〉會館。

かいかん[快感]〈名〉快感。

かいかん[開館]〈名・自サ〉①(圖書館等)開設。建館。②開館。開放。

かいがん[海岸]〈名〉海岸。

がいかん[外観]〈名〉外觀。外表。

がいかん[概観]〈名・他サ〉①概觀。②大致的輪廓。

かいき[会期]〈名〉會期。

かいき[怪奇]〈名・形動〉奇怪。

-かいき[回忌]〈接尾〉忌辰。

かいぎ[会議]〈名〉會議。

かいぎ[懐疑]〈名・自サ〉懷疑。

がいき[外気]〈名〉戶外的空氣。

かいきしょく[皆既食]〈名〉(日、月的)全蝕。

かいきせん[回帰線]〈名〉(天)回歸線。

かいきねつ[回帰熱]〈名〉(醫)回歸熱。

かいぎゃく[諧謔]〈名〉詼諧。

かいきゅう[階級]〈名〉①階級。②等級。③軍階。軍銜。

かいきゅう[懐旧]〈名〉懷舊。

かいきょ[快挙]〈名〉快事。壯舉。

かいきょう[回教]〈名〉回教。

かいきょう[海峡]〈名〉海峽。

かいぎょう[開業]〈名・自他サ〉開業。開張。

がいきょう[概況]〈名〉概況。

かいき・る[買い切る]〈他五〉①全部買下。②包租。包下。

かいきん[皆勤]〈名・自サ〉出滿勤。

かいきん[解禁]〈名・他サ〉解除禁令。

がいきん[外勤]〈名・自サ〉外勤。外勤人員。

かいきんシャツ[開襟シャツ]〈名〉翻領襯衣。

かいぐん[海軍]〈名〉海軍。

かいけい[会計]〈名〉①會計。②算帳。付錢。

がいけい[外形]〈名〉外形。

かいけつ[解決]〈名・自他サ〉解決。

かいけつびょう[壊血病]〈名〉壞血病。

かいけん[会見]〈名・自サ〉會見。接見。

かいけん[懐剣]〈名〉短劍。匕首。

かいげん[戒厳]〈名〉戒嚴。

かいげん[開眼]〈名・自サ〉(佛)開眼。開光。

がいけん[外見]〈名〉外表。外貌。

かいこ[蚕]〈名〉蠶。

かいこ[回顧]〈名・他サ〉回顧。

かいこ[解雇]〈名・他サ〉解雇。

かいこ[懐古]〈名・自サ〉懷古。

かいご[悔悟]〈名・自サ〉悔悟。

かいこう[回航]〈名・自他サ〉①巡航。②(空船)駛往。

かいこう[海港]〈名〉海港。

かいこう[海溝]〈名〉海溝。

かいこう[開口]〈名・自他サ〉開口。

かいこう[開校]〈名・自他サ〉①建校。②開學。

かいこう[開港]〈名・自他サ〉①開港。②(機場)開始通航。

かいこう[開講]〈名・自他サ〉開課。

かいこう[邂逅]〈名・自サ〉邂逅。

かいごう[会合]〈名・自サ〉聚會。集會。

がいこう[外交]〈名〉①外交。②(公司等)外勤。

がいこう[外向]〈名〉(性格等)外向。

かいこく[戒告]〈名・他サ〉①警告。②警告處分。

かいこく[開国]〈名・自サ〉①建國。②門戶開放。

がいこく[外国]〈名〉外國。

かいこつ[骸骨]〈名〉骸骨。

かいこ・む[買い込む]〈他五〉(大量)買進、購買。

かいこん[悔恨]〈名・自サ〉悔恨。

かいこん[開墾]〈名・他サ〉開墾。

かいさい[快哉]〈名〉快哉。

かいさい[開催]〈名・他サ〉舉行。舉辦。

かいざい[介在]〈名・自サ〉介於…之間。

がいさい[外債]〈名〉外債。

かいさく[改作]〈名・他サ〉改寫。改編。

かいさく[開削]〈名・他サ〉開鑿。挖掘。

かいさつ[改札]〈名・自サ〉剪票。

かいさん[解散]〈名・自他サ〉①解散。②散會。

かいざん[改竄]〈名・他サ〉竄改。塗改。

がいさん[概算]〈名〉概算。

かいさんぶつ[海産物]〈名〉海產品。

かいし[開始]〈名・自他サ〉開始。

がいし[外資]〈名〉外資。

がいし[碍子]〈名〉(電)絕緣子。

がいじ[外耳]〈名〉(解)外耳。

がいして[概して]〈副〉一般、總的説來。

かいし・める[買い占める]〈他下一〉全部買下。囤積。

かいしゃ[会社]〈名〉公司。

かいしゃく[解釈]〈名・他サ〉解釋。理解。

かいしゅう[回収]〈名・他サ〉回收。

かいしゅう[改宗]〈名・自他サ〉改變信仰。

かいしゅう[改修]〈名・他サ〉修理。修復。

かいじゅう[怪獣]〈名〉怪獸。

かいじゅう[晦渋]〈名・形動〉晦澀。

かいじゅう[懐柔]〈名・他サ〉懷柔。籠絡。

がいしゅつ[外出]〈名・自サ〉外出。出外。

かいしゅん[改悛]〈名・自サ〉改悔。

かいしょ[楷書]〈名〉楷書。

かいじょ[解除]〈名・他サ〉廢除。解除。

かいしょう[甲斐性]〈名〉要強。有志氣。

かいしょう[快勝]〈名・自サ〉大勝。

かいしょう[改称]〈名・他サ〉改稱。

かいしょう[解消]〈名・自他サ〉解除。取消。

かいじょう[会場]〈名〉會場。

かいじょう[海上]〈名〉海上。

かいじょう[開場]〈名・自サ〉開場。入場。

がいしょう[外相]〈名〉外相。外長。

がいしょう[外傷]〈名〉外傷。

がいしょう[街娼]〈名〉野妓。

かいしょく[会食]〈名・自サ〉會餐。聚餐。

がいしょく[外食]〈名・自サ〉在外面吃飯。

かいしん[会心]〈名〉滿意。得意。

かいしん[回診]〈名・自サ〉査(病)房。

かいしん[改心]〈名・自サ〉悔改。

かいじん[灰燼]〈名〉灰燼。

がいしん[外信]〈名〉外電。

がいじん[外人]〈名〉外國人。洋人。

かいず[海図]〈名〉海圖。

かいすい[海水]〈名〉海水。

かいすいよく[海水浴]〈名〉海水浴。

かいすう[回数]〈名〉回數。

がいすう[概数]〈名〉概數。

かい・する[介する]〈他サ〉①通過。②介

(意)。

かい・する[会する]〈自サ〉集聚。會集。

かい・する[解する]〈他サ〉理解。懂。

がい・する[害する]〈他サ〉①傷害。損害。②殺害。

かいせい[快晴]〈名〉晴朗。

かいせい[改正]〈名・他サ〉修改。

かいせい[改姓]〈名・自他サ〉改姓。

かいせき[解析]〈名・他サ〉解析。分析。

かいせつ[開設]〈名・他サ〉開辦。開設。

かいせつ[解説]〈名・他サ〉解説。評介。

がいせつ[外接]〈名・自サ〉(數)外接。

がいせつ[概説]〈名・他サ〉概述。概論。

かいせん[会戦]〈名・自サ〉會戰。

かいせん[改選]〈名・他サ〉改選。

かいせん[海戦]〈名〉海戰。

かいせん[疥癬]〈名〉(醫)疥癬。

かいせん[開戦]〈名・自サ〉開戰。

かいぜん[改善]〈名・他サ〉改善。

がいせん[外線]〈名〉①室外電綫。②外綫電話。

がいせん[凱旋]〈名・自サ〉凱旋。

がいぜんせい[蓋然性]〈名〉蓋然性。可能性。

かいそ[改組]〈名・他サ〉改組。

かいそ[開祖]〈名〉鼻祖。開山祖師。

かいそう[会葬]〈名・自サ〉参加葬禮。

かいそう[回送]〈名・他サ〉①轉遞。轉送。②(公共車輛往其它地方調配時)開空車。

かいそう[回想]〈名・他サ〉回想。

かいそう[回漕]〈名・他サ〉船舶運輸。

かいそう[快走]〈名・自サ〉快跑。快速行駛。

かいそう[改装]〈名・他サ〉改換装潢。

かいそう[海草・海藻]〈名〉海藻。

かいそう[階層]〈名〉階層。

かいそう[潰走]〈名・自サ〉敗走。潰退。

かいぞう[改造]〈名・他サ〉改造。改建。改組。

かいぞえ[介添]〈名・自サ〉①服侍。侍候。②(新娘的)伴娘。

かいそく[会則]〈名〉會章。

かいそく[快足]〈名〉跑得快。飛毛腿。

かいそく[快速]〈名・形動〉快速。

かいぞく[海賊]〈名〉海盜。

かいぞくばん[海賊版]〈名〉盜印版。

がいそふ[外祖父]〈名〉外祖父。

がいそぼ[外祖母]〈名〉外祖母。

かいたい[解体]〈名・自他サ〉①拆卸。拆開。拆掉。②解散。瓦解。

かいたい[懐胎]〈名・自サ〉懷胎。

かいだい[解題]〈名・他サ〉内容簡介。

かいたく[開拓]〈名・他サ〉①開拓。開墾。②開闢。

かいだく[快諾]〈名・他サ〉欣然允諾。

かいだし[買出し]〈名・自サ〉採購。

かいだ・す[買い足す]〈他五〉補買。

かいだ・す[掻い出す]〈他五〉淘出(水等)。

かいたた・く[買い叩く]〈他五〉殺價購買。

かいだめ[買溜め]〈名・他サ〉囤積。

かいだん[会談]〈名・自サ〉會談。

かいだん[怪談]〈名〉鬼怪故事。

かいだん[階段]〈名〉①階梯。樓梯。②等級。

がいたん[慨嘆]〈名・自他サ〉慨嘆。

かいだんじ[快男児]〈名〉豪爽的(男)人。好漢。

ガイダンス[guidance]〈名〉學習指導。

かいちく[改築]〈名・他サ〉改建。

かいちゅう[回虫]〈名〉蛔蟲。

かいちゅう[改鋳]〈名・他サ〉改鑄。

かいちゅう[海中]〈名〉海中。

かいちゅう[懐中]〈名〉①懷中。衣袋裏。②錢包。

がいちゅう[害虫]〈名〉害蟲。

かいちゅうでんとう[懐中電灯]〈名〉手電筒。

かいちゅうどけい[懐中時計]〈名〉懷錶。

かいちょう[会長]〈名〉會長。

かいちょう[回腸]〈名〉(解)回腸。

かいちょう[快調]〈名・形動〉正常。順利。

かいちょう[開帳]〈名・他サ〉①(佛)開龕。②設(賭局)。

がいちょう[害鳥]〈名〉害鳥。

かいちん[開陳]〈名・他サ〉陳述。

かいつう[開通]〈名・自他サ〉通車。(電話)通話。

かいづか[貝塚]〈名〉(考古)貝塚。

かいつ・ける[買い付ける]〈他下一〉①經常買。②收購。

かいつま・む[搔い摘む]〈他五〉概括。扼要。

かいて[買手]〈名〉買主。

かいてい[改定]〈名・他サ〉重新規定。

かいてい[改訂]〈名・他サ〉修訂。

かいてい[海底]〈名〉海底。

かいてい[開廷]〈名・自サ〉(法)開庭。

かいてき[快適]〈形動〉舒適。

がいてき[外的]〈名・形動〉①外在的。外部的。客觀的。②肉體的。物質的。

がいてき[外敵]〈名〉外敵。

かいてん[回転]〈名・自サ〉①轉。轉動。旋轉。②(資金等)週轉。

かいてん[開店]〈名・自他サ〉①(店鋪)開張。②開板兒。開始營業。

がいでん[外電]〈名〉外電。

ガイド[guide]〈名〉嚮導。導遊。

かいとう[回答]〈名・自サ〉回答。答覆。

かいとう[解答]〈名・自サ〉解答。

かいとう[快刀]〈名〉快刀。

かいどう[海棠]〈名〉海棠。

かいどう[街道]〈名〉大道。公路。大街。

がいとう[外套]〈名〉大衣。

がいとう[街灯]〈名〉路燈。

がいとう[街頭]〈名〉街頭。

がいとう[該当]〈名・自サ〉適合。符合。

かいどく[買得]〈名〉買得便宜。

かいどく[回読]〈名・他サ〉輪流閱讀。

かいどく[解読]〈名・他サ〉解讀。譯讀。

がいどく[害毒]〈名〉毒害。

かいと・る[買い取る]〈他五〉買下。

かいなん[海難]〈名〉海難。

かいにゅう[介入]〈名・自サ〉介入。干預。

かいにん[解任]〈名・他サ〉免職。

かいにん[懐妊]〈名・自サ〉懷孕。

かいぬし[買主]〈名〉買主。買方。

かいぬし[飼主]〈名〉(家畜等的)主人。飼養主。

かいね[買値]〈名〉買價。

がいねん[概念]〈名〉(哲)概念。

かいば[飼葉]〈名〉飼草。

かいはい[改廃]〈名・他サ〉(制度、法律的)改革和廢除。

がいはく[外泊]〈名・自サ〉在外過夜。

がいはく[該博]〈形動〉淵博。

かいばしら[貝柱]〈名〉乾貝。

かいはつ[開発]〈名・他サ〉①開發。②研製。

かいばつ[海抜]〈名〉海拔。

かいひ[会費]〈名〉會費。

かいひ[回避]〈名・他サ〉迴避。推卸。

がいひ[外皮]〈名〉外皮。表皮。

かいびゃく[開闢]〈名〉開天闢地。

かいひょう[開票]〈名・他サ〉(選舉時)開箱點票。

かいひょう[解氷]〈名・自サ〉解凍。

かいひん[海浜]〈名〉海濱。

がいぶ[外部]〈名〉外部。外界。

かいふう[開封]〈名・他サ〉①啓封。拆開(信封)。②敞口(郵件)。

かいふく[回復]〈名・自他サ〉①恢復。康復。②挽回。收復。

かいぶつ[怪物]〈名〉怪物。妖怪。

がいぶん[外聞]〈名〉名聲。聲譽。

かいぶんしょ[怪文書]〈名〉匿名信。

かいへい[皆兵]〈名〉皆兵。

かいへい[開平]〈名・他サ〉(數)開平方。

かいへい[開閉]〈名・他サ〉開閉。

かいへん[改編]〈名・他サ〉改編。

かいほう[介抱]〈名・他サ〉服侍。護理。

かいほう[会報]〈名〉會報(刊)。

かいほう[快方]〈名〉(傷病)逐漸恢復。

かいほう[開放]〈名・他サ〉①打開(門、窗)。②開放。公開。

かいほう[解放]〈名・他サ〉解放。解救。

かいぼう[海防]〈名〉海防。

かいぼう[解剖]〈名・他サ〉①(醫)解剖。②分析。

がいぼう[外貌]〈名〉外貌。

かいまく[開幕]〈名・自サ〉①開幕。開場。②(事物的)開始。

かいま・みる[垣間見る]〈他上一〉(從縫隙)偷看。

かいみょう[戒名]〈名〉(佛教信徒死後起的)法號。

かいむ[皆無]〈名〉完全沒有。

がいむ[外務]〈名〉①外勤。②外交。

がいむしょう[外務省]〈名〉(日本的)外交部。

かいめい[改名]〈名・自サ〉改名。

かいめい[解明]〈名・他サ〉搞清。查明。

かいめつ[壊滅]〈名・自他サ〉毀滅。

かいめん[海面]〈名〉海面。

かいめん[海綿]〈名〉海綿。

がいめん[外面]〈名〉外面。表面。外表。

かいもく[皆目]〈副〉(下接否定)完全。

かいもど・す[買い戻す]〈他五〉重新買回。

かいもの[買物]〈名・自サ〉①買東西。②買的東西。③買得便宜。

がいや[外野]〈名〉(棒球)外場。

かいやく[改訳]〈名・他サ〉重譯。

かいやく[解約]〈名・他サ〉解除合同。

かいゆ[快癒]〈名・自サ〉痊愈。

かいゆう[回遊]〈名・自サ〉①周遊。②(魚群)洄遊。

がいゆう[外遊]〈名・自サ〉出國旅行。

かいよう[海洋]〈名〉海洋。

かいよう[潰瘍]〈名〉潰瘍。

がいよう[外洋]〈名〉外海。遠洋。

がいよう[概要]〈名〉概要。

がいようやく[外用薬]〈名〉外用藥。

かいらい[傀儡]〈名〉傀儡。

がいらい[外来]〈名〉①外來。②門診。

がいらいご[外来語]〈名〉外來語。

かいらく[快楽]〈名〉快樂。

かいらん[回覧]〈名・他サ〉傳閲。

かいらん[壊乱]〈名・自他サ〉敗壞(風俗)。

かいり[乖離]〈名・自サ〉背離。

かいり[海里]〈名〉海里。

かいりき[怪力]〈名〉力大無比。

かいりつ[戒律]〈名〉戒律。

がいりゃく[概略]〈名・副〉概要。大致。

かいりゅう[海流]〈名〉海流。

かいりゅう[開立]〈名・他サ〉(數)開立方。

かいりょう[改良]〈名・他サ〉改良。

がいりょく[外力]〈名〉外力。

がいりんざん[外輪山]〈名〉二重火山的舊火口壁。

かいろ[回路]〈名〉電路。

かいろ[海路]〈名〉海路。

かいろ[懐炉]〈名〉懐爐。

がいろ[街路]〈名〉馬路。大街。

かいろう[回廊]〈名〉迴廊。走廊。

かいろうどうけつ[偕老同穴]〈名〉白頭偕老。

がいろじゅ[街路樹]〈名〉(路兩旁的)林蔭樹。

がいろん[概論]〈名・他サ〉概論。

かいわ[会話]〈名・自サ〉會話。

かいわい[界隈]〈名〉附近。

かいん[下院]〈名〉(兩院制議會的)下院。

か・う[支う]〈他五〉支。支撑。

か・う[買う]〈他五〉①買。②承擔。③招惹起。④器重。讚揚。

か・う[飼う]〈他五〉飼養。

かうん[家運]〈名〉家運。

ガウン[gown]〈名〉①(室內穿的)長袍。②(法官,教授等的)長袍禮服。

カウンター[counter]〈名〉櫃台。服務台。

カウント[count]〈名〉①計算。②(體)計分。③(拳撃)點數。④(棒球)好壞球數。

かえうた[替歌]〈名〉舊譜填新詞的歌。

かえ・す[返す]Ⅰ〈他五〉①恢復(原狀)。②返還。退還。③放回。送回。④報答。回答。⑤翻。Ⅱ〈接尾〉(接動詞連用形)重複。

かえ・す[帰す]〈他五〉叫(打發)回去。

かえ・す[孵す]〈他五〉孵化。

かえすがえす[返す返す]〈副〉①一再。反復。②實在。十分。

かえだま[替玉]〈名〉冒名頂替的人。替身。

かえって[却って]〈副〉反倒。

かえで[楓]〈名〉楓樹。

かえり[帰り]〈名〉①回來。回去。②歸途。

かえりがけ[帰りがけ]〈名〉①回去(來)時。歸途。

かえりざ・く[返り咲く]〈自五〉①(一年內)再次開花。②復出。

かえり・みる[顧みる・省みる]〈他上一〉① →ふりむく。②回顧。③反省。④顧及。

か・える[代える・換える・替える]Ⅰ〈他下一〉①換。改換。②代替。Ⅱ〈接尾〉(接動詞連用形後)重。另。

か・える[変える]〈他下一〉改變。變更。

かえ・る[返る]〈自五〉復原。恢復。歸還。

かえ・る[帰る]〈自五〉回去。回來。

かえ・る[孵る]〈自五〉孵化。

かえる[蛙]〈名〉青蛙。

かえん[火炎]〈名〉火焰。

かお[顔]〈名〉①臉。面孔。②表情。神色。③面子。臉面。④交際。交際。⑤人。

かおあわせ[顔合せ]〈名・自サ〉①會面。碰頭。②合演。③(比賽)交鋒。

かおいろ[顔色]〈名〉①臉色。②神色。

かおう[花押]〈代〉(代替簽字、印章)花押。

かおく[家屋]〈名〉房屋。

かおだち[顔立ち]〈名〉容貌。面龐。

かおつき[顔付き]〈名〉①相貌。②表情。

かおなじみ[顔馴染]〈名〉熟人。熟識。

かおぶれ[顔触れ]〈名〉(參加某會議、某工作)成員。

かおまけ[顔負け]〈名・自サ〉①替人害臊。②甘拜下風。

かおみしり[顔見知り]〈名〉熟識。熟人。

かおむけ[顔向け]〈名〉(有地人)見面。

かおやく[顔役]〈名〉①頭面人物。②頭目。

かおり[香り]〈名〉香味。芳香。

かお・る[薫る]〈自五〉散發香味。

がか[画架]〈名〉畫架。

がか[画家]〈名〉畫家。

かかあ[嚊]〈名〉老婆。

かがい[課外]〈名〉課外。

かがい[瓦解]〈名・自サ〉瓦解。

かがいしゃ[加害者]〈名〉加害者。

かかえ[抱え]Ⅰ〈名〉長期雇用。Ⅱ〈接尾〉抱。

かかえこ・む[抱え込む]〈他五〉①雙手抱。②包攬,承擔(麻煩事)。

かか・える[抱える]〈他下一〉①摟。抱。②挾(在腋下)。③承擔,擔負(麻煩事)。④雇傭。

カカオ[cacao]〈名〉可可樹[豆]。

かかく[価格]〈名〉價格。

かがく[下顎]〈名〉下顎。

かがく[化学]〈名〉化學。

かがく[科学]〈名〉科學。

ががく[雅楽]〈名〉雅樂。

かか・げる[掲げる]〈他下一〉①懸。掛。舉。②登載。刊登。

かか・る[掛る・懸る・架る]Ⅰ〈自五〉①掛。懸。吊。②架。架設。③籠罩。覆蓋。④濺上。澆上。⑤陷入。落入。⑥着手。從事。⑦需要。花費。⑧稱量。有(若干)重量。⑨受到。遭受。⑩上鈎。⑪[魚]上鈎。⑫上(鎖)。⑬掛(來電話)。⑭熨(衣服)。⑮懸(賞)。⑯攻擊。進攻。⑰增加。⑱上演。⑲依靠。依賴。⑳開動。䢒動。㉑提交(議題)。㉒交配。交配。㉓來到。㉔停泊。㉕(蜘蛛)結網。㉖捆。綁。㉗(鍋)坐在…上。㉗發(號令)。㉘上(稅)。㉙取決於。Ⅱ〈接尾〉(接動詞連用形後表示)正在。正當。將要。

かかし[案山子]〈名〉①(田裏驅鳥用的)稻草人。②傀儡。

かか・す[欠かす]〈他五〉缺。缺少。

かかずら・う〈自五〉①牽連到。和…糾纏。②拘泥。

かかと[踵]〈名〉腳後跟。鞋後跟。

かがみ[鏡]〈名〉鏡子。

かがみ[鑑]〈名〉榜樣。借鑒。

かが・む[屈む]〈自五〉彎腰。蹲下。

かが・める[屈める]〈他下一〉彎腰。

かがやか・しい[輝かしい]〈形〉①輝煌。②耀眼。

かがやか・す[輝かす]〈他五〉①放光輝。②揚名。

かがやき[輝き]〈名〉光輝。

かがや・く[輝く]〈自五〉①閃耀。②輝煌。燦爛。

かかり[係・掛]〈名〉①擔任(某工作的人)。②關係。牽連。

かかり[掛り]〈名〉費用。

-がかり[係・掛]〈接尾〉擔任…的人。主管…的人。…員。

-がかり[掛り]〈接尾〉①用。費。花費。②像。似。③依靠。④…時順便…。

かかりあい[掛り合い]〈名〉①瓜葛。②牽連。

かかりあ・う[掛り合う]〈自五〉①參與。發生瓜葛。②牽連。

かかりいん[係員]〈名〉工作人員。

かかりきり[掛り切り]〈名〉只做(顧)一種事。

かかりつけ[掛り付け]〈名〉經常就診(的醫生)。

かがりび[篝火]〈名〉篝火。

かか・る[係る]〈自五〉①涉及。關係(到)。②在於。由。

かか・る[罹る]〈自五〉①患(病)。②遭受(災難)。

かかる[斯る]〈連体〉如此。這種。

かが・る[縢る]〈他五〉①(縫紉)鎖。②織補。

-がか・る[接尾]〈接名詞後〉①類似。②近似,帶有(顏色)。

かかわらず[拘わらず]〈連語〉①(用「…に～」的形式)不論。不管。不拘。②(用「…にも～」的形式)儘管。

かかわり[係わり・関わり]〈名〉關係。牽連。

かかわ・る[係わる・関わる]〈自五〉①關係到。涉及。②拘泥。

かかん[果敢]〈形動〉果敢。

かき[垣]〈名〉垣牆。籬笆。棚欄。

かき[柿]〈名〉柿子。

かき[牡蠣]〈名〉牡蠣。

かき[下記]〈名〉下列。

かき[火気]〈名〉煙火。

かき[火器]〈名〉火器(槍炮等)。

かき[夏季・夏期]〈名〉夏季。

かぎ[鈎]〈名〉①鈎子。②鈎形物。③引號。

かぎ[鍵]〈名〉①鑰匙。②鎖頭。③關鍵。

がき[餓鬼]〈名〉①(佛)餓鬼。②(罵)小惡子。

かきあ・げる[書き上げる]〈他下一〉①寫完。②列出。

かきあ・げる[掻き上げる]〈他下一〉①(把頭髮)往上攏。②(把燈火)撥亮。

かきあつ・める[掻き集める]〈他下一〉①搜(扒)到一起。②搜羅。湊集。

かきあらわ・す[書き表す]〈他五〉寫出。表達出來。

かきあわ・せる[掻き合せる]〈他下一〉攏在一起。

かきいれどき[書き入れ時]〈名〉旺季。

かきい・れる[書き入れる]〈他下一〉填寫。

かきうつ・す[書き写す]〈他五〉抄寫。

かきおき[書置き]〈名・自サ〉①留言。②遺書。

かきおく・る[書き送る]〈他五〉寫給。

かきおと・す[書き落す]〈他五〉漏寫。

かきおろし[書下し]〈名〉新寫(的作品)。

かきか・える[書き替える]〈他下一〉另寫。更改。

かきかた[書き方]〈名〉寫法。

かきことば[書き言葉]〈名〉書面語言。

かきこみ[書込み]〈名〉註。加註。

かきこ・む[書き込む]〈他五〉記入。寫上。

かきこ・む[掻き込む]〈他五〉①扒摟。②扒拉(飯)。

かぎざき[鈎裂き]〈名〉(衣服被物)劃破(的口子)。

かきしる・す[書き記す]〈他五〉記錄。

かきそ・える[書き添える]〈他下一〉附帶寫。補寫。

かきぞめ[書初め]〈名・自サ〉(正月初二用毛筆寫字的儀式)新春試筆。

かきそんじ[書き損じ]〈名〉寫壞。寫錯。

かきだし[書出し]〈名〉(文章的)起首,開頭。

かきだ・す[掻き出す]〈他五〉掏出。

かぎだ・す[嗅ぎ出す]〈他五〉①嗅出。②

探出(秘密等)。

かきた・てる[書き立てる]〈他下一〉①列舉。②大書特書。

かきた・てる[掻き立てる]〈他下一〉①撥(火等)。②激起(好奇心等)。

かぎタバコ[嗅ぎ煙草]〈名〉鼻煙。

かきちら・す[書き散らす]〈他五〉①信筆而書。②亂寫亂畫。

かきつけ[書付]〈名〉①記錄。便條。字條。②帳單。

かぎつ・ける[嗅ぎ付ける]〈他下一〉①嗅出。聞出。②探出。覺察出。

かきとめ[書留]〈名〉(郵件)掛號。掛號信。

かきと・める[書き留める]〈他下一〉(爲備忘)記下來。

かきとり[書取]〈名・自サ〉①抄寫。②聽寫。

かきと・る[書き取る]〈他五〉①記錄。記下來。

かきなお・す[書き直す]〈他五〉改寫。重寫。

かきなが・す[書き流す]〈他五〉信筆寫來。

かきなぐ・る[書きなぐる]〈他五〉潦草地寫。

かきなら・す[掻き鳴らす]〈他五〉彈(琴等)。

かきぬ・く[書き抜く]〈他五〉①摘錄。②寫完。

かきね[垣根]〈名〉籬笆。柵欄。

かきのこ・す[書き残す]〈他五〉①寫下(留給後人、別人)。②没寫完。

かぎのて[鉤の手]〈名〉①鉤狀物。②拐角。

かぎばな[鉤鼻]〈名〉鷹鉤鼻子。

かぎばり[鉤針]〈名〉鉤針。

かきま・ぜる[掻き混ぜる]〈他下一〉攪拌。

かきまわ・す[掻き回す]〈他五〉①攪拌。②亂翻。③攪亂。

かきみだ・す[掻き乱す]〈他五〉①弄亂。②攪亂。

かきむし・る[掻きむる]〈他五〉揪。薅。搔破。

かきもの[書物]〈名〉①寫東西。②文章。

かぎゃく[可逆]〈名〉可逆。

かきゃくせん[貨客船]〈名〉客貨輪。

かきゅう[下級]〈名〉下級。

かきゅう[火急]〈名・形動〉火急。

かきょう[佳境]〈名〉佳境。

かきょう[架橋]〈名・自サ〉架橋。架的橋。

かきょう[華僑]〈名〉華僑。

かぎょう[家業]〈名〉家業。祖業。

かぎょう[稼業]〈名〉(謀生的)職業。

かきょく[歌曲]〈名〉歌曲。

かきよ・せる[掻き寄せる]〈他下一〉摟在一起。

かぎり[限り]Ⅰ〈名〉①限。極限。②在…範圍内。Ⅱ〈接尾〉只限於。

かぎ・る[限る]〈自他五〉①限。限定。限於。②(用「…に～」的形式)最好是。③(用「…とは限らない」、「…とも限らない」的形式)不一定。不見得。

かきわ・ける[書き分ける]〈他下一〉分開寫。用不同的寫法寫。

かきわ・ける[掻き分ける]〈他下一〉推開。撥開。

かきわり[書割]〈名〉佈景。

かきん[家禽]〈名〉家禽。

か・く[欠く]〈他五〉①缺。缺少。欠缺。②弄壞(一部分)。

か・く[書く・描く]〈他五〉①寫。②畫。

か・く[掻く]〈他五〉①搔。撓。攪。扒。②划(水)。③砍(頭)。④和(麵)。⑤出(汗)。⑥打(鼾)。⑦刨。削。

かく[角]〈名〉①(數)角。②四角形。方塊。

かく[画]〈名〉筆劃。

かく[格]〈名〉①資格。身份。地位。等級。②規範。規格。③(語法)格。

かく[核]〈名〉①(果實、細胞的)核。②(原子)核。③核心。要害。

かく[斯く]〈副〉這樣。如此。

かく-[各]〈接頭〉各。每。

カ・ぐ[嗅ぐ]〈他五〉嗅。聞。

かぐ[家具]〈名〉傢具。

がく[学]〈名〉學。學問。

がく[萼]〈名〉(植)花萼。

がく[額]〈名〉①數額。②圖額。畫框。鏡框。

かくあげ[格上げ]〈名・他サ〉昇格。昇級。

かくい[各位]〈名〉各位。

かくい[隔意]〈名〉隔閡。

がくい[学位]〈名〉學位。

かくいかく[核威嚇]〈名〉核威脅。

かくいつ[画一]〈名〉統一。一律。

かくいん[客員]〈名〉客座。特邀。

がくいん[学院]〈名〉學院。

かくう[架空]〈名・形動〉虛構。

がくえん[学園]〈名〉學校(多指進行中小學一貫教育的私立學校)。

がくおん[楽音]〈名〉樂音。

かくかく[斯く斯く]〈副〉如此這般。

がくがく〈副・自サ〉①顫動。顫抖。②(牙齒)鬆動。

かくがり[角刈り]〈名〉(髮型)平頭。

かくぎ[閣議]〈名〉內閣會議。

がくぎょう[学業]〈名〉學業。

がくげい[学芸]〈名〉學術和藝術。

かくげいかい[学芸会]〈名〉文娛演出會。

かくげつ[隔月]〈名〉隔月。

かくげん[格言]〈名〉格言。

かくげん[確言]〈名・自他サ〉斷言。

かくご[覚悟]〈名・自他サ〉(對不利的事)有思想準備。決心。

かくさ[格差]〈名〉(資格、等級、價格等的)差別,差距。

かくざい[角材]〈名〉方木料。

かくさく[画策]〈名・他サ〉策劃。

かくさげ[格下げ]〈名・他サ〉降格。降級。

かくざとう[角砂糖]〈名〉方糖。

かくさん[拡散]〈名・自サ〉擴散。

かくさん[核酸]〈名〉核酸。

かくし[客死]〈名・自サ〉客死。

かくじ[各自]〈名〉各自。

がくし[学士]〈名〉學士。

がくし[学資]〈名〉學費。

がくし[楽士]〈名〉樂師。

かくしき[格式]〈名〉①地位。門第。②禮法。虛禮。排場。

がくしき[学識]〈名〉學識。

かくしげい[隠し芸]〈名〉(宴會參加者即興表演的)餘興節目。

かくしごと[隠し事]〈名〉秘密。隱情。

かくしだて[隠し立て]〈名・自他サ〉隱瞞。

かくしつ[角質]〈名〉角質。

かくしつ[確執]〈名・自サ〉爭執。

かくじつ[隔日]〈名〉隔日。

かくじつ[確実]〈形動〉確實。可靠。

かくじっけん[核実験]〈名〉核試驗。

かくして[斯くして]〈副・接〉如此。這樣。

がくしゃ[学者]〈名〉學者。

かくしゃく[矍鑠]〈形動〉矍鑠。

がくしゃはだ[学者肌]〈名〉學者風度。

かくしゅ[各種]〈名〉各種。

かくしゅ[馘首]〈名・他サ〉①斬首。②開除。革職。

かくしゅ[鶴首]〈名・自サ〉翹首。

かくしゅう[隔週]〈名〉隔週。

かくじゅう[拡充]〈名・他サ〉擴充。

がくしゅう[学習]〈名・他サ〉學習。

がくじゅつ[学術]〈名〉學術。

かくしょ[各所]〈名・副〉各處。

かくしょう[確証]〈名〉確證。

がくしょう[楽章]〈名〉樂章。

がくしょく[学殖]〈名〉淵博的知識。學識。

かくしん[革新]〈名・他サ〉革新。

かくしん[核心]〈名〉核心。要害。

かくしん[確信]〈名・他サ〉確信。

かくじん[各人]〈名〉各人。

かく・す[隠す]〈他五〉①掩蓋。②隱藏。隱瞞。

かくすい[角錐]〈名〉(數)角錐。

かく・する[画する]〈他サ〉①劃(線)。②劃分。

かくせい[覚醒]〈名・自サ〉覺醒。

かくせい[隔世]〈名〉隔世。

がくせい[学生]〈名〉學生。

がくせい[学制]〈名〉學制。

かくせいき[拡声器]〈名〉①傳話筒。②擴音器。

かくせいざい[覚醒剤]〈名〉興奮劑。

がくせき[学籍]〈名〉學籍。

かくぜつ[隔絶]〈名・自サ〉隔絕。

がくせつ[学説]〈名〉學説。

かくぜん[画然]〈形動〉分明。清楚。截然。

がくぜん[愕然]〈形動〉愕然。

かくだい[拡大]〈名・自他サ〉擴大。放大。

がくたい[楽隊]〈名〉樂隊。

かくたる[確たる]〈連体〉確實。確鑿。

かくだん[格段]〈副・形動〉特別。格外。

がくだん[楽団]〈名〉樂團。

かくち[各地]〈名〉各地。

かくちゅう[角柱]〈名〉①(數)稜柱體。②方柱。

かくちょう[拡張]〈名・他サ〉擴張。擴充。

かくちょう[格調]〈名〉格調。風格。

がくちょう[学長]〈名〉(大學)校長。

かくづけ[格付]〈名・他サ〉定等級。分等。

かくてい[画定]〈名・他サ〉劃定。

かくてい[確定]〈名・他サ〉確定。決定。

カクテル[cocktail]〈名〉鷄尾酒。

カクテル パーティー[cocktail party]〈名〉鷄尾酒會。

かくど[角度]〈名〉角度。

がくと[学徒]〈名〉①學生。②學者。

かくとう[格闘]〈名・自サ〉格鬥。

かくとう[確答]〈名・自サ〉明確的答覆。

がくどう[学童]〈名〉小學生。

かくとく[獲得]〈名・他サ〉獲得。

かくにん[確認]〈名・他サ〉確認。證實。

かくねん[隔年]〈名〉每隔一年。

がくねん[学年]〈名〉①學年。②年級。

かくのうこ[格納庫]〈名〉飛機庫。

がくは[学派]〈名〉學派。

がくばつ[学閥]〈名〉學閥。

かくば・る[角張る]〈自五〉①有稜角。成方形。②拘謹。

かくはん[攪拌]〈名・他サ〉攪拌。

がくひ[学費]〈名〉學費。

かくびき[画引き]〈名〉筆劃。

がくふ[岳父]〈名〉岳父。

がくふ[楽譜]〈名〉樂譜。

がくぶ[学部]〈名〉(大學的)系。學院。

かくふう[学風]〈名〉①學風。②(大學的)校風。

がくぶち[額縁]〈名〉鏡框。畫框。

かくへいき[核兵器]〈名〉核武器。

かくべつ[格別]〈副・形動〉①特別。格外。②例外。另當別論。

かくほ[確保]〈名・他サ〉確保。

かくほう[確報]〈名〉確切消息。

かくま・う[匿う]〈他五〉隱匿。窩藏。掩護。

かくまく[角膜]〈名〉(解)角膜。

かくめい[革命]〈名〉革命。

がくめい[学名]〈名〉①學名。②學者聲譽。

がくめん[額面]〈名〉①面額。票面。②表面。外表。

がくもん[学問]〈名・自サ〉學問。學業。學術。知識。

がくや[楽屋]〈名〉①(劇)後台。②內幕。幕後。

かくやく[確約]〈名・自他サ〉保證。約定。

かくやす[格安]〈形動〉格外便宜。特別便宜。

がくゆう[学友]〈名〉學友。同窗。

がくようひん[学用品]〈名〉學習用品。

かくらん[攪乱]〈名・他サ〉擾亂。攪亂。

かくり[隔離]〈名・自他サ〉①隔離。②隔絕。

がくり[学理]〈名〉學理。

かくりつ[確立]〈名・自他サ〉確立。

かくりつ[確率]〈名〉(數)概率。

がくりょう[閣僚]〈名〉(內閣的)閣員。

がくりょく[学力]〈名〉學力。

がくれい[学齢]〈名〉學齡。

かくれが[隠れ家]〈名〉隱匿處。

がくれき[学歴]〈名〉學歷。

かくれみの[隠れ簑]〈名〉外衣。僞裝。

かくれもな・い[隠れもない]〈連語〉盡人皆知。

かく・れる[隠れる]〈自下一〉①隱藏。②隱遁。③埋沒。④(貴人)逝去。

かくれんぼう[隠れん坊]〈名〉捉迷藏。

かくろん[各論]〈名〉分論。

かぐわし・い[香い]〈形〉①芳香。②美好。

かけ[賭]〈名〉賭。打賭。

かけ[掛け]〈名〉賒帳。欠欠。

-かけ[掛]〈接尾〉(接動詞連用形後表示動作未完)…了一半，…了半截。

かげ[陰]〈名〉①陰暗處。背光處。②背後。暗中。

かげ[影] I〈名〉①影。影子。②形象。樣子。 II〈造語〉(日、月、星、燈等)光。

がけ[崖]〈名〉山崖。懸崖。

-がけ[掛]〈接尾〉①(接名詞後)穿著。②(接動詞連用形後)順便。③(接數詞後)成。折。④(接數詞後)倍。⑤(接數詞後)座位。

かけあい[掛合い]〈名〉①談判。交涉。②對口(説唱)。

かけあ・う[掛け合う]〈自他五〉①互相潑(水等)。②交涉。洽談。

かけあし[駆足]〈名〉①跑步。②走馬觀花。

かけあわ・せる[掛け合せる]〈他下一〉①相乘。②雜交。交配。

かけい[家系]〈名〉血統。

かけい[家計]〈名〉家計。

かけうり[掛売り]〈名・他サ〉賒帳。賒銷。

かげえ[影絵]〈名〉剪影。

かげえしばい[影絵芝居]〈名〉皮影戲。

かけおち[駆落ち]〈名・自サ〉私奔。

かけがえ[掛替え]〈名〉代替物。

かけがね[掛金]〈名〉門鈎。窗鈎。

かげき[過激]〈形動〉過激。

かげき[歌劇]〈名〉歌劇。

かけきん[掛金]〈名〉①分期繳納的錢。②(賒購的)欠款。

かげぐち[陰口]〈名〉背地裏説壞話。

かけごえ[掛声]〈名〉①吆喝聲。②喝彩聲。③空喊。虛張聲勢。

かけごと[賭事]〈名〉賭博。

かけことば[掛詞]〈名〉雙關語。

かけこ・む[駆け込む]〈他五〉跑進。

かけざん[掛算]〈名〉乘法。

かけじ[掛字]〈名〉字畫。

かけじく[掛軸]〈名〉掛軸。

かけず[掛図]〈名〉掛圖。

かけずりまわ・る[駆けずり回る]〈自五〉東奔西跑。

かけだし[掛出し]〈名〉新手。初出茅廬。

かけだ・す[駆け出す]〈自五〉①跑起來。②跑出去。

かけちが・う[掛け違う]〈自五〉①走兩岔。錯過。②有分歧。

かけつ[可決]〈名・他サ〉(議案等)通過。

かけつ・ける[駆け付ける]〈自下一〉跑到。趕來。

かけっこ[駆けっこ]〈名・自サ〉賽跑。

-かけて[連語](常用「…に～」的形式)①到。直到。②(用「…に～は」的形式)關於。在…方面。③用…擔保。向…起誓。

かけどけい[掛時計]〈名〉掛鐘。

かけとり[掛取り]〈名〉①討帳。收帳款。②討帳的人。

かげながら[陰ながら]〈副〉暗自。

かけぬ・ける[駆け抜ける]〈自下一〉①跑過。穿過。②追過。趕過。

かけね[掛値]〈名〉①謊價。②誇張。

かけはし[掛橋]〈名〉①棧道。吊橋。②橋樑。紐帶。

かけはな・れる[掛け離れる]〈自下一〉①離得很遠。②相差懸殊。

かけひ[筧]〈名〉筧。

かけひき[駆引き]〈名・自サ〉①討價還價。②手腕。花招。

かげひなた[陰日向]〈名〉表裏。當面和背後。

かけぶとん[掛布団]〈名〉被子。

かげぼうし[影法師]〈名〉(照映出的)人影。

かげぼし[陰干し]〈名〉陰乾。

かけまわ・る[駆け回る]〈自五〉①到處亂跑。②四處奔波。

かげむしゃ[影武者]〈名〉①(古時裝扮成大將或要人的)替身。②幕後操縱者。

かけもち[掛持ち]〈名・他サ〉兼任。

かけよ・る[駆け寄る]〈自下一〉跑到跟前。

かけら〈名〉①碎片。②一點點。

か・ける[欠ける]〈自下一〉①出缺口。②缺乏。不足。③(月)虧。

か・ける[掛ける・懸ける・架ける] I〈他下一〉①掛。懸。吊。搭。②架。③蓋。

蒙。④澆。灑。撒。⑤坐。⑥稱。⑦花。費。花費。⑧(數)乘。⑨課(稅)。⑩開動(機器)。⑪上(鎖)。⑫釣(魚)。⑬捕(鳥)。⑭設(圈套)。⑮懸賞。⑯提交。⑰扣(釦)。⑱施加。⑲掛(電話)。⑳喊(口令)。Ⅱ〈接尾〉(接動詞連用形後)①表示動作剛開始。②表示動作中止。③表示動作即將發生。

か・ける[賭ける]〈他下一〉①賭。②拚。不惜。豁出。

か・ける[駆ける]〈自下一〉跑。奔跑。

かげ・る[陰る]〈自五〉①(光)被遮住。變暗。②(日)西斜。

かげろう[陽炎]〈名〉(春、夏季地面上冒的)熱氣。~

かげろう[蜉蝣]〈名〉(動)蜉蝣。

かげん[下弦]〈名〉下弦(月)。

かげん[下限]〈名〉下限。

かげん[加減]Ⅰ〈名・他サ〉①(數)加和減。②調節。調整。③程度。情況。④健康狀態。Ⅱ〈接尾〉(接名詞、動詞連用形後)①表示程度。②表示稍微有點兒。

かこ[過去]〈名〉過去。

かご[籠]〈名〉籠子。筐。籃。

かご[駕籠]〈名〉肩輿。轎。

かご[加護]〈名・他サ〉(神佛的)保祐。

かこい[囲い]〈名〉①柵欄。圍牆。②(水果、蔬菜等的)儲藏。

かこ・う[囲う]〈他五〉①圍上。②儲藏。③納(妾)。

かこう[下降]〈名・自サ〉下降。

かこう[火口]〈名〉火山口。

かこう[加工]〈名・他サ〉加工。

かこう[河口]〈名〉河口。

かこう[化合]〈名・自サ〉(化)化合。

がこう[画工]〈名〉畫匠。

ごう[雅号]〈名〉雅號。

かこうがん[花崗岩]〈名〉花崗岩。

かこく[苛酷]〈形動〉嚴酷。苛刻。

かこ・つ[託つ]〈他五〉①抱怨。埋怨。②借口。託故。

かこつ・ける[託ける]〈自下一〉託故。藉口。

かこみ[囲み]〈名〉①包圍。②圍牆。柵欄。

③(報紙、雜誌的花邊新聞)專欄。

かこみきじ[囲み記事]〈名〉(報紙、雜誌的)專欄。

かこ・む[囲む]〈他五〉圍。包圍。

かこん[禍根]〈名〉禍根。

かごん[過言]〈名〉誇大。

かさ[笠]〈名〉①斗笠。②傘狀物。

かさ[傘]〈名〉傘。

かさ[嵩]〈名〉①容積。②數量。量。③(用「～にかかる」的形式)盛氣凌人。

かさ[暈]〈名〉(日、月等的)暈。暈輪。風圈。

かざあな[風穴]〈名〉①風洞。②通風孔。

かさい[火災]〈名〉火災。

かざい[家財]〈名〉①家產。②傢具。

かさかさ[副・自サ]①乾燥。乾巴巴。②沙沙(作響)。

かざかみ[風上]〈名〉上風。

かさく[佳作]〈名〉佳作。

かさく[家作]〈名〉①建築房屋。②出租的房子。

かざぐるま[風車]〈名〉風車。

かざごえ[風邪声]〈名〉(因傷風)甕鼻子。

かささぎ[鵲]〈名〉喜鵲。

かざしも[風下]〈名〉下風。

かざ・す[翳す]〈他五〉①(把東西)舉過頭。②(用手)遮光,搭涼棚。③蒙。罩。遮。

がさつ[形動]粗魯。毛手毛腳。

かざとおし[[風通し]〈名〉→かぜとおし。

かさな・る[重なる]〈自五〉①重疊。②(事情等)碰到一起。

かさねがさね[重ね重ね]〈副〉①屢次。②衷心。

かさねて[重ねて]〈副〉再一次。重複。

かさ・ねる[重ねる]〈他下一〉①摞。重疊。②反復。重複。

かさば・る[嵩張る]〈自五〉體積大。

かさぶた[瘡蓋]〈名〉瘡痂。

かざみ[風見]〈名〉風向標。

かざみどり[風見鶏]〈名〉風信雞。

かさ・む[嵩む]〈自五〉(體積、數量等)增大。

かざむき[風向き]〈名〉①風向。②形勢。

かざよけ[風除け]〈名〉擋風(物)。

かざり[飾り]〈名〉①裝飾。擺設。②華而不實。

かざりけ[飾り気]〈名〉愛修飾。好打扮。

かざりた・てる[飾り立てる]〈他下一〉華麗地裝飾。花枝招展地打扮。

かざりつけ[飾り付け]〈名〉裝飾。點綴。

かざりまど[飾り窓]〈名〉櫥窗。

かざりもの[飾り物]〈名〉①裝飾品。②(徒有虛名)擺設兒。

かざ・る[飾る]〈他五〉①裝飾。裝點。②粉飾。③陳列。

かさん[加算]〈名・他サ〉①加在一起。②(數)加法。

かさん[家産]〈名〉家産。

かざん[火山]〈名〉火山。

かさんかすいそ[過酸化水素]〈名〉(化)過氧化氫。

かし[樫]〈名〉橡樹。

かし[河岸]〈名〉①河岸。②鮮魚市場。③地點。

かし[貸し]〈名〉①借出。②貸款。③貸方。

かし[下肢]〈名〉下肢。

かし[可視]〈名〉可見。

かし[仮死]〈名〉(醫)假死。

かし[華氏]〈名〉華氏(溫度表)。

かし[菓子]〈名〉點心。糕點。糖果。

かし[歌詞]〈名〉歌詞。

かじ[舵]〈名〉舵。

かじ[火事]〈名〉火災。失火。

かじ[家事]〈名〉家務。

がし[餓死]〈名・自サ〉餓死。

カシオペアざ[カシオペア座]〈名〉(天)仙后座。

かしかた[貸方]〈名〉①債主。②(會計帳目的)貸方。

かじか・む〈自五〉(手脚)凍僵。

かしかり[貸し借り]〈名・他サ〉借貸。

かしかん[下士官]〈名〉軍士。

かしきり[貸切]〈名〉包租(車船、房間等)。

かしきん[貸金]〈名〉貸款。

かし・げる[傾げる]〈他下一〉傾斜。歪。

かしこ・い[賢い]〈形〉聰明。伶俐。

かしこし[貸越]〈名〉(銀行的)透支。

かしこま・る[畏まる]〈自五〉①畢恭畢敬。②正襟危坐。③遵命。知道了。

かしず・く〈自五〉服侍。伺候。

かしだおれ[貸倒れ]〈名・自サ〉呆帳。倒帳。

かしだ・す[貸し出す]〈他五〉①出借。②放款。貸款。

かしちん[貸賃]〈名〉租金。

かしつ[過失]〈名〉過失。

かじつ[果実]〈名〉果實。

かじつ[過日]〈名〉前些天。

かじつ[画室]〈名〉畫室。

かしつけ[貸付]〈名〉出借。貸款。

かして[貸手]〈名〉出租(借)人。

かじとり[舵取り]〈名〉①掌舵。②舵手。③領導。

かじぼう[梶棒]〈名〉(人力車等)車把,車轅。

かしほん[貸本]〈名〉出租的書籍。

かしま[貸間]〈名〉出租的房間。

かしまし・い[姦しい]〈形〉喧囂。嘈雜。

ガジマル〈名〉榕樹。

カシミヤ[cashmere]〈名〉開士米。

かしや[貸家]〈名〉出租的房子。

かしゃ[貨車]〈名〉貨車。

かじや[鍛冶屋]〈名〉鐵匠。鐵匠爐。

かしゃく[仮借]〈名・他サ〉①寬恕。②假借。借用。

かしゃく[呵責]〈名〉苛責。

かしゅ[歌手]〈名〉歌手。歌唱家。

かじゅ[果樹]〈名〉果樹。

カジュアル[casual]〈形動〉(衣服等)輕便的,舒適的。

かしゅう[歌集]〈名〉①(和歌的)歌集。②歌曲集。

かじゅう[加重]〈名・自他サ〉加重。

かじゅう[果汁]〈名〉果汁。

かじゅう[荷重]〈名〉負荷。負載。

かじゅう[過重]〈形動〉過重。

がしゅう[我執]〈名〉執拗。固執己見。

がしゅう[画集]〈名〉畫集。

かしょ[箇所]Ⅰ〈名〉地方。…之處。Ⅱ〈接

尾〉(接敷詞後)地方。處。

かしょう[仮称]〈名・他サ〉暫稱。

かしょう[河床]〈名〉河床。

かしょう[過小]〈形動〉過小。

かじょう[過剰]〈名・形動〉過剰。

かじょう[箇条]Ⅰ〈名〉條款。Ⅱ〈接尾〉(接敷詞後)條。項。

がしょう[画商]〈名〉書商。

がしょう[賀正]〈名〉慶賀新年。

がじょう[牙城]〈名〉牙城。據點。

がじょう[賀状]〈名〉賀信。賀年片。

かしょく[華燭]〈名〉(洞房)花燭。

かしら[頭]〈名〉①頭。腦袋。②頭髮。③首領。④頭一個。

-かしら〈終助〉(主要爲女性用語)①表示疑問。②(用「…ない〜」的形式)表示願望。

-がしら[接尾]①剛一。…②敷第一。③尖端。頂端。

かしらもじ[頭文字]〈名〉大寫字母。開頭字母。

かじりつ・く[齧り付く]〈自五〉①咬住。用力咬(嚼)。②抱住不放。糾纏住。

かじ・る[齧る]〈他五〉①咬。嚼。②一知半解。略懂一點。

かしわ[柏]〈名〉檞樹。

かしわで[柏手]〈名〉拜神時拍手。

かしん[過信]〈名・他サ〉過於相信。

かじん[佳人]〈名〉佳人。

かじん[家人]〈名〉①家裏的人。②家臣。

がしんしょうたん[臥薪嘗胆]〈名〉臥薪嘗膽。

か・す[貸す]〈他五〉①借給。借出。②租給。出租。③幫助。

かす[滓]〈名〉①渣滓。②(無用的東西)糟粕。

かず[数]〈名〉①數。數目。②多數。種種。③上數。數得着。

ガス[gas]〈名〉①氣。氣體。②煤氣。③濃霧。④(俗)屁。

かすか[微か]〈形動〉①微弱。②朦朧。模糊。③貧寒。

かすがい[鎹]〈名〉①鋦子。扒釘。②紐帶。

かずかず[数数]〈名・副〉種種。許多。

カスタネット[castanets]〈名〉(樂)響板。

カスタマー[customer]〈名〉主顧。

かずづけ[粕漬]〈名〉酒糟腌的魚、菜。

カステラ[Castella]〈名〉蛋糕。

かずのこ[数の子]〈名〉青魚子。

かすみ[霞]〈名〉①雲靄。煙霧。②(眼睛)朦朧。

かす・む[霞]〈自五〉①朦朧。模糊。②(眼睛)朦朧。

かす・める[掠める]〈他下一〉①偷。搶。掠奪。②掠過。擦過。③瞞過。

かすり[絣]〈名〉碎白點花紋。

かすりきず[掠り傷]〈名〉擦傷。

かす・る[掠る]〈他五〉→かすめる②。

か・する[化する]〈自他サ〉①化爲。②教化。

か・する[科する]〈他サ〉科。判定。

か・する[課する]〈他サ〉①課(稅等)。②分派(工作)。佈置(作業)。

かす・れる[掠れる]〈自下一〉①掠過。②(聲音)嘶啞。③(字、畫)出飛白。

かせ[枷]〈名〉①枷鎖。鐐。銬。②累贅。羈絆。

かぜ[風]〈名〉①風。②架子。派頭。態度。

かぜ[風邪]〈名〉感冒。傷風。

かぜあたり[風当り]〈名〉①風勢。②受非難。

かせい[火星]〈名〉(天)火星。

かせい[火勢]〈名〉火勢。

かせい[加勢]〈名・自サ〉①援助。幫助。②援兵。援助者。

かせい[仮性]〈名〉(醫)假性。

かせい[苛性]〈名〉苛性。

かせい[家政]〈名〉家政。

かぜい[課税]〈名・自サ〉課稅。

かせいがん[火成岩]〈名〉(地)火成岩。

カゼイン[kasein]〈名〉(化)酪朊。乾酪素。

かせき[化石]〈名〉化石。

かせぎ[稼ぎ]〈名〉①做工。工錢。工資。③謀生之道。

かせ・ぐ[稼ぐ]〈自他五〉①做工。②賺錢。挣錢。③爭取。贏得。

かせつ[仮設]〈名・他サ〉①假設。假定。②

臨時設置。

かせつ[仮説]〈名〉假説。假設。

かせつ[架設]〈名・他サ〉架設。安裝。

カセット[cassette]〈名〉①盒式錄音帶。盒式錄音機。②盒式膠卷。

かぜとおし[風通し]〈名〉通風。

かぜむき[風向き]〈名〉→かざむき。

かぜよけ[風除け]〈名〉→かざよけ。

かせん[化繊]〈名〉化纖。

かせん[河川]〈名〉河川。

かせん[架線]〈名・自他サ〉架綫。

がぜん[俄然]〈副〉忽然。

かそ[過疎]〈名〉過疏。

かそう[下層]〈名〉下層。

かそう[火葬]〈名・他サ〉火葬。

かそ・える[仮装]〈名・自サ〉①化装。②偽装。

かそう[仮想]〈名・他サ〉假想。

かそう[家相]〈名〉(房子的)風水。

がぞう[画像]〈名〉①畫(的)像。②(電視等)圖像。

かぞえあ・げる[数え上げる]〈他下一〉①數出。列舉。②數完。

かぞえうた[数え歌]〈名〉數數歌。

かぞえた・てる[数え立てる]〈他下一〉列舉。

かぞえどし[数え年]〈名〉虚歲。

かぞ・える[数える]〈他下一〉①數。計算。②列舉。

かそく[加速]〈名・自他サ〉加速。

かぞく[家族]〈名〉家屬。家庭。

かそくど[加速度]〈名〉加速度。

ガソリン[gasoline]〈名〉汽油。

かた[方]〈名〉〈敬〉人。

かた[片]〈名〉處理。解決。

かた[形]〈名〉①形。形狀。②抵押。

かた[型]〈名〉①模型。②型。式樣。③形式。④姿勢。架勢。⑤慣例。常規。

かた[肩]〈名〉①肩。肩膀。②(衣服的)肩。

かた[過多]〈名〉過多。

-かた[方]〈造語〉①(接動詞連用形後)方法。②(接動詞連用形或漢語動詞詞幹後)做…。進行…。③(寫信封)轉交。

-がた[方]〈接尾〉①(複數的敬稱)們。②方

面。③時候。④大約。

かたあし[片足]〈名〉一條腿。一隻脚。

かたあて[肩当]〈名〉墊肩。

かた・い[堅い・固い・硬い]〈形〉①硬。②堅固。③堅強。堅決。④可靠。有把握。⑤生硬。拘束。緊張。⑥頑固。⑦嚴厲。⑧嚴緊。

かだい[過大]〈名〉過大。

かだい[課題]〈名〉①題目。②課題。

-がた・い[難い]〈接尾〉(接動詞連用形構成形容詞)難於。

かたいじ[片意地]〈名・形動〉頑固。執拗。

かたいなか[片田舎]〈名〉偏僻的郷村。

かたうで[片腕]〈名〉①一隻手。②助手。臂膀。

がたおち[がた落ち]〈名・白サ〉①暴跌。②大爲遜色。

かたおもい[片思い]〈名〉單相思。

かたおや[片親]〈名〉①雙親中的一方。②只有父親或母親。

かたがき[肩書]〈名〉頭衡。

かたかけ[肩掛]〈名〉披肩。

かたがた[旁]〈接・接尾〉順便。

かたがた[方方]Ⅰ〈名〉諸位。Ⅱ〈代〉您们。

がたがた[副・自サ]①(象聲)喀嗒喀嗒。②搖搖晃晃。③顫抖。

かたかな[片仮名]〈名〉片假名。

かたがみ[型紙]〈名〉(裁衣服用的)紙樣。

かたがわ[片側]〈名〉①一面。另一面。②(路的)一側。

かたがわり[肩代り]〈名・白サ〉替承受(負擔、債務等)。

かたき[敵]〈名〉仇敵。仇人。對手。

かたぎ[気質]〈名〉氣質。脾氣。

かたぎ[堅気]〈名・形動〉①正經。②正經的職業。

かたく[家宅]〈名〉住宅。

かたくな〈形動〉頑固。固執。

かたくりこ[片栗粉]〈名〉澱粉。

かたくるし・い[堅苦しい]〈形〉拘謹。刻板。

かたぐるま[肩車]〈名〉(小孩)騎在脖子上。

かたこと[片言]〈名〉①(幼兒)咿呀學語。一言半語(地說外國話)。②隻言片語。

かたさき[肩先]〈名〉肩頭。

かたじけな・い[忝ない]〈形〉①誠惶誠恐。②不勝感謝。

かたず[固唾]〈名〉△～をのむ/屏住呼吸。

かたすかし[肩透かし]〈名〉①躲閃。

かたすみ[片隅]〈名〉一個角落。

かたち[形]〈名〉形狀。樣子。②形式。

かたちづく・る[形作る]〈他五〉形成。構成。

かたちんば[片ちんば]〈名・形動〉①瘸腿。②(東西)不成雙。

かたづ・く[片付く]〈自五〉收拾。整理。②解決。處理。搞完。③(從父母等角度說)出嫁。

かたづ・ける[片付ける]〈他下一〉①收拾。整理。②解決。處理。③吃光。喝光。④嫁出。許配。⑤除掉。消滅。

かたっぱし[片っ端]〈名〉一端。

かたつむり[蝸牛]〈名〉蝸牛。

かたて[片手]〈名〉一隻手。

かたておち[片手落ち]〈形動〉片面。偏向。

かたてま[片手間]〈名〉業餘。空閒。

かたどおり[型通り]〈名・形動〉老一套。照例。

かたとき[片時]〈名〉片刻。

かたど・る[象る]〈自他五〉倣照。模倣。

かたな[刀]〈名〉①刀。②腰刀。

かたなし[形なし]〈名・形動〉①不成樣子。一塌糊塗。②狼狽。丟臉。

かたは[片刃]〈名〉單刃。

かたはし[片端]〈名〉①一頭。一端。②一部分。

かたはだ[片肌]〈名〉△～を脱ぐ/助一臂之力。

かたはば[肩幅]〈名〉肩寬。

かたばみ[酢漿]〈名〉(植)酢漿草。

かたはらいた・い[片腹痛い]〈形〉太可笑。

かたひざ[片膝]〈名〉單膝。

かたひじ[片肘]〈名〉單肘。

かたひじ[肩肘]〈名〉△～を張る/逞强。盛氣凌人。

かたぶつ[堅物]〈名〉耿直的人。古板的人。

かたほう[片方]〈名〉①一方面。②(兩個中的)一隻，一個。

かたぼう[片棒]〈名〉△～をかつぐ/合夥。當幫手。

かたまり[固まり・塊]〈名〉①塊。疙瘩。②群。集團。③(用「…の～」的形式)極端…的人。

かたま・る[固まる]〈自五〉①變硬。凝結。②聚集。③鞏固。穩固。④熱衷。

かたみ[形見]〈名〉遺物。

かたみ[肩身]〈名〉面子。體面。

かたみち[片道]〈名〉單程。

かたむき[傾き]〈名〉①傾斜。②(常用「…～がある」的形式)有…傾向。

かたむ・く[傾く]〈自五〉①傾斜。歪。②(日、月)偏西。③有…傾向。傾向於…。④衰落。

かたむ・ける[傾ける]〈他下一〉①使…傾斜。②傾注。④傾(家)。

かため[片目]〈名〉①獨眼龍。②一隻眼睛。

かため[固め]〈名〉①防禦。防備。②(堅定的)誓約。

かた・める[固める]〈他下一〉①使…凝結。使…堅硬。②加固。鞏固。③把守。堅守。④集中。歸總。⑤堅定。加强。

かためん[片面]〈名〉一面。

かたやぶり[型破り]〈名・形動〉與衆不同。不拘一格。打破常規。

かたよ・せる[片寄せる]〈他下一〉弄到一旁。

かたよ・る[片寄る]〈自五〉①偏。偏向。②偏袒。不公正。③集中於。

かたら・う[語らう]〈他五〉①談心。②約。邀請。

かたり[騙り]〈名〉欺騙。騙子手。

かたりあか・す[語り明かす]〈名〉談一夜。

かたりぐさ[語草]〈名〉話題。

かたりもの[語物]〈名〉(說唱故事)說書。

かた・る[語る]〈他五〉①說。談。②說唱。

かた・る[騙る]〈他五〉①騙。騙取。②冒

充。

カタル[katarrh]〈名〉(醫)卡他。黏膜炎。

カタログ[catalogue]〈名〉商品目錄。說明書。

かたわ[片端]〈名・形動〉①殘廢。②畸型。不全面。

かたわら[傍ら]〈名〉①旁邊。②一面…一面…。

かたわれ[片割れ]〈名〉同夥之一。一分子。

かたん[荷担]〈名・自サ〉①參加。支持。祖護。

かだん[花壇]〈名〉花壇。

かだん[果斷]〈形動〉果斷。

がたん[画壇]〈名〉畫壇。

がたん〈副〉①(象聲)咯噔。咯噔。②驟然，一下子(下降)。

カタンいと[カタン糸]〈名〉蠟線。軸兒線。

かち[勝]〈名〉勝。

かち[価値]〈名〉價值。

-がち[勝ち]〈接尾〉(接動詞連用形或名詞後)①每每。容易。經常。②比較多。

かちあ・う[自五]①衝突。相撞。②(日期、工作等)趕在一起。

かちいくさ[勝ち戰]〈名〉勝仗。

かちかちⅠ〈名・形動〉堅硬。Ⅱ〈副〉(鐘錶走動聲)滴答滴答。

かちき[勝気]〈名・形動〉(女性、小孩)好勝，要強。

かちく[家畜]〈名〉家畜。

かちこ・す[勝ち越す]〈自五〉(比賽)領先。

かちどき[勝鬨]〈名〉勝利的歡呼聲。

かちと・る[勝ち取る]〈他五〉奪取。獲得。

かちぬ・く[勝ち抜く]〈自五〉①連戰連勝。②一直戰到最後勝利。

かちほこ・る[勝ち誇る]〈自五〉因勝利而得意洋洋。因勝利而驕傲。

かちまけ[勝ち負け]〈名〉勝負。

かちめ[勝ち目]〈名〉①(比賽中)佔上風。②得勝的希望。

がちゃん〈副〉(象聲)咔嚓。嘩啦。

かちゅう[火中]〈名〉火中。

かちゅう[渦中]〈名〉漩渦之中。

かちょう[家長]〈名〉家長。

かちょう[課長]〈名〉科長。

がちょう[鵞鳥]〈名〉鵝。

かちん〈副〉①(象聲)嘩啦。②發怒。

か・つ[勝つ]〈自五〉①勝。戰勝。獲勝。②克制。克服。③過於。突出。

かつ[活]〈名〉活。生。

かつ[渴]〈名〉①渴。②渴望。

かつ[且]〈接〉並且。而且。

カツ〈名〉→カツレツ。

-がつ[月]〈接尾〉月(份)。

かつあい[割愛]〈名・他サ〉割愛。讓。省略。

かつお[鰹]〈名〉松魚。鰹。

かつおぶし[鰹節]〈名〉乾松魚。

かっか〈副〉①(火)紅通通。②(臉)火辣辣。③發火(貌)。

かっか[閣下]〈名〉閣下。

がっか[学科]〈名〉①學科。專業。②課程。

がっかい[学会]〈名〉學會。

がっかい[学界]〈名〉學術界。

かっかく[赫赫]〈形動〉赫赫。

かっかざん[活火山]〈名〉活火山。

がつがつ〈副・自サ〉①食婪地吃。②貪婪。

がっかり〈副・自サ〉①灰心。喪氣。敗興。②精疲力盡。

かっき[活気]〈名〉活力。生氣(勃勃)。

がっき[学期]〈名〉學期。

がっき[楽器]〈名〉樂器。

かっきてき[画期的]〈形動〉劃時代的。

かつぎや[担ぎ屋]〈名〉①迷信家。②小販。行商。

がっきゅう[学究]〈名〉學究。

がっきゅう[学級]〈名〉班級。年級。

かっきょ[割拠]〈名・自サ〉割據。

かっきょう[活況]〈名〉(商業等)繁榮景象。

がっきょく[楽曲]〈名〉樂曲。

かっきり〈副〉①恰好。整。②截然。

かつ・ぐ[担ぐ]〈他五〉①挑。擔。扛。②推舉。③騙。要弄。④迷信。

かっくう[滑空]〈名・自サ〉滑翔。

かっくうき[滑空機]〈名〉滑翔機。

がっくり〈副・自サ〉①突然(無力地)。②頹喪。悲傷。

かっけ[脚氣]〈名〉脚氣病。

かつげき[活劇]〈名〉①武戲。②大打出手。

かっけつ[喀血]〈名・自サ〉咯血。

かっこ[各個]〈名〉各個。各自。

かっこ[括弧]〈名〉括弧。

かっこ[確固]〈形動〉堅定。

かっこう[格好]Ⅰ〈名〉①樣子。形狀。②姿態。裝束。③體面。像樣子。Ⅱ〈形動〉合適。適當。Ⅲ〈接尾〉大約。

かっこう[郭公]〈名〉布穀鳥。杜鵑。

かっこう[滑降]〈名・自サ〉(滑雪等)滑降。

がっこう[學校]〈名〉學校。

かっこく[各国]〈名〉各國。

かっさい[喝采]〈名・自サ〉喝彩。

がっさく[合作]〈名・自他サ〉合作。

がっさん[合算]〈名・他サ〉合計。

かつじ[活字]〈名〉活字。鉛字。

かっしゃ[滑車]〈名〉滑車。

がっしゅく[合宿]〈名・自サ〉集訓。

かつじょう[割讓]〈名・他サ〉割讓。

がっしょう[合唱]〈名・他サ〉①合唱。②同呼。

がっしょう[合掌]〈名・自サ〉合掌。合十。

かっしょく[褐色]〈名〉褐色。

がっしり[副・自サ〉結實。牢固。

かっすい[渇水]〈名・自サ〉水涸。枯水。

かっせい[活性]〈名〉(理)活性。

かっせき[滑石]〈名〉(礦)滑石。

かっせん[合戦]〈名・自サ〉交戰。會戰。

かつぜん[豁然]〈形動〉①豁然。②恍然。

かっそう[滑走]〈名・自サ〉滑行。

がっそう[合奏]〈名・他サ〉合奏。

かっそうろ[滑走路]〈名〉(飛機)跑道。

カッター[cutter]〈名〉①小刀。②(服裝)裁剪師。③獨桅小帆船。

かったつ[闊達]〈形動〉豁達。

がっち[合致]〈名・自サ〉一致。吻合。

かっちゅう[甲冑]〈名〉甲冑。

がっちり[副・自サ〉①結實。牢固。②精打細算。

かつて[曽て]〈副〉曽。曽經。以前。

かって[勝手]Ⅰ〈名〉①厨房。②生活。③情況。④方便(程度)。Ⅱ〈形動〉随便。任意。

がってん[合点]〈名・自サ〉理解。認可。同意。

かっと[副・自サ〉①(光)毒。(火)旺盛。②勃然大怒。③猛然睜大(眼睛),猛然張大(嘴)。

カット[cut]〈名・他サ〉①切。去掉。②(網球,乒乓球的)削球。③省略。④插圖。⑤(電影的)鏡頭。

かっとう[葛藤]〈名〉糾紛。

かつどう[活動]〈名・自サ〉活動。工作。

カットグラス[cutglass]〈名〉雕花玻璃。

かっぱ[河童]〈名〉①河童(傳說中的動物,水陸兩棲,貌似幼兒)。②(髮型)娃娃頭。③善於游泳者。△～の川流れ/淹死會水的。

かっぱ[喝破]〈名・自他サ〉說破。道破。

カッパ[合羽]〈名〉雨衣。

かっぱつ[活発]〈形動〉活潑。

かっぱらい[掻っ払い]〈名・自サ〉小偷。

かっぱら・う[掻っ払う]〈他五〉偷。

かっぱん[活版]〈名〉活版。鉛版。

がっぴょう[合評]〈名・他サ〉集體評論。

カップ[cup]〈名〉①茶碗。杯子。②獎杯。

かっぷく[恰幅]〈名〉體格。儀表。

カップル[couple]〈名〉(男女)一對兒。

がっぺい[合併]〈名・自他サ〉合併。

かっぽ[闊歩]〈名・自サ〉①闊步。②横行。

かつぼう[渇望]〈名・他サ〉渇望。

かっぽう[割烹]〈名〉烹調。烹飪。

がっぽん[合本]〈名・他サ〉合訂。合訂本。

かつもく[刮目]〈名・自サ〉刮目。

かつやく[活躍]〈名・自サ〉活躍。大顯身手。

かつやくきん[括約筋]〈名〉(解)括約筋。

かつよう[活用]〈名・自他サ〉①應用。運用。②(語法)活用。

かつようじゅ[闊葉樹]〈名〉闊葉樹。

かつら[鬘]〈名〉假髮。

かつりょく[活力]〈名〉活力。

カツレツ[cutlet]〈名〉炸肉排。

かつろ[活路]〈名〉活路。生路。

かて[糧]〈名〉糧食。

かてい[仮定]〈名・自サ〉假定。假設。

かてい[家庭]〈名〉家庭。

かてい[過程]〈名〉過程。

かてい[課程]〈名〉課程。

カテゴリー[category]〈名〉範疇。

-がてら[接尾]〈接名詞和動詞連用形後〉順便。

かでん[家伝]〈名〉家傳。

がてん[合点]〈名〉→がってん。

がでんいんすい[我田引水]〈名〉只顧自己。自私自利。

かと[過渡]〈名・自サ〉過渡。

かど[角]〈名〉①角。②拐角。③不圓滑。

かど[門]〈名〉①門。門前。②家。

かど[廉]〈名〉原因。理由。

かど[過度]〈名・形動〉過度。

かとう[下等]〈名・形動〉①(質量)低劣。②下等。

かとう[果糖]〈名〉(化)果糖。

かとう[過当]〈名〉過分。

かどう[花道]〈名〉花道。插花術。

かどう[稼働]〈名・自他サ〉①勞動。②(機器的)開動。運轉。

かどうせいじ[寡頭政治]〈名〉寡頭政治。

かとく[家督]〈名〉①(一家的)繼承人。②戶主權。

かどぐち[門口]〈名〉門口處。

かどで[門出]〈名・自サ〉①(離家)出門。②走上社會。

カドミウム[cadmium]〈名〉(化)鎘。

かとりせんこう[蚊取線香]〈名〉蚊香。

カトリック[Katholiek]〈名〉天主教(徒)。

かどわか・す[他五]拐騙。誘拐。

かとんぼ[蚊蜻蛉]〈名〉大蚊。

かな[仮名]〈名〉假名(日文字母)。

かなあみ[金網]〈名〉鐵絲網、鐵紗。

かない[家内]〈名〉①家内。②家屬。③内人。

かな・う[適う・叶う・敵う]〈自五〉①適合。符合。②能做到。③實現。達到。④敵得過。超得上。⑤(用否定式)吃不消。受

かなえ[鼎]〈名〉鼎。

かな・える[適える・叶える]〈他下一〉使達到滿足。

かなきりごえ[金切り声]〈名〉尖聲。

かなぐ[金具]〈名〉(器物上的)金屬配件。小五金。

かなぐし[金串]〈名〉(烤肉等用的)鐵扦子。

かなくず[金屑]〈名〉鐵屑。

かなくそ[金屎]〈名〉①鐵渣。礦渣。②鐵銹。

かなぐりす・てる[かなぐり捨てる]〈他下一〉①(把衣服)脱下抛開。②甩掉。抛掉。

かなけ[金気]〈名〉鐵銹味兒。

かなし・い[悲しい]〈形〉悲哀。悲傷。

かなしみ[悲しみ]〈名〉悲哀。悲痛。

かなし・む[悲しむ]〈他五〉悲傷。悲痛。

かなた[彼方]〈代〉那邊。彼方。

かなだらい[金盥]〈名〉金屬臉盆。

かなづち[金槌]〈名〉①鐵鎚、錘子。②(不會游泳的人)旱鴨子。

かなてこ[金梃]〈名〉撬杠。

かな・でる[奏でる]〈他下一〉奏。演奏。

かなとこ[鉄床]〈名〉鐵砧。

かなぼう[金棒]〈名〉鐵棍。

かなめ[要]〈名〉①扇軸。②要點。

かなもの[金物]〈名〉五金。小五金。

かならず[必ず]〈副〉一定。必然。

かならずしも[必ずしも]〈副〉(下接否定)不一定。未必。

かなり[名・副]相當。頗。

カナリヤ[canaria]〈名〉金絲雀。

が・る[自五]吵嚷。亂叫。叫罵。

かに[蟹]〈名〉蟹。螃蟹。

かにく[果肉]〈名〉果肉。

かにまた[がに股]〈名〉羅圈腿。

かにゅう[加入]〈名・自サ〉加入。參加。

カヌー[canoe]〈名〉獨木舟。皮艇。

かね[金]〈名〉①金屬。②鐵。③錢。錢財。

かね[鐘・鉦]〈名〉鐘。鐘聲。

かねあい[兼合い]〈名〉均衡。

かねいれ[金入れ]〈名〉錢包。錢袋。

かねかし[金貸]〈名〉放債。放債人。

かねぐり[金繰り]〈名〉籌款。

かねじゃく[曲尺]〈名〉曲尺。

かねつ[加熱]〈名・他サ〉加熱。

かねつ[過熱]〈名・自他サ〉①過熱。②過頭。

かねづかい[金遣い]〈名〉花錢。

かねづまり[金詰り]〈名〉銀根緊。手頭緊。

かねづる[金蔓]〈名〉①生財之道。②能出錢(給自己)的人。

かねて[予て]〈副〉事先。早已。

-かねない[兼ねない]〈連語〉(接動詞連用形後)不一定不。很有可能。

かねばなれ[金離れ]〈名〉花錢。

かねへん[金偏]〈名〉(漢字的)金字旁兒。

かねまわり[金回り]〈名〉①資金周轉。②(個人)經濟狀況。

かねめ[金目]〈名〉值錢。

かねもうけ[金儲け]〈名・自サ〉賺錢。

かねもち[金持]〈名〉有錢人。富人。財主。

か・ねる[兼ねる]〈他下一〉①兼。②(接動詞連用形後)難爲。難於。

かねん[可燃]〈名〉可燃。

かのう[化膿]〈名・自サ〉化膿。

かのう[可能]〈名・形動〉可能。

かのじょ[彼女]Ⅰ〈代〉她。Ⅱ〈名〉愛人。情人。

かば[河馬]〈名〉河馬。

カバー[cover]Ⅰ〈名〉套子。罩子。外皮。Ⅱ〈名・他サ〉補償。補充。

カバーガール[cover girl]〈名〉(雜誌等)封面女郎。

かばいろ[樺色]〈名〉赤褐色。

かば・う[庇う]〈他五〉庇護。袒護。保護。

がはく[画伯]〈名〉(大)畫家。

かばやき[蒲焼き]〈名〉烤魚串。烤魚片。

かはん[河畔]〈名〉河畔。

かばん[鞄]〈名〉提包。皮包。書包。皮箱。

がばん[画板]〈名〉畫板。

かはんしん[下半身]〈名〉下半身。

かはんすう[過半数]〈名〉過半數。

かひ[可否]〈名〉①可否。得當與否。②贊成

與反對。

かび[黴]〈名〉霉。

かび[華美]〈名・形動〉華美。華麗。

かびくさ・い[黴臭い]〈形〉①霉味兒。②陳腐。

かひつ[加筆]〈名・自他サ〉修改(文章等)。

がひつ[画筆]〈名〉畫筆。

かびょう[画鋲]〈名〉圖釘。

かびん[花瓶]〈名〉花瓶。

かびん[過敏]〈名・形動〉過敏。

かふ[火夫]〈名〉火伕。

かふ[寡婦]〈名〉寡婦。

かぶ[株]Ⅰ〈名〉①樹樁子。②(植物的)株、棵。③股份。股票。④特權。地位。聲望。Ⅱ〈接尾〉①(植物的)株、棵。②(股份的)股。

かぶ[蕪]〈名〉(植)蕪菁。

かぶ[下部]〈名〉下部。

がふ[画布]〈名〉畫布。

かふう[家風]〈名〉家風。門風。

がふう[画風]〈名〉畫風。

カフェイン[Kaffein]〈名〉(自五)咖啡因。

かぶか[株価]〈名〉股票價格(行市)。

がぶがぶ[副・自サ]①咕嘟咕嘟(地喝)。②(衣服)肥大。

かぶき[歌舞伎]〈名〉歌舞伎(日本的一種傳統戲劇)。

かふく[禍福]〈名〉禍福。

かふくぶ[下腹部]〈名〉下腹部。

かぶけん[株券]〈名〉股票。

かぶさ・る[被さる]〈自五〉①覆蓋。籠罩。②重疊。③(負擔等)落到(肩上)。

かぶしき[株式]〈名〉①股份。②股票。市。

かぶしきがいしゃ[株式会社]〈名〉股份公司。

かぶしきそうば[株式相場]〈名〉股票行市。

カフス[cuffs]〈名〉袖口。

かぶ・せる[被せる]〈他下一〉①蓋。戴。蒙。罩。②(把責任、罪過等)椎給(別人)。

カプセル[kapsel]〈名〉①膠囊。②(宇宙飛船的)密封艙。

カプセルホテル[capsule hotel]〈名〉(内設電視、收音機、鬧鐘等)鑽入式蜂巢型簡易旅館。

かぶそく[過不足]〈名〉多與少。過分與不足。

かぶと[甲・兜・冑]〈名〉盔。

かぶとむし[兜虫]〈名〉(動)獨角仙。

かぶぬし[株主]〈名〉股東。

がぶり〈副〉①大口(吃、喝)。②猛勁兒。

かぶりつ・く〈自五〉大口地吃(咬)。

カプリッチオ[capriccio]〈名〉(樂)狂想曲。

かぶ・る[被る]Ⅰ〈他五〉戴(帽子等)。②蒙。蓋。③澆。灌。沖。④(代人)承擔(罪責等)。Ⅱ〈自五〉①(底片)跑光。②(戲劇)終場。③(船)顛簸。

かぶ・れる〈自下一〉①(由於漆等中毒)起斑疹。②着迷。熱中。

かふん[花粉]〈名〉(植)花粉。

かぶん[過分]〈名・形動〉(用於自謙)過分。

かぶん[寡聞]〈名〉寡聞。

かべ[壁]〈名〉①墻壁。②障礙。隔閡。

かへい[貨幣]〈名〉貨幣。

がべい[画餅]〈名〉畫餅。

かべかけ[壁掛け]〈名〉墻壁裝飾品。

かべがみ[壁紙]〈名〉壁紙。

かべしんぶん[壁新聞]〈名〉墻報。

かへん[可変]〈名〉可變。

かべん[花弁]〈名〉花瓣。

かほう[加法]〈名〉(數)加法。

かほう[果報]Ⅰ〈名〉因果報應。Ⅱ〈名・形動〉幸福。幸運。

かほう[家宝]〈名〉傳家寶。

がほう[画報]〈名〉畫報。

かぼそ・い[か細い]〈形〉纖細。纖弱。

カボチャ[南瓜]〈名〉南瓜。

かま[釜]〈名〉鍋。

かま[窯]〈名〉窯。爐。

かま[罐]〈名〉鍋爐。

かま[鎌]〈名〉鐮刀。

がま[蒲]〈名〉(植)蒲。香蒲。

がま[蝦蟇]〈名〉蟾蜍。

かま・う[構う]〈自他五〉①(常用否定、禁止形式)管。理睬。介意。②照顧。招待。③逗弄。調戲。

かまえ[構え]〈名〉①(房屋等的)構造,格局。②準備。防備。

かま・える[構える]〈自他下一〉①修建。②成立。③擺出(某種)姿態。④準備。防備。⑤假造。假託。藉故。

かまきり[蟷螂]〈名〉螳螂。

がまぐち[蝦蟇口]〈名〉蛙嘴式錢包。

カまくび[鎌首]〈名〉(蛇等彎成)鐮刀形的脖子。

かま・ける〈自下一〉忙於。被…纏住。

かます[叺]〈名〉草包。草袋。

かまたき[罐焚き]〈名〉鍋爐工。司爐。

かまど[竈]〈名〉竈。爐竈。

かまとと〈名〉明知故問。假裝不懂。

かまぼこ[蒲鉾]〈名〉魚糕。

かまもと[窯元]〈名〉窯戶。

がまん[我慢]〈名・他サ〉①忍耐。②饒恕。

かみ[上]〈名〉①上方。上部。②上游。③上座。④京城附近。⑤上半身。⑥(文章的)前半部分。⑦以前。過去。⑧天子。⑨主君。⑩衙門。朝廷。

かみ[神]〈名〉神。上帝。

かみ[紙]〈名〉紙。

かみ[髪]〈名〉頭髮。髮型。

かみ[加味]〈名・他サ〉①加佐料。②吸收。採納。

かみあ・う[噛み合う]〈自五〉①相咬。②(齒輪等)嚙合。③(觀點等)吻合。

かみがかり[神憑り]〈名・自サ〉①神靈附體。②超現實。異想天開。

がみがみ〈副・自サ〉嘮嘮叨叨。疾言厲色。

かみき[上期]〈名〉上半期。上半年。

かみきりむし[髪切り虫]〈名〉(動)天牛。

かみき・る[噛み切る]〈他五〉咬斷。咬破。

かみきれ[紙切れ]〈名〉紙片。

かみくず[紙屑]〈名〉廢紙。

かみくだ・く[噛み砕く]〈他五〉①咬碎。嚼爛。②通俗易懂地說明。

かみころ・す[噛み殺す]〈他五〉①咬死。②忍住(哈欠、笑、痛苦等)。

かみざ[上座]〈名〉上座。上席。

かみしばい[紙芝居]〈名〉(拉)洋片。

かみし・める[嚙み締める]〈他下一〉①咬住。②嚙嚼。

かみそり[剃刀]〈名〉剃刀。刮臉刀。

かみだな[神棚]〈名〉神龕。

かみだのみ[神頼み]〈名〉求神佛保祐。

かみつ[過密]〈名・形動〉過密。

かみつ・く[嚙み付く]〈他五〉①咬。咬住。②頂撞。反駁。反咬。

かみづつみ[紙包]〈名〉紙包。

かみつぶ・す[嚙み潰す]〈他五〉①咬碎。②忍住(哈欠，笑等)。

かみて[上手]〈名〉①上方。上座。②上游。③舞台的左首。

かみなり[雷]〈名〉雷。

かみばさみ[紙挟み]〈名〉①紙夾子。文件夾。②(夾紙用)鐵夾子。

かみはんき[上半期]〈名〉上半期。上半年。

かみひとえ[紙一重]〈名〉些許。微小。

かみぶくろ[紙袋]〈名〉紙袋。

かみやすり[紙鑢]〈名〉砂紙。

かみわ・ける[嚙み分ける]〈他下一〉①細嚼。品滋味。②體味。懂得。

かみわざ[神業]〈名〉鬼斧神功。奇跡。

かみん[仮眠]〈名・自サ〉假寐。

か・む[嚙む]〈他五〉①咬。②嚙。③(齒輪等)咬合。④(水)擊岸,沖打。

ガム[gum]〈名〉①口香糖。②樹膠。

がむしゃら〈名・形動〉冒失。魯莽。

カムバック[come-back]〈名・自サ〉重返(舞台,政界等)。東山再起。

カムフラージュ[camouflage]〈名・他サ〉偽裝。掩飾。

かめ[瓶]〈名〉缸。罐。壜。

かめ[亀]〈名〉龜。

かめい[加盟]〈名・自サ〉加盟。

かめい[仮名]〈名〉假名。匿名。

かめい[家名]〈名〉①家名。②家庭名譽。門風。

がめつ・い〈形〉一毛不拔。唯利是圖。

カメラ[camera]〈名〉照像機。攝影機。

カメラマン[cameraman]〈名〉攝影師。攝影記者。

カメレオン[chameleon]〈名〉(動)變色龍。

かめん[仮面]〈名〉假臉。假面具。

がめん[画面]〈名〉①畫面。②照片。③(電視等)圖像。

かも[鴨]〈名〉①野鴨。②冤大頭。易受騙者。

かもい[鴨居]〈名〉門楣。

かもく[科目]〈名〉科目。項目。

かもく[課目]〈名〉課程。學科。

かもく[寡黙]〈名〉沉默寡言。

かもしか〈名〉羚羊。

-かもしれない〈連語〉也許。說不定。

かも・す[醸す]〈他五〉①醸。醸造。②醸成。造成。

かもつ[貨物]〈名〉貨物。

かものはし[鴨の嘴]〈名〉①(動)鴨嘴獸。②(植)鴨嘴草。

かもめ[鷗]〈名〉海鷗。

かや[茅]〈名〉芭茅。茅草。芒。

かや[蚊屋]〈名〉蚊帳。

がやがや[副・自サ〉吵吵嚷嚷。嘰嘰嘎嘎。

かやく[火薬]〈名〉火藥。

かゆ[粥]〈名〉粥。

かゆ・い[痒い]〈形〉癢。

かよい[通い]〈名〉①來往。往返。②通勤。

かよ・う[通う]〈自五〉①往來。通行。②上學。通勤。③(電流,血液等)流通。(心)相通。④相似。

かよう[火曜]〈名〉星期二。

がようし[画用紙]〈名〉圖畫紙。

かようせい[可溶性]〈名〉可溶性。

がよく[我欲]〈名〉私慾。

かよわ・い[か弱い]〈形〉柔弱。纖弱。

かよわ・せる[通わせる]〈他下一〉①使往來。②使相通。

から[空]〈名〉空。

から[殻]〈名〉殻。外殻。外皮。

から[幹]〈名〉①程。幹。莖。②箭桿。③柄。把。

-から I 〈格助〉①(時間,空間) 由。從。自。②(表示原因) 因。由。③(表示原料) 用。

以。④〈表示數量〉以上。⑤〈表示被動的主體〉被。Ⅱ〈接助〉因爲。由爲。Ⅲ〈終助〉〈表示〉決心。

がら〈名〉①鷄骨頭。②煤渣。

がら[柄]〈名〉①體格。身材。②人品。品質。③花樣。花紋。

カラー[collar]〈名〉〈衣服〉領子。

カラー[colo(u)r]〈名〉①彩色。②顏料。③特色。

がらあき[がら空き]〈形動〉空空的。

からあげ[空揚げ]〈名・他サ〉乾炸。

から・い[辛い]〈形〉①辣。②鹹。③嚴格。嚴酷。

からいばり[空威張り]〈名・自サ〉虛張聲勢。

からオケ[空置ケ]〈名〉卡拉OK。

からか・う〈他五〉戲弄。逗笑。要笑。

からかさ[唐傘]〈名〉紙傘。

からから Ⅰ〈副・自サ〉〈笑聲〉哈哈，嘎嘎。〈硬物相碰聲〉嘩啦嘩啦。Ⅱ〈形動〉①極乾燥(貌)。②空空(的)。

がらがら Ⅰ〈名〉〈玩具〉嘩唧棒。Ⅱ〈副・自サ〉①〈硬物相撞聲〉轟隆轟隆。嘩啦嘩啦。②直爽。坦率。粗魯。Ⅲ〈形動〉空空蕩蕩。

がらがらへび[がらがら蛇]〈名〉響尾蛇。

からきし〈副〉〈下接否定〉簡直。完全。

からくさもよう[唐草模樣]〈名〉蔓草花紋。

からくじ[空籤]〈名〉空彩。空籤。

がらくた〈名〉破爛東西。

からくち[辛口]〈名〉①〈酒等〉辣。②愛吃辣的(人)。

からくも[辛くも]〈副〉好容易。

からくり〈名〉①〈精巧的〉機關，裝置。②計策。詭計。

からげいき[空景気]〈名〉〈市場的〉虛假繁榮。

から・げる[空景気]〈他下一〉①捆。紮。②撩起。捲起。

からげんき[空元気]〈名〉假裝勇敢。虛張聲勢。

カラザ[chalaza]〈名〉〈生〉卵帶。

からさわぎ[空騷ぎ]〈名・自サ〉大驚小怪。

からし[芥子]〈名〉芥末。

からしな[芥子菜]〈名〉芥菜。

から・す[枯らす]〈他五〉使…枯萎。

から・す[涸らす]〈他五〉把水弄乾。使乾涸。

から・す[嗄らす]〈他五〉使〈聲音〉嘶啞。

からす[烏]〈名〉①烏鴉。②可憐漢。③行家。④好高聲吵嚷的人。⑤健忘的人。⑥嘴饞的人。

ガラス[glass]〈名〉玻璃。

からすうり[烏瓜]〈名〉王瓜。

からすぐち[烏口]〈名〉〈製圖用的〉鴨嘴筆。

ガラスせんい[ガラス纖維]〈名〉玻璃纖維。

ガラスばり[ガラス張り]〈名〉①裝玻璃。玻璃結構。②光明正大。

からすむぎ[烏麦]〈名〉①野燕麥。②燕麥。

からせき[空咳]〈名〉乾咳。

からせじ[空世辞]〈名〉假奉承。

からだ[体]〈名〉①身體。②體格。身材。③體質。④體力。

からだつき[体つき]〈名〉體格。體形。

からたち[枳殻]〈名〉〈植〉枸橘。

からちゃ[空茶]〈名〉〈沒有點心的〉清茶。

からっかぜ[空っ風]〈名〉乾冷風。

カラット[carat]〈名〉①〈寶石重量單位〉克拉。②〈純金在合金中所佔比例數〉開(K)。

からつゆ[空梅雨]〈名〉無雨的梅雨期。

からて[空手]〈名〉①空手。②〈拳術〉空手道。

からてがた[空手形]〈名〉①空頭票據。②空話。

からとう[辛党]〈名〉好喝酒的人。

からとりひき[空取引]〈名〉買空賣空。

-からには〈接助〉既然…就要。

からねんぶつ[空念仏]〈名〉空話。空談。

からぶき[乾拭き]〈名・他サ〉用乾布擦。

からぶり[空振り]〈名〉①〈棒球等〉打空。②落空。

からまつ[唐松]〈名〉落葉松。

からま・る[絡まる]〈自五〉①纏繞。②糾紛。糾纏。

からまわり[空回り]〈名・自サ〉①(機器等)空轉。②空談。③空忙。徒勞。

からみ[辛み]〈名〉辣味。鹹味。

からみ[空身]〈名〉(旅行時)空手。隻身。

-がらみ〈接尾〉①包括在內。②(上接數量詞)左右，上下。

からみつ・く[絡み付く]〈自五〉纏上。絆住。糾纏住。

から・む[絡む]〈自五〉①纏在…上。②糾纏。③密切相關。

からめて[搦手]〈名〉①城的後門。②弱點。

からやくそく[空約束]〈名〉空頭保證。空頭支票。

からりと〈副〉①完全改變貌。②開闊。③(性格)爽快。開朗。④乾透。

がらりと〈副〉①(開門、窗聲)嘩啦。②(狀態等)突然改變。

がらん[伽藍]〈名〉伽藍。

がらんと〈副〉空蕩蕩。

がらんどう〈名・形動〉空空蕩蕩。空空如也。

かり[仮]〈名〉①臨時。②假。

かり[雁]〈名〉雁。

かり[狩]〈名〉①狩獵。②採集。觀賞。

かり[借り]〈名〉①借。②借款。欠帳。③欠人情。

カリ[加里]〈名〉①鉀。②鉀鹽。③碳酸鉀。

かりあ・げる[刈り上げる]〈他下一〉①(收)割完。②剪頭。理髮。

かりあつ・める[駆り集める]〈他下一〉緊急召集。糾集。搜羅。

かりい・れる[刈り入れる]〈他下一〉收割。

かりい・れる[借り入れる]〈他下一〉借入。貸款。租來。

カリウム[Kalium]〈名〉鉀。

カリエス[Karies]〈名〉(醫)骨瘍。骨疽。

かりかた[借方]〈名〉借方。

かりかぶ[刈株]〈名〉茬子。

かりかり〈副・自サ〉①(咬碎硬東西聲)咯吱咯吱。②酥脆。

がりがり[我利我利]〈名・形動〉自私自利。

カリキュラム[curriculum]〈名〉課程。

かりき・る[借り切る]〈他五〉包租。

かりこし[借越]〈名〉(經)透支。

かりこ・む[刈り込む]〈他五〉①剪。修剪。②割下收藏。

かりしょぶん[仮処分]〈名・他サ〉①臨時處理。②(法)暫行處理。

かりずまい[仮住い]〈名・自サ〉①暫住。②臨時住處。

かりそめ[仮初]〈名〉①臨時。短暫。一時。偶然。②輕微。④輕浮。忽略。

かりそめにも[仮初にも]〈副〉①(多與否定呼應)無論如何。千萬。②既然。

かりたお・す[借り倒す]〈他五〉賴債。

かりだ・す[駆り出す]〈他五〉①動員。驅使。②把隱藏的野獸)趕出來。

かりた・てる[駆り立てる]〈他下一〉驅使。迫使。

かりちょういん[仮調印]〈名〉草簽。

かりて[借手]〈名〉借方。租戶。

かりとじ[仮綴]〈名・他サ〉(無正式封面)暫時裝訂(的書)。

かりと・る[刈り取る]〈他五〉①收割。②鏟除。除掉。

かりに[仮に]〈副〉①暫時。②姑且。③假設。即使。

かりにも[仮にも]〈副〉→かりそめにも。

かりぬい[仮縫い]〈名・他サ〉①(做西服等)試樣子。②粗縫。

かりね[仮寝]〈名・自サ〉打盹。

かりば[狩場]〈名〉獵場。

がりばん[がり版]〈名〉(刻蠟紙用的)鋼板。

カリフラワー[cauliflower]〈名〉菜花。花椰菜。

かりもの[借物]〈名〉借的東西。

かりゅう[下流]〈名〉①(河的)下游。②(社會的)下層。

かりゅう[顆粒]〈名〉顆粒。

がりゅう[我流]〈名〉自成一派。自學的。

かりゅうど[狩人]〈名〉獵人。

かりょう[加療]〈名・自サ〉治療。

かりょう[科料]〈名〉(法)罰款。

がりょう[雅量]〈名〉雅量。

がりょうてんせい[画竜点睛]〈名〉畫龍點睛。

かりょく[火力]〈名〉①火勢。火力。②(武器的)火力。

か・りる[借りる]〈他上一〉①借。②租。③借助。

かりんさんせっかい[過燐酸石灰]〈名〉過磷酸鈣。

かりんとう[花林糖]〈名〉江米條兒。

か・る[刈る]〈他五〉①割。②剪。

か・る[駆る]〈他五〉①驅(車)。策(馬)。使快跑。②迫使。③(用被動式)爲…所驅使。

かる・い[軽い]〈形〉①(重量)輕。②(程度)輕。③輕鬆。④簡單。⑤輕淡。⑥輕浮。

かるいし[軽石]〈名〉(礦)浮石。

かるがるし・い[軽軽しい]〈形〉輕率。草率。

かるがると[軽軽と]〈副〉輕而易舉。

カルキ[kalk]〈化〉①石灰。②漂白粉。

かるくち[軽口]〈名〉①俏皮話。笑話。②多嘴多舌。

カルシウム[calcium]〈名〉鈣。

カルタ[carta]〈名〉紙牌。

カルチャーセンター[culture center]〈名〉(面向市民的教育設施)文化中心。

カルテ[karte]〈名〉病歷。

カルテット[quartetto]〈名〉(樂)四重奏。四重唱。

カルデラ[caldera]〈名〉(地)破火山口。

カルテル[Kartell]〈名〉(經)卡特爾。聯合企業。

かるはずみ[軽はずみ]〈名・形動〉輕率。隨便。

かるわざ[軽業]〈名〉①驚險的雜技。②冒險的計劃。

かれ[彼]〈代〉①他。②彼。③(女性指)丈夫,情人。

かれい[鰈]〈名〉(動)鰈。

かれい[華麗]〈名・形動〉華麗。

カレー[curry]〈名〉咖喱。

ガレージ[garage]〈名〉汽車庫。

かれえだ[枯枝]〈名〉枯樹枝。

カレーライス[curry rice]〈名〉咖喱飯。

かれき[枯木]〈名〉枯樹。

がれき[瓦礫]〈名〉①瓦礫。②一文不值的東西。

かれくさ[枯草]〈名〉枯草。乾草。

かれこれ〈副・自サ〉①這個那個。種種。②大約。將近。

かれつ[苛烈]〈形動〉激烈。厲害。

かれは[枯葉]〈名〉枯葉。

か・れる[枯れる]〈自下一〉①(草木)凋零,枯萎。②(木材)乾燥。③(修養、藝術等)成熟,老練。

か・れる[涸れる]〈自下一〉乾涸。

か・れる[嗄れる]〈自下一〉嘶啞。

かれん[可憐]〈形動〉①可憐。②可愛。

カレンダー[calendar]〈名〉日曆。

かれんちゅうきゅう[苛斂誅求]〈名〉橫徵暴斂。

かろう[過労]〈名・自サ〉過勞。

がろう[画廊]〈名〉畫廊。繪畫陳列室。

かろうじて[辛うじて]〈副〉好容易。勉勉強強。

カロチン[carotene]〈名〉(化)胡蘿蔔素。

かろやか[軽やか]〈名〉輕鬆。輕快。

カロリー[calorie]〈名〉卡,卡路里。

ガロン[gallon]〈名〉(容積單位)加侖。

かろん・ずる[軽んずる]〈他サ〉①輕視。②忽視。不愛護。

かわ[川・河]〈名〉河。江。

かわ[皮]〈名〉①(生物的)皮。②(東西的)表面。③毛皮。

かわ[革]〈名〉皮革。

がわ[側]〈名〉①一側。一面。②方面。立場。③周圍。旁邊。

かわい・い[可愛い]〈形〉①可愛。討人喜歡。②小巧玲瓏。好玩。

かわいが・る[可愛がる]〈他五〉疼愛。喜愛。

かわいげ[可愛げ]〈名・形動〉可愛。討人喜愛。

かわいそう[可哀相]〈形動〉可憐。

かわいらし・い[可愛らしい]〈形〉可愛。

かわうそ[川獺]〈名〉水獺。

かわか・す[乾かす]〈他五〉曬乾。烤乾。

かわき[乾き]〈名〉乾。

かわき[渇き]〈名〉①渴。口乾。②渴望。

かわぎし[川岸]〈名〉河岸。

かわきり[皮切り]〈名〉開端。開頭。

かわ・く[乾く]〈自五〉乾。

かわ・く[渇く]〈自五〉渴。

かわぐつ[革靴]〈名〉皮鞋。

かわざんよう[皮算用]〈名〉打如意算盤。

かわしも[川下]〈名〉下游。

かわ・す[交す]〈他五〉①交。交換。②交叉。交錯。

かわ・す[躱す]〈他五〉閃開。躱開。

かわず[蛙]〈名〉蛙。

かわすじ[川筋]〈名〉①河道。②沿河地帶。

かわせ[為替]〈名〉①匯兌。②匯票。

かわせみ[川蟬]〈名〉翠鳥。

かわぞい[川沿い]〈名〉沿河。

かわぞこ[川底]〈名〉河底。

かわと[革砥]〈名〉蕩刀皮帶。

かわどこ[川床]〈名〉河床。

かわばた[川端]〈名〉河畔。

かわはば[川幅]〈名〉河寬。

かわべ[川辺]〈名〉河邊。

かわむこう[川向う]〈名〉對岸。

かわも[川面]〈名〉河面。

かわや[厠]〈名〉厠所。

かわら[瓦]〈名〉①瓦。②無價值的東西。

かわら[河原]〈名〉河灘。

かわり[代り・替り]〈名〉①代替。替代。②回報。報答。

かわり[変り]〈名〉①變化。②異常。

かわりあ・う[代り合う]〈自五〉輪流。

かわりだね[変り種]〈名〉①(生)變種。②奇特的人。

かわりばえ[代り映え]〈下多接否定〉變得好。

かわりは・てる[変り果てる]〈自下一〉徹底改變。面目全非。

かわりみ[変り身]〈名〉①突然改變身體的姿勢(位置)。②△〜が早い/隨機應變。

かわりめ[変り目]〈名〉轉折點。

かわりもの[変り者]〈名〉怪人。

かわ・る[代る・替る]〈自五〉①更換。更迭。②代理。替代。

かわ・る[変る]〈自五〉①變。變化。改變。②特別。與衆不同。

かわるがわる[代る代る]〈副〉輪流。

かん[缶]〈名〉罐。罐頭。

かん[冠]〈名〉①冠。②首位。

かん[巻]〈名〉①卷。②書冊。

かん[勘]〈名〉直覺。直感。

かん[寒]〈名〉①寒。②三九天。

かん[棺]〈名〉棺。

かん[間]Ⅰ〈名〉①間。機會。②隔閡。Ⅱ〈接尾〉(接名詞、數詞後)間。期間。之間。

かん[閑]〈名〉閑。

かん[感]〈名〉①感。感覺。②感動。

かん[漢]〈名〉漢。漢族。

かん[管]〈名〉管(道)。

かん[燗]〈名〉△〜をつける/燙酒。

かん[癇]〈名〉肝火。脾氣。

かん[簡]〈名〉簡單。

かん[観]〈名〉①樣子。外觀。②觀。觀點。

がん[雁]〈名〉雁。

がん[癌]〈名〉①癌症。②症結。

がん[願]〈名〉①願。②許願。

かんあん[勘案]〈名・他サ〉斟酌。

かんい[簡易]〈名・形動〉簡易。

かんいっぱつ[間一髪]〈名〉千鈞一髮。

かんいん[姦淫]〈名〉姦淫。

がんえん[岩塩]〈名〉岩鹽。

かんおけ[棺桶]〈名〉棺材。

かんか[感化]〈名・他サ〉感化。

かんか[管下]〈名〉管轄下。

がんか[眼下]〈名〉眼下。

がんか[眼科]〈名〉眼科。

がんか[眼窩]〈名〉眼窩。

かんかい[官界]〈名〉官場。

かんがい[旱害]〈名〉旱災。

かんがい[感慨]〈名〉感慨。

かんがい[灌漑]〈名・他サ〉灌漑。

がんかい[眼界]→しや。

かんがえ[考え]〈名〉①思想。想法。意見。觀點。②意圖。打算。預料。③主意。④考慮。思考。

かんがえかた[考え方]〈名〉想法。見解。

かんがえごと[考え事]〈名〉①思考問題。②擔心的事。心事。

かんがえこ・む[考え込む]〈自五〉沉思。苦想。

かんがえだ・す[考え出す]〈他五〉①想起。想出。②開始想。

かんがえちがい[考え違い]〈名・他サ〉想錯。記錯。

かんがえつ・く[考え付く]〈他五〉想起。想到。

かんがえなお・す[考え直す]〈他五〉重新考慮。

かんがえぶか・い[考え深い]〈形〉深謀遠慮。

かんがえもの[考え物]〈名〉①需要慎重考慮的問題。②謎。

かんがえよう[考え様]〈名〉想法。看法。

かんが・える[考える]〈他下一〉①想。思考。②為。以為。③打算。④想像。⑤研究。設計。

かんかく[間隔]〈名〉間隔。距離。

かんかく[感覚]〈名・他サ〉感覺。

かんかつ[管轄]〈名・他サ〉管轄。

かんがっき[管楽器]〈名〉管樂器。

かんが・みる[鑑みる]〈他上一〉鑒於。遵照。根據。

カンガルー[kangaroo]〈名〉袋鼠。

かんかん[副・自サ]①〔硬物相撞聲〕噹噹。②〔陽光〕毒辣辣。〔火〕熊熊。③大怒。

かんがん[汗顔]〈名〉汗顏。

かんがん[宦官]〈名〉宦官。

かんかんがくがく[侃侃諤諤]〈名〉直言不諱。

かんかんしき[観艦式]〈名〉閱艦式。

かんき[乾季]〈名〉旱季。

かんき[喚起]〈名・他サ〉喚起。

かんき[寒気]〈名〉寒氣。寒冷。

かんき[換気]〈名・自他サ〉通風。

かんき[観喜]〈名・自サ〉歡喜。

かんきつるい[柑橘類]〈名〉柑橘類。

かんきゃく[閣却]〈名・他サ〉忽視。等閒視之。

かんきゃく[観客]〈名〉觀衆。

かんきゅう[感泣]〈名・自サ〉感激涕零。

かんきゅう[緩急]〈名〉①緩急。②危急。

がんきゅう[眼球]〈名〉眼球。

かんぎゅうじゅうとう[汗牛充棟]〈名〉汗牛充棟。

かんきょ[閑居]〈名・自サ〉閒居。

かんきょう[感興]〈名〉興致。興趣。

かんきょう[環境]〈名〉環境。

がんきょう[頑強]〈形動〉頑強。

かんきり[缶切り]〈名〉罐頭起子。

かんきん[桿菌]〈名〉〔生〕桿菌。

かんきん[換金]〈名・自他サ〉變賣。

かんきん[監禁]〈名・他サ〉監禁。

がんきん[元金]〈名〉本金。本錢。

かんく[甘苦]〈名〉甘苦。

かんく[艱苦]〈名〉艱苦。

がんぐ[玩具]〈名〉玩具。

がんくび[雁首]〈名〉①煙袋鍋。②陶管彎頭。③〔俗稱〕腦袋。

かんぐ・る[勘繰る]〈他五〉瞎猜。胡亂猜測。

かんぐん[官軍]〈名〉官軍。

かんけい[奸計]〈名〉奸計。

かんけい[関係]〈名・自サ〉①關係。相干。②參與。

かんげい[歓迎]〈名・他サ〉歡迎。

かんげき[間隙]〈名〉①間隙。②隔閡。

かんげき[感激]〈名・自サ〉感激。

かんげき[観劇]〈名・自他サ〉看戲。

かんげざい[緩下剤]〈名〉〔醫〕緩瀉劑。

かんけつ[完結]〈名・自サ〉完結。

かんけつ[間歇]〈名〉間歇。

かんけつ[簡潔]〈名・形動〉簡潔。

かんげん[甘言]〈名〉花言巧語。

かんげん[換言]〈名・自サ〉換句話說。

かんげん[諫言]〈名・他サ〉諫言。勸告。

かんげん[還元]〈名・自他サ〉還原。

かんけん[頑健]〈形動〉健壯。
かんげんがく[管弦楽]〈名〉管弦樂。
かんこ[歡呼]〈名・自サ〉歡呼。
かんこ[鹹湖]〈名〉鹽湖。
かんご[看護]〈名・他サ〉護理。
かんご[漢語]〈名〉漢語詞。
がんこ[頑固]〈名・形動〉頑固。
かんこう[刊行]〈名・他サ〉刊行。出版發行。
かんこう[敢行]〈名・他サ〉毅然(決然)實行。
かんこう[感光]〈名・自サ〉感光。
かんこう[慣行]〈名〉慣例。
かんこう[観光]〈名・他サ〉觀光。遊覽。
がんこう[眼光]〈名〉①目光。②眼力。
かんこうへん[肝硬変]〈名〉肝硬變。
かんこうれい[箝口令]〈名〉言論限制令。
かんこく[勧告]〈名・他サ〉勸告。
かんごく[監獄]〈名〉監獄。
かんこつ[顴骨]〈名〉顴骨。
かんこつだったい[換骨奪胎]〈名・他サ〉(詩、文章的)翻版。
かんごふ[看護婦]〈名〉護士。
かんこんそうさい[冠婚葬祭]〈名〉冠婚葬祭。紅白喜事。
かんさ[監査]〈名・他サ〉監査。
かんさい[完済]〈名・他サ〉還清。
かんさいき[艦載機]〈名〉艦載(飛)機。
かんさく[間作]〈名・他サ〉套種。間作。
がんさく[贋作]〈名・他サ〉贋品。贋本。假造。
かんざし[簪]〈名〉簪子。
かんさつ[監察]〈名・他サ〉監察。
かんさつ[観察]〈名・他サ〉觀察。
かんさつ[鑑札]〈名〉執照。
かんさん[換算]〈名・他サ〉換算。
かんさん[閑散]〈名・形動〉冷清。蕭條。
かんし[冠詞]〈名〉(語法)冠詞。
かんし[漢詩]〈名〉(中國古體詩)漢詩。
かんし[鉗子]〈名〉(外科醫生用的)鉗子。
かんし[監視]〈名・他サ〉監視。
かんし[環視]〈名・他サ〉環視。
かんじ[感じ]〈名〉①感覺。②印象。③氣

氣。
かんじ[幹事]〈名〉幹事。
かんじ[漢字]〈名〉漢字。
かんじい・る[感じいる]〈自五〉欽佩。
がんじがらめ[雁字搦め]〈名〉①五花大綁。②束縛。
かんしき[鑑識]〈名・他サ〉鑒定。識別。
がんしき[眼識]〈名〉眼力。
かんしつ[乾漆]〈名〉乾漆。
かんじつ[元日]〈名〉元旦。
かんしゃ[感謝]〈名・自他サ〉感謝。
かんじゃ[患者]〈名〉患者。
かんしゃく[癇癪]〈名〉肝火。火氣。
かんしゅ[看守]〈名・他サ〉看守。
かんじゅ[甘受]〈名・他サ〉甘願。甘心忍受。
かんしゅう[慣習]〈名〉習慣。
かんしゅう[監修]〈名・他サ〉監修。主編。
かんしゅう[観衆]〈名〉觀衆。
かんじゅせい[感受性]〈名〉感受性。
かんしょ[甘蔗]〈名〉甘蔗。
かんしょ[甘薯]〈名〉甘薯。
かんしょ[寒暑]〈名〉寒暑。
かんしょ[願書]〈名〉申請書。報名書。
かんしょう[干渉]〈名・自サ〉①干涉。②(理)(音、光波等)干擾。干涉。
かんしょう[感傷]〈名・自サ〉傷感。
かんしょう[緩衝]〈名・他サ〉緩衝。
かんしょう[環礁]〈名〉(地)環礁。
かんしょう[観賞]〈名・他サ〉觀賞。
かんしょう[鑑賞]〈名・他サ〉欣賞。
かんじょう[勘定]〈名・他サ〉①計算。②算帳。③帳。帳款。付款。④考慮。估計。
かんじょう[感情]〈名〉感情。
かんじょう[環状]〈名〉環狀。
がんじょう[頑丈]〈形動〉堅固。健壯。
かんしょく[官職]〈名〉官職。
かんしょく[寒色]〈名〉冷色。
かんしょく[間色]〈名〉中間色。
かんしょく[間食]〈名・自サ〉零食。間食。
かんしょく[閑職]〈名〉閑職。
かんしょく[感触]〈名〉①感覺。②觸感。
がんしょく[顔色]〈名〉臉色。

かん・じる[感じる]〈他上一〉→かんずる。

かんしん[奸臣]〈名〉奸臣。

かんしん[寒心]〈名・自サ〉寒心。

かんしん[感心]〈名・形動・自サ〉①欽佩。佩服。②贊成。喜歡。

かんしん[関心]〈名・自サ〉關心。感興趣。

かんしん[歓心]〈名〉歡心。

かんじん[肝心]〈名・形動〉首要。重要。

かんすい[完遂]〈名・他サ〉完成。

かんすい[冠水]〈名・自サ〉水淹。

かんすい[鹹水]〈名〉鹹水。海水。

がんすいたんそ[含水炭素]〈名〉醣類。碳水化合物。

かんすう[関数]〈名〉(数)函數。

かん・する[関する]〈自サ〉有關。關於。

かん・ずる[感ずる]〈自他サ〉①感覺。感到。②感動。

かんせい[完成]〈名・自他サ〉完成。

かんせい[官製]〈名〉官製。政府製造。

かんせい[陥穽]〈名〉陷阱。

かんせい[喊声]〈名〉喊聲。

かんせい[閑静]〈名・形動〉清静。

かんせい[慣性]〈名〉(理)慣性。

かんせい[管制]〈名・他サ〉管制。

かんせい[歓声]〈名〉歡聲。

かんぜい[関税]〈名〉關税。

かんせいゆ[乾性油]〈名〉乾性油。

がんせき[岩石]〈名〉岩石。

かんせつ[間接]〈名〉間接。

かんせつ[関節]〈名〉關節。

かんせつえん[関節炎]〈名〉關節炎。

がんぜな・い[頑是ない]〈形〉天真。幼稚。

かんせん[汗腺]〈名〉(解)汗腺。

かんせん[幹線]〈名〉幹綫。

かんせん[感染]〈名・自サ〉感染。

かんせん[観戦]〈名・他サ〉①觀戰。②觀看(體育比賽)。

かんぜん[完全]〈名・形動〉完全。完整。完美。圓滿。

かんぜん[敢然]〈副・形動〉勇敢。毅然。

かんぜん[間然]〈名・自サ〉指摘。非議。

撃。

かんぜんちょうあく[勧善懲悪]〈名〉勸善懲惡。

かんそ[簡素]〈形動〉簡樸。

がんそ[元祖]〈名〉鼻祖。始祖。創始人。

かんそう[乾燥]〈名・自他サ〉①乾燥。②乾燥無味。

かんそう[感想]〈名〉感想。

かんそう[歓送]〈名・他サ〉歡送。

かんぞう[甘草]〈名〉甘草。

かんぞう[肝臓]〈名〉肝臟。

かんぞう[贋造]〈名・他サ〉偽造。贋造。

かんそく[観測]〈名・他サ〉觀測。觀察。

かんそん[寒村]〈名〉荒村。

かんたい[寒帯]〈名〉(地)寒帶。

かんたい[歓待]〈名・他サ〉款待。

かんたい[艦隊]〈名〉艦隊。

かんだい[寛大]〈名・形動〉寬大。

がんたい[眼帯]〈名〉(醫)遮眼罩。

かんだか・い[甲高い]〈形〉(聲音)尖鋭。

かんたく[干拓]〈名・他サ〉排水造地。攔海造田。

がんだれ[雁垂]〈名〉(漢字部首)偏廠兒。

かんたん[肝胆]〈名〉肝膽。

かんたん[感嘆]〈名・自サ〉感嘆。讚嘆。

かんたん[簡単]〈名・形動〉簡單。

かんだん[間断]〈名・自サ〉間斷。

かんだん[閑談]〈名・自サ〉閑談。

かんだん[歓談]〈名・自サ〉暢談。

がんたん[元旦]〈名〉元旦。

かんだんけい[寒暖計]〈名〉溫度計。

かんち[奸智]〈名〉奸詐。

かんち[感知]〈名・他サ〉感知。察覺。

かんち[関知]〈名・自サ〉①相干。干預。②察知。

かんちがい[勘違い]〈名・自サ〉誤認。誤會。

がんちく[含蓄]〈名・他サ〉含蓄。

かんちゅう[寒中]〈名〉嚴冬。

がんちゅう[眼中]〈名〉眼裏。心目中。

かんちょう[干潮]〈名〉退潮。

かんちょう[官庁]〈名〉政府機關。

かんちょう[間諜]〈名〉間諜。

かんちょう[灌腸]〈名・自サ〉(醫)灌腸。

かんつう[姦通]〈名・自サ〉通姦。

かんつう[貫通]〈名・自他サ〉貫通。穿透。

かんづ・く[感づく]〈自五〉感覺到。察覺到。

かんづめ[缶詰]〈名〉①罐頭。②(把人)關起來。

かんてい[官邸]〈名〉官邸。

かんてい[艦艇]〈名〉艦艇。

かんてい[鑑定]〈名・他サ〉①鑒定。鑒別。②估價。評價。

がんてい[眼底]〈名〉眼底。

かんてつ[貫徹]〈名・他サ〉貫徹。

カンテラ[kandelaar]〈名〉馬燈。

かんてん[旱天]〈名〉旱天。

かんてん[寒天]〈名〉①寒天。②瓊脂。洋粉。

かんてん[観点]〈名〉觀點。看法。

かんでん[乾田]〈名〉旱田。

かんでん[感電]〈名・自サ〉觸電。

かんでんち[乾電池]〈名〉乾電池。

かんど[感度]〈名〉靈敏度。

かんとう[巻頭]〈名〉卷首。

かんとう[敢闘]〈名・自サ〉敢鬥。英勇戰鬥。

かんどう[勘当]〈名・他サ〉斷絕父子(師徒)關係。

かんどう[間道]〈名〉抄道。近道。

かんどう[感動]〈名・自サ〉感動。

かんとく[監督]〈名・他サ〉①監督。監督者。②導演。③(體)領隊。④監考。

かんどころ[勘所]〈名〉重點。要點。關鍵。

がんとして[頑として]〈副〉頑固。堅決。

かんな[鉋]〈名〉刨子。

カンナ[canna]〈名〉美人蕉。

かんない[管内]〈名〉管轄範圍內。

かんなん[艱難]〈名〉艱難。

かんにん[勘忍]〈名・自サ〉①忍耐。②寬恕。

カンニング[cunning]〈名・自サ〉(考試)打小抄,作弊。

かんぬき[閂]〈名〉門閂。

かんぬし[神主]〈名〉(神社的)主祭。

かんねん[観念]Ⅰ〈名〉觀念。Ⅱ〈名・自他サ〉①決心。斷念。②(佛)徹悟。

がんねん[元年]〈名〉元年。

かんのう[完納]〈名・他サ〉繳清。

かんのう[官能]〈名〉①官能。②肉感。

かんのう[感応]〈名・自サ〉①感應。反應。②(理)(對電,磁場的)感應。

かんのん[観音]〈名〉觀(世)音。

かんぱ[看破]〈名・他サ〉看破。看穿。

かんぱ[寒波]〈名〉寒潮。寒流。

カンパ[kampaniya]〈名〉募捐。捐款。

かんぱい[乾杯]〈名・自サ〉乾杯。

かんばし・い[芳しい]〈形〉①芳香。芬芳。②出色。好。

カンバス[canvas]〈名〉①帆布。②(油畫的)畫布。

かんばつ[旱魃]〈名〉乾旱。

かんばつ[間伐]〈名・他サ〉間伐(林木)。

がんばり[頑張り]〈名〉堅持力。努力。

がんばりや[頑張り屋]〈名〉努力的人。

がんば・る[頑張る]〈自五〉①堅持力。努力。②(在某一地方)不動,不離開。③固執(己見)。

かんばん[看板]〈名〉①招牌。②外表。幌子。③(商店的)下班時間。

かんばん[甲板]〈名〉甲板。

かんパン[乾パン]〈名〉壓縮餅乾。

がんばん[岩盤]〈名〉(地)岩盤。

かんび[甘美]〈形動〉甘美。甜蜜。

かんび[完備]〈名・自他サ〉完備。

かんぴ[官費]〈名〉官費。公費。

かんびょう[看病]〈名・他サ〉護理(病人)。

かんぴょう[干瓢]〈名〉葫蘆乾。

がんびょう[眼病]〈名〉眼病。

かんぶ[患部]〈名〉患部。

かんぶ[幹部]〈名〉幹部。

かんぷ[完膚]〈名〉完膚。

かんぷ[姦夫]〈名〉姦夫。

かんぷ[姦婦]〈名〉姦婦。

かんぷ[乾布]〈名〉乾布。

かんぷ[還付]〈名・他サ〉退還。歸還。

かんぷう[寒風]〈名〉寒風。

かんぶく [感服]〈名・自サ〉欽佩。

かんぶつ [乾物]〈名〉乾菜。

カンフル [camphor]〈名〉樟腦液。

かんぶん [漢文]〈名〉(中國的古文)漢文。

かんぺいしき [観兵式]〈名〉閱兵式。

かんぺき [完璧]〈名・形動〉完美無缺。

がんぺき [岸壁]〈名〉碼頭。

かんべつ [鑑別]〈名・他サ〉鑒別。識別。

かんべん [勘弁]〈名・他サ〉寬恕。原諒。容忍。

かんべん [簡便]〈名・形動〉簡便。

かんぼう [感冒]〈名〉感冒。

かんぼう [監房]〈名〉牢房。

かんぽう [官報]〈名〉政府公報。

かんぽう [漢方]〈名〉中醫。

かんぽう [艦砲]〈名〉(軍)艦炮。

がんぼう [願望]〈名・他サ〉願望。

かんぽうやく [漢方薬]〈名〉中藥。

かんぼく [灌木]〈名〉灌木。

かんぼつ [陥没]〈名・自サ〉陷没。塌陷。

がんぽん [元本]〈名〉①本金。②(法)財產。

ガンマせん [ガンマ線]〈名〉γ射綫。

かんまつ [巻末]〈名〉卷末。

かんまん [干満]〈名〉(潮的)漲落。

かんまん [緩慢]〈名・形動〉緩慢。遲緩。

かんみ [甘味]〈名〉甜味。美味。

がんみ [玩味]〈名・他サ〉玩味。

かんむり [冠]〈名〉冠。

かんめい [感銘]〈名・自サ〉銘感。感動。

かんめい [簡明]〈名・形動〉簡明。

がんめい [頑迷]〈名・形動〉頑固。

がんめん [顔面]〈名〉臉。

がんもく [眼目]〈名〉要點。重點。

かんもん [喚問]〈名・他サ〉(法)傳訊。

かんもん [関門]〈名〉難關。

がんやく [丸薬]〈名〉丸藥。

かんゆ [肝油]〈名〉魚肝油。

かんゆう [勧誘]〈名・他サ〉勸。勸說。

がんゆう [含有]〈名・他サ〉含有。

かんよ [関与]〈名・自サ〉干預。參與。

かんよう [肝要]〈名・形動〉→かんじん。

かんよう [寛容]〈名・形動・他サ〉容許。寬容。

かんよう [慣用]〈名・他サ〉慣用。

かんようしょくぶつ [観葉植物]〈名〉賞葉植物。

がんらい [元来]〈名〉(副)本來。原來。

かんらく [陥落]〈名・自サ〉①塌陷。②陷落。淪陷。③被說服。

かんらく [歓楽]〈名〉歡樂。

かんらん [観覧]〈名・他サ〉觀覽。參觀。

かんり [官吏]〈名〉官吏。

かんり [管理]〈名・他サ〉管理。掌管。

がんり [元利]〈名〉本息。本利。

がんりき [眼力]〈名〉眼力。

かんりゃく [簡略]〈名・形動〉簡略。

かんりゅう [乾溜]〈名・他サ〉(化)乾餾。

かんりゅう [貫流]〈名・自サ〉貫穿。流過。

かんりゅう [寒流]〈名〉寒流。

かんりょう [完了]〈名・自他サ〉完畢。完了。

かんりょう [官僚]〈名〉官僚。

がんりょう [顔料]〈名〉顏料。

かんるい [感涙]〈名〉感激的眼淚。

かんれい [寒冷]〈名・形動〉寒冷。

かんれい [慣例]〈名〉慣例。

かんれき [還暦]〈名〉還曆。花甲。

かんれん [関連]〈名・自サ〉關聯。聯繫。

かんろく [貫禄]〈名〉尊嚴。威嚴。

かんわ [官話]〈名〉官話。普通話。

かんわ [閑話]〈名・自サ〉閑談。閑話。

かんわ [漢和]〈名〉漢和。漢日。

かんわ [緩和]〈名・自他サ〉緩和。

き　キ

き[木・樹]〈名〉① 樹。樹木。② 木材。

き[生]Ⅰ〈名〉純粹。未摻其他東西。Ⅱ〈接頭〉① 純粹。② 未加工。

き[黄]〈名〉黃。黃色。

き[気]〈名〉① 氣。空氣。大氣。氣體。② 氣息。呼吸。③ 香氣。香味。④ 氣氛。⑤ 節氣。⑥ 氣度。胸襟。⑦ 氣質。性情。脾氣。⑧ 精神。神志。⑨ 心情。情緒。⑩ 心意。念頭。打算。⑪ 注意。關懷。擔心。

き[忌]〈名〉居喪。服喪。

き[奇]〈名〉稀奇。奇異。

き[基]〈化〉基。

き[期]〈名〉期。屆。時期。

き[機]Ⅰ〈名〉機會。Ⅱ〈接尾〉〈飛機〉架。

き-[貴]〈接頭〉貴。

-き[騎]〈接尾〉騎。

ぎ[義]〈名〉義。

ギア[gear]〈名〉齒輪。傳動裝置。

きあい[気合]〈名〉① 運氣。鼓勁。吶喊。氣勢。② 步調。③ 心情。情緒。

きあけ[忌明け]〈名〉服滿。脫孝。

きあつ[気圧]〈名〉氣壓。

きあわ・せる[来合せる]〈自下一〉正好來到。來得正巧。

きあん[起案]〈名・自他サ〉起草。草擬。

ぎあん[議案]〈名〉議案。

きい[忌諱]〈名・形動〉忌諱。

きい[奇異]〈形動〉奇異。

キー[key]〈名〉①（鋼琴、打字機等的）鍵。② 鑰匙。③ 關鍵。

きいきいごえ[きいきい声]〈名〉尖叫聲。

きいたふう[利いた風]〈名・形動〉裝懂。

きいちご[木苺]〈名〉〈植〉木莓。

きいっぽん[生一本]〈名・形動〉① 純粹。② 正直。直率。

きいと[生糸]〈名〉生絲。

キープライト[keep right]〈名〉右側通行。

キープレフト[keep left]〈名〉左側通行。

キーポイント[key point]〈名〉要點。關鍵。

キーホルダー[key holder]〈名〉鑰匙圈。

きいろ[黄色]〈名〉黃色。

きいろ・い[黄色い]〈形〉黃色。

キーワード[key word]〈名〉(解決問題、檢索資料的)關鍵字、詞。

きいん[起因]〈名・自サ〉起因。

ぎいん[議員]〈名〉議員。

キウイ[kiwi]〈名〉①（植）幾維果。②（動）鷸鴕。

きうつり[気移り]〈名・自サ〉不專心。見異思遷。

きうん[気運]〈名〉氣象。形勢。趨勢。

きうん[機運]〈名〉機會。時機。

きえい[帰依]〈名・自サ〉〈宗〉歸依。皈依。

きえい[気鋭]〈名・形動〉朝氣蓬勃。

きえい・る[消え入る]〈自五〉① 消失。② 斷氣。咽氣。死。③ 不省人事。失去知覺。

きえう・せる[消え失せる]〈自下一〉消失。溜走。

き・える[消える]〈自下一〉①（火、燈）熄滅。②（雪等）融化。③ 消失。

きえん[気炎]〈名〉氣焰。

きえん[奇縁]〈名〉奇緣。

きえん[機縁]〈名〉機緣。機會。

ぎえんきん[義捐金]〈名〉捐款。

きえんさん[希塩酸]〈名〉稀鹽酸。

きおい・つ[競い立つ]〈自五〉奮勇。抖擻精神。

きおう[既往]〈名〉既往。

きおく[記憶]〈名・自サ〉記憶。記憶力。

きおくれ[気後れ]〈名・自サ〉膽怯。

きおち[気落ち]〈名・自サ〉氣餒。

きおも[気重]〈名・形動〉憋悶。憂鬱。心情沉重。

きおん[気温]〈名〉氣溫。

ぎおん[擬音]〈名〉擬聲。象聲。

きか[気化]〈名・自サ〉〈理〉氣化。

きか[奇禍]〈名〉橫禍。

きか[帰化]〈名・自サ〉歸化。入籍。

きか[幾何]〈名〉幾何。

きか[麾下]〈名〉麾下。

きが[飢餓]〈名〉饑餓。

ぎが[戯画]〈名〉漫畫。諷刺畫。

きかい[奇怪]〈名・形動〉奇怪。

きかい[器械]〈名〉器械。儀器。

きかい[機械]〈名〉機械。機器。

きかい[機会]〈名〉機會。

きがい[危害]〈名〉危害。

きがい[気概]〈名〉氣概。氣魄。

ぎかい[議会]〈名〉議會。

きがえ[着替え]〈名・自サ〉①換衣服。②換洗的衣服。

きか・える[着替える]〈他下一〉換衣服。

きがかり[気掛り]〈名〉掛念。擔心。

きかく[企画]〈名・他サ〉規劃。計劃。

きかく[規格]〈名〉規格。標準。

きがく[器楽]〈名〉器樂。

きかざ・る[着飾る]〈他五〉盛裝。打扮。

きか・せる[利かせる]〈他下一〉使…生效。使…起作用。

きか・せる[聞かせる]〈他下一〉給…聽。②中聽。動聽。

きがた[木型]〈名〉①(鑄造)木型。②(鞋)楦子。

きがね[気兼ね]〈名・自サ〉多心。顧慮。客氣。

きがまえ[気構え]〈名〉精神準備。決心。

きがる[気軽]〈形動〉輕鬆。爽快。隨便。

きかん[気管]〈名〉(解)氣管。

きかん[汽缶]〈名〉汽鍋。鍋爐。

きかん[奇観]〈名〉奇觀。

きかん[季刊]〈名〉季刊。

きかん[帰還]〈名・自サ〉返回。回來。

きかん[既刊]〈名〉已經出版。

きかん[基幹]〈名〉基礎。骨幹。

きかん[期間]〈名〉期間。期限。

きかん[旗艦]〈名〉旗艦。

きかん[器官]〈名〉(解)器官。

きかん[機関]〈名〉①機關。②發動機。

きがん[祈願]〈名・自サ〉祈禱。

ぎがん[義眼]〈名〉假眼。

きかんき[利かん気]〈名〉倔強。

きかんこ[機関庫]〈名〉機車庫。

きかんさんぎょう[基幹産業]〈名〉基礎工業。

きかんし[気管支]〈名〉支氣管。

きかんし[機関士]〈名〉①(船上的)輪機員。②火車司機。

きかんし[機関紙]〈名〉機關報。

きかんしゃ[機関車]〈名〉機車。火車頭。

きかんじゅう[機関銃]〈名〉機槍。

きき[危機]〈名〉危機。

きき[鬼気]〈名〉陰氣。陰森(之氣)。

きき[嬉嬉]〈形動〉歡喜。高興。

ぎぎ[疑義]〈名〉疑義。

ききあ・きる[聞き飽きる]〈自上一〉聽膩。聽厭。

ききい・る[聞き入る]〈自五〉傾聽。

ききい・れる[聞き入れる]〈他下一〉①聽從。答應。②聽到。聽見。

ききおと・す[聞き落す]〈他五〉聽漏。

ききおぼえ[聞覚え]〈名〉①聽過。耳熟。②聽來的知識。

ききおよ・ぶ[聞き及ぶ]〈他五〉聽說過。耳聞。

ききかいかい[奇奇怪怪]〈形動〉離奇古怪。

ききかえ・す[聞き返す]〈他五〉①重聽。②重問。③反問。

ききかじ・る[聞き齧る]〈他五〉聽到一星半點。道聽途說。

ききぐるし・い[聞き苦しい]〈形〉①難聽。不堪入耳。②聽不清楚。

ききこみ[聞込み]〈名〉探聽到。偵查到。

ききこ・む[聞き込む]〈他五〉聽到。探聽到。

ききざけ[聞酒]〈名〉品(嘗)酒。供品嘗的酒。

ききじょうず[聞上手]〈名・形動〉善於誘人講話。善於聽人講話。

ききす・ぐ[聞き過す]〈他五〉不細心聽。

ききずて[聞捨て]〈名・他サ〉置若罔聞。

ききそこな・う[聞き損なう]〈他五〉①聽錯。②聽漏。沒聽到。

ききだ・す[聞き出す]〈他五〉探聽出。打聽出。

ききただ・す[聞き糺す]〈他五〉問明。問清。

ききちが・える[聞き違える]〈他下一〉聽錯。

ききつ・ける[聞き付ける]〈他下一〉①聽慣。②(偶爾)聽到。

ききづたえ[聞伝え]〈名〉傳聞。

ききて[聞手]〈名〉聽者。

ききとが・める[聞き咎める]〈他下一〉責問。指責。

ききどころ[聞所]〈名〉值得聽的地方。

ききとど・ける[聞き届ける]〈他下一〉應允。答應。

ききと・る[聞き取る]〈他五〉①聽見。聽懂。②聽取。

ききなお・す[聞き直す]〈他五〉重聽。重問。

ききなが・す[聞き流す]〈他五〉當耳旁風。

ききな・れる[聞き慣れる]〈他下一〉聽慣。耳熟。

ききにく・い[聞きにくい]〈形〉①難聽。不好聽。②不便問。③聽不清楚。聽不懂。

ききほ・れる[聞き惚れる]〈自下一〉聽得出神。

ききみみ[聞耳]〈名〉△～を立てる/側耳細聽。

ききめ[効目]〈名〉效驗。效力。

ききもの[聞物]〈名〉值得聽。

ききもら・す[聞き漏らす]〈他五〉①聽漏。②忘聽。

ききゃく[棄却]〈名・他サ〉①拒絕。②(法)駁回。

ききゅう[危急]〈名〉危急。

ききゅう[気球]〈名〉氣球。

ききゅう[希求]〈名・他サ〉希求。

ききょ[起居]〈名・自サ〉起居。生活。

ざきょ[義挙]〈名〉義舉。

ききょう[気胸]〈名〉(醫)①氣胸。②氣胸療法。

ききょう[奇矯]〈名・形動〉奇特。

ききょう[帰京]〈名・自サ〉返京。

ききょう[帰郷]〈名・自サ〉回鄉。歸省。

ききょう[桔梗]〈名〉(植)桔梗。

ききょう[企業]〈名〉企業。

ぎきょう[義侠]〈名〉俠義。

ぎきょうだい[義兄弟]〈名〉①把兄弟。②內兄。內弟。姐夫。妹夫。

ぎきょく[戯曲]〈名〉劇本。

ききわけ[聞分け]〈名〉△～がよい(ない)/懂(不懂)事。

ききわ・ける[聞き分ける]〈他下一〉①聽出來。分辨出。②(小孩)聽話。

ききん[飢饉]〈名〉饑饉。饑荒。

ききん[基金]〈名〉基金。

ききんぞく[貴金属]〈名〉貴金屬。

き・く[利く・効く]Ⅰ〈自五〉①生效。見效。奏效。靈驗。②好使。起作用。③能夠。可以。Ⅱ〈他五〉(用「口を～」的形式)(替別人)說話。

き・く[聞く]〈他五〉①聽。聽到。②聽從。答應。③打聽。問。

きく[菊]〈名〉菊花。

きく[危惧]〈名・他サ〉畏懼。

きぐ[器具]〈名〉器具。

きぐう[奇遇]〈名〉奇遇。

きぐう[寄寓]〈名・自サ〉寄居。

ぎくしゃく[副・自サ](言語、行動)生硬。不圓滑。

きくずれ[着崩れ]〈名・自サ〉(衣服)穿走樣。

きぐち[木口]〈名〉①木材的質量。②木材的橫斷面。

きぐらい[気位]〈名〉架子。派頭。

きくらげ[木耳]〈名〉木耳。

ぎくりと[副]吃一驚。嚇一跳。

きぐろう[気苦労]〈名・自サ〉操心。

きけい[奇形]〈名・形動〉畸形。

きけい[詭計]〈名〉詭計。

ぎけい[義兄]〈名〉內兄。姐夫。大伯子。

ぎげい[技芸]〈名〉技藝。

きげき[喜劇]〈名〉喜劇。滑稽劇。

きけつ[帰結]〈名・自サ〉結果。歸結。

きけつ[既決]〈名〉①已經決定。②已經判

決。

ぎけつ[議決]〈名・他サ〉議決。

きけん[危険]〈名・形動〉危険。

きけん[棄権]〈名・他サ〉棄權。

きげん[紀元]〈名〉紀元。

きげん[起源]〈名〉起源。

きげん[期限]〈名〉期限。

きげん[機嫌]〈名〉①起居。安否。②心情。情緒。

ぎこ[擬古]〈名〉擬古。倣古。

きこう[気孔]〈名〉(動、植物表皮的)氣孔。

きこう[気候]〈名〉氣候。

きこう[奇行]〈名〉奇特的行爲。

きこう[紀行]〈名〉遊記。紀行文。

きこう[帰航]〈名・自サ〉返航。

きこう[起工]〈名・他サ〉開工。動工。

きこう[起稿]〈名・自サ〉起稿。開始寫(文章)。

きこう[寄港]〈名・自サ〉(船中途)停泊,停靠。

きこうく[寄稿]〈名・自サ〉投稿。

きこう[稀覯]〈名〉珍貴。

きこう[機構]〈名〉①機構。組織。②(機械)構造。

きごう[記号]〈名〉記號。符號。

きごう[揮毫]〈名・他サ〉揮毫。

ぎこう[技巧]〈名〉技巧。

きこうし[貴公子]〈名〉貴公子。

きこうぶたい[機甲部隊]〈名〉裝甲部隊。

きこえ[聞え]〈名〉名譽。名聲。

きこえよがし[聞えよがし]〈連語〉故意大聲說(壞話、諷刺話)以讓對方聽到。

きこ・える[聞える]〈他下一〉①聽得見。②聽起來覺得。③聞名。出名。

きこく[帰国]〈名・自サ〉回國。

ぎごく[疑獄]〈名〉①疑案。②(高官等的)大貪污案。

きごこち[着心地]〈名〉衣服穿時的感覺。

きごころ[気心]〈名〉性情。脾氣。

ぎごちな・い[形]①(動作)笨拙。②(文章等)生硬。

きこつ[気骨]〈名〉骨氣。

きこな・す[着こなす]〈他五〉會穿衣服。

穿得合體。

きこ・む[着込む]〈他五〉①穿在裏面。②多穿衣服。

きこり[樵]〈名〉樵夫。

きこん[気根]〈名〉①毅力。耐性。②(植)氣根。

きこん[既婚]〈名〉已婚。

きざ[気障]〈形動〉①裝模作樣。②(花樣、顏色)過於華麗,刺眼。

きさい[記載]〈名・他サ〉記載。

きさい[起債]〈名・自サ〉發行債券。

きさい[鬼才]〈名〉奇才。

きざい[器材・機材]〈名〉器材。

ぎざぎざ〈名・形動・他サ〉鋸齒狀刻紋。鋸齒狀。

きさく[気さく]〈形動〉坦率。

きさく[奇策]〈名〉奇計。

きさく[偽作]〈名・他サ〉偽造(品)。

きざし[兆し]〈名〉先兆。預兆。苗頭。

きざみ[刻み]〈名〉①刻。刻紋。②時刻。

きざみたばこ[刻み煙草]〈名〉烟絲。

きざ・む[刻む]〈他五〉①切細。剁碎。②刻。雕刻。③銘刻(心中)。④(鐘錶)計時。

きさん[起算]〈名・自サ〉算起。開始算。

きし[岸]〈名〉岸。

きし[棋士]〈名〉棋手。

きし[旗幟]〈名〉①旗幟。②態度。立場。

きし[騎士]〈名〉騎士。

きじ[稚]〈名〉雉。野鷄。

きじ[生地]〈名〉①布料。衣料。②素質。本質。

きじ[記事]〈名〉(報紙、雜誌上的)消息,報道。

ぎし[技師]〈名〉工程師。技師。

ぎし[義姉]〈名〉大姑子。大姨子。嫂子。

ぎし[義肢]〈名〉假肢。

ぎし[義歯]〈名〉假牙。

ぎし[議事]〈名〉議事。

きしかいせい[起死回生]〈名〉起死回生。

ぎしき[儀式]〈名〉儀式。

きしつ[気質]〈名〉氣質。性情。

きじつ[期日]〈名〉日期。期限。

きしべ[岸辺]〈名〉岸邊。

きし・む[軋む]〈自五〉(兩物相磨擦時)發出嘎吱嘎吱聲。

きしゃ[汽車]〈名〉火車。

きしゃ[記者]〈名〉記者。

きしゃ[喜捨]〈名・他サ〉布施。施捨。

きしゅ[旗手]〈名〉旗手。

きしゅ[機首]〈飛〉機頭。

きしゅ[騎手]〈名〉騎手。

きじゅ[喜寿]〈名〉七十七歲誕辰。

ぎしゅ[義手]〈名〉假手。

きしゅう[奇習]〈名〉奇異的風習。

きしゅう[奇襲]〈名・他サ〉奇襲。

きじゅう[機銃]〈名〉機槍。

きじゅうき[起重機]〈名〉起重機。

きしゅく[寄宿]〈名・他サ〉寄宿。

きしゅくしゃ[寄宿舍]〈名〉宿舍。

きじゅつ[奇術]〈名〉戲法。魔術。

きじゅつ[記述]〈名・他サ〉記述。

ぎじゅつ[技術]〈名〉技術。

きじゅつし[奇術師]〈名〉魔術師。

きじゅん[帰順]〈名・自サ〉歸順。投誠。

きじゅん[基準]〈名〉基準。標準。

きしょう[気性]〈名〉乘性。脾氣。

きしょう[気象]〈名〉氣象。

きしょう[希少]〈名〉稀少。

きしょう[記章・徽章]〈名〉徽章。紀念章。

きしょう[起床]〈名・自サ〉起床。

きじょう[机上]〈名〉桌上。

きじょう[気丈]〈形動〉剛強。

ぎしょう[偽証]〈名・他サ〉僞證。

ぎじょう[儀仗]〈名〉儀仗。

ぎじょう[議場]〈名〉會場。

きしょうてんけつ[起承転結]〈連語〉起承轉合之意。

きしょく[気色]〈名〉①神色。臉色。②心情。

きしょく[寄食]〈名・自サ〉寄食。

きしょく[喜色]〈名〉喜色。

きし・る[軋る]〈自五〉咯吱咯吱響。

きしん[帰心]〈名〉歸心。

きしん[鬼神]〈名〉鬼神。

きしん[寄進]〈名・他サ〉(向神社、寺院)捐贈。

きじん[奇人]〈名〉怪人。

きしん[疑心]〈名〉疑心。

ぎじん[義人]〈名〉義士。

ぎじん[擬人]〈名〉擬人。

キス[kiss]〈名・自サ〉接吻。

きず[傷]〈名〉①傷。創傷。②污點。

きずあと[傷跡]〈名〉傷痕。

きすう[奇数]〈名〉(數)奇數。

きすう[帰趨]〈名・自サ〉趨向。趨勢。

きすう[基数]〈名〉基數。

きず・く[築く]〈他五〉①築。修築。②積累。積累。

きずぐすり[傷薬]〈名〉創傷藥。

きずぐち[傷口]〈名〉傷口。

きずつ・く[傷つく]〈他五〉①受傷。②損壞。

きずつ・ける[傷つける]〈他下一〉①傷。弄傷。②弄壞。損壞。③玷污。敗壞。

きずな[絆]〈名〉①羈絆。②(愛情,友誼等的)紐帶。

きずもの[傷物]〈名〉①有毛病的商品。②失貞的姑娘。

き・する[帰する]〈自他サ〉①歸於。②歸咎。歸罪。

き・する[期する]〈他サ〉①以…爲期。②期望。③決心。

ぎ・する[擬する]〈他サ〉①瞄向。對準。②模擬。比作。③擬定。

きせい[気勢]〈名〉氣勢。聲勢。

きせい[奇声]〈名〉怪聲。

きせい[帰省]〈名・自サ〉歸省。探親。

きせい[既成]〈名〉既成。

きせい[既製]〈名〉現成。做好。

きせい[規制]〈名・他サ〉限制。

きせい[寄生]〈名・自サ〉寄生。

ぎせい[犠牲]〈名〉犧牲。

ぎせいご[擬声語]〈名〉擬聲詞。象聲詞。

きせいちゅう[寄生虫]〈名〉寄生蟲。

きせき[奇跡]〈名〉奇跡。

きせき[軌跡]〈名〉①(數)軌跡。②車轍。③足跡。經歷。

ぎせき[議席]〈名〉議席。

きせずして[期せずして]〈副〉不期。偶然。

きせつ[季節]〈名〉季節。

きせつ[既設]〈名・自サ〉已有。原有。

きぜつ[気絶]〈名・自サ〉昏過去。

きせつふう[季節風]〈名〉季風。

き・せる[着せる]〈他下一〉①給…穿上。②蒙上。蓋上。③鍍上。④使…蒙受。

キセル[khsier]〈名〉煙袋。

きぜわし・い[気忙しい]〈形〉①慌張。忙亂。②急躁。

きせん[汽船]〈名〉輪船。

きせん[貴賤]〈名〉貴賤。

きせん[機先]〈名〉先下手。

きぜん[毅然]〈形動〉毅然。

ぎぜん[偽善]〈名〉偽善。

きそ[起訴]〈名・他サ〉起訴。

きそ[基礎]〈名〉基礎。根基。

きそ・う[競う]〈自他五〉競爭。比。

きそう[奇想]〈名〉△～天外/異想天開。

きそう[起草]〈名・他サ〉起草。

きぞう[寄贈]〈名・他サ〉贈送。捐贈。

ぎそう[擬装]〈名・自サ〉偽裝。

ぎそう[艤装]〈名・他サ〉裝備(船、艦)。

ぎぞう[偽造]〈名・他サ〉偽造。

きそく[規則]〈名〉規則。

きぞく[帰属]〈名・自サ〉歸屬。屬於。

きぞく[貴族]〈名〉貴族。

ぎそく[義足]〈名〉假腿。

きそくえんえん[気息奄奄]〈名〉氣息奄奄。

きそん[既存]〈名・自サ〉原有。

きそん[毀損]〈名・自他サ〉①毀壞。②敗壞。

きた[北]〈名〉①北。②北風。

ギター[guitar]〈名〉吉他。

きたい[危殆]〈名〉危險。危殆。

きたい[気体]〈名〉氣體。

きたい[期待]〈名・他サ〉期待。

きたい[機体]〈名〉(飛機的)機體,機身。

ぎたい[擬態]〈名〉(動)擬態。

ぎだい[議題]〈名〉議題。

ぎたいご[擬態語]〈名〉擬態詞。

きた・える[鍛える]〈他下一〉①鍛造。錘煉。②鍛煉。

きたく[帰宅]〈名・自サ〉回家。

きた・す[来たす]〈他五〉引起。招致。

きだて[気立て]〈名〉性情。

きたな・い[汚い]〈形〉①髒。骯髒。②卑鄙。下流。③不整齊。④吝嗇。

きた・る[来る]Ⅰ〈自五〉來。到來。Ⅱ〈連体〉下次的。

きたん[忌憚]〈名〉忌憚。顧忌。

きだん[気団]〈名〉氣團。

きだん[奇談]〈名〉奇談。

きち[吉]〈名〉吉。

きち[危地]〈名〉險境。

きち[既知]〈名〉已知。

きち[基地]〈名〉基地。

きち[機知]〈名〉機智。

きちがい[気違い]〈名〉①瘋狂。②瘋子。③迷。

きちきち〈副〉①(時間)剛好,恰好。②(裝得)滿滿。③井然有序。準確。④略吱吱咯吱。

きちく[鬼畜]〈名〉①魔鬼和畜生。②殘酷無情的人。

きちにち[吉日]〈名〉吉日。

きちゃく[帰着]〈名・自サ〉①回到。歸來。②結局。

きちゅう[忌中]〈名〉居喪期間。

きちょう[帰朝]〈名・自サ〉回國。

きちょう[記帳]〈名・他サ〉①記帳。上帳。②(在簽到簿等上面)簽名。

きちょう[基調]〈名〉基調。

きちょう[貴重]〈形動〉貴重。

きちょう[機長]〈名〉(飛機的)機長。

ぎちょう[議長]〈名〉議長。主席。

きちょうめん[几帳面]〈名・形動〉規規矩矩。一絲不苟。

きちんと〈副〉①整整齊齊。好好地。②規規矩矩。有規律。③準時。

きちんやど[木賃宿]〈名〉小客棧。

きつ・い〈形〉①嚴厲。厲害。吃不消。②剛強。③(煙、酒等)冲。④(衣服、鞋等)小，緊。⑤(繫得)緊。

きつえん[喫煙]〈名・自サ〉吸煙。

きつおん[吃音]〈名〉口吃。

きづかい[気遣い]〈名〉擔心。費心。

きづか・う[気遣う]〈他五〉擔心。惦記。

きっかけ[切っ掛け]〈名〉①起頭。開端。②機會。契機。

きっかり[副]整。恰好。

きづかれ[気疲れ]〈名・自サ〉勞神。操心。

きづかわし・い[気遣わしい]〈形〉令人擔心。

きっきょう[吉凶]〈名〉吉凶。

キック[kick]〈名・他サ〉踢(球)。

きづ・く[気付く]〈自五〉①發覺。覺察。②蘇醒。

キックオフ[kickoff]〈名〉(足球等)開球。

きつけ[気付け]〈名〉蘇醒。

きつけぐすり[気付け薬]〈名〉①醒藥。②(俗)酒。

きづけ[気付]〈名〉轉交。

きっこう[拮抗]〈名・自サ〉頡頏。抗衡。

きっこう[亀甲]〈名〉龜甲。

きっさき[切っ先]〈名〉刀尖。刀鋒。

きっさてん[喫茶店]〈名〉茶館。咖啡館。

ぎっしり[副]〈裝、擠得〉滿滿的。

きっすい[生粋]〈名〉純粹。地道。

きっすい[喫水]〈名〉(船)吃水。

きっ・する[喫する]〈他サ〉受到。遭到。

きづち[木槌]〈名〉木錘。

きっちょう[吉兆]〈名〉吉兆。

きっちり[副・自サ]正好。恰好。

きつつき[啄木鳥]〈名〉啄木鳥。

きって[切手]〈名〉郵票。

きっての[切っての]〈連語〉頭等的。首屈一指的。

きっと[副]①一定。準保。②(神色等)嚴厲。

キッド[kid]〈名〉①山羊羔。②小山羊皮。

きつね[狐]〈名〉①狐狸。②詭計多端的人。

きつねいろ[狐色]〈名〉黃褐色。

きっぱり[副・自サ]斷然。乾脆。

きっぷ[切符]〈名〉票。

きっぷ[気風]〈名〉氣度。

きっぽう[吉報]〈名〉喜報。喜訊。

きづまり[気詰り]〈名・形動〉拘束。發窘。

きつもん[詰問]〈名・他サ〉追問。盤問。

きつよ・い[気強い]〈形〉①剛強。堅強。②心裏踏實。

きりりつ[屹立]〈名・自サ〉屹立。聳立。

きてい[既定]〈名〉既定。

きてい[規定・規程]〈名・他サ〉規定。規程。

ぎてい[義弟]〈名〉小叔子。內弟。妹夫。

ぎていしょ[議定書]〈名〉議定書。

きてき[汽笛]〈名〉汽笛。

きてん[機転]〈名〉機靈。隨機應變。

きてん[起点]〈名〉起點。

きてん[基点]〈名〉基點。

ぎてん[疑点]〈名〉疑點。

きでんたい[紀伝体]〈名〉紀傳體。

きと[企図]〈名・他サ〉企圖。

きと[帰途]〈名〉歸途。

きど[木戸]〈名〉①城門。②柵門。③(戲院等的)入口。④入場費。

きどあいらく[喜怒哀楽]〈名〉喜怒哀樂。

きとう[祈祷]〈名・他サ〉祈禱。

きどう[軌道]〈名〉軌道。

きどう[起動]〈名・自サ〉起動。

きどう[機動]〈名〉(軍)機動。

きどうらく[着道楽]〈名〉講究衣着。

きとく[危篤]〈名〉危篤。病危。

きとく[奇特]〈名・形動〉令人稱道。難能可貴。

きとく[既得]〈名〉既得。

きどり[気取り]〈名〉擺架子。裝腔作勢。

きど・る[気取る]Ⅰ〈自五〉裝腔作勢。Ⅱ〈他五〉裝出假象。

きなが[気長]〈名・形動〉慢性子。耐心。

きなくさ・い[きな臭い]〈形〉焦糊味。

きなこ[黄粉]〈名〉炒黃豆麵。

きなん[危難]〈名〉危難。

キニーネ[kinine]〈名〉(藥)奎寧。

きにい・る[気に入る]〈自五〉稱心。中意。

きにゅう[記入]〈名・他サ〉記上。填寫。

きにん[帰任]〈名・自サ〉回到任地。

きぬ[絹]〈名〉絲綢。綢子。

きぬけ[気抜け]〈名・自サ〉①失神。茫然若失。②掃興。泄氣。

きぬずれ[衣擦れ]〈名〉衣服磨擦(聲)。

きぬた[砧]〈名〉砧。捶衣石。

きね[杵]〈名〉杵。

きねづか[杵柄]〈名〉△昔取った〜/老行家。老把式。

きねん[記念]〈名・他サ〉紀念。

ぎねん[疑念]〈名〉疑念。

きのう[昨日]〈名〉昨天。

きのう[帰納]〈名・他サ〉歸納。

きのう[機能]〈名・自サ〉機能。

ぎのう[技能]〈名〉技能。

きのうきょう[昨日今日]〈名〉這兩天。最近。

きのこ[茸]〈名〉蘑菇。

きのどく[気の毒]Ⅰ〈名・形動〉①可憐。悲慘。②可惜。③對不起。Ⅱ〈自サ〉對不起。

きのぼり[木登り]〈名・自サ〉爬樹。

きのみきのまま[着の身着の儘]〈連語〉只穿着身上的衣服。

きのり[気乗り]〈名・自サ〉有意。感興趣。

きば[牙]〈名〉犬牙。獠牙。

きば[騎馬]〈名〉騎馬。

きはく[気迫]〈名〉氣魄。氣概。

きはく[希薄]〈名・形動〉稀薄。

きばく[起爆]〈名・自サ〉起爆。

きはつ[揮発]〈名・自サ〉(理)揮發。

きばつ[奇抜]〈名・形動〉出奇。奇特。

きば・む[黄ばむ]〈自五〉發黃。

きばらし[気晴らし]〈名〉散心。消遣。

きば・る[気張る]〈自五〉①發奮。拚命幹。②花錢大方。

きはん[規範]〈名〉規範。

きはん[羈絆]〈名〉羈絆。

きばん[基盤]〈名〉基礎。

きはんせん[機帆船]〈名〉機帆船。

きひ[忌避]〈名・他サ〉①逃避。②(法)迴避。

きび[黍]〈名〉稷。黍子。

きび[機微]〈名〉(世事人情的)微妙之處。

きびき[忌引]〈名〉居喪。

きびし・い[厳しい]〈形〉①嚴格。嚴厲。②嚴重。③嚴酷。

きびす[踵]〈名〉脚後跟。

きびょう[奇病]〈名〉奇病。

きひん[気品]〈名〉氣度。品格。

きひん[貴賓]〈名〉貴賓。

きびん[機敏]〈名・形動〉機敏。

きふ[棋譜]〈名〉棋譜。

きふ[寄付]〈名・他サ〉捐贈。

ぎふ[義父]〈名〉義父。養父。公爹。岳父。

きふう[気風]〈名〉①風氣。②氣度。氣派。

きふきん[寄付金]〈名〉捐款。

きふく[起伏]〈名・自サ〉起伏。

きふじん[貴婦人]〈名〉貴婦人。

ギプス[Gips]〈名〉石膏繃帶。

きぶつ[器物]〈名〉器物。

ギフトけん[ギフト券]〈名〉餽贈用商品券。

きふるし[着古し]〈名〉穿舊(的衣服)。

きぶん[気分]〈名〉①心情。情緒。②氣氛。③身體狀態。

ぎふん[義憤]〈名〉義憤。

きへい[騎兵]〈名〉騎兵。

きへき[奇癖]〈名〉怪癖。

きへん[木偏]〈名〉(漢字的)木字旁。

きべん[詭弁]〈名〉詭辯。狡辯。

ぎぼ[義母]〈名〉義母。繼母。養母。婆婆。岳母。

きほう[気泡]〈名〉氣泡。

きぼう[希望]〈名・他サ〉希望。期望。

ぎほう[技法]〈名〉技巧。

きぼね[気骨]〈名〉操心。勞神。

きぼり[木彫り]〈名〉木雕。

きほん[基本]〈名〉基本。基礎。

ぎまい[義妹]〈名〉小姨。小姑。弟妹。

きまえ[気前]〈名〉氣度。氣派。

きまぐれ[気紛れ]〈名・形動〉①沒準性子。反覆無常。②變化無常。

きまじめ[生真面目]〈名・形動〉一本正經。老實認真。

きまず・い[気まずい]〈形〉①不融洽。有隔閡。②不愉快。難爲情。

きまつ[期末]〈名〉期末。

きまって[決って]〈副〉準。必定。

きまま[気儘]〈名〉隨便。任性。

きまり[決り]〈名〉①規定。規則。②歸結。結束。③收拾。整理。④△～が悪い/不好意思。含羞。

きまりきった[決り切った]〈連体〉①一定。固定。②老一套。③明明白白。理所當然。

きまりもんく[決り文句]〈名〉老一套的話。口頭禪。老調。

きま・る[決まる]〈自五〉①定。決定。規定。②〔用「…に決まっている」的形式〕一定。肯定。必定。③有結果。有歸結。

ぎまん[欺瞞]〈名・他サ〉欺騙。

きみ[君]Ⅰ〈代〉(男人對同輩以下的親密稱呼)你。Ⅱ〈名〉君主。

きみ[黄身]〈名〉蛋黄。

きみ[気味]〈名〉①有點兒。有…傾向。②〔用「～が悪い」的形式〕覺得可怕。令人不快。③〔用「いい～だ」或「～がいい」的形式〕活該!

きみじか[気短]〈形動〉性急。急性子。

きみつ[気密]〈名〉密封。

きみつ[機密]〈名〉機密。

きみどり[黄緑]〈名〉草緑。

きみゃく[気脈]〈名〉△～を通ずる/串通一氣。

きみょう[奇妙]〈名〉奇怪。奇妙。

ぎむ[義務]〈名〉義務。

きむずかし・い[気難しい]〈形〉①愛挑剔。不好侍候。②〔用「～顔」的形式〕繃着臉。板着面孔。

きむすめ[生娘]〈名〉處女。

キムチ[kimuchi]〈名〉朝鮮泡菜。

きめ[木目・肌理]〈名〉①木紋。肌理。②〔用「～が細かい」「～細かく」的形式〕細緻。細心。

きめい[記名]〈名・自サ〉簽名。記名。

ぎめい[偽名]〈名〉假名。

きめこ・む[決め込む]〈自五〉①斷定。認定。②自居。自祚。③假裝。佯裝。

きめつ・ける[極め付ける]〈他下一〉(不容分說地)指摘。申斥。

きめて[決め手]〈名〉決定性的證據。決

定性的手段。②決定勝敗的招數。③決定問題的人。

き・める[決める]〈他下一〉①定。決定。規定。②認定。認爲。以爲。

きも[肝]〈名〉①肝。肝臟。膽量。

きもいり[肝煎]〈名〉①斡旋。關照。②斡旋者。

きもち[気持]〈名〉①心情。情緒。心思。心意。②身體狀態。

きもったま[肝っ玉]〈名〉膽量。

きもの[着物]〈名〉①衣服。②和服。

きもん[鬼門]〈名〉①忌諱的方向(東北方、艮)。②棘手的事物(人)。

ぎもん[疑問]〈名〉疑問。

ギヤ[gear]〈名〉齒輪。傳動裝置。

ぎゃあぎゃあ〈副〉①(嬰兒哭聲)哇哇。②吵吵嚷嚷地。

きやく[規約]〈名〉規章。章程。

きゃく[客]〈名〉①客人。②顧客。

-きゃく[脚]〈接尾〉(計算桌、椅的量詞)張、把。

ぎゃく[逆]〈名〉反。倒。相反。

ギャグ[gag]〈名〉噱頭。

きゃくあし[客足]〈名〉顧客(的多少)。

きゃくあしらい[客あしらい]〈名〉待客。服務態度。

きゃくいん[客員]〈名〉→かくいん。

きゃくいん[脚韻]〈名〉韻脚。

ぎゃくこうか[逆効果]〈名〉(與預期)相反的效果。

ぎゃくこうせん[逆光線]〈名〉逆光。

ぎゃくコース[逆コース]〈名〉開倒車。倒行逆施。

ぎゃくさつ[虐殺]〈名・他サ〉虐殺。殘殺。

ぎゃくさん[逆算]〈名・他サ〉倒數。

きゃくし[客死]〈名・自サ〉→かくし。

きゃくしゃ[客車]〈名〉客車。

ぎゃくしゅう[逆襲]〈名・自他サ〉反擊。反攻。

ぎゃくじょう[逆上]〈名・自サ〉(因憤怒、悲痛、震驚等)神經狂亂。失去理智。

きゃくしょく[脚色]〈名・他サ〉①(把小說等)改編(成戲劇、電影)。②渲染。添

枝加葉。

ぎゃくすう[逆数]〈名〉(數)倒數。逆數。

きゃくせき[客席]〈名〉觀衆席。

ぎゃくせつ[逆説]〈名〉反話。

きゃくせん[客船]〈名〉客輪。

ぎゃくせんでん[逆宣伝]〈名・他サ〉反宣傳。

ぎゃくぞく[逆賊]〈名〉逆賊。叛徒。

きゃくたい[客体]〈名〉客體。

ぎゃくたい[虐待]〈名・他サ〉虐待。

きゃくちゅう[脚注]〈名〉脚注。

ぎゃくて[逆手]〈名〉①(柔道)反抓對方脖膊。②(體)反手握槓③利用對方的論點反擊對方。

ぎゃくてん[逆転]〈名・自他サ〉①反轉。倒轉。②(形勢等)逆轉。

きゃくどめ[客止め]〈名〉(因滿員)謝絶入場。

きゃくひき[客引き]〈名〉招攬客人。攬客的。

ぎゃくひれい[逆比例]〈名・自サ〉反比。反比例。成反比。

ぎゃくふう[逆風]〈名〉頂風。逆風。

きゃくほん[脚本]〈名〉脚本。劇本。

きゃくま[客間]〈名〉客廳。

ぎゃくもどり[逆戻り]〈名・自サ〉往回走。返回來。

ぎゃくゆにゅう[逆輸入]〈名・他サ〉(出口貨在國外加工後)再進口。再輸入。

ぎゃくよう[逆用]〈名・他サ〉反過來利用。

きゃくよせ[客寄せ]〈名〉招攬顧客。

ぎゃくりゅう[逆流]〈名・自サ〉逆流。倒流。

きゃくりょく[脚力]〈名〉脚勁兒。脚力。

ギャザー[gathers]〈名〉(縫紉)褶子。

ギャザースカート[gathers skirt]〈名〉百褶裙。

きゃしゃ[華奢]〈名・形動〉①苗條。纖細。②不結實。③嬌嫩。俏皮。

きやす・い[気安い]〈形〉隨便便。不拘束。

キャスター[caster]〈名〉①(電視等)節目主持心。②(傢具等腿上的)輪子。③自動鑄字機。

キャスティングボート[casting-vote]〈名〉(贊成票和反對票相等時,主持會議者所握有的)決定性的一票。

キャスト[cast]〈名〉(戲劇、電影)分配角色。

きやすめ[気休め]〈名〉(一時的)安慰,寬慰,安心。

きゃたつ[脚立]〈名〉脚榥。梯榥。

キャタピラ[caterpillar]〈名〉履帶。

きゃっ〈感〉呀! 哎呀!

きゃっか[却下]〈名・他サ〉駁回。

きゃっか[脚下]〈名〉脚下。

きゃっかん[客観]〈名〉客觀。

きゃっきゃっ〈副〉①(孩子、婦女吵鬧聲)嘰嘰嘎嘎。②(猴子叫聲)吱吱。

ぎゃっきょう[逆境]〈名〉逆境。

きゃっこう[脚光]〈名〉脚燈。

ぎゃっこう[逆行]〈名・自サ〉逆行。倒行逆施。

キャッチフレーズ[catchphrase]〈名〉(廣告等)吸引人的詞句。

キャッチボール[catchball]〈名〉(棒球)投球練習。

キャッチャー[catcher]〈名〉(棒球)接手。

キャップ[cap]〈名〉①無檐帽。運動帽。②(筆)帽兒。(瓶)蓋兒。③領隊。隊長。

ギャップ[gap]〈名〉①裂縫。②間隙。③隙口。④分歧。差距。隔閡。

ギャバジン[gabardine]〈名〉毛卡嘰。華達呢。

キャバレー[cabaret]〈名〉夜總會。

きゃはん[脚絆]〈名〉綁腿。

キャビア[caviar]〈名〉魚子醬。

キャビネ[cabinet]〈名〉(照片的)六寸版。

キャプテン[captain]〈名〉①(團體中的)最高領導。②船長。③(體)隊長。領隊。

キャベツ[cabbage]〈名〉洋白菜。捲心菜。

キャラコ[calico]〈名〉漂白布。

キャラバン[caravan]〈名〉商隊。旅行隊。大篷車。

キャラメル[caramel]〈名〉牛奶糖。

ギャラリー[gallery]〈名〉①美術展覽室。畫廊。②走廊。③(高爾夫球、網球賽)觀衆。

ギャング[gang]〈名〉強盜。股匪。

キャンセル[cancel]〈名・他サ〉取消(預訂)。廢除(合同)。

キャンデー[candy]糖果。

キャンバス[canvas]〈名〉①畫布。②帆布。

キャンパス[campus]〈名〉(大學的)校園。

キャンプ[camp]〈名・自サ〉①露營。②帳蓬。③兵營。④俘虜營。

ギャンブル[gamble]〈名〉賭博。投機。

キャンペーン[campaign]〈名〉①戰役。②運動。宣傳活動。

キャンペーン セール[campaign sale]〈名〉(以創業紀念、年末等名目的)大優惠酬賓。

きゆう[杞憂]〈名〉杞人憂天。

きゅう[九]〈名〉九。

きゅう[旧]〈名〉①舊。陳舊。②往昔。③舊曆。

きゅう[灸]〈名〉灸。

きゅう[急]〈名・形動〉①急。緊急。②突然。③陡峭。④急劇。快速。

きゅう[級]〈名〉①等級。②年級。

きゅう[球]〈名〉①球。②(數)球形。

ぎゆう[義勇]〈名〉義勇。

きゅうあい[求愛]〈名・自サ〉求愛。

きゅうあく[旧悪]〈名〉舊惡。以前幹的壞事。

きゅういん[吸引]〈名・他サ〉吸引。

ぎゅういんばしょく[牛飲馬食]〈名・自他サ〉大吃大喝。

きゅうえん[休演]〈名・自サ〉停演。

きゅうえん[救援]〈名・自サ〉救援。

きゅうか[旧家]〈名〉世家。

きゅうか[休暇]〈名〉休假。假。

きゅうかい[休会]〈名・自サ〉休會。

きゅうかく[嗅覚]〈名〉嗅覺。

きゅうがく[休学]〈名・自サ〉休學。

きゅうかざん[休火山]〈名〉(地)休火山。

きゅうかつ[久闊]〈名〉久違。

きゅうかん[旧館]〈名〉(對新樓而言的)舊樓。

きゅうかん[休刊]〈名・自サ〉暫時停刊。

きゅうかん[休館]〈名・自サ〉(圖書、美術館等)停止開放。

きゅうかん[急患]〈名〉急病患者。

きゅうかんち[休閑地]〈名〉休耕地。

きゅうかんちょう[九官鳥]〈名〉秦吉了。八哥。

きゅうき[吸気]〈名〉吸氣。

きゅうぎ[球技]〈名〉球類運動。

きゅうきゅう[副・自サ]①(生活窘迫)緊巴巴。②(被壓、擠得)喘不過氣。③吱吱(作響)。④緊緊(地塞、勒)。

きゅうきゅう[汲汲]〈形動〉汲汲。

きゅうきゅう[救急]〈名〉急救。

ぎゅうぎゅう[副・形動]①滿滿(地裝、塞)。緊緊(地勒)。②狠狠(斥責)。③吱吱(作響)。

きゅうきゅうしゃ[救急車]〈名〉救護車。

きゅうぎゅうのいちもう[九牛の一毛]〈連語〉九牛一毛。

きゅうきょ[旧居]〈名〉舊居。故居。

きゅうきょ[急遽]Ⅰ〈副〉急忙。忽忙。Ⅱ〈形動〉急劇。突然。

きゅうきょう[旧教]〈名〉舊教。天主教。

きゅうぎょう[休業]〈名・自サ〉休業。停業。

きゅうきょく[究極]〈名・自サ〉畢竟。最終。

きゅうきん[球菌]〈名〉球菌。

きゅうくつ[窮屈]〈名・形動〉①(房屋等)狹窄。(衣服)瘦小。(時間)緊。(金錢、物資)緊張。②死板。死板的規定。③拘束。不自在。

きゅうけい[休憩]〈名・自サ〉休息。

きゅうけい[求刑]〈名・他サ〉(法)求刑。

きゅうげき[急激]〈形動〉急劇。

きゅうけつ[吸血]〈名〉吸血。

きゅうご[救護]〈名・他サ〉救護。

きゅうこう[旧交]〈名〉舊交。

きゅうこう[休校]〈名・自サ〉(學校)停課。

きゅうこう[休講]〈名・自サ〉(教師因事

等)停課。

きゅうこう[急行]〈名・自サ〉①急趨。急赴。②快車。

きゅうこう[救荒]〈名〉救荒。

きゅうごう[糾合]〈名・他サ〉糾合。

きゅうこうか[急降下]〈名・自サ〉(飛機)俯衝。

きゅうこうけん[急行券]〈名〉快車票。

きゅうこく[急告]〈名・他サ〉緊急通知。

きゅうこく[救国]〈名〉救國。

きゅうごしらえ[急拵え]〈名〉趕製。趕造。

きゅうこん[求婚]〈名・自サ〉求婚。

きゅうこん[球根]〈名〉(植)球根。鱗莖。

きゅうさい[救済]〈名・他サ〉救濟。

きゅうさく[旧作]〈名〉舊作。

きゅうし[九死]〈名〉九死。

きゅうし[休止]〈名・自他サ〉休止。

きゅうし[臼歯]〈名〉臼齒。

きゅうし[急死]〈名・自サ〉突然死去。

きゅうし[急使]〈名〉急使。

きゅうじ[給仕]〈名・自サ〉①伺候吃飯。②雜役。勤雜人員。

ぎゅうし[牛脂]〈名〉牛油。

きゅうしき[旧式]〈名〉舊式。

きゅうじつ[休日]〈名〉假日。休息日。

きゅうしふ[休止符]〈名〉①休止符。②句號。

きゅうしゃ[鳩舎]〈名〉鴿巢。

きゅうしゃ[厩舎]〈名〉馬圈。

ぎゅうしゃ[牛舎]〈名〉牛棚。

きゅうしゅう[旧習]〈名〉舊習慣。

きゅうしゅう[吸収]〈名・他サ〉吸收。

きゅうしゅう[急襲]〈名・他サ〉急襲。

きゅうしゅつ[救出]〈名・他サ〉救出。

きゅうじゅつ[弓術]〈名〉箭術。

きゅうしょ[急所]〈名〉①(身體的)要害,致命處。②要點,關鍵。

きゅうじょ[救助]〈名・他サ〉救助。搭救。

きゅうしょう[旧称]〈名〉舊稱。

きゅうじょう[休場]〈名・自サ〉①(劇院)停演。②(運動員)不出場。

きゅうじょう[球場]〈名〉棒球場。

きゅうじょう[窮状]〈名〉窘境。

きゅうしょうがつ[旧正月]〈名〉春節。

きゅうしょく[休職]〈名・自サ〉(公務員因病等停職)休假。

きゅうしょく[求職]〈名・自サ〉謀職。

きゅうしょく[給食]〈名・自サ〉(學校,工廠等)供給飲食。

ぎゅうじ・る[牛耳る]〈他五〉執牛耳。控制。

きゅうしん[休診]〈名・他サ〉停診。

きゅうしん[急進]〈名・自サ〉急進。冒進。

きゅうしん[球審]〈名〉(棒球)裁判員。

きゅうじん[九仞]〈名〉九仞。

きゅうじん[求人]〈名〉招工。

きゅうしんりょく[求心力]〈名〉(理)向心力。

きゅう・す[休す]〈自サ〉休。完了。

きゅうす[急須]〈名〉小茶壺。

きゅうすい[給水]〈名・自サ〉供水。

きゅうすう[級数]〈名〉(數)級數。

きゅう・する[窮する]〈自サ〉①困窘。②貧窮。

きゅうせい[旧姓]〈名〉(因結婚而改姓的人的)原姓。娘家姓。

きゅうせい[急性]〈名〉(醫)急性。

きゅうせい[急逝]〈名・自サ〉突然死去。

きゅうせいしゅ[救世主]〈名〉救世主。

きゅうせき[旧跡]〈名〉古跡。

きゅうせん[休戦]〈名・自サ〉停戰。

きゅうせんぽう[急先鋒]〈名〉急先鋒。

きゅうそ[窮鼠]〈名〉△～猫をかむ/窮鼠嚙狸。狗急跳墻。

きゅうぞう[急造]〈名・他サ〉趕造。

きゅうぞう[急増]〈名・自サ〉驟増。

きゅうそく[休息]〈名・自サ〉休息。

きゅうそく[急速]〈名・形動〉迅速。

きゅうたい[旧態]〈名〉舊態。

きゅうだい[及第]〈名〉考中。

きゅうだん[糾弾]〈名・他サ〉彈劾。抨擊。

きゅうち[旧知]〈名〉故知。

きゅうち[窮地]〈名〉困境。

きゅうちゃく[吸着]〈名・自サ〉吸住。

きゅうちょう[級長]〈名〉班長。

きゅうつい[急追]〈名・他サ〉急追。猛追。

きゅうてい[休廷]〈名・自サ〉(法)休庭。

きゅうてい[宮廷]〈名〉宮廷。

きゅうてき[仇敵]〈名〉仇敵。

きゅうてん[急転]〈名・自サ〉急轉。驟變。

きゅうでん[宮殿]〈名〉宮殿。

きゅうとう[旧套]〈名〉陳規舊律。

きゅうとう[急騰]〈名・自サ〉(物價等)暴漲。

きゅうどう[旧道]〈名〉舊道。

きゅうどう[求道]〈名〉求道。修道。

ぎゅうとう[牛痘]〈名〉牛痘。

きゅうなん[救難]〈名〉救難。搶救。

ぎゅうにく[牛肉]〈名〉牛肉。

きゅうにゅう[吸入]〈名・他サ〉吸入。

ぎゅうにゅう[牛乳]〈名〉牛奶。

きゅうねん[旧年]〈名〉去年。

きゅうは[急派]〈名・他サ〉趕忙派遣。

きゅうば[急場]〈名〉緊急情況。危急。

ぎゅうば[牛馬]〈名〉牛馬。

きゅうはく[窮迫]〈名・自サ〉窘迫。窮困。

きゅうはん[旧版]〈名〉舊版。

きゅうばん[吸盤]〈名〉(動)吸盤。

きゅうひ[給費]〈名・自他サ〉①供給費用。②供給學費。

きゅうひ[厩肥]〈名〉厩肥。

キューピッド[Cupid]〈名〉愛神。丘比特。

きゅうびょう[急病]〈名〉急病。

きゅうふ[給付]〈名・他サ〉①付給。支付。②供給。發給。

きゅうぶん[旧聞]〈名〉舊聞。

ぎゅうふん[牛糞]〈名〉牛糞。

きゅうへい[旧弊]〈名・形動〉①舊弊。②守舊。

きゅうへん[急変]〈名・自サ〉急變。驟變。

きゅうほう[急報]〈名・他サ〉緊急報告。

きゅうぼう[窮乏]〈名・自サ〉貧窮。

きゅうむ[急務]〈名〉當務之急。

きゅうめい[究明]〈名・他サ〉查明。

きゅうめい[糾明]〈名・他サ〉查明。追究。

きゅうめい[救命]〈名〉救命。

きゅうもん[糾問]〈名・他サ〉追查。

きゅうやく[旧訳]〈名〉舊譯(本)。

きゅうやくせいしょ[旧約聖書]〈名〉舊約全書。

きゅうゆ[給油]〈名・自サ〉供油。加油。

きゅうゆう[旧友]〈名〉舊友。

きゅうゆう[級友]〈名〉同班同學。

きゅうよ[給与]〈名・他サ〉①供給。支給。②工資。

きゅうよ[窮余]〈名〉窮極。

きゅうよう[休養]〈名・自サ〉休養。

きゅうよう[急用]〈名〉急事。

きゅうらい[旧来]〈名〉以往。以前。

きゅうらく[及落]〈名〉及格和不及格。合格和不合格。

きゅうらく[急落]〈名・自サ〉(物價等)驟跌。暴跌。

きゅうり[胡瓜]〈名〉黃瓜。

きゅうりゅう[急流]〈名〉急流。

きゅうりょう[丘陵]〈名〉丘陵。

きゅうりょう[給料]〈名〉工資。

きゅうれき[旧暦]〈名〉陰曆。農曆。

ぎゅっと〈副〉緊緊地(勒、按等)。

キュリー[curie]〈名〉(理)(放射能單位)居里。

きよ[寄与]〈名・自サ〉貢獻。

きよ[毀誉]〈名〉毀譽。

きょ[虚]〈名〉①虛。②疏忽。

きよ・い[清い]〈形〉①清澈。②清潔。③純潔。

きよう[紀要]〈名〉①紀要。②(大學、研究機關等的)學報。

きよう[起用]〈名・他サ〉起用。任用。

きよう[器用]〈名・形動〉①巧。靈巧。②巧妙。精明。

きょう[今日]〈名〉今天。

きょう[凶]〈名〉凶。

きょう[経]〈名〉(佛)經。

きょう[興]〈名〉興致。興趣。

-きょう[狂]〈造語〉狂。迷。

-きょう[強]〈接尾〉強。多。

ぎょう[行]〈名〉①(字的)行。②修行。

ぎょう[業]〈名〉業。職業。

きょうあく[凶悪]〈名・形動〉凶狠。凶惡。

きょうあつ[強圧]〈名・他サ〉強迫。高壓。

きょうあん[教案]〈名〉教案。

きょうい[胸囲]〈名〉胸圍。

きょうい[脅威]〈名〉威脅。

きょうい[驚異]〈名〉驚異。

きょういく[教育]〈名・他サ〉教育。

きょういん[教員]〈名〉教員。

きょうえい[競泳]〈名・自サ〉游泳比賽。

きょうえん[共演]〈名・自サ〉合演。

きょうえん[競演]〈名・自サ〉表演比賽。

きょうえん[饗宴]〈名〉宴會。

きょうおう[供応]〈名・他サ〉招待。款待。

きょうか[強化]〈名・他サ〉強化。加強。

きょうか[教化]〈名・他サ〉教化。

きょうか[教科]〈名〉課程。(教授)科目。

きょうが[恭賀]〈名〉恭賀。

きょうかい[協会]〈名〉協會。

きょうかい[教会]〈名〉教會。

きょうかい[教戒]〈名・他サ〉訓誡。

きょうかい[境界]〈名〉境界。邊界。

ぎょうかい[業界]〈名〉同業界。

きょうかく[俠客]〈名〉俠客。

きょうかく[胸郭]〈名〉胸廓。

きょうがく[共学]〈名・自サ〉(男女)同
校,同班。

きょうがく[驚愕]〈名・自サ〉驚愕。

ぎょうかく[仰角]〈名〉(數)仰角。

きょうかしょ[教科書]〈名〉教科書。

きょうかたびら[経帷子]〈名〉壽衣。

きょうかつ[恐喝]〈名・他サ〉恐嚇。

きょうかん[凶漢]〈名〉凶漢。暴徒。

きょうかん[共感]〈名・自サ〉同感。共鳴。

きょうかん[教官]〈名〉教員。

ぎょうかん[行間]〈名〉①字行的間隔。②
字裏行間。

きょうき[凶器]〈名〉凶器。

きょうき[狂気]〈名〉發瘋。

きょうき[狂喜]〈名・自サ〉狂喜。

きょうき[俠気]〈名〉豪俠氣概。

きょうき[狭軌]〈名〉(鐵道)窄軌。

きょうき[驚喜]〈名・自サ〉驚喜。

きょうぎ[協議]〈名・他サ〉協議。

きょうぎ[狭義]〈名〉狹義。

きょうぎ[教義]〈名〉教義。

きょうぎ[競技]〈名・自サ〉(體育)比賽。

ぎょうぎ[行儀]〈名〉舉止。禮貌。

きょうきゅう[供給]〈名・他サ〉供給。供
應。

ぎょうぎょうし・い[仰仰しい]〈形〉誇
大。誇張。

きょうきん[胸襟]〈名〉胸襟。胸懷。

きょうぐ[教具]〈名〉教具。

きょうぐう[境遇]〈名〉境遇。

きょうくん[教訓]〈名・他サ〉教訓。

きょうげき[京劇]〈名〉京劇。

きょうげき[挟撃]〈名・他サ〉夾擊。

きょうけつ[供血]〈名・自サ〉供(輸血用
的)血。

ぎょうけつ[凝血]〈名・自サ〉凝固的血。

ぎょうけつ[凝結]〈名・自サ〉凝結。

きょうけん[狂犬]〈名〉狂犬。

きょうけん[強健]〈名・形動〉強健。

きょうけん[強権]〈名〉強權。

きょうげん[狂言]〈名〉①(日本的一種古
典滑稽劇)狂言。②歌舞伎狂言。③偽裝。
騙局。

きょうこ[強固]〈形動〉鞏固。堅固。

ぎょうこ[凝固]〈名・自サ〉凝固。

きょうこう[凶行]〈名〉行凶。

きょうこう[恐慌]〈名〉①恐慌。②經濟恐
慌。經濟危機。

きょうこう[強行]〈名・他サ〉強行。

きょうこう[強硬]〈形動〉強硬。

きょうこう[教皇]〈名〉教皇。

きょうごう[校合]〈名・他サ〉校對。核對。

きょうごう[強豪]〈名・形動〉強手。

きょうこう[僥倖]〈名〉僥倖。

きょうこうぐん[強行軍]〈名〉強行軍。

きょうこく[峡谷]〈名〉峽谷。

きょうこく[強国]〈名〉強國。

きょうさ[教唆]〈名・他サ〉教唆。

きょうさい[共済]〈名〉共濟。互助。

きょうさい[共催]〈名・他サ〉共同(聯合)
主辦。

きょうさい[恐妻]〈名〉怕老婆。

きょうざい[教材]〈名〉教材。

きょうさく[凶作]〈名〉歉收。

きょうざつぶつ[夾雑物]〈名〉夾雑物。雜質。

きょうざめ[興醒め]〈名・形動〉掃興。敗興。

きょうさん[共産]〈名〉共産。

きょうさん[協賛]〈名・自サ〉贊助。

きょうし[教師]〈名〉教師。

きょうじ[凶事]〈名〉凶事。

きょうじ[矜持]〈名〉矜持。自尊心。

きょうじ[教示]〈名・他サ〉指教。

ぎょうし[凝視]〈名・他サ〉凝視。

ぎょうじ[行事]〈名〉①(按慣例或一定計劃舉辦的)儀式,活動。

きょうしつ[教室]〈名〉①教室。②研究室。

きょうしゃ[強者]〈名〉強者。

きょうじや[経師屋]〈名〉裱糊匠。

ぎょうしゃ[業者]〈名〉①工商業者。②同業者。

ぎょうじゃ[行者]〈名〉(佛)行者。

きょうじゃく[強弱]〈名〉強弱。

きょうしゅ[興趣]〈名〉興趣。

きょうじゅ[享受]〈名・他サ〉享受。

きょうじゅ[教授]〈名・他サ〉①教。教授。②(職稱)教授。

ぎょうしゅ[業種]〈名〉行業。

きょうしゅう[強襲]〈名・他サ〉猛攻。

きょうしゅう[郷愁]〈名〉鄉愁。

ぎょうしゅう[凝集]〈名・自サ〉凝集。凝聚。

きょうしゅうじょ[教習所]〈名〉訓練班。講習所。

きょうしゅく[恐縮]〈名・自サ〉①(對對方的厚意感到)惶恐。②(給對方添麻煩時表示)對不起,過意不去。②羞愧。慚愧。

ぎょうしゅく[凝縮]〈名・自サ〉凝縮。

きょうしゅつ[供出]〈名・他サ〉①(按規定把米、麥等)賣給(國家)。②(按國家要求)繳納(錢、物)。

きょうじゅつ[供述]〈名・他サ〉(法)供述。口供。

きょうじゅん[恭順]〈名〉恭順。順從。

きょうしょ[教書]〈名〉①(將軍、諸侯的)命令。②(美國總統的)諮文。③(羅馬教皇的)佈告。

ぎょうしょ[行書]〈名〉行書。

きょうしょう[協商]〈名・自サ〉協商。協約。

きょうしょう[行商]〈名・他サ〉行商。

ぎょうじょう[行状]〈名〉品行。

きょうじょうしゅぎ[教条主義]〈名〉教條主義。

きょうしょく[教職]〈名〉①教師(的職務)。②傳教士。

きょうしょくいん[教職員]〈名〉教職員。

きょう・じる[興じる]〈自上一〉→きょうずる。

きょうしん[狂信]〈名・他サ〉狂熱信仰。

きょうしん[強震]〈名〉(地)強震。

きょうじん[凶刃]〈名〉(殺人的)凶器。

きょうじん[狂人]〈名〉瘋子。

きょうじん[強靭]〈形動〉堅強。堅韌。

きょうしんざい[強心剤]〈名〉強心劑。

きょうしんしょう[狭心症]〈名〉心絞痛。

ぎょうずい[行水]〈名・自サ〉(用水盆)冲涼,冲澡。

きょう・する[供する]〈他サ〉①供。提供。②(給客人)端上(茶點等)。

きょう・ずる[興ずる]〈自サ〉感到有趣。以…爲樂。

きょうせい[強制]〈名・他サ〉強制。

きょうせい[生生]〈名〉實習教員。

きょうせい[矯正]〈名・他サ〉矯正。

ぎょうせい[行政]〈名〉行政。

ぎょうせき[業績]〈名〉業績。成就。成績。

きょうそ[教祖]〈名〉教祖。

きょうそう[強壮]〈名・形動〉強壯。

きょうそう[競争]〈名・自他サ〉競争。

きょうそう[競走]〈名・自サ〉賽跑。

きょうぞう[胸像]〈名〉胸像。

ぎょうそう[形相]〈名〉(令人害怕的)面孔。

きょうそうきょく[協奏曲]〈名〉協奏曲。

きょうそくぼん[教則本]〈名〉(樂)教本。基本教程。

きょうそん[共存]〈名・自サ〉共存。共處。

きょうだ[強打]〈名・他サ〉①用力打。猛撃。痛撃。②(棒球)強打。重撃。

きょうたい[狂態]〈名〉①狂態。②(詩歌等的)狂體。

きょうたい[嬌態]〈名〉嬌態。

きょうだい[兄弟]〈名〉兄弟。姐妹。兄弟姐妹。

きょうだい[強大]〈名・形動〉強大。

きょうだい[鏡台]〈名〉梳妝台。

きょうたく[供託]〈名・他サ〉委託保管(金錢、有價證券等)。

きょうたく[教卓]〈名〉講桌。

きょうたん[驚嘆]〈名・自サ〉驚嘆。

きょうだん[凶弾]〈名〉凶手射的子彈。

きょうだん[教団]〈名〉(宗)教團。

きょうだん[教壇]〈名〉講台。

きょうち[境地]〈名〉①環境。②境地。境界。③領域。

きょうちくとう[夾竹桃]〈名〉夾竹桃。

きょうちゅう[胸中]〈名〉胸中。

ぎょうちゅう[蟯虫]〈名〉蟯蟲。

きょうちょ[共著]〈名〉合著。

きょうちょう[凶兆]〈名〉凶兆。

きょうちょう[協調]〈名・自サ〉協調。合作。

きょうちょう[強調]〈名・他サ〉I〈名・他サ〉強調。II〈名〉(行市)漸漲。

きょうつい[胸椎]〈名〉(解)胸椎。

きょうつう[共通]〈名・形動・自サ〉共同。

きょうてい[協定]〈名・他サ〉協定。

きょうてい[教程]〈名〉教程。

きょうてき[強敵]〈名〉強敵。

きょうてん[教典]〈名〉(宗)經典。

きょうてん[経典]〈名〉①佛經。②經典。

ぎょうてん[仰天]〈名・自サ〉大吃一驚。

きょうてんどうち[驚天動地]〈名〉驚天動地。

きょうと[教徒]〈名〉教徒。

きょうど[強度]〈名〉①強度。②高度。

きょうど[郷土]〈名〉鄉土。

きょうとう[共闘]〈名・自サ〉聯合鬥爭。

きょうとう[教頭]〈名〉(中小學的)首席教師,教導主任。

きょうどう[共同]〈名・自サ〉共同。

きょうどう[協同]〈名・自サ〉協同。

きょうとうほ[橋頭堡]〈名〉橋頭堡。

ぎょうにんべん[行人偏]〈名〉(部首)雙立人。

きょうねん[凶年]〈名〉荒年。歉年。

きょうねん[享年]〈名〉享年。

きょうばい[競売]〈名・他サ〉拍賣。

きょうはく[脅迫]〈名・他サ〉威脅。

きょうはくかんねん[強迫観念]〈名〉(心)強迫觀念。恐懼心理。

きょうはん[共犯]〈名〉(法)共犯。

きょうふ[恐怖]〈名・自サ〉恐怖。

きょうぶ[胸部]〈名〉胸部。

きょうふう[強風]〈名〉強風。狂風。

きょうへき[胸壁]〈名〉①(軍)胸牆。②(解)胸壁。

きょうへん[共編]〈名〉合編。

きょうべん[強弁]〈名・他サ〉強辯。

きょうべん[教鞭]〈名〉教鞭。

きょうほ[競歩]〈名〉競走。

きょうほう[凶報]〈名〉凶信。噩耗。

きょうぼう[凶暴]〈名・形動〉凶暴。

きょうぼう[共謀]〈名・他サ〉合謀。

きょうぼう[狂暴]〈形動〉狂暴。

きょうぼく[喬木]〈名〉喬木。

きょうほん[狂奔]〈名・自サ〉①狂奔。②四處奔波。

きょうまん[驕慢]〈名・形動〉傲慢。

きょうみ[興味]〈名〉興趣。

きょうむ[教務]〈名〉教務。

ぎょうむ[業務]〈名〉業務。工作。

きょうめい[共鳴]〈名・自サ〉①(理)共鳴。共振。②共鳴。同感。

きょうやく[協約]〈名・自サ〉①協約。②協商。

きょうゆ[教諭]〈名〉教師。

きょうゆう[共有]〈名・他サ〉共有。

きょうゆう[享有]〈名・他サ〉享有。

きょうよ[供与]〈名・他サ〉提供。供給。

きょうよう[共用]〈名・他サ〉共用。共同使用。

きょうよう[強要]〈名・他サ〉强逼。强求。

きょうよう[教養]〈名〉①教養。②修養。

きょうらく[享楽]〈名・他サ〉享樂。

きょうらん[狂乱]〈名・自サ〉狂亂。

きょり[胸裏]〈名〉心中。

きょうり[教理]〈名〉教理。宗教教義。

きょうり[郷里]〈名〉故鄉。家鄉。

きょうりゅう[恐竜]〈名〉恐龍。

きょうりょう[狭量]〈名〉度量小。

きょうりょう[橋梁]〈名〉橋樑。

きょうりょく[協力]〈名・自サ〉協作。合作。

きょうりょく[強力]〈名・形動〉强有力。

きょうれつ[強烈]〈形動〉强烈。

ぎょうれつ[行列]〈名・自サ〉行列。隊伍。排隊。

きょうわ[共和]〈名〉共和。

きょうわ[協和]〈名・自サ〉①和和。和諧。②(樂)和音。

きょえいしん[虚栄心]〈名〉虚榮心。

ギョーザ[餃子]〈名〉餃子。

きょか[許可]〈名・他サ〉許可。准許。

ぎょかい[魚介]〈名〉魚類和介類。

きょがく[巨額]〈名〉巨額。

ぎょかく[漁獲]〈名・他サ〉漁獲。捕魚。

きょかん[巨漢]〈名〉(彪形)大漢。

ぎょがんレンズ[魚眼レンズ]〈名〉魚眼透鏡。

きょぎ[虚偽]〈名〉虚僞。

ぎょき[漁期]〈名〉漁期。

ぎょぎょう[漁業]〈名〉漁業。

きょきょじつじつ[虚虚実実]〈名〉虚虚實實。

きょきん[醵金]〈名・自サ〉醵金。醵資。

きょく[曲]〈名〉①曲調。②樂曲。歌曲。③趣味。

きょく[局]〈名〉①(郵政、電話等)局。②(廣播、電視)台。③(書記)處。(編輯)部。④(棋)盤。⑤當局。⑥局勢。局面。⑦結局。

きょく[極]〈名〉①極限。極點。②(地)極。③(理)極。

ぎょく[玉]〈名〉①玉。玉石。寶石。②(飯店

用語)鷄蛋。炒鷄蛋。③(將棋的)王將。④(已成交的)股票,貨物。⑤藝妓。妓女。嫖資。

ぎょく[漁区]〈名〉漁區。

きょくいん[局員]〈名〉(某局的)職員。

きょくう[極右]〈名〉極右。

きょくがい[局外]〈名〉①局外。②(郵局)管轄區外。

きょくがくあせい[曲学阿世]〈名〉曲學阿世。

きょくげい[曲芸]〈名〉雜技。

きょくげん[局限]〈名・他サ〉局限。限定。

きょくげん[極言]〈名・他サ〉極端地說。坦率地說。

きょくげん[極限]〈名〉極限。

きょくさ[極左]〈名〉極左。

ぎょくざ[王座]〈名〉御座。寶座。

きょくしゃほう[曲射砲]〈名〉曲射炮。

きょくしょ[局所]〈名〉→きょくぶ。

きょくしょう[極小]〈名〉極小。

きょくしょうち[極小値]〈名〉極小值。

ぎょくせきこんこう[玉石混淆]〈名・自サ〉玉石混淆。

きょくせつ[曲折]〈名・自サ〉①彎曲。曲折。②(情況、過程等)複雜,周折。

きょくせん[曲線]〈名〉曲綫。

きょくだい[極大]〈名〉極大。

きょくだいち[極大値]〈名〉極大值。

きょくたん[極端]〈名・形動〉極端。

きょくち[局地]〈名〉局部地區。

きょくち[極地]〈名〉極地。

きょくち[極致]〈名〉極緻。

きょくてん[極点]〈名〉極點。

きょくど[極度]〈名〉極度。極端。

きょくとう[極東]〈名〉遠東。

きょくどめ[局留]〈名〉(由發信人指定)存局待取(的郵件)。

きょくのり[曲乗り]〈名〉馬術。車技。

きょくば[曲馬]〈名〉馬戲。

きょくぶ[局部]〈名〉①局部。②陰部。

きょくめん[曲面]〈名〉(數)曲面。

きょくめん[局面]〈名〉局面。

きょくもく[曲目]〈名〉①曲名。②節目單。

きょくりょう [極量]〈名〉(醫)最大劑量。

きょくりょく [極力]〈副〉極力。儘量。

きょくろん [極論]〈名・自サ〉極力主張。極端的説法。

ぎょぐん [魚群]〈名〉魚群。

きょこう [挙行]〈名・他サ〉舉行(儀式)。

きょこう [虚構]〈名・他サ〉虚構。

ぎょこう [漁港]〈名〉漁港。

きょこくいっち [挙国一致]〈名〉舉國一致。

きょしき [挙式]〈名・自サ〉舉行結婚儀式。

きょじつ [虚実]〈名〉①虚實。②虚虚實實。

きょしてき [巨視的]〈形動〉宏觀。

ぎょしゃ [御者]〈名〉馭手。

きょじゃく [虚弱]〈名・形動〉(身體)虚弱。

きょしゅ [挙手]〈名・自サ〉(表示贊成、敬意等)舉手。

きょしゅう [去就]〈名〉去就。去留。

きょじゅう [居住]〈名・自サ〉居住。住址。

きょしゅつ [拠出]〈名・他サ〉醵資。

きょしょ [居所]〈名〉住處。住址。

きょしょう [巨匠]〈名〉巨匠。

ぎょじょう [漁場]〈名〉漁場。

きょしょく [虚飾]〈名〉粉飾。虚飾。

ぎょしょく [漁色]〈名〉漁色。

きょしん [虚心]〈名・形動〉虚心。

きょじん [巨人]〈名〉①巨人。②偉人。巨匠。

きょすう [虚数]〈名〉(數)虚數。

ぎょ・する [御する]〈他サ〉①駕御。②控制。

きょせい [巨星]〈名〉巨星。

きょせい [去勢]〈名・他サ〉去勢。閹。騙。

きょせい [虚勢]〈名〉△～を張る/ 虚張聲勢。

きょぜつ [拒絶]〈名・他サ〉拒絶。

ぎょせん [漁船]〈名〉漁船。

きょぞう [虚像]〈名〉①(理)虚像。②假像。

ぎょそん [漁村]〈名〉漁村。

きょたい [巨体]〈名〉巨大的身軀。

きょだい [巨大]〈形動〉巨大。

きょだく [許諾]〈名・他サ〉許諾。答應。

ぎょたく [魚拓]〈名〉魚的拓本。

きょだつ [虚脱]〈名・自サ〉虚脱。

きょっかい [曲解]〈名・他サ〉曲解。

きょっけい [極刑]〈名〉極刑。

きょっこう [極光]〈名〉(地)極光。

ぎょっと〈副・自サ〉大吃一驚。嚇了一跳。

きょてん [拠点]〈名〉據點。

きょとう [巨頭]〈名〉巨頭。

きょとう [挙党]〈名〉全黨。

きょどう [挙動]〈名〉舉動。形跡。

きょときょと〈副・自サ〉(因驚恐)東張西望。

きょとんと〈副・自サ〉獃然。發愣。

ぎょにく [魚肉]〈名〉魚肉。

きょねん [去年]〈名〉去年。

きょひ [巨費]〈名〉巨額費用。

きょひ [拒否]〈名・他サ〉拒絶。

ぎょふ [漁夫]〈名〉漁夫。

ぎょふん [魚粉]〈名〉魚粉。

きょへい [挙兵]〈名・自サ〉舉兵。

きょほ [巨歩]〈名〉①大步。②偉大足跡。偉大成就。

きょほう [虚報]〈名〉謠傳。

ぎょほう [漁法]〈名〉捕魚法。

きょぼく [巨木]〈名〉大樹。

きょまん [巨万]〈名〉巨萬。

ぎょみん [漁民]〈名〉漁民。

きょむ [虚無]〈名〉虚無。

きょめい [虚名]〈名〉虚名。

きよ・める [清める]〈他下一〉①洗淨。②洗清。

きょもう [虚妄]〈名〉虚妄。

ぎょもう [魚網]〈名〉魚網。

きょよう [許容]〈名・他サ〉容許。允許。

きょらい [去来]〈名・自サ〉去來。

ぎょらい [魚雷]〈名〉魚雷。

きよらか [清らか]〈形動〉①清澈。清新。②純潔。

きょり [巨利]〈名〉巨額利潤。莫大利益。

きょり [距離]〈名〉距離。差距。

きょりゅう [居留]〈名・自サ〉①居留。②僑居。

ぎょるい[魚類]〈名〉魚類。

きょれい[虚礼]〈名〉虚禮。

ぎょろう[漁労]〈名〉捕撈。

きょろきょろ[副・自サ]（驚慌地、驚奇地）四下張望。

ぎょろぎょろ[副・自サ]瞪大眼睛(四下)看。

きよわ[気弱]〈名〉懦弱。

きらい[機雷]〈名〉(軍)水雷。

きらい[嫌い]〈名〉①討厭。不喜歡。②有…之嫌。有點兒。

きら・う[嫌う]〈他五〉①討厭。厭惡。不喜歡。②(用「きらわず」的形式）不拘。不管。

きらきら[名・自サ]閃爍。閃耀。耀眼。

ぎらぎら[副・自サ](光)刺眼。閃耀。

きらく[気楽]〈名・形動〉輕鬆。舒心。

きら・す[切らす]〈他五〉用盡。賣光。

きらびやか[形動]燦爛奪目。絢爛多彩。

きらめ・く[自五]閃耀。閃閃發光。

きらり[副]一閃。

きり[桐]〈名〉桐。泡桐。

きり[錐]〈名〉錐子。

きり[霧]〈名〉霧。霧氣。

きり[切り]〈名〉①段落。②限度。

-きり〈副助〉①只。僅。②只…就(再也沒…)。一…就(再也沒…)。

ぎり[義理]〈名〉①情義。情面。人情。②情理。道理。③姻親。

きりあい[切り合い]〈名〉(動刀)互砍。

きりあ・げる[切り上げる]〈他下一〉①結束。告一段落。②(計算時, 把尾數)進上去。③(把匯率)昇值。

きりうり[切売]〈名・他サ〉(切開、剪開)零賣。

きりおと・す[切り落す]〈他五〉剪掉。砍掉。

きりかえ・す[切り返す]〈他五〉①反擊。還擊。②(用鐮頭)翻(地)。

きりか・える[切り換える]〈他下一〉①轉換。改換。②兌換。

きりかか・る[切り掛る]〈自五〉砍去(來)。

きりかぶ[切株]〈名〉樹墩。(莊稼)茬子。

きりがみ[切紙]〈名〉剪紙。

きりきざ・む[切り刻む]〈他五〉切碎。剁碎。

きりきず[切傷]〈名〉割傷。刀傷。

きりきり[副・自サ]①滴溜溜(地旋轉)。②緊緊(地纏、捆)。③劇痛。刺痛。④(磨擦聲)嘎吱嘎吱。

ぎりぎりⅠ〈名〉①最大限度。極限。②(頭上的)旋兒。Ⅱ[副・自サ]①(咬牙或磨擦聲)嘎吱嘎吱。②緊緊(地纏、捆)。

きりぎりす[蟋蟀]〈名〉(動)蓋斯。蟋蟀。

きりきりまい[きりきり舞]〈名〉①(以一隻腳爲支點)旋轉身體。②(忙得)團團轉。

きりくず[切屑]〈名〉碎屑。碎渣。下脚料。

きりくず・す[切り崩す]〈他五〉①削平。挖低。②駁斥。③離間。破壞。

きりくち[切口]〈名〉①傷口。口子。②剖面。截面。③開封處。

きりこうじょう[切口上]〈名〉鄭重其事的口吻。

きりこみ[切込み]〈名〉①切入。砍入。②攻入。殺進。③切的口子。砍的口子。④切塊醃的魚。

きりこ・む[切り込む]〈他五〉①切入。砍入。②攻進。殺入。③追問。逼問。

きりころ・す[切り殺す]〈他五〉砍死。

きりさ・く[切り裂く]〈他五〉切開。剖開。

きりさ・げる[切り下げる]〈他下一〉①剪低。砍低。②砍下。向下切。③貶值。減低。

きりさめ[霧雨]〈名〉毛毛雨。

きりす・てる[切り捨てる]〈他下一〉①砍掉。切去。②砍死。③(數)捨去。

キリスト[Christo]〈名〉基督。耶穌。

キリストきょう[キリスト教]〈名〉基督教。

きりたお・す[切り倒す]〈他五〉砍倒。

きりだし[切出し]〈名〉①(樹木等)伐後運出。②開言。③寬刃小刀。

きりだ・す[切り出す]〈他五〉①(樹木等)伐後運出。②開言。開口。

きりた・つ[切り立つ]〈自五〉峭立。陡立。

きりつ[起立]〈名・自サ〉起立。

きりつ[規律]〈名〉紀律。

きりつ・ける[切り付ける]〈他下一〉①砍去(來)。殺去(來)。②砍傷。刻上。

きりっと〈副・自サ〉整齊。乾淨利落。

きりづま[切妻]〈名〉△～屋根/人字形屋頂。

きりつ・める[切り詰める]〈他下一〉①剪短。②縮減。壓縮。

きりとりせん[切り取り線]〈名〉騎縫。

きりと・る[切り取る]〈他五〉切下。剪下。割去。

きりぬき[切抜]〈名〉剪下(的東西)。

きりぬ・く[切り抜く]〈他五〉剪下。

きりぬ・ける[切り抜ける]〈他下一〉①殺出(包圍)。②擺脫。闖過。

きりはな・す[切り離す]〈他五〉①割開。分開。割裂。②放開(牛、馬、囚犯等)。

きりはら・う[切り払う]〈他五〉①砍掉。剪掉。鏟除。②(揮刀)殺退。

きりひら・く[切り開く]〈他五〉①鑿開。開墾。②開闢。開創。③突破,殺出(包圍)。

きりふき[霧吹]〈名〉噴霧。噴霧器。

きりふだ[切札]〈名〉撲克牌的①王牌。②最後的一招兒。王牌。

きりぼし[切干]〈名〉(蘿蔔、地瓜等)乾兒。

きりまく・る[切り捲る]〈他五〉大殺大砍。②駁倒對方。

きりまわ・す[切りまわす]〈他五〉①亂砍。②料理。掌管。

きりみ[切身]〈名〉(切的)魚塊。

きりむす・ぶ[切り結ぶ]〈自五〉(激烈)交鋒。

きりもみ[錐揉み]〈名〉①捻鑽。鑽孔。②(飛機)盤旋(下降)。

きりもり[切盛り]〈名・他サ〉①(把食品按人數)盛上。②掌管。料理。

きりゃく[機略]〈名〉機智。

きりゅう[気流]〈名〉氣流。

きりゅう[寄留]〈名・自サ〉寄居。

きりゅうさん[希硫酸]〈名〉稀硫酸。

きりょう[器量]〈名〉①容貌。②才能。才幹。③△～を下げる/丟臉。

ぎりょう[技量]〈名〉本事。本領。

きりょく[気力]〈名〉元氣。精力。

きりりと〈副・自サ〉緊閉貌。

きりん[麒麟]〈名〉①麒麟。②長頸鹿。

きりんじ[麒麟児]〈名〉麒麟兒(傑出的青年)。

き・る[着る]〈他上一〉①穿(衣)。②承受。承擔。

き・る[切る]〈他五〉①切。剪。割。斬。②斷開。③關閉(開關)。④掛上(電話)。⑤斷絕(關係)。⑥截止。限定(日期)。⑦突破(最低限度)。⑧除去(水份)。⑨用「首を～」的形式)斬首。免職。解雇。⑩刻(蠟紙)。⑪洗(牌)。⑫破(浪)。⑬開(支票)。⑭轉(方向盤)。⑮開(口)。⑯裝(不知道)。

-き・る[切る]〈接尾〉(接動詞連用形後)①…已極。…到極點。②完。光。

キルク[kurk]〈名〉→コルク。

ギルド[guild]〈名〉基爾特。行會。

きれ[布]〈名〉布料。衣料。

きれ[切れ]Ⅰ〈名〉小片。切片。Ⅱ〈接尾〉片。

きれあじ[切れ味]〈名〉①(刀)的快鈍。②(本領的)高低。

きれい[奇麗]〈形動〉①美麗。漂亮。②整潔。乾淨。③(幹得)漂亮。④完全。徹底。⑤清白。純潔。⑥公正。正派。

ぎれい[儀礼]〈名〉禮儀。禮節。

きれいごと[奇麗事]〈名〉(說)漂亮話。表面光。

きれぎれ[切れ切れ]〈名・形動〉①七零八碎。片片斷斷。②斷斷續續。

きれじ[切地]〈名〉①布匹。紡織品。②衣料。布料。

きれつ[亀裂]〈名〉龜裂。裂縫。

-きれな・い[切れない]〈接尾〉(接動詞連用形後)…不完。…不了。

きれはし[切れ端]〈名〉(剪、切下的)碎片。

きれめ[切れ目]〈名〉①斷開處。縫隙。②段落。③斷絕。

きれもの[切れ者]〈名〉①能幹的人。②寵臣。

き・れる[切れる]〈他下一〉①斷。斷絕。中斷。②用盡。賣光。③(期限)屆滿。④(刀)快、鋒利。⑤(數量)不足。⑥(頭腦)敏銳。精明。

きろ[岐路]〈名〉歧路。

きろ[帰路]〈名〉歸途。

キロ[kilo]〈名〉公斤。公里。千瓦。

きろく[記録]〈名・他サ〉記録。

ギロチン[guillotine]〈名〉斷頭台。

ぎろん[議論]〈名・他サ〉議論。討論。辯論。

きわ[際]〈名〉①邊。緣。②時。時候。

ぎわく[疑惑]〈名〉疑惑。疑心。疑慮。

きわだ・つ[際立つ]〈自五〉顯著。顯眼。突出。

きわど・い[際どい]〈形〉千鈞一髮。

きわま・る[窮まる]〈自五〉①極。窮盡。②困窘。

きわみ[極み]〈名〉極。極點。

きわめつき[極付]〈名〉①附有鑒定書。②可靠。有定評。

きわめて[極めて]〈副〉極。極其。

きわ・める[窮める]〈他下一〉①追究。查清。②達到極限。

きん[斤]〈名〉斤(約等於600克)。

きん[金]〈名〉①金。黃金。②金錢。

きん[菌]〈名〉菌。細菌。

きん[禁]〈名〉禁。禁止。

ぎん[銀]〈名〉銀。

きんあつ[禁圧]〈名・他サ〉禁止。壓制。鎮壓。

きんいつ[均一]〈形動〉(金額、質量、數量等)全部一樣。

きんいん[近因]〈名〉近因。

きんえい[近影]〈名〉近影。近照。

ぎんえい[吟詠]〈名・他サ〉吟詠。

きんえん[禁煙]〈名・自サ〉①禁止吸煙。②戒煙。

きんか[近火]〈名〉近處的火災。

きんか[金貨]〈名〉金幣。

きんか[銀貨]〈名〉銀幣。

ぎんが[銀河]〈名〉銀河。

きんかい[近海]〈名〉近海。

きんかい[金塊]〈名〉金塊。金錠。

きんかぎょくじょう[金科玉条]〈名〉金科玉律。

きんがく[金額]〈名〉金額。

きんがしんねん[謹賀新年]〈名〉恭賀新禧。

ぎんがみ[銀紙]〈名〉①銀紙。銀箔。②錫紙。

きんかん[近刊]〈名〉近期出版。新近出版。

きんかん[金冠]〈名〉①金冠。②金牙套。

きんかん[金柑]〈名〉〈植〉金桔。

きんがん[近眼]〈名〉近視眼。

きんかんがっき[金管楽器]〈名〉銅管樂器。

きんかんしょく[金環食]〈名〉日環食。

きんき[禁忌]〈名・他サ〉禁忌。忌諱。

きんきじゃくやく[欣喜雀躍]〈名・自サ〉欣喜若狂。

きんきゅう[緊急]〈名・形動〉緊急。

きんぎょ[金魚]〈名〉金魚。

きんきょう[近況]〈名〉近況。

きんきん[近近]〈副〉近日。不日。

きんきん[僅僅]〈副〉僅僅。

きんぎん[金銀]〈名〉①金銀。②金幣和銀幣。③金錢。

きんく[禁句]〈名〉①(和歌等的)忌諱詞。②忌諱的話。

きんけん[金権]〈名〉金錢勢力。

きんけん[勤倹]〈名〉勤儉。

きんげん[金言]〈名〉箴言。格言。

きんげん[謹厳]〈名・形動〉嚴謹。

きんこ[金庫]〈名〉金庫。

きんこ[禁固]〈名・他サ〉①禁閉。禁錮。②〈法〉監禁。

きんこう[均衡]〈名・自サ〉均衡。平衡。

きんこう[金工]〈名〉①金屬工藝品。②金匠。

きんこう[金鉱]〈名〉金礦。

きんこう[近郊]〈名〉近郊。

きんごう[近郷]〈名〉①城市附近的鄉村。②附近的村子。

ぎんこう[銀行]〈名〉銀行。

きんこつ[筋骨]〈名〉①筋骨。②體格。

きんこんしき[金婚式]〈名〉金婚式。

ぎんこんしき[銀婚式]〈名〉銀婚式。

きんさく[金策]〈名・自サ〉籌款。

きんざん[金山]〈名〉金礦山。

ぎんざん[銀山]〈名〉銀礦山。

きんし[近視]〈名〉近視。

きんし[菌糸]〈植〉菌絲。

きんし[禁止]〈名・他サ〉禁止。

きんじ[近似]〈名・自サ〉近似。類似。

きんしつ[均質]〈名〉均質。

きんじつ[近日]〈名〉近日。不久。

きんしつあいわ・す[琴瑟相合す]〈連語〉(喩夫妻感情融洽)琴瑟和諧。

きんじつてん[近日点]〈名〉〈天〉近日點。

きんじとう[金字塔]〈名〉①金字塔。②不朽的業績。

きんしゅ[金主]〈名〉出資者.資助人。

きんしゅ[筋腫]〈醫〉肌瘤。

きんしゅ[禁酒]〈名・自サ〉戒酒。

きんじゅう[禽獣]〈名〉禽獸。

きんしゅく[緊縮]〈名・自他サ〉緊縮。

きんしょ[禁書]〈名〉禁書。

きんじょ[近所]〈名〉①附近。近處。②鄰居.街坊。

きんしょう[僅少]〈形動〉些許.少許。

きんじょう[金城]〈名〉△～鐵壁/銅墙鐵壁。

きんじょう[錦上]〈名〉△～花を添える/錦上添花。

きん・じる[禁じる]〈他上一〉→きんずる。

ぎん・じる[吟じる]〈他上一〉→ぎんずる。

きんしん[近親]〈名〉近親。

きんしん[謹慎]〈名・自サ〉①謹慎。②禁閉。③(一定期間)不准上學。

きんす[金子]〈名〉金錢。

きん・ずる[禁ずる]〈他サ〉①禁止。②抑制。

ぎん・ずる[吟ずる]〈他サ〉①吟詠。②作(詩)。

きんせい[均整]〈名〉勻稱。

きんせい[近世]〈名〉近世。近代。

きんせい[金星]〈名〉金星。

きんせい[禁制]〈名・他サ〉①禁止。②禁令。

ぎんせかい[銀世界]〈名〉銀色(白雪)的世界。

きんせつ[近接]〈名・自サ〉接近。貼近。

きんせん[金銭]〈名〉金錢。

きんせん[琴線]〈名〉①琴弦。②心弦。

きんぜん[欣然]〈形動〉欣然。

きんせんか[金盞花]〈名〉金盞花。

きんそく[禁足]〈名・他サ〉(處罰)不准外出。

きんぞく[金属]〈名〉金屬。

きんぞく[勤続]〈名・自サ〉連續工作。

きんだい[近代]〈名〉近代。現代。

きんだん[禁断]〈名・他サ〉禁止。嚴禁。

きんちさん[禁治産]〈名〉〈法〉禁治産。

きんちゃく[巾着]〈名〉①腰包。錢包。②跟班的.僕從。

きんちゃく[近着]〈名・自サ〉新近運(寄)到。

きんちょう[緊張]〈名・自サ〉緊張。

きんちょう[謹聴]I〈名・他サ〉靜聽。傾聽。II〈感〉靜聽!

きんちょく[謹直]〈名・形動〉耿直。忠實。

きんでい[金泥]〈名〉〈繪畫用〉泥金。

きんとう[均等]〈名・形動〉均等。均匀。

きんとう[近東]〈名〉近東。

ぎんなん[銀杏]〈名〉銀杏。白果。

きんにく[筋肉]〈名〉肌肉。

きんねん[近年]〈名〉近幾年。

きんば[金歯]〈名〉金牙。

きんぱい[金杯]〈名〉金杯。

きんぱい[金牌]〈名〉金牌。

きんばえ[金蠅]〈名〉綠頭蠅。

きんぱく[金箔]〈名〉金箔。

きんぱく[緊迫]〈名・自サ〉緊迫。緊急。

きんぱつ[金髪]〈名〉金髪。

ぎんぱつ[銀髪]〈名〉銀髮。白髮。

きんぴ[金肥]〈名〉化肥。

きんぴか[金ぴか]〈名・形動〉金光閃閃。

金煌煌。

きんぴん[金品]〈名〉財物。金錢和物品。

きんぶち[金緣]〈名〉金框。金邊。

きんぶん[均分]〈名・他サ〉均分。

きんべん[勤勉]〈名・形動〉勤勉。勤奮。

きんべん[近辺]〈名〉近處。附近。

きんぽうげ[金鳳花]〈名〉(植)毛茛。

きんほんい[金本位]〈名〉(經)金本位。

きんまんか[金滿家]〈名〉富翁。財主。

ぎんみ[吟味]〈名・他サ〉玩味。斟酌。推敲。

きんみつ[緊密]〈形動〉緊密。密切。

きんむ[勤務]〈名・自サ〉工作。

きんむく[金無垢]〈名〉純金。足赤。

きんもくせい[金木犀]〈名〉(植)丹桂。金桂。桂花。

きんもつ[禁物]〈名〉嚴禁。切忌。

きんゆ[禁輸]〈名〉禁運。

きんゆう[金融]〈名〉金融。銀根。

きんよう[金曜]〈名〉星期五。

きんよう[緊要]〈名・形動〉緊要。要緊。

きんよく[禁欲]〈名・自サ〉禁慾。

きんらい[近来]〈名〉近來。

きんり[金利]〈名〉利息。利率。

きんりょう[禁漁]〈名〉禁漁。

きんりょう[禁獵]〈名〉禁獵。

きんりょく[金力]〈名〉金錢的力量。

きんりょく[筋力]〈名〉肌肉力量。

きんりん[近隣]〈名〉近鄰。鄰近。

きんるい[菌類]〈名〉菌類。

きんれい[禁令]〈名〉禁令。

きんろう[勤労]〈名・自サ〉勞動。

きんろうほうし[勤労奉仕]〈名〉義務勞動。

く　ク

く[区]〈名〉①(行政區劃單位)區。②(公共汽車、電車等的)區間，段。

く[句]〈名〉①短語。②俳句。

く[苦]〈名〉①苦。痛苦。苦惱。②辛苦。勞苦。

ぐ[具]〈名〉①工具。手段。②(加在湯、炒飯等裡的)菜碼兒。

ぐ[愚]〈名・形動〉愚蠢。傻。

ぐあい[具合]〈名〉①(事物或身體)情況，狀態。②方便(與否)。合適(與否)。③方法。樣子。

くい[杭]〈名〉椿子。橛子。

くい[悔い]〈名〉懊悔。後悔。

くいあ・う[食い合う]〈自五〉①咬架。爭奪。②(齒輪等)嚙合。

くいあげ[食い上げ]〈名〉丟掉飯碗。吃不上飯。

くいあら・す[食い荒らす]〈他五〉①吃得亂七八糟。②蠶食。

くいあらた・める[悔い改める]〈他下一〉悔改。改過。

くいあわせ[食合せ]〈名〉①一起吃(幾種東西)。②接榫。榫子。

くいいじ[食い意地]〈名〉嘴饞。

くいい・る[食い入る]〈自五〉①勒入。深入。侵入。②目不轉睛(地看)。

くいかけ[食い掛け]〈名〉沒吃完(的東西)。

くいき[区域]〈名〉區域。

くいき・る[食い切る]〈他五〉①咬斷。②吃光。

ぐいぐい〈副〉①不斷用力(推、拉)。②咕嘟咕嘟(喝)。

くいけ[食い気]〈名〉貪吃。食慾。

くいこ・む[食い込む]〈自五〉①勒進。進入。陷入。②侵佔。④蝕(本)。

くいさが・る[食い下がる]〈自五〉①咬住不放。②緊逼不捨。不肯罷休。

くいしば・る[食いしばる]〈他五〉咬緊牙關。

くいしんぼう[食いしん坊]〈名〉嘴饞。貪吃。饞鬼。

クイズ[quiz]〈名〉謎語。猜謎。

くいたお・す[食い倒す]〈他五〉①(不付錢)白吃。②坐吃山空。

くいだめ[食い溜め]〈名・自他サ〉多吃(存在腹中)。

くいたりな・い[食い足りない]〈連語〉①沒吃夠。②不夠勁兒。

くいちがい[食い違い]〈名・自サ〉出入。分歧。

くいちが・う[食い違う]〈自五〉有出入。不一致。

くいちら・す[食い散らす]〈他五〉①吃得到處都是。②這個吃一點那個吃一點。③這個也幹那個也幹。

くいつ・く[食いつく]〈自五〉①咬住。②埋頭(工作等)。③(魚)上鈎。④熱衷。

くいつな・ぐ[食いつなぐ]〈自五〉勉強餬口。

くいつぶ・す[食い潰す]〈他五〉坐吃山空。

くいつ・める[食い詰める]〈自下一〉無法謀生。不能餬口。

くいで[食いで]〈名〉足夠吃的分量。

くいどうらく[食い道楽]〈名〉講究吃(的人)。

くいと・める[食い止める]〈他下一〉制止。控制。阻擋。

くいな[水鶏]〈名〉(動)秧雞。

くいにげ[食い逃げ]〈名・自サ〉吃飯不付錢溜走。

くいのば・す[食い延ばす]〈他五〉省著吃。

くいはぐ・れる[食いはぐれる]〈自下一〉①沒趕上飯。②無法生活。吃不上飯。

くいぶち[食扶持]〈名〉飯費。生活費。

くいもの[食い物]〈名〉①食物。②犧牲品。剝削的對象。

く・いる[悔いる]〈他上一〉懊悔。後悔。

く・う[食う]〈他五〉①吃。②生活。③咬。叮。④遭。挨。⑤擊敗。戰勝。⑥侵吞。⑦費。耗費。

くう[空]〈名・形動〉①空中。上空。②空。空虛。③没用。白費。

くうい[空位]〈名〉①空缺。空位。②有名無實的職位。

ぐうい[寓意]〈名〉寓意。

くうかん[空間]〈名〉空間。

くうかんち[空閑地]〈名〉空地。

くうき[空気]〈名〉①空氣。②氣氛。

くうきょ[空虚]〈名・形動〉空虛。

ぐうぐう〈副〉①(鼾聲)呼嚕呼嚕。②(腸鳴聲)咕嚕咕嚕。

くうぐん[空軍]〈名〉空軍。

くうげき[空隙]〈名〉空隙。

くうこう[空港]〈名〉機場。

くうしゅう[空襲]〈名・他サ〉空襲。

ぐうすう[偶数]〈名〉(數)偶數。

ぐう・する[遇する]〈他サ〉對待。招待。

くうせき[空席]〈名〉①空座。②空缺。

くうぜん[空前]〈名〉空前。

ぐうぜん[偶然]〈名・形動・副〉偶然。偶爾。

くうそ[空疎]〈名・形動〉空洞。空泛。空疏。

くうそう[空想]〈名・他サ〉空想。假想。

ぐうぞう[偶像]〈名〉偶像。

ぐうたら〈名・形動〉吊兒郎當。

くうちゅう[空中]〈名〉空中。

クーデター[coup d'Etat]〈名・自サ〉政變。

くうてん[空転]〈名・自サ〉①(機)空轉。②空發議論。

くうどう[空洞]〈名〉①洞。②空洞。

ぐうのね[ぐうの音]〈連語〉△～の音も出ない/無言以對。啞口無言。

くうはく[空白]〈名〉空白。

くうばく[空爆]〈名・他サ〉轟炸。

ぐうはつ[偶発]〈名・自サ〉偶發。

くうひ[空費]〈名・他サ〉白費。

くうふく[空腹]〈名〉空腹。餓。

くうぶん[空文]〈名〉(一紙)空文。

くうぼ[空母]〈名〉航空母艦。

くうほう[空包]〈名〉(軍)(演習用)空包彈。

くうほう[空砲]〈名〉(没裝子彈的)空槍,空炮。

くうゆ[空輸]〈名・他サ〉空運。

クーラー[cooler]〈名〉冷氣。冷氣設備。

くうらん[空欄]〈名〉(要填寫的)空格兒。空白欄。

くうり[空理]〈名〉△～空論/脫離實際的理論。

グールマン[gourmand]〈名〉美食家。

くうれい[空冷]〈名〉(機)氣冷。空氣冷却。

くうろ[空路]〈名〉空路。航綫。乘飛機。

くうろん[空論]〈名〉空論。空談。

ぐうわ[寓話]〈名〉寓言。

クエーカー[Quaker]〈名〉(基督教的)教友派。

くえき[苦役]〈名〉①艱苦的勞動。②(法)苦役。

くえない[食えない]〈連語〉①無法生活。吃不上飯。②狡猾。不好對付。

くえんさん[枸櫞酸]〈名〉(化)檸檬酸。

クォータリー[quarterly]〈名〉季刊。

クォリティー[quality]〈名〉品質。性質。質量。

くかく[区画]〈名・他サ〉區劃。

くがく[苦学]〈名・自サ〉工讀。半工半讀。

くかん[区間]〈名〉區間。段。

ぐがん[具眼]〈名〉有見識。有眼力。

くき[茎]〈名〉莖。

くぎ[釘]〈名〉釘子。

くぎづけ[釘付け]〈名・他サ〉①釘死。釘住。②困住。

くぎぬき[釘抜]〈名〉拔釘鉗子。

くきょう[苦境]〈名〉困境。

くぎょう[苦行]〈名・自サ〉(佛)苦行。

くぎり[区切]〈名〉①(文章的)句讀,段。②(工作的)段落。

くぎ・る[区切る]〈他五〉①(把文章)加句讀,分段。②劃分。分開。

くく[九九]〈名〉(數)九九歌。九九表。

くく[区区]〈形動〉①各種各樣。②紛紜。③

區區。微小。

くぐりど[潜戸]〈名〉(大門上的)小便門。

くく・る[括る]〈他五〉①捆。紮。②綁。③總括。④打括弧。

くぐ・る[潜る]〈自五〉①潛(水)。②鑽過。穿過。③鑽空子。

くけい[矩形]〈名〉(數)矩形。

くげん[苦言]〈名〉忠言。忠告。

ぐけん[愚見]〈名〉愚見。

ぐげん[具現]〈名・他サ〉體現。實現。

くさ[草]〈名〉草。

くさ・い[臭い]Ⅰ〈形〉①臭。②可疑。Ⅱ〈造語〉①(接名詞後)有…氣味。有…派頭。②(接形容動詞詞幹後,加強語氣)真。非常。

くさいきれ[草いきれ]〈名〉(夏日下)草叢中的熱氣。

くさいろ[草色]〈名〉草綠色。

くさかり[草刈]〈名〉割草。

くさかんむり[草冠]〈名〉(部首)草字頭。

くさき[草木]〈名〉草木。

ぐさく[愚作]〈名〉①没價值的作品。②(自謙)拙著。

くさくさ[副・自サ]不痛快。悶悶不樂。

くさ・す[腐す]〈他五〉貶低。

くさとり[草取]〈名・自サ〉①除草。②除草工具。

くさばな[草花]〈名〉草花。草本花。

くさばのかげ[草葉の陰]〈連語〉九泉之下。

くさはら[草原]〈名〉草原。

くさび[楔]〈名〉楔子。

くさぶえ[草笛]〈名〉草笛。

くさぶか・い[草深い]〈形〉①野草繁茂。②偏僻。

くさみ[臭み]〈名〉①臭味。②令人討厭。

くさむしり[草むしり]〈名・自サ〉拔草。

くさむら[草むら]〈名〉草叢。

くさり[鎖]〈名〉①鎖鏈。鏈子。②聯繫。關係。

ぐさりと〈副〉猛力(扎,刺)。

くさ・る[腐る]〈自五〉①爛。腐爛。②腐敗。墮落。③灰心。泄氣。氣餒。

くされえん[腐れ緑]〈名〉孽緑。難解之緑。

くさわけ[草分]〈名〉開拓。草創。創始人。

くし[串]〈名〉①(串食物的)竹扦,鐵扦。②串兒。

くし[櫛]〈名〉梳子。

くし[駆使]〈名・他サ〉①驅使。②運用。

くじ[籤]〈名〉籤兒。鬮兒。

くじ・く[挫く]〈他五〉①挫傷。扭傷。搣傷。②挫敗。打擊。

くしけず・る[梳る]〈他五〉梳。

くじ・ける[挫ける]〈自下一〉①挫。搣。扭。②頹喪。氣餒。

くしざし[串刺]〈名〉①用扦子穿。②穿透。刺死。

くしびき[籤引]〈名・自サ〉抽籤。抓鬮。

ぐしゃ[愚者]〈名〉愚人。

くじゃく[孔雀]〈名〉孔雀。

くしゃくしゃ〈形動・副・自サ〉①(揉搓得)起皺紋。②蓬亂。亂七八糟。③煩悶。

ぐしゃぐしゃ Ⅰ〈形動〉泥濘不堪。Ⅱ〈副〉嘮嘮叨叨。

くしゃみ[嚔]〈名〉噴嚔。

くじゅう[苦汁]〈名〉苦頭。

くじゅう[苦渋]〈名・自サ〉①苦澀,②苦惱。痛苦。

くじょ[駆除]〈名・他サ〉驅除。消滅。

くしょう[苦笑]〈名・自サ〉苦笑。

くしょう[苦情]〈名〉抱怨。不滿。意見。

ぐしょう[具象]〈名〉①具體。②(藝術作品的)具體表現。

くじら[鯨]〈名〉鯨。

くしん[苦心]〈名・自サ〉苦心。費盡心血。

ぐしん[具申]〈名・他サ〉呈報。

くず[屑]〈名〉①碎塊。碎片。碎渣。廢物。③(挑剩下的)破爛貨。

くず[葛]〈名〉(植)葛。

ぐず[愚図]〈名・形動〉運鈍。慢吞吞。慢性子。

くずかご[屑籠]〈名〉廢紙簍。

くすくす〈副〉味味(地笑)。

ぐずぐず Ⅰ〈副・自サ〉①慢慢騰騰。磨磨蹭蹭。②嘟嘟嚷嚷。嘮嘮叨叨。Ⅱ〈形動〉(包、捆、釘得)不牢。鬆懈。撓悠。

くすぐった・い[擽ったい]〈形〉①發癢。②難爲情。

くすぐり[擽り]〈名〉①胳肢。②逗眼。逗樂。

くすぐ・る[擽る]〈他五〉①胳肢。②逗眼。逗笑。③挑逗。逗弄。

くず・す[崩す]〈他五〉①拆毀。粉碎。打亂。使崩塌。②破(錢)。把…破成零錢。

ぐずつ・く[自五]①磨蹭。②(天氣)不開晴。陰晴不定。

くずてつ[屑鉄]〈名〉廢鐵。鐵屑。

くす・ねる[他下一]昧(起來)。

くすのき[楠]〈名〉樟樹。

くすぶ・る[燻る]〈自五〉①(不起火苗)乾冒煙。②燻黑。③悶居。閑居。④(職位等)久不晉昇。⑤(問題、事情等)久拖不得解決。

くす・む〈自五〉①不引人注目。默默無聞。②(顏色)灰暗,暗淡。

くずや[屑屋]〈名〉收破爛的。

くすり[薬]〈名〉①藥。②益處。好處。③釉子。④火藥。⑤(用「～にしたくもない」的形式)絲毫。

くすりゆび[薬指]〈名〉無名指。

ぐず・る〈自五〉①磨蹭。②發牢騷。③(小孩)磨人。④找碴兒。

-くずれ[崩れ]〈接尾〉落魄(的)。

くず・れる[崩れる]〈自下一〉①崩潰。倒塌。②散。散去。③潰敗。④走形。走樣兒。⑤(天氣)變壞。⑥(錢)破開。⑦(行市)跌落。

くせ[癖]〈名〉①癖。習氣。習慣。②毛病。缺點。③特別(之處)。④(衣服)褶子。(頭髮)捲曲。

-くせに〈接助〉雖然…但是。儘管…可是。

くせつ[苦節]〈名〉苦守節操。艱苦奮鬥。

くせもの[曲者]〈名〉①可疑的人。②居心叵測的人。③不可掉以輕心。

くせん[苦戦]〈名・自サ〉苦戰。

くそ[糞]Ⅰ〈名〉①糞。屎。②(眼)眵。(鼻)屎。(耳)垢。Ⅱ〈感〉見鬼! 媽的! Ⅲ〈接頭〉①(謾罵)臭。②(表示輕蔑)過於。Ⅳ〈接尾〉(加强輕蔑的語氣)太。

くだ[管]〈名〉①管子。②(紡織)綫軸,紗管。③△～を巻く/說醉話。

ぐたい[具体]〈名〉具體。

くだ・く[砕く]〈他五〉①打碎。弄碎。粉碎。②挫敗。摧毀。③淺顯易懂地說明。④絞盡腦汁。傷腦筋。

くたくた[形動]①筋疲力盡。②(紙、布等用得)不挺實。

くだくだし・い〈形〉絮叨。囉唆。

くだ・ける[砕ける]〈自下一〉①破碎。粉碎。②(銳氣、氣勢等)減弱。③無拘無束。不拘形式。④平易近人。⑤淺顯易懂。

ください[下さい]〈「くださる」的命令式〉①請給我。②請。

くだ・さる[下さる]Ⅰ〈他五〉給(我)。送給(我)。贈給(我)。Ⅱ〈補動〉給我…。爲我…。

くだ・す[下す]Ⅰ〈他五〉①使…下降。使…降落。②下(手、命令、結論等)。③瀉(肚)。打(蟲子)。打敗。打倒。⑤派遣。Ⅱ〈接尾〉(接動詞連用形後)一直…下去。

くたば・る〈自五〉①(罵)死。②筋疲力盡。

くたび・れるⅠ〈自下一〉①疲乏。②穿舊。用舊。Ⅱ〈接尾〉(接動詞連用形後)累。膩煩。

くだもの[果物]〈名〉水果。

くだらな・い〈形〉①無聊。②(用「…を～」的形式)不少於。

くだり[件]〈名〉(文章的)一段,一節。

くだり[下り]〈名〉①下(坡)。②下行(列車。

くだりざか[下り坂]〈名〉①下坡。②(人生)走下坡路。③(天氣)變壞。

くだ・る[下る]〈自五〉①下。下降。②下達。③投降。④少於。⑤瀉(肚)。

くち[口]Ⅰ〈名〉①口。嘴。②說話。語言。③口味。④出口。入口。⑤(容器的)口兒。嘴兒。⑥人口。人數。⑦工作單位。⑧開始。⑨種類。⑩(用「～にする」的形式)吃,說。Ⅱ〈接尾〉①口。②股。份。

ぐち[愚痴]〈名〉牢騷。怨言。

くちあたり[口当り]〈名〉①口味。味道。②

待人。

くちうつし[口移し]〈名・他サ〉①嘴對嘴(地喂)。②口傳。

くちうら[口裏]〈名〉口氣。口吻。

くちえ[口絵]〈名〉卷首插圖。

くちおし・い[口惜しい]〈形〉→くやしい。

くちかず[口数]〈名〉①人口。②話(的多少)。

くちがね[口金]〈名〉①(容器的)金屬蓋。②(器物的)金屬口。

くちき[朽木]〈名〉①朽木。②終生被埋没的人。

くちきき[口利き]〈名〉斡旋。調停。

くちぎたな・い[口汚い]〈形〉①説話下流。②嘴饞。

くちく[駆逐]〈名・他サ〉驅逐。

くちぐせ[口癖]〈名〉口頭語。

くちぐち[口口]〈名〉①人人(都説)。異口(同聲)。②各出入口。

くちぐるま[口車]〈名〉花言巧語。△~に乗る/上當。

くちげんか[口喧嘩]〈名〉争吵。吵架。口角。

くちごたえ[口答え]〈名・自サ〉(對長上)頂嘴。

くちごも・る[口籠る]〈自五〉①説話不清楚。②吞吞吐吐。欲言又止。

くちさがな・い[口さがない]〈形〉嘴損。

くちさき[口先]〈名〉嘴邊。口頭。

くちずさ・む[口ずさむ]〈他五〉吟(詩)。哼(歌)。

くちぞえ[口添え]〈名・自サ〉美言。説好話。

くちだし[口出し]〈名・自サ〉插嘴。多言。

くちづけ[口付け]〈名・自サ〉接吻。親嘴。

くちづたえ[口伝え]〈名〉①口頭傳授。②傳説。

くちどめ[口止め]〈名・自サ〉堵嘴。鉗口。

くちなおし[口直し]〈名・自サ〉換口味。清口。

くちなし[山梔子]〈名〉(植)梔子。

くちばし[嘴]〈名〉喙。鳥嘴。

くちばし・る[口走る]〈他五〉走嘴。

くちはばった・い[口幅ったい]〈形〉吹牛。説大話。

くちばや[口早]〈名・形動〉説話快。

くちび[口火]〈名〉①導火綫。②開端。起因。

くちひげ[口髭]〈名〉(嘴上面的鬍子)髭。

くちびる[唇]〈名〉嘴唇。

くちぶえ[口笛]〈名〉口哨。

くちぶり[口振り]〈名〉口氣。口吻。

くちべた[口下手]〈名・形動〉嘴笨。

くちべに[口紅]〈名〉①口紅。②(陶器、瓷器上的)紅邊兒。

くちまね[口真似]〈名〉模倣別人説話。

くちもと[口許]〈名〉①嘴邊。嘴角。②(車船等的)門口附近。

くちやかまし・い[口喧しい]〈形〉①嘴碎。愛嘮叨。②愛挑剔。吹毛求疵。

くちやくそく[口約束]〈名・自サ〉口頭約定。

ぐちゃぐちゃ〈副・形動〉泥濘。(飯等)稀爛。

くちゅう[苦衷]〈名〉苦衷。

くちゅうざい[駆虫剤]〈名〉驅蟲劑。打蟲子藥。

くちょう[口調]〈名〉語調。腔調。

ぐちょく[愚直]〈名・形動〉憨直。

く・ちる[朽ちる]〈自上一〉腐爛。腐朽。

くちわ[口輪]〈名〉口套。嘴籠。嘴籠頭。

くつ[靴]〈名〉鞋。

くつう[苦痛]〈名〉痛苦。

くつおと[靴音]〈名〉脚步聲。

くつがえ・す[覆す]〈他五〉①打翻。弄翻。②推翻。打倒。

くつがえ・る[覆る]〈自五〉①翻倒。翻倒。②(政權等)被推翻,垮台。③(定説,判決等)被推翻。

クッキー[cookie]〈名〉小甜餅乾(曲奇餅)。

くっきょう[屈強]〈形動〉①身強力壯。②倔強。

くっきり〈副・自サ〉鮮明。清楚。

ぐつぐつ〈副〉咕嘟咕嘟(地煮)。

くっさく[掘削]〈名・他サ〉挖掘。

くっし[屈指]〈名・自サ〉屈指可數。

くつした[靴下]〈名〉襪子。

くつじゅう[屈従]〈名・自サ〉屈從。

くつじょく[屈辱]〈名〉屈辱。

ぐっしょり〈副〉濕漉漉。濕淋淋。

クッション[cushion]〈名〉①靠墊。②彈簧墊。

くっしん[屈伸]〈名・自サ〉屈伸。

くつずみ[靴墨]〈名〉鞋油。

ぐっすり〈副〉酣(睡)。(睡得)香甜。

くっ・する[屈する]Ⅰ〈自サ〉①屈。彎曲。②氣餒。屈服。Ⅱ〈他サ〉①彎曲。②制伏。

くつずれ[靴擦れ]〈名〉腳被鞋磨破(的地方)。

くっせつ[屈折]〈名・自サ〉①彎曲。曲折。②(理)屈折。折射。

くったく[屈託]〈名・自サ〉①擔心。②厭倦。

ぐったり〈副・自サ〉筋疲力盡。

くっつ・く〈自五〉①粘上。附着。②挨着。觸到。③跟隨。跟着。④(男女)搞到一起。

くっつ・ける〈他下一〉①把…貼上。②使…靠近。③拉攏。④撮合(成夫妻)。

くってかか・る〈自五〉極力爭辯。反駁。頂撞。

ぐっと〈副〉①使勁。②更加。③啞口無言。④深受感動。

くっぷく[屈伏]〈名・自サ〉屈服。

くつべら[靴箆]〈名〉鞋拔子。

くつみがき[靴磨き]〈名〉擦皮鞋(的人)。

くつや[靴屋]〈名〉鞋店。鞋匠。

くつろ・ぐ[寛ぐ]〈自五〉①舒暢。②無拘無束。不拘禮節。隨便。

くつわ[轡]〈名〉馬嚼子。

くつわむし[轡虫]〈名〉(動)紡織娘。

くてん[句点]〈名〉句號。

くでん[口伝]〈名・他サ〉①口傳。口授。②(傳授秘訣的)秘本。

ぐでんぐでん〈形動〉爛醉如泥。

くど・い[形]①嘮叨。噧叨。②(味道、顏色等)過濃。

くとう[苦闘]〈名・自サ〉苦鬥。苦戰。艱苦奮鬥。

くとうてん[句読点]〈名〉句逗點。標點。

くど・く[口説く]〈他五〉①勸說。②追求(女人)。③發牢騷。

くどく[功徳]〈名〉①(佛)功德。②恩德。

くどくど〈副・自サ〉嘮嘮嗦嗦。絮絮叨叨。

ぐどん[愚鈍]〈名〉愚蠢。遲鈍。

くなん[苦難]〈名〉苦難。

くに[国]〈名〉①國。國家。②國土。③家鄉。故鄉。④地區。地方。

くにがまえ[国構え]〈名〉(部首)囗部。方框兒。

くにがら[国柄]〈名〉①國體。②國民性。③鄉土風格。

くにく[苦肉]〈名〉苦肉。

ぐにゃぐにゃ〈副・自サ・形動〉綿軟。軟綿綿。

くぬぎ[櫟]〈名〉(植)櫟。柞樹。

くねくね〈副・自サ〉①彎曲。婉蜒。②(女性)忸怩。③(男性)鬆鬆垮垮。

くね・る〈自五〉①彎曲。②乖僻。

くのう[苦悩]〈名・自サ〉苦惱。

くはい[苦杯]〈名〉痛苦的經驗。

くば・る[配る]〈他五〉①分配。分給。②(多方)注意。留神。③部署。分派。

くび[首・頸]〈名〉①頭。腦袋。②脖子。頸項。③(器物的)頸部。④(衣服)領子。⑤撤職。解雇。

くびかざり[首飾り]〈名〉項鏈。

くびかせ[首枷]〈名〉①枷。②羈絆。累贅。

くびき[頸木・軛]〈名〉①軛。夾板子。②桎梏。

くびきり[首切り]〈名・他サ〉①斬首。②劊子手。③解雇。

くびじっけん[首実検]〈名・他サ〉查驗是否是本人。

くびす[踵]〈名〉→きびす。

くびすじ[首筋]〈名〉脖頸子。

くびったけ[首ったけ]〈名〉(被異性)迷住。

くびっぴき[首っ引き]〈名・自サ〉不斷查(辭典等)。

くびつり[首吊り]〈名・自サ〉上吊。自縊。

くびねっこ[首根っこ]〈名〉(解)脖頸子。

くび・れる[括れる]〈自下一〉中間細。

くびわ[首輪]〈名〉①項圈。項鏈。②(狗等的)脖套。

くふう[工夫]〈名・他サ〉①設法。想辦法。②方法。辦法。

ぐふう[颶風]〈名〉颶風。

くぶくりん[九分九厘]〈名〉十之八九。十拿九穩。

くぶん[区分]〈名・他サ〉區分。劃分。

くべつ[区別]〈名・他サ〉區別。辨別。

く・べる〈他下一〉添。加。

くぼち[窪地]〈名〉窪地。

くぼみ[窪み]〈名〉坑窪。

くぼ・む[窪む]〈自五〉窪下。凹下。塌陷。

くま[隈]〈名〉①隱蔽處。死角。陰暗處。③(心中的)秘密。④(疲勞時眼圈的)發黑部分。⑤(歌舞伎的)臉譜。

くま[熊]〈名〉熊。

ぐまい[愚昧]〈名・形動〉愚昧。

くまで[熊手]〈名〉①竹耙子。②竹把狀吉祥物。

くまどり[隈取]〈名・他サ〉①臉譜。勾臉譜。②(繪畫的)明暗法。

くまなく[隈なく]〈副〉①到處。②光亮。通亮。

くまばち[熊蜂]〈名〉黑木蜂。

くみ[組]I〈名〉①(兩個以上東西組成的)套，副，組，對。②班。組。③幫。夥。④排版。II〈接尾〉套。副。對。

ぐみ[胡頽子]〈名〉(植)茱萸。胡頽子。

くみあい[組合]〈名〉①(同業)公會，合作社。②工會。③扭打在一起。

くみあ・げる[汲み上げる]〈他下一〉①(把水)汲上來。②(把水)汲乾。

くみあわせ[組合せ]〈名〉①配合。組成。②(比賽的)（數)組合。

くみあわ・せる[組み合せる]〈他下一〉①搭配。配合。②(比賽)編組。

くみい・れる[組み入れる]〈他下一〉編入。納入。

搏。

くみか・える[組み替える]〈他下一〉①改編。改訂。②重新排版。

くみきょく[組曲]〈名〉(樂)組曲。

くみこ・む[組み込む]〈他五〉編入。排入。

くみしやす・い[与し易い]〈形〉好對付。不足怕。

くみ・する[与する]〈自サ〉①參加。入夥。②贊成。③袒護。

くみだ・す[汲み出す]〈他五〉(把水)汲出，舀出，抽出。

くみたて[組立]〈名〉①構造。結構。②(文章的)結構。③裝配。組裝。

くみた・てる[組み立てる]〈他下一〉裝配。組裝。

くみつ・く[組み付く]〈自五〉摟住。抱住。揪住。

くみとり[汲取り]〈名〉掏糞(工)。

くみと・る[汲み取る]〈他五〉①淘。舀。②體諒。體察。體會。

くみふ・せる[組み伏せる]〈他下一〉拌倒。按倒。

ぐみん[愚民]〈名〉愚民。

く・む[汲む・酌む]〈他五〉①打，汲，舀(水)。②倒，斟(茶，酒)。③體諒。考慮。斟酌。

く・む[組む]I〈自五〉①合夥。②扭在一起。扭成一圈。II〈他五〉①把…交叉起來。②編。編織。③編排。④組織。組成。⑤排(版)。⑥辦(匯款手續)。

くめん[工面]〈名・他サ〉①張羅。籌借。②(個人的經濟情況)手頭。

くも[雲]〈名〉雲。

くも[蜘蛛]〈名〉蜘蛛。

くもがくれ[雲隠れ]〈名・自サ〉躲藏。逃跑。

くもがたじょうぎ[雲形定規]〈名〉曲線板。雲形規。

くもつ[供物]〈名〉供品。

くもま[雲間]〈名〉雲縫。雲際。

くもゆき[雲行き]〈名〉①雲彩移動情況。②趨勢。前景。

くもら・す[曇らす]〈他五〉①使暗淡。使

模糊。②帶愁容。③(使聲音) 顫抖。

くもり[曇]〈名〉陰天。①模糊不清。②內
疚。③污點。

くも・る[曇る]〈自五〉①(天) 陰。②模糊
不清。③(表情) 陰沉。(心情) 憂鬱。

くもん[苦悶]〈名・自サ〉苦悶。

ぐもん[愚問]〈名〉愚蠢的提問。

くやし・い[悔しい]〈形〉懊悔。遺憾。氣
憤。

くやしが・る[悔しがる]〈他五〉悔恨。遺
憾。氣憤。

くやしなき[悔し泣き]〈名・自サ〉悔恨得
流淚。

くやしなみだ[悔し涙]〈名〉悔恨的眼淚。

くやしまぎれ[悔し紛れ]〈名・形動〉氣得
失去理智。

くやみ[悔み]〈名〉①後悔。悔恨。②吊喪。
吊唁。

くや・む[悔やむ]〈他五〉①後悔。②吊喪。
吊唁。哀悼。

くゆら・す[燻らす]〈他五〉①燻。②吸
(煙)。

くよう[供養]〈名・他サ〉供養。上供。

くよくよ・する〈自サ〉想不開。煩悶。

くら[蔵・倉]〈名〉倉庫。庫房。

くら[鞍]〈名〉鞍子。

くら・い[暗い]〈形〉①暗。黑暗。②(顏色)
發暗。③陰沉。陰暗。陰鬱。④(心情) 沉
重。⑤生疏。不熟悉。

くらい[位]〈名〉①皇位。王位。②官位。地
位。③(人或藝術作品的) 品格,格調。④
(數) 位。

‐くらい[位]〈副〉①大約。左右。②像…那樣。③
…那種程度。④(用「…～なら」的形式)
與其…不如…。

くらい・する[位する]〈自サ〉位於。居於。

グライダー[glider]〈名〉滑翔機。

くらいどり[位取り]〈名〉(數) 定位。

くらいまけ[位負け]〈名・自サ〉①不稱
職。②被(對方的) 聲威所壓倒。

クライマックス[climax]〈名〉高潮。頂點。

グラインダー[grinder]〈名〉磨床。

くら・う[食らう]〈他五〉①吃。喝。②蒙

受。挨。

クラウン[crown]〈名〉①皇冠。②頂峰。③
齒冠。

グラウンド[ground]〈名〉運動場。體育
場。球場。

くらがえ[鞍替え]〈名・自サ〉改行。轉業。

くらがり[暗がり]〈名〉①黑暗。暗處。③隱
私。

くらく[苦楽]〈名〉甘苦。

クラクション[klaxon]〈名〉(汽車) 喇叭。

くらくら〈副・自サ〉①頭暈眩。②(水開)
咕嘟咕嘟。

ぐらぐら〈副・自サ〉①搖撼。擺動。②(水
開) 嘩嘩。③發暈。④猶像。

くらげ[水母]〈名〉海蜇。

くらし[暮し]〈名〉①生活。度日。②家境。

グラジオラス[gladiolus]〈名〉(植) 唐菖
蒲。

くらしきりょう[倉敷料]〈名〉倉庫租金。
倉儲費。

クラシック[classic] Ⅰ〈名〉①古典。②古
典音樂。Ⅱ〈形動〉古典的。

くらしむき[暮し向き]〈名〉家境。生活。

くら・す[暮す]〈自他五〉①生活。度日。②
消磨時光。

クラス[class]〈名〉①級。等級。②(學校
的) 班。

グラス[glass]〈名〉①玻璃杯。酒杯。②眼
鏡。③望遠鏡。

グラタン[gratin]〈名〉奶汁烤菜。

クラッカー[cracker]〈名〉①鹹餅乾。②花
炮。

ぐらつ・く〈自五〉①(物體) 搖撼。(思想)
動搖。②頭暈。

クラッチ[clutch]〈名〉離合器。

グラビア[gravure]〈名〉照像凹版。

クラブ[club]〈名〉①俱樂部。②高爾夫球
棒。③(撲克牌的) 梅花。

グラフ[graph]〈名〉①圖表。②畫報。

くらべもの[比べ物]〈名〉值得比較的東
西。△～にならない/不能比。不能相提
並論。

くら・べる[比べる]〈他下一〉比。比較。

くらま・す[晦ます]〈他五〉①隱藏。②蒙蔽。

くら・む[眩む]〈自五〉眼花。眩暈。

グラム[gramme]〈名〉克。公分。

くらやみ[暗闇]〈名〉黑暗。漆黑。

クラリネット[clarinet]〈名〉單簧管。黑管。

くらわ・す[食らわす]〈他五〉①給吃。讓吃。②(以利)引誘。③打。打擊。

くらわたし[倉渡し]〈名・他サ〉倉庫交貨。

クランク[crank]〈名〉①(機)曲柄。曲軸。②拍電影。

クランクアップ[crank up]〈名・自サ〉(電影)拍攝完畢。

クランクイン[crank in]〈名・自サ〉(電影)開拍。

クランケ[Kranke]〈名〉患者。

グランド[ground]〈名〉→グラウンド。

グランド[grand]〈造語〉大型。豪華。

くり[栗]〈名〉栗子。

くりあ・げる[繰り上げる]〈他下一〉提前。

くりあわ・せる[繰り合せる]〈他下一〉安排。抽出(時間等)。

クリーク[creek]〈名〉小河。溝渠。

クリーニング[cleaning]〈名〉洗衣服。洗濯。

クリーム[cream]〈名〉①奶油。②雪花膏。③皮鞋油。

くりい・れる[繰り入れる]〈他下一〉(經)轉入。滾入。

くりいろ[栗色]〈名〉栗色。

グリーン[green]〈名〉①綠色。②草坪。

くりかえ・す[繰り返す]〈他五〉反覆。重複。

くりくり〈副・自サ〉①滴溜溜(地轉)。②溜圓。③光溜溜。

ぐりぐりI〈名〉疙瘩。肉瘤。II〈副・自サ〉①滴溜溜(地轉)。②摁着轉。

くりげ[栗毛]〈名〉(馬)栗色毛。

グリコーゲン[glycogen]〈名〉(化)糖原。

くりこ・す[繰り越す]〈他五〉(經)轉入。

結轉。

くりごと[繰り言]〈名〉車軸轆話。絮叨。牢騷。

くりこ・む[繰り込む]I〈自五〉擁進。II〈他五〉→くりいれる。

くりさ・げる[繰り下げる]〈他下一〉推遲。延期。

グリス[grease]〈名〉(機)潤滑油。

クリスタルガラス[crystal glass]〈名〉水晶玻璃。

クリスチャン[Christian]〈名〉基督教徒。

クリスマス[Christmas]〈名〉聖誕節。

グリセリン[glycerin]〈名〉甘油。

くりだ・す[繰り出す]I〈他五〉①紡出。撒出(綫、繩等)。②派出。調動。II〈自五〉(很多人)一起出動。

クリップ[clip]〈名〉①夾子。紙夾子。②曲別針。迴形針。③捲髮器。④筆帽上的卡子。

グリニッジじ[グリニッジ時]〈名〉格林威治標準時間。

くりぬ・く[刳り貫く]〈他五〉①挖通。打穿。②剜出。

くりの・べる[繰り延べる]〈他下一〉延期。推遲。

くりひろ・げる[繰り広げる]〈他下一〉①(把捲着的東西)展開。②開展。進行。

くりょ[苦慮]〈名・自他サ〉傷腦筋。

グリンピース[green peas]〈名〉青豌豆。

くる[来る]I〈自カ〉①來。來到。②來自。引起。③出現。產生。④(以「…と～と」、「…ときたら」的形式)提起…。特別是…。II〈補動〉(以「…て～」的形式)①(動作、狀態)一直在…。②(漸漸地變成某種狀態)…起來。③(做完某事或動作後回來)…來。

く・る[繰る]〈他五〉①繼(絲)。紡(綫)。捌(綫)。②依次拉出。③挨着數。依次計算。④挨着翻閱。⑤軋(棉花)。

ぐる〈名〉同謀。合夥(幹壞事)。

くるい[狂い]〈名〉①瘋狂。狂亂。②紊亂。失常。③差錯。

くるいざき[狂い咲き]〈名・自サ〉開花不

合時令。

くる・う[狂う]〈自五〉①發狂。發瘋。②沉
溺。③失常。出毛病。④(計劃等)落空。

クルー[crew]〈名〉①船員。(飛機)機組人
員。②賽艇隊員。

グループ[group]〈名〉組。小組。

くるくる[副・自サ]①滴溜溜(地轉)。②
手脚不停(地工作)。③一層層(地纏、繞、
捲)。④圓溜溜(的眼睛等)。

ぐるぐる[副・自サ]①滴溜溜(地轉)。團
團(轉)。②一層層(地纏繞)。

くるし・い[苦しい]〈形〉①痛苦。難受。②
困難。艱難。③勉強。牽強附會。

くるしまぎれ[苦し紛れ]〈名・形動〉迫不
得己。

くるしみ[苦しみ]〈名〉痛苦。困苦。

くるし・む[苦しむ]〈自五〉①痛苦。苦惱。
②吃苦。③苦於。難以。

くるし・める[苦しめる]〈他下一〉①欺
負。折磨。②使操心。使爲難。

クルス[cruz]〈名〉十字架。十字。

グルタミンさん[グルタミン酸]〈名〉(化)
穀氨酸。

くるびょう[佝僂病]〈名〉佝僂病。

くるぶし[踝]〈名〉踝。踝子骨。

くるま[車]〈名〉①輪。車輪。②車。③汽車。

くるまいす[車椅子]〈名〉輪椅。

くるまえび[車海老]〈名〉對蝦。

くるまざ[車座]〈名〉圍坐(成一圈兒)。

くるま・る〈自五〉(把身子)裹在…裏。

くるみ[胡桃]〈名〉核桃。核桃仁。

-ぐるみ[接尾]連。帶。全部。

くる・める〈他五〉總括。

くるりと[副]①迅速(轉身、轉圈等)。②
(態度、方針等)急驟(變化)。一下子。

ぐるりと[副]①轉動貌。②團團(圍住)。

くるわ・せる[狂わせる]〈他下一〉①打
亂。搞亂。②使失常。使出錯。

くれ[暮]〈名〉①日暮。黄昏。②季末。③年
末。

クレーター[crater]〈名〉(月球表面上的)
環形山。

グレード[grade]〈名〉①等級。階段。②學

年。

クレープ[crêpe]〈名〉縐紗。

クレーム[claim]〈名〉(商)索賠。

クレーン[crane]〈名〉起重機。吊車。

クレオソート[creosote]〈名〉(化)雜酚
油。木溜油。

くれぐれも[呉呉も]〈副〉反覆。懇切。衷
心。

クレゾール[Kresol]〈名〉(化)甲酚。

ぐれつ[愚劣]〈形動〉愚蠢。無聊。荒唐。

くれない[紅]〈名〉①紅花。②鮮紅色。

クレバス[crevasse]〈名〉(地)(冰河等)裂
口。冰隙。

クレヨン[crayon]〈名〉蠟筆。

く・れる[呉れる]Ⅰ〈他下一〉①給(我,我
們)。②(含有鄙意)給。Ⅱ〈補動〉(用「…
て~」的形式)給我…。給我們…。

く・れる[暮れる]〈自下一〉①日暮。天黑。
②(季、年)將過。③沉浸。④(用「…に~」
的形式)想不出(辦法)。

ぐ・れる〈自下一〉學壞。墮落。

くろ[黑]〈名〉①黑。黑色。②(圍棋)黑棋
子。③犯罪。罪犯。

くろ・い[黑い]〈形〉①黑色。②壞。不正。

くろう[苦劳]〈名・形動・自サ〉辛勞。操
勞。受苦。

ぐろう[愚弄]〈名・他サ〉愚弄。

くろうと[玄人]〈名〉①内行。行家。②妓
女。藝妓。

クローク[cloak]〈名〉①衣帽間。存衣處。
②斗蓬。

クロース[cloth]〈名〉①布。②(書的)布
皮。

クローズアップ[close-up]〈名・他サ〉①
(電影等的)特寫。②大書特書。

クローバー[clover]〈名〉三葉草。紫苜蓿。

グローブ[glove]〈名〉(棒球、拳撃)手套。

クロール[crawl]〈名〉自由泳。

くろぐろ[黑黑]〈副〉烏黑。漆黑。

くろこげ[黑焦げ]〈名〉(燒得)焦黑。

くろざとう[黑砂糖]〈名〉紅糖。

くろじ[黑字]〈名〉盈餘。贏利。

クロス[cross]〈名・自サ〉①十字。②十字

架。③十字交叉。

グロス[gross]〈名〉羅(12打)。

クロスカントリー[cross country]〈名〉越野賽跑。

くろず・む[黒ずむ]〈自五〉發黑。

クロッカス[crocus]〈名〉(植)藏紅花。番紅花。

クロッキー[croquis]〈名〉速寫。

グロッキー[groggy]〈名〉①(拳擊被打得)搖搖搖晃晃。②(累得)頭昏眼花,筋疲力盡。

くろつち[黒土]〈名〉黑土。

グロテスク[grotesque]〈形動〉奇形怪狀。

くろぼし[黒星]〈名〉①黑色圓點。②(相撲比賽中表示輸的黑點記號)失敗。

くろまく[黒幕]〈名〉①(劇)(換佈景時用的)黑幕。②幕後台。

くろまつ[黒松]〈名〉黑松。

くろまめ[黒豆]〈名〉黑豆。

クロム[chrome]〈名〉(化)鉻。

くろめ[目目]〈名〉黑眼珠。

くろやま[黒山]〈名〉人山人海。

クロレラ[chlorella]〈名〉(植)小球藻。

クロロホルム[chloroform]〈名〉(醫)氯仿。三氯甲烷。

クロロマイセチン[chloromycetin]〈名〉(醫)氯黴素。

くろわく[黒枠]〈名〉①黑邊。黑框。②(訃告等上面的)黑邊。訃告。

くわ[桑]〈名〉桑。桑樹。

くわ[鍬]〈名〉鎬。鋤頭。

くわい[慈姑]〈名〉(植)慈姑。

くわ・える[加える]〈他下一〉①加。增加。添加。②附加。追加。③包含。包括。④給予。施加。

くわ・える[銜える]〈他下一〉叼。銜。

くわがたむし[鍬形虫]〈名〉鍬形甲蟲。

くわし・い[詳しい]〈形〉①詳細。②精通。熟悉。

くわ・す[食わす]〈他五〉①喂。給吃。②扶養。使蒙受。③欺騙。

くわずぎらい[食わず嫌い]〈名〉①没吃就討厭(的人)。②没幹就討厭(的人)。

くわせもの[食わせ物]〈名〉①假貨。冒牌貨。②騙子。偽善者。

くわだ・てる[企てる]〈他下一〉①計劃。企圖。策劃。②計算。試圖。

くわわ・る[加わる]〈自五〉①加上。添上。②增長。增大。③參加。加入。

ぐん[軍]〈名〉①軍隊。②(軍隊編制)軍。③戰爭。

ぐん[群]〈名〉群。

ぐんい[軍医]〈名〉軍醫。

ぐんか[軍歌]〈名〉軍歌。

くんかい[訓戒]〈名・他サ〉訓誡。教訓。

ぐんがく[軍楽]〈名〉軍樂。

ぐんかん[軍艦]〈名〉軍艦。

ぐんき[軍紀]〈名〉軍紀。

ぐんき[軍旗]〈名〉軍旗。

ぐんき[軍機]〈名〉軍機。軍事機密。

ぐんきょ[群居]〈名・自サ〉群居。

ぐんぐん[副]①用力。使勁兒。②迅速。突飛猛進。

くんこ[訓詁]〈名〉訓詁。

くんこう[勲功]〈名〉功勳。

ぐんこう[軍港]〈名〉軍港。

ぐんこく[軍国]〈名〉軍國主義國家。

くんし[君子]〈名〉君子。

くんじ[訓示]〈名・自サ〉訓示。

くんじ[訓辞]〈名〉訓詞。

ぐんし[軍使]〈名〉軍使。

ぐんし[軍師]〈名〉軍師。

ぐんじ[軍事]〈名〉軍事。

ぐんしきん[軍資金]〈名〉①軍費。②經費。

くんしゅ[君主]〈名〉君主。

ぐんじゅ[軍需]〈名〉軍需。

ぐんしゅう[群衆]〈名〉群衆。人群。

ぐんしゅう[群集]〈名・自サ〉①群集。②人群。群。

ぐんしゅく[軍縮]〈名〉裁軍。

くんしょう[勲章]〈名〉勳章。

くんじょう[燻蒸]〈名・他サ〉燻蒸。

ぐんしょう[群小]〈名〉①衆小。②微不足道。

ぐんじょう[群青]〈名〉(顔料)群青。

ぐんじん[軍人]〈名〉軍人。

くんせい[燻製]〈名〉燻製。

ぐんせい[軍政]〈名〉①軍事管制。②軍事行政。

ぐんせい[群生]〈名・自サ〉(植)叢生。

ぐんせい[群棲]〈名・自サ〉群棲。群居。

ぐんぜい[軍勢]〈名〉①軍勢。②兵力。

ぐんせき[軍籍]〈名〉軍籍。

ぐんぞう[群像]〈名〉(繪畫)群像。

ぐんぞく[軍属]〈名〉(軍隊中的)文職人員。隨軍職工。

ぐんたい[軍隊]〈名〉軍隊。

ぐんだん[軍団]〈名〉軍團。

ぐんて[軍手]〈名〉(粗白綫)勞動手套。綫手套。

くんでん[訓電]〈名・他サ〉電令。電示。

くんとう[薫陶]〈名・他サ〉薫陶。

ぐんとう[軍刀]〈名〉軍刀。

ぐんとう[群島]〈名〉群島。

ぐんば[軍馬]〈名〉軍馬。

ぐんばい[軍配]〈名〉①指揮,部署(軍隊)。②△～があがる/得勝。

ぐんばつ[軍閥]〈名〉軍閥。

ぐんび[軍備]〈名〉軍備。

ぐんぴ[軍費]〈名〉軍費。

ぐんぴょう[軍票]〈名〉軍票。軍用鈔票。

ぐんぶ[軍部]〈名〉軍事當局。

ぐんぶ[群舞]〈名・自サ〉群舞。集體舞。

ぐんぷく[軍服]〈名〉軍服。

ぐんぽう[軍法]〈名〉①軍法。②兵法。戰術。

ぐんむ[軍務]〈名〉軍務。

ぐんもん[軍門]〈名〉軍門。

ぐんゆう[群雄]〈名〉群雄。

ぐんよう[軍用]〈名〉軍用。

ぐんらく[群落]〈名〉①(植)群落。②許多村落。

ぐんりつ[軍律]〈名〉①軍紀。②軍法。

くんりん[君臨]〈名・自サ〉①君臨。統治。②稱霸。

くんれい[訓令]〈名・自サ〉訓令。命令。

くんれん[訓練]〈名・他サ〉訓練。

くんわ[訓話]〈名・自サ〉訓話。訓示。

け　ケ

け[毛]〈名〉①毛。羽毛。絨毛。②髪毛。汗毛。③毛綫。毛織品。④微末。些微。一點點。

け[気]Ⅰ〈名〉①感覺。跡象。②成份。因素。③病。Ⅱ〈接尾〉覺得。感覺。

け[卦]〈名〉卦。

-け[家]〈接尾〉家。家族。

げ[下]〈名〉①下等。劣等。②(書的)下卷,下册。

けあ・げる[蹴上げる]〈他下一〉踢起。向上踢。

けあな[毛穴]〈名〉毛孔。

けい[兄]〈名〉兄。

けい[刑]〈名〉刑。刑罰。

けい[系]〈名〉①系。系統。②派系。③血統。

けい[計]Ⅰ〈名〉①計。大計。②合計。共計。總計。Ⅱ〈接尾〉計。表。

けい[景]〈名〉景。景色。

けい[罫]〈名〉(紙張上的)綫,格。

げい[芸]〈名〉①武藝。技能。②演技。③雜技。把戲。

けいあい[敬愛]〈名・他サ〉敬愛。

けいい[経緯]〈名〉①經緯。②經過。原委。

けいい[敬意]〈名〉敬意。

けいえい[経営]〈名・他サ〉經營。

けいえん[敬遠]〈名・他サ〉敬而遠之。迴避。

けいおんがく[軽音楽]〈名〉輕音樂。

けいか[経過]〈名・自サ〉①(時間)流逝,過去。②經過。過程。

けいが[慶賀]〈名・他サ〉慶賀。

けいかい[軽快]Ⅰ〈形動〉①輕快。②輕鬆,舒暢。③輕便。Ⅱ〈名・自サ〉(病)見好。

けいかい[警戒]〈名・他サ〉警戒。警惕。提防。

けいがい[形骸]〈名〉①形骸。②軀殼。②(建築物等的)廢墟,骨架。

けいがい[謦咳]〈名〉謦欬。

けいかく[計画]〈名・他サ〉計劃。規劃。

けいかん[景観]〈名〉景色。景緻。

けいかん[警官]〈名〉警察。

けいがん[慧眼]〈名・形動〉慧眼。目光敏鋭。

けいき[刑期]〈名〉刑期。

けいき[契機]〈名〉契機。轉機。起因。

けいき[計器]〈名〉計量器。測量儀表。

けいき[景気]〈名〉①(經)景氣。市況。②精神(狀態)。

けいききゅう[軽気球]〈名〉氣球。

けいきょ[軽挙]〈名・自サ〉輕擧(妄動)。草率行動。

けいきんぞく[軽金属]〈名〉輕金屬。

けいく[警句]〈名〉警句。

けいぐ[刑具]〈名〉刑具。

けいぐ[敬具]〈名〉(寫在書信最後)敬啓。

けいけい[炯炯]〈形動〉(目光)炯炯。

けいけいに[軽軽に]〈副〉輕率。草率。

けいけん[経験]〈名・他サ〉經驗。體驗。

けいけん[敬虔]〈形動〉虔敬。虔誠。

けいげん[軽減]〈名・自他サ〉減輕。

けいこ[稽古]〈名・他サ〉①(武術、文藝等的)學習,練習。②練習。排練。

けいご[敬語]〈名〉敬語。

けいご[警護]〈名・他サ〉警護。護衛。

けいこう[蛍光]〈名〉螢光。

けいこう[傾向]〈名〉傾向。趨勢。

けいこう[携行]〈名・他サ〉携帶前往。

けいこう[鶏口]〈名〉△～となるも牛後となるなかれ/寧爲鷄口,勿爲牛後。

げいごう[迎合]〈名・自サ〉迎合。逢迎。

けいこうぎょう[軽工業]〈名〉輕工業。

けいこうとう[蛍光灯]〈名〉螢光燈。

けいこく[渓谷]〈名〉溪谷。

けいこく[警告]〈名・他サ〉警告。

けいこつ[脛骨]〈名〉(解)脛骨。

げいごと[芸事]〈名〉(彈唱歌舞等)技藝。

けいさい[掲載]〈名・他サ〉刊登。登載。

けいざい[経済]Ⅰ〈名〉經濟。Ⅱ〈形動〉經濟。節省。

けいさつ[警察]〈名〉①警察。②警察署。

けいさん[計算]〈名・他サ〉①計算。②把…考慮進去。

けいさん[珪酸]〈名〉硅酸。

けいさんぷ[経産婦]〈名〉〈醫〉經産婦。

けいし[刑死]〈名・自サ〉被處死刑。

けいし[軽視]〈名・他サ〉輕視。

けいし[罫紙]〈名〉格紙。

けいじ[刑事]〈名〉①〈法〉刑事。②刑警。

けいじ[啓示]〈名・他サ〉①啓示。②〈宗〉神啓。

けいじ[掲示]〈名・他サ〉揭示。佈告。

けいじ[慶事]〈名〉喜事。

けいじ[繋辞]〈名〉①〈語〉繫詞。②〈正文的〉説明語。

けいしき[形式]〈名〉①形式。②方式。

けいじじょうがく[形而上学]〈名〉形而上學。

けいじばん[掲示板]〈名〉揭示板。佈告欄。

けいしゃ[傾斜]〈名・自サ〉①傾斜。②傾向。

けいしゃ[鶏舎]〈名〉鶏窩。

げいしゃ[芸者]〈名〉①藝妓。②多才多藝的人。

けいしゅ[警手]〈名〉①（鐵路道口的）守衛員。②皇宮警察署的下級職員。

けいしゅう[閨秀]〈名〉△～作家/女作家。

けいしゅく[慶祝]〈名・他サ〉慶祝。

げいじゅつ[芸術]〈名〉藝術。

けいしょう[形象]〈名〉形象。

けいしょう[敬称]〈名〉①敬稱。②尊敬説法。

けいしょう[景勝]〈名〉名勝。風景優美。

けいしょう[軽少]〈形動〉輕微。微不足道。

けいしょう[軽症]〈名〉小病。

けいしょう[軽傷]〈名〉輕傷。

けいしょう[継承]〈名・他サ〉繼承。

けいしょう[警鐘]〈名〉警鐘。

けいじょう[刑場]〈名〉刑場。

けいじょう[形状]Ⅰ〈名〉形狀。Ⅱ〈他サ〉形容。

けいじょう[計上]〈名・他サ〉計算在内。列入。

けいじょう[経常]〈名〉經常。

けいしょく[軽食]〈名〉便飯。小吃。

けいしん[軽震]〈名〉〈地〉輕震。

けいすう[係数]〈名〉〈數・理〉係數。

けいすう[計数]〈名〉計數。

けいせい[形成]〈名・他サ〉形成。

けいせい[形勢]〈名〉形勢。

けいせい[警世]〈名〉警世。

けいせき[形跡]〈名〉痕跡。形跡。

けいせき[珪石]〈名〉硅石。

けいせき[蛍石]〈名〉螢石。

けいせん[係船]〈名・自サ〉①（船）暫時繫留。繫泊。②被繫留的船。

けいせん[経線]〈名〉〈地〉經綫。

けいそ[珪素]〈名〉〈化〉硅。

けいそう[係争]〈名・自サ〉〈法〉爭執。爭訟。

けいそう[珪藻]〈名〉〈植〉硅藻。

けいそう[軽装]〈名・自サ〉輕裝。

けいぞく[継続]〈名・自他サ〉繼續。

けいそつ[軽率]〈形動〉輕率。草率。

けいたい[形態]〈名〉形態。

けいたい[携帯]〈名・他サ〉携帶。

けいだい[境内]〈名〉（神社等）院内。

けいちゅう[傾注]〈名・他サ〉①傾注。注入。②〈全神〉貫注。

けいちょう[軽佻]〈名〉輕佻。

けいちょう[軽重]〈名〉輕重。

けいちょう[傾聴]〈名・他サ〉傾聽。

けいちょう[慶弔]〈名〉慶弔。

けいつい[頸椎]〈名〉〈解〉頸椎。

けいてき[警笛]〈名〉警笛。喇叭。

けいてん[経典]〈名〉經典。

けいと[毛糸]〈名〉毛綫。

けいど[経度]〈名〉經度。

けいど[軽度]〈名〉輕度。

けいとう[系統]〈名〉①系統。②（思想等的）體系。

けいとう[傾倒]〈名・自サ〉①傾倒。②傾注。全神貫注。

けいとう[鶏頭]〈名〉鶏冠花。

げいとう[芸当]〈名〉①(特殊的)演技,絕活。②玩藝。勾當。

けいどうみゃく[頸動脈]〈名〉頸動脈。

げいにん[芸人]〈名〉①藝人。②多才多藝的人。

げいのう[芸能]〈名〉①技藝。②文娛。表演藝術。

けいば[競馬]〈名〉賽馬。

けいはい[珪肺]〈名〉矽肺。

けいはく[軽薄]Ⅰ〈名〉阿諛。Ⅱ〈形動〉輕薄。

けいはつ[啓発]〈名・他サ〉啓發。

けいばつ[刑罰]〈名〉刑罰。

けいばつ[閨閥]〈名〉裙帶關係。

けいひ[経費]〈名〉經費。費用。

けいび[軽微]〈名・形動〉(受害)輕微。

けいび[警備]〈名・他サ〉警備。警戒。

けいひん[景品]〈名〉①(商店送給顧客的)贈品。②(向參加遊藝會者散發的)紀念品。

げいひんかん[迎賓館]〈名〉迎賓館。

けいふ[系譜]〈名〉①家譜。家譜圖。②(思想等的)系統,諸系。

けいふ[継父]〈名〉繼父。

けいふく[敬服]〈名・自サ〉欽佩。

けいふん[鶏糞]〈名〉鶏糞。

けいべつ[軽蔑]〈名・他サ〉輕蔑。

けいべん[軽便]〈名・形動〉輕便。簡便。

けいぼ[敬慕]〈名・他サ〉敬慕。敬仰。

けいぼ[継母]〈名〉繼母。

けいほう[刑法]〈名〉刑法。

けいほう[警報]〈名〉警報。

けいぼう[警棍]〈名〉警棍。

けいみょう[軽妙]〈名・形動〉輕鬆。

けいむしょ[刑務所]〈名〉監獄。

げいめい[芸名]〈名〉藝名。

けいもう[啓蒙]〈名・他サ〉啓蒙。

けいやく[契約]〈名・他サ〉契約。合同。

けいゆ[経由]〈名・自サ〉經由。經過。

けいゆ[軽油]〈名〉(化)輕油。

げいゆ[鯨油]〈名〉鯨油。

けいよう[形容]〈名・他サ〉①容貌。面色。②形容。描繪。

けいよう[掲揚]〈名・他サ〉掛,昇(旗幟等)。

けいら[警邏]〈名〉巡邏。

けいらん[鶏卵]〈名〉鶏蛋。

けいり[経理]〈名〉會計。

けいりゃく[計略]〈名〉計策。計謀。

けいりゅう[係留]〈名・他サ〉繫住,拴住。

けいりゅう[渓流]〈名〉溪流。

けいりょう[計量]〈名・他サ〉量。稱。

けいりょう[軽量]〈名〉輕量。

けいりん[競輪]〈名〉(賭博性的)自行車賽。

けいるい[係累]〈名〉(家屬的)累贅。

けいれい[敬礼]〈名・自サ〉敬禮。

けいれき[経歴]〈名〉經歷。履歷。

けいれつ[系列]〈名〉系列。系統。

けいれん[痙攣]〈名・自サ〉痙攣。

けいろ[毛色]〈名〉①(動物的)毛色。②性質。風格。脾氣。

けいろ[経路]〈名〉途徑。路徑。

けいろう[敬老]〈名〉敬老。

けう[希有]〈名〉稀有。罕見。

ケーオー[KO]〈名・他サ〉(拳擊)擊倒。

ケーキ[cake]〈名〉點心。西式蛋糕。

ゲージ[gauge]〈名〉量規。

ケース[case]〈名〉①盒。箱。②實例。事例。③子彈殼。④(英語的)格。

ケーソン[caisson]〈名〉(建)沉箱。

ゲートボール[gate ball]〈名〉門球。

ゲートル[guêtre]〈名〉綁腿。

ケープ[cape]〈名〉披肩。斗蓬。

ケーブル[cable]〈名〉①電纜。②纜。纜索。

ケーブルカー[cable car]〈名〉纜車。

ケーブルテレビ[cable TV]〈名〉閉路電視。

ゲーム[game]〈名〉①競技。比賽。②遊戲。③(比賽的)一局。

けおされ・れる[気圧される]〈自下一〉被(氣勢)壓倒。

けおと・す[蹴落す]〈他五〉①踢落。踢掉。②排擠。排斥掉。

けおり[毛織]〈名〉毛織(品)。

けが[怪我]〈名・自サ〉①傷。受傷。②過

錯。

げか[外科]〈名〉外科。

げかい[下界]〈名〉人世。塵世。

けが・す[汚す]〈他五〉①弄髒。②玷污。敗壞。③姦污。④(謙)忝列。

けがのこうみょう[怪我の功名]〈名〉僥倖成功。歪打正着。

けがらわし・い[汚らわしい]〈形〉①污穢。②討厭。

けがれ[汚れ]〈名〉①污穢。骯髒。②不潔(指經期、産後、喪期等不能朝山拜佛)。

けが・れる[汚れる]〈自下一〉①骯髒。②失貞。③身子不潔(指經期、産後、喪期等)。

けがわ[毛皮]〈名〉毛皮。

げき[劇]〈名〉劇。戲。

げき[檄]〈名〉檄文。

げきえつ[激越]〈形動・自サ〉激越。激昂。

げきか[激化]〈名・自サ〉激化。加劇。

げきげん[激減]〈名・自サ〉鋭減。

げきしょう[激賞]〈名・他サ〉熱烈讚揚。

げきじょう[劇場]〈名〉劇場。

げきじょう[激情]〈名〉激情。感情衝動。

げきしょく[激職]〈名〉繁忙的職務。

げきしん[激震]〈名〉(地)强震。

げき・する[激する]Ⅰ〈自サ〉①激動。②激烈。③衝撃。Ⅱ〈他サ〉激勵。

げきせん[激戦]〈名・自サ〉激戰。

げきぞう[激増]〈名・自サ〉激増。

げきたい[撃退]〈名・他サ〉①撃退。②趕走。

げきだん[劇団]〈名〉劇團。

げきちん[撃沈]〈名・他サ〉撃沉。

げきついらく[撃墜]〈名・他サ〉撃落。

げきつう[劇痛]〈名〉劇痛。

げきてき[劇的]〈形動〉戲劇性(般)。

げきど[激怒]〈名・自サ〉勃然大怒。

げきとう[激闘]〈名・自サ〉激烈搏鬥。

げきどう[激動]〈名・自サ〉動盪。震盪。

げきとつ[激突]〈名・自サ〉①劇烈衝突。②猛撞。

げきは[撃破]〈名・他サ〉撃破。打敗。駁倒。

げきひょう[劇評]〈名〉劇評。

げきへん[激変]〈名・自サ〉激變。突變。

げきむ[激務]〈名〉繁重的工作。

げきめつ[撃滅]〈名・他サ〉殲滅。消滅。

げきやく[劇薬]〈名〉烈性藥。

げきらい[毛嫌い]〈名・他サ〉不由得厭惡。見面生厭。

げきりゅう[激流]〈名〉激流。

げきりん[逆鱗]〈名〉△～に触れる/觸犯(上級)。

げきれい[激励]〈名・他サ〉激勵。

げきれつ[激烈]〈形動〉激烈。

げきろん[激論]〈名・自サ〉激烈爭論。

けげん[怪訝]〈形動〉詫異。

げこ[下戸]〈名〉不會喝酒的人。

げこう[下校]〈名・自サ〉放學。

けさ[今朝]〈名〉今天早晨。

けさ[袈裟]〈名〉袈裟。

げざい[下剤]〈名〉瀉藥。

げざん[下山]〈名・自サ〉①下山。②(佛)(修行期滿)下山。

けし[罌粟]〈名〉罌粟。

げし[夏至]〈名〉夏至。

けしいん[消印]〈名〉郵戳。

けしか・ける〈名〉教唆。唆使。

けしからん〈連語〉不像話。豈有此理。混帳。

けしき[気色]〈名〉①神色。表情。②兆頭。狀態。

けしき[景色]〈名〉景色。

げじげじ〈名〉①(動)多足蟲。錢串子。②令人討厭的人。

けしゴム[消ゴム]〈名〉橡皮(擦)。

けし・とぶ[消し飛ぶ]〈自五〉被颳跑。被炸飛。驟然消失。

けしと・める[消し止める]〈他下一〉①撲滅(火)。②制止(擴大、蔓延)。

けじめ〈名〉區別。界限。

げしゃ[下車]〈名・自サ〉下車。

げしゅく[下宿]〈名・自サ〉寄宿。

げしゅにん[下手人]〈名〉凶手。

げじゅん[下旬]〈名〉下旬。

げじょ[下女]〈名〉女傭人。

けしょう[化粧]〈名・自他サ〉①化妝。打扮。②裝飾。

けじらみ[毛虱]〈名〉(動)陰虱。

けしん[化身]〈名〉化身。

け・す[消す]〈他五〉①熄滅。②關閉(電燈等)。③擦掉。抹去。④去掉。除掉。⑤殺掉。

げす[下種]〈名・形動〉①下賤的人。②下流。卑鄙。

げすい[下水]〈名〉①髒水。②下水。下水道。

ゲスト[guest]〈名〉①客人。②(廣播、電視等的)客串演員，特邀演員。

けずね[毛臑]〈名〉多毛的腿。

けず・る[削る]〈他五〉①削。刨。鑢。②刪去。削減。

げせない[解せない]〈連語〉不可理解。

げせわ[下世話]〈名〉俗話。

げせん[下船]〈名・自サ〉下船。

げせん[下賤]〈名〉下賤。微賤。

けた[桁]〈名〉①(建)橫樑。②(數)位。位數。

げた[下駄]〈名〉木屐。

げだい[外題]〈名〉①(封皮上的)書名。②劇目。

けたお・す[蹴倒す]〈他五〉①踢倒。②賴帳。

けだか・い[気高い]〈形〉高尚。高雅。

けたたまし・い[気高い]〈形〉(聲音)尖銳，尖利。

けたちがい[桁違い]Ⅰ〈名〉(數)錯位。Ⅱ〈名・形動〉相差懸殊。

げだつ[解脱]〈名・自サ〉①解脱。②涅槃。

けた・てる[蹴立てる]〈他下一〉①揚起(塵土)。②破(浪)。③(用「席を～」的形式)憤然離席。

けたはずれ[桁外れ]〈名・形動〉格外。異常。

けだもの[獣]〈名〉①獸。②(罵)畜生。

けだる・い[形]懶散。倦怠。

げだん[下段]〈名〉①(卧鋪的)下鋪。②(武術中劍、刀、槍等)向下的架式。

けち〈名・形動〉①吝嗇。②卑鄙。③簡陋。破舊。④不景氣。⑤不吉利。

ケチャップ[ketchup]〈名〉番茄醬。

けちら・す[蹴散らす]〈他五〉①踢亂。②驅散。打垮。

けちんぼう[けちん坊]〈名・形動〉吝嗇(鬼)。

けつ[決]〈名〉決定。表決。

-げつ[月]〈名〉月。

けつあつ[血圧]〈名〉血壓。

けつい[決意]〈名・自他サ〉決心。決意。

けついん[欠員]〈名〉缺額。空缺。

けつえき[血液]〈名〉血液。

けつえん[血縁]〈名〉血緣。

けっか[結果]〈名・自サ〉①結果。結局。②(植物)結果。

げっか[激化]〈名・自サ〉→げきか。

けっかい[決壊]〈名・自他サ〉潰决。決口。

けっかく[結核]〈名〉(醫)結核。

げつがく[月額]〈名〉月額。每月金額。

げっかびじん[月下美人]〈名〉(植)月下香。

げっかひょうじん[月下氷人]〈名〉月老。月下老人。

けっかん[欠陥]〈名〉缺陷。

けっかん[血管]〈名〉血管。

けつがん[頁岩]〈名〉(礦)頁岩。

げっかん[月刊]〈名〉月刊。

げっかん[月間]〈名〉一個月期間。

けっき[血気]〈名〉①血氣。②精力。

けっき[決起]〈名・自サ〉奮起。奮起。

けつぎ[決議]〈名・他サ〉决議。

げっきゅう[血球]〈名〉血球。

げっきゅう[月給]〈名〉月薪。工資。

けっきょ[穴居]〈名・自サ〉穴居。

けっきょく[結局]〈名・副〉結果。歸根到底。

けっきん[欠勤]〈名・自サ〉缺勤。

げっけい[月経]〈名〉月經。

げっけいかん[月桂冠]〈名〉桂冠。

げっけいじゅ[月桂樹]〈名〉月桂樹。

げっけん[撃剣]〈名〉擊劍。

けっこう[欠航]〈名・自サ〉(船、飛機等)停航，停班。

けっこう[血行]〈名〉血液循環。

けっこう[決行]〈名・他サ〉斷然實行。

けっこう[結構]Ⅰ〈名〉結構。佈局。Ⅱ〈形動〉①漂亮。好。棒。②足够。可以。Ⅲ〈副〉相當。滿好。

けつごう[結合]〈名・自他サ〉結合。

げっこう[月光]〈名〉月光。

げっこう[激昂]〈名・自サ〉激昂。激怒。

けっこん[血痕]〈名〉血跡。血痕。

けっこん[結婚]〈名・自サ〉結婚。

けっさい[決済]〈名・他サ〉結算。

けっさい[決裁]〈名・他サ〉裁決。審批。

けっさく[傑作]〈名・形動〉①傑作。②離奇。滑稽。

けっさん[決算]〈名・他サ〉決算。結算。

げっさん[月産]〈名〉月産(量)。

けっし[決死]〈名〉決死。拚死。

けっしきそ[血色素]〈名〉血色素。

けつじつ[結實]〈名・自サ〉①(植物)結實。②收到效果。

けっして[決して]〈副〉(後接否定)決(不)。絕對(不)。

けっしゃ[結社]〈名〉結社。

げっしゃ[月謝]〈名〉(毎月的)學費。月酬。

けっしゅう[結集]〈名・自他サ〉集中。

げっしゅう[月収]〈名〉月收入。

けっしゅつ[傑出]〈名・自サ〉傑出。卓越。

けっしょ[血書]〈名・自サ〉血書。

けつじょ[欠如]〈名・自サ〉缺乏。缺少。

けっしょう[血漿]〈名〉血漿。

けっしょう[決勝]〈名〉決賽。

けっしょう[結晶]〈名・自サ〉①結晶。②成果。

けつじょう[欠場]〈名・自サ〉(比賽)缺場,不出場。

けっしょうばん[血小板]〈名〉血小板。

けっしょく[欠食]〈名・自サ〉(因貧困等)缺食。

けっしょく[血色]〈名〉血色。氣色。

げっしょく[月食]〈名〉月蝕。

げっしるい[齧歯類]〈名〉囓齒動物。

けっしん[決心]〈名・自サ〉決心。

けっしん[結審]〈名・自サ〉(法)結束審理。

けっ・する[決する]〈自他サ〉①決定。②(河堤)決口。

けっせい[血清]〈名〉(醫)血清。

けっせい[結成]〈名・他サ〉結成。

けつぜい[血税]〈名〉苛稅。

けっせき[欠席]〈名・自サ〉缺席。

けっせき[結石]〈名〉(醫)結石。

けっせん[血栓]〈名〉(醫)血栓。

けっせん[決戦]〈名・自サ〉決戰。

けつぜん[決然]〈形動〉決然。

けっせんとうひょう[決選投票]〈名〉決選投票。

けっそう[血相]〈名〉臉色。神色。

けっそく[結束]〈名・自他サ〉①捆束。②團結。

けつぞく[血族]〈名〉血族。

げっそり〈副・自サ〉①突然消瘦。②失望。掃興。

けっそん[欠損]〈名・自サ〉①欠缺。②虧空。虧損。

けったい[結滞]〈名・自サ〉(醫)脈搏間歇。

けったく[結託]〈名・自サ〉勾結。串通。

けったん[血痰]〈名〉血痰。

けつだん[決断]〈名・自サ〉決斷。果斷。

けつだん[結団]〈名・自他サ〉組團。

けっちゃく[決着]〈名・自サ〉完結。終結。

けっちょう[結腸]〈名〉(解)結腸。

けっちん[血沈]〈名〉血沉。

けってい[決定]〈名・自他サ〉決定。

けってん[欠点]〈名〉①缺點。短處。②(學校成績)不及格分數。

けっとう[血統]〈名〉血統。

けっとう[血糖]〈名〉(醫)血醣。

けっとう[決闘]〈名・自サ〉決鬥。

けつにょう[血尿]〈名〉(醫)血尿。

けっぱく[潔白]〈名・形動〉清白。

けっぱん[欠番]〈名〉空號(碼)。

けっぱん[血判]〈名〉(割破手指按)血印。

けっぴょう[結氷]〈名・自サ〉結冰。

げっぴょう[月評]〈名〉毎月評論。

げっぷ〈名〉(打)嗝兒。

げっぷ[月賦]〈名〉分期付款。

けつぶつ[傑物]〈名〉傑出的人物。

げっぺい[月餅]〈名〉月餅。

けっぺき[潔癖]〈名・形動〉①潔癖。②剛直。清高。

けつべつ[決別]〈名・自サ〉訣別。告別。

けつべん[血便]〈名〉(醫)血便。

けつぼう[欠乏]〈名・自サ〉缺乏。缺少。

げっぽう[月報]〈名〉月報。

けつまく[結膜]〈名〉(解)結膜。

けつまず・く[蹴躓く]〈自五〉→つまずく。

けつまつ[結末]〈名〉結尾。結局。

げつまつ[月末]〈名〉月末。

けづめ[蹴爪]〈名〉①(鶏後爪)距。②(牛馬等蹄後的)小趾。

けつゆうびょう[血友病]〈名〉血友病。

げつよう[月曜]〈名〉星期一。

けつるい[血涙]〈名〉血淚。

けつれい[欠礼]〈名・自サ〉缺禮。失禮。

げつれい[月例]〈名〉每月例行。

げつれい[月齢]〈名〉月齡。

けつれつ[決裂]〈名・自サ〉決裂。破裂。

けつろ[血路]〈名〉血路。

けつろん[結論]〈名・自サ〉結論。

げてもの[下手物]〈名〉①粗貨。②稀奇古怪的東西。

げどく[解毒]〈名・自サ〉解毒。

けとば・す[蹴飛ばす]〈他五〉①踢開。②拒絕。

けなげ[健気]〈形動〉堅強。剛強。

けな・す[貶す]〈他五〉貶低。

けなみ[毛並]〈名〉①(動物的)毛色。②門第。出身。血統。

げなん[下男]〈名〉男傭。男僕。

けぬき[毛抜]〈名〉鑷子。

げねつ[解熱]〈名・他サ〉解熱。

けねん[懸念]〈名・他サ〉憂慮。擔心。②(佛)執念。

けはい[気配]〈名〉①跡象。動靜。②(交易的)行情。

けばけばし・い〈形〉花里胡哨。花花綠綠。

けばだ・つ[毳立つ]〈自五〉起毛。

げばひょう[下馬評]〈名〉外界輿論。社會輿論。

けばり[毛鉤]〈名〉(釣魚用的)毛鉤。

けびょう[仮病]〈名〉裝病。

げひん[下品]〈名・形動〉下流。卑鄙。

けぶか・い[毛深い]〈形〉毛重。毛濃。

けむ[煙]〈名〉煙。△～に巻く/迷惑(人)。

けむ・い[煙い]〈形〉嗆人。

けむし[毛虫]〈名〉毛毛蟲。

けむた・い[煙たい]〈形〉①嗆人。②發憷。

けむた・る[煙たがる]〈自五〉①嗆得慌。②望而生畏。發憷。

けむり[煙]〈名〉①煙。②煙霧。

けむ・る[煙る]〈自五〉①冒煙。②模糊不清。朦朧。

けもの[獣]〈名〉獸。野獸。

けものへん[獣偏]〈名〉(部首)犬猶兒。

げや[下野]〈名・自サ〉下野。

けやき[欅]〈名〉槻。欅。

けやぶ・る[蹴破る]〈他五〉①踢破。②擊破。

けら[螻蛄]〈名〉(動)螻蛄。

ゲラ[galley]〈名〉(印刷)校樣。

けらい[家来]〈名〉家臣。僕從。

げらく[下落]〈名・自サ〉①(物價、行情等)下跌。②(等級、品格)下降。

げらげら[副]哈哈(大笑)。

けり〈名〉結局。結果。△～をつける/解決。結束。△～がつく/了結。

げり[下痢]〈名・自サ〉腹瀉。

ゲリラ[guerrilla]〈名〉游擊隊。游擊戰。

け・る[蹴る]〈他五〉①踢。②拒絕。

ゲルマニウム[Germanium]〈名〉(化)鍺。

ゲルマン[Germane]〈名〉日爾曼。

げれつ[下劣]〈形動〉卑鄙。下流。

けれども I [接he]①(表示轉折)然而。可是。但是。②(連接上下句)③表示並列。II〈終助〉表示委婉的語氣。III〈接〉可是。

ゲレンデ[Gelande]〈名〉(練習用)滑雪場。

ケロイド[keloid]〈名〉(醫)瘢痕瘤。

けろりと[副]①若無其事。②(病等)一下子(好了)。③(忘得)乾乾淨淨。

けわし・い[険しい]〈形〉①陡峭。險峻。②危險。險惡。③嚴峻。嚴厲。

けん[件]Ⅰ〈名〉事情。Ⅱ〈接尾〉件。

けん[券]〈名〉票。券。

けん[妍]〈名〉妍。美麗。

けん[県]〈名〉縣。

けん[兼]〈名〉兼。

けん[剣]〈名〉劍。

けん[険]〈名〉①險要。②(表情)嚴厲。

けん[圏]〈名〉區。區域。範圍。

けん[間]〈名〉間(長度單位,1間約1.8米)。

けん[腱]〈名〉腱。肌腱。

けん[鍵]〈名〉(鋼琴等的)鍵。

-けん[軒]〈接尾〉(房屋)所。

げん[言]〈名〉言。話。

げん[弦]〈名〉①(弓)弦。②(樂器的)弦。③(數)弦。

げん[現]〈名〉現。現在。

げん[減]〈名〉減。減少。

げん[厳]〈名〉嚴。嚴格。

けんあく[険悪]〈形動〉①險惡。危險。②(表情等)凶險。

げんあつ[減圧]〈名・自他サ〉減壓。

けんあん[懸案]〈名〉懸案。

げんあん[原案]〈名〉原案。

けんい[権威]〈名〉①權勢。②權威。

けんいん[牽引]〈名・他サ〉牽引。

けんいん[検印]〈名〉檢查印。驗訖章。

げんいん[原因]〈名・自サ〉原因。

げんいん[減員]〈名・自他サ〉裁員。

けんうん[絹雲]〈名〉(氣)捲雲。

げんえい[幻影]〈名〉幻影。幻象。

けんえき[検疫]〈名・自他サ〉檢疫。

けんえき[権益]〈名〉權益。

げんえき[現役]〈名〉①現役(軍人)。②現在工作的人。

けんえつ[検閲]〈名・他サ〉(官方對報紙、郵件等的)檢查,審查。

けんえん[犬猿]〈名〉△～の仲/(關係)水火不相容。

けんお[嫌悪]〈名・他サ〉厭惡。嫌惡。

けんおん[検温]〈名・自サ〉檢查體温。

けんか[喧嘩]〈名・自サ〉吵嘴。打架。△～を売る/找碴兒打架。

げんか[言下]〈名〉話音未落。立即。

げんか[原価]〈名〉①原價。②成本。

げんか[現下]〈名〉現在。目前。

げんが[原画]〈名〉原畫。

けんかい[見解]〈名〉見解。看法。

けんがい[圏外]〈名〉圈外。範圍之外。

げんかい[限界]〈名〉界限。限度。

けんかい[厳戒]〈名・他サ〉嚴加戒備。

げんがい[言外]〈名〉言外。

けんがく[見学]〈名・他サ〉參觀。

げんかく[幻覚]〈名〉幻覺。

げんかく[厳格]〈形動〉嚴格。

げんがく[弦楽]〈名〉弦樂。

げんがく[衒学]〈名〉炫耀(賣弄)學問。

げんがく[減額]〈名・自他サ〉減少數額。

げんかしょうきゃく[減価償却]〈名・他サ〉折舊。

けんかしょくぶつ[顕花植物]〈名〉顯花植物。

けんがん[検眼]〈名・自サ〉驗光。

げんかん[玄関]〈名〉正門。門口。

げんかん[厳寒]〈名〉嚴寒。

けんぎ[建議]〈名・他サ〉建議。

けんぎ[嫌疑]〈名〉嫌疑。

げんき[元気]〈名・形動〉①精神。精力。朝氣。銳氣。②(身體)結實。健康。

げんぎ[原義]〈名〉原義。本義。

けんきゃく[健脚]〈名・形動〉能走路。腿脚強健。

けんきゅう[研究]〈名・他サ〉研究。

げんきゅう[言及]〈名・自サ〉言及。提到。

げんきゅう[減給]〈名・自他サ〉減薪。

けんぎゅうせい[牽牛星]〈名〉牛郎星。牽牛星。

けんきょ[検挙]〈名・他サ〉拘捕。逮捕。

けんきょ[謙虚]〈形動〉謙虚。

けんぎょう[兼業]〈名・他サ〉兼營。

げんきょう[元凶]〈名〉元凶。罪魁。

げんきょう[現況]〈名〉現狀。

げんぎょう[現業]〈名〉(工地等)現場工作。

けんきょうふかい[牽強附会]〈名・他サ〉牽強附會。

けんきん[献金]〈名・自サ〉捐款。

げんきん[現金]Ⅰ〈名〉現金。現款。Ⅱ〈形動〉勢利眼。

げんきん[厳禁]〈名・他サ〉嚴禁。

げんくん[元勲]〈名〉元勳。

げんけい[原形]〈名〉原形。原樣。

げんけい[原型]〈名〉①原型。②(鑄造用的)模型。

げんけい[減刑]〈名・自他サ〉減刑。

げんけいしつ[原形質]〈名〉(生)原生質。

けんげき[剣劇]〈名〉武戯。

けんけつ[献血]〈名・自サ〉獻血。

けんげん[権限]〈名〉權力。權限。

けんけんごうごう[喧喧囂囂]〈形動〉吵吵鬧鬧。

けんご[堅固]〈形動〉①堅固。堅定。②健康。

げんご[言語]〈名〉語言。

げんご[原語]〈名〉原文。原語。

けんこう[兼行]〈名・自サ〉①兼行。兼程。②兼辦。兼做。

けんこう[健康]〈名・形動〉健康。

けんごう[剣豪]〈名〉劍俠。

げんこう[言行]〈名〉言行。

げんこう[原稿]〈名〉稿子。

げんこう[現行]〈名〉現行。

げんごう[元号]〈名〉年號。

けんこうこつ[肩胛骨]〈名〉(解)肩胛骨。

けんこく[建国]〈名〉建國。

げんこく[原告]〈名〉原告。

げんこつ[拳骨]〈名〉拳頭。

げんごろう[源五郎]〈名〉(動)龍虱。

けんこん[乾坤]〈名〉①乾坤。②陰陽。③西北與西南。

げんこん[現今]〈名〉現今。當今。

けんさ[検査]〈名・他サ〉檢查。檢驗。

けんざい[建材]〈名〉建築材料。

けんざい[健在]〈名・形動〉健在。

けんざい[顕在]〈名・自サ〉明顯存在。

げんざい[原罪]〈名〉(宗)原罪。

げんざい[現在]Ⅰ〈名〉①現在。②(語法)現在時。③現實。實際。④截至(某時)。⑤(佛)現世。Ⅱ〈名・自サ〉現有。現存。

げんざいりょう[原材料]〈名〉原材料。

けんさく[検索]〈名・他サ〉查閱。

けんさく[献策]〈名・他サ〉獻策。

げんさく[原作]〈名〉原作。原著。

げんさく[減作]〈名〉(農業)減産。

けんさつ[検札]〈名・自サ〉(在車内)查票。驗票。

けんさつ[検察]〈名・他サ〉①(法)檢察。②檢驗。

けんさつ[賢察]〈名・他サ〉明察。

けんさん[研鑽]〈名・他サ〉鑽研。

けんざん[検算]〈名・他サ〉驗算。

げんさん[原産]〈名〉原産。

げんさん[減産]〈名・自他サ〉減産。

けんし[犬歯]〈名〉(解)犬齒。

けんし[検死]〈名・自サ〉驗屍。

けんじ[堅持]〈名・他サ〉堅持。

けんじ[検事]〈名〉(法)檢察員。

けんじ[献辞]〈名〉獻詞。

げんし[原子]〈名〉原子。

げんし[原始]〈名〉原始。

げんし[原紙]〈名〉蠟紙。

げんじ[言辞]〈名〉言詞。

げんしかく[原子核]〈名〉原子核。

けんしき[見識]〈名〉①見識。見解。②風度。架子。

げんしじん[原始人]〈名〉原始人。

けんじつ[堅実]〈名・形動〉堅實。踏實。

げんじつ[現実]〈名〉現實。實際。

けんじゃ[賢者]〈名〉賢者。

げんしゅ[元首]〈名〉元首。

げんしゅ[厳守]〈名・他サ〉嚴守。

けんしゅう[研修]〈名・他サ〉進修。

げんしゅう[減収]〈名・自サ〉減收。減産。

げんじゅう[厳重]〈形動〉嚴重。嚴格。

げんじゅうしょ[現住所]〈名〉現住址。

げんじゅうみん[原住民]〈名〉土著。

げんしゅく[厳粛]〈形動〉①嚴肅。②嚴峻。

けんしゅつ[検出]〈名・他サ〉檢驗出。

けんじゅつ[剣術]〈名〉劍術。

けんしょ[原書]〈名〉原著。原版書。

けんしょう[肩章]〈名〉肩章。

けんしょう[健勝]〈名・形動〉健康。健壯。

けんしょう[檢證]〈名・他サ〉①驗證。②(法)查證。檢驗。

けんしょう[憲章]〈名〉憲章。

けんしょう[顯彰]〈名・他サ〉表彰。

けんしょう[懸賞]〈名〉懸賞。

けんじょう[獻上]〈名・他サ〉捐獻。呈上。

けんじょう[謙讓]〈名・形動〉謙遜。

げんしょう[現象]〈名〉現象。

げんしょう[減少]〈名・自他サ〉減少。

げんじょう[原狀]〈名〉原狀。

げんじょう[現狀]〈名〉現狀。

けんしょく[兼職]〈名・他サ〉兼職。

げんしょく[原色]〈名〉①原色(紅、黃、綠)。②原來的彩色。

げんしょく[現職]〈名〉現職。

げんしょく[減食]〈名・自サ〉減食。

げんしろ[原子炉]〈名〉原子反應堆。

けんしん[檢針]〈名・自サ〉(看電表、水表、煤氣表)檢查用量。

けんしん[檢診]〈名・他サ〉診察。檢查(有無疾病)。

けんしん[獻身]〈名・自サ〉獻身。忘我。

けんじん[賢人]〈名〉①賢人。②濁酒。

げんじん[原人]〈名〉原人。猿人。

げんず[原圖]〈名〉原圖。

けんすい[懸垂]〈名・自サ〉①懸垂。②(體操)引體向上。

げんすい[元帥]〈名〉元帥。

げんすい[減水]〈名・自サ〉(河、井等)水量減少。

げんすいばく[原水爆]〈名〉原子彈和氫彈。

けんすう[件數]〈名〉件數。

げんすん[原寸]〈名〉原來的尺寸。

げんせ[現世]〈名〉現世。

けんせい[牽制]〈名・他サ〉牽制。

けんせい[權勢]〈名〉權勢。

けんせい[憲政]〈名〉憲政。

げんせい[原生]〈名〉(生)原生。

げんせい[嚴正]〈名・形動〉嚴正。

げんぜい[減稅]〈名・自他サ〉減稅。

けんせき[譴責]〈名・他サ〉①譴責。批評。②(對官吏的最輕處分)警告。

げんせき[原石]〈名〉①未加工的寶石。②(礦)原礦石。

けんせきうん[絹積雲]〈名〉(氣)捲積雲。

けんせつ[建設]〈名・他サ〉建設。

けんぜん[健全]〈形動〉①(身心)健康,健全。②正常。健康。

げんせん[源泉]〈名〉源泉。

げんせん[嚴選]〈名・他サ〉嚴選。

げんぜん[嚴然]〈形動〉嚴肅。嚴酷。

けんそ[險阻]〈名・形動〉險峻。險阻。

げんそ[元素]〈名〉(化)元素。

けんそう[喧騒]〈名・形動〉喧鬧。嘈雜。

けんぞう[建造]〈名・他サ〉建造。

げんそう[幻想]〈名・他サ〉幻想。

げんぞう[現像]〈名・他サ〉顯影。冲洗(膠片)。

けんそううん[絹層雲]〈名〉(氣)捲層雲。

げんそく[原則]〈名〉原則。

げんそく[舷側]〈名〉船舷。

げんそく[減速]〈名・自他サ〉減速。

げんぞく[還俗]〈名・自サ〉還俗。

けんそん[謙遜]〈名・自サ〉謙遜。

げんそん[現存]〈名〉現存。

けんたい[倦怠]〈名・自サ〉倦怠。厭倦。

げんたい[減退]〈名・自サ〉減退。衰退。

げんだい[現代]〈名〉現代。

ケンタッキーフライドチキン[Kentucky fried Chicken]〈名〉肯德基家鄉鷄(美國十大快餐店之一)。

けんたん[健啖]〈名・形動〉飯量大。

けんち[見地]〈名〉①見地。觀點。②檢查建築用地。

げんち[言質]〈名〉許諾。諾言。

げんち[現地]〈名〉①(自己現在住的地方)此地,本地。②當地。③現場。

けんちく[建築]〈名・他サ〉建築。

けんちょ[顯著]〈形動〉顯著。

げんちょ[原著]〈名〉原著。

げんちょう[幻聴]〈名〉(心) 幻聴。

けんつく[剣突]〈名〉申斥。責罵。

けんてい[検定]〈名・他サ〉審定。驗定。

けんてい[献呈]〈名・他サ〉呈獻。進獻。

けんてい[限定]〈名・他サ〉限定。

けんてん[圏点]〈名〉(對文章中重點部分加的)圈點。

けんでん[喧伝]〈名・他サ〉盛傳。

げんてん[原典]〈名〉原著。

げんてん[原点]〈名〉①原點。②基準點。出發點。

げんてん[減点]〈名・自サ〉扣分。減分。

けんとう[見当]Ⅰ〈名〉①估計。推測。②方向。目標。Ⅱ〈接尾〉大約。左右。

けんとう[拳闘]〈名〉拳擊。

けんとう[健闘]〈名・自サ〉奮鬥。拚搏。

けんとう[検討]〈名・他サ〉討論。研究。

けんどう[剣道]〈名〉劍術。

げんとう[幻灯]〈名〉幻燈。

げんとう[厳冬]〈名〉嚴冬。

げんどう[言動]〈名〉言行。

げんどうき[原動機]〈名〉發動機。

げんどうりょく[原動力]〈名〉原動力。

ケントし[ケント紙]〈名〉繪圖紙。製圖紙。

けんどちょうらい[捲土重来]〈名・自サ〉捲土重來。

けんない[圏内]〈名〉範圍内。圈子裏。

げんなま[現生]〈名〉現金。

げんなり〈副・自サ〉①疲憊不堪。②眼膩。③泄氣。掃興。

げんに[現に]〈副〉實際。現在。

けんにょう[検尿]〈名・自サ〉驗尿。

けんにん[兼任]〈名・他サ〉兼任。

げんにん[現任]〈名〉現任。現職。

けんにんふばつ[堅忍不抜]〈名・形動〉堅忍不拔。

けんのう[献納]〈名・他サ〉(向國家、寺院、神社等)捐獻。捐贈。

げんのう[玄翁]〈名〉大鐵錘。

げんのしょうこ[現の証拠]〈植〉牻牛兒苗。

けんのん[剣呑]〈名・形動〉危險。

けんば[犬馬]〈名〉犬馬。△~の労/犬馬之勞。

けんぱ[検波]〈名・他サ〉(理) 檢波。

げんば[現場]〈名〉現場。

げんぱい[減配]〈名・他サ〉①減少配給。②減少分紅。

けんぱく[建白]〈名・他サ〉建白。建議。

げんばく[原爆]〈名〉原子彈。

げんばつ[厳罰]〈名〉嚴懲。

けんばん[鍵盤]〈名〉鍵盤。

けんび[兼備]〈名・他サ〉兼備。

けんびきょう[顕微鏡]〈名〉顯微鏡。

けんぴつ[健筆]〈名〉①擅長寫字。②長於寫作。

げんぴん[現品]〈名〉現有物品。現貨。

けんぶ[剣舞]〈名〉劍舞。舞劍。

げんぷ[厳父]〈名〉①嚴父。②令尊。

げんぶがん[玄武岩]〈名〉(礦) 玄武岩。

けんぶつ[見物]〈名・他サ〉遊覽。參觀。

げんぶつ[現物]〈名〉①現有物品。②(金錢以外的)實物。③(商) 現貨。④現貨交易。

けんぶん[見聞]〈名・他サ〉見聞。見識。

けんぶん[検分]〈名・他サ〉實地檢查。實地調查。

げんぶん[原文]〈名〉原文。

げんぶんいっち[言文一致]〈名〉言文一致。

けんぺい[憲兵]〈名〉憲兵。

けんぺいずく[権柄ずく]〈名・形動〉依仗權勢。

けんべん[検便]〈名・他サ〉(醫) 驗便。

げんぼ[原簿]〈名〉原帳。底帳。總帳。

けんぼう[権謀]〈名〉權謀。

けんぽう[拳法]〈名〉拳術。

けんぽう[憲法]〈名〉憲法。

げんぽう[減法]〈名〉減法。

げんぽう[減俸]〈名・自サ〉減薪。

けんぼうしょう[健忘症]〈名〉健忘症。

げんぼく[原木]〈名〉原木。

けんぽん[献本]〈名・自他サ〉贈書。

けんま[研磨]〈名・他サ〉①研磨。②鑽研。

げんまい[玄米]〈名〉糙米。

けんまく[見幕]〈名〉怒氣沖沖。

げんみつ[厳密]〈形動〉嚴密。

けんむ[兼務]〈名・他サ〉→けんしょく。

けんめい[賢明]〈形動〉賢明。高明。

けんめい[懸命]〈形動〉拚命。

げんめい[言明]〈名・自他サ〉言明。明説。

げんめい[嚴命]〈名・他サ〉嚴命。

げんめつ[幻滅]〈名・自サ〉幻滅。

げんめん[原綿]〈名〉原棉。

けんもほろろ〈形動〉一11(拒絕)。斷然(拒絕)。

けんもん[檢問]〈名・他サ〉盤查。盤問。

げんや[原野]〈名〉原野。

けんやく[儉約]〈名・他サ〉節約。節省。

げんゆ[原油]〈名〉原油。

げんゆう[現有]〈名・他サ〉現有。

けんよう[兼用]〈名・他サ〉兼用。兩用。

けんらん[絢爛]〈形動〉絢爛。華麗。

けんり[權利]〈名〉權利。

げんり[原理]〈名〉原理。

げんりゅう[源流]〈名〉源流。源頭。

げんりょう[原料]〈名〉原料。

げんりょう[減量]〈名・自他サ〉①減量。②減輕體重。

けんりょく[權力]〈名〉權力。

けんろう[堅牢]〈名・形動〉堅牢。

げんろう[元老]〈名〉元老。

げんろん[言論]〈名〉言論。

げんわく[眩惑]〈名・自他サ〉①迷惑。②目眩。

こ　コ

こ[子]〈名〉①小孩。孩子。②(動物的)患子。③利息。

こ[粉]〈名〉粉。麵兒。

こ[弧]〈名〉①(數)弧。弧綫。②弧形。

こ-[小]〈接頭〉①小。②稍微。③差不多。

こ-[故]〈接頭〉已故。故去。

-こ[戸]〈接尾〉戸。家。

-こ[個]〈接尾〉個。

ご[五]〈名〉五。五個。

ご[後]〈名〉後。以後。

ご[期]〈名〉時候。時期。

ご[碁]〈名〉圍棋。

ご[語]〈名〉①語。語言。②詞。單詞。

こ・い[濃い]〈形〉濃。深。重。

こい[恋]〈名・自他サ〉戀愛。

こい[鯉]〈動〉鯉魚。

こい[故意]〈名〉故意。存心。有意。

ごい[語彙]〈名〉①詞彙。②語彙。

こいうた[恋歌]〈名〉戀歌。情歌。

こいがたき[恋敵]〈名〉情敵。

こいき[小粋・小意気]〈形動〉俊俏。漂亮。

こいこが・れる[恋い焦がれる]〈自下一〉熱戀。迷戀。

こいごころ[恋心]〈名〉戀膽(之情)。

こいし[小石]〈名〉小石頭子兒。石子兒。

ごいし[碁石]〈名〉圍棋子兒。

こいし・い[恋しい]〈形〉想念。戀慕。愛慕。懷念。

こい・する[恋する]〈他サ〉愛。戀愛。

こいつ[代]〈俗〉這個東西。這個傢伙。

こいなか[恋仲]〈名〉情侶。

こいねが・う[希う]〈他五〉渇望。切望。

こいのぼり[鯉幟]〈名〉鯉魚形幡。

こいびと[恋人]〈名〉情人。戀人。

こいぶみ[恋文]〈名〉情書。

コイル[coil]〈名〉(電)綫圈。

こいわずらい[恋煩い]〈名〉相思病。

こいん[雇員]〈名〉雇員。

コイン[coin]〈名〉硬幣。

コインランドリー[coin laundry]〈名〉投幣式自動洗衣店。

こ・う[請う・乞う]〈他五〉請求。乞求。

こう〈副〉這樣。這麼。

こう[功]〈名〉①功。功勞。②功效。成效。

こう[甲]〈名〉①(甲、乙的)甲。②(手、脚的)背。③甲。甲殻。

こう[行]〈名〉行。出行。

こう[効]〈名〉效。功效。

こう[幸]〈名〉幸運。幸福。

こう[香]〈名〉①香味兒。②(焚的)香。

こう[候]〈名〉時令。時節。

こう[項]〈名〉項目。條款。

こう[綱]〈名〉①(生物分類的)綱。②提綱。

こう[稿]〈名〉稿。原稿。

こう[好]〈接頭〉好。良好。

ごう[号]〈名〉①號。別名。②(報紙、雜誌等的)期。號。③(車、船等的)號。

ごう[合]〈名〉①(容積單位)合。②(登山通路長度的十分之一)合。

ごう[郷]〈名〉郷。郷土。△～に入っては～に従え/入郷隨俗。

ごう[業]〈名〉①(佛)業。善惡行爲。②生氣。憤怒。

こうあつ[高圧]〈名〉①高壓。壓制。②(電)高壓。

こうあん[公安]〈名〉公安。

こうあん[考案]〈名・他サ〉設計。

こうい[好意]〈名〉好意。美意。

こうい[行為]〈名〉行爲。行徑。

こうい[皇位]〈名〉皇位。

こうい[校医]〈名〉校醫。

こうい[高位]〈名〉高(職)位。

ごうい[合意]〈名・自サ〉同意。達成協議。

こういしつ[更衣室]〈名〉更衣室。

こういしょう[後遺症]〈名〉(醫)後遺症。

こういってん[紅一点]〈名〉(多數男性中的)唯一的女性。

こういん[工員]〈名〉工人。

こういん[光陰]〈名〉(文)光陰。時光。△～矢の如し/光陰似箭。

ごういん[強引]〈形動〉強行。強制。

こうう[降雨]〈名〉降雨。

ごうう[豪雨]〈名〉大雨。暴雨。

こううん[幸運]〈名・形動〉幸運。僥倖。

こううんき[耕耘機]〈名〉耕耘機。

こうえい[公営]〈名〉公營。

こうえい[光栄]〈名・形動〉光榮。榮譽。

こうえい[後裔]〈名〉(文)後裔。

こうえい[後衛]〈名〉後衛。

こうえき[公益]〈名〉公益。

こうえき[交易]〈名・自他サ〉交易。貿易。

こうえつ[校閲]〈名・他サ〉校閲。

こうえん[公園]〈名〉公園。

こうえん[公演]〈名・自他サ〉公演。

こうえん[後援]〈名・他サ〉後援。

こうえん[高遠]〈名・形動〉(文)遠大。高尚。

こうえん[講演]〈名・自サ〉講演。演講。報告。

こうお[好悪]〈名〉好惡。愛憎。

こうおつ[甲乙]〈名〉①甲乙。②優劣。

こうおん[高音]〈名〉①高聲。②(樂)女高音。

こうおん[高温]〈名〉高溫。

ごうおん[轟音]〈名〉轟鳴聲。

こうか[効果]〈名〉效果。成效。

こうか[校歌]〈名〉校歌。

こうか[降下]〈名・自サ〉降落。下降。

こうか[高価]〈名・形動〉高價。大價錢。

こうか[高架]〈名〉高架。△～鐵道/高架鐵路。

こうか[硬化]〈名・自サ〉①硬化。②(態度等)強硬起來。

こうか[硬貨]〈名〉硬幣。

こうが[高雅]〈名・形動〉高雅。

ごうか[豪華]〈名・形動〉豪華。

こうかい[公海]〈名〉公海。

こうかい[公開]〈名・他サ〉公開。開放。

こうかい[後悔]〈名・他サ〉後悔。悔恨。

こうかい[航海]〈名・自サ〉航海。航行。

こうがい[口外]〈名・他サ〉洩漏。説出。

こうがい[口蓋]〈名〉口蓋。上顎。

こうがい[公害]〈名〉公害。

こうがい[郊外]〈名〉郊外。郊區。

こうがい[校外]〈名〉校外。

こうがい[梗概]〈名〉梗概。概要。

ごうかい[豪快]〈形動〉豪爽。豪放。

ごうがい[号外]〈名〉①號外。②定額外的東西。

こうかいどう[公会堂]〈名〉公會堂。(公共)禮堂。

こうかく[口角]〈名〉嘴角。唇角。

こうかく[広角]〈名〉廣角。

こうがく[工学]〈名〉工學。

こうがく[光学]〈名〉(理)光學。

こうがく[後学]〈名〉①後進者。②日後的參考。

こうがく[高額]〈名〉高額。巨額。

ごうかく[合格]〈名・自サ〉①合格。②及格。

こうがくしん[向学心]〈名〉求知慾。好學心。

こうかくるい[甲殻類]〈名〉(動)甲殼類。

こうかつ[狡猾]〈形動〉狡猾。

こうかん[交換]〈名・他サ〉①交換。②(經)交易。③(經)(銀行之間的)票據交換。

こうかん[交歓]〈名・自サ〉聯歡。

こうかん[好感]〈名〉好感。

こうかん[巷間]〈名〉街巷。街頭巷尾。

こうかん[浩瀚]〈名・形動〉浩瀚。

こうかん[高官]〈名〉高級官員。高官。

こうかん[鋼管]〈名〉鋼管。

こうがん[厚顔]〈形動ノ〉厚顔。△～無恥/厚顔無耻。

こうがん[紅顔]〈名〉紅顔。

こうがん[睾丸]〈名〉睾丸。

ごうかん[強姦]〈名・他サ〉強姦。

こうかんしんけい[交感神経]〈名〉(解)交感神經。

こうき[公器]〈名〉①(爲社會服務的事業)公器。公有物。②公開的。

こうき[広軌]〈名〉寬軌。△～鐵道/寬軌鐵

路。

こうき[光輝]〈名〉①光輝。②榮譽。光榮。

こうき[好奇]〈名〉好奇。

こうき[好機]〈名〉好機會。良機。

こうき[後記]〈名〉後記。

こうき[後期]〈名〉後期。

こうき[香気]〈名〉香氣。香味。

こうき[校規]〈名〉校規。

こうき[校旗]〈名〉校旗。

こうき[高貴]〈名・形動〉高貴。尊貴。

こうき[綱紀]〈名〉綱紀。

こうぎ[抗議]〈名・自サ〉抗議。△～文/抗議書。

こうぎ[講義]〈名・他サ〉講。講解。講義。

ごうき[剛毅]〈名・形動〉剛毅。

ごうぎ[合議]〈名・自他サ〉協議。協商。商議。

こうきあつ[高気圧]〈名〉(氣)高氣壓。

こうきゅう[公休]〈名〉公休。

こうきゅう[考究]〈名・他サ〉考究。研究。

こうきゅう[恒久]〈名〉恒久。持久。永久。

こうきゅう[高級]〈名〉高級。高等。上等。

こうきゅう[高給]〈名〉高薪。高工資。

こうきゅう[硬球]〈名〉(棒球、網球等)硬球。

ごうきゅう[号泣]〈名・自サ〉嚎哭。

こうきょ[皇居]〈名〉皇宮。

こうきょう[公共]〈名〉公共。

こうきょう[好況]〈名〉(經)繁榮。興盛。

こうぎょう[工業]〈名〉工業。

こうぎょう[鉱業]〈名〉礦業。

こうぎょう[興行]〈名・他サ〉(爲了營利而舉行電影、戲劇、體育等的)演出。公演。

こうきょうがく[交響楽]〈名〉(樂)交響樂。

こうきょうきょく[交響曲]〈名〉(樂)交響曲。

こうきん[公金]〈名〉公款。

こうきん[拘禁]〈名・他サ〉拘禁。拘押。拘留。

ごうきん[合金]〈名〉合金。△～鋼/合金鋼。

こうぐ[工具]〈名〉工具。

こうくう[航空]〈名〉航空。

こうぐう[厚遇]〈名〉優遇。優待。厚待。

こうくうき[航空機]〈名〉飛機。航空器。

こうくうびん[航空便]〈名〉航空郵件。航空信。

こうくうぼかん[航空母艦]〈名〉航空母艦。

こうぐん[行軍]〈名・自サ〉行軍。

こうけい[口径]〈名〉口徑。孔徑。

こうけい[光景]〈名〉景象。情景。情況。景色。

こうけい[肯綮]〈名〉肯綮。關鍵。要點。

こうげい[工芸]〈名〉工藝。△～品/工藝品。

ごうけい[合計]〈名・他サ〉合計。共計。

こうけいき[好景気]〈名〉(市面)繁榮。好景氣。

こうけいしゃ[後継者]〈名〉後繼者。後任者。接班人。

こうげき[攻撃]〈名・他サ〉攻擊。進攻。

こうけつ[高潔]〈名ナ〉(文)高潔。清高。

こうけつ[膏血]〈名〉(文)膏血。膏脂。

こうけつ[豪傑]〈名〉豪傑。好漢。

こうけん[後見]〈名・他サ〉輔佐。保護。監護(的人)。

こうけん[貢献]〈名・自サ〉貢獻。

こうけん[高見]〈名〉高見。

こうげん[公言]〈名・他サ〉聲言。明言。公開說。

こうげん[巧言]〈名〉花言巧語。△～令色/巧言令色。

こうげん[広言]〈名・自サ〉大話。誇海口。△～を吐く/說大話。

こうげん[光源]〈名〉(理)光源。

こうげん[抗原]〈名〉(生理)抗原。

こうげん[高原]〈名〉(地)高原。

ごうけん[合憲]〈名〉合乎憲法。

ごうけん[剛健]〈名・形動〉剛健。剛強。

こうこ[好個]〈名〉合適。恰好。正好。

こうこ[後顧]〈名〉後顧。△～の憂い/後顧之憂。

こうご[口語]〈名〉口語。白話。

こうご[交互]〈名〉互相。交替。

ごうご[豪語]〈名・自サ〉豪言壯語。說大話。

こうこう[口腔]〈名〉(解)口腔。

こうこう[孝行]〈名・自サ・形動〉孝順。

こうこう[航行]〈名・自サ〉航行。航海。

こうこう[高校]〈名〉高中。△～生/高中生。

こうこう[皓皓]〈形動〉(文)皎皎。

こうこう[煌煌]〈形動〉亮堂堂。光亮。

こうこう[膏肓]〈名〉(文)膏肓。△病～に入る/病入膏肓。

こうごう[皇后]〈名〉皇后。

ごうごう[囂囂]〈形動〉喧囂。吵吵嚷嚷。

ごうごう[轟轟]〈形動〉降降。轟降。

こうごうし・い[神神しい]〈形〉神聖。莊嚴。

こうこうや[好好爺]〈名〉(文)性情溫和的老人。厚道的老人。

こうこがく[考古学]〈名〉考古學。

こうこく[公告]〈名・他サ〉(法院・機關的)公告。佈告。

こうこく[広告]〈名・他サ〉廣告。

こうこく[抗告]〈名・自サ〉(法)上訴。

こうこつ[恍惚]〈名・形動〉①出神。②恍惚。神志不清。

こうこつかん[硬骨漢]〈名〉硬漢子。剛強漢。

こうこつぶん[甲骨文]〈名〉甲骨文。

こうさ[交差]〈名・自他サ〉交叉。△～点/交叉點。十字路口。

こうさ[考査]〈名・他サ〉①審查。審核。②(學習成績的)考查。測驗。

こうざ[口座]〈名〉(銀行或帳簿的)户頭。△～番/户頭賬號。

こうざ[講座]〈名〉講座。

こうさい[公債]〈名〉公債。

こうさい[交際]〈名・自サ〉交際。交往。△～家/交際家。

こうさい[光彩]〈名〉(文)光彩。

こうさい[虹彩]〈名〉(解)虹彩。虹膜。△～炎/虹膜炎。

こうさい[鉱滓]〈名〉礦渣。

こうざい[功罪]〈名〉功罪。

こうざい[鋼材]〈名〉鋼材。

こうさく[工作]〈名・他サ〉①(小學生的)手工。△～時間/手工課。勞作。②活動。工作。③(土木工程的)修理。工事。

こうさく[交錯]〈名・自サ〉交錯。

こうさく[耕作]〈名・他サ〉耕種。耕作。

こうさく[鋼索]〈名〉鋼索。鋼纜。

こうさくきかい[工作機械]〈名〉機床。工作母機。

こうさつ[考察]〈名・他サ〉考察。研究。

こうさつ[絞殺]〈名・他サ〉絞死。勒死。

こうさん[公算]〈名〉可能性。概率。

こうさん[降参]〈名・自サ〉①投降。降服。②折服。認輸。

こうざん[高山]〈名〉高山。

こうざん[鉱山]〈名〉礦山。

こうし[子牛]〈名〉小牛。牛犢。

こうし[公私]〈名〉公私。

こうし[公使]〈名〉公使。△～館/公使館。

こうし[行使]〈名・他サ〉行使。使用。

こうし[格子]〈名〉格子。方格。

こうし[嚆矢]〈名〉(文)嚆矢。

こうし[講師]〈名〉①講師。②講演者。

こうじ[麹]〈名〉麴子。△～菌/麴黴。

こうじ[工事]〈名・自サ〉工程。工事。△～現場/工程現場。工地。

こうじ[公示]〈名・他サ〉公告。告示。

こうじ[好事]〈名〉①好事。喜事。△～魔多し/好事多磨。②善事。

こうじ[好餌]〈名〉①好餌。香餌。②(轉)(引起慾望的)餌食,利益。

こうじ[後事]〈名〉後事。

こうじ[高次]〈名〉①高級。②(數)高次。

ごうしがいしゃ[合資会社]〈名〉合資公司(企業)。

こうしき[公式]〈名〉①正式。△～記録/正式記録。②(數)公式。

こうしき[硬式]〈名〉硬式。

こうしせい[高姿勢]〈名〉高壓的姿態。

こうしつ[皇室]〈名〉皇室。

こうしつ[硬質]〈名〉硬質。

こうしつ[膠質]〈名〉膠質。膠體。

こうじつ[口実]〈名〉借口。口實。托辭。

こうじつせい[向日性]〈名〉(植)向光性。向日性。

こうしゃ[公社]〈名〉①國營公司。②公用事業公司。

こうしゃ[後者]〈名〉後者。

こうしゃ[校舎]〈名〉校舍。

こうしゃ[降車]〈名・自サ〉下車。△～口/下車門。

ごうしゃ[豪奢]〈名・形動〉奢侈。豪華。

こうしゃく[公爵]〈名〉公爵。

こうしゃく[侯爵]〈名〉侯爵。

こうしゃく[講釈]〈名・他サ〉①講解。②說評書。△～師/說評書的人。

こうしゃほう[高射砲]〈名〉高射炮。

こうしゅ[攻守]〈名〉攻守。△～同盟/攻守同盟。

こうしゅ[絞首]〈名〉絞首。絞刑。

こうしゅう[口臭]〈名〉口臭。

こうしゅう[公衆]〈名〉公衆。△～電話/公用電話。

こうしゅう[講習]〈名・他サ〉講習。△～会/講習會。

こうしゅうは[高周波]〈名〉(理)高頻。

こうじゅつ[口述]〈名・他サ〉口述。△～試験/口試。

こうじゅつ[後述]〈名・自サ〉後述。

こうしょ[高所]〈名〉①高處。②遠大見地。

こうじょ[控除]〈名・他サ〉扣除。減除。△～額/減除額。

こうしょう[口承]〈名・他サ〉口傳。△～文学/口頭文學。

こうしょう[公称]〈名・自サ〉號稱。名義。△～資本/名義資本。

こうしょう[公娼]〈名〉公娼。明娼。

こうしょう[公傷]〈名〉公傷。因公負傷。

こうしょう[交渉]〈名・自サ〉①交涉。談判。②關係。聯系。

こうしょう[考証]〈名・他サ〉考證。考據。△～学/考據學。

こうしょう[哄笑]〈名・自サ〉哄笑。大笑。△～一番/哄然大笑。哈哈大笑。

こうしょう[高尚]〈形動〉①高尚。高雅。②

高深。

こうしょう[鉱床]〈名〉(礦)礦床。

こうじょう[口上]〈名〉①口說。述說。②開場白。

こうじょう[工場]〈名〉工廠。

こうじょう[交情]〈名〉交情。交誼。

こうじょう[向上]〈名・自サ〉向上。提高。△～心/進取心。

こうじょう[厚情]〈名〉厚情。厚誼。

こうじょう[恒常]〈名〉恒常。

ごうしょう[豪商]〈名〉富商。

ごうじょう[強情]〈名・形動〉倔。固執。執拗。

こうじょうせん[甲状腺]〈名〉(解)甲狀腺。

こうしょうにん[公証人]〈名〉(法)公證人。公正員。

こうしょく[公職]〈名〉公職。

こうしょく[好色]〈名〉好色。△～漢/好色之徒。色鬼。

こうしょく[黄色]〈名〉黄色。

こう・じる[高じる]〈自上一〉→こう・ずる[高ずる]。

こう・じる[講じる]〈他上一〉→こう・ずる[講ずる]。

こうしん[交信]〈名・自サ〉相互通訊。通訊聯絡。

こうしん[行進]〈名・自サ〉行進。△～曲/進行曲。

こうしん[更新]〈名・自他サ〉更新。刷新。

こうしん[後進]〈名・自サ〉①晩輩。後輩。②落後。後進。③後退。

こうしん[亢進]〈名・自サ〉亢進。△心悸～/心悸過速。

こうじん[公人]〈名〉公務員。公職人員。

こうじん[後塵]〈名〉後塵。△～を拝する/步人後塵。

こうじん[黄塵]〈名〉黄沙。△～万丈/黄沙蔽天。

こうしんじょ[興信所]〈名〉信用調查所。徵信所。

こうじんぶつ[好人物]〈名〉老好人。好人。

こうしんりょう[香辛料]〈名〉香辣調味

品。

こうず[構図]〈名〉①構圖。②結構。

こうすい[香水]〈名〉香水。

こうすい[硬水]〈名〉硬水。

こうずい[洪水]〈名〉洪水。大水。洪流。

こうすいりょう[降水量]〈名〉降水量。降雨量。

こう・する[抗する]〈自サ〉抵抗。抗拒。

こう・ずる[高ずる]〈自サ〉加甚。加劇。

こう・ずる[講ずる]〈他サ〉①講。②採取。

こうせい[公正]〈名・形動〉公正。公道。公允。

こうせい[攻勢]〈名〉攻勢。

こうせい[更正]〈名・他サ〉更正。修正。

こうせい[更生]〈名・自サ〉①重新做人。②再生。翻新。再利用。

こうせい[厚生]〈名〉保健。厚生。△～省/厚生省。

こうせい[後世]〈名〉①後世。②後代。

こうせい[後生]〈名〉後生。

こうせい[恒星]〈名〉恒星。

こうせい[校正]〈名・他サ〉校對。校正。

こうせい[構成]〈名・他サ〉構成。結構。

ごうせい[合成]〈名・他サ〉合成。

ごうせい[豪勢]〈形動〉豪華。奢華。

こうせいぶっしつ[抗生物質]〈名〉抗生素。抗菌素。

こうせき[功績]〈名〉功績。功勞。

こうせき[洪積]〈名〉(地)洪積。△～世/洪積世。冰河時代。

こうせき[鉱石]〈名〉礦石。

こうせつ[公設]〈名〉公營。

こうせつ[降雪]〈名〉降雪。下雪。△～量/降雪量。

こうせつ[高説]〈名〉高見。卓見。

こうぜつ[口舌]〈名〉口舌。

ごうせつ[豪雪]〈名〉大雪。

こうせん[口銭]〈名〉佣金。佣錢。

こうせん[公選]〈名・他サ〉公選。

こうせん[交戦]〈名・自サ〉交戰。～国/交戰國。

こうせん[光線]〈名〉光綫。

こうせん[好戦]〈名〉好戰。

こうせん[抗戦]〈名・自サ〉抗戰。

こうせん[鉱泉]〈名〉礦泉。

こうぜん[公然]〈副・形動〉公然。公開。

こうぜん[昂然]〈形動〉昂然。

こうぜん[浩然]〈形動〉浩然。

こうぜん[傲然]〈形動〉傲然。高傲。

ごうぜん[轟然]〈形動〉轟隆。轟然。

こうそ[公訴]〈名・他サ〉(法)公訴。

こうそ[控訴]〈名・自サ〉(法)上訴。

こうそ[酵素]〈名〉(化)酵素。酶。

こうそう[広壮]〈名・形動〉宏大。宏偉。

こうそう[抗争]〈名・自サ〉抗争。對抗。

こうそう[後送]〈名・他サ〉①往後方輸送。②以後寄送。

こうそう[高僧]〈名〉高僧。

こうそう[高層]〈名〉①高空。②高層。

こうそう[構想]〈名・他サ〉構思。設想。

こうぞう[構造]〈名〉構造。結構。

ごうそう[豪壮]〈形動〉豪華。壯麗。

こうそく[拘束]〈名・他サ〉約束。拘束。束縛。

こうそく[校則]〈名〉校規。校則。

こうそく[高速]〈名〉高速。△～道路/高速公路。

こうぞく[後続]〈名〉後續。

こうぞく[航続]〈名・自サ〉續航。

こうぞく[皇族]〈名〉皇族。

こうそくど[高速度]〈名〉高速度。

こうたい[交替]〈名・自サ〉交替。替換。輪換。

こうたい[抗体]〈名〉(生)抗體。免疫體。

こうたい[後退]〈名・自サ〉後退。倒退。

こうだい[広大]〈名・行動〉廣大。廣闊。

こうたいごう[皇太后]〈名〉皇太后。

こうたいし[皇太子]〈名〉皇太子。

こうだか[甲高]〈名〉蹠面高。脚背高。

こうたく[光沢]〈名〉光澤。△～仕上げ/抛光。

ごうだつ[強奪]〈名・他サ〉搶奪。搶劫。

こうたん[降誕]〈名・自サ〉(神佛、聖人等的)降生。△～祭/聖誕節。

こうだん[公団]〈名〉(政府經營的公用事

業組織)公團。

こうだん[後段]〈名〉後段。

こうだん[講談]〈名〉評書。△～師/評書藝人。

こうだん[講壇]〈名〉講台。講壇。

ごうたん[豪胆]〈形動〉大膽。勇敢。

こうだんし[好男子]〈名〉①美男子。②好漢。

こうち[巧緻]〈名・形動〉精緻。

こうち[拘置]〈名・他サ〉(法)拘留。拘押。△～所/拘留所。

こうち[狡知]〈名〉狡點。

こうち[高地]〈名〉高地。

こうち[耕地]〈名〉耕地。

こうちく[構築]〈名・他サ〉修築。構築。

こうちゃ[紅茶]〈名〉紅茶。

こうちゃく[膠着]〈名・自サ〉膠着。黏着。△～語/黏着語。膠着語。

こうちゅう[甲虫]〈名〉(動)甲蟲。

こうちょう[好調]〈名・形動〉順利。順當。情況良好。

こうちょう[紅潮]〈名・自サ〉臉紅。

こうちょう[校長]〈名〉校長。

こうちょうかい[公聴会]〈名〉(國會召開的)意見聽取會。

こうちょうどうぶつ[腔腸動物]〈名〉(動)腔腸動物。

こうちょく[硬直]〈名・自サ〉僵硬。

こうちん[工賃]〈名〉工錢。

こうつう[交通]〈名・自サ〉交通。△～巡査/交通警。△～麻痺/交通癱瘓。

ごうつくばり[業突張り]〈名・形動〉貪婪而頑固。貪得無厭。

こうつごう[好都合]〈形動〉方便。順利。合適。

こうてい[工程]〈名〉工序。階段。

こうてい[公定]〈名〉公定。法定。

こうてい[行程]〈名〉①行程。②(機)衝程。

こうてい[肯定]〈名・他サ〉肯定。承認。

こうてい[皇帝]〈名〉皇帝。

こうてい[校訂]〈名・他サ〉校訂。訂正。△～版/校訂版。

こうてい[校庭]〈名〉校庭。校園。

こうてい[高低]〈名〉①高低。②漲落。

こうてい[高弟]〈名〉高足。得意門生。

こうてい[拘泥]〈名・自サ〉拘泥。拘執。

こうてき[公的]〈形動〉公的。公共的。正式的。

こうてき[好適]〈形動〉適宜。適合。

こうてきしゅ[好敵手]〈名〉好對手。勁敵。

こうてつ[更迭]〈名・自他サ〉更迭。更換。

こうてつ[鋼鉄]〈名〉鋼鐵。

こうてん[公転]〈名・自サ〉公轉。

こうてん[交点]〈名〉(數學、天文)交點。

こうてん[好天]〈名〉好天氣。

こうてん[好転]〈名・自サ〉好轉。

こうてん[後天]〈名〉(生理)後天。

こうてん[荒天]〈名〉暴風雨的大氣。

こうでん[香典]〈名〉奠儀。

こうど[光度]〈名〉(理)光度。△～計/光度計。

こうど[高度]〈名〉①高度。②(事物的水平)高度。高級。

こうど[硬度]〈名〉①(金屬等的)硬度。②(水的)硬度。

こうとう[口頭]〈名〉口頭。△～試問/口試。

こうとう[高等]〈名・形動〉高等。高級。△～学校/高級中學。高中。

こうとう[高騰]〈名・自サ〉(物價)暴漲。

こうとう[喉頭]〈名〉喉。喉頭。△～炎/(醫)喉炎。

こうどう[行動]〈名・自サ〉行動。行爲。△～半径/活動範圍。

こうどう[坑道]〈名〉①地下道。②(礦)坑道。

こうどう[講堂]〈名〉禮堂。

ごうとう[強盗]〈名〉強盗。

ごうどう[合同]〈名・自他サ〉①聯合。合併。②(數學)全等形。

こうとうぶ[後頭部]〈名〉後頭部。

こうとうむけい[荒唐無稽]〈形動〉荒誕無稽。

こうどく[鉱毒]〈名〉礦毒。

こうどく[購読]〈名・他サ〉訂閱。△～者/訂閱者。

こうどく[講読]〈名・他サ〉講解(文章)。

こうとくしん[公德心]〈名〉公德心。

こうどくそ[抗毒素]〈名〉抗毒素。

こうない[坑内]〈名〉(礦)坑道(道)内。井下。△〜夫/礦工。

こうない[校内]〈名〉校内。

こうない[港内]〈名〉港内。

こうない[構内]〈名〉院内。區域内。

こうないえん[口内炎]〈名〉(醫)口腔炎。

こうなん[後難]〈名〉後患。

こうなん[硬軟]〈名〉軟硬。強硬和軟弱。

こうにゅう[購入]〈名・他サ〉購買。購進。

こうにん[公認]〈名・他サ〉公認。

こうにん[後任]〈名〉後任。

こうねつ[高熱]〈名〉①(身體的)高熱。高燒。②高温。

こうねつひ[光熱費]〈名〉煤電費。

こうねん[光年]〈名〉(天)光年。

こうねんき[更年期]〈名〉更年期。

こうのう[効能]〈名〉效能。效力。效驗。

こうのとり[鸛]〈名〉(動)鸛。

こうは[光波]〈名〉光波。

こうば[工場]〈名〉工廠。△町〜/街道工廠。

こうはい[交配]〈名・他サ〉交配。雜交。

こうはい[後輩]〈名〉①後輩。晚輩。②後班生。下班生。

こうはい[荒廃]〈名・自サ〉①荒廢。荒蕪。②(精神)頹廢。

こうはい[興廃]〈名〉興亡。存亡。

こうばい[公売]〈名・他サ〉拍賣(查封的東西)。

こうばい[勾配]〈名〉坡度。斜度。

こうばい[購買]〈名・他サ〉購買。△〜部/供銷部。

こうばいすう[公倍数]〈名〉(數)公倍數。

こうはく[紅白]〈名〉紅白。

こうばく[広漠]〈形動〉廣漠。廣闊。

こうばし・い[香ばしい]〈形〉(炒、烤等的味)香。芳香。

こうはら[業腹]〈名・形動〉十分惱火。

こうはん[公判]〈名〉(法)公判。公審。

こうはん[広汎]〈形動〉廣泛。

こうはん[後半]〈名〉後半。

こうばん[交番]〈名〉①派出所。②輪換。

こうばん[合板]〈名〉三合板。膠合板。

こうひ[工費]〈名〉工程費。建築費。

こうひ[公費]〈名〉公費。公款。

こうび[交尾]〈名・自サ〉交尾。

こうび[後尾]〈名〉後尾。

こうひょう[公表]〈名・他サ〉公佈。發表。

こうひょう[好評]〈名〉好評。稱譽。

こうひょう[高評]〈名〉①厚讚。②您的批評。

こうひょう[講評]〈名・他サ〉講評。評論。

こうびん[後便]〈名〉下函。下次的信。

こうふ[工夫]〈名〉(在工地勞動的)工人。

こうふ[公布]〈名・他サ〉公佈。頒佈。

こうふ[交付]〈名・他サ〉交付。發給。

こうふ[坑夫]〈名〉礦工。

こうふく[幸福]〈名・形動〉幸福。

こうふく[降伏]〈名・自サ〉投降。

こうぶつ[好物]〈名〉愛吃的東西。

こうぶつ[鉱物]〈名〉礦物。

こうふん[口吻]〈名〉口吻。口氣。

こうふん[公憤]〈名〉公憤。義憤。

こうふん[興奮]〈名・自サ〉興奮。激動。

こうぶん[行文]〈名〉行文。文體。

こうぶん[構文]〈名〉文章結構。句法。

こうぶんしょ[公文書]〈名〉公文。

こうべ[首]〈名〉頭。

こうへい[工兵]〈名〉工兵。工程兵。

こうへい[公平]〈名・形動〉公平。公道。

こうへん[後編]〈名〉後編。下編。

こうべん[抗弁]〈名・自サ〉抗辯。

こうほ[候補]〈名〉①候補。②候選。

こうぼ[公募]〈名・他サ〉招募。徵集。

こうぼ[酵母]〈名〉酵母。△〜菌/酵母菌。

こうほう[公法]〈名〉公法。

こうほう[公報]〈名〉公報。

こうほう[広報]〈名〉宣傳。報道。

こうほう[後方]〈名〉後方。

こうぼう[光芒]〈名〉光芒。

こうぼう[攻防]〈名〉攻防。攻守。△〜戦/攻防戰。

こうぼう[興亡]〈名〉興亡。

ごうほう[号砲]〈名〉發令槍。

ごうほう[合法]〈名〉合法。

ごうほう[豪放]〈名〉豪放。豪爽。

こうぼく[公僕]〈名〉公僕。公務員。

こうぼく[坑木]〈名〉坑木。

こうぼく[高木]〈名〉喬木。

こうほん[校本]〈名〉校本。

こうま[子馬]〈名〉小馬。馬駒。

こうまい[高邁]〈名〉高遠。高深。

こうまん[高慢]〈名・形動〉高傲。傲慢。

こうまん[傲慢]〈名・形動〉傲慢。驕傲。

こうみゃく[鉱脈]〈名〉礦脈。

こうみょう[功名]〈名〉功名。

こうみょう[巧妙]〈形動〉巧妙。

こうみょう[光明]〈名〉①光明。②希望。

こうみん[公民]〈名〉公民。△～権/公民權。

こうむ[公務]〈名〉公務。△～員/公務員。

こうむてん[工務店]〈名〉建築公司。

こうむ・る[被る]〈他五〉蒙受。受到。

こうめい[公明]〈名・形動〉公道。公正。△～正大/光明正大。

こうめい[高名]〈名・形動〉①著名。有名。②(您的)大名。

ごうめいがいしゃ[合名会社]〈名〉無限公司。合股公司。

ごうも[毫も]〈副〉絲毫。

こうもく[項目]〈名〉①項目。②(辭典的)條目。

こうもり[蝙蝠]〈名〉蝙蝠。△～傘/旱傘。

こうもん[肛門]〈名〉肛門。

こうもん[校門]〈名〉校門。△～を出る/畢業。

こうもん[閘門]〈名〉閘門。

ごうもん[拷問]〈名・他サ〉拷問。上刑。

こうや[広野]〈名〉曠野。

こうや[荒野]〈名〉荒野。荒郊。

こうやく[公約]〈名・自他サ〉公約。諾言。

こうやく[膏薬]〈名〉膏藥。

こうやくすう[公約数]〈名〉(數)公約數。

こうゆう[公有]〈名・他サ〉公有。

こうゆう[交友]〈名〉交朋友。朋友。

こうゆう[校友]〈名〉校友。△～会/校友會。

ごうゆう[剛勇]〈名・形動〉剛勇。剛強。勇猛。

ごうゆう[豪遊]〈名・自サ〉豪華無度的行樂。

こうよう[公用]〈名〉①公用。②公事。公務。

こうよう[孝養]〈名・自サ〉奉養。孝順。

こうよう[効用]〈名〉①用途。功用。②效能。功效。

こうよう[紅葉]〈名・自サ〉①紅葉。②變成紅葉。

こうよう[高揚]〈名・自他サ〉發揚。高漲。提高。

こうよう[綱要]〈名〉綱要。

こうようじゅ[広葉樹]〈名〉闊葉樹。

ごうよく[強欲]〈名・形動〉貪婪。貪得無厭。

こうら[甲羅]〈名〉甲殼。△～を干す/曬太陽。△～を経る/有經驗。

こうらく[行楽]〈名〉行樂。出遊。△～客/遊客。

こうらん[高覧]〈名〉(敬)台覽。垂覽。

こうり[小売]〈名・他サ〉零售。小賣。△～商/零售商。

こうり[公理]〈名〉①公理。②(數)公理。

こうり[功利]〈名〉功利。△～主義/功利主義。

こうり[行李]〈名〉①(裝衣物類的)柳條箱。②行李。

こうり[高利]〈名〉高利。△～貸/高利貸。

ごうり[合理]〈名〉合理。

こうりつ[公立]〈名〉公立。

こうりつ[効率]〈名〉效率。

こうりつ[高率]〈名〉高比率。

こうりゃく[攻略]〈名・他サ〉攻佔。攻下。

こうりゃん[高粱]〈名〉高粱。

こうりゅう[交流]〈名・自サ〉①交流。②(電)交流電。

こうりゅう[拘留]〈名・他サ〉拘留。△～場/拘留所。

こうりゅう[興隆]〈名・自サ〉興隆。興盛。

ごうりゅう[合流]〈名・自サ〉①合流。匯

合。②聯合。

こうりょ [考慮]〈名・他サ〉考慮。

こうりょう [荒涼]〈形動〉荒涼。

こうりょう [香料]〈名〉①香料。②奠儀。

こうりょう [校了]〈印〉校完。

こうりょう [綱領]〈名〉①綱領。②綱要。摘要。

こうりょう [稿料]〈名〉稿費。稿酬。

こうりょく [効力]〈名〉效力。效果。

こうれい [恒例]〈名〉慣例。常例。

こうれい [高齢]〈名〉高齡。

ごうれい [号令]〈名・自サ〉號令。命令。

こうれつ [後列]〈名〉後排。

こうろ [行路]〈名〉①行路。走路。②處世。

こうろ [香炉]〈名〉香爐。

こうろ [航路]〈名〉航綫。航路。△～標識/航標。

こうろう [功労]〈名〉功勞。功績。△～者/功臣。

こうわ [講和]〈名・自サ〉講和。媾和。

こうわ [講話]〈名・自サ〉講演。講話。

こうわん [港湾]〈名〉港灣。港口。碼頭。

こえ [声]〈名〉①(人或動物的)聲。聲音。嗓音。②(物體振動發出的)聲響。③語言。話。④呼聲。主張。

こえ [肥]〈名〉肥料。

ごえい [護衛]〈名・他サ〉護衛。

こえがわり [声変り]〈名〉變嗓音。

こ・える [肥える]〈自下一〉①肥胖。發胖。②(土地)肥沃。③(眼力、口味)高。△目が～/眼力高。△口が～/口味高。

こ・える [越える・超える]〈自下一〉①過。越過。翻過。渡過。②超過。超出。

こおう [呼応]〈名〉呼應。配合。

コークス [Koks]〈名〉焦炭。

コース [course]〈名〉①路。路綫。②(體)跑道。泳道。③方針。④過程。經歷。⑤課程。科目。

ゴーストップ [go-stop]〈名〉交通信號燈。紅綠燈。

コーチ [coach]〈名・他サ〉①指導。教練。②教練員。

コーディネーター [coordinator]〈名〉(服飾、廣播、經營等工作各環節的)協調人。

コート [coat]〈名〉外套。大衣。

コート [court]〈名〉球場。

コード [cord]〈名〉電綫。軟綫。

コード [code]〈名〉①規定。規程。②電碼。密碼。

こおとこ [小男]〈名〉矮小的男子。小個子。

こおどり [小躍り]〈名・自サ〉(歡欣)雀躍。

コーナー [corner]〈名〉①隅。角。②(棒球、足球)角球。③(貼照片用的)相角。

コーヒー [coffee]〈名〉咖啡。

コーラ [cola]〈名〉可口可樂。

コーラス [chorus]〈名〉合唱。合唱隊。合唱曲。

コーラン [Koran]〈名〉(伊斯蘭教的)古蘭經。

こおり [氷]〈名〉冰。

こおり [郡]〈名〉郡。

こお・る [凍る]〈自五〉凍。結凍。

ゴール [goal]〈名〉(體)決勝點。②球門。

コールサイン [call sign]〈名〉(無綫電)呼號。

コールタール [coal tar]〈名〉煤焦油。

コールテン [corded velveteen]〈名〉燈芯絨。條絨。

ゴールデンウイーク [golden week]〈名〉黃金週(日本4月末至5月初連續休息期)。

コールドクリーム [cold cream]〈名〉雪花膏。香脂。

コールドパーマ [cold permanent]〈名〉冷燙髮。

ゴールドラッシュ [gold rush]〈名〉淘金熱。

こおろぎ [蟋蟀]〈名〉蟋蟀。蛐蛐兒。促織。

こがい [戸外]〈名〉戶外。屋外。

ごかい [沙蚕]〈名〉沙蠶。

ごかい [誤解]〈名・他サ〉誤解。誤會。

こがいしゃ [子会社]〈名〉子公司。

ごかいしょ[碁会所]〈名〉圍棋倶樂部。圍棋院。

コカイン[cocaine]〈名〉〈藥〉可卡因。古柯鹼。

ごかく[互角]〈名・形動〉勢均力敵。

ごがく[語学]〈名〉①外國語。②語言學。

こかげ[木陰]〈名〉樹蔭。樹下。

こが・す[焦がす]〈他五〉烤煳。②(用香)燻。

こがた[小形・小型]〈名〉小型。

こがたな[小刀]〈名〉小刀。刀子。

こかつ[枯渇]〈名・自サ〉枯竭。乾涸。

こがね[小金]〈名〉零錢。

こがね[黄金]〈名〉黃金。

こがねむし[黄金虫]〈名〉(動)金龜子。

こがら[小柄]〈名・形動〉①身材矮小。②(布料等的)小碎花紋。

こがらし[木枯し]〈名〉(秋末冬初的)寒風。秋風。

こが・れる[焦がれる]Ⅰ〈自下一〉渴望。嚮往。Ⅱ〈接尾〉(接動詞連用形後)焦急。△待ち～/望眼欲穿。

ごかん[五官]〈名〉五官(目、耳、鼻、舌、膚)。

ごかん[語感]〈名〉語感。

ごかん[語幹]〈名〉詞幹。

ごがん[護岸]〈名〉護岸。

こき[古希]〈名〉古稀。七十歲。

こき[呼気]〈名〉呼氣。

ごき[語気]〈名〉語氣。

ごき[誤記]〈名・他サ〉誤寫。寫錯。

ごぎ[語義]〈名〉詞義。

こきおろ・す[扱き下ろす]〈他五〉①貶低。②抨擊下來。

ごきげん[御機嫌]〈名・形動〉①("きげん"的敬語)情緒。身體。②高興。③非常好。

こきざみ[小刻み]〈名〉①切碎。②零零碎碎。一點一點。

こきつか・う[扱き使う]〈他五〉驅使。虐待。

こぎつ・ける[漕ぎ着ける]〈他下一〉①(划船)划到。②努力達到。終於達到。

こぎって[小切手]〈名〉支票。

ごきぶり〈名〉蟑螂。

こきみ[小気味]〈名〉心情。情緒。

きゃく[顧客]〈名〉顧客。

こきゅう[呼吸]〈名・自サ〉①呼吸。②(合作時的)步調。③祕訣。竅門。要領。

こきゅう[胡弓]〈名〉胡琴。

こきょう[故郷]〈名〉故鄉。家鄉。

こぎれ[小切れ]〈名〉破布。布頭。

こぎれい[小奇麗]〈形動〉乾淨。整潔。

こ・く[扱く]〈他五〉捋。

こく[濃]〈名〉(味道)濃郁。

こく[石]〈名〉①(容積單位,約合180公升)石。②(體積、船積載量單位,合10立方尺)石。③(日本古代武士俸祿單位)石。

こく[酷]〈形動〉苛刻。殘酷。

こ・ぐ[漕ぐ]〈他五〉①划(船)。搖(櫓)。②蹬(自行車等)。打(鞦韆)。

ごく[極]〈副〉極。最。非常。

ごく[獄]〈名〉監獄。監牢。

ごく[語句]〈名〉詞句。語句。

ごくあく[極悪]〈名・形動〉極惡。△～非道/窮凶極惡。

こくい[国威]〈名〉國威。

ごくい[極意]〈名〉奧秘。祕訣。

こくいっこく[刻一刻]〈副〉時時刻刻。每時每刻。

ごくいん[極印]〈名〉①印記。②(轉意)打上印記。烙印。

こくう[虚空]〈名〉太空。空中。

こくうん[国運]〈名〉國運。國家的命運。

こくえい[国営]〈名〉國營。

こくおう[国王]〈名〉國王。

こくがい[国外]〈名〉國外。

こくぎ[国技]〈名〉國技。

こくげん[刻限]〈名〉①限定的時間。②時辰。時刻。

こくご[国語]〈名〉①一國的語言。②本國語言。(在日本指)日語。

こくさい[国債]〈名〉國債。公債。

こくさい[国際]〈名〉國際。△～連合/聯合國。

ごくさいしき[極彩色]〈名〉花花綠綠。五

彩繽紛。

こくさく[国策]〈名〉國策。

こくさん[国産]〈名〉國產。△～品/國產品。

こくし[酷使]〈名・他サ〉驅使。殘酷使用。

こくじ[告示]〈名・他サ〉告示。佈告。公告。通告。

こくじ[国事]〈名〉國事。

こくじ[国璽]〈名〉御璽。

こくじ[酷似]〈名・自サ〉酷似。

ごくし[獄死]〈名・自サ〉囚死。死在獄中。

ごくしゃ[獄舎]〈名〉牢房。牢獄。

こくしょ[国書]〈名〉國書。

こくしょ[酷暑]〈名〉酷暑。炎熱。

こくじょう[国情]〈名〉國情。

ごくじょう[極上]〈名〉極上。極好。

こくじょく[国辱]〈名〉國耻。

こくじん[黒人]〈名〉黑人。

こくすい[国粋]〈名〉國粹。

こくぜ[国是]〈名〉國是。國策。

こくせい[国政]〈名〉國政。

こくせい[国勢]〈名〉國勢(指人口、生產、資源等情況)。△～調查/人口普查。

こくせい[国政]〈名〉國政。

こくせき[国籍]〈名〉國籍。

こくそ[告訴]〈名・他サ〉告狀。控告。

こくそう[国葬]〈名〉國葬。

こくそう[穀倉]〈名〉穀倉。糧倉。

ごくそう[獄窓]〈名〉獄窗。鐵窗。牢獄。

こくぞうむし[穀象虫]〈名〉米蟲。穀象蟲。

こくぞく[国賊]〈名〉國賊。

こくたい[国体]〈名〉國體。

こくたん[黒檀]〈名〉黑檀木。烏木。

こぐち[小口]〈名〉零星。小額。

こぐち[木口]〈名〉木材的橫斷面。

ごくつぶし[穀潰し]〈名〉懶漢。飯桶。

こくてい[国定]〈名〉國家制定。國家規定。

こくてん[黒点]〈名〉太陽黑子。

こくど[国土]〈名〉國土。領土。△～計劃/國土開發計劃。

ごくどう[極道]〈名・形動〉胡作非爲。爲非作歹。

こくない[国内]〈名〉國內。

こくなん[国難]〈名〉國難。

こくねつ[酷熱]〈名〉酷熱。

こくはく[告白]〈名・他サ〉坦白。

こくはく[酷薄]〈名・形動〉刻薄。殘酷。

こくはつ[告発]〈名・他サ〉告發。檢舉。

こくばん[黒板]〈名〉黑板。△～拭き/黑板擦。

こくひ[国費]〈名〉公費。國家經費。

ごくひ[極秘]〈名〉絕密。

こくびゃく[黒白]〈名〉①黑白。②是非。曲直。

こくひょう[酷評]〈名・他サ〉嚴厲批評。

こくひん[国賓]〈名〉國賓。

こくひん[極貧]〈名〉極貧。赤貧。

ふくふく[克服]〈名・他サ〉克服。

こくべつ[告別]〈名・自サ〉告別。辭行。△～式/告別儀式。

こくほう[国宝]〈名〉國寶。△人間～/人材國寶。

こくほう[国法]〈名〉國法。

こくぼう[国防]〈名〉國防。△～色/草綠色。

こぐまざ[小熊座]〈名〉小熊星座。

こくみん[国民]〈名〉國民。

こくむ[国務]〈名〉國務。△～省/(美國的)國務院。

こくめい[克明]〈形動〉細膩。精細。

こくもつ[穀物]〈名〉穀物。五穀。

ごくもん[獄門]〈名〉①獄門。②梟首示衆。

こくゆう[国有]〈名〉國有。

こくようせき[黒曜石]〈名〉黑曜石(一種火成岩)。

ごくらく[極楽]〈名〉極樂世界。天堂。

ごくり[副]咕嚕。

こくり[獄吏]〈名〉獄吏。

こくりつ[国立]〈名〉國立。

こくりょく[国力]〈名〉國力。

こくるい[穀類]〈名〉穀類。五穀。

こくれん[国連]〈名〉聯合國。

ごくろう[御苦労]〈名〉(敬)辛苦。

こくろん[国論]〈名〉國論。輿論。

こぐん[孤軍]〈名〉孤軍。

こけ[苔]〈名〉苔蘚。

ごけ[後家]〈名〉寡婦。△～を立てる/守寡。

こけい[固形]〈名〉固體。

ごけい[互恵]〈名〉互惠。

ごけい[語形]〈名〉詞形。

こけおどし[虚仮威し]〈名〉虚張聲勢的嚇唬。

こげくさ・い[焦げ臭い]〈形〉煳味兒。

こけし[小芥子]〈名〉(日本東北地方特産的)圓頭圓身的小木偶人。

こげちゃ[焦茶]〈名〉濃茶色。深棕色。

こけつ[虎穴]〈名〉①虎穴。②險地。虎口。

こげつ・く[焦げ付く]〈自五〉①焦煳。②(貸款)收不回來。

コケティッシュ[coquettish]〈形動〉嬌媚。妖艷。

こけらおとし[柿落し]〈名〉劇場落成後首次公演。

こ・ける[瘦ける]〈自下一〉消瘦。憔悴。

こ・げる[焦げる]〈自下一〉烤焦。

こけん[沽券]〈名〉①身價。身份。②地契。

ごけん[護憲]〈名〉護憲。

ごげん[語源]〈名〉詞源。語源。

ここ[此処]〈代〉①這裏,此處。②(指事物)這點。這件事。③此時。最近。

ここ[個個]〈名〉個個。每個。各自。

ここ[古語]〈名〉古語。

ごご[午後]〈名〉午後。下午。

ココア[cocoa]〈名〉可可。可可茶。

こうこう[股肱]〈名〉股肱。

こうこう[虎口]〈名〉虎口。險境。

こうこう[孤高]〈名・形動〉孤高。高傲。

こうこう[糊口]〈名〉糊口。

ごこう[後光]〈名〉(佛像背後的)後光。圓光。

こごえ[小声]〈名〉小聲。低聲。

こご・える[凍える]〈自下一〉凍。凍僵。

ここく[故国]〈名〉①故鄉。②祖國。

ごこく[五穀]〈名〉五穀。

ここち[心地]〈名〉(接動詞連用形時變成「ごこち」)心情。感覺。

こごと[小言]〈名・自サ〉①責備。②牢騷。怨言。

ココナ(ッ)ツ[coconut]〈名〉椰子果。

こご・む[屈む]〈自五〉彎腰。屈身。

こごめ[小米]〈名〉碎米。

こご・める[屈める]〈他下一〉彎腰。屈身。

こころ[心]〈名〉①心。心裏。②心地。心腸。③精神。靈魂。④内心。衷心。⑤意志。意圖。⑥心情。心緒。⑦意義。含意。

こころあたり[心当り]〈名〉猜想。估計。約莫。綫索。

こころいき[心意気]〈名〉氣魄。氣派。

こころえ[心得]〈名〉①經驗。知識。②注意事項。須知。

こころえがお[心得顔]〈名・形動〉好像什麼都懂的樣子。

こころえちがい[心得違い]〈名〉①想錯。誤解。②違背道理。錯誤。

こころ・える[心得る]〈他下一〉①明白。理解。②答應。同意。允許。③熟習。熟練。掌握。

こころおきなく[心置きなく]〈副〉①無隔閡。②無顧慮。

こころおぼえ[心覚え]〈名〉①記憶。記住。②備忘錄。

こころがかり[心掛り]〈名〉擔心。掛心。

こころがけ[心掛け]〈名〉留心。注意。

こころが・ける[心掛ける]〈他下一〉留心。注意。留意。

こころがまえ[心構え]〈名〉精神準備。思想準備。

こころがわり[心変り]〈名・自サ〉變心。改變主意。

こころぐるし・い[心苦しい]〈形〉①難受。難過。②於心不安。過意不去。

こころざし[志]〈名〉①志。志向。志願。意圖。②盛情。厚意。好意。心意。③(贈禮時的謙語)小意思。

こころざ・す[志す]〈自他五〉立志。

こころじょうぶ[心丈夫]〈形動〉放心。踏實。膽壯。

こころだのみ[心頼み]〈名〉指望。指望的事。

こころづかい[心遣い]〈名〉關懷。關心。

こころづくし[心尽し]〈名〉盡心盡力。誠

攣。

こころづけ[心付]〈名〉小費。酒錢。

こころづもり[心積り]〈名・自サ〉打算。預定。

こころづよ・い[心強い]〈形〉放心。踏實。有恃恃。

こころな・い[心ない]〈形〉①輕率。欠考慮。②不近人情。不通情理。③不懂風趣。

こころならずも[心ならずも]〈副〉無可奈何。出於無奈。

こころにく・い[心憎い]〈形〉極其。非常(好)。

こころね[心根]〈名〉心地。心腸。心眼兒。

こころのこり[心残り]〈名〉①遺憾。②戀戀不捨。留戀。

こころばかり[心ばかり]〈名・副〉寸心。微意。

こころぼそ・い[心細い]〈形〉心中不安。心中沒底。

こころまち[心待ち]〈名〉盼望。期望。

こころみ[試み]〈名〉嘗試。

こころ・みる[試みる]〈他上一〉嘗試。試驗。

こころもち[心持]Ⅰ〈名〉心情。心緒。Ⅱ〈副〉稍微。稍稍。

こころもとな・い[心許ない]〈形〉①靠不住。沒把握。②擔心。不放心。

こころやす・い[心安い]〈形〉①親密。不分彼此。②安心。放心。

こころやすだて[心安立て]〈因關係密切〉不客氣。不拘禮節。

こころゆ・く[心行く]〈自五〉盡情。痛快。心滿意足。

こころよ・い[快い]〈形〉①愉快。高興。②爽快。舒暢。③(病情)良好。

ここん[古今]〈名〉古今。

ごさ[誤差]〈名〉①差錯。②誤差。

ござ[茣蓙]〈名〉蓆子。草蓆。涼蓆。

こさい[小才]〈名〉小才幹。小聰明。

ごさい[後妻]〈名〉後妻。

こざいく[小細工]〈名・他サ〉①小工藝。②小技倆。小花招。

コサイン[cosine]〈名〉(數)餘弦。

こざかし・い[小賢しい]〈形〉①小聰明。自作聰明。②狡猾。

こさく[小作]〈名・他サ〉①佃户。②佃耕。

こさつ[古刹]〈名〉古刹。古寺。

コサック[Cossack]〈名〉哥薩克。

こざとへん[阜偏]〈名〉(漢字部首)左耳刀。

こさめ[小雨]〈名〉小雨。細雨。

こざら[小皿]〈名〉小碟。

こさん[古参]〈名〉老手。老資格。

ごさん[午餐]〈名〉午餐。△～会/午餐會。

ごさん[誤算]〈名・自サ〉①誤算。②估計錯誤。

こし[腰]Ⅰ〈名〉①腰。②(衣服、裙子等)腰部。③下半部。④(年糕、麺粉等的)黏度。Ⅱ〈接尾〉(刀)一把。(裙子)一條。(箭)一囊。

こし[輿]〈名〉①轎子。轎。②神輿。

こじ[固持]〈名・他サ〉固執。

こじ[固辞]〈名・他サ〉堅決辭退。

こじ[孤児]〈名〉孤兒。

こじ[故事]〈名〉①古傳。古事。②典故。

こじ[誇示]〈名・他サ〉誇示。誇耀。

ごじ[五指]〈名〉①五指。②前五名。五人。

-ごし[越し]〈接尾〉①隔着。②經過。歷時。

ごじ[誤字]〈名〉錯字。

こじあ・ける[こじ開ける]〈他下一〉撬開。

こしお[小潮]〈名〉小潮。

こしかけ[腰掛]〈名〉①櫈子。②(轉)一時棲身處。

こしか・ける[腰掛ける]〈自下一〉坐。坐下。

こしかた[来し方]〈名〉往昔。過去。

こしき[古式]〈名〉古式。老式。

こじき[乞食]〈名〉①乞丐。討飯的。

ごしき[五色]〈名〉五色。五彩。

こしぎんちゃく[腰巾着]〈名〉①腰包。荷包。②跟脚的。跟班的。

こしくだけ[腰砕け]〈名〉①(角力)摔倒。②半途而廢。

ごしごし[副](用力)搓物聲。搓物貌。

こしたんたん[虎視眈眈]〈形動〉虎視眈眈

眈。

こしつ[固執]〈名・自他サ〉固執。

こしつ[個室]〈名〉單間。單人房間。

こしつ[痼疾]〈名〉痼疾。

ごじつ[後日]〈名〉①將來。日後。②事件過後。

こしつき[腰つき]〈名〉腰板。腰姿。

ゴシック[Gothic]〈名〉①(建)哥德式。②黑體字。粗體字。

こじつ・ける〈他下一〉牽强附會。

ゴシップ[gossip]〈名〉閑話。閑聊。

ごじっぽひゃっぽ[五十步百步]〈名〉五十步笑百步。

こしぬけ[腰抜け]〈名〉①癱瘓。②膽怯。膽小鬼。

こしゃく[小癪]〈名・形動〉傲氣。令人可恨。

こしゅ[戸主]〈名〉戸主。

こしゅ[固守]〈名・他サ〉固守。死守。

こしゅ[鼓手]〈名〉鼓手。

こしゅう[固執]〈名・自他サ〉固執。堅持。

こじゅうと[小舅]〈名〉小舅子。小叔子。小姑子。小姨子。大舅子。大伯子。大姑子。大姨子。

ごじゅうのとう[五重塔]〈名〉五層塔。

ごしゅきょうぎ[五種競技]〈名〉五項全能運動。

ごじゅん[語順]〈名〉詞序。

こしょ[古書]〈名〉古書。舊書。

ごじょ[互助]〈名〉互助。

こしょう[小姓]〈名〉侍童。家童。

こしょう[故障]〈名・自サ〉①故障。毛病。②異議。反對意見。

こしょう[胡椒]〈名〉胡椒。

こしょう[湖沼]〈名〉湖沼。

こじょう[古城]〈名〉古城。

ごしょう[後生]〈名〉①後世。來世。②(央求語)積德。行好。

ごじょう[互讓]〈名〉互讓。

こしょく[古色]〈名〉古色。

ごしょく[誤植]〈名〉(印刷)誤排。

こしら・える[拵える]〈他下一〉①製造。做。②化妝。打扮。③捏造。虛構。④籌集。

籌措。

こじら・す[拗らす]〈他五〉①(使病)惡化。②使…複雜化。

こじ・る[抉る]〈他五〉撬。剜。

こじ・れる[拗れる]〈自下一〉①彆扭。②(病情)惡化。③(事物)複雜化。

こじん[古人]〈名〉古人。古代人。

こじん[故人]〈名〉①故人。死者。②故友。舊友。

こじん[個人]〈名〉個人。

ごしん[誤診]〈名・自サ〉誤診。

ごしん[誤審]〈名・自サ〉誤審。誤判。

ごしん[護身]〈名〉護身。防身。

こ・す[越す・超す]〈自他五〉①越過。渡過。②逾越。跨過。③超過。勝過。④遷移。搬家。

こ・す[漉す]〈他五〉過濾。濾。

こす・い[狡い]〈形〉①狡猾。②吝嗇。

こすい[湖水]〈名〉湖泊。

こすい[鼓吹]〈名・他サ〉①鼓吹。②鼓舞。鼓勵。

こすう[戸数]〈名〉戸數。

こすう[個数]〈名〉個數。

こずえ[梢]〈名〉樹梢。

コスチューム[costume]〈名〉①裝束。②戲裝。行頭。

コスト[cost]〈名〉①成本。②價格。

コスモス[cosmos]〈名〉(植)大波斯菊。

コスモポリス[cosmopolis]〈名〉國際都市。

コスモポリタン[cosmopolitan]〈名〉世界主義者。

こす・る[擦る]〈他五〉擦。搓。搓。蹭。

ご・する[伍する]〈自サ〉與…爲伍。並列。列入。

こせい[個性]〈名〉個性。

ごせい[互生]〈名・自サ〉(植)互生。

ごせい[悟性]〈名〉(哲)悟性。理解力。

ごせい[語勢]〈名〉口氣。語氣。

こせいだい[古生代]〈名〉(地)古生代。

こせいぶつ[古生物]〈名〉古生物。

こせがれ[小伜]〈名〉①(自己孩子的謙稱)犬子。②(對小孩的輕蔑稱呼)小伙子。小

東西。小鬼。
こせき[戸籍]〈名〉户口。户籍。
こせき[古跡]〈名〉古跡。
こせこせ〈副・自サ〉小氣。不大方。
こせつ[古拙]〈名・形動〉古拙。
こぜに[小銭]〈名〉零錢。
こぜりあい[小競合い]〈名〉小衝突。小糾紛。
こせん[古銭]〈名〉古錢。
ごせん[五線]〈名〉(樂)五綫譜。
ごせん[互選]〈名・他サ〉互選。
ごぜん[午前]〈名〉午前。上午。
こせんじょう[古戦場]〈名〉古戰場。
-こそ〈副助〉(表示强調)才是。才能。②(接假定形「ば」後)正因爲。
こぞう[小僧]〈名〉①小和尚。②學徒。小夥計。③毛孩子。小傢伙。
ごそう[護送]〈名・他サ〉護送。押解。押送。
ごぞうろっぷ[五臓六腑]〈名〉五臟六腑。
こそく[姑息]〈形動〉姑息。
こそ・げる[刮げる]〈他下一〉刮掉。
こそこそ〈副・自サ〉偷偷摸摸。鬼鬼祟祟。
ごそごそ〈副・自サ〉沙沙作響。嘎吱嘎吱作響。
こぞって[挙って]〈副〉全。都。全都。
こそどろ[こそ泥]〈名〉小偷。
こそばゆ・い〈形〉癢癢。發癢。②難爲情。
こたい[固体]〈名〉固體。
こたい[個体]〈名〉個體。
こだい[古代]〈名〉古代。
こだい[誇大]〈形動〉誇大。
ごたい[五体]〈名〉①五體。全身。②(書法的)五體(篆、隸、真、行、草)。
こたえ[答]〈名〉①回答。②解答。答案。
こたえられな・い[堪えられない]〈形〉①不堪。難以忍受。②(轉)好得很。
こた・える[答える]〈自下一〉①回答。②解答。
こた・える[応える]〈自下一〉①響應。反應。②痛感。深感。
こだか・い[小高い]〈形〉略高的。稍高的。
こだから[子宝〉寶貝兒。孩子。
ごたく[御託]〈名〉絮絮叨叨。
ごたごたⅠ〈名〉糾紛。紛争。Ⅱ〈副・自サ〉混亂。
こだし[小出し]〈名・他サ〉一點一點地拿出。
こだち[木立]〈名〉樹叢。
こたつ[火燵]〈名〉(取暖用的)被爐。
こだね[子種]〈名〉①種子。精子。②小孩。△～を宿す/有孕。有喜。
ごたぶん[御多分]〈名〉△～にもれず/不例外。不出所料。
こだま[木霊]〈名・自サ〉②回聲。回響。
こだわ・る[拘る]〈自五〉拘泥。
こたん[枯淡]〈名・形動〉淡泊。
こち[故知]〈名〉故智。
こちこちⅠ〈形動〉①硬梆梆。②僵硬。③頑固。死板。Ⅱ〈副〉(時鐘秒針走動的聲音)咔嚓咔嚓。
ごちそう[御馳走]〈名・他サ〉①款待。招待。請客。②筵席。盛饌。佳餚。
ごちゃごちゃ〈副・自サ〉雜亂。零亂。
こちょう[誇張]〈名・他サ〉誇張。誇大。
ごちょう[語調]〈名〉語氣。語調。
こちら[此方]〈代〉①(表示場所)這裏。這邊。②(指物)這個。③(指人)這位。
こぢんまり〈副・自サ〉小巧玲瓏。小而舒適。
こつ[骨]〈名〉①骨。②骨灰。遺骨。③要領。秘訣。
ごつ・い〈形〉①粗壯。粗大。粗糙。②生硬。笨拙。
こっか[国花]〈名〉國花。
こっか[国家]〈名〉國家。
こっか[国歌]〈名〉國歌。
こっかい[国会]〈名〉國會。
こづかい[小使]〈名〉勤雜人員。勤雜工。
こづかい[小遣]〈名〉零用錢。零花錢。
こっかく[骨格]〈名〉①骨骼。②(事物的)結構。
こっかん[酷寒]〈名〉嚴寒。酷寒。
こっき[克己]〈名・自サ〉克己。自制。
こっき[国旗]〈名〉國旗。
こっきょう[国教]〈名〉國教。

こっきょう[国境]〈名〉國境。邊境。

こっきん[国禁]〈名〉國家禁令。

こっく[刻苦]〈名・自サ〉刻苦。

コック[kok]〈名〉厨師。

コック[cock]〈名〉(水管、煤氣管等)栓。開關。龍頭。

こづ・く[小突く]〈他五〉①捅。截。②欺負。

こっくりI〈名〉①點頭。②打盹。II〈副・自サ〉點頭。同意。

こっけい[滑稽]〈名・形動〉滑稽。可笑。

こっけん[国権]〈名〉國家權力。

こっこ[国庫]〈名〉國庫。

こっこう[国交]〈名〉國交。邦交。

ごつごうしゅぎ[御都合主義]〈名〉機會主義。

こっこく[刻刻]〈名・副〉時時刻刻。

こつこつ[兀兀]〈副〉①孜孜不倦。刻苦。勤奮。②(敲門等聲)喀吱喀吱。

ごつごつ[副・自サ]①堅硬。②生硬。粗魯。

こっし[骨子]〈名〉大綱。要點。

こつずい[骨髄]〈名〉骨髓。

こっせつ[骨折]〈名・自サ〉骨折。

こつぜん[忽然]〈副〉忽然。

こっそり〈副〉悄悄地。偷偷地。

ごっそり[副]全部。一點不剩。

こったがえ・す[ごった返す]〈自五〉雜亂無章。擁擠不堪。

こっちょう[骨頂]〈名〉透頂。已極。△愚の～/糊塗透頂。

こつつぼ[骨壺]〈名〉骨灰罐。

こづつみ[小包]〈名〉①郵包。包裹。②小包。

こってり〈副・自サ〉①(味道、顏色)濃。濃厚。②很厲害。

こっとう[骨董]〈名〉骨董。古玩。

こつにく[骨肉]〈名〉骨肉。

こっぱみじん[木端微塵]〈名〉粉碎。稀爛。

こつばん[骨盤]〈名〉骨盆。骨盤。

こっぴど・い[こっ酷い]〈形〉非常嚴厲。很厲害。

こつぶ[小粒]〈名〉①小粒。細粒。②(身體)

矮小。③(「小粒金」的略語)江戶時代的小金幣。

コップ[kop]〈名〉玻璃杯。

こっぷん[骨粉]〈名〉骨粉。

こつまく[骨膜]〈名〉骨膜。

ごつん[副]〈重物相撞聲〉砰。

こて[鏝]〈名〉①(瓦工用的)鏝刀。抹子。②熨斗。③焊烙鐵。④燙髮鉗。

ごて[後手]〈名〉①後下手。②下手晚了。③(棋)後着。後手。

こてい[固定]〈名・自他サ〉固定。△～給/固定工資。

こてきたい[鼓笛隊]〈名〉鼓笛樂隊。

こてこて[副]①很多。②濃厚。濃。

ごてごて[副]①濃厚。濃艷。②絮絮叨叨。喋喋不休。③雜亂。

こてさき[小手先]〈名〉①手指尖。②小聰明。

こてしらべ[小手調べ]〈名〉(正式開始前)試一試。

こてん[古典]〈名〉古典。

こてん[個展]〈名〉個人展覽會。

ごてん[御殿]〈名〉公館。宅邸。

こと[事]I〈名〉①事。事情。事態。②事件。變故。③內容。II〈終助〉(女性表示感動、感嘆)真。

こと[異]I〈名〉不同。別的。II〈接頭〉(古)異。△～国/異國。異鄉。

こと[琴]〈名〉古琴。箏。

こと[古都]〈名〉古都。

こと[糊塗]〈名・他サ〉敷衍。搪塞。掩飾。

-ごと[共]〈接尾〉連同…一起。包括在內。

-ごと[毎]〈接尾〉每。

ことあたらし・い[事新しい]〈形〉①新鮮。特別新。②再。重新。

ことう[孤島]〈名〉孤島。

こどう[鼓動]〈名・自サ〉(心臟的)跳動。搏動。

こどうぐ[小道具]〈名〉①小工具。②刀劍的附件。③(劇)小道具。

ことか・く[事欠く]〈自五〉缺乏。不足。

ことき・れる[事切れる]〈自下一〉咽氣。死亡。

こどく[孤独]〈形動〉孤獨。孤單。

ごとく[五徳]〈名〉①五德(温、良、恭、儉、讓)。②火架子。火撐子。

ことごとく[悉く]〈名・副〉全部。所有。

ことごとし・い[事事しい]〈形〉小題大做。誇張。

ことごとに[事毎に]〈副〉事事。

ことこまか[事細か]〈形動〉詳詳細細。

ことさら[殊更]〈副〉①故意。特意。②特別。

ことし[今年]〈名〉今年。本年。

ごと・し[如し]〈助動〉似。如。像。

こた・りる[事足りる]〈自上一〉充足。足够。

ことづか・る[言付かる]〈他五〉受託。

ことづけ[言付け]〈名〉口信。

ことづ・ける[言付ける]〈他下一〉①託人帶口信。②託人帶東西。

ことづて[言伝]〈名〉①口信。傳言。傳聞。傳說。

ことなかれしゅぎ[事勿れ主義]〈名〉多一事不如少一事。消極主義。

こと・な[異なる]〈自五〉不同。不一樣。

ことに[殊に]〈副〉特別。格外。尤其。

ことのほか[殊の外]〈副〉①意外。②特別。非常。

ことば[言葉]〈名〉①語言。話。言詞。②單詞。③(小說、戲曲中的對話部分)道白。

ことばじり[言葉尻]〈名〉話把。話柄。錯話。

ことばづかい[言葉遣い]〈名〉說法。措詞。

ことほ・ぐ[寿ぐ]〈他五〉祝賀。慶賀。

こども[子供]〈名〉①孩子。兒童。②(動物的)崽兒。③(自己的)兒子。

こともなげ[事もなげ]〈形動〉若無其事。滿不在乎。

ことよ・せる[事寄せる]〈自下一〉假託。推託。藉故。

ことり[小鳥]〈名〉小鳥。

ことわざ[諺]〈名〉諺語。俗語。常言。

ことわり[断り]〈名〉①拒絕。謝絕。②事先通知。事先打招呼。事先得到允許。③道歉。

ことわ・る[断る]〈他五〉①拒絕。謝絕。②事先通知。事先打招呼。事先得到允許。③道歉。

こな[粉]〈名〉粉。麵。粉末。

こなぐすり[粉薬]〈名〉藥粉。藥麵。

こなごな[粉粉]〈形動〉粉碎。

こなし[熟し]〈名〉①消化。②(身體的)動作。姿態。③(事物的)處理方法。

こな・す[熟す]〈他五〉①弄碎。②消化。處理。④銷售。⑤掌握。運用自如。⑥(劇)很好地扮演。

こなみじん[粉微塵]〈名〉粉碎。

こなゆき[粉雪]〈名〉細雪。

こな・れる[熟れる]〈自下一〉①弄碎。②消化。③嫻熟。運用自如。④老練。通達世故。

コニャック[Cognac]〈名〉(法國科涅克地方的)白蘭地酒。

ごにん[誤認]〈名・他サ〉誤認。

こにんずう[小人数]〈名〉少數人。

こぬかあめ[小糠雨]〈名〉毛毛雨。牛毛細雨。

コネ[connection]〈名〉門路。門子。△~をつける/拉關係。

こ・ねる[捏ねる]〈他下一〉①揉。搗。揉和。②強詞奪理。

ご・ねる[強ねる]〈自下一〉(俗)①死。②抱怨。發牢騷。硬磨。

この[此の]〈連体〉這。這個。

このあいだ[此の間]〈名〉前幾天。上一次。最近。

このうえ[此の上]〈副〉①此外。再。更。②事已至此。

このかた[此の方]Ⅰ〈名〉以來。以後。Ⅱ〈代〉這位。

このごろ[此の頃]〈名〉近來。最近。

このさい[此の際]〈副〉這時候。這種情況。

このさき[此の先]〈名〉①今後。以後。②前面。前邊。

このたび[此の度]〈名〉這次。這回。此次。

このつぎ[此の次]〈名〉下次。下回。

このとおり[此の通り]〈副〉如此。照這樣。

このとき[此の時]〈名〉這時。此時。

このは[木の葉]〈名〉(雅)樹葉。

このぶん[此の分]〈名〉這樣。這種情況。

このへん[此の辺]〈名〉①這邊。這一帶。②這種程度。

このま[木の間]〈名〉樹間。

このまえ[此の前]〈名〉上次。上回。

このまし・い[好ましい]〈形〉可喜的。令人滿意的。

このまま[此の儘]〈名・副〉就這樣。按現在這樣。

このみ[好み]〈名〉①喜好。愛好。喜愛。②流行。時興。

この・む[好む]〈他五〉喜歡。愛好。願意。

このよ[此の世]〈名〉①今世。人世。②當代。現代。

このんで[好んで]〈副〉①喜好。②常常。專愛。

こはく[琥珀]〈名〉①琥珀。②(「琥珀織り」的略語)波紋綢。

ごはさん[御破算]〈名〉①(算盤)重打。②從頭做起。重新打鼓另開張。

こばしり[小走り]〈名〉①小跑。小步疾走。②(古時在武士家侍候婦人的)少女。

こはぜ[鞐]〈名〉(指甲形的)別釦。

ごはっと[御法度]〈名〉①禁令。清規。②禁止。不許。

こばな[小鼻]〈名〉鼻翼。鼻翅兒。

こばなし[小話]〈名〉(色情)小故事。小笑話。

こば・む[拒む]〈他五〉①拒絕。②阻擋。阻止。

コバルト[Cobalt]〈名〉①(化)鈷。②蔚藍色。

こはるびより[小春日和]〈名〉小陽春(天氣)。

こはん[湖畔]〈名〉湖畔。湖濱。

ごはん[御飯]〈名〉飯。米飯。

ごばん[碁盤]〈名〉圍棋盤。

こび[媚]〈名〉媚。諂媚。

ごび[語尾]〈名〉①詞尾。②語尾。句尾。

コピー[copy]〈名〉①抄本。副本。拷貝。②複製。③(廣告等的)文稿。△～ライター/(廣告等的)撰稿人。

こびと[小人]〈名〉①身材矮小的人。②(童話中的)小矮人。侏儒。

ごびゅう[誤謬]〈名〉謬誤。錯誤。

こびりつ・く[自五]粘上。附着。

こ・びる[媚びる]〈自上一〉①諂媚。②獻媚。賣弄風情。

こぶ[瘤]〈名〉①瘤子。包。②(物體表面隆起部分)疙瘩。③累贅。

こぶ[昆布]〈名〉海帶。

こぶ[鼓舞]〈名・他サ〉鼓舞。鼓勵。

ごふ[護符]〈名〉護身符。

ごぶ[五分]〈名〉①五分。半寸。②百分之五。③不分上下。實力相等。

こふう[古風]〈名・形動〉古式。舊式。老式。

ごふく[呉服]〈名〉和服衣料。

こぶくしゃ[子福者]〈名〉兒女滿堂的人。

ごぶさた[御無沙汰]〈名・自サ〉久疏問候。久未奉函。

こぶし[拳]〈名〉拳頭。拳。

こぶとり[小太り]〈名〉稍胖。

コブラ[cobra]〈名〉(動)眼鏡蛇。

コプラ[copra]〈名〉椰仁乾。乾椰肉。

こぶり[小振り]〈名・形動〉①小的擺動。小振動。②小型。小號(碼)。

こぶり[小降り]〈名〉(雨、雪等)小下。

こふん[古墳]〈名〉古墳。△～時代/古墳時代。

こぶん[子分]〈名〉①義子。乾兒子。②黨羽。部下。

こぶん[古文]〈名〉古文。

ごへい[語弊]〈名〉語病。

ごへいかつぎ[御幣担ぎ]〈名〉講迷信(的人)。

こべつ[戸別]〈名〉挨戶。每家。

こべつ[個別]〈名〉個別。

ごほう[語法]〈名〉①語法。②(文章、說話)表達方法。說法。

ごほう[誤報]〈名・他サ〉錯誤的通知、報道。

ごぼう[牛蒡]〈名〉(植)牛蒡。

こぼ・す[零す]〈他五〉①(粒狀物、液體等)灑、撒、落、掉。②發牢騷。

こぼね[小骨]〈名〉小骨頭。(魚)刺。

こぼればなし[零れ話]〈名〉花絮。

こぼ・れる[零れる]〈自下一〉①溢出。灑落。掉。漏。②充滿。洋溢。

こぼ・れる[毀れる]〈自下一〉毀。壞。

こぼんのう[子煩惱]〈名・形動〉溺愛孩子(的人)。

こま[駒]〈名〉①馬駒。②馬。③棋子。④(弦樂器的)琴馬。

こま[齣]〈名〉①(電影、小説、戲劇等的)齣。一個場面。②(生活等的)片斷。

こま[独楽]〈名〉陀螺。

ごま[胡麻]〈名〉芝麻。△~を擂(す)る/研芝麻。②溜鬚拍馬。

コマーシャル[commercial]〈名〉①商業的。②「コマーシャルメッセージ」的略語,廣播中間插入的)商業廣告。

こまいぬ[狛犬]〈名〉(神社或寺院門前的)石獅子。

こまか・い[細かい]〈形〉①小。細。零(錢)。②詳細。周密。③吝嗇。花錢仔細。

ごまか・す[誤魔化す]〈他五〉①蒙蔽。糊弄。隱瞞。②搪塞。敷衍。③舞弊。

こまぎれ[細切れ]〈名〉①(布的)邊角。肉片。肉絲。

こまく[鼓膜]〈名〉(解)鼓膜。

こまごま[細細]〈副・自サ〉①零碎。零星。②詳細。周到。細緻。

ごましお[胡麻塩]〈名〉①芝麻鹽。②(頭髮)斑白。花白。

こましゃく・れる〈自下一〉(小孩) 不天真。大人氣。

こまた[小股]〈名〉小步。

こまづかい[小間使]〈名〉侍女。婢女。

こまどり[駒鳥]〈名〉(日本的)歌鴝鳥。

こまぬ・く[拱く]〈他五〉拱(手)。

こまねずみ[高麗鼠]〈名〉高麗鼠。小白鼠。

こまむすび[小間結び]〈名〉死釦。死結。

こまめ[小まめ]〈形動〉勤快。勤懇。

ごまめ[田作・鱓]〈名〉沙丁魚乾。

こまもの[小間物]〈名〉(婦女用的) 化妝品。裝飾品。

こまやか[濃やか]〈形動〉①詳細。②(色)

深,濃。③(情意)深厚。

こま・る[困る]〈自五〉①爲難。受窘。難受。②貧困。窮困。③不行。不可以。不應當。

こみ[込み]〈名〉①摻入。混在一起。包括在內。②(爲補足掉秤)添秤的大米。③(圍棋終局數子時黑子少計算的子)讓子。④(生花時)分枝用的樹枝。

ごみ[塵・芥]〈名〉垃圾。灰塵。塵土。△~箱/垃圾箱。

こみあ・う[込み合う]〈自五〉擁擠。

こみあ・げる[込み上げる]〈自下一〉①湧出來。湧上來。②欲吐。欲嘔。③(某種感情)湧現。

こみい・る[込み入る]〈自五〉①擠進。②複雜。

ごみごみ〈副・自サ〉雜亂骯髒。不整潔。

こみち[小道]〈名〉小路。小徑。

コミック[comic]〈名・形動〉喜劇(的)。滑稽的。

コミッション[commission]〈名〉①手續費。②賄賂。③(調查、管理的)委員會。

こみみ[小耳]〈名〉△~にはさむ/無意中聽到。

コミュニケ[communiqué]〈名〉聲明。公報。

コミュニケーション[communication]〈名〉①報道。通訊。②(思想、感情等的)交流。

コミンテルン[Komintern]〈名〉共產國際。第三國際。

こ・む[込む・混む]〈自五〉①擁擠。②費事。複雜。精緻。

ゴム[護謨・gom]〈名〉橡膠。

こむぎ[小麦]〈名〉小麥。

こむすめ[小娘]〈名〉小姑娘。

こむらがえり[腓返り]〈名〉腿肚子抽筋。

こめ[米]〈名〉大米。

こめかみ[顳顬]〈名〉太陽穴。

こ・める[込める]〈他下一〉①裝填(子彈等)。②包括在內。③集中(精力)。

ごめん[御免]Ⅰ〈名〉①(敬)許可。批准。②(敬)免職。罷免。③(敬)寬恕。赦免。④表

示拒絕。Ⅱ〔感〕(「～ください」,「～なさい」等的略語)對不起。請原諒。勞駕。

コメント[comment]〈名〉評論。批評。說明。△ノー～/無可奉告。

こも[薦]〈名〉粗草蓆。

ごもくならべ[五目並べ]〈名〉五聯棋(在圍棋盤上以先擺成五聯子者爲勝)。

こもごも[交交]〈副〉交加。交集。

こもじ[小文字]〈名〉①小字。②小寫。

こもち[子持]〈名〉①有小孩(的女人)。②帶子(的魚)。

こもの[小物]〈名〉①小東西。零碎東西。②小人物。

こもり[子守]〈名〉看孩子(的人)。△～歌/搖籃曲。催眠曲。

こも・る[籠る]〈自五〉①充滿。彌漫。②包含。③閉門不出。

こもん[顧問]〈名〉顧問。

こもんじょ[古文書]〈名〉古文獻。

こや[小屋]〈名〉①(簡陋的)小房。窩棚。②畜舍。△犬～/狗窩。

こやく[子役]〈名〉(電影、戲劇等)①兒童角色。②兒童演員。

ごやく[誤訳]〈名・他サ〉誤譯。錯譯。

こやくにん[小役人]〈名〉小官吏。

こやし[肥し]〈名〉肥。糞肥。

こや・す[肥やす]〈他五〉①使(土地)肥沃。②使(生物)肥胖。③肥私。④提高(鑑賞)能力。

こやみ[小止み]〈名〉(雨、雪等)暫時停了。

こゆう[固有]〈名・形動〉①固有。②天生。

こゆび[小指]〈名〉①小指。②妻。妾。情婦。

こよい[今宵]〈名〉今夜。今晚。

こよう[雇用・雇傭]〈名・他サ〉雇用。雇傭。

ごよう[御用]〈名〉①(敬)事。事情。②(朝廷、政府的)事務。③(古時捕吏捕人時的用語)逮捕。△～だ/你被捕了。

ごよう[誤用]〈名・他サ〉誤用。錯用。

こよみ[暦]〈名〉曆法。曆書。日曆。

こより[紙縒り]〈名〉紙捻兒。

こら[感](招呼、呼喚、責難時)喂!呀!

こらい[古来]〈副〉古來。

こらえしょう[堪え性]〈名〉耐性。

こら・える[堪える]〈他下一〉①忍耐。忍受。②(關西方言)原諒。寬恕。

ごらく[娯楽]〈名〉娯樂。

こらし・める[懲らしめる]〈他下一〉懲罰。懲戒。

こら・す[凝らす]〈他五〉①使…凝固。②使…集中。③講究(裝束、打扮)。

コラム[column]〈名〉(報紙、雜誌等的)短評。專欄。

コラムニスト[columnist]〈名〉專欄作家。

ごらん[御覧]Ⅰ〈名〉①(敬)看。觀賞。②(「～なさい」的略語)請看。Ⅱ〈補動〉試試看。△考えて～/想想看。

こり[凝り]〈名〉①成塊。發硬。②酸疼。肌肉緊張。

こりかたま・る[凝り固まる]〈自五〉①凝固。②熱衷。

こりこう[小利口]〈形動〉小聰明。

こりごり[懲り懲り]〈名・自サ〉吃够苦頭。不想再幹。

こりしょう[凝り性]〈名〉(對某事物)易着迷的性格。

こりつ[孤立]〈名・自サ〉孤立。

ごりむちゅう[五里霧中]〈名〉五里霧中。

ごりやく[御利益]〈名〉(神佛給的)靈驗。

こりょ[顧慮]〈名・他サ〉顧慮。

ゴリラ[gorilla]〈名〉大猩猩。

こ・りる[懲りる]〈自上一〉(吃過苦頭)不想再幹。

ごりん[五輪]〈名〉①(佛)五輪。五大(地、水、火、風、空)。②奥林匹克運動會的標記。△～大会/奥林匹克運動會。

こ・る[凝る]〈自五〉①凝固。②肌肉發板、酸疼。③熱衷。④講究。考究。

コルク[cork]〈名〉軟木。

コルセット[corset]〈名〉①(婦女用的)緊身胸衣。②(醫療用的)鋼甲背心。

コルネット[cornet]〈名〉(樂)短號。

ゴルフ[golf]〈名〉高爾夫球。

コルホーズ[kolkhoz]〈名〉集體農莊。

これ[此れ]Ⅰ〈代〉①這。此。②現在。③這個人。Ⅱ〈感〉(打招呼或提醒對方注意時

用語)喂。

これから[此れから]〈連語〉今後。從現在起。

これきり[此切り]〈連語〉①只有這些。②只此一次。

コレクトコール[collect call]〈名〉對方付費電話。

コレクション[collection]〈名〉搜集。收集.收藏。

これしき[此れ式・是式]〈俗〉這麼一點。

コレステロール[cholesterol]〈名〉(醫)膽固醇。

これだけ〈連語〉①(只有)這些。②這麼。

これほど〈連語〉如此。這麼。這樣。這種程度。

これまで[此れ迄・是迄]〈名・副〉①迄今。過去。②到這種程度。③到此爲止。

これみよがし[此れ見よがし・是見よがし]〈形動〉炫耀。顯示。

コレラ[cholera]〈名〉(醫)霍亂。

ころ[転子]〈名〉(移動重物時用的)滾槓。

ころ[頃]〈名〉①時候。時期。②時機。機會。

ごろ[語調]〈名〉語調。腔調。

-ごろ[頃]〈接尾〉正合適的時候。△食べ〜/正好吃的時候。

ゴロ〈名〉(棒球)地滾球。

ころあい[頃合]〈名〉①正好的時候。②恰好.合適。

コロイド[colloid]〈名〉膠體。膠質。膠態。

ころう[固陋]〈名・形動〉頑固.鄙陋。

ころう[故老]〈名〉故老。熟知過去事情的老人。

ころが・す[転がす]〈他五〉①滾動。②推倒.弄倒。③(俗)轉賣。④(俗)駕駛。

ころがりこ・む[転がり込む]〈自五〉①滾進.滾入。②闖入.闖進。③寄居。④意外得到。

ころが・る[転がる]〈自五〉①滾.骨碌。②倒。③(用「〜・っている」的形式)扔着.放着。

ころ・げる[転げる]〈自下一〉→ころがる。

ころころ〈副・自サ〉①胖乎乎。②(小物

體)滾動貌。③(笑聲)咯咯。

ごろごろ〈副・自サ〉①到處皆是。②遊手好閑。遊遊憩憩。③(大的物體)滾動貌。④(車輪.雷聲等)轟隆轟隆。

ころしもんく[殺し文句]〈名〉甜言蜜語。

ころ・す[殺す]〈他五〉①殺.殺死。②抑制.忍住。③埋沒。④(棒球)使出局.殺。⑤(女人的魅力使男人)神魂顛倒。

ごろつき[破落戸・無頼]〈名〉無賴.流氓.地痞。

コロッケ[croquette]〈名〉(烹)炸肉餅。

コロナ[corona]〈名〉(天)(日全蝕時的)日冕。

ごろね[ごろ寝]〈名・自サ〉和衣而臥.囫圇間睡。

ころば・す[転ばす]〈他五〉→ころがす。

ころ・ぶ[転ぶ]〈自五〉①倒.跌倒。②滾轉。

ころも[衣]〈名〉①衣服。②法衣.道袍。③(裹在食品外面的)麵衣.糖衣。

ころもがえ[衣更え]〈名・自サ〉①換季.換裝。②改變裝飾。

ころもへん[衣偏]〈名〉(漢字部首)衣字旁。

ころりと〈副〉①(小物體)滾動貌.轱轆貌。②突然。③輕易地。

コロン[colon]〈名〉冒號。

こわ・い[怖い・恐い]〈形〉可怕.令人害怕。

こわ・い[強い]〈形〉①硬。②强。③固執。④(方言)疲倦。

こわいろ[声色]〈名〉①聲調。②模倣演員的聲調。

こわが・る[怖がる・恐がる]〈他五〉(覺得)可怕.害怕。

こわき[小脇]〈名〉腋下。

こわごわ[恐恐]〈副〉提心吊膽。

ごわごわ〈副・形動・自サ〉(紙.布.皮等)硬梆梆。

こわ・す[壊す]〈他五〉①弄壞.毀壞。②損傷.損壞。③破壞。④(把錢)破開。

こわだか[声高]〈形動〉高聲.大聲。

こわっぱ[小童]〈名〉(罵)小毛孩子.小崽

子。

こわば・る[強張る]〈自五〉變硬。變僵硬。

こわれもの[壊れ物]〈名〉①壞了的東西。碎了的東西。②易碎品。

こわ・れる[壊れる]〈自下一〉①壞。碎。②出故障。有毛病。③(計劃等)作廢。吹了。

こん[根]〈名〉①耐性。精力。毅力。②(數學)根。③(化學)根。

こん[紺]〈名〉藏青。深藍。

こんい[懇意]〈名・形動〉①親切。好意。②親密。

こんいん[婚姻]〈名〉婚姻。△~届/結婚登記。

こんか[婚家]〈名〉婆家。

こんかい[今回]〈名〉此次。這回。

こんかぎり[根限り]〈副〉竭盡全力。

こんがらか・る[自五]亂作一團。紊亂。

こんがり[副・自サ](烤得)正合適。(烤得)焦黃。

こんかん[根幹]〈名〉①(植物的)根和幹。②(轉)根本。中樞。

こんがん[懇願]〈名・他サ〉懇請。哀求。

こんき[今期]〈名〉①本期。這一期間。

こんき[根気]〈名〉耐力。毅力。

こんき[婚期]〈名〉結婚年齡。

こんきゃく[困却]〈名・自サ〉困惑。爲難。

こんきゅう[困窮]〈名・自サ〉①困難。②貧困。

こんきょ[根拠]〈名〉①根據。②根據地。

ごんぎょう[勤行]〈名〉(佛)勤行。修行。

こんく[困苦]〈名〉困苦。

ゴング[gong]〈名〉①鑼。②(拳擊比賽開始及結束時的)鐘聲。

コンクール[concours]〈名〉比賽會。競賽會。會演。

コンクリート[concrete]〈名〉混凝土。

ごんげ[権化]〈名〉①(佛)(爲普度衆生)菩薩下凡。②化身。

こんけつ[混血]〈名・自サ〉混血。△~児/混血兒。

こんげつ[今月]〈名〉本月。這個月。

こんげん[根元]〈名〉根源。

こんご[今後]〈名〉今後。

こんこう[混交]〈名・自他サ〉混淆。

こんごう[混合]〈名・自他サ〉混合。

こんごうせき[金剛石]〈名〉金剛石。

ごんごどうだん[言語道断]〈名・形動〉①(佛)言語道斷。②荒謬絶倫。

こんこんと[昏昏と]〈形動〉昏昏沉沉。

こんこんと[滾滾と]〈形動〉滾滾。

こんこんと[懇懇と]〈形動〉諄諄。懇切。

コンサート[concert]〈名〉音樂會。演奏會。△~マスター/首席小提琴手。

コンサイス[concise]〈名〉簡明。簡明辭典。

こんざつ[混雑]〈名・自サ〉①混亂。雜亂。②擁擠。

コンサルタント[consultant]〈名〉(企業經營管理等的)顧問。

こんじ[根治]〈名・自他サ〉根治。

こんじき[金色]〈名〉金色。

こんじゃく[今昔]〈名〉今昔。

こんしゅう[今週]〈名〉本週。本星期。

こんじょう[今生]〈名〉今生。今世。

こんじょう[根性]〈名〉①根性。秉性。②鬥志。骨氣。③毅力。耐性。

こんしん[混信]〈名・自サ〉(收音機)混台。串台。

こんしん[渾身]〈名〉渾身。

こんしん[懇親]〈名〉聯誼。△~会/聯誼會。

こんすい[昏睡]〈名・自サ〉①(醫)昏睡。②熟睡。

こんせい[混成]〈名・自他サ〉混合。

こんせい[混声]〈名〉(樂)混聲。

こんせい[懇請]〈名・他サ〉懇請。哀求。

こんせき[痕跡]〈名〉痕跡。

こんせつ[懇切]〈名・形動〉懇切。誠懇。

こんぜつ[根絶]〈名・他サ〉根絶。根除。

こんせん[混戦]〈名・自サ〉混戰。

こんせん[混線]〈名・自サ〉①(電話)串綫。串話。②(話)混亂。

こんぜん[渾然]〈形動〉渾然。

コンセント[concentrie plug]〈名〉(電)插座。

コンソメ[consommé]〈名〉(烹)清湯。

こんだく[混濁]〈名・自サ〉①混濁。②(意識、記憶)模糊。

コンタクトレンズ[contact lens]〈名〉隱形眼鏡。

こんだて[献立]〈名〉①菜單。②準備。安排。

こんたん[魂胆]〈名〉①企圖。計謀。②膽量。精神。

こんだん[懇談]〈名・自サ〉懇談。△～会/懇談會。

こんち[根治]〈名・自他サ〉根治。根除。

コンチェルト[concerto]〈名〉(樂)協奏曲。

こんちゅう[昆虫]〈名〉昆蟲。

コンツェルン[Konzern]〈名〉(經)康采恩。

こんてい[根底]〈名〉根底。基礎。

コンディション[condition]〈名〉①條件。②狀態。情況。

コンテスト[contest]〈名〉競賽。比賽。△美人～/選美比賽。

コンテナー[container]〈名〉集装箱。

コンデンサー[condenser]〈名〉①(電)蓄電器。電容器。②(理)聚光鏡。聚光器。③(機)冷凝器。冷却器。

コンデンスミルク[condensed milk]〈名〉煉乳。

コント[conte]〈名〉①(諷刺性的)小故事。②短篇小説。

こんど[今度]〈名〉①這回。這次。②下回。下次。

こんとう[昏倒]〈名・自サ〉昏倒。暈倒。

こんどう[金堂]〈名〉(寺院的)正殿。

こんどう[混同]〈名・自他サ〉混同。混淆。

コントラスト[contrast]〈名〉對比。對照。

コントラバス[contrabass]〈名〉(樂)低音提琴。

コントロール[control]〈名・他サ〉控制。調節。抑制。△バース～/節育。

こんとん[混沌]〈形動〉混沌。

こんな[連体]這様。這麼。這種。

こんなん[困難]〈名・形動〉困難。

こんにち[今日]〈名〉①今日。今天。②現今。如今。

こんにちは[今日は]〈連語〉您好。你好。

こんにゃく[蒟蒻]〈名〉①(植)蒟蒻。魔芋。②蒟蒻粉(食品)。

こんにゅう[混入]〈名・自他サ〉混入。掺入。

こんねん[今年]〈名〉今年。本年。

コンパ[company]〈名〉(學生用語)聯誼會。茶話會。

コンバイン[combine]〈名〉康拜因。聯合收割機。

こんぱく[魂魄]〈名〉魂魄。靈魂。

コンパス[Kompas]〈名〉①羅盤儀。指南針。②圓規。③步度。步幅。

コンパニオン[companion]〈名〉①(宴會等)女接待員。②夥伴。朋友。③必携書。指南。

こんばん[今晩]〈名〉今晩。

こんばんは[今晩は]〈連語〉晩安。

コンビ[combination]〈名〉①搭配。搭檔。②兩個人搭配。

コンビーフ[corned beef]〈名〉鹹牛肉罐頭。

コンビナート[kombinat]〈名〉聯合企業。

コンピューター[computer]〈名〉電腦。電子計算機。

こんぶ[昆布]〈名〉海帶。

コンプレックス[complex]〈名〉①複合。②(心)潛在意識複合體。③劣等感。

こんぺき[紺碧]〈名〉蔚藍。深藍。

コンベヤー[conveyer]〈名〉傳送帶。

ごんべん[言偏]〈名〉(漢字部首)言字旁。

コンボ[combo]〈名〉小型爵士樂隊。

こんぼう[混紡]〈名・他サ〉混紡。

こんぼう[棍棒]〈名〉棍棒。棍子。

こんぽう[梱包]〈名・他サ〉捆包。打包。

コンポーネントステレオシステム[component stereo system]〈名〉組合音響(簡稱「コンポ」)。

コンポジション[composition]〈名〉①作文。②作曲。③(美術)構圖。

こんぽん[根本]〈名〉根本。根源。

コンマ[comma]〈名〉①逗點。②小數點。
　△～以下/不够格(的人)。

こんまけ[根負け]〈名・自サ〉①堅持不
　住。②認輸。

コンミューン[commuen]〈名〉公社。

こんめい[混迷]〈名・自サ〉混亂。

こんもり〈副・自サ〉①(草木)茂密,叢生。
　②隆起。

こんや[今夜]〈名〉今夜。今晚。

こんやく[婚約]〈名・自サ〉婚約。訂婚。
　△～者/未婚妻(夫)。

こんよく[混浴]〈名・自サ〉混浴。

こんらん[混乱]〈名・自サ〉混亂。

こんりゅう[建立]〈名・他サ〉(佛)(寺院、
　廟宇的)興建。

こんりゅう[根粒]〈名〉(農)根瘤。

こんりんざい[金輪祭]Ⅰ〈名〉(佛)大地的
　底層。Ⅱ〈副〉(下接否定語)決(不)。無論
　如何也(不)。

こんれい[婚礼]〈名〉婚禮。

こんろ[焜炉]〈名〉爐子。

こんわく[困惑]〈名・自サ〉困惑。爲難。

さ　サ

さ[差]〈名〉①差。差別。②(數)差。差數。

ざ[座]〈名〉①座席。座位。②劇場。劇團。③星座。

さあ〈感〉①(用於勸誘或催促時)來。喂。②(用於緊急、爲難時)呀。哎呀。③用於躊躇、遲疑時。④用於表示決心和高興時。

サーカス[circus]〈名〉馬戲。雜技。雜技團。

サークル[circle]〈名〉①圓。圓周。②周圍。範圍。③(意趣相同者的)團體。小組。

ざあざあ〈副〉(下雨、流水聲)嘩嘩地。

サージ[serge]〈名〉嗶嘰(布)。

サーチライト[searchlight]〈名〉探照燈。

サード[third]〈名〉(棒球)三壘。三壘手。

サードワールド[Third World]〈名〉第三世界。

サーバー[server]〈名〉(網球、排球等)發球人。

サービス[service]〈名・自他サ〉①服務。招待。②(商店的)附帶贈品出售。

サービスエース[serviceace]〈名〉(網球、排球等)發球得分。

サービスさんぎょう[サービス産業]〈名〉第三産業。

サーブ[serve]〈名・自サ〉發球。

サーベル[sabel]〈名〉指揮刀。軍刀。

ザーメン[Samen]〈名〉精液。精子。

サーモスタット[thermostat]〈名〉恒温箱。恒温器。

サーロイン[sirloin]〈名〉牛腰肉。

さい[才]〈名〉①才能。才華。②(俗)歳。

さい[犀]〈名〉犀牛。

さい[際]〈名〉時候。時。

さい[賽]〈名〉色子。骰子。

さい[差異]〈名〉差別。差異。

さい-[再]〈接頭〉再度。重新。

-さい[歳]〈接尾〉歳。歳數。

ざい[財]〈名〉財産。財富。

-ざい[剤]〈接尾〉劑。

さいあい[最愛]〈名〉最愛。最心愛。

さいあく[最悪]〈名〉最壞。最不利。

ざいあく[罪悪]〈名〉罪惡。

さいえん[才媛]〈名〉才女。才媛。

さいえん[再演]〈名・他サ〉重演。

さいえん[菜園]〈名〉菜園。菜地。

ざいか[財貨]〈名〉財物。

さいかい[再会]〈名・自サ〉再會。重逢。

さいかい[再開]〈名・自他サ〉重開。重新進行。

さいかい[斎戒]〈名・自サ〉齋戒。

さいがい[災害]〈名〉災害。災禍。

ざいかい[財界]〈名〉財界。金融界。經濟界。

ざいがい[在外]〈名〉①僑居國外。②存在國外。

さいかく[才覚]〈名〉才智。

ざいがく[在学]〈名・自サ〉在校。上學。

さいかん[再刊]〈名・他サ〉①復刊。②再版。

さいき[才気]〈名〉才氣。才華。

さいき[再起]〈名・自サ〉①再起。②(病人)復原。

さいぎ[猜疑]〈名・他サ〉猜疑。

さいきょ[再挙]〈名・自サ〉重整旗鼓。東山再起。

さいきょう[最強]〈名〉最強。

さいきん[細菌]〈名〉細菌。

さいきん[最近]〈名〉①最近。近來。②距離最近。

ざいきん[在勤]〈名・自サ〉在職。

さいく[細工]〈名・他サ〉①手工藝品。工藝品。②耍花招。

さいくつ[採掘]〈名・他サ〉開採。採掘。

サイクリング[cycling]〈名〉騎自行車運動。騎自行車遠行。

サイクル[cycle]〈名〉①週。週期。②(電)頻率。週波。

さいぐんび[再軍備]〈名・自サ〉重新武装。

さいけいこく[最恵国]〈名〉最惠國。

さいけいれい[最敬礼]〈名・自サ〉最崇高敬禮。

さいけつ[採血]〈名・自サ〉抽血。取血。

さいけつ[採決]〈名・自サ〉表決。

さいけつ[裁決]〈名・他サ〉裁決。

さいげつ[歳月]〈名〉歲月。

さいけん[再建]〈名・他サ〉重建。

さいけん[債券]〈名〉債券。

さいけん[債権]〈名〉(法)債權。△～者/債權人。

さいげん[再現]〈名・自他サ〉再現。復現。

さいげん[際限]〈名〉邊際。止境。

ざいげん[財源]〈名〉財源。

さいけんとう[再検討]〈名・他サ〉重新審查。重新研究。

さいこ[最古]〈名〉最古。最老。

さいご[最後]〈名〉①最後。最終。②(常用「…したら～」表示)一旦…就…。

さいご[最期]〈名〉臨終。

ざいこ[在庫]〈名・自サ〉庫存。△～品/存貨。

さいこう[再考]〈名・他サ〉重新考慮。

さいこう[再興]〈名・自他サ〉復興。重建。

さいこう[採光]〈名・自サ〉採光。

さいこう[採鉱]〈名・自サ〉採礦。

さいこう[最高]〈名・形動〉①最高。②極頂。

ざいごう[罪業]〈名〉(佛)罪孽。

さいこうさいばんしょ[最高裁判所]〈名〉最高法院。

ざいこうせい[在校生]〈名〉在校生。

さいこうちょう[最高潮]〈名〉最高潮。

さいこうほう[最高峰]〈名〉①最高峰。②(轉)最優秀者。最高權威。

サイコガルバノメーター[psychogalvanometer]〈名〉測讀器。

さいころ[賽子]〈名〉色子。骰子。

さいこん[再婚]〈名・自サ〉再婚。

さいさき[幸先]〈名〉①吉兆。②前兆。預兆。

さいさん[再三]〈副〉再三。屢次。

さいさん[採算]〈名〉核算。△～が合う/合算。上算。

ざいさん[財産]〈名〉財産。

さいし[才子]〈名〉才子。△～オに倒る/聰明反被聰明累。

さいし[妻子]〈名〉①妻子和兒女。②妻。

さいじ[細字]〈名〉小字。細字。

さいじ[細事]〈名〉瑣事。小事。

さいしき[彩色]〈名・他サ〉①彩色。②着色。上色。

さいじつ[祭日]〈名〉①祭日。②節日。

ざいしつ[材質]〈名〉質地。質料。

さいして[際して]〈連語〉當…之際。當…的時候。

さいしゅ[採取]〈名・他サ〉採。採取。

さいしゅう[採集]〈名・他サ〉採集。收集。

さいしゅう[最終]〈名〉最終。最後。

ざいじゅう[在住]〈名・自サ〉居住。

さいしゅつ[歳出]〈名〉歲出。

さいしょ[最初]〈名・副〉最初。起初。

さいじょ[才女]〈名〉才女。

さいしょう[宰相]〈名〉宰相。首相。

さいしょう[最小]〈名〉最小。

さいじょう[斎場]〈名〉殯儀館。

さいじょう[最上]〈名〉①最上面。②最好。

ざいじょう[罪状]〈名〉罪狀。

さいしょく[才色]〈名〉才貌。

さいしょく[菜食]〈名・自サ〉素食。

ざいしょく[在職]〈名・自サ〉在職。任職。

さいしん[再審]〈名・他サ〉①重新審查。②(法)復審。

さいしん[細心]〈形動〉細心。精心。

さいしん[最新]〈名〉最新。

さいじん[才人]〈名〉才子。多才多藝的人。

サイズ[size]〈名〉尺寸。尺碼。

さいせい[再生]〈名・自他サ〉①再生。重生。②新生。重新作人。③再生。翻新。

ざいせい[財政]〈名〉①財政。②家計。

さいせいき[最盛期]〈名〉最盛期。

さいせいさん[再生産]〈名・他サ〉(經)再生産。

ざいせき[在籍]〈名・自サ〉(學籍、會籍

等)在籍。

さいせん[再選]〈名・自他サ〉①再選。②重新當選。

さいぜん[最善]〈名〉①最善。②全力。

さいぜんせん[最前線]〈名〉最前線。

さいぜんれつ[最前列]〈名〉最前列。第一排。

さいそく[細則]〈名〉細則。

さいそく[催促]〈名・他サ〉催促。

サイダー[cider]〈名〉汽水。

さいだい[細大]〈名〉細大。巨細。△～漏らさず/巨細無遺。

さいだい[最大]〈名〉最大。

さいたいしゃ[妻帯者]〈名〉有妻者。

さいたく[採択]〈名・他サ〉①選定。②採納。通過。

ざいたく[在宅]〈名・自サ〉在家。

さいたる[最たる]〈連体〉最甚的。

さいたん[採炭]〈名・自サ〉採煤。

さいたん[最短]〈名〉最短。

さいだん[祭壇]〈名〉祭壇。

さいだん[裁断]〈名・他サ〉①切斷。裁斷。②裁決。裁斷。

ざいだん[財団]〈名〉財團。△～法人/財團法人。

さいち[才知]〈名〉才智。

さいちゅう[最中]〈名〉①最盛的時候。②正在進行。

ざいちゅう[在中]〈名・自サ〉在内。内有。

さいちょう[最長]〈名〉①最長。②最年長。③最擅長。

さいてい[最低]〈名・形動〉①最低。②最劣。

さいてい[裁定]〈名・他サ〉裁定。裁決。

さいてき[最適]〈名・形動〉最適。最合適。

さいてん[採点]〈名・他サ〉評分。記分。打分。

さいてん[祭典]〈名〉祭禮。典禮。

さいど[再度]〈名・副〉再度。再次。

サイドカー[sidecar]〈名〉①(摩托車的)跨斗。②跨斗式摩托車。

サイドブレーキ[side brake]〈名〉(汽車的)輔助手動閘。

さいな・む[苛む]〈他五〉①折磨。虐待。②責備。

さいなん[災難]〈名〉災難。災禍。

さいにゅう[歳入]〈名〉歳入。

さいにん[再任]〈名・自他サ〉再任。連任。

ざいにん[在任]〈名・自サ〉在職。在任。

ざいにん[罪人]〈名〉罪犯。罪人。

さいねん[再燃]〈名・自サ〉①復燃。②復發。再提起。

さいのう[才能]〈名〉才能。才幹。

さいのめ[賽の目]〈名〉①骰子點。②骰子塊。小四方塊。

さいはい[采配]〈名〉①(古代作戰時主將用的)令旗。指揮旗。②指揮。

さいばい[栽培]〈名・他サ〉栽培。種植。

さいばし[菜箸]〈名〉①長筷子。②公筷。

さいはつ[再発]〈名・自サ〉①(疾病)復發。②(事故等)再發。③(頭髪)重生。

ざいばつ[財閥]〈名〉財富豪。

さいはて[最果て]〈名〉①最盡頭。最邊上。②最終。最後。

サイバネティックス[cybernetics]〈名〉控制論。

さいはん[再犯]〈名〉再犯。重犯。

さいはん[再版]〈名・他サ〉再版。

さいばん[裁判]〈名・他サ〉審判。審理。△～所/法院。

さいひょうせん[砕氷船]〈名〉破冰船。

さいふ[財布]〈名〉錢包。

さいぶ[細部]〈名〉細節。

さいぶん[細分]〈名・他サ〉細分。

さいへん[再編]〈名・他サ〉再編。改組。

さいほう[裁縫]〈名〉裁縫。縫紉。

さいぼう[細胞]〈名〉①(生)細胞。②(政黨等)基層組織。

ざいほう[財宝]〈名〉財寶。

サイホン[siphon]〈名〉虹吸管。

さいまつ[歳末]〈名〉年終，年末。

さいみつ[細密]〈形動〉細緻。周密。

さいみん[催眠]〈名〉催眠。△～剤/催眠藥。安眠藥。

さいむ[債務]〈名〉債務。

ざいむ[財務]〈名〉財務。

ざいめい[罪名]〈名〉罪名。

さいもく[細目]〈名〉細目。細節。

さいもく[材木]〈名〉木材。木料。

ざいや[在野]〈名・自サ〉在野。

さいよう[採用]〈名・他サ〉①採用。②錄用。

さいらい[再来]〈名・自サ〉①再來。②復生。再世。

ざいらい[在来]〈名〉原有。以往。

ざいりゅう[在留]〈名・自サ〉在留。居留。

さいりょう[最良]〈名〉最好。

さいりょう[裁量]〈名・他サ〉酌量。酌量處理。

ざいりょう[材料]〈名〉①材料。②(研究等的)素材,資料。③(證券行情漲落的)因素。

ざいりょく[財力]〈名〉財力。

ザイル[Seil]〈名〉登山繩。

さいるい[催涙]〈名〉催淚。△～弾/催淚彈。

さいれい[祭礼]〈名〉祭禮。祭典。

サイレン[siren]〈名〉汽笛。警笛。報警彈。

サイロ[silo]〈名〉①(飼料)青貯倉。②導彈倉庫,地下發射井。

さいろく[採録]〈名・他サ〉採錄。記錄。

さいわい[幸い]Ⅰ〈名・形動〉幸運。幸福。Ⅱ〈自サ〉對…有利。Ⅲ〈副〉幸而。

サイン[sign]〈名・自サ〉①署名。簽字。②(體育)暗號。

サウナ[sauna]〈名〉蒸汽浴。桑那浴。

さえ[副助]①連…也…(都)。甚至…也(都)。②用(「…～…は」的形式)只要…就…。

さえぎ・る[遮る]〈他五〉①遮住。遮擋。②遮斷。阻擋。

さえず・る[囀る]〈自五〉①(鳥)啁。啼。叫。②(女人,小孩)喋喋不休。

さ・える[冴える]〈自下一〉①(光、音、色)清晰,鮮明。②(技藝)高超。寒冷。③神經興奮。

さお[竿]Ⅰ〈名〉①竹竿。竿子。②船篙。③日本三弦。④秤桿。Ⅱ〈接尾〉(用於數旗

さお[棹]〈名〉竿子。

さおさ・す[棹す]〈自五〉撐篙。撐船。

さおだち[棹立ち]〈名・自サ〉(馬等)竪立。

さおばかり[竿秤]〈名〉桿秤。

さか[坂]〈名〉①坡。坡路。坡道。②(年齡、事物等)陡坡,大關。

さか[茶菓]〈名〉茶點。

さかい[境]〈名〉①界線。界限。②境界。

さか・える[栄える]〈自下一〉興盛。興旺。

さかき[榊]〈名〉(植)楊桐。

さがく[差額]〈名〉差額。

さかご[逆子]〈名〉(醫)逆產兒。倒產兒。

さかさま[逆様]〈名・形動〉顛倒。倒翻。

さかさまつげ[逆さ睫]〈名〉倒睫。

さがしあ・てる[捜し当てる]〈他下一〉找到。找着。

さが・す[捜す・探す]〈他五〉①尋找。找。②尋找。

さかずき[杯]〈名〉杯。酒杯。

さかぞり[逆剃り]〈名〉倒剃。

さかだち[逆立ち]〈名・自サ〉①倒立。②(上下)顛倒。

さかだ・てる[逆立てる]〈他下一〉倒立。倒竪。

さかだる[酒樽]〈名〉酒桶。

さかて[逆手]〈名〉①倒拿。倒握。②(體)反握。下手握法。

さかな[肴]〈名〉①酒菜。酒餚。②酒宴上助興的節目或話題。

さかな[魚]〈名〉魚。

さかなで[逆撫で]〈名・他サ〉①反捋。倒捋。②(故意)觸怒。

さかねじ[逆捩じ]〈名〉①反擰。倒擰。②反駁。反擊。

さかのぼ・る[溯る]〈自五〉①溯。逆流。②回溯,追溯。

さかば[酒場]〈名〉酒館。

さかゆめ[逆夢]〈名〉反夢。

さから・う[逆らう]〈自五〉①逆。背逆。②反抗。不服從。

さかり[盛り]〈名〉①最興旺的狀態。最盛時期。②壯年。③(動物)發情。

さかりば[盛り場]〈名〉鬧市。

さが・る[下がる]〈自五〉①(位置、程度、價格等)下落。下降。降低。②垂。吊。懸掛。③退。倒退。後退。④(時代)推移。

さかん[盛ん]〈形動〉①旺盛。盛。②熱烈。積極。

さかん[左官]〈名〉泥瓦匠。

さかん[佐官]〈名〉(軍)校官。

さがん[左岸]〈名〉左岸。

さがん[砂岩]〈名〉(地)砂岩。

さき[先]Ⅰ〈名〉①尖端。端。②前端。先頭。前面。③前方。往前。④下文。⑤去處。目的地。⑥對方。⑦將來。⑧以前。⑨先。首先。Ⅱ〈接尾〉地點。處所。

さき[左記]〈名〉下述。下列。

さぎ[鷺]〈名〉(動)鷺鷥。

さぎ[詐欺]〈名〉欺詐。詐騙。△～師/騙子。

さきおととい[一昨昨日]〈名〉大前天。

さきおととし[一昨昨年]〈名〉大前年。

さきがけ[先駆け]〈名・自サ〉①首先攻入(敵陣)。②先鋒。前奏。

さきごろ[先頃]〈名〉日前。前幾天。

さきざき[先先]〈名〉①將來。②所到之處。

サキソホン[saxophone]〈名〉(樂)薩克斯管。

さきそろ・う[咲き揃う]〈自五〉(花)齊開,齊放。

さきだ・つ[先立つ]〈自五〉①站在前頭。帶頭。②在…以前。③先死。

さきどり[先取り]〈名・他サ〉①先得。先領。②預收。先收。

さきばし・る[先走る]〈自五〉搶先。出風頭。

さきばらい[先払い]〈名・他サ〉①預付。先付。②收貨人付郵費,運費。

さきぼそり[先細り]〈名・自サ〉①梢兒細。②每況愈下。

さきほど[先程]〈副〉剛剛。剛才。

さきまわり[先回り]〈名・自サ〉①搶先。②先去。捷足先登。

さきみだ・れる[咲き乱れる]〈自下一〉(花)盛開。

さきもの[先物]〈名〉(商)期貨。

さきゅう[砂丘]〈名〉砂丘。

さきゆき[先行き]〈名〉①將來。前途。②(商)將來的行情。③先去。

さぎょう[作業]〈名・自サ〉工作。操作。作業。

ざきょう[座興]〈名〉①(會上、席上)餘興。②(會上、席上的)玩笑。

さきわたし[先渡し]〈名・他サ〉①遠期交貨。後交貨。②在到達地點交貨。③先付貨(後付款)。先付款(後付貨)。

さきん[砂金]〈名〉砂金。

さきん・ずる[先んずる]〈自サ〉領先。率先。

さ・く[咲く]〈自五〉(花)開。

さ・く[裂く・割く]〈他五〉①撕開。扯開。②分出。騰出。

さく[作]〈名〉作品。

さく[柵]〈名〉柵欄。

さく[策]〈名〉策。計策。

さく-[昨]〈接頭〉①昨天。②以前。從前。

さくい[作為]〈名・自サ〉作僞。作假。

さくい[作意]〈名〉別有用心。存心。

さくいん[索引]〈名〉索引。

さくおとこ[作男]〈名〉長工。雇農。

さくがら[作柄]〈名〉收成。

さくがんき[鑿岩機]〈名〉鑿岩機。

さくげん[削減]〈名・自他サ〉削減。裁減。

さくご[錯誤]〈名〉錯誤。

さくさく[副]沙沙稜稜。

ざくざく[副](切菜或踩砂子聲)沙沙地。喇喇地。

さくさん[酢酸]〈名〉醋酸。

さくし[作詞]〈名・自他サ〉作詞。

さくし[策士]〈名〉策士。謀士。

さくじつ[昨日]〈名〉昨天。昨日。

さくしゃ[作者]〈名〉作者。作家。

さくしゅ[搾取]〈名・他サ〉剝削。

さくじょ[削除]〈名・他サ〉刪除。抹掉。刪掉。

さくず[作図]〈名・他サ〉作圖。繪圖。

さくせい[作成]〈名・他サ〉寫成。作成。

さくせい[鑿井]〈名・自サ〉打井。掘井。

さくせん[作戦]〈名〉①作戰策略。行動計

劃。②軍事行動。

さくそう[錯綜]〈名・自サ〉錯綜。複雜。

さくづけ[作付]〈名・他サ〉種植。播種。

さくどう[策動]〈名・自サ〉策動。策劃。

さくにゅう[搾乳]〈名・自サ〉擠奶。

さくねん[昨年]〈名〉去年。

さくばく[索漠]〈形動〉荒涼。寂寞。

さくばん[昨晩]〈名〉昨晚。

さくひん[作品]〈名〉作品。

さくふう[作風]〈名〉①作品的風格。②(工作、生活)作風。

さくぶん[作文]〈名・自サ〉作文。作文章。

さくぼう[策謀]〈名・他サ〉策劃。

さくもつ[作物]〈名〉農作物。作物。

さくや[昨夜]〈名〉昨夜。

さくら〈名〉捻子。囮子。

さくら[桜]〈名〉櫻花。櫻花樹。

さくらいろ[桜色]〈名〉淡紅色。粉紅色。

さくらそう[桜草]〈名〉櫻草。報春花。

さくらん[錯乱]〈名・自サ〉錯亂。

さくらんぼう[桜ん坊]〈名〉櫻桃。

さぐり[探り]〈名〉試探。探詢。

ざくり〈副〉咔嚓一聲。

さぐりあ・てる[探り当てる]〈他下一〉①(用手)摸到。探索。②找到。探到。

さくりゃく[策略]〈名〉策略。計策。

さぐ・る[探る]〈他五〉①(用手、脚等)摸，探。②試探。探詢。

さくれつ[炸裂]〈名・自サ〉爆炸。

ざくろ[柘榴]〈名〉(植)石榴。

さけ[酒]〈名〉①酒。②日本酒。

さけ[鮭]〈名〉大馬哈魚。鮭魚。

さけい[左傾]〈名・自サ〉左傾向。

さけかす[酒粕]〈名〉酒糟。

さけくせ[酒癖]〈名〉酒後脾氣。

さげしお[下げ潮]〈名〉落潮。退潮。

さげす・む[蔑む]〈他五〉輕蔑。蔑視。

さけのみ[酒飲み]〈名〉酒徒。酒鬼。

さけび[叫び]〈名〉喊聲。呼喊聲。

さけびたり[酒浸り]〈名〉沉湎於酒。

さけ・ぶ[叫ぶ]〈自五〉①呼喊。喊叫。②呼籲。

さけめ[裂け目]〈名〉裂口。裂縫。

さ・ける[裂ける]〈自下一〉裂。裂開。破裂。

さ・ける[避ける]〈他下一〉躲。躲避。躲開。

さ・げる[下げる]〈他下一〉①掛。吊。懸掛。②降低。減低。③後退。後撤。④發放。

さげん[左舷]〈名〉左舷。

ざこ[雑魚]〈名〉①小魚。②小人物。小卒。

ざこう[座高]〈名〉坐高。

さこく[鎖国]〈名・自サ〉鎖國。閉關自守。

さこつ[鎖骨]〈名〉鎖骨。

ざこつ[座骨]〈名〉坐骨。

ざこね[雑魚寝]〈名・自サ〉(多人)擠在一塊睡。

ささ[笹]〈名〉(植)矮竹。

ささい[些細]〈形動〉細小。些微。

ささえ[支え]〈名〉支架。支撐物。

さざえ[栄螺]〈名〉蠑螺。海螺。

ささ・える[支える]〈他下一〉①支。支撐。②維持。支持。

ささく・れる〈自下一〉①(木、竹的尖端)劈裂。②(指甲根的皮膚)起倒裂刺。

ささげ[大角豆]〈名〉(植)豇豆。

ささげつつ[捧げ銃]〈名〉(軍)舉槍(敬禮)。

ささ・げる[捧げる]〈他下一〉①捧。捧奉。②供奉。貢獻。

ささつ[査察]〈名・他サ〉檢查。調查。

さざなみ[細波]〈名〉漣漪。

ささやか[細やか]〈形動〉①細微。規模小。②簡單。簡陋。

ささやき[囁き]〈名〉耳語。私語。

ささや・く[囁く]〈自五〉耳語。私語。

ささ・る[刺さる]〈自五〉扎。刺入。

さざんか[山茶花]〈名〉(植)山茶花。

さじ[匙]〈名〉匙子。羹匙。

さじ[瑣事]〈名〉瑣事。小事。

ざし[座視]〈名・他サ〉坐視。

さしあ・げる[差し上げる]〈他下一〉①舉。②奉送。贈送。

さしあたり[差し当り]〈副〉暫且。姑且。目前。

さしいれ[差入れ]〈名・自サ〉給被拘留的

人送東西。

さしえ[挿絵]〈名〉插圖。

さしお・く[差し置く]〈他五〉擱置。放下。

さしおさ・える[差し押える]查封。没收。

さしか・る[差し掛る]〈自五〉來到。臨近。到達。

さしか・ける[差し掛ける]〈他下一〉遮蓋。罩上。

さじかげん[匙加減]〈名・自サ〉①(配藥時的)劑量。②斟酌。

さしがね[差金]〈名〉唆使。指使。

さしき[挿木]〈名〉插枝。插條。

さじき[桟敷]〈名〉包廂。樓座。

ざしき[座敷]〈名〉①(日本式的)房間。②(日本住宅的)客廳。

さしこみ[差込み]〈名〉①插入。②插銷。插頭。③劇痛。

さしこ・む[差し込む]〈自五〉插進。插入。射進。射入。②劇痛。

さしころ・す[刺し殺す]〈他五〉刺殺。刺死。

さしさわり[差障り]〈名〉妨礙。障礙。

さししめ・す[指し示す]〈他五〉指點。指示。

さしず[指図]〈名・他サ〉指示。指揮。

さしせま・る[差し迫る]〈自五〉迫近。逼近。

さしだしにん[差出人]〈名〉寄信人。發信人。寄件人。

さしだ・す[差し出す]〈他五〉①(向前)伸出。②提出。提交。

さしちが・える[刺し違える]〈自下一〉(二人)對刺。

さしつかえ[差支え]〈名〉妨礙。障礙。

さしつか・える[差し支える]〈自下一〉妨礙。障礙。不方便。

さしづめ[差詰め]〈副〉結局。總之。

さしでがまし・い[差し出がましい]〈形〉多管閑事。越分。

さしでぐち[差出口]〈名〉多嘴。插嘴。

さしとお・す[刺し通す]〈他五〉刺穿。刺透。

さしと・める[差し止める]〈他下一〉①禁止。②阻止。

さしね[指値]〈名〉指定價。

さしの・べる[差し伸べる]〈他下一〉伸出。

さしはさ・む[挟む]〈他五〉插(進)。

さしひか・える[差し控える]Ⅰ〈自下一〉等候。Ⅱ〈他下一〉節制。控制。

さしひき[差引]〈名・自他サ〉①扣除。減去。②相抵。

さしひ・く[差し引く]〈他五〉①扣除。減去。②相抵。

さしまわ・す[差し回す]〈他五〉派。打發。

さしみ[刺身]〈名〉生魚片。

さしむかい[差向い]〈名〉(夫妻、情人)相對。面對面。

さしむ・ける[差し向ける]〈他下一〉派。派遣。打發。

さしも[副]那様。那般。

さしもど・す[差し戻す]〈他五〉退回。

さししゅ[詐取]〈名・他サ〉詐取。騙取。

さしゅう[查収]〈名・他サ〉驗收。查收。

さししょう[些少]〈名・形動〉少許。些許。

さししょう[査証]〈名〉簽證。

さししょう[詐称]〈名・他サ〉假冒。冒充。

さじょう[砂上]〈名〉砂上。

ざしょう[座礁]〈名・自サ〉擱淺。觸礁。

ざしょう[挫傷]〈名・他サ〉挫傷。

さしわたし[差渡し]〈名〉直徑。

さじん[砂塵]〈名〉砂塵。塵土。

さ・す[刺す]〈他五〉①刺。扎。②(蟲子等)蜇。叮。③縫。納。

さ・す[注す]〈他五〉點。滴。

さ・す[指す]〈他五〉①指。指點。②指向。朝向。③(棋類)下。

さ・す[差す]〈自五〉①(潮)漲潮。②呈現。泛出。③舉。擎。

さ・す[射す]〈自五〉照射。

さ・す[挿す]〈他五〉插。

さす[砂州]〈名〉沙洲。

さすが[流石]〈副〉①不愧。到底。②就連…也都。

さずか・る[授かる]〈自五〉領受。獲得。

さず・ける[授ける]〈他下一〉授。授予。

サスペンス[suspense]〈名〉(文學、電影等)使人緊張的情節。

さすら・う[流離う]〈自五〉流蕩。流浪。漂泊。

さす・る[摩る]〈他五〉摸。撫摩。

ざせき[座席]〈名〉座位。

させつ[左折]〈名・自サ〉左折。左轉。

ざせつ[挫折]〈名・自サ〉挫折。

さ・せる〈他下一〉使…做。讓…做。

さ・せる[助動]使。令。叫。讓。

させん[左遷]〈名・他サ〉左遷。降職。

ざぜん[坐禅]〈自五〉(佛)坐禪。打坐。

さぞ[嘸]〈副〉想必。一定。

さそい[誘い]〈名〉引誘。

さそいだ・す[誘い出す]〈他五〉引誘。誘出。

さそ・う[誘う]〈他五〉①約。會同。②引起。③引誘。

さそり[蠍]〈名〉蝎。蝎子。

さた[沙汰]〈名・自サ〉①指示。命令。②音信。通知。③事情。事件。

さだか[定か]〈形動〉清楚。明確。

さだま・る[定まる]〈自五〉①決定。②安定。穩定。

さだめ[定め]〈名〉①決定。規定。②命運。

さだ・める[定める]〈他下一〉①定。決定。②平定。

さたやみ[沙汰止み]〈名〉(計劃)作罷。中止。

ざだん[座談]〈名・自サ〉座談。

さち[幸]〈名〉①幸福。②海裏、山上産的食物。

ざちょう[座長]〈名〉①(會議等的)主持人。②(劇團)團長。

さつ[札]〈名〉鈔票。紙幣。

-さつ[冊]〈接尾〉册。本。

ざつ[雑]〈名〉粗。粗糙。

さつい[殺意]〈名〉殺機。

さつえい[撮影]〈名・他サ〉攝影。照像。

ざつえき[雑役]〈名〉雜務。雜活。

ざつおん[雑音]〈名〉雜音。噪聲。

さっか[作家]〈名〉作家。

ざっか[雑貨]〈名〉雜貨。

サッカー[soccer]〈名〉足球。

さつがい[殺害]〈名・他サ〉殺害。

さっかく[錯角]〈名〉(數)錯角。

さっかく[錯覚]〈名・自サ〉錯覺。

ざつがく[雑学]〈名〉雜學。不系統的知識。

サッカリン[saccharin]〈名〉(化)糖精。

ざっかん[雑感]〈名〉雜感。

ざっき[雑記]〈名・自サ〉雜記。瑣記。

さっき[先]〈副〉剛才。方才。

ざっき[雑記]〈名〉雜記。瑣記。

さっきゅう[早急]〈名・形動〉火速。火急。

ざっきょ[雑居]〈名・自サ〉雜居。

さっきょく[作曲]〈名・他サ〉作曲。

さっきん[殺菌]〈名・他サ〉殺菌。

サック[sack]〈名〉套。袋。

ザック[Sack]〈名〉揹囊。

ざっくばらん[形動]坦率。直言。

ざっこく[雑穀]〈名〉雜糧。

さっこん[昨今]〈名〉近日。近來。

さっさと〈副〉迅速地。趕快地。

ざっし[雑誌]〈名〉雜誌。

ざっし[察し]〈名〉體察。理解。

ざつじ[雑事]〈名〉雜事。瑣事。

ざっしゅ[雑種]〈名〉雜種。混合種。

ざっしゅうにゅう[雑収入]〈名〉額外收入。零星收入。

さっしょう[殺傷]〈名・他サ〉殺傷。

ざっしょく[雑食]〈名・他サ〉雜食。

さっしん[刷新]〈名・他サ〉刷新。革新。

さつじん[殺人]〈名〉殺人。

さっ・する[察する]〈他サ〉①推測。②體察。體諒。

ざつぜん[雑然]〈形動〉雜亂。亂糟糟。

さっそう[颯爽]〈形動〉颯爽。

ざっそう[雑草]〈名〉雜草。

さっそく[早速]〈副〉即刻。即時。馬上。

ざった[雑多]〈形動〉各式各樣。

さつたば[札束]〈名〉鈔票捆。

ざつだん[雑談]〈名・自サ〉閑談。聊天。

さっち[察知]〈名・他サ〉察覺。覺察。

さっちゅうざい[殺虫剤]〈名〉殺蟲劑。

さっと[颯と]〈副〉①(動作)迅速。②(雨、風)忽地。颯然。

ざっと〈副〉①粗略。略微。②大略。大體。

さっとう [殺到]〈名・自サ〉蜂擁而至。

ざっとう [雑踏]〈名・自サ〉擁擠。

ざつねん [雑念]〈名〉雜念。

さっぱり [殺伐]〈名・形動〉殺氣騰騰。

さっぱり Ⅰ〈副・自サ〉①乾淨。利落。爽快。②清淡。素氣。Ⅱ〈副〉①全部。精光。②(ド接否定)全然。一點不…。

ざっぴ [雑費]〈名〉雜費。

さつびら [札びら]〈名〉(俗)鈔票。

さっぷうけい [殺風景]〈名・形動〉殺風景。

ざつぶん [雑文]〈名〉雜文。

ざっぽう [雑報]〈名〉雜聞。短訊。

さつまいも [薩摩芋]〈名〉紅薯。甘薯。

ざつむ [雑務]〈名〉雜務。

ざつよう [雑用]〈名〉雜事。瑣事。

さつりく [殺戮]〈名・他サ〉殺戮。屠殺。

さて [扨] Ⅰ〈接〉其次。那麼。Ⅱ〈副〉一旦。果真。Ⅲ〈感〉那可。那麼。

さてい [査定]〈名・他サ〉核定。審核。

サディズム [sadism]〈名〉施虐淫。性虐待狂。

さてお・く [扨置く]〈他五〉①暫且不管。②姑且不提。且不必說。

さてつ [砂鉄]〈名〉鐵砂。鐵礦砂。

さては Ⅰ〈接〉①而且。還有。②最後。終於。Ⅱ〈感〉(表示恍然大悟)原來是。

サテン [satin]〈名〉緞子。

さと [里]〈名〉①村落。村子。②娘家。

さと・い [聡い]〈形〉①聰敏。伶俐。②敏銳。敏捷。

さといも [里芋]〈名〉芋。芋頭。

さとう [砂糖]〈名〉白糖。砂糖。

さどう [茶道]〈名〉茶道。

さとうきび [砂糖黍]〈名〉甘蔗。

さとうだいこん [砂糖大根]〈名〉甜菜。

さとおや [里親]〈名〉養父。養母。

さとがえり [里帰り]〈名・自サ〉①回娘家。(新婚後)回門。②(傭人)休假回家。③回國探親。

さとご [里子]〈名〉寄養的孩子。

さとごころ [里心]〈名〉懷念生家。懷念家鄉。

さと・す [諭す]〈他五〉教導。勸導。

さとり [悟り]〈名〉理解。覺醒。醒悟。

さと・る [悟る]〈他五〉覺悟。理解。覺醒。醒悟。

サドル [saddle]〈名〉車座。鞍座。

さなか [最中]〈名〉最高潮。最盛期。正當中。

さながら [宛ら]〈副〉宛如。恰如。

さなぎ [蛹]〈名〉蛹。

さなだむし [真田虫]〈名〉縧蟲。

サナトリウム [sanatorium]〈名〉結核療養院。

さのう [砂嚢]〈名〉砂袋。嗉囊。嗉子。

さは [左派]〈名〉左派。

さば [鯖]〈名〉鮐魚。

さばき [裁き]〈名〉裁判。審判。

さば・く [裁く]〈他五〉審判。判決。

さば・く [捌く]〈他五〉①銷售。推銷。②妥善處理。

さばく [砂漠]〈名〉沙漠。

さば・ける [捌ける]〈自下一〉①暢銷。②開通。通情達理。

さばさば〈副・自サ〉暢快。爽朗。

さはんじ [茶飯事]〈名〉常有的事。司空見慣的事。

さび [寂]〈名〉古雅。古色古香。

さび [錆]〈名〉銹。

さびし・い [寂しい]〈形〉①冷清。冷冷清清。②寂寞。悽涼。③感到不足。

さびどめ [錆止め]〈名・自サ〉防銹。防銹劑。

ざひょう [座標]〈名〉(數)座標。

さ・びる [錆びる]〈自上一〉銹。生銹。

さび・れる [寂れる]〈自下一〉冷落。蕭條。

サファイア [sapphire]〈名〉(礦)藍寶石。

ざぶざぶ〈副〉(濺水聲)嘩啦嘩啦。

サブタイトル [subtitle]〈名〉副題。副標題。

ざぶとん [座布団]〈名〉座墊。

サフラン [saffraan]〈名〉藏紅花。番紅花。

ざぶん〈副〉(象聲)撲通。

さべつ [差別]〈名・他サ〉①差別。區別。②

歧視。△人種～/種族歧視。

さほう[作法]〈名〉禮節。禮貌。

さぼう[砂防]〈名〉防砂。

サポーター[supporter]〈名〉護膝。護腿。護身。

サボタージュ[sabotage]〈名・自サ〉怠工。

サボテン[仙人掌]〈植〉仙人掌。

さほど[左程・然程]〈副〉那麼。那樣。

サボ・る〈他五〉怠工。偷懶。

ザボン[朱欒]〈名〉(植)朱欒。文旦。

さま[様]Ⅰ〈名〉樣子。情景。Ⅱ〈接尾〉(接在人名,稱呼下)表示敬意。

ざま[様]〈名〉(俗)樣子。醜態。

サマータイム[summer time]〈名〉夏時制。

さまざま[様様]〈形動〉種種。各種各樣。

さま・す[冷ます]〈他五〉涼。冷。冷却。

さま・す[覚す・醒す]〈他五〉①弄醒。叫醒。②使覺醒。

さまた・げる[妨げる]〈他下一〉妨礙。阻礙。阻撓。

さまよ・う[さ迷う]〈自五〉彷徨。流浪。漂泊。

さみし・い[寂しい]〈形〉→さびしい。

さみだれ[五月雨]〈名〉梅雨。黃梅雨。

さむ・い[寒い]〈形〉冷。寒冷。

さむけ[寒気]〈名〉發冷。發抖。

さむさ[寒さ]〈名〉冷。寒冷。

さむざむ[寒寒]〈副・自サ〉冷冰冰。悽涼。

さむぞら[寒空]〈名〉冷天。

さめ[鮫]〈名〉鯊。鯊魚。

さめざめ〈副〉(流淚的樣子)潸潸。潸然。

さ・める[冷める]〈自下一〉①變冷。變涼。②(熱情,興趣等)降低。減退。

さ・める[覚める・醒める]〈自下一〉①醒。②醒悟。省悟。

さ・める[褪める]〈自下一〉(顏色)掉。褪。脫。

さも[然も]〈副〉①的確。實在(的樣子)。很。②好像。彷彿。

さもし・い〈形〉卑鄙。下賤。

さもなければ[然もなければ]〈接〉不然。

要不然。

さもん[査問]〈名・他サ〉查問。盤問。

さや[莢]〈名〉(植)豆莢。

さや[鞘]〈名〉刀鞘。劍鞘。②(交易)差價。

ざやく[座薬]〈名〉座藥。栓劑。

さゆ[白湯]〈名〉白開水。

さゆう[左右]〈名・他サ〉①左右。②支配。左右。操縱。

ざゆう[座右]〈名〉座右。身旁。△～の銘/座右銘。

さよう[作用]〈名・自サ〉作用。起作用。

さようなら[左様なら]〈感〉再見。再會。

さよく[左翼]〈名〉①(思想等)左翼。②左側。左翼。

さら[皿]〈名〉碟。碟子。

ざら[副]常見。不稀奇。

さらい-[再来]〈接頭〉大下(週、月、年)。

さら・う[浚う]〈他五〉疏浚。淘。

さら・う[攫う]〈他五〉攫取。拐走。②全部拿走。

サラウンド[surround]〈他サ〉圍繞。環繞。

ざらがみ[ざら紙]〈名〉糙紙。

さらけだ・す[さらけ出す]〈他五〉暴露。揭露。

サラサ[更紗]〈名〉印花布。

さらさら〈副・自サ〉颯颯。潺潺。

さらさら[更更]〈副〉(下接否定語)根本(不)。決(不)。

ざらざら〈副・自サ〉粗糙。不光滑。

さらし[晒し]〈名〉①曬的東西。②漂白布。

さらしくび[晒首]〈名〉梟首。

さらしこ[晒粉]〈名〉漂白粉。

さらしもの[晒者]〈名〉①被示衆的罪人。②當衆出醜的人。

さら・す[晒す]〈他五〉①曬。晾。②漂白。③暴露。示衆。

サラダ[salad]〈名〉色拉。

さらに[更に]〈副〉①再次。更。進一步。②(後接否定語)一點也(不)。

サラブレッド[thoroughbred]〈名〉(英國)純血種馬。

さらまわし[皿回し]〈名〉(雜技)要碟子。

サラミ[salami]〈名〉意大利臟腸。

ざらめ[粗目]〈名〉粗砂糖。

サラリー[salary]〈名〉工資。薪水。△～マン/薪俸生活者。

さらりと[副・自サ]①滑溜。②(態度等)爽朗。果斷。

ざりがに[蝲蛄]〈名〉(動)蝲蛄。

さりげな・い[さり気ない]〈形〉若無其事。

サリチルさん[サリチル酸]〈名〉(化)水楊酸。

さ・る[去る]〈自五〉①離。離開。②過去。消失。③距離。④去掉。

さる[申]〈名〉①(地支之一)申。②申時。

さる[猿]〈名〉(動)猴子。

さる[然る]〈連体〉某某。

ざる[笊]〈名〉笊籬。

さるぐつわ[猿轡]〈名〉堵嘴物。

さるしばい[猿芝居]〈名〉猴戲。

さるすべり[百日紅]〈名〉(植)百日紅。

さるちえ[猿知恵]〈名〉小聰明。

さるのこしかけ[猿の腰掛]〈名〉(植)拇茸。猪苓。

サルビア[salvia]〈名〉(植)①鼠尾草。②一串紅。③緋衣草。

サルファざい[サルファ剤]〈名〉(化)磺胺藥物。

サルベージ[salvage]〈名〉打撈船。

さるまね[猿真似]〈名・他サ〉機械模倣。東施效顰。

さるまわし[猿回し]〈名〉要猴兒。

さるもの[然る者]〈名〉不平常的人。不好惹的人。

されこうべ[髑髏]〈名〉髑髏。骷髏。

サロン[salon]〈名〉①客廳。會客室。②沙龍。

さわ[沢]〈名〉①沼澤。濕地。②山溝。溪谷。

さわかい[茶話会]〈名〉茶話會。

さわがし・い[騒がしい]〈形〉吵鬧。嘈雜。

さわが・せる[騒がせる]〈他下一〉騷擾。轟動。

さわぎ[騒ぎ]〈名〉①吵鬧。②騷動。事件。

さわ・ぐ[騒ぐ]〈自五〉①吵鬧。吵嚷。②騷動。③不安。慌張。④哄動一時。

ざわざわ〈副・自サ〉人聲嘈雜。

さわ・す[醂す]〈他五〉漤。

ざわつ・く〈自五〉→ざわざわ。

ざわめき〈名〉人聲嘈雜。

さわやか[爽やか]〈形動〉爽快。爽朗。

さわり[触り]〈名〉①碰。觸。②(淨琉璃)最精彩的部分。③(講的話)最中聽的部分。

さわ・る[触る]〈自五〉觸動。摸。

さわ・る[障る]〈自五〉妨礙。障礙。

さん[桟]〈名〉(門窗的)格。檔。

さん[産]〈名〉①生孩子。分娩。②出生。出生地。③財產。

-さん[酸]〈名〉酸。

-さん〈接尾〉(接在人名之後)表示尊敬。

さんい[賛意]〈名〉同意。贊同。

さんいつ[散逸]〈名・自サ〉散失。

さんいん[産院]〈名〉產院。

さんか[参加]〈名・自サ〉參加。

さんか[惨禍]〈名〉慘禍。

さんか[産科]〈名〉(醫)產科。

さんか[酸化]〈名・自サ〉氧化。

さんか[賛歌]〈名〉讚歌。頌歌。

さんが[山河]〈名〉山河。

さんかい[山海]〈名〉山海。

さんかい[参会]〈名・自サ〉參加集會。到會。

さんかい[散会]〈名・自サ〉散會。

さんかい[散開]〈名・自サ〉散開。

さんがい[惨害]〈名〉慘重的災害。

ざんがい[残骸]〈名〉殘骸。

さんかく[三角]〈名〉三角。

さんかく[参画]〈名・自サ〉參與。

さんがく[山岳]〈名〉山岳。

さんがく[産額]〈名〉產額。

ざんがく[残額]〈名〉餘額。

さんがにち[三箇日]〈名〉正月的頭三天。

さんかん[山間]〈名〉山間。

さんかん[参観]〈名・他サ〉參觀。

ざんき[慚愧]〈名・自サ〉慚愧。

さんぎいん[参議院]〈名〉參議院。

さんきゃく[三脚]〈名〉三腳架。

ざんぎゃく[残虐]〈名・形動〉殘酷。殘忍。

さんきゅう[産休]〈名〉産假。

さんぎょう[産業]〈名〉産業。

ざんぎょう[残業]〈名・自サ〉加班。加點。

ざんきん[残金]〈名〉①餘款。餘額。②尾欠。

サングラス[sunglasses]〈名〉太陽眼鏡。墨鏡。

さんけ[産気]〈名〉臨産的預感。

ざんげ[懺悔]〈名・自サ〉懺悔。

さんけい[山系]〈名〉山系。

さんけい[参詣]〈名・自サ〉參拜。朝山。

ざんげき[惨劇]〈名〉慘劇。

ざんげつ[残月]〈名〉殘月。

さんけん[散見]〈名・自サ〉散見。

ざんげん[讒言]〈名・自サ〉讒言。

さんげんしょく[三原色]〈名〉三原色。

さんげんぶんりつ[三権分立]〈名〉三權分立。

さんご[珊瑚]〈名〉珊瑚。

さんご[産後]〈名〉産後。

さんこう[参考]〈名・他サ〉參考。

ざんごう[塹壕]〈名〉戰壕。塹壕。

ざんこく[残酷]〈名・形動〉殘酷。

さんごくいち[三国一]〈名〉天下第一。

さんさい[山菜]〈名〉野菜。

さんざい[散在]〈名・自サ〉散在。

さんざい[散財]〈名・自サ〉破費。揮霍。

ざんざい[斬罪]〈名〉斬罪。死刑。

さんさく[散策]〈名・自サ〉〈文〉散步。

さんざし[山査子]〈名〉〈植〉山楂。

ざんさつ[惨殺]〈名・他サ〉殘殺。

さんさろ[三叉路]〈名〉三岔路。

さんさん[燦燦]〈形動〉〈陽光〉燦爛。

さんざん[散散]〈副・形動〉厲害。狼狽。

さんさんごご[三三五五]〈副〉三三兩兩。

さんし[蚕糸]〈名〉蠶絲。

さんじ[惨事]〈名〉慘事。慘禍。

さんじ[産児]〈名〉産兒。生孩子。

さんじ[賛辞]〈名〉讚詞。頌詞。

ざんし[惨死]〈名・自サ〉慘死。

ざんじ[暫時]〈名・副〉暫時。

サンジカリズム[syndjcalisme]〈名〉工團主義。

さんしきすみれ[三色菫]〈名〉〈植〉三色菫。

さんじげん[三次元]〈名〉三元。三度。三維。

さんしつ[産室]〈名〉産房。

ざんしゅ[斬首]〈名・他サ〉斬首。

さんじゅう[三重]〈名〉三重。三層。

さんじゅうろっけい[三十六計]〈名〉三十六計。

さんしゅつ[産出]〈名・他サ〉出産。生産。

さんしゅつ[算出]〈名・他サ〉計算出。

さんじゅつ[算術]〈名〉〈數〉算術。

さんじょ[賛助]〈名・他サ〉贊助。

ざんしょ[残暑]〈名〉殘暑。秋老虎。

さんしょう[三唱]〈名・他サ〉三呼。

さんしょう[山椒]〈名〉〈植〉花椒。

さんしょう[参照]〈名・他サ〉參照。參閱。

さんじょう[参上]〈名・自サ〉拜訪。

さんじょう[惨状]〈名〉慘狀。

さんしょううお[山椒魚]〈名〉〈動〉山椒魚。鯢。

さんしょく[蚕食]〈名・他サ〉蠶食。

さんじょく[産褥]〈名〉〈文〉産褥。

さんしん[三振]〈名・自サ〉〈棒球〉三擊未中。

ざんしん[斬新]〈形動〉嶄新。

さんすい[山水]〈名〉山水。

さんすい[散水]〈名・自サ〉灑水。

さんずい[三水]〈名〉〈漢字部有〉三點水。

さんすう[算数]〈名〉算術。

さんすくみ[三竦み]〈名〉三者互相牽制的僵局。

サンスクリット[Sanskrit]〈名〉梵文。梵語。

さん・する[産する]〈自他サ〉出産。生産。

さんせい[酸性]〈名〉〈化〉酸性。

さんせい[賛成]〈名・自サ〉贊成。贊同。

さんせいけん[参政権]〈名〉參政權。

さんせき[山積]〈名・自他サ〉堆積如山。

ざんせつ[残雪]〈名〉〈文〉殘雪。

さんせん[参戦]〈名・自サ〉參戰。

さんぜん[燦然]〈形動〉燦爛。燦然。

さんぜん[嶄然]〈副〉〈文〉嶄然。

さんそ[酸素]〈名〉(化)氧。

さんそう[山荘]〈名〉山莊。

さんぞく[山賊]〈名〉山賊。土匪。

ざんそん[残存]〈名・自サ〉殘存。

さんだい[参内]〈名・自サ〉朝見。朝覲。

ざんだか[残高]〈名〉餘額。

サンタクロース[Santa Claus]〈名〉聖誕老人。

サンダル[sandal]〈名〉涼鞋。

さんたん[惨憺]〈形動〉①悽慘。②慘淡。

さんたん[賛嘆]〈名・他サ〉讚嘆。

さんだん[散弾]〈名〉霰彈。

さんだん[算段]〈名・他サ〉籌措。

さんだんとび[三段跳]〈名〉(體)三級跳遠。

さんだんろんぽう[三段論法]〈名〉(邏)三段論式。

さんち[山地]〈名〉山地。山區。

さんち[産地]〈名〉産地。

サンチマン[sentiment]〈名〉情緒。感情。

さんちゅう[山中]〈名〉(文)山中。山裏。

さんちょう[山頂]〈名〉山頂。山巔。

さんてい[算定]〈名・他サ〉計算。算定。

ざんてい[暫定]〈名〉暫定。暫行。

さんど[三度]〈名〉三次。

サンドイッチ[sandwich]〈名〉三明治。

さんどう[賛同]〈名・自サ〉贊同。贊成。

ざんとう[残党]〈名〉餘黨。

サントニン[santonin]〈名〉(藥)山道年。

サンドペーパー[sandpaper]〈名〉砂紙。

さんにゅう[算入]〈名・他サ〉算入。計算在内。

さんにん[三人]〈名〉三人。

ざんにん[残忍]〈名・形動〉殘忍。

さんにんしょう[三人称]〈名〉(語法)第三人稱。

ざんねん[残念]〈形動〉可惜。遺憾。

さんば[産婆]〈名〉産婆。接生婆。

さんぱい[参拝]〈名・自他サ〉參拜(神社、廟宇等)。

さんぱい[惨敗]〈名・自サ〉慘敗。

さんぱいきゅうはい[三拝九拝]〈名・自サ〉三拜九叩。

さんばがらす[三羽烏]〈名〉(某方面的)三傑。

さんぱつ[散発]〈名・自他サ〉零散。零星。

さんぱつ[散髪]〈名・自サ〉理髪。

ざんぱん[残飯]〈名〉剩飯。

さんび[酸鼻]〈名〉(文)酸鼻。慘不忍睹。

さんび[賛美]〈名・他サ〉讚美。讚揚。

さんぴ[賛否]〈名〉(文)贊成與否。

さんびか[賛美歌]〈名〉(宗)讚美詩。讚美歌。

さんびょうし[三拍子]〈名〉①(音樂)三拍子。②重要的三種條件。

さんぴん[残品]〈名〉剩貨。

さんぷ[産婦]〈名〉産婦。

さんぷ[散布]〈名・他サ〉散佈。撒佈。噴灑。

ざんぶ[残部]〈名〉剩餘部分。

ざんぶ〈副〉(象聲)撲通。

さんぷく[山腹]〈名〉山腰。

さんふじんか[産婦人科]〈名〉(醫)婦産科。

さんぶつ[産物]〈名〉産物。物産。

サンプル[sample]〈名〉樣品。貨樣。

さんぶん[散文]〈名〉散文。

さんぽ[散歩]〈名・自サ〉散步。

さんぼう[参謀]〈名〉(軍)參謀。

さんぽう[山砲]〈名〉(軍)山炮。

さんま[秋刀魚]〈名〉(動)秋刀魚。

さんまい[三昧]〈名〉專心致志。

さんまいめ[三枚目]〈名〉丑角。

さんまん[散漫]〈名・形動〉散漫。鬆散。

さんみ[酸味]〈名〉酸味。

さんみいったい[三位一体]〈名〉(宗)三位一體。

さんみゃく[山脈]〈名〉山脈。

ざんむ[残務]〈名〉未做完的工作。善後工作。

さんめんきじ[三面記事]〈名〉第三版消息。社會新聞。

さんめんきょう[三面鏡]〈名〉三面鏡。

さんもん[三文]〈名〉三文錢。錢很少。

さんもん[山門]〈名〉(寺院的)山門。

さんや[山野]〈名〉山野。

さんやく[散薬]〈名〉散劑。

さんよ[参与]〈名・自サ〉①參與。②(職稱)參事。

ざんよ[残余]〈名〉剩餘。

さんようすうじ[算用数字]〈名〉阿拉伯數字。

さんらん[産卵]〈名・自サ〉産卵。

さんらん[散乱]〈名・自サ〉零亂。凌亂。

さんりゅう[三流]〈名〉三流。

ざんりゅう[残留]〈名・自サ〉殘留。

さんりん[山林]〈名〉山林。

さんりんしゃ[三輪車]〈名〉三輪車。

サンルーム[sunroom]〈名〉日光浴室。

さんれつ[参列]〈名・自サ〉参加。列席。

さんろく[山麓]〈名〉山麓。

し　シ

し[士]〈名〉士。

し[氏] I〈接尾〉氏。II〈代〉(敬語) 他。

し[史] I〈名〉歷史。II〈接尾〉史。

し[四]〈名〉四。

し[市]〈名〉市。

し[死]〈名・自サ〉死。死亡。

し[師]〈名〉師。老師。

し[詩]〈名〉詩。

し[接助] (列舉並列的或相互矛盾的事物)
又…又…。

じ[地]〈名〉①地。土地。②當地。③質地。④
肌膚。⑤(用「～の文」的形式表示小説等
對話以外的)叙述部分。

じ[字]〈名〉文字。字。

じ[次]〈接頭・接尾〉次。下。

-じ[時]〈接尾〉點。時。

じ[痔]〈名〉(醫) 痔。痔瘡。

じ[辞]〈名〉辭。詞。語。

しあい[試合]〈名〉比賽。

じあい[自愛]〈名・自サ〉自愛。保重。

じあい[慈愛]〈名〉慈愛。

しあがり[仕上り]〈名〉①做完。完成。②做
成的結果。

しあが・る[仕上がる]〈自五〉做完。做得。

しあげ[仕上げ]〈名〉①做完。完成。②做的
結果。③加工。潤飾。

しあ・げる[仕上げる]〈他下一〉做得。做
好。做完。完成。

しあさって[明明後日]〈名〉大後天。

ジアスターゼ[Diastase]〈名〉(生化) 澱粉
酶。

しあつ[指圧]〈名・他サ〉指壓。

しあわせ[幸せ]〈名・形動〉幸福。

しあん[私案]〈名〉個人的想法。

しあん[試案]〈名〉試行方案。

しあん[思案]〈名・自サ〉考慮。思考。

シアン[cyan]〈名〉(化) 氰基。

しい[椎]〈名〉(植) 栲樹。

しい[恣意]〈名〉(文) 恣意。

じい[示威]〈名・自サ〉示威。

じい[侍医]〈名〉太醫。御醫。

じい[辞意]〈名〉辭職之意。

しいく[飼育]〈名・他サ〉飼養。

じいしき[自意識]〈名〉自我意識。

シーズン[season]〈名〉季節。

シーソー[seesaw]〈名〉蹺蹺板。

しいたけ[椎茸]〈名〉(植) 香菇。

しいた・げる[虐げる]〈他下一〉虐待。摧
殘。

シーツ[sheet]〈名〉床單。

しいて[強いて]〈副〉强通。勉强。

シート[seat]〈名〉座席。座位。

シードル[cidre]〈名〉蘋果酒。

しいな[粃]〈名〉秕子。

ジープ[Jeep]〈名〉吉普車。

し・いる[強いる]〈他上一〉强迫。强制。

シール[seal]〈名〉封印。封條。

しい・れる[仕入れる]〈他下一〉採購。購
進。

しいん[子音]〈名〉輔音。子音。

しいん[死因]〈名〉死因。

しいん[試飲]〈名・他サ〉試飲。

シーン[scene]〈名〉場面。鏡頭。

じいん[寺院]〈名〉寺院。

ジーンズ[jeans]〈名〉①斜紋布。②斜紋布
衣服。

じんと[副・自サ] (感情衝動) 熱乎乎。

じう[慈雨]〈名〉甘雨。甘霖。

しうち[仕打ち]〈名〉(多用於壞的方面)舉
動。(對人的)態度。

しうんてん[試運転]〈名・他サ〉(車、船
等)試車。試運轉。

しえい[市営]〈名〉市營。

しえい[私営]〈名〉私營。

じえい[自営]〈名・他サ〉獨資經營。獨立
經營。

じえい[自衛]〈名・他サ〉自衛。

シェーカー[shaker]〈名〉鷄尾酒搖混器。

ジェスチュア[gesture]〈名〉姿勢。手勢。

ジェット[jet]〈名〉噴射。噴氣。△〜機/噴氣式飛機。

シェパード[shepherd dog]〈名〉狼狗。

シェフ[chef]〈名〉厨司長。

ジェロントクラシー[gerontocracy]〈名〉老人政治。

しえん[支援]〈名・他サ〉支援。

しえん[私怨]〈名〉私怨。

ジェントルマン[gentleman]〈名〉先生。紳士。

しお[塩]〈名〉鹽。

しお[潮]〈名〉潮。海潮。

しおかげん[塩加減]〈名〉鹹淡。鹹度。

しおかぜ[潮風]〈名〉海風。

しおから・い[塩辛い]〈形〉鹹。

しおくり[仕送り]〈名・自他サ〉寄生活補貼。寄生活費。

しおけ[塩気]〈名〉鹽分。鹹味。

しおけ[潮気]〈名〉海上的濕氣。

しおざけ[塩鮭]〈名〉鹹鮭魚。鹹大馬哈魚。

しおさめ[仕納め]〈名〉工作的結尾。

しおしお[副・自サ]消沉。

しおだし[塩出し]〈名・他サ〉去掉鹹味。

しおづけ[塩漬]〈名〉醃。

しおどき[潮時]〈名〉機會。良機。

シオニズム[Zionism]〈名〉猶太復國主義。

しおひがり[潮干狩り]〈名〉趕海。

しおみず[塩水]〈名〉鹽水。

しおやき[塩焼]〈名・他サ〉(烹)加鹽烤。

しおらし・い〈形〉温順。老實。

しおり[栞]〈名〉書簽。

しお・れる[萎れる]〈自下一〉枯萎。

しおん[紫苑]〈名〉(植)紫菀。

しか[鹿]〈名〉(動)鹿。

しか[市価]〈名〉(經)市價。

しか[歯科]〈名〉牙科。

しか〈副助〉〈下接否定〉只。僅。僅僅。

しが[歯牙]〈名〉①牙齒。②言詞。

じか[直]〈名〉直接。

じか[自家]〈名〉①自己家。②自我。

じか[時価]〈名〉時價。

じが[自我]〈名〉自我。

シガー[cigar]〈名〉雪茄煙。

しかい[司会]〈名・自他サ〉司儀。主持會議。

しかい[四海]〈名〉四海。

しかい[視界]〈名〉①視界。視野。②見識。

しかい[斯界]〈名〉(文)斯界。該界。

しがい[市外]〈名〉市外。市郊。

しがい[市街]〈名〉街市。

しがい[死骸]〈名〉死屍。

じかい[次回]〈名〉下次。下回。

じかい[自戒]〈名・自サ〉自戒。

じがい[自害]〈名・自サ〉自殺。

しがいせん[紫外線]〈名〉(理)紫外線。

しかえし[仕返し]〈名・自他サ〉報復。報仇。

しかく[四角]〈名〉四角形。方形。

しかく[死角]〈名〉①(軍)死角。②死角。

しかく[刺客]〈名〉刺客。

しかく[視角]〈名〉(理)視角。

しかく[視覚]〈名〉視覺。

しかく[資格]〈名〉資格。身分。

しがく[史学]〈名〉史學。

しがく[私学]〈名〉私立學校。

じかく[字画]〈名〉(漢字的)筆劃。

じかく[自覚]〈名・他サ〉自覺。覺悟。

しかけ[仕掛]〈名〉①正在做。未完成。②結構。裝置。

しか・ける[仕掛ける]〈他下一〉①挑動。挑釁。②裝置。③做到中途。開始做。

しかざん[死火山]〈名〉(地)死火山。

しかし[然し]〈接〉可是。然而。不過。

しかじか[然然]〈副〉等等。云云。

じがじさん[自画自賛]〈名・ス自〉自吹自擂。自賣自誇。

しかず[如かず]〈連語〉(文)莫如。不如。

じかせん[耳下腺]〈名〉(解)耳下腺。

じがぞう[自画像]〈名〉自畫像。

しかた[仕方]〈名〉做法。方法。

じがため[地固め]〈名・自サ〉夯地。打夯。

しかつ[死活]〈名〉死活。生死。

じかつ[自活]〈名・自サ〉自食其力。

しかつめらし・い[鹿爪らしい]〈形〉一本正經。裝腔作勢。

しがな・い〈形〉①不足道。②貧窮。

じがね[地金]〈名〉①〔鍍金等的〕胎子。②本來面目。

しかばね[屍]〈名〉死屍。屍體。

しがみつ・く[自五]抱住不放。緊緊抓住。

しかめ・つら[顰め面]〈名〉愁眉苦臉。

しか・める[顰める]〈他下一〉皺眉。顰蹙。

しかも[然も]〈接〉①並且。而且。②而。却。

しか・る[叱る]〈他五〉責備。責罵。

しかるべき[然るべき]〈連語〉理所當然的。適當的。

しかるべく[然るべく]〈連語〉適當地。

シガレット[cigarette]〈名〉紙煙。香煙。

しかん[士官]〈名〉軍官。

しかん[弛緩]〈名・自サ〉鬆弛。渙散。

しがん[志願]〈名・自他サ〉志願。報名。

じかん[次官]〈名〉次官。次長。

じかん[時間]〈名〉①時間。②時刻。鐘點。

しき[式]〈名〉①儀式。典禮。②方式。③〔數〕式子。

しき[士気]〈名〉士氣。

しき[四季]〈名〉四季。

しき[死期]〈名〉死期。

しき[指揮]〈名・他サ〉指揮。

しき[敷]〈接尾〉墊兒。

じき[直]Ⅰ〈名〉直接。Ⅱ〈副〉①就。馬上。②〔距離〕很近。

じき[次期]〈名〉下期。下届。

じき[時季]〈名〉季節。

じき[時期]〈名〉時期。時候。

じき[時機]〈名〉時機。機會。

じき[磁気]〈名〉〔理〕磁氣。

じき[磁器]〈名〉瓷器。

じぎ[字義]〈名〉字義。

じぎ[児戯]〈名〉兒戲。

じぎ[時宜]〈名〉時宜。

しきい[敷居]〈名〉門檻。門坎。

しきいし[敷石]〈名〉鋪路石。

しきうつし[敷写し]〈名・他サ〉①描繪。②抄襲。

しきがわ[敷皮]〈名〉皮褥子。皮墊兒。

しきがわ[敷革]〈名〉鞋墊兒。

しききん[敷金]〈名〉押金。押租。

しきさい[色彩]〈名〉色彩。

しきし[色紙]〈名〉〔書寫和歌、俳句用的〕方形的厚紙。

しきじ[式辞]〈名〉致辭。

じきじき[直直]〈副〉直接。當面。

しきしゃ[識者]〈名〉有識之士。

しきじょう[式場]〈名〉舉行儀式的會場。

しきじょう[色情]〈名〉色情。

しきそ[色素]〈名〉色素。

じきそ[直訴]〈名・自他サ〉直接上訴。越級上訴。

しきたり[仕来り]〈名〉慣例。常規。

ジギタリス[digitalis]〈名〉〔植〕毛地黄。

しきち[敷地]〈名〉〔建築用的〕場地。

しきちょう[色調]〈名〉色調。

しきつ・める[敷き詰める]〈他下一〉全鋪。鋪滿。

しきてん[式典]〈名〉儀式。典禮。

じきでん[直伝]〈名〉直接傳授。

じきに[直に]〈副〉→じき(直)。

じきひつ[直筆]〈名〉親筆。

しきふ[敷布]〈名〉床單。

しきふく[式服]〈名〉禮服。

しきぶとん[敷布団]〈名〉褥子。

しきべつ[識別]〈名・他サ〉識別。辨別。

しきま[色魔]〈名〉色鬼。色情狂。

しきもう[色盲]〈名〉〔醫〕色盲。

じぎゃく[自虐]〈名〉自我折磨。自己虐待自己。

しきゅう[子宮]〈名〉〔解〕子宮。

しきゅう[支給]〈名・他サ〉支付。發給。

しきゅう[至急]〈名・副〉火急。火速。加急。

じきゅう[自給]〈名・他サ〉自給。

じきゅう[持久]〈名・自サ〉持久。

しきょ[死去]〈名・自サ〉死。逝世。

じきょ[辞去]〈名・自サ〉告辭。辭別。

しきょう[司教]〈名〉〔宗〕主教。

しきょう[市況]〈名〉〔經〕市場情況。市面。

しぎょう[始業]〈名・自サ〉上班。上課。

じきょう[自供]〈名・自サ〉自供。招供。

じぎょう[事業]〈名〉①事業。②企業。

しきよく[色欲]〈名〉色慾。情慾。

しきょく[支局]〈名〉分社。分局。

じきょく[時局]〈名〉時局。

じきょく[磁極]〈名〉(理)磁極。

しきり[仕切り]〈名〉①間隔。②決算。結算。

しきりに[頻りに]〈副〉①頻頻。屢次。②熱心地。一個勁地。

しき・る[仕切る]Ⅰ〈他五〉間隔。隔開。Ⅱ〈自五〉決算。結算。

しきん[至近]〈名〉至近。極近。

しきん[資金]〈名〉資金。

しぎん[詩吟]〈名〉吟詩。

しきんせき[試金石]〈名〉試金石。

し・く[如く]〈自五〉(下接否定語)如。若。

し・く[敷く]〈他五〉①鋪。②墊上。③鋪設。④發佈。

じく[軸]〈名〉①軸。輪軸。②中心人物。③(數學)座標軸。④重軸。⑤(筆等的)桿。

じく[字句]〈名〉字句。

じくうけ[軸受]〈名〉軸承。

しぐさ[仕草]〈名〉動作。姿勢。

ジグザグ[zigzig]〈名・形動〉之字形。

しくしく〈副・自サ〉①抽抽搭搭(地哭)。②絲絲拉拉(地痛)。

じくじく〈副・自サ〉潮濕。滲出。

しくじ・る[他五]失敗。搞壞。

しくつ[試掘]〈名・他サ〉鑽探。試鑽。

シグナル[signal]〈名〉信號(燈)。

しくはっく[四苦八苦]〈名・自サ〉①(佛)四苦八苦。②千辛萬苦。

しくみ[仕組]〈名〉構造。結構。

しく・む[仕組む]〈他五〉①構造。結構。②計劃。謀劃。

シクラメン[cyclamen]〈名〉(植)仙客來。報春花。

しぐれ[時雨]〈名〉(秋冬之交的)陣雨。晚秋雨。

しけ[死刑]〈名〉死刑。

しけい[私刑]〈名〉私刑。

しけい[紙型]〈名〉(印)紙型。

じけい[字形]〈名〉字形。

じけい[次兄]〈名〉二哥。

しげき[刺激]〈名・他サ〉刺激。使興奮。

しげしげ[繁繁]〈副〉①頻繁。②凝視。

しけつ[止血]〈名・自他サ〉止血。

じけつ[自決]〈名・自サ〉①自殺。自戕。②自決。

しげみ[茂み]〈名〉草叢。樹叢。

し・ける[時化る]〈自下一〉①(海上)起暴風雨。②(因暴雨)打不着魚。③(生意)蕭條。(心情)鬱悶。

しけ・る[湿気る]〈自五〉潮濕。

しげ・る[茂る]〈自五〉繁茂。茂密。

しけん[私見]〈名〉私見。個人見解。

しけん[試験]〈名・他サ〉①試驗。檢驗。②考試。測驗。

じげん[至言]〈名〉至理名言。

しげん[資源]〈名〉資源。

じけん[事件]〈名〉事件。案件。

じげん[次元]〈名〉(數、理)次元。維度。

じげん[時限]Ⅰ〈名〉定時。時限。Ⅱ〈接尾〉(上課)課時,節,堂。

しご[死後]〈名〉死後。

しご[死語]〈名〉死語。

しご[私語]〈名・自サ〉(文)私語。

じこ[自己]〈名〉自己。自我。

じこ[事故]〈名〉事故。

じご[事後]〈名〉事後。

しこう[志向]〈名・他サ〉志向。

しこう[指向]〈名・他サ〉指向。定向。

しこう[私行]〈名〉私人行為。私生活。

しこう[思考]〈名・他サ〉思考。

しこう[施工]〈名・他サ〉施工。

しこう[施行]〈名・他サ〉施行。實施。

しこう[嗜好]〈名・他サ〉嗜好。

じこう[事項]〈名〉事項。項目。

じこう[時好]〈名〉時尚。時好。

じこう[時効]〈名〉(法)時效。

じこう[時候]〈名〉時令。

じごう[次号]〈名〉下期。

しこうさくご[試行錯誤]〈名〉(心)反復試驗。

じごうじとく[自業自得]〈名〉(佛)自作自受。

じごえ[地声]〈名〉天生的嗓音。

しご・く[扱く]〈他五〉①捋。②(俗)整治。

嚴格訓練。

しごく[至極]〈副〉極。最。

じこく[自国]〈名〉本國。

じこく[時刻]〈名〉時間。時刻。

じごく[地獄]〈俗〉〈佛〉地獄。

じごくみみ[地獄耳]〈名〉①過耳不忘。②耳朵尖。

しごせん[子午線]〈名〉(天)子午綫。

したたま[副]〈俗〉很多。

しごと[仕事]〈名〉①工作。活兒。②職業。

しこ・む[仕込む]〈他五〉訓練。教練。②購買。採購。

しこり[瘤]〈名〉①疙瘩。②(感情上的)隔閡。

しこん[歯根]〈名〉齒根。牙根。

しさ[示唆]〈名・他サ〉①啓發。啓示。②唆使。

じさ[時差]〈名〉①(標準時間的)時差。②錯開時間。

しさい[子細]〈名〉詳細。詳情。

しさい[司祭]〈名〉(宗)(天主教)神甫。

しざい[死罪]〈名〉死罪。

しざい[私財]〈名〉私人財産。

しざい[資材]〈名〉材料。

じざい[自在]〈名・形動〉自在。自如。

じざかい[地境]〈名〉地界。

しさく[思索]〈名・自他サ〉思索。

しさく[施策]〈名・自サ〉對策。措施。

しさく[試作]〈名・他サ〉試製。

じさく[自作]〈名・他サ〉自作。

じざけ[地酒]〈名〉地方酒。當地産的酒。

しさつ[刺殺]〈名・他サ〉刺殺。

しさつ[視察]〈名・他サ〉視察。考察。

じさつ[自殺]〈名・自サ〉自殺。自戕。

しさん[試算]〈名・他サ〉試算。估算。

しさん[資産]〈名〉資産。

しざん[死産]〈名・自サ〉(醫)死産。

じさん[持参]〈名・他サ〉帶來(去)。

しし[四肢]〈名〉四肢。

しし[孜孜]〈形動〉(文)孜孜不倦。

しし[志士]〈名〉志士。

しし[嗣子]〈名〉(文)嗣子。

しし[獅子]〈名〉(動)獅子。

しじ[支持]〈名・他サ〉支持。擁護。

しじ[私事]〈名〉私事。私生活。

しじ[指示]〈名・他サ〉指示。

しじ[師事]〈名・自サ〉師事。以某人爲師。

じじ[時事]〈名〉時事。

じじい[爺]〈名〉老頭兒。老頭子。

じじこっこく[時時刻刻]〈副〉時時刻刻。

ししそんそん[子子孫孫]〈名〉子子孫孫。世世代代。

ししつ[紙質]〈名〉紙的質量。

ししつ[資質]〈名〉資質。素質。

しじつ[史実]〈名〉史實。

じじつ[事実]Ⅰ〈名〉事實。Ⅱ〈副〉實際上。

じじつ[時日]〈名〉①時日。日期。②時間。

しじみ[蜆]〈名〉(動)蜆。

ししゃ[支社]〈名〉分公司。分店。

ししゃ[死者]〈名〉死者。

ししゃ[使者]〈名〉使者。

ししゃ[試写]〈名・他サ〉(電影)試映。

ししゃ[試射]〈名・他サ〉試射。

ししゃく[子爵]〈名〉子爵。

じしゃく[磁石]〈名〉①磁石。②磁針。指南針。

ししゃごにゅう[四捨五入]〈名・他サ〉四捨五入。

ししゅ[死守]〈名・他サ〉死守。

じしゅ[自主]〈名〉自主。

じしゅ[自首]〈名・自サ〉(法)自首。

ししゅう[刺繍]〈名・他サ〉刺綉

しじゅう[始終]Ⅰ〈名〉始終。Ⅱ〈副〉經常。屢次。

じしゅう[次週]〈名〉下週。

じしゅう[自習]〈名・他サ〉自習。

じじゅう[侍従]〈名〉侍從。

しじゅうくにち[四十九日]〈名〉(佛)七七擧辦的佛事。

しじゅうから[四十雀]〈名〉(動)大山雀。

ししゅく[私淑]〈名・自サ〉私淑。衷心景仰。

しじゅく[私塾]〈名〉私塾。

じしゅく[自粛]〈名・自サ〉自慎。

ししゅつ[支出]〈名・他サ〉支出。開支。

ししゅんき[思春期]〈名〉青春期。

ししょ[司書]〈名〉圖書管理員。

しじょ[子女]〈名〉①子女。②女兒。

じしょ[地所]〈名〉地皮。

じしょ[辞書]〈名〉辭典。

じしょ[字書]〈名〉字典。

じじょ[次女]〈名〉次女。

じじょ[自序]〈名〉自序。

ししょう[支障]〈名〉障礙。

ししょう[死傷]〈名・自サ〉死傷。傷亡。

ししょう[私娼]〈名〉暗娼。

ししょう[師匠]〈名〉師傅。

しじょう[史上]〈名〉歴史上。

しじょう[市場]〈名〉市場。

しじょう[至上]〈名〉至上。

しじょう[至情]〈名〉至誠。

しじょう[私情]〈名〉私情。

しじょう[紙上]〈名〉①紙上。②報紙上。

しじょう[詩情]〈名〉詩情。

じしょう[自称]〈名・自サ〉自稱。

じじょう[自乗]〈名・他サ〉(數)自乘。平方。

じじょう[事情]〈名〉情況。情形。

じじょうじばく[自縄自縛]〈名〉作繭自縛。

ししょく[試食]〈名・他サ〉品嘗。

じしょく[辞職]〈名・自他サ〉辭職。

じじょでん[自叙伝]〈名〉自傳。

ししょばこ[私書箱]〈名〉(設在郵局的)私人專用信箱。

ししん[私心]〈名〉私心。

ししん[私信]〈名〉私信。

ししん[指針]〈名〉指針。

しじん[私人]〈名〉私人。個人。

しじん[詩人]〈名〉詩人。

じしん[地震]〈名〉地震。

じしん[自身]〈名〉自身。自己。本身。

じしん[自信]〈名〉自信。信心。

じしん[時針]〈名〉時針。

じしん[磁針]〈名〉磁針。

ししんけい[視神経]〈名〉(解)視神經。

しずい[歯髄]〈名〉(解)牙髓。

じすい[自炊]〈名・自サ〉自炊。

しすう[指数]〈名〉(數、經)指數。

しすう[紙数]〈名〉頁數。篇幅。

しずか[静か]〈形動〉静。寂静。寧静。肅静。

しずく[雫]〈名〉水滴。

しずけさ[静けさ]〈名〉寂静。沉静。

しずしず[静静]〈副〉肅穆地。静穆地。

システム[system]〈名〉系統。體系。制度。組織。△〜工学/系統工程。

ジステンパー[distemper]〈名〉(獸醫)犬瘟熱。

ジストマ[distoma]〈名〉(醫)吸蟲。蛭。

じすべり[地滑り]〈名・自サ〉(地)地表滑落。滑坡。

しずま・る[静まる・鎮まる]〈自五〉①平静。平復。平息。②(宗)供奉。

しず・む[沈む]〈自五〉①沉。下沉。沉没。②鬱悶。沉悶。

しず・める[沈める]〈他下一〉把…沉下。

しず・める[静める・鎮める]〈他下一〉①使安静。使寂靜。②平安。平息。

し・する[資する]〈自サ〉有助於。△研究に〜/有助於研究。

し・する[視する]〈接尾〉視爲。

じ・する[持する]〈他サ〉保持。維持。

じ・する[辞する]〈自他サ〉①辭別。告辭。②辭退。

しせい[四声]〈名〉(漢字的)四聲。

しせい[市制]〈名〉市制。城市制度。

しせい[市政]〈名〉市政。

しせい[至誠]〈名〉至誠。

しせい[姿勢]〈名〉①姿勢。②態度。

じせい[自生]〈名・自サ〉野生。

じせい[自制]〈名・自サ〉自制。克制自己。

じせい[時世]〈名〉時世。時代。

じせい[時勢]〈名〉時勢。

じせい[時制]〈名〉(語法)時態。

じせい[辞世]〈名〉①辭世。②絶命詩。

じせい[磁性]〈名〉(理)磁性。

しせいかつ[私生活]〈名〉私生活。

しせいじ[私生児]〈名〉私生子。

しせき[史跡]〈名〉史跡。

しせき[歯石]〈名〉(醫)牙石。牙垢。

じせき[次席]〈名〉次席。第二位。

じせき[自責]〈名・自サ〉自咎。

じせき[事績]〈名〉業績。功績。

しせつ[私設]〈名〉私立。

しせつ[使節]〈名〉使節。

しせつ[施設]〈名・他サ〉設施。設備。

じせつ[自説]〈名〉己見。

じせつ[時節]〈名〉①時節。季節。②時機。機會。③時勢。

しせん[支線]〈名〉支綫。

しせん[死線]〈名〉(監獄周圍設的)死綫。警戒綫。②生死關頭。死亡綫。

しせん[視線]〈名〉視綫。

しぜん[自然]Ⅰ〈名〉①自然。大自然。②理所當然。③天然。Ⅱ〈形動〉自然。不呆板。Ⅲ〈副〉自然而然地。

じぜん[自薦]〈名・自サ〉自薦。

じぜん[次善]〈名〉次善。

じぜん[事前]〈名〉事前。

じぜん[慈善]〈名〉慈善。

しそ[始祖]〈名〉鼻祖。

しそ[紫蘇]〈名〉〈植〉紫蘇。

しそう[死相]〈名〉死相。

しそう[思想]〈名〉思想。

しそう[歯槽]〈名〉〈解〉齒槽。

じぞう[死蔵]〈名・他サ〉死藏。積壓。

じぞう[地蔵]〈名〉〈佛〉地藏菩薩。

しそく[四則]〈名〉〈數〉四則。

しぞく[氏族]〈名〉氏族。

じそく[時速]〈名〉時速。

じぞく[持続]〈名・自他サ〉持續。

しそこな・う[為損なう]〈他五〉失敗。搞壞。

しそん[子孫]〈名〉子孫。

じそんしん[自尊心]〈名〉自尊心。

した[下]Ⅰ〈名〉①下邊。下面。②裏頭。裏面。③年紀小。④(身分、地位等)低下。⑤馬上。隨後。Ⅱ〈接頭〉事先。預先。

した[舌]〈名〉①舌。舌頭。②話。說話。

しだ[羊歯]〈名〉〈植〉羊齒。

じた[自他]〈名〉〈文〉自己和別人。

したあご[下顎]〈名〉下顎。

したい[死体]〈名〉死屍。屍體。

したい[肢体]〈名〉肢體。

したい[姿態]〈名〉姿態。

しだい[次第]Ⅰ〈名〉①順序。次序。②情形。情況。Ⅱ〈接尾〉①聽其自然。②全憑。Ⅲ〈接助〉立刻。馬上。

じたい[字体]〈名〉字體。

じたい[自体]〈名〉本身。

じたい[事態]〈名〉事態。局勢。

じたい[辞退]〈名・他サ〉辭退。謝絕。推辭。

じだい[地代]〈名〉地租。

じだい[次代]〈名〉下一代。

じだい[時代]〈名〉時代。

じだいしゅぎ[事大主義]〈名〉事大主義。

しだいに[次第に]〈副〉漸漸。逐漸。

した・う[慕う]〈他五〉①追隨。②思慕。戀慕。③敬慕。景仰。

したうけ[下請]〈名〉轉包(工)。承包。

したうち[舌打ち]〈名・自サ〉咂嘴(品嘗、悔恨)。

したえ[下絵]〈名〉①劃稿。劃草。②(刺繡等的)底稿。

したが・う[従う]〈自五〉①跟隨。跟。②服從。聽從。依從。③隨着。

したが・える[従える]〈他下一〉率領。帶領。

したがき[下書き]〈名・他サ〉草稿。底稿。

したがって[従って]〈接〉因此。從而。

したぎ[下着]〈名〉内衣。

したく[支度]〈名・自サ〉預備。準備。

じたく[自宅]〈名〉自宅。私宅。

したくちびる[下唇]〈名〉下唇。

したけんぶん[下検分]〈名・他サ〉預先檢查。

したごころ[下心]〈名〉①内心。本心。②用心。用意。居心。

したごしらえ[下拵え]〈名・自他サ〉事先準備。

したじ[下地]〈名〉基礎。準備。

したし・い[親しい]〈形〉親密。親近。

したじき[下敷]〈名〉①(寫字的)墊板。②壓在底下。

したしく[親しく]〈副〉親自。

したしみ[親しみ]〈名〉親密。親近。親切。

したし・む[親しむ]〈自五〉①親近。親密。②喜好。

したしらべ[下調べ]〈名・自サ〉①預先調查。②預習。

したず[下図]〈名〉草圖。

したたか[強か]Ⅰ〈副〉①厲害。②很多。Ⅱ〈形動〉難對付。

したた・める[認める]〈他下一〉①寫。②吃。

したたらず[舌足らず]〈名・形動〉①口齒不清。發音不清。②不善於講話。

したたり[滴り]〈名〉滴。水滴。

したた・る[滴る]〈自五〉滴。滴答。

したつづみ[舌鼓]〈名・自サ〉(因好吃)咂嘴。吧嗒嘴。

したっぱ[下っ端]〈名〉身分低(的人)。

したづみ[下積み]〈名〉①壓在底下(的東西)。②久居人下。

したて[下手]〈名〉①下方。下面。②(地位、能力)低下。③謙遜。謙恭。

したて[仕立]〈名〉①裁縫。製做。②準備。預備。

した・てる[仕立てる]〈他下一〉①裁縫。製做(衣服)。②準備。預備。③培養。

したどり[下取り]〈名〉(用舊物抵一部分錢換新物)抵價。

したなめずり[舌舐り]〈名・自サ〉舔嘴唇。

したぬり[下塗]〈名・他サ〉塗的底子。塗底子。

したばき[下穿]〈名〉襯褲。內褲。

したばき[下履]〈名〉室外穿的鞋。

じたばた〈副・自サ〉①亂動。挣扎。②慌張。驚慌。

したばたらき[下働き]〈名〉①助手。打下手。②雜工。

したはら[下腹]〈名〉小腹。

したび[下火]〈名〉①火勢漸微。②衰微。衰退。

したまわる[下回る]〈自五〉低於。在…以下。

したみ[下見]〈名・他サ〉①預先檢查。②預習。

したむき[下向き]〈名〉①朝下。②衰微。

したやく[下役]〈名〉下屬。部下。

したよみ[下読み]〈名・他サ〉預先讀。預習。

じだらく[自堕落]〈名・形動〉懶散。墮落。

したりがおし[したり顔]〈名〉得意的面孔。

しだれやなぎ[枝垂柳]〈名〉(植)垂柳。

したん[紫檀]〈名〉(植)紫檀。

しだん[師団]〈名〉(軍)師。

しだん[示談]〈名〉說合。調停。

じだんだ[地団太]〈名〉(後悔、懊喪得)頓足捶胸。

しち[七]〈名〉七。

しち[質]〈名〉質。當。典當。

しち[死地]〈名〉死地。險境。

じち[自治]〈名〉自治。

しちてんばっとう[七転八倒]〈名・自サ〉①多次跌倒。②(痛得)亂滾。

しちめんちょう[七面鳥]〈名〉(動)火雞。

しちゅう[支柱]〈名〉支柱。

シチュー[stew]〈名〉燉(爛)的食品。

しちょう[市長]〈名〉市長。

しちょう[思潮]〈名〉思潮。

しちょう[視聴]〈名〉①視聽。注意。②(電視的)收看。

しちょう[試聴]〈名・他サ〉試聽。

しちょう[輜重]〈名〉輜重。△～隊/輜重部隊。

じちょう[次長]〈名〉次長。

じちょう[自重]〈名・自サ〉①自重。②保重。

じちょう[自嘲]〈名・自サ〉自嘲。

しちりん[七輪]〈名〉炭爐子。煤球爐子。

じちん[自沈]〈名・自サ〉自己沉沒。自沉。

しつ[質]〈名〉質量。質。

しつ[実]〈名〉①實質。②誠意。③真實。實際。

しつい[失意]〈名〉失意。

じつい[実意]〈名〉①本心。真意。②誠意。

しつうはったつ[四通八達]〈名・自サ〉四通八達。

じつえき[実益]〈名〉實惠。

じつえん[実演]〈名・他サ〉實地表演。

しっか[失火]〈名・自サ〉用火失慎。

しっか[膝下]〈名〉〈文〉膝下。

じっか[実家]〈名〉娘家。出生的家。

じつがい[実害]〈名〉實際的損害。

しっかく[失格]〈名・自サ〉喪失資格。

しっかり[確り]〈副〉〈自サ〉①堅固。結實。②(身體)健壯。(意志)堅强。(立場)堅定。

しつかん[質感]〈名〉質感。

しっかん[疾患]〈名〉疾患。疾病。

じっかん[十干]〈名〉天干。

じっかん[実感]〈名・他サ〉實感。真實感。

しっき[湿気]〈名〉濕氣。

しっき[漆器]〈名〉漆器。

しつぎ[質疑]〈名・自サ〉質疑。

しっきゃく[失脚]〈名・自サ〉①失脚。②下台。

しつぎょう[失業]〈名・自サ〉失業。

じっきょう[実況]〈名〉實況。

じつぎょう[実業]〈名〉實業。

しっく[疾駆]〈名・自サ〉疾馳。飛馳。

シック[chic]〈形動〉時髦。漂亮。

しっくい[漆喰]〈名〉灰泥。

しっくり〈副・自サ〉調和。合適。融洽。

じっくり〈副・自サ〉慢慢地。踏踏實實。沉着。

しつけ[仕付け]〈名〉綳。絎。

しつけ[躾]〈名〉教育。教養。

しっけ[湿気]〈名〉濕氣。潮氣。

しっけい[失敬]〈名・自他サ〉①失禮。無禮。②(俗)拿走。偷。

じっけい[実兄]〈名〉胞兄。

じっけい[実刑]〈名〉實際服刑。

じつげつ[日月]〈名〉日月。

しつ・ける[仕付ける]〈他下一〉①教育。管教。②插秧。

しつげん[失言]〈名・自サ〉失言。失口。

しつげん[湿原]〈名〉潮濕的草原。

じっけん[実権]〈名〉實權。

じっけん[実験]〈名・他サ〉實驗。

じつげん[実現]〈名・自他サ〉實現。

しつこ・い[形]①糾纏不休。②(色、香、味等)膩人，濃。

しっこう[失効]〈名・自サ〉失效。

しっこう[執行]〈名・他サ〉執行。

じっこう[実行]〈名・他サ〉實行。執行。

じっこう[実効]〈名〉實效。

しっこく[桎梏]〈名〉桎梏。

しっこく[漆黒]〈名〉漆黑。

しつごしょう[失語症]〈名〉〈醫〉失語症。

じっこん[昵懇]〈名・形動〉親密。親近。

じっさい[実際]Ⅰ〈名〉實際。Ⅱ〈副〉的確。真的。

じつざい[実在]〈名・自サ〉①實際存在。②(哲)實在。

しっさく[失策]〈名・自サ〉失策。失誤。

じっし[十指]〈名〉十指。

じっし[実子]〈名〉親生子女。

じっし[実姉]〈名〉胞姐。

じっし[実施]〈名・他サ〉實施。施行。

しつじつ[質実]〈名・形動〉樸實。質樸。

じっしつ[実質]〈名〉實質。

じっしゃ[実写]〈名・他サ〉寫實。

じっしゃかい[実社会]〈名〉現實社會。

じっしゅう[実収]〈名〉實際收入。

じっしゅう[実習]〈名・他サ〉實習。

じっしゅきょうぎ[十種競技]〈名〉(體)十項全能運動。

しつじゅん[湿潤]〈名ナ〉濕潤。

しっしょう[失笑]〈名・自サ〉失笑。

じっしょう[実証]〈名・他サ〉證實。證據。

じつじょう[実情]〈名〉實情。實際情況。

しっしょく[失職]〈名・自サ〉失業。

しっしん[失神]〈名・自サ〉昏迷。不省人事。

しっしん[湿疹]〈名〉〈醫〉濕疹。

じっしんほう[十進法]〈名〉(數)十進法。

じっすう[実数]〈名〉①實際數量。②(數)實數。

しっ・する[失する]Ⅰ〈自サ〉過於。過度。Ⅱ〈他サ〉失掉。錯過。

しっせい[失政]〈名〉惡政。弊政。

じっせいかつ[実生活]〈名〉現實生活。實際生活。

しっせいしょくぶつ[湿生植物]〈名〉濕生植物。

しっせき[叱責]〈名・他サ〉斥責。申斥。

じっせき[実績]〈名〉實績。實際成績。

じっせん[実戦]〈名〉實戰。

じっせん[実践]〈名〉實踐。

じっせん[実線]〈名〉(製圖)實線。

しっそ[質素]〈名・形動〉樸素。樸實。儉樸。

しっそう[失踪]〈名・自サ〉失蹤。

しっそう[疾走]〈名・自サ〉疾馳。

じつぞう[実像]〈名〉①(理)實像。②真面貌。

しっそく[失速]〈名・自サ〉(飛機)失速。

じっそく[実測]〈名・他サ〉實際測量。

じつぞんしゅぎ[実存主義]〈名〉存在主義。

しった[叱咤]〈名・他サ〉①申斥。②激勵。鼓勵。鞭策。

しったい[失態]〈名〉失態。出醜。丟醜。

じったい[実体]〈名〉①實體。實質。②(哲)實體。

じったい[実態]〈名〉實際狀態。

しったかぶり[知ったかぶり]〈名〉不懂裝懂。

じつだん[実弾]〈名〉實彈。

しっち[失地]〈名〉失地。

しっち[湿地]〈名〉濕地。沼澤地。

じっち[実地]〈名〉①現場。實地。②實際。實地。

じっちゅうはっく[十中八九]〈名・副〉十有八九。十之八九。

しっちょう[失調]〈名〉失調。

じっちょく[実直]〈名・形動〉正直。誠實。

しっつい[失墜]〈名・他サ〉失掉。喪失。

じつづき[地続き]〈名〉土地相連。接壤。

じってい[実弟]〈名〉胞弟。

しつてき[質的]〈形動〉質的。

してん[失点]〈名〉(比賽)失分。丟分。

しつでん[湿田]〈名〉澇窪地。濕田。

しっと[嫉妬]〈名・他サ〉嫉妒。

しつど[湿度]〈名〉(理)濕度。

じっと〈副・自サ〉①一動不動。一聲不響。安穩。②聚精會神。目不轉睛。

しっとう[執刀]〈名・自サ〉(醫)(手術)執刀。

じつどう[実働]〈名・自サ〉實際工作。

しっとり〈副・自サ〉①潮濕。濕潤。②安詳。穩靜。

じっとり〈副・自サ〉濕漉漉。

しつない[室内]〈名〉室內。

じつに[実に]〈副〉實在。的確。非常。

しつねん[失念]〈名・他サ〉遺忘。忘却。

しっぱい[失敗]〈名・自サ〉失敗。做錯。做壞。

じっぱひとからげ[十把一からげ]〈連語〉不分青紅皂白。

しっぴ[失費]〈名〉開支。開銷。

じっぴ[実費]〈名〉實際費用。

しっぴつ[執筆]〈名・自他サ〉執筆。撰稿。

じっぷ[実父]〈名〉親生父親。

しっぷう[疾風]〈名〉疾風。

じつぶつ[実物]〈名〉實物。

しっぺ〈名〉把食指、中指並起來拍打對方手腕。

しっぺがえし[しっぺ返し]〈名・自サ〉立刻還擊。

しっぽ[尻尾]〈名〉尾巴。

じつぼ[実母]〈名〉親娘。生身母親。

しつぼう[失望]〈名・自サ〉失望。

しっぽうやき[七宝焼]〈名〉景泰藍。

しつぼく[質朴]〈名・形動〉質樸。樸素。

じつまい[実妹]〈名〉胞妹。

しつむ[執務]〈名・自サ〉辦公。

じつむ[実務]〈名〉實際業務。

しつめい[失明]〈名・自サ〉失明。

じつめい[実名]〈名〉本名。真名。

しつもん[質問]〈名・自サ〉質問。發問。提問。問題。

しつよう[執拗]〈形動〉執拗。

じつよう[実用]〈名・他サ〉實用。

しづら[字面]〈名〉①字的排列。②字面。

しつら・える[設える]〈他下一〉擺設。陳設。

じつり[実利]〈名〉實利。實惠。

しつりょう[質量]〈名〉①(理)質量。②質和量。

じつりょく[実力]〈名〉①實力。②武力。

しつれい[失礼]〈名・自サ〉①失禮。失敬。②告辭。再見。

じつれい[実例]〈名〉實例。

しつれん[失恋]〈名・自サ〉失戀。

じつわ[実話]〈名〉實話。實事。

してい[子弟]〈名〉子弟。

してい[私邸]〈名〉私邸。私宅。

してい[指定]〈名・他サ〉指定。

してい[師弟]〈名〉師弟。師徒。

しでか・す[仕出かす]〈他五〉(多用於壞事)惹出。弄出來。幹出來。

してき[史的]〈形動〉歷史的。歷史性的。

してき[私的]〈形動〉私人的。個人的。

してき[指摘]〈名・他サ〉指出。指摘。

してつ[私鉄]〈名〉私營鐵路。

じてっこう[磁鉄鉱]〈名〉磁鐵礦。

しては〈連語〉(多用「…にしては」,「…としては」的形式)按…説來。就…而言。

しても〈連語〉(多用「…にしても」,「…としても」的形式)即便…也。即使…也。就連…也。

してや・る[為て遣る]〈他五〉①欺騙。②幹得好。③給(別人)做。

してん[支店]〈名〉分店。分號。

してん[支点]〈名〉(理)支點。

してん[視点]〈名〉①(繪畫遠近法的)視點。②觀點。

じてん[次点]〈名〉①(選舉等)得票數居第二位(的人)。②得分數居第二位。

じてん[自転]〈名・自サ〉自轉。

じてん[時点]〈名〉時期。時候。

じてん[辞典]〈名〉辭典。

じてん[事典]〈名〉事典。

じてん[字典]〈名〉字典。

じでん[自伝]〈名〉自傳。

じてんしゃ[自転車]〈名〉自行車。脚踏車。

しと[使途]〈名〉(錢的)用途。

しとう[死闘]〈名・自サ〉死戰。死鬥。

しとう[至当]〈名ナ〉妥當。適當。

しどう[私道]〈名〉私人道路。

しどう[始動]〈名・自他サ〉起動。

しどう[指導]〈名・他サ〉指導。領導。

じどう[自動]〈名〉自動。

じどう[児童]〈名〉兒童。

じどうしゃ[自動車]〈名〉汽車。

しどけな・い[形]〈衣着〉不整齊。不整潔。

しと・げる[為遂げる]〈他下一〉完成。做完。

しどころ[為所]〈名〉該…的時候。

しとしと〈副〉(雨)淅淅瀝瀝(地下)。

じとじと〈副・自サ〉濕漉漉。

しと・める[仕留める]〈他下一〉(用槍等)打死。

しとやか[淑やか]〈形動〉文静。嫻静。嫻雅。

しどろもどろ〈形動〉語無倫次。雜亂無章。

シトロン[sitron]〈名〉檸檬水。檸檬汽水。

しな[品]〈名〉①物品。東西。②質量。貨色。

しな[科]〈名〉風度。擧止。

しな[接尾](接動詞連用形)臨…的時候。

しない[竹刀]〈名〉竹劍。

しない[市内]〈名〉市内。

しな・う[撓う]〈自五〉(柔軟而)彎曲。

しなうす[品薄]〈名・形動〉缺貨。

しなぎれ[品切れ]〈名〉脱銷。賣光。

しなさだめ[品定め]〈名・他サ〉品評。

しなだ・れる[撓垂れる]〈自下一〉偎依。

しな・びる[萎びる]〈自上一〉蔫。枯萎。

しなもの[品物]〈名〉物品。東西。

しなやか〈形動〉柔軟。柔靭。

じならし[地均し]〈名・自他サ〉平整地面。

じなり[地鳴り]〈名〉(地震時發出的)地聲。

シナリオ[scenario]〈名〉電影脚本。電影劇本。

しなん[至難]〈名ナ〉至難。極難。

しなん[指南]〈名・他サ〉指導。教導。

じなん[次男]〈名〉次子。老二。

しにがお[死顔]〈名〉死時的面容。

しにがね[死金]〈名〉①(積攢而不用的)死錢。②花得無用的錢。

しにがみ[死神]〈名〉死神。

しにぎわ[死際]〈名〉臨終。臨死。

しにしょうぞく[死装束]〈名〉壽衣。

しにせ[老舗]〈名〉老鋪。老字號。

しにそこな・う[死に損なう]〈自五〉①自殺未遂。②該死没死。

しにた・える[死に絶える]〈自下一〉死絶。絶嗣。

しにばな[死花]〈名〉死得光榮。

しにみず[死水]〈名〉臨終前喂的最後一口水。

しにめ[死目]〈名〉臨終。

しにものぐるい[死物狂い]〈名〉拚命。殊死。

しにょう[屎尿]〈名〉屎尿。

しにわか・れる[死に別れる]〈自下一〉死別。

しにん[死人]〈名〉死人。

じにん[自任]〈名・他サ〉自命。自居。

じにん[自認]〈名・自サ〉自己承認。

じにん[辞任]〈名・自サ〉辭職。

し・ぬ[死ぬ]〈自五〉①死。②無生氣。不生動。

じぬし[地主]〈名〉地主。

じねつ[地熱]〈名〉(地)地熱。

シネマスコープ[cinema scope]〈名〉寬銀幕電影。

シネラマ[cinerama]〈名〉立體聲電影。

しの[篠]〈名〉叢生的矮竹。△〜突く雨/傾盆大雨。

しのぎ[鎬]〈名〉刀背上的稜。△〜を削る/激戰。

しの・ぐ[凌ぐ]〈他五〉①忍耐。維持。②勝過。超過。

しのごの[四の五の]〈連語〉説三道四。

しのば・せる[忍ばせる]〈他下一〉①偷偷地做。②暗藏。

しのびあし[忍び足]〈名〉躡足。

しのびこ・む[忍び込む]〈自五〉潜入。溜進。

しのびな・い[忍びない]〈形〉不忍。

しのびなき[忍び泣き]〈名〉悄聲暗泣。

しのびよ・る[忍び寄る]〈自五〉偷偷貼近。偷偷靠近。

しのびわらい[忍び笑い]〈名・自サ〉竊笑。偷笑。

しの・ぶ[忍ぶ]Ⅰ〈自五〉隠藏。躲避。Ⅱ〈他五〉忍。忍受。

しの・ぶ[偲ぶ]〈他五〉緬懷。懷念。追憶。

しば[芝]〈名〉(鋪草坪用的)矮草。

しば[柴]〈名〉柴。柴火。

じば[磁場]〈名〉(理)磁場。

しはい[支配]〈名・他サ〉支配。統治。控制。

しばい[芝居]〈名〉①戲劇。(日本的)「歌舞伎」。②(俗)花招。把戲。

しはいにん[支配人]〈名〉(商店、公司的)經理。

じはく[自白]〈名・他サ〉坦白。招認。供認。

じばく[自爆]〈名・自サ〉(飛機、船艦)自行爆炸。

しばし[暫し]〈副〉片刻。暫時。

しばしば[屢]〈副〉屢履。屢次。

しはだ[地肌]〈名〉①地表面。地面。②皮膚。

しばたた・く[瞬く]〈他五〉直眨巴眼。

しはつ[始発]〈名〉始發(站)。頭班(車)。

じはつ[自発]〈名〉自動。主動。

しばふ[芝生]〈名〉草坪。

じばら[自腹]〈名〉自己的腰包。△〜を切る/自己掏腰包。

しはらい[支払]〈名〉支付。付款。

しはら・う[支払う]〈他五〉支付。付款。

しばらく[暫く]〈副〉①一會兒。片刻。②好久。有些日子。

しば・る[縛る]〈他五〉①捆。綁。②束縛。限制。

しはん[四半]〈造語〉四分之一。

しはん[市販]〈名・他サ〉市場上出售。

しはん[死斑]〈名〉(解)死斑。

しはん[紫斑]〈名〉(醫)紫色斑痕。紫斑。

じばん[地盤]〈名〉①地面。地基。②地盤。

しはんがっこう[師範学校]〈名〉師範學校。

しひ[私費]〈名〉自費。

じひ[慈悲]〈名〉(佛)慈悲。

じびいんこうか[耳鼻咽喉科]〈名〉(醫)耳鼻喉科。

じびき[字引]〈名〉字典。辭書。

じびきあみ[地引網]〈名〉拖網。

じひつ[自筆]〈名〉親筆。

じひびき[地響き]〈名・自サ〉地聲。地動發出響聲。

しひょう[指標]〈名〉①指標。標誌。②(數)(對數的)指數。

しびょう[死病]〈名〉絕症。

じひょう[時評]〈名〉時事評論。時事述評。

じひょう[辭表]〈名〉辭呈。

じびょう[持病]〈名〉①老病。宿疾。②(喻)老毛病。

しびれ[痺れ]〈名〉麻木。

しび・れる[痺れる]〈自下一〉麻。麻木。

しびん[溲瓶]〈名〉夜壺。便壺。

しぶ[渋]〈名〉①澀味兒。②柿漆。

しぶ[支部]〈名〉支部。

じふ[自負]〈名・自サ〉自負。

しぶ・い[渋い]〈形〉①澀(味)。②陰鬱。陰沉。不高興。③(興趣等)古雅。雅素。④吝嗇。

しぶがき[渋柿]〈名〉澀柿子。

しぶかわ[渋皮]〈名〉(樹木,果實的)内皮。

しぶき[飛沫]〈名〉浪花。水花。

しふく[私服]〈名〉①便裝。②便衣警察。

しふく[私腹]〈名〉私囊。

しふく[雌伏]〈名・自サ〉(文)雌伏。

ジプシー[Gypsy]〈名〉①吉普賽。茨岡人。②流浪者。

しぶしぶ[渋渋]〈副〉勉勉强强。

しぶつ[私物]〈名〉私人的東西。

じぶつ[事物]〈名〉事物。

ジフテリア[diphtheria]〈名〉(醫)白喉。

しぶと・い[形]頑强。倔强。

しぶ・る[渋る]Ⅰ〈自五〉不流暢。不順利。Ⅱ〈他五〉不痛快。不肯。

しふん[私憤]〈名〉私憤。

じぶん[自分]〈名〉自己。

じぶん[時分]〈名〉①時間。時候。時節。②時機。

じぶんかって[自分勝手]〈形動〉任性。隨便。

しぶんごれつ[四分五裂]〈名・自サ〉四分五裂

しへい[紙幣]〈名〉紙幣、鈔票。

しべつ[死別]〈名・自サ〉死別。

しへん[事変]〈名〉事變。

じべん[自弁]〈名・他サ〉自己負擔。

しへんけい[四辺形]〈名〉四邊形。

しぼ[思慕]〈名・他サ〉思慕。

じぼ[字母]〈名〉①字母。②(鉛字的)字型。

じぼ[慈母]〈名〉慈母。

しほう[司法]〈名〉司法。

しほう[四方]〈名〉①四方。四面。②四周。周圍。

しほう[私法]〈名〉(法)私法。

しほう[至宝]〈名〉至寶。

しぼう[子房]〈名〉(植)子房。

しぼう[死亡]〈名・自サ〉死亡。

しぼう[志望]〈名・他サ〉志願。

しぼう[脂肪]〈名〉脂肪。

じほう[時報]〈名〉報時。

じぼうじき[自暴自棄]〈名ナ〉自暴自棄。

しぼ・む[凋む・萎む]〈自五〉①枯萎。凋萎。②癟。

しぼり[絞り]〈名〉①手巾把兒。濕毛巾。②絞纈。③(照像機的)光圈。

しぼ・る[絞る]〈他五〉①擰。擠。搾。②强逼。硬擠。③申斥。斥責。④集中。收攏。

しほん[資本]〈名〉資本。

しま[島]〈名〉島。島嶼。

しま[縞]〈名〉條紋。

しまい[仕舞・終い]〈名〉①末了。末尾。②結束。終了。③賣光。

しまい[姉妹]〈名〉姉妹。姐妹。

じまい[造語]〈用…ず〜的形式〉終於没…。△行かず〜/終於没去。

しま・う[仕舞う・終う]Ⅰ〈自五〉完了。終了。Ⅱ〈他五〉①收拾。收進。放回。②做完。搞完。Ⅲ〈補動〉①表示完了。②表示無法挽回。

しまうま[縞馬]〈名〉(動)斑馬。

じまえ[自前]〈名〉自己負擔費用。

じまく[字幕]〈名〉字幕。

しまぐに[島国]〈名〉島國。

しまつ[始末]〈名・他サ〉①處理。收拾。②（事情的）原委。始末。

しまつしょ[始末書]〈名〉悔過書。檢討書。

しまった〈連語〉(俗)糟糕。糟了。

しまながし[島流し]〈名・他サ〉流刑。流放於孤島。

しまり[締り]〈名〉①嚴緊。緊張。②儉樸。節儉。

しま・る[閉まる]〈自五〉關。閉。關閉。

しま・る[締まる]〈自五〉①嚴緊。緊張。②儉樸。節儉。③緊。勒緊。

じまん[自慢]〈名・他サ〉自滿。自誇。誇耀。

しみ[衣魚・紙魚]〈名〉(動)蛀蟲。衣魚。

しみ[染み]〈名〉污點。污垢。污跡。

じみ[地味]〈形動〉素淨。樸素。

じみ[滋味]〈名〉滋味。

しみこ・む[染み込む]〈自五〉①滲。滲入。滲透。②銘記。深入。

しみじみ[沁沁]〈副〉①深切。痛切。②仔細。懇切。

しみず[清水]〈名〉泉水。

じみち[地道]〈形動〉踏實。勤懇。

しみつ・く[染み付く]〈自五〉①沾上。②染上。沾染上。

しみった・れる[自下一]吝嗇。摳門兒。

しみとお・る[染み透る]〈自五〉滲入。滲透。

しみゃく[支脈]〈名〉(山、葉等)支脈。

し・みる[染みる・滲みる]〈自上一〉①滲入。滲透。②刺。殺。蜇。③沾染。染上。

-じ・みる[染みる]〈接尾〉①沾上。②彷彿。好像。

しみん[市民]〈名〉市民。

しみん[嗜眠]〈名〉(醫)嗜眠。

じむ[事務]〈名〉事務。

ジム[gym]〈名〉①體育館。②室內體育場。③拳擊練習場。

しむ・ける[仕向ける]〈他下一〉①勸服。勸導。唆使。②對待。③發送(貨物)。

しめい[氏名]〈名〉姓名。

しめい[死命]〈名〉(文)死命。

しめい[使命]〈名〉使命。任務。

しめい[指名]〈名・他サ〉指名。

じめい[自明]〈名〉自明。當然。

しめかす[搾め滓]〈名〉(大豆等榨製後的)渣滓。

しめきり[締切り]〈名〉①截止。②關閉。封閉。

しめき・る[締め切る・閉め切る]〈他五〉①截止。②關閉。封閉。

しめくく・る[締め括る]〈他五〉總結。結束。

しめころ・す[絞め殺す]〈他五〉勒死。掐死。扼殺。

しめし[示し]〈名〉示範。榜樣。

しめしあわ・せる[示し合せる]〈他下一〉串通。互相示意。

じめじめ〈副・自サ〉潮濕。濕漉漉。

しめ・す[示す]〈他五〉①表示。顯示。②指示。

しめ・す[湿す]〈他五〉弄濕。

しめすへん[示偏]〈名〉(漢字偏旁)示字旁兒。示補兒。

しめた〈連語〉太好了。好極了。恰合心意。

しめだ・す[締め出す]〈他五〉①關在門外。不讓進來。②排擠。排斥。

しめつ[死滅]〈名・自サ〉滅絕。絕種。

しめつ・ける[締め付ける]〈他下一〉①捆緊。勒緊。②憋悶。

しめっぽい[湿っぽい]〈形〉①潮。潮濕。②陰鬱。

しめやか[湿やか]〈形動〉寂靜。肅靜。

しめり[湿り]〈名〉①潮濕。濕氣。②雨水。下雨。

しめりけ[湿り気]〈名〉潮。潮氣。

し・める[占める]〈他下一〉佔據。

し・める[閉める]〈他下一〉關。關閉。

し・める[絞める]〈他下一〉勒。勒緊。掐。

し・める[締める]〈他下一〉①繫緊。②擰緊。③管束。④合計。結算。

しめ・る[湿る]〈自五〉發潮。返潮。

しめん[四面]〈名〉四面。

しめん[紙面]〈名〉紙面。

じめん[地面]〈名〉①地面。②地皮。

しも[下]〈名〉①下。下邊。②下游。③大小

使。月經。

しも[霜]〈名〉霜。

しもき[下期]〈名〉下半年。

じもく[耳目]〈名〉①耳目。②視聽。注目。

しもごえ[下肥]〈名〉人糞肥料。

しもざ[下座]〈名〉下座。

しもじも[下下]〈名〉黎民。平民。

しもて[下手]〈名〉(劇)(從觀衆方面看)舞台的左側。

じもと[地元]〈名〉當地。本地。

しもはんき[下半期]〈名〉下半年。

しもぶくれ[下膨れ]〈名〉臉的下部寬。

しもやけ[霜焼け]〈名・自サ〉凍傷。凍瘡。

しもん[指紋]〈名〉指紋。

しもん[諮問]〈名・他サ〉諮詢。

じもんじとう[自問自答]〈名・自サ〉自問自答。

しや[視野]〈名〉①視野。②(喩)眼光。見識。視野。

しゃ[紗]〈名〉紗。薄紗。

-しゃ[者]〈接尾〉人。者。

じゃ[蛇]〈名〉(大)蛇。

じゃあく[邪悪]〈名・形動〉邪惡。

ジャージー[jersey]〈名〉(紡)針織布。

しゃあしゃあ〈副・自サ〉(俗)滿不在乎。恬不知耻。

ジャーナリスト[journalist]〈名〉(報紙、雜誌等)記者。新聞工作者。

ジャーナリズム[journalism]〈名〉新聞出版界。

ジャーナル[journal]〈名〉日報。期刊。

シャープ[sharp]Ⅰ〈名〉(樂)升半音記號。Ⅱ〈形動〉銳利。鋒利。

シャープペンシル[sharp pencil]〈名〉自動鉛筆。

シャーベット[sherbet]〈名〉果子露冰淇凌。

しゃい[謝意]〈名〉①謝意。②歉意。

ジャイロコンパス[gyrocompass]〈名〉(用於輪船、飛機的)迴轉羅盤。

ジャイロスコープ[gyroscope]〈名〉迴轉儀。陀螺儀。

しゃいん[社員]〈名〉公司職員。

しゃおん[謝恩]〈名・自サ〉謝恩。

しゃか[釈迦]〈名〉(佛)釋迦牟尼。

ジャガー[jaguar]〈名〉(動)美洲豹。

しゃかい[社会]〈名〉社會。

じゃがいも[じゃが芋]〈名〉馬鈴薯。

じゃかご[蛇籠]〈名〉石籠。

しゃが・む[自五]〈俗〉蹲。蹲下。

しゃが・れる[嗄れる]〈自下一〉嘶啞。沙啞。

しゃかん[舎監]〈名〉(學生宿舍的)舍監。

じゃき[邪気]〈名〉邪心。惡意。

じゃきょう[邪教]〈名〉邪教。

しやく[試薬]〈名〉(化)試藥。試劑。

しゃく[尺]〈名〉尺。

しゃく[酌]〈名〉斟。斟酒。

しゃく[癪]〈名・形動〉生氣。怒氣。

-じゃく[弱]〈接尾〉(數量)不足。弱。

しゃくざい[借財]〈名・自サ〉借款。

じゃくし[弱視]〈名〉(醫)弱視。

しゃくしじょうぎ[杓子定規]〈名・形動〉死板。死規矩。墨守成規。

じゃくしゃ[弱者]〈名〉弱者。

じゃくしょう[弱小]〈名・形動〉弱小。

じゃくしん[弱震]〈名〉(地)弱震。

しゃくぜん[釈然]〈形動〉(消除懷疑等)釋疑。釋然。

じゃくそつ[弱卒]〈名〉弱卒。弱兵。

じゃくたい[弱体]〈名・形動〉①體弱。②(組織、體制等)軟弱無力。

しゃくち[借地]〈名・他サ〉租地。

じゃぐち[蛇口]〈名〉水龍頭。

じゃくてん[弱点]〈名〉弱點。

じゃくでん[弱電]〈名〉弱電。

しゃくど[尺度]〈名〉①尺。②尺度。

しゃくどういろ[赤銅色]〈名〉紅銅色。紫銅色。

しゃくとりむし[尺取虫]〈名〉(動)尺蠖。

しゃくなげ[石南花]〈名〉(植)石南。

じゃくにくきょうしょく[弱肉強食]〈名〉弱肉强食。

しゃくねつ[灼熱]〈名・自サ〉灼熱。

じゃくはい[弱輩]〈名〉後生。年輕人。

しゃくほう[釈放]〈名・他サ〉(法)釋放。

しゃくめい[釈明]〈名・他サ〉申辯。辯明。分辯。

しゃくや[借家]〈名・自サ〉租房。

しゃくやく[芍薬]〈名〉(植)芍藥。

しゃくよう[借用]〈名・他サ〉借用。

しゃくりあ・げる[しゃくり上げる]〈自下一〉抽噎。抽泣。

しゃくりょう[酌量]〈名・他サ〉酌量。斟酌。

しゃく・る〈他五〉(俗)舀。

しゃく・れる〈自下一〉中間窪陷。

しゃげき[射撃]〈名・他サ〉(軍)射擊。

しゃけつ[瀉血]〈名・自サ〉(醫)放血。

ジャケット[jacket]〈名〉①短上衣。②(書,唱片等)套,封皮。

じゃけん[邪険]〈形動〉刻薄。殘酷。

しゃこ[車庫]〈名〉車庫。

しゃこ[硨磲]〈名〉(動)硨磲。

しゃこ[蝦蛄]〈名〉(動)蝦蛄。

しゃこう[社交]〈名〉社交。交際。

しゃこう[遮光]〈名・他サ〉遮光。

じゃこう[麝香]〈名〉麝香。

しゃさい[社債]〈名〉(經)公司債。

しゃざい[謝罪]〈名・自他サ〉謝罪。道歉。

しゃさつ[射殺]〈名〉擊斃。槍殺。

しゃし[斜視]〈名〉(醫)斜視。斜眼。

しゃし[奢侈]〈名〉奢侈。

しゃじ[謝辞]〈名〉謝辭。

しゃじく[車軸]〈名〉車軸。輪軸。

しゃじつ[写実]〈名・他サ〉寫實。

じゃじゃうま[じゃじゃ馬]〈名〉(俗)烈馬。

しゃしゅ[射手]〈名〉射手。

しゃしゅつ[射出]〈名・自他サ〉射出。發射。

しゃしょう[車掌]〈名〉乘務員。列車員。汽車售票員。

しゃしょく[写植]〈名〉(印)照像排版。

しゃしん[写真]〈名〉照片。

じゃしん[邪心]〈名〉邪心。

ジャズ[jazz]〈名〉(樂)爵士樂。

じゃすい[邪推]〈名・他サ〉猜疑。胡亂猜疑。

ジャスミン[jasmine]〈名〉(植)茉莉(花)。

しゃ・する[謝する]〈他サ〉①感謝。②賠禮。道歉。

しゃせい[写生]〈名・他サ〉寫生。

しゃせつ[社説]〈名〉社論。

しゃぜつ[謝絶]〈名・他サ〉謝絕。

じゃせつ[邪説]〈名〉邪說。

しゃせん[斜線]〈名〉斜線。

しゃたい[車体]〈名〉車身。

しゃたく[社宅]〈名〉公司職工住宅。

しゃだつ[洒脱]〈名・形動〉灑脫。灑落。

しゃだん[遮断]〈名・他サ〉截斷。隔絕。

しゃだんほうじん[社団法人]〈名〉(法)社團法人。

しゃち[鯱]〈名〉(動)鯱。

しゃちほこば・る[鯱張る]〈自五〉拘謹。拘束。拘板。

しゃちょう[社長]〈名〉社長。總經理。

シャツ[shirt]〈名〉襯衫。襯衣。

しゃっかん[借款]〈名〉借款。

じゃっかん[若干]〈名〉若干。

じゃっかん[弱冠]〈名〉(文)①(男子)二十歲。②青年。年輕。

ジャッキ[jack]〈名〉(機)千斤頂。

しゃっきん[借金]〈名・自サ〉債。借款。欠債。負債。

ジャックナイフ[jack knife]〈名〉大折刀。

しゃっくり[吃逆・噦]〈名・自サ〉打嗝。

じゃっこく[弱国]〈名〉弱國。

シャッター[shutter]〈名〉①(照像機的)快門。②百葉窗。

シャットアウト[shut out]〈名・他サ〉開除。排除。

しゃてい[射程]〈名〉(軍)射程。

しゃてき[射的]〈名〉①(軍)打靶。②(遊戲)射擊。

しゃどう[車道]〈名〉車道。

じゃどう[邪道]〈名〉①邪路。歧途。②不正當的方法。

しゃなりしゃなり〈副・自サ〉裝模作樣地走。

しゃにくさい[謝肉祭]〈名〉(天主教的)狂歡節。

しゃにむに[遮二無二]〈副〉莽撞地。拚死拚活地。

じゃねん[邪念]〈名〉邪念。

しゃば[車馬]〈名〉車馬。交通工具。

しゃば[娑婆]〈名〉①(佛)人世。塵世。②獄外的社會。

じゃばら[蛇腹]〈名〉(照像機的)皮腔。蛇紋管。

しゃふ[車夫]〈名〉人力車夫。

しゃぶしゃぶ〈名〉(烹)涮牛肉片。(中國的)涮羊肉。

じゃぶじゃぶ〈副・自サ〉(液體)嘩啦嘩啦地。

しゃふつ[煮沸]〈名・他サ〉煮沸。

シャフト[shaft]〈名〉(機)傳動軸。

しゃぶ・る〈他五〉吮。含。

しゃへい[遮蔽]〈名・他サ〉遮蔽。

しゃべ・る[喋る]〈自他五〉説。講。談。

シャベル[shovel]〈名〉鐵鍬。鐵鍁。鏟子。

しゃへん[斜辺]〈名〉斜邊。

しゃほん[写本]〈名・他サ〉①抄本。②抄寫。

シャボンだま[シャボン玉]〈名〉肥皂泡。

じゃま[邪魔]〈名・他サ〉礙事。打擾。妨礙。

しゃみせん[三味線]〈名〉(樂)(日本的)三弦。

ジャム[jam]〈名〉果醬。

しゃめん[斜面]〈名〉斜面。斜坡。

しゃめん[赦免]〈名・他サ〉赦免。

シャモ[軍鶏]〈名〉(動)鬥鷄。

しゃもじ[杓文字]〈名〉飯杓。

しゃよう[社用]〈名〉公司的業務。

しゃよう[斜陽]〈名〉斜陽。夕陽。

じゃらじゃら〈副・自サ〉(硬幣等碰撞)嘩啷嘩啷。

じゃら・す[他五]〈俗〉逗。逗弄。

じゃり[砂利]〈名〉碎石。礫石。

しゃりょう[車両]〈名〉車輛。

しゃりん[車輪]〈名〉車輪。

しゃれ[洒落]〈名〉俏皮話。詼諧語。

しゃれい[謝礼]〈名〉謝禮。酬謝。

しゃれこうべ[髑髏]〈名〉髑髏。骷髏。

しゃれっけ[洒落っ気]〈名〉①愛打扮。②好詼諧。

しゃ・れる[洒落る]〈自下一〉①打扮得漂亮。②説俏皮話。③別致。

じゃ・れる〈自下一〉(猫、狗等)嬉戲。

シャワー[shower]〈名〉淋浴。

ジャンク[戎克]〈名〉中國帆船。

ジャングル[jungle]〈名〉密林。熱帶叢林。

じゃんけん[じゃん拳]〈名・他サ〉划拳。猜拳。

じゃんじゃん〈副〉一個勁地。連續不斷地。

シャンソン[chanson]〈名〉(法國的)大衆歌曲。

シャンデリア[chandelier]〈名〉枝形吊燈。

しゃんと〈副・自サ〉①(姿勢)端正。挺直。②壯健。

ジャンパー[jumper]〈名〉①工作服。②運動服。

ジャンプ[jump]〈名・自サ〉(田徑、滑雪等的)跳躍。

シャンプー[shampoo]〈名・自サ〉洗髮。洗髮香波。

シャンペン[champagne]〈名〉香檳酒。

ジャンル[genre]〈名〉①種類。②文藝作品的體裁、流派。

しゅ[主]〈名〉①主要。中心。②(基督教的)主。基督。

しゅ[朱]〈名〉朱色。朱紅色。

-しゅ[首]〈接尾〉(計算詩歌的)首。

しゅ[種]〈名〉①種類。②(生物)種。物種。

しゅい[首位]〈名〉首位。第一位。

しゅい[趣意]〈名〉旨趣。

しゅいん[手淫]〈名〉手淫。

しゅいん[主因]〈名〉主要原因。

しゆう[私有]〈名・他サ〉私有。

しゆう[雌雄]〈名〉雌雄。

しゅう[洲]〈名〉①洲。②(聯邦國家的)州。

しゅう[週]〈名〉星期。

しゅう[衆]〈名〉衆多。衆人。

しゅう[周]〈名〉周。圈。

じゆう[自由]〈名・形動〉自由。隨便。

じゆう[事由]〈名〉事由。理由。

じゅう[十]〈名〉十。第十。

じゅう[柔]〈名〉柔。柔軟。

じゅう[従]〈名〉次要。第二位。

じゅう[銃]〈名〉槍。

-じゅう[中]〈接尾〉①(接表示場所的詞)整個。全。②(接表示時間的詞)其間。中間。

しゅうあく[醜悪]〈名・形動〉醜悪。醜陋。

じゅうあつ[重圧]〈名〉重壓。

しゅうい[周囲]〈名〉周圍。四周。

じゅうい[重囲]〈名〉重圍。

じゅうい[獣医]〈名〉獸醫。

しゅういつ[秀逸]〈名〉①優秀。②優秀作品。

しゅうう[驟雨]〈名〉驟雨。暴雨。

しゅうえき[収益]〈名〉收益。

しゅうえん[終演]〈名・自サ〉終場。散戲。

じゅうおう[縦横]〈名〉①縱横。②縱横。隨意。

しゅうか[衆寡]〈名〉衆寡。

しゅうか[集荷]〈名・自他サ〉集聚物産。集中的物産。

じゅうか[銃火]〈名〉(步槍、機槍的)火力。

しゅうかい[集会]〈名・自サ〉集會。

しゅうかいどう[秋海棠]〈名〉(植)秋海棠。

じゅうかがくこうぎょう[重化学工業]〈名〉重化學工業。

しゅうかく[収穫]〈名・他サ〉①(農作物的)收穫。②(喻)收穫。成果。

しゅうがく[就学]〈名・自サ〉就學。

しゅうかん[習慣]〈名〉習慣。

しゅうかん[週刊]〈名〉週刊。

しゅうかん[週間]〈名〉一個星期。週(間)。

じゅうかん[縦貫]〈名・他サ〉縱貫。

じゅうがん[銃眼]〈名〉(軍)槍眼。

しゅうき[周期]〈名〉週期。

しゅうき[秋季・秋期]〈名〉秋季。

しゅうき[臭気]〈名〉臭氣。

しゅうき[周忌]〈名〉→かいき(回忌)。

しゅうぎ[祝儀]〈名〉①慶祝儀式。婚禮。②(表示祝賀的)喜錢。禮品。③小費。

しゅうぎ[衆議]〈名〉衆議。大家的意見。

じゅうき[銃器]〈名〉槍械。

しゅうぎいん[衆議院]〈名〉衆議院。

しゅうきゅう[週休]〈名〉每週的休息日。

しゅうきゅう[週給]〈名〉週薪。

しゅうきゅう[蹴球]〈名〉足球。

じゅうきょ[住居]〈名〉住所。

しゅうきょう[宗教]〈名〉宗教。

しゅうぎょう[修業]〈名・自サ〉修業。學業。

しゅうぎょう[終業]〈名・自サ〉①下班。下工。②學完課程。

しゅうぎょう[就業]〈名・自サ〉①開始工作。上班。②就業。有工作。

じゅうぎょういん[従業員]〈名〉工作人員。職工。

しゅうきょく[終局]〈名〉①結局。②(圍棋)終局。

しゅうきん[集金]〈名・自他サ〉收款。

じゅうきんぞく[重金属]〈名〉重金屬。

シュークリーム[chou à la crème]〈名〉奶油餡點心。

じゅうぐん[従軍]〈名・自サ〉從軍。隨軍。

しゅうけい[集計]〈名・他サ〉合計。總計。

じゅうけい[重刑]〈名〉重刑。

しゅうげき[襲撃]〈名・他サ〉襲撃。

じゅうげき[銃撃]〈名・他サ〉槍撃。用槍射撃。

しゅうけつ[終結]〈名・自サ〉終結。了結。

しゅうけつ[集結]〈名・自他サ〉集結。

じゅうけつ[充血]〈名・自サ〉(醫)充血。

しゅうけん[集権]〈名〉集權。

じゅうけん[銃剣]〈名〉刺刀。槍刺。

じゅうご[銃後]〈名〉後方。

しゅうこう[修好]〈名・自サ〉修好。

しゅうこう[就航]〈名・自サ〉(輪船、飛機等)就航。

しゅうごう[集合]〈名・自他サ〉①集合。②(數學)集合。

じゅうこう[重厚]〈名・形動〉(性格等)穩重。敦厚。

じゅうこう[銃口]〈名〉槍口。

じゅうこうぎょう[重工業]〈名〉重工業。

じゅうごや[十五夜]〈名〉①陰曆十五日夜

晚。②中秋夜。

じゅうこん[重婚]〈名・自サ〉(法)重婚。

ジューサー[juicer]〈名〉榨汁器。

しゅうさい[秀才]〈名〉才子。高才生。

じゅうざい[重罪]〈名〉(法)重罪。

しゅうさく[習作]〈名・他サ〉習作。

じゅうさつ[銃殺]〈名・他サ〉槍斃。槍決。

しゅうさん[蓚酸]〈名〉(化)草酸。

しゅうさんち[集散地]〈名〉集散地。

しゅうし[収支]〈名〉收支。

しゅうし[宗旨]〈名〉①(宗)教義。②(宗教的)派別。教派。③(轉)(個人的)趣味。愛好。

しゅうし[修士]〈名〉碩士。

しゅうし[終始]〈副・自サ〉始終。

しゅうじ[修辞]〈名〉修辭。

しゅうじ[習字]〈名〉習字。

じゅうし[重視]〈名・他サ〉重視。

じゅうじ[十字]〈名〉十字。

じゅうじ[従事]〈名・自サ〉從事。

しゅうじつ[終日]〈名〉整天。終日。

じゅうじつ[充実]〈名・自サ〉充實。

しゅうしふ[終止符]〈名〉①句號。②終結。結束。

じゅうしまい[十姉妹]〈名〉(動)十姉妹。

しゅうしゅう[収拾]〈名・他サ〉收拾。

しゅうしゅう[収集]〈名・他サ〉收集。

じゅうじゅう[重重]〈副〉①屢次。再三。②非常。很。

しゅうしゅく[収縮]〈名・自他サ〉收縮。

しゅうじゅく[習熟]〈名・自サ〉熟習。

じゅうじゅん[従順]〈名・形動〉①溫順。和順。②(動物)溫馴。

じゅうしょ[住所]〈名〉住所。住址。

しゅうしょう[愁傷]〈名・自サ〉愁傷。悲傷。

じゅうしょう[重症]〈名〉重病。重症。

じゅうしょう[重唱]〈名・他サ〉(樂)重唱。

じゅうしょう[重傷]〈名〉重傷。

じゅうしょう[銃床]〈名〉槍托。

じゅうしょうしゅぎ[重商主義]〈名〉(經)重商主義。

しゅうしょく[秋色]〈名〉秋色。

しゅうしょく[修飾]〈名・他サ〉①修飾。裝飾。②(語法)修飾。

しゅうしょく[就職]〈名・自サ〉就業。就職。

じゅうしょく[住職]〈名〉(佛)住持。

しゅうしん[修身]〈名〉修身。

しゅうしん[執心]〈名・自サ〉迷戀。貪戀。

しゅうしん[終身]〈名〉終身。一生。

しゅうしん[終寝]〈名〉就寢。

じゅうしん[囚人]〈名〉犯人。囚犯。

じゅうじん[衆人]〈名〉衆人。

じゅうしん[重心]〈名〉(理)重心。

じゅうしん[重臣]〈名〉重臣。

じゅうしん[銃身]〈名〉槍身。

シューズ[shoes]〈名〉鞋。

ジュース[juice]〈名〉汁液。汁。

ジュース[deuce]〈名〉(乒乓球、網球、排球等局末)平。平分。

じゅうすい[重水]〈名〉(化)重水。

じゅうすいそ[重水素]〈名〉(化)重氫。

しゅうせい[修正]〈名・他サ〉修正。

しゅうせい[終生]〈名・副〉終身。一生。

しゅうせい[習性]〈名〉習性。

じゅうせい[銃声]〈名〉槍聲。

じゅうぜい[重税]〈名〉重稅。

しゅうせき[集積]〈名・自他サ〉集積。集聚。

じゅうせき[重責]〈名〉重責。重任。

しゅうせん[周旋]〈名・自他サ〉介紹。斡旋。

しゅうせん[終戦]〈名〉停戰。

しゅうぜん[修繕]〈名・他サ〉修理。修補。

しゅうぜん[従前]〈名〉從前。以往。

しゅうそ[臭素]〈名〉(化)溴。

じゅうそう[重奏]〈名・他サ〉(樂)重奏。

じゅうそう[重曹]〈名〉(化)碳酸氫鈉。小蘇打。

じゅうそう[縦走]〈名・自サ〉①(登山)沿山脊走。②(山脈的)南北走向。

しゅうそく[収束]〈名・自他サ〉收束。結束。

しゅうぞく[習俗]〈名〉習俗。

じゅうぞく[従属]〈名・自サ〉從屬。

しゅうそつ[従卒]〈名〉(服侍軍官的)勤務兵。

しゅうたい[醜態]〈名〉醜態。

じゅうたい[重態]〈名〉病危。病篤。

じゅうたい[渋滞]〈名・自サ〉遲滯。停滯不前。

じゅうたい[縦隊]〈名〉縱隊。

じゅうだい[重大]〈形動〉重大。嚴重。

しゅうたいせい[集大成]〈名・他サ〉集大成。

じゅうたく[住宅]〈名〉住宅。

しゅうだつ[収奪]〈名・他サ〉掠奪。搜刮。

しゅうたん[愁嘆]〈名・自サ〉愁嘆。悲嘆。

しゅうだん[集団]〈名〉集體。集團。

じゅうたん[絨毯]〈名〉地毯。

じゅうだん[銃弾]〈名〉槍彈。

じゅうだん[縦断]〈名・他サ〉縱斷。縱貫。

じゅうたんさんソーダ[重炭酸ソーダ]〈名〉(化)碳酸氫鈉。

しゅうち[周知]〈名・他サ〉周知。

しゅうち[羞恥]〈名〉羞恥。

しゅうち[衆知]〈名〉衆人的智慧。

しゅうちゃく[執着]〈名・自サ〉貪戀。迷戀。留戀。

しゅうちゃくえき[終着駅]〈名〉終點站。

しゅうちゅう[集中]〈名・自他サ〉集中。

しゅうちょう[酋長]〈名〉酋長。

じゅうちん[重鎮]〈名〉①重鎮。②(某領域的)權威。

しゅうてん[終点]〈名〉終點。

じゅうてん[充填]〈名・他サ〉填補。填充。

じゅうてん[重点]〈名〉重點。

じゅうでん[充電]〈名・自サ〉充電。

しゅうでんしゃ[終電車]〈名〉末班電車。

しゅうと[舅]〈名〉①公公。②岳父。泰山。

しゅうと[姑]〈名〉①婆婆。②岳母。

シュート[shoot]〈名・自他サ〉(籃球、足球等)投籃。射門。

ジュート[jute]〈名〉(植)黃麻。

しゅうとう[周到]〈形動〉周密。周全。

しゅうどう[修道]〈名・自サ〉(宗)修道。

じゅうとう[充当]〈名・他サ〉充當。填補。

じゅうどう[柔道]〈名〉(體)柔道。

しゅうとく[拾得]〈名・他サ〉拾。揀。拾得。

しゅうとく[習得]〈名・他サ〉學會。學好。掌握。

しゅうとめ[姑]〈名〉①婆婆。②岳母。

じゅうなん[柔軟]〈形動〉柔軟。靈活。

じゅうにし[十二支]〈名〉十二支。地支。

じゅうにしちょう[十二指腸]〈名〉(解)十二指腸。

じゅうにぶん[十二分]〈名・形動〉十二分。充分。

しゅうにゅう[収入]〈名〉收入。

しゅうにん[就任]〈名・自サ〉就任。上任。就職。

じゅうにん[住人]〈名〉居住的人。居民。

じゅうにん[重任]〈名・自他サ〉①重任。②連任。再任。

じゅうにんといろ[十人十色]〈名〉(愛好、性格、思想等)各不相同。

じゅうにんなみ[十人並]〈名〉(才幹、容貌等)一般。普通。

しゅうねん[執念]〈名〉執着。執拗。

しゅうねん[周年]〈名〉週年。

じゅうねん[十年]〈名〉十年。

しゅうのう[収納]〈名・他サ〉收納。

じゅうのうしゅぎ[重農主義]〈名〉重農主義。

しゅうは[宗派]〈名〉(宗)宗派。教派。

しゅうは[秋波]〈名〉秋波。

しゅうはい[集配]〈名・他サ〉(郵件的)收集和遞送。

じゅうばこ[重箱]〈名〉(盛食品用的)多層食盒。

しゅうバス[終バス]〈名〉末班公共汽車。

しゅうはすう[周波数]〈名〉(電)頻率。

じゅうはちばん[十八番]〈名〉拿手。拿手好戲。

しゅうばん[終盤]〈名〉①(圍棋、將棋等的)終盤。②比賽的最後階段。

しゅうばん[週番]〈名〉值週。(按週輪流的)值班。

じゅうはん[重版]〈名・他サ〉重版。重印。

じゅうはん[従犯]〈名〉(法)從犯。

しゅうび[愁眉]〈名〉愁眉。

しゅうふく[修復]〈名・他サ〉修復。

じゅうふく[重複]〈名・自サ〉→ちょうふく。

しゅうぶん[秋分]〈名〉(天)秋分。

しゅうぶん[醜聞]〈名〉醜聞。

じゅうぶん[十分]〈副・形動〉充分。十分。足够。

しゅうへん[周辺]〈名〉周圍。四周。

しゅうほう[週報]〈名〉週報。

じゅうぼう[衆望]〈名〉衆望。

じゅうほう[重砲]〈名〉重炮。

じゅうほう[銃砲]〈名〉槍炮。

シューマイ[焼売]〈名〉(烹)燒賣。

しゅうまく[終幕]〈名・自サ〉終場。結束。

しゅうまつ[終末]〈名〉終局。結尾。

しゅうまつ[週末]〈名〉週末。

じゅうまん[充満]〈名・自サ〉充滿。

しゅうみつ[周密]〈形動〉周密。

じゅうみん[住民]〈名〉居民。

じゅうもう[絨毛]〈名〉絨毛。

しゅうもく[衆目]〈名〉(文)衆目。

じゅうもんじ[十文字]〈名〉→じゅうじ(十字)。

しゅうや[終夜]〈名・副〉終夜。通宵。

しゅうやく[集約]〈名・他サ〉彙集。彙總。

じゅうやく[重役]〈名〉①重任。②(公司的)董事。經理。

じゅうやく[重訳]〈名・他サ〉轉譯。

じゅうゆ[重油]〈名〉重油。

しゅうゆう[周遊]〈名・自サ〉周遊。

しゅうよう[収用]〈名・他サ〉徵用。

しゅうよう[収容]〈名・他サ〉收容。容納。

しゅうよう[修養]〈名・他サ〉修養。

じゅうよう[重要]〈名〉重要。

しゅうらい[襲来]〈名・自サ〉襲來。

じゅうらい[従来]〈名・副〉從來。以往。向來。

しゅうらく[集落]〈名〉聚集。村落。

じゅうらん[縦覧]〈名・他サ〉縱覽。

しゅうり[修理]〈名・他サ〉修理。

しゅうりょう[修了]〈名・他サ〉學完(一定的課程)。

しゅうりょう[終了]〈名・自他サ〉終了。結束。

じゅうりょう[重量]〈名〉重量。分量。

じゅうりょく[重力]〈名〉(理)重力。

じゅうりん[蹂躙]〈名・他サ〉蹂躪。

じゅうるい[獣類]〈名〉獸類。

シュールレアリスム[surréalisme]〈名〉(藝術上的)超現實主義。

しゅうれい[秀麗]〈名・形動〉秀麗。

しゅうれっしゃ[終列車]〈名〉(當天的)末班火車。

しゅうれん[収斂]〈名・自他サ〉收斂。收縮。

しゅうれん[修練]〈名・他サ〉修煉。磨練。

しゅうろう[就労]〈名・自サ〉工作。上工。

じゅうろうどう[重労働]〈名〉重體力勞動。重活。

しゅうろく[収録]〈名・他サ〉①(書刊等)收錄。②錄音。錄像。

じゅうろくミリ[十六ミリ]〈名〉十六毫米影片。

しゅうわい[収賄]〈名・他サ〉受賄。收賄。

しゅえい[守衛]〈名〉門衛。門崗。

じゅえき[受益]〈名・自サ〉受益。

じゅえき[樹液]〈名〉樹液。

ジュエリー[jewelry]〈名〉珠寶。珠寶飾物。

しゅえん[主演]〈名・自サ〉主演。

しゅえん[酒宴]〈名〉酒宴。酒席。

じゅかい[樹海]〈名〉林海。

しゅかく[主客]〈名〉賓主。

じゅがく[儒学]〈名〉儒學。

しゅかん[主管]〈名・他サ〉主管。

しゅかん[主観]〈名〉(哲)主觀。

しゅがん[主眼]〈名〉着重點。

しゅき[手記]〈名〉手記。札記。

しゅき[酒気]〈名〉酒氣。酒味。

しゅぎ[主義]〈名〉主義。

じゅきゅう[受給]〈名・他サ〉領受。

じゅきゅう[需給]〈名〉(經)供求。

しゅぎょう[修行]〈名・自サ〉①(佛)修

行。②磨練。練習。

じゅきょう[儒教]〈名〉儒教。

じゅぎょう[授業]〈名・自サ〉授課。教課。

しゅぎょく[珠玉]〈名〉珍寶。珠寶。

じゅく[塾]〈名〉私塾。

しゅくい[祝意]〈名〉賀意。祝賀。

しゅくえい[宿営]〈名・自サ〉宿營。

しゅくえん[祝宴]〈名〉喜宴。

しゅくえん[宿縁]〈名〉(佛)前世因縁。

しゅくが[祝賀]〈名・他サ〉祝賀。慶賀。

しゅくがん[宿願]〈名〉宿願。

じゅくぎ[熟議]〈名・他サ〉詳細討論。

しゅくげん[縮減]〈名・他サ〉縮減。削減。

じゅくご[熟語]〈名〉①熟語。成語。②複合
詞。

しゅくさいじつ[祝祭日]〈名〉節日。

しゅくさつ[縮刷]〈名・他サ〉縮印。

しゅくじ[祝辞]〈名〉祝辭。賀辭。

じゅくし[熟視]〈名・他サ〉熟視。

しゅくじつ[祝日]〈名〉節日。

しゅくしゃ[宿舎]〈名〉①旅館。②宿舍。

しゅくしゃ[縮写]〈名・他サ〉縮小(原
版)。

しゅくしゃく[縮尺]〈名・他サ〉縮尺。比
例尺。

しゅくじょ[淑女]〈名〉淑女。

しゅくしょう[祝勝]〈名〉祝捷。

しゅくしょう[縮小]〈名・自他サ〉縮小。
縮減。

しゅくず[縮図]〈名〉縮圖。

じゅく・す[熟す]〈自五〉熟。成熟。

じゅくすい[熟睡]〈名・自サ〉熟睡。酣睡。

しゅく・する[祝する]〈他サ〉祝賀。祝福。

しゅくせい[粛正]〈名・他サ〉整頓。整飭。

しゅくせい[粛清]〈名・他サ〉肅清。清洗。

しゅくぜん[粛然]〈形動〉肅然。

しゅくだい[宿題]〈名〉(學校的家庭)作
業。

じゅくたつ[熟達]〈名・自サ〉熟練。嫺熟。

じゅくち[熟知]〈名・他サ〉熟知。熟悉。

しゅくちょく[宿直]〈名・自サ〉值宿。

しゅくてき[宿敵]〈名〉宿敵。

しゅくてん[祝典]〈名〉慶祝典禮。

しゅくでん[祝電]〈名〉賀電。

じゅくどく[熟読]〈名・他サ〉熟讀。

しゅくはい[祝杯]〈名〉祝酒時的酒杯。

しゅくはく[宿泊]〈名・自サ〉住宿。投宿。

しゅくふく[祝福]〈名・他サ〉祝福。

しゅくへい[宿弊]〈名〉積弊。

しゅくほう[祝砲]〈名〉禮炮。

しゅくぼう[宿望]〈名〉宿願。

しゅくめい[宿命]〈名〉宿命。

じゅくりょ[熟慮]〈名・他サ〉熟慮。

じゅくれん[熟練]〈名・自サ〉熟練。

しゅくん[殊勲]〈名〉殊勳。卓越功勳。

しゅげい[手芸]〈名〉手工藝。

じゅけいしゃ[受刑者]〈名〉服刑者。

しゅけん[主権]〈名〉主權。

じゅけん[受験]〈名・他サ〉投考。報考。
應考。

しゅご[主語]〈名〉主語。

しゅこう[酒肴]〈名〉酒餚。

しゅこう[趣向]〈名・自サ〉①動腦筋。下
功夫。②趣旨。想法。

しゅごう[酒豪]〈名〉酒豪。海量。

じゅこう[受講]〈名・自他サ〉聽講。

しゅこうぎょう[手工業]〈名〉手工業。

しゅさい[主宰]〈名・他サ〉主宰。主持。

しゅさい[主催]〈名・他サ〉主辦。

しゅざい[取材]〈名・他サ〉取材。採訪。

じゅざん[珠算]〈名〉珠算。

しゅし[主旨]〈名〉主旨。

しゅし[趣旨]〈名〉趣旨。宗旨。

しゅし[種子]〈名〉種子。

しゅじ[主事]〈名〉主事。主任。

じゅし[樹脂]〈名〉樹脂。

しゅじい[主治医]〈名〉主治醫生。

しゅしがく[朱子学]〈名〉朱子學。

しゅじく[主軸]〈名〉①(機)主軸。②(理)
中心軸。主軸。

しゅしゃ[取捨]〈名・他サ〉取捨。

しゅじゅ[種種]〈副・名ナ〉種種。各種。

じゅじゅ[授受]〈名・他サ〉授受。

しゅじゅう[主従]〈名〉①主從。②主僕。

しゅじゅつ[手術]〈名・他サ〉(醫)手術。

じゅじゅつ[呪術]〈名〉咒術。妖術。

しゅしょう[主将]〈名〉(球隊的)隊長。

しゅしょう[主唱]〈名・自他サ〉主要提倡。

しゅしょう[首唱]〈名・自他サ〉首倡。

しゅしょう[首相]〈名〉首相。

しゅしょう[殊勝]〈名・形動〉值得欽佩。值得稱讚。

じゅしょう[受賞]〈名・自サ〉受獎。

じゅしょう[授賞]〈名・自サ〉授獎。

しゅしょく[主食]〈名〉主食。

しゅしょく[酒色]〈名〉酒色。

しゅしん[主審]〈名〉主裁判。

しゅじん[主人]〈名〉①老板。東家。掌櫃。②家長。一家之主。丈夫。

じゅしん[受信]〈名・他サ〉①(無)接收,收聽。②(郵件等)收報,收信。

しゅじんこう[主人公]〈名〉主人公。

しゅす[繻子]〈名〉緞子。

じゅず[数珠]〈名〉(佛)念珠。

しゅずみ[朱墨]〈名〉朱墨。

しゅせい[守勢]〈名〉守勢。

じゅせい[受精]〈名・自サ〉(生)受精。

じゅせい[授精]〈名・自サ〉授精。

しゅせいぶん[主成分]〈名〉主要成分。

しゅせき[主席]〈名〉主席。

しゅせき[首席]〈名〉首席。

しゅせきさん[酒石酸]〈名〉(化)酒石酸。

しゅせん[主戦]〈名〉①主戰。②主力。

しゅせんど[守銭奴]〈名〉守財奴。

じゅぞう[受像]〈名・他サ〉(電視)接受圖像。

しゅぞく[種族]〈名〉種族。

しゅたい[主体]〈名〉①(哲)主體。②主體。核心。

しゅだい[主題]〈名〉主題。

じゅたい[受胎]〈名・自サ〉受胎。受孕。

じゅたく[受託]〈名・他サ〉受託。

じゅだく[受諾]〈名・他サ〉承諾。應諾。

しゅだん[手段]〈名〉手段。辦法。

しゅちゅう[手中]〈名〉手中。手裏。

じゅちゅう[受注]〈名・他サ〉接受訂貨。

しゅちょう[主張]〈名・他サ〉主張。

しゅちょう[首長]〈名〉①首長。②(行政機關的)最高負責人。

じゅつ[術]〈名〉①手段。辦法。②技術。技藝。③謀略。

しゅつえん[出演]〈名・自サ〉演出。出場。

しゅっか[出火]〈名・自サ〉起火。失火。

しゅっか[出荷]〈名・他サ〉發貨。上市。

じゅっかい[述懐]〈名・自他サ〉①述懷。②追述往事。

しゅっかん[出棺]〈名・自サ〉出殯。

しゅつがん[出願]〈名・自他サ〉申請。

しゅっきん[出金]〈名・自サ〉①支款。②支出的錢。

しゅっきん[出勤]〈名・自サ〉出勤。上班。

しゅっけ[出家]〈名・自サ〉(佛)出家(人)。

しゅつげき[出撃]〈名・自サ〉出撃。

しゅっけつ[出欠]〈名・自サ〉出缺席。出缺勤。

しゅっけつ[出血]〈名・自サ〉①出血。②(喻)犧牲性血本。

しゅつげん[出現]〈名・自サ〉出現。

じゅつご[述語]〈名〉(語法)謂語。

じゅつご[術語]〈名〉術語。

しゅっこう[出航]〈名・自サ〉(輪船、飛機)起航。

しゅっこう[出港]〈名・自サ〉(船)出港。

じゅっこう[熟考]〈名・他サ〉熟思。熟慮。

しゅっこく[出国]〈名・自サ〉出國。

しゅつごく[出獄]〈名・自サ〉出獄。

しゅっこんそう[宿根草]〈名〉(植)宿根本植物。

じゅっさく[術策]〈名〉計策。詭計。花招。

しゅっさつ[出札]〈名・自サ〉(車站)售票。

しゅっさん[出産]〈名・自他サ〉分娩。生産。

しゅっし[出資]〈名・自サ〉出資。投資。

しゅっしゃ[出社]〈名・自サ〉(到公司)上班。

しゅっしょ[出所]〈名・自サ〉①出處。②出獄。

しゅっしょう[出生]〈名・自サ〉出生。出世。

しゅつじょう[出場]〈名・自サ〉出場。

しゅっしょく[出色]〈名〉出色。

しゅっしん[出身]〈名〉①出生地。②畢業。③出身。

しゅつじん[出陣]〈名・自サ〉出征。

しゅっすい[出水]〈名・自サ〉發水。漲水。

しゅっせ[出世]〈名・自サ〉①(佛)出家。出世。②發跡。出息。

しゅっせい[出征]〈名・自サ〉出征。

しゅっせき[出席]〈名・自サ〉出席。

しゅつだい[出題]〈名・自サ〉出題。

じゅっちゅう[術中]〈名〉計策之中。

しゅっちょう[出張]〈名・自サ〉出差。

しゅっちょう[出超]〈名〉(貿易)出超。順差。

しゅってい[出廷]〈名・自サ〉出庭。

しゅってん[出典]〈名〉出典。

しゅつど[出土]〈名・自サ〉(考古)出土。

しゅっとう[出頭]〈名・自サ〉(到官廳等)出面。

しゅつどう[出動]〈名・自サ〉出動。

しゅつにゅう[出入]〈名・自サ〉出入。

しゅつば[出馬]〈名・自サ〉①出馬。出面。②參加競選。

しゅっぱつ[出發]〈名・自サ〉出發。起身。

しゅっぱん[出帆]〈名・自サ〉起錨。出航。

しゅっぱん[出版]〈名・他サ〉出版。

しゅっぴ[出費]〈名・自サ〉開銷。費用。

しゅっぴん[出品]〈名・自サ〉展出作品。展出産品。

しゅっぺい[出兵]〈名・自サ〉出兵。

しゅつぼつ[出没]〈名・自サ〉出没。

しゅっぽん[出奔]〈名・自サ〉出奔。出走。

しゅつりょう[出獵]〈名・自サ〉出獵。

しゅつりょう[出漁]〈名・自サ〉出海捕魚。

しゅつりょく[出力]〈名〉輸出功率。

しゅと[首都]〈名〉首都。

しゅとう[種痘]〈名・自サ〉(醫)種牛痘。

しゅどう[手動]〈名〉手動。手搖。

じゅどう[受動]〈名〉被動。

しゅどうけん[主導權]〈名〉主動權。領導權。

しゅとく[取得]〈名・他サ〉取得。獲得。

じゅなん[受難]〈名・自サ〉受難。

しゅにく[朱肉]〈名〉紅印泥。

じゅにゅう[授乳]〈名・自サ〉哺乳。

しゅにん[主任]〈名〉主任。

しゅのう[首腦]〈名〉首腦。

じゅのう[受納]〈名・他サ〉(文)收納。收下。

しゅはん[主犯]〈名〉(法)主犯。

しゅはん[首班]〈名〉①首席。②(内閣的)首席人物。首相。

しゅび[守備]〈名・他サ〉守備。守衛。

しゅび[首尾]〈名・自サ〉①首尾。始終。②(事情的)情況。情形。

じゅひ[樹皮]〈名〉樹皮。

ジュピター[Jupiter]〈名〉①(羅馬神話)朱庇特。②(天)木星。

しゅひつ[主筆]〈名〉主筆。

しゅひつ[朱筆]〈名〉朱筆。

じゅひょう[樹氷]〈名〉樹掛。

しゅひん[主賓]〈名〉主賓。

しゅふ[主婦]〈名〉主婦。家庭婦女。

しゅふ[首府]〈名〉首府。首都。

シュプレヒコール[Sprechchor]〈名〉①台詞的合白。②(集會、遊行)齊呼口號。

しゅぶん[主文]〈名〉(法)(判詞等的)主文。

じゅふん[受粉]〈名・自サ〉(植)受粉。授粉。

しゅほう[手法]〈名〉手法。

しゅほう[主峰]〈名〉主峰。

しゅほう[主砲]〈名〉(軍)主炮。

しゅぼう[首謀]〈名〉首謀。

しゅみ[趣味]〈名〉①趣味。情趣。②興趣。③愛好。

シュミーズ[chemise]〈名〉女式貼身襯裙。

じゅみょう[寿命]〈名〉壽命。

しゅもく[種目]〈名〉項目。

じゅもく[樹木]〈名〉樹木。

じゅもん[呪文]〈名〉咒文。咒語。

しゅやく[主役]〈名〉①(劇)主角。②(喻)主要人物。

じゅよ[授与]〈名・他サ〉授予。授與。

しゅよう[主要]〈名・形動〉主要。

じゅよう[腫瘍]〈名〉〈醫〉腫瘤。

じゅよう[需要]〈名〉需要。需求。

しゅよく[主翼]〈名〉(飛機的)主翼。

しゅら[修羅]〈名〉(佛)(「阿修羅」的略語)阿修羅。

シュラーフザック[Schlafsack]〈名〉睡袋。

ジュラルミン[duralumin]〈名〉硬鋁。

しゅらん[酒乱]〈名〉酒癲。

じゅり[受理]〈名・他サ〉受理。

しゅりけん[手裏剣]〈名〉鏢。擲手劍。

じゅりつ[樹立]〈名・自他サ〉樹立。建立。

しゅりゅう[主流]〈名〉主流。

しゅりゅうだん[手榴弾]〈名〉手榴彈。

しゅりょう[狩猟]〈名・自サ〉狩獵。

しゅりょう[首領]〈名〉(多用於貶意)頭目。首領。

しゅりょう[酒量]〈名〉酒量。

じゅりょう[受領]〈名・他サ〉收領。領受。

しゅりょく[主力]〈名〉主力。

じゅりん[樹林]〈名〉樹林。

しゅるい[種類]〈名〉種類。

じゅれい[樹齢]〈名〉樹齡。

しゅれん[手練]〈名〉熟練。靈巧。

しゅろ[棕櫚]〈名〉(植)棕櫚。

しゅわ[手話]〈名〉手語。啞語。

じゅわき[受話器]〈名〉(電話)聽筒。受話器。

しゅわん[手腕]〈名〉手腕。才能。

しゅん[旬]〈名〉(魚、蔬菜、水果等)旺季。

じゅん[純]〈名・形動〉①純。②純真。

じゅん[順]〈名〉順序。次序。

じゅん-[準]〈接頭〉準。次。

じゅんい[順位]〈名〉次序。名次。等級。

じゅんえき[純益]〈名〉淨利。純利。

じゅんえん[順延]〈名・他サ〉順延。

しゅんが[春画]〈名〉春宮。春畫。

じゅんか[純化]〈名・自他サ〉純化。純潔。

じゅんかい[巡回]〈名・自サ〉①巡視。②巡迴。

じゅんかつゆ[潤滑油]〈名〉潤滑油。

しゅんかん[瞬間]〈名〉瞬間。利那。

じゅんかん[旬刊]〈名〉旬刊。

じゅんかん[循環]〈名・自サ〉循環。

しゅんき[春季・春期]〈名〉春季。

しゅんぎく[春菊]〈名〉(植)茼蒿。

じゅんきょ[準拠]〈名・自サ〉依據。依照。

じゅんきょう[殉教]〈名・自サ〉殉教。

じゅんきょう[順境]〈名〉順境。

じゅんぎょう[巡業]〈名・自サ〉巡迴演出。

じゅんきん[純金]〈名〉純金。赤金。

じゅんぎん[純銀]〈名〉純銀。足銀。

じゅんぐり[順繰り]〈名〉順次。依次。

じゅんけつ[純血]〈名〉(生)純血統。

じゅんけつ[純潔]〈名・形動〉純潔。

しゅんげん[峻厳]〈名・形動〉嚴峻。

しゅんこう[竣工]〈名・自サ〉竣工。完工。

じゅんさ[巡査]〈名〉①警察。②巡警。

しゅんさい[蓴菜]〈名〉(植)蓴菜。

しゅんじ[瞬時]〈名〉瞬息。利那。

じゅんし[巡視]〈名・他サ〉巡視。

じゅんし[殉死]〈名・自サ〉殉死。

じゅんじ[順次]〈副〉順次。依次。

じゅんしゅ[順守・遵守]〈名・他サ〉遵守。

しゅんじゅう[春秋]〈名〉春和秋。春秋。

しゅんじゅん[逡巡]〈名・自サ〉(文)逡巡。

じゅんじゅん[諄諄]〈形動〉(文)諄諄。

じゅんじゅんに[順順に]〈副〉按順次。依次。

じゅんじょ[順序]〈名〉①順序。次序。②程序。

じゅんじょう[純情]〈名・形動〉純情。天真。

しゅんしょく[春色]〈名〉(文)春色。

じゅんしょく[殉職]〈名・自サ〉殉職。

じゅんしょく[潤色]〈名・他サ〉潤色。渲染。

じゅんしん[純真]〈名ナ〉純真。

じゅんすい[純粋]〈名・形動〉純粹。純正。

じゅん・ずる[殉ずる]〈自サ〉殉。犧牲。

じゅん・ずる[準ずる]〈自サ〉①按…看待。②按照。

じゅんせい[純正]〈名・形動〉純正。

しゅんせつ[浚渫]〈名・他サ〉疏濬。

じゅんぜん[純然]〈形動〉純然。純粹。

しゅんそく[駿足]〈名〉①快馬。②跑得快(的人)。

じゅんたく[潤沢]〈名・形動〉豐富。充裕。

じゅんちょう[順調]〈名・形動〉順利。順當。

しゅんと〈副〉垂頭喪氣。

じゅんど[純度]〈名〉純度。

しゅんどう[蠢動]〈名・自サ〉蠢動。

じゅんとう[順当]〈形動〉順當。正常。

じゅんのう[順応]〈名・自サ〉順應。適應。

じゅんぱく[純白]〈名・形動〉純白。潔白。

じゅんばん[順番]〈名〉順序。次序。

じゅんび[準備]〈名・他サ〉準備。預備。

しゅんびん[俊敏]〈名・形動〉俊敏。聰明能幹。

じゅんぷう[順風]〈名〉順風。

しゅんぶん[春分]〈名〉春分。

しゅんべつ[峻別]〈名・他サ〉嚴格區別。

じゅんぽう[順法・遵法]〈名〉守法。

じゅんぼく[純朴]〈名・形動〉淳樸。純樸。

しゅんめ[駿馬]〈名〉駿馬。

じゅんめん[純綿]〈名〉純棉。

じゅんもう[純毛]〈名〉純毛。

じゅんようかん[巡洋艦]〈名〉巡洋艦。

じゅんら[巡邏]〈名・自サ〉巡邏。

じゅんりょう[純良]〈形動〉純良。

じゅんれい[巡礼]〈名・自サ〉(佛)巡禮。

じゅんれき[巡歴]〈名・自サ〉遊歷。周遊。

しゅんれつ[峻烈]〈名・形動〉嚴峻。

じゅんれつ[順列]〈名〉排列。

じゅんろ[順路]〈名〉順路。正常路綫。

しょ[書]〈名〉①書法。②書。書籍。

しょ[緒]〈名〉(文)端緒。

しょ-[諸]〈接頭〉諸。

しょい[女医]〈名〉女醫生。女大夫。

しょいこ・む[背負い込む]〈他五〉①背上。②負擔。承擔。

しょいちねん[初一念]〈名〉初衷。

しょいなげ[背負い投げ]〈名〉①(柔道)把對方揹起來摔倒。②背信。變卦。

しよう[子葉]〈名〉(植)子葉。

しよう[止揚]〈名・他サ〉揚棄。

しよう[仕様]〈名〉辦法。方法。做法。

しよう[私用]〈名・他サ〉私事。私自使用。

しよう[使用]〈名・他サ〉使用。

しよう[試用]〈名・他サ〉試用。

しょ・う[背負う]〈他五〉→せおう。

しょう[小]〈名〉①小。②小月。

しょう[升]〈名〉升(約1.8公升)。

しょう[性]〈名〉性情。脾氣。

しょう[省]〈名〉①省。部。②(中國的行政區)省。

しょう[将]〈名〉將。將軍。

しょう[商]〈名〉(數)商。商數。

しょう[章]〈名〉章。章節。

しょう[笙]〈名〉(樂)笙。

しょう[証]〈名〉①證據。②證明書。

しょう[衝]〈名〉要衝。

しょう[賞]〈名〉獎。獎金。

しょう-[正]〈接頭〉整。

-しょう[勝]〈接尾〉勝。

じょう[滋養]〈名〉滋養。營養。

じょう[上]〈名〉①上等。②(書籍的)上卷。上冊。

じょう[丈]〈名〉(長度單位)丈。

じょう[条]〈名〉條。款。

じょう[乗]〈接尾〉(數)乘方。自乘。

じょう[情]〈名〉①情。感情。②情意。情素。

じょう[錠]Ⅰ〈名〉鎖。鎖頭。Ⅱ〈接尾〉(藥片)片。

-じょう[上]〈接尾〉①上部。上面。②上。方面。

-じょう[状]〈接尾〉①信。②狀。

-じょう[畳]〈接尾〉(數日本草墊子的量詞)張。

じょうあい[情愛]〈名〉情愛。

しょうあく[掌握]〈名・他サ〉掌握。

しょうい[小異]〈名〉小異。

しょうい[少尉]〈名〉(軍)少尉。

じょうい[上位]〈名〉上位。

じょうい[譲位]〈名・自サ〉(君主)讓位。

じょういかたつ[上意下達]〈名〉上情下達。

しょういぐんじん[傷痍軍人]〈名〉負傷軍人。

しょういだん[焼夷弾]〈名〉(軍)燃燒彈。

しょういん[勝因]〈名〉勝利的原因。

じょういん[上院]〈名〉(兩院制議會的)上院。

じょういん[乗員]〈名〉(飛機、輪船等的)乘務員。

じょうえい[上映]〈名・他サ〉(電影)放映,上映。

しょうえん[硝煙]〈名〉硝煙。

じょうえん[上演]〈名・他サ〉上演。

しょうおう[照応]〈名・自サ〉照應。

しょうおん[消音]〈名・自他サ〉消音。消聲。

じょうおん[常温]〈名〉常温。

しょうか[消化]〈名・自他サ〉消化。

しょうか[消火]〈名・自サ〉滅火。消火。

しょうか[商家]〈名〉商家。商人。

しょうか[昇華]〈名・自サ〉①(理)昇華。②昇華。提高。

じょうか[浄化]〈名・他サ〉淨化。

しょうかい[哨戒]〈名・自サ〉(軍)巡哨。放哨。

しょうかい[商会]〈名〉商行。

しょうかい[紹介]〈名・他サ〉介紹。

しょうかい[照会]〈名・他サ〉照會。詢問。

しょうがい[生涯]〈名〉一生。終生。一輩子。

しょうがい[渉外]〈名〉涉外。對外。

しょうがい[傷害]〈名・他サ〉傷害。

しょうがい[障害]〈名〉①障礙。②故障。障礙。③障礙賽跑。

じょうがい[場外]〈名〉場外。

しょうかく[昇格]〈名・自他サ〉昇格。昇級。

しょうがく[少額・小額]〈名〉①少額。②小額。

じょうかく[城郭]〈名〉城郭。

しょうがくきん[奨学金]〈名〉獎學金。

しょうがくせい[小学生]〈名〉小學生。

しょうがつ[正月]〈名〉①正月。②新年。

しょうがっこう[小学校]〈名〉小學校。

しょうかん[小寒]〈名〉小寒。

しょうかん[召喚]〈名・他サ〉(法)傳喚。

しょうかん[将官]〈名〉(軍)將官。

しょうかん[召還]〈名・他サ〉(文)召回。召還。

しょうかん[償還]〈名・他サ〉償還。

じょうかん[上官]〈名〉上級。上司。

しょうき[正気]〈名・形動〉①正常的精神。理智。②(對醉酒而言)清醒。

しょうき[鍾馗]〈名〉(傳說中能驅邪的神)鍾馗。

しょうぎ[将棋]〈名〉(日本的)將棋。

しょうぎ[娼妓]〈名〉娼妓。

じょうき[上気]〈名・自サ〉(血往上湧)面紅耳赤。②發狂。

じょうき[上記]〈名・他サ〉上列。上述。

じょうき[常軌]〈名〉常軌。

じょうき[蒸気]〈名〉①(理)蒸氣。②水蒸氣。蒸汽。

じょうぎ[定規]〈名〉尺。規尺。

じょうぎ[情宜]〈名〉情誼。

じょうきげん[上機嫌]〈名・形動〉情緒很好。

しょうきゃく[焼却]〈名・他サ〉焚燒。焚毀。

しょうきゃく[償却]〈名・他サ〉償還。

じょうきゃく[乗客]〈名〉乘客。

しょうきゅう[昇級]〈名・自サ〉提級。昇級。

しょうきゅう[昇給]〈名・自サ〉提薪。加薪。

じょうきゅう[上級]〈名〉①(學校)上級,高年級。②高級。上等。

しょうきょ[消去]〈名・自他サ〉消去。塗掉。

しょうきょう[商況]〈名〉商情。

しょうぎょう[商業]〈名〉商業。

じょうきょう[情況・状況]〈名〉情況。狀況。

しょうきょく[消極]〈名〉消極。

しょうきん[賞金]〈名〉獎金。

じょうきん[常勤]〈名・自サ〉專職。專任。

じょうくう[上空]〈名〉上空。

しょうぐん[将軍]〈名〉將軍。

じょうげ[上下]〈名・自サ〉①上和下。②漲落。上下。昇降。

しょうけい[小計]〈名・他サ〉小計。

じょうけい[情景]〈名〉情景。

しょうけいもんじ[象形文字]〈名〉象形文字。

しょうげき[衝撃]〈名〉衝擊。

しょうけつ[猖獗]〈名・自サ〉猖獗。

しょうけん[正絹]〈名〉純絹。純絲。

しょうけん[証券]〈名〉(經)證券。

しょうげん[証言]〈名・他サ〉證言。作證。

じょうけん[条件]〈名〉條件。

じょうげん[上弦]〈名〉上弦。

じょうげん[上限]〈名〉上限。

しょうこ[証拠]〈名〉證據。

しょうご[正午]〈名〉正午。

じょうご[漏斗]〈名〉漏斗。

しょうこう[小康]〈名〉①(疾病)暫時好轉。②世間暫時平穩。

しょうこう[昇汞]〈名〉(化)昇汞。

しょうこう[昇降]〈名〉(化)昇降。

しょうこう[将校]〈名〉①軍隊的指揮官。②(少尉以上的)軍官。

しょうこう[焼香]〈名・自サ〉燒香。焚香。

しょうごう[称号]〈名〉稱號。

しょうごう[照合]〈名・他サ〉對照。核對。

じょうこう[条項]〈名〉條款。條目。

じょうこう[乗降]〈名・自サ〉上下(車、船)。

しょうこうねつ[猩紅熱]〈名〉(醫)猩紅熱。

しょうこく[小国]〈名〉小國。

じょうこく[上告]〈名・他サ〉(法)上訴。

しょうことなしに[連語]無可奈何。

しょうこりもなく[連語]好了瘡疤忘了疼。不接受教訓。没記性。

しょうこん[商魂]〈名〉經商的魄力。

しょうさ[少佐]〈名〉(軍)少校。

しょうさい[商才]〈名〉經商的才能。

しょうさい[詳細]〈名・形動〉詳細。

じょうさい[城塞]〈名〉(文)城寨。城堡。

じょうざい[錠剤]〈名〉藥片。

じょうさく[上策]〈名〉上策。

じょうさし[状差]〈名〉信插。

しょうさっし[小冊子]〈名〉小冊子。

しょうさん[称賛・賞賛]〈名・他サ〉稱讚。讚揚。

しょうさん[勝算]〈名〉取勝的希望。

しょうさん[硝酸]〈名〉硝酸。

しょうし[笑止]〈名・形動〉可笑。

しょうし[焼死]〈名・自サ〉燒死。

しょうし[証紙]〈名〉驗訖的標簽。

しょうじ[小事]〈名〉小事。小節。

しょうじ[障子]〈名〉(日本式房屋的)紙拉窗。紙拉門。

じょうし[上司]〈名〉上司。上級。

じょうし[上肢]〈名〉(解)上肢。

じょうし[情死]〈名・自サ〉情死。

じょうじ[常時]〈名・副〉平時。平常。經常。

じょうじ[情事]〈名〉風流韻事。

しょうじがいしゃ[商事会社]〈名〉商業公司。

しょうじき[正直]〈名・形動〉正直。老實。

しょうしき[常識]〈名〉常識。

しょうしつ[消失]〈名・自サ〉消失。

しょうしつ[焼失]〈名・自他サ〉燒毀。焚毀。

じょうしつ[上質]〈名〉優質。上好。

じょうじつ[情実]〈名〉情面。私情。

しょうしみん[小市民]〈名〉小市民。

しょうしゃ[商社]〈名〉商社。貿易公司。

しょうしゃ[勝者]〈名〉勝者。

しょうしゃ[照射]〈名・自他サ〉照射。

しょうしゃ[瀟灑]〈名・形動〉瀟灑。

じょうしゃ[乗車]〈名・自サ〉乗車。上車。

じょうしゅ[情趣]〈名〉情趣。風趣。

じょうじゅ[成就]〈名・自他サ〉成就。完成。實現。

しょうしゅう[召集・招集]〈名・他サ〉召集。召開。

しょうじゅう[小銃]〈名〉步槍。

じょうしゅう[常習]〈名〉常習。惡習。

しょうじゅつ[詳述]〈名・他サ〉詳述。

じょうじゅつ[上述]〈名・他サ〉上述。

しょうしゅび[上首尾]〈名〉順利。成功。

しょうじゅん[照準]〈名・自サ〉瞄準。

じょうじゅん[上旬]〈名〉上旬。

しょうしょ[証書]〈名〉證書。字據。

しょうしょ[詔書]〈名〉詔書。

しょうじょ[少女]〈名〉少女。

じょうしょ[浄書]〈名・他サ〉(文)繕寫。謄清。

しょうしょう[少少]〈名・副〉少許。稍稍。一些。

しょうしょう[少将]〈名〉(軍)少將。

しょうじょう[症状]〈名〉(醫)症狀。

しょうじょう[賞状]〈名〉獎狀。

しょうじょう[蕭条]〈形動〉蕭條。

じょうしょう[上昇]〈名・自サ〉上昇。

じょうしょう[常勝]〈名〉常勝。

じょうじょう[上上]〈名ナ〉上上。最好。

じょうじょう[上場]〈名・他サ〉(股票、證券等)上場,開始交易。

じょうじょう[情状]〈名〉(文)情況。狀況。

しょうじょうばえ[猩猩蠅]〈名〉(動)果蠅。

しょうしょく[少食]〈名・形動〉飯量小。

じょうしょく[常食]〈名・他サ〉常食。日常的飯食。

しょう・じる[生じる]〈自他上一〉→しょうずる。

じょう・じる[乗じる]〈自他上一〉→じょうずる。

しょうしん[小心]〈名・形動〉膽小。謹慎。

しょうしん[昇進]〈名・自サ〉晉升。晉昇。

しょうしん[傷心]〈名・自サ〉傷心。

しょうじん[小人]〈名〉小人。

しょうじん[精進]〈名・自サ〉①(佛)精進。修行。②齋戒。吃素。△～料理/素菜。③專心致志。

しょうしん[上申]〈名・他サ〉呈報。

じょうじん[常人]〈名〉常人。普通人。

しょうしんしょうめい[正真正銘]〈名〉真正。地地道道。

じょうず[上手]〈名・形動〉(某種技術)高明。擅長。

しょうすい[小水]〈名〉(文)小水。尿。

しょうすい[憔悴]〈名・自サ〉憔悴。

じょうすい[浄水]〈名・自他サ〉淨水。

じょうすいどう[上水道]〈名〉上水道。

しょうすう[小数]〈名〉(數)小數。

しょうすう[少数]〈名〉少數。

じょうすう[乗数]〈名〉(數)乘數。

じょうすう[常数]〈名〉常數。

しょう・する[称する]〈他サ〉①叫做。稱爲。②假稱。僞稱。

しょう・ずる[生ずる]〈自他サ〉産生。發生。

じょう・ずる[乗ずる]〈自他サ〉乘。趁。

しょうせい[小生]〈代〉(文)小生。小弟。敝人。

じょうせい[上製]〈名〉精製。

じょうせい[情勢・状勢]〈名〉情勢。形勢。

じょうせい[醸成]〈名・他サ〉醸成。

しょうせき[硝石]〈名〉(礦)硝石。

じょうせき[上席]〈名〉①上座。②上級。

じょうせき[定石]〈名〉定式。常規。

しょうせつ[小説]〈名〉小說。

じょうせつ[常設]〈名・他サ〉常設。

しょうぜつ[饒舌]〈名・形動〉饒舌。

しょうせっかい[消石灰]〈名〉消石灰。熟石灰。

しょうせん[商船]〈名〉商船。

しょうぜん[悄然]〈形動〉悄然。

じょうせん[乗船]〈名・自サ〉乘船。上船。

しょうそ[勝訴]〈名・自サ〉勝訴。

じょうそ[上訴]〈名・自サ〉(法)上訴。

しょうそう[少壮]〈名〉少壯。

しょうそう[尚早]〈名〉(時機等)尚早。

しょうそう[焦燥]〈名・自サ〉焦躁。焦急。

じょうぞう[肖像]〈名〉肖像。

じょうそう[上層]〈名〉上層。

じょうそう[情操]〈名〉情操。

じょうぞう[醸造]〈名・他サ〉醸造。

しょうそく[消息]〈名〉消息。信息。

しょうぞく[装束]〈名〉裝束。服裝。

しょうたい[小隊]〈名〉(軍)排。

しょうたい[正体]〈名〉①原形。真面目。②神志。意識。

しょうたい[招待]〈名・他サ〉邀請。

じょうたい[上体]〈名〉上身。上半身。

じょうたい[状態]〈名〉狀態。情形。

じょうたい[常態]〈名〉常態。

じょうだい[上代]〈名〉上代。上古。

しょうたく[妾宅]〈名〉妾宅。外室。

しょうたく[沼沢]〈名〉〈文〉沼澤。

しょうだく[承諾]〈名・他サ〉承諾。應允。

じょうたつ[上達]〈名・自サ〉進步。長進。

しょうだん[商談]〈名・自サ〉談交易。談生意。洽談貿易。

じょうだん[上段]〈名〉上格。上層。

じょうだん[冗談]〈名〉玩笑。戲言。

しょうち[承知]〈名・他サ〉①知道。清楚。明白。②答應。同意。③饒恕。寬恕。

しょうち[招致]〈名・他サ〉招致。羅致。

しょうちゅう[掌中]〈名〉〈文〉掌中。

しょうちゅう[焼酎]〈名〉燒酒。白酒。

じょうちゅう[常駐]〈名・自サ〉常駐。

じょうちょ[情緒]〈名〉情緒。情趣。

しょうちょう[小腸]〈名〉〈解〉小腸。

しょうちょう[消長]〈名・自サ〉〈文〉消長。興衰。

しょうちょう[象徴]〈名・他サ〉象徵。

じょうちょう[冗長]〈名・形動〉冗長。

しょうちん[消沈]〈名・自サ〉消沉。沮喪。

じょうてい[上程]〈名・他サ〉提到議事日程上。

じょうでき[上出来]〈名・形動〉做得很好。很成功。

しょうてん[昇天]〈名・自サ〉①昇天。②〈宗〉昇天。死。

しょうてん[商店]〈名〉商店。

しょうてん[焦点]〈名〉①〈理〉焦點。②〈轉〉中心。核心。

じょうでん[小伝]〈名〉小傳。略傳。

じょうてんき[上天気]〈名〉好天氣。

しょうど[焦土]〈名〉焦土。

じょうと[譲渡]〈名・他サ〉轉讓。出讓。

じょうど[浄土]〈名〉〈佛〉淨土。

しょうとう[消灯]〈名・自サ〉熄燈。

しょうどう[唱道]〈名・他サ〉倡導。提倡。

しょうどう[衝動]〈名〉衝動。

じょうとう[上棟]〈名〉〈建〉上樑。

じょうとう[上等]〈名・形動〉①上等。②很好。

じょうとう[常套]〈名〉常套。老一套。

じょうどう[常道]〈名〉〈文〉常道。普通作法。

しょうどく[消毒]〈名・他サ〉消毒。

じょうとくい[上得意]〈名〉老主顧。老顧客。

ショートショート[short short]〈名〉超短篇小說。

しょうとつ[衝突]〈名・自サ〉①撞。碰撞。②(意見、立場等)衝突。

しょうとりひき[商取引]〈名〉(商業)交易。

じょうない[場内]〈名〉場內。

しょうに[小児]〈名〉小兒。幼兒。

しょうにゅうせき[鍾乳石]〈名〉〈礦〉鐘乳石。

しょうにゅうどう[鍾乳洞]〈名〉鐘乳岩洞。

しようにん[使用人]〈名〉傭人。雇工。

しょうにん[承認]〈名・他サ〉①認可。批准。②承認。

しょうにん[商人]〈名〉商人。生意人。

しょうにん[証人]〈名〉〈法〉證人。

じょうにん[常任]〈名・自他サ〉常任。

しょうね[性根]〈名〉根性。本性。

じょうねつ[情熱]〈名〉熱情。熱忱。

しょうねつじごく[焦熱地獄]〈名〉〈佛〉焦熱地獄。

しょうねん[少年]〈名〉少年。

しょうのう[小脳]〈名〉〈解〉小腦。

しょうのう[小農]〈名〉小農。

しょうのう[笑納]〈名・他サ〉笑納。哂納。

しょうのう[樟脳]〈名〉樟腦。

じょうのう[上納]〈名・他サ〉上繳。

じょうば[乗馬]〈名・自サ〉①騎馬。②騎的馬。

しょうはい[勝敗]〈名〉勝敗。勝負。

しょうはい[賞杯]〈名〉獎杯。

しょうはい[賞牌]〈名〉獎牌。

しょうばい[商売]〈名・自他サ〉買賣。生

意。

しょうばつ[賞罰]〈名〉賞罰。獎懲。

じょうはつ[蒸発]〈名・自サ〉①(理)蒸發。汽化。②(俗)失蹤。去向不明。

しょうばん[相伴]〈名・自サ〉陪伴。作陪。

じょうはんしん[上半身]〈名〉上半身。

しょうひ[消費]〈名・他サ〉消費。耗費。

しょうび[焦眉]〈名〉(文)燃眉。

じょうひ[冗費]〈名〉浪費。不必要的開支。

じょうび[常備]〈名・他サ〉常備。

しょうひょう[商標]〈名〉商標。

しょうびょう[傷病]〈名〉傷病。

しょうひん[小品]〈名〉小品。

しょうひん[商品]〈名〉商品。

しょうひん[賞品]〈名〉獎品。

じょうひん[上品]〈形動〉高雅。斯文。雅致。

しょうふ[娼婦]〈名〉(文)娼婦。娼妓。

しょうぶ[勝負]〈名・自サ〉勝負。

しょうぶ[菖蒲]〈名〉(植)菖蒲。

じょうふ[情夫]〈名〉情夫。

じょうふ[情婦]〈名〉情婦。

じょうぶ[上部]〈名〉上部。上層。

じょうぶ[丈夫]〈形動〉①(身體)健康。壯實。②(物品)結實。耐用。

しょうふく[承服]〈名・自サ〉服從。聽從。

しょうふだ[正札]〈名〉價目標簽。

じょうぶつ[成仏]〈名・自サ〉①(佛)成佛。②死。

しょうぶん[性分]〈名〉稟性。脾氣。

じょうぶん[条文]〈名〉條文。

しょうへい[招聘]〈名・他サ〉招聘。聘請。

しょうへい[将兵]〈名〉將士。

しょうへき[障壁]〈名〉①壁壘。②(轉)障礙。

じょうへき[城壁]〈名〉城牆。

しょうべん[小便]〈名・自サ〉小便。

じょうほ[譲歩]〈名・自サ〉讓步。

しょうほう[商法]〈名〉①經商的方法。②(法)商法。

しょうほう[勝報]〈名〉捷報。

しょうほう[詳報]〈名〉詳細報告。

しょうぼう[消防]〈名〉消防。救火。

じょうほう[乗法]〈名〉(數)乘法。

じょうほう[情報]〈名〉情報。信息。

しょうほん[抄本]〈名〉①抄本。②節錄本。節本。

しようまっせつ[枝葉末節]〈名〉末節。枝節。

じょうまん[冗漫]〈名・形動〉冗長。

しょうみ[正味]〈名〉①淨重。②實質。內容。

しょうみ[賞味]〈名・他サ〉品賞。

じょうみ[情味]〈名〉人情。

じょうみゃく[静脈]〈名〉(解)静脈。

じょうむ[常務]〈名〉①常務。日常的業務。②常務董事。

じょうむいん[乗務員]〈名〉乘務員。

しょうめい[証明]〈名・他サ〉證明。證實。

しょうめい[照明]〈名・他サ〉照明。

しょうめつ[消滅]〈名・自他サ〉消滅。消亡。

しょうめん[正面]〈名〉正面。對面。

しょうもう[消耗]〈名・自他サ〉消耗。損耗。

しょうもの[上物]〈名〉上等貨。

しょうもん[証文]〈名〉字據。借據。

じょうもん[城門]〈名〉城門。

しょうやく[抄訳]〈名・他サ〉(文)摘譯。

じょうやく[条約]〈名〉(法)條約。

じょうやど[定宿]〈名〉經常投宿的旅館。

じょうやとう[常夜灯]〈名〉常明燈。

しょうゆ[醤油]〈名〉醬油。

しょうよ[賞与]〈名〉獎金。紅利。花紅。

じょうよ[剰余]〈名〉剩餘。盈餘。

じゅうよう[従容]〈形動〉從容。

しょうよう[商用]〈名〉商務。

しょうよう[逍遥]〈名・自サ〉逍遙。

じょうよう[常用]〈名・他サ〉常用。經常使用。

じょうようしゃ[乗用車]〈名〉轎車。乘用車。

じょうよく[情欲]〈名〉情慾。

しょうらい[招来]〈名・他サ〉招致。導致。

しょうらい[将来]〈名・副〉將來。未來。前途。

しょうり[勝利]〈名・自サ〉勝利。

じょうり[条理]〈名〉條理。道理。

じょうり[情理]〈名〉情理。

じょうりく[上陸]〈名・自サ〉上岸。登陸。

しょうりゃく[省略]〈名・他サ〉省略。從略。

じょうりゅう[上流]〈名〉①(河川的)上游。②(社會的)上層。上流。

じょうりゅう[蒸留]〈名・他サ〉蒸餾。

しょうりょ[焦慮]〈名・自サ〉焦慮。心焦。

しょうりょう[少量]〈名〉少量。少許。

しょうりょう[渉猟]〈名・他サ〉渉獵。

じょうりょくじゅ[常緑樹]〈名〉常緑樹。

しょうれい[奨励]〈名・他サ〉獎勵。

じょうれい[条例]〈名〉條例。

じょうれん[常連]〈名〉常客。熟客。

じょうろ[如雨露]〈名〉噴壺。

しょうろう[鐘楼]〈名〉鐘樓。

しょうろく[抄録]〈名・他サ〉摘録。節録。

しょうろん[詳論]〈名・他サ〉詳論。詳細論述。

しょうわ[唱和]〈名・自サ〉①跟着喊。②唱和。一唱一和。

しょうわる[性悪]〈名・形動〉品質惡劣。

しょえん[初演]〈名・他サ〉首次演出。

ショー[show]〈名〉①展示。陳列。②展覽會。③演出。

じょおう[女王]〈名〉①女王。女皇。②王后。

ジョーカー[joker]〈名〉(撲克)大王,大鬼。

ショート[short]〈名〉①(棒球)遊撃手。②(電)短路。③(長度等)短。

ショービニズム[chauvinisme]〈名〉沙文主義。

ショール[shawl]〈名〉披肩。

しょか[初夏]〈名〉初夏。

しょか[書架]〈名〉(文)書架。

しょか[書家]〈名〉書法家。

しょが[書画]〈名〉書畫。

じょがい[除外]〈名・他サ〉除外。

しょがくしゃ[初学者]〈名〉初學者。

じょがくせい[女学生]〈名〉女學生。

しょかつ[所轄]〈名・他サ〉所管。所轄。

しょかん[所感]〈名〉所感。感想。

しょかん[所管]〈名・他サ〉→しょかつ。

しょかん[書簡]〈名〉(文)書簡。書信。

しょき[初期]〈名〉初期。

しょき[所期]〈名・他サ〉(文)所期。預期。

しょき[書記]〈名〉①記録員。書記。②(黨組織的)書記。

しょき[暑気]〈名〉暑氣。

しょきゅう[初級]〈名〉初級。

じょきょ[除去]〈名・他サ〉除去。

じょきょうじゅ[助教授]〈名〉副教授。

じょきょく[序曲]〈名〉序曲。

しょく[私欲]〈名〉私慾。

しょく[食]Ⅰ〈名〉①食。②飯食。飲食。Ⅱ〈接尾〉(吃飯的次數)頓。餐。

しょく[職]〈名〉職務。職位。職業。工作。

-しょく[色]〈接尾〉色。顏色。

しょくあたり[食中り]〈名・自サ〉食物中毒。

しょくいん[職員]〈名〉職員。

しょぐう[処遇]〈名・他サ〉待遇。

しょくえん[食塩]〈名〉食鹽。

しょくぎょう[職業]〈名〉職業。工作。

しょくげん[食言]〈名・自サ〉食言。

しょくご[食後]〈名〉飯後。

しょくざい[贖罪]〈名・自サ〉贖罪。

しょくし[食指]〈名〉食指。

しょくじ[食事]〈名・自サ〉飯。餐。飯食。進餐。

しょくじ[食餌]〈名〉(醫)食物。

しょくじ[植字]〈名・自サ〉(印)排字。

しょくしゅ[触手]〈名〉(動)觸手。

しょくしゅ[職種]〈名〉職別。工種。

しょくじゅ[植樹]〈名・自サ〉植樹。種樹。

しょくしょう[食傷]〈名・自サ〉膩。膩煩。

しょくしょう[職掌]〈名〉職務。職掌。

しょくじょせい[織女星]〈名〉織女星。

しょくしん[触診]〈名・他サ〉觸診。

しょくじん[食尽]〈名〉(天)食甚。

しょくせい[職制]〈名〉職制。組織制度。

しょくせき[職責]〈名〉職責。

しょくぜん[食前]〈名〉飯前。

しょくぜん[食膳]〈名〉飯桌。餐桌。

しょくだい[燭台]〈名〉燭台。蠟台。

しょくたく[食卓]〈名〉飯桌。餐桌。

しょくたく[嘱託]〈名・他サ〉①嘱託(非正式職員)。②嘱託。委託。

しょくちゅうしょくぶつ[食虫植物]〈名〉食蟲植物。

しょくちゅうどく[食中毒]〈名・自サ〉食物中毒。

しょくつう[食通]〈名〉美食家。講究吃的人。

しょくどう[食堂]〈名〉食堂。餐廳。飯廳。

しょくどう[食道]〈名・解〉食管。食道。

しょくにく[食肉]〈名〉①食肉。②食用肉。

しょくにん[職人]〈名〉手藝人。匠人。

しょくのう[職能]〈名〉①職能。②業務能力。③職業。行業。

しょくば[職場]〈名〉工作場所。車間。工作單位。

しょくばい[触媒]〈名〉(化)催化劑。觸媒。

しょくはつ[触発]〈名・自他サ〉觸發。

しょくひ[食費]〈名〉伙食費。膳費。

しょくひ[植皮]〈名・自他サ〉(醫)植皮。

しょくひん[食品]〈名〉食品。

しょくぶつ[植物]〈名〉植物。

しょくぶん[職分]〈名〉職分。△～を尽くす/盡職。

しょくべに[食紅]〈名〉食用色素。

しょくぼう[嘱望]〈名・他サ〉囑望。期待。

しょくみんち[植民地]〈名〉殖民地。

しょくむ[職務]〈名〉職務。

しょくもく[嘱目]〈名・他サ〉矚目。

しょくもつ[食物]〈名〉食物。

しょくよう[食用]〈名〉食用。

しょくよく[食欲]〈名〉食慾。

しょくりょう[食糧]〈名〉食糧。糧食。

しょくりょうひん[食料品]〈名〉食品。

しょくりん[植林]〈名・自サ〉植樹造林。

しょくれき[職歴]〈名〉職歷。工作經歷。

しょくん[諸君]〈名・代〉諸位。各位。

しょけい[処刑]〈名・他サ〉處刑。處死。

しょけつ[女傑]〈名〉女傑。巾幗英雄。

しょ・げる[悄気る]〈自下一〉沮喪。垂頭喪氣。

しょけん[所見]〈名〉所見。

しょげん[緒言]〈名〉(文)緒言。前言。

じょけん[女権]〈名〉女權。

じょげん[助言]〈名・自サ〉忠告。勸告。

しょこ[書庫]〈名〉書庫。

しょこう[曙光]〈名〉曙光。

じょこう[女工]〈名〉女工。

じょこう[徐行]〈名・自サ〉徐行。慢行。

しょこく[諸国]〈名〉各國。

しょこん[初婚]〈名〉初婚。

しょさい[書斎]〈名〉書齋。

しょざい[所在]〈名〉所在。

しょざいな・い[所在ない]〈形〉無事可做。無聊。

じょさいな・い[如才ない]〈形〉圓滑。善應酬。

しょさん[所産]〈名〉所産。結果。

じょさんぷ[助産婦]〈名〉助産士。

しょし[初志]〈名〉(文)初衷。

しょじ[所持]〈名・他サ〉持有。携帶。

しょじ[諸事]〈名〉諸事。

じょし[女子]〈名〉①女兒。②女子。婦女。

じょし[女史]〈名・代〉女史。女士。

じょし[助詞]〈名〉(語法)助詞。

じょじ[女児]〈名〉女孩。女孩子。

じょじ[叙事]〈名〉叙事。

しょしがく[書誌学]〈名〉目録學。版本學。

しょしき[書式]〈名〉公文格式。

じょしゅ[助手]〈名〉①助手。幫手。②(大學的)助教。

しょしゅう[初秋]〈名〉(文)初秋。

じょしゅう[女囚]〈名〉女囚。女囚犯。

じょじゅつ[叙述]〈名・他サ〉叙述。

しょしゅん[初春]〈名〉初春。

しょじゅん[初旬]〈名〉初旬。

しょじょ[処女]〈名〉處女。

しょじょう[書状]〈名〉(舊)書信。

じょしょう[序章]〈名〉序章。

じょじょう[叙情]〈名・自サ〉抒情。

じょしょく[女色]〈名〉女色。

じょじょに[徐々に]〈副〉徐徐。慢慢。漸漸。

しょしん[初心]〈名〉①初志。初衷。②初學。

しょしん[初診]〈名〉(醫)初診。

しょしん[初審]〈名〉(法)初審。第一審。

しょしん[所信]〈名〉所信。信念。

じょすう[序數]〈名〉(數)序數。

じょすう[除數]〈名〉(數)除數。

じょすうし[助數詞]〈名〉(語法)量詞。

しょ・する[処する]Ⅰ〈自サ〉處於。置身於。Ⅱ〈他サ〉①處理。②處罰。處分。

しょせい[処世]〈名〉處世。

しょせい[書生]〈名〉(舊)書生。學生。

じょせい[女声]〈名〉(樂)女聲。

じょせい[女性]〈名〉女性。女子。

じょせい[女婿]〈名〉女婿。

じょせい[助成]〈名・他サ〉助成。扶助。

じょせいと[女生徒]〈名〉(中、小學的)女學生。

しょせき[書籍]〈名〉書籍。

じょせき[除籍]〈名・他サ〉除籍。開除。

じょせつ[諸説]〈名〉(文)諸説。

じょせつ[除雪]〈名・自サ〉除雪。

しょせん[所詮]〈副〉終究。畢竟。反正。

しょせん[緒戦]〈名〉初戰。首戰。

しょぞう[所蔵]〈名・他サ〉所藏。收藏。

じょそう[女装]〈名・自サ〉(男扮)女裝。

じょそう[助走]〈名・自サ〉助跑。

じょそう[除草]〈名・自サ〉除草。

しょぞく[所属]〈名・自サ〉所屬。

しょぞん[所存]〈名〉主意。想法。

しょたい[所帯]〈名〉家。家庭。

しょたい[書体]〈名〉書體。字體。

しょだい[初代]〈名〉初代。第一代。

じょたい[除隊]〈名・自サ〉(軍)退伍。

しょたいめん[初対面]〈名〉初次見面。

しょだな[書棚]〈名〉書架。書櫥。

しょだん[初段]〈名〉(柔道、劍道等的)初段。

しょち[処置]〈名・他サ〉處置。處理。

しょちゅう[暑中]〈名〉盛夏。伏天。

じょちゅう[女中]〈名〉女傭人。女僕。

じょちゅうぎく[除虫菊]〈名〉(植)除蟲菊。

しょちょう[初潮]〈名〉(生理)初潮。第一次月經。

しょちょう[所長]〈名〉所長。

しょちょう[署長]〈名〉(警察署等的)署長。

じょちょう[助長]〈名・他サ〉助長。

しょっかい[職階]〈名〉職務的等級。

しょっかく[食客]〈名〉食客。

しょっかく[触角]〈名〉(動)觸角。

しょっかく[触覚]〈名〉觸覺。

しょっかん[食間]〈名〉兩頓飯之間。

しょっき[食器]〈名〉餐具。膳具。

しょっき[織機]〈名〉織布機。

ジョッキ[jug]〈名〉大啤酒杯。

ショッキング[shocking]〈形動〉驚人的。駭人聽聞的。

ジョッギング[jogging]〈名〉慢跑。

ショック[shock]〈名〉①衝擊。震動。震驚。②(醫)休克。

しょっけん[食券]〈名〉飯票。餐券。

しょっけん[職権]〈名〉職權。

しょっこう[燭光]〈名〉(光度單位)燭光。

しょっこう[職工]〈名〉工人。職工。

しょっちゅう〈副〉(俗)經常。常常。時常。總是。

しょっぱな[初端]〈名〉(俗)開頭。開端。

ショッピング[shopping]〈名〉購物。

しょてい[所定]〈名〉所定。

じょてい[女帝]〈名〉女皇。

しょてん[書店]〈名〉書店。

しょとう[初冬]〈名〉(文)初冬。

しょとう[初等]〈名〉初等。初級。

しょとう[初頭]〈名〉(文)初頭。初葉。

しょとう[諸島]〈名〉諸島。

しょとう[蔗糖]〈名〉蔗糖。

しょどう[書道]〈名〉書法。

じょどうし[助動詞]〈名〉(語法)助動詞。

しょとく[所得]〈名〉所得。收入。

しょなのか[初七日]〈名〉(佛)(死後)首七。頭七。

じょなん[女難]〈名〉女禍。

しょにち[初日]〈名〉(劇開場、相撲比賽的)第一日。

しょにんきゅう[初任給]〈名〉初次任職的薪金。

しょねん[初年]〈名〉①第一年。②初期。

じょのくち[序の口]〈名〉剛剛開始。起始。

しょばつ[処罰]〈名・他サ〉處罰。處分。

しょはん[初犯]〈名〉初犯。

しょはん[初版]〈名〉初版。

しょはん[諸般]〈名〉各種。種種。

じょばん[序盤]〈名〉①(圍棋、將棋的)初局,開局。②(事物的)最初階段。

しょひょう[書評]〈名〉書評。

しょぶん[処分]〈名・他サ〉①處理。②處罰。處分。

じょぶん[序文]〈名〉序文。序言。

しょほ[初歩]〈名〉初步。入門。

しょほう[処方]〈名・他サ〉(醫)藥方。處方。

じょほう[除法]〈名〉(數)除法。

しょぼしょぼ〈副・自サ〉①(細雨)濛濛。②(眼睛)睜不開,惺忪。

じょまく[序幕]〈名〉①(劇)序幕。②(事物的)開始,序幕。

しょみん[庶民]〈名〉庶民。平民。

しょむ[庶務]〈名〉總務,庶務。

しょめい[書名]〈名〉書名。

しょめい[署名]〈名・自サ〉簽名。署名。簽字。

じょめい[助命]〈名・自他サ〉救命。

じょめい[除名]〈名・他サ〉除名。開除。

しょめん[書面]〈名〉①書面。文件。②信,信函。

しょもう[所望]〈名・他サ〉所望。希望。要求。

しょもく[書目]〈名〉書目。

しょもつ[書物]〈名〉(文)書籍。

じょや[除夜]〈名〉除夕。

じょやく[助役]〈名〉①(市長、鎮長、區長、村長等的)副手,助手。②站長助理。

しょゆう[所有]〈名・他サ〉所有。

じょゆう[女優]〈名〉女演員。

しょよう[所用]〈名〉(文)事。事情。

しょよう[所要]〈名〉所要。需要。

しょり[処理]〈名・他サ〉處理。

じょりゅう[女流]〈名〉(從事文學、藝術等工作的)女性。

じょりょく[助力]〈名・自他サ〉幫助。協助。

しょるい[書類]〈名〉文件。資料。

ショルダーバッグ[shoulder bag]〈名〉挎包。

じょれつ[序列]〈名〉(根據成績、官職等排的)順序。

しょろう[初老]〈名〉初老。

しょろん[緒論]〈名〉緒論。

じょろん[序論]〈名〉序論。

しょんぼり〈副・自サ〉沮喪。灰溜溜。垂頭喪氣。

じらい[地雷]〈名〉(軍)地雷。

しらうお[白魚]〈名〉(動)銀魚。

しらが[白髪]〈名〉白髮。

しらかば[白樺]〈名〉(植)白樺。樺樹。

しらかべ[白壁]〈名〉白牆。粉壁。

しらき[白木]〈名〉本色木料。

しらくも[白癬]〈名〉(醫)白癬。頭癬。

しら・ける[白ける]〈自下一〉掃興。敗興。

しらこ[白子]〈名〉①(動)魚白。②(醫)白化病患者。

しらさぎ[白鷺]〈名〉(動)白鷺。

しらじら[白白]〈副〉(東方)現出魚肚白。

しらじらし・い[白白しい]〈形〉①顯而易見的。②佯裝不知的。

じら・す[焦らす]〈他五〉使人焦急。

しらずしらず[知らず知らず]〈連語〉不知不覺。無意中。

しらせ[知らせ]〈名〉通知。

しら・せる[知らせる]〈他下一〉通知。告知。

しらたき[白滝]〈名〉(食品)蒟蒻絲。

しらなみ[白波]〈名〉白浪。

しらばく・れる〈自下一〉(俗)佯作不知。裝糊塗。

しらはた[白旗]〈名〉白旗。

しらはのや[白羽の矢]〈名〉選中。選定。

しらふ[素面]〈名〉沒喝酒時的樣子。

シラブル[syllable]〈名〉(語)音節。

しらべ[調べ]〈名〉①調查。②檢查。審查。③調子。曲調。

しら・べる[調べる]〈他下一〉①調查。②檢查。查看。③查問。審問。

しらみ[虱]〈動〉〈名〉虱子。

しらみつぶし[虱潰し]〈名〉逐個處理。一一處理。

しら・む[白む]〈自五〉(天空)發亮,變白。

しらゆり[白百合]〈名〉(植)白百合。

しらんかお[知らん顔]〈名〉(俗)佯裝不知。若無其事的樣子。

しり[尻]〈名〉①臀部。屁股。②後邊。後頭。③底兒。

しり[私利]〈名〉私利。

しりあい[知合い]〈名〉熟人。相識。

しりあ・う[知り合う]〈自五〉認識。相識。結識。

しりあがり[尻上り]〈名〉①(語調)後高。末尾高。②(事物)越往後越順利。③(單槓)翻身上槓。

シリーズ[series]〈名〉①叢書。②(分集演出的)系列影片。

シリウス[sirius]〈名〉(天)天狼星。

しりうま[尻馬]〈名〉△～に乗る/跟在別人屁股後頭。

しりおし[尻押し]〈名・他サ〉撐腰。後盾。

じりき[自力]〈名〉自力。

しりきれとんぼ[尻切れ蜻蛉]〈名〉有頭無尾。半途而廢。

シリコーン[silicone]〈名〉(化)(聚)硅酮。

しりごみ[後込み]〈名・自サ〉①後退。倒退。②畏縮。躊躇。

じりじり〈副・自サ〉①逐漸。漸漸。②焦急。焦躁。③(陽光)灼熱。

しりすぼまり[尻窄まり]〈名〉虎頭蛇尾。每况愈下。

しりぞ・く[退く]〈自五〉後退。倒退。

しりぞ・ける[退ける]〈他下一〉①斥退。令其退下。②擊退。打退。③拒絕。

しりつ[市立]〈名〉市立。

しりつ[私立]〈名〉私立。

じりつ[自立]〈名・自サ〉自立。獨立。

じりつ[自律]〈名・自サ〉自律。

しりとり[尻取り]〈名〉接尾令。

しりぬぐい[尻拭い]〈名〉①擦屁股。②替別人處理遺留問題。

じりひん[じり貧]〈名〉(俗)越來越窮。越來越糟。

しりめ[尻目]〈名〉斜眼看。蔑視。

しりめつれつ[支離滅裂]〈名・形動〉支離破碎。七零八落。

しりもち[尻餅]〈名〉屁股蹲兒。

しりゅう[支流]〈名〉支流。

じりゅう[時流]〈名〉時代的潮流。時尚。

しりょ[思慮]〈名〉思慮。考慮。

しりょう[史料]〈名〉史料。

しりょう[資料]〈名〉資料。

しりょう[飼料]〈名〉飼料。

しりょく[死力]〈名〉全部力量。最大力量。最大努力。

しりょく[視力]〈名〉視力。

しりょく[資力]〈名〉財力。資金。

じりょく[磁力]〈名〉(理)磁力。

シリンダー[cylinder]〈名〉(機)汽缸。

し・る[知る]〈他五〉①知道。理解。曉得。懂得。②記得。記住。③認識。熟知。④經歷。體驗。⑤有關。相關。

しる[汁]〈名〉①汁液。汁兒。②湯。

シルエット[silhouette]〈名〉剪影。側影。

シルクハット[silk hat]〈名〉大禮帽。高筒禮帽。

シルクロード[Silk Road]〈名〉(史)絲綢之路。

しるし[印・徵]〈名〉①記號。符號。②證據。③前兆。

しる・す[記す・印す]〈他五〉①寫。書寫。②記載。記述。

シルバー[silver]〈名〉①銀。②銀色。③銀餐具。

しれい[司令]〈名・他サ〉(軍)司令。

しれい[指令]〈名・他サ〉指令。

じれい[事例]〈名〉事例。

じれい[辞令]〈名〉①任免命令。②辭令。

しれつ[熾烈]〈名・形動〉熾烈。激烈。

じれった・い[焦れったい]〈形〉(俗)焦急。焦躁。
し・れる[知れる]〈自下一〉①被人知道。被人察覺。②明白。知曉。③(用「…かもしれない」的形式)說不定。也許。或許。
じ・れる[焦れる]〈自下一〉焦急。焦躁。
しれん[試練]〈名〉考驗。
ジレンマ[dilemma]〈名〉①進退維谷。進退兩難。②(邏)兩刀論法。二難推理。
しろ[白]〈名〉①白。白色。②無罪。清白。
しろ[城]〈名〉城。城堡。
しろあり[白蟻]〈名〉(動)白蟻。
しろ・い[白い]〈形〉白色。
じろう[痔瘻]〈名〉(醫)痔瘻。
しろうと[素人]〈名〉外行。門外漢。
しろうり[白瓜]〈名〉(植)越瓜。
しろくじちゅう[四六時中]〈名〉整天。始終。經常。
しろくま[白熊]〈名〉(動)白熊。北極熊。
しろくろ[白黒]〈名〉①黑白。②是非。曲直。
しろざとう[白砂糖]〈名〉白糖。
しろじ[白地]〈名〉(布、紙等)白地兒。
じろじろ〈副〉(不客氣地)盯盯地(看)。
シロップ[syrup]〈名〉糖汁。糖漿。
しろぼし[白星]〈名〉(相撲表示勝利的符號)白星。白圈。△~をあげる/獲勝。
シロホン[Xylophon]〈名〉木琴。
しろみ[白身]〈名〉①蛋清。蛋白。②(魚肉的白色部分)白肉。
しろめ[白目]〈名〉白眼珠。
しろもの[代物]〈名〉①商品。貨物。②貨款。③美人。④(蔑)人物。傢伙。
じろりと〈副〉瞪眼(看)。
しろん[詩論]〈名〉詩論。
しろん[試論]〈名〉試論。
じろん[持論]〈名〉一貫的主張。
しわ[皺]〈名〉①(皮膚的)皺紋。②(布、紙等的)皺折,褶子。
しわが・れる[嗄れる]〈自下一〉沙啞。嘶啞。
しわくちゃ[皺くちゃ]〈名・形動〉皺皺巴巴。褶褶巴巴。
しわけ[仕訳]〈名・他サ〉①分類。②(簿記)分項目。分科目。
しわざ[仕業]〈名〉行爲。所做的事。
じわじわ〈副〉慢慢地。一步一步地。
しわす[師走]〈名〉(文)臘月。
しわほう[指話法]〈名〉手勢語。手語。
しわよせ[皺寄せ]〈名・他サ〉波及。殃及。
じわれ[地割れ]〈名〉(由地震等引起的)地裂。
しん[心・芯]〈名〉①核心。中央部分。②(蠟燭等的)心,芯。
しん[信]〈名〉①誠實。②信用。相信。
しん[真]〈名〉真正。真實。
しん[新]〈名〉新。
しん[親]〈名〉親。親近。
じん[陣]〈名〉①陣勢。②陣地。
ジン[gin]〈名〉杜松子酒。
しんあい[親愛]〈名・形動〉親愛。
じんあい[塵埃]〈名〉塵埃。塵土。
しんあん[新案]〈名〉新的設計。新的創造。
しんい[真意]〈名〉真意。
じんい[人為]〈名〉人爲。人工。
しんいり[新入り]〈名〉新手。
しんいん[真因]〈名〉真正原因。
じんいん[人員]〈名〉人員。人數。
じんう[腎盂]〈名〉(解)腎盂。
しんえい[新鋭]〈名・形動〉①新生力量。後起之秀。②先進。
じんえい[陣営]〈名〉陣營。
しんえいたい[親衛隊]〈名〉近衛隊。
しんえん[深遠]〈名・形動〉深遠。深邃。深奧。
しんおう[深奥]〈名ナ〉深奧。
しんおう[震央]〈名〉(地)震中。
しんおん[心音]〈名〉(醫)心音。
しんか[真価]〈名〉真正價值。本色。
しんか[深化]〈名・自他サ〉深化。
しんか[進化]〈名・自サ〉進化。
じんか[人家]〈名〉人家。人煙。
しんかい[深海]〈名〉深海。
しんがい[心外]〈名・形動〉意外。出乎意料。
しんがい[侵害]〈名・他サ〉侵害。侵犯。

しんがい[震駭]〈名・自サ〉震駭。驚駭。

じんかい[塵芥]〈名〉〈文〉垃圾。

じんかいせんじゅつ[人海戦術]〈名〉人海戦術。

しんかいち[新開地]〈名〉新開闢的地方。

しんかお[新顔]〈名〉新人。新参加的人。

しんがく[神学]〈名〉〈宗〉神學。

しんがく[進学]〈名・自サ〉昇學。

じんかく[人格]〈名〉人格。

しんがた[新型]〈名〉新型。新式。

しんから[心から]〈副〉衷心。由衷地。

しんがり[殿]〈名〉殿軍。殿後。

しんかん[信管]〈名〉信管。引信。導火線。

しんかん[深閑]〈形動〉寂静。萬籟俱寂。

しんかん[新刊]〈名〉新刊。新刊讀物。

しんかん[新館]〈名〉新館。新樓。

しんかん[震撼]〈名・自他サ〉震撼。

しんがん[心眼]〈名〉慧眼。

しんがん[真贋]〈名〉真假。真贋。

しんき[新奇]〈名・形動〉新奇。

しんき[新規]〈名〉①新。②新規章。新規則。

しんぎ[信義]〈名〉信義。

しんぎ[真偽]〈名〉真假。真偽。

しんぎ[審議]〈名・他サ〉審議。

じんぎ[仁義]〈名〉仁義。

しんきくさ・い[辛気臭い]〈形〉煩躁。焦躁。

しんきげん[新紀元]〈名〉新紀元。

しんきこうしん[心悸亢進]〈名〉〈醫〉心悸亢進。心動過速。

しんきじく[新機軸]〈名〉新方法。新設計。新方案。

ジンギスカンなべ[ジンギスカン鍋]〈名〉〈烹〉烤羊肉。

しんきゅう[進級]〈名・自サ〉昇級。昇班。

しんきゅう[新旧]〈名〉新舊。

しんきゅう[鍼灸]〈名〉針灸。

しんきょ[新居]〈名〉新居。

しんきょう[心境]〈名〉心境。心情。

しんきょう[信教]〈名〉信教。

しんきょう[進境]〈名〉進步的程度。

しんきょう[新教]〈名〉〈基督教的一派〉新教。

しんきろう[蜃気楼]〈名〉海市蜃樓。

しんきん[心筋]〈名〉〈解〉心肌。

しんぎん[呻吟]〈名・自サ〉呻吟。

しんきんかん[親近感]〈名〉親近感。

しんく[真紅]〈名〉深紅。鮮紅。

しんぐ[寝具]〈名〉寢具。

しんくう[真空]〈名〉〈理〉真空。

ジンクス[jinx]〈名〉不祥(的人或物)。倒霉事。

シングル[single]〈名〉單一。單個。單人。單式。

シングルス[singles]〈名〉(網球、乒乓球、羽毛球等)單打。

しんぐん[進軍]〈名・自サ〉進軍。

しんけい[神経]〈名〉①〈解〉神經。②感覺。精神。

しんげき[進撃]〈名・自サ〉挺進。進攻。

しんげき[新劇]〈名〉新劇。話劇。

しんけつ[心血]〈名〉〈文〉心血。

しんげつ[新月]〈名〉新月。月牙。

しんけん[真剣]Ⅰ〈名〉真刀。真劍。Ⅱ〈形動〉認真。嚴肅。

しんけん[親権]〈名〉〈法〉親權。

しんげん[進言]〈名・他サ〉進言。

しんげん[箴言]〈名〉〈文〉箴言。

しんげん[震源]〈名〉震源。

じんけん[人絹]〈名〉人造絲。

じんけん[人権]〈名〉人權。

じんけんひ[人件費]〈名〉人事費。

しんご[新語]〈名〉新詞。

じんご[人後]〈名〉人後。

しんこう[信仰]〈名・他サ〉信仰。

しんこう[振興]〈名・自他サ〉振興。

しんこう[深更]〈名〉深更。深夜。

しんこう[進行]〈名・自サ〉①進行。前進。②進展。

しんこう[新興]〈名〉新興。

しんこう[親交]〈名〉深交。

しんごう[信号]〈名・自サ〉信號。

じんこう[人口]〈名〉①人口。②衆人之口。人言。

じんこう[人工]〈名〉人工。人造。

しんこきゅう[深呼吸]〈名〉深呼吸。

しんこく[申告]〈名・他サ〉申報。呈報。

しんこく[深刻]〈形動〉①深刻。②重大。嚴重。嚴肅。

じんこつ[人骨]〈名〉人骨。

しんこっちょう[真骨頂]〈名〉真本領。真本事。本色。

しんこん[新婚]〈名〉新婚。

しんさ[審査]〈名・他サ〉審査。

しんさい[震災]〈名〉震災。

じんさい[人災]〈名〉人禍。

じんざい[人材]〈名〉人材。

しんさく[新作]〈名・他サ〉新作。新作品。

しんさつ[診察]〈名・他サ〉（醫）診察。

しんさん[辛酸]〈名〉辛酸。

しんざん[深山]〈名〉深山。

しんざん[新参]〈名〉新參加。新來(的人)。

しんし[真摯]〈形動〉真摯。

しんし[紳士]〈名〉紳士。

じんし[人士]〈名〉人士。

じんじ[人事]〈名〉人事。

しんしき[神式]〈名〉神道的儀式。

しんしき[新式]〈名〉新式。新型。

しんしつ[心室]〈名〉（解）心室。

しんしつ[寝室]〈名〉寝室。

しんじつ[真実]Ⅰ〈名・形動〉真實。事實。Ⅱ〈副〉實在地。

じんじふせい[人事不省]〈名〉（醫）人事不省。

しんじゃ[信者]〈名〉信徒。

じんじゃ[神社]〈名〉神社。

しんしゃく[斟酌]〈名・他サ〉斟酌。酌量。

しんしゅ[進取]〈名〉進取。

しんしゅ[新種]〈名〉新品種。

しんじゅ[真珠]〈名〉珍珠。

じんしゅ[人種]〈名〉人種。種族。

しんじゅう[心中]〈名・自サ〉①情死。殉情。②父母子女一同自殺。

しんしゅく[伸縮]〈名・自他サ〉伸縮。

しんしゅつ[滲出]〈名・自サ〉滲出。

しんしゅつ[進出]〈名・自サ〉進入。打入。

しんしゅつきぼつ[神出鬼没]〈名〉神出鬼没。

しんしゅん[新春]〈名〉新春。新年。

しんしょ[信書]〈名〉書信。

しんしょ[親書]〈名・他サ〉①親筆信。②親手寫。

しんしょう[心証]〈名〉(給人的)印象,心證。

しんしょう[身上]〈名〉財産。家産。家業。

しんしょう[辛勝]〈名・自サ〉險勝。

しんじょう[心情]〈名〉心情。

しんじょう[身上]〈名〉①長處。優點。②身世。

しんじょう[信条]〈名〉信條。

しんじょう[真情]〈名〉真情。

じんじょう[尋常]〈形動〉尋常。通常。平常。

しんしょうひつばつ[信賞必罰]〈連語〉信賞必罰。

しんしょうぼうだい[針小棒大]〈連語〉誇張。誇大。

しんしょく[侵食]〈名・他サ〉侵蝕。

しんしょく[浸食]〈名・他サ〉浸蝕。

しんしょく[寝食]〈名〉寝食。

しん・じる[信じる]〈他上一〉→しんずる。

しんしん[心身]〈名〉身心。

しんしん[心神]〈名〉心神。

しんしん[津津]〈形動〉津津。

しんしん[深深]〈形動〉①(夜)闌。②(寒氣)刺骨。

しんしん[新進]〈名〉新出現(的人)。△〜氣鋭／初露鋒芒。新生有爲。

しんじん[信心]〈名・他サ〉信仰。

しんじん[深甚]〈形動〉深甚。

しんじん[新人]〈名〉新人。新手。

じんしん[人心]〈名〉人心。

じんしん[人身]〈名〉人身。

しんすい[心酔]〈名・自サ〉①醉心。②仰慕。

しんすい[浸水]〈名・自サ〉浸水。

しんすい[進水]〈名・自サ〉(新船)下水。△〜台／下水滑道。

しんずい[真髄]〈名〉真髓。精髓。

しん・ずる[信ずる]〈他サ〉①信。相信。②

信仰。信奉。

しんせい[申請]〈名・他サ〉申請。

しんせい[神聖]〈名〉神聖。

しんせい[真性]〈名〉①真性。天性。②〈醫〉真性。

じんせい[人生]〈名〉人生。

しんせいがん[深成岩]〈名〉〈礦〉深成岩。

しんせいじ[新生兒]〈名〉新生兒。

しんせいだい[新生代]〈名〉〈地〉新生代。

しんせいめん[新生面]〈名〉新領域。

しんせかい[新世界]〈名〉①新大陸(指美洲、澳洲)。②新生活。新天地。

しんせき[親戚]〈名〉親戚。

じんせき[人跡]〈名〉人跡。

しんせつ[新設]〈名・他サ〉新設。

しんせつ[新雪]〈名〉新雪。

しんせつ[新説]〈名〉新學說。

しんせつ[親切]〈名・形動〉親切。熱情。好意。善意。

しんせん[新鮮]〈形動〉新鮮。

しんぜん[親善]〈名〉親善。友好。

じんせん[人選]〈名・他サ〉人選。

しんそう[真相]〈名〉真相。

しんそう[深層]〈名〉深層。

しんそう[新裝]〈名〉新裝修。新服飾。

しんぞう[心臓]〈名〉①〈解〉心臟。②〈俗〉臉皮厚。膽子大。

しんぞう[新造]〈名・他サ〉新造。

じんぞう[人造]〈名〉人造。

じんぞう[腎臓]〈名〉〈解〉腎臟。腎。

しんぞく[親族]〈名〉親屬。親戚。

じんそく[迅速]〈名・形動〉迅速。

しんそこ[心底]Ⅰ〈名〉①内心。心底。②最底層。Ⅱ〈副〉從心底。

しんたい[身体]〈名〉身體。△~障害者/殘廢者。

しんたい[進退]〈名・自サ〉①進退。②去留。辭職或留職。

しんだい[身代]〈名〉財産。家産。

しんだい[寝台]〈名〉床。床鋪。(火車的)卧鋪。

じんたい[人体]〈名〉人體。

じんたい[靭帯]〈名〉〈解〉靭帶。

じんだい[甚大]〈名・形動〉極大。很大。

しんたいりく[新大陸]〈名〉新大陸。

しんたく[信託]〈名・他サ〉信託。委託。

しんたく[神託]〈名〉神諭。

しんたん[心胆]〈名〉心膽。

しんだん[診断]〈名・他サ〉〈醫〉診斷。

じんち[人知]〈名〉人智。

じんち[陣地]〈名〉陣地。

しんちく[新築]〈名・他サ〉新建。

じんちく[人畜]〈名〉人畜。

しんちゃく[新着]〈名〉新到的(東西)。

しんちゅう[心中]〈名〉心中。内心。

しんちゅう[真鍮]〈名〉黃銅。

しんちゅう[進駐]〈名・自サ〉進駐。

しんちょう[伸張]〈名・自他サ〉伸張。擴張。擴展。

しんちょう[身長]〈名〉身長。

しんちょう[深長]〈形動〉深長。

しんちょう[慎重]〈名・形動〉慎重。謹慎。

しんちょう[新調]〈名・他サ〉①新做。②〈音〉新曲調。

じんちょうげ[沈丁花]〈名〉〈植〉瑞香。

しんちょく[進捗]〈名・自サ〉進展。

しんちんたいしゃ[新陳代謝]〈名・自サ〉①〈生理〉新陳代謝。②〈轉〉新舊交替。除舊納新。

しんつう[心痛]〈名・自サ〉①憂愁。憂慮。②胸痛。

じんつう[陣痛]〈名〉(分娩時的)陣痛。

じんつうりき[神通力]〈名〉〈佛〉神通。神力。

しんてい[進呈]〈名・他サ〉贈送。奉送。

しんてん[進展]〈名・自サ〉進展。發展。

しんてん[親展]〈名〉(電報、書信等)親展。親啓。

しんでんず[心電図]〈名〉心電圖。

しんてんどうち[震天動地]〈連語〉驚天動地。

しんと〈副・自サ〉寂静。鴉雀無聲。

しんと[信徒]〈名〉信徒。

しんど[深度]〈名〉深度。

しんど[進度]〈名〉進度。

しんど[震度]〈名〉〈地〉震度。

しんど・い〈形〉(關西方言)①費勁。②疲
勞。累。

しんとう[心頭]〈名〉心頭。

しんとう[神道]〈名〉(宗)神道。

しんとう[浸透]〈名・自サ〉滲透。

しんとう[親等]〈名〉(法)親等。

しんどう[神童]〈名〉神童。

しんどう[振動]〈名・自他サ〉振動。②
(理)振盪。

しんどう[震動]〈名・自他サ〉震動。

じんとう[陣頭]〈名〉①前線。②(工作、活
動的)第一線,先頭。

じんどう[人道]〈名〉人道。

じんとく[人德]〈名〉品德。

じんど・る[陣取る]〈自五〉①布陣。佔
位置。佔地方。

シンナー[thinner]〈名〉稀釋劑。

しんにゅう[之繞]〈名〉(漢字部首)走之
兒。

しんにゅう[侵入]〈名・自サ〉侵入。入侵。

しんにゅう[進入]〈名・自サ〉進入。△～
燈/(機場的)着陸燈。

しんにゅう[新入]〈名〉新加入。△～生/新
生。

しんにん[信任]〈名・他サ〉信任。△～状/
國書。

しんにん[新任]〈名・他サ〉新任。

しんねん[信念]〈名〉信念。

しんねん[新年]〈名〉新年。

しんのう[親王]〈名〉親王。

しんぱい[心配]〈名・形動・自他サ〉①擔
心。擔憂。憂慮。惦念。②費心。張羅。介
紹。

じんぱい[塵肺]〈名〉(醫)塵肺。

シンパサイザー[sympathizer]〈名〉共鳴
者。同情者。

しんばりぼう[心張り棒]〈名〉頂門槓。槓
子。

シンバル[cymbals]〈名〉(樂)銅鈸。鐃鈸。

しんぱん[侵犯]〈名・他サ〉侵犯。

しんぱん[新版]〈名〉新版。

しんぱん[審判]〈名・他サ〉①(法)審判。
②(體)裁判。

しんぴ[神秘]〈名・形動〉神秘。奥秘。

しんびがん[審美眼]〈名〉審美能力。

しんぴつ[真筆]〈名〉真跡。

しんぴょうせい[信憑性]〈名〉可靠性。

しんぴん[新品]〈名〉新品。

じんぴん[人品]〈名〉①人品。②風度。儀
表。

しんぶ[深部]〈名〉深部。

しんぷ[神父]〈名〉(宗)神父。

しんぷ[新婦]〈名〉新娘。

しんぷう[新風]〈名〉新風氣。

しんぷく[心服]〈名・自サ〉心服。

しんぷく[振幅]〈名〉(理)振幅。波幅。

しんふつ[神仏]〈名〉①神和佛。②神道和
佛教。

じんぶつ[人物]〈名〉①人。人物。②人品。
人格。③人材。

しんぶん[新聞]〈名〉報。報紙。

じんぶん[人文]〈名〉人文。

じんぷん[人糞]〈名〉人糞。

しんぺい[新兵]〈名〉新兵。

しんぺん[身辺]〈名〉身邊。

しんぽ[進歩]〈名・自サ〉進步。

しんぼう[心房]〈名〉(解)心房。

しんぼう[心棒]〈名〉①軸。心軸。②(轉)中
心。核心。

しんぼう[辛抱]〈名・自サ〉忍耐。忍受。

しんぼう[信望]〈名〉信譽。

しんぽう[信奉]〈名・他サ〉信奉。

じんぼう[人望]〈名〉人望。聲望。

しんぼうえんりょ[深謀遠慮]〈名〉深謀遠
慮。

しんぼく[親睦]〈名・自サ〉親睦。友好。

シンポジウム[symposium]〈名〉專題討論
會。

シンボル[symbol]〈名〉象徵。

しんまい[新米]〈名〉①新米。②新手。生
手。

じんましん[蕁麻疹]〈名〉(醫)蕁麻疹。

しんみ[新味]〈名〉新穎。新奇。新鮮。

しんみ[親身]〈名・形動〉①親人。親骨肉。
②親如骨肉。親密。

しんみつ[親密]〈名・形動〉親密。

しんみょう[神妙]〈名・形動〉①神妙。不可思議。②老老實實。③令人欽佩。

しんみり[副・自サ]①沉静。沉默。②懇切地。

じんみん[人民]〈名〉人民。

しんめ[新芽]〈名〉新芽。嫩芽。

しんめい[身命]〈名〉身命。身體和生命。

しんめい[神明]〈名〉神明。

じんめい[人名]〈名〉人名。

じんめい[人命]〈名〉人命。

シンメトリー[symmetry]〈名〉對稱。對稱美。

しんめんぼく[真面目]〈名〉真本領。真本事。

しんもつ[進物]〈名〉禮物。禮品。

しんもん[審問]〈名・他サ〉(法)審問。審訊。

じんもん[尋問]〈名・他サ〉詢問。訊問。盤問。

しんや[深夜]〈名〉深夜。

しんやくせいしょ[新約聖書]〈名〉(宗)新約全書。

しんゆう[親友]〈名〉至交。好友。

しんよう[信用]〈名・他サ〉信用。信任。

じんよう[陣容]〈名〉陣容。

しんようじゅ[針葉樹]〈名〉(植)針葉樹。

しんらい[信頼]〈名・他サ〉信賴。

しんらつ[辛辣]〈名・形動〉辛辣。尖刻。

しんらばんしょう[森羅万象]〈名〉森羅萬象。

しんり[心理]〈名〉心理。

しんり[真理]〈名〉①真理。②道理。

しんり[審理]〈名・他サ〉審理。

じんりきしゃ[人力車]〈名〉人力車。

しんりゃく[侵略]〈名・他サ〉侵略。

しんりょう[診療]〈名・他サ〉診療。

しんりょく[新緑]〈名〉新緑。

じんりょく[人力]〈名〉人力。

じんりょく[尽力]〈名・自サ〉盡力。努力。

しんりん[森林]〈名〉森林。

じんりん[人倫]〈名〉人倫。

しんるい[親類]〈名〉親屬。親戚。

じんるい[人類]〈名〉人類。

しんれい[心霊]〈名〉心靈。

しんれき[新暦]〈名〉陽暦。公暦。

しんろ[針路]〈名〉航向。航路。

しんろ[進路]〈名〉前進的道路。進路。

しんろう[心労]〈名・自サ〉①惦念。操心。②勞神。精神疲勞。

しんろう[新郎]〈名〉新郎。

しんわ[神話]〈名〉神話。

す　ス

す[州]〈名〉洲。沙洲。沙灘。

す[巣]〈名〉巢。窩。巢穴。

す[酢]〈名〉醋。

す[鬆]〈名〉①(蘿蔔等)糠。②(鑄件等)砂眼,氣孔。

ず[図]〈名〉①圖。圖表。地圖。②情景。樣子。③△～に当たる/正中心意。④△～に乗る/得意忘形。

ず[頭]〈名〉△～が高い/趾高氣揚。目中無人。

すあえ[酢和え]〈名〉醋拌凉菜。

すあし[素足]〈名〉光脚。赤脚。

ずあん[図案]〈名〉圖案。

す・い[酸い]〈形〉酸。

すい[粋]〈名・形動〉①精粹。精華。②通達人情世故。圓通。③△～をきかす/知趣。會意。會體貼人。

ずい[髄]〈名〉①髓。骨髓。②精髓。要害。

すいあ・げる[吸い上げる]〈他下一〉①吸上來。抽上來。②吸吮。侵吞。

すいあつ[水圧]〈名〉水壓。

すいあつき[水圧機]〈名〉水壓機。

すいい[水位]〈名〉水位。

すいい[推移]〈名・自サ〉推移。變遷。發展。

ずいい[随意]〈名・形動〉隨意。隨便。

すいいき[水域]〈名〉水域。

ずいいち[随一]〈名〉第一。

スイートコーン[sweet corn]〈名〉甜玉米。嫩玉米。

スイートピー[sweet pea]〈名〉(植)香豌豆。花豌豆。

スイートホーム[sweet home]〈名〉快樂家庭。新婚家庭。

ずいいん[随員]〈名〉隨員。

すいうん[水運]〈名〉水運。

すいえい[水泳]〈名・自サ〉游泳。

すいおん[水温]〈名〉水温。

すいか[水火]〈名〉①水火。水和火。②赴湯蹈火。

すいか[水瓜・西瓜]〈名〉西瓜。

すいか[誰何]〈名・他サ〉盤問。查問。

すいがい[水害]〈名〉水災。澇災。水患。

すいかずら[忍冬]〈名〉(植)忍冬。金銀花。

すいがら[吸殻]〈名〉煙頭兒。

すいかん[酔漢]〈名〉醉漢。醉鬼。

すいがん[酔眼]〈名〉醉眼。

ずいき[芋茎]〈名〉芋頭莖。

ずいき[随喜]〈名・自サ〉隨喜。感激。

すいきゅう[水球]〈名〉水球。

すいぎゅう[水牛]〈名〉水牛。

すいきょ[推挙]〈名・他サ〉推舉。

すいきょう[酔狂]〈名・形動〉①耍酒瘋。②好奇。鬧着玩。異想天開。

すいきょう[水郷]〈名〉→すいごう。

すいきん[水禽]〈名〉水禽。水鳥。

すいぎん[水銀]〈名〉水銀。汞。

すいくち[吸口]〈名〉吸嘴兒。

すいけい[推計]〈名・他サ〉推算。

すいげん[水源]〈名〉水源。

すいこう[推敲]〈名・他サ〉推敲。

すいこう[遂行]〈名・他サ〉實行。執行。完成。

すいごう[水郷]〈名〉水郷。

ずいこう[随行]〈名・自サ〉隨行。隨從。隨同。

すいこう[瑞光]〈名〉瑞光。吉兆。

すいこ・む[吸い込む]〈名・他五〉吸入。吸進。

すいさい[水彩]〈名〉水彩。

すいさつ[推察]〈名・他サ〉①推測。推想。猜想。②體諒。同情。

すいさん[水産]〈名〉水產。

すいさん[炊爨]〈名・自サ〉炊爨。做飯。

すいさんか-[水酸化]〈接頭〉氫氧化-。

すいし[水死]〈名・自サ〉淹死。溺死。

すいじ[炊事]〈名〉炊事。

ずいじ[随時]〈副〉①隨時。②時常。常常。

すいしつ[水質]〈名〉水質。

すいしゃ[水車]〈名〉水車。水輪機。

すいじゃく[衰弱]〈名・自サ〉衰弱。

すいしゅ[水腫]〈名〉(醫)水腫。浮腫。

すいじゅん[水準]〈名〉水準。水平。

ずいしょ[随処]〈名〉随處。到處。處處。

すいしょう[水晶]〈名〉水晶。

すいしょう[推奨]〈名・他サ〉推薦。

すいじょう[水上]〈名〉水上。

すいじょうき[水蒸気]〈名〉水蒸氣。

すいじょうきょうぎ[水上競技]〈名〉水上運動。

すいじょうスキー[水上スキー]〈名〉滑水板運動。

すいしょうどけい[水晶時計]〈名〉水晶鐘。石英鐘。

すいしん[水深]〈名〉水深。

すいしん[推進]〈名・他サ〉推進。推動。

すいじん[粋人]〈名〉①風流雅士。②通達世故的人。

すいすい[副]①輕輕地。輕快地。②流利地。順利地。

すいせう[水生]〈名〉水生(動、植物)。

すいせい[水星]〈名〉水星。

すいせい[水勢]〈名〉水勢。

すいせい[彗星]〈名〉彗星。掃帚星。

すいせい[水棲]〈名〉水棲。水生。

すいせいがん[水成岩]〈名〉水成岩。沉積岩。

すいせいむし[酔生夢死]〈名・自サ〉醉生夢死。

すいせん[水仙]〈名〉(植)水仙。

すいせん[水洗]〈名・他サ〉水洗。水冲。

すいせん[垂線]〈名〉垂線。垂直線。

すいせん[推薦]〈名・他サ〉推薦。

すいせん[水線]〈名〉(船)吃水綫。

すいせん[推進]〈名・他サ〉推進。

すいぜん[垂涎]〈名・自サ〉垂涎。非常羨慕。

すいそ[水素]〈名〉氫。

すいそう[水草・水藻]〈名〉水草。水藻。

すいそう[水葬]〈名・他サ〉水葬。

すいそう[水槽]〈名〉水槽。水箱。

すいそう[吹奏]〈名・他サ〉吹奏。

すいぞう[膵臓]〈名〉胰。胰臓。膵臟。

ずいそう[随想]〈名〉随想。

すいそく[推測]〈名・他サ〉推測。推想。

すいぞくかん[水族館]〈名〉水族館。

すいそばくだん[水素爆弾]〈名〉氫彈。

すいたい[衰退]〈名・自サ〉衰退。衰落。

すいだ・す[吸い出す]〈他五〉吸出。拔。

すいだん[推断]〈名・他サ〉推斷。判斷。

すいちゅう[水中]〈名〉水中。

ずいちょう[瑞兆]〈名〉祥瑞。吉兆。

すいちょく[垂直]〈名・形動〉垂直。

すいつ・く[吸い付く]〈自五〉吸住。

すいつ・ける[吸い付ける]〈他下一〉吸。吸住。

スイッチ[switch]〈名〉開關。電鈕。電門。

すいてい[水底]〈名〉水底。

すいてい[推定]〈名・他サ〉推定。推斷。

すいてき[水滴]〈名〉水滴。水珠。

すいでん[水田]〈名〉水田。

すいど[水土]〈名〉水土。

すいとう[水痘]〈名〉水痘。

すいとう[水筒]〈名〉(旅行用)水壺。

すいとう[水稲]〈名〉水稻。

すいとう[出納]〈名・他サ〉出納。

すいどう[水道]〈名〉①自來水。②水道。水路。③海峡。

すいとりがみ[吸取紙]〈名〉吸墨紙。

すいと・る[吸い取る]〈他五〉①吸。吮吸。②吸收。③榨取。

すいとん[水団]〈名〉疙瘩湯。

すいなん[水難]〈名〉①水災。②(沉船、淹死等)水上災難。

すいのみ[吸飲み]〈名〉鴨嘴壺。長嘴壺。

すいば[酸葉]〈名〉(植)酸模。

すいばく[水爆]〈名〉氫彈。熱核武器。

すいばん[水盤]〈名〉(生花或盆景用淺底)水盤。

すいはんき[炊飯器]〈名〉(電或煤氣)自動飯鍋。

すいひ[水肥]〈名〉水肥。液態肥料。

すいび[衰微]〈名・自サ〉衰微。衰落。

ずいひつ[随筆]〈名〉隨筆。

すいふ[水夫]〈名〉水手。船員。

すいぶん[水分]〈名〉水份。

ずいぶん[随分]Ⅰ〈副〉很。非常。相當。Ⅱ〈形動〉太不像話。缺德。够餿。

すいへい[水平]〈名〉水平。

すいへい[水兵]〈名〉水兵。

すいほう[水泡]〈名〉①水泡。②泡影。

すいほう[水疱]〈名〉水疱。

すいぼう[水防]〈名〉防汛。防洪。

すいぼう[衰亡]〈名・自サ〉衰亡。

すいぼくが[水墨画]〈名〉水墨畫。

すいま[睡魔]〈名〉睡魔。

すいみつ[水密]〈名〉水密。不透水。

すいみつとう[水蜜桃]〈名〉水蜜桃。

すいみゃく[水脈]〈名〉水脈。

すいみん[睡眠]〈名・自サ〉睡眠。

スイミング[swimming]〈名〉游泳。

ずいむし[螟虫]〈名〉螟。螟蟲。

すいもの[吸い物]〈名〉湯。清湯。

すいめん[水面]〈名〉水面。

すいもん[水門]〈名〉水門。水閘。

すいやく[水薬]〈名〉藥水。

すいよう[水曜]〈名〉星期三。

すいようえき[水溶液]〈名〉水溶液。

すいよく[水浴]〈名〉冷水澡。

すいらい[水雷]〈名〉水雷。

すいり[水利]〈名〉①水利。②水運。航運。

すいり[推理]〈名・他サ〉推理。

すいりしょうせつ[推理小説]〈名〉推理小說。偵探小說。

すいりく[水陸]〈名〉水陸。

すいりゅう[水流]〈名〉水流。

すいりょう[水量]〈名〉水量。

すいりょう[推量]〈名・他サ〉推測。推想。揣測。

すいりょく[水力]〈名〉水力。

すいれい[水冷]〈名〉水冷。用水冷却。

すいれん[睡蓮]〈名〉睡蓮。子午蓮。

すいろ[水路]〈名〉①水路。航路。航綫。②水渠。

すいろん[推論]〈名・他サ〉推論。

す・う[吸う]〈他五〉①吸。②吸收。

すう[数]〈名〉①(數)數。②數目。數量。③定數。命運。結局。

すうがく[数学]〈名〉數學。

すうき[数奇]〈名・形動〉不幸。坎坷。苦命。

すうき[枢機]〈名〉樞機。機要。

すうきけい[枢機卿]〈名〉樞機卿。紅衣主教。

すうけい[崇敬]〈名・他サ〉崇敬。

すうこう[崇高]〈名・形動〉崇高。

すうし[数詞]〈名〉數詞。

すうじ[数字]〈名〉數字。數目字。數碼兒。

すうしき[数式]〈名〉數學式。

すうじくこく[枢軸国]〈名〉軸心國。

すうじつ[数日]〈名〉數日。

すうすう〈副〉①(風)呼呼。嗖嗖。②(呼吸)呼味呼味。

ずうずうし・い[図図しい]〈形〉厚臉皮。不要臉。

すうせい[趨勢]〈名〉趨勢。趨向。

ずうたい[図体]〈名〉(俗)個子。個頭兒。

すうち[数値]〈名〉數值。

ずうち[頭打ち]〈名〉①到頭。②(行市)漲到頂點。

スーツ[suit]〈名〉成套西服。

スーツケース[suitcase]〈名〉手提皮箱。

スーパーパワー[superpower]〈名〉超級大國。

スーパーマーケット[supermarket]〈名〉超級商場。自選商場。

すうはい[崇拝]〈名・他サ〉崇拜。

スープ[soup]〈名〉(西餐)湯。

スーベニア[souvenir]〈名〉①紀念品。禮品。②(遊覽地的)土特産。

ズームレンズ[zoom lens]〈名〉可變焦距鏡頭。

すうよう[枢要]〈名・形動〉樞要。機要。樞紐。

すうりょう[数量]〈名〉數量。

すうれつ[数列]〈名〉(數)數列。

すえ[末]〈名〉①末。尾。②將來。前途。③子孫。後裔。④(兄弟姉妹中)最小的。⑤晚

年。⑥…之後。

スエード[suède]〈名〉絨面革.麂皮。

すえお・く[据え置く]〈他五〉擱置。不動。

すえおそろし・い[末恐ろしい]〈形〉前途可怕.前途不堪設想。

すえたのもし・い[末頼もしい]〈形〉前途有望。

すえつ・ける[据え付ける]〈他下一〉安裝.安置。

すえっこ[末っ子]〈名〉老兒子.老女兒。

すえひろがり[末広がり]〈名〉①逐漸擴展。②逐漸興盛。③扇形。

す・える[据える]〈他下一〉①擺.安放。②使…沉靜下來.使…穩定下來。③讓…就…(位.職)。④施(灸)。⑤蓋(章)。

す・える[饐える]〈自下一〉餿。

すおう[蘇芳]〈名〉(植)①蘇木.蘇枋。②紫荆。

ずが[図画]〈名〉圖畫。

スカート[skirt]〈名〉裙子。

スカーフ[scarf]〈名〉領巾.圍巾。

スカール[scull]〈名〉(競賽用)輕划艇。

ずかい[図解]〈名・他サ〉圖解。

スカイパーキング[sky parking]〈名〉立體停車場。

スカイブルー[sky blue]〈名〉天藍色.蔚藍色。

スカイライン[skyline]〈名〉①地平線。②盤山公路。③(山.建築物等)輪廓綫。

すがお[素顔]〈名〉①沒化妝的臉.清水臉。②本來面目.實況。

すがき[素描]〈名〉素描(畫)。

すかさず[透かさず]〈副〉立刻.及時。

すかし[透かし]〈名〉①透亮.透明.透瓏。②(紙的)水印。

すか・す[空かす]〈他五〉空(肚子).餓。

すか・す[透かす]〈他五〉①透過。②留出(間隙.空隙)。

すか・す[賺す]〈他五〉①哄(孩子)。②哄騙。

すか・す〈自五〉(俗)裝蒜。

すかすか I〈副〉順利(通過)。II〈形動〉空

隙多.糠。②喧。

ずかずか〈副〉魯莽.無禮貌。

すがすがし・い[清清しい]〈形〉清爽.爽快。

すがた[姿]〈名〉①姿勢.姿態.身段。②身子.體形。③裝束.打扮。④形象。⑤面貌.狀態。

すがたみ[姿見]〈名〉穿衣鏡。

ずがら[図柄]〈名〉花樣.花紋.圖案。

すが・る[縋る]〈自五〉①扶.拄.靠.倚。②依靠.依賴.依附。

ずかん[図鑑]〈名〉圖鑑。

スカンク[skunk]〈名〉(動)臭鼬。

すかんぴん[素寒貧]〈名・形動〉寒酸.窮光蛋。

すき[鋤]〈名〉鋤.鋤頭。

すき[犁]〈名〉犁。

すき[好き]〈形動〉①愛.喜歡.喜愛。②隨意.隨便。

すき[透き・隙]〈名〉①空隙.縫隙。②空隙.餘暇。③空子.疏忽。

すぎ[杉]〈名〉(植)杉。

-すぎ[過]〈接尾〉①過.開外.出頭。②過分。

スキー[ski]〈名〉滑雪.滑雪板。

すきかって[好き勝手]〈名・形動〉隨便.隨意.隨心所欲。

すききらい[好き嫌ひ]〈名〉①好惡.喜好和厭惡。②挑剔。

すきこの・む[好き好む]〈他五〉愛好.嗜好。

すきずき[好き好き]〈名〉各有所好.愛好不同。

ずきずき〈副・自サ〉一跳一跳地(疼).陣陣(作痛)。

すきっぱら[空きっ腹]〈名〉空肚子.空腹。

スキップ[skip]〈名・自サ〉兩腿交替輕跳(着走).連蹦帶跳。

すきとお・る[透き通る]〈自五〉①透明。②清澈.清脆。

すぎな[杉菜]〈名〉(植)問荆.土麻黃。

すきま[透間]〈名〉①縫子.間隙。②空暇。

すきもの[好き者]〈名〉①好事者。②色鬼。

すきや[数奇屋・数寄屋]〈名〉(茶道的)茶室。

すきやき[鋤焼]〈名〉鶏素燒。

スキャンダル[scandal]〈名〉醜聞。醜事。

スキャンティー[scanties]〈名〉(女用)極短内褲。

スキューバ[scuba]〈名〉自給式潛水呼吸器。

す・ぎる[過ぎる]Ⅰ〈自上一〉①過。通過。②過去。③超過。④過分。過度。⑤(用「…にすぎない」的形式)只不過…。Ⅱ〈接尾〉過度。過分。

ずきん[頭巾]〈名〉頭巾。

スキンマガジン[skin magazine]〈名〉色情雜誌。

す・く[好く]〈他五〉愛。愛好。喜好。

す・く[空く]〈自五〉①空。②空閑。

す・く[透く]〈自五〉①有空隙。有間隙。②(透過…)看得見。③(用「胸が～」的形式)心裏痛快。心情舒暢。

す・く[梳く]〈他五〉梳。

す・く[漉く]〈他五〉抄(紙)。

す・く[鋤く]〈他五〉鋤。犁。

すぐ[直ぐ]Ⅰ〈副〉①(距離)很近。③容易。輕易。Ⅱ〈形動〉①直。筆直。②正直。耿直。

ずく[木菟]〈名〉猫頭鷹。鴟鵂。

-ずく[尽]〈接尾〉專靠。單憑。

すくい[救い]〈名〉救。救助。救援。

すくいぬし[救い主]〈名〉救星。救世主。

すく・う[救う]〈他五〉救。拯救。挽救。拯救。救濟。

すく・う[掬う]〈他五〉撈。捧。撇。抄。舀。

すく・う[巣くう]〈自五〉(1)(鳥)築巢。搭窩。②(壞人)盤踞。

スクーター[scooter]〈名〉①小型摩托車。②(兒童用)踏板車。

スクーナー[schooner]〈名〉①(雙桅以上)中小型帆船。②大啤酒杯。

スクープ[scoop]〈名・他サ〉(比其他報社)搶先報導。

スクーリング[schooling]〈名〉(函授教育中的)面授。

スクール[school]〈名〉學校。

すくすく[副]①(植物)(長得)快。(長勢)好。眼看着(長)。②(兒童)茁壯(成長)。眼看着(長)。

すくな・い[少ない]〈形〉少。

すくなからず[副]①不少。很多。②很。非常。

すくなくとも[少なくとも]〈副〉至少。起碼。

すく・む[竦む]〈自五〉驚懼。畏縮。

-ずくめ[接尾]完全。淨是。

すく・める[竦める]〈他下一〉縮。

スクラップ[scrap]〈名〉①廢鐵。碎鐵。②剪報。

スクラム[scrum]〈名〉①(橄欖球)斯克蘭,密集争球。②挽臂成横隊。

スクリーン[screen]〈名〉銀幕。電影界。

スクリュー[screw]〈名〉①螺旋槳。②螺絲。螺釘。

すぐ・る〈他五〉選拔。挑選。

すぐ・れる[優れる]〈他下一〉①優秀。傑出。卓越。出色。②(用否定式)不佳。

ずけい[図形]〈名〉圖形。

スケート[skate]〈名〉滑冰。溜冰。

スケープゴート[scapegoat]〈名〉替罪羊。

スケール[scale]〈名〉①規模。②刻度。尺度。③鋼捲尺。

すげか・える[すげ替える]〈他下一〉更換。

スケジュール[schedule]〈名〉日程(表)。

ずけずけ[副]毫不客氣。不講情面。

すけだち[助太刀]〈名〉①幫手。②幫助。幫忙。

スケッチ[sketch]〈名・他サ〉①寫生。速寫。素描。②草圖。畫稿。③短文。④短曲。

すけな・い[形]冷淡。無情。

すけべえ[助兵衛]〈名・形動〉好色。色鬼。

す・ける[透ける]〈自下一〉透底。透過。

す・げる〈他下一〉安上。插上。

スコア[score]〈名〉①(體)比分。②(樂)總譜。

すご・い[凄い]〈形〉①可怕。嚇人。②厲害。③驚人。了不得。

ずこう[図工]〈名〉①圖畫和手工。②製圖員。

すごうで[凄腕]〈名〉精明强幹。能幹。

スコール[squall]〈名〉①急風。②驟雨。

すこし[少し]〈副〉稍微。少量。一點。

すこしも[少しも]〈副〉(下接否定語)一點也。絲毫也。

すご・す[過す]〈他五〉①過。度過。②過度。過量。

すごすご〈副〉沮喪地。垂頭喪氣地。無精打采地。

スコップ[schop]〈名〉鐵鍬、鐵鍁、鏟子。

すこぶる[頗る]〈副〉頗。很。非常。

すごみ[凄み]〈名〉①可怕。嚇人。②恐嚇的話。

すご・む[凄む]〈自五〉威嚇。恐嚇。

すごも・る[巣籠る]〈自五〉①(鳥)抱窩。伏窩。伏卵。②入蟄。

すこやか[健やか]〈形動〉健全。健壯。健康。

すごろく[双六]〈名〉(遊戲)昇官圖。

すさび[遊び]〈名〉消遣。

すさまじ・い[凄まじい]〈形〉①可怕。驚人。②猛烈。厲害。③太不像話。

すさ・む[荒む]〈自五〉①放蕩。荒唐。②荒廢。荒疏。

ずさん[杜撰]〈名・形動〉①杜撰。臆造。②粗糙。

すし[寿司・鮨]〈名〉用飯、醋、魚等做的一種日本食品。

すじ[筋]〈名〉①筋。血管。②血統。素質。④綫。條。紋。⑤道理。條理。⑥情節。梗概。⑦(有關)方面。

ずし[図示]〈名・他サ〉圖示。

ずし[厨子]〈名〉佛龕。

すじあい[筋合]〈名〉①理由。道理。②條理。

すじがき[筋書]〈名〉①梗概。②(戲劇等的)情節簡介。③計劃。預想。

すじがね[筋金]〈名〉鋼筋。鐵筋。

すじがねいり[筋金入り]〈名〉①加鋼筋。②堅強。堅定。

ずしき[図式]〈名〉圖式。圖解。

すじこ[筋子]〈名〉鹹鮭魚子。

すじちがい[筋違い]Ⅰ〈名〉①扭筋。②斜對過。Ⅱ〈名・形動〉①不對稱。不對頭。②不合理。不相當。

すじづめ[鮨詰]〈名〉擠滿。塞緊。

すじば・る[筋張る]〈自五〉①筋絡突起。②生硬。死板。

すじみち[筋道]〈名〉①條理。道理。②順序。程序。步驟。

すじむかい[筋向い]〈名〉斜對面。斜對過。

すじょう[素性]〈名〉①出身。門第。②來歷。經歷。身份。③生性。稟性。

ずじょう[頭上]〈名〉頭上。頭頂上。

すす[煤]〈名〉①煤炭。煤煙。②灰塵。吊飛。

すず[鈴]〈名〉鈴。鈴鐺。

すず[錫]〈名〉錫。

すずかけのき[鈴掛の木]〈名〉(植)懸鈴木。法國梧桐。

すずかぜ[涼風]〈名〉涼風。

すすき[薄]〈名〉(植)芒。

すずき[鱸]〈名〉鱸魚。

すす・ぐ[濯ぐ]〈他五〉涮洗。漂洗。

すす・ぐ[濯ぐ・雪ぐ]〈他五〉洗刷。雪(恥、冤)。

すす・ぐ[漱ぐ]〈他五〉漱。

すす・ける[煤ける]〈自下一〉燻黑。

すずし・い[涼しい]〈形〉①涼快。涼爽。②明亮。清澈。

すずしいかお[涼しい顔]〈名〉滿不在乎的樣子。若無其事的樣子。

すずなり[鈴生り]〈名〉(果實)結滿。成串。

すすはらい[煤払い]〈名〉掃炭。大清掃。

すす・む[進む]〈自五〉①前進。②進展。進步。提高。③增强。加重。④(錶)快。⑤昇入。晉昇。⑥先進。開明。

すず・む[涼む]〈自五〉乘涼。納涼。

すずむし[鈴虫]〈名〉(動)金鐘兒。

すずめ[雀]〈名〉麻雀。

すずめばち[雀蜂]〈名〉(動)胡蜂。馬蜂。

すす・める[進める]〈他下一〉①推進。推動。②開展。進行。③提高。加快。④提昇。⑤助長。促進。⑥使…向前。向前移動…。

すす・める[勧める・奨める]〈他下一〉①

勸。勸告。②建議。③勸，讓，敬 (酒、茶等)。

すす・める[薦める]〈他下一〉推薦。推舉。

すずらん[鈴蘭]〈名〉〈植〉鈴蘭。

すずり[硯]〈名〉硯。硯台。

すすりあ・げる[啜り上げる]〈自下一〉①啜泣。拉泣。②抽鼻涕。

すすりな・く[啜り泣く]〈自五〉啜泣。抽泣。

すす・る[啜る]〈他五〉①啜。呷。喝。②抽(鼻涕)。

ずせつ[図説]〈名・他サ〉圖解。

すそ[裾]〈名〉①(衣服的)下襬。底襬。②山麓。山脚。③(河的)下游。

すその[裾野]〈名〉山麓。

スター[star]〈名〉明星。

スターウォーズ[star wars]〈名〉宇宙空間戰。

スタート[start]〈名・自サ〉出發。起跑。

スタートライン[start line]〈名〉起跑綫。

-ずたい[伝い]〈接尾〉沿。沿着。

スタイル[style]〈名〉①姿勢。②樣式。形狀。③風格。

すたこら〈副〉撒腿(就跑)。一溜煙(地跑)。急急忙忙(跑去)。

スタジアム[stadium]〈名〉①運動場。②棒球場。

スタジオ[studio]〈名〉①(藝術家的)工作室。②攝影室。攝影棚。③播音室。錄音室。

すたすた〈副〉急步。三步併兩步(地走)。

ずたずた〈副・形動〉粉碎。零碎。

すだ・つ[巣立つ]〈自五〉①(小鳥)出窩。②(畢業)投向社會。

スタッカート[staccato]〈名〉〈樂〉斷音(號)。

スタッフ[staff]〈名〉①人員。陣容。②(團體)幹部。③(戲劇)舞台工作人員。

スタミナ[stamina]〈名〉精力。耐力。持久力。

すだれ[簾]〈名〉簾子。竹簾。葦簾。

すた・れる[廃れる]〈自下一〉①變成廢物。②過時。不時興。③(男子)丟臉。④

(道德)敗壞。

スタンド[stand]〈名〉①看台。觀衆席。②台燈。③台。座。④售貨站。⑤(加油)站。⑥(站着飲食的)小費店，飲食店。

スタンプ[stamp]〈名〉①戳記。圖章。②郵戳。③(旅遊)紀念戳。

スチーム[steam]〈名〉①蒸汽。②暖氣(設備)。

スチール[steel]〈名〉鋼。

スチュワーデス[stewardess]〈名〉飛機女服務員。空姐。

スチレンじゅし[スチレン樹脂]〈名〉苯乙烯樹脂。

スチロール[styrol]〈名〉〈化〉苯乙烯。

-ずつ[宛]〈副助〉①每。(用「すこし～」的形式)一點一點地。漸漸地。

ずつう[頭痛]〈名〉①頭疼。②苦惱。憂慮。

すっからかん〈名〉〈俗〉空空蕩蕩。空空如也。

すっかり〈副〉完全。全部。全然。全都。

すっきり〈副・自サ〉①舒暢。暢快。②(文章，語言)通順，流暢，乾淨利落。③(裝束)整潔。

ズック[doek]〈名〉①帆布。②帆布鞋。

すっくと〈副〉突然。猛地。

ずっしり〈副〉沉甸甸。

すったもんだ〈名・副・自サ〉糾紛。爭吵。爭論不休。

すってんころりと〈副〉噗啒一下子(摔倒)。

すってんてん〈名〉〈俗〉精光。一文不名。一個子兒也沒有。

すっとⅠ〈副〉飛快地。倏地。Ⅱ〈副・自サ〉痛快。爽快。

ずっと〈副〉①…得多。…得很。②徑直。一直。

すっぱ・い[酸っぱい]〈形〉酸。

すっぱだか[素っ裸]〈名〉①赤身露體。一絲不掛。②襟懷坦白。身一無所有。

すっぱぬ・く[素っ破抜く]〈他五〉揭穿。揭發。揭露。暴露。

すっぱり〈副〉①嘶地(切開，劈開)。②斷然。乾脆。一刀兩斷。

ずっぷり〈副〉濕透。

すっぽか・す[他五]摺下不管。扔在一邊。

すっぽり〈副〉①整個,完全。②正好,恰好。

すっぽん[鼈]〈名〉鼈,甲魚。

すで[素手]〈名〉空手。赤手空拳。

スティープルチェース[steeplechase]〈名〉①障礙賽馬。②三千米障礙賽跑。

すていし[捨石]〈名〉①(點綴庭院用)散放的石頭。②(築堤,修橋等時)投入水底的石頭。③(圍棋)棄子。④奠定基礎的東西。

すてうり[捨売り]〈名・他サ〉甩賣。

ステーキ[steak]〈名〉①牛排。②烤肉。

ステークス[stakes]〈名〉有獎賽馬。

ステージ[stage]〈名〉舞台。講壇。

ステーション[station]〈名〉①火車站。車站。②站。局。所。

ステータス[status]〈名〉社會地位。身份。

ステートメント[setatement]〈名〉聲明。

ステープルファイバー[staple fiber]〈名〉人造短纖維。人造棉。人造毛。

すてき[素敵]〈形動〉①極好。絕妙。好漂亮。②俊俏。英俊。

すてご[捨子]〈名〉棄兒。棄嬰。

すてぜりふ[捨て台詞]〈名〉①臨時加的台詞。②臨走時說的威脅的話。

ステッキ[stick]〈名〉手杖。拐杖。

ステップ[step]〈名〉①步伐。舞步。②(乘車的)踏板。階梯。

すでに[既に]〈副〉已。已經。

すてね[捨値]〈名〉極賤的價格。白扔似的價錢。

すてばち[捨鉢]〈名・形動〉破罐破摔。自暴自棄。

すてみ[捨身]〈名〉捨身。拚命。豁出性命。

す・てる[捨てる]〈他下一〉扔。扔掉。拋棄。放棄。遺棄。

ステレオ[stereo]〈名〉立體聲。

ステンドグラス[stained glass]〈名〉彩色玻璃。

ステンレス[stainless]〈名〉不銹鋼。

ストア[store]〈名〉商店。

ストイック[Stōic]〈名〉禁慾主義(者)。

すどおし[素通し]〈名・自サ〉①徑直通過。②透明。③(眼鏡)沒有度數。

ストーブ[stove]〈名〉爐子。火爐。

すどおり[素通り]〈名・自サ〉逕直通過。

ストーリー[story]〈名〉①故事。小說。②情節。梗概。

ストール[stole]〈名〉(婦女用)長披肩。長圍巾。

ストッキング[stocking]〈名〉長筒襪。

ストック[stock]〈名〉①存貨。庫存。②肉湯。③根株。④(植)紫蘿蘭。

ストック[Stock]〈名〉雪杖。滑雪杖。

ストップ[stop]〈名・自サ〉停止。中止。

ストップヴォッチ[stopwatch]〈名〉秒錶。

ストマイ[「ストレプトマイシン」の略語]〈名〉鏈黴素。

すどまり[素泊り]〈名〉光住宿(不吃飯)。

ストライキ[strike]〈名・自サ〉罷工。罷課。罷市。

ストライク[strike]〈名〉(棒球)好球。

ストリキニーネ[strychnine]〈名〉(化)番木鱉鹼。

ストリッパー[stripper]〈名〉脫衣舞女演員。

ストレート[straight]Ⅰ〈形動〉直。直接。一直。Ⅱ〈名〉①連續。接連。②(棒球)直綫球。③(拳擊)直擊。直拳。④(不兌水的)純酒。

ストレス[stress]〈名〉①(精神)緊張狀態。②重音。重讀。

ストレプトマイシン[storeptomycin]〈名〉鏈黴素。

ストロー[straw]〈名〉麥稈吸管。

ストロンチウム[strontium]〈名〉(化)鍶。

すな[砂]〈名〉沙。沙子。

すなあらし[砂嵐]〈名〉沙暴。

すなお[素直]〈形動〉①天真。純樸。②老實。誠摯。③工整。純正。

すなけむり[砂煙]〈名〉沙塵。塵土。

すなち[砂地]〈名〉沙地。

スナック[snack]〈名〉快餐舘。

スナッチ[snatch]〈名〉(舉重)抓舉。

スナップ[snap]〈名〉①摁扣。子母扣。②

(棒球)甩腕急球。③(攝影)快拍。

すなどけい[砂時計]〈名〉計時沙漏。

すなば[砂場]〈名〉①沙地。②沙坑。沙池。

すなはま[砂浜]〈名〉沙灘。

すなぼこり[砂埃]〈名〉沙塵。

すなやま[砂山]〈名〉沙丘。

すなわち[即ち]〈接〉即。就是。

スニーカー[sneakers]〈名〉(膠底布面)輕便鞋。

すね[脛]〈名〉脛。小腿。

すねあて[脛当]〈名〉護腿。

すねかじり[脛囓り]〈名〉靠父母生活的人。

す・ねる[拗ねる]〈自下一〉乖戾。鬧彆扭。

ずのう[頭脳]〈名〉頭腦。

スノータイヤ[snow tire]〈名〉防滑輪胎。

スノッブ[snob]〈名〉勢利小人。

すのもの[酢の物]〈名〉醋拌涼菜。

スパーク[spark]〈名〉火花。

スパイ[spy]〈名〉間諜。偵探。特務。

スパイク[spike]〈名・他サ〉①釘子鞋。跑鞋。②跑鞋的釘子。③(排球)扣球。扣殺。

スパイス[spice]〈名〉香料。

スパゲッティ[spaghetti]〈名〉意大利實心麵。

すばこ[巣箱]〈名〉巢箱。

すばしこ・い〈形〉敏捷。靈活。

すぱすぱ〈副〉①(吸煙)吧嗒吧嗒。②(處理事物)麻利。爽快。

ずばずば〈副〉毫不客氣。直言不諱。

すはだ[素肌]〈名〉①不施脂粉的皮膚。②不穿貼身衣服。

すはだか[素裸]〈名〉裸體。一絲不掛。

スパナ[spanner]〈名〉扳子。扳手。

ずばぬ・ける[ずば抜ける]〈自下一〉拔尖。超群。出衆。出類拔萃。

すばや・い[素早い]〈形〉敏捷。麻利。靈活。

すばらし・い[素晴らしい]〈形〉①極美。極好。盛大。②非常。驚人。

ずばり〈副〉①喀嚓一聲(切斷)。②直截了當。一針見血。開門見山。

すばる[昴]〈名〉(天)昴。昴宿。

スパルタしき[スパルタ式]〈名〉斯巴達式(教育)。

ずはん[図版]〈名〉插圖。

スピーカー[speaker]〈名〉擴音器。揚聲器。

スピーチ[speech]〈名〉講話。演說。致詞。

スピード[speed]〈名〉①速度。②迅速。快速。

スピッツ[Spitz]〈名〉(長毛白色)哈巴狗。獅子狗。

ずひょう[図表]〈名〉圖表。

ずぶ〈名〉(俗)完全。徹頭徹尾。

スフィンクス[Sphinx]〈名〉①(埃及的)獅身人面像。②(希臘神話)斯芬克斯。

スプーン[spoon]〈名〉湯匙。杓。

すぶた[酢豚]〈名〉咕咾肉。糖醋裏脊。

ずぶと・い[図太い]〈形〉①厚臉皮。厚顏無恥。②膽大。

ずぶぬれ[ずぶ濡れ]〈名〉淋透。濕透。

ずぶりと〈副〉猛地(一刺)。

スプリング[spring]〈名〉①彈簧。②春天。③跳躍。

スプリングボード[spring board]〈名〉(游泳、跳水)跳板。跳台。

スプレー[spray]〈名〉噴霧器。

すべ[術]〈名〉方法。手段。

ずべ[術]〈名〉少年女流氓。

スペア[spare]〈名〉①備件。備品。②剩餘。

スペース[space]〈名〉①空白。②空地。場所。

スペード[spade]〈名〉(撲克)黑桃。

スペクトル[spectre]〈名〉光譜。波譜。

スペシャル[special]Ⅰ〈形動〉①特別。特殊。②專門。Ⅱ〈造語〉特別。特製。

すべすべ〈副・自サ〉光滑。滑溜。

すべて[総て]〈名・副〉全部。一切。

すべら・す[滑らす]〈他五〉滑。

すべりこ・む[滑り込む]〈自五〉①滑進。溜進。②開進。

すべりだい[滑り台]〈名〉滑梯。

すべりだし[滑り出し]〈名〉①開始滑。滑起來。②開端。開頭。

すべりひゆ[滑莧・馬歯莧]〈名〉(植)馬齒莧。

スペリング[spelling]〈名〉拼字。拼字法。

すべ・る[滑る]〈自五〉①滑。滑行。②發滑。滑溜。③滑倒。④下台。⑤没考上。⑥走嘴。

ずべ・る〈自五〉(俗)懶惰。要滑。

スポイト[spuit]〈名〉吸管。

スポーク[spoke]〈名〉車輻。輻條。

スポークスマン[spokesman]〈名〉發言人。

スポーツ[sports]〈名〉體育。運動。

スポーツマン[sportsman]〈名〉運動員。

ずぼし[図星]〈名〉①靶心。②心事。要害。

スポットライト[spotlight]〈名〉聚光燈。

すぼま・る[窄まる]〈自五〉收縮。越來越窄。

すぼ・める[窄める]〈他下一〉收縮。收攏。

ずぼら[名・形動]〈俗〉懶惰。懶散。鬆懈。吊兒郎當。

ズボン[jupon]〈名〉褲子。

スポンサー[sponsor]〈名〉①提供商業廣播節目的廣告户。②出資者。贊助者。

スポンジ[sponge]〈名〉海綿。

スマート[smart]〈形動〉瀟灑。時髦。俏皮。漂亮。

すまい[住い]〈名〉①房子。住宅。②寓所。住處。

すましや[澄まし屋]〈名〉裝模作樣的人。

すま・す[済ます]〈他五〉①做完。辦完。②還清。③湊合。將就。

すま・す[澄ます]〈他五〉①澄清。②(用「心を～」、「耳を～」、「目を～」的形式)專心。傾聽。凝視。③裝模作樣。若無其事。滿不在乎。

スマッシュ[smash]〈名・自サ〉扣球。扣殺。

すまな・い[済まない]〈連語〉對不起。

すみ[角・隅]〈名〉角。角落。犄角。旮旯。

すみ[炭]〈名〉炭。木炭。

すみ[墨]〈名〉墨。墨汁。

すみ[済み]〈名〉訖。完結。結束。

すみいか[墨烏賊]〈名〉深魚。烏賊。

すみいと[墨糸]〈名〉(木工)墨綫。

すみえ[墨絵]〈名〉水墨畫。

すみか[住処・家・栖]〈名〉①住處。住家。②巢穴。

すみこみ[住込み]〈名〉(被雇者)住在雇主家或工作現場。

すみずみ[隅隅]〈名〉各個角落。到處。

すみつ・く[住み着く]〈自五〉定居。落户。

すみっこ[隅っこ]〈名〉旮旯。

すみつぼ[墨壺]〈名〉(木工用)墨斗。

すみな・れる[住み慣れる]〈自下一〉住慣。

すみません[済みません]〈連語〉對不起。勞累。

すみやか[速やか]〈形動〉快。迅速。

すみれ[菫]〈名〉菫菜。紫花地丁。

すみれいろ[菫色]〈名〉深紫色。

すみわた・る[澄み渡る]〈自五〉晴空萬里。晴朗。

す・む[住む・棲む]〈自五〉①住。居住。②棲息。棲居。

す・む[済む]〈自五〉①結束。完了。②過得去。可以解決。

す・む[澄む]〈自五〉①澄清。清澈。②晶瑩。明亮。③清晰悦耳。

スムース[smooth]〈形動〉順利。流暢。

ずめん[図面]〈名〉圖紙。圖樣。

すもう[相撲]〈名〉相撲。

スモーカー[smoker]〈名〉吸煙者。

スモーキング[smoking]〈名〉吸煙。

スモッグ[smog]〈名〉煙霧。

すもも[李]〈名〉(植)李子。

スモンびょう[スモン病]〈名〉斯蒙病。亞急性脊髓視神經症。

すやき[素焼]〈名〉素陶。素燒(陶器)。

すやすや[副](睡得)安穩,香甜。

-すら[副助]連。甚至。尚且。

スライド[slide]〈名〉①幻燈。幻燈機。②計算尺。③(顯微鏡)載片。

ずら・す[他五]挪,錯開。岔開。

すらすら[副]流利。順利。通順。

スラックス[slacks]〈名〉女長褲。

スラブ[Slav]〈名〉斯拉夫(民族)。

スラム[slum]〈名〉貧民窟。

すらり[副]①苗條。細高挑兒。②順利地。③(拔刀)嗖地。

ずらり[副]一大串。一大排。

スラング[slang]〈名〉①俗語。俚語。②行話。黑話。

スランプ[slump]〈名〉①(經)暴落。暴跌。②(一時的)不振。

すり[刷]〈名〉印刷。印刷品。

すり[掏摸]〈名〉扒手。綹竊。

すりあし[摺足]〈名〉(走路)脚擦地皮。

すりあわ・せる[擦り合せる]〈他下一〉使…互相摩擦。

すりえ[擂餌]〈名〉磨碎的鳥餌。

ずりお・ちる[ずり落ちる]〈自上一〉滑落。滑掉。

すりか・える[摩り替える]〈他下一〉偷換。抵換。

すりガラス[磨ガラス]〈名〉毛玻璃。

すりきず[擦傷]〈名〉擦傷。磨傷。

すりきり[摺切り]〈名〉(盛得)平滿。

すりき・れる[擦り切れる]〈他下一〉磨斷。磨破。

すりこぎ[擂粉木]〈名〉擂槌。研磨棒。

すりこ・む[擦り込む]〈他五〉擦入。塗勻。

すりつ・ける[擦り付ける]〈他下一〉擦上。抹上。塗上。

スリッパ[slipper]〈名〉拖鞋。

スリップ[slip] Ⅰ〈名・自サ〉打滑。Ⅱ〈名〉長襯裙。

すりぬ・ける[摺り抜ける]〈自下一〉①擠過去。②蒙混過去。

すりばち[擂鉢]〈名〉擂鉢。研鉢。

すりへら・す[摩り減らす]〈他五〉磨損。磨耗。

すりへ・る[磨り減る]〈自五〉磨損。磨耗。

スリム[slim]〈形動〉瘦長。苗條。

すりむ・く[擦り剥く]〈他五〉磨破。蹭破。

すりよ・せる[擦り寄せる]〈他下一〉把…貼近。把…靠近。

すりよ・る[擦り寄る]〈自五〉貼近。靠近。偎近。

スリラー[thriller]〈名〉驚險(小說、電影等)。

スリル[thrill]〈名〉驚險。

する[擦る・摩る]〈他五〉划。擦。摩擦。

す・る[磨る・擂る]〈他五〉①磨。研。②耗盡(財物)。輸光。賠光。

す・る[刷る]〈他五〉印。印刷。

す・る[掏る]〈他五〉扒竊。綹竊。

する[為る] Ⅰ〈他サ〉①幹。做。搞。②做。當。Ⅱ〈自サ〉①值(多少錢)。②(時間)過。③(表示人的感覺)有(聲音、氣味等)。

ずる〈名〉①偷懶。②狡猾。奸猾。

ずる・い[狡い]〈形〉狡猾。奸猾。

ずる・ける[自下一]①偷懶。②要滑。

するする[副]①順利地。敏捷地。輕快地。②滑溜。③快。

ずるずる[副・自サ]①拖拉着。搭拉着。②拖延。拖拖拉拉。③滑溜。

すると[接]①於是。②這麼說。那麼說。

するどい[鋭い]〈形〉①銳利。鋒利。尖銳。②敏銳。靈活。

するめ[鯣]〈名〉乾魷魚。乾烏賊。

するりと[副]①刺溜一下(滑落)。②嗖地(逃脫、躲開)。

ずれ〈名〉交錯。分歧。不齊。不吻合。

スレート[slate]〈名〉①石板。②石棉瓦。

すれすれ[擦れ擦れ]〈名〉①幾乎要觸上。差一點碰上。②逼近。③勉勉强强。差一點就。

すれちが・う[擦れ違う]〈自五〉①錯過。擦過。走兩岔。②錯車。

すれっからし[擦れっ枯らし]〈名〉①老世故。老江湖。老油子。②厚臉皮。

す・れる[擦れる・摩れる・磨れる]〈自下一〉①磨。摩擦。②磨損。磨破。③油滑。世故。

ず・れる〈自下一〉①錯位。②離題。

スローガン[slogan]〈名〉標語。口號。

スロージン[sloe gin]〈名〉黑刺李酒。

ズロース[drawers]〈名〉女用內褲。女用褲衩。

スロープ[slope]〈名〉①斜面。斜坡。②斜

度。坡度。

スワール[swirl]〈名〉髮捲。帶捲的頭髮。

すわり[座り]〈名〉①坐。②(物體的)穩度。

すわりこみ[座り込み]〈名〉①靜坐。②靜坐示威。

すわりこ・む[座り込む]〈自五〉①靜坐。②靜坐示威。

すわ・る[座る]〈自五〉①坐。②擱淺。

すん[寸]〈名〉①寸。②尺寸。長度。

すんいん[寸陰]〈名〉寸陰。

すんか[寸暇]〈名〉寸暇。

ずんぐり〈副・自サ〉矮胖。胖墩墩。

すんげき[寸劇]〈名〉短劇。

すんし[寸志]〈名〉(謙)寸心。小意思。

すんじ[寸時]〈名〉片刻。

ずんずん〈副〉迅速。順利。

すんぜん[寸前]〈名〉①跟前。附近。②即將…之前。眼看就要…之時。

すんだん[寸断]〈名・他サ〉寸斷。

すんてつ[寸鉄]〈名〉寸鐵。

すんなり Ⅰ〈自サ〉苗條。纖細。細長。Ⅱ〈副〉輕易地。輕快地。順利地。

すんぴょう[寸評]〈名・他サ〉短評。

すんぶん[寸分]〈副〉絲毫。

すんぽう[寸法]〈名〉尺寸。尺碼。

せ セ

せ[背]〈名〉①背。背脊。後背。②山脊。③後方。④個子。身長。身量。

せ[瀬]〈名〉①淺灘。②急流。③場所。立足之地。④機會。時機。

ぜ[是]〈名〉是。

せい[背]〈名〉個子。身長。身量。

せい[正]〈名〉①(數)正。正數。正號。②(理)正電。③正。正式。④正。正道。

せい[生]〈名〉①生。生長。生存。②生命。

せい[姓]〈名〉姓。姓氏。

せい[性]〈名〉①性。性慾。②性別。③本性。性情。

せい[聖]〈名・形動〉聖。神聖。

せい[静]〈名〉静。

せい[精]〈名〉①精力。②精華。③精。精靈。

せい[所為]〈名〉原因。緣故。由於…。

-せい[世]〈接尾〉世。代。

-せい[制]〈接尾〉制。

-せい[製]〈接尾〉製。製造。

ぜい[税]〈名〉税。

ぜい[贅]〈名〉①贅。累贅。②奢侈。

せいあ[井蛙]〈名〉井蛙。井底之蛙。

せいあつ[制圧]〈名・他サ〉壓制。控制。鎮壓。

せいあん[成案]〈名〉正式方案。

せいい[誠意]〈名〉誠意。

せいいき[西域]〈名〉西域。

せいいき[声域]〈名〉音域。

せいいき[聖域]〈名〉聖域。神聖的地方。

せいいく[生育]〈名・自他サ〉生育。繁殖。

せいいく[成育]〈名・自サ〉成長。發育。

せいいっぱい[精一杯]〈副〉竭盡全力。

せいいん[成因]〈名〉成因。

せいいん[成員]〈名〉成員。

せいう[晴雨]〈名〉晴雨。

せいうけい[晴雨計]〈名〉晴雨表。

セイウチ[sivuch]〈名〉(動)海象。

せいうん[青雲]〈名〉青雲。

せいうん[星雲]〈名〉星雲。

せいうん[盛運]〈名〉盛運。好運。紅運。

せいえい[精鋭]〈名・形動〉精鋭。

せいえい[清栄]〈名〉(書信用語)健康。幸福。

せいえき[精液]〈名〉精液。

せいえん[声援]〈名・他サ〉聲援。支持。助威。

せいえん[製塩]〈名〉製鹽。

せいおん[清音]〈名〉清音。

せいおん[静穏]〈名・形動〉安穩。平静。

せいか[正価]〈名〉實價。

せいか[正貨]〈名〉(經)正幣。本位貨幣。金銀貨幣。

せいか[正課]〈名〉正課。正式課程。必修課。

せいか[生花]〈名〉①生花。插花。②鮮花。

せいか[生家]〈名〉出生之家。

せいか[成果]〈名〉成果。成績。

せいか[声価]〈名〉聲價。聲譽。

せいか[青果]〈名〉菜蔬果品。

せいか[盛夏]〈名〉盛夏。

せいか[聖火]〈名〉聖火。

せいか[聖歌]〈名〉聖歌。

せいか[精華]〈名〉精華。

せいか[製菓]〈名〉製造糕點糖果。

せいかい[正解]〈名〉正解。正確的解答。

せいかい[政界]〈名〉政界。

せいかい[盛会]〈名〉盛會。

せいかいけん[制海権]〈名〉制海權。

せいかがく[生化学]〈名〉生物化學。

せいかく[正確]〈名・形動〉正確。

せいかく[性格]〈名〉性格。

せいかく[製革]〈名〉製革。

せいがく[声楽]〈名〉聲樂。

せいかつ[生活]〈名・自サ〉①生活。生計。②生長。

せいかっこう[背格好]〈名〉身材。身量。

せいかん[生還]〈名・自サ〉①生還。活着

回來。②(棒球)進壘。

せいかん[精悍]〈形動〉精悍。

せいかん[静観]〈名・他サ〉靜觀。

せいがん[請願]〈名・他サ〉①請願。②申請。請求。

ぜいかん[税関]〈名〉海關。

せいがんざい[制癌剤]〈名〉抗癌藥。

せいき[世紀]〈名〉世紀。時代。

せいき[正規]〈名・形動〉正規。正式。

せいき[生気]〈名〉生氣。生機。朝氣。

せいき[性器]〈名〉性器官。生殖器。

せいぎ[正義]〈名〉正義。

せいきゅう[性急]〈形動〉性急。急躁。

せいきゅう[請求]〈名・他サ〉請求。要求。索取。

せいきょ[逝去]〈名・自サ〉逝世。去世。

せいぎょ[制御]〈名・他サ〉控制。操縱。駕馭。

せいきょう[盛況]〈名〉盛況。

せいぎょう[正業]〈名〉正業。

せいぎょう[生業]〈名〉生業。維持生活的職業。

せいきょうと[清教徒]〈名〉清教徒。

せいきょく[政局]〈名〉政局。

せいきん[精勤]〈名・自サ〉勤奮。

ぜいきん[税金]〈名〉稅款。捐款。

せいく[成句]〈名〉成語。諺語。

せいくうけん[制空権]〈名〉制空權。

せいくらべ[背比べ]〈名・自サ〉比個兒。比身高。

せいくん[請訓]〈名・自サ〉請示。

せいけい[生計]〈名〉生計。

せいけい[西経]〈名〉西經。

せいけい[整形]〈名・他サ〉(醫)整形。

せいけつ[清潔]〈名・形動〉清潔。潔淨。乾淨。

せいけん[政見]〈名〉政見。

せいけん[政権]〈名〉政權。

せいげん[正弦]〈名〉正弦。

せいげん[制限]〈名・他サ〉限制。限度。界綫。

ぜいげん[税源]〈名〉稅源。

ぜいげん[贅言]〈名・自サ〉贅言。廢話。

せいご[正誤]〈名〉正誤。勘誤。

せいご[生後]〈名〉生後。出生以後。

せいご[成語]〈名〉成語。

せいこう[生硬]〈名・形動〉生硬。不流暢。

せいこう[成功]〈名・自サ〉成功。

せいこう[性交]〈名・自サ〉性交。

せいこう[性向]〈名〉性格。性情。

せいこう[性行]〈名〉品行。

せいこう[精巧]〈名・形動〉精巧。精緻。精妙。

せいこう[製鋼]〈名・自サ〉煉鋼。

せいこううどく[晴耕雨読]〈名・自サ〉晴耕雨讀。文人悠閑的田園生活。

せいこうほう[正攻法]〈名〉正面攻擊。正大光明的進攻。

ぜいこみ[税込み]〈名〉包括稅款在內。

せいこん[精根]〈名〉精力。

せいこん[精魂]〈名〉全部精力。心血。

せいざ[正座]〈名・自サ〉正坐。端坐。

せいざ[星座]〈名〉星座。

せいざ[静座]〈名・自サ〉靜坐。

せいさい[正妻]〈名〉正妻。正室。

せいさい[生彩・精彩]〈名〉精彩。生動。

せいさい[制裁]〈名・他サ〉制裁。

せいざい[製材]〈名・自サ〉製材。木材加工。

せいさく[政策]〈名〉政策。

せいさく[製作・制作]〈名・他サ〉製作。製造。創作。

せいさつよだつ[生殺与奪]〈名〉生殺與奪。

せいさん[生産]〈名・他サ〉生產。

せいさん[成算]〈名〉把握。

せいさん[凄惨]〈名・形動〉凄慘。

せいさん[清算]〈名・他サ〉清算。清理。結算。

せいさん[精算]〈名・他サ〉精算。細算。

せいざん[青山]〈名〉青山。

せいざん[生残]〈名・自サ〉沒死(的人)。倖存(者)。

せいさんカリ[青酸カリ]〈名〉氰酸鉀。

せいし[正視]〈名・他サ〉正視。

せいし[生死]〈名〉生死。死活。

せいし[制止]〈名・他サ〉制止。

せいし[精子]〈名〉精子。精蟲。

せいし[製糸]〈名・自サ〉①繅絲。②紡紗。

せいじ[製紙]〈名・自サ〉造紙。

せいし[誓詞]〈名〉誓詞。誓言。

せいし[静止]〈名・自サ〉静止。

せいじ[青磁]〈名〉青瓷。

せいじ[政治]〈名〉政治。

せいしえいせい[静止衛星]〈名〉同步衛星。

せいしき[正式]〈名・形動〉正式。正規。

せいしつ[性質]〈名〉①性質。特性。②性格。性情。

せいじつ[誠実]〈名・形動〉誠實。

せいじつ[聖日]〈名〉(基督教)聖日。安息日。

せいじゃ[正邪]〈名〉正邪。善惡。

せいじゃ[聖者]〈名〉聖者。聖人。

せいじゃく[静寂]〈名・形動〉寂静。沉寂。沉静。

ぜいじゃく[脆弱]〈名・形動〉脆弱。虚弱。

せいしゅ[清酒]〈名〉清酒。日本酒。

ぜいしゅう[税収]〈名〉稅收。

せいしゅく[静粛]〈名・形動〉肅静。

せいじゅく[成熟]〈名・自サ〉成熟。

せいしゅん[青春]〈名〉青春。

せいじゅん[清純]〈名・形動〉純潔。純真。

せいしょ[清書]〈名・他サ〉謄寫。清寫。

せいしょ[聖書]〈名〉聖經。

せいしょう[斉唱]〈名・他サ〉齊唱。

せいしょう[政商]〈名〉勾結政客的商人。

せいじょう[正常]〈名・形動〉正常。

せいじょう[政情]〈名〉政情。

せいじょう[清浄]〈名・形動〉清淨。清潔。

せいじょうき[星条旗]〈名〉(美國國旗)星條旗。

せいしょうねん[青少年]〈名〉青少年。

せいしょく[生殖]〈名・他サ〉生殖。繁殖。

せいしょく[聖職]〈名〉聖職。神職。

せいしん[清新]〈名・形動〉清新。

せいしん[精神]〈名〉精神。

せいじん[成人]〈名〉成人。

せいじん[聖人]〈名〉聖人。

せいしんせいい[誠心誠意]〈副〉誠心誠意。真心實意。

せいじんのひ[成人の日]〈名〉(一月十五日日本的)成人節。

せいず[星図]〈名〉星圖。

せいず[製図]〈名・他サ〉製圖。繪圖。繪製。

せいすい[盛衰]〈名〉盛衰。興衰。

せいずい[精髄]〈名〉精髓。精華。精粹。

せいすう[正数]〈名〉(數)正數。

せいすう[整数]〈名〉(數)整數。

せい・する[制する]〈他サ〉①制止。禁止。②控制。③抑制。節制。④制定。

せいせい[清清]〈副・自サ〉清爽。爽快。痛快。

せいせい[精製]〈名・他サ〉精製。精煉。

せいぜい[精精]〈副〉①盡量。盡力。②充其量。最多不過。

ぜいせい[税制]〈名〉稅制。

せいせいどうどう[正正堂堂]〈形動〉①正正堂堂。光明正大。②堂堂。威風凜凜。

せいせき[成績]〈名〉成績。

せいせつ[正接]〈名〉(數)正切。

せいぜつ[凄絶]〈名・形動〉非常激烈。非常悽惨。殊死。

せいせっかい[生石灰]〈名〉生石灰。

せいせん[生鮮]〈形動〉生鮮。新鮮。

せいせん[精選]〈名・他サ〉精選。

せいぜん[生前]〈名〉生前。

せいぜん[整然]〈形動〉整齊。井然。

せいそ[清楚]〈形動〉素淨。樸素。清秀。

せいそう[政争]〈名〉政爭。政治鬥爭。爭權奪利。

せいそう[清掃]〈名・他サ〉清掃。打掃。

せいそう[盛装]〈名・自サ〉盛装。

せいぞう[製造]〈名・他サ〉製造。

せいそう[礼装]〈名〉(禮裝)正式服裝。

せいそうけん[成層圏]〈名〉(氣象)平流層。同温層。

せいそく[生息・棲息]〈名・自サ〉生息。棲息。

せいぞろい[勢揃い]〈名・自サ〉聚齊。聚集。集合。

せいぞん[生存]〈名・自サ〉生存。

せいぞんきょうそう[生存競争]〈名〉生存門爭。

せいたい[生体]〈名〉(動物的)活體。

せいたい[生態]〈名〉生態。

せいたい[声帯]〈名〉聲帶。

せいたい[政体]〈名〉政體。

せいたい[静態]〈名〉靜態。

せいだい[正大]〈形動〉正大。

せいだい[盛大]〈形動〉盛大。隆重。

せいだく[清濁]〈名〉①清濁。②清音和濁音。③好人和壞人。

ぜいたく[贅沢]〈名・形動〉①奢侈。奢華。②過分。

せいたん[生誕]〈名・自サ〉誕生。

せいだん[星団]〈名〉(天)星團。

せいたんさい[聖誕祭]〈名〉聖誕節。

せいち[生地]〈名〉出生地。

せいち[聖地]〈名〉聖地。

せいち[精緻]〈名・形動〉精緻。精細。精密。

せいち[整地]〈名・他サ〉整地。平整土地。

ぜいちく[筮竹]〈名〉筮竹。占卜竹籤。

せいちゃ[製茶]〈名〉製茶。

せいちゅう[成虫]〈名〉成蟲。

せいちゅう[掣肘]〈名・他サ〉制肘。牽制。限制。

せいちゅう[精虫]〈名〉精蟲。精子。

せいちょう[生長・成長]〈名・自サ〉生長。成長。

せいちょう[性徴]〈名〉(性別的特徵)性徵。

せいちょう[清聴]〈名・他サ〉(敬)聽。

せいつう[精通]〈名・自サ〉精通。

せいてい[制定]〈名・他サ〉制定。

せいてき[性的]〈形動〉①性的。性慾的。②性別上的。

せいてき[政敵]〈名〉政敵。

せいてき[静的]〈形動〉靜的。靜態的。

せいてつ[製鉄]〈名〉煉鐵。

せいてん[青天]〈名〉青天。

せいてん[盛典]〈名〉盛典。

せいてん[聖典]〈名〉聖典。經典。

せいでんき[静電気]〈名〉靜電。

せいてんのへきれき[青天の霹靂]〈連語〉晴天霹靂。

せいてんはくじつ[青天白日]〈名〉①光天化日。②光明磊落。清白無罪。

せいと[生徒]〈名〉(中、小)學生。

せいど[制度]〈名〉制度。

せいど[精度]〈名〉精密度。精確度。準確度。

せいとう[正当]〈名・形動〉正當。

せいとう[正統]〈名〉正統。

せいとう[政党]〈名〉政黨。

せいとう[精糖]〈名〉精糖。

せいどう[正道]〈名〉正道。

せいどう[制動]〈名・他サ〉制動。

せいどう[青銅]〈名〉青銅。

せいどう[精銅]〈名〉精銅。

せいどく[精読]〈名・他サ〉精讀。細讀。

せいとん[整頓]〈名・他サ〉整理。收拾。拾掇。

せいなん[西南]〈名〉西南。

せいなんせい[西南西]〈名〉西西南。

ぜいにく[贅肉]〈名〉①肉瘤。②虛胖。

せいねん[生年]〈名〉生年。

せいねん[成年]〈名〉成年。

せいねん[青年]〈名〉青年。

せいのう[性能]〈名〉性能。

せいは[制覇]〈名・自サ〉①稱霸。②得冠軍。

せいはい[成敗]〈名〉成敗。

せいばい[成敗]〈名・他サ〉懲罰。懲治。懲處。

せいはく[精白]〈名・他サ〉(把米磨成)精白。

せいばつ[征伐]〈名・他サ〉征伐。討伐。

せいはん[正犯]〈名〉正犯。主犯。

せいはん[製版]〈名〉製版。

せいはんたい[正反対]〈名・形動〉正相反。完全相反。

せいひ[成否]〈名〉成否。成敗。

せいび[整備]〈名・自他サ〉修整。維修。保養。

せいひょう[製氷]〈名・自サ〉製冰。

せいびょう[性病]〈名〉性病。花柳病。

せいひれい[正比例]〈名・自サ〉(數)(成)正比。(成)正比例。

せいひん[清貧]〈名〉清貧。

せいひん[製品]〈名〉製品。産品。成品。

せいふ[正負]〈名〉(數)正負。

せいふ[政府]〈名〉政府。

せいぶ[西部]〈名〉西部。

せいふく[制服]〈名〉制服。

せいふく[征服]〈名・他サ〉征服。

せいぶつ[生物]〈名〉生物。

せいぶつ[静物]〈名〉静物。

ぜいぶつ[贅物]〈名〉贅物。累贅。多餘的東西。

せいふん[製粉]〈名・他サ〉磨麵。

せいぶん[正文]〈名〉正文。

せいぶん[成分]〈名〉成份。

せいぶん[成文]〈名〉成文。

せいへい[精兵]〈名〉精兵。

せいへき[性癖]〈名〉癖性。毛病。

せいべつ[性別]〈名〉性別。

せいへん[正編]〈名〉正編。

せいへん[政変]〈名〉①政變。②更換内閣。

せいぼ[生母]〈名〉生母。親娘。

せいぼ[聖母]〈名〉聖母。

せいぼ[歳暮]〈名〉①歳暮。年末。②(用「お～」的形式)年終禮品。

せいほう[西方]〈名〉西方。西邊。

せいほう[製法]〈名〉製法。做法。

せいぼう[声望]〈名〉聲望。名望。

せいぼう[制帽]〈名〉制帽。

ぜいほう[税法]〈名〉税法。

せいほうけい[正方形]〈名〉正方形。

せいほく[西北]〈名〉西北。

せいほくせい[西北西]〈名〉西北西。

せいほん[正本]〈名〉正本。

せいほん[製本]〈名・他サ〉装訂。

せいまい[精米]〈名・他サ〉①精米。白米。②碾米。舂米。

せいみつ[精密]〈名・形動〉精密。精確。

せいむ[政務]〈名〉政務。

ぜいむ[税務]〈名〉税務。

せいめい[生命]〈名〉生命。性命。

せいめい[声明]〈名〉聲明。

せいめい[姓名]〈名〉姓名。

せいめい[清明]〈名〉清明(節)。

せいめん[生面]〈名〉①生面。別開生面。②初次見面。

せいもん[正門]〈名〉正門。

せいもん[声紋]〈名〉(理)聲波紋。

せいやく[制約]〈名・他サ〉①制約。限制。②必要條件。

せいやく[製薬]〈名〉製薬。

せいやく[誓約]〈名〉誓約。

せいやく[成約]〈名・自サ〉訂立合同。

せいゆ[精油]〈名・自サ〉①精油。精煉油。②提煉石油。煉好的石油。

せいゆう[声優]〈名〉①配音演員。②廣播劇演員。

せいよ[声誉]〈名〉聲譽。名望。

せいよう[西洋]〈名〉西洋。歐美。

せいよう[静養]〈名・自サ〉静養。休養。

せいよう[整容]〈名・自サ〉整容。

せいよく[性欲]〈名〉性慾。

せいらい[生来]〈副〉①生來。天生。②有生以來。

せいり[生理]〈名〉①生理。②月經。

せいり[整理]〈名・他サ〉整理。清理。收拾。

せいりつ[成立]〈名・自サ〉成立。完成。

ぜいりつ[税率]〈名〉税率。

せいりゃく[政略]〈名〉①政治策略。②策略。手段。

せいりゅう[清流]〈名〉清流。清溪。

せいりゅう[整流]〈名・他サ〉(電)整流。

せいりょう[声量]〈名〉聲量。音量。

せいりょう[清涼]〈名・形動〉清涼。涼爽。

せいりょく[勢力]〈名〉勢力。

せいりょく[精力]〈名〉精力。

せいるい[声涙]〈名〉聲淚。

せいれい[政令]〈名〉政令。

せいれい[精励]〈名・自サ〉勤奮。勤勉。

せいれき[西暦]〈名〉西曆。公曆。

せいれつ[整列]〈名・自サ〉排隊。排列。

せいれん[清廉]〈名・形動〉清廉。

せいれん[精錬・製錬]〈名・他サ〉精煉。提煉。

せいろう[蒸籠]〈名〉蒸籠。籠屜。

せいろう[晴朗]〈名・形動〉晴朗。

せいろん[正論]〈名〉正論。

ゼウス[Zeus]〈名〉(希臘神話中的主神)宙斯。

セーター[sweater]〈名〉毛衣。

セービンワクチン[Sabin vaccine]〈名〉(預防小兒麻痺的)切賓氏疫苗。

セーフ[safe]〈名〉①安全。保險。②(棒球)安全進壘。

セーラーふく[セーラー服]〈名〉水兵服。水手服。水兵式女校服。

セール[sale]〈名〉賤賣。大減價。

セールスマン[salesman]〈名〉推銷員。

せお・う[背負う]〈他五〉①背。擔負。②擔負。

せおよぎ[背泳]〈名〉仰泳。

せかい[世界]〈名〉世界。

せかいかん[世界観]〈名〉世界觀。

せか・す[急かす]〈他五〉催。催促。

せかせか〈副・自サ〉急急忙忙。慌慌張張。

せかっこう[背格好]〈名〉→せいかっこう。

ぜがひでも[是が非でも]〈連語〉務必。一定。無論如何。

せが・む〈他五〉央求。纏磨。

せがれ[倅]〈名〉①(謙)犬子。小兒。②(蔑稱)小子。小崽子。

セカンド[second]〈名〉①第二。次等。②(棒球)二壘手。

せき[咳]〈名〉咳嗽。

せき[堰]〈名〉堤壩。攔河壩。

せき[席]〈名〉①座位。座席。②座墊。③(集會)的場所。場合。

せき[積]〈名〉①(數)積。乘積。②面積。體積。③積累。

せき[籍]〈名〉①戶籍。②(學校、團體等的)籍。

せき[関]〈名〉關。關口。關卡。關隘。

-せき[石]〈接尾〉(鑽石數)鑽。

-せき[隻]〈接尾〉隻。艘。

せきあく[積悪]〈名〉積惡。作惡多端。罪惡累累。

せきい・る[咳き入る]〈自五〉咳嗽不止。劇烈咳嗽。

せきうん[積雲]〈名〉積雲。

せきえい[石英]〈名〉石英。

せきがいせん[赤外線]〈名〉紅外線。

せきがく[碩学]〈名〉碩學。碩儒。鴻儒。

せきぐん[赤軍]〈名〉紅軍。

せきこ・む[咳き込む]〈自五〉咳嗽不止。

せきこ・む[急き込む]〈自五〉着急。焦急。

せきさい[積載]〈名・他サ〉裝載。

せきざい[石材]〈名〉石材。石料。

せきさん[積算]〈名・他サ〉①累積。②(預算的)精確計算。

せきさんでんりょくけい[積算電力計]〈名〉電表。電度表。瓦特計。

せきじ[席次]〈名〉席次。座次。位次。名次。

せきじつ[昔日]〈名〉昔日。往日。

せきじゅうじ[赤十字]〈名〉紅十字。

せきしゅつ[析出]〈名・自サ〉析出。

せきじゅん[石筍]〈名〉石筍。

せきじゅん[席順]〈名〉座次。席次。

せきしょ[関所]〈名〉關卡。

せきじょう[席上]〈名〉①席上。席間。②會議上。

せきしょく[赤色]〈名〉紅色。

せきずい[脊髄]〈名〉脊髓。

せきせつ[積雪]〈名〉積雪。

せきぞう[石造]〈名〉石造。用石頭建造。

せきぞう[石像]〈名〉石像。

せきた・てる[急き立てる]〈他下一〉催促。催趕。

せきたん[石炭]〈名〉煤。煤炭。

せきちく[石竹]〈名〉(植)石竹。

せきちゅう[脊柱]〈名〉脊柱。

せきつい[脊椎]〈名〉脊椎。

せきとう[石塔]〈名〉石塔。

せきどう[赤道]〈名〉赤道。

せきと・める[塞き止める]〈他下一〉堵住。攔住。

せきとり[関取]〈名〉(相撲級別之一)關取。

せきにん[責任]〈名〉責任。職責。

せきねん[積年]〈名〉積年。多年。

せきのやま[関の山]〈名〉至多。充其量。最大限度。

せきはい[惜敗]〈名・自サ〉輸得可惜。

せきばく[寂寞]〈名・形動〉寂寞。悽涼。

せきばらい[咳払い]〈名・自サ〉乾咳嗽。假咳嗽。淨嗓。

せきばん[石版]〈名〉石版。

せきひ[石碑]〈名〉石碑。

せきひん[赤貧]〈名〉赤貧。

せきふ[石斧]〈名〉石斧。

せきぶつ[石仏]〈名〉石佛。

せきふだ[席札]〈名〉(宴會等)座位名簽。

せきぶん[積分]〈名〉(數)積分。

せきへい[積弊]〈名〉積弊。

せきべつ[惜別]〈名〉惜別。

せきぼく[石墨]〈名〉石墨。

せきまつ[席末]〈名〉末席。末座。

せきむ[責務]〈名〉職責。責任和義務。

せきめん[石綿]〈名〉石棉。

せきめん[赤面]〈名・自サ〉臉紅。害羞。

せきゆ[石油]〈名〉石油。

セキュリティーカウンシル[Security Council]〈名〉(聯合國)安理會。

せきらら[赤裸裸]〈形動〉①赤裸裸。赤身。②赤裸裸。毫不掩飾。

せきらんうん[積乱雲]〈名〉積雨雲。雷雨雲。

せきり[赤痢]〈名〉赤痢。痢疾。

せきりょう[席料]〈名〉場租費。

せきりん[赤燐]〈名〉赤磷。紅磷。

せきれい[鶺鴒]〈名〉鶺鴒。

せきわけ[関脇]〈名〉(相撲級別之一)關脇。

せ・く[急く]〈自五〉急。着急。焦急。

せ・く[咳く]〈自五〉咳嗽。

セクシー[sexy]〈形動〉色情的。肉慾的。

セクシュアル[sexual]〈名・形動〉兩性的。性生活的。

セクショナリズム[sectionalism]〈名〉宗派主義。本位主義。地方主義。

セクション[section]〈名〉①部分。②部門。③區域。④科。節。項。⑤(報紙、雜誌的)欄。

セクト[sect]〈名〉宗派。黨派。學派。

せけん[世間]〈名〉①世上。社會。世人。②交遊。

せこ[世故]〈名〉世故。

せし[セ氏]〈名〉攝氏(温度)。

せじ[世事]〈名〉世事。

せじ[世辞]〈名〉奉承。拍馬。恭維。

セシウム[cesium]〈名〉(化)銫。

せし・める[他下一]攫取。搶奪。

せしゅう[世襲]〈名・他サ〉世襲。

せじょう[世上]〈名〉世上。世間。社會。

せじょう[世情]〈名〉世情。社會情況。

せじん[世人]〈名〉世人。

せすじ[背筋]〈名〉脊樑。

ゼスチュア[gesture]〈名〉①手勢。姿勢。②姿態。姿態。

ぜせい[是正]〈名・他サ〉改正。糾正。矯正。

ぜせこまし・い[形]①窄小。擠得慌。②小氣。心胸狹窄。

ぜぜひひ[是是非非]〈名〉公正。是即是非即非。

せせらぎ〈名〉小溪。

せせらわら・う[せせら笑う]〈他五〉嘲笑。譏笑。冷笑。

せそう[世相]〈名〉世道。世態。社會情況。

せぞく[世俗]〈名〉世俗。

せたい[世帯]〈名〉家庭。戶。

せたい[世態]〈名〉世態。

せだい[世代]〈名〉世代。一代人。

せたけ[背丈]〈名〉身高。身長。身量。

せちがらい[世知辛]〈形〉①處世難。日子不好過。②斤斤計較。一點虧不吃。

せつ[節]〈名〉①時節。時候。②節操。③(詩、文的)節。段落。④(文法)分句。

せつ[切]〈形動〉誠懇。懇切。迫切。

せつ[説]〈名〉①説法。意見。主張。見解。②學説。③傳説。

せつえい[設営]〈名・他サ〉營建。籌建。準備。

ぜつえん[絶縁]〈名・自サ〉①(電)絕緣。②斷絕關係。

ぜっか[舌禍]〈名〉舌禍。口舌之禍。

せっかい[切開]〈名・他サ〉(醫)切開。開刀。

せっかい[石灰]〈名〉石灰。

せつがい[雪害]〈名〉雪災。

ぜっかい[絶海]〈名〉遠海。

せっかく[折角]〈副〉①特意。②難得。好不容易。③盡力。努力。

せっかち〈名・形動〉性急。急躁。

せっかん[折檻]〈名・他サ〉①痛責。責罵。②打罵。體罰。

せつがん[接岸]〈名・自サ〉(船、颱風等)靠岸。

せつがんレンズ[接眼レンズ]〈名〉目鏡。接目鏡。

せっき[石器]〈名〉石器。

せっきょう[説教]〈名・自サ〉①說教。教訓。教誨。②傳教。傳道。

ぜっきょう[絶叫]〈名・自サ〉大聲呼叫。

せっきょく[積極]〈名〉積極。

せっきん[接近]〈名・自サ〉接近。

せっく[節句]〈名〉節日。

ぜっく[絶句]〈名・自サ〉①(漢詩的)絶句。②(說到中途)說不出話來。③(演員)忘台詞。

セックス[sex]〈名〉①性。②性交。性慾。

せっくつ[石窟]〈名〉石窟。

せっけい[設計]〈名・他サ〉設計。規劃。

せっけい[雪渓]〈名〉雪溪。

ぜっけい[絶景]〈名〉絶景。

せっけいもんじ[楔形文字]〈名〉楔形文字。

せっけっきゅう[赤血球]〈名〉紅血球。

せっけん[石鹼]〈名〉肥皂。

せっけん[席巻]〈名・他サ〉席捲。

せっけん[接見]〈名・自サ〉接見。會見。

せつげん[雪原]〈名〉雪原。

せつげん[節減]〈名・他サ〉節減。節省。

ゼッケン[zechin]〈名〉(運動員佩帶的)號碼。

せっこう[斥候]〈名〉斥候。偵察兵。

せっこう[石膏]〈名〉石膏。

せつごう[接合]〈名・自他サ〉接合。接上。

ぜっこう[絶交]〈名・自サ〉絶交。斷交。

ぜっこう[絶好]〈名〉絶好。極好。

せっこつ[接骨]〈名・他サ〉接骨。

せっさく[拙作]〈名〉拙著。

せっさく[切削]〈名・他サ〉(金屬)切削。

せっさたくま[切磋琢磨]〈名・自サ〉切磋琢磨。

ぜっさん[絶賛]〈名・他サ〉高度讚揚。讚不絶口。

せっし[摂氏]〈名〉攝氏(溫度)。

せつじつ[切実]〈形動〉①迫切。切身。②懇切。誠懇。

せっしゃ[接写]〈名・他サ〉(攝影)近拍。特寫。

せっしゃくわん[切歯扼腕]〈名・自サ〉咬牙切齒。

せっしゅ[接種]〈名・他サ〉接種(疫苗)。

せっしゅ[摂取]〈名・他サ〉攝取。吸取。吸收。

せつじゅ[接受]〈名・他サ〉接受。受理。

せっしゅう[接収]〈名・他サ〉①接收。②沒收。徵用。

せつじょ[切除]〈名・他サ〉切除。

せっしょう[折衝]〈名・自サ〉交涉。談判。磋商。

せっしょう[殺生]Ⅰ〈名・他サ〉殺生。Ⅱ〈名・形動〉殘忍。殘酷。狠毒。

せっしょう[摂政]〈名〉攝政。

ぜっしょう[絶勝]〈名〉絶勝。絶佳。

せつじょうしゃ[雪上車]〈名〉踏雪車。

せっしょく[接触]〈名・自サ〉①觸。碰。接觸。②往來。交往。交際。

せっしょく[節食]〈名・自サ〉節食。節制飲食。

せつじょく[雪辱]〈名・自サ〉雪恥。

ぜっしょく[絶食]〈名・自サ〉絶食。不吃飯。

ぜっしょくりょうほう[絶食療法]〈名〉饑餓療法。

せっすい[節水]〈名〉節水。

せっ・する[接する]Ⅰ〈自サ〉①連接。②接到。③接待。④靠近。⑤(數)相切。Ⅱ〈他サ〉①接。接連。②使…挨上。使…靠近。

ぜっ・する[絶する]〈自サ〉①絶。盡。②超越。

せっせい[摂生]〈名・自サ〉攝生。養生。注意健康。

せっせい[節制]〈名・他サ〉節制。控制。

ぜっせい[絶世]〈名〉絶世。絶代。

せつせつ[切切]〈形動〉①痛切。②殷切。深切。

せっせと[副]勤奮地。勤懇地。拚命地。一個勁兒地。

せっせん[接戦]〈名・自サ〉①短兵相接。②(比賽)勢均力敵。

せっせん[接線]〈名〉(數)切綫。

せっせん[雪線]〈名〉(地)雪綫。

ぜっせん[舌戦]〈名〉舌戰。辯論。

せっそう[節操]〈名〉節操。

せつぞく[接続]〈名・自他サ〉連續。連接。銜接。

せっそくどうぶつ[節足動物]〈名〉節肢動物。

せったい[接待]〈名・他サ〉接待。招待。

ぜったい[絶対]〈名・副〉絶對。

ぜつだい[絶大]〈名・形動〉絶大。極大。

ぜったいぜつめい[絶体絶命]〈名・形動〉一籌莫展。走投無路。無可奈何。

せったく[拙宅]〈名〉(謙)寒舍。舍下。

せつだん[切断]〈名・他サ〉切斷。割斷。截斷。

ぜったん[舌端]〈名〉①舌端。舌尖。②舌鋒。

せっち[設置]〈名・他サ〉設置。

せっち[接地]〈名・自他サ〉(理)接地。

せっちゃく[接着]〈名・他サ〉黏着。粘結。

せっちゅう[折衷]〈名・他サ〉折衷。

せっちょ[拙著]〈名〉拙著。

ぜっちょう[絶頂]〈名〉①頂峰。最高峰。②頂點。極點。

せっつ・く[他五]催。催促。催逼。

せってい[設定]〈名・他サ〉①設定。假設。②設立。

せってん[接点・切点]〈名〉①(數)切點。②(電)接點。觸點。

せつでん[節電]〈名・自サ〉節電。

セット[set]Ⅰ〈名〉①(器物)一组。一套。一副。②佈景。③(電)接受機。④(球賽)

一局。Ⅱ〈名・他サ〉①調節。調整。②裝配。安裝。裝置。③梳整(髮型)。

せつど[節度]〈名〉節度。節制。

せっとう[窃盗]〈名・他サ〉盜竊。偷盜。

ぜっとう[絶倒]〈名・自サ〉絶倒。大笑。

せっとうご[接頭語]〈名〉接頭詞。

せっとく[説得]〈名・他サ〉說服。勸說。

せつな[利那]〈名〉剎那。瞬間。

せつな・い[切ない]〈形〉難過。難受。苦惱。痛苦。

せつなる[切なる]〈連体〉衷心。殷切。懇切。

せつに[切に]〈副〉懇切。深切。

せっぱ[説破]〈名・他サ〉駁倒。

せっぱく[切迫]〈名・自サ〉①迫近。逼近。②緊迫。急迫。③急促。

せっぱつま・る[切羽詰る]〈自五〉萬不得已。走投無路。

せっぱん[折半]〈名・他サ〉折半。平分。均攤。

ぜっぱん[絶版]〈名〉絶版。

せつび[設備]〈名〉設備。

せつびご[接尾語]〈名〉接尾詞。

ぜっぴつ[絶筆]〈名〉絶筆。

ぜっぴん[絶品]〈名〉①絶品。②佳作。

せっぷく[切腹]〈名・自サ〉剖腹自殺。

せつぶん[節分]〈名〉立春的前一天。

せっぷん[接吻]〈名・自サ〉接吻。親吻。

ぜっぺき[絶壁]〈名〉絶壁。峭壁。懸崖。

せつぼう[切望]〈名・他サ〉切望。渴望。熱望。

せっぽう[説法]〈名・自サ〉①(佛)說法。講經。②勸誡。規勸。

ぜつぼう[絶望]〈名・自サ〉絶望。

ぜっぽう[舌鋒]〈名〉舌鋒。

ぜつみょう[絶妙]〈名・形動〉絶妙。

ぜつむ[絶無]〈名・形動〉絶無。絶對沒有。

せつめい[説明]〈名・他サ〉說明。解釋。

ぜつめい[絶命]〈名・自サ〉絶命。死亡。

ぜつめつ[絶滅]〈名・自他サ〉滅絶。消滅。

せつもう[雪盲]〈名〉雪盲。

せつやく[節約]〈名・他サ〉節約。節省。

せつゆ[説諭]〈名・他サ〉教誨。訓誡。

せつり[摂理]〈名〉天意。天命。

せつりつ[設立]〈名・他サ〉設立。

ぜつりん[絶倫]〈名・形動〉絶倫。無比。

せつれつ[拙劣]〈名・形動〉拙劣。

せつわ[説話]〈名〉民間傳說。民間故事。

せとぎわ[瀬戸際]〈名〉關頭。

せとびき[瀬戸引]〈名〉搪瓷。

せなか[背中]〈名〉背。脊背。

ぜに[銭]〈名〉錢。

ぜにん[是認]〈名・他サ〉承認。同意。肯定。容忍。

ゼネスト[general strike]〈名〉總罷工。大罷工。

せのび[背伸び]〈名〉①伸腰。②蹺脚(够東西)。③逞能。逞強。

セパード[shepherd]〈名〉狼狗。警犬。軍用犬。

せばま・る[狭まる]〈自五〉變窄。縮小。縮短。

せば・める[狭める]〈他下一〉縮小。縮短。

せばんごう[背番号]〈名〉(運動員的)後背號碼。

せひ[施肥]〈名・自サ〉施肥。

ぜひ[是非]Ⅰ〈名〉是非。好壞。Ⅱ〈副〉務必。一定。無論如何。

セピア[sepia]〈名〉深棕色。

せひょう[世評]〈名〉社會上的評論。世人的議論。

せび・る〈他五〉央求。死乞白賴地要。

せびれ[背鰭]〈名〉(魚的)背鰭。

せびろ[背広]〈名〉西服。

せぶし[背節]〈名〉魚肉乾。乾鬆魚。

せぶみ[瀬踏み]〈名・自サ〉①用脚試探水深。②試探。刺探。

せぼね[背骨]〈名〉脊柱。脊樑骨。

せま・い[狭い]〈形〉①窄。狹窄。狹小。②狹隘。

せまくるし・い[狭苦しい]〈形〉非常狹窄。擠得慌。

せま・る[迫る]Ⅰ〈自五〉①迫近。逼近。臨近。Ⅱ〈他五〉強迫。強制。

せみ[蟬]〈名〉蟬。知了。

セミコロン[semicolon]〈名〉(標點符號)分號。

ゼミナール[Seminar]〈名〉習明納爾。課堂討論。研究班。

せむし[傴僂]〈名〉傴僂。駝背。羅鍋兒。

せめ[攻め]〈名〉進攻。攻擊。

せめ[責め]〈名〉①責任。任務。②拷打。折磨。

せめ・いる[攻め入る]〈自五〉進攻。攻入。衝進。衝入。

せめおと・す[攻め落す]〈他五〉攻陷。攻克。攻下。

せめく[責苦]〈名〉折磨。

せめさいな・む[責め苛む]〈他五〉苛責。虐待。折磨。

せめた・てる[責め立てる]〈他下一〉痛斥。緊逼。

せめて[副]哪怕。至少。最低。

せ・める[攻める]〈他下一〉攻。攻擊。攻打。進攻。

せ・める[責める]〈他下一〉責備。責難。

セメント[cement]〈名〉水泥。

ゼラチン[gelatine]〈名〉明膠。動物膠。

ゼラニウム[geranium]〈名〉(植)石辣紅。

せり[芹]〈名〉(植)水芹。

せり[競り]〈名〉①競爭。②拍賣。

せりあ・う[競り合う]〈他五〉激烈競爭。互相爭奪。

せりあ・げる[競り上げる]〈他下一〉爭ाੰ抬價。哄抬物價。

ゼリー[jelly]〈名〉①果子凍。果子醬。②軟膏式藥品。

せりいち[競市]〈名〉拍賣市場。

セリウム[cerium]〈名〉(化)鈰。

せりおと・す[競り落す]〈他五〉高價買到手。中標。

せりふ[台詞]〈名〉台詞。道白。

-せる[助動]〈接五段活用、サ變動詞未然形後〉①使。叫。讓。②任其。聽憑。

セル[serge]〈名〉斜紋嗶嘰。

セルフコントロール[self control]〈名〉①自制。自我克制。②自動控制。

セルフサービス[self service]〈名〉自我服務。自助。

セルフタイマー[self time]〈名〉①計時器。②(攝影)自拍器。

セルフディフエンス[self-defense]〈名〉①自衛。②(法)正當防衛。

セルロイド[celluloid]〈名〉(化)賽璐珞。假象牙。硝纖象牙。

セルロース[cellulose]〈名〉(化)纖維素。

セレナード[Serenade]〈名〉小夜曲。

セレニウム[selenium]〈名〉硒。

セレモニー[ceremony]〈名〉典禮。儀式。

セロ[cello]〈名〉(樂)大提琴。

ゼロ[zéro]〈名〉①零。零分。②完全没有。

セロテープ[cellotape]〈名〉透明膠。玻璃紙膠帶。

セロハン[cellophane]〈名〉玻璃紙。

セロリー[celery]〈名〉芹菜。

せろん[世論]〈名〉輿論。

せわ[世話]〈名〉①照看。照料。照管。照顧。關照。②介紹。推薦。斡旋。

せわし・い[忙しい]〈形〉忙。忙碌。忽忙。

せん[千]〈名〉千。

せん[先]〈名〉①先。以前。②領先。在前。

せん[栓]〈名〉①塞子。瓶塞。蓋兒。②(自來水等)龍頭。開關。③堵塞物。

せん[線]〈名〉①綫。②綫路。鐵路綫。③電綫。④路綫。方向。

せん[選]〈名〉選。

せん[詮]〈名〉①方法。辦法。②效果。效驗。③結果。結局。

-せん[錢]〈接尾〉(貨幣單位)分。

ぜん[全]〈接頭〉全。全體。整個。

ぜん[前]Ⅰ〈名〉前。以前。Ⅱ〈接頭・接尾〉前。

ぜん[善]〈名〉善。

ぜん[禅]〈名〉禪。

ぜん[膳]Ⅰ〈名〉①(吃飯時)放飯菜的方盤。食案。②(擺在食案上的)飯菜。Ⅱ〈接尾〉①(飯的碗數)碗。②(筷子的雙數)雙。

-ぜん[然]〈接尾〉像…一樣。

ぜんあく[善悪]〈名〉善惡。好歹。

せんい[戦意]〈名〉鬥志。

せんい[船医]〈名〉隨船醫生。

せんい[繊維]〈名〉纖維。

ぜんい[善意]〈名〉善意。

せんいき[戦域]〈名〉戰區。

ぜんいき[全域]〈名〉全地區。整個地區。

せんいつ[専一]〈名・形動〉專一。專心。

せんいん[船員]〈名〉船員。海員。

ぜんいん[全員]〈名〉全員。全體人員。

せんうん[戦雲]〈名〉戰雲。

せんえい[先鋭]〈名・形動〉①尖鋭。②激進。

せんえい[鮮鋭]〈形動〉清晰。清楚。

ぜんえい[前衛]〈名〉①前衛。先鋒。②(體)前鋒。

せんえき[戦役]〈名〉戰役。戰爭。

せんえつ[僭越]〈名・形動〉僭越。越分。冒昧。

せんおう[専横]〈名・形動〉專横。

ぜんおん[全音]〈名〉(樂)全音。

せんか[戦火]〈名〉戰火。

せんか[戦果]〈名〉戰果。

せんか[戦禍]〈名〉戰禍。

せんが[線画]〈名〉綫條畫。

せんか[前科]〈名〉前科。

せんかい[旋回]〈名・自サ〉迴旋。盤旋。

せんがい[選外]〈名〉落選。未入選。

ぜんかい[全快]〈名・自サ〉痊愈。

ぜんかい[全開]〈名・他サ〉全開。完全打開。

ぜんかい[全壊]〈名・自サ〉全壞。全毀。

ぜんかい[前回]〈名〉上回。上次。

せんがく[浅学]〈名〉淺學。學識淺薄。

ぜんがく[全額]〈名〉全額。全數。

ぜんがく[前額]〈名〉前額。

せんかくしゃ[先覚者]〈名〉先覺者。先知者。

せんかた[詮方]〈名〉方法。辦法。

せんかん[戦艦]〈名〉戰艦。

せんがん[洗眼]〈名・自サ〉洗眼。

せんがん[洗顔]〈名・自サ〉洗臉。

ぜんかん[全巻]〈名〉全卷。整卷。

せんき[戦記]〈名〉①戰事記録。戰史。②比賽記録。

せんき[戦機]〈名〉戰機。

せんき[疝気]〈名〉(醫)疝氣。

せんぎ[詮議]〈名・他サ〉①評議。審議。②審訊。

ぜんき[前記]〈名〉上述。上列。前面寫的。

ぜんき[前期]〈名〉前期。

せんきゃく[先客]〈名〉先來的客人。

せんきゃく[船客]〈名〉乘船旅客。

せんきゃくばんらい[千客万来]〈名・自サ〉客人絡繹不絕。

せんきょ[占拠]〈名・他サ〉佔據。

せんきょ[選挙]〈名・他サ〉選舉。

せんぎょ[鮮魚]〈名〉鮮魚。

せんきょう[仙境]〈名〉仙境。

せんきょう[戦況]〈名〉戰況。

せんぎょう[専業]〈名〉①專業。②壟斷經營。

せんきょうし[宣教師]〈名〉傳教士。

せんきょく[戦局]〈名〉戰局。

せんきょく[選局]〈名・自サ〉(收音機等)選台。

せんぎり[千切り]〈名〉(切成)細絲。

せんきん[千金]〈名〉千金。

せんきん[千鈞]〈名〉千鈞。

ぜんきん[前金]〈名〉預付款。

せんく[先駆]〈名〉先驅。

せんぐ[船具]〈名〉船具。

せんく[先駆]〈名〉先驅。

せんくち[先口]〈名〉先預約。先申請。

せんぐんばんば[千軍万馬]〈名〉①千軍萬馬。②身經百戰。

ぜんけい[全景]〈名〉全景。

ぜんけい[前景]〈名〉前景。

ぜんけい[前掲]〈名・他サ〉上列。上述。

せんけつ[先決]〈名・他サ〉先決。首先決定。

せんけつ[鮮血]〈名〉鮮血。

せんげつ[先月]〈名〉上月。上個月。

ぜんげつ[前月]〈名〉①上月。上個月。②前一個月。

せんけん[先見]〈名〉先見。預見。

せんけん[先遣]〈名〉先遣。

せんけん[先験]〈名〉先驗。

せんけん[浅見]〈名〉淺見。

せんげん[宣言]〈名・他サ〉宣言。宣告。宣佈。

ぜんけん[全権]〈名〉全權。

ぜんげん[前言]〈名〉前言。

ぜんげん[漸減]〈名・自サ〉逐漸減少。

ぜんけんたいし[全権大使]〈名〉全權大使。

せんげんばんご[千言万語]〈名〉千言萬語。

せんこ[千古]〈名〉①千古。亘古。②永遠。永久。

せんご[戦後]〈名〉戰後。

ぜんご[前後]Ⅰ〈名〉①前後。②前後。左右。Ⅱ〈名・自サ〉①相繼。連續。②(順序)顛倒。Ⅲ〈接尾〉左右。大約。

ぜんご[善後]〈名〉善後。

せんこう[先行]〈名・自サ〉①先行。先走。②先辦。

せんこう[先攻]〈名・自サ〉(體)先攻。首先進攻。

せんこう[専攻]〈名・他サ〉專攻。專門研究。

せんこう[穿孔]〈名・自サ〉①穿孔。鑽眼。②鑽的孔。

せんこう[閃光]〈名〉閃光。

せんこう[戦功]〈名〉戰功。

せんこう[潜行]〈名・自サ〉①(在水中)潛行。②秘密行動。地下活動。潛伏。

せんこう[潜航]〈名・自サ〉①潛航。②秘密航行。

せんこう[線香]〈名〉線香。香。

せんこう[選考]〈名・他サ〉→せんこう(銓衡)

せんこう[選鉱]〈名・自サ〉選礦。

ぜんこう[全校]〈名〉①全校。②所有學校。

ぜんこう[善行]〈名〉善行。

ぜんごう[前号]〈名〉(刊物)前一期。

せんこく[先刻]Ⅰ〈名〉剛才。方才。Ⅱ〈副〉已經。早就。

せんこく[宣告]〈名・他サ〉宣告。宣判。

ぜんこく[全国]〈名〉全國。

センサー[censor]〈名〉①(出版物、影劇的)檢查員。②傳感器。

せんさい[先妻]〈名〉前妻。

せんさい[戦災]〈名〉戦禍。

せんさい[繊細]〈名・形動〉①纖細。②細膩。

せんざい[千載]〈名〉千載。

せんざい[洗剤]〈名〉洗滌劑。洗衣粉。

せんざい[潜在]〈名・自サ〉潜在。潜伏。

ぜんさい[前菜]〈名〉凉菜。冷盤。

せんさく[穿鑿]〈名・他サ〉①鑿穿。鑿通。②刨根問底。③說三道四。

せんさく[詮索]〈名・他サ〉搜尋。探索。查考。

センサス[census]〈名〉①人口普查。②普查。調查。

せんさばんべつ[千差万別]〈名〉千差萬別。

せんざんこう[穿山甲]〈名〉穿山甲。鯪鯉。

せんし[先史]〈名〉史前。

せんし[戦士]〈名〉戦士。

せんし[戦史]〈名〉戦史。

せんし[戦死]〈名・自サ〉戦死。陣亡。

せんし[穿刺]〈名〉(醫)穿刺。

せんじ[戦時]〈名〉戦時。

ぜんし[全紙]〈名〉①(報紙)整版。②所有報紙。

ぜんし[全姿]〈名〉全貌。全影。

ぜんじ[漸次]〈副〉漸次。逐漸。

せんじぐすり[煎じ薬]〈名〉湯藥。

せんしつ[船室]〈名〉船艙。客艙。

ぜんじつ[先日]〈名〉前幾天。前些日子。

ぜんじつ[前日]〈名〉前一天。

せんじつ・める[煎じ詰める]〈他下一〉①(中藥)熬透。煎透。②歸根結蒂。

せんしゃ[戦車]〈名〉坦克。坦克車。

せんじゃ[選者]〈名〉評選者。

ぜんしゃ[前者]〈名〉前者。

せんしゅ[先取]〈名・他サ〉先得。先取得。

せんしゅ[船首]〈名〉船頭。

せんしゅ[選手]〈名〉選手。

センシュアル[sensual]〈名・形動〉肉感。色情。

せんしゅう[先週]〈名〉上週。上星期。

せんしゅう[選集]〈名〉選集。

せんじゅう[先住]〈名・自サ〉原住。土著。

せんじゅう[専従]〈名・自サ〉專職工作。專搞。

ぜんしゅう[全集]〈名〉全集。

せんしゅつ[選出]〈名・他サ〉選出。

せんじゅつ[戦術]〈名〉戦術。

ぜんじゅつ[前述]〈名・自サ〉前述。上述。

ぜんしょ[善処]〈名・他サ〉妥善處理。

せんしょう[戦勝]〈名・自サ〉戦勝。

せんしょう[戦傷]〈名・自サ〉在戦鬥中負傷。

せんじょう[洗浄]〈名・他サ〉洗滌。

せんじょう[扇情]〈名・自サ〉煽情。挑情。挑逗情慾。

せんじょう[戦場]〈名〉戦場。

ぜんしょう[前哨]〈名〉前哨。

ぜんしょう[全勝]〈名・自サ〉全勝。

ぜんしょう[全焼]〈名・自サ〉全部燒毀。燒光。

せんしょく[染色]〈名・他サ〉染色。

せん・じる[煎じる]〈他上一〉煎。熬。

せんしん[先進]〈名〉先進。

せんしん[専心]〈名・自サ〉專心。

せんしん[線審]〈名〉(體)邊審員。巡邊員。

せんじん[千尋]〈名〉千尋。萬仞。

せんじん[先人]〈名〉前人。

せんじん[先陣]〈名〉前鋒。先鋒。

ぜんしん[全身]〈名〉全身。渾身。滿身。

ぜんしん[前身]〈名〉前身。以前的身份。

ぜんしん[前進]〈名・自サ〉前進。

ぜんしん[漸進]〈名・自サ〉漸進。

ぜんじん[前人]〈名〉前人。

せんす[扇子]〈名〉扇子。折扇。

センス[sense]〈名〉①感覺。感受。官能。②常識。判斷力。辨別能力。

せんすい[泉水]〈名〉①泉水。②(庭院中的)水池子。

せんすい[潜水]〈名・自サ〉潜水。

せん・する[宣する]〈他サ〉宣佈。宣告。

せんずるところ[詮ずる所]〈連語〉歸根結蒂。

ぜんせ[前世]〈名〉前世。前生。

せんせい[先生]〈名〉①(對教師的敬稱)先

生。老師。②(對醫生、作家、律師、議員的敬稱)先生。大夫。醫生。③(對年長者的敬稱)先生。④(帶親昵或嘲弄的語氣稱呼人)先生。

せんせい[宣誓]〈名・他サ〉宣誓。誓言。

せんせい[専制]〈名〉專制。獨裁。

ぜんせい[全盛]〈名〉全盛。極盛。

ぜんせい[善政]〈名〉善政。

せんせいこうげき[先制攻撃]〈名・他サ〉先發制人。先發制攻。

せんせいじゅつ[占星術]〈名〉占星術。

せんせいりょく[潜勢力]〈名〉潛力。潛在力量。

センセーショナル[sensational]〈形動〉①聳人聽聞的。轟動社會的。②激動人心的。

センセーション[sensation]〈名〉轟動。大事件。

ぜんせかい[全世界]〈名〉全世界。全球。

せんせき[船籍]〈名〉船籍。

せんせき[戦跡]〈名〉戰跡。

せんせき[戦績]〈名〉戰績。戰功。

ぜんせつ[前説]〈名〉①以前的論點。②上述的論點。③前人的論點。

せんせん[宣戦]〈名・自サ〉宣戰。

せんせん[戦線]〈名〉戰線。

せんせん-[先先]〈接頭〉大上一個(月、週等)。

せんぜん[戦前]〈名〉戰前。

ぜんせん[全線]〈名〉全線。

ぜんせん[前線]〈名〉①前線。②(氣象)鋒面。鋒線。鋒。

ぜんせん[善戦]〈名・自サ〉善戰。奮戰。

ぜんぜん[全然]〈副〉①(下接否定語)全然。絲毫。根本。②(下接肯定語)非常。十分。完全。

ぜんぜん-[前前]〈接頭〉大前(天、年等)。

せんせんきょうきょう[戦戦兢兢・戦戦恐恐]〈形動〉戰戰兢兢。

せんぞ[先祖]〈名〉祖先。祖宗。

せんそう[船倉・船艙]〈名〉船艙。

せんそう[戦争]〈名〉戰爭。

ぜんそう[前奏]〈名〉①前奏。②序幕。

ぜんぞう[漸増]〈名・自サ〉漸增。遞增。

せんぞく[専属]〈名・自サ〉專屬。

ぜんそく[喘息]〈名〉(醫)喘息。哮喘。氣喘。

ぜんそくりょく[全速力]〈名〉全速。最大速度。

ぜんそん[全損]〈名〉全部損失。

センター[center]〈名〉①中央。中心。②(棒球)中場手。中外場手。③(足球等)中鋒。

せんたい[船体]〈名〉船體。船身。

せんたい[蘚苔]〈名〉苔蘚。

せんだい[先代]〈名〉上一代。上一代主人。

せんだい[船台]〈名〉船台。

ぜんたい[全体]Ⅰ〈名〉全體。總體。整體。Ⅱ〈副〉①本來。原來。②到底。究竟。

ぜんたいしゅぎ[全体主義]〈名〉極權主義。

ぜんだいみもん[前代未聞]〈名〉前所未聞。

せんたく[選択]〈名・他サ〉①選擇。②選修。

せんたく[洗濯]〈名・他サ〉洗濯。洗衣服。

せんたくいた[洗濯板]〈名〉洗衣板。

せんたくき[洗濯機]〈名〉洗衣機。

せんだつ[先達]〈名〉①先達。先輩。先行者。②嚮導。帶路人。

せんだって[先達て]〈名・副〉上次。前幾天。前些日子。

ぜんだま[善玉]〈名〉好人。

せんたん[先端]〈名〉①尖端。頂端。②最前列。

せんたん[戦端]〈名〉戰端。兵端。

せんだん[専断]〈名・他サ〉專斷。獨斷專行。

せんだん[栴檀]〈名〉(植)①棟樹。苦棟。②檀香。

せんだん[船団]〈名〉船隊。

せんち[戦地]〈名〉戰地。戰場。

センチ[centi]〈名〉①厘米。公分。②厘克。③厘升。

ぜんち[全治]〈名・自サ〉痊愈。

ぜんちし[前置詞]〈名〉前置詞。

ぜんちぜんのう[全知全能]〈名〉全知全能。

センチメンタル[sentimental]〈形動〉感傷。傷感。

せんちゃく[先着]〈名・自サ〉先到(的人)。

せんちょう[船長]〈名〉船長。

ぜんちょう[全長]〈名〉全長。

ぜんちょう[前兆]〈名〉前兆。先兆。預兆。

せんて[先手]〈名〉①先做。先下手。②(圍棋)先下。

せんてい[剪定]〈名・他サ〉修剪。剪枝。整枝。

せんてい[選定]〈名・他サ〉選定。

ぜんてい[前提]〈名〉前提。

せんてつ[銑鉄]〈名〉銑鐵。鑄鐵。生鐵。

ぜんてつ[前轍]〈名〉前車之轍。

せんてん[先天]〈名〉先天。

せんでん[宣伝]〈名・他サ〉宣傳。

ぜんてんこう[全天候]〈名〉全天候。

センテンス[sentence]〈名〉句子。

せんと[遷都]〈名・自サ〉遷都。

セント[cent]〈名〉美分。

せんど[先途]〈名〉①緊要關頭。②結局。最後結果。③前途。前程。

せんど[鮮度]〈名〉鮮度。

ぜんと[前途]〈名〉前途。前程。

ぜんど[全土]〈名〉全土。全國。

せんとう[先頭]〈名〉排頭。最前頭。

せんとう[尖塔]〈名〉尖塔。

せんとう[戦闘]〈名・自サ〉戰鬥。

せんとう[銭湯]〈名〉(營業的)澡堂。浴池。

せんどう[先導]〈名・他サ〉先導。嚮導。帶路。

せんどう[扇動]〈名・他サ〉煽動。鼓動。

せんどう[船頭]〈名〉船夫。船老大。

ぜんとう[騰勝]〈名〉(物價)漸漲。

ぜんどう[善導]〈名・他サ〉教人學好。引向正路。

ぜんどう[蠕動]〈名・自サ〉蠕動。

セントラル[central]〈名〉中心(的)。中央(的)。

ゼントルマン[gentleman]〈名〉紳士。先生。

せんな・い[詮ない]〈形〉沒有辦法。沒有用。白費。

ぜんなんぜんにょ[善男善女]〈名〉善男信女。

せんにちこう[千日紅]〈名〉(植)千日紅。

ぜんにちせい[全日制]〈名〉全日制(學校)。

せんにゅう[潜入]〈名・自サ〉潛入。

せんにゅうかん[先入観]〈名〉成見。先入之見。

せんにょ[仙女]〈名〉仙女。仙子。

せんにん[仙人]〈名〉仙人。神仙。

せんにん[先任]〈名〉前任。先任職(的人)。

せんにん[専任]〈名〉專任。專職。

せんにん[選任]〈名・他サ〉選任。選拔。

ぜんにん[前任]〈名〉前任。

ぜんにん[善人]〈名〉①善人。好人。②老好人。

せんにんりき[千人力]〈名〉①力大無比。②心裏有底。膽子壯。

せんぬき[栓抜き]〈名〉瓶起子。

せんねつ[潜熱]〈名〉(理)潛熱。

せんねん[先年]〈名〉前幾年。

せんねん[専念]〈名・自サ〉①埋頭。專心致志。②一心盼望。

ぜんねん[前年]〈名〉①去年。②前一年。③前幾年。

ぜんのう[全能]〈名〉全能。萬能。

ぜんのう[全納]〈名・他サ〉繳齊。繳完。

ぜんのう[前納]〈名・他サ〉預付。先繳。

ぜんぱ[全波]〈名〉(理)全波。全波段。

せんばい[専売]〈名・他サ〉專賣。

せんぱい[先輩]〈名〉①先輩。前輩。②老前輩。老資格。③上級生。

せんぱい[戦敗]〈名〉戰敗。

ぜんぱい[全敗]〈名・自サ〉全敗。全輸。

ぜんぱい[全廃]〈名・他サ〉全部廢除。

せんばいとっきょ[専売特許]〈名〉①專利權。②拿手技藝。

せんぱく[浅薄]〈名・形動〉淺薄。膚淺。

せんぱく[船舶]〈名〉船舶。

せんばつ[選抜]〈名・他サ〉選拔。

せんばつ[先発]〈名・自サ〉先出發。先動身。

せんぱつ[洗髪]〈名・自サ〉洗頭髮。

せんばん[千万]〈副・接尾〉很。非常。萬分。

せんばん[旋盤]〈名〉車床。旋床。

せんばん[戦犯]〈名〉戰犯。

ぜんはん[前半]〈名〉前半。上半。

ぜんぱん[全般]〈名〉全面。全體。總體。

せんび[船尾]〈名〉船尾。

せんび[戦備]〈名〉戰備。

せんび[戦費]〈名〉戰費。

ぜんぴ[前非]〈名〉前非。

せんぴょう[選評]〈名・他サ〉①評選。②選後的評語。

せんびょうしつ[腺病質]〈名〉(醫)腺病體質。虛弱體質。

せんぷ[先夫]〈名〉前夫。

ぜんぶ[全部]〈名・副〉全部。全體。所有。

せんぷう[旋風]〈名〉旋風。

せんぷうき[扇風機]〈名〉電扇。

せんぷく[船腹]〈名〉①船腹。船舷。②船艙。

せんぷく[潜伏]〈名・自サ〉潛伏。潛藏。

ぜんぷく[全幅]〈名〉完全。最大限度。

せんぶん[線分]〈名〉綫段。

せんぶん[全文]〈名〉全文。

ぜんぶん[前文]〈名〉①前文。上文。②前言。序言。

せんべい[煎餅]〈名〉薄脆餅乾。

せんぺい[尖兵]〈名〉尖兵。

せんべいぶとん[煎餅布団]〈名〉又薄又硬的被褥。

せんべつ[選別]〈名・他サ〉選擇。挑選。

せんべつ[餞別]〈名・自サ〉臨別贈品。

せんべん[先鞭]〈名〉先鞭。

ぜんぺん[全篇]〈名〉全篇。

ぜんぺん[前編]〈名〉前編。上編。

せんぺんいちりつ[千篇一律]〈名〉千篇一律。

せんぺんばんか[千変万化]〈名・自サ〉千變萬化。

せんぼう[羨望]〈名・他サ〉羨慕。

せんぽう[先方]〈名〉對方。

せんぽう[戦法]〈名〉戰術。

ぜんぼう[全貌]〈名〉全貌。

ぜんぽう[前方]〈名〉前方。前面。

せんぼうきょう[潜望鏡]〈名〉潛望鏡。

せんぼつ[戦没・戦歿]〈名・自サ〉陣亡。戰死。

ぜんまい[薇]〈名〉(植)紫萁。薇菜。

ぜんまい[発条]〈名〉發條。彈簧。

せんまいばり[千枚張り]〈名〉①千層。②厚臉皮。

せんむ[専務]〈名〉專職。常務。

せんめい[鮮明]〈名・形動〉鮮明。明朗。

せんめつ[殲滅]〈名・他サ〉殲滅。

ぜんめつ[全滅]〈名・自他サ〉全殲。滅絕。全毀。

せんめん[洗面]〈名・自サ〉洗臉。

ぜんめん[全面]〈名〉全面。

ぜんめん[前面]〈名〉前面。

せんもう[繊毛]〈名〉纖毛。

せんもう[旋毛]〈名〉①旋渦狀毛髮。②(頭髮)旋兒。

せんもん[専門]〈名〉專門。專業。

ぜんもん[前門]〈名〉前門。

ぜんや[前夜]〈名〉前夜。前夕。

せんやく[先約]〈名〉前約。

せんやく[煎薬]〈名〉湯藥。

ぜんやく[全訳]〈名・他サ〉全譯。全部譯出。全部譯文。

せんゆう[占有]〈名・他サ〉佔有。

せんゆう[戦友]〈名〉戰友。

せんよう[専用]〈名・他サ〉專用。專門使用。

ぜんよう[全容]〈名〉全貌。全部内容。

ぜんら[全裸]〈名〉全裸。

せんらん[戦乱]〈名〉戰亂。

せんりがん[千里眼]〈名〉千里眼。有遠見(的人)。

せんりつ[旋律]〈名〉旋律。

せんりつ[戦慄]〈名・自サ〉戰慄。發抖。哆嗦。

ぜんりつせん[前立腺]〈名〉前列腺。

せんりひん[戦利品]〈名〉戰利品。

せんりゃく[戦略]〈名〉戰略。

せんりゅう[川柳]〈名〉(日本的諧諧短詩)川柳。

せんりょのいっしつ[千慮の一失]〈連語〉(智者)千慮一失。

せんりょのいっとく[千慮の一得]〈連語〉(愚者)千慮一得。

せんりょう[占領]〈名・他サ〉佔領。佔據。

せんりょう[染料]〈名〉染料。

ぜんりょう[善良]〈名・形動〉善良。

ぜんりょうせい[全寮制]〈名〉(學生)全部住校的制度。

せんりょく[戦力]〈名〉戰鬥力。軍事力量。

ぜんりょく[全力]〈名〉全力。

ぜんりん[善隣]〈名〉善鄰。睦鄰。友好鄰邦。

せんれい[先例]〈名〉先例。

せんれい[洗礼]〈名〉洗禮。

ぜんれい[前例]〈名〉前例。

せんれき[戦歴]〈名〉戰鬥的經歷。

ぜんれき[前歴]〈名〉①經歷。歷史。②以前的職業。

せんれつ[戦列]〈名〉戰鬥部隊。鬥争行列。

せんれつ[鮮烈]〈名・形動〉鮮明强烈。

ぜんれつ[前列]〈名〉前列。前排。

せんれん[洗練]〈名・他サ〉①洗練。精練。②高尚。優雅。

せんろ[線路]〈名〉鋼軌。軌道。鐵路。

そ ソ

そ[其・夫]〈代〉〈文〉→それ。

そ[祖]〈名〉祖。祖先。

そ[疎]〈名・形動〉稀疏。疏遠。

そ[十]〈名〉〈文〉十。

ソ〈名〉①〈樂〉大音階的第五音。②前蘇聯(的略語)。

ぞ〈終助〉(男性用語,表示強調)啊。呀。啦。

そあく[粗悪]〈形動〉(質量)低劣。粗糙。

ソアラー[soarer]〈名〉高空滑翔機。

そい[粗衣]〈名〉粗衣。

ぞい[沿い・添い]〈接尾〉沿着。

そいつ[其奴]〈代〉①那個。②那傢伙。那小子。

そいと・げる[添い遂げる]〈自下一〉①白頭偕老。②如願結成夫妻。

そいね[添い寝]〈名・自サ〉睡在(幼兒的)身旁。

そ・う[沿う]〈自五〉①沿。順。②按照。

そ・う[副う]〈自五〉符合(目的、期望)。

そ・う[添う]〈自五〉①增添。②跟隨。③結成夫妻。

そう[壮]〈名〉①壯。雄壯。②强壯。③壯年。

そう[相]〈名〉相。相貌。

そう[僧]〈名〉僧。僧侶。

そう[想]〈名〉構想。構思。

そう[層]〈名〉層。

そう[宗]〈名〉宗。基本。根源。

そう[助動]①好像。似乎。彷彿。…的樣子。②聽說。據說。

そう-[総]〈接頭〉總。

-そう[艘]〈接尾〉艘。

ぞう[象]〈名〉象。大象。

ぞう[像]〈名〉像。

ぞう[増]〈接尾〉增加。

ぞう[蔵]〈名・接尾〉藏。收藏。

そうあい[相愛]〈名〉相愛。

そうあたり[総当り]〈名・自サ〉①循環賽。②(抽籤)全部有彩。

そうあん[草案]〈名〉草案。

そうあん[草庵]〈名〉草庵。草房。茅屋。

そうあん[創案]〈名〉發明。創造。

そうい[相違]〈名・自サ〉不同。差異。

そうい[創意]〈名〉創見。獨創精神。

そうい[総意]〈名〉全體的意見。

そういん[総員]〈名〉全體人員。

ぞういん[増員]〈名・自サ〉增加人員。

そううつびょう[躁鬱病]〈名〉〈醫〉躁鬱症。躁鬱性精神病。

そううん[層雲]〈名〉層雲。

ぞうえい[造営]〈名・他サ〉營造。興建。

ぞうえん[造園]〈名・自サ〉營造庭園。營造園林。

ぞうえん[増援]〈名・他サ〉增援。

ぞうお[憎悪]〈名・他サ〉憎惡。憎恨。

そうおう[相応]〈名・形動・自サ〉相稱。適合。

そうおん[騒音]〈名〉噪音。雜音。

そうか[挿花]〈名〉插花。

そうが[挿画]〈名〉插圖。

ぞうか[造化]〈名〉①造化。造物主。②天地。萬物。自然界。

ぞうか[造花]〈名〉造花。假花。紙花。絹花。

ぞうか[増加]〈名・自他サ〉增加。

そうかい[壮快]〈形動〉壯觀而痛快。

そうかい[爽快]〈形動〉爽快。爽朗。清爽。

そうかい[掃海]〈名・他サ〉〈軍〉掃海。掃雷。

そうかい[総会]〈名〉大會。全會。

そうがい[霜害]〈名〉霜害。

そうがかり[総掛り]〈名〉①一齊動手。②總攻擊。③全部費用。

そうかく[総画]〈名〉△～索引/(漢字的)筆劃索引。

そうがく[奏楽]〈名・自サ〉奏樂。

そうがく[総額]〈名〉總額。

そうがく[相学]〈名〉相術。

ぞうがく[増額]〈名・他サ〉增額。增加數量。

そうかつ[総括]〈名・他サ〉總括。總結。

そうがら[総柄]〈名〉(衣服上)全都是花。

そうかん[壮観]〈名〉壯觀。

そうかん[相関]〈名・自サ〉相關。

そうかん[送還]〈名・他サ〉遣返。遣送。

そうかん[創刊]〈名・他サ〉創刊。

ぞうかん[増刊]〈名・他サ〉增刊。

ぞうがん[象眼]〈名・他サ〉鑲嵌。

そうがんきょう[双眼鏡]〈名〉雙筒望遠鏡。

そうき[早期]〈名〉早期。提前。

そうき[送気]〈名〉送氣。

そうき[想起]〈名・他サ〉想起。

そうぎ[争議]〈名〉爭議。糾紛。

そうぎ[葬儀]〈名〉葬禮。喪事。

ぞうき[臓器]〈名〉內臟器官。

ぞうきばやし[雑木林]〈名〉雜木林。

そうきゅう[早急]〈名・形動〉火速。趕快。緊急。

そうきゅう[送球]〈名・自サ〉傳球。

そうきゅう[蒼穹]〈名〉蒼穹。青天。

ぞうきゅう[増給]〈名・自サ〉增加工資。

そうきょ[壮挙]〈名〉壯舉。

そうぎょう[早暁]〈名〉拂曉。

そうぎょう[創業]〈名・他サ〉創業。創立。創辦。

そうぎょう[操業]〈名・自サ〉作業。操作。

ぞうきょう[増強]〈名・他サ〉增強。加強。

そうきょういく[早教育]〈名〉學齡前教育。

そうきょくせん[双曲線]〈名〉雙曲綫。

そうきん[送金]〈名・自サ〉匯款。寄錢。

ぞうきん[雑巾]〈名〉抹布。

そうきんるい[走禽類]〈名〉走禽類。

そうく[走狗]〈名〉走狗。

そうぐう[遭遇]〈名・自サ〉遭遇。遇到。

そうくずれ[総崩れ]〈名〉全綫崩潰。徹底失敗。

そうくつ[巣窟]〈名〉巢穴。

ぞうげ[象牙]〈名〉象牙。

そうけい[早計]〈名〉過急。輕率。

そうけい[総計]〈名・他サ〉總計。

そうげい[送迎]〈名・他サ〉送迎。接送。

ぞうけい[造形・造型]〈名・自サ〉造型。

ぞうけい[造詣]〈名〉造詣。

そうけだ・つ[総毛立つ]〈自五〉毛骨悚然。

ぞうけつ[造血]〈名・自サ〉造血。

ぞうけつ[増結]〈名・他サ〉加掛(車廂)。

そうけん[双肩]〈名〉雙肩。

そうけん[壮健]〈名・形動〉健壯。

そうけん[送検]〈名・他サ〉送交檢察廳。

そうけん[創見]〈名〉創見。

そうけん[創建]〈名・他サ〉創建。創立。創辦。

そうげん[草原]〈名〉草原。

ぞうげん[増減]〈名・自他サ〉增減。

そうこ[倉庫]〈名〉倉庫。

そうご[相互]〈名〉相互。互相。

ぞうご[造語]〈名・自サ〉構詞。造詞。

そうこう[草稿]〈名〉草稿。底稿。

そうこう[装甲]〈名〉裝甲。

そうこう[操行]〈名〉操作。品行。

そうごう[相好]〈名〉面孔。表情。

そうごう[総合]〈名・他サ〉綜合。

そうこうかい[壮行会]〈名〉歡送會。餞行會。

そうこうげき[総攻撃]〈名・他サ〉總攻擊。

そうこく[相克]〈名・自サ〉①相剋。②矛盾。對立。

そうこん[早婚]〈名・自サ〉早婚。

そうごん[荘厳]〈名・形動〉莊嚴。

ぞうごん[雑言]〈名・自サ〉大罵。謾罵。

そうさ[捜査]〈名・他サ〉①捜査。②查找。

そうさ[操作]〈名・他サ〉操作。操縱。

ぞうさ[造作]〈名〉①費事。麻煩。②方法。手段。③招待。

そうさい[相殺]〈名・他サ〉相抵。抵消。

そうさい[総裁]〈名〉總裁。

そうざい[惣菜]〈名〉家常菜。

そうさく[捜索]〈名・他サ〉①捜索。捜查。②尋找。

そうさく[創作]〈名・他サ〉①創作。②捏造。

ぞうさつ[増刷]〈名・他サ〉增印。加印。

そうざん [早産]〈名・他サ〉早産。

ぞうさん [増産]〈名・他サ〉增産。

そうし [創始]〈名・他サ〉創始。首創。

そうし [相思]〈名〉相思。相愛。

そうし [草紙・草子・双紙・冊子]〈名〉①綫裝書。②(江户時代)帶插圖的大衆讀物。

そうし [繰糸]〈名・自サ〉繰絲。

そうじ [相似]〈名〉相似。相似。

そうじ [掃除]〈名・他サ〉掃除。打掃。清掃。

ぞうし [増資]〈名・自サ〉增加資本。

そうしき [葬式]〈名〉葬禮。喪事。

そうしき [相識]〈名〉相識。熟人。

そうじしょく [総辞職]〈名・自サ〉總辭職。

そうしそうあい [相思相愛]〈名〉相親相愛。

そうした〈連体〉那樣的。

そうしつ [喪失]〈名・他サ〉喪失。失掉。

そうして〈接〉①然後。於是。②又。而。而且。

そうじて [総じて]〈副〉總之。總而言之。一般說來。

そうじまい [総仕舞]〈名・自サ〉①全部搞完。全部結束。②告完。賣光。

そうじめ [総締め]〈名〉總計。合計。

そうしゃ [壮者]〈名〉壯年人。

そうしゃ [相者]〈名〉相面的人。

そうしゃ [奏者]〈名〉演奏者。

そうしゃ [走者]〈名〉①賽跑運動員。②(棒球)跑壘員。

そうしゃ [掃射]〈名・他サ〉掃射。

そうしゃ [操車]〈名〉調車。

そうしゅ [宗主]〈名〉宗主。

そうしゅう [総収]〈名〉總收入。

そうじゅう [操縦]〈名・他サ〉①操縱。②駕駛。

ぞうしゅう [増収]〈名・自サ〉增收。增產。

そうじゅく [早熟]〈名・形動〉早熟。

そうしゅん [早春]〈名〉早春。

そうしょ [草書]〈名〉草書。草體字。

そうしょ [叢書・双書]〈名〉叢書。

ぞうしょ [蔵書]〈名〉藏書。

そうしょう [相称]〈名〉對稱。

そうしょう [総称]〈名・他サ〉總稱。

そうじょう [奏上]〈名・他サ〉上奏。

そうじょう [相乗]〈名・他サ〉相乘。

そうじょう [騒擾]〈名・自サ〉騷擾。

ぞうしょう [蔵相]〈名〉大藏大臣。財政部長。

そうしようしょくぶつ [双子葉植物]〈名〉雙子葉植物。

そうしょく [草食]〈名・自サ〉草食。

そうしょく [装飾]〈名・他サ〉裝飾。

ぞうしょく [増殖]〈名・自他サ〉增殖。增生。增加。繁殖。繁殖。

そうしれいかん [総司令官]〈名〉總司令。

そうしん [送信]〈名・自サ〉(無綫電)發送，發射，發報。

そうしん [喪心・喪神]〈名・自サ〉①失神。發獃。②氣絶。昏迷。

ぞうしん [増進]〈名・自他サ〉增進。

そうしんぐ [装身具]〈名〉首飾。

そうすい [総帥]〈名〉統帥。總司令。

ぞうすい [増水]〈名・自サ〉漲水。

ぞうすい [雑炊]〈名〉菜粥。

そうすう [総数]〈名〉總數。

そうすかん [総すかん]〈名〉(俗)萬人嫌。

そう・する [奏する]〈他サ〉①上奏。②演奏。③奏效。

ぞう・する [蔵する]〈他サ〉藏。藏有。包藏。

そうすると〈連語〉於是。這樣一來。

そうせい [早世]〈名・自サ〉夭折。夭亡。

そうぜい [総勢]〈名〉總人數。

ぞうぜい [増税]〈名・自サ〉增税。

そうせいじ [双生子]〈名〉雙生子。孿生子。

そうせいじ [早生児]〈名〉早產兒。

そうせき [僧籍]〈名〉僧籍。佛門。

そうせつ [創設]〈名・他サ〉創設。創立。創辦。

そうぜつ [壮絶]〈名・形動〉極壯烈。

ぞうせつ [増設]〈名・他サ〉增設。

そうぜん [騒然]〈形動〉騷然。不安。喧囂。

吵鬧。

そうせん[造船]〈名・自サ〉造船。

そうせんきょ[総選挙]〈名〉總選舉。大選。

そうそう[早早]〈名〉①剛剛。②急忙。

そうそう[草創]〈名〉草創。

そうそう[錚錚]〈形動〉①錚錚。②傑出。

そうそう[草草・匆匆]〈形動〉①草草。②
忽忽。③簡慢。慢待。

そうぞう[創造]〈名・他サ〉創造。

そうぞう[想像]〈名・他サ〉想像。

そうぞう[送像]〈名・自他サ〉(電視)發射
(圖像)。

そうぞうし・い[騒騒しい]〈形〉嘈雜。吵
鬧。喧嘩。

そうそく[総則]〈名〉總則。

そうぞく[宗族]〈名〉宗族。

そうぞく[相続]〈名・他サ〉繼承。

そうそふ[曽祖父]〈名〉曽祖父。

そうそぼ[曽祖母]〈名〉曽祖母。

そうそん[曽孫]〈名〉曽孫。曽孫女。

そうだ[操舵]〈名・自サ〉掌舵。

そうたい[早退]〈名・自サ〉早退。

そうたい[相対]〈名〉相對。

そうだい[壮大]〈形動〉宏偉。雄偉。

そうだい[総代]〈名〉總代表。

ぞうだい[増大]〈名・自他サ〉増大。増多。
増加。

そうだか[総高]〈名〉總額。總數。

そうだち[総立ち]〈名・自サ〉全體起立。

そうだつ[争奪]〈名・他サ〉争奪。

そうだん[相談]〈名・自他サ〉商量。商談。

そうち[装置]〈名・他サ〉裝置。設備。安
裝。

ぞうちく[増築]〈名・他サ〉増建。擴建。

そうちょう[早朝]〈名〉清早。清晨。

そうちょう[荘重]〈名・形動〉莊重。

そうちょう[総長]〈名〉①總長。②(綜合大
學)校長。

ぞうちょう[増長]〈名・自サ〉①滋長。越
來越甚。②翹尾巴。傲慢。自大。

そうで[総出]〈名〉全體出動。

そうてい[装丁・装訂]〈名・他サ〉裝訂。
裝幀。

そうてい[想定]〈名・他サ〉假想。設想。

ぞうてい[贈呈]〈名・他サ〉贈送。

そうてん[争点]〈名〉争論的焦點。

そうてん[装塡]〈名・他サ〉裝填。裝入。

そうでん[送電]〈名・自サ〉送電。輸電。

そうと[壮途]〈名〉壯途。征途。

そうとう[相当]Ⅰ〈名・自サ〉①相稱。適
合。②相當。相等。等於。Ⅱ〈副・形動〉相
當。頗。很。

そうとう[掃討]〈名・他サ〉掃蕩。

そうどう[騒動]〈名・自サ〉騒動。暴亂。

ぞうとう[贈答]〈名・他サ〉贈答。互相贈
送。

そうどういん[総動員]〈名・他サ〉總動
員。

そうとく[総督]〈名〉總督。

そうどく[瘡毒]〈名〉梅毒。

ぞうとく[蔵匿]〈名・他サ〉藏匿。

そうトンすう[総トン数]〈名〉總噸數。

そうなめ[総舐め]〈名〉全部撃敗。全部摧
毀。

そうなん[遭難]〈名・自サ〉遭難。遇難。

ぞうに[雑煮]〈名〉(日本新年時吃的)加菜
餚的煮年糕。

そうにゅう[挿入]〈名・他サ〉插入。

そうねん[壮年]〈名〉壯年。

そうは[走破]〈名・自サ〉跑完。

そうは[争覇]〈名・自サ〉①争霸。②争冠
軍。奪錦標。

そうば[相場]〈名〉①行情。行市。②投機買
賣。倒把。③評價。公認。

ぞうはい[増配]〈名・他サ〉①増付股息。
②増加配給量。

そうはく[蒼白]〈名・形動〉蒼白。

そうはく[糟粕]〈名〉糟粕。

そうはつ[双発]〈名〉雙引擎。

そうはつ[早発]〈名・自サ〉提前開車。

ぞうはつ[増発]〈名・他サ〉①増加發行
(紙幣等)。②加開(車次、航班等)。

そうばな[総花]〈名〉①小費。賞錢。②利益
均沾。

そうばん[早晩]〈副〉早晩。遲早。

ぞうはん[造反]〈名・自サ〉造反。

そうび[装備]〈名・他サ〉裝備。

そうび[壮美]〈名〉壯麗。

ぞうひびょう[象皮病]〈名〉象皮病。

そうふ[送付]〈名・他サ〉遞送.寄送。

ぞうふ[臓腑]〈名〉臟腑。

そうふう[送風]〈名・自サ〉送風.鼓風。

ぞうふく[増幅]〈名・他サ〉(無線電)增幅,放大。

ぞうぶつ[臓物]〈名〉臟物。

ぞうぶつしゅ[造物主]〈名〉造物主。

ぞうへいきょく[造幣局]〈名〉造幣廠。

そうへき[双璧]〈名〉雙璧。

そうべつ[送別]〈名・自サ〉送別.送行。

ぞうほ[増補]〈名・自他サ〉增補。

そうほう[双方]〈名〉雙方。

そうぼう[相貌]〈名〉①相貌.容貌。②樣子.情形。

ぞうほう[増俸]〈名・自サ〉增薪。

そうほん[草本]〈名〉草本。

そうほんざん[総本山]〈名〉(佛)總本山。

そうまとう[走馬灯]〈名〉走馬燈。

そうむ[総務]〈名〉總務。

そうめい[聡明]〈名・形動〉聰明。

そうめいきょく[奏鳴曲]〈名〉奏鳴曲。

そうめん[索麺]〈名〉掛麵。

そうもく[草木]〈名〉草木。

ぞうもつ[臓物]〈名〉內臟。

そうゆ[送油]〈名・他サ〉輸油。

ぞうよ[贈与]〈名・他サ〉贈與.贈給。

ぞうよう[雑用]〈名〉①雜事.瑣事。②雜費。

そうよく[双翼]〈名〉雙翼.兩翼。

そうらん[総覧]Ⅰ〈名・他サ〉總覽.通覽。Ⅱ〈名〉彙編。

そうらん[騒乱]〈名〉騷亂.騷動。

ぞうり[草履]〈名〉草鞋。

そうりだいじん[総理大臣]〈名〉總理大臣。

そうりつ[創立]〈名・他サ〉創立.創建.創辦。

そうりょ[僧侶]〈名〉僧侶。

そうりょう[送料]〈名〉郵資.運費。

そうりょう[総量]〈名〉總量。

そうりょう[総領]〈名〉長子.老大。

そうりょうじ[総領事]〈名〉總領事。

そうりょく[総力]〈名〉全力。

ぞうりん[造林]〈名・自サ〉造林。

そうるい[藻類]〈名〉藻類。

そうるい[走塁]〈名・自サ〉(棒球)跑壘。

そうれい[壮麗]〈名・形動〉壯麗。

そうれい[葬礼]〈名〉葬禮。

そうれつ[壮烈]〈名・形動〉壯烈。

そうれつ[葬列]〈名〉送葬的行列。

そうろ[走路]〈名〉跑道。

そうろう[早漏]〈名〉(醫)早泄。

そうろん[総論]〈名〉總論。

そうわ[挿話]〈名〉插話。

そうわ[総和]〈名〉總和。

ぞうわい[贈賄]〈名・自サ〉行賄。

そうわき[送話器]〈名〉(電話.無線電)送話器,話筒。

そえがき[添書]〈名・自他サ〉①(書畫上的)題詞。②(書信)又及.再啓。

そえぎ[添え木・副え木]〈名〉①支棍。②(醫)夾板。

そえもの[添え物]〈名〉①附屬品.搭配物.可有可無的東西。②(購物時的)贈品。

そ・える[添える]〈他下一〉附.附上.添上。

そえん[疎遠]〈名・形動〉疏遠。

ソース[sauce]〈名〉沙司.辣醬油.調味汁。

ソーセージ[sausage]〈名〉灌腸.香腸.臘腸。

ソーダ[soda]〈名〉蘇打.純碱.碳酸鈉。

ソープ[soap]〈名〉肥皂。

ソープオペラ[soap opera]〈名〉連續廣播劇。

ソーラーパワー[solar power]〈名〉太陽能。

ソープレスソープ[soapless soap]〈名〉合成洗滌劑。

ゾーン[zone]〈名〉地區.地帶.區域.範圍。

そか[粗菓]〈名・謙〉粗點心。

そかい[租界]〈名〉租界。

そかい[疎開]〈名・自サ〉疏散。

そがい[阻害・阻碍]〈名・他サ〉阻礙。妨礙。

そがい[疎外]〈名・他サ〉疏遠。排擠。不理睬。

そかく[組閣]〈名・自サ〉組閣。

そがん[訴願]〈名・他サ〉①請願。②請求。

そきゅう[遡及]〈名・自サ〉遡及。追溯。

-そく[足]〈接尾〉(鞋、襪)雙。

-そく[束]〈接尾〉束。把。捆。

そ・ぐ[殺ぐ]〈他五〉削。削減。

ぞく[俗]Ⅰ〈名〉①風俗。②(佛)俗人。Ⅱ〈形動〉①通俗。普通。②庸俗。低級。

ぞく[属]〈名〉屬。

ぞく[賊]〈名〉賊。

-ぞく[族]〈接尾〉族。

ぞくあく[俗悪]〈名・形動〉低級。庸俗。

そくい[即位]〈名・自サ〉即位。

そくいん[惻隠]〈名〉惻隱。

ぞくうけ[俗受け]〈名・自サ〉受一般人歡迎。

ぞくえい[続映]〈名・他サ〉繼續放映。連續放映。

ぞくえん[続演]〈名・他サ〉繼續上演。連續上演。

そくおう[即応]〈名・自サ〉適應。順應。

ぞくご[俗語]〈名〉俗語。俚語。

そくざ[即座]〈名〉立即。馬上。當場。

そくさい[息災]Ⅰ〈名〉(佛)息災。Ⅱ〈形動〉健康。平安無事。

そくし[即死]〈名・自サ〉當即死亡。

そくじ[即時]〈名〉當即。立即。即刻。

ぞくじ[俗字]〈名〉俗字。俗體字。

ぞくじ[俗事]〈名〉俗事。俗務。塵事。

そくじつ[即日]〈名〉即日。當天。

そくじつ[即実]〈名〉切合實際。符合事實。

そくしゃ[速写]〈名・他サ〉速寫。快照。

そくしゃほう[速射砲]〈名〉速射炮。

ぞくしゅう[俗臭]〈名〉俗氣。庸俗。

ぞくしゅう[俗習]〈名〉風俗習慣。

ぞくしゅつ[続出]〈名・自サ〉不斷出現。

ぞくしょう[俗称]〈名〉俗稱。俗名。

そくしん[促進]〈名・他サ〉促進。

ぞくじん[俗人]〈名〉俗人。庸人。

ぞくじん[俗塵]〈名〉塵世。

ぞくじんしゅぎ[属人主義]〈名〉屬人優越權。

そく・する[即する]〈自サ〉按照。切合。適應。

そく・する[属する]〈自サ〉屬於。

そくせい[促成]〈名・他サ〉促成(早熟)。

そくせい[速成]〈名・自他サ〉速成。

そくせい[即製]〈名・他サ〉當場製作。

ぞくせい[属性]〈名〉屬性。

そくせき[即席]〈名〉即席。當場。立即。

そくせき[足跡]〈名〉足跡。腳印。

ぞくせけん[俗世間]〈名〉塵世。

ぞくせつ[俗説]〈名〉俗說。民間傳說。

ぞくぞく[副・自サ]①哆嗦。打冷戰。②心情激動。

ぞくぞく[続続]〈副〉連續。繼續。不斷。

そくだく[即諾]〈名・他サ〉當即應允。

そくたつ[速達]〈名・自他サ〉快郵。快遞。快信。

そくだん[即断]〈名・他サ〉立即決定。

そくだん[速断]〈名・他サ〉速決。

ぞくちしゅぎ[属地主義]〈名〉屬地優越權。

ぞくっぽ・い[俗っぽい]〈形〉①通俗。②低級。庸俗。

そくてい[測定]〈名・他サ〉測定。測量。

そくど[速度]〈名〉速度。

そくとう[即答]〈名・自サ〉立即回答。當即答覆。

ぞくに[俗に]〈副〉一般。通常。

ぞくねん[俗念]〈名〉俗念。凡心。

そくのう[即納]〈名・他サ〉立即交納。

そくばい[即売]〈名・他サ〉展銷。當場出售。

そくばく[束縛]〈名・他サ〉束縛。

ぞくはつ[続発]〈名・自サ〉連續發生。不斷發生。

ぞくばなれ[俗離れ]〈名・自サ〉超俗。不凡。

ぞくぶつ[俗物]〈名〉庸人。俗人。

ぞくへん[続編]〈名〉續編。

そくほう[速報]〈名・他サ〉速報。快報。

ぞくほう[続報]〈名・他サ〉繼續報告。繼續報道。

ぞくみょう[俗名]〈名〉①(僧侶的)俗名。②生前的名字。

ぞくむ[俗務]〈名〉俗務。瑣事。

そくめん[側面]〈名〉側面。方面。

ぞくりゅう[俗流]〈名〉俗流。庸俗。

そくりょう[測量]〈名・他サ〉測量。

ぞくりょう[属領]〈名〉屬地。

そくりょく[速力]〈名〉速度。

そくろう[足労]〈名〉勞步。

ぞくろん[俗論]〈名〉庸俗之論。

そぐわな・い[形]不相稱。不符合。

そげき[狙撃]〈名・他サ〉狙擊。

ソケット[socket]〈名〉(電)插座。插口。

そ・げる[殺げる]〈自下一〉①被削薄。被削掉。②瘦削。

そこ[底]〈名〉底。底兒。底子。

そこ[其処]〈代〉那裏。那裏。那個地方。

そご[齟齬]〈名・自サ〉齟齬。分歧。

そこあげ[底上げ]〈名〉提高(水平)。

そこい[底意]〈名〉①真意。内心。②隔閡。③用意。企圖。

そこいじ[底意地]〈名〉心眼兒。

そこいれ[底入れ]〈名〉最低行市。行市跌到最低點。

そこう[素行]〈名〉品行。操行。

そこう[遡行]〈名・自サ〉逆流而上。

そこく[祖国]〈名〉祖國。

そこそこ[副]①大約。左右。②忽忽。忽忙。

そこぢから[底力]〈名〉潛力。

そこつ[粗忽]〈名・形動〉①疏忽。②過失。

そこで[接]因此。所以。於是。

そこな・う[損なう]Ⅰ〈他五〉①損害。傷害。損傷。②損壞。毀壞。Ⅱ〈接尾〉①(做)錯。(搞)壞。②耽誤。失掉(時機)。③險些。差一點。

そこなし[底無し]〈名〉①没底。②没有盡頭。没完没了。

そこぬけ[底抜け]〈名〉①掉底。②無止境。③吊兒郎當的人。④(飲酒)海量。

そこね[底値]〈名〉底盤。最低價。

そこ・ねる[損ねる]〈他下一〉→そこなう。

そこのけ[其処退け]〈接尾〉比不上。敵不過。

そこはかとな・い[形]總覺得。總有些。難以形容。

そこひ[底翳]〈名〉(醫)内障。

そこびえ[底冷]〈名・自サ〉徹骨寒。

そこびかり[底光り]〈名・自サ〉①深處發亮。②内秀。

そこびきあみ[底引網]〈名〉拖網。

そこら[其処ら]〈代〉①那裏。那一帶。②那種程度。

そさい[蔬菜]〈名〉蔬菜。

そざい[素材]〈名〉素材。

そざつ[粗雑]〈形動〉粗糙。草率。馬虎。

そさん[粗餐]〈名〉(謙)便飯。

そし[阻止]〈名・他サ〉阻止。

そし[素子]〈名〉①元件。零件。②電極。③成份。元素。要素。

そじ[素地]〈名〉基礎。底子。根基。素養。

そじ[措辞]〈名〉措辭。

そしき[組織]〈名・他サ〉組織。

そしつ[素質]〈名〉素質。天資。

そして[接]→そうして。

そしな[粗品]〈名〉(謙)薄禮。

そしゃく[咀嚼]〈名・他サ〉①咀嚼。②理解。體會。

そしゃく[租借]〈名・他サ〉租借。

そじゅつ[祖述]〈名・他サ〉祖述。

そしょう[訴訟]〈名・自サ〉訴訟。

そじょう[俎上]〈名〉俎上。

そじょう[訴状]〈名〉(法)起訴書。狀子。

そしょく[粗食]〈名・自サ〉粗食。粗茶淡飯。

そしらぬ[そ知らぬ]〈連語〉裝不知道。

そしり[謗り]〈名〉誹謗。

そし・る[謗る]〈他五〉誹謗。詆毁。

そすい[疎水]〈名〉①疏水。排水。②水渠。

そすう[素数]〈名〉(數)素數。質數。

そせい[粗製]〈名〉粗製。

そせい[組成]〈名・他サ〉組成。構成。

そせい[蘇生]〈名・自他サ〉蘇醒。復活。回生。

そぜい[租税]〈名〉租税。

そせき[礎石]〈名〉礎石。基石。基礎。

そせん[祖先]〈名〉祖先。

そそう[沮喪・阻喪]〈名・自サ〉沮喪。頹喪。

そそう[粗相]〈名・自サ〉疏忽。疏失。

そぞう[塑像]〈名〉塑像。

そそ・ぐ[注ぐ]Ⅰ〈自五〉①注入。流入。②降(雨)。Ⅱ〈他五〉①注入。灌入。②傾注。

そそ・ぐ[雪ぐ]〈他五〉雪(恥)。

そそくさ〈副・自サ〉忽忽。急忙。

そそっかし・い[形]冒失。輕率。慌張。

そそのか・す[唆す]〈他五〉慫恿。唆使。挑唆。

そそりた・つ[そそり立つ]〈自五〉聳立。矗立。屹立。

そそ・る〈自五〉引起。激起。

そぞろ[漫ろ]〈副・形動〉①漫然。飄飄然。②不由得。不知不覺地。

そぞろあるき[漫ろ歩き]〈名・自サ〉漫步。遊逛。

そだち[育ち]〈名〉①生長。②教育。

そだ・つ[育つ]〈自五〉生長。成長。

そだてのおや[育ての親]〈名〉養身父母。

そだ・てる[育てる]〈他下一〉①養育。撫養。②培養。教育。

そち[措置]〈名・他サ〉措施。處置。處理。

そちら[其方ら]〈代〉①那邊。②那個。③那位。④你。你那裏。

そつ〈名〉過失。疏忽。漏洞。

そつい[訴追]〈名・他サ〉起訴。提起公訴。

そつう[疎通]〈名・自サ〉疏通。溝通。

ぞっか[俗化]〈名・自サ〉庸俗化。

ぞっかい[俗界]〈名〉塵俗。塵世。

そっき[速記]〈名・他サ〉速記。

そっきゅう[速球]〈名〉(棒球)快球。

そっきゅう[速急]〈形動〉急速。快速。

そっきょう[即興]〈名〉即興。

そつぎょう[卒業]〈名・自サ〉畢業。

そっきん[即金]〈名〉現金。

そっきん[側近]〈名〉①親信。②侍從。

ソックス[socks]〈名〉短襪。

そっくりⅠ〈副〉全部。完全。Ⅱ〈形動〉一模一樣。

そっけつ[即決]〈名・他サ〉立即決定。立即裁決。

そっけな・い[形]冷淡。無情。

そっけもな・い[連語]枯燥無味。

そっこう[即効]〈名〉立即見效。立即生效。

そっこう[速攻]〈名・他サ〉速攻。快攻。

そっこう[速効]〈名〉速效。

ぞっこう[続行]〈名・自他サ〉繼續進行。

そっこうじょ[測候所]〈名〉氣象站。

そっこく[即刻]〈副〉即刻。立刻。

ぞっこく[属国]〈名〉屬國。

ぞっこん〈副〉從心眼裏。

そっせん[率先]〈名・自サ〉率先。帶頭。

そっち〈代〉→そちら。

そっちのけ〈名〉①扔在一邊。丟開不管。②卓絕。

そっちゅう[卒中]〈名〉卒中。中風。

そっちょく[率直]〈形動〉率直。直率。坦率。

そっと〈副〉偷偷地。悄悄地。輕輕地。

ぞっと〈副・自サ〉哆嗦。打戰。

そっとう[卒倒]〈名・自サ〉昏厥。昏倒。

そっぱ[反歯]〈名〉齙牙。

ソップ[sop]〈名〉湯。

そっぽ〈名〉外邊。旁邊。

そで[袖]〈名〉袖。袖子。

そでぐち[袖口]〈名〉袖口。

そでたけ[袖丈]〈名〉袖長。

そてつ[蘇鉄]〈名〉蘇鐵。鐵樹。

そでなし[袖無]〈名〉①無袖(衣服)。②坎肩。背心。

そでのした[袖の下]〈名〉賄賂。

そと[外]〈名〉外邊。外面。

そとうみ[外海]〈名〉外海。

そとがわ[外側]〈名〉外側。外面。

そとづら[外面]〈名〉外面。外表。

そとぼり[外堀・外壕]〈名〉護城河。

そとまた[外股]〈名〉八字腳。

そとまわり[外回り]Ⅰ〈名〉①外圍。周圍。②外環。③對外。Ⅱ〈名・自サ〉外勤。跑外勤。

そとみ[外見]〈名〉外觀。從外表看。

そなえ[備え]〈名〉備。準備。防備。

そなえ[供え]〈名〉供品。

そなえつ・ける[備え付ける]〈他下一〉設置。裝置。安裝。

そな・える[備える・具える]〈他下一〉①準備。防備。②備置。具有。③具備。具有。

ソナタ[sonata]〈名〉奏鳴曲。

そなた[其方]〈名〉彼方。彼處。

そなわ・る[備わる・具わる]〈自五〉備有。具備。具有。

ソネット[sonnet]〈名〉(歐洲)十四行詩。

そね・む[嫉む]〈他五〉→ねたむ。

その[其の]〈連体〉那。那個。

そのうえ[其の上]〈接〉而且。加之。

そのうち[其の内]〈副〉不久。近日。過些日子。

そのかわり[其の代り]〈接〉可是。但是。另一方面。

そのくせ[其の癖]〈接〉雖然…但是。儘管…可是。

そのくらい[其の位]〈連語〉那麼。那種程度。

そのご[其の後]〈副〉其後。以後。

そのころ[其の頃]〈連語〉那時。那個時候。

そのじつ[其の実]〈副〉其實。實際上。

そのせつ[其の節]〈連語〉那時。當時。

そのた[其の他]〈連語〉其他。其餘。

そのて[其の手]〈連語〉那一手。那種手段。

そのでん[其の伝]〈連語〉那種想法。那種做法。

そのとき[其の時]〈連語〉那時。

そのば[其の場]〈連語〉現場。當場。

そのはず[其の筈]〈連語〉當然。理所當然。

そのひ[其の日]〈名〉那天。當天。

そのひぐらし[其の日暮し]〈連語〉①勉強糊口。②得過且過。過一天算一天。

そのへん[其の辺]〈連語〉①那邊。那一帶。②那方面。③那種程度。

そのまま[其の儘]〈副〉①照原樣。原封不動。②一模一樣。

そのみち[其の道]〈名〉那方面。那一行。

そのもの[其の物]〈名〉①那個東西。②本身。③非常。

そば[側・傍]〈名〉側。傍。附近。

そば[蕎麦]〈名〉蕎麥。蕎麥麵條。

そばかす[雀斑]〈名〉雀斑。

そばだ・てる[欹てる]〈他下一〉側。傾。

そばづえ[側杖]〈名〉連累。牽連。

そばめ[側目]〈名〉①從側面看。從旁邊看。②旁觀。

そばやく[側役]〈名〉侍者。

そはん[粗飯]〈名〉(謙)便飯。粗茶淡飯。

そび・える[聳える]〈自下一〉聳立。屹立。

そびやか・す[聳やかす]〈他五〉聳。

そびょう[素描]〈名〉素描。

-そび・れる[接尾](接動詞連用形後)失掉機會。錯過機會。

そひん[粗品]〈名〉→そしな。

そふ[祖父]〈名〉祖父。外祖父。

ソファー[sofa]〈名〉沙發。

ソフト[soft]〈形動〉軟。柔軟。

ソフトローン[soft loan]〈名〉①無息貸款。②優惠貸款。

そふぼ[祖父母]〈名〉祖父母。外祖父母。

ソプラノ[soprano]〈名〉女高音。

そぶり[素振り]〈名〉舉止。舉動。態度。樣子。

そぼ[祖母]〈名〉祖母。外祖母。

そほう[粗放・疎放]〈名・形動〉粗放。草率。

そぼう[粗暴]〈名・形動〉粗暴。粗莽。

そほうか[素封家]〈名〉富豪。大財主。

そぼく[素朴]〈名・形動〉①樸素。樸實。②簡單。單純。

そまつ[粗末]〈形動〉①粗糙。簡陋。②簡慢。③浪費。

そま・る[染まる]〈自五〉①染上。②沾染。

そみつ[疎密・粗密]〈名〉疏密。

そむ・く[背く]〈自五〉違背。違反。違抗。

そむ・ける[背ける]〈他下一〉把…背過去。把…轉過去。

そめ[染め]〈名〉染。染色。

そめかえ・す[染め返す]〈他五〉再染。重染。改染。

そめこ[染め粉]〈名〉粉末染料。

そめもの[染め物]〈名〉染的布。

そ・める[染める]〈他下一〉①染。染色。②使(臉)變紅。③(用「手を染める」的形式)着手。開始。

そもそも[抑・抑抑]Ⅰ〈名〉最初。開始。Ⅱ〈接尾〉究竟。原來。説起來。

そや[粗野]〈名・形動〉粗野。粗魯。

そよう[素養]〈名〉素養。

そよが・す[戦がす]〈他五〉摇動。吹動。

そよかぜ[微風]〈名〉微風。

そよ・ぐ[戦ぐ]〈自五〉輕輕摇動。

そよそよ〈副〉輕輕吹動貌。

そら[空]〈名〉①天空。②天氣。③心情。心境。④背誦。

そらいろ[空色]〈名〉天藍色。

そらおそろし・い[空恐ろしい]〈形〉覺得害怕。

そら・す[反らす]〈他五〉①弄彎。②向後仰。

そら・す[逸らす]〈他五〉①岔開。②偏離。③轉移。④錯過。

そらぞらし・い[空空しい]〈形〉①虚偽。虚假。②裝糊塗。

そらだのみ[空頼み]〈名・他サ〉白指望。空盼望。

そらとぼ・ける[空惚ける]〈自下一〉裝糊塗。裝不知道。

そらなみだ[空涙]〈名〉假眼淚。

そらに[空似]〈名〉(没血緣關係的人)面貌相似。

そらまめ[空豆]〈名〉蠶豆。

そらみみ[空耳]〈名〉①聽錯。幻聽。②裝聽不見。

そらもよう[空模様]〈名〉①天色。天氣。②形势。

そり[反り]〈名〉①翹。彎曲。②(用「そりが合わない」的形式)脾氣不合。

そり[橇]〈名〉橇。雪橇。

そりかえ・る[反り返る]〈自五〉翹。彎曲。②挺胸。

そりみ[反り身]〈名〉挺胸。

そりゃく[粗略]〈名・形動〉草率。馬虎。簡慢。

そりゅうし[素粒子]〈名〉基本粒子。粒子。

そ・る[反る]〈自五〉①翹。彎曲。②身體向後彎曲。

そ・る[剃る]〈他五〉剃。刮。

それ[其れ]〈代〉那。那個。

それから[接]①接着。②以後。然後。③另外。還有。

それきり[副]①只有那些。②再没。

それこそ[連語]那才。那正是。

それしき[其れしき]〈名〉那麼一點點。那種程度。

それぞれ[其れ其れ]〈名〉各個。各自。每個。

それだけ[其れだけ]〈副〉①只有那些。②唯獨那個。③相應地。

それっきり〈副〉→それきり。

それで[接]①因此。所以。②那麼。後來。

それでも[接]儘管如此。可是。

それどころか[連語]豈止如此。恰恰相反。

それとなく[副]暗中。委婉地。

それとも[接]或者。還是。

それなのに[接]儘管…可是。

それなら[接]那麼。那樣。

それなり[副]①就那樣。②相應地。

それに[接]而且。加上。

それにしても[接]儘管如此。

それはそうと[連語]那先不説。可是。另外。

それはそれは[副・感]①非常。②哎呀。

それほど[其程]〈副〉那種程度。那種程度。

それゆえ[其故]〈接〉因此。所以。

そ・れる[逸れる]〈自下一〉偏離。

ソロ[solo]〈名〉①獨唱。獨奏。②單獨表演。

そろい[揃い]Ⅰ〈名〉①成套。成副。成組。②(衣服)一樣,相同。Ⅱ〈接尾〉套。副。組。

-ぞろい[揃い]〈接尾〉全部是。

そろ・う[揃う]〈自五〉①齊全。齊備。②到齊。聚齊。③相同。一致。

そろう[疎漏]〈名・形動〉疏漏。疏忽。潦草。

そろ・える[揃える]〈他下一〉使…一致。

使…齊備。

そろそろ〈副〉①慢慢。②漸漸。③就要。快要。該。

ぞろぞろ〈副〉①成群結隊。一個跟一個。②(長長地)拖拉着。

そろばん[算盤]〈名〉算盤。

ぞろり〈副〉①一大串。一大堆。②(衣着)華麗。

そわそわ〈副・自サ〉心神不定。坐立不安。

そん[損] I 〈名〉損失。賠本。吃虧。II 〈形動〉不利。

そんえき[損益]〈名〉損益。盈虧。

そんかい[損壞]〈名・自他サ〉損壞。毀壞。

そんがい[損害]〈名・他サ〉①損害。損失。②破損。損壞。③死亡。傷亡。

そんがい[存外]〈副・形動〉→あんがい。

そんき[損気]〈名〉損失。吃虧。

ソング[song]〈造語〉歌。歌曲。

そんけい[尊敬]〈名・他サ〉尊敬。

そんげん[尊嚴]〈名・形動〉尊嚴。

そんざい[存在]〈名・自サ〉①存在。②人物。③資格。

ぞんざい[存在]〈形動〉草率。粗魯。不禮貌。

ぞんじ[存じ・存知]〈名〉知道。瞭解。

そんしつ[損失]〈名・自他サ〉損失。損害。

そんしょう[尊稱]〈名〉尊稱。

そんしょう[損傷]〈名・自他サ〉損傷。損壞。

そんしょく[遜色]〈名〉遜色。

そん・ずる[損ずる]〈他サ〉→そこなう。

そんぞく[存續]〈名・自他サ〉存續。延續。連續。

そんぞく[尊屬]〈名〉尊親。

そんだい[尊大]〈名・形動〉尊大。自高自大。

そんたく[忖度]〈名・他サ〉忖度。揣度。

そんちょう[村長]〈名〉村長。

そんちょう[尊重]〈名・形動〉尊重。重視。

そんとく[損得]〈名〉得失。損益。

ゾンデ[Sonde]〈名〉醫〉探頭。探針。

そんな〈連体〉那樣。那麼。那種。

そんぴ[存否]〈名〉①存否。有無。②健在與否。

そんぴ[尊卑]〈名〉尊卑。

そんぷ[尊父]〈名〉令尊。

ぞんぶん[存分]〈副・形動〉儘量。儘情。儘興。

そんぼう[存亡]〈名〉存亡。

そんみん[村民]〈名〉村民。

ぞんめい[存命]〈名・自サ〉在世。活着。

そんもう[損耗]〈名・自他サ〉損耗。消耗。虧損。

そんらく[村落]〈名〉村落。

そんりつ[存立]〈名〉存在。

そんりょう[損料]〈名〉租金。折舊費。

た　タ

た〈助動〉表示動作的過去或完了。

た[田]〈名〉田。水田。

た[他]〈名〉①他。其他。②他人。別人。③別處。

た[多]〈名〉多。

だ〈助動〉是。

たあい[他愛]〈名〉愛他。利他。

ダーウィニズム[Darwinism]〈名〉達爾文主義。

ダークホース[dark horse]〈名〉實力莫測的競争對手。

ダース[打]〈接尾〉打(十二個)。

ターバン[turban]〈名〉(印度人、回教徒等纏的)頭巾。

ダービー[Derby]〈名〉①大賽馬。②(棒球)冠軍賽。

タービン[turbine]〈名〉透平。渦輪機。

ターボジェット[turbo jet]〈名〉渦輪噴氣發動機。

ターミナル[terminal]〈名〉(公路、鐵路、航空)終點站,樞紐站。

ダーリン[darling]〈名〉①(夫婦間的愛稱)親愛的。②(在別人面前稱自己的丈夫)妻子。

タール[tar]〈名〉瀝青。焦油。煤焦油。

ターン[turn]〈名・自〉①旋轉。②轉變方向。改變路綫。③(游泳)轉身。

たい[鯛]〈名〉鯛魚。加級魚。

たい[体]〈名〉①身體。②樣子。體裁。形式。③本質。④(佛像、屍體)座,具。

たい[対]〈名〉①對。②對等。同等。③反面。

たい[隊]Ⅰ〈名〉隊。隊伍。Ⅱ〈接尾〉隊。

たい[他意]〈名〉他意。

-たい[度い]〈助動〉(接動詞,助動詞連用形後)想。打算。

タイ[tie]〈名〉①平記録。②平局。③領帶。④(樂)連接綫。

だい[大]Ⅰ〈名〉①大。②大月。③大人。Ⅱ〈接尾〉(同樣)大。

だい[代]Ⅰ〈名〉①代。一代。②錢。費。貨款。Ⅱ〈接尾〉①年代。②(用在十、二十、三十等數詞後表示大約的年齡)…多歲。…來歲。

だい[台]Ⅰ〈名〉台子。台。Ⅱ〈接尾〉①台。架。輛。②(用在價格、年代、年齡的數量詞後表示概數)多。

だい[題]〈名〉題。題目。

だい-[第]〈接頭〉第。

たいあたり[体当り]〈名・自サ〉①用身體衝撞。②拚命。全力。

タイアップ[tie-up]〈名・自サ〉聯合。協作。

たいあん[大安]〈名〉黄道吉日。

たいあん[対案]〈名〉異案。

だいあん[代案]〈名〉代替方案。

たいい[大尉]〈名〉大尉。上尉。

たいい[大意]〈名〉大意。

たいい[体位]〈名〉①體質。②姿勢。

たいい[退位]〈名・自サ〉退位。

たいいく[体育]〈名〉體育。

だいいち[第一]〈名〉第一。

だいいちいんしょう[第一印象]〈名〉第一印象。

だいいちぎ[第一義]〈名〉第一義。根本的意義。

だいいちにんしゃ[第一人者]〈名〉首屈一指的人。最高權威。

だいいっせん[第一線]〈名〉第一綫。

たいいん[退院]〈名・自サ〉出院。

たいいん[隊員]〈名〉隊員。

たいいんれき[太陰暦]〈名〉太陰曆。陰曆。

たいえい[退嬰]〈名〉退縮。保守。頹廢。

たいえき[退役]〈名・自サ〉退役。退伍。

ダイエット[diet]〈名〉①議會。國會。②(爲治療等)規定的飲食。

たいおう[対応]〈名・自サ〉對應。適應。相應。

だいおうじょう[大往生]〈名・自サ〉大往生。安然死去。

たいおん[体温]〈名〉體溫。

だいおんじょう[大音声]〈名〉大聲。大聲音。

たいか[大火]〈名〉大火。大火災。

たいか[大家]〈名〉①大房子。②大家。名門。③大家。權威。

たいか[大過]〈名〉大過錯。

たいか[耐火]〈名〉耐火。

たいか[退化]〈名・自サ〉退化。

たいか[滞貨]〈名〉滯銷貨。

たいが[大河]〈名〉大河。

だいか[代価]〈名〉①代價。②貨款。

たいかい[大会]〈名〉大會。

たいかい[退会]〈名・自サ〉退會。

たいかい[大海]〈名〉大海。

たいがい[大概]Ⅰ〈名〉①概略。梗概。②大部分。差不多。③適度。Ⅱ〈副〉大概。大體。多半。

たいがい[対外]〈名〉對外。

たいかく[体格]〈名〉體格。

たいがく[退学]〈名・自サ〉退學。

だいがく[大学]〈名〉大學。

たいかくせん[対角線]〈名〉對角線。

たいかつ[大喝]〈名・自サ〉大喝。大聲申斥。

たいかん[耐寒]〈名〉耐寒。

たいかん[退官]〈名・自サ〉辭官。

たいがん[大願]〈名〉大願。

たいがん[対岸]〈名〉對岸。

だいかん[大寒]〈名〉大寒。

たいかんしき[戴冠式]〈名〉加冕典禮。

たいき[大気]〈名〉大氣。

たいき[待機]〈名・自サ〉待機。

たいぎ[大義]〈名〉大義。

たいぎ[大儀]Ⅰ〈名〉隆重儀式。Ⅱ〈形動〉①費事。麻煩。②吃力。辛苦。

だいぎ[台木]〈名〉砧木。

だいぎいん[代議員]〈名〉代議員。

たいぎご[対義語]〈名〉反義詞。

だいぎし[代議士]〈名〉衆議院議員。

たいきばんせい[大器晩成]〈名〉大器晩成。

たいきゃく[退却]〈名・自サ〉退郤。

たいきゅう[耐久]〈名〉耐久。持久。

だいきゅう[代休]〈名〉換休。補假。

たいきょ[大挙]〈名・自サ〉大舉。

たいきょ[退去]〈名・自サ〉退出。離開。

たいきょう[胎教]〈名〉胎教。

たいぎょう[大業]〈名〉大業。

たいきょく[大局]〈名〉大局。

たいきょく[対局]〈名・自サ〉對局。

たいきょくけん[太極拳]〈名〉太極拳。

だいきらい[大嫌い]〈形動〉非常討厭。

たいきん[大金]〈名〉巨款。

たいきん[退勤]〈名・自サ〉下班。

だいきん[代金]〈名〉貨款。

だいく[体躯]〈名〉身材。體格。

だいく[大工]〈名〉木匠。

たいくう[対空]〈名〉對空。

たいくう[滞空]〈名〉續航。

たいぐう[待遇]〈名・他サ〉①待遇。②招待。款待。

たいくつ[退屈]〈名・形動・自サ〉無聊。寂寞。厭倦。

たいぐん[大軍]〈名〉大軍。

たいぐん[大群]〈名〉大群。

たいけい[大計]〈名〉大計。

たいけい[体系]〈名〉體系。系統。

だいけい[台形]〈名〉梯形。

たいけつ[対決]〈名・自サ〉①對質。對證。②對抗。抗爭。

たいけん[体験]〈名・他サ〉體驗。經驗。

たいげん[大言]〈名・自サ〉大話。説大話。

たいげん[体言]〈名〉(語法)體言。

たいげん[体現]〈名・他サ〉體現。

たいこ[太古]〈名〉太古。

たいこ[太鼓]〈名〉鼓。

たいご[隊伍]〈名〉隊伍。

たいこう[大綱]〈名〉大綱。

たいこう[対抗]〈名・自サ〉對抗。抗衡。

たいこう[対校]Ⅰ〈名〉學校對學校。校際。Ⅱ〈名・他サ〉校對。校勘。

たいこう[退校]〈名・自サ〉①退校。放學。②退學。

だいこう[代行]〈名・他サ〉代行。

だいこう[代講]〈名・自サ〉代講。代課。

たいこく[大国]〈名〉大國。

だいこくばしら[大黒柱]〈名〉①頂樑柱。②棟樑。台柱子。

たいこばし[太鼓橋]〈名〉拱橋。

たいこばら[太鼓腹]〈名〉大肚子。大腹便便。

たいこばん[太鼓判]〈名〉①大圖章。②可靠的保證。

だいごみ[醍醐味]〈名〉妙味。樂趣。

たいこもち[太鼓持]〈名〉幫閑。溜鬚拍馬的人。

だいこん[大根]〈名〉蘿蔔。

たいさ[大佐]〈名〉大校。上校。

たいさ[大差]〈名〉大差。

たいざ[対座]〈名・自サ〉對坐。

たいざい[滞在]〈名・自サ〉停留。逗留。

だいざい[題材]〈名〉題材。

たいさく[大作]〈名〉①大作。優秀作品。②巨著。

だいさく[代作]〈名・他サ〉代作。代寫。

たいさつ[大冊]〈名〉巨著。

たいさん[退散]〈名・自サ〉①散去。②逃去。

たいさん[耐酸]〈名〉耐酸。

たいざん[大山]〈名〉大山。

だいさんしゃ[第三者]〈名〉第三者。

たいし[大志]〈名〉大志。

たいし[大使]〈名〉大使。

たいし[太子]〈名〉太子。

たいじ[対峙]〈名・自サ〉對峙。相持。

たいじ[胎児]〈名〉胎兒。

たいじ[退治]〈名・他サ〉消滅。征服。

だいし[台紙]〈名〉台紙。版紙。硬板紙。

だいじ[大事]Ⅰ〈名〉大事。大事業。Ⅱ〈形動〉①重要。②愛護。

だいじ[題辞]〈名〉題辭。

ダイジェスト[digest]〈名・他サ〉摘要。文摘。

だいしぜん[大自然]〈名〉大自然。

たいした[大した]〈連体〉①很。非常。了不起。②〈下接否定語〉没什麼了不起。

たいしつ[体質]〈名〉體質。

たいして[大して]〈副〉〈下接否定語〉並不。並没。

たいしゃ[大赦]〈名〉大赦。

たいしゃ[代謝]〈名・自サ〉代謝。

たいしゃ[退社]〈名・自サ〉①〈從公司〉辭職。②〈從公司〉下班。

だいじゃ[大蛇]〈名〉大蛇。蟒。

たいしゃく[貸借]〈名・他サ〉借貸。

だいしゃりん[大車輪]〈名〉①〈單槓〉大回環。②拚命。

たいじゅ[大樹]〈名〉大樹。

たいしゅう[大衆]〈名〉大衆。群衆。

たいしゅう[体臭]〈名〉體臭。②〈作品的〉獨特風格。

たいじゅう[体重]〈名〉體重。

たいしゅつ[退出]〈名・自他〉退出。退下。

たいしゅつ[帯出]〈名・他サ〉帶出。攜出。

たいしょ[大所]〈名〉大處。要點。

たいしょ[大暑]〈名〉①〈節氣〉大暑。②酷暑。

たいしょ[対処]〈名・自サ〉對待。應付。適應。

だいしょ[代書]〈名・他サ〉代書。代筆。

たいしょう[大将]〈名〉①大將。②頭頭。頭目。首領。

たいしょう[大勝]〈名・自サ〉大勝。大捷。

たいしょう[対称]〈名〉對稱。

たいしょう[対象]〈名〉對象。

たいしょう[対照]〈名・他サ〉對照。對比。

たいしょう[隊商]〈名〉商隊。

たいじょう[退場]〈名・自サ〉①退場。②下場。

だいしょう[大小]〈名〉①大小。②〈武士佩帶的〉大刀和小刀。

だいしょう[代償]〈名〉①賠償。補償。②替人賠償。③代價。

だいじょう[大乗]〈名〉①〈佛〉大乘。②大局。

だいじょうだん[大上段]〈名〉①〈揮刀〉過頂。②威壓。

だいじょうふ[大丈夫]〈名〉大丈夫。

だいじょうぶ[大丈夫]〈形動〉不要緊。没

關係。

たいしょく[大食]〈名・自サ〉暴飲暴食。飯量大。

たいしょく[耐蝕・耐食]〈名〉耐蝕。

たいしょく[退色・褪色]〈名・自サ〉褪色。掉色。

たいしょく[退職]〈名・自サ〉退職。

だいじり[台尻]〈名〉槍托底部。

たいしん[耐震]〈名〉抗震。

たいじん[大人]〈名〉①大人。成人。②(長輩、長官)大人。

たいじん[対人]〈名〉對人。

たいじん[退陣]〈名・自サ〉①退出陣地。②下台。

だいしん[代診]〈名・他サ〉代診。

だいじん[大臣]〈名〉大臣。

だいじん[大尽]〈名〉①大財主。②揮金如土的嫖客。

だいしんさい[大震災]〈名〉大地震。

だいじんぶつ[大人物]〈名〉大人物。

だいず[大豆]〈名〉大豆。

たいすい[耐水]〈名〉耐水。不透水。

たいすう[対数]〈名〉(數)對數。

だいすう[代数]〈名〉代數。

だいすき[大好き]〈形動〉非常喜歡。

たい・する[体する]〈他タ〉理解。體會。

たい・する[対する]〈自サ〉①對於。②對比。對照。③對待。④面對。相對。

だい・する[題する]〈他サ〉①命題。②題字。題辭。

たいせい[大成]〈名・自他サ〉①集大成。②出色完成。

たいせい[大勢]〈名〉大勢。大局。

たいせい[体制]〈名〉體制。體系。制度。

たいせい[態勢]〈名〉狀態。姿態。

たいせい[対生]〈名・自サ〉(植)(枝葉)對生。

たいせい[胎生]〈名〉胎生。

たいせい[退勢]〈名〉頹勢。

たいせいよう[大西洋]〈名〉大西洋。

たいせき[体積]〈名〉體積。

たいせき[退席]〈名・自サ〉退席。

たいせき[堆積]〈名・自他サ〉堆積。

たいせつ[大切]〈形動〉①重要。要緊。寶貴。②愛惜。保重。

たいせん[大戦]〈名〉大戰。

たいせん[対戦]〈名・自サ〉對戰。交鋒。比賽。

たいぜん[泰然]〈形動〉泰然。

だいぜんてい[大前提]〈名〉大前提。

たいそう[大層]〈副・形動〉很。非常。

たいそう[体操]〈名〉體操。

だいそれた[大それた]〈連体〉毫無道理。無法無天。狂妄。

だいだ[怠惰]〈名・形動〉怠惰。懶惰。

だいたい[大体]Ⅰ〈名〉概要。梗概。Ⅱ〈副〉①大體。大致。②本來。原來。根本。

だいたい[大隊]〈名〉大隊。營。

だいたい[大腿]〈名〉大腿。

だいたい[代替]〈名・他サ〉代替。

だいだい[橙]〈名〉酸橙。代代花。

だいだい[代代]〈名〉代代。輩輩。

だいだいてき[大大的]〈形動〉大大的。大規模的。

たいたすう[大多数]〈名〉大多數。

たいだん[対談]〈名・自サ〉對談。交談。

たいだん[退団]〈名・自サ〉退團。退出團體。

だいたん[大胆]〈名・形動〉①大膽。勇敢。②冒失。厚臉皮。

だいだんえん[大団円]〈名〉大團圓。

だいち[大地]〈名〉大地。

だいち[台地]〈名〉台地。

だいち[代置]〈名・他サ〉代替。代換。替換。

たいちょう[退潮]〈名〉①退潮。落潮。②衰落。

たいちょう[隊長]〈名〉隊長。

たいちょう[大腸]〈名〉大腸。

だいちょう[台帳]〈名〉底帳。總帳。

タイツ[tights]〈名〉緊身褲。

たいてい[大抵]〈副・形動〉①大抵。大體。差不多。②適當地。③大概。也許。④(下接否定語)一般。普通。

たいてい[退廷]〈名・自サ〉退出法庭。

たいてき[大敵]〈名〉大敵。

たいてん[大典]〈名〉大典。

たいてん[退転]〈名・自サ〉①倒退。②流落他鄉。

たいと[泰斗]〈名〉泰斗。

たいど[態度]〈名〉態度。

たいとう[抬頭]〈名・自サ〉抬頭。

たいとう[対等]〈形動〉對等。平等。

たいどう[胎動]〈名・自サ〉①胎動。②前兆。苗頭。

だいどう[大道]〈名〉大道。②道德。

だいどうしょうい[大同小異]〈名〉大同小異。

だいどうだんけつ[大同団結]〈名・自サ〉求同存異，團結一致。

だいどうみゃく[大動脈]〈名〉大動脈。

だいとうりょう[大統領]〈名〉總統。

たいとく[体得]〈名・他サ〉掌握。領會。

だいどく[代読]〈名・他サ〉代讀。

だいどころ[台所]〈名〉厨房。

タイトル[title]〈名〉①題目。標題。②頭銜。③錦標。④〈電影〉字幕。

たいない[体内]〈名〉體内。

たいない[対内]〈名〉對内。

たいない[胎内]〈名〉胎内。

だいなし[台無し]〈名〉糟蹋。作踐。弄壞。斷送。

ダイナマイト[dynamite]〈名〉甘油炸藥。

ダイナミック[dynamic]〈形動〉强有力。雄壯有力。

ダイナモ[dynamo]〈名〉發電機。

だいなん[大難]〈名〉大難。

だいにぎ[第二義]〈名〉第二義。

たいにち[滞日]〈名・自サ〉(外國人)在日本逗留。

だいにゅう[代入]〈名・他サ〉(數)代入。

たいにん[大任]〈名〉重任。

たいにん[退任]〈名・自サ〉卸任。退職。

だいにん[代人]〈名〉代理。代理人。

ダイニングキッチン[dining kitchen]〈名〉厨房兼餐室。

ダイニングルーム[dining room]〈名〉食堂。

たいねつ[耐熱]〈名〉耐熱。②耐暑。

だいの[大の]〈連体〉①大。②很。極。非常。

たいのう[滞納]〈名・他サ〉滯納。拖欠。

だいのう[大脳]〈名〉大腦。

だいのう[大農]〈名〉大規模農業。

たいは[大破]〈名・自他サ〉大破。嚴重毀壞。

たいはい[大敗]〈名・自サ〉大敗。

たいはい[退廃]〈名・自サ〉頽廢。

だいばかり[台秤]〈名〉台秤。磅秤。

だいはちぐるま[八八車]〈名〉大板車。排子車。

たいばつ[体罰]〈名〉體罰。

たいはん[大半]〈名〉大半。多半。大部分。

たいばん[胎盤]〈名〉胎盤。

だいばんじゃく[大盤石]〈名〉大磐石。

たいひ[対比]〈名・他サ〉對比。對照。

たいひ[待避]〈名・自サ〉(列車)待避。

たいひ[退避]〈名・自サ〉退避。躲避。疏散。

たいひ[堆肥]〈名〉堆肥。

タイピスト[typist]〈名〉打字員。

だいひつ[代筆]〈名・他サ〉代筆。

たいびょう[大病]〈名〉大病。

だいひょう[代表]〈名・他サ〉代表。

だいひょうひまん[大兵肥満]〈名〉彪形大漢。

たいぶ[大部]〈名〉①大部頭。②大部分。

タイプ[type]Ⅰ〈名〉類型。Ⅱ〈名・他サ〉打字。

だいぶ[大分]〈副〉很。相當。

たいふう[台風]〈名〉颱風。

だいふくちょう[大福帳]〈名〉流水帳。

だいぶつ[大仏]〈名〉大佛。

だいぶつ[代物]〈名〉代用品。

たいぶつレンズ[対物レンズ]〈名〉物鏡。接物鏡。

だいぶぶん[大部分]〈名〉大部分。

タイプライター[typewriter]〈名〉打字機。

たいぶんすう[帯分数]〈名〉帯分數。

たいへい[太平]〈名〉太平。

たいへいよう[太平洋]〈名〉太平洋。

たいへいらく[太平楽]〈名〉寬心話。信口

開河。

たいべつ[大別]〈名・他サ〉大致區別。

たいへん[大変]〈副・形動〉①很。非常。②驚人。很多。③費力。艱辛。④嚴重。不得了。

だいべん[大便]〈名〉大便。

だいべん[代弁]〈名・他サ〉①替人賠償。②代爲辯解。③代辦事務。

たいほ[退歩]〈名・自サ〉退步。

たいほ[逮捕]〈名・他サ〉逮捕。

たいほう[大砲]〈名〉大炮。

たいぼう[待望]〈名・他サ〉期望。盼望。等待。

たいぼう[耐乏]〈名〉忍受艱苦。

たいぼく[大木]〈名〉大樹。

だいほんざん[大本山]〈名〉(佛)總寺院。

だいほん[台本]〈名〉脚本。

たいま[大麻]〈名〉大麻。綫麻。

タイマー[timer]〈名〉①計時員。②秒錶。定時器。

たいまい[大枚]〈名〉巨款。很多錢。

たいまい[玳瑁]〈名〉玳瑁。

たいまつ[松明]〈名〉松明。火把。火炬。

たいまん[怠慢]〈名・形動〉怠慢。疏忽。玩忽。

だいみょう[大名]〈名〉(日本封建時代的)大名。諸侯。

タイミング[timing]〈名〉時機。

タイム[time]〈名〉①時間。②(比賽)暫停。

タイムアウト[time-out]〈名〉(比賽)暫停。

タイムアップ[time up]〈名〉(比賽)時間到。

タイムテーブル[time table]〈名〉時刻表。時間表。

タイムトンネル[time tunnel]〈名〉時間隧道。

タイムリー[timely]〈形動〉適時。

だいめい[題名]〈名〉題名。標題。

だいめいし[代名詞]〈名〉代词。代名詞。

たいめん[体面]〈名〉體面。面子。名譽。

たいめん[対面]〈名・自サ〉見面。相會。

たいもう[大望]〈名〉①宏願。大志。②奢

望。

だいもく[題目]〈名〉題目。標題。

タイヤ[tire]〈名〉輪胎。外胎。

ダイヤ[diamond]〈名〉①鑽石。金剛石。②列車時刻表。③(撲克)方塊。

たいやく[大役]〈名〉重任。

たいやく[大厄]〈名〉大難。大禍。

たいやく[対訳]〈名・他サ〉對譯。

だいやく[代役]〈名・自サ〉替角。代演。

ダイヤグラム[diagram]〈名〉①圖表。②列車時刻表。③日程表。

ダイヤモンド[diamond]〈名〉鑽石。金剛石。

ダイヤル[dial]〈名〉①刻度盤。②(電話)撥號盤。

たいよ[貸与]〈名・他サ〉貸與。借給。

たいよう[大洋]〈名〉大洋。

たいよう[大要]〈名〉大要。

たいよう[太陽]〈名〉太陽。

たいよう[耐用]〈名〉耐用。

だいよう[代用]〈名・他サ〉代用。

たいようしゅう[大洋洲]〈名〉大洋洲。

たいよく[大欲]〈名〉①大慾。②貪婪。

たいら[平]Ⅰ〈名〉隨便坐。盤腿坐。Ⅱ〈形動〉平。平坦。

たいら・ぐ[平らぐ]〈自五〉(戦争、動亂)平定,平息。

たいら・げる[平らげる]〈他下一〉①平定。平息。②吃光。

だいり[代理]〈名・他サ〉代理(人)。

だいりき[大力]〈名〉大力(士)。

たいりく[大陸]〈名〉大陸。

だいりせき[大理石]〈名〉大理石。

たいりつ[対立]〈名・自サ〉對立。

たいりゃく[大略]〈名〉大略。大概。

たいりゅう[対流]〈名〉對流。

たいりゅう[滞留]〈名・自サ〉①滯留。停留。②停滯。

たいりょう[大量]〈名〉大量。大批。成批。

たいりょう[大漁]〈名〉漁業豐收。

たいりょく[体力]〈名〉體力。

たいりん[大輪]〈名〉大朵(花)。

タイル[tile]〈名〉瓷磚。

たいれつ[隊列]〈名〉隊列。隊伍。

たいろ[退路]〈名〉退路。

だいろっかん[第六感]〈名〉第六感。

たいわ[對話]〈名・自サ〉對話。交談。

たうえ[田植]〈名〉插秧。

ダウしきへいきんかぶか[ダウ式平均株價]〈名〉道瓊斯股票指數。

ダウン[down]〈名〉①向下。向下。倒下。降落。②(拳撃)倒下。③失去積極性。④(棒球)出局。⑤(網球等)丟發球權。

たえがた・い[堪え難い]〈形〉難以忍受。

だえき[唾液]〈名〉唾液。

たえしの・ぶ[堪え忍ぶ]〈他五〉忍耐。忍受。

たえず[絶えず]〈副〉不斷。

たえだえ[断断]〈副・形動〉①斷斷續續。②眼看要斷。

たえて[絶えて]〈副〉①好久。一直。②(下接否定語)一點也(不)。總也(沒)。

たえなる[妙なる]〈連体〉美妙。絶妙。

たえま[絶え間]〈名〉縫兒。空隙。間隙。

た・える[堪える・耐える]〈自下一〉①忍。忍受。忍耐。②經受。禁受。③值得。

た・える[絶える]〈自下一〉斷。斷絶。

だえん[楕円]〈名〉橢圓。

たお・す[倒す]〈他五〉①弄倒。放倒。②打倒。推翻。③打死。殺死。④賴帳。賴債。

たおやか〈形動〉婀娜。優美。

タオル[towel]〈名〉毛巾。

たお・る[手折る]〈他五〉①折取(花枝等)。②弄到手。

たお・れる[倒れる]〈自下一〉①倒。垮。②病倒。③倒閉。④死。

たか[高]〈名〉①量。額。②程度。

たか[鷹]〈名〉鷹。

たか[多寡]〈名〉多寡。多少。

だが〈接〉但是。可是。

たか・い[高い]〈形〉①高。②(價格)貴。

たかい[他界]〈名・自サ〉去世。逝世。

たがい[互い]〈名〉①雙方。②彼此。互相。大家。

だかい[打開]〈名・他サ〉①打開。②克服。

解決。

たがいちがい[互い違い]〈名〉交替。交錯。相間。

たかいびき[高鼾]〈名〉大鼾聲。

たが・う[違う]〈自五〉①違反。②不一致。

たが・える[違える]〈他下一〉①違反。違背。②使不一致。

たかく[多角]〈名〉①多角。②多種。多方面。

たがく[多額]〈名〉巨額。大數量。

たかさ[高さ]〈名〉高。高度。高低。高矮。

だがし[駄菓子]〈名〉粗點心。

たかしお[高潮]〈名〉①風暴潮。②海嘯。

たかだい[高台]〈名〉高地。高崗。

たかだか[高高]〈副〉①高高地。②至多。頂多。

だかつ[蛇蝎]〈名〉蛇蝎。

だがっき[打楽器]〈名〉打擊樂器。

たててこて[高手小手]〈名〉五花大綁。反剪兩臂(綁起)。

たかどの[高殿]〈名〉高閣。

たかとび[高飛]〈名・自サ〉逃跑。

たかとび[高跳]〈名〉跳高。

たかな・る[高鳴る]〈自五〉①大鳴。發出大聲。②心潮澎湃。

たかね[高値]〈名〉高價。

たかね[高嶺]〈名〉高峰。

たがね[鏨]〈名〉鏨刀。鋼鏨。鋼釺。

たかびしゃ[高飛車]〈形動〉高壓(手段)。強硬(態度)。

たかぶ・る[高ぶる]〈自五〉①高傲。自大。②興奮。緊張。

たかまくら[高枕]〈名〉安睡。高枕無憂。

たかま・る[高まる]〈自五〉高漲。提高。增強。

たかみ[高み]〈名〉高處。

たか・める[高める]〈他下一〉提高。

たがや・す[耕す]〈他五〉耕。

たかようじ[高楊枝]〈名〉悠閑地用牙簽剔牙。

たから[宝]〈名〉寶。寶物。寶貝。

だから〈接〉因爲。因此。所以。

たからか[高らか]〈形動〉高聲。大聲。

たからくじ[宝籤]〈名〉彩票。獎券。

たからぶね[宝船]〈名〉寶船。

たからもの[宝物]〈名〉寶物。

たか・る〈自五〉①成群。聚集。②敲詐。勒索。

-たが・る〈助動〉(接動詞連用形後表示第三者)想，要，希望。

たかわらい[高笑い]〈名・自サ〉大笑。

たかん[多感]〈名・形動〉多愁善感。

だかん[兌換]〈名・他サ〉兌換。

たき[滝]〈名〉瀑布。

たき[多岐]〈名・形動〉多歧。複雜。多方面。

たぎ[多義]〈名・形動〉多義。

だき[唾棄]〈名・他サ〉唾棄。

だきあ・う[抱き合う]〈他五〉擁抱。

だきあ・げる[抱き上げる]〈他下一〉抱起。

だきあわせ[抱合せ]〈名〉(好壞貨)搭配(出售)。

だきおこ・す[抱き起こす]〈他五〉抱起。扶起。

たきぎ[薪]〈名〉薪。木柴。

たきぐち[焚口]〈名〉爐口。爐門。

たきこ・む[炊き込む]〈他五〉(把幾種食品)一起煮。

だきこ・む[抱き込む]〈他五〉①摟在懷裏。②拉攏。籠絡。

タキシード[tuxedo]〈名〉無尾晚禮服。

だきし・める[抱き締める]〈他下一〉抱住。摟緊。

だきすく・める[抱き竦める]〈他下一〉緊緊抱住。

たきだし[炊出し]〈名〉燒飯(賑災)。

だきつ・く[抱き着く]〈自五〉抱住。摟住。

たきつけ[焚付]〈名〉引柴。引火柴。

たきつ・ける[焚き付ける]〈他下一〉①點(火)。②煽動。唆使。

たきび[焚火]〈名〉①篝火。②爐火。

たきょう[他郷]〈名〉他鄉。

だきょう[妥協]〈名・自サ〉妥協。

たぎ・る[滾る]〈自五〉①(水等)滾開，沸騰。②(急流)翻滾。③(感情)激動。

た・く[炊く]〈他五〉煮。燒。

た・く[焚く]〈他五〉焚。燒。生(火)。

たく[宅]〈名〉①我家。②(妻子對別人稱自己的丈夫)我丈夫。

たく[卓]〈名〉桌。案。

だ・く[抱く]〈他五〉抱。摟。摟抱。

たくあん[沢庵]〈名〉(米糠醃的)鹹蘿蔔。

たぐい[類]〈名〉類。同類。

たくえつ[卓越]〈名・自サ〉卓越。

だくおん[濁音]〈名〉濁音。

たくさん[沢山]〈副・形動〉①很多。許多。②足够。够了。

たくしあ・げる[たくし上げる]〈他下一〉挽起。捲起。捋起。

タクシー[taxi]〈名〉出租汽車。

たくじしょ[託児所]〈名〉託兒所。

たくじょう[卓上]〈名〉桌上。台式。

たくしょく[拓殖]〈名・自サ〉①開闢殖民地。②拓荒移民。

たくしん[宅診]〈名〉(醫生在自己家看病)門診。

だくすい[濁水]〈名〉濁水。渾水。

たく・する[託する]〈他サ〉寄託。託付。

たくぜつ[卓絶]〈名・自サ〉卓絕。卓越。

たくそう[託送]〈名・他サ〉託運。

だくだく[副](汗流、血流)如注。

たくち[宅地]〈名〉住宅用地。

だくてん[濁點]〈名〉濁音符號。

タクト[tact]〈名〉①拍子。②指揮棒。

たくはつ[托鉢]〈名・自サ〉(佛)托鉢(化緣)。

たくばつ[卓抜]〈名・形動・自サ〉卓越。傑出。

だくひ[諾否]〈名〉答應與否。

タグボート[tugboat]〈名〉拖船。拖輪。

たくほん[拓本]〈名〉拓本。

たくま[琢磨]〈名・サ〉琢磨。

たくまし・い[逞しい]〈形〉①魁偉。魁梧。苗壯。②旺盛。

たくましゅう・する[逞しゅうする]〈他サ〉①逞。②妄為。

たくみ[巧み]Ⅰ〈名〉技巧。Ⅱ〈形動〉巧。巧妙。

たく・む[巧む]〈他五〉①施技巧。下工夫。②搗鬼。要陰謀。

たくら・む[企む]〈他五〉策劃。謀劃。企圖。

だくりゅう[濁流]〈名〉濁流。

たぐ・る[手繰る]〈他五〉①捯。②追溯。

たくろん[卓論]〈名〉高論。卓見。

たくわえ[蓄え]〈名〉儲備。積蓄。

たくわ・える[蓄える]〈他下一〉①儲備。積蓄。②蓄。留(鬚髯)。

たけ[丈]〈名〉①高矮。長短。②一切。全部。

たけ[竹]〈名〉竹子。

たけ[茸]〈名〉蘑菇。

たけ[他家]〈名〉他家。別人家。

たけ[岳]〈名〉岳。山岳。

だけ[丈]〈副助〉只。光。僅。惟。單單。

たげい[多芸]〈名・形動〉多才。多才多藝。

たけうま[竹馬]〈名〉①竹馬。②高蹺。

たけがき[竹垣]〈名〉竹籬。

たけかんむり[竹冠]〈名〉(漢字的)竹字頭。

だげき[打撃]〈名〉①打擊。衝擊。撞擊。②(棒球)擊球。

たけざいく[竹細工]〈名〉竹編工藝。竹工藝品。

たけざお[竹竿]〈名〉竹竿。

たけだけし・い[猛猛しい]〈形〉①凶猛。②厚顏無恥。

たけつ[多血]〈名〉①多血。②易於激動。

だけつ[妥結]〈名・自サ〉妥協。談妥。

たけなわ[酣]〈名・形動〉①酣。正盛。正濃。②深。晚。

たけのこ[竹の子・筍]〈名〉竹筍。

たけやぶ[竹籔]〈名〉竹林。竹叢。

た・ける[長ける]〈自下一〉長於。善於。

た・ける[炊ける]〈自下一〉(飯)做熟。

た・ける[闌ける]〈自下一〉闌。酣。濃。盛。深。

たけ・る[哮る]〈自五〉咆哮。怒吼。

たけ・る[猛る]〈自五〉①狂暴。②激昂。

たげん[多元]〈名〉①多元。②多方面。多種要素。

たげん[多言]〈名・自サ〉多言。多嘴。

たこ[凧]〈名〉風箏。

たこ[蛸]〈名〉蛸。章魚。

たこ[胼胝]〈名〉胼胝。膙子。老繭。

だこう[蛇行]〈名・自サ〉蛇行。蜿蜒。

たこく[他国]〈名〉①他國。②他鄉。

たごん[他言]〈名・他サ〉對別人說(保密的事)。

たさい[多才]〈名・形動〉多才。

たさい[多彩]〈名・形動〉多彩。五彩繽紛。

たさく[多作]〈名・他サ〉作品多。大量寫作。

ださく[駄作]〈名〉拙劣的作品。

たさつ[他殺]〈名〉他殺。被殺。

たさん[多産]〈名〉①多產。產子多。產卵多。②高產。產量多。

ださん[打算]〈名・自サ〉計計。盤算。

たざんのいし[他山の石]〈名〉他山之石。

たし[足し]〈名〉補貼。補益。

たじ[他事]〈名〉①他事。②別人的事。

たじ[多事]〈名〉①多事。②事件多。變故多。

だし[山車]〈名〉(祭禮用的)人拉彩車。

だし[出汁]〈名〉①湯汁。②手段。工具。幌子。

だしあ・う[出し合う]〈他五〉互相拿出。大家出。

だしいれ[出し入れ]〈名・他サ〉存取。取出和放入。

だしおしみ[出し惜しみ]〈名・他サ〉捨不得拿出。

たしか[確か]I〈形動〉確實。可靠。準確。II〈副〉大概。也許。

たしか・める[確かめる]〈他下一〉確認。弄清。查明。

たしざん[足算]〈名〉加法。

だししぶ・る[出し渋る]〈他五〉捨不得拿出。

たじたじ[副・自サ]①畏縮。退縮。②打趔趄。東搖西搖。

たじつ[他日]〈名〉他日。改日。

たしなみ[嗜み]〈名〉①嗜好。愛好。②修養。功夫。③謹慎。檢點。④留心。

たしな・む[嗜む]〈他五〉好。愛好。

たしな・める[窘める]〈他下一〉責備。教訓。

だしぬ・く[出し抜く]〈他五〉搶在…的前面。比…先下手。

だしぬけ[出し抜け]〈形動〉突然。

だしもの[出し物]〈名〉(演出的)節目。

だしゃ[打者]〈名〉(棒球)擊球員。

だじゃく[惰弱]〈名・形動〉①懦弱。②(身體)虛弱。

だじゃれ[駄洒落]〈名〉無聊的笑話。拙劣的詼諧。

だしゅ[舵手]〈名〉舵手。

たしゅたよう[多種多様]〈名・形動〉多種多樣。各種各樣。

たしょう[多少]Ⅰ〈名〉多少。Ⅱ〈副〉多少。稍微。一些。

たじょう[多情]〈名・形動〉①多情。愛情易變。②多愁善感。

たじろ・ぐ[自五]畏縮。退縮。

だしん[打診]〈名・他サ〉①(醫)叩診。②試探。探詢。

た・す[足す]〈他五〉①加。添。續。補。②辦。做。

だ・す[出す]〈他五〉①拿出。提出。②伸出。③發出。寄出。④發表。出版。⑤發生。產生。⑥出現。露出。⑦派出。⑧開設。開張。⑨得出。⑩出產。⑪增加。⑫給。

たすう[多数]〈名〉多數。

たすうけつ[多数決]〈名〉多數表決。多數決定。

たすか・る[助かる]〈自五〉①得救。獲救。②得到幫助。③節省。省事。

たすき[襷]〈名〉交叉挽繫和服長袖的帶子。

たすけ[助け]〈名〉幫助。援助。

たすけあ・う[助け合う]〈自五〉互相幫助。

たすけぶね[助け船]〈名〉①救生船。②幫助。援助。

たす・ける[助ける]〈他下一〉①幫助。②救助。搭救。拯救。

たずさ・える[携える]〈他下一〉携。帶。拿。携帶。

たずさわ・る[携わる]〈自五〉從事。參與。

タスつうしん[タス通信]〈名〉(前蘇聯)塔斯社。

ダストシュート[dust chute]〈名〉(樓房的)垃圾通道。

たずねびと[尋ね人]〈名〉失蹤者。下落不明的人。

たず・ねる[訪ねる]〈他下一〉訪問。拜訪。

たず・ねる[尋ねる]〈他下一〉①問。詢問。打聽。②尋。找。尋找。

たぜい[多勢]〈名〉人數多。許多人。

だせい[惰性]〈名〉①惰性。慣性。②習慣。

たそがれ[黄昏]〈名〉黄昏。傍晚。

だそく[蛇足]〈名〉蛇足。多餘。

ただ[多多]〈副〉很多。多多。

ただ[只・唯・徒]〈副〉①只。唯。僅。②普通。平常。③白給。免費。

だだ[駄駄]〈名〉(小孩)撒嬌。纏磨人。

たたい[多大]〈形動〉很大。極大。

だたい[堕胎]〈名・自サ〉墮胎。打胎。

ただいま[只今]Ⅰ〈副〉①現在。②剛才。③馬上。立即。Ⅱ〈感〉(外出回來時的寒暄話)我回來了。

たた・える[称える]〈他下一〉稱讚。誇獎。

たた・える[湛える]〈他下一〉①裝滿。灌滿。②(臉上)充滿。洋溢。

たたかい[戦い・闘い]〈名〉戰爭。戰鬥。戰役。鬥爭。

たたか・う[戦う・闘う]〈自五〉①作戰。戰鬥。②鬥爭。③競賽。

たたき[三和土]〈名〉三合土。洋灰地。

たたきあ・げる[叩き上げる]〈自下一〉鍛煉出來。熬出來。

たたきう・る[叩き売る]〈他五〉拍賣。叫賣。賤賣。

たたきおこ・す[叩き起す]〈他五〉叫醒。

たたきおと・す[叩き落す]〈他五〉拍掉。打落。打得。

たたきこ・む[叩き込む]〈他五〉①打進去。②鞭進。③灌輸。

たたきころ・す[叩き殺す]〈他五〉打死。捧死。

たたきこわ・す[叩き壊す]〈他五〉打壞。

打破。砸碎。搗毀。

たたきだいく[叩き大工]〈名〉拙木匠。

たたきつ・ける[叩き付ける]〈他下一〉①扔。摔。②打倒。摔倒。③毅然提出。

たたきなお・す[叩き直す]〈他五〉①敲直。砸直。②糾正。矯正。

たた・く[叩く]〈他五〉①敲。打。拍。②攻擊。③徵詢。④還價。

ただごと[徒事]〈名〉尋常的事。一般的事。

ただし[但し]〈接〉但。但是。

ただし・い[正しい]〈形〉對。正確。

ただしがき[但書]〈名〉但書。附言。

ただ・す[正す]〈他五〉改正。糾正。端正。

ただ・す[糾す]〈他五〉追究。盤查。

ただ・す[質す]〈他五〉質問。詢問。

たたずまい[佇い]〈名〉樣子。狀態。姿勢。

たたず・む[佇む]〈自五〉佇立。

ただちに[直ちに]〈副〉立即。立刻。

だだっこ[駄駄っ子]〈名〉磨人的孩子。磨人精。

だだっぴろ・い[だだっ広い]〈形〉空曠。

たださえ〈副〉本來就。平時就。

ただなか[直中]〈名〉①正中間。正當中。②正盛時期。

ただならぬ[徒ならぬ]〈連語〉不尋常。不一般。

ただのり[只乗り]〈名〉白坐車。坐蹭車。

ただばたらき[只働き]〈名〉白幹活。

たたみ[畳]〈名〉日本式草墊子。

たたみか・ける[畳み掛ける]〈自下一〉一個勁地説(做)。不停地説(做)。

たたみこ・む[畳み込む]〈他五〉①折疊進去。②放在心裏。

たたみすいれん[畳水練]〈名〉紙上談兵。

たた・む[畳む]〈他五〉①疊。折疊。

ただもの[徒者]〈名〉普通人。

ただよ・う[漂う]〈自五〉①漂。飄。漂浮。飄蕩。②充滿。洋溢。

ただよわ・す[漂わす]〈他五〉①泛。泛浮。②散發。③露出。現出。

たたり[祟]〈名〉①祟。作祟。②惡果。報應。

たた・る[祟る]〈自五〉①作祟。②遭報應。

ただ・れる[爛れる]〈自下一〉爛。

たち[質]〈名〉①性格。脾氣。②性質。③品質。④體質。

たち[太刀]〈名〉大刀。

-たち[達]〈接尾〉們。

たちあい[立会い]〈名〉①在場。列席。會同。②見證人。③(經)開盤。④(相撲)站起來交手。

たちあ・う[立ち会う]〈自五〉①在場。到場。②格鬥。

たちあが・る[立ち上がる]〈自五〉站起來。

たちい[立ち居]〈名〉①起居。②舉止。動作。

たちいた・る[立ち至る]〈自五〉到。成爲。

たちい・る[立ち入る]〈自五〉①進入。②深入。③介入。干涉。干預。

たちうち[太刀打ち]〈名〉①交鋒。斬殺。②對抗。競爭。較量。

たちうり[立売り]〈名・他サ〉站着賣。

たちおうじょう[立往生]〈名・自サ〉①站着死。②中途拋錨。困在路上。③(被衆落而)獃立台上。

たちおく・れる[立ち遅れる]〈自下一〉①落後。②晩。

たちおよぎ[立泳ぎ]〈名・自サ〉踩水。

たちかえ・る[立ち返る]〈自五〉回。返回。

たちがれ[立枯れ]〈名・自サ〉枯萎。

たちき[立木]〈名〉樹。樹木。

たちぎえ[立消え]〈名・自サ〉半途而廢。中斷。

たちぎき[立聞き]〈名・他サ〉偸聽。

たちぐい[立食い]〈名・他サ〉站着吃。

たちぐされ[立腐れ]〈名・自サ〉腐爛。

たちくらみ[立眩み]〈名・自サ〉站起時眩暈。

たちげいこ[立稽古]〈名・自サ〉(劇)排練。

たちこ・める[立ち込める]〈自下一〉籠罩。瀰漫。

たちさ・る[立ち去る]〈自五〉走開。離去。

たちすく・む[立ち竦む]〈自五〉獃若木鷄。

たちつく・す[立ち尽す]〈自五〉佇立。

たちづめ[立詰め]〈名〉一直站着。

たちどころに[立所に]〈副〉立刻。馬上。

たちどま・る[立ち止る]〈自五〉站住。止步。

たちなお・る[立ち直る]〈自五〉恢復。

たちなら・ぶ[立ち並ぶ]〈自五〉①排列。②並肩。匹敵。

たちの・く[立ち退く]〈自五〉撤走。搬出。離開。

たちのぼ・る[立ち上る]〈自五〉(煙等)冒。昇。

たちば[立場]〈名〉立場。

たちはだか・る[立ちはだかる]〈自五〉阻擋。攔阻。

たちはたら・く[立ち働く]〈自五〉勤奮幹活。

たちばな[橘]〈名〉柑橘。

たちばなし[立話]〈名・自サ〉站着説話。

たちばん[立番]〈名・自サ〉崗哨。站崗。

たちふさが・る[立ち塞がる]〈自五〉攔住。阻擋。

たちまち[忽ち]〈副〉①立刻。突然。②轉瞬間。刹那間。

たちまわり[立回り]〈名・自サ〉①武打。武功。②格門。

たちまわ・る[立ち回る]〈自五〉①轉來轉去。②奔走。鑽營。③(犯人)逃到。④(劇)武打。

たちみ[立見]〈名〉站着看。

たちむか・う[立ち向う]〈自五〉①面對。②前往。③對抗。反抗。

たちゆ・く[立行く]〈自五〉能維持。

だちょう[駝鳥]〈名〉駝鳥。

たちよ・る[立ち寄る]〈自五〉①挨近。靠近。②順便到。中途去。

だちん[駄賃]〈名〉報酬。運費。跑腿錢。

た・つ[立つ]〈自五〉①立。站。②扎起刺。③站起。起立。④冒出。昇起。⑤起。生。⑥(水)開。⑦離(座)。⑧出發。⑨設立。開設。⑩到來。⑪處於。⑫充當。擔任。⑬顯露。

た・つ[建つ]〈自五〉建。蓋。

た・つ[経つ]〈自五〉(時間)經過，流逝。

た・つ[絶つ・断つ]〈他五〉①斷。斷絶。②結束。消滅。

た・つ[断つ・截つ]〈他五〉截斷。切斷。

た・つ[裁つ]〈他五〉裁。剪裁。

たつ[辰]〈名〉辰。

たつ[竜]〈名〉龍。

たつい[達意]〈名〉達意。意思通達。

だつい[脱衣]〈名・自サ〉脱衣。更衣。

だっかい[脱会]〈名・自サ〉退會。

だっかい[奪回]〈名・他サ〉奪回。

たっかん[達観]〈名・他サ〉①達觀。②看清。看透。

だっかん[奪還]〈名・他サ〉奪回。收復。

だっきゃく[脱却]〈名・他サ〉①擺脱。②抛棄。

たっきゅう[卓球]〈名〉乒乓球。

だっきゅう[脱臼]〈名・自サ〉脱臼。脱位。

タック[tuck]〈名〉(衣)褶兒。

タックル[tackle]〈名・自サ〉(橄欖球)抱人截球。

たっけん[卓見]〈名〉卓見。卓識。

だっこ[抱っこ]〈名・他サ〉抱。

だっこう[脱肛]〈名・自サ〉脱肛。

だっこう[脱稿]〈名・自サ〉脱稿。

だっこく[脱穀]〈名・他サ〉脱穀。

だつごく[脱獄]〈名・自サ〉越獄。

たっし[達し]〈名〉指示。命令。通知。

だつじ[脱字]〈名〉脱字。漏字。掉字。

だっしにゅう[脱脂乳]〈名〉脱脂乳。

だっしめん[脱脂綿]〈名〉脱脂棉。藥棉。

たっしゃ[達者]〈名・形動〉①健壮。壮實。②精通。熟練。

だっしゅ[奪取]〈名・他サ〉奪取。

ダッシュ[dash]〈名・自サ〉①破折號。②衝刺。猛衝。

だっしゅう[脱臭]〈名・自サ〉除臭。

だっしゅつ[脱出]〈名・自サ〉脱出。逃脱。

だっしょく[脱色]〈名・自サ〉脱色。去色。

たつじん[達人]〈名〉高手。名手。

だっすい[脱水]〈名・自サ〉脱水。

だっ・する[達する]〈自他サ〉達。達到。

だっ・する[脱する]〈自他サ〉①脱離。②脱落。漏掉。

たつせ[立つ瀬]〈名〉處境。立脚點。

たっせい[達成]〈名・他サ〉達成。完成。

だつぜい[脱税]〈名・自サ〉逃稅。偷稅。漏稅。

だっせん[脱線]〈名・自サ〉出軌。脫軌。

だっそ[脱疽]〈名〉〈醫〉壞疽。

だっそう[脱走]〈名・自サ〉逃走。逃跑。

だつぞく[脱俗]〈名・自サ〉脫俗。超俗。

たった[唯]〈副〉只。僅。

だつい[脱退]〈名・自サ〉脫離。退出。

タッチ[touch]〈名・自サ〉①觸。碰。觸碰。②接觸。涉及。參與。③筆觸。④指觸。

タッチスイッチ[touch switch]〈名〉觸摸開關。

だっちょう[脱腸]〈名・自サ〉疝氣。小腸串氣。

たって[副]強。硬。死氣白賴。

だって〈接〉因爲。

だって[連語]就連。即使。

だっと[脱兎]〈名〉脫兔。飛快。

たっと・い[尊い・貴い]〈形〉→とうとい。

だっとう[脱党]〈名・自サ〉脫黨。退黨。

たっと・ぶ[尊ぶ・尊ぶ]〈他五〉→とうとぶ。

たづな[手綱]〈名〉繮。繮繩。

だっぴ[脱皮]〈名・自サ〉脫皮。蛻皮。

たっぴつ[達筆]〈名・形動〉字寫得好。

たっぷり Ⅰ〈副〉足。足足。足够。Ⅱ〈副・自サ〉寬綽。綽綽。

たつべん[達辯]〈名〉善辯。

だっぼう[脱帽]〈名・自サ〉脫帽。

たつまき[竜巻]〈名〉龍捲風。

だつもう[脱毛]〈名・自他サ〉脫毛。

だつらく[脱落]〈名・自サ〉①脫落。②脫離。掉隊。

たて[盾]〈名〉盾。擋箭牌。

たて[縦]〈名〉縱。豎。

たて[殺陣]〈名〉武打。武功。

-たて[立]〈接尾〉(接動詞連用形後)表示動作剛完。

たで[蓼]〈名〉蓼。

だて[伊達]〈名・形動〉①俠氣。②愛俏。好打扮。追求虛榮。

-だて[立]〈接尾〉①(接動詞連用形後)故意。特意。②(接數量詞後表示)一車本。一艘船。一場電影(戲劇)。

-だて[建]〈接尾〉①樓。②一棟。

たてあな[縦穴]〈名〉豎井。

たていた[立板]〈名〉立着的木板。

たていと[縦糸]〈名〉經線。經紗。

たてうり[建売]〈名〉爲出售而建造(的房屋)。

たてか・える[立て替える]〈他下一〉替別人)墊付(款項)。

たてがき[縦書き]〈名〉豎寫。

たてか・ける[立て掛ける]〈他下一〉倚放。把…靠在…上。

たてがみ[鬣]〈名〉鬃。

たてぐ[建具]〈名〉在日本式房屋内起隔開作用的拉門、拉窗等設備的總稱。

たてこう[縦坑]〈名〉豎井。

たてごと[竪琴]〈名〉豎琴。

たてこ・む[立て込む]〈自五〉①擁擠。②繁忙。

たてこも・る[立て籠る]〈自五〉①閉門不出。②固守。

たてつ・く[盾突く・楯突く]〈自五〉反抗。頂撞。

たてつけ[立て付け]〈名〉(門窗)嚴實與否。(門窗)好不好開。

たてつづけ[立て続け]〈名・形動〉連續。接連。

たてつぼ[建坪]〈名〉建築面積。

たてなお・す[立て直す]〈他五〉重搞。重做。重建。重整。

たてなお・す[建て直す]〈他五〉改建。翻修。

たてね[建値]〈名〉標準價格。

たてひざ[立膝]〈名・自サ〉支着一條腿(坐)。

たてふだ[立札]〈名〉告示牌。

たてまえ[建前]〈名〉①上樑。②原則。方針。

たてまし[建増し]〈名・他サ〉添蓋。擴建。

たてまつ・る[奉る]〈他五〉①奉。獻。②捧。恭維。

たてもの[建物]〈名〉建築物。房屋。

たてやくしゃ[立役者]〈名〉主角。台柱子。中心人物。

-だてら[接尾]〈表示輕蔑、責難〉竟。居然。

た・てる[立てる]〈他下一〉①立。豎。豎立。②冒。揚起。③推。推擧。④扎。⑤派遣。⑥掀起。⑦關閉。⑧維持。⑨保全。⑩尊敬。⑪制定。⑫出(聲)。⑬燒(水)。⑭點(茶)。

た・てる[建てる]〈他下一〉蓋。建。修建。建築。

た・てる[閉てる]〈他下一〉關閉。

た・てる[点てる]〈他下一〉(茶道)點(茶)。

だてん[打点]〈名〉(棒球)得分。

だでん[打電]〈名・自サ〉打電報。

たとい[仮令]〈副〉→たとえ。

だとう[打倒]〈名・自サ〉打倒。

だとう[妥当]〈名・形動・自サ〉妥當。妥善。

たとえ[仮令]〈副〉縱令。即使。哪怕。就是。無論。不管。

たとえ[譬え]〈名〉①比喻。②例子。

たとえば[例えば]〈副〉例如。比如。

たと・える[譬える]〈他下一〉比喻。比方。比擬。

たどく[多読]〈名・他サ〉多讀。泛讀。

たどたどし・い[辿辿しい]〈形〉①蹣跚。②結結巴巴。③不通順。

たどりつ・く[辿り着く]〈自五〉好容易才到。

たど・る[辿る]〈他五〉①走(難走的路)。②追蹤。③追尋。④走向。

たどん[炭団]〈名〉煤球。

たな[棚]〈名〉①擱板。②棚。架。

たなあげ[棚上げ]〈名・他サ〉擱置。

たなおろし[棚卸・店卸]〈名・他サ〉①盤存。盤貨。②數落(別人的短處)。

たなごころ[掌]〈名〉掌。手掌。

たなざらえ[棚浚え]〈名〉甩賣存貨。

たなざらし[店晒し]〈名〉(商品)陳列已久。滯銷。

たなばた[七夕]〈名〉七夕。

たなび・く[棚引く]〈自五〉(雲、煙、霞等)飄忽。繚繞。

たなん[多難]〈名・形動〉多難。多災。

たに[谷]〈名〉谷。山谷。溝壑。

だに[蜱]〈名〉①蜱。蟎。②壞蛋。地痞。

たにがわ[谷川]〈名〉溪流。山澗。

たにし[田螺]〈名〉田螺。

たにそこ[谷底]〈名〉谷底。

たにま[谷間]〈名〉山谷。山溝。山澗。峽谷。

たにん[他人]〈名〉①他人。別人。②外人。③局外人。

たにんずう[多人数]〈名〉許多人。多數人。

たぬき[狸]〈名〉①貉。②狡猾的人。

たぬきねいり[狸寝入り]〈名・自サ〉裝睡。

たね[種]〈名〉①種子。籽兒。核兒。②品種。③原因。④材料。⑤秘密。

たねあかし[種明し]〈名・自サ〉揭穿秘密。

たねあぶら[種油]〈名〉菜籽油。

たねいも[種芋]〈名〉種薯。薯種。

たねうし[種牛]〈名〉種牛。

たねうま[種馬]〈名〉種馬。

たねぎれ[種切れ]〈名・自サ〉①種料用盡。②材料斷絕。

たねつけ[種付け]〈名・他サ〉配種。

たねほん[種本]〈名〉藍本。

たねまき[種蒔き]〈名〉播種。

たねん[多年]〈名〉多年。

たねん[他念]〈名〉他念。別的想法。

だの[副助]〈表示列擧〉①…啦…啦。②(擧極端的例子)…之類。…什麼的。

たのし・い[楽しい]〈形〉快樂。快活。愉快。高興。

たのしみ[楽しみ]〈名〉快樂。樂趣。消遣。

たのし・む[楽しむ]〈他五〉①享受。②欣賞。③期待。盼望。

たのみ[頼み]〈名〉①靠。依賴。②請求。懇求。

たのみい・る[頼み入る]〈他五〉→たのみこむ。

たのみこ・む[頼み込む]〈他五〉懇求。一
再請求。

たの・む[頼む]〈他五〉①託。求。請求。②
靠。仗。依賴。③請。雇。

たのもし・い[頼もしい]〈形〉①靠得住。
②有前途。可指望。

たば[束]〈名〉束。捆。

だは[打破]〈名・他サ〉打破。破除。消
滅。

だば[駄馬]〈名〉①駄馬。②駑馬。

たばい[多売]〈名・自サ〉多賣。多銷。

たばか・る[謀る]〈他五〉①算計。盤算。②
誆騙。密謀。

タバコ[煙草]〈名〉煙草。

たはた[田畑]〈名〉田地。水田和旱田。

たはつ[多発]〈名〉多發。常發。

たば・ねる[束ねる]〈他下一〉束。捆。紮。

たび[度]〈名〉①次。回。②每次。每逢。

たび[旅]〈名〉旅行。

たび[足袋]〈名〉和式布襪。

だび[荼毗]〈名〉(佛)火化。火葬。

たびあきない[旅商い]〈名〉行商。

たびかさな・る[度重なる]〈自五〉重複。
反覆。再三屢次。

たびげいにん[旅芸人]〈名〉出外賣藝的藝
人。江湖藝人。

たびさき[旅先]〈名〉旅途中。

たびじ[旅路]〈名〉旅途。旅程。

たびじたく[旅支度]〈名〉①旅行的準備。
②行裝。

たびだ・つ[旅立つ]〈自五〉出發。起程。動
身。

たびたび[度度]〈副〉屢次。再三。

たびびと[旅人]〈名〉旅行者。

たびょう[多病]〈名・形動〉多病。

ダビング[dubbing]〈名〉①(電影等)譯
製。②(錄音等)複製。

タフ[tough]〈形動〉精力充沛。不知疲倦。

タブー[taboo]〈名〉禁忌。避諱。戒律。

だぶだぶ〈副・自サ〉①肥大。②肥胖。③
(液體)滿。

だぶつ・く〈自五〉①過剩。②(衣服)肥大。
③(液體)滿滿。

たぶらか・す[誑かす]〈他五〉誆騙。騙取。

ダブ・る〈自五〉(俗)①重複。②留級。③
(電影)疊印。④(棒球)雙殺。

ダブル[double]〈名〉①雙。②雙人。③雙
幅。④(西服)雙排鈕⑤(乒乓球、網球等)
雙打。

ダブルス[doubles]〈名〉(乒乓球、網球等)
雙打。

タブレット[tablet]〈名〉①藥片。錠劑。②
(單軌鐵路)路簽。通行證。

タブロイドばん[タブロイド判]〈名〉對開
版。

たぶん[他聞]〈名〉被別人聽見。

たぶん[多分]Ⅰ〈名〉多。大量。Ⅱ〈副〉①
很。頗。相當。②大概。恐怕。差不多。

たべごろ[食べ頃]〈名〉正是好吃的時候。

たべざかり[食べ盛り]〈名〉正能吃的時
候。

たべす・ぎる[食べ過ぎる]〈他下一〉吃得
過多。

たべつ・ける[食べ付ける]〈他下一〉吃
慣。

たべもの[食べ物]〈名〉食物。吃的東西。

た・べる[食べる]〈他下一〉①吃。②生活。

たべん[多弁]〈名・形動〉話多。愛說話。能
說會道。

だべん[駄弁]〈名〉廢話。

たへんけい[多辺形]〈名〉多邊形。

だほ[拿捕]〈名・他サ〉捕獲。

たほう[他方]〈名〉另一個。另一方面。其他
方面。

たぼう[多忙]〈名・形動〉繁忙。忙碌。非常
忙。

たぼう[多望]〈名・形動〉大有希望。

たほうめん[多方面]〈名・形動〉多方面。

だぼく[打撲]〈名・他サ〉打。跌打。

だぼら[駄法螺]〈名〉吹牛。

たま[副]偶然。偶爾。難得。

たま[玉・珠・球・弾]〈名〉①玉。玉石。
珠。珠翠。②球。③子彈。④燈泡。⑤眼鏡
片。⑥珠子。珠狀物。

たまえ[給え]〈終助〉吧。請。

たま・げる[魂消る]〈自下一〉吃驚。嚇一

跳。

たまご[卵]〈名〉①卵。蛋。②鷄蛋。

たましい[魂]〈名〉①魂。靈魂。②精神。

だましうち[騙し討]〈名・他サ〉暗害。暗算。

だま・す[騙す]〈他五〉騙。誆。欺騙。

たまたま[偶・偶偶]〈副〉偶爾。偶然。有時。碰巧。

たまつき[玉突き]〈名〉台球。

たまねぎ[玉葱]〈名〉洋葱。

たまのり[玉乗り]〈名〉(雜技)踩球(藝人)。

たまへん[王偏]〈名〉(漢字)王字旁。斜玉旁。

たまむし[玉虫]〈名〉吉丁蟲。

たまもの[賜・賜物]〈名〉①賜物。賞賜。②…的結果。

たまらな・い[堪らない]〈形〉受不了。不得了。

たまりか・ねる[堪り兼ねる]〈自下一〉忍不住。受不了。

だまりこく・る[黙りこくる]〈自五〉一言不發。默不作聲。

だまりこ・む[黙り込む]〈自五〉沉默無言。保持沉默。

たまりば[溜り場]〈名〉(某夥人)聚集的地方。

たま・る[堪る]〈自五〉(用否定式或反語)忍受。受得了。

たま・る[溜る]〈自五〉積。存。攢。積蓄。積壓。

だま・る[黙る]〈自五〉沉默。不作聲。不說話。

たまわりもの[賜り物]〈名〉賞賜品。

たまわ・る[賜る]〈他五〉①賜。賜給。賞賜。②蒙。承蒙。

たみ[民]〈名〉民。人民。

ダミー[dummy]〈名〉①人胴模型。②廣告假人。③替身。傀儡。

だみごえ[濁声]〈名〉沙啞聲。

だみん[惰眠]〈名〉①睡懶覺。②游手好閑。無所事事。

ダム[dam]〈名〉水壩。水庫。攔河壩。

たむけ[手向け]〈名〉①(給神佛)上供。②臨別贈品。

たむ・ける[手向ける]〈他下一〉①供。奉獻。②臨別贈禮。

たむし[田虫]〈名〉頑癬。金錢癬。

ダムダムだん[ダムダム弾]〈名〉達姆彈。

たむろ・する[屯する]〈自サ〉聚集。

ため[為]〈名〉①利益。好處。②爲。爲了。③因。因爲。

だめ[駄目]Ⅰ〈名〉(圍棋)空眼。Ⅱ〈形動〉①白費。無用。②劣。差。不好。③不行。④無望。不可能。

ためいき[溜息]〈名〉嘆息。嘆氣。

ためいけ[溜池]〈名〉水池。池塘。蓄水池。

だめおし[駄目押し]〈名・自サ〉①再三叮囑。②(圍棋)填空眼。

ためこ・む[溜め込む]〈他五〉積攢。積蓄。

ためし[例]〈名〉①事例。先例。②經驗。

ためし[試し]〈名〉試。嘗試。

ため・す[試す]〈他五〉試。試驗。

ためつすがめつ[矯めつ眇めつ]〈連語〉仔細端詳。

ためら・う[躊躇う]〈自五〉躊躇。猶豫。

た・める[溜める]〈他下一〉積。攢。存。積蓄。

た・める[矯める]〈他下一〉矯正。

ためん[他面]〈名〉其他方面。另一方面。

ためん[多面]〈名〉多面。多方面。

たもう[多毛]〈名〉多毛。

たもうさく[多毛作]〈名〉一年多熟。多茬作物。

たも・つ[保つ]〈他五〉保持。維持。

たもと[袂]〈名〉①(和服)袖子。②山脚。③旁邊。

たや・す[絶やす]〈他五〉①滅。消滅。撲滅。②用盡。用光。

たやす・い[容易い]〈形〉容易。

たゆ・む[弛む]〈自五〉鬆懈。

たよう[多用]〈名〉繁忙。百忙。

たよう[多様]〈名・形動〉多種多樣。各式各樣。

たより[便り]〈名〉信。音信。音訊。

たより[頼り]〈名〉①依賴。依靠。②門路。

關係。緣索。

たよりな・い[頼りない]〈形〉①不可靠。②無依靠。

たよ・る[頼る]〈他五〉靠。依靠。借助。

たら[鱈]〈名〉鱈魚。大頭魚。

たらい[盥]〈名〉盆。

たらいまわし[盥回し]〈名〉①(雜技)蹬盆。②(權力)更迭。

だらく[堕落]〈名・自サ〉堕落。

-だらけ[接尾]滿是。淨是。全是。

だら・ける〈自下一〉懶。懶散。倦怠。鬆懈。

だらしな・い〈形〉①不檢點。吊兒郎當。衣冠不整。邋里邋遢。②懦弱。没出息。

たら・す[垂らす]〈他五〉①垂。吊。②滴。流。

たら・す[誑す]〈他五〉①哄。騙。②勾引。引誘。

たらず[足らず]〈造語〉不足。

たらたら〈副〉①滴滴答答。②喋喋不休。

だらだら〈副・自サ〉①滴滴答答。②冗長。③(坡度)緩緩。

タラップ[trap]〈名〉舷梯。

たらのこ[鱈の子]〈名〉鹹鱈魚子。鹹明太魚子。

たらふく[鱈腹]〈副〉飽飽地。

だらり〈副〉①耷拉着。②無精打采。

-たり[並助]①又…又…。②時而…時而…。②(舉一例暗示其他)什麼的。

ダリア[dahlia]〈名〉大麗花。西番蓮。

たりき[他力]〈名〉他人之力。外力。

たりきほんがん[他力本願]〈名〉專靠外援。依賴别人。

だりつ[打率]〈名〉(棒球)擊球率。

たりゅう[他流]〈名〉其他流派。别的流派。

たりょう[多量]〈名・形動〉大量。

だりょく[惰力]〈名〉慣性。

た・りる[足りる]〈自上一〉①足。够。足够。够用。②值得。

たる[樽]〈名〉桶。木桶。

だる・い〈形〉發懶。發酸。

たるき[垂木]〈名〉椽。椽子。

だるま[達磨]〈名〉①(佛)達磨。②不倒翁。

たる・む[弛む]〈自五〉鬆。鬆弛。鬆懈。

たれ[垂れ]〈名〉作料汁。

だれ[誰]〈代〉①誰。②任何人。③某人。

だれかれ[誰彼]〈名〉誰和誰。這個人和那個人。

たれこ・める[垂れ籠める]〈自下一〉①(烏雲)低垂。(濃雲)密佈。②閉門不出。

たれさが・る[垂れ下がる]〈自五〉垂。耷拉。

たれながし[垂れ流し]〈名〉①大小便失禁。②隨地便溺。③隨便排放。

た・れる[垂れる]〈自下一〉①垂。②滴。③懸掛。④教海。示範。⑤大小便。放屁。

だ・れる〈自下一〉①鬆弛。鬆懈。疲塌。②膩膩。厭煩。

タレント[talent]〈名〉(電視、廣播中受歡迎的)演員,歌唱家,播音員,主持人,學者,文化界人士。

だろう〈連語〉(表示推測)是…吧。

タワー[tower]〈名〉塔。

たわいな・い〈形〉①不省人事。②容易。③心裏没數。④無聊。不足道。⑤天真。稚氣。

たわけもの[戯け者]〈名〉蠢貨。混蛋。

たわ・ける[戯ける]〈自下一〉胡鬧。瞎鬧。

たわごと[戯言]〈名〉夢話。蠢話。胡説。

たわし[束子]〈名〉炊帚。

たわ・む[撓む]〈自五〉彎曲。

たわむ・れる[戯れる]〈自下一〉①玩弄。玩耍。②鬧着玩。開玩笑。③戲弄。調戲。

たわ・める[撓める]〈他下一〉弄彎。

たわら[俵]〈名〉草包。稻草袋。

たわわ[形動]彎彎的。

たん[反]〈名〉①和服布匹的長度單位,一「反」約10.6米。②地積單位。一「反」約合991.7平方米。

たん[胆]〈名〉膽。

たん[短]〈名〉短。

たん[痰]〈名〉痰。

たん[端]〈名〉端。

タン[tongue]〈名〉口條。

-だん[団]〈接尾〉團。

だん[段]〈名〉①樓梯。台階。②層。③段落。④(戲劇)場。幕。⑤(圍棋、柔道等)段。⑥

(能力、質量等)等級。

だん[断]〈名〉斷言。決斷。

だん[暖]〈名〉暖。

だん[談]〈名〉談話。

だん[壇]〈名〉壇。台。

だんあつ[弾圧]〈名・他サ〉彈壓。鎮壓。壓制。

たんい[単位]〈名〉①單位。②學分。

だんい[段位]〈名〉(圍棋、柔道等)段位。

たんいつ[単一]〈名・形動〉①單一。②簡單。

だんいん[団員]〈名〉團員。

たんおん[短音]〈名〉短音。

たんおんかい[短音階]〈名〉短音階。小音階。

たんか[担架]〈名〉擔架。

たんか[単価]〈名〉單價。

たんか[炭化]〈名・自サ〉炭化。碳化。

たんか[啖呵]〈名〉氣勢洶洶的話。

たんか[短歌]〈名〉(由三十一個「假名」組成的「和歌」)短歌。

だんか[檀家]〈名〉檀越。施主。

タンカー[tanker]〈名〉油船。油輪。

だんかい[段階]〈名〉①階段。步驟。②等級。

だんがい[断崖]〈名〉斷崖。懸崖。

だんがい[弾劾]〈名・他サ〉彈劾。

たんかだいがく[単科大学]〈名〉單科大學。學院。

たんがん[単眼]〈名〉單眼。

たんがん[嘆願]〈名・他サ〉請願。

だんがん[弾丸]〈名〉彈丸。子彈。炮彈。

たんき[単記]〈名・他サ〉(選票上只寫一個候選人的名字)單記名。單記法。

たんき[短気]〈名・形動〉性急。急性子。

たんき[短期]〈名〉短期。

だんぎ[談義]〈名・自サ〉①(佛)講道。②說教。講道理。③冗長無聊的話。

たんきかん[短期間]〈名〉短期間。

たんきゅう[探求・探究]〈名・他サ〉探求。探究。

だんきゅう[段丘]〈名〉段丘。

たんきょり[短距離]〈名〉短距離。

タンク[tank]〈名〉①坦克。軍車。②(裝水、油、煤氣等的)槽。罐。箱。

タングステン[tungsten]〈名〉鎢。

たんぐつ[短靴]〈名〉矮靿鞋。

たんげい[端倪]〈名・他サ〉①端倪。頭緒。②推測。

だんけつ[団結]〈名・自サ〉團結。

たんけん[探検・探険]〈名・他サ〉探險。

たんけん[短剣]〈名〉短劍。

たんげん[単元]〈名〉單元。

だんげん[断言]〈名・他サ〉斷言。斷定。

たんご[単語]〈名〉單詞。

たんご[端午]〈名〉端午。端陽。

タンゴ[tango]〈名〉探戈舞(曲)。

だんこ[断固・断乎]〈副・形動〉斷然。堅決。

だんご[団子]〈名〉米粉糰。飯糰子。

たんこう[炭坑]〈名〉煤井。

たんこう[炭鉱]〈名〉煤礦。

だんこう[断交]〈名・自サ〉斷交。絕交。

だんこう[断行]〈名・他サ〉斷然實行。堅決實行。

だんこう[団交]〈名〉團體交涉。

だんごう[談合]〈名・自サ〉商量。商議。

たんこうぼん[単行本]〈名〉單行本。

だんこん[男根]〈名〉男根。陰莖。

だんこん[弾痕]〈名〉彈痕。

たんざ[端座]〈名・自サ〉端坐。

ダンサー[dancer]〈名〉①舞女。②舞蹈家。舞蹈演員。

たんさい[淡彩]〈名〉淡彩。

だんさい[断裁]〈名・他サ〉裁斷。切斷。

だんざい[断罪]〈名・自サ〉判罪。

たんさいぼう[単細胞]〈名〉單細胞。

たんさく[単作]〈名〉單季。

たんさく[探索]〈名・他サ〉探索。搜索。

たんざく[短冊]〈名〉詩箋。

たんさん[炭酸]〈名〉碳酸。

だんし[男子]〈名〉男子。男孩子。

だんじ[男児]〈名〉→だんし。

タンジェント[tangent]〈名〉(數)正切。

たんしき[単式]〈名〉單式。

だんじき[断食]〈名・自サ〉斷食。絕食。

たんじく[短軸]〈名〉短軸。

たんじじつ[短時日]〈名〉短期間。

だんじて[断じて]〈副〉斷然。絕對。一定。

たんしゃ[単車]〈名〉摩托車。

だんしゃく[男爵]〈名〉男爵。

だんしゅ[断種]〈名・自サ〉絕育。

たんじゅう[胆汁]〈名〉膽汁。

たんじゅう[短銃]〈名〉短槍。手槍。

たんしゅく[短縮]〈名・他サ〉縮短。

たんじゅん[単純]〈名・形動〉①單純。簡單。②純。單一。③無條件。沒限制。

たんしょ[短所]〈名〉短處。缺點。

たんしょ[端緒]〈名〉端緒。頭緒。

だんじょ[男女]〈名〉男女。

たんしょう[嘆賞]〈名・他サ〉嘆賞。讚嘆。

たんじょう[誕生]〈名・自サ〉誕生。出生。

だんしょう[談笑]〈名・自サ〉談笑。

たんしようしょくぶつ[単子葉植物]〈名〉單子葉植物。

たんしょうとう[探照灯]〈名〉探照燈。

たんしょく[単色]〈名〉單色。

だんしょく[男色]〈名〉男色。鷄姦。

だんしょく[暖色]〈名〉暖色。

たんしん[単身]〈名〉單身。隻身。

たんしん[短針]〈名〉短針。

たんす[箪笥]〈名〉衣櫃。衣櫥。

ダンス[dance]〈名〉舞蹈。跳舞。

たんすい[淡水]〈名〉淡水。

だんすい[断水]〈名・自サ〉斷水。停水。

たいすいかぶつ[炭水化物]〈名〉碳水化合物。

たんすう[単数]〈名〉單數。

たん・ずる[嘆ずる]〈自サ〉①嘆氣。嘆息。②嗟嘆。感嘆。

だん・ずる[断ずる]〈他サ〉判。判斷。斷定。

だん・ずる[弾ずる]〈他サ〉彈。

だん・ずる[談ずる]〈自サ〉①談。說。②談判。

たんせい[丹精]〈名・自サ〉①精心。丹誠。②努力。盡心。

たんせい[嘆声]〈名〉①嘆息聲。②讚嘆聲。

たんせい[端正・端整]〈名・形動〉端正。端莊。

たんせい[丹青]〈名〉①丹青。繪畫。②顏色。色彩。

だんせい[男声]〈名〉男聲。

だんせい[男性]〈名〉男性。男子。

だんせい[弾性]〈名〉彈性。

たんせき[旦夕]〈名〉旦夕。

たんせき[胆石]〈名〉膽石。

だんぜつ[断絶]〈名・自他サ〉斷絶。滅絶。

たんせん[単線]〈名〉單線。單軌。

たんぜん[端然]〈形動〉端然。

たんぜん[丹前]〈名〉(日本式)棉袍。

だんせん[断線]〈名・自サ〉(電)斷綫。

だんぜん[断然]〈副・形動〉斷然。絕對。堅決。

たんそ[炭疽]〈名〉炭疽。

たんそ[炭素]〈名〉碳。

たんそう[炭層]〈名〉煤層。

たんぞう[鍛造]〈名・他サ〉鍛造。

だんそう[男装]〈名〉男裝。

だんそう[断層]〈名〉①斷層。②差別。隔閡。

だんそう[弾奏]〈名・他サ〉彈奏。

たんそく[嘆息]〈名・自サ〉嘆息。嘆氣。

たんそく[探測]〈名・他サ〉探測。

だんぞく[断続]〈名・自サ〉斷續。

だんそんじょひ[男尊女卑]〈名〉男尊女卑。重男輕女。

たんだい[短大]〈名〉(學制爲二、三年的)短期大學。

だんたい[団体]〈名〉團體。集體。

だんだら[段だら]〈名〉不同顏色相間的横條紋。

たんたん[坦坦]〈形動〉平坦。

たんたん[淡淡]〈形動〉淡淡。淡泊。清淡。

だんだん[段段]Ⅰ〈名〉階梯。台階。Ⅱ〈副〉漸漸。逐漸。

だんだんばたけ[段段畑]〈名〉梯田。

たんち[探知]〈名・他サ〉探知。

だんち[団地]〈名〉集體住宅區。

だんち[暖地]〈名〉溫暖地帶。

だんちがい[段違い]〈名・形動〉①相差懸

殊。②高低不同。

たんちょう[単調]〈名・形動〉單調。

たんちょう[短調]〈名〉短調。小調。

たんちょう[丹頂]〈名〉→たんちょうづる。

だんちょう[団長]〈名〉團長。

だんちょう[断腸]〈名〉斷腸。

たんちょうづる[丹頂鶴]〈名〉丹頂鶴。

たんつぼ[痰壺]〈名〉痰盂。痰桶。

たんてい[探偵]〈名・他サ〉偵探。偵察。

たんてい[短艇]〈名〉小艇。小船。舢板。

だんてい[断定]〈名・他サ〉斷定。判斷。

たんてき[端的]〈形動〉明顯。清楚。②直截了當。開門見山。

たんでき[耽溺]〈名・自サ〉沉溺。沉湎。

たんでん[丹田]〈名〉丹田。

たんでん[炭田]〈名〉煤田。

たんとう[担当]〈名・他サ〉擔當。擔任。負責。

たんとう[短刀]〈名〉短刀。匕首。

だんとう[弾頭]〈名〉彈頭。

だんとう[暖冬]〈名〉暖和的冬天。

だんどう[弾道]〈名〉彈道。

だんとうだい[断頭台]〈名〉斷頭台。

たんとうちょくにゅう[単刀直入]〈名・形動〉單刀直入。直截了當。

たんどく[単独]〈名〉①單獨。②孤立。

たんどく[耽読]〈名・他サ〉耽讀。讀得入迷。

だんどり[段取り]〈名〉安排。程序。步驟。

だんな[旦那]〈名〉①〈佛〉施主。檀越。②老爺。大人。③主人。老闆。④丈夫。

たんなる[単なる]〈連体〉僅。只是。

たんに[単に]〈副〉單。只。僅。

たんにん[担任]〈名・他サ〉擔任。擔當。

タンニン[tannin]〈名〉丹寧。丹寧酸。

だんねつ[断熱]〈名・自サ〉隔熱。絕熱。保溫。

たんねん[丹念]〈形動〉精心。仔細。

だんねん[断念]〈名・他サ〉斷念。死心。

たんのう[担嚢]〈名〉膽嚢。

たんのう[堪能]Ⅰ〈形動〉長於。擅長。Ⅱ〈名・自サ〉滿足。足夠。

たんぱ[短波]〈名〉短波。

たんぱく[淡白]〈名・形動〉①清淡。②恬淡。淡泊。

たんぱく[蛋白]〈名〉蛋白。

たんぱつ[単発]〈名〉①單發。②單引擎。

だんぱつ[断髪]〈名・自サ〉剪短髮。

タンバリン[tambourine]〈名〉〈樂〉鈴鼓。手鼓。

たんパン[短パン]〈名〉短褲。

だんぱん[談判]〈名・自サ〉談判。交涉。

たんび[耽美]〈名〉唯美。

たんぴょう[短評]〈名〉短評。

ダンピング[dumping]〈名・他サ〉傾銷。甩賣。

ダンプカー[dump car]〈名〉翻斗車。自卸卡車。

タンブラー[tumbler]〈名〉大玻璃杯。

たんぶん[短文]〈名〉短文。短句。

たんぶん[探聞]〈名・他サ〉探聽。探知。

だんべい[団平]〈名〉平底貨船。

たんぺいきゅう[短兵急]〈形動〉①短兵相接。②突然。冷不防。

ダンベル[dumbbell]〈名〉〈體〉啞鈴。

たんぺん[短篇]〈名〉短篇。

だんぺん[断片]〈名〉斷片。

たんぼ[田圃]〈名〉田地。

たんぼ[旦暮]〈名〉旦暮。朝夕。

たんぽ[担保]〈名〉擔保。抵押。

たんぽ[湯婆]〈名〉湯婆。熱水袋。

たんぼう[探訪]〈名・他サ〉探訪。採訪。

だんぼう[暖房]〈名・他サ〉暖氣。採暖。

だんボール[段ボール]〈名〉瓦楞紙。

たんぽぽ[蒲公英]〈名〉蒲公英。

タンポン[tampon]〈名〉藥棉球。

たんほんい[単本位]〈名〉〈貨幣〉單本位制。

だんまく[弾幕]〈名〉彈雨。

だんまつま[断末魔]〈名〉臨終。

たんまり[副〉很多。許多。

だんまり[黙り]〈名〉沉默。守口如瓶。

たんめい[短命]〈名・形動〉短命。

だんめつ[断滅]〈名・自他サ〉滅絕。

タンメン[湯麺]〈名〉〈中國〉湯麵。

だんめん[断面]〈名〉斷面。截面。切面。剖面。

たんもの[反物]〈名〉和服衣料。

だんもの[段物]〈名〉分段説唱的曲藝。

だんやく[弾薬]〈名〉彈藥。

たんゆう[胆勇]〈名〉膽量和勇氣。

だんゆう[男優]〈名〉男演員。

たんよう[単葉]〈名〉①單葉。②單翼。

たんらく[短絡]〈名・自他サ〉(電)短路。

だんらく[段落]〈名〉段落。

だんらん[団欒]〈名・自サ〉團聚。團圓。

たんり[単利]〈名〉(經)單利。

だんりゅう[暖流]〈名〉暖流。

たんりょ[短慮]〈名・形動〉①淺見。②性急。暴躁。

たんりょく[胆力]〈名〉膽力。膽量。

だんりょく[弾力]〈名〉彈力。彈性。

たんれい[端麗]〈名・形動〉端麗。端正秀麗。

たんれん[鍛練]〈名・他サ〉鍛煉。

だんろ[暖炉]〈名〉①火爐。②壁爐。

だんろん[談論]〈名・自サ〉談論。

だんわ[談話]〈名・自サ〉談話。

ち チ

ち[血]〈名〉血。血液。血統。血緣。

ち[地]〈名〉①地。大地。地面。②陸地。③土地。④地點。地區。⑤地位。立場。⑥領土。⑦(貨物)下部。

ち[知・智]〈名〉①知。智。智慧。智力。②智謀。計策。

ち[治]〈名〉治。治世。太平。

ち[乳]〈名〉①乳。奶。②乳房。

ち[池]〈接尾〉池。

ち[值]〈接尾〉值。

チアノーゼ[Zyanose]〈名〉〈醫〉發紺。青紫。

ちあん[治安]〈名〉治安。

ちい[地衣]〈名〉〈植〉地衣。

ちい[地異]〈名〉地異，地變(指地震、海嘯等)。

ちい[地位]〈名〉地位。

ちいき[地域]〈名〉地域。地區。

ちいく[知育]〈名〉智育。

チーク[teak]〈名〉〈植〉柚木。

ちいさ・い[小さい]〈形〉小。

ちいさな[小さな]〈連体〉小。

チーズ[cheese]〈名〉奶酪。乾酪。

チータ[cheetah]〈名〉獵豹。

チーフ[chief]〈名〉①頭目。頭子。②首腦。領袖。③首長。主任。

チーフメート[chief mate]〈名〉〈航海〉大副。

チーム[team]〈名〉〈體〉隊。

ちうみ[血膿]〈名〉膿血。

ちえ[知恵]〈名〉智慧。

チェアマン[chairman]〈名〉主席。議長。委員長。會長。

チェーン[chain]〈名〉鏈子。鏈條。

チェーンストア[chain store]〈名〉〈商〉聯號。連鎖商店。

チェーンスモーカー[chain smoker]〈名〉烟鬼。一枝接一枝吸烟者。

ちえきけん[地役權]〈名〉地役權。

チェス[chess]〈名〉國際象棋。

チェック[chech]Ⅰ〈名〉①支票。②(衣料的)格子，花格。Ⅱ〈名・他サ〉①加記號。加標記。②核對。查對。對證。

チェックイン[check-in]〈名・自サ〉①訂房登記(住宿)。②(在機場)辦理搭機手續。

チェリー[cherry]〈名〉①櫻樹。②櫻桃。

チェリスト[cellist]〈名〉大提琴演奏家。

チェレスタ[celesta]〈名〉〈樂〉鋼片琴。

チェロ[cello]〈名〉大提琴。

ちえん[遅延]〈名・自サ〉遲延。遲誤。

ちえん[地緣]〈名〉鄉親。同鄉。

チェンジ[change]〈名・自他サ〉①交換。更換。②兌換。③改變。變化。

ちおん[地温]〈名〉地温。

ちか[地下]〈名〉地下。

ちか[地価]〈名〉地價。

ちか[治下]〈名〉統治下。

ちか・い[近い]〈形〉①近。靠近。②不久。③親近。近親。④近似。

ちかい[誓]〈名〉誓。誓言。誓詞。

ちかい[地階]〈名〉①地下室。②一層。一樓。

ちがい[違い]〈名〉①差。差別。區別。不同。②差錯。錯誤。

ちがいな・い[違いない]〈形〉(前接「に」)一定。肯定。

ちがいほうけん[治外法権]〈名〉治外法權。

ちがいめ[違い目]〈名〉①不同之處。②錯誤之處。③交叉點。

ちか・う[誓う]〈他五〉起誓。發誓。立誓。

ちが・う[違う]〈自五〉①不同。不一致。不一樣。②錯。不對。不正確。③扭(筋)。錯(骨縫)。

ちが・える[違える]〈他下一〉①使…不一致。使…不一樣。②弄錯。搞錯。③交叉。

交錯。④扭〔筋〕。錯〔骨縫〕。

ちかく［近く］〈名〉①近處。附近。②近。將近。③不久。最近。

ちかく［地殻］〈名〉地殼。

ちかく［知覺］〈名〉知覺。

ちがく［地学］〈名〉地學。

ちかけい［地下莖］〈名〉地下莖。

ちかごろ［近頃］〈名〉近來。近日。最近。

ちかし・い［近しい］〈形〉親近。親密。

ちかしつ［地下室］〈名〉地下室。

ちかすい［地下水］〈名〉地下水。

ちかちか［副〉①閃爍。②刺眼。

ちかぢか［近近］〈副〉最近。不久。過幾天。

ちかづき［近付き］〈名〉①親近。交往。②熟人。朋友。

ちかづ・く［近付く］〈自五〉①靠近。挨近。臨近。②親近。交往。③相似。相近。

ちかづ・ける［近付ける］〈他下一〉①使靠近。②使親近。

ちかてつ［地下鉄］〈名〉地下鐵道。地鐵。

ちかま［近間］〈名〉近處。附近。

ちかまわり［近回り］〈名・自サ〉①走近路。②近處。附近。

ちかみち［近道］〈名〉近道。近路。抄道。捷徑。

ちかめ［近目］〈名〉近視眼。

ちかよ・せる［近寄せる］〈他下一〉使…靠近。使…挨近。

ちかよ・る［近寄る］〈自五〉靠近。挨近。湊近。接近。

ちから［力］〈名〉①力。力量。力氣。努力。③能力。實力。④效力。⑤武力。⑥幹勁。勁頭。

ちからいっぱい［力一杯］〈副〉竭盡全力。

ちからおとし［力落し］〈名〉泄勁。泄氣。灰心。

ちからくらべ［力比べ］〈名〉比力氣。

ちからこぶ［力瘤］〈名〉①(胳膊用力時的)力瘤。②力量。努力。

ちからずく［力ずく］〈名〉①極力。竭盡全

力。②强迫。憑武力。

ちからぞえ［力添え］〈名・自サ〉援助。協助。幫助。支援。

ちからだのみ［力頼み］〈名〉依靠。靠山。

ちからだめし［力試し］〈名〉試驗自己的力氣。試驗自己的能力。

ちからづ・く［力付く］〈自五〉起勁。來勁頭。體力恢復。

ちからづ・ける［力付ける］〈他下一〉鼓舞。鼓勵。

ちからづよ・い［力强い］〈形〉①强有力。②有仗恃。

ちからまかせ［力任せ］〈形動〉①竭盡全力。②憑力氣。

ちからもち［力持ち］〈名〉有力氣(的人)。

ちかん［痴漢］〈名〉色情狂。

ちかん［置換］〈名・他サ〉置換。代換。取代。

ちき［知己］〈名〉知己。

ちき［稚気］〈名〉稚氣。

ちぎ［地祇］〈名〉地祇。地神。

ちきゅう［地球］〈名〉地球。

ちぎょ［稚魚］〈名〉魚苗。魚秧。

ちきょう［地峡］〈名〉地峽。

ちきょうだい［乳兄弟］〈名〉一奶同胞。

ちぎり［契り］〈名〉①契約。盟約。②婚約。③因緣。

ちぎ・る［契る］〈他五〉發誓。

ちぎ・る［千切る］〈他五〉①撕碎。掐碎。②揪下。摘取。

ちぎれちぎれ〈名・形動〉①零碎。破碎。②斷斷續續。

ちぎ・れる［千切れる］〈自下一〉①破碎。②被撕掉。被揪下。

チキン［chichen］〈名〉①雛鷄。②鷄肉。

ちぎん［地銀］〈名〉地方銀行。

チキンライス〈名〉鷄肉炒飯。

ちく［地区］〈名〉地區。

ちくいち［逐一］〈副〉①逐一。一一。②詳盡。仔細。

ちぐう［知遇］〈名〉知遇。

ちくおんき［蓄音機］〈名〉唱機。留聲機。

ちくご［逐語］〈名〉逐字逐句。

ちくざい[蓄財]〈名・自サ〉攢錢。積攢錢財。

ちくさつ[畜殺]〈名・自サ〉屠宰。

ちくさん[畜産]〈名〉畜産。

ちくじ[逐次]〈副〉逐次。依次。

ちくじつ[逐日]〈副〉逐日。一天一天地。

ちくしょう[畜牲]〈名〉①畜牲。獸。②畜牲。混蛋。

ちくじょう[逐条]〈名〉逐條。

ちくせき[蓄積]〈名・他サ〉積蓄。積累。儲備。

ちくぞう[築造]〈名・他サ〉修築。營造。

ちくちく〈副・自サ〉①刺痛。②連續刺扎。密密地縫。

ちくてい[築庭]〈名・自サ〉修築庭園。

ちくてい[築堤]〈名・自サ〉築堤。

ちくでん[逐電]〈名・他サ〉潛逃。逃跑。

ちくでん[蓄電]〈名・他サ〉蓄電。

ちくのうしょう[蓄膿症]〈名〉慢性鼻竇炎。

ちくば[竹馬]〈名〉竹馬。

ちぐはぐ[動形]①不成對。不成雙。②不調和。不相稱。

ちくび[乳首]〈名〉①乳頭。奶頭。②(奶瓶的)奶嘴。

ちくりと〈副〉①針扎似的。②稍微。

ちからりょく[畜力]〈名〉畜力。

ちくわ[竹輪]〈名〉筒狀魚捲。

ちけい[地形]〈名〉地形。

チケット[ticket]〈名〉票。券。

ちけむり[血煙]〈名〉鮮血噴濺。

ちけん[地検]〈名〉地方檢察廳。

ちけん[治験]〈名〉療效。治療生效。

ちこう[地溝]〈名〉地溝。

ちこう[遅効]〈名〉遅效。

ちこく[遅刻]〈名・自サ〉遲到。

ちこく[治国]〈名〉治國。

ちさ[萵苣]〈名〉→ちしゃ。

ちさい[地裁]〈名〉地方法院。

ちさん[遅参]〈名・自サ〉遲到。

ちし[地誌]〈名〉地理誌。地理誌。

ちし[致死]〈名〉致死。

ちじ[知事]〈名〉知事。

ちしお[血潮]〈名〉①流的鮮血。②熱血。熱情。

ちしき[知識]〈名〉知識。

ちじき[地磁気]〈名〉地磁。

ちじく[地軸]〈名〉地軸。

ちしつ[地質]〈名〉地質。

ちしつ[知悉]〈名・他サ〉知悉。熟知。通曉。

ちしゃ[知者]〈名〉智者。

ちしゃ[萵苣]〈名〉(植)萵苣。

ちじょう[地上]〈名〉①地上。地面。②人世。

ちじょう[痴情]〈名〉痴情。

ちじょく[恥辱]〈名〉恥辱。

ちじん[知人]〈名〉熟人。相識。

ちじん[痴人]〈名〉痴人。

ちず[地図]〈名〉地圖。

ちすい[治水]〈名・自サ〉治水。

ちすじ[血筋]〈名〉①血脈。血管。②血統。

ちせい[地勢]〈名〉地勢。

ちせい[治世]〈名〉治世。

ちせい[知性]〈名〉理智。才智。智能。智力。

ちせつ[稚拙]〈名・形動〉幼稚拙劣。不成熟。

ちそ[地租]〈名〉地租。

ちそう[地層]〈名〉地層。

ちぞめ[血染め]〈名〉血染め。血污。

ちたい[地帯]〈名〉地帯。地區。

ちたい[遅滞]〈名・自サ〉遲誤。遲延。遲緩。

ちたい[痴態]〈名〉痴態。醜態。

ちだるま[血達磨]〈名〉渾身是血(的人)。

チタン[Titan]〈名〉(化)鈦。

ちち[父]〈名〉父親。

ちち[乳]〈名〉①奶。乳汁。②乳房。奶子。

ちぢ[遅遅]〈形動〉遅遅。

ちぢ[千千]〈名〉①千千萬萬。許許多多。②各式各樣。形形色色。

ちちうえ[父上]〈名〉(敬)父親。

ちちおや[父親]〈名〉父親。

ちちかた[父方]〈名〉父系。

ちぢか・む[縮かむ]〈自五〉蜷曲。拘攣。

ちちくさ・い[乳臭い]〈形〉①乳臭。②奶味。

②乳臭未乾。幼稚。

ちちご[父御]〈名〉令尊。

ちちこま・る[縮こまる]〈自五〉蜷曲。蜷縮。

ちちのひ[父の日]〈名〉父親節。

ちちはは[父母]〈名〉父母。

ちぢま・る[縮まる]〈自五〉縮。收縮。縮短。縮小。縮減。

ちぢみあが・る[縮み上がる]〈自五〉縮小很多。畏縮。退縮。

ちぢみおり[縮織]〈名〉縐布。縐綢。縐紗。

ちぢ・む[縮む]〈自五〉縮。收縮。抽縮。縮小。

ちぢ・める[縮める]〈他下一〉縮。縮短。縮小。

ちちゅう[地中]〈名〉地裏。地下。

ちちゅうかい[地中海]〈名〉地中海。

ちぢら・す[縮らす]〈他五〉弄皺。使…出褶。使…蜷曲。

ちぢれげ[縮れ毛]〈名〉捲毛。捲髮。

ちぢ・れる[縮れる]〈自下一〉①出褶。起皺。②捲曲。

ちつ[膣]〈名〉膣。陰道。

ちつ[帙]〈名〉書帙。書套。

チッキ[check]〈名〉①快件(行李)。②行李票。託運單。寄存物件牌。

ちっきょ[蟄居]〈名・自サ〉①蟄居。隱居。②入蟄。冬眠。

ちっこう[築港]〈名・自サ〉築港。建港。

ちつじょ[秩序]〈名〉秩序。

ちっそ[窒素]〈名〉氮。

ちっそく[窒息]〈名・自サ〉窒息。

ちっとも〈副〉→すこしも。

チップ[tip]〈名〉小費。酒錢。

ちっぽけ〈名・形動〉小。小小。

ちてい[地底]〈名〉地底。

ちてき[知的]〈形動〉①理智的。智慧的。②知識的。

ちてん[地点]〈名〉地點。

ちと〈副〉稍微。一點兒。

ちどうせつ[地動説]〈名〉地動説。日心説。

ちとく[知德]〈名〉德才。

ちとせ[千歳]〈名〉①千年。②永遠。

ちどめ[血止め]〈名〉止血(劑)。

ちどり[千鳥]〈名〉鴴。白領鴴。

ちどりあし[千鳥足]〈名〉踉踉蹌蹌。蹣蹣跚跚。

ちどん[遅鈍]〈名・形動〉遅鈍

ちなまぐさ・い[血腥い]〈形〉血腥。

ちなみ[因]〈名〉因緣。關係。

ちなみに[因に]〈接〉順便。附帶。

ちな・む[因む]〈自五〉因。由於。有關聯。

ちにちか[知日家]〈名〉日本通。

ちねつ[地熱]〈名〉地熱。

ちのう[知能]〈名〉智能。智力。

ちのう[智嚢]〈名〉智嚢。

ちのみご[乳飲み子]〈名〉乳兒。吃奶孩子。

ちのり[血糊]〈名〉血漿。

ちはい[遅配]〈名・他サ〉①(郵件)晩送。②(支付)誤期。③(定量供應的商品)供應不及時。

ちばし・る[血走る]〈自五〉眼球充血。

ちばなれ[乳離れ]〈名・自サ〉斷奶。

ちび〈名・形動〉①矮子。矮子。②小鬼。小傢伙。

ちびちび〈副〉一點一點地。

ちひょう[地表]〈名〉地表。

ち・びる[禿びる]〈自上一〉磨禿。

ちぶさ[乳房]〈名〉乳房。奶子。

チフス[typhus]〈名〉傷寒。

ちへいせん[地平線]〈名〉地平綫。

チベット[Tibet]〈名〉西藏。

ちへど[血反吐]〈名〉嘔血。

ちほ[地歩]〈名〉地位。位置。

ちほう[地方]〈名〉①地方。地區。②(對中央而言)地方。

ちほう[痴呆]〈名〉癡獃。白癡。傻子。

ちぼう[智謀・知謀]〈名〉智謀。

ちまき[粽]〈名〉粽子。

ちまつり[血祭り]〈名〉血祭。

ちまなこ[血眼]〈名〉①充血的眼睛。紅眼。②拼命。

ちまみれ[血塗れ]〈形動〉沾滿鮮血。渾身是血。

ちまめ[血豆]〈名〉血泡。

ちまよ・う[血迷う]〈自五〉發瘋。瘋狂。激

昂。

ちみ[地味]〈名〉地力。

ちみち[血道]〈名〉血脈。血管。

ちみつ[緻密]〈形動〉緻密。細密。精緻。

ちみどろ[血みどろ]〈形動〉①沾滿鮮血。渾身是血。②拚命。

ちみもうりょう[魑魅魍魎]〈名〉魑魅魍魎。

ちめい[地名]〈名〉地名。

ちめい[知名]〈名・形動〉知名。

ちめいしょう[致命傷]〈名〉致命傷。

ちめいてき[致命的]〈形動〉致命的。

ちゃ[茶]〈名〉茶。茶葉。

チャーター[charter]〈名・他サ〉包。包租。

チャーチ[church]〈名〉①教會。②教堂。禮拜堂。

チャーハン[炒飯]〈名〉炒飯。

チャイム[chime]〈名〉①組鐘(音樂)。②門鈴。

ちゃいれ[茶入れ]〈名〉茶葉筒(盒、罐)。

ちゃいろ[茶色]〈名〉茶色。棕色。

ちゃうけ[茶受け]〈名〉茶食。

ちゃがし[茶菓子]〈名〉茶食。

ちゃか・す[茶化す]〈他五〉①開玩笑。②支吾。搪塞。蒙混。

ちゃかっしょく[茶褐色]〈名〉茶褐色。棕褐色。

ちゃがま[茶釜]〈名〉(茶道)燒水鍋。

ちゃがら[茶殻]〈名〉乏茶葉。

ちゃき[茶器]〈名〉茶具。

ちゃきん[茶巾]〈名〉(茶道)擦茶碗的布。

-ちゃく[着]〈接尾〉①到達。②(衣服)套。③(到達的順序)第…名。

ちゃくい[着衣]〈名・自サ〉①穿的衣服。②穿衣。

ちゃくえき[着駅]〈名〉(鐵路)到站。

ちゃくがん[着眼]〈名・自サ〉着眼。

ちゃくがん[着岸]〈名・自サ〉到岸。靠岸。

ちゃくし[嫡子]〈名〉嫡子。

ちゃくじつ[着実]〈名・形動〉踏實。紮實。

ちゃくしゅ[着手]〈名・自サ〉着手。動手。開始。

ちゃくしゅつ[嫡出]〈名〉嫡出。

ちゃくじゅん[着順]〈名〉到達的順序。

ちゃくしょく[着色]〈名・自サ〉着色。上色。

ちゃくすい[着水]〈名・自サ〉降落到水面上。

ちゃくせき[着席]〈名・自サ〉就座。入席。

ちゃくそう[着想]〈名・自サ〉主意。構思。想法。

ちゃくち[着地]〈名・自サ〉①着陸。②落地。

ちゃくちゃく[着着]〈副〉節節。穩步。順利。

ちゃくなん[嫡男]〈名〉嫡子。

ちゃくにん[着任]〈名・自サ〉到任。上任。

ちゃくふく[着服]〈名・他サ〉私吞。侵吞。

ちゃくもく[着目]〈名・自サ〉①着眼。②注意看。留神看。

ちゃくよう[着用]〈名・他サ〉穿(衣)。戴(帽)。

ちゃくりく[着陸]〈名・自サ〉着陸。降落。

ちゃくりゅう[嫡流]〈名〉嫡系。正支。

チャコ[chalk]〈名〉滑石。

ちゃこし[茶漉し]〈名〉茶葉篦子。

ちゃさじ[茶匙]〈名〉茶匙。

ちゃしつ[茶室]〈名〉茶室。

ちゃしぶ[茶渋]〈名〉茶銹。

ちゃしゃく[茶杓]〈名〉茶杓。

ちゃじん[茶人]〈名〉①精通茶道的人。講究喝茶的人。②風雅的人。

ちゃせん[茶筅]〈名〉(茶道)攪茶用的小圓竹刷。

ちゃだい[茶代]〈名〉①茶錢。②小費。

ちゃたく[茶托]〈名〉茶托。茶碟。

ちゃち〈形動〉簡陋。粗糙。不值錢。

ちゃっかり〈副・自サ〉(爲了私利)見縫就鑽。

チャック[chuck]〈名〉拉鏈。拉鎖。

ちゃづけ[茶漬]〈名〉①茶泡飯。②粗茶淡飯。

ちゃっこう[着工]〈名・自サ〉動工。開工。

ちゃづつ[茶筒]〈名〉茶葉筒。茶葉罐。

ちゃつみ[茶摘み]〈名〉採茶(的人)。

ちゃてん[茶店]〈名〉①茶莊。②茶舘。

ちゃどう[茶道]〈名〉茶道。

ちゃのま[茶の間]〈名〉(家庭的)餐廳。

ちゃのみ[茶飲み・茶呑み]〈名〉①愛喝茶(的人)。②茶杯。

ちゃのゆ[茶の湯]〈名〉茶道。

ちゃばん[茶番]〈名〉①茶房。烹茶的人。②滑稽劇。

ちゃぶだい[茶袱台]〈名〉矮飯桌。

ちやほや〈副・他サ〉①捧。奉承。②溺愛。嬌慣。

ちゃぼん[茶盆]〈名〉茶盤。

ちゃみせ[茶店]〈名〉茶亭。

ちゃめ[茶目]〈名・形動〉淘氣。愛逗笑。

ちゃや[茶屋]〈名〉①茶莊。②茶舘。茶亭。

ちゃらんぽらん〈名・形動〉①吊兒郎當。稀里糊塗。馬馬虎虎。

チャルメラ[charamela]〈名〉嗩吶。喇叭。

チャレンジ[challenge]〈名・他サ〉挑戰。

ちゃわん[茶碗]〈名〉①茶碗。②飯碗。

-ちゃん〈接尾〉(接在名詞、人名後)表示親愛。

チャンス[chance]〈名〉機會。

ちゃんちゃらおかし・い〈形〉可笑極了。滑稽之至。

ちゃんちゃんこ〈名〉坎肩。

ちゃんちゃんばらばら〈名〉①鏗鏘。②格鬥。武打。

ちゃんと〈副・自サ〉①端正。規規矩矩。②整齊。整整齊齊。③好好地。牢牢地。④按期。如期。⑤的確。確鑿。⑥完全。全然。⑦早已。老早。⑧正派。正經。⑨明顯。顯然。⑩安然。

チャンネル[channel]〈名〉頻道。

ちゃんばら〈名〉武戲。武打。

チャンピオン[champion]〈名〉冠軍。

ちゃんぽん〈名〉①攙雜。②交替。③原湯麵。

ちゆ[治癒]〈名・自サ〉治愈。痊愈。

ちゆう[知勇]〈名〉智勇。

ちゆう[知友]〈名〉知友。知交。

ちゅう[中]〈名〉①中。中央。②中等。③中間。④中國。

ちゅう[宙]〈名〉①空中。②背誦。

ちゅう[忠]〈名〉忠。

ちゅう[注]〈名〉註。註解。註釋。

ちゅう-[駐]〈接頭〉駐。

-ちゅう[中]〈接尾〉①中。內。裏。②正。正在。

ちゅうい[中尉]〈名〉中尉。

ちゅうい[注意]〈名・自サ〉①注意。小心。留神。仔細。②提醒。批評。警告。勸告。

チューインガム[chewing gum]〈名〉口香糖。

ちゅうおう[中央]〈名〉中央。

ちゅうか[中華]〈名〉中華。中國。

ちゅうかい[仲介]〈名・他サ〉居間。介紹。斡旋。調停。

ちゅうかい[注解]〈名・他サ〉註解。註釋。

ちゅうがい[虫害]〈名〉蟲害。

ちゅうがえり[宙返り]〈名・自サ〉翻筋斗。翻跟頭。

ちゅうかく[中核]〈名〉中心。核心。

ちゅうがくせい[中学生]〈名〉初中生。

ちゅうがた[中形・中型]〈名〉中型。

ちゅうがっこう[中学校]〈名〉初級中學。初中。

ちゅうかん[中間]〈名〉中間。

ちゅうき[中気]〈名〉中風。

ちゅうき[中期]〈名〉中期。

ちゅうき[注記]〈名・自他サ〉註。附註。註釋。

ちゅうぎ[忠義]〈名・形動〉忠義。忠誠。

ちゅうきゅう[中級]〈名〉中級。

ちゅうきん[忠勤]〈名〉忠實勤奮。

ちゅうくう[中空]Ⅰ〈名〉空中。天空。Ⅱ〈名・形動〉空心兒。

ちゅうぐらい[中位]〈名・形動〉中等。

ちゅうくんあいこく[忠君愛国]〈名〉忠君愛國。

ちゅうけい[中継]〈名・他サ〉①中繼。轉播。②轉運。轉口。

ちゅうけん[中堅]〈名〉①中堅。骨幹。主力。②(捧球)中場手。中外場手。

ちゅうげん[中元]〈名〉(舊曆七月十五日)

中元節。

ちゅうこ[中古]〈名〉半舊。半新不舊。

ちゅうこく[忠告]〈名・他サ〉忠告。勸告。

ちゅうごく[中國]〈名〉中國。

ちゅうごし[中腰]〈名〉彎腰。欠身。

ちゅうさ[中佐]〈名〉中校。

ちゅうざ[中座]〈名・自サ〉中途退席。

ちゅうさい[仲裁]〈名・他サ〉仲裁。調停。說和。排解。

ちゅうざい[駐在]〈名・自サ〉駐在。

ちゅうさんかいきゅう[中産階級]〈名〉中産階級。

ちゅうし[中止]〈名・他サ〉中止。

ちゅうし[注視]〈名・他サ〉注視。注目。

ちゅうじ[中耳]〈名〉(解)中耳。

ちゅうじく[中軸]〈名〉①中心軸。②中心(人物)。

ちゅうじつ[忠実]〈名・形動〉忠實。

ちゅうしゃ[注射]〈名・他サ〉注射。打針。

ちゅうしゃ[駐車]〈名・自サ〉停車。

ちゅうしゃく[注釈]〈名・他サ〉註釋。註解。

ちゅうしゅう[中秋]〈名〉中秋。

ちゅうしゅつ[抽出]〈名・他サ〉①抽出。抽樣。②提取。提煉。

ちゅうじゅん[中旬]〈名〉中旬。

ちゅうしょう[中傷]〈名・他サ〉中傷。誹謗。誣衊。

ちゅうしょう[抽象]〈名・他サ〉抽象。

ちゅうじょう[中将]〈名〉中將。

ちゅうじょう[衷情]〈名〉衷情。

ちゅうしょうきぎょう[中小企業]〈名〉中小企業。

ちゅうしょく[昼食]〈名〉午飯。

ちゅうしん[中心]〈名〉中心。

ちゅうしん[中震]〈名〉中震。

ちゅうしん[忠臣]〈名〉忠臣。

ちゅうしん[衷心]〈名〉衷心。

ちゅうすい[虫垂]〈名〉闌尾。

ちゅうすう[中枢]〈名〉中樞。

ちゅうせい[中世]〈名〉(史)中世。

ちゅうせい[中性]〈名〉中性。

ちゅうせい[忠誠]〈名・形動〉忠誠。

ちゅうぜい[中背]〈名〉中等身材。中等個兒。

ちゅうせいだい[中生代]〈名〉(地)中生代。

ちゅうせき[沖積]〈名・自サ〉沖積。

ちゅうせき[柱石]〈名〉柱石。

ちゅうせつ[忠節]〈名〉忠節。

ちゅうぜつ[中絶]〈名・自他サ〉中斷。

ちゅうせん[抽籤・抽選]〈名・自サ〉抽籤。

ちゅうぞう[鋳造]〈名・他サ〉鑄造。

ちゅうそつ[中卒]〈名〉初中畢業。

ちゅうたい[中退]〈名・自サ〉中途退學。

ちゅうたい[紐帯]〈名〉紐帶。聯繫。

ちゅうたい[中隊]〈名〉(軍連.中隊。

ちゅうだん[中段]〈名〉中層。

ちゅうだん[中断]〈名・自他サ〉中斷。

ちゅうちょ[躊躇]〈名・自サ〉躊躇。猶豫。遲疑。

ちゅうづり[宙吊り]〈名〉懸空。

ちゅうてつ[鋳鉄]〈名〉鑄鐵。

ちゅうてん[中点]〈名〉中點。

ちゅうと[中途]〈名〉中途。

ちゅうとう[中東]〈名〉中東。

ちゅうとう[中等]〈名〉中等。

ちゅうどう[中道]〈名〉①中途。②中庸之道。

ちゅうどく[中毒]〈名・自サ〉中毒。

ちゅうとはんぱ[中途半端]〈名・形動〉①不徹底。半途而廢。②不明朗。模棱兩可。③不完整。

ちゅうとん[駐屯]〈名・自サ〉駐屯。駐紮。

ちゅうにくちゅうぜい[中肉中背]〈名〉中等身材。

ちゅうにゅう[注入]〈名・他サ〉注入。

ちゅうねん[中年]〈名〉中年。

ちゅうのう[中農]〈名〉中農。

ちゅうは[中波]〈名〉中波。

チューバ[tuba]〈名〉(樂)大號。

ちゅうばいか[虫媒花]〈名〉(植)蟲媒花。

ちゅうばん[中盤]〈名〉中盤。中局。

ちゅうび[中火]〈名〉中火。

ちゅうぶ[中部]〈名〉中部。

チューブ[tube]〈名〉①筒。管。②軟管。③內胎。

ちゅうぶう[中風]〈名〉中風。

ちゅうふく[中腹]〈名〉山腰。

ちゅうぶらりん[宙ぶらりん・中ぶらりん]〈名・形動〉①懸空。②模棱兩可。

ちゅうぶる[中古]〈名〉半舊。半新不舊。

ちゅうべい[中米]〈名〉中美洲。

ちゅうへん[中編]〈名〉①中篇。②中編。

ちゅうぼく[忠僕]〈名〉忠僕。

ちゅうみつ[稠密]〈名・形動〉稠密。

ちゅうもく[注目]〈名・自他サ〉注目。注視。

ちゅうもん[注文]〈名・他サ〉①定貨。定購。②點（菜）。叫（菜）。③要求。

ちゅうや[昼夜]〈名〉晝夜。

ちゅうゆ[注油]〈名・自サ〉注油。上油。加油。

ちゅうゆう[忠勇]〈名・形動〉忠勇。

ちゅうよう[中庸]〈名・形動〉中庸。

ちゅうよう[中葉]〈名〉中葉。

ちゅうりつ[中立]〈名・自サ〉中立。

チューリップ[tulip]〈名〉鬱金香。

ちゅうりゅう[中流]〈名〉①中流。中游。②中等。中層。

ちゅうりゅう[駐留]〈名・自サ〉駐留。駐紮。

ちゅうわ[中和]〈名・自サ〉(化)中和。

チュニックコート[tunic coat]〈名〉(婦女)束腰上衣。

ちよ[千代]〈名〉千代。萬年。永遠。

ちょ[著]〈名〉著。著作。著述。

ちょ[緒]〈名〉緒。端緒。開端。

ちょい〈副〉稍微。暫且。一會兒。

ちょいちょい〈副〉常。常常。時常。

ちょいと Ⅰ〈副〉稍微。有點兒。Ⅱ〈感〉(婦女用語)喂!

ちょう[兆]〈名〉①兆。萬億。②徵兆。前兆。

ちょう[長]〈名〉①長。長處。②長。首長。

ちょう[腸]〈名〉腸。腸子。

ちょう[蝶]〈名〉蝴蝶。

ちょう[町]〈名〉①地積單位（一町約合99.2公畝）。②距離單位（一町約合109米）。

ちょう-[超]〈接頭〉超。

-ちょう[丁]〈接尾〉①(豆腐)塊。②(食品)碗。碟。份。

-ちょう[挺]〈接尾〉①(槍等)挺。②(細長物品的單位)把。枝。塊。②(人力車、轎等)輛。頂。

-ちょう[朝]〈接尾〉朝(代)。

-ちょう[調]〈接尾〉調。

-ちょう[庁]〈接尾〉廳。

ちょうあい[寵愛]〈名・他サ〉寵愛。

ちょうい[弔意]〈名〉哀悼(之意)。

ちょうい[弔慰]〈名・他サ〉吊慰。吊唁。吊問。

ちょういん[調印]〈名・他サ〉簽字。簽訂。

ちょうえき[懲役]〈名〉(法)徒刑。

ちょうえつ[超越]〈名・自サ〉超越。超出。

ちょうおん[長音]〈名〉長音。

ちょうおんかい[長音階]〈名〉長音階。大音階。大調音階。

ちょうか[超過]〈名・自サ〉超過。

ちょうかい[潮解]〈名・自サ〉(化)潮解。

ちょうかい[懲戒]〈名・他サ〉懲戒。懲罰。

ちょうかい[朝会]〈名〉(學校)早會。朝會。

ちょうかく[頂角]〈名〉頂角。

ちょうかく[聴覚]〈名〉聽覺。

ちょうカタル[腸カタル]〈名〉腸炎。

ちょうかん[長官]〈名〉長官。

ちょうかん[鳥瞰]〈名・他サ〉鳥瞰。

ちょうかん[朝刊]〈名〉晨報。日報。

ちょうき[弔旗]〈名〉下半旗。

ちょうき[長期]〈名〉長期。

ちょうきょう[調教]〈名・他サ〉調教。訓練。馴。

ちょうきょり[長距離]〈名〉長距離。長途。

ちょうきん[彫金]〈名〉雕金。鏤金。

ちょうきん[超勤]〈名〉加班。

ちょうけい[長兄]〈名〉長兄。

ちょうけし[帳消し]〈名〉①銷帳。清帳。②頂帳。抵銷。

ちょうこう[兆候]〈名〉徵候。徵兆。

ちょうこう[聴講]〈名・他サ〉①聽講。聽課。②旁聽。

ちょうごう[調合]〈名・他サ〉配。調配。調製。

ちょうこうぜつ[長広舌]〈名〉雄辯。長篇大論。

ちょうこく[彫刻]〈名・他サ〉雕刻。

ちょうさ[調査]〈名・他サ〉調查。

ちょうざ[長座]〈名・自サ〉久坐。

ちょうざい[調剤]〈名・自サ〉調劑。配藥。

ちょうざめ[蝶鮫]〈名〉鱘。鱘魚。鰉。鰉魚。

ちょうさんぼし[朝三暮四]〈名〉朝三暮四。

ちょうし[長子]〈名〉長子。

ちょうし[銚子]〈名〉酒壺。嗉子。

ちょうし[調子]〈名〉①音調。調子。②聲調。語調。腔調。③格調。風格。④態度。情況。⑤勁頭。勢頭。

ちょうじ[弔辞]〈名〉悼詞。

ちょうじ[寵児]〈名〉寵兒。

ちょうじく[長軸]〈名〉長軸。

ちょうじゃ[長者]〈名〉①長者。長老。②富翁。財主。

ちょうしゅ[聴取]〈名・他サ〉聽取。收聽。

ちょうじゅ[長寿]〈名・自サ〉①長壽。②耐久。持久。

ちょうしゅう[徴収]〈名・他サ〉徵收。

ちょうしゅう[徴集]〈名・他サ〉徵集。

ちょうしゅう[聴衆]〈名〉聽衆。

ちょうじゅう[鳥獣]〈名〉鳥獸。

ちょうじゅう[鳥銃]〈名〉鳥槍。

ちょうしょ[長所]〈名〉長處。

ちょうしょ[調書]〈名〉筆錄。

ちょうじょ[長女]〈名〉長女。

ちょうしょう[嘲笑]〈名・他サ〉嘲笑。

ちょうじょう[頂上]〈名〉①山頂。頂峰。②頂點。極點。

ちょうしょく[朝食]〈名〉早飯。早餐。

ちょうじり[帳尻]〈名〉帳尾。決算結果。收支差額。

ちょうしん[長身]〈名〉高個子。

ちょうしん[長針]〈名〉長針。分針。

ちょうしん[聴診]〈名・他サ〉聽診。

ちょうじん[超人]〈名〉超人。

ちょうしんけい[聴神経]〈名〉聽神經。

ちょう・ずる[長ずる]〈自サ〉①長大。成長。②長於。善於。擅長。

ちょうせい[調整]〈名・他サ〉調整。

ちょうぜい[徴税]〈名・自サ〉徵税。

ちょうせき[長石]〈名〉長石。

ちょうせつ[調節]〈名・他サ〉調節。

ちょうぜつ[超絶]〈名・自サ〉超絶。

ちょうせん[挑戦]〈名・自サ〉挑戰。

ちょうぜん[超然]〈形動〉超然。滿不在乎。

ちょうそ[彫塑]〈名・自サ〉雕塑。

ちょうぞう[彫像]〈名〉雕像。

ちょうそく[長足]〈名〉長足。

ちょうぞく[超俗]〈名〉超俗。

ちょうだ[長蛇]〈名〉長蛇。

ちょうだい[頂戴]〈名・他サ〉①領。收。領取。②吃。喝。③請。④給我。

ちょうだいこく[超大国]〈名〉超級大國。

ちょうたいそく[長大息]〈名・自サ〉長嘆。

ちょうたく[彫琢]〈名・他サ〉①雕琢。②推敲。琢磨。

ちょうたつ[調達]〈名・他サ〉①籌辦。籌措。②供應。辦置。採購。

ちょうたん[長短]〈名〉長短。

ちょうたん[長嘆]〈名・自サ〉長嘆。

ちょうチフス[腸チフス]〈名〉傷寒。

ちょうちょう[長調]〈楽〉大調。大調。

ちょうちょう[蝶蝶]〈名〉蝴蝶。

ちょうちょうはっし[丁丁発止]〈副〉①鏗鏘。叮叮噹噹。②唇槍舌箭。

ちょうちん[提灯]〈名〉燈籠。

ちょうづがい[蝶番]〈名〉合葉。鉸鏈。

ちょうづけ[帳付け]〈名〉①記帳(員)。②賒帳。掛帳。

ちょうづめ[腸詰]〈名〉灌腸。香腸。臘腸。

ちょうづら[帳面]〈名〉帳面。帳目。

ちょうてい[朝廷]〈名〉朝廷。

ちょうてい[調停]〈名・他サ〉調停。調解。

ちょうてん[頂点]〈名〉頂點。極點。

ちょうでん[弔電]〈名〉唁電。

ちょうと[長途]〈名〉長途。

ちょうど[丁度]〈副〉①正。正好。整整。②

好像。恰似。

ちょうトン[長トン]〈名〉長噸。英噸。

ちょうなん[長男]〈名〉長子。

ちょうネクタイ[蝶ネクタイ]〈名〉蝴蝶結。領結。領花。

ちょうは[長波]〈名〉長波。

ちょうば[帳場]〈名〉帳房。櫃台。

ちょうば[嘲罵]〈名・他サ〉嘲罵。

ちょうば[跳馬]〈名〉(體)跳馬。

ちょうはつ[長髪]〈名〉長髮。

ちょうはつ[挑発]〈名・他サ〉挑撥。挑動。挑釁。

ちょうはつ[徴発]〈名・他サ〉徵發。

ちょうはつ[調髪]〈名・自サ〉理髮。

ちょうばつ[懲罰]〈名・他サ〉懲罰。

ちょうふく[重複]〈名・自サ〉重複。

ちょうぶつ[長物]〈名〉無用之物。

ちょうぶん[長文]〈名〉長文。

ちょうぶん[弔文]〈名〉祭文。悼詞。

ちょうへい[徴兵]〈名・自他サ〉徵兵。

ちょうへいそくしょう[腸閉塞症]〈名〉腸梗阻。

ちょうへん[長編]〈名〉長篇。

ちょうぼ[帳簿]〈名〉帳。帳簿。

ちょうぼ[徴募]〈名・他サ〉徵募。招募。

ちょうほう[重宝]〈名・形動・他サ〉①方便。便利。實用。②珍視。愛惜。

ちょうほう[諜報]〈名〉諜報。

ちょうぼう[眺望]〈名・他サ〉眺望。瞭望。

ちょうほうけい[長方形]〈名〉長方形。

ちょうほんにん[張本人]〈名〉筆事者。罪魁。

ちょうみ[調味]〈名・自サ〉調味。

ちょうむすび[蝶結び]〈名〉蝴蝶結。

-ちょうめ[丁目]〈接尾〉(街以下的區劃單位)段。

ちょうめい[長命]〈名・形動〉①長命。長壽。②經久。耐用。

ちょうめん[帳面]〈名〉①筆記本。②帳簿。

ちょうもん[弔問]〈名・他サ〉吊唁。

ちょうもん[聴聞]〈名・他サ〉聽取(意見)。

ちょうもんのいっしん[頂門の一針]〈連語〉當頭棒喝。

ちょうや[朝野]〈名〉朝野。

ちょうやく[跳躍]〈名・自サ〉①跳躍。②跳高、跳遠的總稱。

ちょうよう[長幼]〈名〉長幼。

ちょうよう[徴用]〈名・他サ〉徵用。

ちょうらく[凋落]〈名・自サ〉①凋落。凋謝。②衰敗。衰落。衰老。

ちょうり[調理]〈名・他サ〉①調理。調治。②烹調。烹飪。

ちょうりつ[調律]〈名・他サ〉調音。

ちょうりゅう[潮流]〈名〉潮流。

ちょうりょう[跳梁]〈名・自サ〉猖獗。横行。

ちょうりょく[張力]〈名〉張力。

ちょうりょく[聴力]〈名〉聽力。

ちょうるい[鳥類]〈名〉鳥類。

ちょうれい[朝礼]〈名〉朝會。

ちょうれいぼかい[朝令暮改]〈名・自サ〉朝令夕改。

ちょうろう[長老]〈名〉①長老。高僧。②耆宿。泰斗。

ちょうろう[嘲弄]〈名・他サ〉嘲弄。

ちょうわ[調和]〈名・自サ〉調和。和諧。

チョーク[chalk]〈名〉粉筆。

ちょきん[貯金]〈名・自サ〉儲蓄。存款。

ちょくえい[直営]〈名・他サ〉直接經營。

ちょくげき[直撃]〈名・他サ〉直接襲擊。

ちょくげん[直言]〈名・他サ〉直言。言説。

ちょくご[直後]〈名〉…之後不久。剛…之後。

ちょくご[勅語]〈名〉敕語。

ちょくし[直視]〈名・他サ〉注視。正視。

ちょくし[勅使]〈名〉敕使。

ちょくしゃ[直射]〈名・他サ〉直射。

ちょくじょうけいこう[直情径行]〈名・形動〉直情徑行。心直口快。

ちょくしん[直進]〈名・自サ〉①直進。②立即前進。

ちょくせつ[直接]〈副・形動・自サ〉直接。

ちょくせん[直線]〈名〉直綫。

ちょくぜん[直前]〈名〉將要…之前。眼看

就要…之時。

ちょくそう[直送]〈名・他サ〉直接運送。直接郵送。直接發貨。

ちょくぞく[直属]〈名・自サ〉直屬。

ちょくちょう[直腸]〈名〉直腸。

ちょくつう[直通]〈名・自サ〉直通。直達。

ちょくばい[直売]〈名・他サ〉直接銷售。

ちょくほうたい[直方体]〈名〉長方體。

ちょくめい[勅命]〈名〉敕命。

ちょくめん[直面]〈名・自サ〉面對。面臨。

ちょくやく[直訳]〈名・他サ〉直譯。

ちょくゆ[直喻]〈名〉直喻。明喻。

ちょくりつ[直立]〈名・自サ〉直立。聳立。

ちょくりゅう[直流]〈名・自サ〉直流。

ちょくれつ[直列]〈名〉①直列。②(電)串聯。

ちょげん[緒言]〈名〉序言。

ちょこ[猪口]〈名〉酒盅。

ちょこちょこ〈副・自サ〉①邁小步走貌。②忽忽忙忙。③經常。

チョコレート[chocolate]〈名〉巧克力。

ちょこんと〈副〉①輕碰貌。②孤零零。

ちょさく[著作]〈名・自サ〉著作。著述。

ちょしゃ[著者]〈名〉著者。

ちょじゅつ[著述]〈名・自サ〉著述。著作。寫作。

ちょしょ[著書]〈名〉著書。著作。

ちょすい[貯水]〈名・自サ〉蓄水。

ちょぞう[貯蔵]〈名・他サ〉貯藏。儲存。

ちょたん[貯炭]〈名〉儲煤。

ちょちく[貯蓄]〈名・他サ〉儲蓄。積蓄。

ちょっか[直下]Ⅰ〈名・自サ〉直下。垂直下落。Ⅱ〈名〉正下方。

ちょっかい〈名〉多嘴。插手。多管閑事。

ちょっかく[直角]〈名〉直角。

ちょっかつ[直轄]〈名・他サ〉直轄。直屬。

ちょっかん[直感]〈名・他サ〉直感。直覺。感到。

ちょっかん[直観]〈名・他サ〉直觀。

チョッキ[jaque]〈名〉(西服)背心。

ちょっきゅう[直球]〈名〉直線球。

ちょっきり〈副〉①恰好。正好。②喀嚓一聲。

ちょっけい[直系]〈名〉直系。嫡系。

ちょっけい[直径]〈名〉直徑。

ちょっけつ[直結]〈名・自サ〉直接結合。直接聯繫。

ちょっこう[直行]〈名・自サ〉①直達。②直奔。徑直去。

ちょっこう[直航]〈名・自サ〉(飛機、船舶)直達。

ちょっと[一寸]Ⅰ〈副〉①稍微。一點兒。有點兒。②一會兒。暫且。③相當。頗。④(下接否定語)不太。難以。不大容易。Ⅱ〈感〉喂。

ちょっとみ[一寸見]〈名〉乍一看。

チョッパー[chopper]〈名〉①切碎機。②斷路器。

ちょっぴり〈副〉一點點。

チョップ[chop]〈名〉①排骨肉。②(網球)削球。

ちょとつ[猪突]〈名・自サ〉蠻幹。冒進。

ちょびひげ[ちょび髭]〈名〉鼻下小鬍子。

ちょめい[著名]〈名・形動〉著名。有名。

ちょろちょろ〈副・自サ〉①(流水)潺潺。②徐徐(燃燒)。③出溜出溜(亂竄)。

ちょろまか・す[他五]①偷。②欺騙。蒙混。

ちょろん[緒論]〈名〉緒論。

チョンガー〈名〉單身漢。男光棍。

ちょんぎ・る[他五]剪掉。砍下。

ちらか・す[散らかす]〈他五〉亂扔。弄亂。

ちらか・る[散らかる]〈自五〉零亂。亂七八糟。

ちらし[散らし]〈名〉①傳單。②散開。分散。

ちら・す[散らす]Ⅰ〈他五〉①分散開。撒開。②散佈。傳播。③弄亂。④使…渙散。使…散漫。Ⅱ〈接尾〉(接動詞連用形後)胡亂。

ちらちら〈副・自サ〉①紛紛。飄飄。②一閃一閃。③時隱時現。④恍恍惚惚。

ちらつ・く〈自五〉①紛飛。飄舞。②閃爍。③若隱若現。

ちらっと〈副〉一閃。一瞥。稍微。

ちらばる[散らばる]〈自五〉①分散。分佈。②零亂。零散。

ちらほら〈副・自サ〉稀稀落落。零零星星。

ちらめ・く[自五]→ちらつく。

ちらり〈副〉①一閃。一瞥。②稍微。

ちり[塵]〈名〉①塵土。塵埃。②垃圾。③塵世。塵俗。④污垢。⑤少許。絲毫。

ちり[地理]〈名〉地理。

ちりあくた[塵芥]〈名〉①塵埃。垃圾。②塵芥。草芥。

ちりがみ[塵紙]〈名〉手紙。衛生紙。

ちりちり[副・自サ]蜷曲。抽縮。

ちりぢり[散り散り]〈名〉四散。分散。離散。

ちりとり[塵取]〈名〉土簸箕。垃圾撮子。

ちりば・める[鏤める]〈他下一〉鑲。鑲嵌。

ちりめん[縮緬]〈名〉縐綢。

ちりゃく[知略]〈名〉智謀。

ちりょう[治療]〈名・他サ〉治療。醫療。

ちりょく[知力・智力]〈名〉智力。

ちりれんげ[散蓮華]〈名〉調羹。羹匙。

ちりんちりん[副]叮鈴叮鈴。

ち・る[散る]〈自五〉①(花)落。凋。②散。分散。離散。③消散。④零散。⑤擴散。⑥渙散。⑦傳播。傳遍。

ちわ[痴話]〈名〉①情話。②色情事。

ちん[狆]〈名〉巴兒狗。哈巴狗。獅子狗。

ちんあげ[賃上げ]〈名〉增薪。加薪。增加工資。

ちんあつ[鎮圧]〈名・他サ〉鎮壓。

ちんうつ[沈鬱]〈名・形動〉沉悶。憂鬱。

ちんか[沈下]〈名・自サ〉下沉。沉陷。

ちんか[鎮火]〈名・自他サ〉①火災熄滅。②撲滅火災。

ちんがし[賃貸し]〈名・他サ〉出租。出賃。

ちんがり[賃借り]〈名・他サ〉租借。賃借。

ちんき[珍奇]〈名・形動〉珍奇。稀奇。

チンキ[丁幾]〈名〉(化)酊劑。

ちんきゃく[珍客]〈名〉稀客。

ちんぎん[賃金・賃銀]〈名〉工資。薪水。

ちんこん[鎮魂]〈名〉安魂。

ちんざ[鎮座]〈名・自サ〉①鎮座。②端坐。

ちんさげ[賃下げ]〈名〉減薪。降低工資。

ちんし[沈思]〈名・自サ〉沉思。

ちんじ[珍事]〈名〉奇事。稀奇事。新鮮事。

ちんじ[椿事]〈名〉奇禍。意外事故。

ちんしごと[賃仕事]〈名〉計件的家庭副業。

ちんしゃ[陳謝]〈名・自サ〉陳謝。道歉。

ちんしゃく[賃借]〈名・他サ〉租借。租賃。

ちんじゅつ[陳述]〈名・他サ〉陳述。述説。

ちんじょう[陳情]〈名・他サ〉陳情。請願。

ちんせい[沈静]〈名・自サ〉沉静。安静。寂静。

ちんせい[鎮静]〈名・自他サ〉鎮静。

ちんせつ[珍説]〈名〉奇談。奇談怪論。

ちんせん[沈潜]〈名・自サ〉①沉入。②埋頭。

ちんぞう[珍蔵]〈名・他サ〉珍藏。

ちんたい[沈滞]〈名・自サ〉沉滯。

ちんたい[賃貸]〈名・他サ〉出租。出賃。

ちんたいしゃく[賃貸借]〈名〉租約。

ちんだん[珍談]〈名〉奇談。

ちんちくりん〈名・形動〉矬子。矮個子。

ちんちゃく[沈着]〈名・形動〉沉着。

ちんちょう[珍重]〈名・他サ〉珍重。珍貴。珍視。

ちんちょうげ[沈丁花]〈名〉→じんちょうげ。

ちんつう[沈痛]〈名・形動〉沉痛。

ちんつう[鎮痛]〈名〉止痛。

ちんてい[鎮定]〈名・他サ〉平定。

ちんでん[沈殿・沈澱]〈名・自サ〉沉澱。

ちんにゅう[闖入]〈名・自サ〉闖入。

ちんば[跛]〈名〉跛子。瘸子。跛脚。瘸腿。

チンパニー[timpani]〈名〉(樂)定音鼓。

チンパンジー[chimpanzee]〈名〉黑猩猩。

ちんぴら〈名〉①小崽子。②跑龍套的。蝦兵蟹將。③癟三。阿飛。小流氓。

ちんぴん[珍品]〈名〉珍品。

ちんぷ[陳腐]〈名・形動〉陳腐。

ちんぷんかん〈名・形動〉糊里糊塗。莫名其妙。

ちんぼつ[沈没]〈名・自サ〉沉没。

ちんみ[珍味]〈名〉美味。珍饈美味。

ちんみょう[珍妙]〈名・形動〉離奇。古怪。

ちんむるい[珍無類]〈名・形動〉離奇古怪。奇妙絕倫。

ちんもく[沈黙]〈名・自サ〉沉默。緘默。

ちんれつ[陳列]〈名・他サ〉陳列。

つ　ツ

つ〈接助〉時而…時而…。
つ〔津〕〈名〉津。渡口。
ツアー[tour]〈名〉旅行。遠足。
ツアー[czar]〈名〉沙皇。
つい〈副〉①(時間、距離短)就。剛剛。②不由得。無意中。不知不覺。
つい[対]〈名〉對。雙。成對。
ツイード[tweed]〈名〉粗花呢。
つい・える[費える]〈自下一〉耗費。浪費。
つい・える[潰える]〈自下一〉①潰敗。②破滅。垮台。
ついおく[追憶]〈名・他サ〉追憶。回憶。
ついか[追加]〈名・他サ〉追加。
ついき[追記]〈名・他サ〉附記。
ついきゅう[追及]〈名・他サ〉追趕。追上。②追究。
ついきゅう[追求]〈名・他サ〉追求。
ついきゅう[追究]〈名・他サ〉追究。追求。
ついく[対句]〈名〉對偶。對仗。
ついげき[追撃]〈名・他サ〉追撃。
ついこつ[椎骨]〈名〉椎骨。
ついし[墜死]〈名・自サ〉摔死。
ついしけん[追試験]〈名〉補考。
ついじゅう[追従]〈名・自サ〉①追隨。迎合。②模倣。追隨。
ついしょう[追従]〈名・自サ〉奉承。逢迎。
ついしん[追伸]〈名〉(信)再啓。又及。
ついずい[追随]〈名・自サ〉追隨。倣效。
ついせき[追跡]〈名・他サ〉追跡。追蹤。
ついぜん[追善]〈名・他サ〉追善。追薦。
ついぞ〈副〉(下接否定語)從未。未曾。
ついそう[追想]〈名・他サ〉追想。追憶。
ついたち[一一]〈名〉一日。一號。初一。
ついたて[衝立]〈名〉屏風。
ついちょう[追徴]〈名・他サ〉追徴。
ついて[就いて]〈連語〉①就。關於。②每。
ついで[序で]〈名〉順便。得便。
ついで[次いで]〈副〉①接着。隨後。②次於。

ついては[就いては]〈接〉因此。爲此。
ついとう[追悼]〈名・他サ〉追悼。
ついとつ[追突]〈名・自サ〉(從後面)撞上。
ついに[遂に]〈副〉終於。
ついにん[追認]〈名・他サ〉追認。承認。
ついば・む[啄む]〈他五〉啄。鶲。
ついひ[追肥]〈名〉追肥。
ついぼ[追慕]〈名・他サ〉追念。懷念。
ついほう[追放]〈名・他サ〉①流放。②驅逐。③開除。清洗。
ついや・す[費やす]〈他五〉①花費。耗費。②浪費。
ついらく[墜落]〈名・自サ〉墜落。
ツインルーム[twin room]〈名〉(旅店)雙人間。
つう[通]〈名・形動〉通。精通。
-つう[通]〈接尾〉①通。精通。②(書信、文件)封。份。
つういん[痛飲]〈名・他サ〉痛飲。暢飲。
つうか[通貨]〈名〉通貨。
つうか[通過]〈名・自サ〉通過。
つうかい[痛快]〈名・形動〉痛快。
つうかく[痛覚]〈名〉痛覺。
つうがく[通学]〈名・自サ〉通學。走讀。
つうかしゅうしゅく[通貨収縮]〈名〉通貨緊縮。
つうかぼうちょう[通貨膨張]〈名〉通貨膨脹。
つうかん[通関]〈名〉通過海關。報關。結關。
つうかん[通観]〈名・他サ〉通觀。
つうかん[痛感]〈名・他サ〉痛感。
つうき[通気]〈名〉通氣。通風。
つうぎょう[通暁]〈名・自サ〉通曉。
つうきん[通勤]〈名・自サ〉通勤。
つうく[痛苦]〈名〉痛苦。
つうげき[痛撃]〈名・他サ〉痛撃。
つうこう[通行]〈名・自サ〉通行。

つうこう[通航]〈名・自サ〉通航。航行。

つうこく[通告]〈名・他サ〉通告。通知。

つうこん[痛恨]〈名・他サ〉痛心。悔恨。

つうさん[通算]〈名・他サ〉統計。計算。

つうさんしょう[通産省]〈名〉通産省。

つうさんしょう[通産相]〈名〉通産相。通商産業大臣。

つうし[通史]〈名〉通史。

つうじ[通じ]〈名〉①理解。領會。②大便。大小便。

つうしょう[通称]〈名〉通稱。

つうしょう[通商]〈名・自サ〉通商。貿易。

つうじょう[通常]〈名〉通常。普通。一般。

つう・じる[通じる]〈自他上一〉→つうずる。

つうしん[通信]〈名・自サ〉①通信。②通訊。

つうじん[通人]〈名〉①通達人情(的人)。②内行。行家。

つうしんぼ[通信簿]〈名〉(學生)成績冊。

つう・ずる[通ずる]Ⅰ〈自サ〉①通。相通。通往。②通曉。③理解。領會。懂得。④私通。⑤裏通。⑥通用。⑦(大小便)暢通。Ⅱ〈他サ〉①開通。②溝通。③(用「…をつうじて」的形式)通過。④(用「…をつうじて」的形式)在整個期間。在整個範圍内。

つうせい[通性]〈名〉通性。共性。

つうせき[痛惜]〈名・自サ〉痛惜。

つうせつ[通説]〈名〉通說。一般說法。

つうせつ[痛切]〈名・形動〉痛切。深切。

つうそく[通則]〈名〉①通則。一般規則。②總則。

つうぞく[通俗]〈名・形動〉通俗。

つうたつ[通達]Ⅰ〈名・自サ〉精通。熟悉。Ⅱ〈名・他サ〉通知。告示。傳達。

つうち[通知]〈名・他サ〉通知。

つうちょう[通帳]〈名〉摺子。

つうちょう[通牒]〈名〉通牒。

つうつう〈形動〉(俗)互通信息。串通一氣。

つうどく[通読]〈名・他サ〉通讀。

つうねん[通念]〈名〉共通觀念。一般想法。

つうば[痛罵]〈名・他サ〉痛罵。痛斥。

ツーピース[two-piece dress]〈名〉(上衣和裙子成套)二件套。

つうふう[通風]〈名・自サ〉通風。

つうふう[痛風]〈名〉(醫)痛風。

つうぶん[通分]〈名・他サ〉(數)通分。

つうへい[通弊]〈名〉通病。

つうほう[通報]〈名・他サ〉通報。通知。報告。

つうぼう[痛棒]〈名〉①禪杖。②痛斥。

つうやく[通訳]〈名・自他サ〉(口頭)翻譯。

つうよう[痛痒]〈名〉痛癢。

つうよう[通用]〈名・自サ〉①通用。②有效。

つうようもん[通用門]〈名〉便門。

つうれつ[痛烈]〈名・形動〉猛烈。激烈。

つうろ[通路]〈名〉通路。通道。

つうろん[通論]〈名〉①通論。②公論。

つうわ[通話]〈名・自サ〉(電話)通話。

つえ[杖]〈名〉手杖。拐杖。

つか[柄]〈名〉柄。把。

つか[塚]〈名〉①土堆。②墳墓。

つが[栂]〈名〉鐵杉。

つかい[使い]〈名〉①去辦事(的人)。使者。

つがい[番]〈名〉一對。雌雄。夫婦。

つかいかた[使い方]〈名〉用法。

つかいこな・す[使いこなす]〈他五〉運用自如。熟練掌握。充分利用。

つかいこ・む[使い込む]〈他五〉①挪用。盜用。②用慣。用熟。③超支。花過頭。

つかいすて[使い捨て]〈名〉①用完扔掉。②一次性使用。

つかいて[使い手]〈名〉①使用者。會用的人。②亂花錢的人。

つかいで[使いで]〈名〉耐用。

つかいな・れる[使い慣れる]〈自下一〉用慣。用熟。

つかいはしり[使い走り]〈名〉跑腿(的人)。

つかいはた・す[使い果す]〈他五〉用盡。花光。

つかいふる・す[使い古す]〈他五〉用舊。

つかいみち[使い道]〈名〉①用法。②用途。用處。

つかいもの[使い物]〈名〉①有用的東西。中用的東西。②禮物。禮品。

つかいわ・ける[使い分ける]〈他下一〉分別使用。靈活運用。

つか・う[使う]〈他五〉①用。使用。②雇傭。③花費,消費。④擺弄,要弄。⑤送禮,行賄。⑥吃(盒飯)。⑦(用「湯を～」的形式)洗澡。

つが・う[番う]〈自五〉①成對。②交尾。

つか・える[支える]〈自下一〉①堵。堵塞,阻塞。②積存。積壓。③被佔用。有人用着。

つか・える[仕える]〈自下一〉①侍奉。②服務。

つが・える[番える]〈他下一〉①接上。接合。②搭(箭)。

つかさど・る[司る]〈他五〉掌管。管理。主持。

つかずはなれず[付かず離れず]〈連語〉不即不離。

つかつか〈副〉①没禮貌。②不客氣。

つかぬこと[付かぬ事]〈連語〉貿然的事。突如其來的事。

つか・ねる[束ねる]〈他下一〉束。捆。

つかのま[束の間]〈名〉短暫。瞬間。

つかま・える[摑まえる・捕まえる]〈他下一〉抓住,揪住。捉住,逮住,建住。

つかま・せる[摑ませる]〈他下一〉①行賄。②騙人購買(偽劣商品)。

つかま・る[摑まる・捕まる]〈自五〉①抓住,揪住。②被捕獲。被逮住。

つかみあい[摑み合い]〈名〉扭打。揪打。

つかみかか・る[摑み掛かる]〈自五〉抓住,揪住。

つかみだ・す[摑み出す]〈他五〉抓出。揪出。

つかみどころ[摑み所]〈名〉抓頭。要領。

つか・む[摑む]〈他五〉抓。抓住。揪住。

つか・る[浸かる・漬かる]〈自五〉①浸。泡。淹。②醃好。醃透。

つかれ[疲れ]〈名〉疲倦。疲勞。

つか・れる[疲れる]〈自下一〉累。乏。疲倦。疲勞。

つか・れる[憑れる]〈自下一〉(妖魔)附體。被迷住。

-つき[付き]〈接尾〉①樣子。②帶有。附帶。③所屬。附屬。

つき[付き・就き]〈接助〉(接「に」後)①關於。②因為。③每。每個。

つき[月]〈名〉①月。月亮。②月。月份。一個月。

つき[付き]〈名〉①黏性。②着火。引火。③運氣。

つぎ[次]〈名〉下。次。下次。下一個。

つぎ[継ぎ]〈名〉補釘。

つきあい[付き合い]〈名〉①交際。交往。②陪。陪伴。

つきあ・う[付き合う]〈自五〉①交際。交往。②陪。陪伴。

つきあた・る[突き当る]〈自五〉①碰上。撞上。衝突。②遇上。碰到。③走到盡頭。

つきあわ・せる[突き合せる]〈他下〉①把…對在一起。②對照。查對。③對證。對質。

つぎあわ・せる[継ぎ合せる]〈他下一〉接上。黏上。焊上。縫上。

つきおくれ[月遅れ]〈名〉①(月刊雜誌等)過期。②(陰曆比陽曆)晚一個月。

つきおと・す[突き落す]〈他五〉推掉。推下去。

つきかえ・す[突き返す]〈他五〉①推回去。②退回。退還。

つきかげ[月影]〈名〉①月光。月色。②月影。

つきかけ[月掛]〈名〉按月(付款,存款)。

つぎき[継木]〈名・他サ〉嫁接。接枝。

つききず[突傷]〈名〉刺傷。扎傷。

つきぎめ[月極め]〈名〉按月。論月。

つきくず・す[突き崩す]〈他五〉①推倒。撞倒。②突破。

つぎこ・む[注ぎ込む]〈他五〉①注入。倒入。②投入。

つきころ・す[突き殺す]〈他五〉刺殺。刺死。

つきさ・す[突き刺す]〈他五〉①扎。刺。插。捅。②刺痛。打動(心弦)。

つきずえ[月末]〈名〉月末。

つきそい[付き添い]〈名〉服侍。照料。護理。陪伴。

つきそ・う[付き添う]〈自五〉服侍。照料。護理。陪伴。

つきたお・す[突き倒す]〈他五〉推倒。撞倒。

つきだ・す[突き出す]〈他五〉①推出。②伸出。探出。③扭送。

つぎた・す[継ぎ足す]〈他五〉接上。補上。添上。

つきた・てる[突き立てる]〈他下一〉①扎上。插上。②猛推。猛撞。

つきたらず[月足らず]〈名〉不足月。早産。

つきづき[月月]〈名〉毎月。毎月。

つぎつぎ[次次]〈副〉接連不斷。一個接一個。

つきっきり[付きっ切り]〈名〉寸步不離。片刻不離。

つきつ・ける[突き付ける]〈他下一〉①擺在眼前。放在面前。②提出。遞交。

つきつ・める[突き詰める]〈他下一〉①追究。追問。②苦思冥想。

つき・でる[突き出る]〈自下一〉①突出。伸出。②扎出。扎透。

つきとお・る[突き通る]〈自五〉扎透。刺透。

つきとば・す[突き飛ばす]〈他五〉猛撞。推倒。推到一邊。

つきと・める[突き止める]〈他下一〉査明。査清。

つきなかば[月半ば]〈名〉月半。月中。

つきなみ[月並]Ⅰ〈名〉按月。毎月。Ⅱ〈名・形動〉平庸。陳腐。老一套。

つぎに[次に]〈副〉其次。接着。下面。

つきぬ・ける[突き抜ける]〈自下一〉①穿透。②穿過。穿越。

つきの・ける[突き除ける]〈他下一〉推開。衝開。扒拉開。

つきのもの[月の物]〈名〉月經。

つきのわぐま[月の輪熊]〈名〉黑熊。狗熊。

つぎはぎ[継ぎ接ぎ]〈名〉補釘。

つきはじめ[月初め]〈名〉月初。

つきはな・す[突き放す]〈他五〉①推開。②撇開。甩掉。抛棄。

つきばらい[月払い]〈名〉按月付款。

つきひ[月日]〈名〉①月亮和太陽。②歳月。時光。③月日。日期。

つぎほ[接穂]〈植〉接穂。

つきまと・う[付き纏う]〈自五〉纏住。糾纏。

つきみ[月見]〈名〉賞月。

つきみそう[月見草]〈名〉①月見草。待宵草。②夜來香。

つぎめ[継目]〈名〉接頭。接縫。接口。

つきもの[付き物]〈名〉附屬物。離不開的東西。必然同時存在的事物。

つきもの[憑物]〈名〉附體的邪魔。

つきやぶ・る[突き破る]〈他五〉①捅破。②突破。衝破。

つきやま[築山]〈名〉假山。

つきゆび[突指]〈名・自他サ〉戳傷手指。

つきよ[月夜]〈名〉月夜。

つ・きる[尽きる]〈自上一〉盡。完。到頭。終了。

つきわり[月割]〈名〉①毎月平均。②按月付款。

つ・く[付く]〈自五〉①附。附着。沾上。②附有。配有。③生。長。增添。④侍候。看護。⑤隨從。侍伴。⑥確定。定下。⑦(價錢)値。合。相當於。⑧(感覺器官)感到。

つ・く[付く・点く]〈自五〉(燈火)點着。

つ・く[憑く]〈自五〉(妖魔)附體。

つ・く[就く・着く]〈自五〉①就(座、寢、職、位)。②跟。從(師)。

つ・く[着く]〈自五〉①到。到達。②碰到。觸到。

つ・く[浸く]〈自五〉淹。浸。

つ・く[突く]〈他五〉支。撑。拄。

つ・く[突く・撞く]〈他五〉撞。打。敲。拍。

つ・く[突く・衝く]〈他五〉①刺。扎。捅。戳。②衝。冒。頂。③攻。抓。乘。

つ・く[搗く]〈他五〉搗。舂。

つ・く[吐く]〈他五〉吐。嘆。喘。説。

つ・ぐ[次ぐ]〈自五〉①繼…之後。接着…。②次於。亞於。

つ・ぐ[注ぐ]〈他五〉倒。斟。

つ・ぐ[接ぐ]〈他五〉接。

つ・ぐ[継ぐ]〈他五〉①繼。繼承。②補。縫補。③績。添加。④繼續。

つくえ[机]〈名〉桌子。書桌。辦公桌。寫字枱。

つくし[土筆]〈名〉(植)問荊。馬草。土蘇黄。筆頭草。

つく・す[尽す]Ⅰ〈他五〉①盡。竭盡。②盡力。效力。Ⅱ〈接尾〉盡。光。

つくだに[佃煮]〈名〉一種把魚介、海菜等用調料熬煮得味濃的小菜。

つくづく[熟]〈副〉①仔細。細心。②深深。深切。

つくつくぼうし[つくつく法師]〈名〉(動)寒蟬。黑蛉蟬。

つぐな・う[償う]〈他五〉①賠償。抵償。②贖罪。抵罪。

つく・ねる[捏ねる]〈他下一〉捏。團弄。

つくねんと〈副〉獃然。

つぐみ[鶫]〈名〉(動)斑鶇。

つぐ・む[噤む]〈他五〉噤。閉口。緘默。

つくり[作り・造り]〈名〉①構造。結構。式樣。②化妝。打扮。③假裝。④(方)生魚片。

つくり[旁]〈名〉(漢字的)右旁。

つくりあ・げる[作り上げる]〈他上一〉①做成。完成。②捏造。虛構。

つくりか・える[作り替える]〈他下一〉①另做(新的)。②改做。改寫。改編。

つくりかた[作り方]〈名〉做法。

つくりごえ[作り声]〈名〉假嗓子。模倣…的聲音。

つくりごと[作り事]〈名〉編造的事。虛構的事。

つくりだ・す[作り出す]〈他五〉①開始做。做起來。②製造。製作。③研製。創造。發明。

つくりつけ[作り付け]〈名〉固定。安鑲。

つくりなお・す[作り直す]〈他五〉重做。

つくりばなし[作り話]〈名〉①假話。②虛構的故事。

つくりもの[作り物]〈名〉①人造品。倣製品。②農作物。③祭祀用的擺設。④「能樂」的舞台道具。

つくりわらい[作り笑い]〈名〉假笑。裝笑。

つく・る[作る・造る]〈他五〉①做。造。製作。②寫作。創作。③制定。編製。④創建。組織。⑤栽培。培育。⑥化妝。打扮。⑦編造。虛構。

つくろ・う[繕う]〈他五〉①修繕。修補。②修飾。裝潢。③敷衍。彌縫。

つけ[付け]〈名〉帳單。①賒。除欠。掛帳。

-つけ[付け]〈接尾〉(接動詞連用形後)經常。習慣。

つげ[黄楊]〈名〉(植)黄楊。

-づけ[付]〈接尾〉①帶。附有。②(接日期後)日期為…。

つけあが・る[付け上がる]〈自五〉翹尾巴。得意忘形。

つけあわせ[付け合せ]〈名〉(主菜上的)配菜。

つけい・る[付け入る]〈自五〉乘機。抓住機會。

つけおち[付け落ち]〈名〉漏寫。漏記。漏帳。

つけおと・す[付け落す]〈他五〉漏寫。漏記。

つげぐち[告げ口]〈名〉傳舌。串話。搬弄是非。

つけくわ・える[付け加える]〈他下一〉附加。補充。

つけこ・む[付け込む]〈自五〉①乘機。②記帳。

つけた・す[付け足す]〈他五〉附加。補充。

つけたり[付・附]Ⅰ〈名〉①附帶。附加。②名義。藉口。Ⅱ〈接〉并且。加上。

つけとどけ[付け届け]〈名〉(為致謝、求人而)饋贈。禮品。

つけね[付け値]〈名〉給價。出價。買價。

つけね[付け根]〈名〉根。

つけねら・う[付け狙う]〈他五〉(跟在後面伺機《行事》)。

つけひげ[付け髭]〈名〉假鬍子。

つけまつげ[付け睫]〈名〉假睫毛。

つけまわ・す[付け回す]〈他五〉跟蹤。尾

隨。

つけめ[付け目]〈名〉①目標。目的。②可乘之機,可鑽的空子。可利用的弱點。

つけもの[漬物]〈名〉鹹菜。

つけやきば[付け燒刃]〈名〉臨陣磨槍。應付差事。假充明公。

つ・ける[付ける]〈他下一〉①塗。抹。擦。沾。②安裝。裝配。③附加。添加。④掌握。學會,養成(習慣)。⑤解決。了結。⑥跟蹤。尾隨。⑦記。寫。⑧定(價)。⑨起(名)。⑩打(分)。⑪動(筷)。盛(飯)。⑫取得(聯繫)。建立(關係)。

つ・ける[付ける・着ける]〈他下一〉①穿。帶。披。戴。②停靠(車,船)。

つ・ける[就ける・着ける]〈他下一〉①讓…就(座,職)。②讓…就(師)。

つ・ける[浸ける・漬ける]〈他下一〉①浸。泡。②漬。醃。

つ・ける[付ける・点ける]〈他下一〉①點(燈火)。②開(開關)。

つ・げる[告げる]〈他下一〉告。告訴。宣告。通知。

つごう[都合]Ⅰ〈名〉①情況。關係。理由。原因。②方便(與否)。合適(與否)。順利(與否)。Ⅱ〈名・他サ〉安排。騰出。籌措。Ⅲ〈副〉合計。總計。

つじ[辻]〈名〉①十字路口。路岔。②街頭。路旁。

つじつま[辻褄]〈名〉情理。道理。條理。

つた[蔦]〈名〉(植)爬山虎。常春藤。地錦。

つた・う[伝う]〈自五〉沿。順。

つたえき・く[伝え聞く]〈自五〉傳聞。聽說。據說。

つた・える[伝える]〈他下一〉①傳。傳達。②傳授。③傳播。④傳導。

つたな・い[拙い]〈形〉①拙。拙劣。笨拙。②運氣不佳。

つたわ・る[伝わる]〈自五〉①沿。順。②傳。流傳。③傳播。傳揚。④傳入。傳來。⑤導。傳導。

つち[土]〈名〉①土。土地。土壤。②大地。地面。

つち[槌]〈名〉錘子。

つちいろ[土色]〈名〉土黃色。

つちか・う[培う]〈他五〉①栽培。栽種。②培育。培養。

つちくれ[土塊]〈名〉土塊。

つちけむり[土煙]〈名〉飛塵。暴土。

つちふまず[土踏まず]〈名〉①腳心。②(俗)(喻步不行)車接車送。

つちへん[土偏]〈名〉(漢字的)土字旁。提土旁。

つつ(接助)(接動詞,助動詞連用形後)①一邊…一邊…。②雖然。可是。③(用「~ある」的形式)正在…。

つつ[筒]〈名〉筒。

つつうらうら[津津浦浦]〈名〉全國各地。五湖四海。

つっかい〈名〉支。頂。撐。支柱。

つっかいぼう[つっかい棒]〈名〉支柱。支棍。

つっか・る[突っ掛かる]〈自五〉①撞上。碰上。②衝撞。猛撲。③頂嘴。頂撞。

つっか・ける[突っ掛ける]〈他下一〉趿拉(鞋)。

つつがなく[恙なく]〈副〉無恙。平安。順利。

つつがむし[恙虫]〈名〉恙蟲。恙蟎。

つづき[続き]〈名〉銜接。接續。

-つづき[続き]〈接尾〉連續。接連。

つづきがら[続柄]〈名〉親戚。親屬關係。

つづきもの[続物]〈名〉連載小說。連續劇。

つっき・る[突っ切る]〈他五〉①突破。②穿越。③冒。頂。

つつ・く〈他五〉①撣。碰。②叨。啄。③挑唆。④挑剔。⑤欺負。⑥用(筷子)夾。

つづ・く[続く]〈自五〉①連續。繼續。②連通。相連。③接着。跟着。④次於。

つづけざま[続け様]〈名〉連續。接連。

つづ・ける[続ける]〈他下一〉①繼續。連續。持續。②連接起來。

つっけんどん[突慳貪]〈形動〉冷淡。簡慢。粗暴。

つっこみ[突っ込み]〈名〉①闖進。衝入。②深入。徹底。③整批。包圓兒。一包在內。

つっこ・む[突っ込む]Ⅰ〈自五〉闖進。衝入。深入。Ⅱ〈他五〉①塞進。插進。②刺

人。③深入。④埋頭。⑤追問。追究。指摘。

つつさき[筒先]〈名〉①筒口。管口。②槍口。炮口。

つつじ[躑躅]〈名〉(植)杜鵑。映山紅。

つつしみ[慎み]〈名〉①謹慎。慎重。②(佛)齋戒。

つつし・む[慎む]〈他五〉①謹慎。慎重。②節制。③(佛)齋戒。

つつしんで[慎んで]〈副〉慎。敬。

つった・つ[突っ立つ]〈自五〉①聳立。矗立。挺立。②獃立。

つつぬけ[筒抜け]〈名〉①泄漏。全被聽到。②耳旁風。耳邊風。③相連通。

つっぱ・ねる[突っ撥ねる]〈他下一〉拒絶。

つっぱ・る[突っ張る]Ⅰ〈他五〉①支。頂。撐。②固執己見。堅持主張。③(相撲)猛推。Ⅱ〈自五〉抽筋。疼痛。(腹部)發脹。

つっぷ・す[突っ伏す]〈自五〉突然趴下。俯伏。

つつまし・い[慎ましい]〈形〉①儉樸。②謹慎。謙虚。③恭恭敬敬。④羞答答。

つつみ[包]〈名〉包裹。包袱。

つつみ[堤]〈名〉堤。壩。

つつみ[鼓]〈名〉日本手鼓。

つつみかく・す[包み隠す]〈他五〉包藏。隱瞞。

つつみがまえ[包構え]〈名〉(漢字的)包字頭。

つつ・む[包む]〈他五〉①包。裹。②穿。③包圍。④隱蔽。掩蓋。⑤籠罩。充滿。

つづ・める[約める]〈他下一〉①縮短。②簡化。③節約。

つづら[葛]〈名〉(植)①葛。②青藤。

つづら[葛籠]〈名〉藤箱。

つづらおり[葛折り]〈名〉羊腸小道。

つづり[綴り]〈名〉①(裝釘成册的材料)册。②拼寫法。

つづ・る[綴る]〈他五〉①縫補。②裝釘。③作(詩)。寫(文章)。④拼寫(羅馬字)。

つて[伝]〈名〉門路。

つど[都度]〈名〉每次。每逢。隨時。

つどい[集い]〈名〉集會。聚會。

つとま・る[勤まる]〈自五〉勝任。稱職。

つとめ[務め]〈名〉義務。職責。

つとめ[勤め]〈名〉工作。

つとめぐち[勤め口]〈名〉工作(單位)。職業。

つとめさき[勤め先]〈名〉工作單位。工作地點。

つとめて[努めて]〈副〉努力。盡力。儘量。

つとめにん[勤め人]〈名〉職員。工作人員。薪俸生活者。

つと・める[努める]〈自下一〉努力。盡力。

つと・める[勤める]〈自下一〉工作。

つと・める[務める]〈他下一〉擔任。擔當。

つな[綱]〈名〉①粗繩。繩索。②依靠。命脈。③(相撲)橫綱。

つながり[繋がり]〈名〉①連接。②聯繫。關係。

つなが・る[繋がる]〈自五〉①連接。②有聯繫。有關聯。③被綁。被束縛。

つなぎ[繋ぎ]〈名〉①連接(物)。②(戲劇)補場。③(烹調)芡。

つなぎあわ・せる[繋ぎ合せる]〈他下一〉連接起來。

つな・ぐ[繋ぐ]〈他五〉①繫。拴。②連。接。③延續。維持。

つなひき[綱引]〈名〉拔河。

つなみ[津波]〈名〉海嘯。

つなわたり[綱渡り]〈名〉①走鋼絲。②冒險。

つね[常]〈名〉①常。經常。②常情。常事。③平常。普通。

つねづね[常常]Ⅰ〈名〉平素。平日。Ⅱ〈副〉常常。經常。總是。

つねに[常に]〈副〉常。經常。

つねひごろ[常日頃]〈名〉平素。素日。

つね・る[抓る]〈他五〉掐。捏。擰。

つの[角]〈名〉①角。②特角。

つのぶえ[角笛]〈名〉號角。

つの・る[募る]Ⅰ〈自五〉越來越厲害。Ⅱ〈他五〉招募。募集。徵集。

つば[唾]〈名〉(口)口水。唾沫。

つば[鍔]〈名〉①(刀的)護手。②帽檐。③鍋沿。

つばき[唾]〈名〉唾沫。唾液。

つばき[椿]〈名〉(植)山茶。

つばさ[翼]〈名〉翼。翅膀。

つばぜりあい[鍔迫り合い]〈名〉肉搏戰。短兵相接。

つばめ[燕]〈名〉燕子。

つぶ[粒]〈名〉粒。顆粒。

つぶさに[具に]〈副〉①詳細。②俱全。

つぶし[潰し]〈名〉弄碎(的東西)。

つぶ・す[潰す]〈他五〉①弄碎。毀壞。②敗壞。③宰殺。④消磨,浪費(時光)。⑤堵死(洞穴)。

つぶぞろい[粒揃い]〈名〉①顆粒整齊。②一個賽一個,都是好樣的。

つぶや・く[呟く]〈自五〉嘟囔。發牢騷。

つぶより[粒選り]〈名〉精選。選拔。

つぶら[円]〈形動〉圓。

つぶ・る[瞑る]〈他五〉閉(眼)。

つぶ・れる[潰れる]〈自下一〉①毀壞。損壞。②倒塌。坍塌③倒閉。破産。④錯過(機會)。浪費(時間)。⑤(耳)聾。(眼)瞎。

つべこべ〈副〉強辯。講歪理。

ツベルクリン[Tuberkulin]〈名〉結核菌素。

つぼ[坪]〈名〉(面積單位,約合3.3平方米)坪。

つぼ[壺]〈名〉①罐。罐子。②坑。③企圖。④要害。關鍵。⑤(針灸)穴位。

つぼま・る[窄まる]〈自五〉萎縮。收縮。

つぼみ[蕾]〈名〉①花蕾。花骨朵。②未成年人。

つぼ・む[窄む]〈自五〉收縮。萎縮。

つぼ・める[窄める]〈他下一〉收縮。合攏。

つま[妻]〈名〉①妻子。②(生魚片的)配碼。③(房屋的)山牆。

つまさき[爪先]〈名〉脚尖。

つまさ・れる[自下一]〉受感動。被牽動。

つまし・い[倹しい]〈形〉節倹。倹樸。

つまず・く[躓く]〈自五〉①絆。絆倒。②栽跟頭。受挫折。

つまはじき[爪弾き]〈名・他サ〉①彈手指頭。②輕蔑。厭棄。排斥。

つまびらか[詳らか]〈形動〉詳細。清楚。

つまみ[摘み]〈名〉①捏。撮。②(器物的)紐。抓手。③清菜。酒餚。

つまみあらい[摘み洗い]〈名・他サ〉(衣服等)只洗髒污了的地方。

つまみぐい[摘み食い]〈名・他サ〉①抓着吃。②偷吃。偷嘴。③挪用公款。

つまみだ・す[撮み出す]〈他五〉①撿出。挑出。②揪出。攆出。

つま・む[撮む・摘む]〈他五〉①捏。挾。撮。②拈。摘。③(抓着)吃。④(用被動式)被…迷住。

つまようじ[爪楊枝]〈名〉牙籤。

つまらな・い[形]〉①没價值。不足道。②無聊。没趣。③没用。没意義。

つまり[詰まり]Ⅰ〈名〉盡頭。止境。Ⅱ〈副〉即。總之。究竟。就是説。

つま・る[詰まる]〈自五〉①塞滿。擠滿。充滿。②堵塞。不通。③縮。抽。縮短。迫近。④困窘。窘迫。

つまるところ[詰る所]〈副〉結局。歸根到底。

つみ[罪]Ⅰ〈名〉①罪。罪過。罪行。②(用「～がない」的形式)天真。純潔。Ⅱ〈形動〉冷酷。無情。

-づみ[積み]〈接尾〉裝。載。

つみあ・げる[積み上げる]〈他下一〉①摞。摞起。堆起。④積累起來。

つみおろし[積み卸し・積み降し]〈名〉裝卸。

つみか・える[積み替える]〈他下一〉①倒裝。轉載。②重新裝載。

つみかさな・る[積み重なる]〈自五〉①摞起。堆起。②積累。

つみかさ・ねる[積み重ねる]〈他下一〉①摞起。堆起。②積累。

つみき[積木]〈名〉積木。

つみこ・む[積み込む]〈他五〉(往車船上)裝貨。

つみだ・す[積み出す]〈他五〉裝運。載運。

つみた・てる[積み立てる]〈他下一〉積累。積攢。積存。

つみつくり[罪作り]〈名・形動〉①作孽。幹壞事(的人)。②殘忍。狠毒。

つみに[積荷]〈名〉裝貨。載貨。裝載的貨物。

つみびと[罪人]〈名〉罪人。

つみぶか・い[罪深い]〈形〉罪大。罪惡深重。

つみほろぼし[罪滅し]〈名・自サ〉贖罪。

つ・む[詰む]Ⅰ〈自五〉密實。緊密。Ⅱ〈他五〉將死。

つ・む[摘む]〈他五〉摘。採。掐。

つ・む[摘む・剪む]〈他五〉剪。

つ・む[積む]〈他五〉①擧。壘。堆。②積累。③裝。載。裝載。

つむ[錘]〈名〉紡錘。紗錠。

つむぎ[紬]〈名〉捻絲綢。

つむ・ぐ[紡ぐ]〈他五〉紡。

つむじ[旋毛]〈名〉髮旋。旋兒。

つむじかぜ[旋風]〈名〉旋風。

つむじまがり[旋毛曲り]〈名・形動〉拗。偏。乖僻(的人)。

つむ・る[瞑る]〈他五〉 →つぶる。

つめ[爪]〈名〉①爪。指甲。趾甲。②(彈琴的)撥子。假指甲。③鉤子。

つめ[詰]〈名〉①包裝。裝(的東西)。②塞子。③(將棋)將軍。④完成階段。最後加工。

-づめ[詰]〈接尾〉①裝。②全憑。③連續。繼續。④在…地方工作。

つめあと[爪痕]〈名〉①指甲印。爪抓的傷痕。②(受災的)痕跡。

つめあわせ[詰合せ]〈名〉混裝。

つめえり[詰襟]〈名〉立領。

つめか・える[詰め替える]〈他下一〉重裝。改裝。

つめか・ける[詰め掛ける]〈自下一〉擁到。趕來。

つめきり[爪切り]〈名〉指甲剪。

つめこ・む[詰め込む]〈他五〉①塞滿。填滿。②灌輸。

つめしょ[詰所]〈名〉值勤室。

つめた・い[冷たい]〈形〉①冷。涼。②冷淡。冷冰冰。

つめばら[詰腹]〈名〉①被迫剖腹自殺。②被迫辭職。

つめもの[詰物]〈名〉①(烹飪)填料。填充物。②填充物。

つめよ・る[詰め寄る]〈自五〉①逼近。迫近。②逼問。追問。

つ・める[詰める]Ⅰ〈他下一〉①裝。裝入。②塞。堵。填。③縮小。縮短。④節省。節儉。⑤屏住。抑制。⑥(動作)連續。不停。⑦(將棋)將死。Ⅱ〈自下一〉守候。待命。

つもり[積り]〈名〉①打算。意圖。企圖。②估計。期待。指望。③(接動詞過去時後)以…樣的心情。④(用「お～」的形式)最後一杯酒。

つも・る[積る]Ⅰ〈自五〉①積。堆積。②積累。積攢。Ⅱ〈他五〉估計。推測。

つや[艶]〈名〉①光澤。光潤。②趣味。風趣。③(俗)艷聞。

つや[通夜]〈名〉坐夜。伴宿。

つやけし[艶消し]Ⅰ〈名・自サ〉去掉光澤。Ⅱ〈形動〉掃興。

つやつや[副・自サ]光滑。光亮。光潤。紅潤。

つゆ[汁]〈名〉湯。汁。液。

つゆ[露]〈名〉露。露水。

つゆ[梅雨]〈名〉梅雨。

つゆいり[梅雨入り]〈名〉入梅。進入梅雨期。

つゆくさ[露草]〈名〉鴨跖草。

つよ・い[強い]〈形〉①強。有勁。②強壯。③強烈。④堅強。⑤擅長。

つよがり[強がり]〈名〉逞强。充硬漢。

つよき[強気]Ⅰ〈名・形動〉剛强。强硬。Ⅱ〈名〉(行情)看漲。堅挺。

つよごし[強腰]〈名〉强硬態度。

つよび[強火]〈名〉武火。旺火。急火。

つよま・る[強まる]〈自五〉增強。

つよみ[強み・強味]〈名〉①強度。②長處。

つよ・める[強める]〈他下一〉加強。增强。

つら[面]〈名〉①(俗)(有貶意)臉。嘴臉。面孔。②面。表面。

つらあて[面当て]〈名〉①諷刺話。指桑罵槐。②才臉。賭氣。

つら・い[辛い]〈形〉①痛苦。難受。②刻薄。苛刻。③勞累。

-つら・い[辛い]〈接尾〉難。不便。

つらがまえ[面構え]〈名〉長相。面孔。嘴臉。

つらさ[辛さ]〈名〉痛苦。苦楚。苦處。

つらだましい[面魂]〈名〉神態。神氣。嘴臉。

つらな・る[連なる]〈自五〉①連接。連綿。綿延。②參加。列席。③涉及。與…有關。

つらぬ・く[貫く]〈他五〉①貫通。貫穿。穿過。②貫徹。堅持。

つら・ねる[連ねる]〈他下一〉①連接。排列。②連同。會同。

つらのかわ[面の皮]〈名〉臉皮。面皮。

つらよごし[面汚し]〈名〉丟臉。出醜。

つらら[氷柱]〈名〉冰柱。冰錐。冰凌。

つり[釣]〈名〉①釣魚。②(找的)零錢。找頭。

つりあい[釣合]〈名〉①平衡。均衡。②勻稱。相配。諧調。

つりあ・う[釣り合う]〈自五〉①平衡。均衡。②相稱。

つりあが・る[吊り上がる]〈自五〉吊起來。向上吊。

つりあ・げる[吊り上げる]〈他上一〉吊起。

つりいと[釣糸]〈名〉釣絲。釣魚綫。

つりがね[吊鐘]〈名〉吊鐘。

つりがねそう[釣鐘草]〈名〉(植)風鈴草。

つりかわ[吊革]〈名〉(電車、巴士上的)吊環,吊帶,把手。

つりぐ[釣具]〈名〉漁具。釣魚用具。

つりこ・む[釣り込む]〈他五〉①吸引。迷住。②引誘。誘惑。

つりざお[釣竿]〈名〉釣竿。魚竿。

つりせん[釣錢]〈名〉找的錢。找頭。

つりばし[吊橋]〈名〉吊橋。

つりばり[釣針]〈名〉魚鈎。

つりぶね[釣船]〈名〉釣魚船。

つりぼり[釣堀]〈名〉(收費)釣魚池。

つりわ[吊輪]〈名〉(體)吊環。

つ・る[吊る]〈他五〉①吊。掛。②架。③(相撲)(把對方)舉起。

つ・る[釣る]〈他五〉①釣。②引誘。勾引。

つ・る[攣る]〈自五〉①抽筋。痙攣。②(身體的某一部分)往上吊。

つる[弦]〈名〉弦。弓弦。

つる[鉉]〈名〉(鍋、茶壺等的)提樑。

つる[蔓]〈名〉①蔓。籐。②眼鏡腿。③門路。綫索。④鬚根。⑤礦脈。⑥血統。系統。

つる[鶴]〈名〉鶴。

つるぎ[劍]〈名〉劍。

つるくさ[蔓草]〈名〉蔓草。

つるしあ・げる[吊し上げる]〈他下一〉①吊起。②圍攻。

つるしがき[吊し柿]〈名〉柿餅。

つる・す[吊す]〈他五〉吊。掛。懸。

つるつる〈副・自サ〉①溜光。②光滑。溜滑。

つるはし[鶴嘴]〈名〉鶴嘴鎬。洋鎬。

つるべ[釣瓶]〈名〉吊桶。

つるべうち[釣瓶打ち]〈名〉放排槍。連續射擊。

つるりと〈副〉刺溜。味溜。

つれ[連れ]〈名〉伴兒。同伴。

-づれ[連れ]〈接尾〉①伴同。帶着。②…之流。…之輩。像…這樣的人。

つれあい[連れ合い]〈名〉①夥伴。同伴。②老伴兒。

つれこ[連れ子]〈名〉前妻或前夫的孩子。

つれこ・む[連れ込む]〈他五〉①帶進去。②帶情人住旅舘。

つれそ・う[連れ添う]〈自五〉結婚。共同生活。

つれだ・す[連れ出す]〈他五〉領出去。

つれだ・つ[連れ立つ]〈自五〉一起去。搭伴去。

つれづれ[徒然]〈名・形動〉無聊。寂寞。

-つれて[連れて]〈連語〉(接「に」後)隨着。

つれな・い[形]冷淡。不體諒人。

つ・れる[吊れる]〈自下一〉向上吊。

つ・れる[攣れる]〈自下一〉抽筋。痙攣。

つ・れる[釣れる]〈自下一〉(魚)好釣。能釣。愛上鈎。

つ・れる[連れる]〈他下一〉領。帶。帶領。

つわぶき[石蕗]〈名〉(植)大吳風草。

つわもの[兵]〈名〉①士兵。戰士。勇士。②

幹將。能手。

つわり[悪阻]〈名〉(醫)惡阻。妊娠反應。

つんざ・く[劈く]〈他五〉衝破。刺破。震破。

つんつるてん〈名〉①(俗)衣服過短。②(頭髪)全禿。

つんつん〈副・自サ〉①架子大。擺架子。②

(氣味)刺鼻。

つんと〈副・自サ〉→つんつん。

ツンドラ[tundra]〈名〉苔原。凍土帶。

つんのめ・る[自五]趔趄。向前拜倒。

つんぼ[聾]〈名〉聾。聾子。

つんぼさじき[聾桟敷]〈名〉①(戲院)最後邊的座位。②蒙在鼓裏。

て　テ

て Ⅰ〈接助〉(接動詞、形容詞連用形после)①(表示動作相繼發生)…之後。②(表示原因、理由)因爲。③(表示並列)而且。同時。④(表示轉折)但是。⑤(表示狀態、方法)用。以。Ⅱ〈終助〉「てください」、「てくれ」的略語。請。Ⅲ〈格助〉①同表示引用的格助詞「と」。②「という」的略語。

て[手]〈名〉①手。胳膊。②人手。③方法。手段。④本領。能力。⑤手筆。筆跡。⑥(器物的)把。⑦(水、火等的)勢頭。⑧(同種類中的)一種。

で〈格助〉①(表示場所)在。②(表示方法)用。以。③(表示原因)因爲。④(表示條件、狀態)以。依。按。⑤(表示材料)用。

で〈接〉①那麼。②所以。

で[出]〈名〉①出。出來。②外出。③出場。④出身。出生。⑤(某學校)畢業。

てあい[手合]〈名〉①(蔑)傢伙。小子。東西。②種類。③比賽。

であい[出会]〈名〉①相遇。相逢。會合。②幽會。

であいがしら[出会頭]〈名〉迎頭(碰上、撞上)。

であ・う[出会う]〈自五〉①遇見。碰上。②幽會。約會。③交鋒。

てあか[手垢]〈名〉手垢。

てあし[手足]〈名〉①手腳。②部下。

であし[出足]〈名〉①(外出的)人數。②起動(的快慢)。③(事物)開始的情況。④(相撲、柔道)起腳。

てあたりしだい[手当り次第]〈副〉順手。碰到甚麼就(做甚麼)。

てあつ・い[手厚い]〈形〉熱情。懇勤。優厚。

てあて[手当]〈名〉①津貼。②治療。

てあぶり[手焙]〈名〉手爐。

てあみ[手編]〈名〉手編。手織。

てあら・い[手荒い]〈形〉粗暴。粗魯。

てあらい[手洗]〈名〉盥洗室。洗手間。厠

所。

である・く[出歩く]〈自五〉外出。出去閑逛。

てあわせ[手合せ]〈名・自サ〉①比賽。較量。②簽訂交易合同。

てい[丁]〈名〉丁。

てい[体]〈名〉樣子。外表。表情。姿態。

ていあつ[低圧]〈名〉低壓。

ていあん[提案]〈名・他サ〉提案。建議。

ていい[帝位]〈名〉帝位。

ティー[tea]〈名〉茶。

ディーゼル[Diesel]〈名〉柴油機。內燃機。狄塞爾發動機。

ていいん[定員]〈名〉定員。

ていえん[庭園]〈名〉庭園。

ていおう[帝王]〈名〉帝王。

ていおうせっかい[帝王切開]〈名〉剖腹產術。

ていおん[低温]〈名〉低溫。

ていおん[低温]〈名〉恆溫。

ていか[低下]〈名・自サ〉下降。降低。低落。

ていか[定価]〈名〉定價。

ていがく[低額]〈名〉低額,少額。

ていがく[定額]〈名〉定額。

ていがく[停学]〈名〉停學(處分)。

ていかん[定款]〈名〉規章。

ていき[提起]〈名・他サ〉提起。提出。

ていき[定期]〈名〉定期。

ていぎ[定義]〈名〉定義。

ていぎ[提議]〈名・他サ〉提議。建議。

ていきあつ[低気圧]〈名〉低氣壓。

ていきゅう[低級]〈名・形動〉低級。

ていきゅう[庭球]〈名〉網球。

ていきゅうび[定休日]〈名〉定期休息日。

ていきょう[提供]〈名・他サ〉提供,供給。

ていくう[低空]〈名〉低空。

ていけい[梯形]〈名〉梯形。

ていけい[提携]〈名・自他サ〉提携。合作。

協作。

ていけい[定型]〈名〉定型。一定的規格。

ていけいし[定型詩]〈名〉格律詩。

ていけつ[締結]〈名・他サ〉締結。簽定。

ていけん[定見]〈名〉定見。主見。

ていげん[低減]〈名・自他サ〉減低。降低。下降。

ていげん[逓減]〈名・自他サ〉遞減。

ていげん[提言]〈名・他サ〉意見。建議。

ていこう[抵抗]Ⅰ〈名・他サ〉抵抗。反抗。抗拒。Ⅱ〈名〉(物)阻力。電阻。

ていこく[定刻]〈名〉準時。按時。正點。

ていこく[帝国]〈名〉帝國。

ていさい[体裁]〈名〉①樣子。外表。門面。②體面。

ていさつ[偵察]〈名・他サ〉偵察。

ていし[停止]〈名・自他サ〉停止。停住。停頓。

ていじ[定時]〈名〉①定時。準時。②定期。

ていじ[提示・呈示]〈名・他サ〉出示。

ていじ[丁字]〈名〉丁字。

ていじじょうぎ[丁字定規]〈名〉丁字尺。

ていしせい[低姿勢]〈名〉低姿勢。謙虛。客氣。

ていしつ[低湿]〈名・形動〉低濕。

ていしゃ[停車]〈名・自他サ〉停車。

ていしゅ[亭主]〈名〉①主人。老闆。②丈夫。

ていじゅう[定住]〈名・自サ〉定居。落戶。

ていしゅうは[低周波]〈名〉(物)低頻。

ていしゅかんぱく[亭主関白]〈名〉(俗)丈夫逞威風。大男子主義。

ていしゅく[貞淑]〈名・形動〉貞淑。

ていしゅつ[提出]〈名・他サ〉提出。提交。

ていじょ[貞女]〈名〉貞女。

ていしょう[提唱]〈名・他サ〉提倡。

ていしょく[定食]〈名〉份兒飯。套飯。客飯。

ていしょく[定職]〈名〉固定的職業。

ていしょく[抵触]〈名・自サ〉抵觸。違犯。

ていしょく[停職]〈名〉停職(處分)。

ていしん[挺身]〈名・自サ〉挺身。

ていしん[艇身]〈名〉艇身。

でいすい[泥酔]〈名・自サ〉泥醉。酩酊大醉。

ディスインフレーション[disinflation]〈名〉(經)通貨緊縮。

ていすう[定数]〈名〉①定數。定額。定員。②(數)常數。

ディスカウント[discount]〈名〉(商)折扣。減價。

ディスカス[discus]〈名〉(體)鐵餅。擲鐵餅。

ディスコ[discotheque]〈名〉迪斯科。

てい・する[呈する]〈他サ〉①呈。贈。②呈現。

てい・する[挺する]〈他サ〉挺。

ていせい[定性]〈名〉定性。

ていせい[帝政]〈名〉帝制。

ていせい[訂正]〈名・他サ〉訂正。更正。

ていせつ[定説]〈名〉定論。

ていせつ[貞節]〈名・形動〉貞節。

ていせん[停船]〈名・自サ〉停船。

ていせん[停戦]〈名・自サ〉停戰。停火。

ていそ[定礎]〈名〉奠基。

ていそ[提訴]〈名・他サ〉起訴。提起訴訟。

ていそう[貞操]〈名〉貞操。

ていぞう[逓増]〈名・自サ〉遞增。

ていぞく[低俗]〈名・形動〉庸俗。下流。

ていそくすう[定足数]〈名〉法定人數。

てい・たい[手痛い]〈形〉嚴厲。嚴重。沉重。重大。

ていたい[停滞]〈名・自サ〉①停滯。②滯銷。③(醫)積食。

ていたいぜんせん[停滞前線]〈名〉(氣象)靜止鋒。

ていたく[邸宅]〈名〉宅第。公館。

ていたらく[体たらく]〈名〉(難看的)樣子,狀態。

ていだん[鼎談]〈名・自サ〉三人談話。

でいたん[泥炭]〈名〉泥炭。泥煤。

ていち[低地]〈名〉低地。窪地。

ていち[定置]〈名・他サ〉定置。

ていちゃく[定着]〈名・自他サ〉①固定。紮根。②定居。③(攝影)定影。

ていちょう[丁重]〈名・形動〉鄭重。誠懇。

懇懃。彬彬有禮。

ていちょう[低調]〈名・形動〉①低調。②不活躍。不興旺。③低劣。庸俗。

ティッシュペーパー[tissue paper]〈名〉薄棉紙。

ていっぱい[手一杯]〈形動〉①竭盡全力。②繁忙。

ていてつ[蹄鉄]〈名〉馬掌。馬蹄鐵。

ていてん[定点]〈名〉定點。

ていでん[停電]〈名・自サ〉停電。

ていど[程度]〈名〉①程度。水平。②限度。

でいど[泥土]〈名〉泥。泥土。

ていとう[抵当]〈名〉抵押。典當。

ていとく[提督]〈名〉(海軍)提督。艦隊司令。

ていとん[停頓]〈名・自サ〉停頓。

ディナー[dinner]〈名〉正餐。

ていねい[丁寧]〈名・形動〉①有禮貌。恭恭敬敬。②細心。謹慎。周到。

でいねい[泥濘]〈名〉泥濘。

ていねん[定年・停年]〈名〉退休年齡。

ていねんせい[停年制]〈名〉退休制度。

ていのう[低能]〈名・形動〉低能。

ていはく[停泊]〈名・自サ〉停泊。

ていはつ[剃髪]〈名・自サ〉(佛)削髪。落髪。

ていひょう[定評]〈名〉定評。

ていふ[貞婦]〈名〉貞婦。

ていへん[底辺]〈名〉①(數)底邊。②(社會的)底層。

ていぼう[堤防]〈名〉堤。堤岸。堤壩。堤防。

ていぼく[低木]〈名〉矮樹。灌木。

ていほん[定本]〈名〉定本。校訂本。標準本。

ていほん[底本]〈名〉底本。

ていまい[弟妹]〈名〉弟弟和妹妹。

ていめい[低迷]〈名・自サ〉①低迷。②淪落。沉淪。

ていめん[底面]〈名〉底面。

ていやく[締約]〈名・自サ〉締約。締結。

ていよう[提要]〈名〉提要。概要。簡明教程。

ていよく[体よく]〈副〉婉言。委婉。體面地。

ていらく[低落]〈名・自サ〉低落。降低。下跌。

ていり[低利]〈名〉低息。

ていり[定理]〈名〉定理。

でいり[出入り]〈名・自サ〉①出入。②經常往來。③收支。④增減。⑤凹凸。曲折。⑥吵架。糾紛。

ていりつ[低率]〈名・形動〉低率。低利率。

ていりつ[定律]〈名〉定律。

ていりつ[定率]〈名〉定率。

ていりつ[鼎立]〈名・自サ〉鼎立。

ていりゅう[底流]Ⅰ〈名〉(河、海的)底流。Ⅱ〈名・自サ〉暗流。潛流。

ていりゅうじょ[停留所]〈名〉(巴士、電車的)車站。

ていりょう[定量]〈名〉定量。

ていれ[手入れ]〈名・他サ〉①修理。收拾。保養。②搜捕。

ていれい[定例]〈名〉定例。慣例。常規。

ディレクター[director]〈名〉①董事。②導演。③節目主持人。④樂隊指揮。

ていれつ[低劣]〈名・形動〉低劣。庸俗。

ていろん[定論]〈名〉定論。

ティンパニー[timpani]〈名〉(樂)定音鼓。

てうす[手薄]〈名・形動〉①薄弱。單薄。②(人手)不足。③(錢財)缺少。

てうち[手打]〈名〉①手擀擀(的麵條)。②成交。達成協議。

-デー[day]〈接尾〉日。節。

テーゼ[These]〈名〉①(運)命題。②綱領。

データ[data]〈名〉資料。材料。數據。情報。

データベース[data base]〈名〉數據庫。

デート[date]〈名・自サ〉(男女)約會。

テープ[tape]〈名〉①帶。紙帶。布帶。彩帶。②録音帶。③捲尺。④電報收報紙帶。

テーブル[table]〈名〉桌子。餐桌。

テーマ[Thema]〈名〉主題。題目。

テーマミュージック[thema music]〈名〉主題音樂。

ておい[手負]〈名〉受傷。

ておくれ[手遅れ]〈名〉耽誤。爲時已晚。

ておけ[手桶]〈名〉提桶。

ておし[手押し]〈名〉手推。手壓。

ておち[手落ち]〈名〉過失。疏忽。疏漏。

ておの[手斧]〈名〉錛子。

ており[手織]〈名〉手織。家織(布)。

てかがみ[手鏡]〈名〉(帶把的)小鏡。

てがかり[手掛り]〈名〉①抓手。抓頭。②線索。

てかぎ[手鉤]〈名〉搭鉤。

てがき[手書き]〈名・他サ〉手書。手寫。

でがけ[出掛け]〈名〉臨走時。出去時。正要出門。

てが・ける[手掛ける]〈他下一〉①親手做。親自動手。②親自照料。親手培養。

でか・ける[出掛ける]〈自下一〉出門。出去。

てかげん[手加減]〈名・自サ〉①(處理事物時)酌情，照顧，體諒，留情。②分寸。程度。火候。③用手掂量。

てかご[手籠]〈名〉提籃。籃子。

でかした[出来した]〈連語〉幹得漂亮。

てかず[手数]〈名〉①麻煩。周折。②(下棋)走的步數。

デカスロン[decathlon]〈名〉(體)十項全能。

てかせ[手枷]〈名〉手銬。

でかせぎ[出稼]〈名〉出外做工。

てがた[手形]〈名〉①手印。②(商)票據。

でかた[出方]〈名〉態度。做法。

てがた・い[手堅い]〈形〉①踏實。牢靠。②(行情)穩定。

デカダン[décadent]〈名〉頹廢。

デカダンス[décadence]〈名〉頹廢派。頹廢主義。

てかてか[副・自サ]光滑。溜光。光亮。

でかでか[副]大大地。醒目。

てがみ[手紙]〈名〉信。書信。

てがら[手柄]〈名〉功。功勞。

でがらし[出涸らし]〈名〉乏味。

てがる[手軽]〈形動〉簡單。簡便。簡易。

テキ〈名〉「ビフテキ」的略語)→ビフテキ。

てき[敵]〈名〉①敵人。②對手。③妨礙。害處。

-てき[的]〈接尾〉上。式。樣。方面。

-てき[滴]〈接尾〉滴。

でき[出来]〈名〉①製成。做成。②成績。質量。③收成。年成。④(商)成交。

できあい[出来合い]〈名〉現成。成品。

できあい[溺愛]〈名・他サ〉溺愛。

できあが・る[出来上がる]〈自五〉①完成。做好。竣工。②天生。生就。③酒酣。喝足。

てきい[敵意]〈名〉敵意。

てきおう[適応]〈名・自サ〉適應。

てきおん[適温]〈名〉適溫。

てきがいしん[敵愾心]〈名〉敵愾心。仇恨。

てきかく[的確]〈形動〉正確。準確。確切。恰當。

てきかく[適格]〈名・形動〉合格。

てきき[手利き]〈名〉能手。好手。

てきぎ[適宜]〈副・形動〉①適宜。適當。合適。②酌情。隨意。

てきぐん[敵軍]〈名〉敵軍。

てきごう[適合]〈名・自サ〉適合。

てきこく[敵国]〈名〉敵國。

できごと[出来事]〈名〉事。事件。變故。

てきざい[適材]〈名〉適合的人材。

てきし[敵視]〈名・他サ〉敵視。

てきじ[適時]〈名〉適時。

できし[溺死]〈名・自サ〉溺死。淹死。

てきしゃ[適者]〈名〉適者。

てきしゅ[敵手]〈名〉①敵手。②對手。

てきしゅう[敵襲]〈名〉敵人的襲擊。

てきしゅつ[剔出]〈名・他サ〉別出。摘除。切除。

てきしゅつ[摘出]〈名・他サ〉①摘除。剔掉。②指出。挑出。

てきじょう[敵情]〈名〉敵情。

てきじん[敵陣]〈名〉敵陣。敵營。

てきず[手傷]〈名〉(戰鬥中受的)傷。

テキスト[text]〈名〉教科書。

てき・する[適する]〈自サ〉適合。適於。

てき・する[敵する]〈自サ〉①敵對。對抗。②匹敵。相比。

てきせい[適正]〈名・形動〉適當。恰當。

てきせい[適性]〈名〉(對某工作的)適應

性，素質。

てきせつ[適切]〈名・形動〉適當。恰當。確切。

てきぜん[敵前]〈名〉敵前。

できそこない[出来損ない]〈名〉①做壞。搞糟。没做好。②殘廢。廢物。

てきたい[敵対]〈名・自サ〉敵對。

できだか[出来高]〈名〉①産量。收穫量。②成交額。

てきだんとう[擲弾筒]〈名〉(軍)擲彈筒。

てきち[適地]〈名〉適宜的土地。

てきち[敵地]〈名〉敵佔區。

てきちゅう[的中]〈名・自サ〉擊中。射中。

てきちゅう[的中・適中]〈名・自サ〉猜中。應驗。

てきど[適度]〈名・形動〉適度。適當。適中。

てきとう[適当]〈名・形動・自サ〉①適當。適宜。②(後接「に」)隨便。酌情。

てきにん[適任]〈名・形動〉勝任。稱職。適合(做某工作)。

できばえ[出来栄え]〈名〉(做出的)結果。質量。

てきぱき[副・自サ〉麻利。利落。

てきはつ[摘発]〈名・他サ〉揭發。檢舉。

てきひ[適否]〈名〉適當與否。

てきびし・い[手厳しい]〈形〉嚴厲。厲害。

てきひょう[適評]〈名〉適當的評價(評論)。

できぶつ[出来物]〈名〉優秀人物。德才兼備的人。

てきへい[敵兵]〈名〉敵兵。

てきほう[適法]〈名・形動〉合法。

てきめん[覿面]〈形動〉立刻。立即。

できもの[出来物]〈名〉瘡。疙瘩。

てきやく[適役]〈名〉適宜的人。稱職的人。

てきやく[適訳]〈名〉恰當的翻譯。

てきよう[摘要]〈名・他サ〉摘要。提要。

てきよう[適用]〈名・他サ〉適用。

てきりょう[適量]〈名〉適量。

で・きる[出来る]〈自上一〉①能。會。②做成。完成。③建立。建成。④形成。出現。⑤出産。生産。⑥發生。⑦成績好。⑧有才

能。有修養。⑨(男女)搞上。

てぎれ[手切れ]〈名〉(男女)斷絶關係。

てきれい[適齢]〈名〉適齡。婚齡。

てきれい[手奇麗]〈形動〉(做得)好。漂亮。

てぎれきん[手切れ金]〈名〉(離婚時給的)贍養費。

てぎわ[手際]〈名〉①手法。技巧。②手腕。本領。

てきん[手金]〈名〉定金。定錢。

でく[木偶]〈名〉木偶。傀儡。

テクシー〈名〉(俗)徒歩。步行。「11路汽車」。

てぐす[天蚕糸]〈名〉天蠶絲。釣魚綫。

てぐすねひ・く[手ぐすね引く]〈自五〉摩拳擦掌。嚴陣以待。

てくせ[手癖]〈名〉有盜癖。手不老實。

てくだ[手管]〈名〉手腕。花招。詭計。

てぐち[手口]〈名〉手法。花招。

でぐち[出口]〈名〉出口。

てくてく[副]不住脚地。一步一步地。

テクニック[technique]〈名〉技術。技巧。手法。

でくのぼう[木偶の坊]〈名〉木頭人兒。阿斗。

てくび[手首]〈名〉手腕子。

てくらがり[手暗がり]〈名〉(工作或寫字時自己的)手遮光。

でくわ・す[出くわす]〈自五〉碰見。偶遇。

てこ[梃子]〈名〉槓桿。撬棍。

てこいれ[梃入れ]〈名〉①支撐。撐腰。打氣。②(為防止行情下跌而採取的)措施。對策。

てごころ[手心]〈名〉酌情。照顧。

てこず・る[手古摺る・梃子摺る]〈自五〉為難。棘手。束手無策。

てごたえ[手応え]〈名〉①手的感覺。②反應。效果。

でこぼこ[凸凹]〈名・形動・自サ〉①凹凸不平。坑坑窪窪。坎坷不平。②不均衡。參差不齊。

デコレーション[decoration]〈名〉裝潢。裝飾。

てごろ[手頃]〈形動〉①可手。稱手。②合

適。適宜。

てごわ・い[手強い]〈形〉難鬥。難對付。

デザート[dessert]〈名〉飯後的甜食。

てざいく[手細工]〈名〉手工藝品。

デザイナー[designer]〈名〉設計師。

デザイン[design]〈名・自他サ〉設計。圖案。圖樣。

でさか・る[出盛る]〈自五〉①(季節性産品)大量上市。②人多。人來人往。

てさき[手先]〈名〉①手指頭。②走狗。爪牙。狗腿子。

でさき[出先]〈名〉①去處。去的地方。②駐外機關。

てさぐり[手探り]〈名・他サ〉①摸。摸索。②摸索。試探。

てさげ[手提]〈名〉提包。提籃。

てさばき[手捌き]〈名〉用手處理(的方法、技巧)。

てざわり[手触り]〈名〉手感。

でし[弟子]〈名〉弟子。徒弟。

デシ[deci]〈造語〉米制基本單位的十分之一)分。

てしお[手塩]〈名〉①小碟。接碟。②親手撫養。

てしごと[手仕事]〈名〉手工活。

てした[手下]〈名〉①手下。部下。幫手。②嘍羅。爪牙。

デジタルウオッチ[digital watch]〈名〉數字顯示手錶。

てじな[手品]〈名〉戲法。魔術。幻術。

てじゃく[手酌]〈名・他サ〉自酌。

でしゃば・る〈自五〉(俗)①顯擺。出風頭。②多管閑事。多嘴多舌。

てじゅん[手順]〈名〉程序。次序。步驟。

てじょう[手錠]〈名〉手銬。

てすう[手数]〈名〉麻煩。費事。

てすうりょう[手数料]〈名〉手續費。佣金。

てずから[手ずから]〈副〉親手。親自。

てすき[手透き]〈名〉空閑。有工夫。

てすき[手漉き]〈名〉手工抄(的紙)。

でずき[出好き]〈名・形動〉好出門(的人)。

です・ぎる[出過ぎる]〈自上一〉①太往前。②出得過多。③越分。過分。冒失。

デスク[desk]〈名〉①辦公桌。寫字枱。②(報社)總編輯。

デスクプラン[desk plan]〈名〉紙上談兵(的計劃)。

てすじ[手筋]〈名〉①手紋。掌紋。②素質。天分。③手段。方法。

テスト[test]〈名・他サ〉試驗。測驗。

デスマスク[death mask]〈名〉死者面型。

てすり[手摺]〈名〉欄杆。扶手。

てずり[手刷り]〈名〉手工印刷(品)。

てせい[手製]〈名〉手製(品)。自製(品)。

てぜま[手狭]〈名・形動〉狹窄。

てそう[手相]〈名〉手相。

でそろ・う[出揃う]〈自五〉出齊。來齊。到齊。

てだし[手出し]〈名・自サ〉①動手。②插手。介入。干涉。參與。

でだし[出だし]〈名〉開頭。開始。最初。

てだすけ[手助け]〈名〉幫助。幫忙。

てだて[手立て]〈名〉手段。方法。

でたとこしょうぶ[出たとこ勝負]〈連語〉聽其自然。走一步算一步。

てだま[手玉]〈名〉①手上戴的玉。②(女孩扔着玩的)小布袋。

でたらめ[出鱈目]〈名・形動〉荒唐。胡來。瞎胡鬧。胡説八道。

てぢか[手近]〈形動〉①手邊。眼前。身旁。②淺近。常見。

てちがい[手違い]〈名〉錯誤。差錯。

てちょう[手帳]〈名〉手冊。筆記本。雜記本。

てつ[鉄]〈名〉①鐵。②鋼鐵般的。

てつ[轍]〈名〉轍。

ていろ[鉄色]〈名〉鐵色。紅黑色。

てっかい[撤回]〈名・他サ〉撤回。收回。撤消。取消。

てつがく[哲学]〈名〉哲學。

てつかず[手付かず]〈名〉没沾手。没着手。没使用。

てつかぶと[鉄兜]〈名〉鋼盔。

てづかみ[手摑み]〈名〉用手抓。

てっかん[鉄管]〈名〉鐵管。

てつき[手付き]〈名〉手的姿勢。手的動作。

てっき[鐵器]〈名〉鐵器。

てっき[適期]〈名〉適時。

てっき[適歸]〈名・自サ〉投奔。投靠。

てっき[摘記]〈名・他サ〉摘記。摘錄。

デッキ[deck]〈名〉①(船的)甲板。②(客運列車旁)絞接處。通過台。

てっきょ[撤去]〈名・他サ〉撤去。撤除。拆除。

てっきょう[鐵橋]〈名〉鐵橋。

てっきり〈副〉一定。肯定。準是。

てっきん[鐵筋]〈名〉鐵筋。鋼筋。

てつくず[鐵屑]〈名〉鐵屑。廢鐵。

てづくり[手作り]〈名〉親手做(的東西)。

てつけ[手付]〈名〉定錢。押金。

てっけん[鐵拳]〈名〉鐵拳。

てっこう[手甲]〈名〉手背套。

てっこう[鐵鑛]〈名〉鐵礦。

てっこう[鐵鋼]〈名〉鋼鐵。

てっこうじょ[鐵工所]〈名〉鐵工廠。

てっこつ[鐵骨]〈名〉鋼骨。鋼筋。

てつざい[鐵材]〈名〉鋼材。

てつざい[鐵劑]〈名〉(醫)鐵劑。含鐵藥物。

てっさく[鐵柵]〈名〉鐵柵欄。

てっさく[鐵索]〈名〉鐵索。

デッサン[dessin]〈名〉素描。

てっしゅう[撤收]〈名・他サ〉①撤去。撤掉。②(軍)撤退。

てつじょうもう[鐵条網]〈名〉鐵絲網。

てつじん[哲人]〈名〉哲人。

てっ・する[徹する]〈自サ〉①徹(夜、骨)。通(宵)。②貫徹到底。堅持到底。

てっせい[鐵製]〈名〉鐵製。

てっせん[鐵線]〈名〉①鐵絲。②(植)鐵綫蓮。

てっそく[鐵則]〈名〉鐵的原則。

てったい[撤退]〈名・他サ〉撤退。

てつだい[手伝い]〈名〉幫助。幫忙。幫手。

てつだ・う[手伝う]〈他五〉幫。幫忙。幫助。

でっち[丁稚]〈名〉學徒。徒弟。小夥計。

でっちあ・げる[でっち上げる]〈他下一〉①捏造。編造。②拼湊。

てっつい[鐵槌]〈名〉①大鐵錘。②(體)鏈球。③嚴令。嚴厲訓誡。

てつづき[手続き]〈名〉手續。

てってい[徹底]〈名・自サ〉徹底。透徹。

てっとう[鐵塔]〈名〉鐵塔。

てつどう[鐵道]〈名〉鐵道。鐵路。

てっとうてつび[徹頭徹尾]〈副〉徹頭徹尾。完全徹底。

デッドストック[dead stock]〈名〉滯銷貨。積壓品。

デッドボール〈名〉(棒球)死球。

てっとりばや・い[手っ取り早い]〈形〉①迅速。敏捷。麻利。②簡單。省事。

デッドロック[deadlock]〈名〉停頓。僵局。

でっぱ[出っ歯]〈名〉齙牙。

てっぱい[撤廃]〈名・他サ〉撤銷。廢除。

でっぱ・る[出っ張る]〈自五〉凸出。突出。

てっぱん[鐵板]〈名〉鐵板。

てっぴつ[鐵筆]〈名〉鐵筆。

てつびん[鐵瓶]〈名〉鐵壺。

でっぷり〈副・自サ〉肥胖。胖敦敦。

てつぶん[鐵分]〈名〉鐵份。鐵質。

てっぺい[撤兵]〈名・自サ〉撤兵。

てっぺき[鐵壁]〈名〉鐵壁。

てっぺん[天辺]〈名〉頂。頂點。

てつぼう[鐵棒]〈名〉①鐵棒。鐵棍。鐵條。②(體)單槓。

てっぽう[鐵砲]〈名〉槍。

てっぽうだま[鐵砲玉]〈名〉槍彈。子彈。

てづまり[手詰まり]〈名〉①束手無策。②手頭拮据。

てつめんぴ[鐵面皮]〈名・形動〉厚臉皮。

てつや[徹夜]〈名・自サ〉徹夜。通宵。熬夜。

てつり[哲理]〈名〉哲理。

てづる[手蔓]〈名〉①門路。②綫索。

てつろ[鐵路]〈名〉鐵路。鐵道。

てつわん[鐵腕]〈名〉鐵腕。

でどころ[出所]〈名〉①出處。來源。②出口。

てどり[手取り]〈名〉①用手擒縺。②實收額。純收入。

てとりあしとり[手取り足取り]〈連語〉手

把手(地教)。

テナー[tenor]〈名〉男高音(歌手)。

てないしょく[手内職]〈名〉手工副業。

てなおし[手直し]〈名・他サ〉修改。修正。

でなお・す[出直す]〈自五〉①重來。再來。②重新開始。從頭做起。

てながざる[手長猿]〈名〉長臂猿。

てなぐさみ[手慰み]〈名〉①消遣。解悶。②賭博。

てなず・ける[手懐ける]〈他下一〉①馴服。②使歸服。使順從。

てなべ[手鍋]〈名〉帶提樑的鍋。

てなみ[手並]〈名〉本事。本領。能耐。

てならい[手習い]〈名〉①習字。練字。②學習。③(佛)修行。

てな・れる[手慣れる]〈自下一〉①用慣。②熟練。

テニス[tennis]〈名〉網球。

てにてに[手に手に]〈連語〉每人手中。

デニム[denim]〈名〉粗斜紋布。

てにもつ[手荷物]〈名〉隨身行李。

てぬい[手縫い]〈名〉手工縫(東西)。

てぬかり[手抜かり]〈名〉疏忽。漏洞。

てぬき[手抜き]〈名〉①偷工減料。②閑著。

てぬぐい[手拭]〈名〉布手巾。

てぬる・い[手緩い]〈形〉①(處理得)寬大。不嚴。②遲鈍。

てのうち[手の内]〈名〉①手心。手掌。②本事。手腕。③意圖。打算。④(勢力範圍)掌中。

てのうら[手の裏]〈名〉→てのひら。

テノール[tenor]〈名〉→テナー。

てのこう[手の甲]〈名〉手背。

てのひら[掌]〈名〉手掌。

では[連語]①在。於。②論。按。照。據。若。在…方面。

デパート〈名〉百貨商店。

てはい[手配]〈名・自サ〉①籌備。安排。②部署(逮捕犯人)。

ではいり[出入り]〈名・自サ〉→でいり。

てばこ[手箱]〈名〉匣子。

てはじめ[手始め]〈名〉開始。開頭。開端。

てはず[手筈]〈名〉準備。步驟。程序。

てばた[手旗]〈名〉手旗。小旗。

てばたしんごう[手旗信号]〈名〉旗語。

てばな[手鼻]〈名〉用手擤鼻涕。

ではな[出端]〈名〉①剛一出門。剛要出門。②剛一開始。

でばな[出花]〈名〉新沏的茶。

でばな[出鼻]〈名〉①突出部分。②→ではな。

てばなし[手放し]〈名〉①放手。撒手。②無拘束。無顧忌。③無條件。

てばな・す[手放す]〈他五〉①放手。鬆手。②擱下(工作)。③讓(子女)離開自己。④賣掉。轉讓。

てばや・い[手早い]〈形〉迅速。敏捷。麻利。

ではら・う[出払う]〈自五〉全部出去。

でばん[出番]〈名〉①(輪流)上班,值班次。②(演員)出場順序。

てびき[手引]〈名・他サ〉①嚮導。引路。②指導,啓蒙。③推薦,介紹。④入門。指南。

てひど・い[手酷い]〈形〉嚴厲。無情。沉重。

デビュー[début]〈名・自サ〉①初次登台。初露頭角。②初次問世。開始流行。

てびょうし[手拍子]〈名〉用手打拍子。

てびろ・い[手広い]〈形〉①寬廣。寬敞。②廣泛。範圍廣。

でぶ〈名〉(俗)胖子。

てぶくろ[手袋]〈名〉手套。

では〈接〉那麼。

でぶしょう[出不精]〈名・形動〉懶得出門(的人)。

てぶそく[手不足]〈名・形動〉人手不足。

てふだ[手札]〈名〉①名片。②手裏的牌。③(「手札型」的略語)四寸相片。

てふだがた[手札型]〈名〉四寸照片。

でふね[出船]〈名〉開船。開出的船。

てぶら[手ぶら]〈名・形動〉空著手。

てぶり[手振り]〈名〉手勢。

デフレーション[deflation]〈名〉(經)通貨緊縮。

でべそ[出臍]〈名〉凸肚臍。

てへん[手偏]〈名〉(漢字的)提手旁。

てべんとう[手弁当]〈名〉①自己帶飯(去幹活)。②盡義務,無報酬(的勞動)。

でほうだい[出放題]〈名・形動〉信口開河。胡說八道。

てほどき[手解き]〈名・他サ〉入門。啓蒙。輔導(初學者)。

てほん[手本]〈名〉①字帖。畫帖。範本。②模範。榜樣。③標準。範例。格式。

てま[手間]〈名〉(工作需要的)時間,工夫,勞力。

デマ〈名〉謠言。流言。

てまえ[手前]Ⅰ〈名〉①(靠近自己的)這邊兒。跟前兒。②(茶道的)禮法。③本事。能耐。④當着…的面。對…的體面。Ⅱ〈代〉①(謙)我。②(蔑)你。

でまえ[出前]〈名〉(飯館往叫菜的顧客家)送菜,送的菜,送菜的夥計。

てまえみそ[手前味噌]〈名〉自我吹噓。自吹自擂。

でまかせ[出任せ]〈名・形動〉信口。

てまくら[手枕]〈名〉枕着胳膊睡。

てまちん[手間賃]〈名〉工錢。勞務費。

でまど[出窓]〈名〉凸窗。

てまど・る[手間取る]〈自五〉費事。費工夫。

てまね[手真似]〈名・他サ〉手勢。比劃。

てまねき[手招き]〈名・他サ〉招手。

てまめ[手まめ]〈形動〉①勤。勤快。②手巧。

てまり[手毬]〈名〉皮球。

てまわし[手回し]〈名〉①手搖。②準備。佈置。安排。

てまわりひん[手回り品]〈名〉随身携帶的物品。

でまわ・る[出回る]〈自五〉上市。

てみじか[手短]〈形動〉簡短。簡略。

でみせ[出店]〈名〉分店。支店。分號。

てみやげ[手土産]〈名〉簡單禮品。随手帶的禮品。

てむか・う[手向う]〈自五〉抵抗。反抗。

でむかえ[出迎え]〈名〉接。迎接。

でむか・える[出迎える]〈他下一〉接。迎接。

でむ・く[出向く]〈自五〉前去。前往。

でめきん[出目金]〈名〉(金魚之一種)龍睛魚。

ても〈接助〉即使…也。縱使…也。儘管…也。

でも Ⅰ〈接〉不過。可是。Ⅱ〈副助〉①(舉例說)譬如。或者。之類。什麼的。②即使。縱使。儘管。③就連。④無論。不管。Ⅲ〈接助〉即使…也。縱使…也。儘管…也。

デモ〈名〉遊行。示威。

デモクラシー[democracy]〈名〉民主。民主主義。民主政治。民主政體。

てもち[手持ち]〈名〉①手提。手拿。②手頭。手裏(有的東西)。

てもちぶさた[手持無沙汰]〈名・形動〉閑得慌。

てもと[手元]〈名〉①手邊。身邊。②手頭(的錢財)。③手的動作。

でもどり[出戻り]〈名〉①中途返回。②離婚後回娘家。

てもなく[手もなく]〈副〉容易。簡單。不費事。

でもの[出物]〈名〉①出賣的舊物。出賣的不動産。②疙瘩。痔瘡。③(俗)放屁。

デモンストレーション[demonstration]〈名〉→デモ。

デュオ[duo]〈名〉二重奏。二重唱。

でよう[出様]〈名〉→でかた。

てら[寺]〈名〉寺。寺院。佛寺。

てら・う[衒う]〈他五〉炫耀。誇耀。顯示。

てらしあわ・せる[照らし合せる]〈他下一〉對照。查對。核對。

てら・す[照らす]〈他五〉①照。照耀。②對照。參照。按照。

テラス[terrasse]〈名〉①陽台。涼台。②花壇。草壇。③台地。高地。

てらせん[寺錢]〈名〉頭錢。

テラマイシン[terramacyn]〈名〉土徽素。

てり[照り]〈名〉①(日)照。曬。②晴天。③光澤。④(烹飪)澆汁。

てりかえ・す[照り返す]〈他五〉反射。反照。

デリケート[delicate]〈形動〉①敏感。纖

細。②微妙。

てりつ・ける[照り付ける]〈自下一〉毒曬。曝曬。

てりは・える[照り映える]〈自下一〉映照。映射。

てりやき[照焼]〈名〉加料酒、醬油烤(魚段)。

てりゅうだん[手榴弾]〈名〉手榴彈。

てりょうり[手料理]〈名〉親手做的菜。自家做的菜。

て・る[照る]〈自五〉①照。照耀。②晴天。

でる[出る]〈自下一〉①出。出來。出去。②突出。露出。③出發。④出現。⑤出席。參加。⑥出産。⑦出版。刊登。⑧畢業。⑨通到。走到。⑩出來。來自。⑪流出。⑫流出。⑬溢出。⑭開銷。支出。⑮(給客人)端出上菜。⑯賣出。銷出。⑰離開。辭去。⑱出頭。露面。⑲發生。⑳增加。添加。㉑採取…態度。

てるてるぼうず[照る照る坊主]〈名〉掃晴娘。

てれかくし[照れ隠し]〈名〉遮羞。解嘲。

てれくさ・い[照れ臭い]〈形〉害羞。羞答答。難爲情。

テレタイプ[teletype]〈名〉電傳打字機。

テレックス[telex]〈名〉用户電報。直通電報。

でれでれ〈副・自サ〉①懶散。邋遢。②(對女人)黏黏糊糊。

テレビ〈名〉電視。電視機。

テレビんゆ[テレビン油]〈名〉松節油。

テレホンカード[telephone card]〈名〉(用於公共電話的)磁卡。

て・れる[照れる]〈自下一〉害羞。腼腆。

てれんてくだ[手練手管]〈名〉花招。

テロ〈名〉恐怖。

テロリスト[terrorist]〈名〉恐怖分子。

てわけ[手分け]〈名・自サ〉分頭。

てわた・す[手渡す]〈他五〉遞交。親手交給。

てん[天]〈名〉①天。天空。②天堂。天國。③(宗)上天。蒼天。④天命。⑤天理。天道。⑥(貨物、字畫等的)上部。

てん[点]Ⅰ〈名〉①點。②分。分數。Ⅱ〈接尾〉①點。②分。③件。

でん[伝]Ⅰ〈名〉手法。做法。Ⅱ〈接尾〉傳。

でんあつ[電圧]〈名〉電壓。

てんい[天意]〈名〉天意。

てんい[転移]〈名・自他サ〉①轉移。移動。②(醫)轉移。擴散。③(理)轉變。

でんい[電位]〈名〉電位。電勢。

てんいん[店員]〈名〉店員。

でんえん[田園]〈名〉田園。

てんか[天下]〈名〉天下。

てんか[点火]〈名・自サ〉點火。點燃。

てんか[添加]〈名・自他サ〉添加。附加。

てんか[転化]〈名・自サ〉轉化。轉變。

てんか[転嫁]〈名・他サ〉轉嫁。推諉。

てんが[典雅]〈名・形動〉典雅。雅致。

でんか[伝家]〈名〉傳家。家傳。

でんか[殿下]〈名〉殿下。

でんか[電化]〈名・自他サ〉電氣化。

でんか[電荷]〈名〉電荷。

てんかい[展開]〈名・自他サ〉①展開。開展。②展現。③散開。

てんかい[転回]〈名・自他サ〉①轉變。②週旋。旋轉。

てんがい[天涯]〈名〉天涯。

でんかい[電解]〈名・他サ〉電解。

てんかふん[天花粉]〈名〉痱子粉。爽身粉。

てんから〈副〉全然。根本。壓根兒。

てんかん[転換]〈名・自他サ〉轉換。轉變。

てんかん[癲癇]〈名〉癲癇。羊癇風。

てんがん[点眼]〈名・自サ〉點眼藥。

てんがんきょう[天眼鏡]〈名〉放大鏡。

てんき[天気]〈名〉①天氣。②晴天。好天。

てんき[転記]〈名・他サ〉轉記。過帳。

てんき[転機]〈名〉轉機。

てんぎ[転義]〈名〉轉義。引伸義。

でんき[伝奇]〈名〉傳奇。

でんき[伝記]〈名〉傳記。

でんき[電気]〈名〉①電。電氣。②電燈。

てんきゅう[天球]〈名〉(天)天球。天體。

でんきゅう[電球]〈名〉燈泡兒。電燈泡兒。

てんきょ[典拠]〈名〉典據。

てんきょ[転居]〈名・自サ〉遷居。搬家。

てんぎょう[転業]〈名・自サ〉轉業。改行。

でんきょく[電極]〈名〉電極。

てんきん[転勤]〈名・自サ〉調動工作。

てんぐ[天狗]〈名〉①(一種想像的妖怪)天狗。②自誇(的人)。自負(的人)。

てんぐさ[天草]〈名〉石花菜。

デングねつ[デング熱]〈名〉(醫)登革熱。骨痛熱。

でんぐりがえし[でんぐり返し]〈名〉①翻筋斗。②顛倒。翻轉。扭轉。

てんけい[点景]〈名〉(風景畫上的)點綴性人物或動物。

でんげき[電撃]〈名〉①電撃。②閃電式。

てんけん[天険]〈名〉天險。

てんけん[点検]〈名・他サ〉檢點。檢查。

でんげん[電源]〈名〉①電源。②電力資源。

てんこ[点呼]〈名・他サ〉點名。

てんこう[天候]〈名〉天候。天氣。

てんこう[転向]〈名・自サ〉①轉向。轉變。②背叛。

てんこう[転校]〈名・自サ〉轉學。

でんこう[電光]〈名〉①電光。閃電。②電燈光。

てんこく[篆刻]〈名・他サ〉篆刻。

てんごく[天国]〈名〉天國。天堂。

でんごん[伝言]〈名・他サ〉傳話。口信。

てんさい[天才]〈名〉天才。

てんさい[天災]〈名〉天災。

てんさい[甜菜]〈名〉甜菜。

てんさい[転載]〈名・他サ〉轉載。轉登。

てんざい[点在]〈名・自サ〉散佈。散在。

てんさく[添削]〈名・他サ〉刪改。修改。批改。斧正。

てんさんぶつ[天産物]〈名〉天然産物。

てんし[天使]〈名〉天使。安琪兒。

てんじ[点字]〈名〉點字。盲文。

てんじ[展示]〈名・他サ〉展示。展覽。陳列。

でんし[電子]〈名〉電子。

でんじ[電磁]〈名〉電磁。

てんじく[天竺]〈名〉天竺。

てんじくあおい[天竺葵]〈名〉天竺葵。

てんじくねずみ[天竺鼠]〈名〉豚鼠。荷蘭猪。

てんじくぼたん[天竺牡丹]〈名〉西番蓮。大麗花。

でんじしゃく[電磁石]〈名〉電磁鐵。

てんしゃ[転写]〈名・他サ〉①抄寫。謄寫。②臨摹。

でんしゃ[電車]〈名〉電車。

てんしゅ[天主]〈名〉(宗)天主。上帝。

てんしゅ[店主]〈名〉店主。老闆。

てんじゅ[天寿]〈名〉天壽。天年。

でんじゅ[伝授]〈名・他サ〉傳授。

てんしゅきょう[天主教]〈名〉天主教。

てんしゅつ[転出]〈名・自サ〉①遷出。遷移。②調出。調職。

てんしょ[添書]〈名・他サ〉①附信。附的信。②(文件閱後)添寫(的)意見。③介紹信。

てんしょ[篆書]〈名〉篆書。

てんじょう[天井]〈名〉①天棚。天花板。②(物價上漲的)頂點。

でんしょう[伝承]〈名・他サ〉口傳。代代相傳。

てんしょく[天職]〈名〉天職。

てんしょく[転職]〈名・自サ〉①轉業。改行。②調職。

でんしょばと[伝書鳩]〈名〉信鴿。

てんしん[転身]〈名・自サ〉①轉身。②改變(身份、職業、方針、主張)。

でんしん[電信]〈名〉電信。電報。

でんしんかわせ[電信為替]〈名〉電匯。

でんしんばしら[電信柱]〈名〉電綫桿子。

でんしんふごう[電信符号]〈名〉電碼。

てんしんらんまん[天真爛漫]〈名・形動〉①天真爛漫。②幼稚。無知。

テンス[tense]〈名〉(語法)時。時態。

てんすい[天水]〈名〉雨水。

てんすう[点数]〈名〉①分數。②件數。

てん・ずる[転ずる]〈自他サ〉轉。轉變。轉移。轉換。

てんせい[天性]〈名〉天性。天生。稟性。

てんせい[展性]〈名〉(理)展性。延展性。可鍛性。

でんせいかん[伝声管]〈名〉傳話管。

てんせき[典籍]〈名〉典籍。

てんせき[転籍]〈名・自サ〉①轉學籍。②遷戶口。

でんせつ[伝説]〈名〉傳說。

てんせん[点線]〈名〉點綫。虛綫。

てんせん[転戦]〈名・自サ〉轉戰。

でんせん[伝染]〈名・他サ〉傳染。

でんせん[電線]〈名〉電綫。

でんせんびょう[伝染病]〈名〉傳染病。

てんそう[転送]〈名・他サ〉轉送。轉遞。

でんそう[電送]〈名・他サ〉電傳。傳真。

てんぞく[転属]〈名・自他サ〉轉入。調到。

てんたい[天体]〈名〉天體。

でんたつ[伝達]〈名・他サ〉傳達。轉達。

たんたん[恬淡]〈名・形動〉恬淡。淡泊。

てんち[天地]〈名〉①天地。世界。②(書、貨物等的)上下。

てんち[転地]〈名・自サ〉轉地。易地。

でんち[田地]〈名〉田地。

でんち[電池]〈名〉電池。

てんちむよう[天地無用]〈名〉(貨物包裝用語)切勿倒置。

てんちゅう[天誅]〈名〉天誅。

でんちゅう[電柱]〈名〉電綫桿子。

てんちょう[天頂]〈名〉①天頂。②頂點。

てんちょう[転調]〈名・自他サ〉(樂)轉調。

てんで[副]①根本。簡直。壓根兒。②非常。特別。

てんてき[天敵]〈名〉天敵。

てんてき[点滴]〈名〉①點滴。雨點。②靜脈輸液。

てんてこまい[天手古舞]〈名・自サ〉手忙脚亂。

てんてつき[転轍機]〈名〉(鐵路)轉轍器。道岔。

てんでに[副]各自。分別。

てんてん[点点]〈副〉①星星點點。稀稀拉拉。②斑斑。斑斑點點。

てんてん[転転]〈副・自サ〉①輾轉。轉來去。②(滾動貌)嘰里咕嚕。

てんてんはんそく[輾転反側]〈名・自サ〉輾轉反側。

でんでんむし[でんでん虫]〈名〉蝸牛。

テント[tent]〈名〉帳篷。

てんとう[店頭]〈名〉店頭。舖面。

てんとう[点灯]〈名・自サ〉點燈。

てんとう[転倒]〈名・自他サ〉①跌倒。②顚倒。③驚慌失措。

でんとう[伝統]〈名〉傳統。

でんとう[電灯]〈名〉電燈。

でんどう[伝道]〈名・自サ〉傳道。傳教。

でんどう[伝導]〈名・自サ〉(理)傳導。

でんどう[殿堂]〈名〉①殿堂。宏偉建築。②佛殿。神殿。

でんどう[電動]〈名〉電動。

でんどうき[電動機]〈名〉電動機。

でんどうし[伝道師]〈名〉傳教士。

てんどうせつ[天動説]〈名〉天動說。地心說。

てんとうむし[天道虫]〈名〉瓢蟲。

てんとして[恬として]〈副〉恬然。

てんとりむし[点取り虫]〈名〉(諷刺一味爭取分數的學生)分兒迷。

てんにゅう[転入]〈名・自サ〉①轉入。②遷入。

てんにょ[天女]〈名〉天女。天仙。

てんにん[天人]〈名〉天人。天仙。

てんにん[転任]〈名・自サ〉轉任。調職。

でんねつ[電熱]〈名〉電熱。

てんねん[天然]〈名〉天然。

てんねんしょくえいが[天然色映画]〈名〉彩色影片。

てんねんとう[天然痘]〈名〉天花。

てんのう[天皇]〈名〉天皇。

てんのうざん[天王山]〈名〉決定勝負的關鍵。

てんのうせい[天王星]〈名〉天王星。

てんば[天馬]〈名〉天馬。

でんば[電場]〈名〉電場。

でんぱ[伝播]〈名・自サ〉①傳播。流傳。②(理)傳播。傳導。

でんぱ[電波]〈名〉電波。電磁波。

てんばい[転売]〈名・他サ〉轉賣。倒賣。

てんばつ[天罰]〈名〉天罰。天誅。報應。

てんび[天日]〈名〉太陽光(熱)。

てんび[天火]〈名〉烤爐。

てんびき[天引]〈名・他サ〉預先扣除。

てんびょう[点描]〈名・他サ〉①點描。②速寫。素描。

でんびょう[伝票]〈名〉(經)傳票。發票。單據。

てんびん[天秤]〈名〉①天平。②扁擔。

てんびんぼう[天秤棒]〈名〉扁擔。

てんぷ[天賦]〈名〉天賦。

てんぷ[添付]〈名・他サ〉附上。添上。

てんぷ[貼付]〈名・他サ〉貼上。

でんぷ[田麩]〈名〉魚鬆。

でんぶ[臀部]〈名〉臀部。

てんぷく[転覆]〈名・自他サ〉①翻倒。傾覆。②顛覆。推翻。

テンプラ[天麩羅]〈名〉軟炸(魚、蝦、貝等)。

てんぶん[天分]〈名〉天分。天資。天賦。

でんぶん[伝聞]〈名・他サ〉傳聞。聽說。

でんぶん[電文]〈名〉電文。

でんぷん[澱粉]〈名〉澱粉。

テンペラ[tempera]〈名〉蛋彩畫。

てんぺん[転変]〈名・自サ〉變化。變幻。

てんぺんちい[天変地異]〈名〉天地變異。天崩地裂。

てんぽ[店舗]〈名〉店舗。

テンポ[tempo]〈名〉速度。

てんぼう[展望]〈名・他サ〉展望。眺望。

でんぽう[電報]〈名〉電報。

てんまく[天幕]〈名〉帳篷。

てんません[伝馬船]〈名〉木駁船。大舢版。

てんまつ[顛末]〈名〉始末。原委。

てんまど[天窓]〈名〉天窗。

てんめい[天命]〈名〉①天命。命運。②天年。

てんめつ[点滅]〈名・自他サ〉(燈光)忽亮忽滅。

てんめん[纏綿]〈形動〉①纏綿。②糾纏。

てんもう[天網]〈名〉天網。

てんもん[天文]〈名〉天文。

でんや[田野]〈名〉田野。

てんやく[点訳]〈名・他サ〉譯成盲文。

てんやわんや〈副・自サ〉亂七八糟。天翻地覆。

てんゆう[天佑]〈名〉天祐。

てんよ[天与]〈名〉天賦。天賜。

てんよう[転用]〈名・他サ〉轉用。挪用。

でんらい[伝来]〈名〉①(從國外)傳來,傳入。②(祖輩)流傳。祖傳。

てんらく[転落]〈名・自サ〉①掉下。滾下。摔下。②淪落。墮落。

てんらん[展覧]〈名・自他サ〉展覽。

でんり[電離]〈名・自サ〉電離。

でんりゅう[電流]〈名〉電流。

でんりょく[電力]〈名〉電力。

でんれい[電令]〈名〉傳令(兵)。

でんわ[電話]〈名〉電話。

でんわボックス[電話ボックス]〈名〉電話亭。

と　ト

と[戸]〈名〉門。門扇。

と[斗]〈名〉斗(日本的一斗約合18公升)。

と[途]〈名〉途。路途。

と Ⅰ[格助]①和。與。同。跟。②(表示變化的結果)爲。成。③(表示思維、動作的内容)説。叫。爲。Ⅱ[接助]①一…就…。②如果。要是。③(前接推量式)不管。無論。

ドア[door]〈名〉門。扉。

どあい[度合]〈名〉程度。

とあみ[投網]〈名〉旋網。

とある[連体]某。一個。

とい[問]〈名〉①問。提問。②問題。

とい[樋]〈名〉筧。檐溝。水溜子。

といあわせ[問合せ]〈名〉問。詢問。打聽。

といあわ・せる[問い合せる]〈他下一〉詢問。打聽。

といえども[と雖も]〈連語〉雖然。儘管。即使。

といかえ・す[問い返す]〈他五〉①重問。再問。②反問。

といか・ける[問い掛ける]〈他下一〉①問。詢問。②開始問。

といき[吐息]〈名〉舒氣。嘆氣。

といし[砥石]〈名〉磨石。

といた[戸板]〈名〉門板。窗板。

といただ・す[問い質す]〈他五〉①問清。詢問。②追問。盤問。

どいつ[代]哪個東西。哪個傢伙。

といつ・める[問い詰める]〈他下一〉盤問。追問。

トイレット[toilet]〈名〉厠所。

と・う[問う]〈他五〉①問。打聽。②追問。追究。③(用「…をとわず」的形式)不論。不管。

と・う[訪う]〈他五〉訪。訪問。

とう[当]〈名〉①當。②該。

とう[党]〈名〉黨。政黨。

とう[塔]〈名〉塔。

とう[糖]〈名〉糖。糖分。

とう[等]〈名〉等。

とう[薹]〈名〉(植)薹。莛。梗。

とう[藤]〈名〉藤。

とう[疾]〈副〉①很早。早已。②快。趕快。

-とう[頭]〈接尾〉頭。匹。口。隻。

どう[副]怎樣。怎麼。如何。

どう[胴]〈名〉胴。軀幹。軀體。

どう[動]〈名〉動。

どう[堂]〈名〉堂。殿堂。

どう[銅]〈名〉銅。

どう[同]〈接頭〉同。該。

どうあげ[胴上げ]〈名・他サ〉(將人)舉起。抛起。

とうあつせん[等圧線]〈名〉等壓綫。

とうあん[答案]〈名〉答案。答卷。

どうい[同意]〈名・自サ〉①同意。贊成。②同義。

どうい[同位]〈名〉同位。

どういげんそ[同位元素]〈名〉同位素。

とういじょう[糖衣錠]〈名〉糖衣藥片。

とういそくみょう[当意即妙]〈形動〉機敏。隨機應變。

とういつ[統一]〈名・他サ〉統一。

どういつ[同一]〈名・形動サ〉同一。同樣。

どういん[党員]〈名〉黨員。

どういん[動員]〈名・他サ〉動員。發動。調動。

とうえい[投影]〈名・他サ〉投影。

とうえい[倒影]〈名〉倒影。

とうおう[東欧]〈名〉東歐。

どうおん[同音]〈名〉同音。

とうおんせん[等温線]〈名〉等温綫。

とうか[灯火]〈名〉燈火。燈光。

とうか[等価]〈名〉等價。

とうか[投下]〈名・他サ〉①投下。②投入(資金)。

とうか[糖化]〈名・自他サ〉糖化。

どうか[同化]〈名・自他サ〉①同化。②吸

收。掌握。③感化。④(植)光合(作用)。

どうか[銅貨]〈名〉銅幣。銅錢。

どうか〈副〉①請。②設法。想辦法。③奇怪。不正常。④(前接「か」)是否。

どうが[動画]〈名〉動畫片。

とうかい[倒壊]〈名・自サ〉倒塌。坍塌。

とうがい[当該]〈連体〉該。有關。

とうがい[凍害]〈名〉凍害。

とうがい[等外]〈名〉等外。

とうかく[倒閣]〈名・自サ〉倒閣。

とうかく[頭角]〈名〉頭角。

とうかく[同格]〈名〉同格。同等資格。

どうかこうか〈副〉好歹。勉強。總算。

どうかすると〈副〉①有時。偶爾。②常常。動不動。

どうかせん[導火線]〈名〉導火綫。

とうかつ[統轄]〈名・他サ〉統轄。

どうかつ[恫喝]〈名・他サ〉恫嚇。威嚇。

とうから[疾うから]〈副〉早就。

とうがらし[唐辛子]〈名〉辣椒。辣子。

とうかん[投函]〈名・他サ〉投進郵筒。

とうかん[等閑]〈名〉等閑。

とうがん[冬瓜]〈名〉冬瓜。

どうかん[同感]〈名・自サ〉同感。

どうがん[童顔]〈名〉童顔。

とうき[冬季・冬期]〈名〉冬季。

とうき[当期]〈名〉本期。

とうき[投機]〈名〉投機。

とうき[党紀]〈名〉黨紀。

とうき[陶器]〈名〉陶器。

とうき[登記]〈名・他サ〉登記。註冊。

とうき[騰貴]〈名・自サ〉騰貴。漲價。

とうぎ[討議]〈名・自他サ〉討論。

どうき[同期]〈名〉①同期。②同届。同年級。③(電)同步。

どうき[動悸]〈名〉心悸。心跳。

どうき[動機]〈名〉動機。

どうき[銅器]〈名〉銅器。

どうぎ[同義]〈名〉同義。

どうぎ[動議]〈名〉動議。

どうぎ[道義]〈名〉道義。

とうきゅう[投球]〈名・自サ〉投球。

とうきゅう[等級]〈名〉等級。

とうぎゅう[闘牛]〈名〉鬥牛。

どうきゅう[同級]〈名〉同班。

どうきゅう[撞球]〈名〉枱球。

とうぎょ[統御]〈名・他サ〉統治。駕馭。

どうきょ[同居]〈名・自サ〉①同居。②同住。

どうきょう[同郷]〈名〉同郷。

どうぎょう[同業]〈名〉同業。同行。

とうきょく[当局]〈名〉當局。

どうきん[同衾]〈名・自サ〉①同衾共枕。②合房。

どうぐ[道具]〈名〉①道具。②工具。③傢具。

どうぐだて[道具立て]〈名〉①備好用具。②做好準備。

とうくつ[盗掘]〈名・他サ〉盗掘。

どうくつ[洞窟]〈名〉洞窟。洞穴。

とうげ[峠]〈名〉①山巔。山頂。山嶺。②頂點。高潮。③(病情)危險期。

どうけ[道化]〈名〉滑稽。

とうけい[東経]〈名〉東經。

とうけい[統計]〈名・他サ〉統計。

とうけい[闘鶏]〈名〉鬥鷄。

とうげい[陶芸]〈名〉陶瓷工藝。

どうけい[同系]〈名〉同一系統。

どうけい[同慶]〈名〉同慶。

どうけい[憧憬]〈名・自サ〉憧憬。

とうけつ[凍結]Ⅰ〈名・自サ〉凍結。結冰。Ⅱ〈名・他サ〉凍結(資産)。

どうけつ[洞穴]〈名〉洞穴。

とうけん[刀剣]〈名〉刀劍。

とうけん[闘犬]〈名〉鬥犬。

どうけん[同権]〈名〉平權。

とうげんきょう[桃源郷]〈名〉世外桃源。

とうこう[投降]〈名・自サ〉投降。

とうこう[投稿]〈名・自サ〉投稿。

とうこう[陶工]〈名〉陶工。

とうこう[登校]〈名・自サ〉上學。

とうごう[等号]〈名〉等號。

とうごう[統合]〈名・他サ〉合併。統一。

どうこう〈副・自サ〉這樣那樣。這個那個。

どうこう[同好]〈名〉同好。

どうこう[同行]〈名・自サ〉同行。一起去。

どうこう[動向]〈名〉動向。

どうこう[瞳孔]〈名〉瞳孔。

とうこういきょく[同工異曲]〈名〉同工異曲。

とうこうき[投光器]〈名〉聚光燈。

とうこうせん[等高線]〈名〉等高綫。

とうごく[投獄]〈名・他サ〉下獄。投進監獄。

どうこく[慟哭]〈名・自サ〉慟哭。

とうこん[闘魂]〈名〉鬥志。

とうさ[等差]〈名〉(數)等差。

とうさ[踏査]〈名・他サ〉勘察。踏勘。

とうざ[当座]〈名〉①當場。當時。②目前。暫時。

どうさ[動作]〈名〉動作。

とうさい[搭載]〈名・他サ〉裝載。

とうざい[東西]〈名〉東西。

どうざい[同罪]〈名〉同罪。

とうさく[倒錯]〈名・自サ〉①傾倒。②錯亂。

とうさく[盗作]〈名・他サ〉剽竊。

どうさつ[洞察]〈名・他サ〉洞察。

とうざよきん[当座預金]〈名〉活期存款。

とうさん[倒産]〈名・自サ〉倒閉破産。破産。

どうさん[動産]〈名〉動産。

どうざん[銅山]〈名〉銅礦。

とうし[投資]〈名・他サ〉投資。

とうし[凍死]〈名・自サ〉凍死。

とうし[透視]〈名・他サ〉透視。

とうし[闘士]〈名〉鬥士。戰士。

とうし[闘志]〈名〉鬥志。

とうじ[冬至]〈名〉冬至。

とうじ[当時]〈名〉當時。

とうじ[悼辞]〈名〉悼辭。

とうじ[答辞]〈名〉答辭。

とうじ[湯治]〈名・自サ〉温泉療養。

どうし[動詞]〈名〉動詞。

どうし[同志]〈名〉同志。

どうし[同士・同志]〈名〉①同伴。同好。②(接名詞後作接尾語用)們。彼此。之間。

どうじ[同時]〈名〉同時。

どうしうち[同士討]〈名〉内訌。同室操戈。

とうしき[等式]〈名〉等式。

とうじき[陶瓷器]〈名〉陶瓷器。

とうじしゃ[当事者]〈名〉當事人。

とうしつ[等質]〈名・形動〉等質。均質。

とうじつ[当日]〈名〉當日。當天。

どうしつ[同室]〈名・自サ〉同室(的人)。住在同室。

どうしつ[同質]〈名〉同質。

どうじつ[同日]〈名〉同日。當天。那天。

どうじつうやく[同時通訳]〈名〉同聲傳譯。

どうして〈副〉①怎樣。如何。②爲甚麼。③(感嘆)哎呀。④(强烈否定對方的説法)其實。哪裏哪裏。没有的話。

どうしても〈副〉①無論如何。怎麼也。②務必。必須。

とうしゃ[謄写]〈名・他サ〉①謄寫。②油印。

とうしゅ[当主]〈名〉(現)户主。家長。

とうしゅ[投手]〈名〉投手。

とうしゅ[党首]〈名〉黨的首領。

どうしゅ[同種]〈名〉同種。

とうしゅう[踏襲]〈名・他サ〉沿襲。承襲。

とうしゅく[投宿]〈名・自サ〉投宿。

どうしゅく[同宿]〈名・自サ〉同宿。

とうしょ[当初]〈名〉當初。最初。起初。

とうしょ[投書]〈名・自他サ〉①投書。寫信。②投稿。

とうしょ[島嶼]〈名〉島嶼。

とうしょう[凍傷]〈名〉凍傷。

とうじょう[登場]〈名・自サ〉①登場。出場。②上市。

とうじょう[搭乗]〈名・自サ〉搭乘。

どうじょう[同乗]〈名・自サ〉同乘。同坐。

どうじょう[道場]〈名〉①(佛)道場。②練功房。練武場。

どうしょういむ[同床異夢]〈名〉同床異夢。

どうしょくぶつ[動植物]〈名〉動植物。

とう・じる[投じる]〈自他上一〉→とうずる。

どう・じる[動じる]〈自上一〉→どうずる。

とうしん[灯心]〈名〉燈芯。

とうしん[投身]〈名・自サ〉投海(河、井)。跳火山口(自殺)。

とうしん[答申]〈名・他サ〉回答(上級的諮詢)。

とうしん[等身]〈名〉等身。

とうしん[等親]〈名〉等親。

どうじん[蕩尽]〈名・他サ〉蕩盡。

どうしん[童心]〈名〉童心。

どうじん[同人]〈名〉同人。

どうしんえん[同心円]〈名〉同心圓。

とうすい[陶酔]〈名・自サ〉陶醉。

とうすい[統帥]〈名・他サ〉統帥。

とうすう[頭数]〈名〉頭數。

どうすう[同数]〈名〉同數。數目相同。

とう・ずる[投ずる]〈自他サ〉①投。投入。②投宿。③投降。④迎合。投合。

どう・ずる[動ずる]〈自サ〉①動搖。②心慌。

どうせ[副]反正。橫豎。終歸。無論如何。

とうせい[当世]〈名〉當今。現時。①流行。時髦。

とうせい[党勢]〈名〉黨的勢力。

とうせい[統制]〈名・他サ〉統制。管制。

どうせい[同姓]〈名〉同姓。

どうせい[同性]〈名〉同性。

どうせい[同棲]〈名・自サ〉同居。姘居。

どうせい[動静]〈名〉動靜。動向。動態。

どうぜい[同勢]〈名〉一行。

どうせいあい[同性愛]〈名〉同性戀。

とうせいふう[当世風]〈名・形動〉時興。時髦。流行。

とうせき[投石]〈名・自サ〉投石。

とうせき[党籍]〈名〉黨籍。

どうせき[同席]〈名・自サ〉同席。同座。

とうせつ[当節]〈名〉當今。現今。

とうせん[当選]〈名・自サ〉當選。

とうせん[当籤]〈名・自サ〉中彩。中獎。

とうぜん[当然]〈副・形動〉當然。自然。

とうぜん[陶然]〈形動〉①陶然。②出神。

どうせん[同船]〈名・自サ〉①同船。同乘一隻船。②該船。

どうせん[銅線]〈名〉銅綫。銅絲。

どうぜん[同然]〈形動〉同樣。一樣。

どうぞ〈副〉請。

とうそう[逃走]〈名・自サ〉逃走。逃跑。

とうそう[闘争]〈名・自サ〉鬥爭。

どうそう[同窓]〈名〉同窗。

どうぞう[銅像]〈名〉銅像。

どうそうかい[同窓会]〈名〉同窗會。校友會。

とうぞく[盗賊]〈名〉盜賊。

どうぞく[同族]〈名〉同族。同宗。

とうそつ[統率]〈名・他サ〉統率。率領。

とうた[淘汰]〈名・他サ〉淘汰。

とうだい[当代]〈名〉①當代。現代。②當時。那個時代。

とうだい[灯台]〈名〉①燈塔。②燭台。

どうたい[胴体]〈名〉①軀幹。軀體。②機體。車身。

どうたい[動態]〈名〉動態。

どうたい[導体]〈名〉導體。

とうたつ[到達]〈名・自サ〉①到達。②得出。

とうだん[登壇]〈名・自サ〉登壇。

とうち[当地]〈名〉本地。

とうち[倒置]〈名・他サ〉①倒置。顛倒。②(語)倒裝。

とうち[統治]〈名・他サ〉統治。

とうちゃく[到着]〈名・自サ〉到達。抵達。

どうちゃく[同着]〈名・自サ〉同時到達。

どうちゃく[撞着]〈名・自サ〉①撞。碰。②矛盾。抵觸。

とうちゅう[頭注]〈名〉頭註。

どうちゅう[道中]〈名〉路上。旅途。

とうちょう[盗聴]〈名・他サ〉偷聽。竊聽。

とうちょう[登頂]〈名・自サ〉登頂。登上山頂。

どうちょう[同調]〈名・自サ〉①贊同。②調諧。

とうちょく[当直]〈名・自サ〉值班。

とうつう[疼痛]〈名〉疼痛。

とうてい[到底]〈副〉怎麼也。無論如何也。

どうてい[童貞]〈名〉童貞。童男。

どうてい[道程]〈名〉①路程。②過程。

とうてき[投擲]〈名・他サ〉①投擲。②(體)投擲比賽。

どうてき[動的]〈形動〉①動的。活動的。②生動的。

とうてつ[透徹]〈名・自サ〉①透徹。精闢。②清澈。清新。

どうでも〈副〉①怎麼都(可以)。②無論如何。

とうてん[逗点]〈名〉逗號。

どうてん[同点]〈名〉同分。

どうてん[動転]〈名・自サ〉驚慌失措。

とうど[陶土]〈名〉陶土。

とうと・い[尊い]〈形〉①寶貴。珍貴。貴重。②高貴。尊貴。

とうとう[到頭]〈副〉終於。到底。

とうとう[滔滔]〈形動〉①滔滔。滾滾。②〔風氣〕很盛。

どうとう[同等]〈名〉同等。同樣。

どうどう[同道]〈名・自サ〉同道。同路。同行。

どうどう[堂堂]〈形動〉①堂堂。宏偉。壯麗。②光明磊落。正大光明。③公然。大搖大擺。

どうどうめぐり[堂堂巡り]〈名〉①繞着佛殿轉圈祈禱。②(談話、討論等)來回兜圈子。③(議員)依次到主席台前投票。

どうとく[道徳]〈名〉道德。

とうとつ[唐突]〈形動〉唐突。突兀。冒昧。

とうと・ぶ[尊ぶ・貴ぶ]〈他五〉尊敬。尊重。

とうどり[頭取]〈名〉①頭取。②(銀行)行長。董事長。③(劇場)後台總管。

とうなん[東南]〈名〉東南。

とうなん[盗難]〈名〉失盜。失竊。

とうなんとう[東南東]〈名〉東東南。

とうに[疾うに]〈副〉老早。早就。

どうにか〈副〉①好歹。總算。②設法。想辦法。

どうにも〈副〉①實在。的確。②(下接否定語)無論如何。不管怎樣。

とうにゅう[投入]〈名・他サ〉①投入。②倒入。

とうにゅう[豆乳]〈名〉豆乳。豆漿。

どうにゅう[導入]〈名・他サ〉①導入。引用。引進。輸入。

とうにょうびょう[糖尿病]〈名〉糖尿病。

とうにん[当人]〈名〉本人。該人。

どうにん[同人]〈名〉①該人。② →どうじん。

とうねん[当年]〈名〉①當年。②今年。

どうねん[同年]〈名〉①同年。②同歲。

とうは[党派]〈名〉黨派。

とうは[踏破]〈名・他サ〉走遍。

どうはい[同輩]〈名〉同輩。

とうはつ[頭髪]〈名〉頭髮。

とうばつ[討伐]〈名・他サ〉討伐。征伐。

とうばつ[盗伐]〈名・他サ〉盜伐。

とうはん[登攀]〈名・自サ〉攀登。

とうばん[当番]〈名〉值日。值班。值勤。

どうはん[同伴]〈名・自他サ〉同伴。同行。借同。

どうばん[銅板]〈名〉銅板。

どうばん[銅版]〈名〉銅版。

とうひ[当否]〈名〉當否。是否正確。是否恰當。

とうひ[逃避]〈名・自サ〉逃避。

とうひ[等比]〈名〉〔數〕等比。

とうひょう[投票]〈名・自サ〉投票。

とうひょう[投錨]〈名・自サ〉拋錨。

とうびょう[闘病]〈名・自サ〉與疾病作鬥爭。

どうひょう[道標]〈名〉路標。

どうびょう[同病]〈名〉同病。

とうひん[盗品]〈名〉贓物。

とうふ[豆腐]〈名〉豆腐。

とうぶ[東部]〈名〉東部。

とうぶ[頭部]〈名〉頭部。

どうふう[同封]〈名・他サ〉附在信内。隨信附寄。

どうぶつ[動物]〈名〉動物。

どうぶるい[胴震い]〈名・自サ〉顫慄。發抖。哆嗦。

とうぶん[当分]〈副〉目前。最近。暫時。

とうぶん[等分]〈名・他サ〉等分。平分。均分。

とうぶん[糖分]〈名〉糖分。

どうぶん[同文]〈名〉①同文。文字相同。②内容相同的文章。

とうへき[盗癖]〈名〉盜癖。

とうへん[等辺]〈名〉等邊。

とうべん[答弁]〈名・自サ〉答辯。

とうへんぼく[唐変木]〈名〉木頭人兒。糊塗蟲。蠢貨。

とうほう[当方]〈名〉我方。我們。

とうほう[東方]〈名〉東方。

とうぼう[逃亡]〈名・自サ〉逃亡。逃跑。

どうほう[同胞]〈名〉同胞。

とうほく[東北]〈名〉東北。

とうほくとう[東北東]〈名〉東東北。

とうほん[謄本]〈名〉謄本。副本。繕本。

とうほんせいそう[東奔西走]〈名・自サ〉東奔西跑。

どうまき[胴巻]〈名〉搭褳。

どうまごえ[胴間声]〈名〉走了調的粗啞嗓子。

とうみつ[糖蜜]〈名〉糖蜜。

どうみゃく[動脈]〈名〉動脈。

とうみょう[灯明]〈名〉(供神佛的)長明燈。

とうみん[冬眠]〈名・自サ〉冬眠。

とうめい[透明]〈名・形動〉透明。

どうめい[同名]〈名〉同名。

どうめい[同盟]〈名・自サ〉同盟。聯盟。結盟。

とうめん[当面]〈名・自サ〉①目前。當前。②面臨。

どうも[副]①真。太。實在。②總管得。有點兒。③(下接否定語)總是。怎麼也。

どうもう[獰猛]〈形動〉凶猛。猙獰。

とうもく[頭目]〈名〉頭目。

とうもろこし[玉蜀黍]〈名〉玉蜀黍。玉米。

とうや[陶冶]〈名・他サ〉陶冶。

とうやく[投薬]〈名・自サ〉投藥。下藥。

どうやら[副]①好歹。好容易。②好像。多半。大概。

とうゆ[灯油]〈名〉燈油。煤油。

とうゆ[桐油]〈名〉桐油。

とうよう[東洋]〈名〉東洋。亞洲。

とうよう[盗用]〈名・他サ〉盜用。

とうよう[登用]〈名・他サ〉起用。錄用。

どうよう[同様]〈形動〉同樣。一樣。

どうよう[動揺]〈名・自サ〉①搖動。搖擺。②動搖。動盪。

どうよう[童謡]〈名〉童謠。

とうらい[到来]〈名・自サ〉①到來。②送來。

とうらく[当落]〈名〉當選和落選。

どうらく[道楽]〈名・自サ〉①愛好。嗜好。②不務正業。吃喝嫖賭。

どうらん[胴乱]〈名〉植物標本採集箱。

どうらん[動乱]〈名〉動亂。

どうり[道理]〈名〉道理。

とうりつ[倒立]〈名・自サ〉倒立。

どうりで[道理で]〈副〉怪不得。無怪乎。

とうりゅう[逗留]〈名・自サ〉逗留。

とうりゅうもん[登竜門]〈名〉登龍門。

とうりょう[棟梁]〈名〉①棟樑。②(木匠)師傅。

とうりょう[等量]〈名〉等量。

どうりょう[同僚]〈名〉同事。

どうりょく[動力]〈名〉動力。

どうりん[動輪]〈名〉動輪。

とうるい[盗塁]〈名・自サ〉(棒球)偷壘。

どうるい[同類]〈名〉①同類。②同夥。

どうるいこう[同類項]〈名〉①(數)同類項。②一丘之貉。

とうれい[答礼]〈名・自サ〉答禮。答謝。回禮。

どうれつ[同列]〈名〉①同列。同排。②一起。偕同。③同等程度(地位)。

どうろ[道路]〈名〉道路。公路。

とうろう[蟷螂]〈名〉螳螂。

とうろう[灯籠]〈名〉燈籠。

とうろうながし[灯籠流し]〈名〉放河燈。

とうろく[登録]〈名・他サ〉登記。註冊。

とうろん[討論]〈名・自他サ〉討論。

どうわ[童話]〈名〉童話。

とうわく[当惑]〈名・自サ〉爲難。困惑。

とえはたえ[十重二十重]〈名〉重重。層層。

とおあさ[遠浅]〈名〉淺灘。

とお・い[遠い]〈形〉①遠。②久。久遠。③疏遠。④遲鈍。不靈敏。△耳が～/耳背。△目が～/眼花。△電話が～/電話聲音小。

とおえん[遠縁]〈名〉遠親。

とおからず[遠からず]〈副〉不久。

トーキー[talkie]〈名〉有聲電影。

とおく[遠く]〈名〉遠方。遠處。

トークイン[talk-in]〈名〉討論會。演説會。

とおざか・る[遠ざかる]〈自五〉①遠離。離遠。②疏遠。

とおざ・ける[遠ざける]〈他下一〉①躲開。避開。②疏遠。③節制。禁忌。

とおし[通し]〈名〉①連續。連接。②(正菜前的)小菜。

-どおし[通し]〈接尾〉(接動詞連用形後)一直。總是。

とおしきっぷ[通し切符]〈名〉通票。聯運票。

とおしばんごう[通し番号]〈名〉連續號碼。

トーシューズ[toeshoes]〈名〉芭蕾舞鞋。

とお・す[通す]〈他五〉①通。透。穿。②通過。③(把客人)讓到,領進。④(在飯店)叫菜。⑤堅持。固執。

トースター[toaster]〈名〉烤麵包器。

トースト[toast]〈名〉烤麵包。

とおせんぼう[通せん坊]〈名〉①(兒童遊戲)張開兩手不讓人通過。②走不過去。禁止通行。

トータル[total]〈名・他サ〉①共計。總數。②合計。

トータルビューティー[total beauty]〈名〉全身美容。

トーチカ[tochka]〈名〉碉堡。

とおで[遠出]〈名・自サ〉遠行。出遠門。

トーテム[totem]〈名〉圖騰。

ドーナツ[doughnut]〈名〉炸麵圈。

トーナメント[tournament]〈名〉淘汰賽。

とおなり[遠鳴り]〈名〉遠處的響聲。

とおの・く[遠退く]〈自五〉①離開。遠離。②疏遠。

とおのり[遠乗り]〈名・自サ〉乘車遠行。騎馬遠行。

とおび[遠火]〈名〉①遠處的火。②遠火。離火遠。

とおぼえ[遠吠え]〈名〉遠處的(狼、狗等)叫聲。

とおまき[遠巻き]〈名〉遠遠圍住。

とおまわし[遠回し]〈名〉委婉。拐彎抹角。

とおまわり[遠回り]〈名〉繞遠。繞道。

ドーム[dome]〈名〉圓屋頂。

とおめ[遠目]〈名〉①遠視眼。②遠看。從遠處看。③稍遠。遠些。

ドーラン[Dohran]〈名〉油彩。

とおり[通り]〈名〉①馬路。大街。②來往。通行。③流通。④名聲。評價。⑤如。像。按。照。

-とおり[通り]〈接尾〉①種。②組。套。副。③遍。

とおりあめ[通り雨]〈名〉陣雨。

とおりいっぺん[通り一遍]〈名・形動〉膚淺。泛泛。

とおりかか・る[通り掛る]〈自五〉路過。

とおりこ・す[通り越す]〈自五〉①走過。通過。②渡過。③超過。

とおりすがり[通りすがり]〈名〉路過。順路。

とおりす・ぎる[通り過ぎる]〈自上一〉走過頭兒。通過。過去。

とおりそうば[通り相場]〈名〉①公認行市。一般價格。②一般評價。

とおりぬ・ける[通り抜ける]〈他下一〉穿過。

とおりみち[通り道]〈名〉通路。通道。

とお・る[通る]〈自五〉①通過。穿過。②(客人)被讓進。③(水、電、車等)通。④(決議)通過。⑤暢通。⑥通順。⑦合格。及格。⑧通行。通用。⑨實現。達到。⑩透過。⑪(聲音)響亮。⑫(名聲)遠揚。

とか[渡河]〈名・自サ〉渡河。

とか[副助]①(例示)…啦…啦。②(表示不確切的傳聞)聽說。什麼。

とが[咎]〈名〉①錯。過錯。②罪。過。

とかい[都会]〈名〉都會。城市。

どがいし[度外視]〈名・他サ〉置之度外。

とがき[ト書き]〈名〉(劇本中的)舞台提示。

とかく[兎角]〈副・自サ〉①種種。這個那個。②常常。動不動。③總之。不管怎樣。

とかげ[蜥蜴]〈名〉蜥蜴。

とか・す[梳かす]〈他五〉梳。攏。

とか・す[溶かす・解かす]〈他五〉溶化。溶解。

どか・す[退かす]〈他五〉挪開。移開。

どかた[土方]〈名〉(土建工程的)力工。小工。

どかっと[副]①(物價等)暴(漲、落)。②一下子(大量弄到)。③(重物落下般)撲通。

どかどか[副]蜂擁。忽地。

とがめだて[咎め立て]〈名・他サ〉挑剔。吹毛求疵。

とが・める[咎める]Ⅰ〈他下一〉①責備。責難。②盤問。Ⅱ〈自他下一〉(瘡癤等被抓撓得)紅腫。發炎。

とがら・す[尖らす]〈他五〉①弄尖。②抬高(嗓門)。③使…緊張。

とが・る[尖る]〈自五〉①尖。②緊張。過敏。③生氣。發火。

どかん[副]①轟地。砰地。撲通。②急劇。驟然。

どかん[土管]〈名〉陶管。缸管。

とき[時]〈名〉①時。時間。②時候。③時期。④時機。⑤時辰。時刻。⑥(下接「に」)有時。⑦(下接「の」)當時。

とき[鴇・朱鷺]〈名〉朱鴇。朱鷺。

どき[土器]〈名〉土器。陶器。

どき[怒気]〈名〉怒氣。

ときおり[時折]〈副〉有時。偶爾。

とぎすま・す[研ぎ澄ます]〈他五〉磨快。②磨光。磨亮。③敏銳。

ときたま[時たま]〈副〉有時。偶爾。

どきつ・い[形]極強烈。

どきどき[時時]Ⅰ〈副〉①常常。②有時。偶爾。Ⅱ〈名〉每個時期。

どきどき〈副・自サ〉(心跳)怦怦。撲通撲通。

ときならぬ[時ならぬ]〈連体〉意外的。不合季節的。

とき・に[時に]〈副〉①有時。偶爾。②那時。時值。

ときのこえ[関の声]〈名〉吶喊聲。

ときはな・す[解き放す]〈他五〉①解開。放開。②解放。

とき・ふせる[説き伏せる]〈他下一〉説服。

どぎまぎ[副・自サ]慌張。慌神。

ときめか・す〈他五〉(喜悦、期待使心)怦怦跳。

ときめ・く[時めく]〈自五〉(多前接「今を」)得勢。走運。

どぎも[度胆]〈名〉△~を抜く/嚇破膽。大吃一驚。

ドキュメンタリー[documentary]〈名〉記録。記實。

どきょう[度胸]〈名〉膽量。

どきょう[読経]〈名・自サ〉(佛)念經。

ときょうそう[徒競走]〈名〉賽跑。

とぎれと・ぎれ[跡切れ跡切れ]〈形動〉斷斷續續。

とぎ・れる[途切れる]〈自下一〉斷。中斷。間斷。

と・く[溶く・解く]〈他五〉溶解。溶化。

と・く[解く]〈他五〉①解。解開。②解答。③解釋。④解除。⑤消除。⑥廢除。⑦拆。拆開。

と・く[説く]〈他五〉説明。講解。

と・く[梳く]〈他五〉梳。

とく[得]Ⅰ〈名〉①收益。賺錢。②方便。有利。Ⅱ〈名・形動〉合算。便宜。

とく[徳]〈名〉①德。②恩德。③利益。便宜。

と・ぐ[研ぐ・磨ぐ]〈他五〉①磨。②淘。

ど・く[退く]〈自五〉退。躲開。讓開。

どく[毒]〈名〉①毒。毒藥。②毒害。有害。③惡毒。毒辣。

とくい[特異]〈名・形動〉特異。特殊。

とくい[得意]Ⅰ〈名・形動〉①得意。②驕傲。得意忘形。③擅長。拿手。Ⅱ〈名〉主顧。顧客。

とくいく[徳育]〈名〉德育。

どぐう[土偶]〈名〉土偶。陶俑。

どうつぎ[毒空木]〈名〉(植)馬桑。

どくえき[毒液]〈名〉毒液。

どくえん[独演]〈名・自サ〉個人演出。

どくが[毒牙]〈名〉①毒牙。②毒計。毒手。

どくが[毒蛾]〈名〉毒蛾。

どくがい[毒害]〈名・他サ〉毒死。

とくがく[篤学]〈名・形動〉篤學。好學。

どくがく[独学]〈名・自サ〉自學。

どくガス[毒ガス]〈名〉毒氣。毒瓦斯。

とくぎ[特技]〈名〉特技。

どくけ[毒気]〈名〉①毒氣。②惡毒。惡意。

どくけし[毒消し]〈名〉解毒(劑)。

とくさ[木賊]〈名〉〈植〉木賊。

どくさい[独裁]〈名・自サ〉①獨裁。專政。②獨斷獨行。

とくさく[得策]〈名〉上策。

どくさつ[毒殺]〈名・他サ〉毒死。

とくさん[特産]〈名〉特産。

とくし[特使]〈名〉特使。

どくじ[独自]〈形動〉獨自。獨特。

とくしか[篤志家]〈名〉熱心人士。

とくしつ[特質]〈名〉特質。特性。特徵。

とくしつ[得失]〈名〉得失。

とくじつ[篤実]〈名・形動〉篤實。誠實。

とくしゃ[特赦]〈名・他サ〉特赦。

どくしゃ[読者]〈名〉讀者。

どくじゃ[毒蛇]〈名〉毒蛇。

どくしゃく[独酌]〈名・自サ〉獨酌。

とくしゅ[特殊]〈名・形動〉特殊。

どくしゅ[毒手]〈名〉毒手。

とくしゅう[特集]〈名・他サ〉特輯。專刊。

どくしゅう[独習]〈名・他サ〉自修。

とくしゅつ[特出]〈名・自サ〉特出。傑出。

どくしょ[読書]〈名・自サ〉讀書。

どくしょう[独唱]〈名・他サ〉獨唱。

とくしょく[特色]〈名〉特色。

とくしん[得心]〈名・自サ〉①理解。瞭解。②同意。

とくしん[篤信]〈名・他サ〉篤信。虔信。

どくしん[独身]〈名〉獨身。

どくしんじゅつ[読心術]〈名〉讀心術。

どくしんじゅつ[読唇術]〈名〉讀唇術。

どく・する[毒する]〈他サ〉毒害。

とくせい[特性]〈名〉特性。

とくせい[特製]〈名〉特製。

とくせい[徳性]〈名〉德性。品德。

どくせい[毒性]〈名〉毒性。

とくせつ[特設]〈名・他サ〉特設。

どくぜつ[毒舌]〈名〉刻薄話。挖苦話。

とくせん[特選]〈名・他サ〉①精選。②特別選出(展品中的)最優秀作品。

とくせん[特撰]〈名・他サ〉①精選。②精製。

どくせん[独占]〈名・他サ〉獨佔。壟斷。

どくぜん[独善]〈名〉①獨善其身。②自以爲是。

どくそ[毒素]〈名〉毒素。

どくそう[毒草]〈名〉毒草。

どくそう[独走]〈名・自サ〉①(比賽)一個人跑。②遙遙領先。③獨斷獨行。④單獨行動。

どくそう[独創]〈名・他サ〉獨創。

とくそく[督促]〈名・他サ〉催促。

ドクター[doctor]〈名〉醫生。博士。

ドクターカー[doctor car]〈名〉急救車。救護車。

ドクターコース[doctor course]〈名〉博士課程。

とくだい[特大]〈名〉特大。

とくたいせい[特待生]〈名〉因品學兼優而免交學費的學生。

どくたけ[毒茸]〈名〉毒蕈。

とくだね[特種]〈名〉特訊。特別消息。

どくだみ[蕺菜]〈名〉〈植〉魚腥草。

どくだん[独断]〈名・他サ〉獨斷。專斷。

どくだんじょう[独壇場]〈名〉一人獨佔的場面。

とぐち[戸口]〈名〉房門口。

とくちょう[特徴]〈名〉特徵。特色。

とくちょう[特長]〈名〉特長。特點。

どくづ・く[毒づく]〈自五〉惡罵。咒罵。

とくてい[特定]〈名・他サ〉特定。

とくてん[特典]〈名〉優惠。

とくてん[得点]〈名・自サ〉得分。分數。

とくでん[特電]〈名〉專電。

とくと[篤と]〈副〉認真。仔細。

とくとう[特等]〈名〉特等。

とくとく[得得]〈形動〉得意。得意揚揚。

どくとく[独特]〈形動〉獨特。

どくどく〈副〉嘩嘩。咕嘟咕嘟。

どくどくし・い[毒毒しい]〈形〉①好像有毒。②惡毒,凶惡。③(顔色)濃艶,刺眼。

とくに[特に]〈副〉特別。尤其。

とくは[特派]〈名・他サ〉特派。

どくは[読破]〈名・他サ〉讀完。

とくばい[特売]〈名・他サ〉特價出售。

とくばいひん[特売品]〈名〉特價貨。

とくはいん[特派員]〈名〉特派記者。

どくはく[独白]〈名・自サ〉獨白。

とくひつ[特筆]〈名・他サ〉大書特書。

とくひょう[得票]〈名・自サ〉得票。得的票數。

どくぶつ[毒物]〈名〉有毒物質。毒藥。

とくべつ[特別]〈副・形動〉特別。特殊。

とくべつき[特別機]〈名〉專機。

とくほう[特報]〈名・他サ〉特別報道。

とくぼう[徳望]〈名〉德望。

どくぼう[独房]〈名〉單人牢房。

どくほん[読本]〈名〉①讀本。②課本。教科書。③入門。指南。

どくみ[毒見]〈名・自サ〉嘗鹹淡。

とくむ[特務]〈名〉特務。特別任務。

どくむし[毒虫]〈名〉毒蟲。

とくめい[匿名]〈名〉匿名。

とくめい[特命]〈名〉特命。

どくや[毒矢]〈名〉毒箭。

とくやく[特約]〈名・自サ〉特約。

どくやく[毒薬]〈名〉毒藥。

とくゆう[特有]〈名・形動〉特有。

とくよう[徳用]〈名・形動〉經濟實惠。

どくりつ[独立]〈名・自サ〉獨立。自立。

どくりょく[独力]〈名〉獨力。

とくれい[特例]〈名〉特例。

とくれい[督励]〈名・他サ〉督促鼓勵。

とぐろ〈名〉①盤成一團。②(無所事事的一夥人在茶舘等處)久坐不走。

どくろ[髑髏]〈名〉髑髏。

とげ[刺・棘]〈名〉刺兒。

とけあ・う[溶け合う・解け合う]〈自五〉①融合。②融洽。

とけあ・う[解け合う]〈自五〉①和解。消除隔閡。②解除合同。

とけい[時計]〈名〉鐘錶。

とけい[徒刑]〈名〉徒刑。

とけこ・む[溶け込む・解け込む]〈自五〉①溶化。②融洽。熟識。

どげざ[土下座]〈名・自サ〉跪伏。磕頭。

とけつ[吐血]〈名・自サ〉吐血。嘔血。

とげとげし・い[刺刺しい・棘棘しい]〈形〉(説話)帶刺兒。

と・ける[溶ける・融ける・解ける]〈自下一〉溶化。溶解。

と・ける[解ける]〈自下一〉①開。解開。②解除。③解決。④消。消除。

と・げる[遂げる]〈他下一〉達到。完成。實現。

ど・ける[退ける]〈他下一〉挪開。移開。

どけん[土建]〈名〉土木建築。

とこ[床]〈名〉①床。②苗床。③河床。④壁龕。⑤理髮舘。

どこ[何処]〈代〉何處。哪兒。哪裏。

とご[土語]〈名〉土著語。

とこあげ[床上げ]〈名・自サ〉病愈離床。產後下床。

とこう[渡航]〈名・自サ〉出洋。

どこう[土工]〈名〉①土建工程。②(土建)力工。

どごう[怒号]〈名・自サ〉怒吼。

どこか[何処か]〈代〉①哪兒。某處。②總覺得。有點兒。

とこずれ[床擦れ]〈名・自サ〉(醫)褥瘡。

とことこ〈副〉邁着碎步。

とことん Ⅰ〈名〉最後。Ⅱ〈副〉徹底。

とこなつ[常夏]〈名〉常夏。

とこや[床屋]〈名〉①理髮舘。②理髮師。

ところ[所]〈名〉①地方。②當地。③家。住址。④點。部分。⑤時候。

-どころ[所]〈造語〉①值得…的地方。②產…的地方。③們。

どころ[所]〈副助〉豈止。遠非。哪談得上。

ところが[所が]Ⅰ〈接〉可是。然而。Ⅱ〈接助〉果然。果真。

どころか[所か]〈接助〉豈止。慢説。非但…反而…。

ところがき[所書]〈名〉住址。地址。

ところで[所で]Ⅰ〈接〉(轉換話題)可是。

Ⅱ〈接助〉即使。縱令。

ところどころ[所所]〈名〉到處。這裏那裏。有些地方。

どざえもん[土左衛門]〈名〉浮屍。淹死鬼。

とさか[鶏冠]〈名〉鶏冠。

どさくさ〈名・副〉忙亂。

とざ・す[閉す]〈他五〉①閉。關閉。②封鎖。封鎖。

とさつ[屠殺]〈名・他サ〉屠宰。

どさっと〈副〉一下子。撲通一聲。

どさまわり[どさ回り]〈名〉流動劇團。

とざん[登山]〈名・自サ〉登山。

とし[年]〈名〉年。

とし[年・歳]〈名〉年齢。

とし[都市]〈名〉都市。

どじ〈名〉△～を踏む/搞糟。砸鍋。

としうえ[年上]〈名〉年長。

としがい[年甲斐]〈名〉△～もない/白活那麼大歲數。那麼大年紀了居然…。

としかさ[年嵩]〈名・形動〉①年長。②年老。高齢。

どしがた・い[度し難い]〈形〉不可救藥。

としかっこう[年格好]〈名〉大約的年紀。

としご[年子]〈名〉挨肩兒的孩子。

としこし[年越し]〈名・自サ〉①過年。②除夕。

としこしそば[年越蕎麦]〈名〉除夕吃的蕎麥麺條。

としごと[年毎]〈名〉每年。逐年。

とじこみ[綴込み]〈名〉①合訂。訂在一起。②合訂本。

とじこ・む[綴じ込む]〈他五〉訂上。訂在一起。

とじこ・める[閉じ込める]〈他下一〉把…關在…裏。

とじこも・る[閉じ籠る]〈自五〉悶在…裏。

としごろ[年頃]〈名〉①(大約的)年紀。年齢。②妙齢。適婚期(多指女子結婚適齢期)。

とした[年下]〈名〉年齢小。

どしつ[土質]〈名〉土質。

としつき[年月]〈名〉年月。歲月。

として Ⅰ〈格助〉①作爲。②暫且不說。姑且不論。③〈接推量形後〉想要。Ⅱ〈副助〉(下接否定語)也。没有…不…的。Ⅲ〈接〉假如。如果。

どしどし〈副〉①順利。接連不斷。②儘管。不客氣。

とし・る[年取る]〈自五〉①長歲數。②年老。上年紀。

としなみ[年波]〈名〉年老。上年紀。

としのいち[年の市]〈名〉①年貨市。②年終大賤賣。

としのくれ[年の暮]〈名〉年終。歲末。

としのこう[年の功]〈名〉年高經驗多。△亀の甲より～/薑是老的辣。

としのせ[年の瀬]〈名〉年關。

としは[年端]〈名〉(兒童的)年齢。歲數。

とじまり[戸締り]〈名〉鎖門。

としまわり[年回り]〈名〉流年。

とじめ[綴目]〈名〉裝訂綫。

どしゃ[吐瀉]〈名・自サ〉吐瀉。

どしゃ[土砂]〈名〉土砂。砂土。

どしゃぶり[土砂降り]〈名〉(大雨)如注,傾盆。

としゅ[斗酒]〈名〉斗酒。

としゅ[徒手]〈名〉徒手。赤手。

としゅたいそう[徒手体操]〈名〉徒手體操。

としょ[図書]〈名〉圖書。

としょう[徒渉]〈名・自サ〉徒渉。

とじょう[途上]〈名〉途中。路上。

どじょう[土壌]〈名〉土壌。

どじょう[泥鰌]〈名〉泥鰍。

どじょうぼね[土性骨]〈名〉秉性。骨氣。

としょかん[図書館]〈名〉圖書館。

としょく[徒食]〈名・自サ〉白吃飯。

としより[年寄り]〈名〉老人。老年人。

としよ・る[年寄る]〈自五〉年邁。上年紀。

と・じる[閉じる]〈自他上一〉①關。閉。合上。②結束。

と・じる[綴じる]〈他上一〉①訂。②縫。

としわか[年若]〈名・形動〉年輕。

としん[都心]〈名〉市中心。

どしん〈副〉沉重。沉甸甸。撲通。

どじん[土人]〈名〉土人。

トス[toss]〈名・自サ〉①(棒球)輕投。②(排球)托球。③(體)拋硬幣抓鬮。

どす〈名〉短刀。匕首。

どすう[度数]〈名〉①度數。②次數。回數。

どすぐろ・い[どす黒い]〈形〉烏黑。紫黑。

と・する[賭する]〈他サ〉賭。豁出。

とせい[渡世]〈名〉①處世。②度日。過活。

どせい[土星]〈名〉土星。

どせい[怒声]〈名〉怒聲。

とぜつ[途絶]〈名・自サ〉斷絕。中斷。

とそ[屠蘇]〈名〉屠蘇。

とそう[塗装]〈名・他サ〉塗。塗抹。塗飾。

どそう[土葬]〈名・他サ〉土葬。

どぞう[土蔵]〈名〉泥灰牆倉庫。

どそく[土足]〈名〉①泥脚。②不脫鞋。穿着鞋。

どぞく[土俗]〈名〉當地風俗。

どだい[土台]Ⅰ〈名〉①基座。地基。②基礎。Ⅱ〈副〉根本。本來。完全。

とだ・える[途絶える]〈自下一〉中斷。斷絕。

とだな[戸棚]〈名〉橱。櫃。橱櫃。壁橱。

どたばた[副・自サ〉(脚步聲)呱嗒呱嗒。亂蹦亂跳。

どたばたきげき[どたばた喜劇]〈名〉鬧劇。滑稽劇。

とたん[途端]〈名〉……的時候。

とたん[塗炭]〈名〉塗炭。

トタン[tutanaga]〈名〉鍍鋅鐵板。白鐵。洋鐵。

どたんば[土壇場]〈名〉①刑場。法場。②最後關頭。緊急關頭。③絕境。

とち[土地]〈名〉①土地。②當地。③地皮。④地區。⑤領土。

とちのき[栃の木]〈名〉(植)七葉樹。

とちゃく[土着]〈名・自サ〉土著。定居。

とちゅう[途中]〈名〉途中。中途。半路。

とちょう[都庁]〈名〉都政府。

どちら[代]①(方向)哪邊。②(敬)哪個。③(敬)哪裏。④(敬)哪位。

とち・る[五]做錯。說錯。

とっか[特価]〈名〉特價。

とっかかり[取っ掛り]〈名〉頭緒。線索。

どっかと[副]①(放重物貌)撲通。②穩穩當當。

とっかん[突貫]〈名・自他サ〉①穿透。②突擊。③衝鋒。

とっき[突起]〈名・自サ〉①突起。②突然發生。

どっき[毒気]〈名〉①毒氣。②惡意。壞心眼兒。

とっきゅう[特急]〈名〉①特快(列車)。②火速。

とっきゅう[特級]〈名〉特等。

とっきょ[特許]〈名〉①專利。②特別許可。

ドッキング[docking]〈名・自サ〉(宇宙飛船)對接。

とっく[疾っく]〈副〉早已。

とつ・ぐ[嫁ぐ]〈自五〉嫁。出嫁。

ドック[dock]〈名〉船塢。

とっくみあい[取っ組合い]〈名〉扭打。廝打。

とっくり[副]仔細。好好地。

とっくり[徳利]〈名〉酒嗉子。

とっけい[特恵]〈名〉特惠。最惠。

とつげき[突撃]〈名・自サ〉衝鋒。

とっけん[特権]〈名〉特權。

どっこい[感]①(搬重物時的喊聲)嗨喲。②(阻止對方言行)且慢,慢着。

とっこう[徳行]〈名〉德行。

とっこう[特効]〈名〉特效。

とっこうやく[特効薬]〈名〉特效藥。

とっさ[咄嗟]〈名〉瞬間。一轉眼。

ドッジボール[dodge ball]〈名〉一種投球擊人遊戲。

とっしゅつ[突出]〈名・自サ〉①突出。鼓出。②噴出。冒出。③顯眼。

とつじょ[突如]〈副〉突然。冷不防。

どっしり[副・自サ]①沉重。沉甸甸。②穩重。莊重。

とっしん[突進]〈名・自サ〉突進。猛衝。

とつぜん[突然]〈副〉突然。忽然。

とったん[突端]〈名〉尖端。

どっち[代]→どちら。

どっちつかず[どっち付かず]〈連語〉曖

昧。模棱兩可。

どっちみち[どっち道]〈副〉反正。總之。

とっち・める[取っちめる]〈他下一〉狠狠整治。嚴加訓斥。

とっつき[取っ付き]〈名〉①開始。開頭。②第一個。頭一個。③第一印象。④綫索。頭緒。

とって[取手]〈名〉把兒。把手。拉手。

-とって[連語]對於…來説。

とってい[突堤]〈名〉防波堤。

とっておき[取って置き]〈名〉珍藏。

とってかえ・す[取って返す]〈自五〉返回。折回。

とってかわ・る[取って代る]〈自五〉取代。

とってつけたよう[取って付けたよう]〈連語〉假惺惺。不自然。

どっと[副]①哄然。哄堂。②蜂擁。滾滾。③突然。

とつとつ[訥訥]〈形動〉訥訥。結結巴巴。

とっとと〈副〉快。趕快。

とつにゅう[突入]〈名・自サ〉①衝進。闖入。②捲入。

とっぱ[突破]〈名・他サ〉突破。打破。超過。

とっぱつ[突発]〈名・自サ〉突然發生。

とっぱん[凸版]〈名〉凸版。

とっぴ[突飛]〈形動〉離奇。古怪。

とっぴょうし[突拍子]〈名〉△～もない/過度。異常。出人意料。

トップ[top]〈名〉①第一。首位。最高。②(接力賽)第一棒。

とっぷう[突風]〈名〉(突然颳起的)狂風。

トップコート[topcoat]〈名〉女短大衣。

トップニュース[top news]〈名〉頭條新聞。

トップマネージメント[top management]〈名〉(企業的)最高領導幹部。最高決策部門。

とっぷり〈副〉(天)全黑。

どっぷり〈副〉(筆)醮飽。

とつべん[訥弁]〈名・形動〉嘴笨。笨嘴拙舌。

どっぽ[独歩]〈名・自サ〉①獨自步行。②自力。③獨步。無雙。無與倫比。

とつめんきょう[凸面鏡]〈名〉凸面鏡。

とつレンズ[凸レンズ]〈名〉凸透鏡。

とてI[副助]①也。就連。當然。②説是。II〈接助〉①即使。即便。②因爲。由於。③計算。想要。

どて[土手]〈名〉堤。堤岸。堤壩。

とてい[徒弟]〈名〉徒弟。

どてっぱら[土手っ腹]〈名〉肚子。

とてつもな・い[途轍もない]〈形〉①不合道理。豈有此理。②特別。出奇。不尋常。

とても[迚も]〈副〉①極。很。非常。②(下接否定語)怎麼也。無論如何。

どてら[縕袍]〈名〉(和服)棉袍。

とど[胡獱]〈名〉(動)海獅。

ととう[徒党]〈名〉黨徒。

どとう[怒濤]〈名〉怒濤。

とどうふけん[都道府県]〈名〉(日本的一級行政區劃)都、道、府、縣。

とど・く[届く]〈自五〉①到達。送到。②達到。夠着。③周到。周密。

とどけ[届]〈名〉申報(書)。申請(書)。登記(表)。

とどけさき[届け先]〈名〉投遞處。

とど・ける[届ける]〈他下一〉①送。送到。②報告。申報。

とどこお・る[滞る]〈自五〉①堵塞。②拖延。③拖欠。

ととの・う[整う]〈自五〉①整齊。端正。②齊備。完備。③談妥。商妥。

ととの・える[整える]〈他下一〉①整理。整頓。②準備。③達成。

とどのつまり〈副〉結局。歸根到底。

とどまつ[椴松]〈名〉(植)冷杉。

とどま・る[留まる・止まる]〈自五〉①留。停留。②停止。

とどめ[止め]〈名〉△～をさす/刺咽喉。給以致命打擊。指出要害。數…最好。

とど・める[留める・止める]〈他下一〉①停下。止住。阻止。②留下。遺留。③限於。止於。

とどろか・す[轟かす]〈他五〉①發出(轟

鳴聲)。②使…轟動。③使…跳動。

とどろ・く[轟く]〈自五〉①轟鳴。②(名聲)響震。③(心臟)跳動。

とな・える[唱える]〈他下一〉①念誦。②高喊。③提倡。

とな・える[称える]〈他下一〉稱。叫。

トナカイ[馴鹿]〈名〉馴鹿。

どなた[何方]〈代〉(敬)哪位。

どなべ[土鍋]〈名〉砂鍋。

となり[隣]〈名〉①鄰接。旁邊。②鄰居。隔壁。

となりきんじょ[隣近所]〈名〉街坊鄰居。

どな・る[怒鳴る]〈自五〉①大聲呼喊。②大聲斥責。

とにかく[兎に角]〈副〉①總之。反正。②姑且。暫且。

どの[何の]〈連体〉哪個。

どのう[土嚢]〈名〉沙袋。

どのくらい[どの位]〈連語〉多少。

どのへん[どの辺]〈連語〉哪兒。甚麼地方。

どのみち[どの道]〈副〉總之。反正。

とば[賭場]〈名〉賭場。

どば[駑馬]〈名〉駑馬。

トパーズ[topaz]〈名〉(礦)黄玉。

とはいえ[とは言え]〈接〉雖說。但是。

とばく[賭博]〈名〉賭博。

とば・す[飛ばす]〈他五〉①使…飛。放。②驅。駕。③跳過。越過。④濺。噴。⑤散佈。⑥吹跑。颳走。

どはずれ[度外れ]〈名〉非常。過度。

どはつ[怒髪]〈名〉怒髮。

とばっちり〈名〉①飛沫。飛濺的水。②連累。牽連。

とばり[帳]〈名〉帷子。帳幕。

とび[鳶]〈名〉鳶。老鷹。

どひ[土匪]〈名〉土匪。

とびあが・る[飛び上がる]〈自五〉飛起。跳起。

とびある・く[飛び歩く]〈自五〉四處奔波。

とびいた[飛板]〈名〉(游泳)跳板。

とびいり[飛入り]〈名・自サ〉①混進。②中途加入。

とびいろ[鳶色]〈名〉茶褐色。

とびうお[飛魚]〈名〉(動)飛魚。

とびお・きる[飛び起きる]〈自上一〉一躍而起。

とびお・りる[飛び降りる]〈自上一〉跳下。

とびか・う[飛び交う]〈自五〉紛飛。飛來飛去。

とびかか・る[飛び掛かる]〈自五〉猛撲上去。

とびきり[飛切り]〈名〉①最好。頂好。②格外。

とびぐち[鳶口]〈名〉消防鉤。

とびこ・える[飛び越える]〈自下一〉跳越。飛過。

とびこ・す[飛び越す]〈自五〉①跳越。越級晉升。

とびこみ[飛び込み]〈名〉①跳進。②(游泳)跳水。

とびこみじさつ[飛込み自殺]〈名〉撞車自殺。

とびこみだい[飛込み台]〈名〉(游泳)跳台。

とびこ・む[飛び込む]〈自五〉①跳入。②闖進。衝入。③投身。參加。

とびしょく[鳶職]〈名〉①腳手架工人。②(江戶時代的)消防隊員。

とびだ・す[飛び出す]〈自五〉①起飛。跳出。跑出。③露出。鼓出。凸出。

とびた・つ[飛び立つ]〈自五〉①起飛。飛起。②跳起。

とびち・る[飛び散る]〈自五〉飛散。飛濺。

とびつ・く[飛び付く]〈自五〉①撲過來。②搶着幹。

トピック[topic]〈名〉話題。

とびで・る[飛び出る]〈自下一〉①跑出。②逃離。③鼓出。凸出。

とびとび[飛び飛び]〈副〉①分散。散開。②跳着。

とびぬけて[飛び抜けて]〈副〉超群。出眾。

とびの・く[飛び退く]〈自五〉閃開。躲閃。

とびの・る[飛び乗る]〈自五〉跳上(交通工具)。

とびばこ [跳箱]〈名〉(體) 跳箱。

とびはな・れる [飛び離れる]〈自下一〉① 跳離。② 遠離。③ 格外。特別。

とびひ [飛火]〈名〉① 飛散的火星。② 波及。牽涉。③ 黃水瘡。

とびまわ・る [飛び回る]〈自五〉① 飛翔。② 到處亂跑。③ 到處奔波。

どひょう [土俵]〈名〉① 土袋子。②(相撲) 拝跤場。

どひょうぎわ [土俵際]〈名〉①(相撲) 拝跤場邊緣。② 緊急關頭。

とびら [扉]〈名〉① 門扉。② 扉頁。

どびん [土瓶]〈名〉(陶製) 茶壺。

とふ [塗布]〈名・他サ〉塗抹。搽。

と・ぶ [飛ぶ・跳ぶ]〈自五〉① 飛。② 跳。③ 飄落。飛揚。④ 傳播。⑤ 飛濺。⑥ 飛跑。⑦ 波動。⑧ 不銜接。⑨ 熔斷。

どぶ [溝]〈名〉溝。水溝。

どぶねずみ [溝鼠]〈名〉①(動) 溝鼠。褐家鼠。② 背地裏幹壞事的傭人。

どぶろく [濁酒]〈名〉日本濁酒。

どぶん〈副〉撲通。

どべい [土塀]〈名〉土牆。

とほ [徒步]〈名〉徒步。

とほう [途方]〈名〉① 方法。手段。② 條理。道理。

どぼく [土木]〈名〉土木。

と・ぼ・ける [惚ける]〈自下一〉① 發獃。② 裝糊塗。假裝不知。

とぼし・い [乏しい]〈形〉缺乏。貧乏。

とぼとぼ〈副〉(腳步) 沉重。有氣無力。

どま [土間]〈名〉不舖地板的房間。

トマト [tomato]〈名〉西紅柿。

とまど・う [戸惑う]〈自五〉① 困惑。不知所措。② 迷失方向。

とまりがけ [泊り掛け]〈名〉預定在外住宿。

とまりぎ [止り木]〈名〉棲木。

とまりきゃく [泊り客]〈名〉住宿的客人。

とまりこ・む [泊り込む]〈自五〉住進。住下。投宿。

とま・る [止る・停る・留る]〈自五〉① 停。止。停止。② 中斷。③ 堵塞。不通。④ 抓

住。⑤ 固定住。⑥ 留在 (感官中)。

とま・る [泊る]〈自五〉① 住。住宿。② 值宿。③ (船) 停泊。

どまんじゅう [土饅頭]〈名〉墳。

とみ [富]〈名〉財富。

とみに [頓に]〈副〉頓然。

ドミノ [domino]〈名〉多米諾骨牌。

と・む [富む]〈自五〉富有。富於。豐富。

とむ・らい [弔い]〈名〉① 吊喪。② 葬禮。③ 祭奠。法事。

とむら・う [弔う]〈他五〉① 吊喪。吊唁。② 祭奠。

とめがね [止金]〈名〉(金屬) 卡子。

とめだて [留め立て]〈名・他サ〉制止。阻攔。

とめど [止めど]〈名〉止境。限度。

と・める [止める・停める・留める]〈他下一〉① 停下。停住。② 固定。③ 關閉。④ 勸阻。⑤ 留在 (感官中)。

と・める [泊める]〈他下一〉① 留宿。② 停泊。

とも [友]〈名〉友。朋友。

とも [供・伴]〈名〉① 陪同。② 隨從。

とも [艫]〈名〉船尾。

とも Ⅰ〈接助〉儘管。即使。無論。Ⅱ〈終助〉當然。一定。

-とも [共]〈接尾〉① 全部。全都。② 連…在內。

-ども [共]〈接尾〉(表示人稱的複數) 們。

ともあれ〈副〉→とにかく。

ともかく〈副〉→とにかく。

ともかせぎ [共稼ぎ]〈名〉雙職工。

ともぎれ [共切れ]〈名〉同樣的布。

ともぐい [共食い]〈名・自サ〉① 同類相殘。② 兩敗俱傷。

ともしび [灯火]〈名〉燈火。

ともしらが [共白髮]〈名〉白頭偕老。

とも・す [點す]〈他五〉點 (燈)。

ともすると〈副〉往往。動輒。動不動。

ともだおれ [共倒れ]〈名〉兩敗俱傷。同歸於盡。

ともだち [友達]〈名〉朋友。

ともづな [纜]〈名〉纜。纜索。

ともども[共共]〈副〉共同。互相。彼此。

ともな・う[伴う]〈自他五〉①帶。帶領。②伴隨。③相稱。

ともに[共に]〈副〉①一起。共同。②同時。

どもり[吃り]〈名〉口吃。結巴。

とも・る[点る]〈自五〉點(燈火)。

ども・る[吃る]〈自五〉口吃。結巴。

とや[鳥屋]〈名〉鶏窩。

とやかく[兎や角]〈副〉多方。種種。這個那個地。

どや・す〈他五〉①打。揍。②斥責。

どやどや〈副〉蜂擁。

どよう[土用]〈名〉伏天。三伏天。

どよう[土曜]〈名〉星期六。禮拜六。

どよめき〈名〉響聲。喊聲。

どよめ・く〈自五〉①響。響徹。②吵嚷。喧鬧。

とら[虎]〈名〉①虎。②醉鬼。

とら[寅]〈名〉寅。寅時。

どら[銅鑼]〈名〉鑼。

どら〈感〉喂。

とらい[渡来]〈名・自サ〉進口。輸入。

ドライアイス[dryice]〈名〉(化)乾冰。

トライアングル[triangle]〈名〉(樂)三角鈴。

ドライクリーニング[dry cleaning]〈名〉乾洗。

トライシクル[tricycle]〈名〉①幼兒用三輪自行車。②三輪車。

ドライバー[driver]〈名〉①螺絲刀。②司機。

ドライブ[drive]〈名・自サ〉(駕車)兜風,遊玩,旅行。

ドライヤー[drier]〈名〉①乾燥機。②乾燥劑。

とらえどころ[捕え所]〈名〉要點。要領。

とら・える[捕える]〈他下一〉①捕獲。捉拿。②抓住。③領會。

とらがり[虎刈り]〈名〉頭髮理得長短不齊。

トラクター[tractor]〈名〉拖拉機。

どらごえ[どら声]〈名〉破鑼嗓子。嘶啞嗓子。

トラスト[trust]〈名〉托拉斯。

トラック[truck]〈名〉卡車。

トラッド[trad]〈名〉傳統男服。

どらねこ[どら猫]〈名〉野貓。

とらのこ[虎の子]〈名〉珍藏,心愛(之物)。

とらのまき[虎の巻]〈名〉①秘傳的兵書。②秘本。③講義的藍本。有習題解答的教科書的參考書。

トラバーユ[travail]〈名〉①勞動。工作。②著作。論文。

トラブル[trouble]〈名〉糾紛。風波。

トラホーム[Trachom]〈名〉砂眼。

ドラマ[drama]〈名〉戲劇。

ドラム[drum]〈名〉(樂)鼓。大鼓。

ドラムかん[ドラム缶]〈名〉汽油桶。

どらむすこ[どら息子]〈名〉浪子。敗家子。

とらわ・れる[捕われる・囚われる]〈自下一〉①被逮捕。②被束縛。

トランク[trunk]〈名〉①旅行皮箱。②(轎車車尾的)行李箱。

トランシーバー[transceiver]〈名〉步話機。

トランジスター[transistor]〈名〉晶體管。晶體管收音機。

トランス[transformer]〈名〉變壓器。

トランプ[trump]〈名〉撲克牌。

トランペット[trumpet]〈名〉(樂)小號。

とり[酉]〈名〉酉。酉時。

とり[鳥]〈名〉①鳥。②鶏。

とりあ・う[取り合う]〈他五〉①互相拉。②爭奪。③理睬。

とりあえず[取敢えず]〈副〉①忽忙。急忙。②立刻。馬上。③先。首先。

とりあ・げる[取り上げる]〈他下一〉①拿起。舉起。②奪取。剥奪。③没收。徵收。④採納。⑤提出。⑥接生。

とりあつかい[取扱い]〈名〉①對待。接待。②處理。辦理。③操作。使用。

とりあつか・う[取り扱う]〈他五〉①對待。接待。②處理。辦理。③操作。使用。

とりあわせ[取合せ]〈名〉配。配合。

とりい[鳥居]〈名〉(神社入口的日本式)牌坊。

とりい・る[取り入る]〈自五〉奉承。巴結。

討好。

とりいれ[取入れ]〈名〉①採用。吸收。②收割。收穫。

とりい・れる[取り入れる]〈他下一〉①收進。拿進。②收穫。收割。③採用。吸收。

とりうちぼう[鳥打帽]〈名〉鴨舌帽。

とりえ[取柄]〈名〉長處。

とりおさ・える[取り抑える]〈他下一〉①抓住。逮捕。②制止。抑制。

とりおと・す[取り落す]〈他五〉①丟掉。弄掉。②遺漏。漏掉。

とりかえし[取返し]〈名〉①挽回。要回。②挽回。挽救。

とりかえ・す[取り返す]〈他五〉①取回。要回。②挽回。恢復。

とりか・える[取り替える]〈他下一〉①換。更換。②交換。

とりかか・る[取り掛かる]〈自五〉着手。開始。

とりかご[鳥籠]〈名〉鳥籠。

とりかこ・む[取り囲む]〈他五〉圍。圍攏。包圍。

とりかじ[取舵]〈名〉①左舵。②左舷。

とりかぶと[鳥兜]〈名〉①鳥形盔。②〔植〕附子。

とりかわ・す[取り交す]〈他五〉交換。

とりき・める[取り決める]〈他下一〉定。決定。

とりくず・す[取り崩す]〈他五〉拆毀。拆掉。

とりく・む[取り組む]〈自五〉①(互相)扭住。②致力。努力。③同…比賽。

とりけ・す[取り消す]〈他五〉取消。

とりこ[虜]〈名〉俘虜。

とりこしぐろう[取越苦労]〈名〉杞人憂天。自尋煩惱。

とりこみ[取込み]〈名〉①收穫。收割。②忙亂。忙碌。

とりこ・む[取り込む]Ⅰ〈自五〉忙亂。忙碌。Ⅱ〈他五〉①拿進。②騙取。③拉攏。籠絡。

とりころ・す[取り殺す]〈他五〉(鬼魂將人)折磨死。

とりこわ・す[取り壊す]〈他五〉拆。拆除。

とりさ・げる[取り下げる]〈他下一〉①取回。②撤回。

とりざた[取沙汰]〈名〉談論。評論。

とりざら[取皿]〈名〉小碟子。

とりさ・る[取り去る]〈他五〉去掉。除去。

とりしき・る[取り仕切る]〈他五〉一手掌管。獨自處理。

とりしず・める[取り鎮める]〈他下一〉平定。平息。

とりしまり[取締り]〈名〉取締。管理。

とりしまりやく[取締り役]〈名〉董事。

とりしま・る[取り締まる]〈他五〉取締。管理。監督。

とりしらべ[取調べ]〈名〉①調查。②審訊。審問。

とりしら・べる[取り調べる]〈他下一〉①調查。②審訊。審問。

とりすが・る[取り縋る]〈自五〉①偎靠。②哀求。央求。

とりすま・す[取り澄ます]〈自五〉①裝模作樣。②裝不知道。

とりそこな・う[取り損なう]〈他五〉①沒接住。②理解錯。

とりそろ・える[取り揃える]〈他下一〉備齊。備好。

とりだ・す[取り出す]〈他五〉拿出。取出。

とりたて[取立て]〈名〉①徵收。②提拔。③剛摘下。剛捕獲。剛取得。

とりたてて[取り立てて]〈副〉特別提出。

とりた・てる[取り立てる]〈他下一〉①提出。②提拔。③徵收。

とりちが・える[取り違える]〈他下一〉①拿錯。取錯。②搞錯。弄錯。③理解錯。

とりちらか・す[取り散らかす]〈他五〉弄得亂七八糟。

とりつぎ[取次]〈名〉①傳話。轉達。②代辦。代購。代銷。

とりつぎてん[取次店]〈名〉代銷店。

とりつぎはんばい[取次販売]〈名〉代銷。

トリック[trick]〈名〉①詭計。圈套。②特技。

とりつ・ぐ[取り次ぐ]〈他五〉①傳話。轉

達。②轉交。③代辦。代購。代銷。

とりつくろ・う[取り繕う]〈他五〉①修補。縫補。②掩飾。遮蓋。

とりつけ[取付け]〈名〉①安裝。裝配。②常去買東西的店舖。③(經)擠兌。

とりつ・ける[取り付ける]〈他下一〉①安裝。②(經)擠兌。

トリップメーター[trip meter]〈名〉(汽車)里程表,計程器。

とりで[砦]〈名〉城堡。堡壘。

とりとめ[取留め]〈名〉(說話的)要點。要領。

とりと・める[取り留める]〈他下一〉保住(性命)。

とりどり〈名・形動〉各種各樣。

とりなお・す[取り直す]〈他五〉①重振(精神)。②(相撲)重新比賽。③改換拿法。

とりな・す[執り成す]〈他五〉①說和。調停。②應酬。接待。

とりにが・す[取り逃す]〈他五〉使…逃掉。錯過。

とりのぞ・く[取り除く]〈他五〉去掉。除掉。消除。

とりはから・う[取り計らう]〈他五〉處理。安排。照顧。

とりはず・す[取り外す]〈他五〉摘下。卸下。拆卸。

とりはだ[鳥肌]〈名〉①鷄皮疙瘩。②粗糙皮膚。

とりはら・う[取り払う]〈他五〉拆除。

とりひき[取引]〈名〉交易。

トリプルジャンプ[triple jump]〈名〉三級跳遠。

トリプレット[triplet]〈名〉①(樂)三連音符。②三胞胎。③三個一套。④三人自行車。

とりぶん[取り分]〈名〉所得的份額。

トリポッド[tripod]〈名〉①三角桌。②(照像)三角架。

とりまき[取巻き]〈名〉①包圍。圍住。②捧場。

とりまぎ・れる[取り紛れる]〈自下一〉①

混入。②由於…纏身。

とりま・く[取り巻く]〈他五〉①包圍。圍住。②捧場。奉承。

とりま・ぜる[取り混ぜる]〈他下一〉攪和。攪混。

とりまと・める[取り纏める]〈他下一〉①歸納。彙總。整理。②調停。調解。

とりみだ・す[取り乱す]〈他五〉①弄亂。②慌亂。

とりむす・ぶ[取り結ぶ]〈他五〉①締結。②撮合。③討好。

とりめ[鳥目]〈名〉夜盲。

とりもち[鳥黐]〈名〉黏鳥膠。黏蟲膠。

とりも・つ[取り持つ]〈他五〉①拿。握。②應酬。接待。③斡旋。

とりもど・す[取り戻す]〈他五〉取回。收回。挽回。恢復。

とりや・める[取り止める]〈他下一〉停止。取消。

とりょう[塗料]〈名〉塗料。

どりょう[度量]〈名〉度量。心胸。

どりょうこう[度量衡]〈名〉度量衡。

どりょく[努力]〈名・自サ〉努力。

とりよ・せる[取り寄せる]〈他下一〉①拉近。拉到跟前。②索取。令送來。③函購。郵購。

ドリル[drill]〈名〉鑽。鑽頭。

とりわけ[取分け]〈副〉尤其。格外。特別。

とりわ・ける[取り分ける]〈他下一〉①分開。②選出。

と・る[取る]〈他五〉①取。拿。握。②分。攬。③除掉。④花掉。用掉。⑤摘。脫。⑥收。徵。⑦沒收。⑧吃。⑨攝取。提取。⑩訂閱。定購。⑪叫(菜)。⑫承擔。擔當。⑬得到。⑭聘請。⑮娶。⑯記。抄。⑰保持。保存。⑱奪取。⑲採取。⑳計。數。量。測。㉑理解。㉒約定。定下。㉓請(假)。㉔費(時間)。㉕佔(空間)。㉖(妓女)接客。

と・る[採る]〈他五〉①採。摘。②採用。錄用。

と・る[捕る]〈他五〉捕。捉。抓。

と・る[執る]〈他五〉①執。②執行。處理。

と・る[撮る]〈他五〉攝影。拍照。

ドル[dollar]〈名〉美圓。

トルコぶろ[トルコ風呂]〈名〉土耳其浴。蒸汽浴。

ドルばこ[ドル箱]〈名〉搖錢樹。

どれ[何れ]〈代〉①哪個。②哪位。誰。③多少。④那裏。⑤何時。

どれ〈感〉喂。來。哎。

トレアドル[toreador]〈名〉鬥牛士型褲子。

どれい[奴隷]〈名〉奴隷。

トレーシングペーパー[tracing paper]〈名〉描圖紙。

トレース[trace]〈名・他サ〉描。描圖。

トレーナ[trainer]〈名〉〈體〉教練員。

トレーニング[training]〈名〉〈體〉訓練。練習。

トレーラー[trailer]〈名〉拖車。掛車。

ドレス[dress]〈名〉女西服。女禮服。

とれだか[取れ高]〈名〉産量。收穫量。

どれだけ〈副〉①多麼。②多少。

どれほど〈副〉①多麼。怎麼。何等。②多少。若干。

と・れる[取れる・捕れる]〈自下一〉①脱落。②出産。③提取。④消除。⑤可以理解爲。

と・れる[撮れる]〈自下一〉(像片)照得(如何)。

とろ[吐露]〈名・他サ〉吐露。

どろ[泥]〈名〉泥。

とろう[徒労]〈名〉徒勞。

どろうみ[泥海]〈名〉泥海。

トロール[trawl]〈名〉拖網。

とろか・す[蕩かす]〈他五〉使…銷魂。使…心蕩神馳。

どろくさ・い[泥臭い]〈形〉①有土腥味。②土裏土氣。

とろ・ける[蕩ける]〈自下一〉①溶化。②消魂。心蕩神馳。

どろじあい[泥試合]〈名〉互揭瘡短。

トロツキズム[Trotskyism]〈名〉托洛茨基主義。

トロッコ[truck]〈名〉手推礦車。

ドロップ[drop]〈名〉水果糖。

とろとろ〈副・自サ〉①黏糊糊。②打盹兒。打瞌睡。③(火勢)微弱。

どろどろ〈副・自サ〉①黏糊糊。稀溜溜。②(擬聲)咚咚。隆隆。

どろなわ[泥縄]〈名〉臨陣磨槍。臨渴掘井。

どろぬま[泥沼]〈名〉泥沼。泥潭。

とろび[とろ火]〈名〉文火。微火。

トロフィー[trophy]〈名〉獎杯。

どろぼう[泥棒]〈名〉小偸。賊。

どろまみれ[泥塗れ]〈名〉滿是泥。

どろみず[泥水]〈名〉泥水。

どろみち[泥道]〈名〉泥濘的路。

どろよけ[泥除け]〈名〉擋泥板。

どろり〈副〉稀溜溜地。

トロリーバス[trolley bus]〈名〉無軌電車。

とろりと〈副〉①打盹兒。打瞌睡。②黏糊糊。

とろろいも[薯蕷芋]〈名〉山藥。

どろん〈名・自サ〉逃跑。△～を決め込む/逃之夭夭。

どろんこ[泥んこ]〈名〉泥濘。滿是泥。

とろんと〈副・自サ〉朦朧。惺忪。

トロンボーン[trombone]〈名〉〈樂〉拉管。長號。

とわず[問わず]〈連語〉不問。不管。不論。

とわずがたり[問わず語り]〈名〉沒人問而自己說出。無意中說出。

どわすれ[度忘れ]〈名・自サ〉一時想不起。

トン[ton]〈名〉噸。

どん〈副〉轟地。砰地。

どん[鈍]〈形動〉笨。

どんかく[鈍角]〈名〉鈍角。

とんカツ[豚カツ]〈名〉炸猪排。

どんかん[鈍感]〈名・形動〉感覺遲鈍。

どんき[鈍器]〈名〉鈍器。

とんきょう[頓狂]〈形動〉頓時瘋狂般的。

どんぐり[団栗]〈名〉橡實。

どんぐりのせいくらべ[団栗の背比べ]〈連語〉半斤八兩。

どんぐりまなこ[団栗眼]〈名〉大圓眼睛。

どんこう[鈍行]〈名〉慢車。

とんざ[頓挫]〈名・自サ〉挫折。

どんさい[鈍才]〈名〉蠢材。腦筋遲鈍(的
　人)。

とんし[頓死]〈名・自サ〉暴卒。突然死去。

とんじ[遁辭]〈名〉遁辭。

とんじゃく[頓着]〈名・自サ〉介意。

どんじゅう[鈍重]〈形動〉笨拙。

どんす[緞子]〈名〉緞子。

とんせい[遁世]〈名・自サ〉遁世。

とんそう[遁走]〈名・自サ〉逃遁。

どんぞこ[どん底]〈名〉最底層。

とんだ〈連体〉①意外的。意想不到的。②嚴
　重的。無法挽回的。

とんち[頓智]〈名〉機智。

とんちゃく[頓着]〈名・自サ〉→とん
　じゃく。

どんちゃんさわぎ[どんちゃん騒ぎ]〈名
　・自サ〉喝呀唱呀地大鬧。

どんちょう[緞帳]〈名〉帶圖案的厚幕。

とんちんかん[頓珍漢]〈名・形動〉①前後
　矛盾。②糊塗。傻。

どんつう[鈍痛]〈名〉隱痛。

どんづまり[どん詰り]〈名〉最後。終了。

とんでもない・い〈連語〉①出乎意料。豈有
　此理。②哪兒的話。

どんてん[曇天]〈名〉陰天。

どんでんがえし[どんでん返し]〈名〉完全
　顛倒過來。

とんと〈副〉①完全。②(下接否定語)一點
　也。

とんとんⅠ〈名〉相等。不相上下。Ⅱ〈副〉①
　咚咚。②順利。

どんどん〈副〉①咚咚。嘩嘩。②順利。迅速。
　③接連不斷。

どんな〈連体〉怎樣的。甚麼樣的。

どんなに〈副〉怎樣。如何。多麼。

とんにく[豚肉]〈名〉猪肉。

トンネル[tunnel]〈名〉隧道。

とんび[鳶]〈名〉→とび。

とんぷく[頓服]〈名・他サ〉頓服。一次服
　下的藥。

どんぶり[丼]〈名〉大碗。海碗。

どんぶりかんじょう[丼勘定]〈名〉糊塗
　帳。

とんぼ[蜻蛉]〈名〉蜻蜓。

とんぼがえり[蜻蛉返り]〈名〉①翻筋斗。
　②馬上返回。

とんま[頓馬]〈名・形動〉傻。蠢。

とんや[問屋]〈名〉批發商。批發店。

どんよく[貪欲]〈名・形動〉貪慾。貪婪。

どんより〈副・自サ〉①陰沉沉。②混濁。

どんらん[貪婪]〈名・形動〉貪婪。

な ナ

な I〈感〉喂。II〈終助〉①(表示禁止)不許。不要。②(表示命令)吧。③(表示願望)啊。呢。④(表示感嘆)啊。呀。

な[名]〈名〉①名。名字。姓名。②名稱。③名譽。名聲。④名義。名目。

な[菜]〈名〉①蔬菜。青菜。②油菜。

ナース[nurse]〈名〉①護士。②保姆。乳母。

ナーター〈名〉(棒球)夜間比賽。

なあて[名宛]〈名〉收信(件)人姓名(地址)。

なあてにん[名宛人]〈名〉收信人。收件人。

な・い〈形〉①無。没有。②(接形容詞、形容動詞連用形後表示否定)不。

な・い[助動](接動詞未然形後)不。没。

-ない[内]〈接尾〉内。

ない[内意]〈名〉①内心。心意。②内部的意向。

ナイーブ[naive]〈形動〉天真。純樸。

ないいん[内因]〈名〉内因。

ないえん[内縁]〈名〉未辦結婚登記。姘居。

ないか[内科]〈名〉内科。

ないかい[内海]〈名〉内海。

ないがい[内外]I〈名〉①内外。②國内外。II〈接尾〉左右。上下。

ないかく[内角]〈名〉内角。

ないかく[内閣]〈名〉内閣。

ないがしろ[蔑ろ]〈形動〉蔑視。輕視。

ないき[内規]〈名〉内部規章。

ないきん[内勤]〈名・自サ〉内勤。

ないこう[内向]〈名〉(心)内向。

ないこう[内攻]〈名・自サ〉(醫)内攻。鬱結。

ないざい[内在]〈名・自サ〉内在。

ないし[乃至]〈接〉①乃至。到。②或者。或。

ないじ[内示]〈名・他サ〉非正式指示。非正式提出。

ないじ[内耳]〈名〉内耳。

ないじつ[内実]I〈名〉内情。内幕。II〈副〉其實。實際上。

ないじゅ[内需]〈名〉國内需求。

ないしゅっけつ[内出血]〈名・自サ〉内出血。

ないしょ[内緒]〈名〉①秘密。②家計。生活。

ないしょう[内傷]〈名〉内傷。

ないじょう[内情]〈名〉内情。

ないしょく[内職]〈名・自サ〉副業。搞副業。

ないじょのこう[内助の功]〈詞組〉内助之功。妻子的功勞。

ないしょばなし[内緒話]〈名〉私房話。體己話。

ないしん[内心]〈名〉内心。

ないしん[内診]〈名・他サ〉①婦科診察。②醫生在自家看病。

ないしんしょ[内申書]〈名〉原校向報考學校提出的關於考生成績等的資料。

ないしんのう[内親王]〈名〉内親王。

ないせい[内政]〈名〉内政。

ないせい[内省]〈名・他サ〉内省。反省。

ないせつ[内接・内切]〈名・自サ〉(數)内接。内切。

ないせん[内戦]〈名〉内戰。

ないせん[内線]〈名〉(電話)内线,分機。

ないぞう[内蔵]〈名・他サ〉①内裝。②包藏。

ないぞう[内臓]〈名〉内臟。

ないだく[内諾]〈名・他サ〉私下同意。非正式允諾。

ないつう[内通]〈名・自サ〉①裏通。②私通。

ないてい[内定]〈名・自他サ〉内定。

ないてい[内偵]〈名・他サ〉秘密偵察。

ないてき[内的]〈形動〉①内在的。②精神上的。

ナイトウェア[nightwear]〈名〉睡衣。

ナイトキャップ[nightcap]〈名〉睡帽。

ナイトクラブ[nightclub]〈名〉夜總會。

ナイトゲーム [nightgame]〈名〉夜間比賽。

ナイトテーブル [night table]〈名〉床頭櫃。

ないない [内内]〈名・副〉私下。暗地。秘密。

ないねんきかん [内燃機関]〈名〉内燃機。

ナイフ [knife]〈名〉小刀。

ないぶ [内部]〈名〉内部。

ないふく [内服]〈名・他サ〉内服。口服。

ないふくやく [内服薬]〈名〉内服藥。

ないふん [内紛]〈名〉内訌。

ないぶん [内聞]〈名〉①私下聽到。②保密。不聲張。

ないぶんぴつ [内分泌]〈名〉内分泌。

ないほう [内包]Ⅰ〈名〉〈哲〉内涵。Ⅱ〈名・他サ〉包含。含有。

ないほう [内報]〈名・他サ〉私下通知。内部情報。

ないみつ [内密]〈名・形動〉秘密。暗中。私下。

ないめい [内命]〈名・他サ〉密令。非正式命令。

ないめん [内面]〈名〉①内部。裏面。②精神。心理。

ないものねだり [無い物ねだり]〈名・自サ〉要没有的東西。

ないや [内野]〈名〉〈棒球〉内場。内野。

ないやく [内約]〈名・他サ〉密約。私下約定。

ないゆう [内憂]〈名〉内憂。

ないよう [内容]〈名〉内容。

ないらん [内乱]〈名〉内亂。

ないりく [内陸]〈名〉内陸。

ナイロン [nylon]〈名〉尼龍。

な・う [綯う]〈他五〉搓。捻。

なうて [名うて]〈名〉有名。著名。

なえ [苗]〈名〉①苗。秧苗。②稻秧。

なえき [苗木]〈名〉苗木。

なえどこ [苗床]〈名〉苗床。苗圃。秧田。

な・える [萎える]〈自下一〉①蔫。枯萎。②萎靡。没氣力。③〈衣服〉不筆挺。

なお [猶・尚]Ⅰ〈副〉還。尚。仍。猶。②

更。再。Ⅱ〈接〉又。另外。再者。

なおさら [尚更]〈副〉更。越。

なおざり [等閑]〈名・形動〉馬虎。忽視。等閑視之。

なお・す [治す]〈他五〉治。治療。

なお・す [直す]〈他五〉①改。改正。②修。修理。③端正。④更改。變更。⑤折合。換算。

なお・る [治る]〈自五〉治好。痊愈。

なお・る [直る]〈自五〉①恢復。復原。②改正。矯正。③修復。修好。

なおれ [名折れ]〈名〉丢臉。

なか [中]〈名〉①中。裏。内。②中央。③中等。④其中。

なか [仲]〈名〉關係。交情。

ながあめ [長雨]〈名〉淫雨。久雨。

なが・い [長い]〈形〉長。長久。長遠。

ながい [長居]〈名・自サ〉久坐。

ながいき [長生き]〈名・自サ〉長壽。

ながいす [長椅子]〈名〉長椅子。長沙發。

ながえ [轅]〈名〉車轅。

なかがい [仲買]〈名・他サ〉經紀。

なかがいにん [仲買人]〈名〉經紀人。掮客。

ながぐつ [長靴]〈名〉靴子。

なかごろ [中頃]〈名〉①中期。②中部。

ながさ [長さ]〈名〉長度。

ながし [流し]〈名〉①流。沖。②〈厨房〉洗碗池。③〈澡塘〉沖身處。④串街攬客。

ながしあみ [流し網]〈名〉流刺網。

ながしこ・む [流し込む]〈他五〉澆注。灌注。

ながしめ [流し目]〈名〉①斜眼〈看〉。②飛眼。秋波。

なかす [中州]〈名〉沙洲。

なが・す [流す]〈他五〉①流。放。②沖走。③傳播。散佈。④流放。⑤流産。⑥〈典當〉當死。⑦串街攬客。

-なかせ [泣かせ]〈接尾〉使…爲難。使…頭痛。

なか・せる [泣かせる]〈他下一〉①把…弄哭。②令…痛心。③令人感動。

ながそで [長袖]〈名〉長袖〈衣服〉。

なかたがい [仲違い]〈名・自サ〉失和。閙

翻。

なかだち[仲立]〈名・自サ〉介紹。斡旋。搭橋。

ながたび[長旅]〈名〉長途旅行。

ながたらし・い[長たらしい]〈形〉冗長。

なかだるみ[中弛み]〈名・自サ〉中間鬆弛。

ながだんぎ[長談義]〈名・自サ〉長篇大論。

ながつづき[長続き]〈名・自サ〉持久。持續。

なかでも[中でも]〈副〉尤其。特別。

なかなおり[仲直り]〈名・自サ〉和好。

なかなか[中中]〈副〉①很。非常。相當。②(下接否定語)怎麼也。輕易不。

ながなが[長長]〈副〉很長。冗長。長久。

なかにわ[中庭]〈名〉裏院。

ながねん[長年]〈多〉多年。

なかば[半ば]〈名〉①半。一半。②中央。中間。③中途。

ながばなし[長話]〈名・自サ〉長談。

ながび・く[長引く]〈自五〉拖長。拖延。

なかほど[中程]〈名〉①中間。當中。②中等。③中途。④裏邊。

なかま[仲間]〈名〉夥伴。同夥。

なかまいり[仲間入り]〈名・自サ〉入夥。加入。

なかまうけ[仲間受け]〈名〉(在同夥間的)人緣。

なかみ[中身]〈名〉①内容。②裏面裝的東西。

ながめ[長め]〈名・形動〉稍長。長一些。

ながめ[眺め]〈名〉眺望。景緻。

なが・める[眺める]〈他下一〉①眺望。遠望。②凝視。注視。

ながもち[長持]〈名〉衣箱。

ながもち[長持ち]〈名・自サ〉持久。耐用。

ながや[長屋]〈名〉大雜院式。

なかやすみ[中休み]〈名・自サ〉中間休息。

なかゆび[中指]〈名〉中指。

なかよく[仲良く]〈副〉和睦。

なかよし[仲良し]〈名〉要好。相好。好朋友。

ながら[接助]〈一〉①一邊…一邊…。②雖然。儘管。

-ながら[接尾]〈一〉①原樣。原封不動。②雖然。就連。③全。都。

ながら・える[長らえる]〈自下一〉長生。

ながらく[長らく]〈副〉很久。好久。

なかれ[勿れ]〈形〉勿。莫。

ながれ[流れ]〈名〉①流。流動。②河流。水流。③潮流。④血統。⑤流派。⑥流浪。⑦中止。作罷。

ながれある・く[流れ歩く]〈自五〉流浪。

ながれかいさん[流れ解散]〈名〉(示威遊行至終點)自動解散。

ながれこ・む[流れ込む]〈自五〉流入。

ながれさぎょう[流れ作業]〈名〉流水作業。

ながれだま[流れ弾]〈名〉流彈。

ながれつ・く[流れ着く]〈自五〉漂流到。

ながれ・でる[流れ出る]〈自下一〉流出。

ながれぼし[流星]〈名〉流星。

ながれもの[流れ者]〈名〉流浪者。

なが・れる[流れる]〈自下一〉①流。②流逝。流傳。③流浪。④流產。⑥作罷。⑦(典當)當死。

ながわずらい[長患い]〈名・自サ〉久病。

なかんずく[就中]〈副〉①其中。②尤其。

なき[亡き]〈名〉亡。故。

なき[泣き]〈名〉哭。

なぎ[凪]〈名〉風平浪靜。

なきあか・す[泣き明かす]〈他五〉哭一夜。哭到天亮。

なきおと・す[泣き落す]〈他五〉哭著哀求。

なきがお[泣き顔]〈名〉哭喪臉。

なきがら[亡骸]〈名〉屍體。遺體。

なきくず・れる[泣き崩れる]〈自下一〉泣不成聲。放聲大哭。

なきくら・す[泣き暮す]〈自五〉整天哭。

なきごえ[泣き声]〈名〉哭聲。

なきごえ[鳴き声]〈名〉鳴聲。叫聲。

なきごと[泣き言]〈名〉怨言。牢騷話。

なぎさ[渚]〈名〉汀。

なきさけ・ぶ[泣き叫ぶ]〈自五〉哭喊。

なきじゃく・る[泣きじゃくる]〈自五〉抽泣。

なきじょうご[泣上戸]〈名〉醉後愛哭的人。

なぎたお・す[薙ぎ倒す]〈他五〉①砍倒。割倒。②打敗。

なきつ・く[泣き付く]〈自五〉①哭著糾纏。②乞求。哀求。

なきつら[泣き面]〈名〉△～に蜂/禍不單行。

なきどころ[泣き所]〈名〉弱點。

なぎなた[長刀]〈名〉長柄大刀。

なきねいり[泣き寝入り]〈名・自サ〉①哭著入睡。②忍氣吞聲。

なきのなみだ[泣きの涙]〈名〉哭哭啼啼。

なきはら・す[泣き腫らす]〈他五〉哭腫眼。

なきふ・す[泣き伏す]〈自五〉哭倒。

なきまね[泣き真似]〈名・自サ〉裝哭。

なきむし[泣き虫]〈名〉愛哭的人。

なきわらい[泣き笑い]〈名・自サ〉又哭又笑。破涕爲笑。

な・く[泣く]〈自五〉哭。哭泣。

な・く[鳴く]〈自五〉鳴。啼。叫。

な・ぐ[凪ぐ]〈自五〉風平浪靜。

なぐさみ[慰み]〈名〉消遣。樂趣。

なぐさみもの[慰み物]〈名〉玩物。

なぐさ・む[慰む]Ⅰ〈自五〉(心情)舒暢。解悶。Ⅱ〈他五〉玩弄。姦污。

なぐさめ[慰め]〈名〉安慰。慰問。

なぐさ・める[慰める]〈他下一〉安慰。撫慰。②慰問。慰勞。

な・ぐ[亡ぐ]〈他五〉喪。

な・くす[亡くす]〈他五〉喪。

な・くす[無くす]〈他五〉①喪失。失掉。丟失。②消除。消滅。

なくな・る[亡くなる]〈自五〉去世。逝世。

なくな・る[無くなる]〈自五〉①丟失。②盡。光。完。

なくもがな[無くもがな]〈連語〉多餘。沒有倒好。

なぐりあい[殴り合い]〈名〉打架。斷打。

なぐりがき[なぐり書き]〈名・他サ〉潦草地寫。

なぐりこみ[殴り込み]〈名〉去找碴兒打架。

なぐりころ・す[殴り殺す]〈他五〉打死。

なぐりたお・す[殴り倒す]〈他五〉打倒。

なぐ・る[殴る]〈他五〉打。揍。毆打。

なげう・つ[擲つ]〈他五〉①投擲。②捨棄。豁出。

なげうり[投売]〈名・他サ〉抛售。甩賣。

なげか・ける[投げ掛ける]〈他下一〉①投。②披。搭。③倚靠。④提出。

なげかわし・い[嘆かわしい]〈形〉可嘆。

なげき[嘆き]〈名〉①嘆息。悲嘆。②憂愁。悲傷。

なげキッス[投げキッス]〈名・自サ〉飛吻。

なげ・く[嘆く]〈自他五〉①嘆息。悲嘆。②悲傷。悲痛。

なげこ・む[投げ込む]〈他五〉投入。扔進。

なげす・てる[投げ捨てる]〈他五〉扔掉。抛下。

なげだ・す[投げ出す]〈他五〉①抛出。扔下。②放棄。③豁出。

なげつ・ける[投げ付ける]〈他下一〉投擲。

なけなし[なけなし]〈名〉一點兒。

なげなわ[投縄]〈名〉套索。

なげやり[投げ遣り]〈名・形動〉抛開不管。不負責任。

な・げる[投げる]〈他下一〉①扔。投。抛。擲。②摔。③投射。提供。④放棄。

なこうど[仲人]〈名〉媒人。介紹人。

なご・む[和む]〈自五〉溫柔。平靜。緩和。

なごやか[和やか]〈形動〉和睦。友好。

なごり[名残]〈名〉①惜別。留戀。②殘餘。遺跡。

なさい[連語]請。

なさけ[情]〈名〉①愛情。戀情。②人情。情面。③同情。仁慈。

なさけな・い[情ない]〈形〉①無情。②悲慘。可憐。③可恥。

なさけぶか・い[情深い]〈形〉熱心腸。富於同情心。

なざし[名指し]〈名〉指名。

なさ・る[為さる]〈他五〉「なす」、「する」的敬語。做。爲。

なし[梨]〈名〉梨。

なしくずし[済し崩し]〈名〉一點一點地（還錢。處理事務）。

なしと・げる[成し遂げる]〈他下一〉完成。達到。

なしのつぶて[梨の礫]〈連語〉杳無音信。石沉大海。

なじみ[馴染]〈名〉①熟識。熟悉。②（男女間）親密。

なじ・む[馴染む]〈自五〉①熟識。熟習。②適應。③溶化。

ナショナリズム[nationalism]〈名〉民族主義。國家主義。

ナショナル[national]〈形動〉國家的。民族的。

なじ・る[詰る]〈他五〉責備。責難。

な・す[成す]〈他五〉①形成。構成。②完成。③把…變成…。

な・す[為す]〈他五〉做。爲。

なす[茄]〈名〉茄子。

なずな[薺]〈名〉薺菜。

なず・む[泥む]〈自五〉①拘泥。②停滯。

なす・る[擦る]〈他五〉①抹。搽。塗。②嫁禍。

なぜ[何故]〈副〉何故。爲什麼。

なぜか[何故か]〈副〉總覺得。不知爲甚麼。

なぜならば[何故ならば]〈接〉因爲。

なぞ[謎]〈名〉①謎語。②謎。③暗示。

なぞなぞ[謎謎]〈名〉謎語。

なぞら・える[準える]〈他下一〉①比作。②模倣。倣效。

なぞ・る〈他五〉描（字、圖等）。

なた[鉈]〈名〉柴刀。

なだ[灘]〈名〉波濤洶湧的遠海。

なだい[名代]〈名〉有名。

なだか・い[名高い]〈形〉有名。馳名。

なだたる[名だたる]〈連体〉著名的。

なたね[菜種]〈名〉菜籽。油菜籽。

なたねあぶら[菜種油]〈名〉菜籽油。

なだ・める[宥める]〈他下一〉①調停。說和。②勸解。安慰。

なだらか[形動]①（坡）平緩。②平穩。順利。③流暢。

なだれ[雪崩]〈名〉①雪崩。②蜂擁。③傾斜。斜坡。

なだれこ・む[雪崩込む]〈自五〉蜂擁而入。

ナチス[Nazis]〈名〉納粹黨。

なつ[夏]〈名〉夏天。

なついん[捺印]〈名・他サ〉蓋章。

なつかし・い[懐かしい]〈形〉懷念。留戀。

なつかし・む[懐かしむ]〈他五〉懷念。

なつがれ[夏枯れ]〈名〉（商業）盛夏淡季。

なつ・く[懐く]〈自五〉親近。

なづけおや[名付親]〈名〉（除父母外）給孩子起名的人。

なづ・ける[名付ける]〈他下一〉起名。命名。

なつじかん[夏時間]〈名〉夏時制。

なっせん[捺染]〈名・他サ〉印染。印花。

なってな・い[成ってない]〈連語〉不像話。不成樣子。

ナット[nut]〈名〉螺母。螺帽。

なっとう[納豆]〈名〉一種將大豆煮熟醱酵的食品。

なっとく[納得]〈名・他サ〉理解。領會。同意。

なっぱ[菜っ葉]〈名〉菜葉。

なっぱふく[菜葉服]〈名〉藍色工作服。

なつまけ[夏負]〈名・自サ〉苦夏。

なつみかん[夏蜜柑]〈名〉柚子。

なつめ[棗]〈名〉棗。

なつめやし[棗椰子]〈名〉棗椰子。

なつもの[夏物]〈名〉夏衣。夏裝。

なつやすみ[夏休]〈名〉暑假。

なつやせ[夏瘦]〈名・自サ〉苦夏。

なでおろ・す[撫で下ろす]〈他五〉△胸を～/放心。鬆口氣。

なでがた[撫肩]〈名〉溜肩膀。

なでぎり[撫斬り]〈名・他サ〉①攔着切。②斬盡殺絶。

なでしこ[撫子]〈名〉瞿麥。

なでつ・ける[撫で付ける]〈他下一〉①撫按。②梳攏（頭髮）。

な・でる[撫でる]〈他下一〉①摸。撫摸。②梳攏(頭髪)。③安撫。

など[等]〈副〉①等。等等。②(表示謙虚或輕蔑)像…這様。③(下接否定語加強語氣)根本。完全。④(表示舉例)甚麼的。

なとり[名取]〈名〉(學成技藝而)取得藝名。

ナトリウム[natrium]〈名〉鈉。

なな[七]〈名〉七。

ななえ[七重]〈名〉①七層。②多層。

ななくさ[七草]〈名〉七種花草。

ななころびやおき[七転び八起き]〈連語〉①百折不回。不屈不撓。②榮枯無常。沉浮不定。

ななし[名無し]〈名〉無名。

ななつ[七つ]〈名〉七。七個。七歳。

ななひかり[七光]〈名〉(父母的)權勢。餘蔭。

ななふしぎ[七不思議]〈名〉七大怪事。

ななめ[斜め]〈名〉①歪。斜。②心情不好。

ななめならず[斜めならず]〈連語〉非常。

なに[何]Ⅰ〈代〉什麼。Ⅱ〈副〉任何。Ⅲ〈感〉①(表示驚疑)什麼。②(表示否定)哪裏。

なにか[何か]Ⅰ〈代〉什麼。Ⅱ〈副〉總覺得。

なにがし[某]〈代〉①某。②(數量)某些。

なにかと[何彼と]〈副〉這個那個。種種。

なにがなんでも[何が何でも]〈連語〉①不管怎麼説。②無論如何。

なにくそ[何糞]〈感〉他媽的。

なにくれ[何くれ]Ⅰ〈代〉某某。Ⅱ〈副〉様様。各方面。

なにくわぬかお[何食わぬ顔]〈連語〉若無其事的様子。装不知道的様子。

なにげな・い[何気ない]〈形〉①無意中。不經心。②若無其事。

なにごと[何事]〈名〉什麼事。

なにしろ[何しろ]〈副〉反正。總之。不管怎樣。

なにとぞ[何とぞ]〈副〉請。

なにはさておき[何は扨措き]〈連語〉別的暫且不管。首先。

なにはともあれ[何はともあれ]〈連語〉總之。不管怎樣。

なにはなくとも[何は無くとも]〈連語〉別的可有可無。

なにびと[何人]〈名〉甚麼人。

なにぶん[何分]Ⅰ〈名〉某些。某種。Ⅱ〈副〉①請。②只因。無奈。

なにほど[何程]〈名〉多少。若干。Ⅱ〈副〉無論如何。不管怎樣。

なにも[何も]〈副〉①甚麼也。②(下接否定語)用不着。又何必。

なにもかも[何も彼も]〈連語〉一切。完全。

なにもの[何物]〈名〉甚麼東西。

なにもの[何者]〈名〉甚麼人。②誰。

なにやかや[何や彼や]〈副〉這個那個。種種。

なにゆえ[何故]〈副〉何故。

なにより[何より]〈連語〉最好。比甚麼都…。

なぬか[七日]〈名〉→なのか。

なのか[七日]〈名〉①初七。七號。②七天。

なのはな[菜の花]〈名〉菜花。油菜花。

なのり[名乗]〈名・自サ〉自報姓名。

なの・る[名乗る]①〈自他五〉①自稱。自報姓名。②改姓(別人的姓)。

ナパームだん[ナパーム弾]〈名〉凝固汽油彈。

なばかり[名ばかり]〈名〉有名無實。徒有其名。

なびか・す[靡かす]〈他五〉①使…飄動。②使…屈從。

なび・く[靡く]〈自五〉①飄動。②服従。屈従。

ナプキン[napkin]〈名〉①餐巾。②月經帶。

なふだ[名札]〈名〉名牌。

ナフタリン[naphthalin]〈名〉萘丸。衛生球。

なぶりごろし[嬲り殺し]〈名・他サ〉折磨死。

なぶりもの[嬲り物]〈名〉玩物。

なぶ・る[嬲る]〈他五〉①玩弄。戲弄。②欺凌。折磨。

なべ[鍋]〈名〉鍋。

なま[生]Ⅰ〈名〉①生。鮮。②(未加工的)自然狀態。③不充分。不透徹。Ⅱ〈接頭〉①

(接名詞前)不充分。不成熟。②(接形容詞前)有點兒。

なまあくび[生欠伸]〈名〉没完全打出的呵欠。

なまあげ[生揚]〈名〉①輕炸(的東西)。②輕炸豆腐塊。

なまあたたか・い[生暖かい]〈形〉微暖。

なまいき[生意気]〈形動〉自大。傲慢。狂妄。

なまえ[名前]〈名〉①名字。②名稱。③名義。

なまかじり[生嚙り]〈名・他サ〉一知半解。

なまかわ[生皮]〈名〉①生皮子。②(身上的)皮膚。

なまがわき[生乾き]〈名〉半乾。没乾透。

なまき[生木]〈名〉①活樹。②未乾的柴。

なまきず[生傷]〈名〉新傷。

なまぐさ・い[生臭い]〈形〉腥。

なまぐさぼうず[生臭坊主]〈名〉花和尚。

なまくび[生首]〈名〉剛砍下來的人頭。

なまくら〈名・形動〉①鈍。②懶散。不爭氣。

なまけもの[怠け者]〈名〉懶漢。

なまけもの[樹懶]〈名〉(動物)樹懶。

なま・ける[怠ける]〈自下一〉懶。懶惰。

なまこ[海鼠]〈名〉海参。

なまごろし[生殺し]〈名〉①打個半死不活。②中途撒手不管。

なまじっか〈副・形動〉①不徹底。馬馬虎虎。②一星半點。③索性。倒不如。

なまじろ・い[生白い]〈形〉①稍白。有點兒白。②蒼白。煞白。

なます[膾]〈名〉①醋拌生魚絲。②醋拌蘿蔔(胡蘿蔔)絲。

なまず[鯰]〈名〉白癜風。

なまず[鯰]〈名〉鯰魚。

なまっちろ・い[生っ白い]〈形〉(「なまじろい」的口語形式)→なまじろい。

なまつば[生唾]〈名〉口水。唾液。

なまづめ[生爪]〈名〉指甲。

なまなまし・い[生生しい]〈形〉①歷歷在目。②生動。逼真。

なまにえ[生煮]〈名〉半生不熟。夾生。

なまぬる・い[生温い]〈形〉①微温。烏塗。②寬容。不嚴格。③含糊。不果斷。

なまはんか[生半可]〈名・形動〉不徹底。馬馬虎虎。一知半解。

なまびょうほう[生兵法]〈名〉一知半解(的知識、技術)。

なまへんじ[生返事]〈名〉含糊的回答。

なまぼし[生干し]〈名〉半乾。

なまみ[生身]〈名〉①活人。②生肉。生魚。

なまみず[生水]〈名〉生水。

なまめかし・い〈形〉①美麗。艷麗。②嬌媚。妖艷。

なまもの[生物]〈名〉生鮮食品。

なまやけ[生焼け]〈名〉烤得半熟。

なまやさし・い[生易しい]〈形〉很容易。極簡單。輕而易舉。

なまよい[生酔い]〈名〉半醉。

なまり[訛]〈名〉口音。方言。土話。

なまり[鉛]〈名〉鉛。

なま・る[訛る]〈自он五〉説方言。發郷音。

なま・る[鈍る]〈自五〉鈍。遲鈍。

なみ[波]〈名〉①波。波浪。波濤。②潮流。③起伏。④皺紋。

なみ[並]Ⅰ〈名〉普通。一般。中等。Ⅱ〈接尾〉①和……一樣。與……同等。②每。

なみあし[並足]〈名〉①常步。普通步伐。②(馬術)慢步。

なみ・いる[並居る]〈自上一〉在座。

なみうちぎわ[波打ち際]〈名〉江。岸邊。

なみう・つ[浪打つ]〈自五〉起浪。波動。

なみがしら[波頭]〈名〉波峰。浪頭。

なみかぜ[波風]〈名〉①風浪。②風波。糾紛。③痛苦。辛酸。

なみき[並木]〈名〉街道樹。林蔭樹。

なみじ[波路]〈名〉航路。

なみせい[並製]〈名〉普通貨。

なみだ[涙]〈名〉眼淚。

なみたいてい[並大抵]〈名・形動〉一般。普通。

なみだきん[涙金]〈名〉(斷絕關係時給的)少量的錢。

なみだぐまし・い[涙ぐましい]〈形〉令人

落淚。

なみだぐ・む［涙ぐむ］〈自五〉含淚。

なみだごえ［涙声］〈名〉哭訴聲。

なみだ・つ［波立つ］〈自五〉①起波浪。②起風波。

なみだもろ・い［涙脆い］〈形〉愛流淚。

なみなみ〈副〉滿滿地。

なみなみ［並並］〈名〉一般。平常。普通。

なみのり［波乗り］〈名・自サ〉冲浪運動。

なみはず・れる［並外れる］〈自下一〉非凡。不尋常。

なみま［波間］〈名〉①波谷。②風平浪静時。

なむあみだぶつ［南無阿弥陀仏］〈名〉南無阿彌陀佛。

なめくじ［蛞蝓］〈名〉蛞蝓。蜒蚰。鼻涕蟲。

なめしがわ［鞣皮］〈名〉熟皮子。鞣好了的皮子。

なめ・す［鞣す］〈他五〉鞣。

なめらか［滑らか］〈形動〉①平滑。光滑。②順利。流利。

な・める［嘗める・舐める］〈他下一〉①舐。②嘗。③嘗受。經歷。④燒。⑤輕視。

なや［納屋］〈名〉堆房。庫房。

なやまし・い［悩ましい］〈形〉①惱人。難受。②誘人。

なやま・す［悩ます］〈他五〉令人苦惱。

なやみ［悩み］〈名〉苦惱。痛苦。

なや・む［悩む］〈自五〉苦惱。痛苦。憂愁。

なよなよ〈副・自サ〉柔軟。纖軟。

なら［楢］〈名〉枹樹。小橡樹。

なら［接助］①如果。②提起。說到。

ならい［習い］〈名〉①習慣。②常態。

なら・う［習う］〈他五〉學習。

なら・う［倣う］〈他五〉倣效。

ならく［奈落］〈名〉①地獄。深淵。②（舞台的）台倉。

なら・す［均す］〈他五〉①平均。②平整。弄平。

なら・す［馴す］〈他五〉馴。馴養。

なら・す［慣す］〈他五〉使之習慣。使之適應。

なら・す［鳴す］〈他五〉①鳴。②鳴（不平）。發（牢騷）。③馳名。

ならずもの［ならず者・破落戸］〈名〉地痞。無賴。流氓。

ならでは［連語］只有。除非。

ならな・い［連語］①不許。不可。②不能。③必須。④（…得）不得了。

ならば［連語］如果。

ならび［並び］〈名〉①排列。②類比。③（道路的）同側。

ならびな・い［並びない］〈形〉無與倫比。

ならびに［並びに］〈接〉和。與。

なら・ぶ［並ぶ］〈自五〉①排列。並排。②匹敵。比得上。

なら・べる［並べる］〈他下一〉①擺。排列。②列舉。

ならわし［習わし］〈名〉習慣。習俗。

なり［形］〈名〉①樣子。形狀。②個子。身材。③裝束。打扮。

なり［鳴り］〈名〉①聲音。②噪音。

なり［生り］〈名〉結果。結的果實。

なりⅠ［副助］①或是…或是…。…也好…也好。②（表示舉例）或者。比如。Ⅱ［接助］①一…馬上就…。②（接助動詞「た」後）保持…的原樣。

-なり［接尾］①形。②那般。那樣。③任憑。

なりあが・る［成り上がる］〈自五〉暴富。飛黃騰達。一步登天。

なりかわ・る［成り代わる］〈自五〉代表。代理。代替。

なりき・る［成り切る］〈自五〉完全變成。

なりきん［成金］〈名〉暴發戶。

なりさが・る［成り下がる］〈自五〉淪落。落魄。

なりすま・す［成り済ます］〈自五〉①完全變成。②冒充。

なりたち［成立ち］〈名〉①經過。原委。②成份。構成。

なりた・つ［成り立つ］〈自五〉①成立。達成。談妥。②構成。組成。③能維持。④站得住。行得通。

なりとし［成り年］〈名〉豐年。大年。

なりは・てる［成り果てる］〈自下一〉淪落。落魄。

なりひび・く［鳴り響く］〈自五〉①響徹。

②馳名。

なりふり[形振り]〈名〉裝束。儀表。

なりもの[鳴物]〈名〉①樂器。②伴奏。樂曲。

なりものいり[鳴物入り]〈名〉敲鑼打鼓。大張旗鼓。

なりゆき[成行き]〈名〉趨勢。演變。變遷。過程。

な・る[生る]〈自五〉結果。

な・る[成る]〈自五〉①成。成爲。變成。②組成。構成。③當。做。④(時期)到來。⑤可以。允許。

な・る[鳴る]〈自五〉①鳴。響。②聞名。馳名。

なるたけ〈副〉→なるべく。

なるべく〈副〉儘量。儘可能。

なるほど[成程]〈副〉誠然。的確。

なれ[慣れ]〈名〉習慣。熟練。

なれあい[馴合い]〈名〉①親密。②串通。合謀。③私通。

ナレーション[narration]〈名〉解說。解說詞。

ナレーター[narrator]〈名〉解說員。

なれそめ[馴初め]〈名〉相愛的開始。

なれっこ[慣れっこ]〈名〉習以爲常。

なれなれし・い[馴れ馴れしい]〈形〉親昵。狎昵。

なれのはて[成れの果て]〈名〉末路。下場。

な・れる[慣れる]〈自下一〉①習慣。適應。②熟練。熟習。

な・れる[馴れる]〈自下一〉(動物)馴順。

なわ[繩]〈名〉繩。繩索。

なわしろ[苗代]〈名〉秧田。

なわとび[繩跳び]〈名〉跳繩。

なわばしご[繩梯子]〈名〉繩梯。軟梯。

なわばり[繩張り]〈名〉地盤。

なん[難]〈名〉①困難。②災難。③責難。④毛病。缺點。

なん[何]〈代〉何。甚麼。

なん-[何]〈接頭〉幾。多少。

なんい[難易]〈名〉難易。

なんい[南緯]〈名〉南緯。

なんおう[南歐]〈名〉南歐。

なんか[何か]Ⅰ〈代〉甚麼的。Ⅱ〈副助〉之類。

なんか[南下]〈名・自サ〉南下。

なんか[軟化]〈名・自他サ〉軟化。

なんかい[難解]〈名・形動〉難解。難懂。

なんかげつ[何か月]〈名〉幾個月。

なんがつ[何月]〈名〉幾月。

なんかん[難關]〈名〉難關。

なんぎ[難儀]〈名・形動・自サ〉①困難。麻煩。②痛苦。苦惱。③貧困。

なんきつ[難詰]〈名・他サ〉責難。責問。

なんきゅう[軟球]〈名〉軟球。

なんぎょうくぎょう[難行苦行]〈名・自サ〉千辛萬苦。

なんきょく[南極]〈名〉南極。

なんきょく[難局]〈名〉困難局面。

なんきん[軟禁]〈名・他サ〉軟禁。

なんきんじょう[南京錠]〈名〉掛鎖。

なんきんまめ[南京豆]〈名〉花生米。

なんきんむし[南京虫]〈名〉臭蟲。

なんくせ[難癖]〈名〉毛病。

なんこう[軟膏]〈名〉軟膏。

なんこう[難行]〈名・自サ〉①航行困難。②進展困難。

なんこうがい[軟口蓋]〈名〉軟腭。

なんこうふらく[難攻不落]〈名〉①堅不可摧。②難以說服。

なんこつ[軟骨]〈名〉軟骨。

なんさい[何歳]〈名〉幾歲。多大年紀。

なんざん[難產]〈名・自サ〉難產。

なんじ[何時]〈名〉幾點鐘。

なんじ[難事]〈名〉難事。

なんじかん[何時間]〈名〉幾個小時。幾個鐘頭。

なんしき[軟式]〈名〉軟式。

なんじゃく[軟弱]〈名・形動〉①軟弱。柔軟。②疏鬆。③(行情)疲軟。

なんじゅう[難渋]〈名・形動・自サ〉①遲遲不進展。②困難。吃力。晦澀。

なんしょ[難所]〈名〉難關。險處。

なんしょく[難色]〈名〉難色。

なんすい[軟水]〈名〉軟水。

なんせい[南西]〈名〉西南。

ナンセンス[nonsense]〈名・形動〉荒誕。無聊。無意義。

なんだ[何だ]〈連語〉①(表示吃驚、失望)哎呀。怎麼搞的。③算得了甚麼。沒甚麼了不起的。

なんだい[難題]〈名〉難題。

なんたいどうぶつ[軟体動物]〈名〉軟體動物。

なんだか[何だか]〈副〉總覺得。不知爲甚麼。

なんたん[南端]〈名〉南端。

なんちゃくりく[軟着陸]〈名・自サ〉軟着陸。

なんちゅう[南中]〈名・自サ〉中天。天體通過子午綫。

なんちょう[難聴]〈名〉①耳背。重聽。②(廣播)難收聽。

なんでも[何でも]〈副〉①不管甚麼。②無論如何。③多半是。據說是。

なんでもな・い[何でもない]〈形〉①很容易。②不要緊。沒甚麼。

なんてん[南天]〈名〉南天竹。

なんてん[難点]〈名〉①缺點。②難點。

なんと[何と]〈副〉①甚麼。怎樣。如何。②多麼。何等。

なんど[何度]〈名〉①幾度。②幾次。

なんとう[南東]〈名〉東南。

なんとか[何とか]〈副〉①設法。②好歹。總算。勉強。③甚麼。

なんとなく[何となく]〈副〉①總覺得。②無意中。不由得。

なんとも[何とも]〈副〉①真。實在。②怎麼也。甚麼也。沒甚麼。

なんなく[難なく]〈副〉很容易。不費力。

なんなら[何なら]〈副〉①可能的話。②如果有必要。

なんなりと[何なりと]〈副〉無論甚麼。不管甚麼。

なんなんせい[南南西]〈名〉南西南。

なんなんとう[南南東]〈名〉南東南。

なんなんと・する[垂んとする]〈自サ〉垂。將近。

なんにち[何日]〈名〉①幾號。幾日。②幾天。

なんにん[何人]〈名〉幾個人。多少人。

なんねん[何年]〈名〉幾年。

なんの[何の]Ⅰ〈連体〉①甚麼。②一點。絲毫。③算甚麼。Ⅱ〈連語〉(用「…の何のって」的形式)不得了。Ⅲ〈感〉哪裏。沒甚麼。

なんのその[何のその]〈連語〉算不了么。

なんぱ[難破]〈名・自サ〉(船隻)遇難。失事。

ナンバー[number]〈名〉①號碼。②(雜誌)期。號。

ナンバーワン[number one]〈名〉頭號。

ナンバリング〈名〉號碼機。

なんばん[何番]〈名〉①多少號。②第幾名。

なんびと[何人]〈名〉任何人。

なんびと[何人]〈名〉→なんぴと。

なんびょう[難病]〈名〉頑症。

なんぶ[南部]〈名〉南部。

なんぶつ[難物]〈名〉難辦的事。

なんべい[南美]〈名〉南美。

なんべん[何遍]〈名〉幾遍。

なんぼう[南方]〈名〉南方。

なんぼく[南北]〈名〉南北。

なんみん[難民]〈名〉難民。

なんよう[南洋]〈名〉南洋。

なんようび[何曜日]〈名〉星期幾。禮拜幾。

なんら[何ら]〈副〉(下接否定語)任何。絲毫。一點也。

なんらか[何らか]〈副〉稍微。一些。

なんろ[難路]〈名〉險路。

に　二

に〈格助〉①(表示時間，場所)在。於。②(表示對象，歸結)對。向。③(表示目的)爲。④(表示原因)因爲。由於。⑤(表示變化的結果)成。成爲。⑥(表示並列，添加)和。及。⑦(表示被動，使役)被。讓。

に[二]〈名〉二。兩。

に[荷]〈名〉①貨物。行李。②負擔。

にあ・う[似合う]〈自五〉合適。相稱。

にあげ[荷揚]〈名・自他サ〉卸貨。

にいさん[兄さん]〈名〉①哥哥。②(對青年男子的稱呼)大哥。

ニーズ[needs]〈名〉①客人希望(要求)的東西。②必要的東西。③需要。

にいづま[新妻]〈名〉新婦。新娘。

にうけ[荷受け]〈名〉收貨。

にうけにん[荷受人]〈名〉收貨人。

にうごき[荷動き]〈名〉貨運。貨流。

にえかえ・る[煮え返る]〈自五〉①沸騰。②非常生氣。

にえきらな・い[煮え切らない]〈形〉猶豫。含糊。

にえた・つ[煮え立つ]〈自五〉沸騰。煮開。

にえゆ[煮え湯]〈名〉開水。

に・える[煮える]〈自下一〉煮好。燒開。

におい[匂い]〈名〉氣味。香味。

におい[臭い]〈名〉臭味。

にお・う[匂う]〈自五〉有(香)味。

にお・う[臭う]〈自五〉有臭味。

におう[二王]〈名〉(佛)哼哈二將。

におくり[荷送り]〈名〉送貨。發貨。

におくりにん[荷送人]〈名〉發貨人。

におわ・す[匂わす]〈他五〉①散發香味。②暗示。

にかい[二階]〈名〉二樓。

にが・い[苦い]〈形〉①苦。②痛苦。不愉快。

にかいからめぐすり[二階から目薬]〈連語〉遠水不救近火。無濟於事。

にがうり[苦瓜]〈名〉(植)苦瓜。

にがお[似顔]〈名〉肖像。

にがしお[苦塩]〈名〉鹵水。

にが・す[逃す]〈他五〉①放跑。②讓…逃掉。③錯過(機會)。

にがて[苦手]〈名・形動〉①難對付的人。②不擅長。

にがにがし・い[苦苦しい]〈形〉很討厭。很不愉快。

にがみ[苦味]〈名〉苦味。

にがむし[苦虫]〈名〉△～を嚙みつぶしたような顔/愁眉苦臉。

にかめいが[二化螟蛾]〈名〉二化螟。

にかよ・う[似通う]〈自五〉相似。

にがり[苦汁]〈名〉鹵水。

にがりき・る[苦り切る]〈自五〉極不痛快。

にかわ[膠]〈名〉膠。

にがわせ[荷為替]〈名〉(經)貨匯。押匯。

にがわらい[苦笑い]〈名・自サ〉苦笑。

にがんレフ[二眼レフ]〈名〉雙鏡頭反光照相機。

にき[二期]〈名〉二期。二屆。

にきさく[二期作]〈名〉雙季稻。

にぎてき[二義的]〈形動〉次要。第二位。

にきび[面皰]〈名〉粉刺。痤瘡。

にぎやか[賑やか]〈形動〉熱鬧。

にきゅう[二級]〈名〉二級。二等。

にぎり[握り]〈名〉①把兒。把手。②(用「ひとにぎり」的形式)一把。一小撮。

にぎりこぶし[握り拳]〈名〉拳頭。

にぎりし・める[握り締める]〈他下一〉握住。握緊。

にぎりつぶ・す[握り潰す]〈他五〉捏碎。

にぎりめし[握飯]〈名〉飯糰子。

にぎ・る[握る]〈他五〉①握。②掌握。抓住。

にぎわ・う[賑わう]〈自五〉①熱鬧。繁華。②興旺。

にぎわ・す[賑わす]〈他五〉使熱鬧。使繁

盛。

にく[肉]〈名〉肉。

にく・い[憎い]〈形〉①可憎。可恨。②令人
　欽佩。

-にく・い[難い]〈接尾〉(接動詞連用形
　後)難以。

にくが[肉芽]〈名〉〈醫〉肉芽。

にくがん[肉眼]〈名〉肉眼。

にくぎゅう[肉牛]〈名〉菜牛。

にくしみ[憎しみ]〈名〉憎恨。

にくしゅ[肉腫]〈名〉〈惡性〉腫瘤。

にくしょく[肉食]〈名・自サ〉①肉食。②
　食肉。

にくしん[肉親]〈名〉骨肉。

にくせい[肉声]〈名〉肉聲。自然嗓音。

にくたい[肉体]〈名〉肉體。

にくづき[肉月]〈名〉〈漢字的〉月肉旁。

にくづき[肉付き]〈名〉①〈身體的〉胖瘦。
　②〈動物的〉膘情。

にくづけ[肉付け]〈名〉充實。潤飾。

にくにくし・い[憎憎しい]〈形〉可憎。令
　人討厭。

にくはく[肉薄]〈名・自サ〉①肉搏。②迫
　近。逼近。③追問。逼問。

にくばなれ[肉離れ]〈名・自サ〉肌肉拉
　傷。

にくひつ[肉筆]〈名〉親筆。

にくぶと[肉太]〈名・形動〉筆劃粗。

にくぼそ[肉細]〈名・形動〉筆劃細。

にくまれぐち[憎まれ口]〈名〉令人討厭的
　話。

にくまれっこ[憎まれっ子]〈名〉討人嫌的
　孩子。

にくまれやく[憎まれ役]〈名〉落埋怨的工
　作。

にくまんじゅう[肉饅頭]〈名〉肉包子。

にく・む[憎む]〈他五〉恨。憎恨。

にくめな・い[憎めない]〈連語〉不招人
　恨。天真。可愛。

にくや[肉屋]〈名〉肉舖。

にくよく[肉欲]〈名〉肉慾。

にくらし・い[憎らしい]〈形〉可恨。可惡。

にぐるま[荷車]〈名〉大車。排子車。

ニグロ[Negro]〈名〉黑人。

ニクロム[Nichrome]〈名〉鎳鉻合金。

にげ[逃げ]〈名〉逃跑。逃避。

にげあし[逃げ足]〈名〉①逃跑(的速度)。
　②想逃跑。

にげう・せる[逃げ失せる]〈自下一〉跑
　掉。逃脱。

にげおく・れる[逃げ遅れる]〈自下一〉跑
　得遲。逃得晚。

にげぐち[逃げ口]〈名〉逃路。

にげこうじょう[逃げ口上]〈名〉遁辭。藉
　口。推托話。

にげごし[逃げ腰]〈名〉想逃跑。想逃脱。

にげこ・む[逃げ込む]〈自五〉逃入。

にげだ・す[逃げ出す]〈自五〉逃出。跑掉。
　溜走。

にげの・びる[逃げ延びる]〈自上一〉逃
　脱。

にげば[逃げ場]〈名〉逃避的地方。

にげまど・う[逃げ惑う]〈自五〉亂跑。亂
　竄。

にげまわ・る[逃げ回る]〈自五〉到處亂
　跑。四處逃竄。

にげみち[逃げ道]〈名〉①逃路。退路。②逃
　避的方法。

に・げる[逃げる]〈自下一〉①逃跑。②逃
　避。

にげん[二元]〈名〉〈數〉二元。

にごう[二号]〈名〉①二號。②妾。姨太太。

にこごり[煮凝り]〈名〉魚凍。

にご・す[濁す]〈他五〉①弄渾。②含糊。支
　吾。

ニコチン[nicotine]〈名〉尼古丁。

にこにこ[副・自サ]笑嘻嘻。笑眯眯。

にこみ[煮込み]〈名〉燉。

にこ・む[煮込む]〈他五〉燉。

にこやか[形動]和藹。笑容滿面。

にこり[副]莞爾。微微(一笑)。

にごり[濁り]〈名〉渾濁。

にご・る[濁る]〈自五〉①渾濁。②發濁音。

にごん[二言]〈名〉二言。食言。

にざかな[煮魚]〈名〉燉的魚。

にさん[二三]〈名〉兩三。稍微。

にさんかたんそ[二酸化炭素]〈名〉二氧化碳。

にし[西]〈名〉西。

にし[螺]〈名〉螺。

にじ[虹]〈名〉虹。彩虹。

にじ[二次]〈名〉二次。

にしかぜ[西風]〈名〉西風。

にしがわ[西側]〈名〉①西側。西邊。②西方。西歐。

にしき[錦]〈名〉錦。

にしきへび[錦蛇]〈名〉蟒蛇。

にしび[西日]〈名〉夕陽。

にじます[虹鱒]〈名〉虹鱒。

にじみ・でる[滲み出る]〈自下一〉①滲出。②流露出。

にじ・む[滲む]〈自五〉滲。洇。

にし・める[煮染める]〈他下一〉用醬油燉。

にしゃたくいつ[二者択一]〈名〉二者擇一。

にじゅう[二重]〈名〉二重。雙重。

にじゅうしょう[二重唱]〈名〉二重唱。

にじゅうそう[二重奏]〈名〉二重奏。

にじょう[二乗]〈名・他サ〉(數)平方。自乘。

にじりよ・る[躙り寄る]〈自五〉①(坐着)湊近。②逐漸逼近。

にしん[鰊]〈名〉鯡魚。

にしんほう[二進法]〈名〉(數)二進位制。

ニス〈名〉清漆。

にすい[二水]〈名〉(漢字)兩點水兒。

にせ[偽]〈名〉偽。假。

にせアカシア〈名〉(植)刺槐。洋槐。

にせい[二世]〈名〉①二世。②第二代。③兒子。

にせがね[偽金]〈名〉偽幣。

にせさつ[偽札]〈名〉偽鈔。

にせもの[偽物]〈名〉假貨。冒牌貨。

にせもの[偽者]〈名〉冒充者。

に・せる[似せる]〈他下一〉模仿。倣造。

にそう[尼僧]〈名〉尼姑。修女。

にそくさんもん[二束三文]〈連語〉不值幾個錢。

にたき[煮炊き]〈名・自サ〉做飯。

にた・つ[煮立つ]〈自五〉煮開。

にた・てる[煮立てる]〈他下一〉煮開。

にたにた〈副・自サ〉傻笑。奸笑。

にたもの[似た者]〈名〉(性格等)相似的人。

にたりよったり[似たり寄ったり]〈連語〉差不多少。不相上下。

-にち[日]〈接尾〉日。號。天。

にちげん[日限]〈名〉日期。期限。

にちじ[日時]〈名〉時日。

にちじょう[日常]〈名〉日常。

にちぼつ[日没]〈名〉日落。

にちや[日夜]〈名〉日夜。

にちよう[日用]〈名〉日用。

にちよう[日曜]〈名〉星期日。

にちようひん[日用品]〈名〉日用品。

にっか[日課]〈名〉日課。

につかわし・い[似つかわしい]〈形〉相稱。合適。

にっかん[日刊]〈名〉日刊。

にっかん[肉感]〈名〉肉感。

にっき[日記]〈名〉日記。

にっきゅう[日給]〈名〉日薪。日工資。

にっきん[日勤]〈名〉日班。白班。

ニックネーム[nick name]〈名〉綽號。愛稱。

にづくり[荷造]〈名・自他サ〉包裝。捆行李。

にっけい[日系]〈名〉日本血統。

にっけい[肉桂]〈名〉肉桂。

につ・ける[煮付ける]〈他下一〉煮。熬。燉。

ニッケル[nickel]〈名〉鎳。

にっこう[日光]〈名〉日光。

にっこり〈副・自サ〉微笑。

にっさん[日参]〈名・自サ〉①每日參拜。②每天去。

にっさん[日産]〈名〉日產。

にっし[日誌]〈名〉日誌。

にっしゃびょう[日射病]〈名〉日射病。中暑。

にっしょう[日照]〈名〉日照。

にっしょうき[日章旗]〈名〉日本國旗。

にっしょく[日食]〈名〉日蝕。

にっしんげっぽ[日進月歩]〈名・自サ〉日新月異。

にっすう[日数]〈名〉日數。

にっちもさっちも[二進も三進も]〈連語〉一籌莫展。進退維谷。

にっちゅう[日中]〈名〉白天。

にっちょく[日直]〈名・自サ〉値日。

にってい[日程]〈名〉日程。

にっとう[日当]〈名〉日薪。日工資。

にっぽう[日報]〈名〉日報。

にっぽん[日本]〈名〉→にほん。

につま・る[煮詰る]〈自五〉煮乾。熬乾。

にてひなる[似て非なる]〈連語〉似是而非。

にと[二兎]〈名〉二兔。

にど[二度]〈名〉兩次。

にとう[二等]〈名〉二等。

にとうぶん[二等分]〈名〉二等分。

にとうへんさんかくけい[二等辺三角形]〈名〉等腰三角形。

ニトログリセリン[nitroglycerine]〈名〉硝化甘油。

ニトロセルロース[nitrocellulose]〈名〉硝化纖維素。

にな・う[担う]〈他五〉①擔。挑。扛。②擔負。

ににんさんきゃく[二人三脚]〈名〉二人三足(賽跑)。

ににんしょう[二人称]〈名〉第二人稱。

にぬし[荷主]〈名〉貨主。發貨人。

にねん[二年]〈名〉①二年。②(植)二年生。

にのあし[二の足]〈名〉△～を踏む/躊躇。猶豫。

にのうで[二の腕]〈名〉上臂。

にのく[二の句]〈名〉△～がつげない/無言以對。

にのつぎ[二の次]〈名〉①第二。次要。②緩辦。往後推。

にのまい[二の舞]〈名〉覆轍。

にばい[二倍]〈名〉二倍。

にばしゃ[荷馬車]〈名〉貨馬車。

にばんせんじ[二番煎じ]〈名〉①沏過(的茶)。煎過(的藥)。②重複。翻版。

にぶ[二部]〈名〉二部。

にぶ・い[鈍い]〈形〉①鈍。②遲鈍。

にふだ[荷札]〈名〉貨籤。行李籤。

にぶ・る[鈍る]〈自五〉①變鈍。變遲鈍。②遲鈍。

にぶん[二分]〈名・他サ〉二分。

にべもな・い[鮸も無い]〈連語〉非常冷淡。

にぼし[煮干]〈名〉小熟乾魚。

にほん[日本]〈名〉日本。

にほんいち[日本一]〈名〉全日本第一。

にまいがい[二枚貝]〈名〉(動)雙殼貝。

にまいじた[二枚舌]〈名〉△～を使う/撒謊。

にまいめ[二枚目]〈名〉①(戲)小生。②美男子。③第二張。

にまめ[煮豆]〈名〉煮熟的豆。

にもうさく[二毛作]〈名〉一年兩熟。

にもかかわらず[にも拘わらず]〈連語〉儘管…還是…。雖然…可是…。

にもつ[荷物]〈名〉①貨物。行李。②負擔。累贅。

にもの[煮物]〈名〉煮菜。

にやく[荷役]〈名〉(碼頭)裝卸。

にや・ける〈自下一〉女人氣。

にやにや〈副・自サ〉笑嘻嘻。

にやりと〈副〉微微一笑。

ニュアンス[nuance]〈名〉語感。神韻。微妙差異。

にゅういん[入院]〈名・自サ〉入院。住院。

にゅうえい[入営]〈名・自サ〉入伍。

にゅうえき[乳液]〈名〉乳液。

にゅうえん[入園]〈名・自サ〉①入幼兒園。②進動物園。

にゅうか[入荷]〈名・自他サ〉進貨。到貨。

にゅうか[乳化]〈名・自他サ〉乳化。

にゅうかい[入会]〈名・自サ〉入會。

にゅうかく[入閣]〈名・自サ〉入閣。

にゅうがく[入学]〈名・自サ〉入學。

にゅうがん[乳癌]〈名〉乳腺癌。

にゅうぎゅう[乳牛]〈名〉乳牛。奶牛。

にゅうきょ[入居]〈名・自サ〉遷人。

にゅうぎょう[乳業]〈名〉乳製品工業。

にゅうきん[入金]I〈名・自サ〉進款。II〈名・他サ〉付款。

にゅうこう[入港]〈名・自サ〉進港。

にゅうこく[入国]〈名・自サ〉入境。

にゅうごく[入獄]〈名・自サ〉入獄。

にゅうざい[乳剤]〈名〉乳劑。

にゅうさつ[入札]〈名・自サ〉投標。

にゅうさん[乳酸]〈名〉乳酸。

にゅうし[乳歯]〈名〉乳齒。

にゅうじ[乳児]〈名〉嬰兒。

にゅうしゃ[入社]〈名・自サ〉入公司。

にゅうしゃ[入射]〈名・自サ〉入射。

にゅうじゃく[柔弱]〈名・形動〉柔弱。軟弱。

にゅうしゅ[入手]〈名・他サ〉得到。弄到手。

にゅうしょう[入賞]〈名・自サ〉獲獎。

にゅうじょう[入城]〈名・自サ〉①入城。進城。②攻陷敵城。

にゅうじょう[入場]〈名・自サ〉入場。

にゅうじょうけん[入場券]〈名〉入場券。

にゅうじょうしき[入場式]〈名〉入場式。

にゅうじょうむりょう[入場無料]〈名〉免費入場。

にゅうしょく[入植]〈名・自サ〉(向殖民地或墾荒地)遷居。

にゅうしん[入信]〈名・自サ〉入教。皈依。

にゅうしん[入神]〈名〉出神入化。

ニュース[news]〈名〉新聞。消息。

にゅうせいひん[乳製品]〈名〉乳製品。

にゅうせき[入籍]〈名・自他サ〉入戶。

にゅうせん[入選]〈名・自サ〉入選。

にゅうせん[乳腺]〈名〉乳腺。

にゅうたい[入隊]〈名・自サ〉參軍。入伍。

にゅうだん[入団]〈名・自サ〉入團。

にゅうちょう[入超]〈名〉(經)入超。

にゅうてい[入廷]〈名・自サ〉到庭。進入法庭。

にゅうでん[入電]〈名・自サ〉來電。

にゅうとう[入党]〈名・自サ〉入黨。

にゅうとう[乳糖]〈名〉乳糖。

にゅうとう[乳頭]〈名〉乳頭。

にゅうどうぐも[入道雲]〈名〉積雨雲。

にゅうねん[入念]〈名・形動〉仔細。細心。

にゅうばい[入梅]〈名〉入梅。

にゅうはくしょく[乳白色]〈名〉乳白色。

にゅうばち[乳鉢]〈名〉乳鉢。研鉢。

ニューフェース[new face]〈名〉新秀(特別指影壇新秀)。

ニューボイス[new voice]〈名〉新歌手。新播音員。

にゅうぼう[乳棒]〈名〉乳棒。研棒。

にゅうもん[入門]〈名〉入門。

にゅうよう[入用]〈名・形動〉需要。

にゅうよく[入浴]〈名・自サ〉入浴。

にゅうりょく[入力]〈名〉輸入。輸入功率。

にゅうわ[柔和]〈名・形動〉柔和。

にゅっと[副]突然(出現)。

によう[二様]〈名〉兩樣。兩種。

によう[尿]〈名〉尿。

にょうい[尿意]〈名〉尿意。

にょうせき[尿石]〈名〉尿路結石。

にょうそ[尿素]〈名〉尿素。

にょうどう[尿道]〈名〉尿道。

にょうどくしょう[尿毒症]〈名〉尿毒症。

にょうぼう[女房]〈名〉妻。

にょきにょき[副](細長的東西)不斷出現,迅速生長貌。

にょじつ[如実]〈名〉如實。

にょにん[女人]〈名〉女人。

にょらい[如来]〈名〉如來。

にょろにょろ[副・自サ]蜿蜒。

にら[韮]〈名〉韮菜。

にらみ[睨み]〈名〉①睨視。瞪眼。②威嚴。

にらみあ・う[睨み合う]〈自五〉①互相瞪眼。②敵視。

にらみあわ・せる[睨み合せる]〈他下一〉比較。對照。

にらみつ・ける[睨み付ける]〈他下一〉瞪眼看。

にら・む[睨む]〈他五〉①瞪。盯。②注視。③監視。④估計。預測。

にらめっこ[睨めっこ]〈名〉①(兒童遊戲)凝視賭笑。②敵視。對峙。

にらんせいそうせいじ[二卵性雙生子]

〈名〉雙卵雙胎兒。

にりつはいはん[二律背反]〈名〉(邏)二律背反。

にりゅう[二流]〈名〉二流。二等。

にりゅうかたんそ[二硫化炭素]〈名〉二硫化碳。

にる[似る]〈自上一〉似。像。

にる[煮る]〈他上一〉煮。燉。熬。

にれ[楡]〈名〉楡樹。

にろくじちゅう[二六時中]〈副〉整天。一天到晚。

にわ[庭]〈名〉院子。庭院。

にわか[俄]〈形動〉①突然。②立刻。

にわかあめ[俄雨]〈名〉陣雨。驟雨。

にわとこ[接骨木]〈名〉接骨木。

にわとり[鶏]〈名〉鶏。

にん[任]〈名〉任。任務。職務。

-にん[人]〈接尾〉人。

にんい[任意]〈名・形動〉任意。隨意。

にんか[認可]〈名・他サ〉許可。批准。

にんかん[任官]〈名・自サ〉任官。任職。

にんき[人気]〈名〉①人緣。人望。②風氣。

にんき[任期]〈名〉任期。

にんぎょ[人魚]〈名〉美人魚。

にんきょう[任俠]〈名〉俠義。

にんぎょう[人形]〈名〉偶人。玩偶。

にんげん[人間]〈名〉①人。人類。②人品。

にんげんえいせい[人間衛星]〈名〉載人宇宙飛船。

にんげんこくほう[人間国宝]〈名〉(指日本具有高超傳統特殊技藝的)國寶級人物。

にんげんせい[人間性]〈名〉人性。

にんげんなみ[人間並]〈名・形動〉和普通人一樣。

にんげんみ[人間味]〈名〉人情味。

にんさんぷ[妊産婦]〈名〉孕婦和産婦。

にんしき[認識]〈名・他サ〉認識。

にんじゃ[忍者]〈名〉(隱密行動的)探子。

にんじゅう[忍従]〈名・自サ〉逆來順受。

にんじゅつ[忍術]〈名〉隱身法。

にんしょう[人称]〈名〉人稱。

にんしょう[認証]〈名・他サ〉認證。確認。

にんじょう[人情]〈名〉人情。

にんしん[妊娠]〈名・自サ〉妊娠。

にんじん[人参]〈名〉胡蘿蔔。

にんずう[人数]〈名〉人數。

にん・ずる[任ずる]Ⅰ〈自サ〉自任。Ⅱ〈他サ〉任命。

にんそう[人相]〈名〉相貌。

にんそく[人足]〈名〉力工。

にんたい[忍耐]〈名・自サ〉忍耐。

にんち[任地]〈名〉任地。

にんち[認知]〈名・他サ〉①認識。②(法)(對非婚生子的)承認。認領。

にんてい[認定]〈名・他サ〉認定。

にんにく[大蒜]〈名〉蒜。

にんぴにん[人非人]〈名〉不是人。狼心狗肺。

にんぷ[人夫]〈名〉小工。力工。

にんぷ[妊婦]〈名〉孕婦。

にんべん[人偏]〈名〉(漢字)單立人。

にんむ[任務]〈名〉任務。

にんめい[任命]〈名・他サ〉任命。

にんめん[任免]〈名・他サ〉任免。

にんよう[任用]〈名・他サ〉任用。

ぬ　ヌ

ぬい [縫い]〈名〉①縫。縫法。②(縫的)縫兒。針腳。

ぬいあわ・せる [縫い合わせる]〈他下一〉縫合。

ぬいぐるみ [縫いぐるみ]〈名〉布娃娃。布玩偶。

ぬいこみ [縫込み]〈名〉褶邊兒。縫在裏邊(的部分)。

ぬいしろ [縫代]〈名〉縫頭。縫邊。

ぬいとり [縫取り]〈名・他サ〉刺繡。

ぬいめ [縫目]〈名〉縫口。針腳。

ぬいもの [縫物]〈名〉①縫紉。針綫活。②刺繡。

ぬ・う [縫う]〈他五〉①縫。②刺繡。③穿過。

ヌード [nude]〈名〉裸體。裸體像。

ヌードル [noodle]〈名〉鷄蛋掛麵。

ぬえ [鵺]〈名〉①(動)虎斑地鶇。②莫名其妙(的人、物)。

ぬか [糠]〈名〉糠。

ヌガー [nougat]〈名〉果仁奶糖。

ぬかあめ [糠雨]〈名〉毛毛雨。

ぬか・す [吐かす]〈他五〉胡說。扯扯。

ぬか・す [抜かす]〈他五〉遺漏。漏掉。

ぬかず・く [額ずく]〈自五〉磕頭。

ぬかみそ [糠味噌]〈名〉(醃菜的)米糠醬。

ぬかよろこび [糠喜び]〈名・自サ〉空歡喜。

ぬかり [抜かり]〈名〉差錯。過失。

ぬか・る〈自五〉泥濘。

ぬか・る [抜かる]〈自五〉疏忽。大意。

ぬかるみ [泥濘]〈名〉泥濘。

ぬき [抜き]〈名〉①去掉。省去。②連勝。

ぬきあし [抜き足]〈名〉躡脚。

ぬきうち [抜打ち]〈名〉冷不防。出其不意。

ぬきがき [抜書]〈名・他サ〉摘錄。

ぬきさし [抜き差し]〈名・他サ〉①拔出和插入。②增減。

ぬきさしならな・い [抜き差しならない]

〈連語〉進退維谷。

ぬきす・てる [脱ぎす・てる]〈他下一〉脫掉。

ぬきずり [抜刷]〈名・他サ〉抽印。抽印本。

ぬきだ・す [抜き出す]〈他五〉①拔出。②挑出。選出。

ぬきと・る [抜き取る]〈他五〉①拔出。②提出。選出。③抽竊。

ぬきはな・つ [抜き放つ]〈他五〉猛然抽出(刀、劍)。

ぬきみ [抜身]〈名〉抽出的刀。

ぬきん・でる [抜きん出る]〈自下一〉出衆。超羣。

ぬ・く [抜く]〈他五〉①拔出。抽出。②選出。挑出。③去掉。省掉。④超過。⑤攻陷。⑥竊取。

ぬ・ぐ [脱ぐ]〈他五〉脫。

ぬぐ・う [拭う]〈他五〉①擦。揩。抹。②消除。

ぬくぬく〈副・自サ〉熱乎乎。暖烘烘。

ぬくま・る [温まる]〈自五〉溫暖。發暖。

ぬくみ [温み]〈名〉溫暖。暖和。

ぬく・める [温める]〈他下一〉溫。暖。

ぬくもり [温もり]〈名〉溫暖。暖和氣。

ぬけあな [抜穴]〈名〉①通道。②漏洞。

ぬけがけ [抜駆け]〈名・自サ〉搶先。

ぬけがら [抜殻]〈名〉蛻。

ぬけかわ・る [抜け代る]〈自五〉(牙、毛等舊的脫落)換(新的)。

ぬけげ [抜毛]〈名〉脫髮。

ぬけだ・す [抜け出す]〈自五〉①溜出。②擺脫。

ぬけぬけ〈副〉厚顏無恥。

ぬけみち [抜道]〈名〉①抄道。近道。②退路。

ぬけめ [抜目]〈名〉漏洞。疏忽。

ぬ・ける [抜ける]〈自下一〉①掉下。脫落。②漏掉。③撒氣。④脫離。⑤消失。⑥穿過。⑦傻。

ぬ・げる[脱げる]〈自下一〉脱落。掉下。

ぬし[主]〈名〉①主人。物主。所有者。②老資格。

ぬし[塗師]〈名〉漆匠。

ぬすびと[盗人]〈名〉小偷。竊賊。

ぬすびとはぎ[盗人萩]〈名〉(植)山螞蝗。

ぬすみぎき[盗み聞き]〈名・他サ〉偷聽。竊聽。

ぬすみぐい[盗み食い]〈名・他サ〉偷嘴。偷吃。

ぬすみみ[盗み見]〈名・他サ〉偷看。

ぬす・む[盗む]〈他五〉偷。偷盜。

ぬっと[副]突然。

ぬの[布]〈名〉布。

ぬのぎれ[布切れ]〈名〉布塊。

ぬのじ[布地]〈名〉布料。

ぬま[沼]〈名〉沼澤。

ぬまち[沼地]〈名〉沼澤地。

ぬら・す[濡らす]〈他五〉浸濕。

ぬらりくらり〈副・自サ〉①溜滑。②支吾搪塞。

ぬり[塗]〈名〉①塗抹。塗漆。②塗法。

ぬりか・える[塗り替える]〈他下一〉重塗。

ぬりぐすり[塗薬]〈名〉外敷藥。

ぬりつぶ・す[塗り潰す]〈他五〉塗滿。塗掉。

ぬ・る[塗る]〈他五〉塗。抹。搽。

ぬる・い[温い]〈形〉①微溫。②不嚴厲。

ぬるで[白膠木]〈名〉(植)鹽膚木。五倍子樹。

ぬるぬる〈副・自サ〉溜滑。

ぬるまゆ[微温湯]〈名〉溫水。烏塗水。

ぬる・む[温む]〈自五〉變暖。變溫。

ぬれぎぬ[濡衣]〈名〉△～を着せる/冤枉。△～を着せられる/受冤枉。

ぬれてであわ[濡手で粟]〈連語〉不勞而獲。

ぬれねずみ[濡鼠]〈名〉落湯鶏。

ぬ・れる[濡れる]〈自下一〉濡濕。

ね ネ

ね I〈感〉喂。II〈終助〉(表示感嘆、叮嚀、加強語氣等)啊。呀。

ね[子]〈名〉(十二支之一)子。

ね[音]〈名〉(悦耳的)聲。聲音。

ね[値]〈名〉價格。價錢。

ね[根]〈名〉①根。②本性。

ね[寝]〈名〉睡眠。

ねあがり[値上り]〈名・自サ〉漲價。

ねあげ[値上げ]〈名・他サ〉提價。

ねあせ[寝汗]〈名〉盗汗。

ねいき[寝息]〈名〉睡眠中的呼吸。

ねいす[寝椅子]〈名〉躺椅。

ねいりばな[寝入り端]〈名〉剛入睡。

ねい・る[寝入る]〈自五〉睡着。入睡。熟睡。

ねいろ[音色]〈名〉音色。

ねうち[値打ち]〈名〉價值。

ねえさん[姉さん・姐さん]〈名〉①姐姐。②(對青年女子、女服務員等的稱呼)大姐。小姐。

ネーブル[navel]〈名〉〈植〉廣柑。臍橙。

ネーム[name]〈名〉名字。

ねおき[寝起き]〈名・自サ〉①睡醒。②起居。生活。

ねおし[寝押し]〈名・他サ〉睡覺時放在褥底壓平。

ネオン[neon]〈名〉①霓虹燈。②〈化〉氖。

ネガ[nega]〈名〉底片。底板。

ねがい[願い]〈名〉①願望。請求。申請。②申請書。

ねがいさげ[願い下げ]〈名〉①撤銷申請。②(對某事)請幹也不幹。

ねがい・でる[願い出る]〈他下一〉申請。請求。

ねが・う[願う]〈他五〉①祈禱。②希望。期望。③請求。申請。

ねがえ・る[寝返る]〈自五〉①(躺着或睡覺時)翻身。②叛變。投敵。

ねがお[寝顔]〈名〉睡臉。

ねか・す[寝かす]〈他五〉①使…躺下。使…睡覺。②放倒。③積壓。④使…醸酵。

ねがわくは[願わくは]〈副〉祝願。但願。希望。

ねぎ[葱]〈名〉葱。

ねぎら・う[労う]〈他五〉慰勞。

ねぎ・る[値切る]〈他五〉還價。殺價。

ネクタイ[necktie]〈名〉領帶。

ネクタイどめ[ネクタイ止め]〈名〉領帶卡子。

ネクタイピン〈名〉領帶別針。領帶卡子。

ねくび[寝首]〈名〉△～をかく/砍掉睡覺人的腦袋。趁機陷害。

ねぐら[塒]〈名〉鳥巢。

ネグリジェ[neglige]〈名〉睡袍。

ねぐるし・い[寝苦しい]〈形〉睡不着。難以入睡。

ねこ[猫]〈名〉猫。

ねこいらず[猫いらず]〈名〉殺鼠劑。

ねごこち[寝心地]〈名〉睡着的感覺。

ねこじた[猫舌]〈名〉怕吃熱東西(的人)。

ねこぜ[猫背]〈名〉水蛇腰。

ねこそぎ[根こそぎ]I〈名〉連根拔。II〈副〉全部。

ねごと[寝言]〈名〉夢話。夢囈。

ねこなでごえ[猫撫で声]〈名〉嬌聲。諂媚聲。

ねこばば[猫糞]〈名・他サ〉佯作不知。昧為己有。

ねこみ[寝込み]〈名〉熟睡。

ね・む[寝込む]〈自五〉①熟睡。②卧病。

ねこやなぎ[猫柳]〈名〉〈植〉細柱柳。

ねごろ[値頃]〈名〉價錢合適。

ねころ・ぶ[寝転ぶ]〈自五〉(隨便)躺着。橫卧。

ねさがり[値下り]〈名・自サ〉跌價。落價。

ねさげ[値下げ]〈名・他サ〉降價。減價。

ねざけ[寝酒]〈名〉睡before喝的酒。

ねざ・す[根差す]〈自五〉生根。紮根。

ねざめ[寝覚め]〈名〉睡醒。

ねじ[螺子]〈名〉①螺絲釘。②發條。

ねじあ・げる[捩じ上げる]〈他下一〉用力擰上去。

ねじき・る[捩じ切る]〈他五〉擰斷.扭斷。

ねじくぎ[螺子釘]〈名〉螺絲釘。

ねじ・ける[拗ける]〈自下一〉乖僻.彆扭。

ねじこ・む[捩じ込む]Ⅰ〈他五〉擰進.塞進。Ⅱ〈自五〉提出嚴重抗議。

ねしずま・る[寝静まる]〈自五〉睡後夜深人靜。

ねしな[寝しな]〈名〉臨睡。

ねじふ・せる[捩じ伏せる]〈他下一〉扭住胳膊按倒。

ねじま・げる[捩じ曲げる]〈他下一〉①擰彎。②歪曲.曲解。

ねじまわし[螺子回し]〈名〉螺絲刀。

ねじむ・ける[捩じ向ける]〈他下一〉扭向。

ねじめ[音締]〈名〉〈樂器〉對弦。

ねじやま[螺子山]〈名〉螺紋。

ねしょうべん[寝小便]〈名〉尿床。

ねじりはちまき[捩り鉢巻]〈名〉擰起來紮在頭上的毛巾。②拚命。

ねじ・る[捩る]〈他五〉擰.扭。

ねじ・れる[捩れる]〈自下一〉①扭歪。②乖僻。

ねじろ[根城]〈名〉巢穴。根據地。

ねすご・す[寝過す]〈自五〉睡過頭。

ねずのばん[寝ずの番]〈名〉通宵值班.守夜。

ねずみ[鼠]〈名〉老鼠。

ねずみいろ[鼠色]〈名〉灰色。

ねずみざん[鼠算]〈名〉①幾何級數算法。②激增。

ねずみとり[鼠取り]〈名〉捕鼠器。

ねぞう[寝相]〈名〉睡相。

ねそ・れる[寝そびれる]〈自下一〉睡不着.錯過睡勁兒。

ねそべ・る[寝そべる]〈自五〉躺.臥。

ねた〈名〉①搜集的材料。②證據.把柄。

ねだ[根太]〈名〉支地板的橫樑。

ねたまし・い[妬ましい]〈形〉嫉妒。

ねた・む[妬む]〈他五〉嫉妒。

ねだやし[根絶やし]〈名・他サ〉根除。

ねだ・る[強請る]〈他五〉纏着要。死氣白賴地要求。

ねだん[値段]〈名〉價錢。

ねちが・える[寝違える]〈自下一〉落枕.睡擰筋。

ねちねち[副・自サ]①絮絮叨叨。死氣白賴。

ねつ[熱]〈名〉①熱。②熱心。熱忱。③發燒。

ねつあい[熱愛]〈名・他サ〉熱愛。

ねつい[熱意]〈名〉熱情.熱忱。

ねつエネルギー[熱エネルギー]〈名〉熱能。

ねつえん[熱演]〈名・他サ〉熱心表演。

ネッカチーフ[neckerchief]〈名〉方圍巾。

ねっから[根っから]〈副〉①生來。②根本.絲毫。

ねつき[寝付き]〈名〉入睡。

ねっき[熱気]〈名〉①熱氣.暑氣。②熱情.熱烈氣氛。

ねっきょう[熱狂]〈名・自サ〉狂熱。

ねつ・く[寝付く]〈自五〉①睡着.入睡。②臥病。

ねづ・く[根付く]〈自五〉生根.紮根。

ネックレス[necklace]〈名〉項鏈。

ねっけつ[熱血]〈名〉熱血。

ねつげん[熱源]〈名〉熱源。

ねつさまし[熱冷まし]〈名〉退燒藥.解熱劑。

ねっしゃびょう[熱射病]〈名〉中暑。

ねつじょう[熱情]〈名〉熱情。

ねっしん[熱心]〈名・形動〉熱心。

ねっ・する[熱する]〈自他サ〉①變熱。②熱衷。③加熱。

ねっせい[熱誠]〈名〉熱誠。

ねっせん[熱戦]〈名〉激戰。

ねっせん[熱線]〈名〉熱綫。

ねつぞう[捏造]〈名・他サ〉捏造。

ねったい[熱帯]〈名〉熱帶。

ねっちゅう[熱中]〈名・自サ〉熱衷.入迷。

ねっぽ・い[熱っぽい]〈形〉①有點發燒。②熱情。

ネット[net]〈名〉網。

ねつど[熱度]〈名〉熱度。

ねっとう[熱湯]〈名〉開水。

ネットボール[net ball]〈名〉(排球、網球等)擦網球。

ねっとり〈副・自サ〉黏糊糊。

ネットワーク[network]〈名〉廣播網。電視網。

ねつびょう[熱病]〈名〉熱病。

ねっぷう[熱風]〈名〉熱風。

ねつべん[熱弁]〈名〉熱情的講演。

ねつぼう[熱望]〈名・他サ〉渴望。

ねづよ・い[根強い]〈形〉根深蒂固。

ねつりょう[熱量]〈名〉熱量。

ねつるい[熱涙]〈名〉熱淚。

ねつれつ[熱烈]〈名・形動〉熱烈。

ねてもさめても[寝ても覚めても]〈連語〉時刻。醒夢裏。

ねどこ[寝床]〈名〉被窩。

ねとぼ・ける[寝惚ける]〈自下一〉睡迷糊。

ねとまり[寝泊り]〈名・自サ〉投宿。住宿。

ねと・る[寝取る]〈他五〉私通。

ねなしぐさ[根無し草]〈名〉浮萍。

ねば・く[粘つく]〈自五〉粘上。

ねばねば[副・自サ〉黏糊糊。

ねばり[粘り]〈名〉①黏性。②韌性。

ねばりけ[粘り気]〈名〉黏性。

ねばりつよ・い[粘り強い]〈形〉①黏性大。②頑強。堅韌不拔。

ねば・る[粘る]〈自五〉①發黏。②堅持。

ねはん[涅槃]〈名〉(佛)涅槃。

ねびえ[寝冷え]〈名・自サ〉睡覺時著涼。

ねびき[値引き]〈名・他サ〉減價。折扣。

ねぶかい[根深い]〈名〉根深。

ねぶくろ[寝袋]〈名〉睡袋。

ねぶそく[寝不足]〈名・形動・自サ〉睡眠不足。

ねふだ[値札]〈名〉價格標籤。

ねぶみ[値踏み]〈名・他サ〉估價。

ネフローゼ[nephrose]〈名〉腎病。

ねぼう[寝坊]〈名・形動・自サ〉貪睡。睡懶覺。

ねぼ・ける[寝惚ける]〈自下一〉睡迷糊。

ねほりはほり[根掘り葉掘り]〈副〉刨根問底。

ねまき[寝巻]〈名〉睡衣。

ねまわし[根回し]〈名〉事先疏通。

ねみみ[寝耳]〈名〉睡中聽到。

ねみみにみず[寝耳に水]〈連語〉青天霹靂。

ねむ・い[眠い]〈形〉睏。

ねむけ[眠気]〈名〉睡意。

ねむた・い[眠たい]〈形〉→ねむい。

ねむのき[合歓木]〈名〉合歡樹。芙蓉樹。

ねむら・す[眠らす]〈他五〉①讓…睡覺。②殺死。幹掉。

ねむり[眠り]〈名〉睡覺。睡眠。

ねむりぐすり[眠り薬]〈名〉①安眠藥。②麻醉藥。

ねむりこ・ける[眠りこける]〈自下一〉酣睡。熟睡。

ねむりこ・む[眠り込む]〈自五〉熟睡。

ねむ・る[眠る]〈自五〉①睡覺。②長眠。

ねもと[根元]〈名〉①根。根本。

ねものがたり[寝物語]〈名〉私房話。

ねゆき[根雪]〈名〉積雪。

ねらい[狙い]〈名〉①瞄準。②目標。目的。

ねらいうち[狙撃ち]〈名・他サ〉狙擊。

ねら・う[狙う]〈他五〉①瞄準。②盯住。窺伺。

ねりある・く[練り歩く]〈自五〉遊行。

ねりあわ・せる[練り合せる]〈他下一〉攪和。

ねりはみがき[練り歯磨]〈名〉牙膏。

ね・る[寝る]〈自下一〉①躺。卧。②睡覺。③卧病。④滯銷。積壓。

ね・る[練る]〈他五〉①揉。和。②熬製。冶煉。④鍛煉。磨練。⑤推敲。

ネル〈名〉法蘭絨。

ね・れる[練れる]〈自下一〉①成熟。老練。②揉和好。攪拌好。

わわけ[根分け]〈名・他サ〉分根。分株。

ねん[年]〈名〉①年。一年。②年限。

ねん[念]〈名〉①念頭。心情。②注意。用心。

ねんいり[念入り]〈形動〉仔細。用心。周到。

ねんえき[粘液]〈名〉黏液。

ねんが[年賀]〈名〉賀年。拜年。

ねんがく[年額]〈名〉年額。

ねんがじょう[年賀状]〈名〉賀年片。

ねんがっぴ[年月日]〈名〉年月日。

ねんがらねんじゅう[年がら年中]〈副〉一年到頭。

ねんかん[年間]〈名〉一年間。全年。

ねんかん[年鑑]〈名〉年鑑。

ねんがん[念願]〈名・他サ〉心願。祝願。

ねんき[年季]〈名〉(學徒的)年限。

-ねんき[年忌]〈名〉週年忌辰。

ねんきん[年金]〈名〉退休金。養老金。

ねんぐ[年貢]〈名〉地租。

ねんげつ[年月]〈名〉年月。歲月。

ねんげん[年限]〈名〉年限。

ねんこう[年功]〈名〉①多年的功勞。②多年的經驗。

ねんごう[年号]〈名〉年號。

ねんごろ[懇ろ]〈形動〉①誠意。懇切。慇懃。②親密。

ねんざ[捻挫]〈名・自他サ〉挫傷。扭傷。

ねんさん[年産]〈名〉年產。

ねんし[年始]〈名〉①年初。②賀年。拜年。

ねんじ[年次]〈名〉年度。

ねんしゅう[年収]〈名〉年收入。

ねんじゅう[年中]〈副〉終年。整年。

ねんじゅうぎょうじ[年中行事]〈名〉一年中例行的節日和活動。

ねんしゅつ[捻出]〈名・他サ〉勻出。擠出。想出。

ねんしょう[年少]〈名・形動〉年少。年輕。

ねんしょう[燃焼]〈名・自サ〉燃燒。

ねん・じる[念じる]〈他上一〉→ねんずる。

ねんすう[年数]〈名〉年數。

ねん・ずる[念ずる]〈他サ〉①念誦(佛經)。②祈禱。祝願。③思念。

ねんせい[粘性]〈名〉黏性。

ねんだい[年代]〈名〉年代。

ねんちゃく[粘着]〈名・自サ〉黏着。

ねんちょう[年長]〈名・形動〉年長。

ねんど[年度]〈名〉年度。

ねんど[粘土]〈名〉黏土。

ねんとう[年頭]〈名〉年初。

ねんとう[念頭]〈名〉心裏。心頭。

ねんない[年内]〈名〉年內。

ねんねん[年年]〈名・副〉年年。逐年。

ねんぱい[年配]〈名〉①年長。②大約的年齡。

ねんばんがん[粘板岩]〈名〉黏板岩。

ねんぴょう[年表]〈名〉年表。

ねんぷ[年賦]〈名〉分年償還。

ねんぷ[年譜]〈名〉年譜。

ねんぶつ[念仏]〈名〉念佛。

ねんぽう[年俸]〈名〉年薪。

ねんぽう[年報]〈名〉年報。

ねんまく[粘膜]〈名〉黏膜。

ねんまつ[年末]〈名〉年末。

ねんらい[年来]〈副〉幾年來。多年來。

ねんり[年利]〈名〉年利。年息。

ねんりき[念力]〈名〉意志。毅力。

ねんりょう[燃料]〈名〉燃料。

ねんりん[年輪]〈名〉年輪。

ねんれい[年齢]〈名〉年齡。

の ノ

の〔格助〕①的。②表示主語。③表示體言。④表示列舉。

の〔野〕〈名〉野。田野。原野。

のいちご〔野苺〕〈名〉野草莓。

のいばら〔野茨〕〈名〉野薔薇。

ノイローゼ〔Neurose〕〈名〉神經官能症。

のう〔能〕〈名〉①能力。②(日本傳統的)能樂。

のう〔脳〕〈名〉腦。腦筋。

のう〔膿〕〈名〉膿。

のういっけつ〔脳溢血〕〈名〉腦溢血。

のうえん〔脳炎〕〈名〉腦炎。

のうえん〔農園〕〈名〉(種植園藝作物的)農場。

のうか〔農家〕〈名〉農戸。

のうがき〔能書〕〈名〉①效能説明書。傚單。②自吹自擂。

のうがく〔農学〕〈名〉農學。

のうかすいたい〔脳下垂体〕〈名〉腦垂體。

のうかん〔納棺〕〈名・他サ〉入殮。

のうかんき〔農閑期〕〈名〉農閑期。

のうき〔納期〕〈名〉繳納日期。

のうきぐ〔農機具〕〈名〉農業機械。農具。

のうぎょう〔農業〕〈名〉農業。

のうきん〔納金〕〈名・自サ〉付款。

のうぐ〔農具〕〈名〉農具。

のうげい〔農芸〕〈名〉農藝。

のうけっせん〔脳血栓〕〈名〉(醫)腦血栓。

のうこう〔農耕〕〈名〉農耕。

のうこう〔濃厚〕〈形動〉濃厚。濃重。强烈。

のうこつ〔納骨〕〈名・他サ〉收骨灰。

のうこん〔濃紺〕〈名〉藏青。

のうさぎ〔野兎〕〈名〉野兎。

のうさぎょう〔農作業〕〈名〉農活。

のうさくぶつ〔農作物〕〈名〉農作物。

のうさつ〔悩殺〕〈名・他サ〉使神魂顛倒。

のうさんぶつ〔農産物〕〈名〉農産品。

のうじ〔農事〕〈名〉農活。他事。

のうしゅく〔濃縮〕〈名・他サ〉濃縮。

のうしゅっけつ〔脳出血〕〈名〉腦出血。

のうしゅよう〔脳腫瘍〕〈名〉腦瘤。

のうしょう〔脳漿〕〈名〉腦漿。

のうじょう〔農場〕〈名〉農場。

のうしんとう〔脳震蕩〕〈名〉腦震蕩。

のうずい〔脳〕〈名〉腦髓。

のうぜい〔納税〕〈名・自サ〉納税。

のうせきずいまくえん〔脳脊髄膜炎〕〈名〉腦脊髓膜炎。

のうぜんかずら〔凌霄花〕〈名〉(植)凌霄。紫葳。

のうそん〔農村〕〈名〉農村。

のうたん〔濃淡〕〈名〉濃淡。

のうち〔農地〕〈名〉農田。

のうちゅう〔嚢中〕〈名〉嚢中。錢包裏。

のうてん〔脳天〕〈名〉頭頂。

のうど〔農奴〕〈名〉農奴。

のうど〔濃度〕〈名〉濃度。

のうどう〔能動〕〈名〉能動。主動。

のうなんかしょう〔脳軟化症〕〈名〉腦軟化症。

のうにゅう〔納入〕〈名・他サ〉繳納。

のうのう〔副・自サ〉悠閑。逍遥自在。

のうは〔脳波〕〈名〉(醫)腦電波。

ノウハウ〔know-how〕〈名〉特殊技術。專門技能。秘訣。

のうはんき〔農繁期〕〈名〉農忙期。

のうひつ〔能筆〕〈名〉擅長書法(的人)。

のうびょう〔脳病〕〈名〉腦病。神經病。精神病。

のうひん〔納品〕〈名・自他サ〉交貨。交的貨。

のうひんけつ〔脳貧血〕〈名〉腦貧血。

のうふ〔納付〕〈名・他サ〉繳納。

のうふ〔農夫〕〈名〉農夫。

のうふ〔農婦〕〈名〉農婦。

のうべん〔能弁〕〈名・形動〉善辯。雄辯。

のうまく〔脳膜〕〈名〉腦膜。

のうみそ〔脳味噌〕〈名〉腦汁。腦筋。

のうみつ[濃密]〈形動〉濃厚。濃重。

のうみん[農民]〈名〉農民。

のうむ[濃霧]〈名〉濃霧。

のうやく[農藥]〈名〉農藥。

のうり[腦裏]〈名〉頭腦裏。腦海裏。

のうり[能吏]〈名〉能幹的官吏。

のうりつ[能率]〈名〉效率。

のうりょう[納涼]〈名・自サ〉納涼。乘涼。

のうりょく[能力]〈名〉能力。

ノー[no]〈名〉①不響應。不同意。②沒有。
③禁止。

ノーコメント[no comment]〈名〉無可奉
告。沒甚麼可說的。

ノータッチ[no touch]〈名〉①沒關係。不
干涉。②(棒球)未觸球。

ノート[note]〈名・他サ〉①筆記本。練習
簿。②筆記。記錄。③註釋。

ノーフロスト[no frost]〈名〉(冰箱等的)
除霜器。

ノーベルしょう[ノーベル賞]〈名〉諾貝爾
獎金。

ノーマル[normal]〈形動〉正常。正規。標
準。

のが・す[逃す]〈他五〉放過。錯過。

のが・れる[逃れる]〈自下一〉逃跑。逃避。
逃脫。

のき[軒]〈名〉屋檐。

のぎく[野菊]〈名〉野菊花。

のきさき[軒先]〈名〉檐端。檐前。

ノギス[Nonius]〈名〉卡尺。游標卡尺。

のきなみ[軒並]Ⅰ〈名〉鱗次櫛比。Ⅱ〈副〉
家家戶戶。

のぎへん[ノ木偏]〈名〉(漢字的)禾木旁。

の・く[退く]〈自五〉①離開。躲開。②退
出。

のけぞ・る[のけ反る]〈自五〉仰身。

のけもの[除け者]〈名〉被排擠的人。

の・ける[退ける]Ⅰ〈他下一〉挪開。移開。
Ⅱ〈補動〉①做完。②敢於。

のこぎり[鋸]〈名〉鋸。

のこ・す[残す]〈他五〉①剩下。②留下。保
存。積存。③遺留。

のこのこ[副]滿不在乎。恬不知耻。

のこらず[残らず]〈副〉全部。一個不剩。

のこり[残り]〈名〉剩餘。

のこりび[残火]〈名〉餘燼。

のこりもの[残り物]〈名〉剩餘的東西。

のこ・る[残る]〈自五〉①留下。保傳。遺
留。②剩下。剩餘。

のさば・る〈自五〉橫行霸道。

のざらし[野晒]〈名〉丟在野地任憑風吹雨
打。

のし[熨斗]〈名〉禮籤。

のしあが・る[伸し上がる]〈自五〉發跡。
一步登天。

のしかか・る[伸し掛かる]〈自五〉壓在…
上。

のじゅく[野宿]〈名・自サ〉露宿。

の・す[伸す]Ⅰ〈他五〉①擀。②伸。③打
倒。Ⅱ〈自五〉上昇。長進。擴展。

ノスタルジア[nostalgia]〈名〉鄉思。鄉愁。

ノズル[nozzle]〈名〉噴嘴。噴管。

の・せる[乗せる・載せる]〈他下一〉①
載。裝。②放。擱。③登載。④讓參加。讓加
入。⑤△口車に～/用花言巧語騙人。

のぞ・く[除く]〈他五〉除。除掉。

のぞ・く[覗く]〈他五〉①窺視。偷看。②俯
視。③(大略)看看。④露出。

のそだち[野育ち]〈名〉沒有教養。

のその[副・自サ]慢慢騰騰。慢慢悠悠。

のぞまし・い[望ましい]〈形〉最好是。希
望接。

のぞみ[望み]〈名〉希望。願望。心願。

のぞ・む[望む]〈他五〉①希望。期望。②眺
望。

のぞ・む[臨む]〈自五〉①臨。面臨。②光
臨。③君臨。

のたう・つ〈自五〉難受得亂滾。

のた・る〈自五〉蠕動。Ⅱ〈他五〉亂寫。

のたれじに[野垂死]〈名〉路斃。

のち[後]〈名〉後。以後。將來。

のちぞい[後添い]〈名〉後妻。繼室。

のちのち[後後]〈名〉以後。將來。

のちほど[後程]〈副〉回頭。過後。

ノック[knock]〈名・他サ〉①敲打。②敲
門。③(棒球)打教練球。

ノックアウト [knock out]〈名・他サ〉①打倒。擊倒。②(棒球)使對方更換投手。

のっけ〈名〉開頭。最初。

のっしのっし〈副〉慢騰騰。

のっそり〈副・自サ〉慢騰騰。

ノット [knot]〈名〉(船速單位)節。

のっと・る [則る]〈自五〉按照。遵循。根據。

のっと・る [乗っ取る]〈他五〉攻佔。奪取。劫持。

のっぴきならな・い [退っ引きならない]〈形〉無法逃脱。進退兩難。

のっぺらぼう〈名・形動〉①平滑(的東西)。②平淡。單調。③没鼻子没眼没嘴的高個子怪物。

のっぺり〈副・自サ〉扁平。平板。平坦。

のっぽ〈名・形動〉大高個子。

ので〈接助〉因爲。由於。

のてん [野天]〈名〉露天。

のど [喉]〈名〉喉嚨。嗓子。

のどか [長閑]〈形動〉①悠閒。②晴朗。風和日麗。

のどくび [喉頸]〈名〉①脖子的喉部。②要害。

のどちんこ [喉ちんこ]〈名〉小舌。懸雍垂。

のどぶえ [喉笛]〈名〉喉嚨。氣管。

のどぼとけ [喉仏]〈名〉喉核。喉結。

のどもと [喉元]〈名〉由於。

のに Ⅰ〈接助〉但。却。居然。Ⅱ〈終助〉表示不滿、遺憾或惋惜。

のねずみ [野鼠]〈名〉野鼠。田鼠。

のの・しる [罵る]〈他五〉罵。咒罵。

のば・す [伸ばす・延ばす]〈他五〉①伸開。伸展。②展平。弄直。③延長。推遲。④發展。擴大。⑤稀釋。⑥打倒。

のばなし [野放し]〈名〉①放牧。②放任不管。

のはら [野原]〈名〉原野。

のび [伸び・延び]〈名〉①生長。成長。發展。②伸懶腰。

のび [野火]〈名〉野火。

のびあが・る [伸び上がる]〈自五〉踮起腳。

のびちぢみ [伸び縮み]〈名・自サ〉伸縮。伸縮性。

のびなや・む [伸び悩む]〈自五〉①停滯不前。②(商)行市呆滯。

のびのび [伸び伸び]〈副・自サ〉舒暢。悠然自得。

のびのび [延び延び]〈名〉拖延。推遲。

の・びる [伸びる・延びる]〈自上一〉①長。生長。②增長。發展。擴大。③延長。④展開。⑤倒下。⑥失去彈力。⑦變稀。擴散開。

のべ [延]〈名〉共計。總共。

のべ [野辺]〈名〉野地。原野。

のべつ〈副〉接連不斷。

のべばらい [延べ払い]〈名〉延期付款。

のべぼう [延棒]〈名〉壓延金屬條。

の・べる [伸べる・延べる]〈他下一〉①伸出。②展開。舖開。③拖延。推遲。

の・べる [述べる]〈他下一〉叙述。述説。發表。

ノベル [novel]〈名〉長篇小説。

のほうず [野放図]〈形動〉①肆無忌憚。②漫無邊際。

のぼ・せる [逆上せる]〈自下一〉①上火。頭暈。②熱衷。沉溺。③衝昏頭腦。

のぼ・せる [上せる]〈他下一〉①端上。②提出。③寫上。記入。

のほほんと〈副〉①無動於衷。②悠閒自在。

のぼり [上り]〈名〉①上。登。②上坡。③上行。④進京。

のぼり [幟]〈名〉幡。

のぼりおり [上り下り]〈名・自サ〉上下。

のぼりざか [上り坂]〈名〉上坡。

のぼりつ・める [登り詰める]〈自下一〉登到頂點。

のぼ・る [上る・登る・昇る]〈自五〉①上。登。昇。攀。②達到。③被提到…上。被擺在…上。

のま・す [飲ます]〈他五〉讓喝。給喝。

のみ [蚤]〈名〉跳蚤。

のみ [鑿]〈名〉鑿子。

のみ〈副助〉只。只是。只有。惟有。

のみあか・す [飲み明かす]〈自五〉通宵飲

酒。

のみくい[飲み食い]〈名〉飲食。吃喝。

のみぐすり[飲み薬]〈名〉内服藥。

のみこみ[飲み込み]〈名〉理解。領會。

のみこ・む[飲み込む]〈他五〉①吞下。咽下。②理解。領會。

のみしろ[飲み代]〈名〉酒錢。

のみす・ぎる[飲み過ぎる]〈他上一〉喝（吸）得過多。

のみち[野道]〈名〉原野上的道路。

のみつぶ・す[飲み潰す]〈他五〉(喝酒)喝得傾家蕩産。

のみともだち[飲み友達]〈名〉酒友。

のみならず[連語]不僅。不但。

のみほ・す[飲み干す]〈他五〉喝乾。喝光。

のみみず[飲水]〈名〉飲用水。

のみもの[飲物]〈名〉飲料。

のみや[飲屋]〈名〉酒舘。

の・む[飲む・吞む]〈他五〉①喝。飲。吃。②吞。咽。③吸(烟)。④壓倒。⑤接受。

のめ・る〈自五〉向前傾。

のやま[野山]〈名〉山野。

のら[野良]〈名〉田地。

のらいぬ[野良犬]〈名〉野狗。

のらくら[副・自サ]遊手好閑。無所事事。

のらねこ[野良猫]〈名〉野貓。

のらりくらり[副・自サ]①遊手好閑。無所事事。②支吾搪塞。

のり[糊]〈名〉漿糊。

のり[海苔]〈名〉紫菜。

-のり[乗り]〈接尾〉乘。

のりあ・げる[乗り上げる]〈自下一〉擱淺。②車開到…上。

のりあわ・せる[乗り合せる]〈自下一〉(偶然)同乘。

のりい・れる[乗り入れる]〈自他下一〉①開進。駛入。②(車)通到。

のりうつ・る[乗り移る]〈自五〉①換乘。②(神靈)附體。

のりおく・れる[乗り遅れる]〈自下一〉①没趕上(車、船)。②落後於。

のりおり[乗り降り]〈名〉上下車。

のりかえ[乗換]〈名〉換車。

のりか・える[乗り換える]〈自下一〉換車。

のりかか・る[乗り掛る]〈自五〉①正要乘。②開始做。③坐在…上。

のりき[乗り気]〈名〉起勁。感興趣。

のりき・る[乗り切る]〈自五〉闖過。渡過。

のりくみいん[乗組員]〈名〉船員。機組人員。

のりく・む[乗り組む]〈自五〉(作爲乘務員)在輪船(飛機)上工作。

のりこ・える[乗り越える]〈自下一〉①越過。超過。②渡過。克服。

のりごこち[乗心地]〈名〉乘坐時的感覺。

のりこ・す[乗り越す]〈他五〉坐過站。

のりこ・む[乗り込む]〈自五〉①乘上。②開進。進入。

のりしろ[糊代]〈名〉(黏紙張時留出的)抹漿糊的部分。

のりす・てる[乗り捨てる]〈他下一〉①乘後扔掉。②棄車而行。

のりだ・す[乗り出す]〈自他五〉①乘船出去。②探出。③出頭。出面。

のりつ・ける[乗り付ける]〈自下一〉①開到。駛到。②坐慣。

のりと[祝詞]〈名〉祭文。

のりにげ[乗逃げ]〈名・自サ〉①乘車不付錢跑掉。②乘别人的車逃掉。

のりば[乗場]〈名〉車站。碼頭。

のりまわ・す[乗り回す]〈他五〉乘車到處轉。

のりもの[乗物]〈名〉交通工具。

の・る[乗る]〈自五〉①乘。坐。騎。②登上。③乘勢。乘機。④和諧。諧調。⑤參奧。加入。⑥上當。受騙。⑦附着。

の・る[載る]〈自五〉①放。置。擱。②登載。

のるかそるか[伸るか反るか]〈連語〉豁出去。不管成敗與否。

ノルマ[norma]〈名〉定額。

のれん[暖簾]〈名〉①門簾。②印有商店字號的布簾。③(店舖的)字號，信譽。

のろ・い[鈍い]〈形〉①緩慢。②遲鈍。笨拙。

のろ・う[呪う]〈他五〉詛咒。

のろ・ける[惚気る]〈自下一〉津津樂道地談自己跟情人的風月情。

のろし[狼煙]〈名〉烽火。

のろのろ〈副・自サ〉慢騰騰。

のろま〈名・形動〉笨蛋。

のろわし・い[呪わしい]〈形〉令人詛咒的。

のんき[暢気]〈形動〉①悠閑。自在。②滿不在乎。漫不經心。

ノンストップ[nonstop]〈名〉中途不停。

のんだく・れる〈自下一〉酩酊大醉。

のんびり〈副・自サ〉舒適。悠閑。

ノンフィクション[nonfiction]〈名〉非虚構的作品。

のんべえ[飲兵衛]〈名〉酒鬼。

のんべんだらり〈副〉遊手好閑。

は　ハ

は〈係助〉①表示主題。②表示提示。③表示
對比。

は[刃]〈名〉刃。刀刃。

は[葉]〈名〉葉。

は[齒]〈名〉齒。牙齒。

は[派]〈名〉派。派系。派系。

は[霸]〈名〉霸。

は[端]〈名〉端。邊。頭。

ば[場]〈名〉場。場所。地方。

ば〈接助〉①如果。假設。②一…就…。③既
…又…。④〔用「…ば…ほど」的形式〕越
…越…。

バー[bar]〈名〉①酒吧。②(跳高的)橫竿。

ばあい[場合]〈名〉場合。情況。時候。

パーキング[parking]〈名〉①停車。停車
場。②街心花園。

はあく[把握]〈名・他サ〉掌握。抓住。

バーゲンセール[bargain sale]〈名〉大賤
賣。大減價。

バーコード[bar code]〈名〉(商品包裝上
的)條型數碼。

パーセンテージ[percentage]〈名〉百分
數。百分比。百分率。

パーセント[percent]〈名〉百分之…。

バーター[barter]〈名〉(經)易貨(貿易)。

ばあたり[場当り]〈名〉①(講演等)博得喝
彩。②即席。臨時應付。

パーティー[party]〈名〉晚會。茶會。舞會。
宴會。

バーテン[bartender]〈名〉酒吧招待員。

ハート[heart]〈名〉①心。心臟。②(撲克)
紅桃。

ハードウェア[hardware]〈名〉硬件。

パートタイム[parttime]〈名〉定時制的工
作。臨時性的工作。

パートナー[partner]〈名〉①夥伴。合作
者。②舞伴。②(比賽的)對手。

ハードル[hurdle]〈名〉(體)跨欄。

バーナー[burner]〈名〉燃燒器。

ハープ[harp]〈名〉豎琴。

ハーフブーツ[half boots]〈名〉半高腰靴。

バーベル[barbell]〈名〉(體)槓鈴。

パーマネント[permanent]〈名〉電燙髮。

ハーモニー[harmony]〈名〉①調和。諧調。
②(樂)和聲。

ハーモニカ[harmonica]〈名〉口琴。

はあり[羽蟻]〈名〉(動)羽蟻。

バール[bar]〈名〉(壓力單位)巴。

バーレル[barrel]〈名〉(容量單位)桶。

はい[灰]〈名〉灰。

はい[杯]〈名〉杯。

はい[肺]〈名〉肺。

はい[胚]〈名〉胚。

はい[蠅]〈名〉→はえ(蠅)。

-はい[敗]〈接尾〉敗。

はい〈感〉是。是的。到。

ばい[倍]Ⅰ〈名〉倍。一倍。加倍。Ⅱ〈造語〉
倍。

パイ[pie]〈名〉(西式夾餡點心)排。

パイ[牌]〈名〉麻將牌。

はいあが・る[這い上がる]〈自五〉爬上。

はいあん[廢案]〈名〉廢棄的提案。

はいいろ[灰色]〈名〉灰色。

はいいん[敗因]〈名〉失敗的原因。

ばいいん[売淫]〈名・自サ〉賣淫。

ばいう[梅雨]〈名〉梅雨。

ハイウエー[highway]〈名〉①高速公路。
②公路。大路。

はいえい[背泳]〈名〉仰泳。

はいえき[廃液]〈名〉廢液。

はいえつ[拝謁]〈名・自サ〉拜謁。謁見。

ハイエナ[hyena]〈名〉鬣狗。

はいえん[肺炎]〈名〉肺炎。

ばいえん[煤煙]〈名〉煤煙。

はいおく[廃屋]〈名〉荒廢的房屋。

バイオテクノロジー[biotechnology]
〈名〉(也稱「バイオ」)生物工藝學。

パイオニア[pioneer]〈名〉先驅。開拓者。

バイオリン[violin]〈名〉小提琴。

バイオレット[violet]〈名〉紫羅蘭。

はいか[陪下]〈名〉部下。

はいが[胚芽]〈名〉胚芽。

ばいか[倍加]〈名・自他サ〉加倍。倍增。

はいかい[徘徊]〈名・自サ〉徘徊。

はいがい[排外]〈名〉排外。

ばいかい[媒介]〈名〉媒介。

ばいがく[倍額]〈名〉加倍的金額。

はいかつりょう[肺活量]〈名〉肺活量。

ハイカラ[high collar]〈名・形動〉時髦。洋氣十足。

はいかん[拝観]〈名・他サ〉參拜。

はいかん[配管]〈名・自サ〉①管道。②安設管道。

はいかん[廃刊]〈名・他サ〉停刊。

はいがん[拝顔]〈名・自サ〉謁見。拜謁。

はいがん[肺癌]〈名〉肺癌。

はいき[排気]〈名・自サ〉排氣。

はいき[廃棄]〈名・他サ〉廢棄。廢除。

はいきしゅ[肺気腫]〈名〉肺氣腫。

ばいきゃく[売却]〈名・他サ〉賣掉。

はいきゅう[配給]〈名・他サ〉配給。定量供應。

ばいきゅう[倍旧]〈名〉加倍。更加。

はいきょ[廃墟]〈名〉廢墟。

はいぎょ[肺魚]〈名〉肺魚。

はいぎょう[廃業]〈名・他サ〉①棄職。②歇業。

はいきん[拝金]〈名〉拜金。

ばいきん[黴菌]〈名〉細菌。

ハイキング[hiking]〈名・自サ〉郊遊。

バイキング[biking]〈名〉騎自行車旅行。

はいく[俳句]〈名〉俳句。

バイク[bike]〈名〉摩托車。

はいぐうしゃ[配偶者]〈名〉配偶。

はいけい[拝啓]〈名〉書信〉敬啓者。

はいけい[背景]〈名〉背景。

はいげき[排撃]〈名・他サ〉抨擊。

はいけつしょう[敗血症]〈名〉敗血症。

はいけん[拝見]〈名・他サ〉拜見。拜讀。

はいご[背後]〈名〉背後。

はいご[廃語]〈名〉廢語。死語。

はいこう[廃坑]〈名〉廢礦井。

はいこう[廃鉱]〈名・他サ〉廢礦。停止開採。

はいごう[配合]〈名・他サ〉配合。調合。

はいこうせい[背光性]〈名〉背光性。

ばいこく[売国]〈名〉賣國。

はいさつ[拝察]〈名・他サ〉〈敬〉推想。理解。

はいざら[灰皿]〈名〉煙灰缸。

はいざん[敗残]〈名〉戰敗未死。

はいし[廃止]〈名・他サ〉廢除。

はいしつ[廃疾]〈名〉殘疾。

ばいしつ[媒質]〈名〉媒質。介質。

はいじっせい[背日性]〈名〉背日性。

はいしゃ[配車]〈名・自サ〉調配車輛。

はいしゃ[敗者]〈名〉失敗者。

はいしゃ[歯医者]〈名〉牙醫。

はいしゃく[拝借]〈名・他サ〉〈謙〉借。

ばいしゃく[媒酌]〈名・他サ〉做媒。

ばいしゃくにん[媒酌人]〈名〉媒妁。媒人。

ハイジャック[hijack]〈名〉劫持飛機。

ハイジャンプ[high jump]〈名〉跳高。

はいしゅ[胚珠]〈名〉胚珠。

はいじゅ[拝受]〈名・他サ〉〈謙〉拜領。

ばいしゅう[買収]〈名・他サ〉收買。

はいしゅつ[排出]〈名・他サ〉排出。排泄。

はいしゅつ[輩出]〈名・自サ〉輩出。

ばいしゅん[売春]〈名・自サ〉賣淫。

ばいしゅんふ[売春婦]〈名〉妓女。

はいじょ[排除]〈名・他サ〉排除。

ばいしょう[賠償]〈名・他サ〉賠償。

はいしょく[配色]〈名・他サ〉配色。

はいしょく[敗色]〈名〉敗勢。

はいしん[背信]〈名〉背信棄義。

はいじん[廃人]〈名〉廢人。殘廢。

ばいしん[陪審]〈名〉陪審。

はいすい[排水]〈名・自サ〉排水。

はいすい[廃水]〈名〉廢水。

はいすいかん[配水管]〈名〉水管。配水管。

はいすいのじん[背水の陣]〈連語〉背水之陣。

ばいすう[倍数]〈名〉倍數。

はい・する[配する]〈他サ〉配。配合。配

置。

はい・する[排する]〈他サ〉排除。

はい・する[廃する]〈他サ〉廢除。

ばい・する[倍する]〈自他サ〉成倍。加倍。倍增。

はいせき[排斥]〈名・他サ〉排斥。抵制。

はいせき[陪席]〈名・自サ〉陪席。陪坐。

はいせつ[排泄]〈名・他サ〉排泄。

はいせん[肺尖]〈名〉肺尖。

はいせん[配線]〈名・自サ〉配綫。佈綫。

はいせん[敗戦]〈名・自サ〉戰敗。

はいぜん[配膳]〈名・自サ〉上飯菜。備餐。

はいそ[敗訴]〈名・自サ〉〈法〉敗訴。

はいそう[敗走]〈名・自サ〉敗走。潰逃。

はいぞう[肺臓]〈名〉肺臟。

ばいぞう[倍増]〈名・自サ〉倍增。

はいぞく[配属]〈名・他サ〉分配(人員)。

はいた[歯痛]〈名〉牙疼。

はいた[排他]〈名〉排他。

はいたい[敗退]〈名・自サ〉敗退。失利。

ばいたい[媒体]〈名〉媒質。媒介。

はいたつ[配達]〈名・他サ〉送。郵送。

はいち[背馳]〈名・自サ〉背道而馳。

はいち[配置]〈名・他サ〉配置。佈置。部署。

はいちゅうりつ[排中律]〈名〉〈邏輯〉排中律。

はいちょう[拝聴]〈名・他サ〉聆聽。敬聽。

ハイツ[heights]〈名〉①高岡。高地。②集體住宅地。

ハイテク[hightech]〈名〉尖端技術。

はい・でる[這い出る]〈自下一〉爬出。

はいでん[拝殿]〈名〉前殿。

はいでん[配電]〈名・自サ〉配電。

ばいてん[売店]〈名〉小賣店。

はいとう[配当]〈名〉①分配。②分紅。花紅。紅利。

はいとく[背徳]〈名〉違背道德。

はいどく[拝読]〈名・他サ〉拜讀。

ばいどく[梅毒]〈名〉梅毒。

ハイドロプレーン[hydroplane]〈名〉水上飛機。水面滑走艇。

パイナップル[pineapple]〈名〉菠蘿。

はいにゅう[胚乳]〈名〉胚乳。

はいにょう[排尿]〈名・自サ〉排尿。

はいにん[背任]〈名・自サ〉瀆職。

はいのう[背嚢]〈名〉背囊。背包。

ばいばい[売買]〈名・他サ〉買賣。

バイパス[bypass]〈名〉旁路。輔助道路。

はいはん[背反]〈名・自サ〉背叛。違背。違反。

はいび[配備]〈名・他サ〉配備。

ハイヒール[high heel]〈名〉高跟鞋。

はいびょう[肺病]〈名〉肺病。

はいひん[廃品]〈名〉廢品。

はいふ[肺腑]〈名〉肺腑。

はいふ[配付・配布]〈名・他サ〉分發。散發。

はいぶ[背部]〈名〉背部。

パイプ[pipe]〈名〉①管子。管道。②烟斗。

ハイファイ[hi-fi]〈名〉高保真度。

はいふく[拝復]〈名〉〈書信〉敬覆者。

はいぶつ[廃物]〈名〉廢物。

バイブル[Bible]〈名〉①聖經。②權威著作。

ハイフン[hyphen]〈名〉連字符。

はいぶん[配分]〈名・他サ〉分配。

はいべん[排便]〈名・自サ〉排便。

ばいべん[買弁]〈名〉買辦。

はいぼく[敗北]〈名・自サ〉敗北。

はいほん[配本]〈名・自サ〉發書。

ばいめい[売名]〈名〉沽名釣譽。

はいめん[背面]〈名〉背面。

はいもん[肺門]〈名〉肺門。

ハイヤー[hire]〈名〉包租的汽車。

バイヤー[buyer]〈名〉外國買主。

はいやく[配役]〈名〉分配角色。

ばいやく[売約]〈名・自サ〉訂出售合同。

ばいやく[売薬]〈名〉成藥。

はいゆう[俳優]〈名〉演員。

はいよう[佩用]〈名・他サ〉佩帶。

はいよう[胚葉]〈名〉胚葉。胚層。

はいよう[肺葉]〈名〉肺葉。

はいよう[培養]〈名・他サ〉培養。

ハイライト[highlight]〈名〉最精彩場面。

はいらん[排卵]〈名・自サ〉排卵。

ばいりつ[倍率]〈名〉①倍率。放大倍敷。②競争率。

はいりょ[配慮]〈名・他サ〉照顧。照料。

はい・る[入る]〈自五〉①進。入。進入。②容納。③含有。包括。④收入。得到。

はいれつ[配列]〈名・他サ〉排列。

パイロット[pilot]〈名〉①飛行員。②領航員。引水員。

は・う[這う]〈自五〉爬。匍匐。

ハウスウエア[housewares]〈名〉家庭用品。

はえ[栄え]〈名〉光榮。

はえ[蠅]〈名〉蒼蠅。

はえたたき[蠅叩き]〈名〉蒼蠅拍子。

はえぬき[生え抜き]〈名〉地道。土生土長。

は・える[生える]〈自下一〉生。長。

は・える[映える]〈自下一〉①映照。②襯托。陪襯。③顯眼。引人注目。

はおと[羽音]〈名〉振翅聲。

はおり[羽織]〈名〉和服外褂。

はお・る[羽織る]〈他五〉披。

はか[墓]〈名〉墳。墓。

ばか[馬鹿]〈名・形動〉①傻瓜。笨蛋。混蛋。②愚弄。看不起。③吃虧。不合算。④不好使。不中用。⑤(後接「に」作副詞)格外。極其。

はかい[破壊]〈名・自他サ〉破壊。

はがいじめ[羽交締め]〈名〉雙肩下握頸。倒剪雙臂。

はがき[葉書]〈名〉明信片。

はかく[破格]〈名・形動〉破格。

ばか・げる[馬鹿げる]〈自下一〉愚蠢。糊塗。荒唐。無聊。

ばかさわぎ[馬鹿騒ぎ]〈名〉大吵大閙。

ばかしょうじき[馬鹿正直]〈名・形動〉憨直。死心眼。過分老實。

はが・す[剥がす]〈他五〉剥。揭。

ばか・す[化かす]〈他五〉迷惑。欺騙。

ばかず[場数]〈名〉△～を踏む/積累實際經驗。

はかせ[博士]〈名〉→はくし(博士)。

はがた[歯形]〈名〉牙印。

ばかぢから[馬鹿力]〈名〉傻力氣。蠻勁兒。

ばかていねい[馬鹿丁寧]〈名・形動〉過分謙恭。

はかど・る[捗る]〈自五〉進展。

はかな・い[儚い]〈形〉短暫。無常。虚幻。渺茫。

はかな・む[儚む]〈他五〉厭(世)。

はがね[鋼]〈名〉鋼。

はば[墓場]〈名〉墓地。

はかばかし・い[捗捗しい]〈形〉順利。如意。

ばかばかし・い[馬鹿馬鹿しい]〈形〉①非常愚蠢。荒謬。②過分。

ばかばなし[馬鹿話]〈名〉無聊的話。荒唐的話。廢話。

はかま[袴]〈名〉和服褲裙。

はかまいり[墓参り]〈名〉掃墓。上墳。

ばかまじめ[馬鹿真面目]〈形動〉過分認真。瞎認真。

はがみ[歯噛み]〈名〉切齒。

はがゆ・い[歯痒い]〈形〉令人着急。

はからい[計い]〈名〉處理。

はから・う[計らう]〈他五〉處理。處置。

ばからし・い[馬鹿らしい]〈形〉→ばかばかしい。

はからずも[図らずも]〈副〉不料。

はか・る[図る・謀る]〈他五〉謀求。圖謀。企圖。

はかり[計り]〈名〉稱。量。(稱的)分量。

はかり[秤]〈名〉秤。

ばかり[副助]①大約。②只。僅。③光。凈。④(接動詞過去時後表示)剛剛。⑤(接動詞現在時後表示)正要。將要。快要。⑥(作接續助詞用法，表示)因爲。只因。

はかりうり[計り売り]〈名〉論分量賣。

はかりごと[謀]〈名〉計謀。策略。

はかりしれな・い[計り知れない]〈連語〉不可估量。

はか・る[計る・測る・量る]〈他五〉①量。測。稱。測量。②推測。

はか・る[諮る]〈他五〉商量。

はが・れる[剥れる]〈自下一〉剥落。脱落。

ばかわらい[馬鹿笑い]〈名〉傻笑。

はがん[破顔]〈名・自サ〉破顔。

はき[破棄]〈名・他サ〉廢除。撕毀。

はき[霸気]〈名〉銳氣。幹勁。雄心。

はぎ[萩]〈名〉〈植〉胡枝子。

はぎあわ・せる[接ぎ合せる]〈他下一〉接起來。拼起來。

はきけ[吐気]〈名〉噁心。

はぎしり[歯軋り]〈名〉咬牙。切齒。

はきだ・す[吐き出す]〈他五〉①吐出。冒出。②拿出。③說出。發泄出。

はきだ・す[掃き出す]〈他五〉掃出。

はきだめ[掃溜め]〈名〉垃圾堆。

はきちが・える[履き違える]〈他下一〉①穿錯。②混淆。誤解。

はきはき[副・自サ]①乾脆。爽快。②活潑。伶俐。

はきもの[履物]〈名〉脚上穿的東西。

ばきゃく[馬脚]〈名〉馬脚。

はきゅう[波及]〈名・自サ〉波及。影響。

バキューム[vacuum]〈名〉①真空。②真空管。

はきょく[破局]〈名〉悲慘的結局。

はぎれ[歯切れ]〈名〉口齒。

はぎれ[端切れ]〈名〉布頭。

は・く[吐く]〈他五〉①吐。②冒。噴。③說。

は・く[穿く・履く]〈他五〉穿(鞋襪等)。

は・く[掃く]〈他五〉掃。

はく[箔]〈名〉箔。

-はく[泊]〈接尾〉宿。

は・ぐ[剝ぐ]〈他五〉剝。揭。

は・ぐ[接ぐ]〈他五〉接。縫補。

ばく[貘]〈名〉貘。

ばぐ[馬具]〈名〉馬具。

はくあ[白亜]〈名〉白堊。

はくあい[博愛]〈名〉博愛。

はくい[白衣]〈名〉白衣。

ばくおん[爆音]〈名〉①爆炸聲。②轟鳴聲。

ばくが[麦芽]〈名〉麥芽。

はくがい[迫害]〈名・他サ〉迫害。

はくがく[博学]〈名・形動〉博學。

はくがんし[白眼視]〈名・他サ〉白眼相看。冷眼相待。

はぐき[歯茎]〈名〉牙床。齒齦。

はぐく・む[育む]〈他五〉培養。哺育。

ばくげき[爆撃]〈名・他サ〉轟炸。

ばくげきほう[迫撃砲]〈名〉迫擊炮。

はくさい[白菜]〈名〉白菜。

はくし[白紙]〈名〉①白紙。空白紙。②原狀。

はくし[博士]〈名〉博士。

はくし[薄志]〈名〉①〈謙〉一點心意。②意志薄弱。軟弱無能。

はくじ[白磁]〈名〉白瓷。

はくしき[博識]〈名・形動〉博學。

はくじつ[白日]〈名〉白日。

はくしゃ[拍車]〈名〉△～をかける/加速。

はくしゃ[薄謝]〈名〉〈謙〉薄禮。

はくしゃく[伯爵]〈名〉伯爵。

はくじゃく[薄弱]〈名・形動〉①薄弱。②軟弱。③不充分。

はくしゅ[拍手]〈名・自サ〉拍手。鼓掌。

ばくしゅう[麦秋]〈名〉麥秋。

はくしょ[白書]〈名〉白皮書。

はくじょう[白状]〈名・他サ〉坦白。招供。

はくじょう[薄情]〈名・形動〉薄情。

はくしょう[爆笑]〈名・自サ〉哄堂大笑。

はくしょく[白色]〈名〉白色。

はくしん[迫真]〈名〉逼真。

はくじん[白人]〈名〉白人。

はくじん[白刃]〈名〉白刃。

ばくしん[驀進]〈名・自サ〉迅猛前進。

ばくしんち[爆心地]〈名〉爆炸中心地。

はく・する[博する]〈他サ〉博得。獲得。

はくせい[剝製]〈名〉剝製(標本)。

はくせき[白皙]〈名・形動〉白皙。白淨。

ばくぜん[漠然]〈形動〉漠然。

はくそ[歯糞]〈名〉牙垢。

ばくだい[莫大]〈形動〉莫大。巨大。

はくだつ[剝奪]〈名・他サ〉剝奪。

はくち[白痴]〈名〉白痴。

ばくだん[爆弾]〈名〉炸彈。

ばくち[博打]〈名〉賭博。

ばくちく[爆竹]〈名〉爆竹。

はくちゅう[白昼]〈名〉白晝。

はくちゅう[伯仲]〈名・自サ〉伯仲。不分

上下。

はくちょう[白鳥]〈名〉天鵝。

ばくちん[爆沈]〈名・自他サ〉炸沉。

バクテリア[bacteria]〈名〉細菌。

ばくと[博徒]〈名〉賭徒。

はくどう[白銅]〈名〉白銅。

はくないしょう[白内障]〈名〉白内障。

はくねつ[白熱]〈名・自サ〉白熱。白熾。

はくねつとう[白熱灯]〈名〉白熾燈。

ばくは[爆破]〈名・他サ〉爆破。炸裂。

ばくばく〈副・自サ〉①嘴不斷大張大合。②狼吞虎咽。③裂開，綻開。

はくはつ[白髪]〈名〉白髪。

ばくはつ[爆発]〈名・自サ〉爆發。爆炸。

はくび[白眉]〈名〉①白眉。②出類拔萃。

はくひょう[白票]〈名〉①贊成票。②空白票。

はくひょう[薄氷]〈名〉△～を踏む/如履薄冰。

ばくふ[幕府]〈名〉幕府。

ばくふ[瀑布]〈名〉瀑布。

ばくふう[爆風]〈名〉爆炸氣浪。

はくぶつがく[博物学]〈名〉博物學。

はくぶつかん[博物館]〈名〉博物館。

はくへいせん[白兵戦]〈名〉白刃戰。肉搏戰。

はくぼく[白墨]〈名〉粉筆。

はくまい[白米]〈名〉白米。

はくめい[薄命]〈名〉薄命。

ばくやく[爆薬]〈名〉炸藥。

はくらい[舶来]〈名〉舶來(品)。進口(貨)。

はくらいひん[舶来品]〈名〉舶來品。進口貨。

ばくらい[爆雷]〈名〉深水炸彈。

はぐらか・す[他五]〈他五〉岔開。

はくらん[博覧]〈名・他サ〉博覽。

はくらんかい[博覧会]〈名〉博覽會。

はくり[薄利]〈名〉薄利。

ばくりと〈副〉大口。

ばくりょう[幕僚]〈名〉幕僚。

はくりょく[迫力]〈名〉迫力。

はぐるま[歯車]〈名〉齒輪。

はぐ・れる〈自下一〉走散。走失。

ばくろ[暴露]〈名・自他サ〉暴露。揭露。

ばくろう[博労]〈名〉馬販子。

はけ[刷毛]〈名〉刷子。

はげ[禿]〈名〉禿。

はげあたま[禿頭]〈名〉禿頭。

はげいとう[葉鶏頭]〈名〉(植)雁來紅。

はけぐち[捌け口]〈名〉①排水口。②銷路。③發泄的機會。

はげし・い[激しい]〈形〉激烈。劇烈。猛烈。

バケツ[bucket]〈名〉洋鐵桶。

ばけのかわ[化けの皮]〈名〉畫皮。假面具。

はげま・す[励ます]〈他五〉鼓勵。激勵。

はげみ[励み]〈名〉鼓勵。鼓舞。

はげ・む[励む]〈自五〉努力。勤奮。刻苦。

ばけもの[化物]〈名〉妖怪。妖精。

はげやま[禿山]〈名〉禿山。

は・ける[捌ける]〈自下一〉①(水)暢通。②暢銷。

は・げる[禿げる]〈自下一〉禿。

は・げる[剥げる]〈自下一〉①剥落。②褪色。

ば・ける[化ける]〈自下一〉①變。②化裝。

はけん[派遣]〈名・他サ〉派遣。

はけん[覇権]〈名〉霸權。

ばけん[馬券]〈名〉(賽馬)馬票。

はこ[箱]〈名〉箱子。匣子。盒子。

はこいりむすめ[箱入り娘]〈名〉閨秀。千金小姐。

はこにわ[箱庭]〈名〉盆景。

はこび[運び]〈名〉①搬運。②進展。③階段。

はこ・ぶ[運ぶ]Ⅰ〈他五〉①搬運。運送。②進行。Ⅱ〈自五〉進展。

はこぶね[箱船]〈名〉方舟。

はこべ[繁蔞]〈名〉(植)繁縷。鵝腸草。

バザー[bazaar]〈名〉義賣會。

はざかいき[端境期]〈名〉青黄不接時期。

はさつおん[破擦音]〈名〉塞擦音。

ばさばさ〈副・自サ〉蓬鬆。散亂。

ばさばさ〈副・自サ〉乾巴巴。

はさま・る[挟まる]〈自五〉挾。

はさみ[鋏]〈名〉剪刀。

はさみうち[挟み撃ち]〈名〉夾攻。夾擊。

はさ・む[挟む]〈他五〉夾。

はさん[破産]〈名・自サ〉破産。

はし[端]〈名〉端。頭。邊。角。

はし[箸]〈名〉筷子。

はし[橋]〈名〉橋。

はじ[恥]〈名〉恥辱。羞恥。

はじ・る[恥じ入る]〈自五〉慚愧。羞恥。

はしか[麻疹]〈名〉麻疹。

はしがき[端書]〈名〉前言。

はじきだ・す[弾き出す]〈他五〉①彈出。②排擠。清除。③(用算盤)算出。

はじ・く[弾く]〈他五〉①打(算盤)。②彈。③防。抗。排斥。

はしぐい[橋杭]〈名〉橋墩。

はしくれ[端くれ]〈名〉①碎片。零頭。②無名小輩。

はしけ[艀]〈名〉舢舨。駁船。

はしげた[橋桁]〈名〉橋桁。

はじ・ける[弾ける]〈自下一〉崩。迸裂。

はしご[梯子]〈名〉梯子。

はしこ・い[形]機靈。敏捷。

はしござけ[梯子酒]〈名〉串酒館喝酒。

はしごしゃ[梯子車]〈名〉雲梯救火車。

はじさらし[恥曝し]〈名・形動〉丟臉。丟醜。

はじしらず[恥知らず]〈名〉不要臉。恬不知恥。

はしたがね[端金]〈名〉零錢。

はしたな・い[端ない]〈形〉不禮貌。下流。討厭。

ばじとうふう[馬耳東風]〈名〉馬耳東風。耳旁風。

はしなくも[端なくも]〈副〉不料。沒想到。

はしばし[端端]〈名〉細微之處。

はしばみ[榛]〈名〉榛。

はじまり[始まり]〈名〉開始。開端。

はじま・る[始まる]〈自五〉①開始。②(用否定式)白費。無濟於事。

はじめ[初め・始め]〈名〉開始。開頭。最初。②起源。

はじめて[初めて・始めて]〈副〉①初次。

第一次。②纔。

はじ・める[始める]〈他下一〉①開始。②開辦。創始。

はしゃ[覇者]〈名〉霸主。

ばしゃ[馬車]〈名〉馬車。

はしゃ・ぐ〈自五〉①風乾。乾燥。②歡鬧。歡跳。

パジャマ[pajamas]〈名〉睡衣。

はしゅ[播種]〈名・自サ〉播種。

はしゅつじょ[派出所]〈名〉①派出所。②駐外地辦事處。

ばじゅつ[馬術]〈名〉馬術。

ばしょ[場所]〈名〉場所。地點。

はじょう[波状]〈名〉①波狀。②反復。輪番。

ばしょう[芭蕉]〈名〉芭蕉。

はしょうふう[破傷風]〈名〉破傷風。

ばしょがら[場所柄]〈名〉場合(的情況)。地點(的好壞)。

はしょ・る〈他五〉①掖起(衣襟)。②縮短。簡化。

はしら[柱]〈名〉柱子。支柱。

はじら・う[恥らう]〈自五〉害羞。

はしら・す[走らす]〈他五〉①驅。馳。駕。②急忙打發。

はしらどけい[柱時計]〈名〉掛鐘。

はじらみ[羽虱]〈名〉羽虱。

はしり[走り]〈名〉①跑。②初上市。

はしりがき[走書き]〈名・他サ〉潦草書寫。

はしりたかとび[走高跳]〈名〉跳高。

はしりづかい[走使い]〈名〉跑腿的。

はしりはばとび[走幅跳]〈名〉跳遠。

はしりまわ・る[走り回る]〈自五〉到處跑。東奔西跑。

は・じる[恥じる]〈自下一〉慚愧。害羞。

はしわたし[橋渡し]〈名〉①架橋。②中人。斡旋。

はす[斜]〈名〉斜。

はす[蓮]〈名〉蓮花。

はず[筈]〈名〉①道理。②理應。應該。③的

確。

バス[bus]〈名〉巴士。

バス[bath]〈名〉浴室。

バス[bass]〈名〉男低音。

バス[pass]〈名・自サ〉①通過。②傳球。③月票。

はすい[破水]〈名・自サ〉破水。羊水。

はすう[端数]〈名〉零數。尾數。

ばすえ[場末]〈名〉市郊。偏僻地區。

はすかい[斜交]〈名〉斜。

はずかし・い[恥しい]〈形〉①可耻。②害羞。慚愧。

はずかし・がる[恥しがる]〈自五〉害羞。

はずかし・める[辱める]〈他下一〉①羞辱。侮辱。②玷污。③姦污。

バスケットボール[basketball]〈名〉籃球。

はず・す[外す]〈他五〉①解開。摘下。取下。②除去。③避開。④錯過。⑤離(座)。

はすっぱ[蓮っ葉]〈名・形動〉①荷葉。②輕佻。

パステル[pastel]〈名〉蠟筆。

パステルカラー[pastel colour]〈柔和的〉中間色。輕淡色。

バスト[bust]〈名〉①胸像。②胸部。胸圍。

パスポート[passport]〈名〉護照。

はずみ[弾み]〈名〉①彈力。②勢頭。勁頭。③形勢。趨勢。

はずみぐるま[弾み車]〈名〉飛輪。

はず・む[弾む]Ⅰ〈自五〉①彈回。②起勁。③〈氣息〉急促。Ⅱ〈他五〉多給(錢)。

パズル[puzzle]〈名〉①謎。②難題。

はずれ[外れ]〈名〉①盡頭。邊緣。②落空。未中。

はず・れる[外れる]〈自下一〉①脱落。掉下。②脱離。③落空。未中。

ばぜ[沙魚]〈名〉鰕虎魚。

はせい[派生]〈名・自サ〉派生。

ばせい[罵声]〈名〉罵聲。

バセドーびょう[バセドー病]〈名〉甲狀腺功能亢進症。

ぜのき[沙樹]〈名〉野漆樹。

パセリ[parsley]〈名〉（植）洋芹菜。

は・せる[馳せる]〈自他下一〉馳。驅。

は・ぜる[爆ぜる]〈自下一〉爆開。迸裂。

はせん[破線]〈名〉虛線。

ばぞく[馬賊]〈名〉馬賊。土匪。

パソコン[personal computer]〈名〉個人用小型計算機。

はそん[破損]〈名・自他サ〉破損。壞損。

はた[側・傍]〈名〉側。旁。

はた[端]〈名〉端。邊。

はた[旗]〈名〉旗。旗幟。

はた[機]〈名〉織布機。

はだ[肌]〈名〉①皮膚。②表面。③氣質。風度。

バター[butter]〈名〉奶油。黃油。

はだあい[肌合]〈名〉性情。性格。氣質。

はたあげ[旗揚げ]〈名〉①舉兵。②開創。

パターン[pattern]〈名〉類型。方式。

はたいろ[旗色]〈名〉形勢。

はだいろ[肌色]〈名〉膚色。

はだか[裸]〈名〉裸體。赤身。

はだかいっかん[裸一貫]〈名〉一無所有。

はだかうま[裸馬]〈名〉裸馬。無鞍馬。

はたがしら[旗頭]〈名〉首領。

はだかむぎ[裸麦]〈名〉（植）裸麥。青稞。

はたき[叩き]〈名〉撣子。

はだぎ[肌着]〈名〉内衣。貼身衣。

はた・く[叩く]〈他五〉①撣。拍。打。②傾囊。

バタくさ・い[バタ臭い]〈形〉洋氣十足。

はたけ[畑・畠]〈名〉①旱田。②領域。

はたけ[疥]〈名〉白癬。

はだ・ける〈自他下一〉敞開(衣襟)。

はたざお[旗竿]〈名〉旗桿。

はたさく[畑作]〈名〉旱地作物。

はださむ・い[肌寒い]〈形〉覺得冷。

はだざわり[肌触り]〈名〉①觸及肌膚的感覺。②交往時的感覺。

はじし[跣]〈名〉赤腳。

はたしあい[果し合い]〈名〉決門。

はたしじょう[果し状]〈名〉決門書。

はたして[果して]〈副〉①果真。果然。②到底。究竟。

はたじるし[旗印]〈名〉旗幟。

はた・す[果す]〈他五〉完成。達到。

はたせるかな[果せるかな]〈連語〉果然。

はたち[二十]〈名〉二十歲。

はたと[副]突然。

はだぬぎ[肌脱ぎ]〈名〉光膀子。

ばたばた[副・自サ]①吧噠吧噠。②迅速。

バタフライ[butterfly]〈名〉蝶泳。

はだみ[肌身]〈名〉身體。

はため[傍目]〈名〉旁觀。

はため・く[自五]飄揚。

はたらか・す[働かす]〈他五〉開動。

はたらき[働き]〈名〉①勞動。工作。②作用。功能。功勞。

はたらきか・ける[働き掛ける]〈自下一〉發動。對…做工作。

はたらきざかり[働き盛り]〈名〉年輕力壯時期。

はたらきて[働き手]〈名〉①勞動力。②能手。能幹的人。

はたらきもの[働き者]〈名〉勤勞的人。

はたら・く[働く]Ⅰ〈自五〉①工作。勞動。②動(腦筋)。③起作用。Ⅱ〈他五〉幹(壞事)。

はたん[破綻]〈名・自サ〉破綻。破産。

はだん[破談]〈名〉取消約言。解除婚約。

ばたん[副]吧噠一聲。

はたんきょう[巴旦杏]〈名〉巴旦杏。扁桃。

はち[蜂]〈名〉蜂。

はち[鉢]〈名〉①鉢。②盆。

はち[八]〈名〉八。

ばち[罰]〈名〉報應。懲罰。

ばち[撥]〈名〉(樂器的)撥子。鼓槌。

はちあわせ[鉢合せ]〈名・自サ〉①頭碰頭。②碰見。

はちうえ[鉢植]〈名〉盆栽。

ばちがい[場違い]〈名〉不合時宜。

はちき・れる[はち切れる]〈自下一〉①撑破。②(精力)旺盛,充沛。

はちく[破竹]〈名〉破竹。

ばちくり[副・自サ]眨巴眼。

はちどり[蜂鳥]〈名〉蜂鳥。

ばちばち〈副〉劈劈啪啪。

はちぶんめ[八分目]〈名〉八分滿。八成。

はちまき[鉢巻]〈名〉纏頭巾。用手巾纏頭。

はちみつ[蜂蜜]〈名〉蜂蜜。

はちミリ[八ミリ]〈名〉八毫米(影片)。

はちめんろっぴ[八面六臂]〈名〉三頭六臂。

はちゅうるい[爬虫類]〈名〉爬行動物。

はちょう[波長]〈名〉波長。

ぱちんこ〈名〉①彈弓。②彈子球。

はつ[初]〈名〉初次。

はつ[発]〈名〉①出發。②發。

ばつ〈名〉△～が悪い/難爲情。不好意思。

ばつ〈名〉「×」號。

ばつ[跋]〈名〉跋。

ばつ[罰]〈名〉罰。處罰。

はつあん[発案]〈名・自サ〉①設想。想出來。②議。提案。

はつい[発意]〈名・自サ〉提議。倡議。

はついく[発育]〈名・自サ〉發育。

はつえんとう[発煙筒]〈名〉信號煙筒。發煙筒。

はつおん[発音]〈名・自他サ〉發音。

はっか[発火]〈名・自サ〉發火。起火。

はっか[薄荷]〈名〉薄荷。

はつが[発芽]〈名・自サ〉發芽。

はっかく[発覚]〈名・自サ〉被發現。暴露。

ばっかく[麦角]〈名〉(藥)麥角。

はつかねずみ[二十日鼠]〈名〉鼷鼠。小白鼠。

はっかん[発刊]〈名・他サ〉發刊。創刊。

はっかん[発汗]〈名・自サ〉發汗。出汗。

はつがん[発癌]〈名〉致癌。

はっき[発揮]〈名・他サ〉發揮。施展。

はつぎ[発議]〈名・他サ〉提議。建議。

はっきゅう[薄給]〈名〉薄薪。

はっきょう[発狂]〈名・自サ〉發狂。發瘋。

はっきり[副・自サ]清楚。清晰。明確。

はっきん[白金]〈名〉鉑。白金。

はっきん[発禁]〈名〉禁止發售。

ばっきん[罰金]〈名〉罰款。

パッキング[packing]〈名〉①填料。②墊圈。

バック[back]〈名〉①背後。②背景。③後盾。後台。④倒退。⑤(足球等)後衛。

バッグ[bag]〈名〉提包。

バックスキン[buckskin]〈名〉鹿皮。

はっくつ[発掘]〈名・他サ〉發掘。

バックツアー[pack tour]〈名〉(一攬子付費的)團體旅行。

ばっくり〈副〉裂開貌。

バックル[buckle]〈名〉帶釦。

ばつぐん[抜群]〈名・形動〉超群。

はっけ[八卦]〈名〉八卦。占卦。

パッケージ[package]〈名〉①(商品)包裝。②包裝材料。容器。③包裹。④一攬子。

はっけっきゅう[白血球]〈名〉白血球。

はっけつびょう[白血病]〈名〉白血病。

はっけん[発見]〈名・他サ〉發現。

はつげん[発言]〈名・自サ〉發言。

ばっこ[跋扈]〈名・自サ〉跋扈。

はつこい[初恋]〈名〉初戀。

はっこう[発効]〈名・自サ〉生效。

はっこう[発光]〈名・自サ〉發光。

はっこう[発行]〈名・他サ〉發行。

はっこう[発酵]〈名・自サ〉醱酵。

はっこう[薄幸]〈名・形動〉薄幸。

はっこつ[白骨]〈名〉白骨。

ばっさい[伐採]〈名・他サ〉採伐。

ばっさり〈副〉①一刀(斬斷)。②堅決(削掉)。

はっさん[発散]〈名・自他サ〉發散。

ばっし[抜糸]〈名・自サ〉(醫)拆綫。抽綫。

ばっし[抜歯]〈名・自サ〉拔牙。

バッジ[badge]〈名〉徽章。

はっしゃ[発車]〈名・自サ〉開車。

はっしゃ[発射]〈名・他サ〉發射。

はっしょう[発祥]〈名・自サ〉發祥。發源。

はつじょう[発情]〈名・自サ〉發情。

ばっしょう[跋渉]〈名・自サ〉跋渉。

はっしん[発信]〈名・自サ〉發報。

はっしん[発疹]〈名・自サ〉(醫)出疹子。

ばっすい[抜粋]〈名・他サ〉摘録。

はっ・する[発する]〈他サ〉發。發出。

ハッスル[hustle]〈名・自サ〉精力充沛。幹勁十足。

ばっ・する[罰する]〈他サ〉懲罰。處罰。

はっせい[発生]〈名・自サ〉發生。

はっせい[発声]〈名・自サ〉①發聲。②領唱。領喊。

はっそう[発送]〈名・他サ〉發送。寄送。

はっそう[発想]〈名・自他サ〉①想法。主意。②表達。

ばっそく[罰則]〈名〉罰則。

ばった[飛蝗]〈名〉蝗蟲。

バッター[batter]〈名〉(棒球)撃球員。

はったつ[発達]〈名・自サ〉發達。發展。

はったり〈名〉故弄玄虚。虚張聲勢。

ばったり〈副〉突然(倒下,相遇,停止)。

ハッチ[hatch]〈名〉艙口。昇降口。

パッチ[patch]〈名〉補片。補釘。

はっちゃく[着着]〈名・自サ〉出發和到達。

はっちゅう[発注]〈名・他サ〉訂貨。訂購。

ばっちり〈副・自サ〉①(眼睛)水汪汪,亮晶晶。②眼睛大睜貌。

ばってき[抜擢]〈名・他サ〉提拔。

バッテリー[battery]〈名〉①(棒球的)投手和接手。②電池組。

はってん[発展]〈名・自サ〉發展。進步。

はつでん[発電]〈名・自サ〉發電。

ばってん[罰点]〈名〉「×」號。

はっと[副・自サ〉①突然(想起)。②嚇一跳。

はっと[法度]〈名〉①法度。②禁止。

バット[bat]〈名〉(棒球)球棒。

ばっとⅠ〈副〉突然。Ⅱ〈自サ〉①顯гла。引人注目。②景氣。繁榮。

はつどう[発動]〈名・自サ〉發動。

はつどうき[発動機]〈名〉發動機。

はつに[初荷]〈名〉新年的第一批貨。

はつねつ[発熱]〈名・自サ〉①發熱。②發燒。

はっぱ[破破]〈名〉爆破。

はつばい[発売]〈名・他サ〉發售。

はつはる[初春]〈名〉新春。新年。

ハッピーエンド[happy end]〈名〉大團圓(的故事)。

はつひので[初日の出]〈名〉元旦日出。

はつびょう[発病]〈名・自サ〉發病。得病。

はっぴょう[発表]〈名・他サ〉發表。

はっぷ[発布]〈名・他サ〉公佈。頒佈。

はつぶたい[初舞台]〈名〉初次登台。

はっぷん[発憤]〈名・自サ〉發憤。

はっぽう[八方]〈名〉八方。

はっぽうびじん[八方美人]〈名〉八面玲瓏。

はっぽう[発泡]〈名・自サ〉發泡。起泡。

はっぽう[発砲]〈名・自サ〉開槍。

ばっぽんてき[抜本的]〈形動〉徹底的。

はつみみ[初耳]〈名〉初次聽説。

はつめい[発明]〈名・他サ〉發明。

はつもの[初物]〈名〉當年初次收穫的東西。

はつゆき[初雪]〈名〉初雪。

はつゆめ[初夢]〈名〉新年做的夢。

はつよう[発揚]〈名・他サ〉振奮。

はつらつ[溌剌]〈形動〉活潑。朝氣蓬勃。

はつれい[発令]〈名・自サ〉發令。頒佈。

はつろ[発露]〈名・自サ〉表露。流露。

はて[果て]〈名〉①止境。邊際。②最後。結局。

はて〈感〉(表示懷疑、迷惑)唉呀。

はで[派手]〈形動〉①花哨。艷麗。②舖張。浮華。

パテ[putty]〈名〉油灰。

ばてい[馬丁]〈名〉馬夫。

ばてい[馬蹄]〈名〉馬蹄。

はてし[果てし]〈名〉盡頭。邊際。

は・てる[果てる]〈自下一〉①盡。終。完。②死。③(接動詞連用形後)…到極點。

ば・てる〈自下一〉疲乏已極。

はてんこう[破天荒]〈名〉破天荒。

パテント[patent]〈名〉專利。專利權。

はと[鳩]〈名〉鴿子。

はとう[波濤]〈名〉波濤。

はどう[波動]〈名〉波動。

ばとう[罵倒]〈名・他サ〉痛罵。

パトカー[patrol car]〈名〉巡邏車。警車。

はとば[波止場]〈名〉碼頭。

バドミントン[badminton]〈名〉羽毛球。

はとむぎ[鳩麦]〈名〉(植)薏苡。薏米。

はとむね[鳩胸]〈名〉鷄胸。

はどめ[歯止]〈名〉①車閘。②制止。

パトロール[patrol]〈名・自サ〉巡邏。

パトロン[patron]〈名〉資助者。

ハトロンし[ハトロン紙]〈名〉牛皮紙。

バトン[baton]〈名〉接力棒。

バトンタッチ[baton touch]〈名・自サ〉①(體)遞棒。②交班。

はな[花]〈名〉①花。②櫻花。

はな[端]〈名〉①開端。②尖端。

はな[鼻]〈名〉鼻子。

はないき[鼻息]〈名〉鼻息。

はなうた[鼻歌]〈名〉哼着唱的歌。

はなお[鼻緒]〈名〉木屐帶。

はなかご[花籠]〈名〉花籃。

はなかぜ[鼻風邪]〈名〉傷風。輕感冒。

はながた[花形]〈名〉紅人。

はながみ[鼻紙]〈名〉手紙。

はなぐすり[鼻薬]〈名〉①鼻藥。②小賄賂。

はなくそ[鼻屎・鼻糞]〈名〉鼻涕嘎吧。

はなげ[鼻毛]〈名〉鼻毛。

はなごえ[鼻声]〈名〉鼻音。鼻聲。

はなざかり[花盛り]〈名〉盛開。

はなさき[鼻先]〈名〉鼻尖。

はなし[話]〈名〉①話。②談話。③故事。④商談。⑤事情。⑥道理。⑦話題。⑧聽説。

はなしあい[話合い]〈名〉商談。協商。

はなしあいて[話し相手]〈名〉談話的伴兒。

はなしあ・う[話し合う]〈自五〉商量。商談。

はなしがい[放し飼い]〈名〉放牧。

はなしか・ける[話し掛ける]〈自下一〉搭話。

はなしごえ[話声]〈名〉談話聲。

はなしことば[話言葉]〈名〉口語。

はなしこ・む[話し込む]〈自五〉暢談。談得入港。

はなして[話し手]〈名〉①説話的人。②善於言談的人。

はなしはんぶん[話半分]〈名〉只有一半真話。

はなしぶり[話し振り]〈名〉口氣。口吻。

はなしょうぶ[花菖蒲]〈名〉花菖蒲。玉蟬

花。

はなじろ・む[鼻白む]〈自五〉心虚。膽怯。

はな・す[話す]〈他五〉①說。講。談。②告訴。③商量。

はな・す[放す]〈他五〉放。

はな・す[離す]〈他五〉①放開。②隔開。

はなずおう[花蘇芳]〈名〉(植)柴荆。

はなすじ[鼻筋]〈名〉鼻樑。

はな・せる[話せる]〈自下一〉①能說。②通情達理。

はなぞの[花園]〈名〉花園。

はなたけ[鼻茸]〈名〉鼻息肉。

はなたば[花束]〈名〉花束。

はなたれ[鼻垂れ]〈名〉流鼻涕。

はなぢ[鼻血]〈名〉鼻出血。

はな・つ[放つ]〈他五〉①放。②派遣。③流放。

はなっぱしら[鼻っ柱]〈名〉△～が強い/固執己見。

はなつまみ[鼻摘み]〈名〉討厭鬼。

はなづら[鼻面]〈名〉鼻尖。

バナナ[banana]〈名〉香蕉。

はなばしら[鼻柱]〈名〉鼻樑。

はなはだ[甚だ]〈副〉甚。太。很。

はなはだし・い[甚だしい]〈形〉很。非常。

はなばなし・い[花花しい・華華しい]〈形〉①華麗。華美。②光輝燦爛。壯烈。

はなび[花火]〈名〉焰火。

はなびら[花びら]〈名〉花瓣。

はなふだ[花札]〈名〉花紙牌。

はなみ[花見]〈名〉賞櫻花。賞花。

はなみず[鼻水]〈名〉鼻涕。

はなみぞ[鼻溝]〈名〉人中。

はなみち[花道]〈名〉歌舞伎演員通過觀衆席上下舞台的通道。

はなむけ[餞]〈名〉贐儀。

はなむこ[花婿]〈名〉新郎。

はなもち[鼻持ち]〈名〉△～がならない/臭不可聞。令人討厭。

はなやか[華やか]〈形動〉①華麗。②盛大。

はなや・ぐ[華やぐ]〈自五〉熱閙。歡快。

はなやさい[花椰菜]〈名〉花椰菜。

はなよめ[花嫁]〈名〉新娘。

はならび[菌並び]〈名〉齒列。

はなれ[離れ]〈名〉(離開主房的)獨間。

ばなれ[場馴れ]〈名・自サ〉不怯場。習以爲常。

はなれじま[離れ島]〈名〉孤島。

はなればなれ[離れ離れ]〈名〉離散。失散。

はな・れる[放れる]〈自下一〉①脫離。②逃掉。

はな・れる[離れる]〈自下一〉①離開。②相距。

はなれわざ[離れ業]〈名〉驚險的技藝。

はなわ[花輪]〈名〉花圈。花環。

はなわ[鼻輪]〈名〉鼻環。

はにか・む〈自五〉害羞。腼腆。

ばにく[馬肉]〈名〉馬肉。

パニック[panic]〈名〉恐慌。

バニラ[vanilla]〈名〉(植)香子蘭。

はにわ[埴輪]〈名〉陶俑。

はね[羽]〈名〉①羽毛。②翅膀。③翼。葉片。

はね[羽根]〈名〉羽毛毽子。

はね[跳ね]〈名〉①蹦。跳。②濺。③散戲。

ばね[発条]〈名〉彈簧。

はねあが・る[跳ね上がる]〈自五〉①跳起。蹦跳。②暴漲。

はねお・きる[跳ね起きる]〈自上一〉跳起。

はねかえ・す[撥ね返す]〈他五〉推開。頂回。

はねかえ・る[跳ね返る]〈自五〉①彈回。②蹦跳。③反過來影響。

はねつ・ける[撥ね付ける]〈他下一〉拒絕。

はねの・ける[撥ね除ける]〈他下一〉①推到一旁。②淘汰。剔除。

はねばし[跳橋]〈名〉吊橋。

はねまわ・る[跳ね回る]〈自五〉亂蹦亂跳。

ハネムーン[honey moon]〈名〉蜜月。

は・ねる[刎ねる]〈他下一〉砍。

は・ねる[跳ねる]〈自下一〉①跳。蹦。②濺。③散戲。

は・ねる[撥ねる]〈他下一〉①彈開。撞開。

②濾。③淘汰。④抽頭。⑤〔筆畫〕撇，鈎。

パネル[panel]〈名〉①嵌板。②配電盤。③油畫板。

パノラマ[panorama]〈名〉全景畫。

はは[母]〈名〉母親。

はば[幅]〈名〉幅度。寬度。

ばば[馬場]〈名〉跑馬場。

パパ[papa]〈名〉爸爸。

ばばあ[婆]〈名〉老太婆。

パパイア[papaya]〈名〉番木瓜。

ははおや[母親]〈名〉母親。

ははかた[母方]〈名〉母系。

はばかりながら[憚りながら]〈副〉〈謙〉請原諒，對不起。很冒昧。

はばか・る[憚る]Ⅰ〈他五〉顧忌。忌憚。Ⅱ〈自五〉有勢力。有出息。

ははこぐさ[母子草]〈名〉〈植〉香青。

はばた・く[羽ばたく]〈自五〉振翅。

はばつ[派閥]〈名〉派系。

はばとび[幅跳び]〈名〉跳遠。

はば・む[阻む]〈他五〉阻止。阻擋。

はびこ・る[蔓延る]〈自五〉蔓延。滋生。横行。

パフ[puff]〈名〉粉撲。

はぶ・く[省く]〈他五〉省。節省。省略。

はぶたえ[羽二重]〈名〉紡綢。

はブラシ[歯ブラシ]〈名〉牙刷。

はぶり[羽振り]〈名〉權勢。聲望。

ばふん[馬糞]〈名〉馬糞。

ばふんし[馬糞紙]〈名〉馬糞紙。

はへい[派兵]〈名・自サ〉派兵。

バベルのとう[バベルの塔]〈名〉①《聖經》中的通天塔。②不可實現的計劃。

はへん[破片]〈名〉碎片。

ぼたん[葉牡丹]〈名〉花白菜。

はほん[端本]〈名〉殘本。

はま[浜]〈名〉海濱。湖濱。河岸。

はまき[葉巻]〈名〉雪茄。

はまぐり[蛤]〈名〉文蛤。

はまだらか[羽斑蚊]〈名〉瘧蚊。

はまなす[浜茄子]〈名〉〈植〉玫瑰。

はまべ[浜辺]〈名〉海邊。湖邊。河邊。

はまゆう[浜木綿]〈名〉〈植〉文殊蘭。

はま・る[嵌る]〈自五〉①符合。吻合。正好嵌入。②陷入。

はま[馬銜]〈名〉馬銜。馬嚼子。

はみがき[歯磨]〈名〉①刷牙。②牙刷。③牙膏。牙粉。

はみだ・す[食み出す]〈自五〉露出。擠出。超出。越出。

ハミング[humming]〈名・自サ〉哼。

は・む[食む]〈他五〉吃。

ハム[ham]〈名〉①火腿。②無綫電愛好者。

はむか・う[刃向かう]〈自五〉反抗。抵抗。

はむし[羽虫]〈名〉羽虱。

はめ[羽目]〈名〉困境。

はめつ[破滅]〈名・自サ〉破滅。滅亡。

は・める[嵌める]〈他下一〉①嵌。鑲。②戴。套。③使…陷入。

ばめん[場面]〈名〉場面。

はも[鱧]〈名〉海鰻。

はもの[刃物]〈名〉刀。

はもん[波紋]〈名〉波紋。

はもん[破門]〈名・他サ〉開除。

はや[早]〈副〉早已。已經。

はや[鮠]〈名〉鱲。桃花魚。

はやあし[早足]〈名〉快步。

はや・い[早い・速い]〈形〉①早。②快。

はやおき[早起き]〈名・自サ〉早起。

はやがてん[早合点]〈名・自サ〉貿然斷定。

はやく[端役]〈名〉配角。

はやくち[早口]〈名〉說得快。

はやくちことば[早口言葉]〈名〉繞口令。

はやさ[早さ・速さ]〈名〉①早晚。②速度。

はやし[林]〈名〉樹林子。

はやし[囃]〈名〉伴奏。

はやじに[早死]〈名・自サ〉夭亡。

はやじまい[早仕舞]〈名・自サ〉提前結束。

はや・す[生す]〈他五〉使…生長。

はや・す[囃す]〈他五〉①伴奏。②打拍子。③喝彩。④嘲笑。

はやてまわし[早手回し]〈名〉事先(準備)。

はやね[早寝]〈名・自サ〉早睡。

はやのみこみ[早呑込み]〈名・自サ〉①理解得快。②貿然斷定。

はやばや[早早]〈副〉早早地。

はやばん[早番]〈名〉早班。

はやびけ[早引け]〈名・自サ〉早退。

はやぶさ[隼]〈名〉隼。

はやま・る[早まる・速まる]〈自五〉①提前。②過急。

はやみち[早道]〈名〉①近道。②捷徑。

はやみみ[早耳]〈名〉耳朵尖。

はやめ[早め]〈名〉提前。早些。

はや・める[早める・速める]〈他下一〉①提前。②加快。

はやり[流行]〈名〉流行。

はや・る[逸る]〈自五〉性急。暴躁。

はや・る[流行る]〈自五〉①流行。②興旺。

はやわかり[早分り]〈名〉①理解得快。②簡明手册。

はやわざ[早業]〈名〉神速妙技。

はら[原]〈名〉原野。

はら[腹]〈名〉腹。肚子。

ばら〈名〉零。散。

ばら[薔薇]〈名〉薔薇。

バラード[ballade]〈名〉①小叙事詩。②叙事歌曲。

はらい[払い]〈名〉付款。

はらい[祓い]〈名〉祓除。

はらいこ・む[払い込む]〈他五〉繳納。

はらいさ・げる[払い下げる]〈他下一〉出售(公有物)。

はらいせ[腹癒せ]〈名〉泄憤。

はらいた[腹痛]〈名〉腹痛。

はらいの・ける[払い除ける]〈他下一〉①拂去。除去。②推開。扒拉開。

はらいもど・す[払い戻す]〈他五〉①返還。退還。②支付(存款)。

ばらいろ[薔薇色]〈名〉玫瑰色。

はら・う[払う]〈他五〉①拂。揮。②支付。③償還。④賣掉。⑤表示。予以。

はら・う[祓う]〈他五〉祓除。

バラエティー[variety]〈名〉①變化。多樣化。③(生)變種。

はらおび[腹帯]〈名〉①腹帶。②圍腰子。③馬肚帶。

はらがけ[腹掛け]〈名〉兜肚。

はらぐろ・い[腹黒い]〈形〉黑心腸。

はらごなし[腹ごなし]〈名〉消食。

パラシュート[parachute]〈名〉降落傘。

はら・す[晴らす]〈他五〉報。雪。發泄。消除。

はら・す[腫らす]〈他五〉使…腫。

ばら・す〈他五〉①拆卸。②殺。幹掉。

バラス[ballast]〈名〉①石渣。②壓艙物。

ばらせん[ばら銭]〈名〉零錢。

パラソル[parasol]〈名〉陽傘。

はらだたし・い[腹立たしい]〈形〉可恨。令人氣憤。

はらだち[腹立ち]〈名〉氣憤。

はらちがい[腹違い]〈名〉同父異母。

パラチフス[Paratyphus]〈名〉副傷寒。

ばらつき〈名〉零散。不整齊。

バラック[barrack]〈名〉臨時板房。

ばらっ・く〈自五〉(雨)稀稀落落地下。

パラドックス[paradox]〈名〉反論。

はらばい[腹這い]〈名・自サ〉匍匐。爬。

はらはら[副・自サ〉①簌簌下落。②捏一把汗。

ばらばら[副]①零散。散亂。②吧噠吧噠。

ばらばら[副]①零散。稀稀落落。②叭啦叭啦。

パラフィン[paraffin]〈名〉石蠟。

はらまき[腹巻]〈名〉裹肚。圍腰子。

ばらま・く[ばら蒔く]〈他五〉撒。

はら・む[孕む]〈自五〉懷孕。

バラモン[婆羅門]〈名〉婆羅門。

はらわた[腸]〈名〉①腸。內臟。②瓤。

はらん[波瀾]〈名〉波瀾。風波。

バランス[balance]〈名〉平衡。

はり[針]〈名〉針。

はり[鍼]〈名〉針灸。

はり[梁]〈名〉樑。

はり[張り]〈名〉①張力。拉力。②氣力。勁頭。

ばり[罵言]〈名・自サ〉罵。咒罵。

-ばり[張り]〈接尾〉模倣。

はりあい[張合い]〈名〉①勁頭。②競争。

はりあ・う[張合う]〈自五〉競争。

はりあ・げる[張り上げる]〈他下一〉扯嗓子喊。

バリウム[barium]〈名〉鋇。

はりか・える[張り替える]〈他下一〉①重糊。②換（弦）。

はりがね[針金]〈名〉鐵絲。

はりがみ[張紙]〈名〉招貼。

バリカン[bariquand]〈名〉（理髮）推子。

ばりき[馬力]〈名〉馬力。

はりき・る[張り切る]〈自五〉①繃緊。②緊張。③幹勁十足。

バリケード[barricade]〈名〉防柵。路障。

ハリケーン[hurricane]〈名〉颶風。

はりこ[張子]〈名〉紙糊的東西。

はりこ・む[張り込む]〈他五〉①埋伏。監視。②貼上。③努力。④豁出（錢）。

はりさ・ける[張り裂ける]〈自下一〉①脹裂。②(悲痛得)臟腑欲裂。

はりさし[針刺し]〈名〉針扎兒。

はりしごと[針仕事]〈名〉針綫活。

はりたお・す[張り倒す]〈他五〉打倒。

はりだ・す[張り出す]〈他五〉①貼出。②伸出。

はりつけ[磔]〈名〉磔刑。

はりつ・める[張り詰める]〈自他下一〉①舖滿。②緊張。

バリトン[barytone]〈名〉男中音。

はりねずみ[針鼠]〈名〉刺猬。

はりばこ[針箱]〈名〉針綫盒。

ばりばり[副]勁頭十足。

ばりばり〈名・副〉①嶄新。②地道。

はりばん[張番]〈名〉看守。守衛。

はりめぐら・す[張り巡らす]〈他五〉圍上。佈滿。

は・る[張る]Ⅰ〈自五〉①伸展。擴張。②結（一層）。③發（芽）。④發脹。⑤價碼。⑥緊張。⑦過貴。③重。Ⅱ〈他五〉①伸展。擴展。②張掛。③舖滿。④盛滿。⑤拉。綳。⑥設置。⑦打。⑧固執。⑨争奪。對抗。

は・る[張る・貼る]〈他五〉張貼。

はる[春]〈名〉春天。

はるか[遥か]〈副・形動〉遠。遥遥遠。遠遠。

はるかぜ[春風]〈名〉春風。

バルコニー[balcony]〈名〉陽台。

はるさき[春先]〈名〉早春。

はるさめ[春雨]〈名〉①春雨。②粉條。粉絲。

パルチザン[partisan]〈名〉遊擊隊。

はるばる[遥遥]〈副〉遥遠。

バルブ[bulb]〈名〉閥門。

パルプ[pulp]〈名〉紙漿。

はれ[晴]〈名〉①晴。②盛大。隆重。③清白。無罪。

はれ[腫れ]〈名〉腫。

ばれいしょ[馬鈴薯]〈名〉馬鈴薯。

バレー[ballet]〈名〉芭蕾舞。

ハレーション[halation]〈名〉暈影。光暈。

ハレーすいせい[ハレー彗星]〈名〉哈雷彗星。

パレード[parade]〈名〉遊行。

バレーボール[volleyball]〈名〉排球。

はれがまし・い[晴がましい]〈形〉①隆重。②花哨。③不好意思。

はれぎ[晴着]〈名〉盛裝。好衣裳。

はれつ[破裂]〈名・自サ〉破裂。

パレット[pallet]〈名〉調色板。

はれて[晴れて]〈副〉公開地。正式地。

はればれ[晴晴]〈副・自サ〉①晴朗。②爽朗。愉快。

はれぼった・い[腫れぼったい]〈形〉腫。

はれま[晴間]〈名〉①暫晴。②雲隙。

はれもの[腫物]〈名〉疙瘩。

はれやか[晴やか]〈形動〉①晴朗。②爽朗。

バレリーナ[ballerina]〈名〉芭蕾舞女演員。

は・れる[晴れる]〈自下一〉①晴。②(心情)舒暢。(疑團)消解。

は・れる[腫れる]〈自下一〉腫。

ば・れる〈自下一〉敗露。

はれわた・る[晴れ渡る]〈自五〉萬里無雲。

ばれん[馬連]〈名〉擦刷子。

バレンタインデー[Valentine's day]〈名〉(宗)聖・瓦倫丁節。情人節(2月14日)。

はれんち[破廉恥]〈名・形動〉厚顏無恥。

はろう[波浪]〈名〉波浪。

ハロゲン[Halogen]〈名〉(化)鹵素。

バロック[baroque]〈名〉巴羅克。

パロディー[parody]〈名〉諧模詩文。諷刺詩文。

バロメーター[barometer]〈名〉氣壓計。晴雨表。

ハワイ[Hawaii]〈名〉夏威夷。

はわたり[刃渡り]〈名〉①刀刃的長度。②(雜技)走刀刃。

はん[半]〈名〉半。

はん[判]〈名〉印章。

はん[版]〈名〉版。

はん[班]〈名〉班。組。

はん[煩]〈名〉煩。麻煩。

はん[範]〈名〉模範。

はん-[反]〈接頭〉反。

はん-[汎]〈接頭〉泛。

ばん[万]〈名〉萬。

ばん[判]〈名〉(紙的)開數。

ばん[晩]〈名〉晩上。

ばん[盤]〈名〉①棋盤。②唱片。

ばん[番]〈名〉①班。②看守。③順序。

-ばん[番]〈接尾〉①…號。第…。②(比賽)局。盤。

パン[pan]〈名〉麵包。

はんい[範囲]〈名〉範圍。

はんいご[反意語]〈名〉反義詞。

はんえい[反映]〈名・他サ〉反映。

はんえい[繁栄]〈名・自サ〉繁榮。

はんえいきゅうてき[半永久的]〈形動〉半永久性的。

はんえん[半円]〈名〉半圓。

はんおん[半音]〈名〉半音。

はんか[繁華]〈名・形動〉繁華。

はんが[版画]〈名〉版畫。

ハンガー[hanger]〈名〉衣架。

ハンガーストライキ[hunger strike]〈名〉絶食鬥爭。

ばんかい[挽回]〈名・他サ〉挽回。

ばんがい[番外]〈名〉①外加。②例外。

はんがく[半額]〈名〉半價。

ばんがく[晩学]〈名〉成年後才開始學。

ハンカチ〈名〉手絹。手帕。

はんかつう[半可通]〈名・形動〉一知半解。半瓶醋。

バンガロー[bangalow]〈名〉簡易小房。

はんかん[反感]〈名〉反感。

ばんかん[万感]〈名〉百感。

はんかんはんみん[半官半民]〈名〉官民合辦。公私合營。

はんき[反旗]〈名〉反旗。

はんき[半旗]〈名〉下半旗。

はんき[半期]〈名〉①半期。②半年。

はんぎ[版木]〈名〉木版。

はんぎゃく[反逆]〈名・自サ〉叛逆。謀反。

はんきゅう[半球]〈名〉半球。

はんきょう[反共]〈名〉反共。

ばんきん[鈑金]〈名〉鈑金。

パンク[puncture]〈名・自サ〉爆胎。

ばんぐみ[番組]〈名〉節目。

ばんくるわせ[番狂わせ]〈名〉①打亂次序。②勝負出人意料。

はんけい[半径]〈名〉半徑。

はんげき[反撃]〈名・サ〉反擊。

はんけつ[判決]〈名・他サ〉判決。

はんげつ[半月]〈名〉半月。半月形。

はんけん[版権]〈名〉版權。

はんげん[半減]〈名・自他サ〉減半。

ばんけん[番犬]〈名〉看家狗。

はんご[反語]〈名〉反語。

はんこう[反抗]〈名・自サ〉反抗。

はんこう[反攻]〈名・自サ〉反攻。

はんこう[犯行]〈名〉犯罪。

はんごう[飯盒]〈名〉飯盒。

ばんこう[蛮行]〈名〉野蠻行爲。

ばんごう[番号]〈名〉號碼。

ばんこく[万国]〈名〉萬國。國際。

はんこつ[反骨]〈名〉反骨。

はんごろし[半殺し]〈名〉半死。

ばんこん[晩婚]〈名〉晩婚。

はんさ[煩瑣]〈名・形動〉煩瑣。

はんざい[犯罪]〈名〉犯罪。

ばんざい[万歳]〈名・感〉萬歳。

ばんさく[万策]〈名〉各種策略。

はんざつ[煩雑・繁雑]〈名・形動〉繁雜。

はんさよう[反作用]〈名〉反作用。

ばんさん[晩餐]〈名〉晚餐。

はんじ[判事]〈名〉推事。審判員。

ばんし[万死]〈名〉萬死。

ばんじ[万事]〈名〉萬事。

はんしはんしょう[半死半生]〈名〉半死不活。

はんじもの[判じ物]〈名〉字謎。畫謎。

はんしゃ[反射]〈名・自他サ〉反射。

ばんしゃく[晩酌]〈名・自サ〉晚酌。

ばんじゃく[磐石]〈名〉磐石。

ばんしゅう[半周]〈名〉半周。

ばんしゅう[晩秋]〈名〉晚秋。

はんじゅく[半熟]〈名〉半熟。

はんしゅつ[搬出]〈名・他サ〉搬出。

ばんしゅん[晩春]〈名〉晚春。

はんしょう[反証]〈名・他サ〉反證。

はんしょう[半焼]〈名・自サ〉燒掉一半。

はんしょう[半鐘]〈名〉警鐘。

はんじょう[半畳]〈名〉△～を入れる/喝倒彩。奚落。

はんじょう[繁盛]〈名・自サ〉繁榮。昌盛。

ばんじょう[万障]〈名〉萬難。

ばんじょう[万丈]〈名〉萬丈。

はんしょく[繁殖]〈名・自サ〉繁殖。

はんしん[半身]〈名〉半身。

はんしんはんぎ[半信半疑]〈名〉半信半疑。

はんしんろん[汎神論]〈名〉泛神論。

はんすう[反芻]〈名・他サ〉①反芻。②反覆玩味。

はんすう[半数]〈名〉半數。

はんせい[半生]〈名〉半生。

はんズボン[半ズボン]〈名〉短褲。

はん・する[反する]〈自サ〉①反對。②相反。③違反。④背叛。

はんせい[反省]〈名・自サ〉反省。

はんせい[半生]〈名〉半生。

ばんせい[蛮声]〈名〉粗野的聲音。

はんせいひん[半製品]〈名〉半成品。

はんせん[反戦]〈名〉反戰。

はんせん[帆船]〈名〉帆船。

はんぜん[判然]〈副・自サ〉明顯。明確。

ばんぜん[万全]〈名〉萬全。

ハンセンびょう[ハンセン病]〈名〉癩。痲風。

はんそ[反訴]〈名・自サ〉(法)反訴。

はんそう[帆走]〈名・自サ〉揚帆行駛。

ばんそう[伴奏]〈名・自サ〉伴奏。

ばんそうこう[絆創膏]〈名〉橡皮膏。

はんそく[反則]〈名・自サ〉犯規。

はんそで[半袖]〈名〉短袖。

はんだ[半田]〈名〉焊錫。焊接。

パンダ[panda]〈名〉熊貓。

はんたい[反対]Ⅰ〈名・形動〉相反。Ⅱ〈名・自サ〉反對。

パンタグラフ[pantagraph]〈名〉導電弓。

バンダナ[bandanna]〈名〉班丹納印花綢(布)。

バンタムきゅう[バンタム級]〈名〉最輕量級。

はんだん[判断]〈名・他サ〉判斷。

ばんたん[万端]〈名〉萬事。一切。

ばんち[番地]〈名〉名牌號。住址。

パンチ[punch]〈名〉①穿孔(機)。剪票(剪)。②拳打。

はんちゅう[範疇]〈名〉範疇。

パンツ[pants]〈名〉褲衩。

はんつき[半月]〈名〉半個月。

ばんづけ[番付]〈名〉等級表。順序表。

はんてい[判定]〈名・他サ〉判定。

パンティー[panties]〈名〉三角褲衩。

パンティーストッキング[panty stockings]〈名〉(也稱「パンスト」)連褲襪。

ハンディキャップ[handicap]〈名〉不利條件。

はんてん[反転]〈名・自他サ〉倒轉。折回。

はんてん[斑点]〈名〉斑點。

はんと[版図]〈名〉版圖。

はんと[叛徒]〈名〉叛徒。

バンド[band]〈名〉①皮帶。②腰帶。③樂隊。

はんとう[半島]〈名〉半島。

はんどう[反動]〈名〉①反動。②反作用。

ばんとう[番頭]〈名〉掌櫃的。

はんどうたい[半導体]〈名〉半導體。

はんとうまく[半透膜]〈名〉半透膜。

はんとうめい[半透明]〈名〉半透明。

はんどく[判読]〈名・他サ〉辨識。

はんとし[半年]〈名〉半年。

ハンドバッグ[handbag]〈名〉(婦女)手提包。

ハンドボール[handball]〈名〉手球。

パントマイム[pantomime]〈名〉啞劇。

ハンドメード[hand-made]〈名〉手工。手製。

ハンドル[handle]〈名〉①柄。把手。②方向盤。

はんドン[半ドン]〈名〉上半天班。

ばんなん[万難]〈名〉萬難。

はんにち[半日]〈名〉半天。

はんにゅう[搬入]〈名・他サ〉搬入。

はんにん[犯人]〈名〉犯人。

ばんにん[万人]〈名〉衆人。

ばんにん[番人]〈名〉看守。

はんにんまえ[半人前]〈名〉半吊子。

はんね[半値]〈名〉半價。

ばんねん[晩年]〈名〉晩年。

はんのう[反応]〈名・自サ〉反應。

ばんのう[万能]〈名〉萬能。

はんのき[榛の木]〈名〉(植)榿木。

パンのき[パンの木]〈名〉(植)麵包樹。

はんば[飯場]〈名〉工棚。

はんぱ[半端]〈名・形動〉①零碎。零星。②不徹底。

ハンバーグ[Hamburg]〈名〉漢堡牛肉餅。

はんばい[販売]〈名・他サ〉販賣。銷售。

はんばく[反駁]〈名・自他サ〉反駁。

はんぱつ[反発]〈名〉①排斥。彈回。②反抗。反對。反感。

はんはん[半半]〈名〉各半。

ばんばん[万般]〈名〉萬般。一切。

はんびらき[半開き]〈名〉半開。

はんぴれい[反比例]〈名〉反比例。

はんぷ[頒布]〈名・他サ〉①頒佈。②分發。散發。

はんぷく[反復]〈名・他サ〉反覆。重複。

ばんぶつ[万物]〈名〉萬物。

パンフレット[pamphlet]〈名〉小册子。

はんぶん[半分]〈名〉一半。

ばんぺい[番兵]〈名〉哨兵。

はんべつ[判別]〈名・他サ〉判別。

はんぼいん[半母音]〈名〉半元音。

はんぼう[繁忙]〈名・形動〉繁忙。

ハンマー[hammer]〈名〉①錘子。②鏈球。

はんみ[半身]〈名〉①側身。②一半魚。

はんめい[判明]〈名・形動・自サ〉判明。明確。

ばんめし[晩飯]〈名〉晩飯。

はんめん[反面]〈名〉①反面。②另一方面。

はんめん[半面]〈名〉①半面。②片面。③另一方面。

はんも[繁茂]〈名・自サ〉繁茂。

はんもく[反目]〈名・自サ〉反目。不和。

ハンモック[hammock]〈名〉吊床。

はんもと[版元]〈名〉發行處。出版社。

はんもん[反問]〈名・自他サ〉反問。

はんもん[斑紋]〈名〉斑紋。

はんもん[煩悶]〈名・自サ〉煩悶。苦惱。

パンヤ[panha]〈名〉(植)木棉。

ばんゆう[蛮勇]〈名〉△～をふるう/不顧一切。

ばんゆういんりょく[万有引力]〈名〉萬有引力。

はんら[半裸]〈名〉半裸。

ばんらい[万雷]〈名〉萬雷。

はんらん[反乱]〈名・自サ〉叛亂。

はんらん[氾濫]〈名・自サ〉泛濫。

ばんり[万里]〈名〉萬里。

はんりょ[伴侶]〈名〉伴侶。

はんれい[凡例]〈名〉凡例。

はんれい[判例]〈名〉(法)判例。

はんろ[販路]〈名〉銷路。

はんろん[反論]〈名・自他サ〉反駁。反對意見。

ひ　ヒ

ひ[日]〈名〉①太陽。日光。②日。天。③白天。④日期。⑤時代。時期。

ひ[火]〈名〉火。

ひ[灯]〈名〉燈。燈火。

ひ[比]〈名〉比。比例。

ひ[否]〈名〉否。否定。

ひ[碑]〈名〉碑。

ひ[秘]〈名〉秘密。奧秘。

ひ[緋]〈名〉緋紅。火紅。

ひ[非]〈名〉非。

ひ-[非]〈接頭〉非。

び[美]〈名〉美。

び[微]〈名〉微。細微。

ひあい[悲哀]〈名〉悲哀。

ひあが・る[干上がる]〈自五〉①乾涸。②吃不上飯。

ひあし[日脚]〈名〉①日脚。②白天。

ひあそび[火遊び]〈名〉①玩火。②危險的遊戲。輕率的戀愛。

ひあたり[日当り]〈名〉向陽。陽光照射。

ピアニスト[pianist]〈名〉鋼琴家。

ピアノ[piano]〈名〉鋼琴。

ひあぶり[火炙り]〈名〉炮烙。火刑。

ヒアリングエイド[hearing aid]〈名〉助聽器。

びい[微意]〈名〉微意。微忱。

ビーカー[beaker]〈名〉燒杯。

ひいき[贔屓]〈名〉偏愛。偏袒。

ピーク[peak]〈名〉高峰。最高點。

ビーシージー[BCG]〈名〉卡介苗。

ビーズ[beads]〈名〉串珠。

ヒーター[heater]〈名〉①暖氣設備。②電熱器。電爐。

ビーだま[ビー玉]〈名〉玻璃球。

ピーティーエー[PTA]〈名〉家長教師會。

ひいては[延いては]〈副〉進而。而且。

ひい・でる[秀でる]〈自下一〉優秀。卓越。擅長。

ビーナス[Venus]〈名〉維納斯。

ビーバー[beaver]〈名〉海狸。

びいびいⅠ〈副〉(鳥、蟲叫聲)唧唧。啾啾。Ⅱ〈自サ〉(生活)緊緊巴巴。

ピーピーエム[ppm]〈名〉百萬分率。

ビーフ[beef]〈名〉牛肉。

ピーマン[piment]〈名〉青椒。

ひいらぎ[柊]〈名〉柊樹。

ビール[bier]〈名〉啤酒。

ビールス[Virus]〈名〉病毒。

ヒーロー[hero]〈名〉英雄。男主人公。

ひうちいし[火打石]〈名〉燧石。火石。

ひうん[非運]〈名〉惡運。

ひうん[悲運]〈名〉悲慘的命運。

ひえ[稗]〈名〉稗子。

ひえこ・む[冷え込む]〈自五〉①氣温驟降。②着凉。受寒。

ひえしょう[冷性]〈名〉寒症。

ひえびえ[冷え冷え]〈副・自サ〉冷颼颼。冷冰冰。

ひ・える[冷える]〈自下一〉①變冷。變凉。②覺得冷。覺得凉。

ピエロ[pierrot]〈名〉小丑。丑角。

ビオラ[viola]〈名〉中提琴。

びおん[微温]〈名〉微温。

びおん[鼻音]〈名〉鼻音。

ひか[皮下]〈名〉皮下。

びか[彼我]〈名〉彼此。

びか[美化]〈名・他サ〉美化。

ひがい[被害]〈名〉被害。遭災。

ひかえ[控]〈名〉①備用。②侍候。③副本。底子。

ひかえしつ[控室]〈名〉休息室。等候室。

ひかえめ[控え目]〈名・形動〉謹慎。節制。客氣。

ひがえり[日帰り]〈名〉當天回來。

ひか・える[控える]Ⅰ〈自下一〉等候。待命。Ⅱ〈他下一〉①節制。②面臨。③記下。

ひかく[比較]〈名・他サ〉比較。

ひかく[皮革]〈名〉皮革。

びがく[美学]〈名〉美學。

ひかげ[日陰]〈名〉背陰。

ひがさ[日傘]〈名〉陽傘。

ひがし[東]〈名〉東。

ひがた[干潟]〈名〉海塗。

ぴかぴか[副・自サ]光亮。閃耀。閃閃。

ひがみ[僻み]〈名〉乖僻。偏見。

ひが・む[僻む]〈自五〉乖僻。持偏見。

ひがめ[僻目]〈名〉①斜眼。②看錯。③偏見。

ひがら[日柄]〈名〉日子(的凶吉)。

ひから・す[光らす]〈他五〉使…發光。使…發亮。

ひから・びる[干からびる]〈自五〉乾癟。乾巴。

ひかり[光]〈名〉光。

ぴかりと[副・自サ]①光亮。一閃。

ひか・る[光る]〈自五〉①發光。閃光。②出眾。

ひかれもの[引かれ者]〈名〉被押送的人。

ひかん[悲観]〈名・自他サ〉悲觀。

ひかん[避寒]〈名・自サ〉避寒。

ひがん[彼岸]〈名〉①彼岸。②春分、秋分前後各加三天共七天的期間。

ひがん[悲願]〈名〉①(佛)悲願。②誓願。

びかん[美観]〈名〉美觀。

ひがんばな[彼岸花]〈名〉石蒜。

ひき[引き]〈名〉提拔。關照。

ひき[悲喜]〈名〉悲喜。

-ひき[匹]〈接尾〉頭、隻、條。

びぎ[美技]〈名〉妙技。

ひきあい[引合い]〈名〉①引證。例子。②交易。

ひきあ・う[引き合う]〈自五〉①互相拉。②合算。

ひきあ・げる[引き上げる・引き揚げる]Ⅰ〈自下一〉返回。撤回。Ⅱ〈他下一〉①吊起。②打撈。③提拔。④提高。⑤收回。

ひきあわ・せる[引き合せる]〈他下一〉①對照。核對。比較。②介紹。

ひき・いる[率いる]〈他上一〉率領。

ひきい・れる[引き入れる]〈他下一〉拉入。

ひきう・ける[引き受ける]〈他下一〉①答應。接受。承擔。②保證。③照料。④繼承。

ひきうす[碾臼]〈名〉磨。

ひきうつし[引写し]〈名〉照抄。

ひきおこ・す[引き起こす]〈他五〉引起。

ひきおろ・す[引き下ろす]〈他五〉拉下。

ひきかえ・す[引き返す]〈自五〉返回。折回。

ひきか・える[引き替える]Ⅰ〈他下一〉交換。兌換。Ⅱ〈自下一〉相反。

ひきがえる[蟇]〈名〉蟾蜍。癩蛤蟆。

ひきがね[引金]〈名〉扳機。

ひきぎわ[引き際]〈名〉→ひけぎわ。

ひきげき[悲喜劇]〈名〉悲喜劇。

ひきこみせん[引込線]〈名〉①(電綫)入戶綫。引入綫。②(鐵路)專用綫。

ひきこ・む[引き込む]〈他五〉引入。

ひきこも・る[引き籠る]〈自五〉悶居。

ひきころ・す[轢き殺す]〈他五〉軋死。

ひきさが・る[引き下がる]〈自五〉退出。退下。

ひきさ・く[引き裂く]〈他五〉①撕。扯。②離間。

ひきさ・げる[引き下げる]〈他下一〉降低。

ひきざん[引算]〈名〉減法。

ひきしお[引潮]〈名〉落潮。

ひきしぼ・る[引き絞る]〈他五〉①拉緊。拉開。②扯嗓子喊。

ひきしま・る[引き締まる]〈自五〉①繃緊。②緊張。③(行情)見挺、看漲。

ひきし・める[引き締める]〈他下一〉①勒緊。②使…緊張。③緊縮。

ひぎしゃ[被疑者]〈名〉嫌疑犯。

ひきずりこ・む[引き摺り込む]〈他五〉拉進。拖入。

ひきず・る[引き摺る]〈他五〉拖。拽。

ひきだし[引出し]〈名〉抽屜。

ひきだ・す[引き出す]〈他五〉①拉出。②提取。

ひきた・つ[引き立つ]〈自五〉①顯得更

好。②旺盛。

ひきたて[引立て]〈名〉關照。提拔。

ひきたてやく[引立て役]〈名〉陪襯的人
　（物）。

ひきた・てる[引き立てる]〈他下一〉①提
　拔。②關照。③襯托。④鼓勵。⑤關閉。⑥
　押解。

ひきつ・ぐ[引き継ぐ]〈他五〉接替。繼承。

ひきつけ[引付け]〈名〉痙攣。

ひきつ・ける[引き付ける]Ⅰ〈自下一〉痙
　攣。Ⅱ〈他下一〉①拉過來。②吸引。引誘。

ひきつづき[引続き]Ⅰ〈名〉繼續。連續。Ⅱ
　〈副〉接着。繼續。連續。

ひきつ・る[引き攣る]〈自五〉抽筋。抽搐。

ひきつ・れる[引き連れる]〈他下一〉帶
　領。

ひきでもの[引出物]〈名〉贈品。禮品。

ひきど[引戸]〈名〉拉門。

ひきと・める[引き止める]〈他下一〉挽
　留。

ひきと・る[引き取る]Ⅰ〈自五〉回去。Ⅱ
　〈他五〉①領回。取回。②收養。③△息
　を～/咽氣。

ひきにく[挽肉]〈名〉絞肉。

ひきにげ[轢き逃げ]〈名〉(汽車)軋人後逃
　走。

ひきぬ・く[引き抜く]〈他五〉①拔。②選
　拔。

ひきのば・す[引き延ばす・引き伸ばす]
　〈他五〉①拖延。②放大。③拉長。④稀釋。

ひきはな・す[引き離す]〈他五〉①拉開。
　②拉下。③離間。

ひきはら・う[引き払う]〈他五〉離開。遷
　出。

ひきふね[引船]〈名〉拖船。

ひきまわ・す[引き回す]〈他五〉①圍上。
　②領着到處走。③指導。

ひきもきらず[引きも切らず]〈副〉絡繹不
　絶。

ひきもど・す[引き戻す]〈他五〉拉回。拖
　回。

ひきょう[卑怯]〈名・形動〉卑怯。卑鄙。

ひきょう[秘境]〈名〉秘境。

ひぎょう[罷業]〈名〉罷工。

ひきよ・せる[引き寄せる]〈他下一〉拉到
　跟前。

ひきわけ[引分]〈名〉平局。

ひきわた・す[引き渡す]〈他五〉①拉上。
　②交給。③引渡。

ひきん[卑近]〈名・形動〉淺顯。

ひきんぞく[非金属]〈名〉非金屬。

ひ・く[引く・牽く・退く]〈他五〉①拉。
　拽。牽。拖。②引。惹。吸引。③拔。抽。④
　減。扣除。⑤引用。⑥查。⑦劃。⑧繼承。⑨
　塗。⑩退。縮。撤。

ひ・く[引く・退く]〈自五〉退。後退。

ひ・く[挽く]〈他五〉①鋸。②絞(肉)。③拉
　(車)。

ひ・く[碾く]〈他五〉磨。

ひ・く[弾く]〈他五〉彈。拉。

ひ・く[轢く]〈他五〉軋。

ひく[魚籠]〈名〉魚籃。

ひく・い[低い]〈形〉低。

ひくつ[卑屈]〈名・形動〉卑躬屈膝。低三
　下四。

ひくて[引く手]〈名〉邀請者。

ひくてあまた[引く手あまた]〈連語〉到處
　有人請。

びくとも[副]△～しない/紋絲不動。毫不
　動揺。

ピクニック[picnic]〈名〉郊遊。

びくびく[副・自サ]微動。抽動。

びくびく[副・自サ]戰戰兢兢。畏首畏尾。

ぴくぴく[副・自サ]微動。抽動。

ひぐま[羆]〈名〉羆。棕熊。

ひぐらし[蜩]〈名〉茅蜩。

ピクルス[pickles]〈名〉西式泡菜。

ひぐれ[日暮]〈名〉傍晩。

びくん[微醺]〈名〉微醉。

ひけ[引け]〈名〉①下班。②落後。遜色。

ひげ[髭]〈名〉鬍鬚。

ひげ[卑下]〈名・自他サ〉自卑。

ひげき[悲劇]〈名〉悲劇。

ひけぎわ[引け際]〈名〉①臨下班。②(交
　易)收盤時。

ひけし[火消]〈名〉①滅火。②平息糾紛。

ひけつ[否決]〈名・他サ〉否決。

ひけつ[秘訣]〈名〉秘訣。

ピケット[picket]〈名〉糾察隊。

ひげづら[髭面]〈名〉滿臉鬍子。

ひけどき[引け時]〈名〉下班時。放學時。

ひけめ[引目]〈名〉①自卑感。②短處。

ひけらか・す[他五]炫耀。

ひ・ける[引ける]〈自下一〉①下班。放學。②不好意思。

ひご[籤]〈名〉竹篾。

ひご[庇護]〈名・他サ〉庇護。保護。

ひこう[非行]〈名〉不良行爲。

ひこう[飛行]〈名・自サ〉飛行。

ひごう[非業]〈名〉(死於)非命。

びこう[尾行]〈名・自サ〉盯梢。跟蹤。

びこう[備考]〈名〉備考。

びこう[鼻孔]〈名〉鼻孔。

びこう[鼻腔]〈名〉鼻腔。

ひこうかい[非公開]〈名〉非公開。

ひこうき[飛行機]〈名〉飛機。

ひこうしき[非公式]〈名・形動〉非正式。

ひごうほう[非合法]〈名・形動〉非法。不合法。

ひこく[被告]〈名〉被告。

ひこくみん[非国民]〈名〉賣國賊。

びこつ[尾骨]〈名〉尾骨。

びこつ[鼻骨]〈名〉鼻骨。

ひごと[日毎]〈名〉每天。一天天。

ひこばえ[蘖]〈名〉蘖。

ひごろ[日頃]〈名〉平日。

ひざ[膝]〈名〉膝。

ビザ[visa]〈名〉簽證。

ひさい[被災]〈名・自サ〉受災。

びさい[微細]〈名・形動〉微細。

びざい[微罪]〈名〉微罪。

ひざかけ[膝掛け]〈名〉蓋膝蓋的毯子。

ひざがしら[膝頭]〈名〉膝蓋。

ひざかり[日盛り]〈名〉(一天中)陽光最強時。

ひさく[秘策]〈名〉秘計。

ひさし[庇]〈名〉①屋檐。②帽檐。

ひざし[日差し]〈名〉陽光。

ひさし・い[久しい]〈形〉好久。

ひさしぶり[久し振り]〈名・形動〉(隔了)好久。

ひざづめ[膝詰め]〈名〉促膝。

ひざまくら[膝枕]〈名〉以大腿作枕頭。

ひざまず・く[跪く]〈自五〉跪下。

ひざもと[膝元]〈名〉跟前。身邊。

ひさん[悲惨]〈名・形動〉悲慘。

ひし[菱]〈名〉菱。菱角。

ひじ[肘]〈名〉肘。

ひじかけいす[肘掛け椅子]〈名〉交椅。

ひしがた[菱形]〈名〉菱形。

ひし・ぐ[拉ぐ]〈他五〉①壓碎。②挫敗。

ひししょくぶつ[被子植物]〈名〉被子植物。

びてき[微的]〈形動〉微觀的。

ひじてっぽう[肘鉄砲]〈名〉①用胳膊肘撞人。②嚴厲拒絕。

ひしと〈副〉①緊緊地。②深深地。

ビジネス[business]〈名〉①事務。工作。②實業。商業。

ビジネスアセスメント[business assessment]〈名〉企業評價。

ビジネスホテル[business hotel]〈名〉廉價旅館。

ひしひし〈副〉①緊緊地。②深深地。

びしびし〈副〉嚴厲。

ひしめ・く[犇めく]〈自五〉擁擠。

ひしゃく[柄勺]〈名〉舀子。

ひしゃ・げる[自下一]被壓扁。

ひしゃたい[被写体]〈名〉被攝體。

びしゃりと〈副〉砰地。啪地。

びしゅ[美酒]〈名〉美酒。

ひじゅう[比重]〈名〉比重。

ひじゅつ[秘術]〈名〉秘訣。

びじゅつ[美術]〈名〉美術。

ひじゅん[批准]〈名・他サ〉批准。

ひしょ[秘書]〈名〉秘書。

ひしょ[避暑]〈名・自サ〉避暑。

びじょ[美女]〈名〉美女。

ひじょう[非常]〈名・形動〉①非常。②緊急。

ひじょう[非情]〈名・形動〉無情。冷酷。

びしょう[微小]〈名・形動〉微小。

びしょう[微笑]〈名・自サ〉微笑。

ひじょうかいだん[非常階段]〈名〉太平梯。

ひじょうきん[非常勤]〈名〉△～講師/兼課講師。特邀講師。

ひじょうぐち[非常口]〈名〉太平門。

ひじょうしき[非常識]〈名・形動〉没有常識。不懂道理。

ひじょうせん[非常線]〈名〉警戒綫。

ひじょうベル[非常ベル]〈名〉警鈴。

びしょく[美食]〈名・自サ〉美食。講究飲食。

びしょぬれ[びしょ濡れ]〈名〉濕透。濕淋淋。

ビジョン[vision]〈名〉理想。幻想。夢幻。

びじれいく[美辞麗句]〈名〉華麗辭藻。花言巧語。

びしん[微震]〈名〉微震。

びじん[美人]〈名〉美人。

ひすい[翡翠]〈名〉翡翠。

ビスケット[biscuit]〈名〉餅乾。

ヒステリー[Hysterie]〈名〉歇斯底里。

ヒステリック[hysteric]〈形動〉歇斯底里的。

ピストル[pistol]〈名〉手槍。

ピストン[piston]〈名〉活塞。

ひずみ[歪]〈名〉①歪。斜。②弊病。

ひず・む[歪む]〈自五〉歪。斜。變形。

ひ・する[秘する]〈他サ〉隱秘。

びせい[美声]〈名〉美聲。

びせいぶつ[微生物]〈名〉微生物。

ひぜに[日銭]〈名〉毎天收入的現金。

ひせん[卑賤]〈名・形動〉卑賤。

ひせんきょけん[被選挙権]〈名〉被選舉權。

ひせんきょにん[被選挙人]〈名〉被選舉人。

ひせんろん[非戦論]〈名〉和平論。

ひそ[砒素]〈名〉砒。

ひそう[皮相]〈名・形動〉表面。皮相。膚淺。

ひそう[悲壮]〈名・形動〉悲壯。

ひぞう[秘蔵]〈名・他サ〉秘藏。珍藏。

ひぞう[脾臓]〈名〉脾臟。

ひそか[密か]〈形動〉秘密。暗中。

ひぞく[卑俗]〈名・形動〉庸俗。下流。

ひぞく[卑属]〈名〉(法)卑親屬。

ひぞく[匪賊]〈名〉土匪。

ひそひそ[副]嘁嘁喳喳。悄悄。

ひそ・む[潜む]〈自五〉潛藏。隱藏。

ひそ・める[潜める]〈他下一〉隱藏。

ひそ・める[顰める]〈他下一〉皺(眉)。

ひだ[襞]〈名〉褶子。

ひたい[額]〈名〉前額。腦門子。

ひだい[肥大]〈名・自サ〉肥大。

びたい[媚態]〈名〉媚態。

びたいちもん[鐚一文]〈名〉一文錢。

ひた・す[浸す]〈他五〉浸。泡。

ひたすら[副]只顧。一味。一個勁兒。

ひだち[肥立ち]〈名〉①發育。成長。②恢復。康復。

ひだね[火種]〈名〉火種。

ひたひた[副]①(水拍擊聲)嘩啦嘩啦。②漸漸(逼近)。

ひだまり[日溜り]〈名〉太陽地兒。

ビタミン[vitamin]〈名〉維生素。維他命。

ひたむき[形動]真摯。專心。

ひだり[左]〈名〉①左。左邊。②左派。

ひだりうちわ[左団扇]〈名〉安閑。

ひだりきき[左利き]〈名〉①左撇子。②愛喝酒的人。

ひだりて[左手]〈名〉①左手。②左邊。

ひだりまえ[左前]〈名〉①左右衣襟反釦。②衰敗。

ひだりまき[左巻き]〈名〉①向左捲。②缺心眼兒。

ひた・る[浸る]〈自五〉浸。泡。淹。

ひだるま[火達磨]〈名〉渾身是火。

ひたん[悲嘆]〈名・自サ〉悲嘆。

びだん[美談]〈名〉美談。

ピチカート[pizzicato]〈名〉(音)撥奏。

ひちく[備蓄]〈名・他サ〉蓄備。

ぴちぴち[副・自サ]①活蹦亂跳。②朝氣勃勃。

ひつ[櫃]〈名〉①櫃子。②飯桶。

ひつう[悲痛]〈名・形動〉悲痛。

ひっか[筆禍]〈名〉筆禍。文字獄。

ひっかかり[引掛り]〈名〉關係。關聯。

ひっかか・る[引っ掛る]〈自五〉①掛上。②卡住。③牽連。④受騙。

ひっか・く[引っ掻く]〈他五〉搔。撓。抓。

ひっかく[筆画]〈名〉筆畫。

ひっか・ける[引っ掛ける]〈他下一〉①掛。②披。③鈎。釣。④勾引。欺騙。⑤濺。⑥撞。⑦喝。

ひっかぶ・る[引っ被る]〈他五〉①蓋上。蒙上。②承擔。

ひつき[火付き]〈名〉引火。

ひっき[筆記]〈名〉筆記。

ひつぎ[柩]〈名〉靈柩。

ひっきょう[畢竟]〈副・自サ〉畢竟。總之。結局。

ひっきりなし[引切り無し]〈副〉接連不斷。不停地。

ひっく・く・る[引っ括る]〈他五〉捆。紮。綁。

びっくり〈名・自サ〉吃驚。嚇一跳。

ひっくりかえ・す[引っ繰り返す]〈他五〉①翻。顛倒。②弄倒。③推翻。

ひっくりかえ・る[引っ繰り返る]〈自五〉翻。顛倒。

ひっくる・める[引っ括める]〈他下一〉總共。一包在内。彙總起來。

ひつけ[火付け]〈名〉放火。

ひづけ[日付]〈名〉日期。年月日。

ひっけい[必携]〈名〉必携。

ピッケル[Pickl]〈名〉(登山用)冰鎬。

びっこ[跛]〈名〉①瘸子。②不成雙。

ひっこう[筆耕]〈名〉筆耕。抄寫。

ひっこし[引越し]〈名・自サ〉搬家。

ひっこ・す[引っ越す]〈自五〉搬家。

ひっこみ[引っ込み]〈名〉①拉進。②撤手。作罷。

ひっこみじあん[引っ込み思案]〈名〉畏首畏尾。

ひっこ・む[引っ込む]〈自五〉①退居。②退下。③縮進。凹陷。

ひっこ・める[引っ込める]〈他下一〉①縮回。②撤回。

ピッコロ[piccolo]〈名〉短笛。

ひっさ・げる[引っ提げる]〈他下一〉①提溜。携帶。②率領。

ひっさん[筆算]〈名・他サ〉筆算。

ひっし[必死]〈名・形動〉拼命。

ひっし[必至]〈名〉必然到來。

ひつじ[未]〈名〉(地支之一)未。

ひつじ[羊]〈名〉羊。綿羊。

ひっしゃ[筆写]〈名・他サ〉抄寫。

ひっしゃ[筆者]〈名〉筆者。

ひっしゅう[必修]〈名〉必修。

ひつじゅひん[必需品]〈名〉必需品。

ひつじゅん[筆順]〈名〉筆順。

ひっしょう[必勝]〈名〉必勝。

びっしょり〈副〉濕透。

ひっす[必須]〈名〉必須。

ひっせい[畢生]〈名〉畢生。

ひっせい[筆勢]〈名〉筆勢。

ひっせき[筆跡]〈名〉筆跡。

ひつぜつ[筆舌]〈名〉筆舌。

ひつぜん[必然]〈名〉必然。

ひっそり〈副・自サ〉寂静。

ひったく・る[引ったくる]〈他五〉搶奪。奪取。

ひった・てる[引っ立てる]〈他下一〉帶走。押送。

びったり〈副・自サ〉①緊緊地。②正對。準確無誤。③正合適。④(停止貌)忽地。一下子。

ひつだん[筆談]〈名・自サ〉筆談。

ひっち[筆致]〈名〉筆致。筆調。

ピッチ[pitch]〈名〉速度。

ピッチャー[pitcher]〈名〉(棒球)投手。

ひっちゅう[筆誅]〈名・他サ〉筆伐。

ひってき[匹敵]〈名・自サ〉匹敵。

ヒット[hit]〈名・自サ〉①(棒球)安全打。②大成功。

ひっとう[筆頭]〈名〉名單的開頭。第一名。

ひつどく[必読]〈名・他サ〉必讀。

ひっぱく[逼迫]〈名・自サ〉緊迫。窘迫。

ひっぱた・く[引っぱたく]〈他五〉打。揍。抽打。

ひっぱりだこ[引張り凧]〈名〉受歡迎(的

人、物）。

ひっぱ・る[引っ張る]〈他五〉拉。拽。扯。

ヒップ[hip]〈名〉臀圍。臀部。

ひっぽう[筆法]〈名〉運筆。筆法。

ひづめ[蹄]〈名〉蹄子。

ひつめい[筆名]〈名〉筆名。

ひつよう[必要]〈名・形動〉必要。必需。

ひつりょく[筆力]〈名〉筆力。筆勢。

ひてい[否定]〈名・他サ〉否定。

びていこつ[尾骶骨]〈名〉尾骨。

ビデオ[video]〈名〉錄像。錄像機

ひてつきんぞく[非鉄金属]〈名〉有色金屬。

ひでり[日照り]〈名〉旱。乾旱。

ひでん[秘伝]〈名〉秘傳。

びてん[美点]〈名〉優點。

ひと[人]〈名〉①人。人類。②他人。別人。③成人。大人。④人手。⑤人品。⑥人才。

ひとあし[一足]〈名〉①一步。②很近。

ひとあせ[一汗]〈名〉一身汗。

ひとあたり[人当り]〈名〉待人(的態度)。

ひとあめ[一雨]〈名〉一場雨。

ひとあれ[一荒れ]〈名〉①一場暴風雨。②一場風波。

ひとあわ[一泡]〈名〉△～吹かせる/使人大吃一驚。

ひとあんしん[一安心]〈名・自サ〉暫且放心。

ひど・い[酷い]〈形〉①殘酷。無情。厲害。嚴重。

ひといき[一息]〈名〉①喘口氣。歇一會。②一口氣。③(再加)一把勁。

ひといきれ[人いきれ]〈名〉人多悶熱。

ひといちばい[人一倍]〈名・副〉比別人加倍。比別人更加。

ひどう[非道]〈名・形動〉殘暴。殘忍。

びとう[尾灯]〈名〉(汽車、火車等的)尾燈。

びどう[微動]〈名・自サ〉微動。

ひとえ[一重]〈名〉①一重。一層。單。②單衣。

ひとえに[偏に]〈副〉①衷心。②完全。

ひとおじ[人怖じ]〈名・自サ〉(幼兒)認生。

ひとおもいに[一思いに]〈副〉一狠心。乾脆。

ひとがき[人垣]〈名〉人牆。

ひとかげ[人影]〈名〉人影。

ひとかた[一方]〈名〉普通。一般。

ひとかたならず[一方ならず]〈副〉非常。格外。

ひとかど[一廉]〈名〉①出類拔萃。②一份。

ひとがら[人柄]〈名〉人品。

ひとかわ[一皮]〈名〉一張皮。畫皮。

ひとぎき[人聞き]〈名〉名聲。體面。

ひときわ[一際]〈副〉格外。

びとく[美徳]〈名〉美德。

ひとくさり[一くさり]〈名〉一段。一陣。一頓。

ひとくせ[一癖]〈名〉乖僻。倔彊。

ひとくち[一口]〈名〉①一口。②一句。③一份。一股。

ひとくちばなし[一口話]〈名〉笑話。

ひとけ[人気]〈名〉人影兒。像有人的樣子。

ひとけい[日時計]〈名〉日晷。

ひとごえ[人声]〈名〉人聲。

ひとごこち[人心地]〈名〉(清醒過來時的)正常心情。

ひとこと[一言]〈名〉一言。一句話。

ひとごと[人事]〈名〉旁人的事。

ひとこま[一齣]〈名〉一個鏡頭。一幕。

ひとごみ[人込み]〈名〉人群。

ひところ[一頃]〈名〉一段時間。

ひとごろし[人殺し]〈名〉殺人(犯)。

ひとさしゆび[人差指]〈名〉食指。

ひとざと[人里]〈名〉村莊。

ひとさらい[人攫い]〈名〉拐子。

ひとさわがせ[人騒がせ]〈名・形動〉(無故)驚擾別人。

ひとし・い[等しい]〈形〉相等。

ひとしお[一入]〈副〉格外。更加。

ひとしきり[一頻り]〈名〉一陣。一時。

ひとじち[人質]〈名〉人質。

ひとしれず[人知れず]〈副〉暗中。背地。偷偷地。

ひとずき[人好き]〈名〉招人喜歡。

ひとすじ[一筋]Ⅰ〈名〉一條。Ⅱ〈名・形

動〉專心致志。

ひとすじなわ[一筋縄]〈名〉△～では行か
ない/不好對付。用普通方法解決不了。

ひとずれ[人擦れ]〈名・自サ〉世故。

ひとだかり[人だかり]〈名・自サ〉衆人聚
集。

ひとだすけ[人助け]〈名〉幫助人。

ひとたび[一度]〈名〉①一次。②一旦。

ひとだま[人魂]〈名〉磷火。鬼火。

ひとだまり[一溜り]〈名〉△～もない/瞬
間。立即。

ひとちがい[人違い]〈名・自サ〉認錯人。

ひとつ[一つ]〈名〉①一個。②一歳。③一
樣。相同。④一方面。

ひとつあな[一つ穴]〈名〉△～のむじな/
一丘之貉。

ひとつおぼえ[一つ覚え]〈名〉△馬鹿の～/
一條道跑到黑。死心眼兒。

ひとつかい[人使い]〈名〉使喚人。

ひとつかみ[一摑み]〈名〉一把。少量。

ひとづきあい[人付き合い]〈名〉交際。

ひとづて[人伝]〈名〉傳聞。

ひとつひとつ[一つ一つ]〈名〉一個一個。

ひとつだね[一粒種]〈名〉獨生子。

ひとづま[人妻]〈名〉有夫之婦。他人之妻。

ひとつまみ[一撮み]〈名〉一小撮。

ひとで[人手]〈名〉①(幹活的)人手。②別
人。③人工。

ひとで[人出]〈名〉外出的人。

ひとで[海星]〈名〉海星。

ひとでなし[人でなし]〈名・形動〉不是
人。

ひととおり[一通り]〈名・副〉①大概。粗
略。②普通。一般。③一種。一套。

ひとどおり[人通り]〈名〉行人來往。

ひととき[一時]〈名〉一時。片刻。

ひととなり[人となり]〈名〉爲人。

ひととび[一飛び]〈名〉起飛就到。

ひとなか[人中]〈名〉①衆人面前。②社會
上。

ひとなかせ[人泣かせ]〈名・形動〉難爲
人。

ひとなつっこ・い[人懐っこい]〈形〉親

眤。不認生。和人親近。

ひとなみ[人並]〈名・形動〉普通。平常。

ひとなみ[人波]〈名〉人群。

ひとにぎり[一握り]〈名〉一把。

ひとねむり[一眠り]〈名・自サ〉睡一會
兒。

ひとばしら[人柱]〈名〉犧牲。

ひとはしり[一走り]〈名・自サ〉跑一趟。

ひとはた[一旗]〈名〉△～あげる/創辦事
業。

ひとはだ[一肌]〈名〉△～脱ぐ/出一把力。
助一臂之力。

ひとばらい[人払い]〈名・他サ〉讓別人退
出。

ひとばん[一晩]〈名〉一晩。

ひとびと[人人]〈名〉人們。

ひとまえ[人前]〈名〉人前。

ひとまかせ[人任せ]〈名・他サ〉託別人。
靠別人。

ひとまく[一幕]〈名〉一幕。

ひとまず[一先ず]〈副〉暫且。暫時。

ひとまとめ[一纏め]〈名〉歸攏到一起。

ひとまね[人真似]〈名・自サ〉①模倣別
人。②(動物)模倣人。

ひとまわり[一回り]〈名・自サ〉①一週。
一圈。②一輪。③(相差)一等。

ひとみ[瞳]〈名〉瞳孔。

ひとみしり[人見知り]〈名・自サ〉(小孩)
認生。

ひとむかし[一昔]〈名〉往昔。過去。

ひとめ[一目]〈名〉一眼。

ひとめ[人目]〈名〉世人眼目。

ひともうけ[一儲け]〈名・自サ〉賺一筆
錢。

ひともじ[人文字]〈名〉人組字。

ひとやく[一役]〈名〉△～買う/幫個忙。承
擔一份工作。

ひとやすみ[一休み]〈名・自サ〉休息一會
兒。

ひとやま[一山]〈名〉①一座山。②一堆。③
△～当てる/投機發財。

ひとり[一人・独り]〈名〉①一個人。②自
己。③獨身。④僅僅。

ひどり[日取り]〈名〉日子。日期。

ひとりあるき[一人歩き]〈名・自サ〉①一個人走路。②自己會走。③獨立。自立。

ひとりがてん[独り合点]〈名・自他サ〉自己認爲。自以爲是。

ひとりぎめ[独り決め]〈名・自サ〉①獨自決定。②獨斷堅信。

ひとりぐらし[一人暮し]〈名〉獨身生活。

ひとりごと[独言]〈名〉自言自語。

ひとりじめ[一人占め]〈名・他サ〉獨佔。

ひとりずもう[一人相撲]〈名〉獨角戲。

ひとりだち[独り立ち]〈名・自サ〉獨立。

ひとりっこ[一人っ子]〈名〉獨生子。獨生女。

ひとりでに[独りでに]〈副〉自然地。

ひとりぶたい[独り舞台]〈名〉①獨角戲。②一個人的天下。

ひとりぼっち[独りぼっち]〈名〉孤單。孤零零。

ひとりもの[独り者]〈名〉單身漢。

ひとりよがり[独り善がり]〈名〉自以爲是。

ひとわたり[一わたり]〈副〉一次。大略。

ひな[雛]〈名〉①雛。②玩偶。

ひながた[雛形]〈名〉①雛形。②(書寫的)格式。

ひなぎく[雛菊]〈名〉雛菊。

ひなげし[雛罌粟]〈名〉(植)虞美人。麗春花。

ひなた[日向]〈名〉向陽處。

ひなどり[雛鳥]〈名〉雛鷄。雛鶏。

ひな・びる[鄙びる]〈自上一〉有鄉土氣息。

ひなまつり[雛祭]〈名〉(三月三日陳列偶人的)女孩節。

ひなん[非難]〈名・他サ〉非難。譴責。

ひなん[避難]〈名・自サ〉避難。

びなん[美男]〈名〉美男子。

ビニール[vinyl]〈名〉乙烯樹脂。

ひにく[皮肉]〈名・形動〉諷刺。挖苦。

ひにく[髀肉]〈名〉△～の嘆/髀肉復生之嘆。

ひにく・る[皮肉る]〈他五〉諷刺。挖苦。

ひにち[日日]〈名〉①日期。②時日。日子。

ひにひに[日に日に]〈副〉一天一天地。

ひにょうき[泌尿器]〈名〉泌尿器。

ビニロン[vinylon]〈名〉維尼綸。

ひにん[否認]〈名・他サ〉否認。

ひにん[避妊]〈名・自サ〉避孕。

ひにんじょう[非人情]〈名・形動〉不通人情。

ひね・る[捻くる]〈他下〉擺弄。玩弄。

ひねく・れる[捻くれる]〈自下一〉①彎曲。②乖僻。

ひねつ[比熱]〈名〉比熱。

びねつ[微熱]〈名〉低燒。

ひねりだ・す[捻り出す]〈他五〉①(好容易)想出。②(勉強)籌措。

ひ・ねる[日ねる]〈自下一〉①陳舊。②老成。

ひね・る[捻る]〈他五〉①擰。扭。②構思。③打敗。④獨出心裁。

ひのいり[日の入り]〈名〉日落。

ひのき[檜]〈名〉扁柏。

ひのきぶたい[檜舞台]〈名〉大舞台。

ひのくるま[火の車]〈名〉①火焰車。②艱苦。困苦。

ひのけ[火の気]〈名〉熱乎氣。

ひのこ[火の粉]〈名〉火星。

ひのたま[火の玉]〈名〉①火球。②磷火。

ひので[火の手]〈名〉火勢。

ひので[日の出]〈名〉日出。

ひので[日延べ]〈名・自サ〉延期。

ひのまる[日の丸]〈名〉(日本國旗)太陽旗。

ひのみやぐら[火の見櫓]〈名〉火警瞭望塔。

ひのめ[日の目]〈名〉天日。日光。

ひのもと[火の元]〈名〉①火災起因。②火燭。有火處。

ひばいひん[非売品]〈名〉非賣品。

ひばく[被爆]〈名・自サ〉被炸。

ひばし[火箸]〈名〉火筷子。

ひばしら[火柱]〈名〉火柱。

ひばち[火鉢]〈名〉火盆。

ひばな[火花]〈名〉火星。

ひばり[雲雀]〈名〉雲雀。

ひはん[批判]〈名・他サ〉批判。批評。

ひばん[非番]〈名〉歇班。

ひひ[狒狒]〈名〉(動)狒狒。

ひび[罅]〈名〉裂紋。裂痕。

ひび[皸]〈名〉皸裂。

ひび[日日]〈名〉毎天。

びび[微微]〈形動〉微微。

ひびか・せる[響かせる]〈他下一〉①弄響。②揚名。

ひびき[響き]〈名〉①聲響。②反響。③影響。

ひび・く[響く]〈自五〉①響。②影響。③震動。④聞名。

ひひょう[批評]〈名・他サ〉評論。

ひびわ・れる[罅割れる]〈自下一〉裂紋。裂縫。

びひん[備品]〈名〉備品。

ひふ[皮膚]〈名〉皮膚。

ひふ[日歩]〈名〉日息。日利。

びふう[美風]〈名〉好作風。好風氣。

びふう[微風]〈名〉微風。

ひふきだけ[火吹き竹]〈名〉吹火筒。

ひふく[被服]〈名〉衣着。

ひふく[被覆]〈名・他サ〉複蓋。覆蓋。

ひぶくれ[火脹れ]〈名・自サ〉燎泡。燙腫。

ひぶた[火蓋]〈名〉△～を切る/開火。開始。

ビフテキ[bifteck]〈名〉牛排。牛扒。

ひふん[悲憤]〈名・自サ〉悲憤。

ひぶん[碑文]〈名〉碑文。

びぶん[美文]〈名〉辭藻華麗的文章。

びぶん[微分]〈名〉微分。

ひへい[疲弊]〈名・自サ〉疲弊。

ひほう[秘方]〈名〉秘方。

ひほう[秘法]〈名〉秘法。

ひほう[悲報]〈名〉噩耗。

ひぼう[誹謗]〈名・他サ〉誹謗。

びほう[弥縫]〈名・他サ〉彌縫。彌補。補救。

びぼう[美貌]〈名〉美貌。

びぼうろく[備忘録]〈名〉備忘録。

ひぼし[干乾し]〈名〉餓乾癟。

ひぼし[日干]〈名〉曬乾。

ひぼん[非凡]〈名・形動〉非凡。

ひま[暇]〈名・形動〉①閑暇。②休假。③時間。工夫。

ひまご[曾孫]〈名〉曾孫。

ひまし[日増し]〈名〉一天比一天。

ひましゆ[蓖麻子油]〈名〉蓖麻籽油。

ひまじん[閑人]〈名〉閑人。

ひまつぶし[暇潰し]〈名〉消遣。

ヒマラヤ[Himalaya]〈名〉喜馬拉雅山。

ひまわり[向日葵]〈名〉向日葵。

ひまん[肥満]〈名・自サ〉肥胖。

びまん[瀰漫]〈名・自サ〉瀰漫。

びみ[美味]〈名・形動〉美味。

ひみつ[秘密]〈名・形動〉秘密。

びみょう[美妙]〈名・形動〉美妙。

びみょう[微妙]〈形動〉微妙。

ひめい[悲鳴]〈名〉慘叫。叫苦。

びめい[美名]〈名〉美名。

ひめくり[日めくり]〈名〉日暦。

ひ・める[秘める]〈他下一〉隱藏。蘊藏。

ひめん[罷免]〈名・他サ〉罷免。

ひも[紐]〈名〉細繩。帶兒。

ひもく[費目]〈名〉經費項目。開支項目。

ひもく[眉目]〈名〉眉目。

ひもじ・い[形]餓得慌。

ひもつき[紐付]〈名〉①帶繩兒(的東西)。②附帶條件。③有情夫。

ひもと[火元]〈名〉火主。火頭。

ひもと・く[繙く]〈他五〉翻閱。

ひもの[干物]〈名〉乾魚。

ひや[冷や]〈名〉涼。涼水。

ひやあせ[冷汗]〈名〉冷汗。

ひやかし[冷かし]〈名〉耍笑。嘲弄。

ひやか・す[冷かす]〈他五〉①冰鎮。冷却。②耍笑。嘲弄。③逛(商店)。

ひやく[飛躍]〈名・自サ〉①飛躍。②跳躍。③活躍。

ひゃく[百]〈名〉一百。

びゃくえ[白衣]〈名〉→はくい。

ひゃくがい[百害]〈名〉百害。

ひゃくしゅつ[百出]〈名・自サ〉(議論)百出。

ひゃくしょう[百姓]〈名〉農民。

ひゃくせん[百戦]〈名〉百戰。

びゃくだん[白檀]〈名〉檀香。

ひゃくにちぜき[百日咳]〈名〉百日咳。

ひゃくねん[百年]〈名〉百年。

ひゃくパーセント[百パーセント]〈名〉百分之百。

ひゃくぶん[百聞]〈名〉△〜は一見に如かず/百聞不如一見。

ひゃくぶんりつ[百分率]〈名〉百分率。

ひゃくまんげん[百万言]〈名〉千言萬語。

ひゃくまんちょうじゃ[百万長者]〈名〉百萬富翁。

びゃくや[白夜]〈名〉白夜。

ひゃくやく[百薬]〈名〉百藥。

ひゃくようばこ[百葉箱]〈名〉百葉箱。

ひやけ[日焼け]〈名・自サ〉曬黑。

ヒヤシンス[hyacinth]〈名〉(植)風信子。

ひや・す[冷す]〈他五〉①冰、鎮。②使…冷静。

ビヤだる[ビヤ樽]〈名〉啤酒桶。

ひゃっかじてん[百科辞典]〈名〉百科辭典。

ひゃっかてん[百貨店]〈名〉百貨商店。

ひゃっきやこう[百鬼夜行]〈名〉群魔亂舞。

ひゃっぱつひゃくちゅう[百発百中]〈名〉百發百中。準確無誤。

ひやとい[日雇]〈名〉日工。

ひやひや[冷や冷や]〈副・自サ〉①發涼。冷颼颼。②提心吊膽。

ビヤホール[beer hall]〈名〉啤酒店。

ひやみず[冷水]〈名〉冷水。

ひやめし[冷飯]〈名〉冷飯。

ひややか[冷やか]〈形動〉①冷、涼。②冷淡。冷冰冰。

ひやりと[副・自サ]①冷颼颼。②打冷戰。

ひゆ[比喩]〈名〉比喻。

ひゅう[副]嗖地(一聲)。

びゅうけん[謬見]〈名〉謬見。

ヒューズ[fuse]〈名〉保險絲。

ピューマ[puma]〈名〉美洲獅。

ヒューマニスト[humanist]〈名〉人道主義者。

ヒューマニズム[humanism]〈名〉人道主義。

ピューリタン[Puritan]〈名〉清教徒。

ビュッフェ[buffet]〈名〉①車站食堂。餐車。②立餐(會)。③碗櫥。

ひょいと[副]①突然。②輕輕。

ひよう[費用]〈名〉費用。

ひょう[雹]〈名〉雹子。

ひょう[表]〈名〉表。表格。

ひょう[豹]〈名〉豹。

ひょう[票]〈名〉票。選票。

びよう[美容]〈名〉美容。

びょう[鋲]〈名〉①圖釘。②鞋釘。③鉚釘。

びょう[秒]〈名〉秒。

びょう[廟]〈名〉廟。

ひょういつ[飄逸]〈名・形動〉飄逸。

ひょういもんじ[表意文字]〈名〉表意文字。

びょういん[病院]〈名〉醫院。

ひょうおんもんじ[表音文字]〈名〉表音文字。

ひょうか[評価]〈名・他サ〉①評價。估計。②定價。

ひょうが[氷河]〈名〉冰河。冰川。

びょうが[病臥]〈名・自サ〉臥病。

ひょうかい[氷解]〈名・自サ〉冰釋。消除。

びょうがい[病害]〈名〉病害。

ひょうき[表記]〈名・他サ〉表記。記載。

ひょうぎ[評議]〈名・他サ〉評議。討論。

びょうき[病気]〈名〉病。疾病。

ひょうきん[剽軽]〈形動〉滑稽。

びょうきん[病菌]〈名〉病菌。

ひょうぐ[表具]〈名〉裱褙。

びょうく[病苦]〈名〉病苦。

びょうく[病軀]〈名〉病軀。

ひょうけつ[氷結]〈名・自サ〉結冰。

ひょうけつ[表決]〈名・他サ〉表決。

ひょうけつ[票決]〈名・他サ〉投票表決。

ひょうけつ[評決]〈名・他サ〉評定。

ひょうげん[氷原]〈名〉冰原。

ひょうげん[表現]〈名・他サ〉表現。表達。

びょうげん[病原]〈名〉病原。

ひょうご[標語]〈名〉標語。

びょうご[病後]〈名〉病後。

ひょうこう[標高]〈名〉標高。

びょうこん[病根]〈名〉病根。

ひょうさつ[表札]〈名〉門牌。

ひょうざん[氷山]〈名〉冰山。

ひょうし[拍子]〈名〉①拍子。②時候。刹那。

ひょうし[表紙]〈名〉書皮。封面。

ひょうじ[表示]〈名・他サ〉表示。

ひょうじ[標示]〈名・他サ〉標示。標出。

びょうし[病死]〈名・自サ〉病死。

ひょうしき[標識]〈名〉標誌。

ひょうしぎ[拍子木]〈名〉梆子。

びょうしつ[病室]〈名〉病房。

ひょうしぬけ[拍子抜け]〈名・自サ〉掃興。泄氣。

びょうしゃ[描写]〈名・他サ〉描寫。描繪。

ひょうしゃく[評釈]〈名・他サ〉評註。

びょうじゃく[病弱]〈名・形動〉病弱。

ひょうじゅん[標準]〈名〉標準。

ひょうじゅんご[標準語]〈名〉標準語。

ひょうじゅんじ[標準時]〈名〉標準時。

ひょうしょう[表彰]〈名・他サ〉表彰。表揚。

ひょうじょう[表情]〈名〉表情。

びょうしょう[病床]〈名〉病床。

びょうじょう[病状]〈名〉病情。

ひょうしん[秒針]〈名〉秒針。

びょうしん[病身]〈名〉病身。

ひょう・する[表する]〈他サ〉表示。

ひょう・する[評する]〈他サ〉評論。評價。

びょうせい[病勢]〈名〉病勢。

ひょうせつ[氷雪]〈名〉冰雪。

ひょうせつ[剽窃]〈名・他サ〉剽竊。

ひょうぜん[飄然]〈形動〉飄然。悠閑。

ひょうそ[瘭疽]〈名〉瘭疽。

ひょうそう[裱装]〈名・他サ〉裱。裱褙。

ひょうそう[表層]〈名〉表層。

びょうそう[病巣]〈名〉病竈。

ひょうそく[平仄]〈名〉平仄。

びょうそく[秒速]〈名〉秒速。

ひょうだい[標題]〈名〉標題。

ひょうたん[瓢箪]〈名〉葫蘆。

ひょうちゃく[漂着]〈名・自サ〉漂到。

ひょうちゅう[標柱]〈名〉標桿。

びょうちゅうがい[病虫害]〈名〉病蟲害。

ひょうてい[評定]〈名・他サ〉評定。

ひょうてき[標的]〈名〉靶子。

びょうてき[病的]〈形動〉病態的。

ひょうてん[氷点]〈名〉冰點。

ひょうでん[評伝]〈名〉評傳。

ひょうど[表土]〈名〉表土。

びょうどう[平等]〈名・形動〉平等。

びょうどく[病毒]〈名〉病毒。

びょうにん[病人]〈名〉病人。

ひょうのう[氷嚢]〈名〉冰嚢。冰袋。

ひょうはく[漂白]〈名・他サ〉漂白。

ひょうはく[漂泊]〈名・自サ〉漂泊。流浪。

ひょうばん[評判]〈名・他サ〉①評論。評價。名聲。②出名。③傳聞。

ひょうひ[表皮]〈名〉表皮。

ひょうひょう[飄飄]〈形動〉逍遥自在。

びょうぶ[屏風]〈名〉屏風。

びょうへき[病癖]〈名〉惡癖。

ひょうへん[豹変]〈名・自サ〉豹變。突然改變。

ひょうぼう[標榜]〈名・他サ〉標榜。

びょうぼつ[病没]〈名・自サ〉病故。

ひょうほん[標本]〈名〉標本。

びょうま[病魔]〈名〉病魔。

ひょうめい[表明]〈名・他サ〉表明。

びょうめい[病名]〈名〉病名。

ひょうめん[表面]〈名〉表面。

びょうよみ[秒読み]〈名〉讀秒。

ひょうり[表裏]〈名〉表裏。

びょうり[病理]〈名〉病理。

ひょうりゅう[漂流]〈名・自サ〉漂流。

びょうれき[病歴]〈名〉病歷。

ひょうろう[兵糧]〈名〉軍糧。

ひょうろん[評論]〈名・他サ〉評論。

ひよく[肥沃]〈名・形動〉肥沃。

びよく[尾翼]〈名〉尾翼。

ひよけ[日除]〈名〉遮陽。遮簾。

ひよこ[雛]〈名〉雛雞。雛鳥。

びょこんと[副]突然。

ひょっこり[副]突然。

ひょっと〈副〉突然。偶然。

ひょっとしたら〈副〉→ひょっとすると。

ひょっとすると〈副〉或許。說不定。

ひよどり[鵯]〈名〉鵯。

ひよめき〈名〉囟門。

ひより[日和]〈名〉天氣。

ひよりみ[日和見]〈名〉觀望形勢。

ひよりみしゅぎ[日和見主義]〈名〉機會主義。

ひょろなが・い[ひょろ長い]〈形〉細長。

ひょろひょろ〈副・自サ〉①搖搖提提。②細長。細高。

ひよわ[ひ弱]〈形動〉纖弱。軟弱。虛弱。

ひょんな〈連体〉意外的。奇怪的。

ぴょんぴょん〈副〉蹦蹦跳跳。

ひら[平]〈名〉普通。一般。

びら〈名〉傳單。廣告。

ひらあやまり[平謝り]〈名〉低頭道歉。

ひらいしん[避雷針]〈名〉避雷針。

ひらおよぎ[平泳]〈名〉蛙泳。

ひらがな[平仮名]〈名〉平假名。

ひらき[開き]〈名〉①開。②距離。差距。

ひらきど[開き戸]〈名〉帶合葉的門。

ひらきなお・る[開き直る]〈自五〉突然正顏厲色。

ひら・く[開く]Ⅰ〈自五〉①開。開放。②差距大。距離拉開。Ⅱ〈他五〉①開。打開。②召開。舉辦。③開辦。開設。④開墾。開發。⑥〈数〉開方。

ひら・ける[開ける]〈自下一〉①開通。②開闊。③開化。④開明。⑤走運。轉運。

ひらた・い[平たい]〈形〉①扁。扁平。②平坦。淺顯。

ひらち[平地]〈名〉平地。

ひらて[平手]〈名〉巴掌。

ひらに[平に]〈副〉務必。懇請。

ひらひら〈副・自サ〉飄飄。飄揚。

ピラミッド[pyramid]〈名〉金字塔。

ひらめ[平目]〈動〉鮃。牙鮃。比目魚。

ひらめか・す[閃かす]〈他五〉①使閃光。②顯示。

ひらめ・く[閃く]〈自五〉①閃耀。②閃現。

③飄動。

ひらや[平屋]〈名〉平房。

ひらりと〈副〉輕巧的。敏捷的。

びり〈名〉末尾。倒數第一。

ピリオド[period]〈名〉句號。

ビリオネア[billionaire]〈名〉億萬富翁。

ひりき[非力]〈名・形動〉無力。無能。

ひりつ[比率]〈名〉比率。比例。

ぴりっと〈副〉辣酥酥。麻酥酥。②堅定。

ひりひり〈副・自サ〉①辣得慌。②火辣辣。

ぴりぴり〈副・自サ〉①嘎啦嘎啦。②麻酥酥。

びりびり〈副・自サ〉①火辣辣。②辣酥酥。③戰戰兢兢。

ビリヤード[billiards]〈名〉台球。

びりゅうし[微粒子]〈名〉微粒。

ひりょう[肥料]〈名〉肥料。

びりょう[微量]〈名〉微量。

びりょく[微力]〈名〉微力。

ひる[干る]〈自上一〉乾。

ひる[昼]〈名〉①白天。②正午。中午。③午飯。

ひる[蛭]〈名〉蛭。螞蟥。

ひるい[比類]〈名〉相比。倫比。

ひるがえ・す[翻す]〈他五〉①翻過來。②使飄動。

ひるがえって[翻って]〈副〉反過來。

ひるがえ・る[翻る]〈自五〉①翻過來。②飄揚。

ひるがお[昼顔]〈名〉〈植〉旋花。

ひるさがり[昼下がり]〈名〉過午。

ビルディング[building]〈名〉大樓。大廈。

ひるね[昼寝]〈名〉午睡。

ひるひなか[昼日中]〈名〉大白天。

ひるま[昼間]〈名〉白天。

ひる・む[怯む]〈自五〉膽怯。畏縮。

ひるめし[昼飯]〈名〉午飯。

ひるやすみ[昼休み]〈名〉午休。

ひれ[鰭]〈名〉鰭。

ヒレ[filet]〈名〉裏脊。

ひれい[比例]〈名・自サ〉比例。

ひれき[披瀝]〈名・他サ〉披瀝。

ひれつ[卑劣]〈名・形動〉卑劣。卑鄙。

ひれふ・す[平伏す]〈自五〉跪倒。

ひれん[悲恋]〈名〉悲劇的戀愛。

ひろ[尋]〈名〉庹。

ひろ・い[広い]〈形〉廣。寬廣。

ヒロイズム[heroism]〈名〉英雄主義。

ひろいもの[拾物]〈名〉拾物。意外的收穫。

ひろいよみ[拾い読み]〈名・他サ〉挑選着讀。

ヒロイン[heroine]〈名〉女主人公。

ひろ・う[拾う]〈他五〉①拾。撿。②(在路上)叫(出租車)。

ひろう[披露]〈名・他サ〉披露。宣佈。表演。發表。

ひろう[疲労]〈名・自サ〉疲勞。

びろう[尾籠]〈形動〉粗野。

ビロード[天鵞絨]〈名〉天鵞絨。

ひろがり[広がり]〈名〉擴展。

ひろが・る[広がる]〈自五〉擴大。擴展。展開。

ひろ・げる[広げる]〈他下一〉①打開。展開。擺開。攤開。③擴大。擴展。

ひろさ[広さ]〈名〉面積。寬度。

ひろば[広場]〈名〉廣場。

ひろびろ[広広]〈副・自サ〉廣闊。

ひろま[広間]〈名〉大廳。

ひろま・る[広まる]〈自五〉擴大。傳播。普及。

ひろ・める[広める]〈他下一〉推廣。傳播。普及。

ひわ[秘話]〈名〉秘聞。

ひわ[悲話]〈名〉悲慘的故事。

びわ[枇杷]〈名〉枇杷。

びわ[琵琶]〈名〉琵琶。

ひわい[卑猥]〈名・形動〉卑鄙。下流。

ひわり[日割]〈名〉①按日計算。②日程。

ひわ・れる[干割れる]〈自下一〉乾裂。

ひん[品]〈名〉品格。品質。風度。

びん[瓶]〈名〉瓶子。

びん[便]〈名〉①書信。②郵寄。航班。③機會。

びん[敏]〈名・形動〉機敏。

びん[鬢]〈名〉鬢。

ピン[pin]〈名〉①大頭針。別針。②髮卡。

ピン[pinta]〈名〉開始。第一。最好的。

ひんい[品位]〈名〉①品格。②品位。

ひんかく[品格]〈名〉品格。

ひんきゃく[賓客]〈名〉賓客。

ひんきゅう[貧窮]〈名・自サ〉貧窮。貧困。

ひんく[貧苦]〈名〉貧苦。

ピンク[pink]〈名〉粉紅。桃紅。

ひんけつ[貧血]〈名・自サ〉貧血。

ひんこう[品行]〈名〉品行。

ひんこん[貧困]〈名・形動〉①貧困。②貧乏。

ひんし[品詞]〈名〉詞類。

ひんし[瀕死]〈名〉瀕死。

ひんしつ[品質]〈名〉質量。

ひんじゃく[貧弱]〈名・形動〉①瘦弱。②貧乏。

ひんしゅ[品種]〈名〉品種。

ひんしゅく[顰蹙]〈名・自サ〉顰蹙。皺眉。

ひんしゅつ[頻出]〈名・自サ〉屢次發生。

びんしょう[敏捷]〈名・形動〉敏捷。

びんじょう[便乗]〈名・自サ〉①順便搭乘。②乘(機)。

ヒンズーきょう[ヒンズー教]〈名〉印度教。

ひん・する[貧する]〈自サ〉貧窮。

ひん・する[瀕する]〈自サ〉瀕於。

ひんせい[品性]〈名〉品性。

ピンセット[pincet]〈名〉鑷子。小鉗子。

びんせん[便船]〈名〉便船。

びんせん[便箋]〈名〉便箋。信紙。

ひんそう[貧相]〈名・形動〉貧寒相。

びんそく[敏速]〈名・形動〉敏捷。

びんた〈名〉耳光。嘴巴子。

ピンチ[pinch]〈名〉危機。困境。

びんづめ[瓶詰]〈名〉瓶裝。

ヒント[hint]〈名〉啓發。

ひんど[頻度]〈名〉頻度。

ぴんと[副]①突然。猛然。②綳直。綳緊。③△～来る/馬上就明白。

ひんのう[貧農]〈名〉貧農。

ひんぱつ[頻發]〈名・自サ〉頻發。

ピンはね〈名・他サ〉剋扣。

ひんぱん[頻繁]〈名・形動〉頻繁。

ひんぴょう[品評]〈名・他サ〉品評。評定。

ひんぴん[頻頻]〈形動〉頻頻。

びんびん〈副・自サ〉活蹦亂跳。硬朗。健壯。

ひんぷ[貧富]〈名〉貧富。

びんぼう[貧乏]〈名・形動・自サ〉貧窮。

ピンぼけ〈名・形動・自サ〉模糊不清。

ピンポン[ping-pong]〈名〉乒乓球。

ひんみん[貧民]〈名〉貧民。

ひんもく[品目]〈名〉品目。品種。

びんらん[便覧]〈名〉→べんらん。

びんらん[紊乱]〈名・自他サ〉紊亂。

びんわん[敏腕]〈名・形動〉才幹。能幹。有本領。

ふ　フ

ふ[歩]〈名〉(將棋)兵。卒。

ふ[斑]〈名〉斑點。斑紋。

ふ[府]〈名〉府。

ふ[負]〈名〉負。

ふ[腑]〈名〉臟腑。

ふ[譜]〈名〉樂譜。

ぶ[分]〈名〉①(優劣的)形勢。優勢。②十分之一。一成。③百分之一。④一寸的十分之一。⑤一度的十分之一。

-ぶ[部]〈接尾〉部。

ファースト[first]Ⅰ〈造語〉第一。Ⅱ〈名〉(棒球)一壘。一壘手。

ファーストクラス[first class]〈名〉①一等座席(艙)。②一流。最高級。

ふあい[歩合]〈名〉①比率。比值。②佣金。

ぶあいそう[無愛想]〈名・形動〉冷淡。簡慢。

ファイト[fight]〈名〉①鬥志。幹勁。②(拳擊)比賽。

ファイナルセット[final set]〈名〉(網球、排球)最後一局比賽。

ファイバーケーブル[fiber cable]〈名〉光纖維電纜。

ファイバースコープ[fiberscope]〈名〉(醫)内窺鏡。

ファイル[file]〈名・他サ〉①文件夾。②檔案。歸檔。

ファインダー[finder]〈名〉取景器。

ファインプレー[fine play]〈名〉妙技。

ファウル[foul]〈名・自サ〉①犯規。②(棒球)界外球。

ファクシミリ[facsimile]〈名〉①傳真。傳真通信。②摹寫。

ファゴット[fagotto]〈名〉(樂)巴松管。

ファシスト[fascist]〈名〉法西斯分子。

ファシズム[fascism]〈名〉法西斯主義。

ファスナー[fastener]〈名〉拉鏈。

ぶあつ・い[分厚い]〈形〉相當厚。

ファックス[facs]〈名〉傳真。

ファッション[fashion]〈名〉時興。流行。時髦。

ファミリー[family]〈名〉①家庭。家族。②種族。語族。③(生物)族，科。

ファミリーレストラン[family restaurant]〈名〉全家福餐館。

ふあん[不安]〈名・形動〉不安。

ファン[fan]〈名〉①迷。崇拜者。②風扇。鼓風機。

ファンタジー[fantasy]〈名〉①空想。幻想。②(樂)幻想曲。

ふあんてい[不安定]〈名・形動〉不安定。

ふあんない[不案内]〈名・形動〉不熟悉。

ファンファーレ[fanfare]〈名〉(開幕式的)嘹亮的管樂聲。

ふい[不意]〈名・形動〉突然。意外。

ブイ[buoy]〈名〉①浮標。②救生圈。

フィート[feet]〈名〉英尺。

フィードバック[feedback]〈名・他サ〉反饋。

フィーリング[feeling]〈名〉感情。感覺。情緒。印象。

フィールド[field]〈名〉田賽場。

フィールドスポーツ[field sports]〈名〉野外運動(打獵、射擊、釣魚等)。

ふいうち[不意打ち]〈名・他サ〉突然襲擊。

フィギュアスケート[figure skating]〈名〉花樣滑冰。

フィクション[fiction]〈名〉①虛構。②小說。

ふいご[鞴]〈名〉風箱。風匣。

ふいちょう[吹聴]〈名・他サ〉吹噓。宣揚。

ぶいと[副]憤然。突然。

フィナーレ[finale]〈名〉①終場。②終曲。

フィヨルド[fjord]〈名〉峽灣。

フィラメント[filament]〈名〉燈絲。絲極。

ふいり[不入り]〈名〉(劇場等)不上座。

フィルター[filter]〈名〉過濾器。過濾嘴。濾光器。

フィルム[film]〈名〉膠卷。

ふう[封]〈名〉封。

ふう[風]〈名〉樣子。樣式。

ふうあつ[風圧]〈名〉風壓。

ふういん[封印]〈名〉封印。

ふううう[風雨]〈名〉風雨。

ふううん[風雲]〈名〉風雲。

ふうか[風化]〈名・自サ〉①風化。②淡薄。

ふうが[風雅]〈名・形動〉風雅。

フーガ[fuga]〈名〉(樂)賦格(曲)。

ふうがい[風害]〈名〉風災。

ふうかく[風格]〈名〉風格。

ふうがわり[風変り]〈名・形動〉奇特。古怪。

ふうき[風紀]〈名〉風紀。

ふうき[富貴]〈名・形動〉富貴。

ふうき・る[封切る]〈他五〉①開封。②首次放映。

ふうけい[風景]〈名〉風景。

ふうこう[風光]〈名〉風光。

ふうこう[風向]〈名〉風向。

ふうさ[封鎖]〈名・他サ〉封鎖。凍結(資金)。

ふうさい[風采]〈名〉風采。

ふうし[風刺]〈名・他サ〉諷刺。

ふうじこ・める[封じ込める]〈他下一〉封鎖。

ふうしゃ[風車]〈名〉風車。

ふうしゅう[風習]〈名〉風俗習慣。

ふうしょ[封書]〈名〉封口的書信。

ふうしょく[風食]〈名・他サ〉風蝕。

ふう・じる[封じる]〈他上一〉→ふうずる。

ふうしん[風疹]〈名〉風疹。

ふうすいがい[風水害]〈名〉風災和水災。

ふう・ずる[封ずる]〈他サ〉封住。

ふうせつ[風雪]〈名〉風雪。風霜。

ふうせつ[風説]〈名〉傳聞。

ふうせん[風船]〈名〉氣球。

ふうぜん[風前]〈名〉風前。

ふうそく[風速]〈名〉風速。

ふうぞく[風俗]〈名〉風俗。

ふうたい[風袋]〈名〉包皮。皮重。

ふうたい[風体]〈名〉打扮。穿戴。模樣。

ふうち[風致]〈名〉風致。風景。風光。

ふうちょう[風潮]〈名〉風潮。潮流。

ふうど[風土]〈名〉風土。水土。

ふうとう[封筒]〈名〉信封。

ふうどう[風洞]〈名〉風洞。

ふうにゅう[封入]〈名・他サ〉封入。裝。

ふうは[風波]〈名〉①風浪。②風波。糾紛。

ふうばいか[風媒花]〈名〉風媒花。

ふうび[風靡]〈名・他サ〉風靡。

ふうひょう[風評]〈名〉風聲。傳聞。

ふうふ[夫婦]〈名〉夫婦。

ふうふう〈副〉氣喘吁吁。喘不過氣來。

ぶうぶう〈副〉①嗚嗚地。嘟嘟嚷嚷(地發牢騷)。

ふうぶつ[風物]〈名〉風物。

ふうぶん[風聞]〈名・他サ〉風聞。傳說。

ふうぼう[風貌]〈名〉風貌。

ふうみ[風味]〈名〉風味。味道。

ブーム[boom]〈名〉熱。熱潮。

ふうらいぼう[風来坊]〈名〉流浪漢。

ふうりゅう[風流]〈名・形動〉風流。風雅。

ふうりょく[風力]〈名〉風力。

ふうりん[風鈴]〈名〉風鈴。

プール[pool]Ⅰ〈名〉游泳池。Ⅱ〈名・他サ〉儲備。

ふうろう[封蠟]〈名〉封蠟。

ふうん[不運]〈名・形動〉不幸。倒霉。

ぶうん[武運]〈名〉武運。

ふえ[笛]〈名〉笛。笛子。哨子。

フェア[fair]Ⅰ〈形動〉光明正大。Ⅱ〈名〉(棒球)界內球。

ふえいせい[不衛生]〈名・形動〉不衛生。

フェーシャルマッサージ[facial massage]〈名〉(美容術之一)面部按摩。

フェーンげんしょう[フェーン現象]〈名〉焚風現象。

ふえき[不易]〈名・形動〉不易。不變。

ふえき[賦役]〈名〉賦役。

フェザーきゅう[フェザー級]〈名〉次輕量

級。

フェスティバル[festival]〈名〉節日。祭祀日。紀念活動。

ふえて[不得手]〈名・形動〉不擅長。不拿手。

フェニックス[phoenix]〈名〉①〔埃及神話〕不死鳥。②〔植〕海棗。

フェノールしやく[フェノール試藥]〈名〉〔化〕苯酚試劑。

フェリーボート[ferry boat]〈名〉渡輪。輪渡。

ふ・える[殖える・増える]〈自下一〉増加。増長。

フェルト[felt]〈名〉氈。

ふえん[敷衍]〈名・他サ〉詳細(説明)。

フェンシング[fencing]〈名〉〔體〕撃劍。

ぶえんりょ[不遠慮]〈名・形動〉不客氣。

フォーク[fork]〈名〉(西餐用)叉子。

フォーマル[formal]〈形動〉形式(的)。正式(的)。禮節上(的)。

ぶおとこ[醜男]〈名〉醜男子。

フォルマリン[Formalin]〈名〉→ホルマリン。

フォワード[forward]〈名〉(足球、橄欖球等)前鋒。

ふおん[不穏]〈名・形動〉不穏。險惡。

フォン[phon]〈名〉→ホン。

ふおんとう[不穏当]〈名・形動〉不妥當。

ふか[鱶]〈名〉鯊魚。

ふか[不可]〈名〉①不可。不行。②不及格。

ふか[付加]〈名・他サ〉附加。

ふか[孵化]〈名・他サ〉孵化。

ふか[部下]〈名〉部下。

ふか・い[深い]〈形〉①深。②濃。③茂密。

ふかい[不快]〈名・形動〉不快。

ぶがい[部外]〈名〉外部。

ふがいな・い[腑甲斐ない]〈形〉没志氣。没出息。窩囊。

ふかいり[深入り]〈名・自サ〉①深入。②過分干預。

ふかおい[深追い]〈名・他サ〉深追。窮追。

ふかかい[不可解]〈名・形動〉不可理解。

ふかく[不覚]〈名・形動〉①失策。過失。失敗。②不由得。不知不覺。

ふかく[俯角]〈名〉俯角。

ふかくだい[不拡大]〈名〉不擴大。

ふかくてい[不確定]〈名・形動〉不確定。

ふかけつ[不可欠]〈名・形動〉不可缺少。

ふかこうりょく[不可抗力]〈名〉不可抗拒的力量。

ふかさ[深さ]〈名〉深。深度。

ふかざけ[深酒]〈名〉飲酒過量。

ふかし[不可視]〈名〉不可見。

ふかしぎ[不可思議]〈名・形動〉不可思議。

ふかしん[不可侵]〈名〉不可侵犯。

ふか・す[吹かす]〈他五〉①抽(煙)。②擺(資格)。

ふか・す[更す]〈他五〉熬夜。

ふか・す[蒸す]〈他五〉蒸。

ふかちろん[不可知論]〈名〉不可知論。

ふかっこう[不格好]〈名・形動〉不好看。難看。

ふかづめ[深爪]〈名〉指甲剪得太苦。

ふかで[深手]〈名〉重傷。

ふかのう[不可能]〈名・形動〉不可能。

ふかひ[不可避]〈名〉不可避免。

ふかふか〈副・自サ〉喧騰騰。

ぶかぶか〈副・形動〉肥大。

ぶかぶか〈副〉①吧嗒吧嗒地(抽煙)。②輕飄飄地。

ふかぶかと[深深と]〈副〉深深地。

ふかぶん[不可分]〈名・形動〉不可分開。

ふかま・る[深まる]〈自五〉深化。加深。

ふかみ[深み]〈名〉①深處。②深度。深淺。

ふかみどり[深緑]〈名〉深緑。

ふか・める[深める]〈他下一〉加深。

ふかん[俯瞰]〈名・他サ〉俯瞰。俯視。

ぶかん[武官]〈名〉武官。

ふかんしへい[不換紙幣]〈名〉不兑換紙幣。

ふかんしょう[不感症]〈名〉①(婦女)性感缺乏症。②感覺遲鈍。

ふかんぜん[不完全]〈名・形動〉不完全。不完善。

ふき[蕗]〈名〉蜂鬥菜。

ふき[不帰]〈名〉不歸。

ふき[付記]〈名・他サ〉附記。

ふぎ[不義]〈名〉①不義。②私通。

ぶき[武器]〈名〉武器。

ふきあ・げる[吹き上げる]〈他下一〉噴起。

ふきあ・れる[吹き荒れる]〈自下一〉狂風大作。

ふきおろ・す[吹き下ろす]〈他五〉颳下。

ふきかえ[吹替え]〈名〉①配音。②替角。替身。

ふきかえ・す[吹き返す]〈他五〉甦醒。

ふきか・ける[吹き掛ける]〈他下一〉①噴。噴灑。哈（氣）。②要謊價。③找碴兒。

ふきけ・す[吹き消す]〈他五〉吹滅。

ふきげん[不機嫌]〈名・形動〉不高興。不愉快。

ふきこぼ・れる[吹きこぼれる]〈自下一〉（水、湯等）開了溢出來。

ふきこ・む[吹き込む]Ⅰ〈自五〉颳進。Ⅱ〈他五〉①灌輸。②灌製。錄音。

ふきさらし[吹き曝し]〈名〉四面灌風。

ふきすさ・ぶ[吹き荒ぶ]〈自五〉猛颳。狂吹。

ふきそ[不起訴]〈名〉不起訴。

ふきそうじ[拭き掃除]〈名・他サ〉擦拭室内。

ふきそく[不規則]〈名・形動〉不規則。

ふきだ・す[吹き出す]〈自五〉①噴出。冒出。②笑出聲。

ふきだまり[吹き溜り]〈名〉①被風颳成的堆。②生活無着落的人聚集的場所。

ふきつ[不吉]〈名・形動〉不吉利。

ふきつ・ける[吹き付ける]Ⅰ〈自下一〉猛颳。Ⅱ〈他下一〉噴上。

ふきでもの[吹き出物]〈名〉疱。疙瘩。

ふきとば・す[吹き飛ばす]〈他五〉颳跑。吹跑。

ふきと・ぶ[吹き飛ぶ]〈自五〉被颳跑。

ふきと・る[拭き取る]〈他五〉擦掉。

ふきながし[吹流し]〈名〉①風幡。②鯉魚幡。

ふきぶり[吹き降り]〈名〉風雨交加。

ふきまく・る[吹き捲る]Ⅰ〈自五〉猛颳。Ⅱ〈他五〉吹牛皮。

ふきまわし[吹き回し]〈名〉風向。

ぶきみ[無気味]〈名・形動〉可怕。陰森。

ふきや[吹矢]〈名〉吹筒箭。

ふきゅう[不朽]〈名〉不朽。

ふきゅう[普及]〈名・自サ〉普及。

ふきょう[不況]〈名〉蕭條。不景氣。

ふきょう[不興]〈名〉不高興。

ふきょう[布教]〈名・他サ〉傳教。

ぶきよう[不器用]〈名・形動〉笨拙。

ふぎょうせき[不行跡]〈名・形動〉行爲不端。

ふきょうわおん[不協和音]〈名〉不協和音程。

ふきょく[舞曲]〈名〉舞曲。

ふぎり[不義理]〈名・形動〉欠情。欠債。違約。

ぶきりょう[不器量]〈名・形動〉醜。難看。

ふきん[付近]〈名〉附近。

ふきんこう[不均衡]〈名・形動〉不均衡。不平衡。

ふきんしん[不謹慎]〈名・形動〉不謹慎。

ふ・く[吹く]Ⅰ〈自五〉吹。颳。Ⅱ〈他五〉①吹。噴。冒。②鑄。

ふ・く[拭く]〈他五〉擦。拭。

ふ・く[葺く]〈他五〉葺。舖。苫。

ふく[副]〈副・接頭〉副。

ふく[服]〈名〉衣服。

ふく[福]〈名〉福。

ふぐ[河豚]〈名〉河豚。

ふぐ[不具]〈名〉殘廢。

ふくあん[腹案]〈名〉腹稿。

ふくいく[馥郁]〈形動〉馥郁。

ふくいん[幅員]〈名〉寬度。

ふくいん[復員]〈名・自サ〉復員。

ふくいん[福音]〈名〉福音。

ふぐう[不遇]〈名・形動〉不遇。不得志。

ふくえき[服役]〈名・自サ〉①服役。②服刑。

ふくえん[復縁]〈名・自サ〉復婚。

ふくがく[復学]〈名・自サ〉復學。

ふくがん[複眼]〈名〉複眼。

ふくぎょう[副業]〈名〉副業。

ふくげん[復元]〈名・自他サ〉復原。

ふくこう[腹腔]〈名〉腹腔。

ふくごう[複合]〈名・自他サ〉復合。合成。

ふくこうかんしんけい[副交感神経]〈名〉副交感神經。

ふくざい[服罪]〈名・自サ〉服罪。服刑。

ふくざつ[複雑]〈名・形動〉複雜。

ふくさよう[副作用]〈名〉副作用。

ふくさんぶつ[副産物]〈名〉副產品。

ふくし[副詞]〈名〉副詞。

ふくし[福祉]〈名〉福利。

ふくじ[福地]〈名〉衣料。

ふくしき[複式]〈名〉複式。

ふくしきこきゅう[腹式呼吸]〈名〉腹式呼吸。

ふくじてき[副次的]〈形動〉次要的。

ふくしゃ[複写]〈名・他サ〉複寫。複印。

ふくしゃ[輻射]〈名・他サ〉輻射。

ふくしゅう[復習]〈名・他サ〉復習。

ふくしゅう[復讐]〈名・自サ〉復仇。

ふくじゅう[服従]〈名・自サ〉服從。

ふくじゅそう[福寿草]〈名〉側金盞花。

ふくしょう[副賞]〈名〉副獎。

ふくしょう[復唱]〈名・他サ〉復述。

ふくしょく[服飾]〈名〉服飾。

ふくしょく[復職]〈名・自サ〉復職。

ふくしょくぶつ[副食物]〈名〉副食品。

ふくしん[副審]〈名〉副裁判員。

ふくしん[腹心]〈名〉心腹。

ふくじん[副腎]〈名〉副腎。腎上腺。

ふくすい[腹水]〈名〉腹水。

ふくすい[覆水]〈名〉覆水。

ふくすう[複数]〈名〉複數。

ふく・する[服する]〈自サ〉服。服從。

ふく・する[復する]〈自サ〉恢復。

ふくせい[複製]〈名・他サ〉複製。翻印。

ふくせき[復籍]〈名・自サ〉恢復戶籍。恢復學籍。

ふくせん[伏線]〈名〉伏線。伏筆。

ふくせん[複線]〈名〉複線。

ふくそう[服装]〈名〉服裝。

ふくそう[福相]〈名〉福相。

ふくそう[輻湊]〈名・自サ〉輻湊。雲集。

ふくぞう[腹蔵]〈名〉隱諱。

ふくそうひん[副葬品]〈名〉殉葬品。

ふくだい[副題]〈名〉副題。

ふぐたいてん[不俱戴天]〈名〉不共戴天。

ふくつ[不屈]〈名・形動〉不屈。

ふくつう[腹痛]〈名〉腹痛。

ふくどく[服毒]〈名・自サ〉服毒。

ふくどくほん[副読本]〈名〉輔助讀物。

ふくのかみ[福の神]〈名〉福神。

ふくはい[腹背]〈名〉腹背。

ふくびき[福引]〈名〉抽彩。彩票。

ふくぶ[腹部]〈名〉腹部。

ぶくぶく I〈副〉噗噗地。咕嘟咕嘟。II〈副・自サ〉胖乎乎。

ふくぶくしい[福福しい]〈形〉福態。

ふくふくせん[複複線]〈名〉雙複線。

ふくへい[伏兵]〈名〉伏兵。

ふくほん[副本]〈名〉副本。

ふくまく[腹膜]〈名〉腹膜。

ふくまでん[伏魔殿]〈名〉魔窟。閻王殿。

ふくみ[含み]〈名〉①包含。②含蓄。

ふくみわらい[含み笑い]〈名〉含笑。抿嘴笑。

ふく・む[含む]〈他五〉①含。含有。②懷有。

ふくむ[服務]〈名・自サ〉服務。工作。

ふくめい[復命]〈名・他サ〉復命。

ふく・める[含める]〈他下一〉包含。包括。

ふくめん[覆面]〈名・自サ〉蒙面。

ふくも[服喪]〈名・自サ〉服喪。

ふくよう[服用]〈名・他サ〉服用。

ふくよう[複葉]〈名〉①複葉。②雙翼。

ふくよか[形動]豐滿。

ふくらしこ[ふくらし粉]〈名〉醱酵粉。麵起子。

ふくらはぎ[ふくら脛]〈名〉腓。腿肚子。

ふくらま・す[膨らます]〈他五〉使膨脹。使鼓起。

ふくら・む[膨らむ]〈自五〉膨脹。鼓起。

ふくり[福利]〈名〉福利。

ふくり[複利]〈名〉複利。

ふくれっつら[膨れっ面]〈名〉撅着嘴的

臉。

ふく・れる[膨れる]〈自下一〉①膨脹。②撅嘴。

ふくろ[袋]〈名〉袋子。口袋。

ふくろう[梟]〈名〉梟。貓頭鷹。

ふくろこうじ[袋小路]〈名〉死胡同。死路。

ふくろだたき[袋叩き]〈名〉圍着打。

ふくわじゅつ[腹話術]〈名〉腹語術。

ぶくん[武勲]〈名〉武功。

ふけ[雲脂]〈名〉頭皮。

ふけ[武家]〈名〉①武人門第。②武士。

ふけい[父兄]〈名〉家長。

ふけい[父系]〈名〉父系。

ぶげい[武芸]〈名〉武藝。

ふけいき[不景気]〈名・形動〉①不景氣。蕭條。②無精打采。

ふけいざい[不経済]〈名・形動〉不經濟。浪費。

ふけつ[不潔]〈名・形動〉不乾淨。不清潔。

ふ・ける[老ける]〈自下一〉老。

ふ・ける[更ける]〈自下一〉深。

ふ・ける[蒸ける]〈自下一〉蒸熟。

ふけ・る[耽る]〈自五〉①沉溺。②專心。埋頭。

ふげん[不言]〈名〉不言。

ふげん[付言]〈名・他サ〉附言。

ふけんしき[不見識]〈名・形動〉没見識。

ふけんぜん[不健全]〈名・形動〉不健全。不健康。

ふこう[不孝]〈名・形動〉不孝。

ふこう[不幸]Ⅰ〈名・形動〉不幸。倒霉。Ⅱ〈名〉(親屬)死亡。

ふごう[符号]〈名〉符號。記號。

ふごう[符合]〈名・自サ〉符合。

ふごう[富豪]〈名〉富豪。

ふごうかく[不合格]〈名〉不合格。不及格。

ふこうへい[不公平]〈名・形動〉不公平。

ふごうり[不合理]〈名・形動〉不合理。

ふこく[布告]〈名・他サ〉佈告。宣告。

ふこく[富国]〈名〉富國。

ふこく[誣告]〈名・他サ〉誣告。

ふここころえ[不心得]〈名・形動〉輕率。魯莽。行爲不端。

ぶこつ[無骨]〈名・形動〉①粗野。粗魯。粗俗。②粗糙。粗壯。

ふさ[房]〈名〉①穗子。缨子。②嘟噜。串。

ブザー[buzzer]〈名〉蜂音器。

ふさい[夫妻]〈名〉夫妻。

ふさい[負債]〈名〉負債。

ふざい[不在]〈名〉不在。

ぶさいく[不細工]〈名・形動〉①粗笨。②醜陋。

ふさが・る[塞がる]〈自五〉①關。閉。合。②堵塞。③佔用。

ふさぎこ・む[塞ぎ込む]〈自五〉悶悶不樂。

ふさ・ぐ[塞ぐ]Ⅰ〈他五〉①閉。②堵。堵塞。③佔有。Ⅱ〈自五〉鬱悶。

ふざ・ける〈自下一〉①戲耍。鬧着玩。開玩笑。②戲弄。愚弄。

ぶさた[無沙汰]〈名・自サ〉①久未通信。久疏問候。②久違。

ふさふさ[副・自サ]毛茸茸。密麻麻。

ぶさほう[無作法]〈名・形動〉没禮貌。没規矩。

ぶざま[無様]〈名・形動〉難看。不像樣子。

ふさわし・い[相応しい]〈形〉適於。適合。合適。相稱。

ふし[節]〈名〉①節。節子。②骨節。關節。③地方。時候。④曲調。旋律。

ふし[父子]〈名〉父子。

ふじ[藤]〈名〉藤。紫籐。

ふじ[不治]〈名〉→ふち。

ふじ[不時]〈名〉不時。意外。

ぶし[武士]〈名〉武士。

ぶじ[無事]〈名・形動〉①平安。平安無事。②健康。

ふしあな[節穴]〈名〉①節孔。②睁眼瞎。

ふしあわせ[不仕合せ]〈名・形動〉不幸。

ふしぎ[不思議]〈名・形動〉不可思議。奇怪。

ふしくれだ・つ[節くれだつ]〈自五〉①(木材)多節而不光滑。②(手脚)骨節突起。粗壯。

ふしぜん[不自然]〈名・形動〉不自然。

ふしだら〈名・形動〉荒唐。放蕩。

ふじちゃく[不時着]〈名・自サ〉緊急降落。

ふしちょう[不死鳥]〈名〉不死鳥。

ふじつ[不実]〈名・形動〉不誠實。虛偽。

ぶしつけ[不躾]〈名・形動〉冒昧。粗野。不禮貌。

ふじつぼ〈名〉(動)籐壺。

ぶしどう[武士道]〈名〉武士道。

ふしまつ[不始末]〈名・形動〉①不注意。不經心。②不檢點。没規矩。

ふしまわし[節回し]〈名〉曲調。旋律。

ふじみ[不死身]〈名・形動〉①鐵身板。②硬骨頭。

ふしめ[伏目]〈名〉眼睛往下看。

ふしゅ[浮腫]〈名〉浮腫。

ぶしゅ[部首]〈名〉(漢字)部首。

ふじゆう[不自由]〈名・形動・自サ〉不自由。不如意。不方便。

ふじゅうぶん[不十分]〈名・形動〉不充分。不足。

ぶじゅつ[武術]〈名〉武術。

ふしゅび[不首尾]〈名・形動〉没成功。

ふじゅん[不純]〈名・形動〉不純。

ふじゅん[不順]〈名・形動〉反常。不調。不正常。

ふじょ[扶助]〈名・他サ〉扶助。補助。幫助。

ぶしょ[部署]〈名〉崗位。

ふしょう[不肖]〈名・形動〉①不肖。②鄙人。

ふしょう[不詳]〈名・形動〉不詳。

ふしょう[負傷]〈名・自サ〉負傷。

ふじょう[不浄]〈名・形動〉不乾淨。

ふじょう[浮上]〈名・自サ〉浮上。浮出。

ぶしょう[武将]〈名〉武將。

ぶしょう[不精・無精]〈名・形動・自サ〉懶。懶惰。

ふしょうか[不消化]〈名・形動〉不消化。消化不良。

ふしょうじ[不祥事]〈名〉不祥之事。不體面的事。

ふしょうじき[不正直]〈名・形動〉不正直。不誠實。不老實。

ふしょうち[不承知]〈名・形動〉不同意。不答應。

ふしょうぶしょう[不承不承]〈副〉勉勉強強。

ふしょうふずい[夫唱婦随]〈名〉夫唱婦隨。

ふじょうり[不条理]〈名・形動〉不合理。

ふしょく[腐食]〈名・自他サ〉腐蝕。

ぶじょく[侮辱]〈名・他サ〉侮辱。

ふしょくど[腐植土]〈名〉腐殖土。

ふじょし[婦女子]〈名〉①婦女。②婦女和孩子。

ふしん[不信]〈名・形動〉①不守信義。②懷疑。不相信。

ふしん[不振]〈名・形動〉不振。

ふしん[不審]〈名・形動〉可疑。疑問。

ふしん[普請]〈名・他サ〉修建(土木工程)。

ふしん[腐心]〈名・自サ〉煞費苦心。費盡心血。

ふじん[夫人]〈名〉夫人。

ふじん[婦人]〈名〉婦女。

ふじん[布陣]〈名〉佈陣。陣勢。

ふしんじん[不信心]〈名・形動〉不信仰神佛。

ふしんせつ[不親切]〈名・形動〉不熱情。不周到。

ふしんにん[不信任]〈名・他サ〉不信任。

ふしんばん[不寝番]〈名〉打更。守夜。

ふ・す[伏す]〈自五〉伏。臥。躺。

ふず[付図]〈名〉附圖。

ふずい[不随]〈名・形動〉不遂。

ふずい[付随]〈名・自サ〉附帶。隨着。

ぶすい[無粋]〈名・形動〉不知趣。不懂風雅。

ふずいいきん[不随意筋]〈名〉(解)不隨意肌。

ふすう[負数]〈名〉負數。

ぶすう[部数]〈名〉部數。册數。份數。

ぶすっと〈副・自サ〉①不高興。繃着臉。②撲哧一聲。

ぶすぶす〈副〉①嘆嘆。撲哧撲哧。②嘟嘟囔囔。

曠。

ふすま[麩]〈名〉麩子。

ふすま[襖]〈名〉(兩面糊紙、布的日本式)拉門，隔扇。

ふ・する[付する]〈他サ〉①附加。②提交。

ふせ[布施]〈名〉(給寺廟的)施捨。

ふせい[不正]〈名・形動〉不正當。壞事。

ふせい[父性]〈名〉父性。

ふぜい[風情]Ⅰ〈名〉①情趣。風趣。②樣子。情況。Ⅱ〈接尾〉(表示輕蔑或自謙)之類。…樣的人。

ふせいかく[不正確]〈名・形動〉不正確。不準確。

ふせいこう[不成功]〈名・形動〉不成功。失敗。

ふせいしゅつ[不世出]〈名〉罕見。少有。

ふせいりつ[不成立]〈名〉不成立。沒通過。

ふせき[布石]〈名〉佈局。

ふせ・ぐ[防ぐ]〈他五〉防備。防止。預防。

ふせじ[伏字]〈名〉避諱的字。

ふせつ[付設]〈名・他サ〉附設。

ふせつ[符節]〈名〉符節。

ふせつ[敷設]〈名・他サ〉敷設。鋪設。

ふせっせい[不摂生]〈名・形動〉不注意健康。

ふ・せる[伏せる]〈他下一〉①伏。②扣。③埋伏。隱瞞。

ふせ・る[臥せる]〈自五〉臥。

ふせん[付箋]〈名〉附箋。

ぶぜん[憮然]〈形動〉憮然。

ふせんしょう[不戦勝]〈名〉不戰而勝。

ぶそう[武装]〈名・自サ〉武裝。

ふそうおう[不相応]〈名・形動〉不相稱。

ふそく[不足]〈名・形動・自サ〉①不足。②不滿。

ふそく[不測]〈名〉不測。

ふそく[付則]〈名〉附則。

ぶぞく[付属]〈名・自サ〉附屬。

ぶぞく[部族]〈名〉部族。

ふそくふり[不即不離]〈名〉不即不離。

ふぞろい[不揃い]〈名・形動〉不齊。不一致。

ふそん[不遜]〈名・形動〉不遜。傲慢。

ふた[蓋]〈名〉蓋兒。蓋子。

ふだ[札]〈名〉①牌。②牌子。簽兒。

ぶた[豚]〈名〉豬。

ふたい[付帯]〈名・自サ〉附帶。

ぶたい[部隊]〈名〉部隊。

ぶたい[舞台]〈名〉舞台。

ふたいてん[不退転]〈名〉絶不後退。

ふたえ[二重]〈名〉雙層。

ふたおや[二親]〈名〉雙親。

ふたく[付託]〈名・他サ〉託付。委託。

ふたご[双子]〈名〉雙胞胎。

ふたごころ[二心]〈名〉二心。

ふたことめ[二言目]〈名〉開口就。

ふたしか[不確か]〈名・形動〉不確切。不可靠。

ふたたび[再び]〈副〉再。又。

ふたつ[二つ]〈名〉①二。兩個。②兩歲。

ふだつき[札付き]〈名〉臭名昭著。

ふたつへんじ[二つ返事]〈名〉立即答應。滿口應承。

ふだどめ[札止め]〈名〉(客滿)停止售票。

ふたば[二葉]〈名〉雙子葉。

ふたまた[二股]〈名〉①叉。兩叉。②(電燈)叉頭。

ふたまたごうやく[二股膏薬]〈名〉騎牆派。

ふため[二目]〈名〉再看。

ふたり[二人]〈名〉二人。兩個人。

ふたん[負担]〈名・他サ〉負擔。

ふだん[不断]〈名〉不斷。

ふだん[普段]〈名〉平時。平常。

ブタン[butan]〈名〉丁烷。

ふだんぎ[普段着]〈名〉平時穿的衣服。

ふち[淵]〈名〉淵。深淵。

ふち[縁]〈名〉邊兒。邊緣。

ふち[不治]〈名〉不治。

ぶち[斑]〈名〉斑。

ぶちこ・む[ぶち込む]〈他五〉扔進。

ぶちこわ・す[ぶち壊す]〈他五〉打壞。打破。

ぶちぬ・く[ぶち抜く]〈他五〉打穿。打通。

ぶちのめ・す〈他五〉打垮。打倒。狠打。

プチブル〈名〉小資産階級。

ぶちま・ける〈下一〉①傾倒。②傾吐。

ふちゃく[付着]〈名・自サ〉附着。

ふちゅう[不忠]〈名・形動〉不忠。

ふちゅうい[不注意]〈名・形動〉不注意。不小心。

ふちょう[不調]〈名・形動〉①不順利。不正常。②破裂。失敗。

ふちょう[婦長]〈名〉護士長。

ふちょう[符丁]〈名〉暗碼。行話。

ふちょうほう[不調法・無調法]〈名・形動〉①不周到。疏忽。②不會(吸煙、喝酒等)。

ふちょうわ[不調和]〈名・形動〉不調和。不和諧。

ふちん[浮沈]〈名・自サ〉浮沉。

ぶ・つ[打つ]〈他五〉①打。擊。②講演。

ふつう[不通]〈名〉不通。

ふつう[普通]〈形動〉普通。通常。

ふつか[二日]〈名〉①二日。二號。②兩天。

ぶっか[物価]〈名〉物價。

ぶっかく[仏閣]〈名〉佛寺。

ふっか・ける[吹っ掛ける]〈他下一〉①吹氣。哈氣。②要謊價。③找碴兒。

ふっかつ[復活]〈名・自サ〉復活。恢復。

ふつかよい[二日酔]〈名〉宿醉。

ぶつか・る[自五]①碰。撞。②碰見。遇上。③衝突。④談判。交涉。⑤趕到一起。

ふっかん[副官]〈名〉副官。

ふっかん[復刊]〈名・自他サ〉復刊。

ぶっき[物議]〈名〉物議。

ふっきゅう[復旧]〈名・自他サ〉修復。

ふっきょう[払暁]〈名〉拂曉。

ぶっきょう[仏教]〈名〉佛教。

ぶっきらぼう〈名・形動〉生硬。粗魯。

ぶつぎり[ぶつ切り]〈名〉切成大塊。

ふっ・きれる[吹っ切れる]〈自下一〉(疾病、隔閡等)消失。

ふっきん[腹筋]〈名〉腹肌。

ぶつぐ[仏具]〈名〉佛具。

ふっくら〈副・自サ〉暄騰。柔軟。

ぶつ・ける〈他下一〉①扔。打。投。②碰。撞。

ふっけん[復権]〈名・自他サ〉復權。恢復

權利。

ぶっけん[物件]〈名〉物件。

ぶっけん[物権]〈名〉物權。

ふっこ[復古]〈名・自他サ〉復古。

ふっこう[復興]〈名・自他サ〉復興。

ふつごう[不都合]〈名・形動〉①不方便。不合適。②不檢點。

ふっこく[復刻]〈名・他サ〉複刻。翻印。

ぶっさん[物産]〈名〉物産。

ぶっし[物資]〈名〉物資。

ぶっしき[仏式]〈名〉佛教儀式。

ぶっしつ[物質]〈名〉物質。

プッシュホン[pushphone]〈名〉鍵盤式電話。

ぶっしょう[物証]〈名〉物證。

ぶつじょう[物情]〈名〉①物情。②世人心情。群情。

ふっしょく[払拭]〈名・他サ〉拂拭。清掃。消除。

ぶっしょく[物色]〈名・他サ〉物色。

ぶっしん[物心]〈名〉物質和精神。

ぶつぜん[仏前]〈名〉佛前。

ふっそ[弗素]〈名〉氟。

ぶっそう[物騒]〈名・形動〉①騒然不安。②危險。

ぶつぞう[仏像]〈名〉佛像。

ぶつだ[仏陀]〈名〉佛陀。

ぶったい[物体]〈名〉物體。

ぶつだん[仏壇]〈名〉佛龕。

ぶっちょうづら[仏頂面]〈名〉板着臉。

ふつつか[不束]〈名・形動〉①粗魯。不禮貌。②不才。無能。

ぶっつけ〈名〉①突然。②最初。開始。

ぶっつづけ[ぶっ続け]〈名・形動〉連續。

ふっつり〈副〉斷然。突然。

ぶっつり〈副〉①噗哧。②突然。

ふってい[払底]〈名・自サ〉缺乏。

ぶってき[物的]〈形動〉物質上的。

ふってん[沸点]〈名〉沸點。

ぶってん[仏典]〈名〉佛經。

ぶつでん[仏殿]〈名〉佛殿。

ふっとう[沸騰]〈名・自サ〉沸騰。

フットボール[football]〈名〉足球。

ぶつのう[物納]〈名・他サ〉以實物繳納（租稅）。

ぶっぴん[物品]〈名〉物品。

ぶつぶつ〈名〉疙瘩。

ぶつぶつ〈副〉嘟嘟囔囔（發牢騷）。

ぶつぶつこうかん[物物交換]〈名・他サ〉以物易物。

ぶつめつ[仏滅]〈名〉黑道凶辰。

ぶつもん[仏門]〈名〉佛門。

ぶつよく[物欲]〈名〉物慾。

ぶつり[物理]〈名〉物理。

ふつりあい[不釣合]〈名・形動〉不相配。不相稱。

ぶつりょう[物量]〈名〉物力。

ふで[筆]〈名〉筆。毛筆。

ふてい[不定]〈名・形動〉不定。

ふてい[不貞]〈名・形動〉不貞。

ふてい[不逞]〈名・形動〉不逞。

ふていさい[不体裁]〈名・形動〉不好看。不體面。

プディング[pudding]〈名〉布丁。

ふてき[不敵]〈名・形動〉大膽。無畏。

ふでき[不出来]〈名・形動〉①做得不好。②收成不好。③愚笨。

ふてきとう[不適当]〈名・形動〉不合適。不妥當。

ふてきにん[不適任]〈名・形動〉不適宜（做某工作）。

ふてぎわ[不手際]〈名・形動〉不得當。

ふてくさ・れる[不貞腐れる]〈自下一〉賭氣。

ふでさき[筆先]〈名〉筆尖。

ふでたて[筆立て]〈名〉筆筒。

ふでづかい[筆遣い]〈名〉運筆。

ふてってい[不徹底]〈名・形動〉不徹底。

ふてね[不貞寝]〈名・自サ〉賭氣躺着（睡覺）。

ふでばこ[筆箱]〈名〉筆盒。鉛筆盒。

ふでぶしょう[筆不精]〈名・形動〉懶得寫信。

ふてぶてし・い[形]目中無人。厚顔無恥。

ふでまめ[筆まめ]〈名・形動〉愛寫（信）。

ふと[副]突然。偶然。

ふと・い[太い]〈形〉①粗。②厚臉皮。

ふとう[不当]〈名・形動〉不當。

ふとう[不等]〈名〉不等。

ふとう[埠頭]〈名〉碼頭。

ふどう[不同]〈名・形動〉不同。

ふどう[不動]〈名・形動〉①不動。②堅定。

ふどう[浮動]〈名・自サ〉浮動。不定。

ぶとう[舞蹈]〈名〉舞蹈。

ぶどう[葡萄]〈名〉葡萄。

ふどういつ[不統一]〈名・形動〉不統一。

ふとうこう[不凍港]〈名〉不凍港。

ふどうさん[不動産]〈名〉不動産。

ふどうたい[不導体]〈名〉絶緣體。

ふどうとく[不道徳]〈名・形動〉不道德。

ふとうふくつ[不撓不屈]〈名〉不屈不撓。

ふとうへんさんかくけい[不等辺三角形]〈名〉不等邊三角形。

ふとうめい[不透明]〈名・形動〉不透明。

ふとく[不徳]〈名〉無德。

ふとくい[不得意]〈名・形動〉不擅長。

ふとくてい[不特定]〈名・形動〉非特定。

ふとくようりょう[不得要領]〈名・形動〉不得要領。

ふところ[懐]〈名〉①懷。懷抱。②手頭。腰包。③内心。

ふところがたな[懐刀]〈名〉親信。心腹。

ふところで[懐手]〈名〉袖手旁觀。遊手好閑。

ふとさ[太さ]〈名〉粗細。

ふとじ[太字]〈名〉粗體字。

ふとっぱら[太っ腹]〈名・形動〉度量大。

ふとどき[不届き]〈名・形動〉①不周到。②不禮貌。

プトマイン[ptomain]〈名〉(化)屍毒。

ふとめ[太め]〈名・形動〉粗些。

ふともも[太股]〈名〉大腿。

ふと・る[太る]〈自五〉胖。肥胖。

ふとん[布団]〈名〉舖蓋。被褥。

ふな[鮒]〈名〉鯽魚。

ぶな[椈]〈名〉山毛欅。

ふなあし[船足]〈名〉①船速。②(船)吃水。

ふなあそび[船遊び]〈名・自サ〉泛舟。

ぶない[部内]〈名〉内部。

ふなうた[船歌]〈名〉船歌。

ふなか[不仲]〈名〉不和。

ふなそこ[船底]〈名〉船底。

ふなちん[船賃]〈名〉船費。

ふなつきば[船着場]〈名〉碼頭。

ふなづみ[船積み]〈名〉裝船。

ふなで[船出]〈名・自サ〉開船。

ふなに[船荷]〈名〉船上裝載的貨物。

ふなぬし[船主]〈名〉船主。

ふなのり[船乗り]〈名〉船員。

ふなばた[船端]〈名〉船舷。

ふなびん[船便]〈名〉用船郵寄。

ふなむし[船虫]〈名〉海蟑螂。

ふなよい[船酔い]〈名・自サ〉暈船。

ふなれ[不慣れ]〈名・形動〉不熟練。生疏。

ぶなん[無難]〈名・形動〉無可非議。

ふにょい[不如意]〈名・形動〉①不如意。
　②不寬裕。

ふにん[赴任]〈名・自サ〉赴任。

ふにんしょう[不妊症]〈名〉不孕症。

ふにんじょう[不人情]〈名・形動〉不近人
　情。

ふぬけ[腑抜け]〈名〉窩囊廢。傻瓜。

ふね[舟・船]〈名〉船。

ふねん[不燃]〈名〉不燃。

ふのう[不能]〈名〉不能。不可能。

ふのう[富農]〈名〉富農。

ふのり[布海苔]〈名〉鹿角菜。

ふはい[不敗]〈名〉不敗。

ふはい[腐敗]〈名・自サ〉腐敗。

ふばい[不買]〈名〉不買。

ふはく[浮薄]〈名・形動〉浮薄。

ふはつ[不発]〈名〉①没爆炸。②告吹。失
　敗。

ふばつ[不抜]〈名〉堅韌不拔。

ふばらい[不払い]〈名〉拒付。不支付。

ふび[不備]〈名・形動〉不完備。

ふひつよう[不必要]〈名・形動〉不必要。

ふひょう[評價]〈名〉評價不好。

ふひょう[浮氷]〈名〉浮冰。

ふひょう[浮標]〈名〉浮標。

ふびょうどう[不平等]〈名・形動〉不平
　等。

ふびん[不憫]〈名・形動〉可憐。

ぶひん[部品]〈名〉零件。

ふひんこう[不品行]〈名・形動〉品行不
　良。

ぶふうりゅう[不風流]〈名・形動〉不懂風
　雅。

ふぶき[吹雪]〈名〉暴風雪。

ふふく[不服]〈名・形動〉不服。

ふぶ・く[吹雪く]〈自五〉颳暴風雪。

ぶぶん[部分]〈名〉部分。

ふぶんりつ[不文律]〈名〉不成文法。

ぶべつ[侮蔑]〈名・他サ〉侮辱。輕蔑。

ふへん[不変]〈名〉不變。

ふへん[不偏]〈名〉不偏。公允。

ふへん[普遍]〈名〉普遍。

ふべん[不便]〈名・形動〉不便。

ふぼ[父母]〈名〉父母。

ふほう[不法]〈名・形動〉不法。非法。

ふほう[訃報]〈名〉訃告。噩耗。

ふほんい[不本意]〈名・形動〉非本意。不
　得已。

ふま・える[踏まえる]〈他下一〉①踏。②
　根據。

ふまん[不満]〈名・形動〉不滿。

ふまんぞく[不満足]〈名・形動〉不滿足。

ふみきり[踏切]〈名〉①道口。②[體]起跳
　(線)。

ふみき・る[踏み切る]〈他五〉①踩斷。②
　起跳。③下決心。

ふみこた・える[踏みこたえる]〈他下一〉
　頂住。挺住。

ふみこ・む[踏み込む]〈自五〉①踏進。②
　闖入。

ふみし・める[踏み締める]〈他下一〉用力
　踩。踩結實。

ふみだい[踏台]〈名〉①脚凳子。②墊脚石。

ふみたお・す[踏み倒す]〈他五〉賴賬。

ふみで[踏み出]〈自五〉邁出。

ふみだん[踏段]〈名〉階梯。

ふみつ・ける[踏み付ける]〈他下一〉①
　踩。踏。②欺侮。作踐。

ふみとどま・る[踏み止まる]〈自五〉留

下不走。②打消…念頭。

ふみなら・す[踏み鳴らす]〈他五〉跺脚。

ふみにじ・る[踏み躙る]〈他五〉踐踏。糟蹋。

ふみぬ・く[踏み抜く]〈他五〉①踩穿。②扎脚。

ふみはず・す[踏み外す]〈他五〉踩空。登跳。

ふみもち[不身持]〈名・形動〉亂搞男女關係。

ふみわ・ける[踏み分ける]〈他下一〉踏開。攘開。

ふみん[不眠]〈名〉不眠。

ふみんしょう[不眠症]〈名〉失眠症。

ふ・む[踏む]〈他五〉①踏。踩。②踏上。③經歷。④遵守。⑤估計。⑥押[韻]。

ふむき[不向き]〈名・形動〉不適合。

ふめい[不明]〈名・形動〉①不明。②無能。不才。

ふめいよ[不名譽]〈名・形動〉不名譽。不體面。

ふめいりょう[不明瞭]〈名・形動〉不明確。不清楚。

ふめいろう[不明朗]〈名・形動〉不光明正大。

ふめつ[不滅]〈名〉不朽。

ふめん[譜面]〈名〉樂譜。

ぶめん[部面]〈名〉方面。領域。

ふめんぼく[不面目]〈名・形動〉不光彩。不體面。

ふもう[不毛]〈名・形動〉①不毛。②無成果。

ふもと[麓]〈名〉山麓。

ふもん[不問]〈名〉不問。

ぶもん[部門]〈名〉部門。

ふやか・す〈他五〉泡漲。

ふや・ける〈自下一〉泡漲。

ふや・す[殖やす 増やす]〈他五〉增加。

ふゆ[冬]〈名〉冬天。

ふゆう[浮遊]〈名・自サ〉浮游。漂浮。

ふゆう[富裕]〈名・形動〉富裕。

ぶゆう[武勇]〈名〉武勇。

ふゆかい[不愉快]〈名・形動〉不愉快。不高興。

ふゆがれ[冬枯れ]〈名〉①冬天草木枯萎。②冬天淡季。

ふゆきとどき[不行届]〈名・形動〉不周到。

ふゆごもり[冬籠り]〈名・自サ〉①過冬。越冬。②冬眠。

ふゆもの[冬物]〈名〉冬衣。冬裝。

ふゆやすみ[冬休み]〈名〉寒假。

ふよ[付与]〈名・他サ〉賦予。授予。

ふよ[賦予]〈名・他サ〉①賦予。②天賦。

ぶよ[蚋]〈名〉蚋。

ふよう[不用・不要]〈名・形動〉不用。不要。不需要。

ふよう[扶養]〈名・他サ〉扶養。

ふよう[芙蓉]〈名〉芙蓉。

ぶよう[舞踊]〈名〉舞蹈。

ふようい[不用意]〈名・形動〉不留心。不注意。

ふようじょう[不養生]〈名・形動〉不注意健康。

ぶようじん[不用心]〈名・形動〉①麻痹。不注意。②危險。

ふようせい[不溶性]〈名〉不溶性。

ふようど[腐葉土]〈名〉腐葉土。

ぶよぶよ[副・形動・自サ]①柔軟。暄乎乎。②胖乎乎。

フライ[fry]〈名〉油炸。

フライ[fly]〈名〉(棒球)高飛球。騰空球。

ぶらい[無頼]〈名・形動〉無賴。

フライきゅう[フライ級]〈名〉次最輕量級。

フライスばん[フライス盤]〈名〉銑床。

ブライダル[bridal]〈名〉婚禮。新娘(的)。

プライド[pride]〈名〉自尊心。

プライバシー[privacy]〈名〉私生活。

フライパン〈名〉長柄平底鍋。

プライベート[private]〈形動〉個人(的)。私人(的)。

ブラインド[blind]〈名〉百葉窗。

ブラウス[blouse]〈名〉女襯衫。

ブラウンかん[ブラウン管]〈名〉陰極射綫管。顯像管。

プラカード[placard]〈名〉標語牌。

ぶらく[部落]〈名〉部落。村落。

プラグ[plug]〈名〉插頭。

プラグマチズム[pragmatism]〈名〉實用主義。

ぶらさが・る[ぶら下がる]〈自五〉懸。吊。掛。

ぶらさ・げる[ぶら下げる]〈他下一〉懸。掛。

ブラシ[brush]〈名〉刷子。

ブラジャー[brassière]〈名〉乳罩。

ふら・す[降らす]〈他五〉降。

プラス[plus]〈名〉①加。②正。③陽性。④有利。

フラスコ[frasco]〈名〉燒瓶。長頸瓶。

プラスチック[plastic]〈名〉塑料。

ブラスバンド[brass band]〈名〉銅管樂隊。

プラズマ[plasma]〈名〉等離子體。

プラタナス[platanus]〈名〉懸鈴木。法國梧桐。

ふらち[不埒]〈名・形動〉蠻橫無理。

プラチナ[platina]〈名〉鉑。白金。

ふらつ・く[自五]①搖搖提提。蹣跚。②閑逛。溜達。

ぶらつ・く[自五]①晃蕩。②閑逛。溜達。

ブラックコーヒー[black coffee]〈名〉不加糖、牛奶的咖啡。

ブラックリスト[blacklist]〈名〉黑名單。

フラッシュ[flash]〈名〉閃光燈。

フラット[flat]〈名〉①(樂)降半音符。②(體育計時)整。

プラットホーム[platform]〈名〉站台。月台。

フロップハウス[flophouse]〈名〉簡易客棧。

プラネタリウム[planetarium]〈名〉天文館。

フラノ[flano]〈名〉法蘭絨。

ふらふら〈名・形動・自サ〉①蹣跚。搖提。②遊移不定。③眩暈。

ぶらぶら〈副・自サ〉①搖提。②溜達。③賦閑。

ブラボー[bravo]〈感〉(喝彩聲)好! 好極了!

ふらりと〈副〉①信步。②突然。

ふら・れる[振られる]〈自下一〉被甩。被拒絕。

ふらん[孵卵]〈名・自他サ〉孵卵。

ふらん[腐爛・腐乱]〈名・自サ〉腐爛。

フラン[franc]〈名〉法郎。

プラン[plan]〈名〉計劃。

ブランク[blank]〈名・形動〉空白。

プランクトン[plankton]〈名〉浮游生物。

ぶらんこ〈名〉鞦韆。

ブランデー[brandy]〈名〉白蘭地。

プラント[plant]〈名〉成套設備。

ふり[降り]〈名〉下雨(雪)。

ふり[振り]〈名〉①樣子。②假裝。裝作。③擺動。④動作。⑤陌生。

ふり[不利]〈名・形動〉不利。

-ふり[振り]〈接尾〉(刀)把。

ぶり[鰤]〈名〉鰤魚。

-ぶり[振り]〈接尾〉①樣子。狀態。②方法。③(時間)相隔…。

ふりあ・げる[振り上げる]〈他下一〉掄起。舉起。

ふりあ・てる[振り当てる]〈他下一〉分配。

フリー[free]〈名・形動〉自由。

フリーザー[freezer]〈名〉冷凍機。冷藏庫。

フリージア[freesia]〈植〉小蒼蘭。

ブリーダー[breeder]〈名〉①(理)增殖反應堆。②(使家畜、植物等繁殖的)飼養員,培育員。

フリーリスト[free list]〈名〉(經)免稅表。

ふりおと・す[振り落とす]〈他五〉甩掉。

ふりおろ・す[振り下ろす]〈他五〉砍下。

ぶりかえ・す[ぶり返す]〈自五〉加劇。惡化。

ふりかえ・る[振り返る]〈他五〉①回頭看。②回顧。

ふりか・える[振り替える]〈他下一〉①轉換。②轉帳。

ふりかか・る[降り懸る]〈自五〉①落到身

上。②降臨。

ふりか・ける[降り掛ける]〈他下一〉撒上。

ふりかざ・す[振り翳す]〈他五〉①揮起。揮舞。②大肆宣揚。

ふりかた[振り方]〈名〉①揮法。掄法。②謀生之道。

ふりがな[振り仮名]〈名〉漢字旁的註音假名。

ふりかぶ・る[振り被る]〈自五〉揮手過頂。

ブリキ[blik]〈名〉馬口鐵。

ふりき・る[振り切る]〈他五〉甩開。甩掉。

ふりこ[振子]〈名〉(鐘)擺。

ふりこう[不履行]〈名〉不履行。

ふりこ・む[振り込む]〈他五〉①撒入。②撥入。存入。

ふりこ・む[降り込む]〈自五〉(雨、雪等)湧進(屋內)。

ふりこ・める[降り籠める]〈自下一〉(被雨雪)困在家裏。

ふりしき・る[降り頻る]〈自五〉(雨雪)不停地下。

ふりしぼ・る[振り絞る]〈他五〉用盡。竭盡。

ふりす・てる[振り捨てる]〈他下一〉抛棄。丟下。

プリズム[prism]〈名〉稜鏡。

ふりそそ・ぐ[降り注ぐ]〈自五〉①(大雨)傾盆而降。②(日光)照射。

ふりそで[振袖]〈名〉長袖和服。

ふりだし[振出]〈名〉①起點。②開票據。

ふりだしにん[振出人]〈名〉開票人。

ふりだ・す[振り出す]〈他五〉開(票據)。

ふりた・てる[振り立てる]〈他下一〉①用力搖動。②豎起。

ふりつけ[振付]〈名〉設計舞蹈動作。

ブリッジ[bridge]〈名〉①橋。船橋。②橋牌。

ふりはな・す[振り放す]〈他五〉甩開。

ぶりぶり〈副・自サ〉①胖乎乎。②氣沖沖。

ふりほど・く[振り解く]〈他五〉掙脫。掙開。

ふりま・く[振り撒く]〈他五〉撒。散佈。

プリマドンナ[prima donna]〈名〉歌劇主要女演員。

ふりまわ・す[振り回す]〈他五〉①揮舞。②顯示。②濫用。

ふりみだ・す[振り乱す]〈他五〉弄亂。

ふりむ・く[振り向く]〈自五〉①回頭。②理睬。③回顧。

ふりむ・ける[振り向ける]〈他下一〉挪用。

ふりょ[不慮]〈名〉意外。

ふりょ[俘虜]〈名〉俘虜。

ふりょう[不良]〈名・形動〉①不良。不好。②流氓。

ふりょう[不猟]〈名〉獵獲物少。

ふりょう[不漁]〈名〉捕魚量少。

ぶりょう[無聊]〈名・形動〉無聊。

ふりょく[浮力]〈名〉浮力。

ぶりょく[武力]〈名〉武力。

フリル[frill]〈名〉皺邊。

ふりわ・ける[振り分ける]〈他下一〉①分爲兩半。②分配。

ふりん[不倫]〈名・形動〉不倫。違背倫常。

プリン〈名〉→プディング。

プリント[print]〈名・他サ〉①印刷。印刷品。②油印。③染color。④印相。⑤正片。照片。⑥拷貝。

ふ・る[振る]〈他五〉①揮。搖。搖動。②指揮。③撒。④放棄。⑤分配。⑥轉向。⑦開(票)。

ふ・る[降る]〈自五〉降。下。落。

ふる[古]〈造語〉舊。

フル[full]〈名〉滿。充分。最大限度。

-ぶ・る[振る]〈接尾〉假裝。冒充。

ぶ・る[振る]〈自五〉擺架子。裝模作樣。

ふる・い[古い]〈形〉古。舊。古老。陳舊。

ふるい[篩]〈名〉篩子。

ぶるい[部類]〈名〉部類。

ふるいおこ・す[奮い起す]〈他五〉鼓起。抖擻。

ふるいおと・す[振い落す]〈他五〉抖掉。

ふるいおと・す[篩い落す]〈他五〉篩掉。淘汰。

ふるいた・つ[奮い立つ]〈自五〉振奮。振作。

ふるいつ・く[震い付く]〈自五〉一把摟住。一下抱住。

ふる・う[振う・奮う・揮う]〈他五〉①揮。掄。②發揮。顯示。③鼓起。振作。

ふる・う[奮う]〈自五〉①振作。②興旺。③新奇。奇特。

ふる・う[篩う]〈他五〉篩。

フルート[flute]〈名〉長笛。

ブルーマ[bloomers]〈名〉燈籠褲。

ふるえ[震え]〈名〉發抖。哆嗦。

ふるえあが・る[震え上がる]〈自五〉發抖。哆嗦。

ふる・える[震える]〈自下一〉①震動。②發抖。哆嗦。

ふるがお[古顔]〈名〉老手。老資格。

ふるかぶ[古株]〈名〉→ふるがお。

ふるぎ[古着]〈名〉舊衣服。

ふるきず[古傷]〈名〉①舊傷。②舊惡。

ふるくさ・い[古臭い]〈形〉陳舊。陳腐。

ふるさと[故郷・古里]〈名〉故郷。

ブルジョア[bourgeois]〈名〉資本家。

ブルジョアジー[bourgeoisie]〈名〉資產階級。

ふるす[古巣]〈名〉①老窩。②老家。

ふるだぬき[古狸]〈名〉老油條。

ふるつわもの[古兵]〈名〉老將。老手。

ふるて[古手]〈名〉①老手。②舊貨。

ふるどうぐ[古道具]〈名〉舊傢具。舊工具。

ブルドーザー[bulldozer]〈名〉推土機。

ブルドッグ[bulldog]〈名〉虎頭狗。

プルトニウム[plutonium]〈名〉(化)鈈。

ふる・びる[古びる]〈自上一〉變舊。陳舊。

ぶるぶる〈副・自サ〉發抖。哆嗦。

ふるぼ・ける[古ぼける]〈自下一〉陳舊。

ふるほん[古本]〈名〉舊書。

ふるまい[振舞]〈名〉①舉止。動作。②請客。

ふるま・う[振舞う]Ⅰ〈自五〉行動。Ⅱ〈他五〉請客。款待。

ふるめかし・い[古めかしい]〈形〉古老。古色古香。

ふるわ・せる[震わせる]〈他下一〉①震動。②發抖。哆嗦。

ぶれい[無礼]〈名・形動〉無禮。不懂貌。

ぶれいこう[無礼講]〈名〉不講客套開懷暢飲的宴會。

プレー[play]〈名〉①玩耍。②比賽。③演技。

プレーガイド〈名〉預售票處。

ブレーキ[brake]〈名〉①制動器。車閘。刹車。②阻礙。制止。

ブレークダンス[break dance]〈名〉霹靂舞。

プレーゾーン[play zone]〈名〉遊樂街。繁華街。

プレーヤー[player]〈名〉①選手。②演員。演奏者。③電唱機。

ブレーン[brain]〈名〉顧問。智囊。

ふれこ・む[触れ込む]〈他五〉吹噓。宣揚。

プレス[press]〈名・他サ〉①壓。②沖床。壓床。③熨。④報紙。報社。⑤(體)推擧。

プレゼント[present]〈名〉禮物。

プレハブ[prefab]〈名〉預製裝配式(房屋)。

プレパラート[Präparat]〈名〉切片。

ふれまわ・る[触れ回る]〈自五〉到處散佈。到處宣揚。

プレミアム[premium]〈名〉①加價。溢價。②(經)昇水。貼水。

ふ・れる[狂れる]〈自下一〉發瘋。發狂。

ふ・れる[振れる]〈自下一〉①振動。②偏向。

ふ・れる[触れる]Ⅰ〈自他下一〉觸。摸。Ⅱ〈自下一〉①壓。②涉及。③觸犯。④感受到。Ⅲ〈他下一〉通知。

ぶ・れる[振れる]〈自下一〉(相機)微動。

ふれんぞくせん[不連続線]〈名〉(氣象)鋒綫。

ふろ[風呂]〈名〉洗澡。洗澡水。浴池。澡塘。

プロ〈名〉職業。專業。

ふろう[不老]〈名〉不老。

ふろう[浮浪]〈名・自サ〉流浪。

ふろうしょとく[不労所得]〈名〉不勞而獲。

ブローカー[broker]〈名〉經紀人。掮客。

ブローチ[brooch]〈名〉胸針。

ブロード[broad cloth]〈名〉府綢。

ふろく[付録]〈名〉附録。

プログラム[program]〈名〉①程序。程序表。②節目。節目單。

ふろしき[風呂敷]〈名〉包袱皮。

プロセス[process]〈名〉①經過。過程。②方法。程序。③(印刷)套色印刷法。

プロダクション[production]〈名〉①生産。製造。②(電影)製片廠。製片人。

ブロック[bloc]〈名〉集團。

ブロック[block]〈名〉①(建築)預製件。②街區。地區。

フロックコート[frock coat]〈名〉大禮服。

フロッグマン[frogman]〈名〉潛水兵。潛水員。

プロテスタント[protestant]〈名〉新教。新教徒。

プロデューサー[producer]〈名〉①演出者。②製片人。

プロパンガス[propanegas]〈名〉丙烷氣。

プロフィール[profile]〈名〉①側面像。②人物簡介。

プロペラ[propeller]〈名〉螺旋槳。

プロポーズ[propose]〈名・自サ〉求婚。

ブロマイド[bromide]〈名〉照片。

プロレス[professional wrestler]〈名〉職業摔跤。

プロレタリア[Proletarier]〈名〉無産者。

プロレタリアート[Proletariat]〈名〉無産階級。

プロローグ[prologue]〈名〉①開場白。②序幕。

ブロンズ[bronze]〈名〉青銅。

フロント[front]〈名〉①正面。②(旅館)服務台。

プロンプター[prompter]〈名〉提台詞的人。

ふわ[不和]〈名・形動〉不和。

ふわたり[不渡]〈名〉(經)拒付。

ふわふわ[副・自サ]①輕飄飄。②暄騰騰。③浮躁。心神不定。

ふわらいどう[付和雷同]〈名・自サ〉隨聲附和。

ふわりと〈副〉輕輕地。微微地。

ふん[分]〈名〉分。

ふん[糞]〈名〉糞。屎。

ぶん[文]〈名〉①句子。②文章。③文。

ぶん[分]〈名〉①部分。②本分。③份兒。④身份。⑤程度。狀態。

-ぶん[分]〈接尾〉①成分。②等分。③份兒。

-ぶん[分]〈接尾〉①份兒。②(成分、等分的)分。

ぶんあん[文案]〈名〉文稿。

ぶんい[文意]〈名〉文意。

ふんいき[雰囲気]〈名〉氣氛。

ふんえん[噴煙]〈名〉噴煙。

ふんか[噴火]〈名・自サ〉噴火。噴發。

ぶんか[分化]〈名・自サ〉分化。

ぶんか[分科]〈名〉分科。

ぶんか[文化]〈名〉文化。

ぶんか[文科]〈名〉文科。

ふんがい[憤慨]〈名・他サ〉憤慨。

ぶんかい[分会]〈名〉分會。

ぶんかい[分解]〈名・自他サ〉①(化)分解。②拆卸。

ぶんがく[文学]〈名〉文學。

ぶんかつ[分割]〈名・他サ〉分割。瓜分。

ぶんかん[文官]〈名〉文官。

ふんき[奮起]〈名・自サ〉奮起。奮發。

ぶんき[分岐]〈名・自サ〉①分歧。②分岔。

ふんきゅう[紛糾]〈名・自サ〉糾紛。混亂。

ぶんきょう[文教]〈名〉文教。

ぶんぎょう[分業]〈名・他サ〉分工。

ふんぎり[踏ん切り]〈名〉決斷。決心。

ぶんけ[分家]〈名・自サ〉分家。

ぶんげい[文芸]〈名〉文藝。

ふんげき[憤激]〈名・自サ〉憤激。氣憤。

ぶんげん[分蘖]〈名・自サ〉分蘖。

ぶんけん[分遣]〈名・他サ〉分遣。

ぶんけん[分権]〈名〉分權。

ぶんけん[文献]〈名〉文獻。

ぶんげん[分限]〈名〉身份。

ぶんこ[文庫]〈名〉文庫。

ぶんご[文語]〈名〉文言。

ぶんこう[分光]〈名・他サ〉(物)分光。光譜。

ぶんこう[分校]〈名〉分校。

ぶんごう[文豪]〈名〉文豪。

ふんこつ[分骨]〈名・他サ〉分葬骨灰。

ふんこつさいしん[粉骨碎身]〈名・自サ〉粉身碎骨。

ぶんこばん[文庫判]〈名〉三十二開本。

ぶんこぼん[文庫本]〈名〉袖珍本。

ふんさい[粉碎]〈名・他サ〉粉碎。

ぶんさい[文才]〈名〉文才。

ぶんざい[分際]〈名〉(不高的)身份。資格。

ぶんさつ[分冊]〈名〉分册。

ぶんさん[分散]〈名・自サ〉分散。

ふんし[憤死]〈名・自サ〉氣憤而死。

ぶんし[分子]〈名〉分子。

ぶんし[文士]〈名〉小說家。

ふんしつ[紛失]〈名・自サ〉丟失。遺失。

ふんしゃ[噴射]〈名・他サ〉噴射。

ぶんじゃく[文弱]〈名・形動〉文弱。

ぶんしゅう[文集]〈名〉文集。

ぶんしゅく[分宿]〈名・自サ〉分別投宿。

ふんしゅつ[噴出]〈名・自他サ〉噴出。

ぶんしょ[文書]〈名〉文書。文件。

ぶんしょう[文章]〈名〉文章。

ぶんじょう[分乗]〈名・自サ〉分乘。

ぶんじょう[分譲]〈名・他サ〉分成小塊出售。

ふんしょく[粉飾]〈名・他サ〉粉飾。

ふんしん[分針]〈名〉分針。

ふんじん[粉塵]〈名〉粉塵。

ぶんしん[分身]〈名〉化身。

ぶんじん[文人]〈名〉文人。

ふんすい[噴水]〈名〉噴泉。

ふんすいれい[分水嶺]〈名〉分水嶺。

ぶんすう[分数]〈名〉分數。

ふん・する[扮する]〈自サ〉扮演。

ぶんせき[分析]〈名・他サ〉分析。

ぶんせき[文責]〈名〉文責。

ふんせん[奮戦]〈名・自サ〉奮戰。

ふんぜん[憤然]〈形動〉憤然。

ふんぜん[奮然]〈形動〉奮然。

ぶんせん[文選]〈名・他サ〉排字。揀字。

ふんそう[扮装]〈名・自サ〉裝扮。扮演。

ふんそう[紛争]〈名・自サ〉紛争。糾紛。

ふんぞりかえ・る[踏ん反り返る]〈自五〉傲氣十足地仰坐。

ぶんたい[分隊]〈名〉(軍)班。

ぶんたい[文体]〈名〉文體。

ふんだく・る〈他五〉搶去。搶奪。

ふんだりけったり[踏んだり蹴ったり]〈連語〉禍不單行。

ぶんだん〈名・形動〉很多。大量。

ぶんたん[分担]〈名・他サ〉分擔。

ぶんだん[分断]〈名・他サ〉割斷。分裂。

ぶんだん[文壇]〈名〉文壇。

ぶんちょう[文鳥]〈名〉禾雀。

ぶんちん[文鎮]〈名〉鎮紙。

ぶんつう[文通]〈名・自サ〉通信。

ぶんてん[文典]〈名〉語法書。

ぶんと〈副〉①(味道)濃。衝。②生氣。撅嘴。

ふんとう[奮闘]〈名・自サ〉奮鬥。

ふんどう[分銅]〈名〉秤砣。砝碼。

ぶんどき[分度器]〈名〉量角器。

ふんどし[褌]〈名〉兜襠布。

ぶんど・る[分捕る]〈他五〉繳獲。

ふんにゅう[粉乳]〈名〉奶粉。

ふんにょう[糞尿]〈名〉糞尿。

ふんぬ[憤怒]〈名〉憤怒。

ぶんのう[分納]〈名・他サ〉分期繳納。

ぶんぱ[分派]〈名・自サ〉分派。派別。宗派。

ぶんばい[分売]〈名・他サ〉(成套物品)分售。

ぶんぱい[分配]〈名・他サ〉分配。

ふんぱつ[奮発]〈名・自サ〉①奮發。②豁出(錢)。多給(錢)。

ふんば・る[踏ん張る]〈自五〉①用力叉開兩腿。②堅持。

ふんぱん[噴飯]〈名〉噴飯。可笑。

ぶんぴつ[分泌]〈名・自サ〉分泌。

ぶんぴつ[分筆]〈名・自サ〉把一塊土地分成數塊。

ぶんぴつ[文筆]〈名〉筆墨。

ふんびょう[分秒]〈名〉分秒。

ぶんぶ[文武]〈名〉文武。

ぶんぷ[分布]〈名・自サ〉分佈。

ぶんぶつ[文物]〈名〉文物。

ぶんぶん[紛紛]〈形動〉紛紛。紛紜。

ぶんぶん〈副・自サ〉嗡嗡。

ぶんぷん〈副・自サ〉①撲鼻。②怒冲冲。

ふんべつ[分別]〈名・他サ〉①通情達禮。②判斷力。③主意。辦法。

ふんべん[糞便]〈名〉糞便。

ぶんべん[分娩]〈名・他サ〉分娩。

ぶんぼ[分母]〈名〉分母。

ぶんぽう[文法]〈名〉語法。

ぶんぽうぐ[文房具]〈名〉文具。

ふんまつ[粉末]〈名〉粉末。

ぶんまつ[文末]〈名〉句尾。

ふんまん[憤懣]〈名〉憤懣。

ぶんみゃく[文脈]〈名〉文脈。文理。

ふんむき[噴霧器]〈名〉噴霧器。

ぶんめい[文明]〈名〉文明。

ぶんめん[文面]〈名〉字面。

ふんもん[噴門]〈名〉賁門。

ぶんや[分野]〈名〉領域。

ぶんり[分離]〈名・他サ〉分離。

ぶんりつ[分立]〈名・自他サ〉分立。

ぶんりゅう[分流]〈名・自サ〉分流。支流。

ぶんりょう[分量]〈名〉分量。

ぶんるい[分類]〈名・他サ〉分類。

ふんれい[奮励]〈名・自サ〉奮勉。

ぶんれつ[分列]〈名・自サ〉(隊形)分列。

ぶんれつ[分裂]〈名・自サ〉分裂。

へ　へ

へ[格助]到。往。向。

へ[屁]〈名〉屁。

ペア[pair]〈名〉一對。一雙。

ベアリング[bearing]〈名〉軸承。

へい[丙]〈名〉丙。

へい[兵]〈名〉兵。

へい[塀]〈名〉牆。圍牆。

へい[弊]〈名〉①弊。②敝。

へいあん[平安]〈名・形動〉平安。

へいい[平易]〈名・形動〉平易。淺顯。

へいいん[兵員]〈名〉兵員。

へいえい[兵営]〈名〉兵營。

へいえき[兵役]〈名〉兵役。

へいおん[平穏]〈名・形動〉平穩。平静。平安。

へいか[平価]〈名〉平價。

へいか[兵火]〈名〉兵火。

へいか[陛下]〈名〉陛下。

へいかい[閉会]〈名・自他サ〉閉會。

へいがい[弊害]〈名〉弊病。

へいかん[閉館]〈名・自サ〉閉館。

へいき[平気]〈名・形動〉①不在乎。無動於衷。②鎮静。沉着。

へいき[兵器]〈名〉武器。

へいき[併記]〈名・他サ〉並記。

へいきん[平均]〈名・自他サ〉①平均。②平衡。

へいげい[睥睨]〈名・他サ〉睥睨。

へいこう[平行]〈名・自サ〉①(數)平行。②不一致。

へいこう[平衡]〈名〉平衡。

へいこう[並行]〈名・自サ〉並行。

へいこう[閉口]〈名・自サ〉受不了。折服。

へいごう[併合]〈名・他サ〉合併。

へいこうせん[平行線]〈名〉平行綫。

へいこうぼう[平行棒]〈名〉雙槓。

べいこく[米穀]〈名〉穀物。

へいこら[副・自サ〕點頭哈腰。

へいさ[閉鎖]〈名・他サ〉封閉。關閉。

べいさく[米作]〈名〉①稻作。種稻。②稻穀收成。

へいし[兵士]〈名〉士兵。

へいじ[平時]〈名〉平時。

へいじつ[平日]〈名〉平日。

ベイシティ[baycity]〈名〉港口城市。

へいしゃ[兵舎]〈名〉營房。

べいじゅ[米寿]〈名〉八十八歲壽辰。

へいじょう[平常]〈名・副〉平常。平時。

べいしょく[米食]〈名〉吃米。

へいじょぶん[平叙文]〈名〉叙述文。

へいしんていとう[平身低頭]〈名・自サ〉俯首(認錯)。

へいせい[平静]〈名・形動〉平静。鎮静。

へいせい[兵制]〈名〉軍制。

へいせい[幣制]〈名〉幣制。

へいぜい[平生]〈名〉平時。平日。

へいせき[兵籍]〈名〉軍籍。

へいせつ[併設]〈名・他サ〉附設。同時設置。

へいぜん[平然]〈形動〉泰然。坦然。冷静。

へいそ[平素]〈名〉→へいぜい。

へいそく[閉塞]〈名・自他サ〉閉塞。封鎖。

へいそつ[兵卒]〈名〉兵卒。

へいたい[兵隊]〈名〉①軍隊。②士兵。

へいたん[平坦]〈名・形動〉平坦。

へいたん[兵站]〈名〉兵站。

へいだん[兵団]〈名〉兵團。

へいち[平地]〈名〉平地。

へいてい[平定]〈名・自他サ〉平定。平息。

へいてい[閉廷]〈名・自サ〉(法)閉庭。

へいてん[閉店]〈名・自サ〉①倒閉。停業。②關門。上板。

へいどく[併読]〈名・他サ〉同時訂閱。同時閱讀。

へいどん[併呑]〈名・他サ〉併吞。吞併。

へいねつ[平熱]〈名〉正常體温。

へいねん[平年]〈名〉平年。

へいはつ[併発]〈名・自他サ〉併發。

へいばん[平板]〈名・形動〉平板。

へいふう[弊風]〈名〉惡習。

へいふく[平伏]〈名・自サ〉叩頭。叩拜。

へいふく[平服]〈名〉便裝。

へいほう[平方]〈名〉平方。

へいほう[兵法]〈名〉兵法。

へいぼん[平凡]〈名・形動〉平凡。

へいまく[閉幕]〈名・自サ〉閉幕。

へいみゃく[平脈]〈名〉正常脈搏。

へいみん[平民]〈名〉平民。

へいめい[平明]〈名・形動〉淺顯易懂。

へいめん[平面]〈名〉平面。

へいや[平野]〈名〉平原。

へいゆ[平癒]〈名・自サ〉痊愈。

へいよう[併用]〈名・他サ〉並用。

へいりつ[並立]〈名・自サ〉並立。

へいりょく[兵力]〈名〉兵力。

へいれつ[並列]〈名・自他サ〉①並列。並排。②〈電〉並聯。

へいわ[平和]〈名〉和平。

へえ[感]嘿。啊。哎呀。

ベーキングパウダー[baking powder]〈名〉醱酵粉。

ベーコン[bacon]〈名〉臘肉。

ページ[page]〈名〉頁。

ベース[base]〈名〉①基礎。②基地。③(棒球)壘。壘墊。

ベース[pace]〈名〉步調。速度。

ペーパー[paper]〈名〉紙。

ベール[veil]〈名〉面紗。

-べからざる〈連語〉不可。不能。

-べからず〈連語〉不可。不得。禁止。

-べき[助動]應該。

へきえき[辟易]〈名・自サ〉①畏縮。退縮。②折服。

へきが[壁画]〈名〉壁畫。

へきち[僻地]〈名〉偏僻地方。

へきとう[劈頭]〈名〉劈頭。開頭。

へきれき[霹靂]〈名〉霹靂。

-べく[助動]①應該。②爲了。

ヘクタール[hectare]〈名〉公頃。

ヘゲモニー[Hegemonie]〈名〉主導權。

ヘゲモニズム[hegemonism]〈名〉霸權主義。

へこた・れる〈自下一〉①筋疲力盡。②泄氣。氣餒。

ぺこぺこⅠ〈形動〉①癟。餓。Ⅱ〈副・自サ〉點頭哈腰。溜鬚拍馬。

へこま・す[凹ます]〈他五〉①搨癟。②治服。

へこ・む[凹む]〈自五〉①癟。凹。②屈服。認輸。

へさき[舳先]〈名〉船頭。

-べし[助動]務必。

へしお・る[へし折る]〈他五〉①折斷。②挫敗。

ぺしゃんこ〈形動〉①癟。②啞口無言。灰心喪氣。

ベスト[best]〈名〉①最好。②全力。

ペスト[pest]〈名〉鼠疫。

ベストセラー[bestseller]〈名〉最暢銷書。

へそ[臍]〈名〉肚臍。

べそ〈名〉哭鼻子。

へそくり[臍繰り]〈名〉私房錢。體己錢。

へそのお[臍の緒]〈名〉臍帶。

へた[下手]〈名・形動〉①拙劣。不擅長。②馬虎。不謹慎。

べたいちめん[べた一面]〈名〉整個表面。

へだたり[隔たり]〈名〉①隔閡。②差距。距離。

へだた・る[隔たる]〈自五〉①離。相隔。不同。有差距。③疏遠。有隔閡。

べたつ・く〈自五〉①發黏。②撒嬌。

へだて[隔て]〈名〉①隔開。②差別。③隔閡。

へだ・てる[隔てる]〈他下一〉①隔開。②離間。

へたば・る〈自五〉累趴下。筋疲力盡。

べたべた〈副・自サ〉①黏糊糊。②糾纏。撒嬌。③貼滿。塗滿。

ぺたぺた〈副・自サ〉①吧嗒吧嗒。②連續(蓋印、張貼)。

べたぼめ[べた褒め]〈名・他サ〉交口稱讚。

ぺたりと〈副〉①輕輕地(按、貼)。②一屁股(坐下)。

ペダル[pedal]〈名〉踏板。脚蹬。

ペダンチック[pedantic]〈形動〉炫耀學識。

へちま[糸瓜]〈名〉絲瓜。

べちゃくちゃ〈副〉絮絮叨叨。

ぺちゃんこ〈副〉→ぺしゃんこ。

べつ[別]〈名・形動〉①別。區別。差別。不同。②另外。別的。③除外。例外。④特別。尤其。

べつあつらえ[別誂え]〈名〉特別定做。

べっかく[別格]〈名〉破格。特別。

べっき[別記]〈名・他サ〉附錄。

べっきょ[別居]〈名・自サ〉分居。

べつくち[別口]〈名〉另外。

べっけん[瞥見]〈名・他サ〉瞥見。

べっこ[別個]〈名・形動〉①另外。②個別。

べっこう[別項]〈名〉另項。

べっこう[鼈甲]〈名〉玳瑁。

べっさつ[別冊]〈名〉另册。附册。增刊。

ペッサリー[pessary]〈名〉子宮帽。

べっし[別紙]〈名〉①另一張紙。②附件。

べっし[蔑視]〈名・他サ〉蔑視。

べっしつ[別室]〈名〉①另一房間。②特別房間。

べっしょう[蔑称]〈名〉蔑稱。

べつじょう[別状・別条]〈名〉異常。

べつじん[別人]〈名〉別人。另一個人。

べつせかい[別世界]〈名〉另一個世界。

べっそう[別荘]〈名〉別墅。

べったく[別宅]〈名〉另一所住宅。

べったり〈副・自サ〉①(粘得)緊緊的。②(關係)極密切。③(寫)滿。(貼)滿。④(壓)扁。

べつだん[別段]〈名〉特別。

べってんち[別天地]〈名〉別有天地。

べっと[別途]〈名〉①別的途徑。②別項。

ベッド[bed]〈名〉床。

ペット[pet]〈名〉玩賞動物。

べつどうたい[別働隊]〈名〉別動隊。

ヘッドフォーン[headphone]〈名〉頭戴式耳機。

べっとり〈副〉粘滿。

べつに[別に]〈副〉另外。特別。

べっぴょう[別表]〈名〉附表。

へっぴりごし[へっぴり腰]〈名〉①彎腰曲背。②畏首畏尾。

べつびん[別便]〈名〉另函。另寄。

べっぴん[別嬪]〈名〉美人。

べつべつ[別別]〈名・形動〉①分別。②各自。

べつむね[別棟]〈名〉另一棟房子。

べつめい[別名]〈名〉別名。

べつもんだい[別問題]〈名〉另一個問題。另一回事。

へつら・う[諂う]〈自五〉奉承。拍馬。

べつり[別離]〈名〉別離。

ペディキア[pedicure]〈名〉修脚。修脚趾甲。

ベテラン[veteran]〈名〉老手。行家。

ぺてん〈名〉欺騙。騙局。

へど[反吐]〈名〉嘔吐。

へとへと〈副〉筋疲力盡。

べとべと〈副・自サ〉黏糊糊。

へどもど〈副・自サ〉發慌。

へどろ〈名〉淤泥。

へなへな〈副・自〉①柔軟。②癱軟。③懦弱。

ペナント[pennant]〈名〉(三角形)錦旗。優勝旗。

べに[紅]〈名〉①紅色。②胭脂。

ペニシリン[penicellin]〈名〉青霉素。盤尼西林。

ベニヤいた[ベニヤ板]〈名〉膠合板。三合板。

へのかっぱ[屁の河童]〈名〉①滿不在乎。②極其容易。

へばりつ・く[へばり付く]〈自五〉①粘上。緊貼。②糾纏。

へば・る〈自五〉筋疲力盡。

へび[蛇]〈名〉蛇。

ベビー[baby]〈名〉嬰兒。

ヘビーきゅう[ヘビー級]〈名〉重量級。

ヘビースモーカー[heavy smoker]〈名〉煙鬼。嗜煙如命的人。

ペプシン[pepsin]〈名〉胃蛋白酶。

へべれけ〈形動〉酩酊大醉。

へぼ〈名〉不高明。笨拙。

へま Ⅰ〈名・形動〉笨拙。Ⅱ〈名〉失敗。搞糟。

ヘモグロビン[Hämoglobin]〈名〉血色素。

へや[部屋]〈名〉房間。

へら[篦]〈名〉刮刀。

へら・す[減らす]〈他五〉減少。

へらずぐち[減らず口]〈名〉嘴硬。講歪理。不認輸。

へらへら〈副〉嘿嘿地(傻笑)。

べらべら〈副〉口若懸河。

べらべら〈副・形動〉①流利。②單薄。

べらぼう[篦棒]〈名・形動〉①混蛋。②非常。

ベランダ[veranda]〈名〉陽台。涼台。

へり[縁]〈名〉邊緣。邊兒。

ヘリウム[Helium]〈名〉氦。

ペリカン[pelican]〈名〉鵜鶘。淘河。

へりくだ・る[謙る]〈自五〉謙遜。

へりくつ[屁理屈]〈名〉歪理。

ヘリコプター[pelicopter]〈名〉直昇飛機。

ヘリポート[heliport]〈名〉直昇飛機機場。

へる[経る]〈自下一〉經。過。經過。

へ・る[減る]〈自五〉減少。

ベル[bell]〈名〉鈴。電鈴。

ペルシア[Persia]〈名〉波斯。

ヘルシー[healthy]〈形動〉健康(的)。健全(的)。

ヘルスメーター[health meter]〈名〉(家庭用)小型體重計。

ヘルツ[Hertz]〈名〉赫茲。

ベルト[belt]〈名〉①皮帶。腰帶。②傳送帶。③地帶。

ベルトコンベヤー[belt conveyor]〈名〉傳送帶。

ヘルニア[hernia]〈名〉〔醫〕疝氣。小腸串氣。

ヘルメット[helmet]〈名〉安全帽。頭盔。

ベレーぼう[ベレー帽]〈名〉貝雷帽。

ヘロイン[heroin]〈名〉海洛因。

べろべろ〈副〉舔來舔去。

べろりと〈副〉①伸舌頭。②轉眼吃光。

べろりべろり〈副〉酩酊大醉。

へん[辺]〈名〉①一帶。附近。②(數)邊。

へん[変]Ⅰ〈名〉①變。變化。②事變。③(樂)降半音。Ⅱ〈形動〉奇怪。反常。

へん[偏]〈名〉(漢字)偏旁。

へん[編・篇]〈名〉編。篇。

-へん[遍]〈接尾〉遍。次。回。

べん[弁]〈名〉①瓣。②閥。③辯才。口才。④口音。

べん[便]〈名〉①方便。便利。②大小便。

ペン[pen]〈名〉鋼筆。

へんあい[偏愛]〈名・他サ〉偏愛。

へんあつ[変圧]〈名〉變壓。

へんあつき[変圧器]〈名〉變壓器。

へんい[変異]〈名〉變異。

べんい[便意]〈名〉要大小便。

へんおんどうぶつ[変温動物]〈名〉變溫動物。

へんか[変化]〈名・自サ〉變化。

べんかい[弁解]〈名・自他サ〉辯解。

へんかく[変革]〈名・自他サ〉變革。改革。

べんがく[勉学]〈名・自サ〉學習。勤學。

へんかん[返還]〈名・他サ〉返還。

へんかん[変換]〈名・他サ〉變換。

べんき[便器]〈名〉便盆。

べんぎ[便宜]〈名・形動〉方便。便利。

ペンキ[pek]〈名〉油漆。

へんきゃく[返却]〈名・他サ〉返還。

へんきょう[辺境]〈名〉邊境。邊疆。

へんきょう[偏狭]〈名・形動〉狹窄。狹隘。

べんきょう[勉強]〈名・他サ〉①學習。用功。②勤奮。③讓價。少算。

へんきょく[編曲]〈名・他サ〉編曲。

へんきん[返金]〈名・自サ〉還錢。退錢。

ペンギン[penguin]〈名〉企鵝。

へんくつ[偏屈]〈名・形動〉乖僻。古怪。

へんげ[変化]〈名〉妖魔。鬼怪。

へんけい[変形]〈名・自サ〉變形。

へんけん[偏見]〈名〉偏見。

へんげん[片言]〈名〉片言。

へんげん[変幻]〈名〉變幻。

べんご[弁護]〈名・他サ〉辯護。

へんこう[変更]〈名・他サ〉變更。改變。

へんこう[偏向]〈名・自サ〉偏向。

べんごし[弁護士]〈名〉律師。

へんさ[偏差]〈名〉偏差。

へんさい[返済]〈名・他サ〉還。償還。

へんざい[偏在]〈名・自サ〉偏在。不均。

へんざい[遍在]〈名・自サ〉遍佈。

べんさい[弁済]〈名・他サ〉償還。還清。

へんさん[編纂]〈名・他サ〉編纂。

へんし[変死]〈名・自サ〉横死。

へんじ[返事]〈名・自サ〉①回答。答應。②回信。

へんじ[変事]〈名〉變故。

べんし[弁士]〈名〉①演講人。報告人。②口才好的人。能言善辯的人。

へんしつ[変質]Ⅰ〈名・自サ〉變質。Ⅱ〈名〉精神失常。性情異常。

へんしつ[偏執]〈名〉偏執。

へんしゃ[編者]〈名〉編者。

へんしゅ[変種]〈名〉變種。

へんしゅう[偏執]〈名〉偏執。

へんしゅう[編集]〈名・他サ〉編輯。

へんしょ[返書]〈名〉回信。

べんじょ[便所]〈名〉廁所。

へんじょう[返上]〈名・他サ〉奉還。

べんしょう[弁償]〈名・他サ〉賠償。

べんしょうほう[弁証法]〈名〉辯證法。

へんしょく[変色]〈名・自サ〉變色。褪色。

へんしょく[偏食]〈名・自サ〉偏食。

へんしん[返信]〈名〉回信。回電。

へんしん[変心]〈名・自サ〉變心。

へんしん[変身]〈名・自サ〉化装。

へんじん[変人]〈名〉怪人。

ベンジン[benzine]〈名〉揮發油。

へんすう[変数]〈名〉(數)變數。

へんずつう[偏頭痛]〈名〉偏頭痛。

へん・する[偏する]〈自サ〉偏。偏向。

べん・ずる[弁ずる]〈他サ〉①陳述。②辨別。

へんせい[編成]〈名・他サ〉編排。編組。

へんせい[編制]〈名・他サ〉編制。

へんせいがん[変成岩]〈名〉變質岩。

へんせいふう[偏西風]〈名〉偏西風。

へんせつ[変節]〈名・自サ〉變節。

へんぜつ[弁舌]〈名〉口才。口齒。

へんせん[変遷]〈名・自サ〉變遷。演變。

へんそう[返送]〈名・他サ〉退回。

へんそう[変装]〈名・自サ〉化装。

へんそく[変則]〈名・形動〉不正規。特別。

へんそく[変速]〈名・自サ〉變速。

へんたい[変態]〈名〉變態。

へんたい[編隊]〈名〉編隊。

べんたつ[鞭撻]〈名・他サ〉鞭策。

ペンダント[pendant]〈名〉垂飾。耳環。

へんち[辺地]〈名〉邊遠地區。

ベンチ[bench]〈名〉長椅子。

ベンチウォーマー[bench warmer]〈名〉(棒球)替補隊員。

へんちょう[変調]〈名・自他サ〉①異常。失常。②(電)調制。③(樂)變調。轉調。

へんちょう[偏重]〈名・他サ〉偏重。

べんつう[便通]〈名〉大便。通便。

ベンディングマシン[vending machine]〈名〉自動售貨機。

へんてこ[変梃]〈形動〉奇怪。奇特。

へんてつ[変哲]〈名〉出奇。奇特。

へんてん[変転]〈名・自サ〉轉變。變化。

へんでん[返電]〈名〉回電。

へんでんしょ[変電所]〈名〉變電所。

へんとう[返答]〈名・自サ〉回答。回信。

へんどう[変動]〈名・自サ〉變動。波動。

べんとう[弁当]〈名〉盒飯。

へんとうせん[扁桃腺]〈名〉扁桃腺。

へんにゅう[編入]〈名・他サ〉編入。插入。

ペンネーム[pen name]〈名〉筆名。

へんねんたい[編年体]〈名〉編年體。

へんのう[返納]〈名・他サ〉歸還。送回。

へんぱ[偏頗]〈名・形動〉偏頗。不公平。

べんばつ[弁駁]〈名・他サ〉辯駁。駁斥。

べんぱつ[辮髪]〈名〉髮辮。辮子。

へんぴ[辺鄙]〈名・形動〉偏僻。

べんぴ[便秘]〈名・自サ〉便秘。

へんぴん[返品]〈名・他サ〉退貨。退的貨。

へんぺい[扁平]〈名・形動〉扁平。

べんべつ[弁別]〈名・他サ〉辨別。

べんべん[便便]〈形動〉①(大腹)便便。②遊手好閑。虚度時光。

べんべんぐさ[ぺんぺん草]〈名〉薺菜。

へんぼう[変貌]〈名・自サ〉改變面貌。

べんぽう[便法]〈名〉簡便方法。權宜之計。

へんぽん[翩翻]〈形動〉飄揚。

べんまく[弁膜]〈名〉瓣膜。瓣。

べんめい[弁明]〈名・他サ〉辯白。解釋。説明。

へんよう[変容]〈名・自他サ〉變樣。改觀。

べんらん[便覧]〈名〉便覽。手册。

べんり[便利]〈名・形動〉便利。方便。

へんりん[片鱗]〈名〉片鱗。一斑。

へんれい[返礼]〈名・自サ〉答禮。回禮。

べんれい[勉励]〈名・自サ〉勤勉。勤奮。

へんれき[遍歴]〈名・自サ〉周遊。

べんろん[弁論]〈名・自サ〉辯論。

べんろんたいかい[弁論大会]〈名〉講演比賽。

ほ　ホ

ほ[帆]〈名〉帆。

ほ[穂]〈名〉穗。

ほ[歩]〈名〉步。

ほあん[保安]〈名〉①保安。公安。②安全。

ほい[補遺]〈名〉補遺。

ほいく[保育]〈名・他サ〉保育。

ほいくき[保育器]〈名〉(早産兒)保溫箱。

ほいくじょ[保育所]〈名〉託兒所。

ボイコット[boycott]〈名・他サ〉抵制。

ボイス[voice]〈名〉①聲音。②發言。表明。③(語法)態。

ホイッスル[whistle]〈名〉哨子。

ボイラー[boiler]〈名〉鍋爐。

ぼいん[母音]〈名〉母音。元音。

ぼいん[拇印]〈名〉拇指。指印。手印。

ポイント[point]〈名〉①要點。②分數。得分。③道岔。轉轍器。④小數點。⑤(鉛字)號。

ほう[方]〈名〉①方向。②方面。

ほう[法]〈名〉①法。法律。②禮節。③方法。④(佛)法。

ほう[砲]〈名〉炮。

ほう[報]〈名〉消息。

ぼう[某]〈名〉某。

ぼう[棒]〈名〉①棒。棍。②綫。

ほうあん[法案]〈名〉法案。

ぼうあんき[棒暗記]〈名・他サ〉死記硬背。

ほうい[方位]〈名〉方位。

ほうい[包囲]〈名・他サ〉包圍。

ほうい[法衣]〈名〉法衣。

ぼうい[暴威]〈名〉淫威。

ほういがく[法医学]〈名〉法醫學。

ぼういんぼうしょく[暴飲暴食]〈名〉暴飲暴食。

ほうえい[放映]〈名・他サ〉放映。

ぼうえい[防衛]〈名・他サ〉防衛。保衛。

ぼうえき[防疫]〈名・他サ〉防疫。

ぼうえき[貿易]〈名・自サ〉貿易。

ぼうえきふう[貿易風]〈名〉貿易風。信風。

ぼうえん[砲煙]〈名〉硝煙。

ぼうえんきょう[望遠鏡]〈名〉望遠鏡。

ぼうえんレンズ[望遠レンズ]〈名〉望遠鏡頭。

ほうおう[法王]〈名〉教皇。

ほうおう[鳳凰]〈名〉鳳凰。

ほうおん[報恩]〈名〉報恩。

ぼうおん[忘恩]〈名〉忘恩。

ぼうおん[防音]〈名〉防音。隔音。

ほうか[放火]〈名・自サ〉放火。縱火。

ほうか[放課]〈名〉放學。

ほうか[法科]〈名〉法律系。

ほうか[砲火]〈名〉炮火。

ほうが[萌芽]〈名・自サ〉萌芽。

ぼうか[防火]〈名〉防火。

ぼうが[忘我]〈名〉忘我。

ほうかい[崩壊]〈名・自サ〉崩潰。倒塌。

ほうがい[法外]〈形動〉過分。不合理。

ぼうがい[妨害]〈名・他サ〉妨礙。

ぼうがい[望外]〈名〉望外。

ほうかいせき[方解石]〈名〉方解石。

ほうがく[方角]〈名〉方向。

ほうがく[邦楽]〈名〉日本傳統音樂。

ほうがく[法学]〈名〉法學。

ほうかつ[包括]〈名・他サ〉包括。總括。

ほうかん[砲艦]〈名〉炮艦。炮艇。

ほうがん[包含]〈名・他サ〉包含。

ほうがん[砲丸]〈名〉①炮彈。②鉛球。

ぼうかん[防寒]〈名〉防寒。

ぼうかん[旁観]〈名・他サ〉旁觀。

ぼうかん[暴漢]〈名〉暴徒。歹徒。

ほうがんし[方眼紙]〈名〉方格紙。座標紙。

ほうき[箒]〈名〉笤帚。掃帚。

ほうき[芳紀]〈名〉芳齡。

ほうき[放棄]〈名・他サ〉放棄。

ほうき[法規]〈名〉法規。

ほうき[蜂起]〈名・自サ〉起義。暴動。

ぼうぎ[謀議]〈名・自サ〉密謀。策劃。

ほうきぐさ[箒草]〈名〉掃箒菜。

ほうきぼし[箒星]〈名〉掃箒星。

ぼうきゃく[忘却]〈名・他サ〉忘却。

ぼうぎゃく[暴虐]〈名・形動〉暴虐。殘暴。

ほうきゅう[俸給]〈名〉工資。薪水。

ほうぎょ[崩御]〈名・自サ〉駕崩。

ぼうきょう[望郷]〈名〉思鄉。

ぼうぎれ[棒切れ]〈名〉短木棒。

ぼうくう[防空]〈名〉防空。

ぼうくん[暴君]〈名〉暴君。

ほうけい[方形]〈名〉方形。

ほうけい[包茎]〈名〉包莖。

ぼうけい[傍系]〈名〉旁系。

ほうげき[砲撃]〈名・他サ〉炮擊。

ほう・ける[惚ける]〈接尾〉①衰弱。②着迷。

ほうけん[封建]〈名〉封建。

ほうげん[方言]〈名〉方言。

ほうげん[放言]〈名・自他サ〉信口開河。

ぼうけん[冒険]〈名・自サ〉冒險。

ぼうげん[暴言]〈名〉粗暴的話。

ほうこ[宝庫]〈名〉寶庫。

ほうこう[方向]〈名〉方向。

ほうこう[彷徨]〈名・自サ〉彷徨。徘徊。

ほうこう[芳香]〈名〉芳香。

ほうこう[咆哮]〈名・自サ〉咆哮。

ほうこう[奉公]〈名・自サ〉①效勞。服務。②傭工。

ほうこう[放校]〈名・他サ〉開除（學籍）。

ほうごう[縫合]〈名・他サ〉縫合。

ぼうこう[膀胱]〈名〉膀胱。

ぼうこう[暴行]〈名・自サ〉①暴行。②強姦。

ほうこく[報告]〈名・他サ〉報告。

ぼうこく[亡国]〈名〉亡國。

ほうざ[砲座]〈名〉炮座。

ぼうさい[防災]〈名〉防災。

ほうさく[方策]〈名〉方策。對策。辦法。

ほうさく[豊作]〈名〉豐收。

ぼうさつ[忙殺]〈名・他サ〉忙碌不可開交。

ぼうさつ[謀殺]〈名・他サ〉謀殺。

ほうさん[硼酸]〈名〉硼酸。

ほうし[芳志]〈名〉厚意。

ほうし[奉仕]〈名・自サ〉①服務。②廉價出售。

ほうし[放恣]〈名・形動〉放肆。放蕩。

ほうし[法師]〈名〉法師。

ほうし[胞子]〈名〉孢子。

ほうじ[法事]〈名〉法事。佛事。

ぼうし[防止]〈名・他サ〉防止。

ぼうし[帽子]〈名〉帽子。

ほうしき[方式]〈名〉方式。

ぼうしつ[防湿]〈名〉防濕。防潮。

ほうしゃ[放射]〈名・自サ〉放射。

ほうしゃ[硼砂]〈名〉硼砂。

ぼうじゃくぶじん[傍若無人]〈形動〉旁若無人。

ほうしゃせい[放射性]〈名〉放射性。

ほうしゃせん[放射線]〈名〉放射線。

ほうしゃのう[放射能]〈名〉放射能。

ほうしゅ[砲手]〈名〉炮手。

ぼうじゅ[傍受]〈名・他サ〉監聽。竊聽（電訊）。

ほうしゅう[報酬]〈名〉報酬。

ほうじゅう[放縦]〈名・形動〉放縱。放肆。放蕩。

ぼうしゅう[防臭]〈名〉防臭。

ほうしゅく[奉祝]〈名・他サ〉慶祝。慶賀。

ほうしゅつ[放出]〈名・他サ〉發放。

ほうじゅつ[砲術]〈名〉炮術。

ほうじゅん[芳醇]〈名・形動〉芳醇。

ほうじょ[幇助]〈名・他サ〉幫助。輔助。

ぼうじょ[防除]〈名・他サ〉防除。防治。

ほうじょう[放縦]〈名・形動〉放縱。放肆。放蕩。

ほうしょう[報奨]〈名・他サ〉獎賞。獎勵。

ほうしょう[報償]〈名・自サ〉賠償。補償。

ほうしょう[褒章]〈名〉獎章。

ほうしょう[褒賞]〈名〉褒獎。

ほうじょう[豊饒]〈名・形動〉豐饒。富饒。

ぼうしょう[帽章]〈名〉帽徽。

ぼうしょう[傍証]〈名〉旁證。

ほうしょく[奉職]〈名・自サ〉供職。任教。

ほうしょく[飽食]〈名・自他サ〉飽食。

ぼうしょく[防食]〈名〉防蝕。防腐。

ほう・じる[焙じる]〈他上一〉焙。烘。烤。

ほう・じる[奉じる]〈他上一〉→ほうず
る（奉ずる）。

ほう・じる[報じる]〈自他上一〉→ほう
ずる（報ずる）。

ほうしん[方針]〈名〉方針。

ほうしん[放心]〈名・自サ〉①放心。②出
神。發獃。

ほうしん[砲身]〈名〉炮身。

ほうじん[邦人]〈名〉日本人。

ほうじん[法人]〈名〉法人。

ぼうず[坊主]〈名〉①和尚。②禿頭。③男
孩。

ほうすい[放水]〈名・自サ〉①放水。②噴
水。

ぼうすい[防水]〈名・自サ〉防水。

ぼうすい[紡錘]〈名〉紡錘。紗錠。

ほう・ずる[奉ずる]〈他サ〉①奉。②供
（職）③捧。舉。

ほう・ずる[報ずる]〈自他サ〉報。報道。

ほうせい[法制]〈名〉法制。

ほうせい[砲声]〈名〉炮聲。

ぼうせい[暴政]〈名〉暴政。

ほうせき[宝石]〈名〉寶石。

ぼうせき[紡績]〈名〉紡織。紡紗。

ぼうせつ[防雪]〈名〉防雪。

ぼうせん[防戦]〈名・自サ〉抵禦。

ぼうせん[傍線]〈名〉旁線。

ぼうぜん[呆然・茫然]〈副〉茫然。獃獃
地。

ほうせんか[鳳仙花]〈名〉鳳仙花。

ほうそう[包装]〈名・他サ〉包裝。

ほうそう[放送]〈名・他サ〉廣播。播送。

ほうそう[法曹]〈名〉法律界人士。

ほうそう[疱瘡]〈名〉天花。

ぼうそう[暴走]〈名・自サ〉①狂奔。疾馳。
②魯莽行事。

ほうそく[法則]〈名〉法則。規律。定律。

ほうたい[包帯]〈名〉繃帶。

ほうだい[放題]〈接尾〉隨便。自由。無限
制。

ほうだい[砲台]〈名〉炮台。

ぼうだい[膨大・厖大]〈名・形動〉龐大。

ぼうたかとび[棒高跳]〈名〉撐竿跳高。

ぼうだち[棒立ち]〈名〉獃立。

ほうだん[放談]〈名・自サ〉漫談。高談闊
論。

ほうだん[砲弾]〈名〉炮彈。

ぼうだん[防弾]〈名〉防彈。

ほうち[放置]〈名・他サ〉放置。置之不理。

ほうち[法治]〈名〉法治。

ほうち[報知]〈名・他サ〉報知。通知。

ほうちく[放逐]〈名・他サ〉①放逐。驅逐。
②解雇。

ほうちゃく[逢着]〈名・自サ〉遇到。

ぼうちゅう[忙中]〈名〉忙中。

ぼうちゅう[防虫]〈名〉防蟲。

ぼうちゅう[傍注]〈名〉旁註。

ほうちょう[包丁]〈名〉菜刀。

ぼうちょう[防潮]〈名〉防潮（汐）。

ぼうちょう[防諜]〈名〉防特。

ぼうちょう[傍聴]〈名・他サ〉旁聽。

ぼうちょう[膨張・膨脹]〈名・自サ〉①膨
脹。擴大。增加。

ぼうっと[副・自サ]①朦朧。模糊。②忽地
（燃燒起來）。

ぽうっと[副・自サ]①恍惚。②(臉)微紅
貌。

ほうてい[法廷]〈名〉法庭。

ほうてい[法定]〈名〉法定。

ほうていしき[方程式]〈名〉方程式。

ほうてき[放擲]〈名・他サ〉拋棄。

ほうてき[法的]〈形動〉法律上的。

ほうてん[法典]〈名〉法典。

ほうでん[放電]〈名・自サ〉放電。

ぼうてん[傍点]〈名〉着重號。

ほうと[方途]〈名〉途徑。方法。

ぼうと[暴徒]〈名〉暴徒。

ほうとう[宝刀]〈名〉寶刀。

ほうとう[放蕩]〈名・自サ〉放蕩。浪蕩。

ほうどう[報道]〈名・他サ〉報道。

ぼうとう[冒頭]〈名〉開頭。

ぼうとう[暴騰]〈名・自サ〉暴漲。

ぼうどう[暴動]〈名〉暴動。

ぼうとく[冒瀆]〈名・他サ〉褻瀆。

ぼうどく[防毒]〈名〉防毒。

ほうにょう[放尿]〈名・自サ〉撒尿。

ほうにん[放任]〈名・他サ〉放任。

ほうねん[放念]〈名・自サ〉放心。安心。

ほうねん[豊年]〈名〉豐年。

ぼうねんかい[忘年会]〈名〉年終聯歡會。

ほうのう[奉納]〈名・他サ〉(向神佛)供獻。

ほうはい[澎湃]〈形動〉澎湃。

ぼうばく[茫漠]〈形動〉①遼闊。②茫茫。

ぼうはつ[暴発]〈名・自サ〉①暴發。②(槍)走火。

ぼうはてい[防波堤]〈名〉防波堤。

ぼうはん[防犯]〈名〉防犯。

ほうひ[放屁]〈名・自サ〉放屁。

ほうび[褒美]〈名・他サ〉獎賞。獎品。

ぼうび[防備]〈名・他サ〉防備。防衛。

ぼうびき[棒引]〈名・他サ〉一筆勾銷。

ほうふ[抱負]〈名〉抱負。

ほうふ[豊富]〈名・形動〉豐富。

ぼうふ[防腐]〈名〉防腐。

ぼうふう[暴風]〈名〉暴風。

ぼうふうう[暴風雨]〈名〉暴風雨。

ぼうふうりん[防風林]〈名〉防風林。

ほうふく[報復]〈名・他サ〉報復。

ほうふくぜっとう[抱腹絶倒]〈名・自サ〉捧腹大笑。

ほうふつ[彷彿]〈形動・自サ〉彷彿。

ほうぶつせん[放物線]〈名〉抛物線。

ぼうふら[孑孒]〈名〉孑孒。

ほうぶん[邦文]〈名〉日文。

ほうぶん[法文]〈名〉法令條文。

ほうへい[砲兵]〈名〉炮兵。

ぼうへき[防壁]〈名〉壁壘。屏障。

ほうべん[方便]〈名〉方便。權宜之計。

ほうほう[方法]〈名〉方法。

ほうぼう[魴鮄]〈名〉魴鮄。

ぼうぼう〈副〉①叢生。②蓬亂。③熊熊(燃燒)。

ほうほうのてい[ほうほうの体]〈連語〉倉皇(逃跑)。

ほうぼく[放牧]〈名・他サ〉放牧。

ほうまつ[泡沫]〈名〉泡沫。

ほうまん[放慢]〈名・形動〉散漫。懶散。隨便。

ほうまん[豊満]〈名・形動〉豐滿。豐腴。

ほうむ[法務]〈名〉法律事務。

ほうむ・る[葬る]〈他五〉葬。埋葬。

ほうめい[芳名]〈名〉芳名。

ぼうめい[亡命]〈名・自サ〉亡命。流亡。

ほうめん[方面]〈名〉方面。

ほうめん[放免]〈名・他サ〉①赦免。釋放。②解放。擺脫。

ほうもう[法網]〈名〉法網。

ほうもつ[宝物]〈名〉寶物。

ほうもん[砲門]〈名〉炮口。

ほうもん[訪問]〈名・他サ〉訪問。

ぼうや[坊や]〈名〉小弟弟。小寶寶。

ほうやく[邦訳]〈名・他サ〉譯成日文。

ほうよう[包容]〈名・他サ〉包容。容納。

ほうよう[抱擁]〈名・他サ〉擁抱。

ほうよう[法要]〈名〉→ほうじ。

ぼうよう[茫洋]〈形動〉汪洋。

ぼうよみ[棒読み]〈名・他サ〉生硬地讀。

ほうらく[暴落]〈名・自サ〉暴跌。

ほうらつ[放埒]〈名・形動〉放蕩。肆意。

ぼうり[暴利]〈名〉暴利。

ほうりあ・げる[放り上げる]〈他下一〉抛起。

ほうりこ・む[放り込む]〈他五〉扔進。抛入。

ほうりだ・す[放り出す]〈他五〉①扔出。②開除。③放棄。

ほうりつ[法律]〈名〉法律。

ぼうりゃく[謀略]〈名〉謀略。

ほうりゅう[放流]〈名・他サ〉①放出(水)。②放(魚苗)。

ほうりょう[豊漁]〈名〉漁業豐收。

ぼうりょく[暴力]〈名〉暴力。

ほう・る[放る]〈他五〉①抛。扔。②放棄。擱置。

ぼうるい[塁壁]〈名〉壁壘。

ほうれい[法令]〈名〉法令。

ぼうれい[亡霊]〈名〉亡靈。

ほうれつ[放列]〈名〉一排。

ほうれんそう[菠薐草]〈名〉菠菜。

ほうろう[放浪]〈名・自サ〉流浪。漂泊。

ほうろう[琺瑯]〈名〉琺瑯。搪瓷。

ぼうろう[望楼]〈名〉望樓。

ほうろく[焙烙]〈名〉砂鍋。

ぼうろん[暴論]〈名〉謬論。

ほうわ[飽和]〈名・自サ〉飽和。

ほえづら[吠面]〈名〉哭喪臉。

ほ・える[吠える]〈自下一〉吼。叫。

ほお[頬]〈名〉頰。臉蛋。

ボーイ[boy]〈名〉①少年。男孩。②夥計。茶房。跑堂兒的。

ほほえ・む[微笑む]〈自五〉→ほほえむ。

ポーカー[poker]〈名〉撲克。

ポーカーフェース[poker face]〈名〉難以捉摸的表情。

ほおかぶり[頬被り]〈名〉①用手巾包住頭和臉。②假裝不知。

ボーキサイト[bauxite]〈名〉鋁土礦。鋁礬土。

ホース[hose]〈名〉軟管。

ポーズ[pause]〈名〉姿勢。姿態。

ほおずき[酸漿]〈名〉(植)酸漿。燈籠草。

ほおずり[頬擦り]〈名〉貼臉。

ホースレース[horse race]〈名〉賽馬。

ボーダーライン[border line]〈名〉界線。分界線。

ポータブル[portable]〈名〉手提式。

ほおづえ[頬杖]〈名〉托腮。

ボート[boat]〈名〉小艇。

ポートワイン[port wine]〈名〉紅葡萄酒。

ボーナス[bonus]〈名〉獎金。紅利。花紅。

ほおば・る[頬張る]〈他五〉大口吃。嘴裏塞滿。

ほおひげ[頬髭]〈名〉絡腮鬍子。

ホープ[hope]〈名〉希望。屬望的人。

ほおべに[頬紅]〈名〉胭脂。

ほおぼね[頬骨]〈名〉顴骨。

ホーム[home]〈名〉①家庭。②養老院。孤兒院。療養院。③(棒球)本壘。

ホーム〈名〉站台。月台。

ホームシック[homesick]〈名〉思鄉病。

ホームステイ[home stay]〈名〉(爲學習語言等)住在外國普通家庭(一個時期)。

ホームドクター[home doctor]〈名〉家庭醫生。

ホームラン[home run]〈名〉(棒球)本壘打。

ホームルーム[homeroom]〈名〉班會。

ボーリング[boring]〈名・他サ〉鑽孔。鑽探。

ボーリング[bowling]〈名〉保齡球。

ホール[hall]〈名〉大廳。禮堂。會館。

ボール[ball]〈名〉①球。②(棒球)壞球。

ボールがみ[ボール紙]〈名〉紙板。馬糞紙。

ボールト[bolt]〈名〉螺栓。

ボールベアリング[ball bearing]〈名〉滾珠軸承。球軸承。

ボールペン[ball pen]〈名〉圓珠筆。

ほおん[保温]〈名・自サ〉保温。

ほか[外・他]〈名〉①另外。其他。別的。②除…之外。

ほかく[捕獲]〈名・他サ〉捕獲。

ほかく[補角]〈名〉(數)補角。

ほかげ[火影]〈名〉燈光。火光。

ほかけぶね[帆掛船]〈名〉帆船。

ぼか・す[暈す]〈他五〉①弄淡。弄模糊。②含糊(其辭)。

ぼかっと〈副〉①啪地一聲。②忽地一下。

ほかならない[他ならない]〈連語〉①無非。②既然。

ほかほか〈副・自サ〉暖烘烘。熱騰騰。

ぽかぽか〈副・自サ〉①暖和。②劈劈啪啪。

ほがらか[朗らか]〈形動〉明朗。開朗。爽朗。

ほかん[保管]〈名・他サ〉保管。

ぼかん[母艦]〈名〉母艦。

ぽかんと〈副・自サ〉①啪地一聲。②發獃貌。張口貌。

ぼき[簿記]〈名〉簿記。

ほきゅう[補給]〈名・他サ〉給給。補充。

ほきょう[補強]〈名・他サ〉加固。加强。

ぼきん[募金]〈名・自サ〉募捐。

ほきんしゃ[保菌者]〈名〉帶菌者。

ぼく[僕]〈代〉我。

ほくい[北緯]〈名〉北緯。

ほくおう[北欧]〈名〉北歐。

ほくげん[北限]〈名〉北限。

ボクサー[boxer]〈名〉拳擊運動員。

ぼくさつ[撲殺]〈名・他サ〉打死。

ぼくし[牧師]〈名〉牧師。

ぼくしゃ[牧舍]〈名〉畜欄。

ぼくしゅ[墨守]〈名・他サ〉墨守。

ぼくじゅう[墨汁]〈名〉墨汁。

ぼくじょう[北上]〈名・自サ〉北上。

ぼくじょう[牧場]〈名〉牧場。

ボクシング[boxing]〈名〉拳擊。

ほぐ・す〔他五〕①解開。拆開。理開。②消除。

ぼく・する[卜する]〈他サ〉占卜。

ほくせい[北西]〈名〉西北。

ぼくせき[木石]〈名〉木石。

ぼくそう[牧草]〈名〉牧草。

ほくそえ・む[北叟笑む]〈自五〉暗笑。暗喜。

ほくたん[北端]〈名〉北端。

ぼくちく[牧畜]〈名〉畜牧。

ほくとう[北東]〈名〉東北。

ぼくとう[木刀]〈名〉木刀。

ぼくどう[牧童]〈名〉牧童。

ほくとせい[北斗星]〈名〉北斗星。

ぼくとつ[木訥・朴訥]〈名・形動〉木訥。

ぼくねんじん[朴念仁]〈名〉木頭人。

ほくぶ[北部]〈名〉北部。

ほくべい[北米]〈名〉北美。

ほくほく〔副・自サ〕①喜悅。歡喜。②(薯類等)乾爽可口。

ほくほくせい[北北西]〈名〉北西北。

ほくほくとう[北北東]〈名〉北東北。

ぼくめつ[撲滅]〈名・他サ〉撲滅。消滅。

ほくよう[北洋]〈名〉北洋。

ほぐ・れる〈自下一〉解開。消除。

ほくろ[黒子]〈名〉黒痣。

ぼけ[木瓜]〈名〉木瓜。

ほげい[捕鯨]〈名〉捕鯨。

ぼけい[母系]〈名〉母系。

ぼけい[母型]〈名〉字模。

ほげた[帆桁]〈名〉帆桁。

ほけつ[補欠]〈名〉補缺。

ぼけつ[墓穴]〈名〉墓穴。

ポケット[pocket]〈名〉口袋。衣兜。

ぼ・ける[惚ける]〈自下一〉糊塗。模糊。

ほけん[保健]〈名〉保健。

ほけん[保険]〈名〉保險。

ほこ[矛]〈名〉矛。戈。

ほご[反故]〈名〉字紙。廢紙。

ほご[保護]〈名・他サ〉保護。

ほご[補語]〈名〉補語。

ほこう[歩行]〈名・自サ〉步行。行走。

ぼこう[母校]〈名〉母校。

ぼこく[母国]〈名〉祖國。

ほこさき[矛先]〈名〉矛頭。

ほこら[祠]〈名〉祠。

ほこらか[誇らか]〈形動〉驕傲。自豪。

ほこらし・い[誇らしい]〈形〉驕傲。自豪。

ほこり[埃]〈名〉灰塵。塵埃。

ほこり[誇り]〈名〉驕傲。自豪。

ほこ・る[誇る]〈自五〉誇耀。自豪。

ほころ・ばせる[綻ばせる]〈他下一〉使…綻開。

ほころび[綻び]〈名〉破綻。

ほころ・びる[綻びる]〈自上一〉開綻。綻開。

ほさ[輔佐]〈名・他サ〉輔佐。

ほさき[穂先]〈名〉①芒。②(筆、槍等)尖。

ほざ・く〔他五〕胡說。胡扯。

ぼさつ[菩薩]〈名〉菩薩。

ぼさぼさ〔副・自サ〕①(頭髮等)蓬亂。②發獃。

ぼさん[墓参]〈名・自サ〉上墳。掃墓。

ほし[星]〈名〉星。

ほじ[保持]〈名・他サ〉保持。

ぼし[母子]〈名〉母子。

ぼし[墓誌]〈名〉墓誌。

ほしあかり[星明り]〈名〉星光。

ほし・い[欲しい]〈形〉①想要。②希望。

ほしいまま[縦]〈形動〉任意。放肆。

ほしがき[干柿]〈名〉柿餅。

ほしかげ[星影]〈名〉星光。

ほしが・る[欲しがる]〈他五〉想要。

ほしくさ[干草]〈名〉乾草。

ほじく・る〔他五〕摳。掏。挖。

ポジション[position]〈名〉①地位。職位。②(棒球等)防守位置。

ほしぞら[星空]〈名〉星空。

ほしぶどう[干葡萄]〈名〉葡萄乾兒。

ほしゃく[保釈]〈名・他サ〉保釋。

ほしゅ[保守]Ⅰ〈名〉保守。Ⅱ〈名・他サ〉保養。

ほしゅ[捕手]〈名〉(棒球、壘球的)接手。

ほしゅう[補修]〈名・他サ〉修補。

ほしゅう[補習]〈名・他サ〉補習。

ほじゅう[補充]〈名・他サ〉補充。補足。

ぼしゅう[募集]〈名・他サ〉募集。招募。

ほじょ[補助]〈名・他サ〉補助。

ほしょう[歩哨]〈名〉哨兵。

ほしょう[保証]〈名・他サ〉保證。擔保。

ほしょう[保障]〈名・他サ〉保障。

ほしょう[補償]〈名・他サ〉補償。

ぼじょう[慕情]〈名〉愛慕之情。

ぼしょく[暮色]〈名〉暮色。

ほじ・る[穿る]→ほじくる。

ほしん[保身]〈名〉保身。

ほ・す[干す]〈他五〉①曬。晾。曬乾。②弄乾。

ボス[boss]〈名〉頭目。首領。

ポスター[poster]〈名〉廣告畫。宣傳畫。

ポスターカラー[poster colour]〈名〉廣告色。

ホステス[hostess]〈名〉①女主人。②女招待。③空中小姐。

ポスト[post]〈名〉①郵筒。信箱。②職位。

ほせい[補正]〈名・他サ〉修正。補正。

ぼせい[母性]〈名〉母性。

ほぜいそうこ[保税倉庫]〈名〉延期付税倉庫。

ほせん[保線]〈名〉養路。

ほぜん[保全]〈名・他サ〉保全。保存。

ぼせん[母船]〈名〉母船。

ぼぜん[墓前]〈名〉墓前。

ほぞ[臍]〈名〉臍。

ほそ・い[細い]〈形〉細。

ほそう[舗装]〈名・他サ〉舖修。

ほそうで[細腕]〈名〉微弱的力量。

ほそおもて[細面]〈名〉長臉盤。

ほそく[捕捉]〈名・他サ〉捕捉。捉摸。

ほそく[補足]〈名・他サ〉補充。

ほそじ[細字]〈名〉細體字。

ぼそっと[副・自サ]①默默地。②小聲説話。

ほそなが・い[細長い]〈形〉細長。

ほそびき[細引]〈名〉細麻繩。

ほそぼそ[細細]〈副〉①細細地。②勉強地。

ぼそぼそ[副・自サ]①嘁嘁喳喳。②乾乾巴巴。

ほそめ[細め]〈名〉稍細。細些。

ほそ・める[細める]〈他下一〉弄細。

ほそ・る[細る]〈自五〉①變細。②變少。變弱。③瘦。

ほぞん[保存]〈名・他サ〉保存。

ポタージュ[potage]〈名〉濃湯。

ぼたい[母体]〈名〉母體。

ぼだい[菩提]〈名〉菩提。

ぼだいじゅ[菩提樹]〈名〉菩提樹。

ほださ・れる[絆される]〈自下一〉被…纏住。被…糾纏。

ほたてがい[帆立貝]〈名〉扇貝。

ぼたぼた[副]吧嗒吧嗒。

ぼたやま[ぼた山]〈名〉矸石山。

ほたる[螢]〈名〉螢。螢火蟲。

ほたるいし[螢石]〈名〉螢石。

ぼたん[牡丹]〈名〉牡丹。

ボタン[botão]〈名〉①鈕釦。②按鈕。電鈕。

ぼたんゆき[牡丹雪]〈名〉鵝毛大雪。

ぼち[墓地]〈名〉墓地。

ホチキス[Hotchkiss]〈名〉訂書器。

ぼちゃぼちゃ[副・自サ]①胖乎乎。②嘩啦嘩啦。

ほちゅう[補注]〈名〉補註。

ほちゅうあみ[捕虫網]〈名〉捕蟲網。

ほちょう[歩調]〈名〉步調。步伐。

ほちょうき[補聴器]〈名〉助聽器。

ぼつ[没]〈名〉①歿。②(投稿)未被採用。

ぼっか[牧歌]〈名〉牧歌。

ぼつが[没我]〈名〉忘我。

ぼっかり〈副〉①輕飄飄。②突然(裂開、張開)。

ほっき[発起]〈名・他サ〉①發起。②(佛)發心。

ぼっき[勃起]〈名・自サ〉勃起。

ぼっきゃく[没却]〈名・他サ〉忘掉。

ほっきょく[北極]〈名〉北極。

ぼっきり[副]喀嚓一聲。

ぼっきり[接尾]正好。

ホック[hook]〈名〉摁釦。掛鈎。

ぼっくり[副]突然(死去)。

ホッケー[hockey]〈名〉曲棍球。

ぼつご[没後]〈名〉殁後。

ぼっこう[勃興]〈名・自サ〉興起。

ぼっこうしょう[没交渉]〈名・形動〉没往來。没關係。

ぼっこん[墨痕]〈名〉墨跡。

ほっさ[発作]〈名〉發作。

ぼっしゅう[没収]〈名・他サ〉没收。

ほっしん[発心]〈名・自サ〉①決心。立志。②(佛)發心。皈依。出家。

ほっしん[発疹]〈名〉皮疹。

ほっ・する[欲する]〈他サ〉欲。希望。

ぼっ・する[没する]〈自サ〉①沉没。②死去。

ほっそく[発足]〈名・自サ〉①開始。出發。動身。

ほっそり[副・自サ〉細長。苗條。

ほったてごや[掘っ建て小屋]〈名〉窩棚。

ほったらか・す〈他五〉丟開不管。

ほったん[発端]〈名〉發端。

ぼっちゃん[坊ちゃん]〈名〉①少爺。公子。②弟弟。小朋友。

ほっと[副・自サ〉放心。鬆口氣。

ぼっと[副・自サ〉①模糊。迷糊。②突然(燃燒)。

ぽっと[副・自サ〉①發獃。出神。②突然。

ぼっとう[没頭]〈名・自サ〉埋頭。

ぽっとで[ぽっと出]〈名〉由鄉下初次進城。

ホットドッグ[hot dog]〈名〉臟腸麵包。熱狗。

ホットライン[hot line]〈名〉熱綫。直通電話。

ほづな[帆綱]〈名〉帆索。

ぼつねん[没年]〈名〉終年。卒年。

ぼっぱつ[勃発]〈名・自サ〉爆發。

ホップ[hop]〈名〉啤酒花。

ポップス[pops]〈名〉流行歌曲。

ほっぽう[北方]〈名〉北方。

ぼつぼつ I[副]①漸漸。②稀稀落落。II〈名〉小疙瘩。

ぼっぽ[副]①(熱氣)騰騰。②(火)熊熊。

ぼつらく[没落]〈名・自サ〉没落。

ぽつりぽつり[副]斷斷續續。稀稀拉拉。

ほつ・れる〈自下一〉綻。散。

ぽつんと[副]①吧嗒(一滴)。②孤零零。

ボディーガード[body guard]〈名〉警衛員。保鏢。

ボディーコンシャス[body coscious]〈名〉(也稱「ボディコン」)青年女性特意突出胸部等身體綫條的打扮。

ほて・る[火照る]〈自五〉(身體)發燒。發熱。

ホテル[hotel]〈名〉旅館。飯店。

ほてん[補填]〈名・他サ〉填補。彌補。

ほど[程]〈名・副助〉①程度。②限度。③大約。左右。④用「…ば…ほど」的形式)越…越…。

ほどう[歩道]〈名〉人行道。

ほどう[補導]〈名・他サ〉教導(不良少年)。

ほどう[舗道]〈名〉(用柏油等)舖築的道路。

ぼどう[母堂]〈名〉令堂。

ほど・く[解く]〈他五〉解開。拆開。

ほとけ[仏]〈名〉①佛。②死者。

ほど・ける[解ける]〈自下一〉開。

ほどこし[施し]〈名〉施捨。

ほどこ・す[施す]〈他五〉施。

ほどとおい[程遠い]〈形〉相當遠。

ほととぎす[杜鵑]〈名〉(動)杜鵑。

ほどなく[程なく]〈副〉不久。

ほとばし・る[迸る]〈自五〉迸出。湧出。

ほどほど[程程]〈副〉實在。非常。

ほどほど〈名〉適度。

ほとぼり〈名〉①餘熱。②餘波。

ほどよ・い[程よい]〈形〉適當。恰好。

ほとり[辺]〈名〉邊。畔。旁。

ほとんど[殆ど] I〈名〉大部分。II〈副〉幾乎。

ほにゅう[哺乳]〈名・自サ〉哺乳。

ぼにゅう[母乳]〈名〉母乳。

ほね[骨]〈名〉①骨。骨頭。②骨架。③骨氣。④核心。⑤吃力。

ほねおしみ[骨惜しみ]〈名・自サ〉不肯賣力氣。

ほねお・る[骨折る]〈自五〉賣力氣。出力。

ほねぐみ[骨組]〈名〉骨架。

ほねつぎ[骨接ぎ]〈名・自サ〉接骨。

ほねっぷし[骨っ節]〈名〉①骨節。關節。②骨氣。

ほねっぽ・い[骨っぽい]〈形〉①骨頭多。②有骨氣。

ほねなし[骨無し]〈名〉軟骨頭。

ほねぬき[骨抜き]〈名〉①去掉骨頭。②去掉重點。

ほねば・る[骨張る]〈自五〉骨瘦如柴。

ほねみ[骨身]〈名〉骨肉。全身。

ほねやすみ[骨休み]〈名・自サ〉休息。

ほのお[炎]〈名〉火炎。

ほのか[仄か]〈形動〉微弱。

ほのぐら・い[仄暗い]〈形〉昏暗。

ほのぼの[仄仄]〈副・自サ〉①模糊。隱約。②感到溫暖。

ほのめか・す[仄めかす]〈他五〉暗示。

ほばく[捕縛]〈名・他サ〉捕拿。

ほばしら[帆柱]〈名〉桅杆。

ほはば[歩幅]〈名〉步幅。

ぼひ[墓碑]〈名〉墓碑。

ポピュラー[popular]〈形動〉通俗的。大衆的。

ぼひょう[墓標]〈名〉墓碑。

ほふく[匍匐]〈名・自サ〉匍匐。

ポプラ[poplar]〈名〉白楊。

ポプリン[poplin]〈名〉府綢。

ほふ・る[屠る]〈他五〉①屠宰。②消滅。③打敗。

ほへい[歩兵]〈名〉步兵。

ほぼ[略]〈副〉大約。

ほぼ[保母]〈名〉保姆。

ほほえまし・い[微笑ましい]〈形〉令人微笑。使人欣慰。

ほほえ・む[微笑む]〈自五〉微笑。

ポマード[pomade]〈名〉髮蠟。

ほまれ[誉れ]〈名〉榮譽。光榮。

ほ・める[褒める]〈他下一〉誇獎。稱讚。

ほや[火屋]〈名〉玻璃燈罩。

ほや[海鞘]〈名〉(動)海鞘。

ぼや[小火]〈名〉小火災。

ぼやか・す[他五]→ぼかす。

ぼや・く〈自他五〉嘟囔。

ぼや・ける[自下一]模糊。

ほやほや[副]①[剛出鍋]熱乎乎。②剛剛。不久。

ぼやぼや[副・自サ]獣獃左。發獃。

ほゆう[保有]〈名・他サ〉保有。持有。

ほよう[保養]〈名・自サ〉休養。療養。

ほら[法螺]〈名〉①海螺。②吹牛皮。

ほら[感]喂,瞧。

ぼら[鰡]〈名〉鯔魚。

ホラーえいが[ホラー映画]〈名〉恐怖電影。

ほらあな[洞穴]〈名〉洞穴。

ほらがい[法螺]〈名〉海螺。

ほり[堀]〈名〉水渠。城壕。

ほり[彫り]〈名〉①雕刻。②輪廓。

ポリエステル[Polyester]〈名〉聚酯。

ポリエチレン[polyethylene]〈名〉聚乙烯。

ほりさ・げる[掘り下げる]〈他下一〉①深挖。②深入思考。

ポリシー[policy]〈名〉政策。方針。

ほりだしもの[掘出し物]〈名〉①偶然得到的珍品。②便宜貨。

ほりだ・す[掘り出す]〈他五〉①掘出。②找到。

ほりぬきいど[掘抜き井戸]〈名〉自流井。

ほりゅう[保留]〈名・他サ〉保留。

ほりゅう[蒲柳]〈名〉蒲柳。

ボリューム[volume]〈名〉①分量。體積。②音量。

ボリュームコントロール[volume control]〈名〉(收音機等)音量調節器。

ほりょ[捕虜]〈名〉俘虜。

ほりわり[掘割]〈名〉水渠。

ほ・る[彫る]〈他五〉雕。刻。

ほ・る[掘る]〈他五〉掘。挖。刨。

ぼ・る〈他五〉蔽竹槓。

ボルシェビキ[Bol'sheviki]〈名〉布爾什維克。

ボルト[bolt]〈名〉螺栓。

ボルト[volt]〈名〉(電)伏特。

ボルドーえき[ボルドー液]〈名〉波爾多液。

ホルマリン[Formalin]〈名〉福爾馬林。甲醛水。

ホルモン[hormone]〈名〉荷爾蒙。

ホルン[horn]〈名〉(樂)圓號。

ほれぼれ[惚れ惚れ]〈副・自サ〉出神。神往。

ほ・れる[惚れる]〈自下一〉看中。迷戀。

ほろ[幌]〈名〉車蓬。

ぼろ[襤褸]〈名〉①破爛。破布。破衣服。②破綻。

ぼろ・い〈形〉一本萬利。

ぼろくそ[襤褸糞]〈名・形動〉一錢不值。

ほろにが・い[ほろ苦い]〈形〉稍苦。

ほろ・びる[滅びる]〈自上一〉滅亡。

ほろぼ・す[滅ぼす]〈他五〉消滅。

ぼろぼろⅠ[形動]破破爛爛。破爛不堪。Ⅱ〈副〉撲簌撲簌(下落貌)。

ほろよい[ほろ酔い]〈名〉微醉。

ほろりと〈副・自サ〉①落淚貌。②感動貌。③微醉貌。

ぼろりと〈副〉脱落貌。

ホワイトハウス[White House]〈名〉(美國總統府)白宮。

ほん[本]〈名〉書。

-ほん[本]〈接尾〉根。支。棵。條。

ホン[phon]〈名〉(噪音單位)分貝。

ぼん[盆]〈名〉①托盤。②盂蘭盆會。

ほんあん[翻案]〈名・他サ〉改編(作品)。

ほんい[本位]〈名〉①(貨幣)本位。②中心。第一。爲主。

ほんい[本意]〈名〉本意。

ほんい[翻意]〈名・自サ〉改變主意。回心轉意。

ほんえい[本営]〈名〉大本營。

ほんかい[本懐]〈名〉本願。

ほんかく[本格]〈名〉正式。

ほんかん[本館]〈名〉主樓。

ほんき[本気]〈名・形動〉認真。正經。

ほんぎ[本義]〈名〉本義。

ほんぎまり[本決り]〈名〉正式決定。

ほんきゅう[本給]〈名〉基本工資。

ほんきょ[本拠]〈名〉根據地。大本營。

ほんぎょう[本業]〈名〉本行。本職。

ほんきょく[本局]〈名〉總局。

ぼんくら〈名・形動〉愚蠢。

ほんけ[本家]〈名〉①直系。本支。②總店。

ほんげつ[本月]〈名〉本月。

ほんけん[本件]〈名〉本案。該事。

ぼんご[梵語]〈名〉梵語。

ほんこう[本校]〈名〉①總校。②本校。我校。

ほんこく[翻刻]〈名・他サ〉翻印。

ほんごく[本国]〈名〉本國。

ほんごし[本腰]〈名〉認真幹。

ホンコン[香港]〈名〉香港。

ほんさい[本妻]〈名〉正妻。

ぼんさい[凡才]〈名〉庸才。

ぼんさい[盆栽]〈名〉盆景。

ほんざん[本山]〈名〉(佛)本山。

ほんし[本旨]〈名〉本旨。

ほんしき[本式]〈名〉正式。

ほんしつ[本質]〈名〉本質。

ほんじつ[本日]〈名〉本日。

ほんしゃ[本社]〈名〉①總公司。總行。②本公司。

ほんしょう[本性]〈名〉①本性。②知覺。理智。

ほんしょく[本職]〈名〉①本職。本行。②行家。

ほんしん[本心]〈名〉①本心。真心。②良心。

ぼんじん[凡人]〈名〉凡人。

ほんすじ[本筋]〈名〉正題。

ほんせい[本性]〈名〉本性。

ほんせき[本籍]〈名〉原籍。

ほんせん[本線]〈名〉幹綫。

ほんぜん[翻然]〈形動〉翻然。

ほんそう[奔走]〈名・自サ〉奔走。

ほんそく［本則］〈名〉總則。

ぼんぞく［凡俗］〈名〉凡人。

ほんぞん［本尊］〈名〉①主佛。②本人。

ほんたい［本体］〈名〉本體。

ほんたい［本隊］〈名〉①本隊。②主力軍。

ほんだい［本題］〈名〉本題。

ほんたて［本立］〈名〉書擋。

ほんだな［本棚］〈名〉書架。

ほんだわら［馬尾藻］〈名〉海蒿子。

ぼんち［盆地］〈名〉盆地。

ほんちょうし［本調子］〈名〉正常狀態。

ほんてん［本店］〈名〉①總店。總行。②本店。

ほんでん［本殿］〈名〉正殿。

ほんど［本土］〈名〉本土。

ぼんと〈副〉啪地一聲。

ポンド［pond］〈名〉①英鎊。②磅。

ほんとう［本当］〈名・形動〉真正。真實。

ほんとう［本島］〈名〉本島。

ほんどう［本堂］〈名〉正殿。

ほんにん［本人］〈名〉本人。

ほんね［本音］〈名〉真心話。

ボンネット［bonnet］〈名〉①（繋帶子的）女帽。②引擎蓋。

ほんねん［本年］〈名〉本年。

ほんの［本の］〈連体〉僅僅。一點點。

ほんのう［本能］〈名〉本能。

ぼんのう［煩悩］〈名〉煩惱。

ほんのり〈副・自サ〉微微。

ほんば［本場］〈名〉①原產地。②正宗。地道。

ほんばこ［本箱］〈名〉書箱。書櫃。

ほんばん［本番］〈名〉正式演出。

ほんぶ［本部］〈名〉總部。

ぼんぷ［凡夫］〈名〉凡夫俗子。

ポンプ［pomp］〈名〉泵。

ほんぶり［本降り］〈名〉（雨）下大。

ほんぶん［本分］〈名〉本分。

ほんぶん［本文］〈名〉正文。

ボンベ［Bombe］〈名〉彈狀儲氣瓶。

ほんぽう［本邦］〈名〉我國。

ほんぽう［奔放］〈名・形動〉奔放。

ぽんぽん〈副〉直言不諱。不客氣地。

ほんまつ［本末］〈名〉本末。

ほんみょう［本名］〈名〉本名。

ほんめい［本命］〈名〉可望獲勝者。

ほんもう［本望］〈名〉①夙願。②滿足。

ほんもの［本物］〈名〉真貨。

ほんもん［本文］〈名〉正文。

ほんや［本屋］〈名〉書店。

ほんやく［翻訳］〈名・他サ〉翻譯。

ぼんやり〈副・自サ〉①模糊。②發獃。沒留神。

ぼんよう［凡庸］〈名・形動〉平庸。

ほんらい［本来］〈副〉本來。

ほんりゅう［本流］〈名〉主流。

ほんりゅう［奔流］〈名〉奔流。急流。

ほんりょう［本領］〈名〉本領。

ほんるい［本塁］〈名〉（棒球）本壘。

ほんろう［翻弄］〈名・他サ〉擺弄。擺佈。

ほんろん［本論］〈名〉本論。正文。

ま　マ

ま[真]〈名〉真實。實在。

ま[間]〈名〉①間隔。②時間。工夫。③時機。④房間。⑤節拍。板眼。

ま[魔]〈名〉魔鬼。

まあ I〈感〉呀。II〈副〉①先。暫且。②還算。勉強。

マーガリン[margarine]〈名〉人造黃油。

マーク[mark]〈名・他サ〉①標記。記號。商標。②記錄。③町住。

マーケット[market]〈名〉商場。

マーケットアナリシス[market analysis]〈名〉市場分析。

マーケットプライス[market price]〈名〉市場價格。

マージャン[麻雀]〈名〉麻將。

マージン[margin]〈名〉佣金。

まあたらし・い[真新]〈形〉嶄新。

マーチ[march]〈名〉進行曲。

マーマレード[marmalade]〈名〉橘皮果醬。

マーメード[mermaid]〈名〉美人魚。

まい[舞]〈名〉舞。舞蹈。

まい[助動]①大概不。也許不。②不打算。

-まい[枚]〈接尾〉張。片。

まいあが・る[舞い上がる]〈自五〉飛舞。飛揚。

まいあさ[毎朝]〈名〉每天早晨。

まいかい[毎回]〈名〉每次。

まいきょ[枚挙]〈名・他サ〉枚舉。

マイク〈名〉麥克風。話筒。

マイクロ[micro]〈造語〉微。小型。

マイクロスコープ[microscope]〈名〉顯微鏡。

まいげつ[毎月]〈名〉每月。

まいご[迷子]〈名〉迷路。迷路的孩子。

まいごう[毎号]〈名〉每期。

まいこ・む[舞い込む]〈自五〉①飛入。飄進。②闖入。降臨。

まいじ[毎時]〈名〉每小時。

まいしゅう[毎週]〈名〉每週。

まいしん[邁進]〈名・自サ〉邁進。

まいせつ[埋設]〈名・他サ〉埋設。

まいそう[埋葬]〈名・他サ〉埋葬。

まいぞう[埋蔵]〈名・他サ〉埋藏、蘊藏。

まいちもんじ[真一文字]〈名〉一直。筆直。

まいつき[毎月]〈名〉每月。

まいど[毎度]〈名〉每次。

まいとし[毎年]〈名〉每年。

マイナス[minus] I〈名・他サ〉減。減號。負號。II〈名〉①負。負數。②陰極。③陰性。④虧損。損失。不利。

まいにち[毎日]〈名〉每天。

まいねん[毎年]〈名〉每年。

まいばん[毎晩]〈名〉每晚。

まいひめ[舞姫]〈名〉舞姬。女舞蹈演員。

まいびょう[毎秒]〈名〉每秒。

まいふん[毎分]〈名〉每分。

マイペース[my pace]〈名〉自己的方式。

まいぼつ[埋没]〈名・自サ〉埋沒。

まいもど・る[舞い戻る]〈自五〉返回。

まいゆう[毎夕]〈名〉每晚。

まい・る[参る]〈自五〉①〈謙語〉來。去。②參拜。③認輸。④受不了。⑤迷戀。⑥死。⑦衰源。

マイル[mile]〈名〉英里。哩。

ま・う[舞う]〈自五〉①舞蹈。②飄。飛舞。

まうえ[真上]〈名〉正上面。

まえ[前] I〈名〉①前。前面。②以前。II〈接尾〉相當於。

まえあし[前足]〈名〉前腿。前肢。

まえいわい[前祝]〈名・自サ〉預祝。

まえうり[前売り]〈名・他サ〉預售。

まえおき[前置き]〈名・他サ〉前言。開場白。

まえかがみ[前屈み]〈名〉彎腰。

まえがき[前書]〈名〉序言。前言。

まえかけ[前掛け]〈名〉圍裙。

まえがし[前貸し]〈名・他サ〉預付。

まえがみ[前髪]〈名〉劉海兒。

まえがり[前借り]〈名・他サ〉預支。

まえきん[前金]〈名〉預付款。

まえげいき[前景気]〈名〉事前的氣氛。

まえこうじょう[前口上]〈名〉開場白。

まえば[前歯]〈名〉門齒。

まえばらい[前払い]〈名・他サ〉預付。

まえぶれ[前触れ]〈名・他サ〉①預告。②預兆。

まえまえ[前前]〈名〉老早。

まえむき[前向き]〈名〉①朝前。②積極。

まえもって[前以て]〈副〉預先。事先。

まえわたし[前渡し]〈名・他サ〉預付。先交。

まおう[魔王]〈名〉魔王。

まおとこ[間男]〈名〉①姦夫。情夫。②(與姦夫)通姦。

まがい[紛い]〈名〉偽造。

まが・う[紛う]〈自五〉猶如。分辨不清。

マカオ[Macao]〈名〉澳門。

まがお[真顔]〈名〉嚴肅的面孔。一本正經的樣子。

まがし[間貸し]〈名・自他サ〉出租房間。

まか・す[負かす]〈他五〉打敗。

まかず[間数]〈名〉間數。

まか・せる[任せる]〈他下一〉①聽任。任憑。委託。託付。

まかない[賄い]〈名〉伙食。

まかな・う[賄う]〈他五〉①供給。②供給伙食。③維持。

まがり[間借り]〈名・自他サ〉租房間。

まがりかど[曲り角]〈名〉①拐角②轉折點。

まがりくね・る[曲りくねる]〈自五〉彎彎曲曲。

まかりとお・る[罷り通る]〈自五〉①通過。走過。②盛行。橫行。

まがりなりにも[曲りなりにも]〈連語〉勉勉強強。

まかりまちが・う[罷り間違う]〈自五〉稍有差錯。

まが・る[曲る]〈自五〉①彎。彎曲。②拐彎。③歪。④不正。歪邪。⑤乖僻。

マカロニ[maccheroni]〈名〉通心粉。

まき[巻]〈名〉捲。(書的)卷。

まき[薪]〈名〉木柴。

まきあ・げる[巻き上げる]〈他下一〉①捲起。②騙取。勒索。

まきえ[蒔絵]〈名〉泥金畫。描金畫。

まきおこ・す[巻き起す]〈他五〉掀起。引起。

まきがい[巻貝]〈名〉螺。

まきかえ・す[巻き返す]〈他五〉捲回。②挽回。反撃。

まきがみ[巻紙]〈名〉捲紙。

まきこ・む[巻き込む]〈他五〉捲入。

まきじた[巻舌]〈名〉捲舌。

まきじゃく[巻尺]〈名〉捲尺。

まきぞえ[巻添え]〈名〉連累。牽連。

まきた[真北]〈名〉正北。

まきタバコ[巻煙草]〈名〉①捲烟。②雪茄。

まきつ・く[巻き付く]〈自五〉纏繞。纏住。

まきとりし[巻取紙]〈名〉捲筒紙。

まきば[牧場]〈名〉牧場。

まきもの[巻物]〈名〉捲軸。

まぎら・す[紛らす]〈他五〉①掩飾。②排遣。

まぎらわし・い[紛らわしい]〈形〉易混淆。含糊。

-まぎれ[紛れ]〈接尾〉過分。

まぎれこ・む[紛れ込む]〈自五〉混進。混入。

まぎれもな・い[紛れもない]〈形〉確鑿。不容置疑。千真萬確。

まぎ・れる[紛れる]〈自下一〉①混入。②混淆。③排遣。④爲…所分心。

まぎわ[間際]〈名〉正要…之時。

ま・く[巻く]〈他五〉捲。纏。繞。擰。

ま・く[蒔く・播く]〈他五〉播種。

ま・く[撒く]〈他五〉①撒。散發。②甩掉。

まく[幕]〈名〉幕。帷幕。

まく[膜]〈名〉膜。

まくあい[幕間]〈名〉幕間。

まくあき[幕開き]〈名〉開幕。開場。

まくぎれ[幕切れ]〈名〉閉幕。收場。

まぐさ[秣]〈名〉乾草。

まくした・てる[捲し立てる]〈他下一〉滔滔不絶地説。

まぐち[間口]〈名〉①正面的寬度。②範圍。

マグニチュード[magnitude]〈名〉(地震)震級。

マグネシウム[magnesium]〈名〉鎂。

まくら[枕]〈名〉枕頭。

まくらぎ[枕木]〈名〉枕木。

まくらもと[枕許]〈名〉枕邊。

まく・る[捲る]Ⅰ〈他五〉捲。挽。Ⅱ〈接尾〉拼命地。激烈地。

まぐれ〈名〉僥倖。

まく・れる[捲れる]〈自下一〉捲起。

まぐろ[鮪]〈名〉金槍魚。

まくわうり[真桑瓜]〈名〉甜瓜。香瓜。

まけ[負]〈名〉負。敗。輸。

まげ[髷]〈名〉髮髻。

まけいくさ[敗戦]〈名〉敗仗。

まけおしみ[負け惜しみ]〈名〉不認輸。不服輸。

まけこ・す[負け越す]〈自五〉敗多勝少。

まけじだましい[負けじ魂]〈名〉頑強精神。

まけずおとらず[負けず劣らず]〈副〉不相上下。

まけずぎらい[負けず嫌い]〈名・形動〉好強。好勝。

まげて[枉げて]〈副〉務必。無論如何。

ま・ける[負ける]Ⅰ〈自下一〉①負。輸。敗。②屈服。③劣。次。亞。④寬恕。容忍。Ⅱ〈他下一〉讓價。②(賣東西時)多給。外添。

ま・げる[曲げる]〈他下一〉①弄彎。歪曲。

まけんき[負けん気]〈名〉好強。要強。好勝。

まご[孫]〈名〉孫子。外孫。

まご[馬子]〈名〉馬夫。

まごころ[真心]〈名〉真心。

まごつ・く〈自五〉着慌。張皇失措。

まごでし[孫弟子]〈名〉徒孫。

まこと[真]〈名〉①真實。真理。②誠心。

まことしやか[実しやか]〈形動〉煞有介事。像真的似的。

まことに[誠に]〈副〉真。實在。

まごびき[孫引き]〈名〉轉引。

まごまご〈副・自サ〉①手足無措。心慌意亂。②閑逛。③徘徊。④磨蹭。

まさか[真逆]〈副〉①決不。萬萬。難道。莫非。②萬一。

まさかり[鉞]〈名〉板斧。

まさき[柾]〈植〉扶芳籐。

まさぐ・る〈他五〉擺弄。

まさしく[正しく]〈副〉正是。

まさつ[摩擦]〈名・自他サ〉摩擦。

まさに[正に]〈副〉①真。正。正是。②正要。將要。

まざまざ〈副〉歷歷在目。

まさめ[柾目]〈名〉直木紋。

まさゆめ[正夢]〈名〉與事實吻合的夢。

まさ・る[勝る]〈自五〉勝過。優越。

まざ・る[交ざる・混ざる]〈自五〉→まじる。

まし[増し]Ⅰ〈名〉增加。Ⅱ〈形動〉好。強。勝於。

まじ・える[交える]〈他下一〉①夾雜。攙雜。②交叉。

ましかく[真四角]〈名〉正方形。

マジシャン[magician]〈名〉①魔術師。②術士。

ました[真下]〈名〉正下方。

マジック[magic]〈名〉魔術。戲法。

まして[況して]〈副〉何況。

まじない[呪い]〈名〉符咒。

まじまじ〈副〉直盯盯地。

まじめ[真面目]〈名・形動〉①真實。實在。②認真。誠實。

ましやく[間尺]〈名〉△~に合わない/不合算。劃不來。

ましゅ[魔手]〈名〉魔爪。

まじゅつ[魔術]〈名〉魔術。

まじょ[魔女]〈名〉魔女。女妖。

ましょう[魔性]〈名〉妖性。

-まじり[交じり・混じり]〈接尾〉夾雜。混雜。

まじりけ[混じり気]〈名〉夾雜物。攙雜物。

まじりもの[混じり物]〈名〉攙雜(物)。混

雜〔物〕。

まじ・る[交じる・混じる]〈自五〉混雜。夾雜。

まじろ・ぐ[瞬ぐ]〈自五〉眨眼。

まじわり[交わり]〈名〉交際。

まじわ・る[交わる]〈自五〉①相交。②交往。

マシン[machine]〈名〉①機器。②賽車。

ま・す[増す]〈自他五〉增加。

ます[升]〈名〉升。斗。

ます[鱒]〈名〉鱒魚。

まず[先ず]〈副〉①首先。②暫且。③大概。

まずい[麻醉]〈名〉麻醉。

まず・い[形]①不好吃。②不好。拙劣。③醜。④不合適。

マスク[mask]〈名〉①口罩。②面具。③容貌。

マスゲーム[mass game]〈名〉團體操。

マスコット[mascot]〈名〉吉祥物。

マスコミ〈名〉大規模宣傳。宣傳工具。

まずし・い[貧しい]〈形〉①貧窮。②貧乏。

マスター[master]Ⅰ〈名〉①船長。②老闆。③碩士。Ⅱ〈名・他サ〉掌握。精通。

マスターキー[master key]〈名〉萬能鑰匙。

マスト[mast]〈名〉桅杆。

ますます[益益]〈副〉越發。更加。

まずまず〈副〉總之。總算。還可以。

ますめ[枡目]〈名〉(用升、斗量的)分量。

まぜこぜ〈名〉混雜。攙雜。

まぜっかえ・す[混ぜっ返す]〈他五〉插科打諢。

ま・せる〈自下一〉老成。早熟。

ま・ぜる[交ぜる・混ぜる]〈他下一〉攙和。攪拌。

マゾヒズム[masochism]〈名〉受虐淫。性受虐狂。

まそん[磨損]〈名・自サ〉磨損。

また[又]Ⅰ〈名〉另。別。Ⅱ〈副〉①又。再。還。②也。

また[叉]〈名〉又。杈。叉。

また[股]〈名〉胯。胯下。

まだ[未だ]〈副〉還。尚。未。才。

まだい[真鯛]〈名〉真鯛。加級魚。

まだい[間代]〈名〉房租。

まいとこ[又従兄弟]〈名〉從堂兄弟。從堂姊妹。從表兄弟。從表姊妹。

またがし[又貸し]〈名〉轉借。

またがり[又借り]〈名〉轉借。

またが・る[跨る]〈自五〉跨。騎。

またぎき[又聞き]〈名・他サ〉間接聽到。

また・ぐ[跨ぐ]〈他五〉跨。

まだけ[真竹]〈名〉苦竹。

またしても[又しても]〈副〉又。再。

まだしも[未だしも]〈副〉還。

また・く[瞬く]〈自五〉①眨。②閃爍。

またたび〈名〉(植)木天蓼。葛棗。

またと[又と]〈副〉再(沒有)。

または[又は]〈接〉或者。

またまた[又又]〈副〉又。

マダム[madam]〈名〉①夫人。太太。②老闆娘。

またもや[又もや]〈副〉→またまた。

まだら[斑]〈名〉斑駁。花斑。

まだるっこ・い〈形〉緩慢。慢騰騰。

まだれ[麻垂]〈漢字〉广字旁。

まち[町]〈名〉①城市。城鎮。②街。

まち[襠]〈名〉①幫接的布。②衩襠。

まちあいしつ[待合室]〈名〉候診室。候車室。候船室。候機室。

まちあぐ・む[待ち倦む]〈自五〉等得不耐煩。

まちあわ・せる[待ち合せる]〈他下一〉相會。會面。

まちいしゃ[町医者]〈名〉開業醫生。

まちう・ける[待ち受ける]〈他下一〉等候。

まぢか[間近]〈名・形動〉臨近。靠近。

まちがい[間違い]〈名〉①錯誤。②事故。

まちが・う[間違う]〈自五〉錯。

まちが・える[間違える]〈他下一〉弄錯。

まちか・ねる[待ち兼ねる]〈他下一〉①等得不耐煩。②焦急地等待。

まちかま・える[待ち構える]〈他下一〉等候。等待。

まちこが・れる[待ち焦がれる]〈他下一〉

焦急地等待。

まちどおし・い[待ち遠しい]〈形〉盼望已久,望眼欲穿。

まちなか[町中]〈名〉街上。

まちなか[町並]〈名〉街道。

まちにまった[待ちに待った]〈連語〉等待已久。

マチネー[matinée]〈名〉(劇)日場。

まちのぞ・む[待ち望む]〈他五〉盼望。

まちはずれ[町外れ]〈名〉市郊。

まちぶ・せる[待ち伏せる]〈他下一〉埋伏。

まちぼうけ[待惚け]〈名〉白等。傻等。

まちまち[区区]〈名・形動〉各式各樣。形形色色。

まちわ・びる[待ち佗びる]〈他上一〉焦急地等待。

ま・つ[待つ]〈他五〉待。等。等待。

まつ[松]〈名〉松。

まつえい[末裔]〈名〉後裔。

まっか[真赤]〈名・形動〉①鮮紅。火紅。②純粹。完全。

まつかさ[松毬]〈名〉松球。

まっき[末期]〈名〉末期。

まっくら[真暗]〈名・形動〉漆黑。

まっくろ[真黒]〈名・形動〉烏黑。

まつげ[睫]〈名〉睫毛。

まつご[末期]〈名〉臨終。

まっこう[真向]〈名〉正面。

マッサージ[massage]〈名・他サ〉按摩。

まっさいちゅう[真最中]〈名〉正當中。最盛期。

まっさお[真青]〈名・形動〉①深藍。②蒼白。

まっさかさま[真逆様]〈形動〉倒栽蔥。

まっさき[真先]〈名〉最先。最前面。

まっさつ[抹殺]〈名・他サ〉①抹殺。②勾銷。去掉。

まっしぐら[副]猛。一個勁兒地。

マッシュポテト〈名〉土豆泥。

マッシュルーム[mushroom]〈名〉洋蘑菇。

まっしょう[末梢]〈名〉①末梢。②樹梢。③枝節。細節。

まっしょう[抹消]〈名・他サ〉抹掉。勾銷。

まっしょうじき[真正直]〈形動〉非常正直。

まっしょうめん[真正面]〈名〉正對面。

まっしろ[真白]〈名・形動〉雪白。

まっすぐ[真直ぐ]〈副・形動〉①筆直。②直接。③正直。老實。

まっせ[末世]〈名〉末世。

まっせき[末席]〈名〉末座。

まった[待った]〈連語〉①悔棋。②暫停。

まつだい[末代]〈名〉後世。

まつたけ[松茸]〈名〉松蘑。

まっただなか[真直中]〈名〉①正當中。②最高潮。

まったん[末端]〈名〉①末端。②基層。

マッチ[match] Ⅰ〈名〉①火柴。②比賽。Ⅱ〈名・自サ〉相稱。

マッチポイント[match point]〈名〉(網球、排球等比賽)決定勝負的最後一分。

まっちゃ[抹茶]〈名〉粉茶。

マット[mat]〈名〉墊子。

まっとう[真当]〈形動〉認真。正經。

まっとう・する[全うする]〈他サ〉完成。

マットレス[mattress]〈名〉床墊。褥墊。

まつば[松葉]〈名〉松葉。

マッハすう[マッハ数]〈名〉馬赫數。

まっぱだか[真裸]〈名〉全裸。

まつばづえ[松葉杖]〈名〉拐杖。

まつばぼたん[松葉牡丹]〈名〉大花馬齒莧。

まつび[末尾]〈名〉末尾。

まっぴら[真平]〈副〉絕對不幹。礙難從命。

まっぴるま[真昼間]〈名〉大白天。

まっぷたつ[真二つ]〈名〉正兩半。

まつむし[松虫]〈名〉(動)金琵琶。

まつやに[松脂]〈名〉松脂。

まつよう[末葉]〈名〉末葉。

まつり[祭り]〈名〉祭祀。祭典。節日。

まつりあ・げる[祭り上げる]〈他下一〉推崇。推舉。

まつりゅう[末流]〈名〉末流。後代。

まつ・る〈他五〉繚。鎖邊。

まつ・る〈祭る〉〈他五〉祭祀。

まつろ[末路]〈名〉末路。下場。

まつわ・る[纏わる]〈自五〉①纏繞。②糾纏。③關於。

まで Ⅰ[格助]到。至。Ⅱ[副助]①甚至。就連。②只有。

まてんろう[摩天楼]〈名〉摩天樓。

まと[的]〈名〉①靶子。②目標。

まど[窓]〈名〉窗。

まといつ・く[纒い付く]〈自五〉纏。繞繞。

まと・う[纏う]〈他五〉①纏。②穿。

まど・う[惑う]〈自五〉①困惑。迷惑。②迷戀。

まどお[間遠]〈形動〉①稀疏。②遠。

まどぐち[窓口]〈名〉窗口。

まとはずれ[的外れ]〈名・形動〉〈發言〉未中要害。

まとま・る[纏まる]〈自五〉①解決。談妥。②湊齊。集中。③統一。一致。④有條理。有系統。

まとめ[纏め]〈名〉①總結。歸納。整理。②調停。

まと・める[纏める]〈他下一〉①總結。歸納。整理。②彙集。湊齊。③統一。④解決。完成。

まとも〈名・形動〉①正面。②認真。正經。

まどり[間取り]〈名〉房間的配置。

まどろ・む〈自五〉打瞌睡。

まどわ・す[惑わす]〈他五〉迷惑。誘惑。

マドンナ[Madonna]〈名〉〈宗〉聖母。

マナー[manner]〈名〉①禮貌。禮節。②態度。舉止。③習慣。風習。④方法。

まないた[俎板]〈名〉菜板。

まなこ[眼]〈名〉眼珠。眼睛。

まなざし[眼差し]〈名〉眼光。

まなじり[眥]〈名〉眼角。

まなつ[真夏]〈名〉盛夏。

まなでし[愛弟子]〈名〉得意門生。

まな・ぶ[学ぶ]〈他五〉學習。

マニア[mania]〈名〉迷。

まにあ・う[間に合う]〈自五〉①來得及。趕得上。②頂用。夠用。

まにあわせ[間に合せ]〈名〉湊合。將就。

まにあわ・せる[間に合せる]〈自下一〉①湊合。將就。②使來得及。

マニキュア[manicure]〈名〉指甲油。

まにし[真西]〈名〉正西。

まにまに〈副〉随着。

まにんげん[真人間]〈名〉正派人。正直人。

マヌカン[mannequin]〈名〉①(陳列用)人體模型。②時裝模特兒。

まぬけ[間抜け]〈名・形動〉傻。傻瓜。愚蠢。

まね[真似]〈名・自サ〉①學。裝。模倣。②舉止。動作。

マネージャー[manager]〈名〉①經理。②幹事。

マネキン[mannequin]〈名〉時裝模特兒。

まね・く[招く]〈他五〉①招呼。②邀請。③招致。引起。

ま・ねる[真似る]〈他下一〉模仿。

まのあたり[目の当り]Ⅰ〈名〉眼前。Ⅱ〈副〉親眼。直接。

まのび[間延び]〈名・自サ〉①緩慢。鬆散。②癡獃。

まばたき[瞬き]〈名・自サ〉眨眼。

まばゆ・い[目映い]〈形〉耀眼。

まばら[疎ら]〈名・形動〉稀疏。

まひ[麻痺]〈名・自サ〉①麻痺。麻木。②癱瘓。

まひがし[真東]〈名〉正東。

まびき[間引き]〈名・他サ〉間苗。

まび・く[間引く]〈他五〉間苗。

まひる[真昼]〈名〉正午。大白天。

まぶか[目深]〈形動〉深戴(帽子)。

まぶし・い[眩しい]〈形〉耀眼。

まぶ・す[塗す]〈他五〉塗滿。撒滿。

まぶた[瞼]〈名〉眼皮。

まぶち[目縁]〈名〉眼眶。

まふゆ[真冬]〈名〉嚴冬。

マフラー[muffre]〈名〉①圍巾。②消音器。

まほう[魔法]〈名〉魔法。

まほうびん[魔法瓶]〈名〉熱水瓶。

マホガニー[mahogany]〈名〉(植)桃花心木。

マホメットきょう[マホメット教]〈名〉伊斯蘭教。

まぼろし[幻]〈名〉夢幻。幻影。

まま[儘]〈名〉①照舊。原封不動。②任憑。③隨心所欲。

まま[間間]〈副〉時常。

ママ[mama]〈名〉媽媽。

ままこ[繼子]〈名〉繼子。

ままごと[飯事]〈名〉(兒童)過家家玩。

ままちち[繼父]〈名〉繼父。

ままはは[繼母]〈名〉繼母。

ままよ[儘よ]〈感〉管他呢。

まみ・える[見える]〈自下一〉見面。相會。

まみず[真水]〈名〉淡水。

まみなみ[真南]〈名〉正南。

まみ・れる[塗れる]〈自下一〉渾身都是。

まむかい[真向い]〈名〉正對面。正對過。

まむし[蝮]〈名〉蝮蛇。

まめ[豆]Ⅰ〈名〉豆。Ⅱ〈接頭〉小型。

まめ[肉刺]〈名〉水泡。

まめ[忠実]〈名・形動〉①勤快。勤懇。②健康。

まめかす[豆粕]〈名〉豆餅。

まめがら[豆幹]〈名〉豆秸。

まめたん[豆炭]〈名〉煤球。

まめつ[磨滅]〈名・自サ〉磨滅。磨損。

まめつぶ[豆粒]〈名〉豆粒。

まめまめし・い[形]勤快。勤懇。

まもなく[間も無く]〈副〉不久。一會兒。

まもの[魔物]〈名〉妖魔。

まもり[守り]〈名〉①防守。②護身符。

まも・る[守る]〈他五〉①遵守。②防守。

まやかし〈名〉①欺騙。②偽造。

まやく[麻薬]〈名〉麻薬。

まゆ[眉]〈名〉眉毛。

まゆ[繭]〈名〉繭。

まゆげ[眉毛]〈名〉眉毛。

まゆずみ[眉墨]〈名〉眉墨。眉筆。

まゆつばもの[眉唾物]〈名〉可疑。

まよい[迷い]〈名〉①迷惑。②幻覺。

まよ・う[迷う]〈自五〉①迷失。②迷戀。③猶豫。

まよけ[魔除]〈名〉避邪。

まよこ[真横]〈名〉正側面。

まよなか[真夜中]〈名〉半夜。

マヨネーズ[mayonaise]〈名〉蛋黄醬。

まよわ・す[迷わす]〈他五〉迷惑。蠱惑。

マラソン[Marathon]〈名〉馬拉松。

マラリア[Malaria]〈名〉瘧疾。

まり[毬]〈名〉球。

まりょく[魔力]〈名〉魔力。

まる[丸]〈名〉①圈兒。②句號。③整個兒。

まる・い[丸い・円い]〈形〉①圓的。②圓滿。③圓通。

まるがお[丸顔]〈名〉圓臉。

まるがかえ[丸抱え]〈名〉負擔全部費用。

まるき[丸木]〈名〉原木。獨木。

マルク[Mark]〈名〉馬克。

マルクスしゅぎ[マルクス主義]〈名〉馬克思主義。

マルクス‐レーニンしゅぎ[マルクス‐レーニン主義]〈名〉馬克思列寧主義。

まるくび[丸首]〈名〉圓領。

まるごと[丸ごと]〈副〉整個兒。

マルサスしゅぎ[マルサス主義]〈名〉馬爾薩斯主義。

まるぞん[丸損]〈名〉全賠。賠光。

まるた[丸太]〈名〉圓木。

まるだし[丸出し]〈名・他サ〉全部露出。完全暴露。

まるっきり〈副〉完全。全然。

まるつぶれ[丸潰れ]〈名〉①全垮。②(臉面)丟盡。③完全浪費。

まるで[丸で]〈副〉好像。完全。

まるてんじょう[丸天井]〈名〉①圓屋頂。②天空。

まるのみ[丸呑み]〈名・他サ〉整呑。囫圇呑。

まるはだか[丸裸]〈名〉①一絲不掛。②一無所有。

まるぼうず[丸坊主]〈名〉光頭。

まるぼし[丸干]〈名〉整個曬乾(的東西)。

まるぽちゃ[丸ぽちゃ]〈名・形動〉胖乎乎

的可愛的圓臉。

まるま・る[丸まる]〈自五〉蜷曲。蜷曲。

まるまる[丸丸]〈副〉①全部。②胖乎乎。

まるみ[丸み]〈名〉圓形。

まるみえ[丸見え]〈名〉完全看得見。

まるめこ・む[丸め込む]〈他五〉①揉成團塞入。②拉攏。籠絡。

まる・める[丸める]〈他下一〉①揉成團。②拉攏。籠絡。

まるもうけ[丸儲け]〈名・他サ〉全部賺下。

まるやき[丸焼き]〈名〉整烤。

まるやけ[丸焼け]〈名〉燒光。

まれ[稀]〈形動〉稀。稀少。

マロニエ[marronnier]〈名〉七葉樹

まろやか[円やか]〈形動〉圓圓的。

まわしもの[回し者]〈名〉間諜。

まわ・す[回す]〈他五〉①轉。②圍上。③傳遞。④派遣。⑤做得周到。

まわた[真綿]〈名〉絲綿。

まわり[回り・周り]〈名〉①旋轉。②周圍。③〈年齡差〉輪。④〈大小差〉圈。

まわりあわせ[回り合せ]〈名〉運氣。

まわりくど・い[回りくどい]〈形〉拐彎抹角。

まわりどうろう[回り灯籠]〈名〉走馬燈。

まわりぶたい[回り舞台]〈名〉轉台。

まわりみち[回り道]〈名〉繞道。

まわりもち[回り持ち]〈名〉輪流。

まわ・る[回る]〈自五〉①旋轉。②繞。③傳遞。④輪流。⑤發作。⑥靈活。⑦轉移。調轉。

まん[万]〈名〉萬。

まん[満]〈名〉滿。

まんいち[万一]〈名・副〉萬一。

まんいん[満員]〈名〉客滿。

まんえつ[満悦]〈名・自サ〉滿心歡喜。

まんえん[蔓延]〈名・自サ〉蔓延。

まんが[漫画]〈名〉漫畫。

まんかい[満開]〈名・自サ〉盛開。

まんがん[満願]〈名〉〈佛〉結願。

マンガン[mangan]〈名〉錳。

まんき[満期]〈名〉滿期。

まんきつ[満喫]〈名・他サ〉①飽餐。②飽嘗。

マングース[mangooss]〈名〉獴。

まんげきょう[万華鏡]〈名〉萬華筒。

まんげつ[満月]〈名〉滿月。

まんげん[万言]〈名〉萬言。

まんこう[満腔]〈名〉滿腔。

マンゴー[mango]〈名〉芒果。

まんざ[満座]〈名〉滿座。

まんさい[満載]〈名・他サ〉滿載。

まんざい[漫才]〈名〉相聲。

まんざら[満更]〈副〉並非完全。並不一定。

まんざん[満山]〈名〉滿山。

まんじ[卍]〈名〉卍字。

まんじどもえ[卍巴]〈副〉縱橫交錯。紛紛。

まんじゅう[饅頭]〈名〉豆沙饅頭。

まんじゅしゃげ[曼珠沙華]〈名〉石蒜。

まんじょう[満場]〈名〉全場。

マンション[mansion]〈名〉〈中,高層〉高級公寓。

まんじりと〈副〉合眼,睡覺。

まんしん[満身]〈名〉滿身。

まんしん[慢心]〈名・自サ〉自滿。驕傲。

まんすい[満水]〈名・自サ〉水滿。

まんせい[慢性]〈名〉慢性。

まんぜん[漫然]〈形動〉漫無目的。漫不經心。

まんぞく[満足]Ⅰ〈形動〉圓滿。Ⅱ〈名・自サ〉滿足。

まんだん[漫談]〈名〉單口相聲。

まんちょう[満潮]〈名〉滿潮。

まんてん[満天]〈名〉滿天。

まんてん[満点]〈名〉①滿分。②最好。

まんてんか[満天下]〈名〉滿天下。

マント[manteau]〈名〉斗篷。

マンドリン[mandoline]〈名〉曼陀鈴。

まんなか[真中]〈名〉正當中。正中間。

マンネリズム[mannerism]〈名〉千篇一律。老一套。

まんねん[万年]〈造語〉萬年。永久。

まんねんひつ[万年筆]〈名〉自來水筆。鋼筆。

まんねんれい[満年齢]〈名〉周歲。

まんびき[万引]〈名・他サ〉扒竊。

まんびょう[万病]〈名〉百病。

まんぷく[満腹]〈名・形動・自サ〉吃飽。

まんべんなく[満遍なく]〈副〉到處。普遍。平均。

まんぽ[漫歩]〈名・自サ〉漫步。

まんぼう[翻車魚]〈名〉翻車魚。

マンホール[manhole]〈名〉人孔。昇降口。工作口。

まんまえ[真前]〈名〉正前方。

まんまく[幔幕]〈名〉帷幕。

まんまと〈副〉巧妙。完全。徹底。

まんまる[真丸]〈名・形動〉滴溜圓。

まんまん[満満]〈形動〉滿滿。

まんめん[満面]〈名〉滿面。

マンモス[mammoth]〈名〉①猛獁。②巨大。

まんゆう[漫遊]〈名・自サ〉漫遊。

まんりき[万力]〈名〉老虎鉗。

まんりょう[満了]〈名・自サ〉期滿。

まんるい[満塁]〈名〉(棒球)滿壘。

み・ミ

み[巳]〈名〉(地支)巳。

み[身]〈名〉①身體。②身分。③自身。④精神。⑤肉。⑥刀身。⑦(容器的)器體。

み[実]〈名〉①種子。果實。②内容。③(湯裏的)菜。

み[箕]〈名〉簸箕。

みあい[見合]〈名〉相親。

みあ・う[見合う]〈自五〉均衡。相抵。

みあ・きる[見飽きる]〈自上一〉看膩。

みあ・げる[見上げる]〈他下一〉仰望。

みあた・る[見当たる]〈自五〉找到。發現。

みあやま・る[見誤る]〈他五〉看錯。

みあわ・せる[見合わせる]〈他下一〉①相看。②比較。對照。③暫停。

みいだ・す[見出す]〈他五〉找到。發現。

ミイラ[木乃伊]〈名〉木乃伊。

みいり[実入り]〈名〉①結實。②收入。

みい・る[見入る]〈自他五〉①注視。②看得出神。

みい・る[魅入る]〈自五〉附體。被…迷住。

みうけ[身請け]〈名〉贖身。

みう・ける[見受ける]〈他下一〉①看到。②看來。

みうごき[身動き]〈名〉轉動身體。

みうしな・う[見失う]〈他五〉迷失。看丢。

みうち[身内]〈名〉①全身。渾身。②親戚。③自家人。

みうり[身売り]〈名・自サ〉賣身。

みえ[見栄]〈名〉①外表。外貌。②亮相。

みえがくれ[見え隠れ]〈名・自サ〉忽隱忽現。

みえす・く[見え透く]〈自五〉看透。看穿。

みえっぱり[見栄っ張り]〈名〉→みえぼう。

みえぼう[見栄坊]〈名〉愛虚榮的人。

み・える[見える]〈自下一〉①看得見。能看見。②好像。似乎。③(敬)來。光臨。

みおくり[見送り]〈名・他サ〉①送行。②靜觀。等待好機會。

みおく・る[見送る]〈他五〉①送行。②目送。②放過(等待下次好機會)。

みおさめ[見納め]〈名〉看最後一眼。

みおと・す[見落とす]〈他五〉看漏。

みおとり[見劣り]〈名・自サ〉遜色。相形見絀。

みおぼえ[見覚え]〈名〉彷彿見過。眼熟。

みおも[身重]〈名〉懷孕。

みおろ・す[見下ろす]〈他五〉俯視。

みかい[未開]〈名〉①未開化。②未開墾。

みかいけつ[未解決]〈名〉未解決。

みかいたく[未開拓]〈名〉未開墾。未開闢。

みかいはつ[未開発]〈名〉未開發。

みかえし[見返し]〈名〉①回顧。②(書的)環襯。

みかえ・す[見返す]〈他五〉①重看。②回頭看。③回顧。④還眼。⑤給個顏色看看。

みかえり[見返り]〈名〉抵押。

みがき[磨き]〈名〉①磨光。②磨練。

みがきこ[磨粉]〈名〉去污粉。研磨粉。

みかぎ・る[見限る]〈他五〉①放棄。斷念。②抛棄。不理睬。

みかく[味覚]〈名〉味覺。

みが・く[磨く]〈他五〉①磨。擦。刷。②練。

みかけ[見掛け]〈名〉外觀。

みか・ける[見掛ける]〈他下一〉看到。看見。

みかた[見方]〈名〉看法。

みかた[味方]Ⅰ〈名〉我方。夥伴。Ⅱ〈自サ〉幫助。支持。袒護。

みかづき[三日月]〈名〉月牙。

みがって[身勝手]〈名・形動〉自私。任性。

みか・ねる[見兼ねる]〈他下一〉看不下去。

みがま・える[身構える]〈自下一〉擺出架式。

みがら[身柄]〈名〉①身體。②身份。

みがる[身軽]〈名・形動〉①身體輕。②輕鬆。靈活。

みかわ・す[見交す]〈他五〉相互看。

みがわり[身代り]〈名〉替身。

みかん[未完]〈名〉未完。

みかん[蜜柑]〈名〉橘子。

みかんせい[未完成]〈名・形動〉未完成。

みき[幹]〈名〉樹幹。

みぎ[右]〈名〉①右。②右側。③右傾。④上文。

みぎうで[右腕]〈名〉①右臂。②左右手。

みきき[見聞き]〈名・他サ〉見聞。所見所聞。

ミキサー[mixer]〈名〉①攪拌機。②攪果汁器。

みぎて[右手]〈名〉①右手。②右邊。

みきり[見切り]〈名〉絶望。

みぎり[砌]〈名〉時節。

みきりひん[見切り品]〈名〉處理品。

みき・る[見切る]〈他五〉①看完。②斷念。放棄。

みぎれい[身奇麗]〈形動〉衣着整潔。

みぎわ[汀]〈名〉水邊。

みきわ・める[見極める]〈他下一〉看清。

みくだ・す[見下す]〈他五〉瞧不起。

みくだりはん[三行半]〈名〉休書。

みくび・る[見縊る]〈他五〉①輕視。小看。

みぐるし・い[見苦しい]〈形〉①骯髒。不整齊。②丟臉。不體面。

みぐるみ[身ぐるみ]〈名〉(身上穿的)全部衣着。

ミクロ[Mikro]〈名〉微。微小。微觀。

ミクロン[micron]〈名〉微米。

みけいけん[未経験]〈名・形動〉未經驗過。

みけつ[未決]〈名〉未決。

みけねこ[三毛猫]〈名〉花貓。

みけん[未見]〈名〉未見。

みけん[眉間]〈名〉眉頭。

みこ[巫女]〈名〉巫婆。

みこし[神輿]〈名〉祭祀時人們抬着遊行的神轎。

みごしらえ[身拵え]〈名・自サ〉裝束。打扮。

みこ・す[見越す]〈他五〉預料。預測。

みごたえ[見応え]〈名〉有看頭。值得看。

みごと[見事]〈名・形動〉①漂亮。②精彩。③完全。

みごなし[身ごなし]〈名〉舉止。動作。態度。

みこみ[見込]〈名〉①希望。②估計。預料。

みこ・む[見込む]〈他五〉①期待。相信。②估計。預料。③盯住。

みごも・る[身籠る]〈自五〉懷孕。

みごろ[見頃]〈名〉正是觀賞的時候。

みごろし[見殺し]〈名〉見死不救。

みこん[未婚]〈名〉未婚。

ミサ[弥撒]〈名〉彌撒。

みさい[未済]〈名〉未做完。②未還清。

ミサイル[missile]〈名〉導彈。

みさお[操]〈名〉①節操。②貞節。

みさかい[見境]〈名〉區別。

みさき[岬]〈名〉海岬。

みさ・げる[見下げる]〈他下一〉瞧不起。

みさだ・める[見定める]〈他下一〉看準。

みじか・い[短い]〈形〉短。

みじかめ[短め]〈名・形動〉短些。

みじたく[身支度]〈名〉裝束。打扮。

みしみし[副]咯吱咯吱。

みじめ[惨め]〈名・形動〉悲慘。

みしゅう[未収]〈名〉未收。

みじゅく[未熟]〈名・形動〉①未熟。②不熟練。

みしょう[未詳]〈名〉不詳。

みしょう[実生]〈名〉實生。

みし・る[見知る]〈他五〉認識。

みじろぎ[身動き]〈名〉身體動彈。

ミシン[machine]〈名〉縫紉機。

みじん[微塵]〈名〉①粉碎。②絲毫。

ミス[miss]〈名・自サ〉錯誤。失誤。

ミス[Miss]〈名〉小姐。

みず[水]〈名〉水。

みずあか[水垢]〈名〉水垢。

みずあげ[水揚げ]〈名・他サ〉①卸貨。②漁獲量。③收入。④(妓女)初次接客。

みずあそび[水遊び]〈名・自サ〉玩水。戲水。

みずあび[水浴び]〈名・自サ〉①淋浴。②游泳。

みずあめ[水飴]〈名〉糖稀。

みすい[未遂]〈名〉未遂。

みずいらず[水入らず]〈名〉全是自家人。

みずいろ[水色]〈名〉淺藍色。

みずうみ[湖]〈名〉湖。

みす・える[見据える]〈他下一〉①盯住。②看準。

みずおけ[水桶]〈名〉水桶。

みずおち[鳩尾]〈名〉心口窩。

みずかがみ[水鏡]〈名〉用水面作鏡子。

みずかき[水掻き・蹼]〈名〉蹼。

みずかけろん[水掛け論]〈名〉無休止的爭論。

みずかさ[水嵩]〈名〉水量。

みすか・す[見透かす]〈他五〉看穿。看透。

みずがめ[水瓶]〈名〉水缸。

みずから[自ら]Ⅰ〈名〉自己。Ⅱ〈副〉親自。

みずぎ[水着]〈名〉游泳衣。

みずきり[水切り]〈名・自サ〉①除去水分。②打水漂。

みずぎわ[水際]〈名〉水邊。

みずぎわだ・つ[水際立つ]〈自五〉絕妙。高超。

みずくさ[水草]〈名〉水草。

みずくさ・い[水臭い]〈形〉見外。外道。

みずぐすり[水薬]〈名〉藥水。

みずけ[水気]〈名〉水分。

みずけむり[水煙]〈名〉水霧。水花。

みすご・す[見過す]〈他五〉①看漏。沒看到。②饒恕。

みずさいばい[水栽培]〈名〉水養法。

みずさきあんない[水先案内]〈名〉領航(員)。引水(員)。

みずさし[水差]〈名〉水罐。水壺。水瓶。

みずしごと[水仕事]〈名〉洗刷工作。

みずしょうばい[水商売]〈名〉檻客買賣。

みずしらず[見ず知らず]〈名〉素不相識。

みずすまし[水澄し]〈名〉(動)豉蟲。

みずぜめ[水攻め]〈名〉水攻。

みずぜめ[水責め]〈名〉水刑。

みずたま[水玉]〈名〉水珠。

みずたまり[水溜り]〈名〉水坑。

みずっぱな[水っ洟]〈名〉清鼻涕。

みずっぽ・い[水っぽい]〈形〉水分多。味淡。

みずでっぽう[水鉄砲]〈名〉水槍。

ミステリー[mystery]〈名〉①神秘。奇妙。②推理小說。

みす・てる[見捨てる]〈他五〉拋棄。

みずとり[水鳥]〈名〉水鳥。

みずのあわ[水の泡]〈名〉泡影。

みずはけ[水捌け]〈名〉排水。

みずばしら[水柱]〈名〉水柱。

みずびたし[水浸し]〈名〉浸水。

みずぶくれ[水脹れ]〈名〉水疱。

ミスプリント[misprint]〈名〉印刷錯誤。

みずぼうそう[水疱疮]〈名〉水痘。

みすぼらし・い[見す]〈形〉寒磣。寒酸。

みずまき[水撒き]〈名〉灑水。

みずまくら[水枕]〈名〉冷水枕。

みずまし[水増し]〈名・自他サ〉①攙水。②浮誇。虛報。

みすま・す[見澄ます]〈他五〉看準。

みすみす[見す見す]〈副〉眼睜睜。

みずみずし・い[水水しい]〈形〉水靈。

みずむし[水虫]〈名〉腳癬。腳氣。

みずもの[水物]〈名〉沒準。難測。

み・する[魅する]〈他サ〉吸引。迷惑。

みずわり[水割り]〈名・他サ〉攙水。兌水。

みせ[店]〈名〉商店。店鋪。

みせいねん[未成年]〈名〉未成年。

みせかけ[見せ掛け]〈名〉①外觀。外表。②虛假。

みせか・ける[見せ掛ける]〈他下一〉假裝。

みせがまえ[店構え]〈名〉店面。

みせさき[店先]〈名〉店前。

みせじまい[為仕舞]〈名・自サ〉①閉店。②倒閉。

みせしめ[見せしめ]〈名〉懲戒。

みせつ・ける[見せ付ける]〈他下一〉顯示。

みぜに[身銭]〈名〉自己的錢。

みせば[見せ場]〈名〉最精彩場面。

みせばん[店番]〈名〉照看店鋪。站櫃台。

みせびらか・す[見せびらかす]〈他五〉顯

示。誇耀。

みせびらき[店開き]〈名・自サ〉開張。

みせもの[見世物]〈名〉雜技。雜耍。

み・せる[見せる]Ⅰ〈他下一〉給看。讓看。Ⅱ〈補動〉①給別人看。②決心…。

みぜん[未然]〈名〉未然。

みそ[味噌]〈名〉豆醬。

みぞ[溝]〈名〉水溝。

みぞう[未曾有]〈名・形動〉空前。未曾有。

みぞおち[鳩尾]〈名〉心口窩。

みそか[晦日]〈名〉每月最後一天。

みそこな・う[見損なう]〈他五〉①看錯。②(錯過機會)没看到。

みそさざい[鷦鷯]〈名〉鷦鷯。

みそっかす[味噌っ滓]〈名〉①醬糟。②小毛孩子。

みそっぱ[味噌っ歯]〈名〉黑牙。

みそ・める[見初める]〈他下一〉初次見面。一見鍾情。

みそら[身空]〈名〉身份。處境。

みぞれ[霙]〈名〉雨夾雪。

-みたい[助動]像。似的。

みだし[見出し]〈名〉標題。

みだしなみ[身嗜み]〈名〉①儀容。②禮貌。教養。

みた・す[満たす]〈他五〉①弄滿。②滿足。

みだ・す[乱す]〈他五〉弄亂。擾亂。

みたて[見立て]〈名〉①診斷。②挑選。

みた・てる[見立てる]〈他下一〉①診斷。②挑選。③比作。

みたな・い[満たない]〈形〉不滿。不足。

みため[見た目]〈名〉外表。看起來。

みだら[淫ら]〈形動〉淫穢。淫亂。

みだり[妄り]〈形動〉胡亂。擅自。隨便。

みだ・れる[乱れる]〈自下一〉亂。

みち[道]〈名〉①道路。②途中。③路程。④道理。道義。⑤方面。⑥途徑。

みち[未知]〈名〉未知。

みちあんない[道案内]〈名〉嚮導。

みぢか[身近]〈名・形動〉①身邊。②切身。

みちが・える[見違える]〈他下一〉看錯。

みちかけ[満ち欠け]〈名・自サ〉盈虧。

みちくさ[道草]〈名〉△～を食う/路上閑

みちしお[満潮]〈名〉滿潮。

みちじゅん[道順]〈名〉路徑。

みちしるべ[道標]〈名〉路標。

みちすがら[道すがら]〈副〉一路上。

みちすじ[道筋]〈名〉路徑。

みちづれ[道連れ]〈名〉旅伴。

みちのり[道程]〈名〉路程。

みちばた[道端]〈名〉路旁。

みちひ[満干]〈名〉(潮水)漲落。

みちび・く[導く]〈他五〉引導。指導。

みちぶしん[道普請]〈名〉修路。

みちみち[道道]〈副〉→みちすがら。

み・ちる[満ちる]〈自上一〉①充滿。②(月)圓。

みつ[密]〈名・形動〉①稠密。②親密。③秘密。

みつ[蜜]〈名〉蜜。蜂蜜。

みっか[三日]〈名〉①三日。三號。②三天。

みっかい[密会]〈名・自サ〉密會。幽會。

みつか・る[見付かる]〈自五〉找到。發現。

みつぎ[密議]〈名・自サ〉密商。密談。

みつぎもの[貢物]〈名〉貢品。

みっきょう[密教]〈名〉密教。

みつ・ぐ[貢ぐ]〈他五〉①納貢。②供養。

ミックス[mix]〈名・他サ〉混合。

みつくち[兎唇]〈名〉兔唇。

みづくろい[身繕い]〈名・自サ〉打扮。整裝。

みつくろ・う[見繕う]〈他五〉酌情備置。

みっけい[密計]〈名〉密謀。

みつげつ[蜜月]〈名〉蜜月。

みつ・ける[見付ける]〈他下一〉①找到。發現。②看慣。

みつご[三子]〈名〉①一胎三子。②三歲小孩。

みっこう[密航]〈名・自サ〉偷渡。

みっこく[密告]〈名・他サ〉密告。檢舉。

みっし[密使]〈名〉密使。

みっしつ[密室]〈名〉密室。

みっしゅう[密集]〈名・自サ〉密集。

みっしょ[密書]〈名〉密函。

ミッション スクール[mission school]

〈名〉教會學校。

みっしり〈副〉①滿滿。密密麻麻。②嚴格。充分。

みっせい[密生]〈名・自サ〉茂密。

みっせつ[密接]〈形動〉密切。

みつぞう[密造]〈名・他サ〉秘密製造。

みつぞろい[三揃い]〈名〉三件一套(的西裝)。

みつだん[密談]〈名・自サ〉密談。

みっちゃく[密着]〈名・自サ〉緊密結合。

みっちり〈副〉→みっしり。

みっつう[密通]〈名・自サ〉私通。

みってい[密偵]〈名〉密探。

ミット[mitt]〈名〉合指手套。

みつど[密度]〈名〉密度。

みつどもえ[三つ巴]〈名〉三方爭奪。

みっともな・い[形]丟人。難看。不像樣子。

みつば[三葉]〈名〉(植)鴨兒芹。

みつばい[密売]〈名・他サ〉私賣。

みつばち[蜜蜂]〈名〉蜜蜂。

みっぷう[密封]〈名・他サ〉密封。

みっぺい[密閉]〈名・他サ〉密閉。封閉。

みつぼうえき[密貿易]〈名〉走私。

みつまた[三又]〈名〉三叉。

みつ・める[見詰める]〈他下一〉盯住。凝視。

みつもり[見積り]〈名・他サ〉估計。

みつも・る[見積る]〈他五〉估計。

みつゆ[密輸]〈名・他サ〉走私。

みつりょう[密漁]〈名・他サ〉違禁捕魚。

みつりょう[密獵]〈名・他サ〉違禁打獵。

みつりん[密林]〈名〉密林。

みてい[未定]〈名・形動〉未定。

みていこう[未定稿]〈名〉未定稿。

みてくれ[見て呉れ]〈名〉外表。

みてと・る[見て取る]〈他五〉看清。看破。

みとう[未到]〈名〉未到。

みとう[未踏]〈名〉未到。

みとおし[見通し]〈名〉①遠望。②預測。預料。

みとお・す[見通す]〈他五〉①遠望。②預

測。③看穿。

みとが・める[見咎める]〈他下一〉盤問。

みどく[味読]〈名・他サ〉細讀。精讀。

みどころ[見所]〈名〉①精彩處。②前途。出息。

みとど・ける[見届ける]〈他下一〉看到。看準。

みと・める[認める]〈他下一〉①看到。看見。②斷定。認爲。③承認。④賞識。

みどり[緑]〈名〉綠色。

みとりず[見取図]〈名〉草圖。

みと・る[看取る]〈他五〉看護。護理。

ミドルきゅう[ミドル級]〈名〉中量級。

みと・れる[見蕩れる]〈自下一〉看得入迷。

みな[皆]〈名〉①大家。各位。②皆。全。都。

みなお・す[見直す]〈他五〉①重看。②重新估價。

みなぎ・る[漲る]〈自五〉①漲滿。②充滿。

みなげ[身投げ]〈名・自サ〉投水。跳樓。

みなごろし[皆殺し]〈名〉殺光。

みなし・ご[孤兒]〈名〉孤兒。

みな・す[見做す]〈他五〉視爲。

みなと[港]〈名〉港。港口。

みなみ[南]〈名〉南。

みなもと[源]〈名〉①水源。②起源。

みならい[見習い]〈名〉見習。學徒。

みなら・う[見習う]〈他五〉①學習。②模倣。

みなり[身形]〈名〉穿着。

みな・れる[見慣れる]〈自下一〉看慣。

ミニカー[minicar]〈名〉微型汽車。汽車模型。

みにく・い[醜い]〈形〉醜。

ミニスカート[miniskirt]〈名〉超短裙。迷你裙。

みぬ・く[見抜く]〈他五〉看穿。看透。

みね[峰]〈名〉峰。

ミネラルウオター[mineral water]〈名〉礦泉水。

みの[蓑]〈名〉蓑衣。

みのう[未納]〈名〉未交。

みのうえ[身の上]〈名〉身世。境遇。命運。

みのが・す[見逃す]〈他五〉①看漏。放過。②饒恕。

みのけ[身の毛]〈名〉汗毛。

みのしろきん[身の代金]〈名〉贖金。

みのたけ[身の丈]〈名〉身高。

みのほど[身の程]〈名〉身份。

みのまわり[身の回り]〈名〉身邊。

みのむし[蓑虫]〈名〉結草蟲。蓑蛾。

みのり[実り]〈名〉①結果實。收成。②成果。

みの・る[実る]〈自五〉①成熟。結果。②有成果。

みば[見場]〈名〉外表。

みばえ[見栄え]〈名〉美觀。

みはか・う[見計らう]〈他五〉①斟酌。②估計。

みはてぬ[見果てぬ]〈連体〉未能實現。

みはな・す[見離す]〈他五〉拋棄。

みはらい[未払い]〈名〉未付。

みはら・す[見晴らす]〈他五〉眺望。

みはり[見張り]〈名〉看守。值班。站崗。

みは・る[見張る]〈他五〉①目瞪口獃。②看守。監視。

みびいき[身晶屓]〈名・他サ〉袒護。

みひとつ[身一つ]〈名〉獨自一人。

みひらき[見開き]〈名〉雙聯頁。

みぶり[身振り]〈名〉姿勢。

みぶる・い[身震い]〈名・自サ〉發抖。打顫。

みぶん[身分]〈名〉身份。

みぼうじん[未亡人]〈名〉寡婦。

みほん[見本]〈名〉樣品。樣本。

みまい[見舞]〈名〉慰問。

みま・う[見舞う]〈他五〉①探望。慰問。②遭受(不幸)。

みまが・う[見紛う]〈他五〉看錯。錯看成。

みまも・る[見守る]〈他五〉①看守。照料。②注視。

みまわ・す[見回す]〈他五〉環視。

みまわ・る[見回る]〈他五〉①巡邏。巡視。②遊覽。

みまん[未満]〈名〉未滿。不足。

みみ[耳]〈名〉①耳朵。②邊。緣。③(器物的)提手。

みみあか[耳垢]〈名〉耳垢。

みみあたらし・い[耳新しい]〈形〉初次聽説。

みみうち[耳打ち]〈名・自サ〉耳語。

みみかき[耳掻き]〈名〉耳挖子。

みみがくもん[耳学問]〈名〉道聽途説的學問。一知半解的知識。

みみかざり[耳飾り]〈名〉耳環。

みみざと・い[耳聡い]〈形〉耳朵尖。

みみざわり[耳障り]〈名・形動〉刺耳。難聽。

みみず[蚯蚓]〈名〉蚯蚓。

みみずく[木菟]〈名〉貓頭鷹。

みみずばれ[蚯蚓脹れ]〈名〉血道子。

みみたぶ[耳朶]〈名〉耳垂。

みみだれ[耳垂れ]〈名〉耳膿。耳漏。

みみっち・い〈形〉小氣。

みみなり[耳鳴り]〈名〉耳鳴。

みみな・れる[耳慣れる]〈自下一〉耳熟。

みみもと[耳元]〈名〉耳邊。

みみより[耳寄り]〈名・形動〉值得一聽。

みむ・く[見向く]〈他五〉①轉過臉來看。②回顧。

みめ[見目]〈名〉容貌。

みめい[未明]〈名〉拂曉。

みもだえ[身悶え]〈名・自サ〉(因痛苦)扭動身體。

みもち[身持ち]〈名〉品行。

みもと[身元]〈名〉身份。

みもの[見物]〈名〉值得看(的東西)。

みゃく[脈]〈名〉脈。

みゃくう・つ[脈打つ]〈自五〉脈搏跳動。

みゃくどう[脈動]〈名・自サ〉搏動。

みゃくはく[脈搏]〈名〉脈搏。

みゃくみゃく[脈脈]〈形動〉①接連不斷。②旺盛。強有力。

みゃくらく[脈絡]〈名〉脈絡。

みやげ[土産]〈名〉①土特産。②禮品。

みやこ[都]〈名〉京城。

みやこおち[都落ち]〈名〉離開京城。

みやびやか[雅やか]〈形動〉風雅。

みやぶ・る[見破る]〈他五〉看破。識破。

みや・る[見遣る]〈他五〉①眺望。②瞅一

眼。

ミュージカル[musical]〈名〉音樂劇。

みょう[妙]Ⅰ〈名〉妙。妙處。Ⅱ〈形動〉奇怪。

みょう-[明]〈接頭〉明。

みょうあん[妙案]〈名〉妙計。

みょうが[茗荷]〈名〉〈植〉蘘荷。

みょうが[冥加]〈形動〉幸運。

みょうぎ[妙技]〈名〉妙技。

みょうけい[妙計]〈名〉妙計。

みょうごにち[明後日]〈名〉後天。

みょうじ[名字]〈名〉姓。

みょうしゅ[妙手]〈名〉①名手。高手。②妙着。

みょうしゅん[明春]〈名〉明春。

みょうじょう[明星]〈名〉①金星。②名家。

みょうだい[名代]〈名〉代理。

みょうちょう[明朝]〈名〉明晨。

みょうにち[明日]〈名〉明日。

みょうねん[明年]〈名〉明年。

みょうばん[明晩]〈名〉明晚。

みょうばん[明礬]〈名〉明礬。

みょうみ[妙味]〈名〉妙趣。

みようみまね[見様見真似]〈連語〉模倣。

みょうやく[妙薬]〈名〉妙藥。

みょうり[冥利]〈名〉最大幸福。

みょうれい[妙齢]〈名〉妙齡。

みより[身寄り]〈名〉親人。

ミラージュ[mirage]〈名〉海市蜃樓。幻影。幻覺。

みらい[未来]〈名〉未來。

ミリ[milli]〈造語〉毫。千分之一。

みりょう[未了]〈名〉未完。

みりょう[魅了]〈名・他サ〉吸引。使…入迷。

みりょく[魅力]〈名〉魅力。

みりん[味醂]〈名〉料酒。

みる[見る]〈他上一〉①看。②照料。③參觀。④閱讀。⑤品嘗。⑥估計。⑦遭受。

みるかげもな・い[見る影もない]〈連語〉(變得)不像樣子。

みるからに[見るからに]〈副〉一看就。

ミルク[milk]〈名〉牛奶。

ミルクフード[milk food]〈名〉奶粉。

みるみる[見る見る]〈副〉眼看着。

みれん[未練]〈名・形動〉留戀。

みわく[魅惑]〈名・他サ〉迷惑。

みわけ[見分け]〈名〉辨別。區分。

みわ・ける[見分ける]〈他下一〉辨別。分辨。

みわす・れる[見忘れる]〈他下一〉認不出。

みわた・す[見渡す]〈他サ〉遠望。

みんい[民意]〈名〉民意。

みんえい[民営]〈名〉民營。

みんか[民家]〈名〉民房。

みんかん[民間]〈名〉民間。

ミンク[mink]〈名〉水貂。

みんげいひん[民芸品]〈名〉民間工藝品。

みんけん[民権]〈名〉民權。

みんじ[民事]〈名〉民事。

みんしゅ[民主]〈名〉民主。

みんしゅう[民衆]〈名〉民眾。

みんじょう[民情]〈名〉民情。

みんしん[民心]〈名〉民心。

みんせい[民生]〈名〉民生。

みんぞく[民俗]〈名〉民俗。

みんぞく[民族]〈名〉民族。

みんど[民度]〈名〉人民的生活、文化程度。

みんな[皆]〈名〉→みな。

みんぺい[民兵]〈名〉民兵。

みんぽう[民法]〈名〉民法。

みんゆう[民有]〈名〉私有。

みんよう[民謡]〈名〉民謠。民歌。

みんわ[民話]〈名〉民間故事。

む　ム

む[無]〈名〉無。

むい[無為]〈名〉無為。

むいぎ[無意義]〈名・形動〉無意義。

むいしき[無意識]〈名・形動〉無意識。

むいちぶつ[無一物]〈名〉一無所有。

むいちもん[無一文]〈名〉一文不名。

むいみ[無意味]〈名・形動〉無意義。

ムード[mood]〈名〉氣氛。

むえき[無益]〈名・形動〉無益。

むえん[無緣]〈名〉無緣。

むえんかやく[無煙火薬]〈名〉無煙火藥。

むえんたん[無煙炭]〈名〉無煙煤。

むが[無我]〈名〉忘我。無私。

むかい[向い]〈名〉對面。

むがい[無害]〈名・形動〉無害。

むがい[無蓋]〈名〉無蓋。

むかいあ・う[向い合う]〈自五〉相對。

むかいあわせ[向い合せ]〈名〉面對面。

むかいかぜ[向い風]〈名〉頂風。逆風。

むか・う[向かう]〈自五〉①向。對。朝。②去。往。③趨向。④反抗。

むかえう・つ[迎え撃つ]〈他五〉迎擊。

むかえざけ[迎え酒]〈名〉解酒的酒。

むか・える[迎える]〈他下一〉①迎接。②請。③迎合。④等待（來臨）。

むがく[無学]〈名・形動〉沒學問。沒文化。

むかし[昔]〈名〉從前。往昔。

むかしかたぎ[昔気質]〈名・形動〉古板。老派。

むかしがたり[昔語り]〈名〉老話。

むかしなじみ[昔馴染]〈名〉老相識。老朋友。

むかしばなし[昔話]〈名〉故事。

むかつ・く〈自五〉①噁心。②生氣。發怒。

むかっぱら[むかっ腹]〈名〉無故生氣。

むかで[百足]〈名〉蜈蚣。

むかむか〈副・自サ〉①噁心。②生氣。

むがむちゅう[無我夢中]〈名〉拚命。忘我。

むかんかく[無感覚]〈名・形動〉無知覺。

麻木。

むかんけい[無関係]〈名・形動〉無關。

むかんしん[無関心]〈名・形動〉不關心。

むき[向き]〈名〉①方向。②面向。③意思。④當真。⑤人。人們。

むき[無気]〈名〉(發音時)不送氣。

むき[無期]〈名〉無期。

むき[無機]〈名〉無機。

むぎ[麦]〈名〉麥子。

むきあ・う[向き合う]〈自五〉→むかいあう。

むきげん[無期限]〈名〉無限期。

むきず[無傷]〈名・形動〉①無傷痕。②純潔。

むきだし[剥き出し]〈名〉①露出。②露骨。

むきだ・す[剥き出す]〈他五〉露出。

むきどう[無軌道]Ⅰ〈名〉無軌。Ⅱ〈名・形動〉放蕩。

むきなお・る[向き直る]〈自五〉轉過身來。

むきみ[剥き身]〈名〉剝出的肉。

むきめい[無記名]〈名〉無記名。

むきゅう[無休]〈名〉不休息。

むきゅう[無給]〈名・形動〉無報酬。

むぎょく[無気力]〈名・形動〉没氣力。

むぎわら[麦藁]〈名〉麥桔。

む・く[向く]〈自五〉①向。朝。②適合。③趨向。

む・く[剥く]〈他五〉剝。削。

むく[無垢]〈名・形動〉剝潔。

むくい[報い]〈名〉報應。

むくいぬ[尨犬]〈名〉獅子狗。

むく・いる[報いる]〈他上一〉報。報答。

むくげ[木槿]〈名〉木槿。

むくげ[尨毛]〈名〉長毛。

むくち[無口]〈名・形動〉寡言。

むくどり[椋鳥]〈名〉灰椋鳥。

むくみ[浮腫]〈名〉浮腫。

むく・む[浮腫む]〈自五〉浮腫。

むくむく〈副・自サ〉①密密層層。②胖乎乎。

むく・れる〈自下一〉撅嘴。

むくろ[軀]〈名〉屍首。

-むけ[向け]〈接尾〉向。對。

むけい[無形]〈名・形動〉無形。

むげい[無芸]〈名・形動〉没技藝。没本事。

むけつ[無血]〈名〉不流血。

むげに[無下に]〈副〉①一概。一律。②不講情面。

む・ける[向ける]〈他下一〉①向。朝。轉向。②派遣。打發。③挪用。

む・ける[剝ける]〈自下一〉剝落。脱落。

むげん[無限]〈名・形動〉無限。

むげん[夢幻]〈名〉夢幻。

むこ[婿]〈名〉女婿。

むこ[無辜]〈名〉無辜。

むご・い[惨い]〈形〉惨。

むこう[向う]〈名〉①前面。對面。②那邊。③對方。④以後。

むこう[無効]〈名・形動〉無效。

むこういき[向う意気]〈名〉競争精神。

むこうがわ[向う側]〈名〉①那邊。②對方。

むこうぎし[向う岸]〈名〉對岸。

むこうきず[向う傷]〈名〉臉上的傷疤。

むこうずね[向う脛]〈名〉迎面骨。

むこうはちまき[向う鉢巻]〈名〉正面打結的纏頭巾。

むこうみず[向う見ず]〈名・形動〉魯莽。

むごたらし・い[惨たらしい]〈形〉惨。

むこん[無根]〈名・形動〉無根據。

むごん[無言]〈名〉無言。

むざい[無罪]〈名〉無罪。

むさく[無策]〈名〉無策。

むさくい[無作為]〈名・形動〉随便。随意。

むさくるし・い[形]骯髒。邋遢。

むささび[鼯鼠]〈名〉鼯鼠。

むさべつ[無差別]〈名・形動〉平等。

むさぼ・る[貪る]〈他五〉貪。貪圖。

むざむざ[副]白白。輕易。

むさん[無産]〈名〉無産。

むざん[無残・無惨]〈形動〉①殘酷。②悽惨。

むし[虫]〈名〉①蟲子。②熱衷於某事的人。

むし[無私]〈名・形動〉無私。

むし[無視]〈名・他サ〉無視。忽視。

むじ[無地]〈名〉素色。

むしあつ・い[蒸し暑い]〈形〉悶熱。

むしかえ・す[蒸し返す]〈他五〉①熥。餾。②重複。

むしかく[無資格]〈名・形動〉没有資格。

むじかく[無自覚]〈名・形動〉不自覺。

むしき[蒸し器]〈名〉蒸籠。蒸鍋。

むしくい[虫食い]〈名〉蟲蛀。

むしくだし[虫下し]〈名〉驅蟲藥。

むしけら[虫螻]〈名〉螻蟻。

むしけん[無試験]〈名〉免試。

むじこ[無事故]〈名〉無事故。

むしず[虫酸]〈名〉△～が走る/噁心。令人作嘔。

おにつ[無実]〈名〉冤枉。無根據。

むじな[貉]〈名〉貉。

むしば[虫歯]〈名〉蟲牙。

むしば・む[蝕む]〈他五〉侵蝕。腐蝕。

むじひ[無慈悲]〈名・形動〉殘忍。狠毒。

むしぶろ[蒸風呂]〈名〉蒸汽浴。

むしぼし[虫干]〈名〉(爲防蟲、防霉)曬晾衣物。

むしむし[副・自サ]悶熱。

むしめがね[虫眼鏡]〈名〉放大鏡。

むしやき[蒸焼]〈名〉乾蒸。

むじゃき[無邪気]〈名・形動〉天真。單純。

むしゃくしゃ[副・自サ]心煩意亂。

むしゃぶりつ・く[自五]揪住不放。

むしゃぶるい[武者震い]〈名・自サ〉精神抖擻。

むしゃむしゃ[副]大口大口地。

むしゅう[無臭]〈名〉無臭。

むしゅうきょう[無宗教]〈名〉無宗教信仰。

むしゅく[無宿]〈名〉流浪。

むしゅみ[無趣味]〈名・形動〉①没趣味。②没愛好。

むじゅん[矛盾]〈名・自サ〉矛盾。

むしょう[無償]〈名〉無償。

むじょう[無上]〈名〉無上。

むじょう[無常]〈名・形動〉無常。

むじょう[無情]〈名・形動〉無情。

むじょうけん[無条件]〈名〉無條件。

むしょうに[無性に]〈副〉特別。非常。

むしょく[無色]〈名〉無色。

むしょく[無職]〈名〉無職。

むしょぞく[無所属]〈名〉無黨派。

むし・る[毟る]〈他五〉薅。

むしろ[筵・蓆]〈名〉蓆子。

むしろ[寧ろ]〈副〉寧可。不如。

むしん[無心]Ⅰ〈形動〉天真。Ⅱ〈名・自サ〉(厚着臉皮)要。

むじん[無人]〈名〉無人。

むじん[無尽]〈名〉①無盡。②互助會。

むしんけい[無神経]〈名・形動〉感覺遲鈍。

むじんぞう[無尽蔵]〈形動〉取之不盡。

むしんろん[無神論]〈名〉無神論。

む・す[蒸す]Ⅰ〈自五〉悶熱。Ⅱ〈他五〉蒸。

むすう[無数]〈名・形動〉無數。

むずかし・い[難しい]〈形〉①難。②麻煩。③好挑剔。④不高興。⑤(病)難治。

むずがゆ・い[むず痒い]〈形〉刺癢。

むずか・る[孩子]〈自五〉鬧人。

むすこ[息子]〈名〉兒子。

むずと[副]猛然,用力。

むすびつ・く[結び付く]〈自五〉①結合起來。②有關聯。

むすびつ・ける[結び付ける]〈他下一〉①繫上。拴上。②結合。聯繫。

むすびめ[結び目]〈名〉結子。釦子。

むす・ぶ[結ぶ]〈他五〉①結。繫。紮。②聯結。③結合。締結。⑤結束。⑥閉(嘴)。⑦結(果實)。

むずむず[副・自サ]①發癢。②急得慌。躍躍欲試。

むすめ[娘]〈名〉①女兒。②姑娘。少女。

むせい[無声]〈名〉無聲。

むせい[夢精]〈名・自サ〉遺精。

むせいげん[無制限]〈名・形動〉無限制。

むせいせいしょく[無性生殖]〈名〉無性生殖。

むせいふしゅぎ[無政府主義]〈名〉無政府主義。

むせいぶつ[無生物]〈名〉無生物。

むせいらん[無精卵]〈名〉無精卵。

むせきついどうぶつ[無脊椎動物]〈名〉無脊椎動物。

むせきにん[無責任]〈名・形動〉①沒有責任。②不負責任。

むせ・ぶ[咽ぶ]〈自五〉①哽咽。②嗆。

む・せる[噎せる]〈自下一〉嗆。

むせん[無銭]〈名〉沒花錢。不花錢。

むせん[無線]〈名〉無綫。

むそう[無双]〈名〉無雙。

むそう[夢想]〈名・他サ〉夢想。

むぞうさ[無造作]〈名・形動〉①容易。輕而易舉。②輕率。隨便。

むだ[無駄]〈名・形動〉①徒勞。白費。②浪費。

むだあし[無駄足]〈名〉白跑。

むだい[無代]〈名〉免費。

むだい[無題]〈名〉無題。

むだぐち[無駄口]〈名〉①廢話。②閑聊。

むだづかい[無駄遣い]〈名・自他サ〉浪費。亂花錢。

むだばな[無駄花]〈名〉謊花。

むだばなし[無駄話]〈名〉閑話。

むだぼね[無駄骨]〈名〉徒勞。白費力。

むだめし[無駄飯]〈名〉吃閑飯。白吃飯。

むだん[無断]〈名〉擅自。

むたんぽ[無担保]〈名〉無抵押。

むち[鞭]〈名〉鞭子。

むち[無知]〈名・形動〉①無知。無知識。②愚笨。

むち[無恥]〈名・形動〉無恥。

むちうちしょう[鞭打ち症]〈名〉頸脊挫傷症。

むちう・つ[鞭打つ]〈自他五〉鞭打。

むちつじょ[無秩序]〈名〉無秩序。

むちゃ[無茶]〈名・形動〉①毫無道理。②胡鬧。胡來。

むちゃくちゃ[無茶苦茶]〈名・形動〉①亂七八糟。②胡鬧。胡來。

むちゅう[夢中]〈名・形動〉入迷。着迷。

むちん[無賃]〈名〉免費。不花錢。

むつう[無痛]〈名〉無痛。

むっくり〈副〉突然(站起來)。

むつごと[睦言]〈名〉枕邊私語。

むっちり〈副・自サ〉豐滿。

むっつり〈副・自サ〉沉默寡言。

むっつりや[むっつり屋]〈名〉沉默寡言的人。

むっと〈副・自サ〉①生氣。②悶得慌。

むつまじ・い[睦まじい]〈形〉和睦。

むていけん[無定見]〈名・形動〉無定見。

むていこう[無抵抗]〈名・形動〉不抵抗。

むてき[無敵]〈名・形動〉無敵。

むてき[霧笛]〈名〉霧號。

むてっぽう[無鉄砲]〈名・形動〉魯莽。

むでん[無電]〈名〉無線電。

むとうひょう[無投票]〈名〉不經投票。

むとくてん[無得点]〈名〉(比賽)沒得分。

むとどけ[無届]〈名〉沒報告。

むとんじゃく[無頓着]〈名・形動〉不介意。不在乎。

むないた[胸板]〈名〉胸脯。

むなぎ[棟木]〈名〉脊檩。

むなくそ[胸糞]〈名〉△～が悪い/令人噁心。

むなぐら[胸倉]〈名〉前襟。

むなぐるし・い[胸苦しい]〈形〉胸口堵得慌。

むなげ[胸毛]〈名〉胸毛。

むなさき[胸先]〈名〉胸口。

むなさわぎ[胸騒ぎ]〈名〉心緒不寧。

むなざんよう[胸算用]〈名〉心裏盤算。如意算盤。

むなし・い[空しい]〈形〉①空虛。②徒然。

むなもと[胸元]〈名〉胸口。

むに[無二]〈名〉無二。

むにゃむにゃ〈副〉嘟嘟囔囔嚷。

むね[旨]〈名〉意思。

むね[旨・宗]〈名〉宗旨。

むね[胸]〈名〉①胸。②心。③肺。④内心。心裏。

むね[棟]Ⅰ〈名〉①屋脊。脊檩。Ⅱ〈接尾〉棟。

むねあげ[棟上げ]〈名・自サ〉樑。

むねやけ[胸焼け]〈名・自サ〉燒心。

むねん[無念]〈名・形動〉①(佛)無念。②懊悔。悔恨。

むのう[無能]〈名・形動〉無能。

むのうりょく[無能力]〈名・形動〉無能力。

むはい[無配]〈名〉沒紅利。

むひ[無比]〈名〉無比。

むひょう[霧氷]〈名〉霧淞。

むびょう[無病]〈名〉無病。

むひょうじょう[無表情]〈名・形動〉無表情。

むふう[無風]〈名〉無風。

むふんべつ[無分別]〈名・形動〉不知輕重。

むほう[無法]〈名・形動〉無法。不講道理。

むぼう[無謀]〈名・形動〉莽撞。不慎重。

むほん[謀反]〈名・他サ〉謀反。叛變。

むみ[無味]〈名〉無味。

むめい[無名]〈名〉無名。

むめんきょ[無免許]〈名〉無執照。

むやみ[無闇]〈形動〉①胡亂。隨便。②過分。

むゆうびょう[夢遊病]〈名〉夢遊症。

むよう[無用]〈名・形動〉①無用。②無需。③不准。禁止。④無事。沒有事情。

むよく[無欲]〈名・形動〉恭慾。恬淡。

むら[斑]〈名・形動〉①斑駁。②不匀。③忽高忽低。

むら[村]〈名〉村子。

むらあめ[村雨]〈名〉陣雨。

むらが・る[群がる]〈自五〉聚集。

むらぎ[むら気]〈名・形動〉没準性子。

むらくも[叢雲]〈名〉叢雲。

むらさき[紫]〈名〉紫色。

むらざと[村里]〈名〉村子。

むら・す[蒸らす]〈他五〉燜。

むらむら〈副〉忽地。

むり[無理]〈名・形動・自サ〉①無理。②勉強。③强制。④過分。

むりおし[無理押し]〈名〉硬幹。

むりからぬ[無理からぬ]〈連体〉合乎道理。

むりさんだん[無理算段]〈名・他サ〉東拼

西湊。

むりし[無利子]〈名〉無利子。

むりじい[無理強い]〈名・他サ〉強迫。強求。

むりしんじゅう[無理心中]〈名〉逼迫對方和自己一起自殺。

むりすう[無理数]〈名〉無理數。

むりなんだい[無理難題]〈名〉無理要求。

むりやり[無理矢理]〈副〉硬。強迫。

むりょ[無慮]〈副〉大約。

むりょう[無料]〈名〉免費。

むりょく[無力]〈名・形動〉無力。

むるい[無類]〈名・形動〉無比。

むれ[群]〈名〉群。

む・れる[蒸れる]〈自下一〉①蒸好。②悶熱。

むろ[室]〈名〉①温室。②窖。

むろん[無論]〈副〉→もちろん。

むんむん〈副・自サ〉悶熱。

め メ

め[芽]〈名〉芽。

め[目]〈名〉①眼。眼睛。②眼珠。③眼神。④眼力。⑤視力。⑥見解。觀點。⑦格。格孔。

-め[目]〈接尾〉①第。②稍…些。…一點兒。

めあたらし・い[目新しい]〈形〉①新穎。新奇。②面目一新。

めあて[目当て]〈名〉①目標。②目的。

めあわ・せる[娶せる]〈他下一〉把…嫁給。

めい[姪]〈名〉姪女。外甥女。

めい[命]〈名〉①命。②命運。③命令。

めい[明]〈名〉①明。明亮。②眼力。

めい[銘]〈名〉銘。

めい-[名]〈接頭〉名。

-めい[名]〈接尾〉名。

めいあん[名案]〈名〉妙計。

めいあん[明暗]〈名〉明暗。

めいい[名医]〈名〉名醫。

めいう・つ[銘打つ]〈他五〉①刻上。②自稱。

めいうん[命運]〈名〉命運。

めいおうせい[冥王星]〈名〉冥王星。

めいが[名画]〈名〉名畫。

めいかい[明快]〈名・形動〉明快。

めいかく[明確]〈名・形動〉明確。

めいがら[銘柄]〈名〉①商標。牌號。②名牌。

めいき[名器]〈名〉名器。珍貴器物。

めいき[明記]〈名・他サ〉寫明。

めいき[銘記]〈名・他サ〉銘記。

めいぎ[名義]〈名〉名義。

めいきゅう[迷宮]〈名〉迷宮。

めいきょく[名曲]〈名〉名曲。

めいく[名句]〈名〉名句。

めいくん[名君]〈名〉名君。

めいくん[明君]〈名〉明君。

めいげつ[明月]〈名〉明月。

めいげん[名言]〈名〉名言。

めいげん[明言]〈名・自他サ〉明言。明説。

めいこう[名工]〈名〉名匠。

めいさい[明細]Ⅰ〈名〉明細。細目。Ⅱ〈形動〉詳細。

めいさい[迷彩]〈名〉迷彩。

めいさく[名作]〈名〉名作。

めいさつ[明察]〈名・他サ〉明察。

めいさん[名産]〈名〉名産。

めいし[名士]〈名〉名士。

めいし[名刺]〈名〉名片。

めいし[名詞]〈名〉名詞。

めいじ[明示]〈名・他サ〉明示。寫明。

めいじつ[名実]〈名〉名實。

めいしゃ[目医者]〈名〉眼科醫生。

めいしゅ[名手]〈名〉名手。

めいしゅ[盟主]〈名〉盟主。

めいしょ[名所]〈名〉名勝。

めいしょう[名匠]〈名〉名匠。名家。

めいしょう[名称]〈名〉名稱。

めいしょう[名勝]〈名〉名勝。

めいじょう[名状]〈名・自サ〉名狀。用語言表達。

めいしん[迷信]〈名〉迷信。

めいじん[名人]〈名〉名人。

めいすう[命数]〈名〉壽數。

めい・する[瞑する]〈自サ〉瞑目。

めい・ずる[命ずる]〈他サ〉①命令。②任命。

めい・ずる[銘ずる]〈他サ〉銘記。

めいせい[名声]〈名〉名聲。

めいせき[明晰]〈名・形動〉明晰。清晰。

めいそう[名僧]〈名〉名僧。

めいそう[瞑想]〈名・他サ〉冥想。

めいそうしんけい[迷走神経]〈名〉迷走神經。

めいだい[命題]〈名〉命題。

めいちゅう[命中]〈名・自サ〉命中。

めいちょ[名著]〈名〉名著。

めいてい[酩酊]〈名・自サ〉酩酊。

めいてつ[明哲]〈名〉明哲。

めいど[冥土]〈名〉冥土。

めいとう[名答]〈名〉回答得好。

めいどう[鳴動]〈名・自サ〉鳴動。轟動。

めいにち[命日]〈名〉忌日。

めいば[名馬]〈名〉名馬。

めいはく[明白]〈名・形動〉明白。明顯。

めいび[明媚]〈名・形動〉明媚。

めいびん[明敏]〈名・形動〉聰穎。

めいふく[冥福]〈名〉冥福。

めいぶつ[名物]〈名〉①名産。②有名。奇特。

めいぶん[名分]〈名〉名分。

めいぶん[名文]〈名〉名文。

めいぶん[明文]〈名〉明文。

めいぼ[名簿]〈名〉名册。

めいほう[盟邦]〈名〉盟邦。

めいぼう[名望]〈名〉名望。

めいみゃく[命脈]〈名〉命脈。生命。

めいむ[迷夢]〈名〉迷夢。

めいめい[命名]〈名・自サ〉命名。

めいめい[銘銘]〈名〉各自。

めいめいはくはく[明明白白]〈名・形動〉明明白白。

めいめつ[明滅]〈名・自サ〉閃爍。

めいもう[迷妄]〈名〉迷妄。

めいもく[名目]〈名〉名義。

めいもく[瞑目]〈名・自サ〉瞑目。死。

めいもん[名門]〈名〉名門。

めいやく[盟約]〈名・他サ〉盟約。誓盟。

めいゆう[名優]〈名〉名演員。

めいゆう[盟友]〈名〉盟友。

めいよ[名誉]〈名〉名譽。

めいり[名利]〈名〉名利。

めいりょう[明瞭]〈名・形動〉①清晰。②明瞭。

めい・る[滅入る]〈自五〉喪氣。灰心。消沉。

めいれい[命令]〈名・他サ〉命令。

めいろ[迷路]〈名〉迷途。

めいろう[明朗]〈形動〉①明朗。②光明正大。

めいわく[迷惑]〈名・形動・自サ〉麻煩。打攪。

めうえ[目上]〈名〉①長輩。②上級。

めうし[牝牛]〈名〉母牛。

めうつり[目移り]〈名・自サ〉眼花繚亂。

メーカー[maker]〈名〉廠家。廠商。製造廠。

メーキャップ[make-up]〈名・自サ〉化裝。

メーター[metre]〈名〉儀表。

メーデー[May Day]〈名〉五一國際勞動節。

メートル[metre]〈名〉米。公尺。

メーンスタンド[main stand]〈名〉(體育場等)正面座席。

メーンテーブル[main table]〈名〉(宴會等)主賓座席。主賓桌。

メーンストリート[main street]〈名〉大街。

メガ[mega]〈名〉①百萬。②兆。

めがお[目顔]〈名〉眼神。

めかくし[目隠し]〈名・自サ〉蒙眼。

めかけ[妾]〈名〉姨太太。

めが・ける[目掛ける]〈他下一〉對準。瞄準。以…爲目標。

めがしら[目頭]〈名〉眼角。

めか・す〈他五〉修飾。打扮。

-めか・す[接尾]裝。裝作。

めかた[目方]〈名〉重量。

メカニズム[mechanism]〈名〉機構。結構。組織。

めがね[眼鏡]〈名〉眼鏡。

メガホン[megaphone]〈名〉話筒。

めがみ[女神]〈名〉女神。

めきき[目利き]〈名・自サ〉鑑別。鑒定。有鑒別力。

めきめき〈副〉顯著。

-め・く[接尾]像…似的。有…傾向。

めくじら[目くじら]〈名〉△～を立てる/吹毛求疵。

めぐすり[目薬]〈名〉眼藥。

めくそ[目屎]〈名〉眼眵。

めくばせ[目配せ]〈名・自サ〉遞眼色。

めぐま・れる[恵まれる]〈自下一〉①幸福。幸運。②富有。

めぐみ[恵み]〈名〉恩惠。

めぐ・む[芽ぐむ]〈自五〉發芽。

めぐ・む[恵む]〈他五〉施捨。

めくら[盲]〈名〉瞎子。

めぐら・す[巡らす]〈他五〉①轉。②圍。③思考。動腦筋。

めくらばん[盲判]〈名〉盲目蓋印的圖章。

めくらめっぽう[盲滅法]〈名・形動〉盲目地。

めぐり[巡り]〈名〉①旋轉。循環。②週遊。巡遊。③周圍。

めぐりあ・う[巡り合う]〈自五〉邂逅。相遇。

めぐりあわせ[巡り合せ]〈名〉命運。運氣。

めく・る[捲る]〈他五〉翻。

めぐ・る[巡る]〈他五〉①循環。②週遊。③圍繞。

め・げる〈自下一〉氣餒。

めこぼし[目溢し]〈名・他サ〉饒恕。

めさき[目先]〈名〉①眼前。②預見。

めざ・す[目差す]〈他五〉以…爲目標。

めざと・い[目敏い]〈形〉①眼尖。②易醒。

めざまし・い[目覚しい]〈形〉顯著。驚人。

めざましどけい[目覚時計]〈名〉鬧鐘。

めざ・める[目覚める]〈自下一〉①睡醒。②醒悟。

めざわり[目障り]〈名・形動〉礙眼。

めし[飯]〈名〉①飯。②飯碗。生活。

めしあが・る[召し上がる]〈他五〉(敬)吃。

めした[目下]〈名〉①晚輩。②下級。

めしつかい[召使]〈名〉僕人。

めしつぶ[飯粒]〈名〉飯粒。

めしびつ[飯櫃]〈名〉飯桶。

めしべ[雌蕊]〈名〉雌蕊。

メジャー[measure]〈名〉捲尺。

めじり[目尻]〈名〉眼梢。

めじるし[目印]〈名〉目標。記號。

めじろ[目白]〈名〉綉眼鳥。

めじろおし[目白押し]〈名〉①(兒童遊戲)

擠香油。②擁擠。

めす[雌・牝]〈名〉雌。牝。母。

メス[mes]〈名〉手術刀。

めずらし・い[珍しい]〈形〉珍奇。罕見。稀有。

メゾソプラノ[mezzo soprano]〈名〉女中音。

めそめそ〈副・自サ〉抽抽搭搭。

めだか[目高]〈名〉(動)青鱂。

めで[目差]〈自五〉顯眼。

めたて[目立て]〈名〉銼。伐。

めだま[目玉]〈名〉眼珠。

メダル[medal]〈名〉獎章。

メタン[methan]〈名〉甲烷。

めちゃ[目茶]〈名・形動〉過分。荒謬。不講理。

めちゃくちゃ[目茶苦茶]〈名・形動〉亂七八糟。

めちゃめちゃ[目茶目茶]〈名・形動〉亂七八糟。

メチルアルコル[Methylalkohol]〈名〉甲醇。

メッカ[Mekka]〈名〉①麥加。②聖地。

めつき[目付き]〈名〉眼神。

めっき[鍍金]〈名・他サ〉①鍍。鍍金。②掩飾。

めっきゃく[滅却]〈名・自他サ〉滅却。消滅。消亡。

めっきり〈副〉顯著。

メッセージ[message]〈名〉①書信。口信。②(美國總統)諮文。

メッセンジャー[messenger]〈名〉使者。信使。

めっそう[滅相]〈名・形動〉意外。豈有此理。

めった[滅多]〈形動〉任意。隨便。胡亂。

めったやたら[滅多矢鱈]〈名・形動〉胡亂。

めつぶし[目潰し]〈名〉(揚沙土)迷眼睛。

めつぼう[滅亡]〈名・自サ〉滅亡。

めっぽう[滅法]〈副〉非常。格外。

めでた・い[形]①可喜。可賀。②順利。圓滿。

め・でる[愛でる]〈他下一〉欣賞。

めど[目度]〈名〉目標。期限。

めど[針孔]〈名〉針孔。

めどおり[目通り]〈名〉謁見。

めと・る[娶る]〈他五〉娶。

メドレー[medley]〈名〉①〈樂〉集成曲。②混合接力。

メトロノーム[Metronom]〈名〉〈樂〉節拍器。

メニュー[menu]〈名〉菜單。菜譜。

めぬき[目抜き]〈名〉顯眼。

めねじ[雌ねじ]〈名〉螺母。

めのう[瑪瑙]〈名〉瑪瑙。

めのかたき[目の敵]〈名〉死對頭。

めばえ[芽生え]〈名〉萌芽。

めば・える[芽生える]〈自下一〉發芽。萌芽。

めはし[目端]〈名〉機靈。眼力兒兒。

めはな[目鼻]〈名〉①眉眼。②眉目。輪廓。

めばな[雌花]〈名〉雌花。

めばり[目張り]〈名〉糊縫。溜縫。

めぶ・く[芽吹く]〈自五〉抽芽。吐芽。

めぶんりょう[目分量]〈名〉用眼睛估計的分量。

めべり[目減り]〈名・自サ〉損耗。

めぼし[目星]〈名〉目標。

めぼし・い〈形〉①出色。②貴重。

めまい[目眩]〈名・自サ〉目眩。眩暈。

めまぐるし・い[目まぐるしい]〈形〉眼花繚亂。

めめし・い[女女しい]〈形〉女人似的。懦弱。

メモ〈名・他サ〉筆記。便條。記錄。

めもと[目許]〈名〉眼睛。眉目。

めもり[目盛]〈名〉刻度。

めやす[目安]〈名〉目標。標準。

めやに[目脂]〈名〉眼眵。

メラニン[melanin]〈名〉黑色素。

めらめら〈副〉(火)熊熊。

メリーゴーラウンド[merry-go-round]〈名〉旋轉木馬。

メリケンこ[メリケン粉]〈名〉麵粉。

めりこ・む[減り込む]〈自五〉陷入。

メリヤス[medias]〈名〉針織品。

メロディー[melody]〈名〉旋律。

メロドラマ[melodrama]〈名〉愛情劇。

メロン[melon]〈名〉甜瓜。

めん[面]〈名〉①面部。臉。②假面具。③護面具。④方面。⑤版面。

めん[綿]〈名〉棉。棉花。

めん[麵]〈名〉麵條。

めんえき[免疫]〈名〉①免疫。②習以爲常。

めんかい[面会]〈名・自サ〉會面。會見。

めんきつ[面詰]〈名・他サ〉當面斥責。

めんきょ[免許]〈名・他サ〉執照。

めんくら・う[面食う]〈自五〉驚慌失措。

めんこ[面子]〈名〉〈兒童遊戲〉紙牌。

めんざい[免罪]〈名・自他サ〉免罪。

めんしき[面識]〈名〉認識。

めんじゅうふくはい[面従腹背]〈名・自サ〉陽奉陰違。

めんじょ[免除]〈名・他サ〉免除。

めんじょう[免状]〈名〉證書。

めんしょく[免職]〈名・他サ〉免職。

めん・じる[免じる]〈他上一〉→めんずる。

メンス〈名〉月經。

めん・する[面する]〈自サ〉面對。

めん・ずる[面ずる]〈他サ〉①免除。②看在…的面子上。

めんぜい[免税]〈名・他サ〉免稅。

めんせき[面責]〈名・他サ〉當面斥責。

めんせき[面積]〈名〉面積。

めんせつ[面接]〈名・自サ〉接見。會見。

めんぜん[面前]〈名〉面前。

めんそ[免訴]〈名・他サ〉免於起訴。

めんそう[面相]〈名〉相貌。

メンタルテスト[mental test]〈名〉智力測驗。

めんだん[面談]〈名・自サ〉面談。

めんちょう[面疔]〈名〉面瘡。

メンツ[面子]〈名〉面子。

メンデリズム[Mendelism]〈名〉孟德爾定律。

めんどう[面倒]〈名・形動〉①麻煩。②照

料。

めんどり[雌鶏]〈名〉母鶏。

めんば[面罵]〈名・他サ〉當面罵。

メンバー[member]〈名〉成員。

めんぼう[綿棒]〈名〉(醫)藥棉棒。

めんぼう[麵棒]〈名〉擀麵杖。

めんぼく[面目]〈名〉面目。臉面。

めんみつ[綿密]〈名・形動〉周密。詳盡。

めんめん[面面]〈名〉每個人。

めんめん[綿綿]〈形動〉綿綿。連綿。

めんよう[綿羊]〈名〉綿羊。

も　モ

も〈副助〉①也。又。都。②就連。即使。③竟。
も[喪]〈名〉喪。
も[藻]〈名〉藻。
もう[副]①已經。②快要。③再。
もう[蒙]〈名〉蒙。
もう-[猛]〈接頭〉拚命。
もうあ[盲啞]〈名〉盲啞。
もうい[猛威]〈名〉凶猛。
もうか[猛火]〈名〉烈火。
もうか・る[儲かる]〈自五〉賺錢。佔便宜。
もうきん[猛禽]〈名〉猛禽。
もうけ[儲け]〈名〉賺頭。利潤。
もうけぐち[儲け口]〈名〉賺錢的買賣。
もうけもの[儲け物]〈名〉意外收穫。
もう・ける[設ける]〈他下一〉設。開設。設立。
もう・ける[儲ける]〈他下一〉①賺錢。②撿便宜。③生(孩子)。
もうけん[猛犬]〈名〉猛犬。
もうこう[猛攻]〈名・他サ〉猛攻。
もうこん[毛根]〈名〉毛根。
もうさいかん[毛細管]〈名〉毛細管。
もうさいけっかん[毛細血管]〈名〉毛細血管。
もうしあ・げる[申し上げる]〈他下一〉(謙)說。講。
もうしあわ・せる[申し合せる]〈他下一〉約定。協商。
もうしい・れる[申し入れる]〈他下一〉要求。提出。
もうしおく・る[申し送る]〈他五〉通知。傳達。轉告。
もうしか・ねる[申し兼ねる]〈他下一〉難以開口。
もうしこし[申越し]〈名〉通知。
もうしこみ[申込み]〈名〉報名。申請。
もうしこ・む[申し込む]〈他五〉報名。申請。請求。
もうした・てる[申し立てる]〈他下一〉提

出。申述。
もうしつ・ける[申し付ける]〈他下一〉吩咐。
もうし・でる[申し出る]〈他下一〉提出。申述。
もうしひらき[申開き]〈名・他サ〉申辯。
もうしぶん[申し分]〈名〉缺點。意見。不滿之處。
もうじゃ[亡者]〈名〉守財奴。
もうしゅう[妄執]〈名〉固執。
もうしゅう[猛襲]〈名・他サ〉猛襲。
もうじゅう[盲従]〈名・自サ〉盲從。
もうじゅう[猛獣]〈名〉猛獸。
もうしょ[猛暑]〈名〉酷暑。
もうしわけ[申訳]〈名・自サ〉①申辯。辯解。②抱歉。③很少。一點點。
もうしわた・す[申し渡す]〈他五〉宣告。宣判。
もうしん[盲信]〈名・他サ〉盲目相信。迷信。
もうしん[猛進]〈名・自サ〉猛進。
もうじん[盲人]〈名〉盲人。
もう・す[申す]〈他五〉(謙)說。講。叫做。
もうせい[猛省]〈名・自他サ〉猛省。
もうせん[毛氈]〈名〉毛氈。地毯。
もうぜん[猛然]〈副・形動〉猛然。
もうせんごけ[毛氈苔]〈名〉(植)茅膏菜。
もうそう[妄想]〈名・他サ〉妄想。
もうちょう[盲腸]〈名〉盲腸。
もう・でる[詣でる]〈自下一〉參拜。
もうてん[盲点]〈名〉①盲點。②漏洞。
もうとう[毛頭]〈副〉絲毫。
もうどう[妄動]〈名・自サ〉妄動。盲動。
もうどうけん[盲導犬]〈名〉導盲犬。
もうどく[猛毒]〈名〉劇毒。
もうばく[盲爆]〈名・他サ〉盲目轟炸。
もうばく[猛爆]〈名・他サ〉猛烈轟炸。
もうはつ[毛髪]〈名〉毛髮。
もうひつ[毛筆]〈名〉毛筆。

もうふ[毛布]〈名〉毯子。

もうまい[蒙昧]〈名・形動〉蒙昧。

もうまく[網膜]〈名〉視網膜。

もうもう[濛濛]〈形動〉滾滾。瀰漫。

もうもく[盲目]〈名〉盲目。失明。

もうら[網羅]〈名・他サ〉網羅。包羅。

もうれつ[猛烈]〈形動〉猛烈。

もうろう[朦朧]〈名・形動〉朦朧。模糊。

もうろく[耄碌]〈名・自サ〉(老人)糊塗。昏瞶。

もえあが・る[燃え上がる]〈自五〉燃燒起來。

もえうつ・る[燃え移る]〈火勢〉蔓延。

もえがら[燃え殼]〈名〉(燃燒後剩下的)渣滓。

もえぎいろ[萌葱色]〈名〉葱綠。

もえさか・る[燃え盛る]〈自五〉火勢旺盛。

もえさし[燃えさし]〈名〉餘燼。

もえつ・きる[燃え尽きる]〈自サ〉燒盡。

もえつ・く[燃え付く]〈自五〉(火)點着。

もえひろが・る[燃え広がる]〈自五〉(火勢)蔓延。

も・える[萌える]〈自下一〉發芽。

も・える[燃える]〈自下一〉①燃燒。着火。②洋溢。充滿。

モーション[motion]〈名〉動作。行動。

モーター[motor]〈名〉馬達。電動機。發動機。

モード[mode]〈名〉式樣。

モーニングコート[morning coat]〈名〉晨禮服。

モーニングコール[morning call]〈名〉(賓館等根據客人的要求)用電話招呼起床。

モール[moor]〈名〉飾帶。

モールスふごう[モールス符号]〈名〉莫爾斯電碼。

もが・く[婉く]〈自五〉挣扎。折騰。

もぎ[模擬]〈名〉模擬。

もぎどう[没義道]〈名・形動〉不道德。

もぎと・る[婉ぎ取る]〈他五〉摘。扭下。

もく[目]〈名〉目。

もく・ぐ[婉ぐ]〈他五〉摘。

もくぎょ[木魚]〈名〉木魚。

もくげき[目撃]〈名・他サ〉目擊。

もくさ[艾]〈植〉艾。

もくざい[木材]〈名〉木材。

もくさつ[黙殺]〈名・他サ〉無視。

もくさん[目算]〈名・他サ〉①估計。②企圖。打算。

もくし[黙視]〈名・他サ〉默視。坐視。

もくじ[目次]〈名〉目錄。

もくず[藻屑]〈名〉碎海藻。

もく・する[目する]〈他サ〉①看見。②看做。

もく・する[黙する]〈自サ〉沉默。

もくせい[木星]〈名〉木星。

もくせい[木犀]〈名〉木犀。

もくせい[木製]〈名〉木製。

もくぜん[目前]〈名〉眼前。

もくぜん[黙然]〈形動〉默然。

もくそう[目送]〈名・他サ〉目送。

もくそう[黙想]〈名・自サ〉默想。沉思。

もくぞう[木造]〈名〉木造。

もくぞう[木像]〈名〉木像。木偶。

もくそく[目測]〈名・他サ〉目測。

もくたん[木炭]〈名〉木炭。

もくちょう[木彫]〈名〉木雕。

もくてき[目的]〈名〉目的。

もくとう[黙禱]〈名・自サ〉默禱。默哀。

もくどく[黙読]〈名・他サ〉默讀。

もくにん[黙認]〈名・他サ〉默認。默許。

もくねじ[木捻子]〈名〉木螺絲。

もくねん[黙然]〈形動〉→もくぜん(默然)。

もくば[木馬]〈名〉木馬。

もくはん[木版]〈名〉木版。

もくひ[黙秘]〈名・自サ〉沉默。

もくひょう[目標]〈名〉目標。

もくへん[木片]〈名〉木片。

もくほん[木本]〈名〉△～植物/木本植物。

もくめ[木目]〈名〉木紋。

もくもく〈副〉滾滾。

もくもく[黙黙]〈形動〉默默。

もぐもぐ[副・自サ]①閉嘴咀嚼。②嘟嘟嚷嚷。

もくやく[黙約]〈名〉默契。

もくよう[木曜]〈名〉禮拜四。星期四。

もくよく[沐浴]〈名・自サ〉沐浴。

もぐら[土竜]〈名〉鼴鼠。

もぐり[潜り]〈名〉①潜水。②非法。

もぐりこ・む[潜り込む]〈自五〉鑽進。

もぐ・ろ[潜る]〈自五〉①潜入。②鑽進。

もくれい[目礼]〈名・自サ〉目禮。

もくれい[黙礼]〈名・自サ〉默禮。

もくれん[木蓮]〈名〉木蘭。玉蘭。

もくろく[目録]〈名〉目錄。

もくろみ[目論見]〈名〉計劃。企圖。

もくろ・む[目論む]〈他五〉計劃。企圖。

もけい[模型]〈名〉模型。

も・げる[捥げる]〈自下一〉脱落。掉下來。

もさ[猛者]〈名〉猛將。

モザイク[mosaic]〈名〉馬賽克。

もさく[摸索]〈名・他サ〉摸索。

もさっと[副・自サ〉獃獃地。

もし[若し]〈副〉若。如果。

もじ[文字]〈名〉文字。

もしか[若しか]〈副〉萬一。或許。

もしくは[若しくは]〈副〉或者。

もじどおり[文字通り]〈副〉①照字面。②的確。簡直。

もしも[若しも]〈副〉→もし。

もしもし[感]喂。

もじもじ[副・自サ]扭怩。

もしや[若しや]〈副〉是否。或許。萬一。

もしゃ[模写]〈名・他サ〉摹寫。臨摹。

もじゃもじゃ[副・自サ]亂蓬蓬。

もしゅ[喪主]〈名〉喪主。

もしょう[喪章]〈名〉黑紗。

もじ・る[捩る]〈他五〉①搾。扭。捻。②模倣。

もず[百舌]〈名〉(動)伯勞。

モスク[mosque]〈名〉(宗)清真寺。

もぞう[模造]〈名・他サ〉倣造。

もぞもぞ[副・自サ]蠕蠕。蝡動。

もだ・える[悶える]〈自下一〉①苦悶。煩惱。②挣扎。扭動(身體)。

もた・げる[擡げる]〈他下一〉抬起。豎起。

もたせか・ける[凭せ掛ける]〈他下一〉倚。靠。搭。

もたつ・く〈自五〉遲緩。磨磨蹭蹭。

もたもた[副・自サ]慢騰騰。

もたら・す[齎す]〈他五〉帶來。

もた・れる[凭れる]〈自下一〉①憑靠。②積食。

モダン[modern]〈名・形動〉摩登。時髦。現代。

もち[持ち]〈名〉①持有。②負擔。③耐久性。

もち[餅]〈名〉年糕。

もち[黐]〈名〉粘鳥膠。

もちあが・る[持ち上がる]〈自五〉①搬起。②隆起。③發生。

もちあ・げる[持ち上げる]〈他下一〉①拿起。舉起。②捧。

もちあじ[持味]〈名〉①原有味道。②獨特風格。

もちあわ・せる[持ち合せる]〈他下一〉現有。

モチーフ[motif]〈名〉主題。

もち・いる[用いる]〈他上一〉用。使用。任用。

もちか・える[持ち替える]〈他下一〉倒手。

もちか・ける[持ち掛ける]〈他下一〉(主動)提出。(首先)開口。

もちきり[持切り]〈名〉始終談論一件事。

もちぐされ[持腐れ]〈名〉(有好東西)不去利用。

もちくず・す[持ち崩す]〈他五〉敗壞。糟蹋。

もちこ・す[持ち越す]〈他五〉拖延。遺留。

もちこた・える[持ち堪える]〈他下一〉堅持。維持。

もちごま[持駒]〈名〉①(將棋)手裏的棋子。②備用人員。

もちこ・む[持ち込む]〈他五〉①拿進。②提出。

もちごめ[糯米]〈名〉糯米。

もちだし[持出し]〈名〉①帶出。②自己負

擔。

もちだ・す[持ち出す]〈他五〉①帶出。②提出。

もちつもたれつ[持ちつ持たれつ]〈連語〉互相幫助。

もちなお・す[持ち直す]〈自五〉好轉。恢復。

もちにげ[持逃げ]〈名・他サ〉拐走。

もちぬし[持主]〈名〉物主。

もちば[持場]〈名〉崗位。

もちはこ・ぶ[持ち運ぶ]〈他五〉携帶。

もちぶん[持分]〈名〉份額。

もちまえ[持前]〈名〉天性。天生。

もちまわり[持回り]〈名〉輪流。

もちもの[持物]〈名〉携帶物品。

もちゅう[喪中]〈名〉服喪期間。

もちよ・る[持ち寄る]〈他五〉湊集。

もちろん[勿論]〈副〉當然。

も・つ[持つ]〈他五〉①拿。持。②帶。携帶。③有。持有。④擔任。⑤負擔。

もつ〈名〉下水。雜碎。

もっか[目下]〈名〉目前。

もっかんがっき[木管楽器]〈名〉木管樂器。

もっきん[木琴]〈名〉木琴。

もっけい[黙契]〈名〉默契。

もっけのさいわい[物怪の幸]〈連語〉意外的幸運。

もっこ[畚]〈名〉網筐。

もっこう[木工]〈名〉木工。

もっさり[副・自サ]遲鈍。

もったい[勿体]〈名〉擺架子。裝模作樣。

もったいな・い[勿体ない]〈形〉①可惜。②過分。③不勝感激。

もって[以て]〈連語〉以。

もってこい〈名〉恰好。正合適。

もってのほか[以ての外]〈連語〉豈有此理。

もってまわった[持って回った]〈連体〉拐彎抹角。

もっと[副]更。再。還。

モットー[motto]〈名〉格言。口號。座右銘。

もっとも[尤も]Ⅰ〈形動〉有道理。Ⅱ〈接〉但是。不過。

もっとも[最も]〈副〉最。

もっぱら[専ら]〈副〉專。淨。

モップ[mop]〈名〉拖布。

もつ・れる[縺れる]〈自下一〉①纏。糾纏。②糾紛。糾葛。③(口舌、手脚)不聽使喚。

もてあそ・ぶ[弄ぶ]〈他五〉擺弄。玩弄。

もてあま・す[持て余す]〈他五〉無法對付。難以處理。

もてな・す[持て成す]〈他五〉招待。款待。

もてはや・す[持て囃す]〈他五〉高度評價。極力讚揚。

も・てる[持てる]〈自下一〉受歡迎。

モデル[model]〈名〉①模型。②模範。③模特兒。

もと[下]〈名〉下。

もと[元・本]〈名〉①原來。過去。②根本。基礎。③起源。根源。④材料。原料。⑤原因。

もどかし・い[形]令人着急。

-もどき[擬]〈接尾〉①模倣。②像。似。

もときん[元金]〈名〉本錢。

もとごえ[元肥]〈名〉基肥。底肥。

もとじめ[元締]〈名〉總管。

もど・す[戻す]〈他五〉①退還。退回。②嘔吐。

もとちょう[元帳]〈名〉總賬。

もとづ・く[基づく]〈自五〉按照。根據。

もとで[元手]〈名〉本錢。

もとどおり[元通り]〈名〉按原樣。

もとね[元値]〈名〉原價。

もとめて[求めて]〈副〉主動。特意。自找。

もと・める[求める]〈他下一〉①求。尋求。②請求。要求。③購買。

もともと[元元]Ⅰ〈副〉本來。原來。Ⅱ〈名〉沒甚麼。不吃虧。

もとより[素より]〈副〉①本來。原來。根本。②當然。

もと・る[悖る]〈自五〉違背。

もど・る[戻る]〈自五〉返回。

モニター[monitor]〈名〉監聽員。

もぬけのから[蛻の殼]〈名〉①蛻皮。②金

蟬脫殼。

もの[物]〈名〉①東西。②事情。事物。

もの[者]〈名〉者。人。

ものいい[物言い]〈名〉①説話。②異議。

ものいり[物入り]〈名〉開銷。

ものう・い[物憂い]〈形〉懶洋洋。

ものうり[物売り]〈名〉貨郎。

ものおき[物置]〈名〉堆房。

ものおじ[物怖じ]〈名・自サ〉膽怯。

ものおしみ[物惜み]〈名・自サ〉吝嗇。吝惜。

ものおと[物音]〈名〉響聲。

ものおぼえ[物覚え]〈名〉記性。

ものおもい[物思い]〈名〉思慮。

ものか[終助]哪能。哪有。

ものかげ[物影]〈名〉影子。

ものかげ[物陰]〈名〉隱蔽處。

ものがたり[物語]〈名〉故事。

ものがた・る[物語る]〈他五〉講。説明。

ものがなし・い[物悲しい]〈形〉悽涼。

ものぐさ[物臭]〈名・形動〉怕麻煩。

ものごころ[物心]〈名〉懂事。

ものごし[物腰]〈名〉態度。舉止。言行。

ものごと[物事]〈名〉事情。

ものさし[物差し]〈名〉尺。

ものさびし・い[物寂しい]〈形〉寂静。冷清。

ものしずか[物静か]〈形動〉①寂静。安静。②冷静。沉着。

ものしり[物知り]〈名〉萬事通。

ものずき[物好き]〈名・形動〉好事。好奇。

ものすごい[物凄い]〈形〉①可怕。②驚人。厲害。

ものたりな・い[物足りない]〈形〉不充分。美中不足。

ものなら[接助]如果。假如。

ものな・れる[物慣れる]〈自下一〉熟練。老練。

ものの[接助]雖然…但是。

ものの[副]大約。

ものほし[物干し]〈名〉曬台。

ものほしそう[物欲しそう]〈形動〉眼饞。眼熱。

ものまね[物真似]〈名〉模倣。

ものみだか・い[物見高い]〈形〉好奇。

ものめずらし・い[物珍しい]〈形〉稀罕。稀奇。

ものもち[物持]〈名〉①財主。②使用東西。

ものものし・い[物物しい]〈形〉①森嚴。②過分。小題大作。

ものもらい[物貰い]〈名〉①乞丐。②〈醫〉麥粒腫。針眼。

ものやわらか[物柔らか]〈形動〉和藹。平易。

モノレール[monorail]〈名〉單軌鐵路。

モノローグ[monologue]〈名〉獨白。

ものわかり[物分り]〈名〉理解。領會。

ものわかれ[物別れ]〈名・自サ〉決裂。破裂。

ものわすれ[物忘れ]〈名・自サ〉健忘。忘性。

ものわらい[物笑い]〈名〉笑柄。笑話。

もはや[最早]〈副〉已經。

もはん[模範]〈名〉模範。

もふく[喪服]〈名〉孝服。

もほう[模倣]〈名・他サ〉模倣。

もみ[籾]〈名〉稻穀。②稻糠。

もみ[樅]〈名〉樅樹。

もみあ・う[揉み合う]〈自五〉①擠做一團。②激烈爭論。

もみあげ[揉み上げ]〈名〉鬢角。

もみがら[籾殼]〈名〉稻糠。

もみくちゃ[揉みくちゃ]〈名〉①滿是皺紋。②一蹋糊塗。

もみけ・す[揉み消す]〈他五〉揉滅。

もみじ[紅葉]〈名〉紅葉。

もみで[揉手]〈名〉搓手。

もみりょうじ[揉み療治]〈名〉按摩。推拿。

も・む[揉む]〈他五〉①揉。搓。②操心。着急。③擁擠。④爭論。⑤磨練。

もめごと[揉事]〈名〉糾紛。

も・める[揉める]〈自下一〉①爭執。②擔心。

もめん[木綿]〈名〉棉花。

もも[股]〈名〉大腿。

もも[桃]〈名〉桃子。

ももひき

470

ももひき[股引]〈名〉緊腿褲。
ももんが[鼯鼠]〈名〉鼯鼠。飛鼠。
もや[靄]〈名〉靄。薄霧。
もや・う[舫う]〈自五〉(船)纜在一起。
もやし[萌やし]〈名〉豆芽菜。
もや・す[燃やす]〈他五〉燒。
もやもや[副・自サ]①模糊。朦朧。②煩悶。不舒暢。
もよう[模様]〈名〉①花紋。花樣。②情況。
もようがえ[模様替]〈名〉改變外觀。改變狀況。
もよおし[催し]〈名〉①舉辦。主辦。②集會。③預兆。
もよお・す[催す]〈他五〉①舉辦。②覺得。
もより[最寄り]〈名〉附近。
もらいなき[貰い泣き]〈名・自サ〉跟着流淚。
もら・う[貰う]〈他五〉①領取。②承擔。③娶。④請。承蒙。
もら・す[漏らす]〈他五〉漏。泄漏。
モラル[morale]〈名〉道德。
もり[盛り]〈名〉盛(的分量)。
もり[森]〈名〉森林。
もり[銛]〈名〉魚叉。
もりあが・る[盛り上がる]〈自五〉①隆起。②高漲。
もりあ・げる[盛り上げる]〈他下一〉①堆積。②掀起。
もりかえ・す[盛り返す]〈他五〉挽回。
もりこ・む[盛り込む]〈他五〉加進。
もりだくさん[盛沢山]〈形動〉豐富多彩。
もりた・てる[守り立てる]〈他下一〉①輔助。撫養。②恢復。扶植。
もりもり[副]①旺盛。拚命。②狼吞虎咽。
も・る[盛る]〈他五〉①盛。②堆。
も・る[漏る]〈自五〉漏。
モルタル[mortar]〈名〉(建築)灰漿。沙漿。
モルヒネ[morphine]〈名〉嗎啡。
モルモット[marmot]〈名〉豚鼠。
もれなく[漏れなく]〈副〉全部。
も・れる[漏れる]〈自下一〉漏。泄漏。遺漏。
もろ・い[脆い]〈形〉脆。脆弱。易壞。

もろこし[唐黍]〈名〉高粱。
もろて[諸手]〈名〉雙手。
もろとも[諸共]〈副〉共同。一起。
もろに[諸に]〈副〉全面。徹底。
はろは[諸刃]〈名〉兩刃。
もろはだ[諸肌]〈名〉上半身的肌膚。
もろもろ[諸諸]〈名〉種種。
もん[門]〈名〉門。大門。
もん[紋]〈名〉①花紋。②(日本的)家徽。
-もん[問]〈接尾〉題。
もんえい[門衛]〈名〉門衛。
もんか[門下]〈名〉門下。
もんがいかん[門外漢]〈名〉門外漢。
もんがいふしゅつ[門外不出]〈名〉珍藏。秘藏。
もんがまえ[門構え]〈名〉①門面。②(漢字)門字框。
もんきりがた[紋切り型]〈名〉照本宣科。千篇一律。
もんく[文句]〈名〉①詞句。字句。②意見。牢騷。
もんげん[門限]〈名〉關門時間。
もんこ[門戸]〈名〉門户。
もんし[門歯]〈名〉門齒。
もんし[悶死]〈名・自サ〉悶死。
もんじゅ[文殊]〈名〉文殊菩薩。
もんしろちょう[紋白蝶]〈名〉白粉蝶。
もんしん[問診]〈名〉問診。
もんじん[門人]〈名〉門人。
モンスーン[monsoon]〈名〉季風。
もんせき[問責]〈名・他サ〉責問。追究。
もんぜつ[悶絶]〈名・自サ〉窒息。昏厥。
もんぜん[門前]〈名〉門前。
モンタージュ[montage]〈名・他サ〉蒙太奇。剪輯。
もんだい[問題]〈名〉①問題。②事件。亂子。③引人注目。
もんちゃく[悶着]〈名・自サ〉爭執。糾紛。
もんてい[門弟]〈名〉門生。
もんどう[問答]〈名・自サ〉①問答。②議論。
もんどり〈名〉翻筋斗。

もんなし[文無し]〈名〉一文不名。
もんばつ[門閥]〈名〉門閥。
もんばん[門番]〈名〉門衛。

もんぶしょう[文部省]〈名〉文部省。
もんもう[文盲]〈名〉文盲。
もんもん[悶悶]〈形動〉悶悶。

や　ヤ

や Ⅰ[副助]或。或者。Ⅱ[接助]一…就…。

や[矢]〈名〉箭。

や[野]〈名〉野。

-や[屋][接尾]①店。舖。②…的人。

ヤード[yard]〈名〉碼。

ヤール〈名〉碼。

やい[感]喂。欵。

やいのやいの[副]糾纏不休地。

やいば[刃]〈名〉刀。刀刃。

やいん[夜陰]〈名〉黑夜。

やえ[八重]〈名〉(花)重瓣。

やえい[野営]〈名・自サ〉野營。

やおちょう[八百長]〈名〉假比賽。

やおもて[矢面]〈名〉衆矢之的。

やおや[八百屋]〈名〉①蔬菜店。賣菜的。②萬事通。

やおら〈副〉從容不迫。

やかい[夜会]〈名〉晚會。

やがい[野外]〈名〉野外。露天。

やがく[夜学]〈名〉夜校。

やがて[軈て][副]①不久。②大約。

やかまし・い[喧しい]〈形〉①吵鬧。嘈雜。②嚴格。嚴厲。③囉嗦。④議論紛紛。

やから[輩]〈名〉輩。徒。

やかん[夜間]〈名〉夜間。

やかん[薬缶]〈名〉水壺。

やかんあたま[薬缶頭]〈名〉禿頭。

やき[焼き]〈名〉①燒。烤。②淬火。

やき[夜気]〈名〉夜間涼氣。

やぎ[山羊]〈名〉山羊。

やきいも[焼芋]〈名〉烤白薯。

やきいん[焼印]〈名〉烙印。

やきうち[焼討ち]〈名・他サ〉火攻。

やき・る[焼き切る]〈他五〉燒斷。

やきぐし[焼串]〈名〉杄子。

やきぐり[焼栗]〈名〉烤栗子。

やきざかな[焼魚]〈名〉烤魚。

やきつ・く[焼き付く]〈自五〉①燒上(痕跡)。②留下(印象)。

やきつけ[焼付]〈名〉印相。

やきつ・ける[焼き付ける]〈他下一〉印相。

やきとり[焼鳥]〈名〉烤鷄肉串。

やきなおし[焼直し]〈名〉①重烤。②翻版。

やきはら・う[焼払う]〈他五〉燒光。

やきひげ[山羊鬚]〈名〉山羊鬍子。

やきぶた[焼豚]〈名〉叉燒猪肉。

やきまし[焼増し]〈名・他サ〉加洗(照片)。

やきめし[焼飯]〈名〉炒飯。

やきもき〈副・自サ〉着急。焦急。

やきもち[焼餅]〈名〉①烤年糕。②嫉妬。③吃醋。

やきもの[焼物]〈名〉陶瓷器。

やきゅう[野球]〈名〉棒球。

やぎゅう[野牛]〈名〉野牛。

やぎょう[夜業]〈名〉夜班。

やきん[冶金]〈名〉冶金。

やきん[夜勤]〈名〉夜班。

やきん[野禽]〈名〉野禽。

や・く[妬く]〈他下一〉嫉妬。

や・く[焼く]〈他五〉①燒。烤。②曬黑。

やく[役]〈名〉①任務。②職務。③角色。④用處。

やく[約]〈副〉大約。

やく[訳]〈名〉翻譯。

ヤク[yak]〈名〉牦牛。

やぐ[夜具]〈名〉被褥。

やくいん[役員]〈名〉幹事。董事。

やくがく[薬学]〈名〉藥學。

やくがら[役柄]〈名〉①職務。②身份。③角色。

やくご[訳語]〈名〉譯語。

やくざ〈名・形動〉①無賴。流氓。②賭徒。③廢物。

やくざい[薬剤]〈名〉藥劑。

やくさつ[扼殺]〈名・他サ〉扼殺。

やくさつ[薬殺]〈名・他サ〉藥死。

やくじ[薬餌]〈名〉藥餌。

やくしゃ[役者]〈名〉演員。

やくしゃ[訳者]〈名〉譯者。

やくしゅつ[訳出]〈名・他サ〉翻譯。

やくしょ[役所]〈名〉官署。政府機關。

やくしょ[訳書]〈名〉譯本。

やくじょ[躍如]〈形動〉躍然。栩栩如生。

やくじょう[約定]〈名・他サ〉約定。訂約。

やくしん[躍進]〈名・自サ〉躍進。

やく・す[訳す]〈他五〉翻譯。

やくすう[約数]〈名〉約數。

やく・する[約する]〈他サ〉①約定。②簡稱。③約分。

やくせき[薬石]〈名〉藥石。

やくそう[薬草]〈名〉藥草。

やくそく[約束]〈名・他サ〉①約會。約定。②規則。規章。

やくそくてがた[約束手形]〈名〉期票。

やくたい[益体]〈名〉有用。

やくだ・つ[役立つ]〈自五〉有用。有益。

やくだ・てる[役立てる]〈他下一〉用於。

やくちゅう[訳注]〈名〉譯註。

やくづき[役付]〈名〉有職務。有職銜。

やくどう[躍動]〈名・自サ〉躍動。跳動。

やくとく[役得]〈名〉好處。外快。

やくどし[厄年]〈名〉厄運之年。

やくにん[役人]〈名〉官員。

やくば[役場]〈名〉公務所。

やくはらい[厄払い]〈名〉祓除不祥。

やくび[厄日]〈名〉凶日。

やくびょうがみ[疫病神]〈名〉瘟神。

やくひん[薬品]〈名〉藥品。

やくぶそく[役不足]〈名・形動〉大材小用。

やくぶつ[薬物]〈名〉藥物。

やくぶん[約分]〈名・他サ〉約分。

やくぶん[訳文]〈名〉譯文。

やくほん[訳本]〈名〉譯本。

やくまわり[役回り]〈名〉(分派的)職務。差事。

やくみ[薬味]〈名〉作料。

やくめ[役目]〈名〉任務。職務。職責。

やくよう[薬用]〈名〉藥用。

やくよけ[厄除け]〈名〉闢邪。

やぐら[櫓]〈名〉①城樓。②望樓。

やぐるまぎく[矢車菊]〈名〉矢車菊。

やくわり[役割]〈名〉任務。職責。作用。

やけ[自棄]〈名〉自暴自棄。

やけあと[焼跡]〈名〉火災後的痕跡。

やけい[夜景]〈名〉夜景。

やけい[夜警]〈名〉夜警。

やけいし[焼石]〈名〉△～に水/杯水車薪。

やけくそ[自棄糞]〈名〉自暴自棄。

やけこげ[焼け焦げ]〈名〉燒焦。

やけざけ[自棄酒]〈名〉悶酒。

やけど[火傷]〈名〉燒傷。燙傷。

やけに[副]非常。過於。

やけのがはら[焼野が原]〈名〉一片焦土。

やけぼっくい[焼け木杭]〈名〉△～に火がつく/死灰復燃。重溫舊情。

や・ける[妬ける]〈自下一〉嫉妬。

や・ける[焼ける]〈自下一〉①燒。②烤。③曬。④燒心。⑤操心。

やけん[役犬]〈名〉野狗。

やご[屋号]〈名〉水蠆。

やこう[夜光]〈名〉夜光。

やこう[夜行]〈名〉夜行。

やごう[屋号]〈名〉商號。

やこうちゅう[夜光虫]〈名〉夜光蟲。

やさい[野菜]〈名〉蔬菜。

やさおとこ[優男]〈名〉小白臉。

やさがし[家捜し]〈名・自サ〉①找遍家中。②找住房。

やさき[矢先]〈名〉①箭頭。②眾矢之的。③正要…的時候。

やさし・い[易しい]〈形〉簡單。容易。

やさし・い[優しい]〈形〉溫和。溫柔。

やし[椰子]〈名〉椰子。

やし[香具師]〈名〉江湖藝人。

やじ[野次]〈名〉倒彩。奚落聲。

やじうま[野次馬]〈名〉看熱鬧的人。

やしき[屋敷]〈名〉宅第。公館。

やしな・う[養う]〈他五〉①養。養活。②養成。

やしゃ[夜叉]〈名〉夜叉。

やしゃご[玄孫]〈名〉玄孫。

やしゅ[野趣]〈名〉野趣。

やしゅう[夜襲]〈名・他サ〉夜襲。

やじゅう[野獣]〈名〉野獸。

やしょく[夜食]〈名〉夜宵。

やじり[鏃]〈名〉箭頭。

やじ・る[野次る]〈他五〉奚落。喝倒彩。

やじるし[矢印]〈名〉箭頭(符號)。

やしろ[社]〈名〉神社。

やしん[野心]〈名〉野心。

やじん[野人]〈名〉①郷下人。②在野的人。

やす[箈]〈名〉魚叉。

やすあがり[安上り]〈名・形動〉省錢。便宜。

やす・い[安い]〈形〉便宜。

やす・い[易い]〈形〉容易。

やすうけあい[安請合い]〈名・自サ〉輕諾。輕易答應。

やすうり[安売]〈名・他サ〉賤賣。

やすっぽ・い[安っぽい]〈形〉①不值錢。②庸俗。淺薄。

やすで[馬陸]〈名〉(動)馬陸。

やすね[安値]〈名〉廉價。

やすぶしん[安普請]〈名〉簡陋(的房子)。

やすま・る[休まる]〈自五〉休息。

やすみ[休み]〈名〉①休息。②休假。假日。③缺席。④睡覺。

やす・む[休む]〈自五〉①休息。②缺席。③睡覺。

やす・める[休める]〈他下一〉使…休息。使…停歇。

やすもの[安物]〈名〉便宜貨。

やすやす[安安]〈副〉輕易。

やすらか[安らか]〈形動〉安穩。安靜。

やすら・ぐ[安らぐ]〈自五〉舒暢。無憂無慮。

やすり[鑢]〈名〉鑓刀。

やすん・ずる[安んずる]〈自他サ〉安於。

やせい[野生]〈名〉野生。

やせい[野性]〈名〉野性。

やせうで[痩せ腕]〈名〉微弱的力量。

やせおとろ・える[痩せ衰える]〈自下一〉消瘦。

やせがまん[痩我慢]〈名・自サ〉硬撐。打腫臉充胖子。

やせぎす[痩せぎす]〈名・形動〉骨瘦如柴。

やせこ・ける[痩せこける]〈自下一〉枯瘦。

やせさらば・える[痩せさらばえる]〈自下一〉骨瘦如柴。

やせち[痩せ地]〈名〉薄地。

やせっぽち[痩せっぽち]〈名〉瘦子。

やせほそ・る[痩細る]〈自五〉消瘦。

や・せる[痩せる]〈自下一〉①瘦。消瘦。②瘠薄。

やせん[夜戦]〈名〉夜戰。

やせん[野戦]〈名〉野戰。

やそう[野草]〈名〉野草。

やたい[屋台]〈名〉攤床。貨攤。

やたいぼね[屋台骨]〈名〉台柱子。

やたら〈名・形動〉胡亂。隨便。

やちょう[野鳥]〈名〉野鳥。

やちん[家賃]〈名〉房租。

やつ[奴]Ⅰ〈名〉傢伙。東西。Ⅱ〈代〉那小子。那傢伙。

やつあたり[八当り]〈名・自サ〉亂發脾氣。

やっかい[厄介]〈名・形動〉①麻煩。費事。②關照。照料。

やっか・む[奴かむ]〈他五〉嫉妬。吃醋。

やっかん[約款]〈名〉條款。

やっき[躍起]〈名・形動〉拚命。

やつぎばや[矢継ぎ早]〈名・形動〉接連不斷。

やっきょう[薬莢]〈名〉藥筒。彈殼。

やっきょく[薬局]〈名〉藥局。藥房。

やっこう[薬効]〈名〉藥效。

やつざき[八裂き]〈名〉撕得粉碎。剮。

やつ・す[窶す]〈他五〉①化装。②熱衷。

やっつ[八つ]〈名〉①八。八個。②八歲。

やっつけしごと[やっつけ仕事]〈名〉草率的工作。

やっつ・ける[やっつける]〈他下一〉①幹完。②狠整。幹掉。打敗。

やつで[八手]〈名〉(植)八角金盤。

やっと〈副〉好容易。勉強。

やっとこ〈名〉鉗子。

やっぱり〈副〉→やはり。

やつめうなぎ[八目鰻]〈名〉八目鰻。

やつ・れる[窶れる]〈自下一〉憔悴。

やど[宿]〈名〉旅店。

やといにん[雇人]〈名〉雇工。傭人。

やといぬし[雇主]〈名〉雇主。

やと・う[雇う]〈他五〉傭。雇傭。

やとう[野党]〈名〉在野黨。

やどかり[宿借り]〈名〉寄居蟹。寄居蟲。

やど・す[宿す]〈他五〉①包藏。②懷孕。③留宿。

やどちょう[宿帳]〈名〉旅客登記簿。

やどちん[宿賃]〈名〉宿費。

やどなし[宿無し]〈名〉流浪漢。

やどや[宿屋]〈名〉旅店。

やどりぎ[宿り木]〈名〉槲寄生。

やど・る[宿る]〈自五〉①住宿。②寓於。

やな[簗]〈名〉魚梁。

やなぎ[柳]〈名〉柳。

やなみ[家並]〈名〉一排房子。家家戶戶。

やに[脂]〈名〉①樹脂。②煙油子。

やにさが・る[脂下がる]〈自五〉洋洋得意。

やにょうしょう[夜尿症]〈名〉夜尿症。

やにわに[矢庭に]〈副〉突然。冷不防。

やぬし[家主]〈名〉房東。

やね[屋根]〈名〉屋頂。

やねうら[屋根裏]〈名〉天棚裏。

やはり[副]①仍然。還是。②也。③果然。④畢竟。

やはん[夜半]〈名〉夜半。

やばん[野蛮]〈名・形動〉野蠻。

やひ[野卑]〈名・形動〉卑鄙。下流。

やぶ[藪]〈名〉草叢。竹叢。灌木叢。

やぶいしゃ[藪医者]〈名〉庸醫。

やぶか[藪蚊]〈名〉伊蚊。

やぶ・く[破く]〈他五〉→やぶる。

やぶさか[吝か]〈形動〉①吝嗇。②〔用否定式〕願意。

やぶにらみ[藪睨み]〈名〉斜眼。

やぶへび[藪蛇]〈名〉捅馬蜂窩。

やぶ・る[破る]〈他五〉①打破。破壞。②撕破。③打敗。

やぶれかぶれ[破れかぶれ]〈名・形動〉破罐破摔。自暴自棄。

やぶ・れる[破れる]〈自下一〉破。

やぶ・れる[敗れる]〈自下一〉敗。輸。

やぶん[夜分]〈名〉晚上。

やぼ[野暮]〈名・形動〉土氣。不知趣。

やぼう[野望]〈名〉野心。

やま[山]〈名〉①山。②堆。③高峰。高潮。④押寶。押題。

やまあい[山間]〈名〉山間。

やまあらし[山荒し・豪猪]〈名〉豪猪。

やまい[病]〈名〉病。

やまいだれ[病垂れ]〈名〉(漢字)病字旁。

やまいも[山芋]〈名〉山藥。

やまおく[山奥]〈名〉深山。

やまおとこ[山男]〈名〉①山中男妖。②住在山裏的男人。③登山愛好者。

やまかじ[山火事]〈名〉山火。

やまがら[山雀]〈名〉山雀。

やまがり[山狩]〈名・形動〉搜山。

やまかん[山勘]〈名〉瞎猜。

やまくずれ[山崩れ]〈名〉山崩。

やまぐに[山国]〈名〉山國。山區。

やまけ[山気]〈名〉投機心。冒險心。

やまごえ[山越え]〈名・自サ〉翻山。

やまごや[山小屋]〈名〉山中小房。

やまざと[山里]〈名〉山村。

やまざる[山猿]〈名〉鄉下佬。

やまし[山師]〈名〉①山中找礦的人。②投機商。騙子手。

やまし・い[疚しい]〈形〉内疚。有愧。

やまたかぼう[山高帽]〈名〉圓頂禮帽。

やまだし[山出し]〈名〉①從山裏運出。②剛從鄉下進城。

やまつなみ[山津波]〈名〉山洪。

やまづみ[山積み]〈名〉堆積如山。

やまでら[山寺]〈名〉山寺。

やまなみ[山並]〈名〉山脈。

やまなり[山鳴り]〈名・自サ〉山鳴。

やまねこ[山猫]〈名〉山貓。

やまのぼり[山登り]〈名・自サ〉登山。

やまば[山場]〈名〉高峰.高潮.

やまはだ[山肌]〈名〉山的地表.

やまばん[山番]〈名〉護林.

やまびこ[山彦]〈名〉回聲.

やまぶき[山吹]〈名〉棣棠花.

やまみち[山道]〈名〉山路.

やまもり[山盛り]〈名〉盛得冒尖.

やまやま[山山]Ⅰ〈名〉群山.Ⅱ〈副〉很.非常.

やまわけ[山分け]〈名・他サ〉平分.

やみ[闇]〈名〉①黑暗.②黑市.

やみあがり[病み上り]〈名〉病剛好.

やみうち[闇討]〈名・他サ〉夜襲.突襲.

やみくも[闇雲]〈形動〉胡亂.

やみじ[闇路]〈名〉①黑道.②醉心.

やみつき[病み付き]〈名〉着迷.

やみとりひき[闇取引]〈名〉①黑市交易.②暗中活動.

やみよ[闇夜]〈名〉黑夜.

や・む[止む]〈自五〉停.止.住.

や・む[病む]〈他五〉①患病.②煩惱.

やむなく[已むなく]〈副〉不得已.

やむをえず[已むを得ず]〈副〉→やむなく.

やむをえな・い[已むを得ない]〈形〉不得已.

や・める[止める・辞める]〈他下一〉①停止.②辭去.

やもうしょう[夜盲症]〈名〉夜盲.

やもめ[寡婦]〈名〉寡婦.

やもめ[鰥夫]〈名〉鰥夫.

やもり[宮守]〈名〉壁虎.

やや[副]稍.稍微.

ややこし・い[副]複雜.麻煩.

ややもすれば[副]動不動.

やゆ[揶揄]〈名・他サ〉揶揄.

やら[副助]①好像.不知.②…啦…啦.

やり[槍]〈名〉長矛.

やりあ・う[遣り合う]〈自五〉争執.相鬥.

やりかえ・す[遣り返す]〈他五〉①重做.②反駁.

やりかた[遣方]〈名〉做法.

やりきれな・い[遣り切れない]〈形〉①做不完.②受不了.

やりくち[遣り口]〈名〉做法.

やりくり[遣り繰り]〈名・他サ〉安排.籌措.

やりこな・す[遣りこなす]〈他五〉妥善處理.

やりこ・める[遣り込める]〈他下一〉駁倒.

やりすご・す[遣り過す]〈他五〉讓…過去.

やりそこな・う[遣り損なう]〈他五〉做錯.

やりだま[槍玉]〈名〉靶子.

やりっぱなし[遣りっ放し]〈名〉中途撇下.

やりて[遣手]〈名〉能手.

やりと・げる[遣り遂げる]〈他下一〉完成.

やりとり[遣り取り]〈名・他サ〉①互贈.互換.②交談.③争吵.

やりなお・す[遣り直す]〈他五〉重做.

やりなげ[槍投げ]〈名〉擲標槍.

やりば[遣り場]〈名〉送去的地方.

や・る[遣る]〈他五〉①幹.做.搞.②給.③玩.④吃.⑤表演.⑥打發.派.送.

やるかたな・い[遣る方ない]〈形〉非常.…得不得了.

やるせな・い[遣る瀬ない]〈形〉鬱鬱不樂.無法排遣.

やれやれ[感]咳.哎呀.

やろう[野郎]〈名〉傢伙.

やわはだ[柔肌]〈名〉細嫩的皮膚.

やわらか・い[柔らかい・軟らかい]〈形〉①軟.柔軟.②温和.輕鬆.

やわら・ぐ[和らぐ]〈自五〉緩和.

やわら・げる[和らげる]〈他下一〉①使柔和.②使…緩和.

やんちゃ〈名・形動〉淘氣.

やんや〈感〉喝彩聲.

やんわり〈副・自サ〉委婉.

ゆ　ユ

ゆ[湯]〈名〉①熱水。開水。②浴池。澡堂。③温泉。

ゆあか[湯垢]〈名〉水垢。

ゆあがり[湯上り]〈名〉剛洗完澡。

ゆいいつ[唯一]〈名〉唯一。

ゆいがどくそん[唯我独尊]〈名〉唯我獨尊。

ゆいごん[遺言]〈名・自サ〉遺言。

ゆいしょ[由緒]〈名〉由來。

ゆいしん[唯心]〈名〉唯心。

ゆいのう[結納]〈名〉彩禮。聘禮。

ゆいび[唯美]〈名〉唯美。

ゆいぶつ[唯物]〈名〉唯物。

ゆ・う[結う]〈他五〉梳。束。

ゆう[有]〈名〉有。所有。

ゆう[勇]〈名〉勇。勇氣。

ゆう[雄]〈名〉雄。

ゆう[優]〈名〉優。優秀。

ゆうあい[友愛]〈名〉有愛。友愛。

ゆうい[有為]〈名・形動〉有爲。

ゆうい[優位]〈名〉優勢。

ゆういぎ[有意義]〈名・形動〉有意義。

ゆういん[誘因]〈名〉誘因。

ゆううつ[憂鬱]〈名・形動〉憂鬱。

ゆうえい[游泳]〈名・自サ〉游泳。

ゆうえき[有益]〈名・形動〉有益。

ゆうえつ[優越]〈名・自サ〉優越。

ゆうえんち[遊園地]〈名〉遊樂場。

ゆうおう[勇往]〈名〉勇往。

ゆうが[優雅]〈名・形動〉優雅。優閑。

ゆうかい[誘拐]〈名・他サ〉誘拐。拐騙。

ゆうかい[融解]〈名・自他サ〉融化。熔化。

ゆうがい[有害]〈名・形動〉有害。

ゆうがい[有蓋]〈名〉有蓋。

ゆうがお[夕顔]〈名〉（植）瓠子。

ゆうかく[遊廓]〈名〉花柳街。

ゆうがく[遊学]〈名・自サ〉遊學。

ゆうかしょうけん[有価証券]〈名〉有價證券。

ゆうがた[夕方]〈名〉傍晩。

ゆうがとう[誘蛾灯]〈名〉誘蛾燈。

ユーカリ[Eucalyptus]〈名〉桉樹。

ゆうかん[夕刊]〈名〉晩報。

ゆうかん[有閑]〈名・形動〉有閑。

ゆうかん[勇敢]〈名・形動〉勇敢。

ゆうき[有気]〈名〉送氣。

ゆうき[有期]〈名〉有期。

ゆうき[有機]〈名〉有機。

ゆうき[勇気]〈名〉勇氣。

ゆうぎ[友誼]〈名〉友誼。

ゆうぎ[遊戯]〈名・自サ〉遊戲。遊藝。

ゆうきゅう[有給]〈名〉有工資。

ゆうきゅう[悠久]〈名・形動〉悠久。

ゆうきゅう[遊休]〈名〉閑置。

ゆうきょう[遊俠]〈名〉遊俠。

ゆうきょう[遊興]〈名・自サ〉①遊樂。②吃喝玩樂。

ゆうぐう[優遇]〈名・他サ〉優遇。優待。

ユークリッドきかがく[ユークリッド幾何学]〈名〉歐幾里得幾何學。

ゆうぐれ[夕暮]〈名〉黄昏。

ゆうぐん[友軍]〈名〉友軍。

ゆうぐん[遊軍]〈名〉機動部隊。

ゆうけい[有形]〈名〉有形。

ゆうけい[雄勁]〈名・形動〉雄勁。

ゆうげき[遊撃]〈名〉遊擊。

ゆうけん[郵券]〈名〉郵票。

ゆうげん[有限]〈名〉有限。

ゆうげん[幽玄]〈名・形動〉幽玄。幽深。

ゆうけんしゃ[有権者]〈名〉有權者。

ゆうこう[有効]〈形動〉有效。

ゆうごう[融合]〈名・自サ〉融合。

ゆうこく[幽谷]〈名〉幽谷。

ゆうこく[憂国]〈名〉憂國。

ゆうこん[雄渾]〈名・形動〉雄渾。

ゆうざい[有罪]〈名〉有罪。

ゆうさんかいきゅう[有産階級]〈名〉有産階級。

ゆうし[有史]〈名〉有史。

ゆうし[有志]〈名〉有志。

ゆうし[勇士]〈名〉勇士。

ゆうし[勇姿]〈名〉英姿。

ゆうし[雄姿]〈名〉雄姿。

ゆうし[融資]〈名・自サ〉(經)通融資金。貸款。

ゆうじ[有事]〈名〉有事。

ゆうしかいひこう[有視界飛行]〈名〉有視界飛行。

ゆうしきしゃ[有識者]〈名〉有識之士。

ゆうしゃ[勇者]〈名〉勇士。

ゆうしゅう[有終]〈名〉圓滿結束。

ゆうしゅう[憂愁]〈名〉憂愁。

ゆうしゅう[優秀]〈名・形動〉優秀。

ゆうじゅうふだん[優柔不断]〈名〉優柔寡斷。

ゆうしゅつ[涌出]〈名・自サ〉湧出。

ゆうじょ[游女]〈名〉妓女。

ゆうしょう[有償]〈名〉收費。

ゆうしょう[勇将]〈名〉勇將。

ゆうしょう[優勝]〈名・自サ〉優勝。冠軍。第一名。

ゆうじょう[友情]〈名〉友情。

ゆうしょく[夕食]〈名〉晩飯。

ゆうしょく[有色]〈名〉有色。

ゆうじん[友人]〈名〉朋友。

ゆうしんろん[有神論]〈名〉有神論。

ゆうすう[有数]〈名〉有數。

ゆうずう[融通]〈名・他サ〉→ゆうづう。

ゆうすずみ[夕涼み]〈名〉乗晩涼。

ユースホステル[youth hostel]〈名〉青少年旅行者招待所。

ゆう・する[有する]〈他サ〉有。

ゆうせい[有声]〈名〉有聲。

ゆうせい[郵政]〈名〉郵政。

ゆうせい[遊星]〈名〉行星。

ゆうせい[優性]〈名〉優性。

ゆうぜい[遊説]〈名・自サ〉遊説。

ゆうせいがく[優生学]〈名〉優生學。

ゆうせいせいしょく[有性生殖]〈名〉有性生殖。

ゆうせん[有線]〈名〉有綫。

ゆうせん[郵船]〈名〉郵船。

ゆうせん[優先]〈名・自サ〉優先。

ゆうぜん[悠然]〈形動〉悠然。從容。

ゆうそう[勇壮]〈名・形動〉雄壯。

ゆうそう[郵送]〈名・他サ〉郵寄。

ユーターン[Uターン]〈名・自サ〉(汽車)掉頭。

ゆうたい[勇退]〈名・自サ〉自行退職。

ゆうたい[優待]〈名・他サ〉優待。

ゆうだい[雄大]〈名・形動〉雄偉。宏偉。

ゆうだち[夕立]〈名〉陣雨。

ゆうだん[勇断]〈名・他サ〉果斷。

ゆうち[誘致]〈名・他サ〉①導致。②招徠。

ゆうちょう[悠長]〈形動〉悠然。慢騰騰。

ゆうづう[融通]〈名・他サ〉①通融。②靈活。

ゆうてん[融点]〈名〉熔點。

ゆうと[雄図]〈名〉雄圖。

ゆうとう[遊蕩]〈名・自サ〉遊蕩。

ゆうとう[優等]〈名〉優等。

ゆうどう[誘導]〈名・他サ〉誘導。引導。

ゆうどうえんぼく[遊動円木]〈名〉(體)浪木。浪橋。

ゆうとく[有徳]〈名〉有德。

ゆうどく[有毒]〈名〉有毒。

ユートピア[Utopia]〈名〉烏托邦。

ゆうなぎ[夕凪]〈名〉傍晩風平浪静。

ゆうに[優に]〈副〉①安詳。文雅。②足夠。

ゆうのう[有能]〈名・形動〉能幹。有才能。

ゆうばえ[夕映え]〈名〉晩霞。

ゆうはつ[誘発]〈名・他サ〉誘發。引起。

ゆうひ[夕日]〈名〉夕陽。

ゆうひ[雄飛]〈名・自サ〉雄飛。

ゆうび[優美]〈名・形動〉優美。

ゆうびん[郵便]〈名〉郵政。郵件。

ゆうふく[裕福]〈名・形動〉富裕。優裕。

ゆうべ[夕べ]〈名〉①傍晩。②晩會。

ゆうべ[昨夜]〈名〉昨晩。

ゆうへい[幽閉]〈名・他サ〉幽囚。幽禁。

ゆうべん[雄弁]〈名・形動〉雄辯。

ゆうほ[遊歩]〈名・自サ〉散步。漫步。

ゆうほう[友邦]〈名〉友邦。

ゆうぼう[有望]〈形動〉有望。

ゆうぼく[遊牧]〈名・自サ〉遊牧。
ゆうみん[遊民]〈名〉遊民。
ゆうめい[有名]〈形動〉有名。
ゆうめい[勇名]〈名〉威名。
ゆうめい[幽明]〈名〉幽明。
ゆうめいむじつ[有名無実]〈名〉有名無實。
ユーモア[humour]〈名〉幽默。
ゆうもう[勇猛]〈名・形動〉勇猛。
ユーモラス[humorous]〈形動〉有幽默感。
ゆうもん[幽門]〈名〉幽門。
ゆうやく[勇躍]〈副〉奮勇。精神飽滿。
ゆうやく[釉薬]〈名〉釉子。
ゆうやけ[夕焼け]〈名〉晚霞。
ゆうやみ[夕闇]〈名〉暮色。
ゆうよ[猶予]〈名・自サ〉延期。緩期。緩期。
-ゆうよ[有余]〈接尾〉有餘。
ゆうよう[有用]〈形動〉有用。
ゆうよう[悠揚]〈形動〉從容不迫。
ゆうよく[游弋]〈名・自サ〉遊弋。
ユーラシア[Eurasian]〈名〉歐亞。
ゆうらん[遊覧]〈名・自サ〉遊覽。
ゆうり[有利]〈形動〉有利。
ゆうり[遊離]〈名・自サ〉①遊離。②脫離。
ゆうりすう[有理数]〈名〉有理數。
ゆうりょ[憂慮]〈名・他サ〉憂慮。
ゆうりょう[有料]〈名〉收費。
ゆうりょう[優良]〈名・形動〉優良。
ゆうりょく[有力]〈形動〉有力。
ゆうれい[幽霊]〈名〉幽靈。
ゆうれつ[優劣]〈名〉優劣。
ゆうわ[宥和]〈名・自サ〉綏靖。和睦。
ゆうわ[融和]〈名・自サ〉融洽。和睦。
ゆうわく[誘惑]〈名・他サ〉誘惑。引誘。
ゆえ[故]Ⅰ〈名〉緣故。原因。Ⅱ〈接助〉因爲。
ゆえに[故に]〈接助〉因此。所以。
ゆえん[所以]〈名〉理由。所以。
ゆえん[油煙]〈名〉油烟。
ゆか[床]〈名〉地板。
ゆかい[愉快]〈形動〉愉快。有趣。

ゆかし・い[床しい]〈形〉①高尚。②令人懷念。
ゆかした[床下]〈名〉地板下面。
ゆかた[浴衣]〈名〉(日本人洗澡後或夏天穿的)單衣服。
ゆが・む[歪む]〈自五〉歪。
ゆが・める[歪める]〈他下一〉弄歪。歪曲。
ゆかり[縁]〈名〉緣。關係。
ゆかん[湯灌]〈名〉(佛)入殮前用熱水淨身。
ゆき[雪]〈名〉雪。
ゆき[行き]〈名〉去。開往。
ゆきあたりばったり[行き当りばったり]〈名・形動〉漫無計劃。
ゆきおとこ[雪男]〈名〉雪人。
ゆきおろし[雪下ろし]〈名〉打掃積雪。
ゆきおんな[雪女]〈名〉白衣女妖。
ゆきか・う[行き交う]〈自五〉往來。來往。
ゆきかえり[行き帰り]〈名〉往返。來回。
ゆきがかり[行き掛り]〈名〉①進展情況。②順便。
ゆきかき[雪掻き]〈名〉①掃雪。除雪。②雪耙子。
ゆきがけ[行き掛け]〈名〉順路。
ゆきがっせん[雪合戦]〈名〉打雪仗。
ゆきき[行き来]〈名〉往來。交往。
ゆきぐに[雪国]〈名〉多雪地方。
ゆきぐも[雪雲]〈名〉雪雲。
ゆきげしき[雪景色]〈名〉雪景。
ゆきけむり[雪煙]〈名〉(颳起的)雪煙。
ゆきす・ぎる[行き過ぎる]〈自上一〉①走過頭。②過火。過分。
ゆきずり[行きずり]〈名〉過路。
ゆきだおれ[行き倒れ]〈名〉路倒。
ゆきだるま[雪達磨]〈名〉雪人。
ゆきちがい[行き違い]〈名〉①走兩岔。②不諧調。
ゆきつ・く[行き着く]〈自五〉到達。
ゆきつけ[行き付け]〈名〉常去。
ゆきづま・る[行き詰る]〈自五〉①行不通。②停頓。
ゆきつもどりつ[行きつ戻りつ]〈連語〉走

來走去。

ゆきどけ[雪解け]〈名〉①雪融化。②(關係)解凍。

ゆきとど・く[行き届く]〈自五〉周到。

ゆきどまり[行き止り]〈名〉走到盡頭。終點。

ゆきなや・む[行き悩む]〈自五〉難以前進。停滯不前。

ゆきのした[雪の下]〈名〉虎耳草。

ゆきば[行き場]〈名〉去處。

ゆきやけ[雪焼け]〈名・自サ〉雪反射陽光曬黑皮膚。

ゆきやなぎ[雪柳]〈名〉珍珠花。

ゆきわた・る[行き渡る]〈自五〉普及、遍佈。

ゆ・く[行く]〈自五〉①去。往。到。②走。行。③進展。④離去。⑤經過。

ゆ・く[逝く]〈自五〉①逝世。②流逝。

ゆくえ[行方]〈名〉去向。下落。

ゆくさき[行く先]〈名〉去處。

ゆくすえ[行く末]〈名〉前途。將來。

ゆくて[行く手]〈名〉前方。

ゆくゆく[行く行く]〈副〉將來。

ゆげ[湯気]〈名〉熱氣。

ゆけつ[輸血]〈名・自サ〉輸血。

ゆけむり[湯煙]〈名〉熱氣。

ゆごう[癒合]〈名・自サ〉愈合。

ゆさぶ・る[揺さぶる]〈他五〉搖。搖動。

ゆざまし[湯冷まし]〈名〉涼開水。

ゆざめ[湯冷め]〈名・自サ〉洗澡後着凉。

ゆさん[遊山]〈名〉遊山。

ゆし[油脂]〈名〉油脂。

ゆしゅつ[輸出]〈名・他サ〉輸出。出口。

ゆしゅつにゅう[輸出入]〈名〉進出口。

ゆず[柚子]〈名〉柚子。

ゆす・ぐ[濯ぐ]〈他五〉涮。

ゆすぶ・る[揺すぶる]〈他五〉→ゆさぶる。

ゆすり[強請]〈名〉敲詐。

ゆずりあ・う[譲り合う]〈他五〉相讓。

ゆす・る[揺する]〈他五〉搖。

ゆす・る[強請る]〈他五〉敲詐。

ゆず・る[譲る]〈他五〉①讓。讓給。轉讓。

②讓步。③延期。

ゆせい[油井]〈名〉油井。

ゆせい[油性]〈名〉油性。

ゆせん[湯煎]〈名〉裝在容器裏用開水煮。

ゆそう[油層]〈名〉油層。

ゆそう[油槽]〈名〉油槽。

ゆそう[輸送]〈名・他サ〉輸送。運輸。

ゆたか[豊か]〈形動〉豐富。富裕。

ゆだ・ねる[委ねる]〈他下一〉委。委託。

ユダヤ[Judea]〈名〉猶太。

ゆだ・る[茹だる]〈自五〉煮熟。

ゆだん[油断]〈名・自サ〉疏忽。大意。麻痹。

ゆたんぽ[湯たんぽ]〈名〉湯婆子。

ゆちゃく[癒着]〈名・自サ〉〈醫〉粘連。

ゆっくり〈副〉慢慢地。

ゆったり〈副〉①寬鬆。②悠閑。

ゆでたまご[茹卵]〈名〉煮鷄蛋。

ゆ・でる[茹でる]〈他下一〉煮。焯。炸。

ゆでん[油田]〈名〉油田。

ゆどの[湯殿]〈名〉浴室。

ゆとり〈名〉寬裕。餘裕。

ユニーク[unique]〈形動〉獨特。

ユニバース[universe]〈名〉全世界。宇宙。

ユニホーム[uniform]〈名〉制服。

ゆにゅう[輸入]〈名・他サ〉輸入。進口。

ゆにょうかん[輸尿管]〈名〉輸尿管。

ユネスコ[UNESCO]〈名〉聯合國教科文組織。

ゆのし[湯熨]〈名〉燙স平。

ゆのみ[湯飲み]〈名〉茶杯。

ゆば[湯葉]〈名〉豆腐皮。

ゆび[指]〈名〉手指頭。

ゆびおり[指折り]〈名〉屈指。

ゆびきり[指切り]〈名・自サ〉(小孩起誓時)用小指拉鈎。

ゆびさき[指先]〈名〉指尖。

ゆびさ・す[指さす]〈他五〉指。

ゆびずもう[指相撲]〈名〉扳手指。

ゆびにんぎょう[指人形]〈名〉布袋木偶。

ゆびぬき[指貫]〈名〉頂針。

ゆびわ[指輪]〈名〉戒指。

ゆぶね[湯船]〈名〉澡盆。

ゆぼけつがん[油母頁岩]〈名〉油母頁岩。

ゆみ[弓]〈名〉弓。弓子。

ゆみず[湯水]〈名〉開水和水。

ゆみなり[弓形]〈名〉弓形。

ゆみや[弓矢]〈名〉弓箭。

ゆめ[副]千萬。切切。

ゆめ[夢]〈名〉①夢。②夢想。理想。

ゆめうつつ[夢現]〈名〉似夢非夢。

ゆめごこち[夢心地]〈名〉夢境。

ゆめじ[夢路]〈名〉夢。夢中。

ゆめまくら[夢枕]〈名〉①夢境。②夢枕。

ゆめみ[夢見]〈名〉做夢。

ゆめ・みる[夢見る]〈自上一〉做夢。夢見。夢想。

ゆめものがたり[夢物語]〈名〉夢話。幻想。

ゆゆし・い[由由しい]〈形〉嚴重。

ゆらい[由来]〈名〉由來。

ゆら・ぐ[揺ぐ]〈自五〉搖撼。

ゆらめ・く[揺らめく]〈自五〉搖撼。

ゆらゆら[副・自サ]輕輕搖撼。輕輕飄動。

ゆらんかん[輸卵管]〈名〉輸卵管。

ゆり[百合]〈名〉百合。

ゆりうごか・す[揺り動かす]〈他五〉搖動。

ゆりおこ・す[揺り起す]〈他五〉推醒。

ゆりかえし[揺り返し]〈名〉(地震)餘震。

ゆりかご[揺り籠]〈名〉搖籃。

ゆる・い[緩い]〈形〉①鬆。②緩。③稀。④不嚴。

ゆるが・す[揺がす]〈他五〉震撼。

ゆるがせ[忽せ]〈名〉疏忽。

ゆるぎ[揺ぎ]〈名〉動搖。

ゆるし[許し]〈名〉允許。寬恕。

ゆる・す[許す]〈他五〉①允許。許可。②原諒。饒恕。赦免。③鬆懈。④公認。

ゆるみ[緩み]〈名〉鬆懈。鬆弛。

ゆる・む[緩む]〈自五〉鬆懈。鬆弛。

ゆる・める[緩める]〈他下一〉①鬆。放鬆。②放慢。

ゆるやか[緩やか]〈形動〉①緩。緩慢。②鬆。寬。

ゆれ[揺れ]〈名〉搖撼。

ゆ・れる[揺れる]〈自下一〉搖撼。

ゆわ・える[結わえる]〈他下一〉綁。繫。紮。拴。

ゆわかし[湯沸し]〈名〉燒水壺。

よ ヨ

よ[世・代]〈名〉①世。世道。社會。②時代。

よ[夜]〈名〉夜。夜裏。

よ[余]〈名〉餘。

よあかし[夜明し]〈名・自サ〉通宵。徹夜。

よあけ[夜明け]〈名〉天亮。

よあそび[夜遊び]〈名・自サ〉夜晚遊蕩。

よあるき[夜歩き]〈名・自サ〉走夜路。

よ・い[良い・善い・好い]〈形〉①好。②行。可以。

よい[宵]〈名〉①傍晚。②夜晚。

よい[酔]〈名〉醉。

よいざめ[酔い覚め]〈名〉醒酒。

よいしょ〈感〉嗨喲。

よいっぷ・る[酔っ張り]〈名〉夜貓子。

よいつぶ・れる[酔い潰れる]〈自下一〉泥醉。爛醉。

よいどれ[酔いどれ]〈名〉醉漢。

よいのくち[宵の口]〈名〉傍晚。黄昏。

よいのみょうじょう[宵の明星]〈名〉金星。長庚星。

よいん[余韻]〈名〉餘音。餘韻。

よ・う[酔う]〈自五〉①醉。②暈。③陶醉。

よう[用]〈名〉①事情。②用途。③大小便。

よう[洋]〈名〉①海洋。②東洋和西洋。

よう[要]〈名〉①要點。②必要。

よう[陽]〈名〉陽。表面。

よう[様]Ⅰ〈名〉樣式。方法。Ⅱ〈形動〉如。像。好像。

ようい[用意]〈名・他サ〉準備。預備。

ようい[容易]〈形動〉容易。

よういく[養育]〈名・他サ〉養育。撫養。

よういん[要因]〈名〉要因。

よういん[要員]〈名〉必要的人員。

ようえき[溶液]〈名〉溶液。

ようえん[妖艶]〈名・形動〉妖艶。

ようが[洋画]〈名〉西洋畫。

ようが[陽画]〈名〉正片。

ようかい[妖怪]〈名〉妖怪。

ようかい[容喙]〈名・自サ〉置喙。插嘴。

ようかい[溶解]〈名・自他サ〉溶解。溶化。

ようかい[熔解]〈名・自他サ〉熔解。熔化。

ようがい[要害]〈名〉要害。

ようがく[洋楽]〈名〉西洋音樂。

ようかん[羊羹]〈名〉羊羹。

ようがん[溶岩・熔岩]〈名〉熔岩。

ようき[妖気]〈名〉妖氣。

ようき[容器]〈名〉容器。

ようき[陽気]Ⅰ〈名〉①陽氣。②天氣。氣候。Ⅱ〈形動〉爽朗。快活。

ようぎ[容疑]〈名〉嫌疑。

ようきゅう[要求]〈名・他サ〉要求。需求。

ようぎょ[幼魚]〈名〉幼魚。

ようぎょ[養魚]〈名〉養魚。

ようぎょう[窯業]〈名〉陶瓷業。

ようぐ[用具]〈名〉用具。

ようけい[養鶏]〈名〉養鶏。

ようけん[用件]〈名〉事情。

ようけん[要件]〈名〉①要事。②必要條件。

ようご[用語]〈名〉用語。

ようご[養護]〈名・他サ〉撫養(體弱兒童)。

ようご[擁護]〈名・他サ〉擁護。

ようこう[洋行]〈名・自サ〉出洋。留洋。

ようこう[要項]〈名〉重要事項。

ようこう[要綱]〈名〉綱要。

ようこう[陽光]〈名〉陽光。

ようこうろ[溶鉱炉・熔鉱炉]〈名〉高爐。鼓風爐。

ようこそ〈感〉歡迎。

ようさい[洋裁]〈名〉西式裁縫。

ようさい[要塞]〈名〉要塞。

ようざい[用材]〈名〉①材料。②木材。

ようざい[溶剤]〈名〉溶劑。

ようさん[養蚕]〈名〉養蠶。

ようし[用紙]〈名〉格式紙。

ようし[洋紙]〈名〉洋紙。

ようし[要旨]〈名〉要旨。

ようし[容姿]〈名〉姿容。

ようし[陽子]〈名〉質子。

ようし[養子]〈名〉①養子。繼子。②招贅女婿。

ようじ[幼兒]〈名〉幼兒。

ようじ[幼時]〈名〉幼時。

ようじ[用事]〈名〉事情。

ようじ[楊枝]〈名〉牙籤。

ようしき[洋式]〈名〉西式。

ようしき[様式]〈名〉方式。

ようしつ[溶質]〈名〉溶質。

ようしゃ[容赦]〈名・他サ〉①饒恕。原諒。②客氣。

ようしゅ[洋酒]〈名〉西洋酒。

ようしょ[洋書]〈名〉西洋書籍。

ようしょ[要処]〈名〉要處。要地。

ようじょ[幼女]〈名〉幼女。

ようじょ[養女]〈名〉養女。

ようしょう[幼小]〈名〉幼小。

ようしょう[要衝]〈名〉要衝。

ようじょう[洋上]〈名〉海上。

ようじょう[養生]〈名・他サ〉養生。保養。療養。

ようしょく[洋食]〈名〉西餐。

ようしょく[要職]〈名〉要職。

ようしょく[容色]〈名〉姿色。

ようしょく[養殖]〈名・他サ〉養殖。

ようじん[用心]〈名・自サ〉注意。留神。

ようじん[要人]〈名〉要人。

ようじんぼう[用心棒]〈名〉保鏢。

ようす[様子]〈名〉①樣子。情況。②模樣。儀表。③似乎。好像。

ようすい[用水]〈名〉用水。

ようすいろ[用水路]〈名〉水渠。

ようすい[羊水]〈名〉羊水。

よう・する[要する]〈他サ〉要。需要。

よう・する[擁する]〈他サ〉①擁有。②擁抱。③擁立。④率領。

ようするに[要するに]〈副〉總之。

ようせい[夭逝]〈名・自サ〉夭逝。

ようせい[妖精]〈名〉①妖精。②仙女。

ようせい[要請]〈名・他サ〉要求。請求。

ようせい[陽性]〈名〉陽性。

ようせい[養成]〈名・他サ〉培養。培訓。

ようせき[容積]〈名〉容積。

ようせつ[夭折]〈名・自サ〉夭折。

ようせつ[溶接・熔接]〈名・他サ〉熔接。焊接。

ようせん[用箋]〈名〉信箋。

ようそ[沃素]〈名〉碘。

ようそ[要素]〈名〉要素。

ようそう[洋装]〈名・自サ〉①西裝。②洋裝(書)。

ようそう[様相]〈名〉情況。

ようだい[容体]〈名〉病情。

ようたし[用足し]〈名〉①辦事。②解手。

ようだ・てる[用立てる]〈他下一〉①使用。用於。②借給。墊付。

ようだん[用談]〈名・自サ〉商量。

ようち[幼稚]〈名・形動〉幼稚。年幼。

ようち[用地]〈名〉用地。

ようち[要地]〈名〉要地。

ようちえん[幼稚園]〈名〉幼兒園。

ようちゅう[幼虫]〈名〉幼蟲。

ようつい[腰椎]〈名〉腰椎。

ようつう[腰痛]〈名〉腰痛。

ようてん[要点]〈名〉要點。

ようてん[陽転]〈名・自サ〉轉爲陽性。

ようでんき[陽電気]〈名〉陽電。

ようと[用途]〈名〉用途。

ようとう[羊頭]〈名〉羊頭。

ようどう[陽動]〈名〉佯動。

ようとして[杳として]〈副〉杳然。

ようとん[養豚]〈名〉養豬。

ようなし[洋梨]〈名〉洋梨。

ようにん[容認]〈名・他サ〉容忍。允許。承認。

ようねん[幼年]〈名〉幼年。

ようばい[溶媒]〈名〉溶媒。溶劑。

ようび[曜日]〈名〉星期。禮拜。

ようひん[用品]〈名〉用品。

ようひん[洋品]〈名〉服飾用品。

ようふ[妖婦]〈名〉妖婦。

ようふ[養父]〈名〉養父。

ようふう[洋風]〈名〉西式。

ようふく[洋服]〈名〉西服。

ようぶん[養分]〈名〉養分。

ようへい[用兵]〈名〉用兵。
ようへい[葉柄]〈名〉葉柄。
ようへい[傭兵]〈名〉雇傭兵。
ようべん[用便]〈名・自サ〉解手。大小便。
ようぼ[養母]〈名〉養母。
ようほう[用法]〈名〉用法。
ようほう[養蜂]〈名〉養蜂。
ようぼう[要望]〈名・他サ〉要求。希望。
ようぼう[容貌]〈名〉容貌。
ようま[洋間]〈名〉西式房間。
ようみゃく[葉脈]〈名〉葉脈。
ようむ[用務]〈名〉事務。工作。
ようむ[要務]〈名〉重要任務。
ようむき[用向き]〈名〉事情。
ようめい[幼名]〈名〉乳名。
ようめい[用命]〈名〉①吩咐。②定購。
ようもう[羊毛]〈名〉羊毛。
ようもく[要目]〈名〉要目。
ようやく[要約]〈名・他サ〉概括。歸納。
ようやく[漸く]〈副〉①好容易。總算。②漸漸。
ようよう[洋洋]〈形動〉①汪洋。②遠大。
ようよう[揚揚]〈形動〉揚揚。洋洋。
ようらん[要覧]〈名〉要覽。概況。
ようらん[揺籃]〈名〉搖籃。
ようりつ[擁立]〈名・他サ〉擁立。
ようりょう[用量]〈名〉用量。
ようりょう[要領]〈名〉要領。訣竅。
ようりょう[容量]〈名〉容量。
ようりょく[揚力]〈名〉舉力。
ようりょくそ[葉緑素]〈名〉葉緑素。
ようれい[用例]〈名〉例子。
ようろ[要路]〈名〉①要道。②要職。
ようろう[養老]〈名〉養老。
ヨーグルト[Joghurt]〈名〉酸牛奶。
ヨード[Jod]〈名〉碘。
ヨーロッパ[Europa]〈名〉歐洲。
よか[余暇]〈名〉餘暇。
ヨガ[yoga]〈名〉(印度)瑜伽。
よかぜ[夜風]〈名〉夜風。
よかれあしかれ〈副〉好歹。無論如何。
よかん[予感]〈名・他サ〉預感。
よき[予期]〈名・他サ〉預期。預料。

よぎ[余技]〈名〉業餘愛好。
よぎしゃ[夜汽車]〈名〉夜行列車。
よぎな・い[余儀ない]〈形〉不得已。
よきょう[余興]〈名〉餘興。
よぎ・る[過る]〈自五〉穿過。通過。
よきん[預金]〈名・他サ〉存款。
よく〈副〉①好。漂亮。好好地。②經常。③非常。
よく[欲]〈名〉慾望。
よく[翼]〈名〉翼。翅膀。
よく-[翌]〈接頭〉翌。
よくあつ[抑圧]〈名・他サ〉壓迫。壓制。抑制。
よくげつ[翌月]〈名〉翌月。
よくし[抑止]〈名・他サ〉抑制。
よくしつ[浴室]〈名〉浴室。
よくじつ[翌日]〈名〉翌日。
よくしゅう[翌週]〈名〉下週。
よくじょう[浴場]〈名〉浴池。
よくじょう[欲情]〈名〉情慾。肉慾。
よく・する[能くする]〈他サ〉善於。擅長。
よく・する[浴する]〈自サ〉①沐浴。②受。蒙受。
よくせい[抑制]〈名・他サ〉抑制。
よくそう[浴槽]〈名〉浴盆。
よくちょう[翌朝]〈名〉翌晨。
よくど[沃土]〈名〉沃土。
よくとく[欲得]〈名〉貪婪。
よくねん[翌年]〈名〉翌年。
よくばり[欲張り]〈名・形動〉貪婪。
よくば・る[欲張る]〈自五〉貪婪。
よくばん[翌晩]〈名〉第二天晚上。
よくぼう[欲望]〈名〉慾望。
よくめ[欲目]〈名〉偏愛。偏心。
よくも〈副〉竟。竟敢。
よくや[沃野]〈名〉沃野。
よくよう[抑揚]〈名〉抑揚。
よくよく〈副〉①好好地。仔細地。②非常。
よくよく-[翌翌]〈接頭〉第三(年、月、日)。
よくりゅう[抑留]〈名・他サ〉拘留。
よけい[余計]Ⅰ〈形動〉①多餘。②無益。Ⅱ〈副〉①多。②更加。
よ・ける[避ける]〈自下一〉躲。躲避。避。避

開。

よけん[予見]〈名・他サ〉預見。

よげん[予言]〈名・他サ〉預言。

よげん[余弦]〈名〉(數)餘弦。

よこ[横]〈名〉①横。②側。旁。③寛。④斜。

よご[予後]〈醫〉預後。

よこあい[横合い]〈名〉旁邊。

よこいと[横糸]〈名〉緯線。

よこう[予行]〈名・他サ〉預演。

よこがお[横顔]〈名〉①側臉。②側面。

よこがき[横書き]〈名〉横寫。

よこがみやぶり[横紙破り]〈名〉蠻横無理。

よこぎ・る[横切る]〈自五〉横穿。

よこく[予告]〈名・他サ〉預告。

よこぐるま[横車]〈名〉△～を押す/横加干涉。蠻横無理。

よこしま〈名・形動〉邪惡。

よこ・す[寄越す]〈他五〉寄來。拿來。送來。派來。

よご・す[汚す]〈他五〉弄髒。

よこずき[横好き]〈名〉△下手の～/喜愛但不擅長。

よこすべり[横滑り]〈名〉①横滑。②同級調動。

よこた・える[横たえる]〈他下一〉横臥。横放。

よこたおし[横倒し]〈名〉倒下。

よこだき[横抱き]〈名〉挾在腋下。

よこたわ・る[横たわる]〈自五〉躺。卧。

よこちょう[横町]〈名〉胡同。里弄。巷。

よこづけ[横付け]〈名・他サ〉停。靠。攏。

よこっつら[横っ面]〈名〉嘴巴子。

よこて[横手]〈名〉旁邊。

よこどり[横取り]〈名・他サ〉奪取。搶奪。

よこながし[横流し]〈名・他サ〉私賣。

よこなぐり[横殴り]〈名〉從旁邊打。

よこなみ[横波]〈名〉横浪。

よこばい[横這い]〈名〉①横爬。②(物質)平穩。

よこばら[横腹]〈名〉側腹。

よこぶえ[横笛]〈名〉横笛。

よこみち[横道]〈名〉岔路。

よこむき[横向き]〈名〉側身。

よこめ[横目]〈名〉斜眼(看)。

よこもじ[横文字]〈名〉西洋文字。

よこやり[横槍]〈名〉△～を入れる/横加干涉。從旁插嘴。

よご・れる[汚れる]〈自下一〉髒。

よこれんぼ[横恋慕]〈名〉戀慕別人的情人。

よざい[余罪]〈名〉其他罪行。

よさん[予算]〈名〉預算。

よし[由]〈名〉①事由。緣故。②方法。手段。③聽說。

よし[葦]〈名〉蘆葦。

よしあし[善し悪し]〈名〉善惡。

よじげん[四次元]〈名〉四維。

よしず[葦簾]〈名〉葦簾。

よじのぼ・る[攀じ登る]〈自五〉攀登。

よしみ[好み・誼み]〈名〉友誼。交情。

よしゅう[預習]〈名・他サ〉預習。

よじょう[余剰]〈名〉剩餘。

よじ・る[捩る]〈他五〉扭。擰。

よじ・れる[捩れる]〈自下一〉扭歪。扭曲。

よしん[余震]〈名〉餘震。

よじん[余人]〈名〉別人。外人。

よじん[余燼]〈名〉餘燼。

よ・す[止す]〈他五〉停止。

よすが[縁]〈名〉依靠。借助。

よすてびと[世捨人]〈名〉隱士。

よすみ[四隅]〈名〉四角。

よせ[寄席]〈名〉曲藝場。說書場。

よせあつ・める[寄せ集める]〈他下一〉拼湊。

よせい[余生]〈名〉餘生。

よせい[余勢]〈名〉餘勇。

よせがき[寄書き]〈名〉集體寫(畫)。

よせぎざいく[寄木細工]〈名〉鑲嵌木工藝。

よせつ・ける[寄せ付ける]〈他下一〉讓…靠近。

よせなべ[寄鍋]〈名〉火鍋。

よ・せる[寄せる]Ⅰ〈自下一〉靠近。逼近。

Ⅱ〈他下一〉①挪近。②召集。集中。③招攬。④寄身。⑤寄予。⑥寄送。

よせん[予選]〈名・他サ〉預選。預賽。

よそ[余所]〈名〉①別號。②與己無關。

よそ・う[装う]〈他五〉盛（飯等）。

よそう[予想]〈名・他サ〉預想。預料。

よそおい[装い]〈名〉裝飾。打扮。

よそお・う[装う]〈他五〉①裝飾。打扮。②假裝。

よそく[予測]〈名・他サ〉預測。

よそごと[余所事]〈名〉與己無關的事。

よそながら[余所ながら]〈副〉遙遠。暗中。

よそみ[余所見]〈名〉往旁邊看。

よそめ[余所目]〈名〉旁觀。

よそもの[余所者]〈名〉外人。

よそゆき[余所行き]〈名〉出門。

よそよそし・い[形]冷淡。

よぞら[夜空]〈名〉夜空。

よだ・つ〈自五〉悚然。顫慄。

よだつ[与奪]〈名〉△生殺～の権/生殺予奪之權。

よたもの[与太者]〈名〉惡棍。流氓。

よたよた[副・自サ]搖搖提提。

よだれ[涎]〈名〉口水。

よだん[予断]〈名・他サ〉預斷。

よだん[余談]〈名〉閑談。

よち[予知]〈名・他サ〉預測。

よち[余地]〈名〉餘地。

よちよち[副・自サ]搖搖提提。

よつ[四]〈名〉△～に組む/（兩人）扭在一起。認真對待。

よつかど[四角]〈名〉十字路口。

よつぎ[世継ぎ]〈名〉繼承人。

よっきゅう[欲求]〈名・他サ〉慾求。慾望。

よつぎり[四切り]〈名〉四開（照片）。

よつであみ[四手網]〈名〉提網。

ヨット[yacht]〈名〉帆船。

よっぱらい[酔払い]〈名〉醉鬼。

よっぱら・う[酔っ払う]〈自五〉喝醉。

よつゆ[夜露]〈名〉夜露。

よつんばい[四つん這い]〈名〉匍匐。趴下。

よてい[予定]〈名・他サ〉預定。

よとう[与党]〈名〉執政黨。

よどおし[夜通し]〈副〉徹夜。

よとく[余得]〈名〉外快。

よとく[余徳]〈名〉餘蔭。

よどみ[淀み]〈名〉①積水。②（言詞）不流暢。

よど・む[淀む]〈自五〉①不流通。②沉澱。

よなか[夜中]〈名〉半夜。

よなが[夜長]〈名〉長夜。

よなき[夜泣き]〈名・自サ〉夜裏哭。

よなべ[夜なべ]〈名・自サ〉夜班。夜作。

よな・れる[世慣れる]〈自下一〉世故。

よにげ[夜逃げ]〈名・自サ〉乘夜逃跑。

よにも[世にも]〈副〉非常。

よねつ[余熱]〈名〉餘熱。

よねん[余念]〈名〉雜念。

よのなか[世の中]〈名〉世間。社會。

よは[余波]〈名〉餘波。

よはく[余白]〈名〉空白。

よび[予備]〈名〉預備。

よびおこ・す[呼び起す]〈他五〉喚起。

よびか・ける[呼び掛ける]〈他下一〉號召。呼籲。

よびかわ・す[呼び交す]〈他五〉互相招呼。

よびこ[呼子]〈名〉哨子。

よびごえ[呼び声]〈名〉呼聲。吆喝聲。

よびこ・む[呼び込む]〈他五〉招攬。

よびすて[呼捨て]〈名〉（不加敬稱）直呼其名。

よびだし[呼出]〈名〉傳喚。

よびだ・す[呼び出す]〈他五〉喚出。叫出。

よびつ・ける[呼び付ける]〈他下一〉①叫來。②叫慣。

よびと・める[呼び止める]〈他下一〉叫住。

よびな[呼び名]〈名〉稱呼。

よびみず[呼び水]〈名〉①（泵的）起動水。②引子。誘因。

よびもど・す[呼び戻す]〈他五〉叫回。

よびもの[呼び物]〈名〉精彩節目。

よびょう[余病]〈名〉併發症。

よびよ・せる[呼び寄せる]〈他下一〉叫來。

よびりん[呼び鈴]〈名〉鈴。電鈴。

よ・ぶ[呼ぶ]〈他五〉①呼。喊。叫。②稱。③邀請。④博得。招引。

よふかし[夜更し]〈名〉熬夜。

よふけ[夜更け]〈名〉深夜。

よぶん[余分]〈名〉①剩餘。②多。富裕。

よへい[余弊]〈名〉流弊。弊病。

よほう[予報]〈名・他サ〉預報。

よぼう[予防]〈名・他サ〉預防。

よぼう[輿望]〈名〉衆望。

よほど[余程]〈副〉非常。

よぼよぼ〈副・自サ〉(老人)摇摇摆摆。

よま・せる[読ませる]〈他下一〉吸引人。

よまわり[夜回り]〈名・自サ〉打更。查夜。

よみ[黄泉]〈名〉黄泉。

よみ[読み]〈名〉①讀。②判斷。理解。

よみあ・げる[読み上げる]〈他下一〉①讀完。②宣讀。

よみあわせ[読み合せ]〈名〉校對。

よみおと・す[読み落す]〈他五〉看漏。

よみかえ・す[読み返す]〈他五〉重讀。

よみが・える[蘇る]〈自五〉復活。復甦。甦醒。

よみかき[読み書き]〈名〉讀寫。讀書寫字。

よみかた[読み方]〈名〉讀法。

よみきり[読み切り]〈名〉①讀完。②一期載完。

よみごたえ[読み応え]〈名〉看頭。

よみこな・す[読みこなす]〈他五〉讀懂。

よみせ[夜店]〈名〉夜市。

よみち[夜道]〈名〉夜路。

よみで[読みで]〈名〉大部頭。有看頭。

よみとお・す[読み通す]〈他五〉通讀。

よみと・る[読み取る]〈他五〉①讀懂。②推測。

よみふ・ける[読み耽る]〈他五〉讀得入迷。

よみもの[読物]〈名〉讀物。

よ・む[詠む]〈他五〉詠。

よ・む[読む]〈他五〉①讀。②數。③揣摩。

よめ[嫁]〈名〉媳婦。

よめ[夜目]〈名〉夜裏看東西。

よめい[余命]〈名〉餘生。

よめいり[嫁入り]〈名・自サ〉出嫁。

よ・める[読める]〈自下一〉理解。明白。

よもぎ[蓬]〈名〉艾。蒿。

よもすがら[夜もすがら]〈副〉徹夜。通宵。

よもや〈副〉不至於。難道。未必。

よもやまばなし[四方山話]〈名〉閑聊。

よやく[予約]〈名・他サ〉預約。預訂。

よゆう[余裕]〈名〉餘裕。

より〈副〉更。

より[縒り]〈名〉捻。搓。

より[格助]①從。自。由。②比。③除。

よりあい[寄合い]〈名〉集會。

よりあいじょたい[寄合所帯]〈名〉多户雜居在一起。烏合之衆。

よりあつま・る[寄り集まる]〈自五〉聚集。

よりいと[縒り糸]〈名〉捻綫。

よりかか・る[寄り掛る]〈自五〉倚。靠。

よりごのみ[選り好み]〈名・他サ〉挑別。

よりすぐ・る[選りすぐる]〈他五〉挑選。

よりそ・う[寄り添う]〈自五〉挨。偎。

よりつ・く[寄り付く]〈自五〉靠近。接近。

よりどころ[拠所]〈名〉依據。根據。

よりどり[選り取り]〈名・他サ〉隨意挑選。

よりぬき[選り抜き]〈名・他サ〉選拔。

よりみち[寄道]〈名・自サ〉繞道。

よりょく[余力]〈名〉餘力。

よりわ・ける[選り分ける]〈他下一〉挑選。

よ・る[因る・依る・拠る]〈自五〉①用。以。靠。憑。②據。按。③因。由。

よ・る[寄る]〈自五〉①靠。挨近。靠近。聚集。③順路到。④上(年紀)。起(皺紋)。

よ・る[選る]〈他五〉挑。選。

よ・る[縒る]〈他五〉搓。捻。

よる[夜]〈名〉夜。夜晚。

よるひる[夜昼]〈名〉書夜。

よるべ[寄る辺]〈名〉依靠。

よれよれ〈名〉皺皺巴巴。

よ・れる[縒れる]〈自下一〉扭歪。

よろい[鎧]〈名〉鎧甲。

よろいど[鎧戸]〈名〉百葉窗。

よろく[余祿]〈名〉外快。

よろ・ける〈自下一〉踉蹌。打趔趄。

よろこび[喜び]〈名〉①喜悅。②喜事。③祝賀。

よろこ・ぶ[喜ぶ]〈自五〉高興。歡喜。

よろし・い[宜しい]〈形〉好。行。可以。

よろしく[宜しく]〈副〉①關照。②請問好。

よろずや[万屋]〈名〉①雜貨店。②萬金油。

よろめ・く〈自五〉踉蹌。打趔趄。

よろよろ〈副・自サ〉踉蹌。

よろん[輿論]〈名〉輿論。

よわ・い[弱い]〈形〉弱。

よわき[弱気]〈名・形動〉軟弱。膽怯。

よわごし[弱腰]〈名〉懦弱。膽怯。

よわたり[世渡り]〈名〉處世。

よわね[弱音]〈名〉泄氣話。

よわま・る[弱まる]〈自五〉減弱。

よわみ[弱み]〈名〉弱點。

よわむし[弱虫]〈名〉膽小鬼。

よわ・める[弱める]〈他下一〉削弱。減弱。

よわよわし・い[弱弱しい]〈形〉軟弱。

よわりめ[弱り目]〈名〉△～にたたりめ/禍不單行。

よわ・る[弱る]〈自五〉①減弱。衰弱。②爲難。

よんどころな・い[拠ない]〈形〉不得已。

ら　ラ

-ら[等]〈接尾〉①們。②等。些。
ラード[lard]〈名〉猪油。
ラーメン[老麵・拉麵]〈名〉湯麵。
らい-[来]〈接頭〉下。
-らい[来]〈接尾〉來。以來。
らい[癩]〈名〉癩病。痲瘋。
らいい[来意]〈名〉來意。
らいう[雷雨]〈名〉雷雨。
らいうん[雷雲]〈名〉雷雨雲。積雨雲。
らいえん[来演]〈名・自サ〉前來演出。
らいおう[来往]〈名・自サ〉來往。往來。
ライオン[lion]〈名〉獅子。
らいが[来駕]〈名〉駕臨。光臨。
らいかん[来観]〈名・他サ〉前來參觀。
らいかん[雷管]〈名〉雷管。
らいきゃく[来客]〈名〉來客。
らいげき[雷撃]〈名・他サ〉用魚雷攻擊。
らいげつ[来月]〈名〉下月。下個月。
らいさん[礼賛]〈名・他サ〉讚頌。讚美。歌頌。
らいしゅう[来週]〈名〉下星期。下禮拜。
らいしゅう[来襲]〈名・自サ〉來襲擊。侵入。
らいしゅん[来春]〈名〉來年春天。
らいじょう[来場]〈名・自サ〉到場。出席。
らいしん[来信]〈名〉來信。
らいしんし[頼信紙]〈名〉電報紙。
ライス[rice]〈名〉大米。大米飯。
らいせい[来世]〈名〉來世。
ライセンス[license]〈名〉執照。許可證。
ライター[lighter]〈名〉打火機。
ライター[writer]〈名〉作家。
らいたく[来宅]〈名・自サ〉來舍下。來我家。
らいちょう[来聴]〈名・自サ〉來聽。
らいちょう[来朝]〈名・自サ〉(外國人)來到日本。
らいちょう[雷鳥]〈名〉岩雷鳥。
らいてん[来店]〈名・自サ〉來店。

らいでん[来電]〈名〉來電。
らいでん[雷電]〈名〉雷電。
ライト[light]〈名〉①光。光綫。②燈。燈光。
らいどう[雷同]〈名・自サ〉雷同。
ライトきゅう[ライト級]〈名〉(體)輕量級。
ライトバン[light van]〈名〉客貨兩用汽車。
ライトモチーフ[Leitmotiv]〈名〉①主旋律。②主題。
ライナー[liner]〈名〉(棒球)平球。直球。
らいにち[来日]〈名・自サ〉來日本。
らいにん[来任]〈名・自サ〉到任。
らいねん[来年]〈名〉來年。
ライバル[rival]〈名〉①競争對手。②情敵。
らいびょう[癩病]〈名〉癩病。痲瘋。
らいひん[来賓]〈名〉來賓。
ライフベスト[life vest]〈名〉救生衣。
ライフボート[lifeboat]〈名〉救生艇。
ライフルじゅう[ライフル銃]〈名〉來福槍。
ライフワーク[lifework]〈名〉畢生的事業。
らいほう[来訪]〈名・自サ〉來訪。
ライむぎ[ライ麦]〈名〉黑麥。
らいめい[雷名]〈名〉大名。
らいめい[雷鳴]〈名〉雷鳴。雷聲。
らいらく[磊落]〈名・形動〉磊落。豪爽。
ライラック[lilac]〈名〉紫丁香。
らいれき[来歴]〈名〉來歷。
ライン[line]〈名〉①綫。②隊列。③航綫。④行業。
ラオチュー[老酒]〈名〉老酒。
らく[楽]〈名・形動〉①舒服。輕鬆。②容易。簡單。
らくいん[烙印]〈名〉烙印。
らくえん[楽園]〈名〉樂園。
らくがき[落書]〈名〉亂寫亂畫。
らくご[落後]〈名・自サ〉落後。落伍。掉隊。

らくご[落語]〈名〉單口相聲。

らくさ[落差]〈名〉①落差。②高低之差。

らくさつ[落札]〈名・他サ〉中標。得標。

らくじつ[落日]〈名〉落日。

らくしゅ[落手]〈名・他サ〉收到。

らくしょう[楽勝]〈名・自サ〉輕易獲勝。

らくじょう[落城]〈名・自サ〉城池陷落。

らくせい[落成]〈名・自サ〉落成。

らくせき[落石]〈名・自サ〉落石。石頭從山上落下。

らくせん[落選]〈名・自サ〉落選。

らくだ[駱駝]〈名〉駱駝。

らくだい[落第]〈名・自サ〉留級。不及格。沒考上。

らくたん[落胆]〈名・自サ〉灰心。泄氣。喪氣。氣餒。

らくちゃく[落着]〈名・自サ〉了結。結束。解決。

らくちょう[落丁]〈名〉缺頁。

らくてん[楽天家]〈名〉樂天派。

らくてんしゅぎ[楽天主義]〈名〉樂天主義。

らくど[楽土]〈名〉樂土。

らくに[楽に]〈副〉①安樂。快樂。輕鬆。容易。③富裕。

らくのう[酪農]〈名〉酪農。

らくば[落馬]〈名・自サ〉墜馬。

らくはく[落魄]〈名・自サ〉落魄。

らくばん[落盤]〈名・自サ〉冒頂。塌陷。塌方。

ラグビー[Rugby]〈名〉橄欖球。

らくめい[落命]〈名・自サ〉喪命。

らくよう[落葉]〈名・自サ〉落葉。

らくらい[落雷]〈名・自サ〉落雷。雷擊。

らくらく[楽楽]〈副〉①很舒適。②很容易。

らくるい[落涙]〈名・自サ〉落淚。

ラケット[racket]〈名〉球拍。

-らしい[接尾]像…似的。

らしい〈助動〉像…似的。

ラジウム[radium]〈名〉鐳。

ラジエーター[radiator]〈名〉散熱器。冷却器。

ラジオ[radio]〈名〉收音機。無綫電。

ラジカセ[radio cassette]〈名〉收錄機。

ラジカル[radical]〈形動〉①根本的。②激進的。

らししょくぶつ[裸子植物]〈名〉裸子植物。

ラシャ[羅紗]〈名〉呢子。

らしんばん[羅針盤]〈名〉羅盤。指南針。

ラスト[last]〈名〉最後。末尾。

らせん[螺旋]〈名〉螺旋。

らたい[裸体]〈名〉裸體。

らたいが[裸体画]〈名〉裸體畫。

らち[埒]〈名〉①柵欄。②界綫。範圍。段落。

らち[拉致]〈名・他サ〉綁架。强行拉走。

らちがい[埒外]〈名〉範圍外。界綫外。

らちない[埒内]〈名〉界綫內。範圍內。

らっか[落下]〈名・自サ〉落下。降下。

ラッカー[lacquer]〈名〉真漆。噴漆。

らっかさん[落下傘]〈名〉降落傘。

らっかせい[落花生]〈名〉落花生。

らっかん[落款]〈名〉落款。

らっかん[楽観]〈名・他サ〉樂觀。

ラッキー[lucky]〈形動〉幸運。走運。僥倖。

らっきゅう[落球]〈名・自サ〉(棒球)脫球。

らっきょう[辣韮]〈名〉(植)薤。藠頭。

ラッコ[猟虎]〈名〉海獺。

ラッシュ[rush]〈名〉擁擠。

ラッシュアワー[rush hour]〈名〉上下班擁擠時間。

ラッセル〈名〉(醫)羅音。

ラッセルしゃ[ラッセル車]〈名〉除雪車。

らっぱ[喇叭]〈名〉喇叭。號。

ラップタイム[lap time]〈名〉分段計時。

らつわん[辣腕]〈名・形動〉能幹。精明强幹。

ラテン[Latin]〈名〉拉丁。

らでん[螺鈿]〈名〉螺鈿。

ラドン[radon]〈名〉(化)氡。

らば[騾馬]〈名〉騾子。

ラバ[lava]〈名〉熔岩。

ラバー[rubber]〈名〉橡膠。膠皮。

ラバーセメント[rubber cement]〈名〉橡

膠膠水。

らふ[裸婦]〈名〉裸婦。

ラプソディー[rhapsody]〈名〉狂想曲。

ラブレター[love letter]〈名〉情書。

ラベル[label]〈名〉標籤。

ラベル[lapel]〈名〉翻領。

ラマ[喇嘛]〈名〉(佛)喇嘛。

ラマきょう[喇嘛教]〈名〉喇嘛教。

ラム[rum]〈名〉酒糖。

ラムネ〈名〉檸檬水。檸檬汽水。

ララバイ[lullaby]〈名〉搖籃曲。

ラリー[rally]〈名〉拉力賽。

ラルゴ[largo]〈名〉(音)極慢。廣板。

られつ[羅列]〈名・自他サ〉羅列。

-ら・れる[助動]被.讓.叫。

ラワン[lauan]〈名〉(植)柳安。

らん[蘭]〈名〉蘭花。

らん[欄]〈名〉欄。

らん[乱]〈名〉亂。叛亂。

らんい[蘭医]〈名〉(江戸時代)學習荷蘭醫
　　術的醫生。

らんうん[乱雲]〈名〉烏雲。雨雲。

らんえんけい[卵円形]〈名〉橢圓形。卵圓
　　形。

らんおう[卵黄]〈名〉卵黃。

らんがい[欄外]〈名〉欄外。

らんかく[濫獲]〈名・他サ〉濫捕。

らんがく[蘭学]〈名〉(江戸時代由荷蘭傳
　　入日本的西洋學術)蘭學。

らんかん[欄干]〈名〉欄杆。

らんぎょう[乱行]〈名〉荒唐。放蕩。

らんきりゅう[乱気流]〈名〉湍流。

ランク[rank]〈名・他サ〉名次。等級。地
　　位。

らんぐいば[乱杭歯]〈名〉排列不齊的牙。

らんくつ[濫掘]〈名・他サ〉亂掘。亂採。

らんけい[卵形]〈名〉卵形。

らんさく[濫作]〈名〉粗製濫造。

らんざつ[乱雑]〈名・形動〉雜亂。雜亂無章。

らんし[乱視]〈名〉散光。

らんし[卵子]〈名〉卵子。

らんしゃ[乱射]〈名・他サ〉亂射。

らんじゅく[爛熟]〈名・自サ〉爛熟。

らんしょう[濫觴]〈名〉濫觴.起源。

らんしん[乱心]〈名・自サ〉發瘋.發狂。

らんせい[乱世]〈名〉亂世。

らんせい[卵生]〈名〉卵生。

らんせん[乱戦]〈名〉混戰。

らんそう[卵巣]〈名〉卵巢。

らんぞう[濫造]〈名・他サ〉濫造。

らんそううん[乱層雲]〈名〉雨層雲。

らんだ[乱打]〈名・他サ〉亂打。亂敲。

らんだ[懶惰]〈形動〉懶惰。

ランチ[lunch]〈名〉午餐。便餐。

ランチ[launch]〈名〉汽艇。

らんちきさわぎ[乱痴気騒ぎ]〈名〉耍酒瘋。

らんちょう[乱丁]〈名〉錯頁。

らんとう[乱闘]〈名・自サ〉亂打。打群架。

らんどく[濫読]〈名・他サ〉濫讀。

ランドセル〈名〉背囊式書包。

ランナー[runner]〈名〉①賽跑運動員。②
　　(棒球)跑壘員。

らんにゅう[乱入]〈名・自サ〉闖入。

ランニング[running]〈名〉跑步。

らんばい[乱売]〈名・他サ〉甩賣。抛售。

らんぱく[卵白]〈名〉卵白。

らんばつ[濫伐・乱伐]〈名・他サ〉濫伐。

らんぱつ[濫発]〈名・他サ〉濫發行(貨幣
　　等)。

らんはんしゃ[乱反射]〈名・自サ〉漫反射。

らんぴ[濫費]〈名・他サ〉浪費。亂用。

らんぴつ[乱筆]〈名〉字跡潦草。

らんぶ[乱舞]〈名・自サ〉亂舞。

ランプ[lamp]〈名〉煤油燈。

らんぼう[乱暴]〈名・形動〉粗暴。粗魯。

らんまん[爛漫]〈形動〉爛漫。

らんみゃく[乱脈]〈名・形動〉雜亂無章。

らんよう[濫用]〈名・他サ〉濫用。

らんらん[爛爛]〈形動〉炯炯。

らんりつ[乱立]〈名・自サ〉亂排列。

らんりん[乱倫]〈名〉①亂倫。②亂搞男女
　　關係。

らんる[襤褸]〈名〉襤褸。

り　リ

り[利]〈名〉①利。②利益。③利息。

り[里]〈名〉里(日本的一里約合3.9公里)。

り[理]〈名〉理。道理。

-り[裏]〈接尾〉在…之中。

リアスしきかいがん[リアス式海岸]〈名〉里亞斯型海岸。

リアリズム[realism]〈名〉現實主義。

リアル[real]〈形動〉現實的。真實的。

リーガー[leaguer]〈名〉〈棒球〉參加聯賽的選手。

リーグ[league]〈名〉聯盟。聯合會。

リーグせん[リーグ戦]〈名〉聯賽。循環賽。

リース[lease]〈名〉①出租。租賃。②租約。租契。

リーダー[leader]〈名〉①領袖。領導人。②〈外語〉讀本。

リーダーシップ[leadership]〈名〉①領導權。領導地位。②領導能力。

リード[lead]〈名・自他サ〉①領導。帶領。②〈比賽〉領先。

リードオフマン[lead off man]〈名〉〈棒球〉首位擊球員。

りえき[利益]〈名〉①利益。益處。②盈利。利潤。

りえん[離縁]〈名・他サ〉①離婚。休妻。②斷絕同養子的關係。

りえんじょう[離縁状]〈名〉休書。離婚書。

りか[理科]〈名〉理科。

りかい[理解]〈名・他サ〉理解。瞭解。明白。

りがい[利害]〈名〉利害。

りかがく[理化学]〈名〉理化。

りかん[離間]〈名・他サ〉離間。挑撥。

りき[力]〈名〉力。力量。力氣。

りき[利器]〈名〉利器。

りきえい[力泳]〈名・自サ〉用力游泳。

りきがく[力学]〈名〉力學。

りきさく[力作]〈名〉精心之作。

りきし[力士]〈名〉力士。

りきせつ[力説]〈名・他サ〉極力主張。強調説明。

りきせん[力戦]〈名・自サ〉力戰。全力奮戰。

りきそう[力走]〈名・自サ〉拼命跑。

りきとう[力闘]〈名・自サ〉全力划策。

りきてん[力点]〈名〉力點。重點。

りき・む[力む]〈自五〉①使勁。用力。②虛張聲勢。

りきゅう[離宮]〈名〉離宮。

りきょう[離郷]〈名・自サ〉離郷。

りきりょう[力量]〈名〉力量。能力。

りく[陸]〈名〉陸地。

りくあげ[陸揚げ]〈名・他サ〉〈從船上〉卸貨。

りぐい[利食い]〈名〉套利。

りくうん[陸運]〈名〉陸運。

リクエスト[request]〈名〉點播(節目等)。

りくぐん[陸軍]〈名〉陸軍。

りくじょう[陸上]〈名〉陸上。陸地。

りくじょうきょうぎ[陸上競技]〈名〉田徑賽。

りくせい[陸生]〈名・自サ〉〈動〉陸棲。

りくせん[陸戦]〈名〉陸戰。

りくぞく[陸続]〈副・形動〉陸續。

りくち[陸地]〈名〉陸地。

りくつ[理屈]〈名〉道理。

りくつづき[陸続き]〈名〉陸地相連。

りくとう[陸稲]〈名〉旱稻。

りくふう[陸風]〈名〉陸風。

リクライニング[reclining]〈名・自サ〉斜倚。躺。

リクルート[recruit]〈名〉①新兵。新生。新職工。②招募。補充。

りくろ[陸路]〈名〉陸路。

りけん[利権]〈名〉利權。特權。專利權。

りこ[利己]〈名〉利己。

りこう[利口]〈名・形動〉聰明。伶俐。

りこう[履行]〈名・他サ〉履行。

りごうしゅうさん[離合集散]〈名〉離合聚散。

リコール[recall]〈名・他サ〉(由居民投票)罷免。

りこん[離婚]〈名・自サ〉離婚。

りさい[罹災]〈名・自サ〉受災。受害。

りざい[理財]〈名〉理財。

リサイタル[recital]〈名〉獨奏會。獨唱會。

りざや[利鞘]〈名〉(交易)套利。

りさん[離散]〈名・自サ〉離散。

りし[利子]〈名〉利息。

りじ[理事]〈名〉理事。

りじゅん[利潤]〈名〉利潤。

りしょく[利殖]〈名・自サ〉生財。謀利。

りしょく[離職]〈名・自サ〉離職。

りす[栗鼠]〈名〉松鼠。

リスト[list]〈名〉①目録。清單。一覽表。②名單。名簿。

リズム[rhythm]〈名〉節奏。

り・する[利する]Ⅰ〈自サ〉有利。有益。Ⅱ〈他サ〉①有利於。有益於。②利用。

りせい[理性]〈名〉理性。理智。

りそう[理想]〈名〉理想。

りそうきょう[理想郷]〈名〉烏托邦。

リゾート[resort]〈名〉休養勝地。

りそく[利息]〈名〉→りし。

りそん[離村]〈名・自サ〉離村。離鄉。

りた[利他]〈名〉利他。

りだつ[離脱]〈名・他サ〉脱離。

りち[理智]〈名〉理智。

リチウム[Lithium]〈名〉鋰。

りちぎ[律儀]〈名・形動〉忠實。忠心耿耿。規規矩矩。

りちぎもの[律儀者]〈名〉規矩人。老實人。

りつ[率]〈名〉率。

りつあん[立案]〈名・他サ〉擬。擬定。

りっか[立夏]〈名〉立夏。

りっきゃく[立脚]〈名・自サ〉立足。根據。

りっきょう[陸橋]〈名〉天橋。

りっけん[立憲]〈名〉立憲。

りっこうほ[立候補]〈名・自サ〉提名候選。

りっこうほしゃ[立候補者]〈名〉候選人。

りっこく[立国]〈名〉立國。

りっし[立志]〈名・自サ〉立志。

りっしでんちゅうのひと[立志伝中の人]〈連語〉立志刻苦奮門終獲成功的人。

りっしゅう[立秋]〈名〉立秋。

りっしゅん[立春]〈名〉立春。

りっしょう[立証]〈名・他サ〉證實。證明。

りっしょく[立食]〈名・自サ〉立餐。

りっしん[立身]〈名・自サ〉發跡。出息。

りっしんしゅっせ[立身出世]〈名・自サ〉發跡。飛黄騰達。

りっしんべん[立心偏]〈名〉(漢字)豎心旁。

りっすい[立錐]〈名〉△～の余地もない/無立錐之地。

りっ・する[律する]〈他サ〉律。要求。

りつぜん[慄然]〈形動〉悚然。

りったい[立体]〈名〉立體。

りっち[立地]〈名〉(某地域對於進行工農業建設的)地理(條件)。

りっとう[立刀]〈名〉(漢字)立刀旁。

りっとう[立冬]〈名〉立冬。

りっとう[立党]〈名〉立黨。建黨。

りつどう[律動]〈名・自サ〉律動。

リットル[litre]〈名〉公升。

りっぱ[立派]〈形動〉①漂亮。美觀。華麗。②優秀。卓越。出色。③充分。完全。④公正。⑤高尚。

りっぷく[立腹]〈名・自サ〉生氣。

リップスティック[lipstick]〈名〉口紅。唇膏。

りっぽう[立方]〈名〉立方。

りっぽう[立法]〈名〉立法。

りづめ[理詰]〈名〉憑理(服人)。

りつろん[立論]〈名・自サ〉立論。論證。

りてい[里程]〈名〉里程。

りてき[利敵]〈名〉利敵。資敵。

りてん[利点]〈名〉優點。

りとう[離党]〈名・自サ〉脱黨。退黨。

りとく[利得]〈名〉利益。

リトマスしけんし[リトマス試験紙]〈名〉石蕊試紙。

リニアモーターカー[linear motorcar]

〈名〉磁浮列車。

りにゅう[離乳]〈名・自サ〉(嬰兒)斷奶。

りにょう[利尿]〈名〉利尿。

りにん[離任]〈名・自サ〉離職。

りねん[理念]〈名〉理念。觀念。

りのう[離農]〈名・自サ〉棄農。

リノリウム[linoleum]〈名〉油氈。

リハーサル[rehearsal]〈名〉排演。練習。

りはつ[利発]〈形動〉聰明。伶俐。

りはつ[理髪]〈名〉理髮。

りはつし[理髪師]〈名〉理髮師。

りはつてん[理髪店]〈名〉理髮店。

リハビリテーション[rehabilitation]〈名〉康復鍛練。

りはん[離反]〈名・自サ〉背離。

りひ[理非]〈名〉是非。

りびょう[罹病]〈名・自サ〉患病。

リビングルーム[living room]〈名〉起居室。

りふじん[理不尽]〈名・形動〉無理。不講理。沒道理。

リフト[lift]〈名〉①昇降機。②(登山用)吊椅索車。

リベート[rebate]〈名〉①回扣。②手續費。

りべつ[離別]〈名・自サ〉①離別。②離婚。

リベット[rivet]〈名〉鉚釘。

りほう[理法]〈名〉法則。常規。規律。

リボン[ribbon]〈名〉緞帶。絲帶。

りまわり[利回り]〈名〉利率。

りめん[裏面]〈名〉背面。

リモートカー[remote-car]〈名〉轉播車。

リモートコントロール[remote control]〈名〉遙控。

りゃく[略]〈名〉略。從略。省略。

りゃくぎ[略儀]〈名〉簡略方式。

りゃくご[略語]〈名〉略語。

りゃくごう[略号]〈名〉略號。

りゃくじ[略字]〈名〉簡體字。

りゃくしき[略式]〈名〉簡便方式。

りゃくじゅつ[略述]〈名・他サ〉略述。

りゃくしょう[略称]〈名・他サ〉略稱。簡稱。

りゃく・す[略す]〈他五〉①省略。簡略。②

攻破。攻取。

りゃくず[略図]〈名〉略圖。

りゃくだつ[略奪]〈名・他サ〉掠奪。

りゃくでん[略伝]〈名〉傳略。

りゃくれき[略歴]〈名〉履歷。

りゃっき[略記]〈名・他サ〉略記。略述。

りゅう[理由]〈名〉理由。

りゅう[竜]〈名〉龍。

-りゅう[流]〈接尾〉①流。②式。流派。

りゅうあん[硫安]〈名〉硫酸銨。

りゅうい[留意]〈名・自サ〉留意。注意。

りゅういき[流域]〈名〉流域。

りゅういん[溜飲]〈名〉△～が下がる△～を下げる/心情暢快。

りゅうか[硫化]〈名・自サ〉硫化。

りゅうかい[流会]〈名・自サ〉流會。會議流産。

りゅうがく[留学]〈名・自サ〉留學。

りゅうがん[竜眼]〈名〉(植)龍眼。桂圓。

りゅうき[隆起]〈名・自サ〉隆起。

りゅうぎ[流儀]〈名〉①流派。②派頭。作風。

りゅうぐう[竜宮]〈名〉龍宮。

りゅうけい[流刑]〈名〉流刑。流放。

りゅうけつ[流血]〈名〉流血。

りゅうげん[流言]〈名〉流言。

りゅうこ[竜虎]〈名〉龍虎。

りゅうこう[流行]〈名・自サ〉流行。時興。時髦。

りゅうこうせいかんぼう[流行性感冒]〈名〉流性行感冒。

りゅうこつ[竜骨]〈名〉龍骨。

りゅうさん[硫酸]〈名〉硫酸。

りゅうざん[流産]〈名・自サ〉流産。

りゅうし[粒子]〈名〉粒子。

りゅうしつ[流失]〈名・自サ〉流失。

りゅうしゅつ[流出]〈名・自サ〉流出。外流。

りゅうしょう[隆昌]〈名〉興隆。昌盛。興旺。

りゅうず[竜頭]〈名〉錶把。錶柄。

りゅうすい[流水]〈名〉流水。

りゅうせい[流星]〈名〉流星。

りゅうせい[隆盛]〈名・形動〉隆盛。昌盛。興旺。

りゅうぜつらん[竜舌蘭]〈名〉龍舌蘭。

りゅうせんけい[流線形]〈名〉流綫形。

りゅうたい[流体]〈名〉流體。

りゅうだん[榴弾]〈名〉榴彈。

りゅうち[留置]〈名・他サ〉拘留。

りゅうちょう[流暢]〈形動〉流暢。

りゅうつう[流通]〈名・自サ〉流通。

りゅうと〈副・自サ〉漂亮。衣冠楚楚。

りゅうどう[流動]〈名・自サ〉流動。

りゅうどうしさん[流動資産]〈名〉流動資産。

りゅうどうしょく[流動食]〈名〉流食。流質。

りゅうとうだび[竜頭蛇尾]〈名〉虎頭蛇尾。

りゅうにゅう[流入]〈名・自サ〉流入。

りゅうにん[留任]〈名・自サ〉留任。

りゅうねん[留年]〈名・自サ〉留級。

りゅうは[流派]〈名〉流派。

りゅうび[柳眉]〈名〉柳葉眉。

りゅうひょう[流氷]〈名〉流冰。浮冰。

りゅうほ[留保]〈名・他サ〉保留。

りゅうぼく[流木]〈名〉漂流木。

リューマチ[rheumatism]〈名〉風濕病。

りゅうみん[流民]〈名〉流民。

りゅうよう[流用]〈名・他サ〉挪用。

りゅうり[流離]〈名・自サ〉流離。流浪。

りゅうりゅう[隆隆]〈形動〉①隆起。②昌盛。興旺。

りゅうりゅうしんく[粒粒辛苦]〈名〉千辛萬苦。費盡心血。

りゅうりょう[流量]〈名〉流量。

りゅうれい[流麗]〈形動〉流麗。

りゅうろ[流露]〈名・自サ〉流露。

リュックサック[Rucksack]〈名〉背嚢。背包。

りよう[利用]〈名・他サ〉利用。

りよう[理容]〈名〉理髪和美容。

りょう[両]〈名〉①兩。②(車輛)輛, 節。

りょう[良]〈名〉良。良好。

りょう[涼]〈名〉涼。

りょう[猟]〈名〉獵。狩獵。獵獲物。

りょう[漁]〈名〉打魚。捕魚。漁獲量。

りょう[陵]〈名〉陵。陵墓。

りょう[量]〈名〉數量。分量。

りょう[寮]〈名〉宿舍。

りょういき[領域]〈名〉領域。

りょういん[両院]〈名〉兩院。

りょうえん[良縁]〈名〉良緣。

りょうえん[遼遠]〈形動〉遼遠。

りょうか[良家]〈名〉良家。

りょうが[凌駕]〈名・他サ〉凌駕。超過。勝過。

りょうかい[了解・諒解]〈名・他サ〉瞭解。諒解。

りょうかい[領海]〈名〉領海。

りょうがえ[両替]〈名・他サ〉兌換(貨幣、有價證券等)。

りょうがわ[両側]〈名〉兩側。

りょうかん[猟官]〈名〉獵取官職。

りょうかん[量感]〈名〉量感。

りょうき[涼気]〈名〉涼氣。

りょうきょく[両極]〈名〉兩極。

りょうきん[料金]〈名〉費用。

りょうくう[領空]〈名〉領空。

りょうけん[了見]〈名〉(不好的)想法, 主意, 念頭。

りょうけん[猟犬]〈名〉獵犬。

りょうげん[燎原]〈名〉燎原。

りょうこう[良好]〈名・形動〉良好。

りょうこう[良港]〈名〉良港。

りょうさい[良妻]〈名〉賢妻。

りょうさく[良策]〈名〉良策。

りょうし[猟師]〈名〉獵人。

りょうし[漁師]〈名〉漁夫。

りょうし[量子]〈名〉量子。

りょうじ[領事]〈名〉領事。

りょうじ[療治]〈名・他サ〉治療。醫治。

りょうじかん[領事館]〈名〉領事舘。

りょうしき[良識]〈名〉良知。理智。

りょうしつ[良質]〈名・形動〉優質。

りょうしゃ[両者]〈名〉兩者。

りょうしゅ[領主]〈名〉領主。

りょうしゅう[領収]〈名・他サ〉收到。

りょうしゅう[領袖]〈名〉領袖。

りょうじゅう[獵銃]〈名〉獵槍。

りょうしゅうしょ[領収書]〈名〉收據。收條。

りょうしょう[了承]〈名・他サ〉知道。明白。同意。

りょうしょく[糧食]〈名〉糧食。

りょうじょく[凌辱]〈名・他サ〉凌辱。侮辱。

りょうしん[両親]〈名〉雙親。父母。

りょうしん[良心]〈名〉良心。

りょうせい[両棲]〈名〉兩棲。

りょうせい[両性]〈名〉兩性。

りょうせいばい[両成敗]〈名〉雙方同受懲罰。

りょうせん[稜線]〈名〉山脊。

りょうぜん[瞭然]〈形動〉瞭然。

りょうぞく[良俗]〈名〉良好的風俗。

りょうち[領地]〈名〉領地。

りょうて[両手]〈名〉兩手。

りょうてい[料亭]〈名〉酒家。高級飯館。

りょうてき[量的]〈形動〉量的。數量上的。

りょうてんびん[両天秤]〈名〉騎牆。脚踏兩隻船。

りょうど[領土]〈名〉領土。

りょうどう[糧道]〈名〉糧道。

りょうどうたい[良導体]〈名〉良導體。

りょうとうづかい[両刀遣い]〈名〉①使雙刀(的人)。②兼通兩藝(的人)。③既愛吃甜又愛喝酒的人)。

りょうげ[両刃]〈名〉雙刃。

りょうはし[両端]〈名〉兩端。

りょうひ[良否]〈名〉好壞。是非。

りょうびらき[両開き]〈名〉△～の戸/兩扇的門。

りょうふう[良風]〈名〉良風。良好風俗。

りょうふう[涼風]〈名〉涼風。

りょうぶん[領分]〈名〉領域。範圍。

りょうほう[両方]〈名〉雙方。

りょうほう[療法]〈名〉療法。

りょうまつ[糧秣]〈名〉糧草。

りょうみ[涼味]〈名〉涼爽。

りょうめ[量目]〈名〉分量。

りょうめん[両面]〈名〉兩面。

りょうやく[良薬]〈名〉良藥。

りょうゆう[両雄]〈名〉兩雄。

りょうゆう[領有]〈名・他サ〉領有。所有。佔有。

りょうよう[両用]〈名〉兩用。

りょうよう[療養]〈名・自サ〉療養。養病。

りょうよく[両翼]〈名〉兩翼。

りょうらん[繚乱]〈形動〉繚亂。

りょうり[料理]〈名・他サ〉①菜餚。飯菜。②烹飪。做菜。

りょうりつ[両立]〈名・自サ〉兩立。並存。

りょうりょう[両両]〈名〉兩者。

りょうりょう[寥寥]〈形動〉寥寥。

りょうりん[両輪]〈名〉(車的)兩輪。

りょかく[旅客]〈名〉旅客。

りょかん[旅館]〈名〉旅館。

りよく[利欲]〈名〉利慾。

りょくそう[緑藻]〈名〉緑藻。

りょくち[緑地]〈名〉緑地。

りょくちゃ[緑茶]〈名〉緑茶。

りょくないしょう[緑内障]〈名〉青光眼。

りょくひ[緑肥]〈名〉緑肥。

りょくや[緑野]〈名〉緑野。

りょけん[旅券]〈名〉護照。

りょこう[旅行]〈名・自サ〉旅行。

りょしゅう[旅愁]〈名〉旅愁。

りょじょう[旅情]〈名〉旅情。

りょそう[旅装]〈名〉行裝。

りょだん[旅団]〈名〉(軍)旅。

りょっか[緑化]〈名・自他サ〉緑化。

りょてい[旅程]〈名〉旅程。

りょひ[旅費]〈名〉旅費。

リラックス[relax]〈名・自サ・形動〉放鬆。輕鬆。鬆弛。

りりく[離陸]〈名・自サ〉起飛。

りりしい[凛凛しい]〈形〉凛凛。

りりつ[利率]〈名〉利率。

リレー[relay]〈名・他サ〉①接力賽跑。②傳遞。③替換。④繼電器。

りれき[履歴]〈名〉履歴。

りろ[理路]〈名〉理路。

りろん[理論]〈名〉理論。

りん[厘]〈名〉厘。

りん[鈴]〈名〉鈴。

りん[燐]〈名〉磷。

-りん[輪]〈接尾〉輪。朵。

りんか[輪禍]〈名〉車禍。

りんか[隣家]〈名〉鄰居。隔壁。

りんかい[臨海]〈名〉臨海。沿海。

りんかい[臨界]〈名〉臨界。

りんかく[輪廓]〈名〉輪廓。

りんがく[林学]〈名〉林學。

りんかんがっこう[林間学校]〈名〉夏令營。

りんき[悋気]〈名・自サ〉嫉妬。吃醋。

りんき[臨機]〈名〉臨機。

りんぎょう[林業]〈名〉林業。

リンク[rink]〈名〉滑冰場。

リング[ring]〈名〉拳擊場。

りんけい[鱗茎]〈名〉鱗莖。

りんげつ[臨月]〈名〉臨月。臨盆。

りんけん[臨検]〈名・他サ〉臨檢。現場檢查。

リンゲンえき[リンゲン液]〈名〉林格液。

りんご[林檎]〈名〉蘋果。

りんこう[燐光]〈名〉磷光。

りんこう[燐鉱]〈名〉磷礦。

りんこく[隣国]〈名〉鄰國。

りんさく[輪作]〈名・他サ〉輪作。輪種。

りんさん[燐酸]〈名〉磷酸。

りんさんぶつ[林産物]〈名〉林産物。

りんじ[臨時]〈名〉臨時。

りんしつ[隣室]〈名〉鄰室。

りんじゅう[臨終]〈名〉臨終。

りんしょう[輪唱]〈名・他サ〉輪唱。

りんしょう[臨床]〈名〉臨床。

りんじょう[臨場]〈名・自サ〉臨場。到場。

りんしょく[吝嗇]〈名・形動〉吝嗇。

りんしょくか[吝嗇家]〈名〉吝嗇鬼。

りんじん[隣人]〈名〉鄰人。

リンス[rinse]〈名〉護髪素。

りんず[綸子]〈名〉綾子。

りんせき[隣席]〈名〉鄰座。

りんせき[臨席]〈名・自サ〉出席。

りんせつ[隣接]〈名・自サ〉鄰接。

りんせん[臨戦]〈名・自サ〉臨戰。臨陣。

りんぜん[凛然]〈形動〉凜然。凜凜。凜冽。

リンチ[lynch]〈名・他サ〉私刑。

りんてんき[輪転機]〈名〉輪轉式印刷機。

りんどう[竜胆]〈名〉(植)龍膽(草)。

りんどく[輪読]〈名・他サ〉輪讀。輪流講讀。

りんどく[淋毒]〈名〉淋毒。

りんね[輪廻]〈名・自サ〉(佛)輪廻。

リンネル[linière]〈名〉亞蔴布。

リンパ[lymphe]〈名〉淋巴。

りんばん[輪番]〈名〉輪流。

りんびょう[淋病]〈名〉淋病。

りんぷん[鱗粉]〈名〉鱗粉。

りんぺん[鱗片]〈名〉鱗片。

りんらく[淪落]〈名・自サ〉淪落。墮落。

りんり[倫理]〈名〉倫理。

りんりつ[林立]〈名・自サ〉林立。

りんりん[凛凛]〈形動〉凜凜。

る　ル

るい[累]〈名〉連累。

るい[壘]〈名〉①堡壘。②(棒球)壘。

るい[類]〈名〉①類。種類。②同類。一類。

るいぎご[類義語]〈名〉近義詞。同義詞。

るいけい[累計]〈名・他サ〉累計。

るいけい[類型]〈名〉①類型。②一般化。

るいじ[累次]〈名〉屢次。

るいじ[類似]〈名・自サ〉類似。

るいしょ[類書]〈名〉同類的書。

るいしょう[類燒]〈名・自サ〉延燒。

るいしん[累進]〈名・自サ〉①累進。累增。②連續晉昇。

るいじんえん[類人猿]〈名〉類人猿。

るいすい[類推]〈名・他サ〉類推。

るい・する[類する]〈自サ〉類似。相似。

るいせき[累積]〈名・自サ〉累積。

るいせん[淚腺]〈名〉淚腺。

るいぞう[累增]〈名・自他サ〉累增。

るいだい[累代]〈名〉累代。世世代代。

るいべつ[類別]〈名・他サ〉類別。分類。

るいるい[累累]〈形動〉累累。層層。

るいれい[類例]〈名〉類似的例子。

るいれき[瘰癧]〈名〉瘰癧。鼠瘡。淋巴腺結核。

ルージュ[rouge]〈名〉口紅。

ルーズ[loose]〈名・形動〉鬆懈。散漫。

ルーズリーフ[loose leaf]〈名〉活頁本。

ルーツ[roots]〈名〉根源。源泉。祖先。

ルート[root]〈名〉(數)根。根號。

ルート[route]〈名〉路徑。途徑。來路。門路。

ルーバー[louver]〈名〉(通風)天窗。

ルーピー[rupee]〈名〉(印度、巴基斯坦等國的貨幣單位)盧比。

ルーフ[roof]〈名〉①頂部。②屋頂。③車頂。

ルーブル[rouble]〈名〉(俄羅斯貨幣單位)盧布。

ルーム[room]〈名〉房間。

ルール[rule]〈名〉規則。

ルクス[lux]〈名〉(理)勒克司。

るす[留守]〈名〉①出門。不在家。②看家(的人)。③忽略。思想溜號。

ルックス[looks]〈名〉容貌。

るつぼ[坩堝]〈名〉坩堝。

るてん[流転]〈名・自サ〉①流轉。輪迴。②變化。變遷。

ルネッサンス[Renaissance]〈名〉文藝復興。

ルビー[ruby]〈名〉紅寶石。

るふ[流布]〈名・自サ〉流傳。傳播。

ルポルタージュ[reportage]〈名〉①報道。採訪。②報告文學。

るり[瑠璃]〈名〉①琉璃。②藍寶石。

るりいろ[瑠璃色]〈名〉深藍色。

るる[縷縷]〈副〉①縷縷。②詳細。

るろう[流浪]〈名・自サ〉流浪。漂泊。

ルンバ[rumba]〈名〉倫巴舞(曲)。

ルンペン[Lumpen]〈名〉①流浪者。②失業者。

れ　レ

れい[礼]〈名〉①禮。禮貌。禮節。②敬禮。鞠躬。③謝詞。謝禮。酬謝。

れい[例]〈名〉①例。例子。②先例。前例。③常例。慣例。④通常。往常。⑤(彼此都知道的)那(件事)。

れい[零]〈名〉零。

れい[霊]〈名〉靈。靈魂。

レイアウト[lay out]〈名〉版面設計。

れいか[零下]〈名〉零下。

れいかい[例会]〈名〉例會。

れいがい[冷害]〈名〉凍災。

れいがい[例外]〈名〉例外。

れいかん[霊感]〈名〉靈感。

れいき[冷気]〈名〉冷氣。寒氣。

れいぎ[礼儀]〈名〉禮節。禮貌。

れいきゃく[冷却]〈名・自他サ〉冷却。

れいきゅうしゃ[霊柩車]〈名〉靈車。

れいきん[礼金]〈名〉謝禮。

れいぐう[冷遇]〈名・他サ〉冷遇。

れいぐう[礼遇]〈名・他サ〉禮遇。

れいけつかん[冷血漢]〈名〉冷酷無情的人。

れいけつどうぶつ[冷血動物]〈名〉冷血動物。

れいげん[冷厳]〈名・形動〉①冷静。②嚴酷。

れいげん[霊験]〈名〉靈驗。

れいこう[励行]〈名・他サ〉厲行。

れいこく[冷酷]〈名・形動〉冷酷。

れいこん[霊魂]〈名〉靈魂。

れいさい[零細]〈名・形動〉零碎。零星。

れいし[茘枝]〈名〉茘枝。

れいじ[例示]〈名・他サ〉例示。舉例說明。

れいじ[零時]〈名〉零點。

れいしょ[令書]〈名〉命令書。通知書。

れいしょ[隷書]〈名〉隷書。

れいしょう[冷笑]〈名・他サ〉冷笑。嘲笑。

れいしょう[例証]〈名・他サ〉例證。舉例證明。

れいじょう[令状]〈名〉①傳票。②逮捕證。

れいじょう[礼状]〈名〉感謝信。

れいじょう[令嬢]〈名〉令嬡。

れいすい[冷水]〈名〉冷水。

れいせい[冷静]〈名・形動〉冷静。鎮静。

れいせつ[礼節]〈名〉禮節。

れいせん[冷戦]〈名〉冷戰。

れいぜん[霊前]〈名〉靈前。

れいぞう[冷蔵]〈名・他サ〉冷藏。

れいぞうこ[冷蔵庫]〈名〉冰箱。

れいそく[令息]〈名〉令郎。

れいぞく[隷属]〈名・自サ〉隷屬。

れいだい[例題]〈名〉例題。

れいちょう[霊長]〈名〉靈長。

れいてつ[冷徹]〈名・形動〉冷静而透徹。

れいてん[零点]〈名〉零分。

れいど[零度]〈名〉零度。

れいとう[冷凍]〈名・他サ〉冷凍。

れいねん[例年]〈名〉往年。

れいの[例の]〈連体〉①(談話雙方都知道的)那個。②往常的。照例的。

れいはい[礼拝]〈名・他サ〉禮拜。

れいばい[霊媒]〈名〉巫師。巫女。

れいひょう[冷評]〈名・他サ〉冷淡的評論。

れいびょう[霊廟]〈名〉靈廟。

れいふく[礼服]〈名〉禮服。

れいぶん[例文]〈名〉例句。

れいほう[礼砲]〈名〉禮炮。

れいぼう[冷房]〈名〉冷氣。

れいみょう[霊妙]〈名・形動〉靈妙。神妙。

れいめい[令名]〈名〉令名。

れいめい[黎明]〈名〉黎明。

れいらく[零落]〈名・自サ〉零落。淪落。

れいり[伶俐]〈名・形動〉伶俐。聰明。

れいれいし・い[麗麗しい]〈形〉花哨。耀眼。顯眼。

れいろう[玲瓏]〈形動〉玲瓏。燦爛。清脆。

レーザー[laser]〈名〉激光。激光器。

レーザー[razor]〈名〉剃刀。

レース[race]〈名〉①花邊。②鉤織(的東西)。

レース[race]〈名〉賽跑。賽艇。游泳比賽。

レーダー[radar]〈名〉雷達。

レート[rate]〈名〉①率。比率。②行情。價格。

レーヨン[rayonne]〈名〉人造絲。

レール[rail]〈名〉鐵軌。鋼軌。

レーンコート[rain-coat]〈名〉雨衣。

レオタード[leotard]〈名〉(緊身)體操服。

れきし[歴史]〈名〉歷史。

れきし[轢死]〈名・自サ〉軋死。

れきせん[歴戦]〈名〉屢次征戰。

れきぜん[歴然]〈形動〉明確。確鑿。

れきだい[歴代]〈名〉歷代。

れきにん[歴任]〈名・他サ〉歷任。

れきほう[歴訪]〈名・他サ〉歷訪。

レギュラー[regular]Ⅰ〈造語〉正式。正規。Ⅱ〈名〉①正式選手。②(廣播、電視等)固定演員。

レグホン[leghorn]〈名〉萊克亨雞。

レクリエーション[recreation]〈名〉休養。娛樂。消遣。

レコーダー[recorder]〈名〉①記錄員。②記錄器。③錄音機。

レコード[record]〈名〉①記錄。②唱片。

レザー[leather]〈名〉①皮。皮革。人造革。

レシート[recerpt]〈名〉收條。收據。

レシーバー[receiver]〈名〉聽筒。耳機。收報機。

レシーブ[receive]〈名・自サ〉接球。

レジスター[register]〈名〉①出納員。②現金出納機。

レジメ[résumé]〈名〉梗概。摘要。

レジャー[leisure]〈名〉餘暇。空閒。

レストラン[restaurant]〈名〉西餐館。

レスリング[wrestling]〈名〉摔跤(比賽)。

レセプション[reception]〈名〉招待會。歡迎會。

レタス[lettuce]〈名〉(植)萵苣。

れつ[列]〈名〉行。列。排。隊。隊伍。

れつあく[劣悪]〈名・形動〉惡劣。低劣。

れっか[列火]〈名〉(漢字部首)四點火。

れっか[烈火]〈名〉烈火。

レッカーしゃ[レッカー車]〈名〉牽引車。

れっき[列記]〈名・他サ〉開列。

れっきとした〈連体〉高貴。了不起。

れっきょ[列挙]〈名・他サ〉列舉。

れっきょう[列強]〈名〉列強。

れっこく[列国]〈名〉列國。各國。

れっし[烈士]〈名〉烈士。

れっしゃ[列車]〈名〉列車。

れつじょ[烈女]〈名〉烈女。

れっしょう[裂傷]〈名〉裂傷。

れつじょう[劣情]〈名〉色情。情慾。

れっしん[烈震]〈名〉強烈地震。

れっ・する[列する]Ⅰ〈自サ〉列入。列席。Ⅱ〈他サ〉並列。

れっせい[劣性]〈名〉劣性。

れっせい[劣勢]〈名〉劣勢。

れっせき[列席]〈名・自サ〉列席。參加。

レッテル[letter]〈名〉標簽。商標。

れつでん[列伝]〈名〉列傳。

れっとう[列島]〈名〉列島。

れっとう[劣等]〈名・形動〉劣等。低劣。

れっぷう[烈風]〈名〉烈風。

れつれつ[烈烈]〈形動〉激烈。強烈。凜冽。

レディー[lady]〈名〉婦女。女士。

レトルト[retort]〈名〉(化)曲頸瓶。

レバー[Leber]〈名〉(動物的)肝。

レバー[lever]〈名〉槓桿。柄。

レフェリー[referee]〈名〉主裁判。裁判長。裁判員。

レベル[level]〈名〉水平。水準。標準。

レポート[report]〈名〉報告。報道。

レモン[lemon]〈名〉檸檬。

れる[助動]①被。讓。叫。②能。可以。③不由得。

れんあい[恋愛]〈名・自サ〉戀愛。

れんか[廉価]〈名・形動〉廉價。

れんか[恋歌]〈名〉戀歌。

れんか[連火]〈名〉(漢字部首)四點火。

れんか[連歌]〈名〉(日本詩歌的一種體裁)連歌。

れんが[煉瓦]〈名〉磚。

れんき[連記]〈名・他サ〉連記。

れんきゅう[連休]〈名〉連休。

れんぎょう[連翹]〈植〉連翹。

れんけい[連係]〈名・自他サ〉聯繫。

れんけい[連携]〈名・自サ〉合作。聯合。

れんげそう[蓮華草]〈名〉紫雲英。

れんけつ[連結]〈名・他サ〉連結.聯結。

れんけつ[廉潔]〈名・形動〉廉潔。

れんこう[連行]〈名・他サ〉押送。

れんごう[連合]〈名・自他サ〉聯合。

れんこん[連根]〈名〉藕。

れんさ[連鎖]〈名〉連鎖。

れんざ[連座]〈名・自サ〉連坐.牽連。

れんさい[連載]〈名・他サ〉連載。

れんさく[連作]〈名・他サ〉連作.連茬.連種。

れんさはんのう[連鎖反応]〈名〉連鎖反應。

れんざん[連山]〈名〉山巒。

レンジ[range]〈名〉爐竈。

れんじつ[連日]〈名〉連日。

れんしゅう[練習]〈名・他サ〉練習。

れんしょ[連署]〈名・他サ〉聯合簽署。

れんしょう[連勝]〈名・自サ〉連勝。

レンズ[lens]〈名〉①透鏡。②鏡頭.鏡片。

れんせつ[連接]〈名・自他サ〉連接。

れんせん[連戦]〈名・自サ〉連戰.連續作戰。

れんそう[連想]〈名・他サ〉聯想。

れんぞく[連続]〈名・自他サ〉連續.接連。

れんたい[連帯]〈名・自サ〉①連帶.共同負責。②團結.合作.聯合。

れんたい[連隊]〈名〉〈軍〉聯隊.團。

れんたつ[練達]〈名・形動・自サ〉熟練.精通。

レンタル[rental]〈名〉地租.租金.出租物。

れんたん[練炭]〈名・他サ〉煤球.蜂窩煤。

れんだん[連弾]〈名・他サ〉〈鋼琴〉聯彈。

れんち[廉恥]〈名〉廉恥。

レンチ[wrench]〈名〉扳手。

れんちゅう[連中]〈名〉同夥.夥伴。

れんちょく[廉直]〈名・形動〉廉潔正直。

れんどう[連動]〈名・自サ〉聯動。

レントゲン[Röntgen]〈名〉愛克斯射綫.倫琴射綫。

れんにゅう[練乳・煉乳]〈名〉煉乳。

れんばい[廉売]〈名・他サ〉賤賣。

れんぱい[連敗]〈名・自サ〉連敗。

れんぱつ[連発]〈名・自他サ〉①連續發生。②連續發射。

れんばんじょう[連判状]〈名〉聯合簽字的公約。

れんびん[憐憫]〈名〉憐憫。

れんぺいじょう[練兵場]〈名〉練兵場.演習場。

れんぼ[恋慕]〈名・自サ〉戀慕.愛慕。

れんぽう[連邦]〈名〉聯邦。

れんぽう[連峰]〈名〉峰巒。

れんま[練磨]〈名・他サ〉磨練。

れんめい[連名]〈名〉聯名。

れんめい[連盟]〈名〉聯盟。

れんめん[連綿]〈形動〉連綿。

れんや[連夜]〈名〉連夜。

れんらく[連絡]〈名・自他サ〉聯絡.聯繫。

れんらくせん[連絡船]〈名〉渡輪。

れんり[連理]〈名〉連理。

れんりつ[連立]〈名・自サ〉聯立.聯合。

れんれん[恋恋]〈形動〉戀戀.依戀.留戀。

ろ　ロ

ろ[炉]〈名〉①爐子。②地爐。③熔爐。

ろ[絽]〈名〉羅(紡織品之一)。

ろ[櫓]〈名〉櫓。

ろう[老]〈造語〉老。

ろう[労]〈名〉勞。勞苦。辛苦。

ろう[牢]〈名〉牢。牢獄。

ろう[蠟]〈名〉蠟。

ろうあ[聾啞]〈名〉聾啞。

ろうえい[朗詠]〈名・他サ〉吟詠。

ろうえい[漏洩]〈名・自他サ〉泄漏。泄露。

ろうえき[労役]〈名〉勞役。

ろうおく[陋屋]〈名〉陋室。

ろうか[老化]〈名・自サ〉老化。

ろうか[廊下]〈名〉走廊。

ろうかい[老獪]〈名・形動〉老奸巨猾。

ろうかく[楼閣]〈名〉樓閣。

ろうがん[老眼]〈名〉老花眼。

ろうがんきょう[老眼鏡]〈名〉花鏡。

ろうきゅう[老朽]〈名・自サ〉①老朽。②破舊。

ろうきょう[老境]〈名〉老境。老年。

ろうく[老軀]〈名〉老軀。

ろうく[労苦]〈名〉勞苦。辛苦。

ろうけつ[蠟纈]〈名〉蠟染。

ろうこ[牢乎]〈形動〉堅定。

ろうご[老後]〈名〉晚年。

ろうこう[老巧]〈名・形動〉老練。

ろうごく[牢獄]〈名〉牢獄。

ろうこつ[老骨]〈名〉老骨。老軀。

ろうさく[労作]〈名・自サ〉①勞動。②精心的創作。

ろうし[労使・労資]〈名〉勞資。

ろうしゅう[陋習]〈名〉陋習。

ろうしょう[朗唱]〈名・他サ〉朗誦。

ろうじょう[籠城]〈名・自サ〉①固守城池。②閉閉不出。

ろうじん[老人]〈名〉老人。

ろうすい[老衰]〈名・自サ〉衰老。

ろうすい[漏水]〈名・自サ〉漏水。

ろう・する[労する]〈自他サ〉勞苦。累累。

ろう・する[弄する]〈他サ〉玩弄。要弄。賣弄。

ろう・する[聾する]〈他サ〉使耳聾。

ろうせい[老成]〈名・自サ〉①老成。②老練。

ろうぜき[狼藉]〈名〉①狼藉。②野蠻。粗暴。

ろうそく[蠟燭]〈名〉蠟燭。

ろうたい[老体]〈名〉老人家。

ろうたいか[老大家]〈名〉耆宿。

ろうだん[壟断]〈名・他サ〉壟断。

ろうちん[労賃]〈名〉工資。

ろうでん[漏電]〈名・自サ〉漏電。

ろうと[漏斗]〈名〉漏斗。

ろうどう[労働]〈名・自サ〉勞動。

ろうどうくみあい[労働組合]〈名〉工會。

ろうどうしゃ[労働者]〈名〉工人。

ろうどうしょう[労働省]〈名〉(日本的)勞動省。

ろうどうそうぎ[労働争議]〈名〉勞資糾紛。

ろうどく[朗読]〈名・他サ〉朗讀。

ろうにゃく[老若]〈名〉老少。

ろうにん[浪人]〈名・自サ〉①流浪的武士。②失業者。③(沒考上大學)失學的學生。

ろうねん[老年]〈名〉老年。

ろうのう[労農]〈名〉工農。

ろうば[老婆]〈名〉老太婆。

ろうばい[狼狽]〈名・自サ〉狼狽。驚慌失措。

ろうはいぶつ[老廃物]〈名〉廢物。

ろうばしん[老婆心]〈名〉婆心。

ろうひ[浪費]〈名・他サ〉浪費。

ろうほう[朗報]〈名〉喜報。

ろうまん[浪漫]〈名〉浪漫。

ろうむ[労務]〈名〉務務。

ろうや[牢屋]〈名〉牢房。

れんき[連記]〈名・他サ〉連記。

れんきゅう[連休]〈名〉連休。

れんぎょう[連翹]〈名〉〈植〉連翹。

れんけい[連係]〈名・自他サ〉聯繫。

れんけい[連携]〈名・自サ〉合作。聯合。

れんげそう[蓮華草]〈名〉紫雲英。

れんけつ[連結]〈名・他サ〉連結。聯結。

れんけつ[廉潔]〈名・形動〉廉潔。

れんこう[連行]〈名・他サ〉押送。

れんごう[連合]〈名・自他サ〉聯合。

れんこん[蓮根]〈名〉藕。

れんさ[連鎖]〈名〉連鎖。

れんざ[連座]〈名・自サ〉連坐。牽連。

れんさい[連載]〈名・他サ〉連載。

れんさく[連作]〈名・他サ〉連作。連茬。連種。

れんさはんのう[連鎖反応]〈名〉連鎖反應。

れんざん[連山]〈名〉山巒。

レンジ[range]〈名〉爐竈。

れんじつ[連日]〈名〉連日。

れんしゅう[練習]〈名・他サ〉練習。

れんしょ[連署]〈名・他サ〉聯合簽署。

れんしょう[連勝]〈名・自サ〉連勝。

レンズ[lens]〈名〉①透鏡。②鏡頭。鏡片。

れんせつ[連接]〈名・自他サ〉連接。

れんせん[連戦]〈名・自サ〉連戰。連續作戰。

れんそう[連想]〈名・他サ〉聯想。

れんぞく[連続]〈名・自他サ〉連續。接連。

れんたい[連帯]〈名・自サ〉①連帶。共同負責。②團結。合作。聯合。

れんたい[連隊]〈名〉〈軍〉聯隊。團。

れんたつ[練達]〈名・形動・自サ〉熟練。精通。

レンタル[rental]〈名〉地租。租金。出租物。

れんたん[練炭]〈名〉煤球。蜂窩煤。

れんだん[連弾]〈名・他サ〉(鋼琴)聯彈。

れんち[廉恥]〈名〉廉恥。

レンチ[wrench]〈名〉扳手。

れんちゅう[連中]〈名〉同夥。夥伴。

れんちょく[廉直]〈名・形動〉廉潔正直。

れんどう[連動]〈名・自サ〉聯動。

レントゲン[Röntgen]〈名〉愛克斯射線。倫琴射線。

れんにゅう[練乳・煉乳]〈名〉煉乳。

れんばい[廉売]〈名・他サ〉賤賣。

れんぱい[連敗]〈名・自サ〉連敗。

れんぱつ[連発]〈名・自他サ〉①連續發生。②連續發射。

れんばんじょう[連判状]〈名〉聯合簽字的公約。

れんびん[憐憫]〈名〉憐憫。

れんぺいじょう[練兵場]〈名〉練兵場。演習場。

れんぽ[恋慕]〈名・自サ〉戀慕。愛慕。

れんぽう[連邦]〈名〉聯邦。

れんぽう[連峰]〈名〉峰巒。

れんま[練磨]〈名・他サ〉磨練。

れんめい[連名]〈名〉聯名。

れんめい[連盟]〈名〉聯盟。

れんめん[連綿]〈形動〉連綿。

れんや[連夜]〈名〉連夜。

れんらく[連絡]〈名・自他サ〉聯絡。聯繫。

れんらくせん[連絡船]〈名〉渡輪。

れんり[連理]〈名〉連理。

れんりつ[連立]〈名・自サ〉聯立。聯合。

れんれん[恋恋]〈形動〉戀戀。依戀。留戀。

ろ ロ

ろ[炉]〈名〉①爐子。②地爐。③熔爐。
ろ[絽]〈名〉羅(紡織品之一)。
ろ[櫓]〈名〉櫓。
ろう[老]〈造語〉老。
ろう[労]〈名〉勞苦。辛苦。
ろう[牢]〈名〉牢。牢獄。
ろう[蠟]〈名〉蠟。
ろうあ[聾啞]〈名〉聾啞。
ろうえい[朗詠]〈名・他サ〉吟詠。
ろうえい[漏洩]〈名・自他サ〉泄漏。泄露。
ろうえき[労役]〈名〉勞役。
ろうおく[陋屋]〈名〉陋室。
ろうか[老化]〈名・自サ〉老化。
ろうか[廊下]〈名〉走廊。
ろうかい[老獪]〈名・形動〉老奸巨猾。
ろうかく[楼閣]〈名〉樓閣。
ろうがん[老眼]〈名〉老花眼。
ろうがんきょう[老眼鏡]〈名〉花鏡。
ろうきゅう[老朽]〈名・自サ〉①老朽。②破舊。
ろうきょう[老境]〈名〉老境。老年。
ろうく[老軀]〈名〉老軀。
ろうく[労苦]〈名〉勞苦。辛苦。
ろうけつ[蠟纈]〈名〉蠟染。
ろうこ[牢乎]〈形動〉堅定。
ろうご[老後]〈名〉晩年。
ろうこう[老巧]〈名・形動〉老練。
ろうごく[牢獄]〈名〉牢獄。
ろうこつ[老骨]〈名〉老骨。老軀。
ろうさく[労作]〈名・自サ〉①勞動。②精心的創作。
ろうし[労使・労資]〈名〉勞資。
ろうしゅう[陋習]〈名〉陋習。
ろうしょう[朗唱]〈名・他サ〉朗誦。
ろうじょう[籠城]〈名・自サ〉①固守城池。②閉門不出。
ろうじん[老人]〈名〉老人。
ろうすい[老衰]〈名・自サ〉衰老。
ろうすい[漏水]〈名・自サ〉漏水。

ろう・する[労する]〈自他サ〉勞苦。勞累。
ろう・する[弄する]〈他サ〉玩弄。要弄。賣弄。
ろう・する[聾する]〈他サ〉使耳聾。
ろうせい[老成]〈名・自サ〉①老成。②老練。
ろうぜき[狼藉]〈名〉①狼藉。②野蠻。粗暴。
ろうそく[蠟燭]〈名〉蠟燭。
ろうたい[老体]〈名〉老人家。
ろうたいか[老大家]〈名〉耆宿。
ろうだん[壟断]〈名・他サ〉壟断。
ろうちん[労賃]〈名〉工資。
ろうでん[漏電]〈名・自サ〉漏電。
ろうと[漏斗]〈名〉漏斗。
ろうどう[労働]〈名・自サ〉勞動。
ろうどうくみあい[労働組合]〈名〉工會。
ろうどうしゃ[労働者]〈名〉工人。
ろうどうしょう[労働省]〈名〉(日本的)勞動省。
ろうどうそうぎ[労働争議]〈名〉勞資糾紛。
ろうどく[朗読]〈名・他サ〉朗讀。
ろうにゃく[老若]〈名〉老少。
ろうにん[浪人]〈名・自サ〉①流浪的武士。②失業者。③(没考上大學)失學的學生。
ろうねん[老年]〈名〉老年。
ろうのう[労農]〈名〉工農。
ろうば[老婆]〈名〉老太婆。
ろうばい[狼狽]〈名・自サ〉狼狽。驚慌失措。
ろうはいぶつ[老廃物]〈名〉廢物。
ろうばしん[老婆心]〈名〉婆心。
ろうひ[浪費]〈名・他サ〉浪費。
ろうほう[朗報]〈名〉喜報。
ろうまん[浪漫]〈名〉浪漫。
ろうむ[労務]〈名〉務務。
ろうや[牢屋]〈名〉牢房。

わ　ワ

わ〈終助〉①(女性表示意志、主張)呀。啊。
　②(表示感嘆、驚訝)呀。啊。

わ[輪]〈名〉輪。圈。環。

わ[和]〈名〉和。

-わ[羽]〈接尾〉隻。

-わ[把]〈接尾〉把。束。捆。

ワードプロセッサー[word processor]
　〈名〉(一般稱「ワープロ」)文字自動處理
　機。

ワールド[world]〈名〉世界。

ワールドカップ[World Cup]〈名〉(體)世
　界杯。

ワールドシリーズ[World Series]〈名〉世
　界棒球錦標賽。

わいきょく[歪曲]〈名・他サ〉歪曲。

わいざつ[猥雑]〈名・形動〉猥褻。下流。

ワイシャツ[Ｙシャツ]〈名〉襯衫。

わいしょう[矮小]〈名・形動〉矮小。

わいせつ[猥褻]〈名・形動〉猥褻。淫穢。

わいだん[猥談]〈名〉下流話。

ワイパー[wiper]〈名〉刮水器。雨刷。

ワイヤ[wire]〈名〉鋼絲。

わいろ[賄賂]〈名〉賄賂。

わいわい〈副・自サ〉①吵嚷。起哄。②吵吵
　不休。

ワイン[wine]〈名〉葡萄酒。

わおん[和音]〈名〉和弦。

わか[和歌]〈名〉和歌。

わが[我が・吾が]〈連体〉我。我們。

わか・い[若い]〈形〉①年輕。②幼稚。③
　(年紀)小。④(號碼、數字)小，少。

わかい[和解]〈名・自サ〉和解。和好。

わがい[我が意]〈名〉我意。

わかがえ・る[若返る]〈自五〉①變年輕。
　返老還童。②年輕化。年輕人接班。

わかぎ[若木]〈名〉幼樹。

わかくさ[若草]〈名〉嫩草。

わかげ[若気]〈名〉年輕幼稚。血氣方剛。

わがこと[我が事]〈名〉自己的事。

わかじに[若死]〈名・自サ〉夭亡。夭折。

わか・す[沸かす]〈他五〉①燒。燒開。②使
　…狂熱。

わかぞう[若僧]〈名〉小子。毛孩子。

わかだんな[若旦那]〈名〉少爺。

わか・つ[分つ]〈他五〉分。區分。分辨。

わかづくり[若作り]〈名〉(婦女)打扮得年
　輕。

わかて[若手]〈名〉年輕人。

わかば[若葉]〈名〉嫩葉。

わがまま[我儘]〈名・形動〉任性。放肆。

わがみ[我が身]〈名〉自身。自己。

わかめ[若布]〈名〉裙帶菜。

わかめ[若芽]〈名〉嫩芽。

わかもの[若者]〈名〉年輕人。小夥子。

わがものがお[我が物顔]〈名・形動〉①宛
　如自己所有。②唯我獨尊的態度。

わかや・ぐ[若やぐ]〈自五〉變年輕。

わからずや[分らず屋]〈名〉不懂道理的
　人。

わかり[分り]〈名〉①理解。領會。②體貼
　人。通情達理。

わか・る[分る]〈自五〉①懂。理解。明白。
　②知道。判明。③通情達理。

わかれ[別れ]〈名〉臨別。分別。辭別。

わかれみち[分れ道]〈名〉岔道。

わかれめ[分れ目]〈名〉界線。交界。分水
　嶺。

わか・れる[別れる・分れる]〈自下一〉①
　分別。離別。分手。②離婚。③分開。劃分。
　區分。

わかれわかれ[別れ別れ]〈名〉分頭。分開。
　分離。走失。

わかわかし・い[若若しい]〈形〉年輕輕
　的。朝氣蓬勃。

わかんむり[ワ冠]〈名〉(漢字)禿寶蓋。

わき[脇]〈名〉①腋下。胳肢窩。②旁邊。

わき[和気]〈名〉和氣。和睦。

わぎ[和議]〈名〉協議。和約。

わきあが・る[沸き上がる]〈自五〉沸騰。

わきおこ・る[沸き起る]〈自五〉沸起。

わきが[腋臭]〈名〉腋臭。狐臭。

わきかえ・る[沸き返る]〈自五〉沸騰。歡騰。

わきげ[腋毛]〈名〉腋毛。

わきた・つ[沸き立つ]〈自五〉沸騰。歡騰。

わき・でる[湧き出る]〈自下一〉湧出。冒出。

わきのした[腋の下]〈名〉腋下。胳肢窩。

わきばら[脇腹]〈名〉①側腹。②庶出。

わきま・える[弁える]〈他下一〉①辨別。識別。②懂得。

わきみ[脇見]〈名〉往旁處看。

わきみず[湧き水]〈名〉湧出的水。

わきみち[脇道]〈名〉岔路。岔道。

わきめ[脇目]〈名〉①往旁處看。②旁觀。別人看來。

わきやく[脇役]〈名〉配角。

わぎり[輪切り]〈名〉切成圓片。

わ・く[沸く]〈自五〉沸騰。歡騰。

わ・く[湧く]〈自五〉①湧出。冒出。噴出。②發生。產生。

わく[枠]〈名〉①框。②範圍。

わくぐみ[枠組み]〈名〉①框架。②輪廓。

わくせい[惑星]〈名〉行星。

ワクチン[Vakzin]〈名〉菌苗。疫苗。

わくでき[惑溺]〈名・自サ〉沉溺。

わくらん[惑乱]〈名・他サ〉蠱惑。

わくわく〈副・自サ〉怦怦跳。

わけ[訳]〈名〉①意思。②道理。③原因。理由。

わけい・る[分け入る]〈自五〉鑽人。擠進。

わけても[別けても]〈副〉尤其。特別。

わけな・い[訳な・い]〈形〉簡單。容易。輕而易舉。

わけへだて[別け隔て]〈名・他サ〉歧視。區別對待。

わけまえ[分け前]〈名〉(自己)應得的一份。

わけめ[分け目]〈名〉①分界綫。②(成敗、勝負的)關鍵。

わ・ける[分ける]〈他下一〉①分。分開。②

区分。劃分。③分配。分給。④排解。調解。⑤穿過。

わごう[和合]〈名・自サ〉和睦。和好。

わこうど[若人]〈名〉年輕人。

ワゴン[wagon]〈名〉①送貨車。②馬車。③手推車。④(食堂等用)小型食品車。

わざ[技]〈名〉技術。本事。功夫。

わざ[業]〈名〉事情。行爲。工作。

わざし[業師]〈名〉策士。

わざと[態と]〈副〉故意。

わさび[山葵]〈名〉山葫菜。

わざわい[災]〈名〉災。禍。災害。

わざわざ〈副〉特意。故意。

わし[鷲]〈名〉鷲。

わし[和紙]〈名〉日本紙。

わしつ[和室]〈名〉日本式房間。

わしづかみ[鷲摑み]〈名〉猛抓。大把抓。

わしばな[鷲鼻]〈名〉鷹鈎鼻子。

わじゅつ[話術]〈名〉說話的技巧。

わしょく[和食]〈名〉日本飯菜。

わずか[僅か]〈副・形動〉僅。稍微。

わずらい[煩い]〈名〉煩惱。苦惱。

わずらい[患い]〈名〉患病。

わずら・う[患う]〈自五〉患。患病。

わずらわし・い[煩わしい]〈形〉麻煩。繁雜。

わずらわ・す[煩わす]〈他五〉使…煩惱。給…添麻煩。

わすれがたみ[忘れ形見]〈名〉①遺物。②遺孤。

わすれっぽ・い[忘れっぽい]〈形〉健忘。

わすれなぐさ[勿忘草]〈名〉勿忘草。

わすれもの[忘れ物]〈名〉遺失物。

わす・れる[忘れる]〈他下一〉忘。忘記。遺忘。

わせ[早稲]〈名〉早稻。

わせ[早生]〈名〉早熟。

ワセリン[vaseline]〈名〉凡士林。

わせん[和戦]〈名〉①和與戰。②停戰。

わた[綿]〈名〉棉。棉花。

わだい[話題]〈名〉話題。

わたいれ[綿入れ]〈名〉棉衣。

わだかまり[蟠り]〈名〉①障礙。隔閡。②拖延。遲緩。

わだかま・る[蟠る]〈自五〉有隔閡。

わたくし[私]Ⅰ〈代〉我。Ⅱ〈名〉私。個人。

わたくしごと[私事]〈名〉私事。

わたくし・する[私する]〈他サ〉私吞。謀私利。

わたげ[綿毛]〈名〉絨毛。

わたし[私]〈代〉我。

わたしば[渡し場]〈名〉渡口。

わたしぶね[渡し船]〈名〉渡船。

わた・す[渡す]〈他五〉①渡。②搭。架。③交。遞。給。

わだち[轍]〈名〉車轍。

わたゆき[綿雪]〈名〉鵝毛大雪。

わたり[渡り]〈名〉①渡口。②交渉。聯繫。

わたりあ・う[渡り合う]〈自五〉交鋒。交手。

わたりある・く[渡り歩く]〈自五〉到處奔走。

わたりどり[渡鳥]〈名〉候鳥。

わたりもの[渡者]〈名〉闖江湖的。

わたりろうか[渡廊下]〈名〉(連接兩個建築物的)走廊。

わた・る[亘る]〈自五〉①涉及。有關。②經過。持續。

わた・る[渡る]〈自五〉①渡。過。②到…之手。歸…所有。

ワックス[wax]〈名〉蠟。石蠟。

ワッセルマンはんのう[ワッセルマン反応]〈名〉[醫]華氏反應。

わっと[副]哇地。

ワット[watt]〈名〉瓦。瓦特。

わとじ[和綴じ]〈名〉日本式裝訂(的書)。

わな[罠]〈名〉圈套。陷阱。

わなげ[輪投げ]〈名〉套圈兒。

わなな・く〈自五〉哆嗦。發抖。

わなわた[副・自サ]哆嗦。發抖。

わに[鰐]〈名〉鰐魚。

ワニス[varnish]〈名〉清漆。

わび[詫び]〈名〉道歉。賠禮。

わびごと[詫び言]〈名〉道歉的話。

わびし・い[侘しい]〈形〉①寂寞。寂靜。②寒酸。

わびじょう[詫状]〈名〉道歉書。

わびずまい[侘住い]〈名〉①隱居生活。②清苦生活。破舊住宅。

わ・びる[詫びる]〈他上一〉道歉。賠禮。

わふう[和風]〈名〉日本式。

わふく[和服]〈名〉和服。

わぶん[和文]〈名〉和文。日文。

わへい[和平]〈名〉和平。

わほう[話法]〈名〉①說話技巧。②引語的引用方法。

わぼく[和睦]〈名・自サ〉和好。和解。

わめ・く[喚く]〈自他五〉喊叫。叫嚷。

わやく[和訳]〈名・他サ〉譯成日語。

わよう[和洋]〈名〉日本和西洋。

わようせっちゅう[和洋折衷]〈名〉日西和璧。

わら[藁]〈名〉稻草。麥秸。

わらい[笑い]〈名〉①笑。②嘲笑。

わらいぐさ[笑種・笑草]〈名〉笑料。笑柄。

わらいごえ[笑い声]〈名〉笑聲。

わらいこ・ける[笑いこける]〈自下一〉捧腹大笑。

わらいごと[笑い事]〈名〉開玩笑的事。鬧着玩的事。

わらいじょうご[笑い上戸]〈名〉①好笑的人。②醉後好笑的人。

わらいばなし[笑い話]〈名〉笑話。

わらいもの[笑い物]〈名〉笑料。笑柄。笑談。

わら・う[笑う]〈自五〉①笑。②嘲笑。

わらじ[草鞋]〈名〉草鞋。

わらび[蕨]〈名〉蕨。

わらべうた[童歌]〈名〉童謠。

わらわ・せる[笑わせる]〈他下一〉①逗人笑。②可笑。

わり[割]〈名〉①比。比率。比例。②合算與否。③成。十分之一。

わりあい[割合]Ⅰ〈名〉比。比例。間率。Ⅱ〈副〉比較。

わりあて[割当]〈名〉分配。分攤。分配。分擔。

わりあ・てる[割り当てる]〈他下一〉分配。分攤。分派。

わりいん[割印]〈名〉騎縫印。

わりかん[割勘]〈名〉均攤。

わりき・る[割り切る]〈他五〉①斷然地下結論。②整除。除盡。

わりき・れる[割り切れる]〈自下一〉①能理解。想得通。②能整除。能除盡。

わりぐりいし[割栗石]〈名〉碎石。

わりこ・む[割り込む]〈自他五〉①擠進。②插隊。

わりざん[割算]〈名〉除法。

わりだか[割高]〈形動〉(價錢)比較貴。

わりだ・す[割り出す]〈他五〉①算出。得出。②推斷出。

わりつけ[割付]〈名〉編排。設計。

わりに[割に]〈副〉比較。

わりばし[割箸]〈名〉簡易筷子。

わりびき[割引]〈名〉折扣。減價。

わりび・く[割り引く]〈他五〉①折扣。減價。②貼現。

わりまえ[割前]〈名〉①應得的份兒。②應付的份兒。

わりまし[割増し]〈名〉加價。增額。補貼。

わりもど・す[割り戻す]〈他五〉退還(一部分)。

わりやす[割安]〈形動〉比較便宜。

わ・る[割る]〈他五〉①劈。②打碎。③擠進。④除。⑤低於。⑥對(水)。

わるあがき[悪足掻き]〈名・他サ〉拚命挣扎。

わる・い[悪い]〈形〉①壞。差。不好。②有害。不利。③對不起。

わるがしこ・い[悪賢い]〈形〉奸。刁。狡猾。

わるぎ[悪気]〈名〉惡意。

わるくち[悪口]〈名〉壞話。

わるさ[悪さ]〈名〉壞(的程度)。

わるじえ[悪知恵]〈名〉壞主意。壞點子。

わるずれ[悪擦れ]〈名・自サ〉油頭滑腦。

わるだくみ[悪巧み]〈名〉奸計。詭計。

ワルツ[waltz]〈名〉華爾滋。圓舞曲。

わるび・れる[悪びれる]〈自下一〉(多用否定式)打怵。膽怯。

わるふざけ[悪ふざけ]〈名・自サ〉惡作劇。

わるもの[悪者]〈名〉壞人。

わるよい[悪酔]〈名・自サ〉醉得難受。

われ[我]〈代〉我。自己。

われがちに[我勝ちに]〈副〉争先恐後地。

われがね[破鐘]〈名〉破鐘。破鑼。

われさきに[我先に]〈副〉→われがちに。

われしらず[我知らず]〈副〉不由得。不知不覺。

われながら[我ながら]〈副〉連自己都。

われなべ[破れ鍋]〈名〉破鍋。

われめ[割れ目]〈名〉裂縫。裂口。

われもこう[吾木香]〈名〉(植)地榆。

われもの[割れ物]〈名〉易碎物品。

わ・れる[割れる]〈自下一〉①碎。裂。壞。②分裂。破裂。③分散。④泄露。敗露。

われわれ[我我]〈代〉我們。

わん[碗・椀]〈名〉碗。

わん[湾]〈名〉灣。

わんきょく[湾曲]〈名・自サ〉彎曲。

わんこつ[腕骨]〈名〉腕骨。

わんさと[副]①蜂擁。②很多。

わんしょう[腕章]〈名〉臂章。袖章。

ワンタッチ[one touch]〈名〉①簡單的操作。②電鈕式操作。③(排球)一次觸球。

ワンタン[雲呑]〈名〉餛飩。

わんにゅう[湾入]〈名・自サ〉(海)彎入。

わんぱく[腕白]〈名・形動〉淘氣。頑皮。

ワンピース[one-piece]〈名〉連衣裙。

ワンポイント[one point]〈名〉①(比賽)一分。②只在衣服胸口處刺綉一個圖案。③一點。

ワンマン[one-man]〈名〉①一個人。②獨斷專行。

わんりょく[腕力]〈名〉①腕力。②武力。暴力。

ワンレングス[one length]〈名〉(也稱「ワンレン」)(髮型)平髮。

わんわん[副]①(狗叫)汪汪。②(哭聲)哇哇。

實用日語圖說

（1）人体　人體

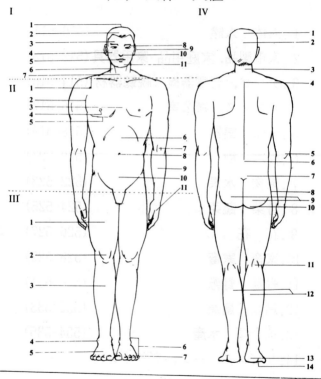

I

IV

II

III

V

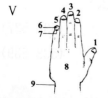

Ⅰ. 頭　頭

1. 頭頂　　　　　　　頭頂
2. かみ　　　　　　　髪
3. ひたい　　　　　　額
4. ほほ　　　　　　　頰
5. くち　　　　　　　口　頭
6. くび　　　　　　　頸
7. のど　　　　　　喉(嚨)
8. め　　　　　　　　眼
9. みみ　　　　　　　耳
10. はな　　　　　　　鼻
11. あご　　　　　　　頷
　　かお　　　　　　　面

Ⅱ. 胴体　胴, 軀幹

1. かた　　　　　　　肩
2. わきのした　　　　腋窩
3. むね　　　　　　　胸
4. ちくび　　　　　　乳頭
5. ちぶさ　　　　　　乳房
6. はら　　　　　　　腹
7. にのうで　　　　　上臂
8. へそ　　　　　　　臍
9. ぜんわん　　　　　下臂
10. かふくぶ　　　　腹股溝
11. て　　　　　　　　手

Ⅲ. 足, 脚　腿

1. もも　　　　　　股, 大腿
2. ひざ　　　　　　　膝
3. すね　　　　　　脛, 小腿
4. くるぶし　　　　　踝
5. あしのこう　　　跗, 足背

6. あし　　　　　　足, 脚
7. あしのゆび　　　　脚趾

Ⅳ. 背面　背部

1. こうとうぶ　　　　枕骨部
2. こうとうぶ　　　　頭後部
3. うなじ　　　　　　項(部)
4. せなか　　　　　　背
5. ひじ　　　　　　　肘
6. こし　　　　　腰, 骶骨部
7. ようぶ　　　　　　腰部
8. こしぼね　　　　髖, 胯骨
9. 臀部　　　　　臀部, 屁股
10. しり　　　　　　　臀
11. しっか　　　　　膕, 膝彎
12. ふくらはぎ　　　腓, 腿肚
13. かかと　　　　踵, 脚後跟
14. 足底部　　　　跖, 脚掌

Ⅴ. 手　手

1. おやゆび　　　　　拇指
2. ひとさしゆび　　　食指
3. なかゆび　　　　　中指
4. くすりゆび　　　　無名指
5. こゆび　　　　　　小指
6. つめ　　　　　　　指甲
7. 半月　　(指甲的)新月形白斑
8. しゅはい　　　　　手背
9. てくび　　　　　　手腕
10. ゆびのはら　　　指頭肚兒
11. てのひら　　　　　手掌
12. 生命線　　　　　生命綫
13. 親指の付根 大魚際, 拇指, 腕, 掌
14. みゃく　　　　　　脈

（2）家電製品, 家庭用品　家用器具

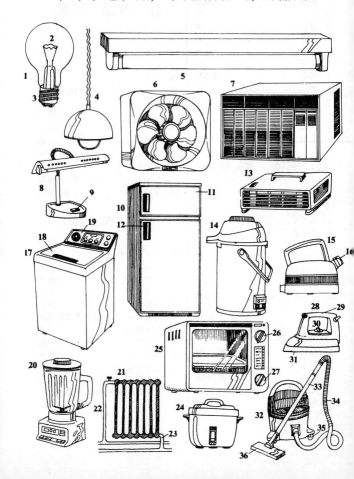

1.	電球	電燈泡	19.	洗濯機のつまみ板	程序選擇表板
2.	フィラメント	鎢絲	20.	ミキサー	摻和機
3.	電球のさしこみ	螺旋	21.	スチーム管	暖氣片
4.	吊りランプ	吊燈	22.	供水管	供水管
5.	螢光燈	光管	23.	退水管	回水管
6.	換気扇	抽風機	24.	電気炊飯器	電飯鍋
7.	クーラ	冷氣機,空調機	25.	電子レンジ	電烤爐
8.	電気スタンド	枱燈	26.	温度つまみ	温度選擇器
9.	スイッチ	開關	27.	タイムスイッチ	定時裝置
10.	冷蔵庫	電冰箱,雪櫃	28.	アイロン	電熨斗
11.	冷凍庫	冰藏箱	29.	アイロンの握り	熨斗手把
12.	取手	把手	30.	温度つまみ	温度選擇器
13.	電気コンロ	電暖爐	31.	アイロンの底板	底板
14.	電気ポット	電暖水瓶	32.	掃除器	吸塵器
15.	湯沸しやかん	燒開水的壺	33.	前部ホース	伸縮管
16.	（笛吹きやかんの）注ぎ口	汽笛	34.	後部ホース	軟管
17.	洗濯機	自動洗衣機	35.	掃除器の車	脚輪
18.	洗濯機の蓋	洗衣機滾筒蓋	36.	吸取口	吸塵嘴

参考　備考

スチームアイロン	蒸汽熨斗	食器乾燥機	乾碗機
アイロンかけ	熨燙架	食器洗浄器	洗碗機
アイロン	熨燙板	コーヒーポット	咖啡壺
ブラシ	刷子	平鍋	平鍋
バケツ	水桶	果汁しぼり器	榨汁器
乾燥室	烘衣櫃	ジュースしぼり器	(柑橘)榨汁機
乾燥機 晾衣架,(洗衣房的)乾燥裝置		肉のこま切り器	絞肉機
ほうき	掃帚	ミキサー	攪拌器
電気コンロ	電爐	トースター	烤麵包箱
ガスコンロ	煤氣爐	圧力鍋	壓力鍋

(3) テレビ, 音響器機　視聴器材

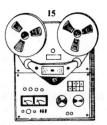

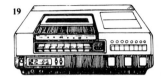

1. ステレオ音響システム		13. マイク	傳聲器, 麥克風
	立體聲系統	14. テレビ	電視機
2. スピーカー	揚聲器, 喇叭	15. オープンリールデッキ	
3. ツイーター	高音喇叭		開卷式錄音機
4. スコーカー	中音喇叭	16. オープンリールテープ	
5. ウーファー	低音喇叭		開卷式錄音帶
6. レコードプレーヤ	唱機	17. カセットテープ	盒式錄音帶
7. ターンテーブル	轉盤	18. マイクロカセットテープ	
8. トーンアーム	唱臂		微型盒式錄音帶
9. カートリッジ	唱頭	19. ビデオデッキ	磁帶錄像機
10. アンプ	放大器, 擴音器	20. カセットビデオ	盒式錄像機
11. チューナー	調諧器	21. レコード	唱片
12. カセットデッキ	錄音座	22. ラジカセ	收音錄音機

（4）オフィス 辦公室

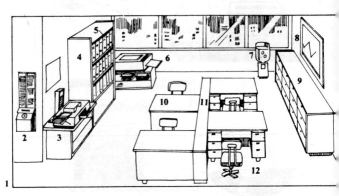

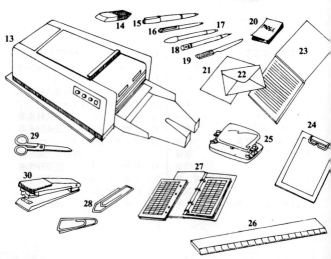

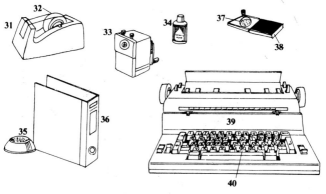

1. 事務所	辦公室,寫字樓	21. 便箋	信紙
2. タイムレコーダー	出勤記録鐘	22. 封筒	信封
3. アドレスマシーン	地址複製機	23. 原稿用紙	書寫紙
4. キャビネット	檔案櫃	24. バインダーボード	書寫板
5. ファイル	文件夾,卷宗	25. パンチ	打孔機
6. ファックス	傳真電報機	26. 定規	直尺
7. 蒸溜水	蒸溜水	27. バインダー	四孔文件夾
8. 図表	圖表	28. クリップ	回型針,曲別針
9. 収納ケース	矮櫃	29. はさみ	剪刀
10. オフィス・テーブル	辦公桌	30. ホチキス	訂書機
11. 仕切り板	分隔板,隔墻	31. セロテープ台	膠紙座
12. オフィス・チェアー	辦公椅	32. セロテープ	膠紙
13. コピー機	自動複印機	33. えんぴつ削り	轉筆刀
14. 消しゴム	橡皮	34. 修正液	塗改液
15. 万年筆	墨水筆	35. 指ぬらし	濡濕器
16. ボールペン	圓珠筆	36. ファイルケース	文件夾
17. マーカーペン	氈尖筆	37. 印章	圖章,戳子鋼印
18. えんぴつ	鉛筆	38. スタンプ台	印台
19. ペーパーナイフ	裁紙刀	39. タイプライター	打字機
20. メモ用紙	記事紙	40. キ	鍵盤

（5） 楽器　樂器

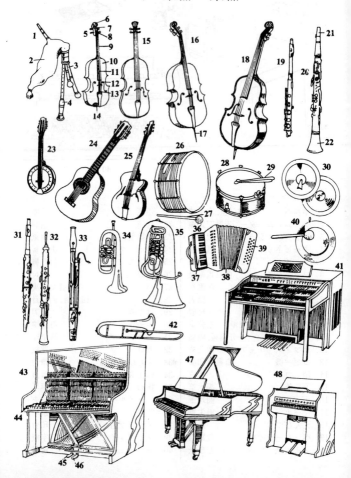

1. バグパイプ	風笛	26. 大太鼓	大鼓
2. 空気袋	風嚢	27. ばち	(大鼓的)鼓槌
3. バスーン管	低音管	28. 小太鼓	(扁平)小鼓
4. リード	指管	29. ばち	鼓槌
5. ヴァイオリン	小提琴	30. シンバル	鈸,大鑼
6. うずまき	琴頭	31. フルート	長笛
7. 糸ぐら	弦軸	32. オーボエ	雙簧管
8. 糸まき	弦軸	33. バスーン	巴松,大管
9. 指板	琴頸	34. トランペット	小號
10. 響板	(小提琴的)面板	35. チューバ	次中音號
11. 弦	琴弦	36. アコーディオン	手風琴
12. 響孔	音孔	37. 鍵盤	琴鍵
13. おどり板	琴馬	38. ふいご	風箱
14. あごあて	腮托	39. ボタン	低音鍵鈕
15. ヴィオラ	中提琴	40. シンバル	鑼
16. チェロ	大提琴	41. エレクトーン	電子琴
17. 支柱	支柱	42. トロンボーン	長號
18. コントラバス	低音大提琴	43. アップライトピアノ	立式鋼琴,竪式鋼琴
19. ピッコロ	短笛		
20. クラリネット	單簧管	44. 鍵盤	琴鍵
21. マウスピース	吹口	45. 左のペダル	左踏板
22. 朝顔管	喇叭口	46. 右のペダル	右踏板
23. バンジョー	班卓琴	47. グランドピアノ	(演奏用)大鋼琴
24. ギター	吉他		
25. エレキギター	爵士樂吉他	48. オルガン	風琴,簧風琴

（6）樹木　樹

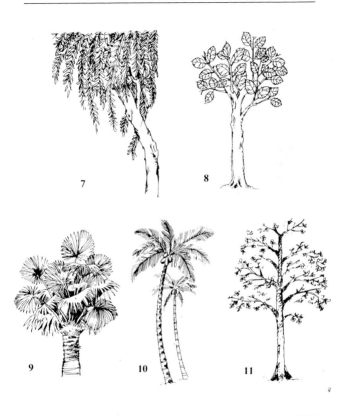

1. 松	松樹	7. ヤナギ	柳樹
2. カシワ	柏樹	8. クワ	桑樹
3. モミ	冷杉, 樅樹	9. シュロ	棕櫚, 棕樹
4. ゴムの木	橡膠樹	10. ヤシ	椰子樹
5. プラタナス	梧桐	11. キワタ	木棉
6. ガジュマル	榕樹		

（7） 果物　水果

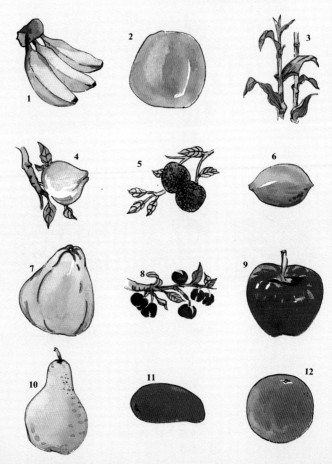

1. バナナ	香蕉	10. ナシ		梨果
2. ヤシ	椰子	11. マンゴー		芒果
3. サトウキビ	甘蔗	12. オレンジ		橙,橘子
4. 桃	桃	13. ドリアン		榴蓮
5. レイシ	茘枝	14. ブドウ		葡萄
6. レモン	檸檬	15. パイナップル		菠蘿
7. ユズ	柚子	16. イチゴ		草莓
8. スモモ	李子	17. スイカ		西瓜
9. リンゴ	蘋果	18. メロン		蜜瓜,甜瓜

（8）野菜　蔬菜

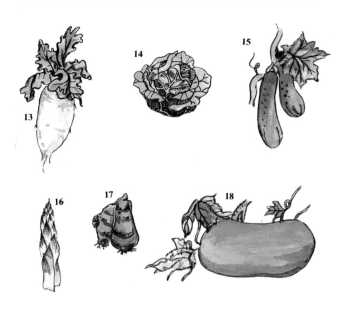

1. カボチャ	南瓜	10. エンドウ	豌豆
2. ニンジン	胡蘿蔔	11. ショウガ	薑
3. ピーマン	柿子椒, 燈籠椒	12. セリ	芹菜
4. ホーレンソウ	菠菜	13. ダイコン	蘿蔔
5. トマト	蕃茄, 西紅柿	14. キャベツ	筍心菜, 椰菜
6. キノコ	蘑菇	15. キュウリ	黄瓜
7. アカダイコン	水蘿蔔, 小紅蘿蔔	16. アスパラガス	蘆筍
8. タケノコ	竹筍	17. イモ	芋頭
9. タマネギ	洋葱	18. トウガン	冬瓜

(9) 花 花

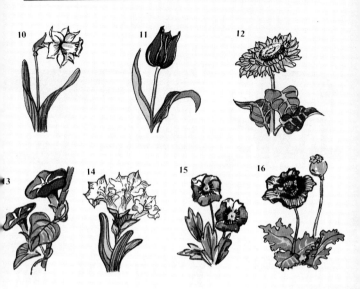

1．ウメ	梅花	9．モモの花	桃花
2．ラン	蘭花	10．スイセン	水仙
3．キク	菊花	11．チューリップ	鬱金香
4．ツツジ	杜鵑花	12．ヒマワリ	向日葵
5．ハマナス	玫瑰	13．アサガオ	牽牛花
6．テントロヒウム	苣蘭	14．ユリ	百合花
7．ハス	荷花	15．パンシー	三色菫
8．サクラ	櫻花	16．ケシの花	罌粟花

(10) 家畜　家畜

1．水牛	水牛	
2．オス牛	公牛	
3．メス牛	母牛	
4．綿羊	綿羊	
オスの羊 公羊，メスの羊 母羊，		
子羊	羔羊	
5．ヤギ	山羊	
6．馬 馬，オス馬 公馬，		
メス馬 母馬，子馬 小馬		
7．豚 猪，オス豚 公猪，		
メス豚 母猪，子豚 小猪		
8．猫 猫，オス猫	雄猫	
9．アヒル	鴨	

オスのアヒル	雄鴨	
メスのアヒル	雌鴨	
アヒルのヒナ	小鴨	
10．ガチョウ	鵝	
オスのガチョウ	公鵝	
メスのガチョウ	母鵝	
ガチョウの雛	小鵝	
11．ニワトリ 鶏，オンドリ 公鶏，		
メンドリ 母鶏，ヒヨコ 小鶏		
12．牧羊犬	牧羊犬	
13．グレーハウンド	獵兔狗	
14．ブルドッグ 牛頭犬，喇叭狗		
15．マルチーズ	小獅子狗	

(11) 野獸　野獸

1. ライオン	獅子	12. ヒョウ		豹
2. トラ	虎	13. オオカミ		狼
3. キツネ	狐狸	14. セイウチ		海象
4. センザンコウ	穿山甲	15. リス		松鼠
5. パンダ	(大)熊猫	16. アザラシ		海豹
6. クマ	熊	17. ウサギ		兔子
7. ゴリラ	大猩猩	18. シマウマ		斑馬
8. ゾウ	象	19. キリン		長頸鹿
9. ラクダ	駱駝	20. シカ		鹿
10. サル	猴子	21. カンガル		袋鼠
11. ヤマアラシ	刺猬	22. カバ		河馬

(12) 鳥類　鳥類

1．タカ	鷹	9．アオサギ	蒼鷺
2．ツバメ	燕子	10．カワセミ	翠鳥
3．オウム	鸚鵡	11．ペンギン	企鵝
4．ミミズク	猫頭鷹	12．ダチョウ	駝鳥
5．スズメ	麻雀	13．ホトトギス	杜鵑
6．ペリカン	鵜鶘	14．キツツキ	啄木鳥
7．ハクチョウ	天鵝	15．カラス	烏鴉
8．カモメ	海鷗		

(13) 魚介類　水産

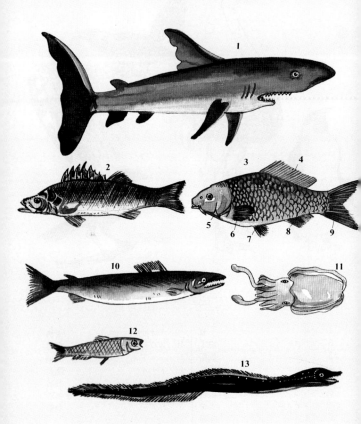

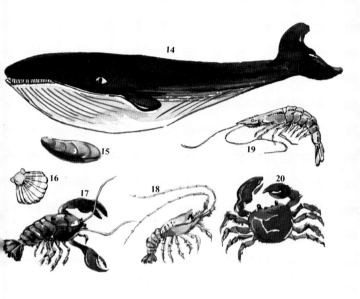

1. さめ	鯊魚	11. いか	烏賊, 墨魚
2. すずき	鱸魚	12. いわし	沙丁魚
3. こい	鯉魚	13. うなぎ	鰻魚
4. せびれ	背鰭	14. くじら	鯨魚
5. えらぶた	鰓	15. むらさきいがい	貽貝, 淡菜
6. むなびれ	胸鰭	16. いたやがい	扇貝
7. はらびれ	腹鰭	17. ロブスター	小龍蝦
8. しりびれ	臀鰭	18. いせえび	龍蝦
9. おびれ	尾鰭	19. えび	蝦
10. さけ	鮭魚	20. かに	蟹

(14) リビングルーム，ダイニングルーム，
ベッドルーム　起居室、飯廳和卧室

1. 組立てダンス	組合櫃, 壁櫥	19. 回転テーブル	旋轉面
2. 盆栽（ぼんさい）	盆栽	20. テーブルクロス	枱布, 桌布
3. 胸像	半身人像	21. ダイニングチェアー	餐椅
4. テレビ	電視機	22. カーテン	窗簾
5. 肘掛椅子	扶手椅	23. 化粧台	梳妝台
6. テーブル	茶几, 咖啡枱	24. 鏡	鏡子
7. カーペット	地毯	25. 引き出し	抽屜
8. 腰掛け	櫈	26. 化粧台用椅子	梳妝椅
9. ソファー	長沙發	27. 洋服ダンス	衣櫃
10. 電気スタンド	枱燈	28. ベッドサイドランプ	床頭燈
11. サイドテーブル	小几	29. ベッドサイドテーブル	床頭櫃
12. バー	酒吧	30. ベッドの頭部分の板	床頭板
13. 絵	畫	31. まくら	枕頭
14. すだれ	簾	32. かけぶとん	被子
15. シャンデリア	吊燈	33. ベッドカバー	床罩
16. つりタンス	吊櫃	34. ベッド	床
17. サイドボード	碗櫃, 餐具櫥	35. スプリングマット	床墊
18. ダイニングテーブル	飯桌		

参考　備考

リビングルーム	起坐室	本立て	書檔
応接間	接待室	灰皿	烟灰缸
玄関	門廊, 小門廊	花瓶	花瓶
台所	廚房	ベッドサイドカーペット	
書斎	書房		床前小地毯
ソファー	沙發	毛布	毛毯
壁紙	牆紙	スプリング	彈簧
カレンダー	掛暦	ベッドシーツ	床單
温度計	温度計	枕カバー	枕套
スタンダードランプ	落地燈	観葉植物	室内植物
クション	墊子	電話	電話
本棚	書櫃		

(15) 食事, 食器　餐具

1. 水さし	水壺	21. 肉刺し	肉叉
2. コーヒーポット	咖啡壺	22. 薄切りの肉	肉片
3. トレー	盤子	23. ナプキン	餐巾
4. 砂糖壺	糖缸	24. 取り皿	餐碟
5. ミルク入れ	牛奶壺	25. デザート	餐後點心,甜品
6. 砂糖挟み	塊糖夾	26. ジャガイモ入れ	馬鈴薯盤
7. たまごたて	蛋杯	27. チーズナイフ	乾酪(芝士)刀
8. カップ	杯子	28. チーズ	乾酪,芝士
9. ティースプン	茶匙	29. バター	奶油,黃油
10. パン	麵包	30. 砂糖壺	糖缸(罐)
11. パン入れ	麵包籃	31. サンドイッチ	三明治
12. スプン	湯匙	32. サモワール	茶炊
13. フォーク	叉	33. パントレー	麵包盤
14. ナイフ	餐刀	34. 薄切りパン	麵包片
15. 西洋子勺	湯勺	35. 果物入れ	果盤
16. スープ鉢	(有蓋)大湯碗	36. ティーカップ	茶杯
17. スープ皿	湯盤	37. 受け皿	淺碟,茶碟
18. ソース入れ	(船形)調味汁杯	38. 胡椒入れ	胡椒瓶
19. サラダ入れ	色拉(沙律)盆	39. 食塩入れ	鹽瓶
20. 大皿	大盤子	40. エッグ・ハム・パン	
			鶏蛋,火腿和麵包

参考　備考

朝食	早餐	アイスクリーム	冰淇淋,雪糕
昼食	午餐	煮つめた果物	燉水果
夕食	晩餐,正餐	ソーセージ	香腸,紅腸
サラダ	色拉、沙律	肉のくん製	燻肉
スープ	湯	トースト	吐司(麵包)
焼きとり	燒鶏	ポテトチップス	薯條
ビーフステーキ	牛排	豚ヒレのフライ	炸猪排

附　錄

一、動詞活用表

類型	行	基本形	未然	連用	終止	連體	假定	命令
五段活用	か	か・く(書く)	かこ	きい	く	く	け	け
	が	およ・ぐ(泳ぐ)	がご	ぎい	ぐ	ぐ	げ	げ
	さ	はな・す(話す)	させそ	し	す	す	せ	せ
	た	た・つ(立つ)	たと	ちっ	つ	つ	て	て
	な	し・ぬ(死ぬ)	なの	にん	ぬ	ぬ	ね	ね
	ば	と・ぶ(飛ぶ)	ばぼ	びん	ぶ	ぶ	べ	べ
	ま	よ・む(読む)	まも	みん	む	む	め	め
	ら	の・る(乗る)	らろ	りっ	る	る	れ	れ
	わ	か・う(買う)	わお	いっ	う	う	え	え
上一段活用	あ	いる(居る)	い	い	いる	いる	いれ	いろ いよ
	あ	し・いる(強いる)	い	い	いる	いる	いれ	いろ いよ
	か	きる(着る)	き	き	きる	きる	きれ	きろ きよ
	か	お・きる(起きる)	き	き	きる	きる	きれ	きろ きよ
	が	す・ぎる(過ぎる)	ぎ	ぎ	ぎる	ぎる	ぎれ	ぎろ ぎよ
	さ	さっ・しる(察しる)	し	し	しる	しる	しれ	しろ しよ
	ざ	かん・じる(感じる)	じ	じ	じる	じる	じれ	じろ じよ

(注: 動詞活用表中,「・」號前部爲詞幹, 後部爲詞尾。無「・」號者爲無詞幹動詞)

續表

類型	行	基本形	未然	連用	終止	連體	假定	命令
上一段活用	た	お・ちる(落ちる)	ち	ち	ちる	ちる	ちれ	ちろ ちよ
	な	にる(煮る)	に	に	にる	にる	にれ	にろ によ
	は	ひる(干る)	ひ	ひ	ひる	ひる	ひれ	ひろ ひよ
	ば	の・びる(延びる)	び	び	びる	びる	びれ	びろ びよ
	ま	みる(見る)	み	み	みる	みる	みれ	みろ みよ
	ら	お・りる(降りる)	り	り	りる	りる	りれ	りろ りよ
下一段活用	あ	える(得る)	え	え	える	える	えれ	えろ えよ
	あ	おし・える(教える)	え	え	える	える	えれ	えろ えよ
	か	う・ける(受ける)	け	け	ける	ける	けれ	けろ けよ
	が	あ・げる(上げる)	げ	げ	げる	げる	げれ	げろ げよ
	さ	み・せる(見せる)	せ	せ	せる	せる	せれ	せろ せよ
	ざ	ま・ぜる(交ぜる)	ぜ	ぜ	ぜる	ぜる	ぜれ	ぜろ ぜよ
	た	す・てる(捨てる)	て	て	てる	てる	てれ	てろ てよ
	だ	でる(出る)	で	で	でる	でる	でれ	でろ でよ
	だ	な・でる(撫でる)	で	で	でる	でる	でれ	でろ でよ
	な	こ・ねる(捏ねる)	ね	ね	ねる	ねる	ねれ	ねろ ねよ
	は	へる(経る)	へ	へ	へる	へる	へれ	へろ へよ
	ば	た・べる(食べる)	べ	べ	べる	べる	べれ	べろ べよ
	ま	と・める(止める)	め	め	める	める	めれ	めろ めよ

續表

類型	行	基本形	未然	連用	終止	連體	假定	命令
	ら	く・れる(暮る)	れ	れ	れる	れる	れれ	れろ れよ
か行 變格	か	くる(来る)	こ	き	くる	くる	くれ	こい
サ行	す	する(為る)	さ し せ	し	する	する	すれ	しろ せよ
變格	ず	かん・ずる(感ずる)	じ ぜ	じ	ずる	ずる	ずれ	じろ ぜよ

二、助動詞活用表

類型	基本形	未然	連用	終止	連體	假定	命令	接續法
被	れる	れ	れ	れる	れる	れれ	れろ れよ	五段未然
動	られる	られ	られ	られる	られる	られれ	られろ られよ	五段外未然
可	れる	れ	れ	れる	れる	れれ		五段未然
能	られる	られ	られ	られる	られる	られれ		五段外未然
使	せる	せ	せ	せる	せる	せれ	せろ せよ	五段未然
役	させる	させ	させ	させる	させる	させれ	させろ させよ	五段外未然
敬	れる	れ	れ	れる	れる	れれ		五段未然
	られる	られ	られ	られる	られる	られれ		五段外未然
	せる	せ	せ					五段未然
語	させる	させ	させ					五段外未然
	ます	ませ ましょ	まし	ます (まする)	ます (まする)	ますれ	まし ませ	連用形

續表

類型	基本形	未然	連用	終止	連體	假定	命令	接續法
否定	ぬ		ず	ぬ(ん)	ね			未然
	ない		なく なかっ	ない	ない	なけれ		
過去	た	たろ		た	た	たら		連用
推量	らしい		らしく らしかっ	らしい	らしい	(らし けれ)		終止、形容動詞詞幹
	まい			まい	(まい)			五段終止、五段外未然
	べし		(べく)	(べし)	べき			終止
願望	たい	たかろ	たく たかっ	たい	たい	たけれ		連用
	たがる	たがら たがろ	たがり たがっ	たがる	たがる	たがれ		
指定	だ	だろ	だっ でに	だ	(な)	なら		
	です	でしょ	でし	です	(です)			
	である	であろ	であっ	である	である	であれ	であれ	
傳聞	そうだ		そうで	そうだ				終止形
比況	ようだ	ようだろ	ようで ようだっ	ようだ	ような	ようなら		連體形、助詞「の」
	ようです	ようでしょ	ように ようでし	ようで す				

續表

類型	基本形	未然	連用	終止	連體	假定	命令	接 續 法
樣 態	そうだ	そうだろ	そうで そうに そうだっ	そうだ	そうな	そうなら		動詞、形容詞 連用形、形容 動詞詞幹
	そうです	そうで しょ	そうでし	そうです				
意 志	う			う	う			五段未然
	よう			よう	よう			五段外未然

三、形容詞活用表

基本形	詞幹	詞　　　　尾					
		未然	連用	終止	連體	假定	命令
高い	たか	かろ	く かっ	い	い	けれ	
涼しい	すずし						

四、形容動詞活用表

基本形	詞幹	詞　　　　尾					
		未然	連用	終止	連體	假定	命令
静かだ	しずか	だろ	で に だっ	だ	な	なら	
静かです	しずか	でしょ	でし	です	(です)		

漢字音訓讀法

〻部

〔丸〕まる・まる
　い・まるめる
　・まるみ
丸丸まるまる
丸切まるきり
丸込まるめこむ
丸呑まるのみ
丸焼まるやき
丸裸まるはだか
〔丹〕
丹心たんしん
丹念たんねん
丹青たんせい
丹前たんぜん
丹誠たんせい
丹精たんせい
〔主〕おもな・あ
　るじ・ぬし
主人しゅじん
主旨しゅし
主體しゅたい
主役しゅやく
主客しゅかく
主従しゅじゅう
　・しゅうじゅ

う
主将しゅしょう
主唱しゅしょう
主眼しゅがん
主筆しゅひつ
主意しゅい
主義しゅぎ
主演しゅえん
主賓しゅひん
主審しゅしん
〔丼〕どんぶり

一部

〔一〕いち・ひと
　つ
一一いちいち・
　ひとつひとつ
一人ひとり
一人一人ひとり
　びとり
一人前いちにん
　まえ
一寸ちょっと
一匹いっぴき
一切いっさい
一心いっしん
一文いちもん
一日いちにち・

ついたち
一月いちがつ
一方いっぽう
一札いっさつ
一本いっぽん
一旦いったん
一目ひとめ
一目散いちもく
　さん
一生いっしょう
一生涯いっしょ
　うがい
一匹いっぴき
一休ひとやすみ
一回いっかい・
　ひとまわり
一向いっこう
一衣帯水いちい
　たいすい
一體いったい
一応いちおう
一聲ひとこえ
一言ひとこと
一刻いっこく
一味いちみ
一泊いっぱく
一抱ひとかかえ
一往いちおう

一服いっぷく
一杯いっぱい
一度いちど
一律いちりつ
一思ひとおもい
一昨いっさく
一昨日おととい
一昨昨いっさく
　さく
一昨昨日さきお
　ととい
一昨昨年さきお
　ととし
一段落いちだん
　らく
一重ひとえ
一面いちめん
一面識いちめん
　しき
一家いっか
一通ひととおり
一員いちいん
一致いっち
一息ひといき
一時いちじ
一眠ひとねむり
一軒家いっけん
　や

一部いちぶ
一族いちぞく
一晩ひとばん
一転機いってんき
一遍いっぺん
一握ひとにぎり
一揆いっき
一散いっさん
一番いちばん
一筋ひとすじ
一路いちろ
一滴ひとしずく
一層いっそう
一際ひときわ
一緒いっしょ
一齊いっせい
一頻ひとしきり
〔丁〕ちょう
丁目ちょうめ
丁度ちょうど
丁重ていちょう
丁稚でっち
丁寧ていねい
〔七〕なな・ななつ
七夕たなばた
七日なぬか・なのか
七顛八倒しってんばっとう

〔与〕あずかる・あたえる・くみする
与易くみやすい
〔万〕まん
万一まんいち・まんがいち
万年まんねん
万全ばんぜん
万事ばんじ
万国ばんこく
万能ばんのう
万歳ばんざい
〔三〕みっつ
三十日みそか
三叉さんさ
三文さんもん
三日みっか
三毛作さんもうさく
三日月みかづき
三羽鳥さんばがらす
三助さんすけ
三角さんかく
三宝さんぽう
三拍子さんびょうし
三界さんがい
三郎さぶろう
三昧さんまい

三食さんしょく
三段跳さんだんとび
三振さんしん
三時さんじ
三唱さんしょう
三竦さんすくみ
〔下〕げ・おろす・くださる・くだす.くだり.くだる.さがり.さがる.さげ.さげる.した.もと
下下げげ・しもじも
下女げじょ
下手したて・へた・しもて
下手人げしゅにん
下手物げてもの
下心したごころ
下戸げこ
下火したび
下水げすい
下世話げせわ
下半期しもはんき
下仕事したしご

と
下打合したうちあわせ
下目しため
下立おりたつ
下劣げれつ
下地したじ
下回したまわる
下向したむき
下血げけつ
下作げさく
下阪げはん
下坂くだりざか
下図したず
下役したやく
下町したまち
下男げなん
下足げそく
下見したみ
下卑げびる
下穿したばき
下洗したあらい
下拵したごしらえ
下品げひん・げぼん
下相談したそうだん
下界げかい
下剤げざい
下座げざ・しも

ざ

下校げこう

下書したがき

下宿げしゅく

下着したぎ

下準備したじゅんび

下落げらく

下痢げり

下検分したけんぶん

下絵したえ

下働したばたらき

下塗したぬり

下腹したはら

下敷したじき

下読したよみ

下駄げた

下潮さげしお

下履したばき

下稽古したげいこ

下調したしらべ

下請したうけ

下薬くだしぐすり

下積したづみ

〔丈〕たけ

丈夫じょうぶ

丈比たけくらべ

〔上〕あがり・あがる・あがっ

たり・あげ・あげる・うえ・かみ・のぼり・のぼる

上水じょうすい

上手じょうず・うわて・かみて

上出来じょうでき

上包うわづつみ

上付うわつく

上代じょうだい

上辺うわべ

上皮うわかわ

上申じょうしん

上向うわむき

上回うわまわる

上気じょうき

上役うわやく

上坂のぼりざか

上京じょうきょう

上物あがりもの

上空うわのそら

上乗じょうじょう・うわのせ・うわのり

上洛じょうらく

上品じょうひん

上映じょうえい

上段じょうだん

上流じょうりゅう

上荷うわに

上書うわがき

上紙うわがみ

上級じょうきゅう

上高あがりだか

上得意じょうとくい

上掛うわがけ

上陸じょうりく

上張うわっぱり

上梓じょうし

上略じょうりゃく

上達じょうたつ

上場あがりば

上程じょうてい

上着うわぎ

上滑うわすべり

上靴うわぐつ

上演じょうえん

上様かみさま・かみさん

上製じょうせい

上潮あげしお

上調子のぼり

ちょうし・うわっちょうし

上質じょうしつ

上機嫌じょうきげん

上積うわづみ

上擦うわずる

〔不〕

不十分ふじゅうぶん

不公平ふこうへい

不可欠ふかけつ

不可抗力ふかこうりょく

不可能ふかのう

不可避ふかひ

不仕合ふしあわせ

不用ふよう

不平ふへい

不平等ふぴょうどう

不出来ふでき

不正ふせい

不正直ふしょうじき

不正確ふせいかく

不安ふあん

不安定ふあんてい

い
不合格ふごうか
く
不合理ふごうり
不気味ぶきみ
不在ふざい
不当ふとう
不行届ふゆきと
どき
不自由ふじゆう
不自然ふしぜん
不完全ふかんぜ
ん
不作ふさく
不孝ふこう
不足ふそく
不利ふり
不良ふりょう
不況ふきょう
不具ふぐ
不定期ふていき
不法ふほう
不注意ふちゅう
い
不味まずい
不拘かかわらず
不届ふとどき
不幸ふこう
不便ふべん
不信用ふしんよ
う

不要ふよう
不勉強ふべん
きょう
不思議ふしぎ
不面目ふめんぼ
く
不埒ふらち
不振ふしん
不時着ふじちゃ
く
不真面目ふまじ
め
不動ふどう
不都合ふつごう
不得手ふえて
不得意ふとくい
不断ふだん
不釣合ふつりあ
い
不満ふまん
不運ふうん
不覚ふかく
不愉快ふゆかい
不景気ふけいき
不評ふひょう
不評判ふひょう
ばん
不順ふじゅん
不意ふい
不摂生ふせっせ
い

不適ふてき
不適当ふてきと
う
不慣ふなれ
不精ぶしょう
不審ふしん
不確ふたしか
不潔ふけつ
不調ふちょう
不調法ぶちょう
ほう
不器用ぶきよう
不機嫌ふきげん
不親切ふしんせ
つ
〔世〕よ
世上せじょう
世中よのなか
世代せだい
世事せじ
世知辛せちがら
い
世俗せぞく
世相せそう
世界せかい
世紀せいき
世帯せたい
世情せじょう
世常よのつね
世評せひょう
世間せけん

世話せわ
世辞せじ
世慣よなれる
世論せろん
世離よばなれる
〔丘〕おか
〔両〕りょう
両方りょうほう
両手りょうて・
りょうのて
両立りょうりつ
両国りょうごく
両所りょうしょ
両者りょうしゃ
両面りょうめん
両院りょういん
両側りょうがわ
両棲りょうせい
両替りょうがえ
両端りょうたん
両親りょうしん
〔並〕なみ・なら
び・ならびに
・ならぶ・な
らべる
並一通なみひと
とおり
並木なみき
並立へいりつ・
ならべたてる
並列へいれつ

並行へいこう
並並なみなみ
並無ならびない

乙・し部

〔乙〕おつ
乙女おとめ
〔九〕きゅう・く
　・ここのつ
九分九厘くぶくりん
〔乞〕こう
乞食こじき
〔乱〕みだす・みだれる
乱視らんし
乱筆らんびつ
乱暴らんぼう
〔乳〕ちち
乳母おんば
乳白色にゅうはくしょく
乳房にゅうぼう・ちぶさ
乳首ちくび
乳飲子ちのみご
乳製品にゅうせいひん
〔乾〕かわき・かわく
乾物ひもの

乾杯かんぱい

｜部

〔中〕なか
中中なかなか
中元ちゅうげん
中外ちゅうがい
中古ちゅうこ・ちゅうぶる
中央ちゅうおう
中肉ちゅうにく
中身なかみ
中国ちゅうごく
中学ちゅうがく
中空ちゅうくう
中背ちゅうぜい
中退ちゅうたい
中指なかゆび
中途ちゅうと
中流ちゅうりゅう
中座ちゅうざ
中核ちゅうかく
中頃なかごろ
中道ちゅうどう
中隊ちゅうたい
中堅ちゅうけん
中程なかほど
中着なかぎ
中絶ちゅうぜつ
中傷ちゅうしょう

う
中腰ちゅうごし
中腹ちゅうふく
中継ちゅうけい
中敷なかじき
〔年〕ねん・とし
年上としうえ
年下とした
年子としご
年中ねんじゅう
年内としのうち
年月ねんげつ・としつき
年月日ねんがっび
年代ねんだい
年市としのいち
年末ねんまつ
年甲斐としがい
年年ねんねん
年回としまわり
年波としなみ
年取としとる
年毎としてと
年始ねんし
年若としわか
年恰好としかっこう
年度ねんど
年寄としより・としよる

年頃としごろ
年越としこし
年賀ねんが
年間ねんかん
年嵩としかさ
年増とし
年端としは
年輩ねんばい
年齢ねんれい
年籠としごもり
〔串〕くし
串刺くしざし
串柿くしがき
串焼くしやき

｜部

〔予〕かねて・あらかじめ
予防よぼう
予告よこく
予言かねごと
予定よてい
予科よか
予約よやく
予習よしゅう
予備よび
予測よそく
予期よき
予報よほう
予感よかん
予想よそう

予算よさん
予選よせん
〔争〕あらそう
争論そうろん
争議そうぎ
争覇そうは
〔事〕こと
事切ことぎれる
事件じけん
事毎ことごと
事実じじつ
事変じへん
事柄ことがら
事故じこ
事情じじょう
事業じぎょう

ノ 部

〔乃〕すなわち
乃至ないし
〔久〕ひさしい
久振ひさしぶり
〔乏〕とぼしい
〔乗〕のせる・
　じょうじる・
　のる
乗入のりいれる
乗上のりあげる
乗手のりて
乗出のりだす
乗付のりつける

乗込のりこむ
乗合のりあわせ
　る
乗回のりまわす
乗取のっとる
乗物のりもの
乗降じょうこ
　う・のりおり
乗員じょういん
乗場のりば
乗遅のりおくれ
　る
乗換のりかえ・
　のりかえる
乗越のりこえ
　る・のりこす

亠 部

〔亡〕なくす
亡命ぼうめい
亡骸なきがら
〔玄〕
玄人くろうと
玄米げんまい
玄関げんかん
〔交〕こう・まざ
　る・まじる・
　まじわり・ま
　じわる・まぜ
　る・まじえ
　る・かわす

交互こうご
交付こうふ
交交こもごも
交気まじりけ
交尾こうび
交物まじりもの
交流こうりゅう
交通こうつう
交差こうさ
交渉こうしょう
交換こうかん
交替こうたい
交番こうばん
交歓こうかん
交誼こうぎ
交錯こうさく
交雑こうざつ
〔亭〕ちん
亭主ていしゅ
〔高〕こうじる・
　たか・だか・
　たかい・たか
　さ・たかぶ
　る・たかま
　り・たかま
　る・たかみ・
　たかめる・た
　からか
高下こうげ
高木こうぼく
高手小手たかて

こて
高台たかだい
高目たかめ
高年こうねん
高低こうてい・
　たかひく
高利こうり
高声こうせい
高弟こうてい
高言こうげん
高足たかあし
高周波こうしゅ
　うは
高尚こうしょう
高所こうしょ
高明こうめい
高枕たかまくら
高度こうど
高段こうだん
高点こうてん
高飛たかとび
高飛車たかびび
　しゃ
高高たかだか
高値たかね
高速こうそく
高校こうこう
高笑たかわらい
高配こうはい
高率こうりつ
高揚こうよう

高等こうとう
高裁こうさい
高貴こうき
高評こうひょう
高遠こうえん
高殿たかどの
高跳たかとび
高話たかばなし
高鳴たかなる
高層こうそう
高慢こうまん
高説こうせつ
高潮たかしお
高踏こうとう
高調こうちょう
高嶺たかね
高靡たかいびき
高騰こうとう
〔率〕りつ・ひきいる
率先そっせん
率直そっちょく

冫 部

〔冬〕ふゆ
冬休ふゆやすみ
冬籠ふゆごもる
〔冴〕さえる
冴返さえかえる
冴渡さえわたる
〔冷〕さめる・さ

ます・つめたい・ひえる・ひやかす・ひやす・ひやか
冷水れいすい
冷込ひえこむ
冷冷ひやひや・ひえびえ
冷房れいぼう
冷凍れいとう
冷笑れいしょう
冷暖房れいだんぼう
冷酷れいこく
冷静れいせい
冷蔵れいぞう
〔凄〕すごい・すごむ・すさまじい
凄文句すごもんく
〔凍〕いてる・こおる・こごえる・しみ・しみる
凍付こおりつく
凍死こごえじに
凍害とうがい
凍結とうけつ
〔凋〕ちょう・し

ぼむ
凋落ちょうらく
〔凛〕りん・りんと
凛凛りりしい
〔凝〕こる・こらす・こごる・こり
凝性こりしょう
凝固こりかたまる

一 部

〔冗〕
冗費じょうひ
冗漫じょうまん
冗語じょうご
冗談じょうだん
〔写〕うつし・うつす・うつる
写本しゃほん
写物うつしもの
写真しゃしん
〔冠〕かんむり
冠水かんすい
〔冥〕みょう

二 部

〔二〕に・ふたつ
二七日ふたなのか

二十はたち
二十日はつか
二人ふたり
二子ふたご
二日ふつか
二枚舌にまいじた
二度にど
二重ふたえ
二院にいん
二階にかい
二酸化炭素にさんかたんそ
〔五〕いつつ
五月ごがつ・さつき
五月少女さおとめ
五月雨さみだれ
五月蠅うるさい
五分ごぶ
五日いつか
五色ごしき
五重ごじゅう
〔井〕い
井戸いど
〔互〕たがい
互角ごかく
互違たがいちがい
〔亙〕わたる

〔些〕いささか
些少しょう
些細ささい

十 部

〔十〕とお
十人十色じゅう
　にんといろ
十人並じゅうに
　んなみ
十八番じゅうは
　ちばん
十分じゅうぶん
十字じゅうじ
〔千〕ち・せん
千万ちよろず
千切せんぎり・
　ちぎる・ちぎ
　れる
千代ちよ
千古せんこ
千草ちぐさ
千秋せんしゅう
千鳥ちどり
千歳ちとせ
〔午〕うま
午前ごぜん
〔半〕なかば
半分はんぶん
半日はんにち
半白はんぱく

半年はんとし
半身はんしん
半期はんき
半端はんば
〔卒〕そっする
卒中そっちゅう
卒倒そっとう
卒塔婆そとば
卒然そつぜん
卒業そつぎょう
〔協〕
協力きょうりょ
　く
協賛きょうさん
〔卓〕
卓抜たくばつ
卓見たっけん
卓袱台ちゃぶだ
　い
卓球たっきゅう
卓説たくせつ
卓論たくろん
卓識たくしき
〔卑〕いやしい・
　いやしめる
〔南〕みなみ
南方なんぽう
南半球みなみは
　んきゅう
南北なんぼく
南西なんせい

南国なんごく
南洋なんよう
南風みなみかぜ
南極なんきょく
〔博〕はくす
博士はくし・は
　かせ
博打ばくち
博物館はくぶつ
　かん
博愛はくあい
博覧はくらん

匚 部

〔区〕く
区区くく・まち
　まち
区切くぎる・く
　ぎり
区分くぶん
区会くかい
区画くかく
区間くかん
区割くわり
〔匹〕ひき
〔巨〕こ
巨人きょじん
巨匠きょしょう
巨額きょがく
〔医〕い
医者いしゃ

医学いがく
医師いし

厂 部

〔仄〕ほのか・ほ
　のめく・ほの
　めかす
仄暗ほのぐらい
仄聞そくぶん
〔厄〕
厄介やっかい
〔厖〕
厖大ぼうだい
〔厚〕あつい・あ
　つみ・あつか
　ましい
厚手あつで
厚生こうせい
厚志こうし
厚宜こうぎ
厚相こうしょう
厚情こうじょう
厚着あつぎ
厚遇こうぐう
厚意こうい
〔原〕はら
原寸げんすん
原形げんけい
原板げんばん
原紙げんし
原書げんしょ

原語げんご
原爆げんばく
原簿げんぼ
〔厨〕くりや
厨子ずし
〔厭〕
厭気いやき
〔歴〕へる
歴史れきし
〔暦〕こよみ

又 部

〔又〕また
又又またまた
又借またがり
又無またとない
〔双〕
双六すごろく
双生児そうせい
　じ
双発そうはつ
〔収〕おさまる・
　おさめる
収入しゅうにゅ
　う
収支しゅうし
収拾しゅうしゅ
　う
収容しゅうよう
収納しゅうのう
収集しゅうしゅ

う
収量しゅうりょ
　う
収賄しゅうわい
収奪しゅうだつ
収録しゅうろく
収縮しゅうしゅ
　く
収穫しゅうかく
〔支〕ささえ・さ
　さえる・つか
　える
支弁しべん
支出ししゅつ
支局しきょく
支店してん
支所ししょ
支社ししゃ
支柱しちゅう
支配しはい
支部しぶ
支給しきゅう
支障ししょう
〔友〕とも
友人ゆうじん
友好ゆうこう
友情ゆうじょう
友達ともだち
友誼ゆうぎ
〔及〕およぶ
及第きゅうだい

及腰およびごし
〔反〕はん・た
　ん・そり・そ
　る・そらす
反対はんたい
反応はんのう
反返そりかえる
反身そりみ
反抗はんこう
反物たんもの
反映はんえい
反面はんめん
反省はんせい
反芻はんすう
反射はんしゃ
反動はんどう
反撥はんばつ
反語はんご
反論はんろん
反撃はんげき
反覆はんぷく
反響はんきょう
〔取〕とる・とれ
　る・　とっ・
　とって
取入とりいる・
　とりいれ・と
　りいれる
取上とりあげる
取下とりさげる
取分とりわけ・

とりわける・
　とりぶん
取手とって
取止とりやめる
取引とりひき
取立とりたて・
　とりたてる
取去とりさる
取付とりつく・
　とっつき・
　とっつく・と
　りつける
取仕切とりしき
　る
取込とりこみ・
　とりこむ
取外とりはずす
取片付とりかた
　づける
取合とりあう・
　とりあわせ・
　とりあわせる
取交とりかわす
取次とりつぐ・
　とりづぎ
取出とりだす
取成とりなす
取抑とりおさえ
　る
取扱とりあつか
　い・とりあつ

かう	取掛とりかかる・とっかかり	る	〔叛〕そむく
取決とりきめる		取籠とりこめる	叛乱はんらん
取沙汰とりざた		〔叔〕しゅく・おじ	〔叙〕
取返とりかえす	取混とりまぜる		叙情じょじょう
取囲とりかこむ	取敢とりあえず	叔父おじ・しゅくふ	
取材しゅざい	取組とりくむ		**卩・巳部**
取乱とりみだす	取揃とりそろえる	叔母おば・しゅくぼ	
取巻とりまき・とりまく			〔印〕いん・しるし・しるす
	取落とりおとし	〔受〕うける・うかる	
取放題とりほうだい	取散とりちらす		印刷いんさつ
	取替とりかえる	受人うけいれ・うけいれる	印章いんしょう
取戻とりもどす	取結とりむすぶ		〔危〕あぶない・あやうい・あやぶむ・あやめる
取直とりなおす	取集とりあつめる	受口うけぐち	
取持とりもつ		受手うけて	
取逃とりにがす	取越苦労とりこしぐろう	受付うけつけ	
取柄とりえ		受身うけみ	〔即〕そくする・すなわち
取急とりいそぎ	取違とりちがえる	受取うけとり・うけとる	
取計とりはからう			即日そくじつ
	取置とっておき	受信じゅしん	即死そくし
取高とりだか・とれだか	取澄とりすます	受持うけもち	即決そっけつ
	取締とりしまり・とりしまる	受胎じゅたい	即吟そくぎん
取消とりけす		受流うけながす	即応そくおう
取除とりのける・とりのぞく	取調とりしらべる	受託じゅたく	即売そくばい
		受註じゅちゅう	即刻そっこく
取残とりのこす	取壊とりこわす	受継うけつぐ	即妙そくみょう
取紛とりまぎれる	取繕とりつくろう	受話じゅわ	即効そっこう
		受像じゅぞう	即金そっきん
取留とりとめ・とりとめる	取鎮とりしずめる	受領じゅりょう	即席そくせき
		受賞じゅしょう	即座そくざ
取寄とりよせる	取纏とりまとめ	受諾じゅだく	即時そくじ
		受験じゅけん	即断そくだん
			即答そくとう

即製そくせい
即興そっきょう
〔卵〕たまご
卵白らんぱく
卵黄らんおう
〔巻〕まく・まき
巻付まきつく・
　まきつける
巻上まきあげる
巻尺まきじゃく
巻込まきこむ
巻舌まきじた
巻起まきおこす
巻添まきぞえ
巻煙草まきタバ
　コ

　　刀　部

〔刀〕かたな
〔刃〕は・やいば
刃物はもの
〔分〕ぶん・ふ
　ん・ぶ・わけ
　る・わかり・
　わかる・わか
　れる・わかつ
分子ぶんし
分布ぶんぷ
分目わけめ・わ
　かれめ
分別ふんべつ・

ぶんべつ
分泌ぶんぴつ
分担ぶんたん
分析ぶんせき
分前わけまえ
分厚ぶあつい
分配ぶんぱい
分野ぶんや
分割ぶんかつ
分隊ぶんたい
分量ぶんりょう
分裂ぶんれつ
分解ぶんかい
分離ぶんり
分類ぶんるい
分蘖ぶんけつ
〔切〕せつ・き
　り・きる・き
　らす・きれ・
　きれる
切上きりあげる
切下きりさげる
切切きれぎれ
切手きって
切戸きりど
切出きりだす
切込きりこむ
切札きりふだ
切目きりめ・き
　れめ
切回きりまわす

切羽詰せっぱつ
　まる
切抜きりぬける
切返きりかえす
切身きりみ
切取きりとり・
　きりとる
切迫せっぱく
切実せつじつ
切放きりはなす
切紙きりがみ
切捨きりすてる
切崩きりくずす
切望せつぼう
切断せつだん
切符きっぷ
切替きりかえる
切結きりむすぶ
切開せっかい
切歯扼腕せっし
　やくわん
切詰きりつめる
切腹せっぷく
〔券〕
券売機けんばい
　き
〔劈〕つんざく

　　力　部

〔力〕ちから
力付ちからづけ

る
力仕事ちからし
　ごと
力添ちからぞえ
力強ちからづよ
　い
〔加〕くわえる・
　くわわる
加之しかのみな
　らず
加減かげん
〔功〕こう
功罪こうざい
〔劣〕おとる
劣等れっとう
〔努〕つとめる・
　つとめて
〔助〕すける・た
　すけ・たすけ
　る・たすかる
助力じょりょく
助手じょしゅ
助太刀すけだち
助成じょせい
助言じょげん
助役じょやく
助長じょちょう
助船たすけぶね
助辞じょじ
助演じょえん
〔励〕はげます・

はげみ・はげ
む
[効]こう・きく
効力こうりょく
効用こうよう
効能こうのう
効験こうけん
[勃]ぼ
勃発ぼっぱつ
[勇]いさまし
い・いさむ
勇気ゆうき
勇壮ゆうそう
勇敢ゆうかん
[勉]つとめて・
つとめる
勉強べんきょう
[務]つとめ
[勘]
勘弁かんべん
勘考かんこう
勘定かんじょう
勘案かんあん
勘違かんちがい
勘繰かんぐる
[動]うごく・ど
うじる
動因どういん
動悸どうき
動転どうてん
[募]つのる

募金ぼきん
募集ぼしゅう
[勤]いそしむ・
つとめ・つと
める・つとま
る
勤口つとめぐち
勤先つとめさき
勤勉きんべん
勤務きんむ
[勢]いきおい
勢力せいりょく
勢威せいい
勢揃せいぞろい
[勧]すすめる
勧奨かんしょう

ト 部

[蔔]うらない
蔔書とがき
[占]うらなう・
しめる

冂 部

[円]えん
円貨えんか
[冊]
冊子さっし・そ
うし
[再]ふたたび
再刊さいかん

再犯さいはん
再生さいせい
再任さいにん
再再さいさい
再会さいかい
再考さいこう
再放送さいほう
そう
再挙さいきょ
再発さいはつ
再起さいき
再開さいかい
再演さいえん
再読さいどく
再審さいしん
再選さいせん
再興さいこう
再燃さいねん
再録さいろく

刂 部

[刈]
刈入かりいれ
る・かりいれ
刈込かりこむ
刈取かりとる
[刑]けい
刑事けいじ
刑務所けいむ
しょ
[列]れつ

列車れっしゃ
列島れっとう
[判]はん
判別はんべつ
判決はんけつ
判事はんじ
判例はんれい
判定はんてい
判明はんめい
判断はんだん
判読はんどく
[利]り・きく・
きき・きかせ
る
利子りし
利口りこう
利用りよう
利害りがい
利点りてん
利息りそく
利益りえき
利率りりつ
利得りとく
利潤りじゅん
[別]べつ・わか
れ
別人べつじん
別世界べっせか
い
別別べつべつ・
わかれわかれ

別居べっきょ
別荘べっそう
別段べつだん
別個べっこ
別席べっせき
別格べっかく
別紙べっし
別道わかれみち
別誂べつあつらえ
〔刺〕ささる・さす・とげ
刺立とげだつ
刺身さしみ
刺刺とげとげしい
刺通さしとおす
刺殺さしころす
刺違さしちがえる
〔刹〕
刹那せつな
〔颪〕こそげる
〔到〕
到来とうらい
到所いたるところ
到底とうてい
到着とうちゃく
到達とうたつ
到頭とうとう

〔刻〕きざむ
刻付きざみつける
刻足きざみあし
刻限こくげん
〔刷〕すり・する
刷毛はけ
刷込すりこむ
刷物すりもの
刷新さっしん
〔制〕せいする
制圧せいあつ
制作せいさく
制冷せいれい
制限せいげん
制御せいぎょ
〔刳〕くる
刳貫くりぬく
〔則〕そく・のっとる
〔削〕けずる
削除さくじょ
〔剃〕
剃刀かみそり
〔前〕まえ
前文ぜんぶん
前日ぜんじつ
前月ぜんげつ
前代ぜんだい
前払まえばらい
前以まえもって

前任ぜんにん
前向まえむき
前回ぜんかい
前号ぜんごう
前兆ぜんちょう
前年ぜんねん
前売まえうり
前身ぜんしん
前言ぜんげん
前足まえあし
前例ぜんれい
前屈ぜんくつ・まえこごみ・まえかがみ
前夜ぜんや
前金ぜんきん・まえきん
前非ぜんひ
前前ぜんぜん
前述ぜんじゅつ
前借まえがり
前後ぜんご
前途ぜんと
前書まえがき
前栽せんざい
前祝まえいわい
前納ぜんのう
前記ぜんき
前掛まえかけ
前進ぜんしん
前菜ぜんさい

前略ぜんりゃく
前提ぜんてい
前掲ぜんけい
前貸まえがし
前歯まえば
前置まえおき
前触まえぶれ
前線ぜんせん
前衛ぜんえい
〔劍〕つるぎ
剣呑けんのん
剣突けんつく
剣道けんどう
〔剤〕ざい
〔剛〕
剛者ごうのもの
〔剥〕はぐ・はげる・はがす・はがれる・むく・むける・むくれる
剥出むきだす・むきだし
〔副〕ふく・そえ
副食ふくしょく
副読本ふくどくほん
〔割〕わり・わる・われる
割切わりきる・われきれる

割引わりびき・
わりびく
割出わりだす
割込わりこみ・
わりこむ
割目われめ
割合わりあい
割当わりあて・
わりあてる
割返われかえる
割算わりざん

〔創〕
創作そうさく
創見そうけん
創建そうけん
創設そうせつ
創業そうぎょう
創製そうせい

〔劇〕げき
劇化げきか
劇作げきさく
劇的げきてき
劇甚げきじん
劇務げきむ

ヒ 部

〔匕〕さじ
匕首ひしゅ・あ
いくち
〔化〕ばける
化皮ばけのかわ

化学かがく
化物ばけもの
化現けげん
化粧けしょう
〔北〕きた
北斗ほくと
北方ほっぽう
北西ほくせい
北東ほくとう
北極ほっきょく
北緯ほくい
〔匙〕さじ
匙加減さじかげ
ん

凵 部

〔凶〕きょう
凶作きょうさく
凶悪きょうあく
凶報きょうほう
〔凸〕とつ
凸凹でこぼこ
〔凹〕へこむ・へ
こませる
〔出〕で・でる・
だす・だし
出入でいり・で
はいり・だし
いれ
出力しゅつりょ
く

出口でぐち
出方でかた
出火しゅっか
出世しゅっせ
出汁だしじる
出札しゅっさつ
出立しゅった
つ・いでたつ
出任でまかせ
出先でさき
出帆しゅっぱん
出向でむく
出回でまわる
出合であい
出会であう
出血しゅっけつ
出迎でむかえる
出抜だしぬく・
だしぬけ
出身しゅっしん
出足であし
出来でき・でき
る
出来上できあが
る
出来心できごこ
ろ
出来立できたて
出来合できあい
出来事できごと
出来物できもの

出来栄できばえ
出来高できだか
出来損できそこ
ない
出典しゅってん
出店でみせ
出物でもの・だ
しもの
出放題でほうだ
い
出戻でもどり
出所でどころ
出直でなおす
出前でまえ
出品しゅっぴん
出発しゅっぱつ
出荷しゅっか
出馬しゅつば
出掛でかける・
でかけ
出渋だししぶる
出港しゅっこう
出惜だしおしむ
出張しゅっちょ
う・でっぱる
出盛でさかり・
でさかる
出窓でまど
出産しゅっさん
出揃でそろう
出過ですぎる

出番でばん
出無精でぶしょう
出勤しゅっきん
出演しゅつえん
出漁しゅつりょう
出様でよう
出端ではな
出潮でしお
出稼でかせぎ
出頭しゅっとう
出願しゅつがん
出鱈目でたらめ
〔画〕かくする
画期的かっきてき

八　部

〔八〕はち・やっつ
八日ようか
八方はっぽう
八百やお
〔六〕ろく・むっつ
六日むいか
〔公〕こう・きみ・おおやけ・おうやけ
公人こうじん

公文書こうぶんしょ
公刊こうかん
公用こうよう
公正こうせい
公示こうじ
公民こうみん
公休こうきゅう
公共こうきょう
公団こうだん
公式こうしき
公会堂こうかいどう
公判こうはん
公告こうこく
公序こうじょ
公言こうげん
公舎こうしゃ
公明こうめい
公定こうてい
公的こうてき
公社こうしゃ
公表こうひょう
公金こうきん
公室こうしつ
公約こうやく
公庫こうこ
公称こうしょう
公務こうむ
公許こうきょ
公設こうせつ

公募こうぼ
公費こうひ
公衆こうしゅう
公電こうでん
公算こうさん
公認こうにん
公器こうき
公選こうせん
公課こうか
公論こうろん
公館こうかん
公聴会こうちょうかい
〔共〕ともに
共切ともぎれ
共犯きょうはん
共用きょうよう
共共ともども
共有きょうゆう
共同きょうどう
共和きょうわ
共食ともぐい
共倒ともだおれ
共通きょうつう
共働ともばたらき
共稼ともかせぎ
共謀きょうぼう
〔兵〕つわもの
兵士へいし
兵力へいりょく

兵隊へいたい
兵器へいき
〔其〕その・それ
其上そのうえ
其内そのうち
其手そのて
其方そち・そちこち
其日そのひ
其日暮そのひぐらし
其代そのかわり
其他そのた
其辺そのへん
其奴そいつ・そやつ
其処そこ・そこいら
其処彼処そこかしこ
其処退そこのけ
其伝そのでん
其実そのじつ
其故それゆえ
其後そのご
其場そのば
其道そのみち
其程それほど
其筈そのはず
其筋そのすじ
其節そのせつ

其儘そのまま
其癖そのくせ
〔具〕ぐする・つ
　ぶさに
具申ぐしん
具合ぐあい・ぐ
　わい
具足ぐそく
具陳ぐちん
〔兼〕かねる
兼行けんこう
兼務けんむ
兼勤けんきん
兼業けんぎょう
〔黄〕きばむ
黄昏たそがれ
黄金こがね
〔冀〕こいねが
　う・こいねが
　わくは
〔興〕おこる
興行こうぎょう
興味きょうみ
興信こうしん
興起こうき
興隆こうりゅう
興業こうぎょう
興奮こうふん
〔輿〕こし
輿入こしいれ

人　部

〔人〕ひと
人一倍ひといち
　ばい
人人ひとびと
人口じんこう
人手ひとで
人中ひとなか
人付ひとづき
人付合ひとづき
　あい
人出ひとで
人込ひとごみ
人目ひとめ
人当ひとあたり
人気にんき・ひ
　とけ
人声ひとごえ
人形にんぎょう
人見知ひとみし
　り
人妻ひとづま
人物じんぶつ
人並ひとなみ
人前ひとまえ
人参にんじん
人差指ひとさし
　ゆび
人為じんい
人柄ひとがら

人相にんそう
人家じんか
人通ひととおり
人殺ひとごろし
人笑ひとわらわ
　れ・ひとわら
　わせ
人望じんぼう
人間にんげん
人道じんどう
人数にんずう
人絹じんけん
人馴ひとなれる
人徳じんとく
人種じんしゅ
人影ひとかげ
人質ひとじち
人懐ひとなつか
　しい・ひとな
　つっこい
人擦ひとずれ
〔今〕こん・いま
今夕こんゆう
今日こんにち・
　きょう
今月こんげつ
今次こんじ
今回こんかい
今頃いまごろ
今期こんき
今更いまさら

今所いまのとこ
　ろ
今度こんど
今宵こよい
今渡いまわたり
今晩こんばん
今朝けさ
〔介〕すけ
介添かいぞえ
〔以〕もって
以下いか
以降いこう
〔令〕れい
令嬢れいじょう
〔企〕たくらむ
企業きぎょう
〔会〕かいする・
　あう
会合かいごう
会社かいしゃ
会長かいちょう
会得えとく
会符えふ
会釈えしゃく
会話かいわ
〔余〕あまり・あ
　まる・あまり
　に
余分よぶん
余地よち
余所よそ

余所目よそめ
余計よけい
余程よほど
余暇よか
余裕よゆう
余儀無よぎない
余興よきょう
〔倉〕くら
倉渡くらわたし
倉敷料くらしき
　りょう
〔俎〕まないた
俎板まないた
〔傘〕かさ
傘下さんか

入　部

〔入〕いり・いれ
　る・いる・は
　いる
入口いりぐち
入用いりよう
入込いりこむ・
　はいりこむ
入目いりめ
入知恵いれぢえ
入国にゅうこく
入学にゅうがく
入社にゅうしゃ
入浴にゅうよく
入院にゅういん

入梅にゅうばい
入場にゅうじょ
　う
入婿いりむこ
入替いれかえる
入違いりちがう
入墨いれずみ
入髪いれがみ
入賞にゅうしょ
入選にゅうせん
〔内〕うち
内内ないない
内心ないしん
内弁慶うちべん
　けい
内払うちばらい
内地ないち
内柔外剛ない
　じゅうがいごう
内科ないか
内面ないめん
内庭うちにわ
内容ないよう
内陸ないりく
内部ないぶ
内幕うちまく
内裏だいり
内緒ないしょ
内線ないせん

内閣ないかく
内輪うちわ
内職ないしょく
〔全〕まったく
全土ぜんど
全体ぜんたい
全快ぜんかい
全治ぜんち
全員ぜんいん
全速力ぜんそく
　りょく
全紙ぜんし
全納ぜんのう
全般ぜんぱん
全部ぜんぶ
全盛ぜんせい
全訳ぜんやく
全廃ぜんぱい
全幅ぜんぷく
全焼ぜんしょう
全然ぜんぜん
全滅ぜんめつ
全裸ぜんら
全寮制ぜんりょ
　うせい
全額ぜんがく

勹　部

〔勿〕なかれ
勿体もったい
勿論もちろん

〔勾〕
勾引こういん
勾配こうぱい
〔匂〕におい・に
　おう・におや
　か・におわ
　す・におわせ
　る
〔包〕くるみ・く
　るむ・つつ
　み・つつむ・
　くるめる
包装ほうそう

几　部

〔幾〕つくえ
幾帳面きちょう
　めん
〔凡〕およそ・す
　べて
凡人ぼんじん
〔処〕しょする
処女しょじょ
処分しょぶん
処方しょほう
処決しょけつ
処遇しょぐう
処置しょち
〔憑〕もたれる
憑掛もたれかか
　る

〔凱〕
凱旋がいせん

1 部

〔僕〕たおれる
〔仇〕あだ
〔仏〕ほとけ
仏教ぶっきょう
〔仍〕よって
〔仕〕つかえる
仕入しいれ・し
　いれる
仕上しあげ・し
　あがる・しあ
　がり
仕方しかた
仕分しわけ
仕手して
仕切しきり・し
　きる
仕付しつける
仕打しうち
仕込しこみ・し
　こむ
仕立したて・し
　たてる
仕出しだす・し
　だし
仕合しあい・し
　あわせ
仕向しむける

仕返しかえし
仕来しきたり
仕事しごと
仕送しおくり・
　しおくる
仕度したく
仕振しぶり
仕兼しかねる
仕留しとめる
仕納しおさめ
仕替しかえる
仕掛しかけ・し
　かける・しか
　かる
仕組しくみ・し
　くむ
仕訳しわけ
仕様しよう
仕業しわざ
仕置しおき
仕種しぐさ
仕儀しぎ
仕舞しまう・し
　まい
〔付〕つけ・つ
　く・つき・ふ
　する・つける
付入つけいる
付上つけあがる
付与ふよ
付込つけこむ

付加つけくわえ
　る
付合つきあい・
　つきあう・つ
　けあわせ
付近ふきん
付物つきもの
付根つけね
付添つきそう・
　つきそい
付設ふせつ
付属ふぞく
付纏つきまとう
付録ふろく
〔代〕だい・かわ
　り・かわる
代人だいにん
代弁だいべん
代代だいだい
代休だいきゅう
代価だいか
代作だいさく
代役だいやく
代金だいきん
代参だいさん
代物しろもの
代品だいひん
代案だいあん
代納だいのう
代置だいち
代赭たいしゃ

代償だいしょう
代謝たいしゃ
代講だいこう
代議だいぎ
〔他〕た
他人たにん
他力たりき
他日たじつ
他方たほう
他用たよう
他言たごん
他見たけん
他事たじ
他国たこく
他所たしょ・よ
　そ
他念たねん
他界たかい
他面ためん
他郷たきょう
他殺たさつ
他意たい
他聞たぶん
〔仙〕せん
仙人せんにん
仙境せんきょう
〔伍〕ご
〔伏〕ふす・ふせ
　る
〔休〕やすみ・や
　すむ・やすめ

る・やすまる
休止きゅうし
〔件〕けん・くだ
り・くだん
件数けんすう
〔任〕にんじる・
にんずる
任命にんめい
任務にんむ
〔伊〕
伊呂波いろは
伊達だて
〔仲〕なか
仲人なこうど
仲介ちゅうかい
仲立なかだち
仲良なかよし
仲直なかなおり
仲裁ちゅうさい
仲買なかがい
仲間なかま・
ちゅうげん
仲違なかたがい
〔仰〕あおのく・
あおむく・あ
おのける・お
おせ・あおぐ
〔体〕せがれ
〔伝〕つて・つた
え・つたう・
づたい・つた

える
伝来でんらい
伝言でんごん
伝承でんしょう
伝家でんか
伝習でんしゅう
伝達でんたつ
伝聞つたえき
く・でんぶん
〔仮〕かす
仮令たとい
仮名かな・かめ
い
〔住〕すむ・すま
い・すまう
住処すみか
住込すみこみ・
すみこむ
住民じゅうみん
住宅じゅうたく
住居じゅうきょ
住所じゅうしょ
住替すみかえる
住着すみつく
住慣すみなれる
〔位〕くらい
位置いち
〔佇〕たたずむ
〔伴〕とも・とも
なう
伴奏ばんそう

〔何〕どの・な
に・なん・い
ずれ
何人なんにん
何分なにぶん
何方どなた・
どっち
何日なんにち
何処どこ
何年なんねん
何回なんかい
何気無なにげない
何何なになに
何事なにごと
何卒なにとぞ
何彼なにか
何者なにもの
何物なにもの
何度なんど
何故なぜ
何時いつ・いつ
か
何遍なんべん
何番なんばん
何等なんら
〔但〕ただ・ただ
し
但書ただしがき
〔伺〕うかがう
〔伸〕のばす・の

びる・のびや
か
伸上のしあが
る・のびあが
る
伸掛のしかかる
伸縮のびちぢみ
〔佃〕
佃煮つくだに
〔似〕に・にる・
にせる
似合にあう・に
あわしい
似気無にげない
似通にかよう
似顔にがお
〔作〕さく・つく
る・つくり
作上つくりあげ
る
作付さくづけ
作用さよう
作出つくりだす
作男さくおとこ
作字つくりじ
作成さくせい
作声つくりごえ
作図さくず
作事つくりごと
作法さほう
作物つくりもの

作柄さくがら
作為さくい
作風さくふう
作動さどう
作替つくりかえる
作意さくい
作業さぎょう
作話つくりばなし
作製さくせい
作興さっこう
〔伯〕はく
伯父おじ
伯母おば
〔低〕ひくい・ひくめる
低下ていか
低劣ていれつ
低回ていかい
低気圧ていきあつ
低俗ていぞく
低迷ていめい
低率ていりつ
低減ていげん
低落ていらく
低調ていちょう
低開発国ていかいはつこく
〔体〕たい・て

い・からだ
体付からだつき
体刑たいけい
体当たいあたり
体位たいい
体制たいせい
体臭たいしゅう
体面たいめん
体軀たいく
体裁ていさい
体勢たいせい
体調たいちょう
〔依〕
依怙地いこじ・えこじ
依怙贔屓えこひいき
依然いぜん
依頼いらい
〔侍〕さむらい
侍史じし
侍医じい
〔使〕つかう・つかい・つかえる
使分つかいわける
使手つかいて
使古つかいふるす
使込つかいこむ

使役しえき
使命しめい
使果つかいはたす
使物つかいもの
使走つかいはしり
使徒しと
使途しと
使捨つかいすて
使道つかいみち
使嗾しそう
〔供〕とも・そなえ・そなえる
〔例〕れい・ためし・たとえば
例外れいがい
例年れいねん
例会れいかい
〔侘〕わびしい
〔価〕か
価値かち
価格かかく
〔信〕しんじる
信天翁あほうどり
信者しんじゃ
信書しんしょ
信望しんぼう
信賞必罰しんしょうひつば

つ
〔便〕びん・たより
便利べんり
便宜べんぎ
便所べんじょ
便箋びんせん
〔侵〕おかす
侵食しんしょく
侵害しんがい
〔保〕たもつ
保存ほぞん
保守ほしゅ
保安ほあん
保留ほりゅう
保健ほけん
保険ほけん
保温ほおん
保証ほしょう
保障ほしょう
保管ほかん
保養ほよう
保護ほご
〔促〕うながす
促成そくせい
〔修〕おさまる
修了しゅうりょう
修士しゅうし
修正しゅうせい
修行しゅぎょう

修学しゅうがく
修繕しゅうぜん
修業しゅぎょう
修飾しゅうしょく
修養しゅうよう
修練しゅうれん
〔俗〕ぞく・ぞくに
俗人ぞくじん
俗化ぞっか
俗世間ぞくせけん
俗用ぞくよう
俗名ぞくみょう
俗事ぞくじ
俗受ぞくうけ
俗念ぞくねん
俗物ぞくぶつ
俗臭ぞくしゅう
俗務ぞくむ
俗悪ぞくあく
俗歌ぞっか
俗塵ぞくじん
俗説ぞくせつ
俗語ぞくご
俗論ぞくろん
〔俄〕にわか
〔侮〕あなどる
侮辱ぶじょく
〔係〕かかり

係員かかりいん
係留けいりゅう
係累けいるい
〔俘〕
俘虜ふりょ
〔倍〕ばい
倍増ばいぞう
〔俯〕うつぶせる・うつむく
〔倦〕あぐむ
倦怠けんたい
〔俸〕
俸給ほうきゅう
〔俵〕たわら
〔借〕かり・かりる・かる
借入かりいれる
借上かりあげる
借手かりて
借切かりきる
借方かりかた
借用しゃくよう
借金しゃっきん
借家しゃくや
借財しゃくざい
〔倹〕つましい
倹約けんやく
〔値〕ね
値上ねあがり・ねあげ
値下ねさがり・

ねさげ
値引ねびき
値切ねぎる
値打ねうち
値段ねだん
〔倒〕たおれ・たおす・たおれる
倒産とうさん
倒壊とうかい
〔俳〕
俳句はいく
俳優はいゆう
〔倶〕ともる
倶楽部クラブ
〔個〕こ
個性こせい
個個ここ
個展こてん
〔候〕こう
候補こうほ
〔倫〕
倫理りんり
〔倣〕ならう
〔停〕とどまり
停止ていし
停年ていねん
停留ていりゅう
停滞ていたい
〔偏〕へん・かたよる・ひとえ

に
偏向へんこう
偏見へんけん
偏食へんしょく
〔健〕すこやか
健全けんぜん
健気けなげ
健脚けんきゃく
健啖けんたん
健勝けんしょう
健闘けんとう
〔側〕そばめる・そば
側目そばめ
側杖そばづえ
側近そっきん
側面そくめん
〔偶〕たまに
偶人ぐうじん
偶偶たまたま
〔偲〕しのぶ
〔傅〕かしずく
〔備〕そなえ・そなえる・そなわる
備付そなえつける
〔傑〕
傑作けっさく
〔傀〕
傀儡かいらい

〔偉〕えらい
偉大いだい
〔傾〕かたむく
傾国けいこく
傾城けいせい
傾倒けいとう
傾斜けいしゃ
〔催〕もようす
〔傷〕きず
傷口きずぐち
傷付きずつく
傷物きずもの
傷痕きずあと
傷痍しょうい
傷跡きずあと
〔働〕はたらかす
　・はたらき・
　はたらく
働者はたらきも
　の
〔僧〕
僧正そうじょう
〔僅〕わずか
〔偽〕いつわり・
　いつわる
〔儀〕
儀式ぎしき
〔僭〕
僭越せんえつ
〔僕〕ぼく・しも
　べ

〔僻〕ひがむ・ひ
　がみ
〔儂〕わし
〔優〕すぐれる・
　やさしい
優劣ゆうれつ
優先ゆうせん
優秀ゆうしゅう
優勝ゆうしょう
優等ゆうとう
優越ゆうえつ
優勢ゆうせい
優賞ゆうしょう
〔儘〕まま
〔儚〕はかなむ
〔償〕つぐなう
償却しょうきゃ
　く
償金しょうきん
〔儲〕もうけ・も
　うかる

儿　部

〔元〕もと
元元もともと
元手もとで
元値もとね
〔兄〕あに
兄弟きょうだい
兄貴あにき
〔充〕あて

充当じゅうとう
充足じゅうそく
充実じゅうじつ
充員じゅういん
充塡じゅうてん
〔光〕ひからす・
　ひかり・ひか
　る
光明こうみょう
光景こうけい
光熱こうねつ
光輝こうき
〔先〕さき・さき
　んずる・さき
　んじる・さっ
　き・まず
先人せんじん
先入観せんにゅ
　うかん
先口せんくち
先太さきぶと
先天せんてん
先方せんぽう
先日せんじつ・
　さきのひ
先手せんて
先月せんげつ
先代せんだい
先払さきばらい
先立さきだつ・
　さきだてる

先生せんせい
先年せんねん
先任せんにん
先先せんせん・
　さきざき
先行さきゆき
先回さきまわり
先決せんけつ
先物さきもの
先見せんけん
先走さきばしる
先例せんれい
先刻せんこく
先夜せんや
先取せんしゅ・
　さきどり
先祖せんぞ
先発せんぱつ
先約せんやく
先借さきがり
先途せんど
先陣せんじん
先般せんぱん
先週せんしゅう
先細さきぼそ
先着せんちゃく
先頃さきごろ
先渡さきわたし
先達せんだつ・
　せんだって
先棒さきぼう

先程さきほど
先貸さきがし
先触さきぶれ
先端せんたん
先駆さきがけ・
　せんく
先導せんどう
先輩せんぱい
先鋒せんぽう
先鋭せんえい
先頭せんとう
〔児〕
児童じどう
〔克〕
克明こくめい
克取かちとる
克復こくふく
〔免〕めんじる・
　まぬかれる
免状めんじょう
免疫めんえき
免除めんじょ
免許めんきょ
免税めんぜい
免職めんしょく
〔兎〕うさぎ
兎角とかく・と
　にかく・とも
　かく・とやか
　く
〔党〕

党則とうそく
党是とうぜ

ム　部

〔去〕さる
去年きょねん
〔弁〕べん・わき
　まえる
弁別べんべつ
弁証法べんしょ
　うほう
弁解べんかい
弁當べんとう
弁論べんろん
弁償べんしょう
弁護べんご
〔参〕まいる
参上さんじょう
参与さんよ
参内さんだい
参列さんれつ
参会さんかい
参画さんかく
参院さんいん
参酌さんしゃく
参集さんしゅう
参道さんどう
参詣さんけい
参議さんぎ

氵　部

〔汁〕しる
汁粉しるこ
〔氾〕はん
氾濫はんらん
〔汗〕あせ
汗取あせとり
汗臭あせくさい
汗塗あせまみれ
汗襦袢あせじゅ
　ばん
〔江〕え
江戸えど
江湖こうこ
〔池〕いけ
〔汚〕きたない・
　けがす・けが
　れ・けがれる
　・よごれ・よ
　ごれる・よご
　す
汚染おせん
汚辱おじょく
汚損おそん
汚職おしょく
〔汎〕
汎用はんよう
〔沈〕しずむ・し
　ずめる
沈潜ちんせん

〔沢〕さわ
沢山たくさん
沢庵たくあん
〔決〕けつ・きま
　る・きめ
決死けっし
決行けっこう
決河けっか
決起けっき
決済けっさい
決断けつだん
決着けっちゃく
決裂けつれつ
決勝けっしょう
決然けつぜん
決意けつい
決算けっさん
決選けっせん
決壊けっかい
〔沐〕
沐浴もくよく
〔没〕しずむ
没後ぼつご
没頭ぼっとう
〔沙〕
沙汰さた
沙汰止さたやみ
〔汽〕
汽車きしゃ
汽笛きてき
〔汲〕くむ

汲取くみとり・くみとる	泣濡なきぬれる	沸立わきたつ	波打なみうつ
〔泣〕なく・なき・なかす・なかせる	泣顔なきがお	沸返わきかえる	波乗なみのり
	〔注〕ちゅう・そそぐ・つぐ・さす	沸騰ふっとう	〔沿〕ぞい・そう
泣入なきいる	注文ちゅうもん	〔泥〕どろ・なずむ	〔治〕おさまる・おさめる
泣上戸なきじょうご	注込つぎこむ	泥沼どろぬま	〔洲〕す
泣立なきたてる	注連飾しめかざり	泥臭どろくさい	〔洋〕
泣叫なきさけぶ	注連縄しめなわ	泥試合どろじあい	洋画ようが
泣出なきだす	注意ちゅうい	泥棒どろぼう	洋服ようふく
泣込なきこむ	〔法〕ほう	泥塗どろまみれ	洋室ようしつ
泣付なきつく	法人ほうじん	泥縄どろなわ	洋食ようしょく
泣虫なきむし	法令ほうれい	泥濘ぬかるみ	洋風ようふう
泣言なきごと	法式ほうしき	泥鰌どじょう	洋裁ようさい
泣沈なきしずむ	法廷ほうてい	〔沼〕ぬま	洋間ようま
泣声なきごえ	法定ほうてい	沼地ぬまち	洋傘ようがさ
泣別なきわかれ	法学ほうがく	〔油〕あぶら	〔津〕
泣明なきあかす	法例ほうれい	油身あぶらみ	津波つなみ
泣面なきつら	法的ほうてき	油断ゆだん	津津浦浦つつうらうら
泣真似なきまね	法則ほうそく	油絵あぶらえ	〔洞〕
泣笑なきわらい	法律ほうりつ	〔況〕まして・いわんや	洞穴ほらあな
泣崩なきくずれる	法案ほうあん	〔泊〕とまる・とめる・とまり	〔洗〕あらい・あらう
泣寝入なきねいり	法務ほうむ	泊込とまりこむ	洗礼せんれい
泣暮なきくらす	法規ほうき	〔泡〕あわ・あわぶく	洗立あらいたて
泣腫なきはらす	法螺ほら	泡立あわだつ	洗物あらいもの
泣縋なきすがる	法螺吹ほらふき	〔波〕なみ	洗浄せんじょう
泣噦なきじゃくる	〔泳〕およぐ	波戸場はとば	洗面せんめん
	〔沸〕わく・わかす	波立なみだつ	洗剤せんざい
	沸上わきあがる		洗煉せんれん
			洗濯せんたく

〔活〕いかす
活気かっき
活況かっきょう
活発かっぱつ
〔派〕
派手はで
派遣はけん
〔灑〕
灑脱しゃだつ
灑落しゃれ・
　しゃれる
〔浅〕あさい・あ
　さましい
浅手あさで
浅慮せんりょ
浅薄せんぱく
浅瀬あさせ
〔浄〕
浄水じょうすい
浄写じょうしゃ
浄書じょうしょ
浄財じょうざい
〔流〕ながす・な
　がれる・なが
　れ
流亡りゅうぼう
流水りゅうすい
流氷りゅうひょ
　う
流石さすが
流目ながしめ

流出ながれだす
流込ながれこむ
流失りゅうしつ
流行りゅうこう
　・はやり・は
　やる
流行風邪はやり
　かぜ
流行歌はやりう
　た
流作業ながれさ
　ぎょう
流者ながれもの
流歩ながれある
　く
流派りゅうは
流星りゅうせい
　・ながれぼし
流通りゅうつう
流産りゅうざん
流域りゅういき
流動りゅうどう
流暢りゅうちょ
　う
流離さすらう
〔浪〕なみ
浪人ろうにん
浪費ろうひ
浪漫ろうまん
〔浦〕うら
浦里うらざと

浦風うらかぜ
〔酒〕さけ
酒手さかて
酒屋さかや
酒盛さかもり
酒場さかば
酒飲さけのみ
酒癖さけくせ
〔浸〕つかる・し
　たす・ひたす
　・ひたる
浸水しんすい
浸食しんしょく
〔消〕きえる・け
　す
消入きえいる
消止けしとめる
消化しょうか
消失きえうせる
消印けしいん
消果きえはてる
消飛けしとぶ
消消きえぎえ
消耗しょうこう
　・しょうもう
消夏しょうか
消残きえのこる
消息しょうそく
消燈しょうとう
〔浮〕うく・うき
　・うかす・う

かべる・うか
ばれる・うか
ぶ
浮上うきあがる
浮木うきぎ
浮世うきよ
浮出うきでる
浮名うきな
浮足うきあし
浮浪ふろう
浮彫うきぼり
浮腫むくむ
浮橋うきはし
〔浴〕よく・あび
　る・あびせる
浴衣ゆかた
浴室よくしつ
浴場よくじょう
浴槽よくそう
〔海〕うみ
海上かいじょう
海千山千うみせ
　んやません
海水かいすい
海辺うみべ
海抜かいばつ
海図かいず
海事かいじ
海苔のり
海豹あざらし
海賊かいぞく

海路かいろ
海鼠なまこ
〔涎〕よだれ
〔浚〕さらう
浚渫しゅんせつ
〔浜〕はま
浜辺はまべ
〔涙〕なみだ
涙脆なみだもろい
〔涼〕すずしい・すずみ・すずむ・すずやか
涼台すずみだい
涼風すずかぜ
〔済〕すみ・すむ・すます
〔液〕つゆ
液化えきか
〔深〕ふかい・ふかまる・ふかみ・ふかめる
深入ふかいり
深深しんしん
〔淡〕あわい
淡泊たんぱく
淡淡たんたん
〔清〕きよい・きよめる・きよまる・きよらか・さやか・

すがやか
清水しみず
清浄せいじょう・しょうじょう
清酒せいしゅ
清祥せいしょう
清書せいしょ
清純せいじゅん
清涼せいりょう
清清せいせい・すがすがしい
清栄せいえい
清掃せいそう
清遊せいゆう
清楚せいそ
清適せいてき
清算せいさん
清潔せいけつ
清聴せいちょう
清麗せいれい
〔淑〕しとやか
〔渉〕
渉外しょうがい
〔渋〕しぶ・しぶい・しぶる
渋滞じゅうたい
渋腹しぶりばら
〔混〕
混在こんざい
混成こんせい

混迷こんめい
混食こんしょく
混信こんしん
混雑こんざつ
混線こんせん
〔渇〕かわく
〔淫〕みだら
淫雨いんう
〔添〕そう・そえる
添木そえぎ
添加てんか
添付てんぷ
添物そえもの
添削てんさく
添乗てんじょう
添書てんしょ・そえがき
添寝そいね
添遂そいとげる
〔淵〕ふち
〔渡〕わたし・わたす・わたり・わたる
渡日とにち
渡世とせい
渡合わたりあう
渡来とらい
渡板わたりいた
渡欧とおう
渡航とこう

渡船とせん
渡鳥わたりどり
渡場わたしば
〔渾〕
渾滅いんめつ
〔湛〕たたえる
〔湖〕みずうみ
〔湧〕わく
〔測〕はかり
測候所そっこうじょ
〔滋〕
滋味じみ
滋養じよう
〔港〕みなと
港湾こうわん
〔湯〕ゆ
湯気ゆげ
湯治とうじ
湯沸ゆわかし
湯婆たんぽ
湯船ゆぶね
〔温〕ぬくまる・ぬくめる・ぬくもり・ぬるい
温床おんしょう
温度おんど
温泉おんせん
温帯おんたい
温暖おんだん

〔湿〕しめす・し
　めり・しめる
湿布しっぷ
湿気しけ・しけ
　る・しめりけ
〔渦〕うず
渦巻うずまき・
　うずまく
渦輪うずわ
〔満〕まん・みた
　す・みちる
満月まんげつ
満年齢まんねん
　れい
満更まんざら
満足まんぞく・
　みちたりる
満点まんてん
満員まんいん
満開まんかい
〔減〕げん・へら
　す・へる
減水げんすい
減収げんしゅう
減作げんさく
減点げんてん
減俸げんぽう
減殺げんさい
減給げんきゅう
〔滓〕かす
〔溶〕とかす・と

ける・とく
溶込とけこむ
〔滝〕たき
〔準〕じゅん・な
　ぞらえる
準決勝じゅん
　けっしょう
準拠じゅんきょ
〔溢〕あふれる
〔溯〕さかのぼる
溯行そこう
〔溝〕どぶ・みぞ
〔漢〕
漢方かんぽう
漢字かんじ
〔漠〕
漠然ばくぜん
〔滞〕とどこおる
滞日たいにち
滞在たいざい
滞空たいくう
滞留たいりゅう
滞納たいのう
滞貨たいか
滞積たいせき
〔源〕みなもと
〔滅〕ほろびる・
　ほろぶ・ほろ
　ぼす
滅入めいる
滅亡めつぼう

滅込めりこむ
滅多めった
滅金めっき
〔溺〕おぼれる
溺死できし
〔滑〕すべり・す
　べる・すべら
　す・ぬめり
滑出すべりだし
滑込すべりこむ
滑台すべりだい
〔溜〕たまり・た
　まる・ためる
溜込ためこむ
溜池ためいけ
溜息ためいき
〔演〕えんずる
演芸えんげい
〔滴〕したたる・
　したたり
〔滾〕たぎる
〔漉〕すく
〔漬〕づけ・つけ
　る
漬物つけもの
〔漸〕ようやく
漸次ざんじ・ぜ
　んじ
漸減ぜんげん
漸増ぜんぞう
〔漂〕ただよう・

ただよわす
〔漕〕こぐ
漕着こぎつける
〔漱〕くちすすぐ
〔漆〕うるし
漆喰しっくい
〔漏〕もれる・も
　る・もらす
〔漲〕みなぎる
〔漫〕すずろ・そ
　ぞろ
漫才まんざい
漫画まんが
漫歩そぞろある
　き
〔滲〕にじむ
滲出にじみでる
〔漁〕あさる・す
　などる
〔潜〕くぐる・も
　ぐる・もぐり
　・ひそむ・ひ
　そまる・ひそ
　める
潜心せんしん
潜戸くぐりど
潜伏せんぷく
潜行せんこう
潜勢力せんせい
　りょく
〔潮〕しお

潮干しおひ
潮気しおけ
潮風しおかぜ
潮時しおどき
潮騒しおさい
〔清〕清然さんぜん
ん
〔潔〕いさぎよい
潔白けっぱく
〔澄〕すむ・すま
す・すまし
澄切すみきる
澄渡すみわたる
〔溌〕
溌剌はつらつ
〔潰〕ついえる・
つぶす・つぶ
れる
〔潤〕うるおい・
うるおう・う
るおす・うる
む・ほどびる
潤沢じゅんたく
潤色じゅんしょ
く
〔澱〕よどみ・よ
どむ
〔濃〕こい・こま
やか
濃口こいくち
濃目こいめ

濃度のうど
濃厚のうこう
濃密のうみつ
〔濁〕にごす・に
ごらす・にご
り・にごる
濁世じょくせ
濁声だみごえ
濁酒だくしゅ
〔激〕げき・はげ
しい
激突げきとつ
激励げきれい
激怒げきど
激発げきはつ
激動げきどう
激越げきえつ
激暑げきしょ
激語げきご
激論げきろん
激震げきしん
激闘げきとう
〔濡〕ぬらす・ぬ
れる
濡鼠ぬれねずみ
〔濯〕ゆすぐ・す
すぎ・すすぐ
〔濫〕
濫用らんよう
〔瀬〕せ
瀬踏せぶみ

瀬戸せと
〔瀟〕
瀟灑しょうしゃ
〔濾〕こす
濾過ろか
〔灌〕
灌漑かんがい

宀 部

〔宇〕
宇宙うちゅう
〔守〕まもる・ま
もり・もり
守抜まもりぬく
守銭奴しゅせん
ど
守衛しゅえい
〔字〕あざな
字引じびき
字画じかく
字音じおん
字配じくばり
字訓じくん
〔安〕やすい・や
す・やすっぽ
い・やすらか
安上やすあがり
安心あんしん
安全あんぜん
安住あんじゅう
安売やすうり

安否あんぴ
安直あんちょく
安定あんてい
安易あんい
安価あんか
安物やすもの
安保あんぽ
安値やすね
安息あんそく
安逸あんいつ
安堵あんど
安着あんちゃく
安楽あんらく
安請合やすうけ
あい
〔宅〕たく
宅地たくち
宅扱たくあつか
い
宅配たくはい
宅診たくしん
〔完〕
完全かんぜん
完納かんのう
完済かんさい
完備かんび
完遂かんすい
〔宏〕ひろい
宏大こうだい
〔宗〕むね
宗旨しゅうし

宗派しゅうは
宗家そうけ
〔定〕さだめる・
　さだめ・さだ
　めし・さだか
　・さだまる
定日ていじつ
定本ていほん
定休ていきゅう
定住ていじゅう
定見ていけん
定足数ていそく
　すう
定例ていれい
定刻ていこく
定型ていけい
定食ていしょく
定時ていじ
定着ていちゃく
定規じょうぎ
定款ていかん
定評ていひょう
定数ていすう
定職ていしょく
〔官〕
官公かんこう
官房かんぼう
〔実〕じつ・さね
　・み・みのり
　・みのる
実入みいり

実力じつりょく
実大じつだい
実父じっぷ
実収じっしゅう
実兄じっけい
実写じっしゃ
実在じつざい
実利じつり
実体じったい・
　じってい
実弟じってい
実物じっぶつ
実技じつぎ
実直じっちょく
実妹じつまい
実相じっそう
実家じっか
実務じつむ
実費じっぴ
実証じっしょう
実意じつい
実感じっかん
実際じっさい
実演じつえん
実態じったい
実績じっせき
実験じっけん
〔宝〕たから
宝石ほうせき
宝物たからもの
宝籤たからくじ

〔宛〕ずつ・あて
　がう・さなが
　ら
宛先あてさき
宛所あてしょ
〔宙〕
宙返ちゅうがえ
　り
〔宜〕よろしい・
　よろしく
〔宣〕のたまう
宣伝せんでん
宣告せんこく
宣教せんきょう
宣揚せんよう
宣誓せんせい
〔宥〕なだめる
宥免ゆうめん
〔室〕むろ
〔客〕きゃく
客止きゃくどめ
客扱きゃくあつ
　かい
〔家〕いえ・うち
家主いえぬし・
　やぬし
家宅かたく
家来けらい
家具かぐ
家事かじ
家並いえなみ

家持いえもち
家屋敷いえやし
　き
家畜かちく
家族かぞく
家筋いえすじ
家賃やちん
〔宮〕みや
〔容〕
容体ようだい
容易ようい・た
　やすい
容赦ようしゃ
容器ようき
容積ようせき
〔害〕がいする
〔宵〕
宵張よいっぱり
〔密〕ひそか・ひ
　そやか
密入国みつにゅ
　うこく
密月みつげつ
密出国みつ
　しゅっこく
密度みつど
密封みっぷう
密柑みかん
密接みっせつ
〔寄〕よる・よせ
　る

寄与きよ
寄生きせい
寄付よりつく・
　よせつける
寄食きしょく
寄席よせ
寄宿きしゅく
寄掛よせかける
　・よりかかる
寄越よこす
寄集よせあつめ
　る
寄道よりみち
〔寂〕さび・さび
　しい・さびれ
　る
寂寥せきりょう
〔宿〕やど・やど
　る
宿志しゅくし
宿泊しゅくはく
宿直しゅくちょ
　く
宿屋やどや
宿望しゅくぼう
宿場しゅくば
宿営しゅくえい
宿賃やどちん
宿題しゅくだい
〔寇〕あだする
〔寒〕さむい

寒気さむけ
寒空さむぞら
寒寒さむざむ
〔富〕とみ・とむ
富籤とみくじ
〔寓〕ぐうする
寓居ぐうきょ
寓話ぐうわ
寓意ぐうい
〔寝〕ねる・ねか
　す・ねかせる
寝入ねいる
寝心地ねごこち
寝不足ねぶそく
寝込ねこむ
寝台しんだい
寝付ねつく
寝汗ねあせ
寝返ねがえる
寝言ねごと
寝床ねどこ
寝冷ねびえ
寝坊ねぼう
寝具しんぐ
寝苦ねぐるしい
寝巻ねまき
寝息ねいき
寝転ねころがる
　・ねころぶ
寝惚ねぼける
寝過ねすぎる・

ねすごす
寝違ねちがえる
寝静ねしずまる
寝顔ねがお
〔寛〕くつろぐ・
　くつろげる
〔寧〕むしろ
〔察〕さっし
察知さっち
〔寮〕りょう
〔審〕
審美しんび

广　部

〔広〕ひろい・ひ
　ろさ・ひろが
　り・ひろがる
　・ひろげる・
　ひろやか・ひ
　ろめる・ひろ
　まる
広広ひろびろ
広言こうげん
広野こうや
広博こうはく
広葉樹こうよう
　じゅ
広場ひろば
広報こうほう
広間ひろま
広漠こうばく

〔庇〕かばう
〔床〕とこ・ゆか
　・ゆかしい
床上とこあげ
床店とこみせ
床柱とこばしら
床屋とこや
床間とこのま
床離とこばなれ
〔序〕ついで
序口じょのくち
序列じょれつ
序詞じょし
序開じょびらき
序幕じょまく
序論じょろん
〔店〕たな・みせ
店仕舞みせじま
　い
店卸たなおろし
店曬たなざらし
店開みせびらき
店舗てんぽ
店頭てんとう
〔底〕そこ
底力そこぢから
底光そこびかり
底気味悪そこき
　みわるい
底冷そこびえ
底抜そこぬけ

底流ていりゅう
底値そこね
底無そこなし
底意地そこいじ
〔庖〕
庖丁ほうちょう
〔府〕ふ
〔度〕ど・たび
度外どがい・ど
　はずれ
度合どあい
度忘どわすれ
度度たびたび
度胆どぎも
度重たびかさな
　る
度胸どきょう
度量どりょう
度数どすう
度難どしがたい
〔座〕ざ・すわる
座右ざう・ざゆ
　う
座長ざちょう
座食ざしょく
座席ざせき
座蒲団ざぶとん
座敷ざしき
座興ざきょう
〔庭〕にわ
庭球ていきゅう

〔庶〕
庶務しょむ
〔廊〕
廊下ろうか
〔廃〕すたり・す
　たる・すたれ
　る・はいする
廃止はいし
廃物すたれもの
　・はいぶつ
廃品はいひん
廃棄はいき
廃墟はいきょ

辶 部

〔込〕こみ・こめ
　る・こむ
込入こみいる
込上こみあげる
込合こみあう
〔辻〕つじ
辻褄つじつま
〔辺〕へん・あた
　り・ほとり
辺鄙へんぴ
〔迂〕
迂回うかい
迂濶うかつ
〔辿〕たどる
辿辿たどたどし
　い

辿着たどりつく
〔巡〕めぐり・め
　ぐる
巡礼じゅんれい
巡回じゅんかい
巡会めぐりあう
巡合めぐりあわ
　せ・めぐりあ
　わせる
巡査じゅんさ
巡視じゅんし
巡遊じゅんゆう
巡察じゅんさつ
〔返〕かえす
返却へんきゃく
返事へんじ
返済へんさい
返答へんとう
返還へんかん
〔近〕ちかい・ち
　かく・ちかし
　い
近日きんじつ
近目ちかめ
近付ちかづく・
　ちかづける
近近ちかぢか
近所きんじょ
近眼きんがん・
　ちかめ
近寄ちかよる

近頃ちかごろ
近道ちかみち
〔迎〕むかい・む
　かう・むかえ
　る
迎合げいごう
〔迪〕とても
〔述〕のべる
〔迫〕せまる
迫力はくりょく
〔送〕おくる
送手おくりて
送出おくりだす
送込おくりこむ
送付そうふ
送本そうほん
送仮名おくりが
　な
送状おくりじょ
　う
送迎おくりむか
　え・そうげい
送別そうべつ
送届おくりとど
　ける
送受そうじゅ
送金そうきん
送油そうゆ
送信そうしん
送風そうふう
送料そうりょう

送達そうたつ
送検そうけん
送話そうわ
送電そうでん
送還そうかん
[逆]ぎゃく・さ
　かさ・さから
　う
逆手ぎゃくて・
　さかて
逆立さかだち・
　さかだつ・さ
　かだてる
逆巻さかまく
逆恨さかうらみ
逆浪さかなみ
逆捩さかねじ
逆夢さかゆめ
逆様さかさま
[迷]まよい・ま
　よう・まよわ
　す
迷子まいご
迷信めいしん
迷惑めいわく
[退]すさる・し
　りぞく・しり
　ぞける・どか
　す・どく・ど
　ける・のく・
　のける

退化たいか
退庁たいちょう
退出たいしゅつ
退任たいにん
退役たいえき
退社たいしゃ
退官たいかん
退屈たいくつ
退治たいじ・た
　いじる
退紅たいこう
退陣たいじん
退院たいいん
退座たいざ
退校たいこう
退勤たいきん
退場たいじょう
退散たいさん
退蔵たいぞう
退潮たいちょう
退避たいひ
退嬰たいえい
[追]おう
追及ついきゅう
追付おいつく
追込おいこむ
追立おったてる
追出おいだす
追求ついきゅう
追伸ついしん
追尾ついび

追放ついほう
追突ついとつ
追納ついのう
追記ついき
追従ついしょう
　・ついじゅう
追給ついきゅう
追善ついぜん
追想ついそう
追試ついし
追試験ついしけ
　ん
追跡ついせき
追徴ついちょう
追慕ついぼ
追懐ついかい
追憶ついおく
[迸]ほとばしる
[逃]にがす・に
　げる・のがす
　・のがれる
逃口にげぐち
逃口上にげこう
　じょう
逃出にげだす
逃込にげこむ
逃去にげさる
逃廻にげまわる
逃道にげみち
逃隠にげかくれ
[這]はう

這上はいあがる
這出はいだす・
　はいでる
[連]つらなる・
　つらねる・つ
　れ・つれて・
　つれる
連子つれこ
連中れんちゅう
連日れんじつ
連合つれあい・
　れんごう
連邦れんぽう
連絡れんらく
連盟れんめい
連続れんぞく
連想れんそう
連載れんさい
[速]すみやか・
　はやめる
速力そくりょく
速度そくど
速達そくたつ
速断そくだん
速報そくほう
[逐]ちく
逐一ちくいち
逐次ちくじ
逐電ちくでん
逐語ちくご
[逕]

逕庭けいてい
[通]かよい・か
よう・つう・
つうじ・つう
じて・つうじ
る・とおし・
どおし・とお
す・とおり・
どおり・とお
る
通一遍とおり
いっぺん
通人つうじん
通用つうよう
通有つうゆう
通年つうねん
通行つうこう
通抜とおりぬけ
通言葉とおりこ
とば
通例つうれい
通念つうねん
通性つうせい
通事つうじ
通学つうがく
通夜つや
通雨とおりあめ
通則つうそく
通信つうしん
通相場とおりそ
うば

通訳つうやく
通帳かよいちょ
う・つうちょ
う
通掛とおりかか
る・とおりが
かる・とおり
がけ
通暁つうぎょう
通勤つうきん
通過つうか
通道とおりみち
通越とおりこす
通路つうろ
通達つうたつ
通説つうせつ
通算つうさん
通関つうかん
通箱かよいばこ
通謀つうぼう
通諜つうちょう
[逞]たくましい
・たくましゅ
うする
[途]
途方とほう
途中とちゅう
途次とじ
途端とたん
途轍とてつ
[造]つくり

造化ぞうか
造作ぞうさ・ぞ
うさく
造形ぞうけい
造花ぞうか
造営ぞうえい
造詣ぞうけい
造園ぞうえん
造語ぞうご
[透]すかし・す
かす・すき・
すく・すける
・とおる
透写すきうつし
透見すきみ
透通すきとおる
透間すきま
透徹とうてつ
[逡]
逡巡しゅんじゅ
ん
[遞]
遞送ていそう
[週]
週刊しゅうかん
週休しゅうきゅ
う
週忌しゅうき
週間しゅうかん
週給しゅうきゅ
う

週番しゅうばん
[進]すすみ・す
すむ・すすめ
る・しんじる
進水しんすい
進出すすみでる
・しんしゅつ
進行しんこう
進言しんげん
進呈しんてい
進学しんがく
進物しんもつ
進級しんきゅう
進退しんたい
進捗しんちょく
進路しんろ
進境しんきょう
[逸]いっする・
そらす・それ
る・はやる
逸速いちはやく
逸機いっき
[遊]あそばす・
あそび・あそ
ぶ
遊星ゆうせい
遊客ゆうきゃく
遊園ゆうえん
遊戯ゆうぎ
遊覧ゆうらん
[運]はこび・は

こぶ
運休うんきゅう
運行うんこう
運否天賦うんぷ
　てんぶ
運命うんめい
運航うんこう
運営うんえい
運動うんどう
運転うんてん
運賃うんちん
運輸うんゆ
〔遂〕ついに・と
　げる
遂行すいこう
〔道〕どう・みち
道中みちなか
道化どうけ・ど
　うけ
道具どうぐ
道案内みちあん
　ない
道破どうは
道連みちづれ
道筋みちすじ
道程どうてい・
　みちのり
道場どうじょう
道楽どうらく
道端みちばた
道標どうひょう

〔達〕たつ・たっ
　し・たっする
達人たつじん
達文たつぶん
達弁たつべん
達成たっせい
達見たっけん
達者たっしゃ
達筆たっぴつ
達磨だるま
達観たっかん
達識たっしき
〔違〕ちがい・ち
　がう・ちがえ
　る・たがう・
　たがえる
違反いはん
違無ちがいない
〔過〕あやまち・
　すぎ・すぎる
　・すごす
過去かこ
過行すぎゆく
〔遅〕おくらせる
　・おくれる・
　おそい
遅早おそかれは
　やかれ
遅参ちさん
遅刻ちこく
遅延ちえん

遅配ちはい
遅速ちそく
遅筆ちひつ
遅遅ちち
遅滞ちたい
〔遠〕とおい・と
　おく・とおざ
　かる・とおざ
　ける・とおの
　く
遠目とおめ
遠出とおで
遠回とおまわし
　・とおまわり
遠足えんそく
遠見とおみ
遠吠とおぼえ
遠歩とおあるき
遠浅とおあさ
遠巻とおまき
遠乗とおのり
遠道とおみち
遠慮えんりょ
遠縁とおえん
〔遣〕つかわす・
　やりこなす・
　やる
遣方やりかた
遣切やりきれな
　い
遣込やりこめる

遣外けんがい
遣抜やりぬく
遣放やりっぱな
　し
遣取やりとり
遣直やりなおす
遣通やりとおす
遣過やりすごす
遣遂やりとげる
遣損やりそこな
　う
遣繰やりくり
〔遙〕はるか
遙遙はるばる
〔適〕かなう・か
　なえる・てき
　する
適切てきせつ
適正てきせい
適当てきとう
適任てきにん
適役てきやく
適否てきひ
適応てきおう
適宜てきぎ
適例てきれい
適性てきせい
適度てきど
適格てきかく
適評てきひょう
適齢てきれい

〔遮〕さえぎる
遮二無二しゃに
　むに
遮断しゃだん
遮蔽しゃへい
〔遭〕
遭難そうなん
〔遵〕
遵法じゅんぽう
〔遷〕うつす
遷延せんえん
〔選〕えらぶ・よ
　る
選手せんしゅ
選分よりわける
選外せんがい
選良せんりょう
選抜えりぬく・
　せんばつ
選者せんじゃ
〔遺〕のこす
遺失いしつ
遺言ゆいごん
遺書いしょ
遺骨いこつ
遺族いぞく
遺産いさん
遺跡いせき
遺憾いかん
〔避〕
邂逅かいこう

〔避〕さける・よ
　ける
避雷針ひらいし
　ん
避難ひなん

↑部

〔忖〕
忖度そんたく
〔忙〕いそがしい
　・せわしい
〔快〕こころよい
快眠かいみん
快晴かいせい
快調かいちょう
快諾かいだく
〔怯〕ひるむ
〔性〕せい
性分しょうぶん
性行せいこう
性向せいこう
性的せいてき
性急せいきゅう
性根しょうね
性格せいかく
性質せいしつ
性懲しょうこり
性器せいき
性癖せいへき
〔怖〕おじける
怖怖おじおじ

怖臆おめずおく
　せず
〔怪〕け・あやし
　い・あやしむ
怪我けが
怪訝けげん
〔恒〕
恒久こうきゅう
恒例こうれい
〔恨〕うらみ・う
　らむ・うらめ
　しい
〔恰〕あたかも
恰好かっこう
〔恬〕てん
〔恍〕
恍惚こうこつ
〔恫〕
恫喝どうかつ
〔悟〕さとる・さ
　とり
〔悄〕
悄気しょげる
悄然しょうぜん
〔悔〕くいる・く
　い・くやみ・
　くやむ・くや
　しい
悔改くいあらた
　める
〔悖〕もとる

〔悩〕なやましい
　・なやます・
　なやみ・なや
　む・なやめる
〔情〕じょう・な
　さけ
情状じょうじょ
　う
情実じょうじつ
情味じょうみ
情深なさけぶか
　い
情勢じょうせい
情愛じょうあい
情熱じょうねつ
情趣じょうしゅ
〔惚〕ほうける・
　ぼける・ほれ
　る・とぼける
惚込ほれこむ
〔悼〕いたみ
〔惜〕おしい・お
　しむ
惜敗せきはい
惜無おしみなく
〔惰〕
惰力だりょく
惰気だき
惰眠だみん
惰弱だじゃく
〔愉〕

愉快ゆかい

〔慎〕つつしみ・
つつしむ・つ
つましい

〔慌〕あわてる・
あわただしい

〔慣〕なれる・な
らわす

〔惨〕みじめ

惨害さんがい

惨禍さんか

惨劇さんげき

惨澹さんたん

〔憧〕あこがれる

〔憚〕はばかり・
はばかる

〔憤〕いきどおる

憤慨ふんがい

〔憎〕にくい・に
くしみ・にく
む・にくさ・
にくらしい

憎悪ぞうお

憎憎にくにくし
い

〔憾〕うらみ

〔懐〕ふところ・
なつかしい・
なつかしむ

懐中かいちゅう

干 部

〔干〕ほす

干上ほしあげる
・ひあがる

干物ほしもの

干割ひわれる

〔平〕たいら・た
いらげる・ひ
らめる・たい
らか・たいら
ぐ・ひらたい

平凡へいぼん

平日へいじつ

平方へいほう

平仮名ひらがな

平行へいこう

平地へいち・ひ
らち

平気へいき

平均へいきん

平易へいい

平和へいわ

平屋ひらや

平面へいめん

平素へいそ

平常へいじょう

平野へいや

平然へいぜん

平等びょうどう

平衡へいこう

〔幸〕さち・さい
わい

幸先さいさき

幸便こうびん

幸甚こうじん

〔幹〕みき

土 部

〔土〕つち

土人どじん

土工どこう

土方どかた

土手どて

土民どみん

土用どよう

土台どだい

土地とち

土足どそく

土砂降どしゃぶ
り

土建どけん

土俗どぞく

土俵どひょう

土瓶どびん

土産みやげ

土産話みやげば
なし

土間どま

土着どちゃく

土塀どべい

土煙つちけむり

土踏つちふまず

土壇場どたんば

土語どご

土管どかん

土器どき

土蔵どぞう

土龍もぐら

土鍋どなべ

土曜どよう

〔圧〕あっする

圧迫あっぱく

圧制あっせい

〔在〕ある

在方ありかた

在中ざいちゅう

在日ざいにち

在外ざいがい

在宅ざいたく

在来ざいらい

在住ざいじゅう

在京ざいきょう

在学ざいがく

在家ざいけ

在庫ざいこ

在荷ざいか

在留ざいりゅう

在野ざいや

在郷ざいごう

在勤ざいきん

〔地〕じ・ち

地元じもと

地下ちか
地下足袋じかたび
地上ちじょう
地方ちほう
地引じびき
地代じだい
地団太じだんだ
地肌じはだ
地位ちい
地声じごえ
地均じならし
地歩ちほ
地味じみ・ちみ
地固じがため
地金じがね
地面じめん
地域ちいき
地階ちかい
地道じみち
地裁ちさい
地鳴じなり
地獄じごく
地蔵じぞう
地盤じばん
地検ちけん
地織じおり
〔坊〕ぼうや・
　ぼっちゃん
坊主ぼうず
〔坑〕

坑内こうない
坑夫こうふ
〔坐〕すわり
坐込すわりこむ
〔均〕ならす
均一きんいつ
均等きんとう
〔坂〕さか
坂東ばんどう
〔坦〕
坦坦たんたん
〔型〕かた
型式けいしき
〔垣〕かき
垣根かきね
垣間見かいまみ
　る
〔城〕しろ
城下じょうか
城塞じょうさい
城壁じょうへき
〔垂〕たれ・たれ
　る・たらす
垂下たれさがる
垂乳根たらちね
垂流たれながし
垂涎すいぜん
〔垢〕あか
垢抜あかぬけ・
　あかぬける
垢染あかじみる

〔埋〕うずまる・
　うずめる・う
　ずもれる・う
　まる・うめる
　・うもれる・
　いける
埋立うめたてる
埋合うめあわせ
　る
埋葬まいそう
埋蔵まいぞう
〔埃〕ほこり
〔培〕つちかう
〔執〕
執刀しっとう
執心しゅうしん
執行とりおこな
　う
執拗しつよう
執念しゅうねん
執務しつむ
執着しゅうちゃ
　く
〔堅〕かたい
堅苦かたくるし
　い
〔基〕もとづく
基金ききん
〔堂〕
堂宇どうう
堂堂どうどう

堂奥どうおう
〔堆〕
堆肥たいひ
堆積たいせき
〔埠〕
埠頭ふとう
〔堀〕ほり
〔報〕ほうじる・
　ほうずる・む
　くう・むくい
　・むくいる
報告ほうこく
報道ほうどう
報酬ほうしゅう
報償ほうしょう
〔堰〕いせき・せ
　き
〔堪〕こたえる・
　こらえる・た
　える・たまる
堪忍かんにん・
　たえしのぶ
堪兼たまりかね
　る
堪能かんのう・
　たんのう
堪難たえがたい
〔堤〕つつみ
堤防ていぼう
〔場〕ば
場打ばうて

場合ばあい
場所ばしょ
場面ばめん
場慣ばなれ
〔塔〕
塔婆とうば
〔塀〕へい
〔塩〕しお
塩出しおだし
塩加減しおかげ
　ん
塩気しおけ
塩辛しおからい
塩梅あんばい
塩漬しおづけ
〔塗〕ぬり・ぬる
　・まみれる
塗立ぬりたてる
塗布とふ
塗付ぬりつける
塗抹とまつ
塗直ぬりなおす
塗物ぬりもの
塗消ぬりけす
塗装とそう
塗替ぬりかえる
塗隠ぬりかくす
塗潰ぬりつぶす
〔墓〕はか
墓地ぼち
墓場はかば

墓参はかまいり
〔塞〕そく・せく
　・ふさぐ・ふ
　さがる
塞止せきとめる
塞込ふさぎこむ
〔塊〕かたまり
〔塚〕つか
〔増〕ます・まし
増大ぞうだい
増水ぞうすい
増収ぞうしゅう
増作ぞうさく
増長ぞうちょう
増枠ぞうわく
増刷ぞうさつ
増便ぞうびん
増発ぞうはつ
増配ぞうはい
増員ぞういん
増進ぞうしん
増悪ぞうあく
増結ぞうけつ
増殖ぞうしょく
増給ぞうきゅう
増税ぞうぜい
増資ぞうし
増築ぞうちく
〔墨〕すみ
墨絵すみえ
〔境〕さかい

境内けいだい
境目さかいめ
境地きょうち
境遇きょうぐう
〔塵〕ちり
塵芥じんかい・
　ちりあくた
塵紙ちりがみ
〔壁〕かべ
壁画へきが
壁訴訟かべそ
　しょう
壁新聞かべしん
　ぶん
壁隣かべどなり
〔壇〕だん
〔壊〕こわれる・
　こわす

士　部

〔壮〕そう
壮大そうだい
壮行そうこう
壮者そうしゃ
壮快そうかい
壮途そうと
壮絶そうぜつ
壮健そうけん
壮図そうと
〔声〕こえ
声色こわいろ

声価せいか
声音こわね
声望せいぼう
声援せいえん
声量せいりょう
〔売〕うり・うる
　・うれる
売上うりあげ
売子うりこ
売口うれくち
売切うりきる
売手うりて
売方うりかた
売主うりぬし
売叩うりたたく
売付うりつける
売払うりはらう
売出うりだし・
　うりだす
売行うれゆき
売声うりごえ
売言葉うりこと
　ば
売物うりもの
売店ばいてん
売品ばいひん
売春ばいしゅん
売捌うりさばく
売残うれのこる
売値うりね
売買ばいばい

売渡うりわたす
売場うりば
〔壺〕つぼ

工 部

〔工〕たくむ
工夫こうふ・く
　ふう
工手こうしゅ
工作こうさく
工法こうほう
工学こうがく
工事こうじ
工面くめん
工員こういん
工務こうむ
工場こうば・こ
　うじょう
工費こうひ
工程こうてい
工賃こうちん
〔巧〕たくみ・た
　くむ
巧者こうしゃ
巧拙こうせつ
巧緻こうち
巧遅こうち
〔左〕ひだり
左手ひだりて
左右さゆう
左利ひだりきき

左官さかん
左袒さたん
左記さき
左様さよう
左遷させん
左翼さよく
〔巫〕かむなぎ
巫山戯ふざける
〔差〕さ・さす
差入さしいれる
　・さしいれ
差上さしあげる
　・さしのぼる
差止さしとめる
差引さしひき・
　さしひく
差支さしつかえ
　・さしつかえ
　る
差出さしだす・
　さしでる
差込さしこみ・
　さしこむ
差立さしたてる
差付さしつける
差向さしむかい
　・さしむき・
　さしむける
差合さしあい・
　さしあう
差当さしあたり

差回さしまわす
差別さべつ
差延さしのべる
差固さしかため
　る
差替さしかえる
差迫さしせまる
差戻さしもどす
差押さしおさえ
　る・さしおさ
　え
差招さしまねく
差配さはい
差異さい
差掛さしかかる
　・さしかける
差許さしゆるす
差控さしひかえ
　る
差等さとう
差渡さしわたし
差越さしこす・
　さしこえる
差詰さしずめ
差遣さしつかわ
　す
差置さしおく
差障さしさわる
　・さしさわり
差潮さししお
差繰さしくる

差響さしひびく

戈 部

〔式〕しき
式典しきてん
式場しきじょう
式辞しきじ

寸 部

〔寸〕
寸分すんぶん
寸切すんぎり
寸志すんし
寸法すんぽう
寸前すんぜん
寸時すんじ
寸書すんしょ
寸断すんだん
寸評すんぴょう
寸暇すんか
〔寺〕てら
〔対〕たい・つい
　・たいする
対人たいじん
対句ついく
対処たいしょ
対局たいきょく
対応たいおう
対決たいけつ
対面たいめん
対座たいざ

対校たいこう
対案たいあん
対陣たいじん
対症的たいしょうてき
対偶たいぐう
対等たいとう
対戦たいせん
対語たいご
対蹠たいしょ
対顔たいがん
〔寿〕ことぶき
寿司すし
寿命じゅみょう
〔封〕ふうじる・ふうずる
封入ふうにゅう
封込ふうじこめる
封建ほうけん
封筒ふうとう
封鎖ふうさ
〔耐〕たえる
耐乏たいぼう
耐性たいせい
〔専〕もっぱら
専一せんいつ
専心せんしん
専任せんにん
専有せんゆう
専売せんばい

専攻せんこう
専制せんせい
専念せんねん
専門せんもん
専務せんむ
専従せんじゅう
専断せんだん
専属せんぞく
〔射〕さす・いる
射止いとめる
射倖しゃこう
射殺しゃさつ
〔辱〕はずかしめる
〔将〕
将来しょうらい
〔尊〕たっとい・とうとい・たっとぶ・とうとぶ
尊大そんだい
尊父そんぶ
尊称そんしょう
〔尋〕たずねる
尋人たずねびと
尋物たずねもの
尋問じんもん
尋常じんじょう
〔導〕みちびく・みちびき

才 部

〔才〕さい
才気さいき
才略さいりゃく
才覚さいかく
才腕さいわん
〔打〕うつ・うち
打上うちあげ・うちあげる
打止うちとめる
打手うちて
打切うちきる
打払うちはらう
打立うちたてる
打込うちこむ
打出うちだす・うってでる
打合うちあわせる
打見うちみる
打抜うちぬく
打返うちかえす
打者だしゃ
打明うちあける
打負うちまける
打振うちふる
打殺うちころす
打消うちけす
打破だは・うちやぶる

打過うちすぎる
打寄うちよせる
打毀うちこわす
打捨うちすてる
打落うちおとす
打診だしん
打電だでん
打算ださん
打撲だぼく
打撃だげき
〔払〕はらい・はらう
払込はらいこむ
払出はらいだす
払戻はらいもどす
払除はらいのけ
〔托〕
托鉢たくはつ
〔扠〕さて
扠又さてまた
扠措さておく
〔扨〕
扨置さておく
〔抗〕
抗弁こうべん
抗生物質こうせいぶっしつ
抗告こうこく
〔扶〕
扶養ふよう

〔技〕わざ
技芸ぎげい
技術ぎじゅつ
〔抉〕えぐる・く
　じる
抉明こじあける
〔把〕たば
把握はあく
〔抄〕
抄本しょうほん
抄録しょうろく
〔批〕
批判ひはん
批評ひひょう
〔扮〕
扮装ふんそう
〔投〕とう・なげ
　る
投入とうにゅう
投下とうか
投与とうよ
投付なげつける
投出なげだす
投込なげこむ
投合とうごう
投身とうしん
投売なげうり
投函とうかん
投捨なげすてる
投書とうしょ
投掛なげかける

投槍なげやり
〔抑〕そもそも
抑圧よくあつ
抑制よくせい
抑揚よくよう
〔折〕おり・おる
　・おれる
折込おりこむ
折目おりめ・お
　れめ
折半せっぱん
折曲おりまげる
折好おりよく
折合おりあう
折返おりかえす
折角せっかく
折重おりかさね
　る
折紙おりがみ
折畳おりたたむ
折節おりふし
折詰おりづめ
折衝せっしょう
折檻せっかん
折鶴おりづる
〔抓〕つねる・つ
　まむ
〔扱〕あつかう・
　こく・しごく
扱下こきおろす
扱交こきまぜる

扱使こきつかう
扱落こきおとす
〔抜〕ぬかす・ぬ
　く・ぬける・
　ぬき
抜出ぬきだす・
　ぬけだす・ぬ
　けでる
抜代ぬけかわる
抜目ぬけめ
抜字ぬけじ
抜足ぬきあし
抜取ぬきとる
抜粋ばっすい
抜書ぬきがき
抜道ぬけみち
抜群ばつぐん
抜読ぬきよみ
抜擢ばってき
〔拉〕ひさぐ・ひ
　しぐ
拉致らち
〔拍〕
拍子ひょうし
拍手はくしゅ
〔拒〕こばむ
拒否きょひ
拒絶きょぜつ
〔抵〕
抵当ていとう
抵抗ていこう

〔拘〕かかわる・
　こだわる
拘束こうそく
拘泥こうでい
拘留こうりゅう
拘禁こうきん
拘置こうち
〔拠〕
拠所よりどころ
拠無よんどころ
　ない
〔招〕まねき・ま
　ねく
招来しょうらい
招待しょうたい
招聘しょうへい
招請しょうせい
〔拗〕こじれる・
　すねる・ねじ
　ける
〔拡〕ひろがる・
　ひろがり・ひ
　ろげる・ひろ
　める
〔拙〕せつ・まず
　い・つたない
拙宅せったく
拙劣せつれつ
拙者せっしゃ
拙速せっそく
〔抱〕いだく・か

かえる・だく
抱上だきあげる
抱込だきこむ
抱合だきあう・
　だきあわせ
抱抱だきかかえ
　る
抱着だきつく
抱寝だきね
抱締だきしめる
抱擁ほうよう
[担]かつぐ
担手にないて
担当たんとう
担任たんにん
担保たんぽ
[拓]ひらく
拓殖たくしょく
[拝]おがむ
拝見はいけん
拝倒おがみたお
　す
拝借はいしゃく
拝啓はいけい
拝読はいどく
[押]おさえ・お
　さえる・おし
　・おして・お
　す
押入おしいる
押収おうしゅう

押止おしとどめ
　る
押付おさえつけ
　る
押込おしこむ
押付おしつける
押合おしあう
押売おしうり
押押おせおせ
押迫おしせまる
押通おしとおす
押掛おしかける
押寄おしよせる
押遣おしやる
押詰おしつめる
押隠おしかくす
押潰おしつぶす
[拷]
拷問ごうもん
[拱]こまぬく
[拭]ふく・ぬぐ
　う
[按]あんずる
按摩あんま
[持]もたせる・
　もち・もつ・
　もてる
持上もちあがる
　・もちあげる
持切もちきる
持主もちぬし

持出もちだし・
　もちだす
持込もちこむ
持成もてなし・
　もてなす
持合もちあわせ
　・もちあわせ
　る
持余もてあます
持参じさん
持物もちもの
持逃もちにげ
持病じびょう
持寄もちよる
持運もちはこぶ
持場もちば
持続じぞく
持薬じやく
[指]ゆび・さす
　・ゆびさす
指示さししめす
指名しめい
指向しこう
指図さしず
指折ゆびおり
指呼しこ
指針ししん
指摘してき
指標しひょう
指輪ゆびわ
[拾]ひろう

拾物ひろいもの
拾得しゅうとく
[挑]いどむ
挑発ちょうはつ
挑戦ちょうせん
[括]くくる・く
　びれる
括弧かっこ
[拵]こしらえる
　こしらえ
拵物こしらえも
　の
[捗]はかどる
[捕]とらえる・
　とらわれる・
　とる
捕捉ほそく
捕虜ほりょ
捕獲ほかく
[振]ふり・ぶり
　・ふる・ふる
　う
振子ふりこ
振上ふりあげる
振分ふりわける
振切ふりきる
振込ふりこむ
振立ふりたてる
振合ふりあい・
　ふりあう
振当ふりあてる

振回ふりまわす
振向ふりむく・
　ふりむける
振仮名ふりがな
振返ふりかえる
振乱ふりみだす
振放ふりはなす
振起ふりおこす
振掛ふりかける
振捨ふりすてる
振落ふりおとす
振替ふりかえる
振舞ふるまい・
　ふるまう
〔挟〕さしはさむ
　・はさまる・
　はさむ
〔捌〕さばく・さ
　ばける・はけ
　る
捌口はけぐち
捌場はけば
〔挫〕くじく・く
　じける
〔挨〕
挨拶あいさつ
〔控〕ひかえ・ひ
　かえる
控目ひかえめ
控室ひかえしつ
控除こうじょ

控訴こうそ
〔接〕せつ・つぐ
接収せっしゅう
接木つぎき
接合せつごう
接見せっけん
接受せつじゅ
接岸せつがん
接待せったい
接触せっしょく
接戦せっせん
接続せつぞく
接種せっしゅ
接穂つぎほ
〔掠〕かすめる・
　かする・かす
　れる
〔捩〕すじる・ね
　じる・ねじれ
　る
捩切ねじきる
捩込ねじこむ
捩合ねじあう
捩曲ねじまげる
捩開ねじあける
〔探〕さぐり
探当さぐりあて
　る
探究たんきゅう
探求たんきゅう
探索たんさく

探偵たんてい
探訪たんぼう
探検たんけん
探勝たんしょう
探聞たんぶん
〔捲〕まくる・め
　くる
捲上まくりあげ
　る
捲立まくしたて
　る
〔捧〕ささげる
〔掛〕かかり・か
　かる・かける
掛布団かけぶと
　ん
掛合かかりあう
　・かけあう
掛図かけず
掛金かけがね
掛値かけね
掛渡かけわたす
掛蒲団かけぶと
　ん
掛橋かけはし
掛離かけはなれ
　る
〔措〕
措置そち
〔掃〕はく
掃海そうかい

掃除そうじ
掃滅そうめつ
〔据〕すえる
据付すえつける
据置すえおき・
　すえおく
据膳すえぜん
〔掘〕ほる・ほれ
　る
掘下ほりさげる
掘出ほりだす
掘出物ほりだし
　もの
〔排〕
排斥はいせき
排出はいしゅつ
〔掉〕
掉尾とうび
〔捻〕ひねくる・
　ひねる
捻出ひねりだす
捻回ひねりまわ
　す
〔授〕さずかる・
　さずける
授乳じゅにゅう
授業じゅぎょう
授賞じゅしょう
〔採〕とる
採用さいよう
採決さいけつ

採択さいたく
採否さいひ
採油さいゆ
採草さいそう
採点さいてん
採算さいさん
採録さいろく
〔捨〕すてる
捨子すてご
捨石すていし
捨台詞すてぜりふ
捨身すてみ
捨所すてどころ
捨金すてがね
捨値すてね
捨鉢すてばち
捨置すでおく
〔掬〕すくい・すくう・むすぶ
掬上すくいあげる
掬出すくいだす
〔挽〕ひく
挽肉ひきにく
〔掏〕する
掏摸すり
〔推〕おす
推考すいこう
推計すいけい
推理すいり

推量すいりょう
推奨すいしょう
推察すいさつ
推賞すいしょう
推輓すいばん
〔捥〕もぎる
〔描〕えがく
描写びょうしゃ
〔掟〕おきて
〔掲〕かかげる
掲示けいじ
掲揚けいよう
掲載けいさい
〔挿〕さす
挿木さしき
挿絵さしえ
〔捜〕さがす
捜当さがしあてる
捜物さがしもの
捜索そうさく
〔捏〕こねる
捏回こねまわす
〔揶〕や
揶揄やゆ
〔採〕もむ・もめる
揉合もみあう
〔握〕にぎり・にぎる
握力あくりょく

握手あくしゅ
握潰にぎりつぶす
握緊にぎりしめる
〔提〕さげる
提燈ちょうちん
提言ていげん
提要ていよう
提起ていき
提訴ていそ
提携ていけい
提議ていぎ
〔揚〕あがる・あげ・あげる
揚物あげもの
揚荷あげに
揚場あげば
揚雲雀あげひばり
〔援〕
援護えんご
〔揃〕そろい・そろう・そろえる
〔搭〕
搭乗とうじょう
搭載とうさい
〔搔〕かく
搔込かいこむ
搔払かっぱらい

搔出かいだす
搔起かきおこす
搔集かきあつめる
搔潜かいくぐる
搔繕かいつくろう
〔搦〕からめる・からむ
〔損〕そん・そこなう・そこねる
損害そんがい
損益そんえき
損料そんりょう
損得そんとく
損傷そんしょう
〔揺〕ゆする・ゆらぐ・ゆらめく・ゆるがす・ゆるぐ・ゆれる
揺籠ゆりかご
〔搗〕つく
〔摂〕
摂生せっせい
摂取せっしゅ
〔摘〕つむ・つまむ
摘出てきしゅつ
摘発てきはつ

〔摺〕する
摺切すりきり
摺足すりあし
摺抜すりぬける
〔摑〕つかまえる
・つかまる・
つかむ
摑合つかみあう
摑掛つかみかか
る
〔携〕たずさえる
・たずさわる
携行けいこう
〔撞〕つく
撞着どうちゃく
〔撤〕
撤収てっしゅう
撤去てっきょ
撤廃てっぱい
〔撓〕しなう・し
なる・たわむ
〔撒〕まく
撒水さんすい
〔撥〕はねる
撥返はねかえす
撥音はつおん
撥掛はねかか
る・はねかけ
る
〔撮〕とる
撮食つまみぐい

撮要さつよう
〔撫〕なでる・な
でさする
撫上なであげる
撫下なでおろす
撫付なでつける
〔擁〕よう
擁護ようご
〔擂〕する
擂粉木すりこぎ
擂鉢すりばち
〔操〕あやつる・
みさお
操守そうしゅ
操行そうこう
操作そうさ
操車そうしゃ
操業そうぎょう
操縦そうじゅう
〔擦〕こする・す
る・なする
擦切すりきれ
擦付こすりつけ
る・なすりつ
ける
擦込すりこむ
擦合すれあう・
なすりあい
擦枯すれっから
し
擦剥すりむく

擦過さっか
擦寄すりよる
擦傷すりきず
擦違すれちがう
擦擦すれすれ
〔擡〕もたげる
〔擽〕くすぐる・
こそぐる
〔擲〕なげうつ
〔攪〕
攪乱かくらん
〔攫〕さらう

大 部

〔大〕だい・たい
大八車だいはち
ぐるま
大人たいじん・
おとな・おと
なしい
大人気無おとな
げない
大工だいく
大丈夫だいじょ
うぶ
大大的だいだい
てき
大方おおかた
大厄たいやく
大分だいぶん・
だいぶ

大冊たいさつ
大切たいせつ
大本たいほん
大目おおめ
大安たいあん
大気たいき
大尽だいじん
大好だいすき
大成たいせい
大団円だいだん
えん
大任たいにん
大名だいみょう
大言たいげん
大身たいしん
大車輪だいしゃ
りん
大作たいさく
大体だいたい
大兵だいひょう
大別たいべつ
大役たいやく
大尾たいび
大股おおまた
大和やまと
大往生だいおう
じょう
大金たいきん
大事だいじ・お
おごと
大枚たいまい

大抵たいてい
大音声だいおん
　じょう
大度たいど
大変たいへん
大差たいさ
大約たいやく
大急おおいそぎ
大柄おおがら
大家たいか・た
　いけ
大食たいしょく
大乗だいじょう
大胆だいたん
大要たいよう
大通おおどおり
大挙たいきょ
大将たいしょう
大根だいこん
大息たいそく・
　おおいき
大破たいは
大晦日おおみそ
　か
大欲たいよく
大略たいりゃく
大威張おおいば
　り
大掃除おおそう
　じ
大袈裟おおげさ

大部分だいぶぶ
　ん
大望たいもう
大患たいかん
大略ほぼ
大黒柱だいこく
　ばしら
大過たいか
大道だいどう
大幅おおはば
大御所おおご
　しょ
大筋おおすじ
大統領だいとう
　りょう
大喝だいかつ
大福帳だいふく
　ちょう
大概たいがい
大勢おおぜい・
　たいせい
大蒜にんにく
大嫌だいきらい
大数だいすう
大農だいのう
大漁たいりょう
大層たいそう
大雑把おおざっ
　ぱ
大掴おおづかみ
大蔵おおくら

盤石だいばん
　じゃく
大儀たいぎ
大器たいき
大観たいかん
〔太〕ふとい・ふ
　とる
太刀打たちうち
太刀先たちさき
太太ふてぶてし
　い
太陰暦たいいん
　れき
太刀魚たちうお
太鼓たいこ
〔天〕てん
天下てんか
天与てんよ
天火てんぴ
天井てんじょう
天引てんびき
天日てんぴ
天丼てんどん
天辺てっぺん
天守閣てんしゅ
　かく
天成てんせい
天気てんき
天寿てんじゅ
天狗てんぐ
天皇てんのう

天候てんこう
天秤てんびん
天降あまくだり
天産てんさん
天頂てんちょう
天然てんねん
天測てんそく
天晴あっぱれ
天際てんさい
〔夫〕おっと
夫人ふじん
夫妻ふさい
夫婦ふうふ
〔失〕うしなう・
　うせる・しっ
　する
失心しっしん
失礼しつれい
失物うせもの
失念しつねん
失政しっせい
失脚しっきゃく
失敬しっけい
失費しっぴ
失態しったい
失調しっちょう
失墜しっつい
失職しっしょく
〔奉〕ほうじる・
　たてまつる
奉公ほうこう

奉仕ほうし
〔奇〕
奇跡きせき
奇蹟きせき
奇麗きれい
〔契〕ちぎり・ち
　ぎる
契合けいごう
契約けいやく
契機けいき
〔奏〕そうする
〔奢〕おごり・お
　ごる
〔奥〕おく・おく
　さん
奥手おくて・お
　くのて
奥様おくさま
〔奨〕
奨学しょうがく
〔奪〕うばう
奪回だっかい
奪還だっかん
〔奮〕ふるう
奮立ふるいたつ
奮発ふんぱつ
奮起ふるいおこ
　す

廾 部

〔弄〕いじる・い

じくる・まさ
　ぐる・もてあ
　そぶ

尢 部

〔尤〕もっとも
〔就〕つく・つい
　て,つける
就任しゅうにん
就床しゅうしょ
　う
就学しゅうがく
就眠しゅうみん
就航しゅうこう
就業しゅうぎょ
　う
就寝しゅうしん

ヨ・彑・彐部

〔彗〕すい

己 部

〔己〕おのれ
〔已〕
已得やむをえず
已無やむない
〔巷〕ちまた
巷説こうせつ

弓 部

〔弓〕ゆみ

弓形ゆみなり
〔弔〕とむらい・
　とむらう
弔文ちょうぶん
弔問ちょうもん
弔意ちょうい
弔電ちょうでん
弔慰ちょうい
〔引〕ひき・ひく
　・ひける・ひ
　かれる
引入ひきいれる
引力いんりょく
引下ひきさげる
　・ひきさがる
　・ひきおろす
引上ひきあげ・
　ひきあげる
引分ひきわける
　・ひきわけ
引止ひきとめる
引切無ひっきり
　なしに
引払ひきはらう
引出ひきだし・
　ひきだす
引立ひきたつ・
　ひきたてる
引付ひきつける
引込ひっこむ・
　ひっこめる・

ひきこむ・
　ひっこみ
引合ひきあい・
　ひきあう・ひ
　きあわせる
引当ひきあてる
　・ひきあて
引回ひきまわす
引伸ひきのばし
　・ひきのばす
引抜ひきぬく
引返ひきかえす
　・ひっかえす
引例いんれい
引延ひきのばす
引戻ひきもどす
引受ひきうける
引取ひきとる
引退いんたい・
　ひきのける
引括ひっくくる
　・ひっくるめ
　る
引直ひきなおす
引致いんち
引連ひきつれる
引起ひきおこす
引剥ひきはがす
引掛ひっかける
　・ひっかかる
引責いんせき

引率いんそつ
引寄ひきよせる
引張ひっぱる
引掻ひっかく
引渡ひきわたす
引越ひっこし・
　ひっこす
引替ひきかえ・
　ひきかえる
引続ひきつづき
　・ひきつづく
引継ひきつぐ
引摑ひっつかむ
引算ひきざん
引摺ひきずる
引潮ひきしお
引締ひきしまる
　・ひきしめる
引繰返ひっくり
　かえす・ひっ
　くりかえる
引籠ひきこもる
引攣ひきつる
〔弛〕たゆむ・た
　るむ
〔弟〕おとうと
弟子でし
〔弦〕つる
〔弧〕こ
〔弱〕よわい・よ
　わる・よわま

る・よわめる
弱気よわき
弱虫よわむし
弱体じゃくたい
弱音よわね
弱点じゃくてん
弱冠じゃっかん
弱弱よわよわし
　い
〔張〕はる・はり
張切はりきる
張本人ちょうほ
　んにん
張付はりつける
　・はりつく
張出はりだす
張込はりこむ
張合はりあい・
　はりあう
張裂はりさける
張替はりかえる
張詰はりつめる
〔強〕あながち・
　しいる・しい
　て・こわい・
　したたか・つ
　よい・つよが
　り・つよさ・
　つよめる
強力ごうりき
強引ごういん

強火つよび
強化きょうか
強味つよみ
強制きょうせい
強欲ごうよく
強張こわばる
強情ごうじょう
強飯こわめし
強腰つよごし
強奪ごうだつ
強請ごうせい・
　きょうせい・
　ゆする・ゆす
　り・ねだる
〔弾〕ひく・はじ
　き・はじく・
　はじける・は
　ずみ・はずむ
弾力だんりょく
弾丸だんがん
弾圧だんあつ
弾出はじきだす

尸　部

〔尺〕しゃく
〔尻〕しり
尻上しりあがり
尻下しりさがり
尻切しりきれ・
　しりきり 、
尻切蜻蛉しりき

れとんぼ
尻目しりめ
尻抜しりぬけ
尻尾しっぽ
尻取しりとり
尻押しりおし
尻拭しりぬぐい
尻重しりおも
尻窄しりすぼま
　り
尻軽しりがる
尻餅しりもち
〔尼〕あま
尼寺あまでら
〔尽〕つくす・つ
　きる・ずく
〔局〕きょく
〔屁〕
屁現屈へりくつ
〔尿〕いばり
〔届〕とどく・と
　どけ・とどけ
　る
届出とどけでる
〔居〕おる
居心地いごこち
居合あわせる
居坐いすわる
居住きょじゅう
居所いどころ
居直いなおる

居食いぐい
居留守いるす
居残いのこる
居酒屋いざかや
居着いつく
居竦いすくまる
居溢いこぼれる
〔屈〕こごむ・か
　がまる・かが
　む・かがめる
　・くぐまる・
　こごめる
屈指くっし
屈託くったく
屈従くつじゅう
屈強くっきょう
〔屍〕しかばね
〔屋〕や
屋台やたい
屋根やね
屋敷やしき
〔屏〕
屏風びょうぶ
〔展〕
展示てんじ
展望てんぼう
展開てんかい
展覧てんらん
〔屑〕くず
屑入くずいれ
屑物くずもの

屑屋くずや
屑鉄くずてつ
屑籠くずかご
〔屠〕ほふる
屠蘇とそ
〔属〕ぞくする
属領ぞくりょう
属僚ぞくりょう
〔屢〕しばしば
〔層〕そう
〔履〕
履行りこう
履物はきもの
履違はきちがえ
　る
履歴りれき

廴 部

〔延〕のばす・の
　べる
延引えんいん
延延のびのび
延滞えんたい
〔建〕たつ・たて
　る
建込たてこむ
建白けんぱく
建立こんりゅう
建売たてうり
建物たてもの
建坪たてつぼ

建具たてぐ
建直たてなおす
建前たてまえ
建増たてまし
〔廻〕めぐらす

子・子部

〔子〕こ
子子孫孫ししそ
　んそん
子分こぶん
子方こかた
子会社こがい
　しゃ
子守こもり
子役こやく
子供こども
子宝こだから
子持こもち
子息しそく
子細しさい
子煩悩こぼんの
　う
子飼こがい
子福者こぶく
　しゃ
子種こだね
〔孕〕はらむ
〔存〕そんじる・
　そんする
存亡そんぼう

存分ぞんぶん
存外ぞんがい
存在そんざい
存否そんぴ
存命ぞんめい
存知ぞんじ・ぞ
　んち
存置そんち
存続そんぞく
〔孝〕
孝行こうこう
〔孜〕
孜孜しし
〔季〕
季節きせつ
〔孤〕
孤児みなしご
〔孫〕まご
〔孵〕かえす・か
　える

阝（左)部

〔防〕ふせぐ
防止ぼうし
防災ぼうさい
防毒ぼうどく
防寒ぼうかん
防蝕ぼうしょく
防衛ぼうえい
防禦ぼうぎょ
〔阿〕おもねる

阿片あへん
阿呆あほらしい
阿房あほう
阿彌陀あみだ
〔阻〕はばむ
阻害そがい
〔限〕かぎり・かぎる
限局げんきょく
限外げんがい
限界げんかい
限無かぎりない
〔降〕おりる・ふる
降口おりくち
降下こうか
降込ふりこむ
降出ふりだす
降伏こうふく
降車こうしゃ
降注ふりそそぐ
降参こうさん
降続ふりつづく
降誕こうたん
降懸ふりかかる
降頻ふりしきる
降壇こうだん
降籠ふりこめる
〔陷〕おちいる
〔院〕
院長いんちょう

院賞いんしょう
〔陣〕
陣取じんどる
陣容じんよう
陣笠じんがさ
陣頭じんとう
〔陛〕
陛下へいか
〔除〕のぞく・のける
除去じょきょ
除名じょめい
除夜じょや
除幕じょまく
除籍じょせき
〔陪〕・はべる
陪席ばいせき
〔陸〕りく・ろく
陸上りくじょう
〔陳〕
陳弁ちんべん
陳謝ちんしゃ
〔陰〕かげ・かげる
陰気いんき
陰謀いんぼう
陰鬱いんうつ
〔険〕けわしい
〔陶〕
陶然とうぜん
〔隊〕

隊商たいしょう
〔陽〕
陽気ようき
陽画ようが
陽暦ようれき
〔隅〕すみっこ
隅隅すみずみ
〔隈〕くま
隈無くまなく
〔階〕
階級かいきゅう
階段かいだん
〔隆〕りゅう
隆昌りゅうしょう
隆盛りゅうせい
〔随〕
随一ずいいち
随分ずいぶん
随伴ずいはん
随所ずいしょ
随時ずいじ
随想ずいそう
〔隘〕
隘路あいろ
〔隔〕へだて・へだてる・へだたり・へだたる
〔隙〕げき
隙取ひまどる

〔隕〕
隕石いんせき
〔障〕さわり・さわる
障子しょうじ
障害しょうがい
障壁しょうへき
〔隠〕かくす・かくれる
隠坊おんぼう・かくれんぼう
隠居いんきょ
隠匿いんとく
隠蔽いんぺい
〔際〕さい・さいして・さいする・きわ
際立きわだつ
際物きわもの
際限さいげん
際疾きわどい
〔隣〕となる・となり
隣合となりあう
隣国りんごく
隣接りんせつ

阝（右）部

〔邪〕
邪心じゃしん
邪念じゃねん

邪欲じゃよく
邪推じゃすい
邪道じゃどう
邪魔じゃま
〔邸〕
邸内ていない
邸宅ていたく
〔郊〕こう
〔部〕ぶ
部下ぶか
部分ぶぶん
部門ぶもん
部屋へや
部品ぶひん
部落ぶらく
部隊ぶたい
〔郵〕
郵便ゆうびん
郵送ゆうそう
郵税ゆうぜい
〔都〕と・みやこ
都人士とじんし
都下とか
都内とない
都心としん
都合つごう
都会とかい
都度つど
都営とえい

口 部

〔口〕こう・くち
口口くちぐち
口上こうじょう
口上手くちじょ
　うず
口下手くちべた
口止くちどめ
口火くちび
口不調法くちぶ
　ちょうほう
口外こうがい
口出くちだし
口付くちづけ・
　くちつき
口巧者くちごう
　しゃ
口早くちばや
口舌こうぜつ・
　くぜつ
口汚くちよごし
口伝くでん・く
　ちづたえ
口任くちまかせ
口当くちあたり
口争くちあらそ
　い
口先くちさき
口吻こうふん
口真似くちまね

口凌くちしのぎ
口許くちもと
口笛くちぶえ
口添くちぞえ
口悪くちわる
口惜くちおしい
口達者くちだっ
　しゃ
口答くちごたえ
口絵くちえ
口軽くちがる・
　くちがるい
口喧くちやかま
　しい
口喧嘩くちげん
　か
口過くちすぎ
口堅くちがたい
口数くちかず
口演こうえん
口碑こうひ
口酸くちずっぱ
　く
口説くどき・く
　どく
口銭こうせん
口頭こうとう
口調くちょう
口癖くちぐせ
口籠くちごもる
〔叫〕さけぶ

〔右〕みぎ
右手みぎて
右翼うよく
右傾うけい
〔司〕
司会しかい
司直しちょく
司書ししょ
〔召〕
召上めしあがる
召喚しょうかん
召還しょうかん
〔叩〕はたき・た
　たく
叩上たたきあげ
　る
叩付たたきつけ
　る
叩売たたきうり
叩起たたきおこ
　す
叩殺たたきころ
　す
叩毀たたきこわ
　す
〔可〕
可笑おかしい
可惜あたら
可愛かわいい・
　かわいがる・
　かわいらしい

〔史〕
史跡しせき
〔台〕だい
台木だいぎ
台本だいほん
台形だいけい
台所だいどころ
台秤だいばかり
台紙だいし
台座だいざ
台帳だいちょう
台詞だいし・せりふ
台無だいなし
台頭たいとう
〔号〕ごう
号外ごうがい
号令ごうれい
号泣ごうきゅう
号砲ごうほう
〔叱〕しかる
叱付しかりつける
叱正しっせい
叱咤しった
叱責しっせき
〔只〕ただ
只今ただいま
只事ただごと
只奉公ただぼうこう

只者ただもの
只乗ただのり
只管ひたすら
〔古〕ふるい・ふるびる
古文書こもんじょ
古今ここん
古本ふるほん
古里ふるさと
古参こさん
古臭ふるくさい
古風こふう
古巣ふるす
古物こぶつ
〔句〕く
句読くとう
〔名〕めい
名人めいじん
名手めいしゅ
名月めいげつ
名目めいもく
名付なづけ・なづける
名利めいり
名声めいせい
名作めいさく
名物めいぶつ
名所めいしょ
名刺めいし
名画めいが

名宛なあて
名指なざす・なざし
名前なまえ
名乗なのり・なのる
名案めいあん
名高なだかい
名残なごり
名残惜なごりおしい
名称めいしょう
名望めいぼう
名著めいちょ
名産めいさん
名勝めいしょう
名義めいぎ
名誉めいよ
名優めいゆう
名簿めいぼ
〔吃〕どもり
吃逆しゃっくり
吃驚びっくり
〔吐〕はく・つく
吐出はきだす
吐気はきけ
吐息といき
〔同〕おなじ
同一どういつ
同人どうじん・どうにん

同士どうし・どし
同化どうか
同文どうぶん
同年どうねん
同志どうし
同系どうけい
同伴どうはん
同性どうせい
同点どうてん
同封どうふう
同座どうざ
同時どうじ
同格どうかく
同級どうきゅう
同窓どうそう
同断どうだん
同棲どうせい
同然どうぜん
同道どうどう
同着どうちゃく
同期どうき
同勢どうぜい
同意どうい
同腹どうふく
同調どうちょう
〔吊〕つる・つるす
吊上つるしあげる
吊革つりかわ

〔向〕むく・むけ・むき・むか・う・むかい・むこう・むける
向上こうじょう
向日葵ひまわり
向合むきあう・むかいあう
向学こうがく
向風むかいかぜ
向後こうご
向背こうはい
向側むこうがわ
向寒こうかん
向暑こうしょ
〔合〕ごう・がっする・あう・あわす・あわせる
合一ごういつ
合子あいのこ
合札あいふだ
合弁ごうべん
合同ごうどう
合言葉あいことば
合図あいず
合点がってん
合致がっち
合流ごうりゅう

合格ごうかく
合符あいふ
合戦かっせん
合意ごうい
合憲ごうけん
合議ごうぎ
〔各〕おのおの
〔吸〕すう
吸口すいくち
吸上すいあげる
吸込すいこむ・すいこみ
吸出すいだす・すいだし
吸付すいつく・すいつける
吸取すいとる
吸取紙すいとりがみ
吸物すいもの
吸寄すいよせる
吸飲すいのみ
吸殻すいがら
〔吹〕ふく・ふかす
吹入ふきいれる
吹上ふきあがる・ふきあげる
吹出ふきだす
吹込ふきこむ
吹抜ふきぬく

吹返ふきかえす
吹飛ふきとばす
吹荒ふきあれる
吹倒ふきたおす
吹通ふきとおし
吹雪ふぶき
吹掛ふきかける
吹聴ふいちょう
〔呉〕くれる
呉呉くれぐれ
呉服ごふく
〔呈〕ていする
〔呆〕あきれる
呆気あっけ
〔君〕くん・きみ
君臨くんりん
〔含〕ふくむ・ふくみ・ふくまれる・ふくめる
〔告〕つげる
告口つげぐち
告示こくじ
告白こくはく
告別こくべつ
告知こくち
告発こくはつ
告訴こくそ
〔呑〕
呑舟どんしゅう
〔否〕

否定ひてい
否認ひにん
〔吠〕ほえる
〔和〕やわらげる・あえる・なごやか・やわらぐ
和物あえもの
和服わふく
和食わしょく
和歌わか
〔命〕いのち・めいじる・めいずる
命乞いのちごい
命日めいにち
命令めいれい
命名めいめい
命綱いのちづな
命懸いのちがけ
〔味〕あじ・あじわい・あじわう
味方みかた
味加減あじかげん
味付あじつけ
味気無あじきない
味見あじみ
味噌みそ

味噌汁みそしる
味噌糞みそくそ
〔咄〕
咄嗟とっさ
〔呪〕のろう・ま
　じない・まじ
　なう
呪咀じゅそ
〔呼〕よぶ
呼入よびいれる
呼付よびつける
呼出よびだす
呼立よびたてる
呼応こおう
呼吸こきゅう
呼声よびごえ
呼戻よびもどす
呼起よびおこす
呼称こしょう
呼掛よびかける
　・よびかけ
〔咎〕とがめる
咎立とがめだて
〔周〕しゅう・ま
　わり
周辺しゅうへん
周囲しゅうい
周波しゅうは
周知しゅうち
周到しゅうとう
周旋しゅうせん

周章しゅうしょ
う
〔咀〕
咀嚼そしゃく
〔呷〕あおる
〔呻〕うめく
〔呟〕つぶやく
〔咽〕むせぶ
〔咳〕せく・せき
　・しわぶき
咳込せきこむ
咳払せきばらい
〔咲〕さく
咲匂さきにおう
咲乱さきみだれ
る
咲残さきのこる
咲揃さきそろう
咲誇さきほこる
咲競さききそう
〔哀〕あわれむ
哀惜あいせき
哀願あいがん
〔品〕ひん・しな
品切しなぎれ
品分しなわけ
品目ひんもく
品行ひんこう
品位ひんい
品定しなさだめ
品物しなもの

品薄しなうす
品種ひんしゅ
品質ひんしつ
〔唐〕
唐辛子とうがら
し
唐松からまつ
唐突とうとつ
唐紙とうし
〔哮〕たける
哮立たけりたつ
〔哭〕こくする
〔唆〕そそのかす
〔哺〕
哺乳ほにゅう
〔唇〕くちびる
〔商〕あきなう
商人あきんど
商才しょうさい
商用しょうよう
商号しょうごう
商会しょうかい
商社しょうしゃ
商売しょうばい
商家しょうか
商法しょうほう
商況しょうきょ
う
商略しょうりゃ
く
商談しょうだん

商館しょうかん
〔唯〕ただ
唯心ゆいしん
唯物ゆいぶつ
〔啄〕ついばむ
〔啜〕すする
啜上すすりあげ
る
啜泣すすりなく
〔唱〕となえる
唱道しょうどう
〔啖〕
啖呵たんか
〔啞〕おし
〔唸〕うなる
〔喜〕よろこぶ・
　よろこび・よ
　ろこばしい・
　よろこばす・
　よろこばせる
〔喚〕わめく
〔喉〕のど
〔喪〕も
喪心そうしん
〔喇〕
喇叭らっぱ
〔喋〕しゃべる
喋喋ちょうちょ
う
〔唾〕つばき・つ
ば

唾棄だき
〔喫〕
喫茶きっさ
〔喧〕やかましい
喧伝けんでん
喧屋やかましや
喧嘩けんか
〔喘〕あえぐ
〔善〕ぜん・よさ
　・よくする
善用ぜんよう
善処ぜんしょ
善行ぜんこう
善善よくよく
善美ぜんび
善悪よしあし
善意ぜんい
善導ぜんどう
善隣ぜんりん
〔嗅〕かぐ
嗅付かぎつける
嗅出かぎだす
嗅当かぎあてる
〔鳴〕なげく
鳴呼ああ
〔嗜〕たしなむ・
　たしなみ
〔嗄〕かれる・か
　らす・しゃが
　れる・しわが
　れる

嗄声しゃがれご
　え
嗄嗄かれがれ
〔嘆〕たんじる・
　なげく・なげ
　き・なげかわ
　しい
嘆声たんせい
嘆賞たんしょう
嘆願たんがん
〔嗾〕けしかける
〔嘘〕うそつき・
　うそ
〔噎〕むせる
噎返ふせかえる
噎泣むせびなく
〔嘱〕ぞく
嘱託しょくたく
嘱望しょくぼう
〔噴〕ふく
噴水ふんすい
噴火ふんか
噴出ふんしゅつ
　・ふきだす
〔嘶〕いななく
〔嘸〕さぞ
〔噤〕つぐむ
〔器〕うつわ
器用きよう
器具きぐ
器量きりょう

〔噂〕うわさ
〔嘲〕あざらう
〔嘴〕くちばし
〔噯〕
噯気おくび
〔嚆〕
嚆矢こうし
〔嚏〕くさめ・く
　しゃみ
〔噛〕かます・か
　む
噛分かみわける
噛付かみつく
噛合かみあう・
　かみあわせる
　・かみあわせ
噛砕かみくだく
噛殺かみころす
噛締かみしめる
噛潰かみつぶす
〔嘯〕うそぶく
〔囀〕さえずる
〔囂〕かしがまし
　い
〔囁〕ささやく

口 部

〔囚〕
囚人しゅうじん
〔四〕よっつ
四六時中しろく

　じちゅう
四方しほう
四日よっか
四辺しへん
四半しはん
四角しかく・よ
　つかど
四周ししゅう
四苦八苦しく
　はっく
四這よつんばい
〔因〕ちなみ・ち
　なむ
因果いんが
因縁いんねん
〔団〕
団子だんご
団地だんち
団体だんたい
団栗どんぐり
団扇うちわ
団欒だんらん
〔回〕まわり・ま
　わす・まわる
回収かいしゅう
回道まわりみち
〔図〕
図入ずいり
図工ずこう
図太ずぶとい
図式ずしき

図体ずうたい
図説ずせつ
図抜ずぬける
図形ずけい
図図ずうずうしい
図柄ずがら
図版ずはん
図面ずめん
図星ずぼし
図案ずあん
〔困〕こうじる・こまる
困切こまりきる
困却こんきゃく
困果こまりはてる
困惑こんわく
困窮こんきゅう
困憊こんぱい
〔囲〕かこむ・かこい・かこう
囲碁いご
〔固〕もとより
固有こゆう
固形こけい
固持こじ
固陋ころう
固着こちゃく
固辞こじ
〔国〕くに

国土こくど
国言葉くにことば
国柄くにがら
国定こくてい
国柄くにがら
国訛くになまり
国許くにもと
国電こくでん
国境くにざかい
〔圏〕
圏外けんがい
〔園〕
園芸えんげい

巾 部

〔市〕いち
市民しみん
市役所しやくしょ
市況しきょう
市販しはん
市場しじょう・いちば
市電しでん
〔布〕ぬの
布地ぬのじ
布団ふとん
〔凧〕たこ・いか
〔帆〕ほ
〔希〕まれ

希有けう・きゅう
〔帚〕ほうき
〔帝〕
帝王ていおう
〔席〕せき
席上せきじょう
席次せきじ
席料せきりょう
席順せきじゅん
〔師〕し
師走しわす
師弟してい
師匠ししょう
師資しし
師範しはん
〔帳〕とばり
帳尻ちょうじり
帳面ちょうめん
帳消ちょうけし
帳場ちょうば
〔帯〕おび・おびる
帯同たいどう
〔帰〕きする
帰宅きたく
帰着きちゃく
〔常〕つね・つねに
常人じょうじん
常任じょうにん

常住じょうじゅう
常食じょうしょく
常時じょうじ
常套じょうとう
常連じょうれん
常務じょうむ
常常つねづね
常習じょうしゅう
常得意じょうとくい
常道じょうどう
常置じょうち
常磐ときわ
〔幅〕はば
幅広はばひろい
〔帽〕
帽子ぼうし
〔幕〕まく
幕府ばくふ

山 部

〔山〕やま
山山やまやま
山元やまもと
山水さんすい
山羊やぎ
山国やまぐに
山彦やまびこ

山桜やまざくら
山崩やまくずれ
山陰さんいん
山道やまみち
山菜さんさい
山陽さんよう
山椒さんしょう
山裾やますそ
山葵わさび
山積さんせき
〔屹〕
屹度きっと
〔岸〕きし
岸辺きしべ
岸伝きしづたい
〔岡〕おか
岡目おかめ
岡惚おかぼれ
岡焼おかやき
〔峙〕そばだつ
〔峠〕とうげ
〔峰〕みね
〔島〕しま
〔崇〕あがめる
〔崎〕さき
〔崩〕くずれる・
　くずれ・くず
　す
崩書くずしがき
崩壊ほうかい
〔嵌〕はまる・は

める
嵌込はめこみ・
　はめこむ
〔嵐〕あらし
〔嵩〕かさむ

　　ツ 部

〔労〕いたわる・
　ねぎらう
労力ろうりょく
労使ろうし
労務ろうむ
労働ろうどう
労働者ろうどう
　しゃ
〔学〕まなぶ
学生がくせい
学会がっかい
学問がくもん
〔単〕たん・たん
　なる
単一たんいつ
単刀直入たんと
　うちょくにゅ
　う
単身たんしん
単作たんさく
単位たんい
単車たんしゃ
単科大学たんか
　だいがく

単純たんじゅん
単記たんき
単級たんきゅう
単語たんご
単線たんせん
〔栄〕さかえ・さ
　かえる
栄誉えいよ
栄養えいよう
〔挙〕あげて・あ
　げる
挙句あげく
挙措きょそ
〔巣〕す・すくう
巣引すびき
巣立すだち・す
　だつ
巣窟そうくつ
巣離すばなれ
巣籠すごもる
〔営〕いとなむ・
　いとなみ
営造えいぞう
〔覚〕おぼえる
覚書おぼえがき
覚悟かくご
〔誉〕ほまれ・ほ
　める・ほめそ
　やす
誉称ほめたたえ
　る

〔厳〕げんに・い
　かめしい・お
　ごそか
厳正げんせい
厳戒げんかい
厳封げんぷう
厳秘げんぴ
厳暑げんしょ
厳粛げんしゅく

　　艹 部

〔芝〕しば
芝生しばふ
芝居しばい
〔芋〕いも
〔芳〕かんばしい
〔芸〕げい
芸当げいとう
芸者げいしゃ
芸界げいかい
芸能げいのう
芸無げいなし
〔芽〕め
芽立めだつ
芽生めばえ・め
　ばえる
芽差めざす
〔芥〕あくた
〔芹〕せり
〔花〕はな
花火はなび

花束はなたば
花車きゃしゃ
花見はなみ
花花はなばなしい
花瓶はながめ
花盛はなざかり
花婿はなむこ
花嫁はなよめ
花輪はなわ
〔苛〕いじめる・いらつ・さいなむ
苛立いらだつ
苛酷かこく
〔苦〕く・くるしい・くるしむ・くるしめる・にがい・にがみ
苦手にがて
苦汁くじゅう
苦言くげん
苦労くろう
苦役くえき
苦学くがく
苦杯くはい
苦苦にがにがしい
苦笑にがわらい
苦紛くるしまぎ

れ
苦渋くじゅう
苦情くじょう
苦痛くつう
苦境くきょう
苦闘くとう
〔若〕もし・わかい
若干じゃっかん
若手わかて
若布わかめ
若死わかじに
若年じゃくねん
若者わかいもの・わかもの
若若わかわかしい
若返わかがえる
若盛わかざかり
若葉わかば
若輩じゃくはい
〔茂〕しげる・しげみ
〔茄〕なす
〔苫〕とま
苫屋とまや
〔苗〕なえ
苗木なえぎ
苗代なわしろ
〔英〕
英雄えいゆう

〔苺〕いちご
〔苟〕いやしくも
〔苔〕こけ
〔茎〕くき
〔茫〕
茫然ぼうぜん
〔茨〕いばら
〔荒〕あらい・あらす・あらっぽい・あれ・あれる・すさぶ・すさむ
荒天こうてん
荒地あれち
荒狂あれくるう
荒者あらくれもの
荒武者あらむしゃ
荒果あれはてる
荒物あらもの
荒荒あらあらしい
荒野あらの
荒廃こうはい
荒模様あれもよう
荒稼あらかせぎ
荒磯あらいそ
〔茸〕たけ
〔草〕くさ

草木くさき
草分くさわけ
草地くさち
草花くさばな
草枕くさまくら
草屋くさや
草卧くたびれる・くたびれ
草昧そうまい
草草そうそう
草案そうあん
草庵くさのいおり
草深くさぶかい
草葉くさば
草茸くさぶき
草創そうそう
草餅くさもち
草履ぞうり
草稿そうこう
〔茵〕しとね
〔茶〕ちゃ
茶人ちゃじん
茶化ちゃかす
茶目ちゃめ
茶代ちゃだい
茶店ちゃみせ
茶室ちゃしつ
茶匙ちゃさじ
茶菓ちゃか・さか

茶道ちゃどう・
　さどう
茶間ちゃのま
茶飯事さはんじ
茶飲ちゃのみ
茶碗ちゃわん
茶漬ちゃづけ
茶請ちゃうけ
茶器ちゃき
〔茹〕ゆだる・ゆ
　でる
茹上ゆであがる
茹卵うでたまご
〔莢〕さや
〔茶〕
毗だび
〔荷〕に・になう
荷扱にあつかい
荷受にうけ
荷物にもつ
荷送におくり
荷船にぶね
荷揚にあげ
〔茣〕
茣蓙ござ
〔華〕
華氏かし
〔菠〕
菠薐草ほうれん
　そう
〔菩〕

菩薩ぼさつ
〔著〕あらわす・
　いちじるしい
〔菓〕
菓子かし
〔萌〕きざし・き
　ざす・もえる
　・もやし
〔菌〕きん
〔菜〕な
〔萎〕しおれる・
　しなびる・し
　ぼむ・なえる
萎縮いしゅく
〔菊〕きく
菊節句きくの
　せっく
〔落〕おち・おち
　る・おとす・
　おちあう
落下らっか
落子おとしご
落主おとしぬし
落札おちふだ
落込おちこむ
落成らくせい
落物おとしもの
落書らくがき
落第らくだい
落葉おちば・ら
　くよう

落着おちつき・
　おちつく・お
　ちつける
落窪おちくぼむ
落語らくご
落選らくせん
〔葉〕は
葉巻はまき
〔葬〕ほうむる
葬式そうしき
葬送そうそう
葬儀そうぎ
〔葵〕あおい
〔葦〕あし・よし
〔韮〕にら
〔葛〕
葛藤かっとう
〔葡〕
葡萄ぶどう
〔葱〕ねぎ
〔蓄〕たくわえ
蓄音機ちくおん
　き
蓄財ちくざい
蓄積ちくせき
〔蓋〕けだし・ふ
　た
〔蓮〕はす
蓮根れんこん
〔蒸〕むす
蒸発じょうはつ

蒸暑むしあつい
蒸籠せいろう
〔蒔〕まく
〔蔓〕つる
蔓延はびこる
〔蔑〕さげすみ
〔慕〕したう・し
　たわしい
〔蔦〕つた
〔蕊〕しべ
〔蔵〕くら
蔵払くらばらい
蔵出くらだし
蔵相ぞうしょう
蔵浚くらざらえ
〔蕎〕
蕎麦そば
〔薄〕うす・うす
　い・うすめる
　・うすら・う
　すらぐ・うす
　れる・うっす
　ら
薄板うすいた
薄寒うすらさむ
　い
薄着うすぎ
薄暗うすぐらい
〔薪〕たきぎ・ま
　き
〔蕾〕つぼみ・つ

ぼむ

〔薔〕
薔薇うばら・ばら

〔薙〕なぐ

〔薬〕くすり
薬品やくひん
薬罐やかん

〔薦〕こも・すすめる

〔薹〕とう

〔藁〕わら
薬屋わらや

〔藪〕やぶ
藪蛇やぶへび
藪睨やぶにらみ

〔薫〕かおる

〔藤〕ふじ

〔薩〕さつ
薩摩さつま

〔藻〕も

〔蘇〕よみがえる
蘇生そせい

〔蘆〕あし

〔蘭〕らん

　小　部

〔小〕こ・ちいさな・ちいさい
小人こびと・しょうじん

小人数こにんず
小刀こがたな
小口こぐち
小太こぶとり
小心しょうしん
小手こて
小切こぎる
小切手こぎって
小皿こざら
小出こだし
小包こづつみ
小気味こきみ
小米こごめ
小字こあざ
小耳こみみ
小回こまわり
小豆あずき
小身しょうしん
小利口こりこう
小判こばん
小麦こむぎ
小男こおとこ
小売こうり
小形こがた
小作こさく
小言こごと
小声こごえ
小奇麗こぎれい
小刻こきざみ
小雨こさめ
小者こもの

小夜さよ
小突こづく
小股こまた
小胆しょうたん
小柄こづか・こがら
小屋しょうおく・こや
小指こゆび
小春こはる
小品しょうひん
小為替こがわせ
小首こくび
小降こぶり
小高こだかい
小粋こいき
小梅こうめ
小荷物こにもつ
小鳥ことり
小粒こつぶ
小康しょうこう
小魚こざかな
小道こみち
小間物こまもの
小間結こまむすび
小閑しょうかん
小話こばなし
小遣こづかい
小勢こぜい
小僧こぞう

小路こうじ
小銃しょうじゅう
小銭こぜに
小鼻こばな
小憎こにくらしい
小賢こざかしい
小器用こぎよう
小難こむずかしい
小躍こおどり
小癪こしゃく

〔少〕すくない・すこし
少女おとめ
少少しょうしょう
少食しょうしょく
少額しょうがく
少憩しょうけい

〔尖〕とがらす・とがる

〔当〕とう・あたり・あたる・あてる・あたらす・あて・あたらない
当人とうにん
当分とうぶん

当今とうこん
当日とうじつ
当方とうほう
当用とうよう
当主とうしゅ
当世とうせい
当付あてつける
当先あてさき
当字あてじ
当名あてな
当社とうしゃ
当直とうちょく
当物あてもの
当事あてごと
当前あたりまえ
当面とうめん
当屋あたりや
当家とうけ
当座とうざ
当惑とうわく
当然とうぜん
当嵌あてはめる
当番とうばん
当路とうろ
当該とうがい
当意即妙とうい
　そくみょう
当節とうせつ
当歳とうさい
当擦あてこする
当籤とうせん

〔肖〕あやがる
〔尚〕
尚更なおさら

屮　部

〔屯〕たむろ

夕　部

〔夕〕ゆうべ
夕日ゆうひ
夕方ゆうがた
夕刊ゆうかん
夕立ゆうだち
夕映ゆうばえ
夕食ゆうしょく
夕焼ゆうやけ
夕暮ゆうぐれ
夕闇ゆうやみ
〔外〕ほか・はず
　す・はずれ・
　はずれる・そ
　と
外出がいしゅつ
外回そとまわり
外股そとまた
外事がいじ
外国とつくに
外相がいしょう
外面そとづら
外套がいとう
外側そとがわ

外道げどう
外勤がいきん
外題げだい
〔多〕おおく・お
　おい・おおく
　とも
多大ただい
多士たし
多分たぶん
多少たしょう
多元たげん
多目的たもくて
　き
多用たよう
多多たた
多忙たぼう
多血たけつ
多岐たき
多角たかく
多作たさく
多芸たげい
多事たじ
多国籍企業たこ
　くせききぎょ
　う
多幸たこう
多重たじゅう
多発たはつ
多面ためん
多能たのう
多彩たさい

多祥たしょう
多情たじょう
多望たぼう
多産たさん
多量たりょう
多湿たしつ
多照たしょう
多勢たぜい
多様たよう
多罪たざい
多端たたん
多趣味たしゅみ
多額たがく
多謝たしゃ
多難たなん
〔夜〕よ・よる
夜中よなか
夜光やこう
夜毎よごと
夜更よふかし
夜汽車よぎしゃ
夜学やがく
夜具やぐ
夜空よぞら
夜明よあかし・
　よあけ
夜店よみせ
夜食やしょく
夜通よどおし
夜間やかん
夜景やけい

夜業やぎょう
夜話よばなし
〔夢〕ゆめ
夢中むちゅう
夢見ゆめみる
夢現ゆめうつつ
〔夥〕おびただし
　い

　　　夂　部

〔麦〕むぎ
麦粉むぎこ
〔変〕へん・へん
　じる・かえる
　・かわり・へ
　んずる
変化へんか
変動へんどう
変更へんこう
変革へんかく
変装へんそう
変遷へんせん
〔夏〕なつ
夏休なつやすみ
夏負なつまけ
夏時間なつじか
　ん
夏着なつぎ
夏瘦なつやせ

　　　犭　部

〔犯〕おかす
犯人はんにん
犯罪はんざい
〔狂〕くるわせる
　・くるう・く
　るい・ぐるい
狂言きょうげん
〔狙〕ねらい・ね
　らう
〔狐〕きつね
〔狡〕こすい・ず
　るい
〔独〕ひとり
独子ひとりっこ
独天下ひとりで
　んか
独吟どくぎん
独走どくそう
独言ひとりごと
独学どくがく
独和どくわ
独歩どっぽ
独往どくおう
独房どくぼう
独酌どくしゃく
独眼どくがん
独習どくしゅう
独裁どくさい
独善どくぜん

独楽こま
独語どくご
独擅場どくせん
　じょう
独壇場どくだん
　じょう
〔狭〕せまい・せ
　ばまる・せば
　める・せばむ
狭苦せまくるし
　い
〔狼〕おおかみ
狼狽ろうばい
〔狸〕たぬき
〔猛〕たける
猛烈もうれつ
猛猛たけだけし
　い
〔猪〕いのしし
猪突ちょとつ
〔猶〕なお
猶予ゆうよ
〔猫〕ねこ
猫可愛ねこかわ
　いがり
〔猟〕かり
猟人りょうじん
猟師りょうし
猟場りょうば
〔猿〕さる
猿芝居さるしば

　い
猿回さるまわし
猿知恵さるぢえ
猿股さるまた
〔獅〕し
獅子吼ししく
〔獄〕ひとや
獄舎ごくしゃ
〔獲〕かく
獲物えもの

　　　彳　部

〔彷〕
彷徨さまよう
〔役〕やく・えき
　する
役人やくにん
役目やくめ
役立やくだつ・
　やくだてる
役者やくしゃ
役所やくしょ
役員やくいん
役割やくわり
役場やくば
役職やくしょく
〔征〕
征服せいふく
〔往〕
往来おうらい
往還おうかん

〔彼〕かれ
彼人あのひと
彼方かなた・あちら
彼方此方あちこち
彼処あそこ
彼奴あいつ
〔待〕まつ
待合まちあい・まちあわせる
待侘まちわびる
待兼まちかねる
待望たいぼう
待遇たいぐう
待遠まちどお・まちどおしい
待構まちかまえる
〔後〕ごうしろ・のち
後日ごじつ
後手ごて
後方こうほう
後生ごしょう
後片付あとかたづけ
後払あとばらい
後付あとづけ
後込しらごみ
後任こうにん

後年こうねん
後回あとまわし
後者こうしゃ
後見こうけん
後身こうしん
後妻ごさい
後夜ごや
後学こうがく
後金あときん
後刷あとずり
後背こうはい
後発こうはつ
後便こうびん
後胤こういん
後退こうたい・あとずさり・あとじさり
後釜あとがま
後書あとがき
後記こうき
後家ごけ
後進こうしん
後祭あとのまつり
後援こうえん
後程のちほど
後継こうけい・あとつぎ
後詰ごづめ
後楯うしろだて
後鉢巻うしろは

ちまき
後輩こうはい
後難こうなん
〔徒〕ただ
徒手としゅ
徒弟とてい
徒食としょく
徒党ととう
徒渉としょう
徒然とぜん
徒費とひ
徒然つれづれ
〔徐〕おもむろ
徐行じょこう
徐徐じょじょに
〔従〕したがって・したがえる・したがう
従兄弟いとこ
従弟じゅうてい
従来じゅうらい
従者じゅうしゃ
従前じゅうぜん
従属じゅうぞく
従業じゅうぎょう
〔得〕とく・うる・える・とくする
得心とくしん
得手えて

得度とくど
得点とくてん
得得とくとく
得策とくさく
得業とくぎょう
得意とくい
得難えがたい
〔御〕ご・おわす・ぎょする
御人好おひとよし
御八おやつ
御下おさがり
御上おかみ
御互様おたがいさま
御中おんちゅう
御不浄ごふじょう
御用ごよう
御札おふだ
御目おめ
御目出度おめでとう
御目見得おめみえ
御代おかわり
御平おたいらに
御立おたち
御払おはらい
御払物おはらい

もの	がい	御調子者おちょ	〔德〕とく
御礼おれい	御茶おちゃ	うしもの	徳用とくよう
御礼返おれいが	御灑落おしゃれ	御蔭おかげ	徳利とくり
えし	御冠おかんむり	御慰おなぐさみ	徳性とくせい
御礼参おれいま	御祖母おばあさ	御影石みかげい	徳義とくぎ
いり	ん	し	〔徹〕てっする
御出おいで	御前おまえ	御機嫌ごきげん	徹夜てつや
御世辞おせじ	御草草様おそう	御覧ごらん	徹宵てっしょう
御先おさき	そうさま	御籠おこもり	〔徵〕かびる
御好おこのみ	御針おはり	〔復〕ふくす	
御宅おたく	御破算ごはさん	復活ふっかつ	彡 部
御年玉おとしだ	御訓染おなじみ	復帰ふっき	
ま	御座ござる	復習ふくしゅう	〔形〕かたち
御次おつぎ	御釣おつり	・さらう	形式けいしき
御多分ごたぶん	御達示おたっし	復興ふっこう	形作かたちづく
御存ごぞんじ	御袋おふくろ	復讐ふくしゅう	る
御返おかえし	御眼鏡おめがね	〔微〕かすか	形見かたみ
御決おきまり	御飯ごはん	微生物びせいぶ	形容けいよう
御来光ごらいこ	御焦おこげ	つ	形勝けいしょう
う	御無沙汰ごぶさ	微妙びみょう	〔彫〕える
御里おさと	た	微風そよかぜ	彫上ほりあげ
御言添みことぞ	御馳走ごちそう	微笑びしょう・	彫付えりつける
え	御握おにぎり	ほほえむ・ほ	彫琢ちょうたく
御定おさだまり	御湯おゆ	ほえみ・ほお	〔影〕かげ
御苦労ごくろう	御触おふれ	えむ・ほおえ	影印えいいん
御所ごしょ	御愛想おあいそ	み	影法師かげぼう
御免ごめん	御零おこぼれ	微量びりょう	し
御河童おかっぱ	御飾おかざり	微塵みじん	影像えいぞう
御宝おたから	御殿ごてん	〔徵〕ちょうする	
御国おくに	御辞儀おじぎ	徵発ちょうはつ	女 部
御門違おかどち	御鉢おはち	徵候ちょうこう	〔女〕おんな
			女子じょし

女中じょちゅう
女天下おんなでんか
女史じょし
女世帯おんなじょたい
女性じょせい
女学校じょがっこう
女房にょうぼう
女郎じょろう・じょろう・めろう
女神めがみ
女流じょりゅう
女将おかみ
女給じょきゅう
女節句おんなのせっく
女寡おんなやもめ
女優じょゆう
〔奴〕やつ
奴等やつら
〔妄〕みだり
妄想もうそう
〔好〕こう・このましい・このみ・このむ・すき・すく
好一対こういっ

つい
好人いいひと
好人物こうじんぶつ
好天こうてん
好加減いいかげん
好仲いいなか
好好爺こうこうや
好気いいき
好気勝手すきかって
好好すきこのみ・すきこのむ・すきずき
好男子こうだんし
好例こうれい
好況こうきょう
好放題すきほうだい
好物こうぶつ
好都合こうつごう
好悪こうお
好景気こうけいき
好嫌すききらい
好誼こうぎ
好演こうえん

好適こうてき
好機こうき
好敵手こうてきしゅ
好調こうちょう
〔如〕しく
如才じょさい
如何いかが・いかに・いかなる
〔妨〕さまたげる
妨害ぼうがい
〔妙〕みょう・たえ
〔妥〕やすし
妥結だけつ
〔妊〕
妊娠にんしん
〔妹〕いも・いもうと
〔妻〕つま
妻子さいし・つまこ
妻帯さいたい
〔姑〕しゅうとめ
〔妬〕ねたむ
〔姓〕せい
〔姉〕あね
姉妹しまい
〔委〕ゆだねる
委任いにん

委託いたく
委細いさい
委嘱いしょく
〔始〕はじまり・はじまる・はじめ・はじめる
始末しまつ
始発しはつ
始終しじゅう
始業しぎょう
〔姿〕すがた
〔威〕おどし・おどす
威力いりょく
威光いこう
威圧いあつ
威張いばる
威嚇いかく
〔姪〕めい
〔娑〕
娑婆しゃば
〔娘〕むすめ
娘盛むすめざかり
〔姫〕ひめ
〔婦〕ふ
婦人ふじん
〔婀〕なまめく
婀娜あだめく
〔婚〕あたわす

婚姻こんいん
婚家こんか
婚期こんき
〔婿〕むこ
婿入むこいり
〔媚〕こび・こび
　る
媚諂こびへつら
　う
〔媒〕
媒介ばいかい
〔嫁〕かする・と
　つぐ・よめ
嫁入よめいり
嫁取よめとり
〔嫉〕そねむ
〔嫌〕いや・いや
　がる・きらう
嫌嫌いやいや
〔嫡〕てき
嫡子ちゃくし
嫡流ちゃくりゅ
　う
〔嬉〕うれしい
〔嬲〕なぶる
〔嬢〕じょう

　　幺 部

〔幻〕まぼろし
幻術げんじゅつ
〔幼〕おさない

幼児ようじ
幼稚ようち
〔幾〕いくつ
幾人いくにん
幾分いくぶん
幾日いくにち
幾度いくたび・
　いくど
幾等いくら

　　川 部

〔川〕かわ
川流かわながれ
川端かわばた
川瀬かわせ

　　灬 部

〔点〕てん・たて
　る・つける・
　とぼす・とぼ
　る・ともす
点字てんじ
点在てんざい
点取てんとり
点呼てんこ
点差てんさ
点点てんてん
点描てんびょう
点検てんけん
点滅てんめつ
点数てんすう

点滴てんてき
〔烏〕からす
烏賊いか
〔煮〕にえ・にえ
　る・にる
煮上にあがる・
　にあげる・に
　えあがる
煮方にかた
煮出にだす
煮立にえたつ・
　にたつ・にた
　てる
煮込にこむ
煮返にえかえる
　・にかえす
煮溶にとかす・
　にとける
煮詰につまる・
　につめる
〔無〕む・なくす
　・なし・なく
　なる
無口むくち
無心むしん
無分別むふんべ
　つ
無地むじ
無礼ぶれい
無生物むせいぶ
　つ

無用むよう
無名むめい
無気力むきりょ
　く
無色むしょく
無作法ぶさほう
無沙汰ぶさた
無邪気むじゃき
無条件むじょう
　けん
無言むごん
無事ぶじ
無効むこう
無実むじつ
無届むとどけ
無知むち
無表情むひょう
　じょう
無政府主義むせ
　いふしゅぎ
無害むがい
無造作むぞうさ
無料むりょう
無能むのう
無畜むちく
無視むし
無理むり
無教育むきょう
　いく
無責任むせきにん
　ん

無期限むきげん
無愛想ぶあいそ
う
無意識むいしき
無意味むいみ
無感覚むかんか
く
無数むすう
無頓着むとん
じゃく
無試験むしけん
無電むでん
無鉄砲むてっぽ
う
無駄むだ
無駄遣むだづか
い
無駄話むだばな
し
無駄足むだあし
無駄骨折むだぼ
ねおり
無線むせん
無論むろん
無関係むかんけ
い
無関心むかんし
ん
無償むしょう
無闇むやみ
無職むしょく

無難ぶなん
〔為〕する・ため
・なさる・な
す
為仕しにせ
為出しでかす
為体ていたらく
為所しどころ
為直しなおす
為悪しにくい
為遂しとげる・
なしとげる
為替かわせ
為損しそんじる
・しそこなう
為遣してやる
〔然〕さる・さも
・しか・しか
し・しかも・
しからば
然乍さりながら
・しかしなが
ら
然迄さまで
然気無さりげな
い
然者さるもの
然然しかじか
然程さほど
〔焦〕あせる・こ
がす・こがれ

る・こげる・
じらす・じれ
る
焦心しょうしん
焦付こげつく
焦茶こげちゃ
焦点しょうてん
焦臭こげくさい
〔煎〕いる
煎剤せんざい
煎詰せんじつめ
る
煎餅せんべい
〔照〕てり・てる
・てれる・て
らす
照付てりつける
照込てりこむ
照合てりあわせ
る・しょうご
う
照会しょうかい
照返てりかえす
照応しょうおう
照明しょうめい
照映てりはえる
照臭てれくさい
照焼てりやき
照準しょうじゅ
ん
照照坊主てるて

るぼうず
照隠てれかくし
照輝てりかがや
く
〔熊〕くま
熊手くまで
〔熟〕じゅく・う
む・うれる・
じゅくす・つ
くづく・つら
つら
熟知じゅくち
熟達じゅくだつ
熟読じゅくどく
熟語じゅくご
〔熱〕ねつ・あつ
い
熱中ねっちゅう
熱心ねっしん
熱気ねつけ
熱帯ねったい
熱烈ねつれつ
熱愛ねつあい
〔燕〕つばめ
〔勲〕いさお

斗 部

〔料〕りょう
料金りょうきん
料理りょうり
料簡りょうけん

〔斜〕ななめ
斜陽しゃよう
〔斟〕
斟酌しんしゃく
〔斡〕
斡旋あっせん

文 部

〔文〕ぶん
文人ぶんじん
文化ぶんか
交句もんく
文目あやめ
文字もじ
文体ぶんたい
文芸ぶんげい
文例ぶんれい
文法ぶんぽう
文学ぶんがく
文房具ぶんぼう
　ぐ
文明ぶんめい
文物ぶんぶつ
文盲もんもう
文型ぶんけい
文科ぶんか
文庫ぶんこ
文通ぶんつう
文書ぶんしょ
文脈ぶんみゃく
文部もんぶ

文章ぶんしょう
文献ぶんけん
文語ぶんご
文壇ぶんだん

方 部

〔方〕ほう・かた
方方かたがた・
　ほうぼう
方式ほうしき
方向ほうこう
方位ほうい
方言ほうげん
方角ほうがく
方法ほうほう
方面ほうめん
方針ほうしん
方策ほうさく
〔施〕ほどこす
施行しこう
施設しせつ
施策しさく
施療せりょう
〔旅〕たび
旅人たびびと
旅仕度たびじた
　く
旅立たびだつ
旅先たびさき
旅行りょこう
旅券りょけん

旅亭りょてい
旅寝たびね
旅路たびじ
旅館りょかん
〔旋〕
旋毛つむじ
旋回せんかい
旋風せんぷう・
　つむじかぜ
〔族〕うから
〔旗〕はた
旗印はたじるし
旗幟きし

戸 部

〔戸〕こ・と
戸口とぐち
戸主こしゅ
戸外こがい
戸別こべつ
戸毎ごごと
戸惑とまどう
戸棚とだな
戸締とじまり
戸籍こせき
〔戻〕もどす・も
　どり・もどる
〔房〕ふさ
〔所〕どころ・と
　ころ
所以ゆえん

所用しょよう
所在しょざい
所存しょぞん
所作しょさ
所見しょけん
所定しょてい
所信しょしん
所持しょじ
所要しょよう
所為しょい
所帯しょたい
所得しょとく
所望しょもう
所産しょさん
所期しょき
所感しょかん
所業しょぎょう
所詮しょせん
所載しょさい
所管しょかん
所蔵しょぞう
所懐しょかい
所謂いわゆる
所轄しょかつ
〔扇〕あおぐ・お
　うぎ
扇風機せんぷう
　き
扇動せんどう
〔扉〕とびら

ネ 部

〔礼〕れい
礼状れいじょう
礼服れいふく
礼儀れいぎ
〔社〕やしろ
社交しゃこう
社会しゃかい
社宅しゃたく
社告しゃこく
社長しゃちょう
社則しゃそく
社員しゃいん
社務しゃむ
社殿しゃでん
社説しゃせつ
〔祈〕いのる
〔祖〕そ
〔神〕かみ
神妙しんみょう
神神こうごうしい
神通じんずう
神託しんたく
神様かみさま
神隠かみがくし
神髄しんずい
〔祝〕いわい
祝日しゅくじつ
祝言しゅうげん

祝典しゅくてん
祝杯しゅくはい
祝宴しゅくえん
祝砲しゅくほう
祝電しゅくでん
祝意しゅくい
祝儀しゅうぎ
〔視〕みる
視界しかい
視野しや
視聴しちょう
〔福〕
福引ふくびき
福祉ふくし

心 部

〔心〕しん・こころ
心入こころいれ
心中しんじゅう・しんちゅう
心付こころづけ・こころづく
心外しんがい
心有こころある
心尽こころづくし
心行こころゆく
心任こころまかせ
心地好ここちよ

い
心地ここち・しんじ
心安立こころやすだて
心安こころやすい
心当こころあたり・こころあて
心気しんき
心労しんろう
心身しんしん
心苦こころぐるしい
心底しんてい
心持こころもち
心待こころまち
心祝こころいわい
心変こころがわり
心残こころのこり
心配こころくばり・しんぱい
心根こころね
心組こころぐみ
心掛こころがけ・こころがかり

心得こころえる・こころえ
心強こころづよい
心細こころぼそい
心添こころぞえ
心許無こころもとない
心酔しんすい
心眼しんがん
心無こころない
心覚こころおぼえ
心痛しんつう
心棒しんぼう
心置こころおき
心遣こころづかい・こころやり
心意気こころいき
心構こころがまえ
心憎こころにくい
心魂しんこん
心境しんきょう
心積こころづもり
心頼こころだの

み
心臓しんぞう
〔必〕かならず
必死ひっし
必要ひつよう
必然ひつぜん
必需ひつじゅ
〔応〕おう・こたえる
〔忌〕いむ・いみ
〔忍〕しのぶ・しのび
忍込しのびこむ
忍会しのびあい
忍足しのびあし
忍声しのびごえ
忍泣しのびなき
忍笑しのびわらい
忍寄しのびよる
〔志〕こころざし・こころざす
志望しぼう
志操しそう
〔忘〕わすれる
忘物わすれもの
忘草わすれなぐさ
忘難わすれがたい
〔忽〕たちまち・

ゆるがせ
忽忽こつこつ
〔忠〕ちゅう
〔念〕ねん
念入ねんいり
念為ねんのため
〔思〕おもい・おもう
思上おもいあがる
思切おもいきる
思込おもいこむ
思出おもいだす・おもいで
思存分おもうぞんぶん
思召おぼしめす
思付おもいつく
思当おもいあたる
思余おもいあまる
思起おもいおこす
思案しあん
思振おもわせぶり
思浮おもいうかべる
思惑おもわく
思詰おもいつめ

る
思壺おもうつぼ
思遣おもいやり・おもいやる
思煩おもいわずらう
思慕しぼ
思様おもうさま
思儘おもうまま
〔怠〕なまける・おこたる
怠者なまけもの
怠惰たいだ
怠業たいぎょう
怠慢たいまん
〔怒〕おこる・いかる・いからせる
怒号どごう
怒鳴どなる
〔急〕きゅう・せく・いそぐ・いそがしい
急立せきたてる
急込せきこむ
急用きゅうよう
急行きゅうこう
急所きゅうしょ
急拵きゅうごしらえ
急速きゅうそく

急診きゅうしん
急調きゅうちょう
急難きゅうなん
〔恥〕はじ・はじる
恥入はじいる
恥曝はじさらし
〔恋〕こい・こいしい・こいする・こう
恋人こいびと
恋文こいぶみ
恋仲こいなか
恋焦こいこがれる
恋煩こいわずらい
恋愛れんあい
恋慕こいしたう
〔恩〕
恩知おんしらず
〔恐〕おそらく・おそれる・おそろしい・こわい
恐入おそれいる
恐怖きょうふ
恐慌きょうこう
恐喝きょうかつ
恐戦おそれおの

のく
恐縮きょうしゅく
〔息〕いき・いきむ
息女そくじょ
息子むすこ
息災そくさい
息吹いぶき
息苦いきぐるしい
息巻いきまく
息詰いきづまる
息衝いきづく
〔恵〕めぐみ・めぐむ
恵比須えびす
〔患〕わずらい・わずらう
患者かんじゃ
〔悠〕はるか
悠久ゆうきゅう
悠悠ゆうゆう
〔悉〕ことごとく
悉皆しっかい
〔悪〕あく・わるい・にくい
悪人あくにん
悪口わるくち
悪友あくゆう
悪用あくよう

悪平等あくびょうどう
悪名あくめい・あくみょう
悪役あくやく
悪巫山戯わるふざけ
悪者わるもの
悪知恵わるぢえ
悪事あくじ
悪疫あくえき
悪臭あくしゅう
悪風あくふう
悪党あくとう
悪習あくしゅう
悪評あくひょう
悪童あくどう
悪循環あくじゅんかん
悪運あくうん
悪夢あくむ
悪辣あくらつ
悪弊あくへい
悪態あくたい
悪徳あくとく
悪罵あくば
悪霊あくりょう
悪戯いたずら
悪賢わるがしこい
悪癖あくへき

悪魔あくま
〔惑〕まどう・まどわす
〔惹〕ひかれる
惹起じゃっき
〔悲〕かなしい・かなしむ
悲惨ひさん
悲鳴ひめい
〔愁〕うれい
愁傷しゅうしょう
愁嘆しゅうたん
〔想〕
想定そうてい
〔愛〕あい・あいする・いとしい
愛用あいよう
愛児あいじ
愛育あいいく
愛玩あいがん
愛着あいちゃく
愛情あいじょう
愛敬あいきょう
愛想あいそ
愛憎あいぞう
愛撫あいぶ
愛護あいご
愛顧あいこ
〔愈〕いよいよ

〔意〕い・おもう
意外いがい
意地いじ
意地悪いじわるい
意気地いきじ・いくじ
意気込いきごむ
意志いし
意見いけん
意味いみ
意義いぎ
意識いしき
〔愚〕ぐ・おろかしい
愚作ぐさく
愚図付ぐずつく
愚図愚図ぐずぐず
愚図ぐずる・ぐず
愚連隊ぐれんたい
愚息ぐそく
愚問ぐもん
愚挙ぐきょ
愚案ぐあん
愚痴ぐちる
愚説ぐせつ
〔感〕かんじる
感入かんじいる

感心かんしん
感付かんづく
感佩かんぱい
感動かんどう
感奮かんぶん
感謝かんしゃ
〔慈〕いつくしむ
慈雨じう
慈悲じひ
〔態〕
懃懃いんざん
〔態〕わざと
態度たいど
態勢たいせい
態態わざわざ
〔慫〕
慫慂しょうよう
〔憂〕うれい・う
　れわしい
憂目うきめ
憂身うきみ
憂鬱ゆううつ
〔慰〕い・なぐさ
　み・なくさめ
　る
慰労いろう
〔憩〕いこう
〔懇〕ねんごろ
懇話こんわ
懇意こんい
懇篤こんとく

懇親こんしん
懇願こんがん
〔懲〕こりる・こ
　らしめる・こ
　らす
懲戒ちょうかい
懲役ちょうえき
懲性こりしょう
懲懲こりごり
〔懸〕かける
懸命けんめい
懸念けねん
懸想けそう

火　部

〔火〕ひ
火山かざん
火手ひのて
火花ひばな
火災かさい
火事かじ
火消かけし
火粉ひのこ
火傷やけど
火鉢ひばち
火薬かやく
〔灰〕はい
灰皿はいざら
灰色はいいろ
〔燈〕ともしび
燈台とうだい

燈明とうみょう
〔灼〕あらたか
灼熱しゃくねつ
〔災〕わざわい
災厄さいやく
災害さいがい
〔炎〕ほのお
〔炒〕いためる
〔炙〕あぶる
〔炊〕たく
炊上たきあがる
炊出たきだし
炊込たきこむ
炊事すいじ
炊飯器すいはん
　き
〔炭〕すみ
炭火すみび
炭団たどん
炭殻たんがら
炭鉱たんこう
〔焚〕たく
焚口たきぐち
焚火たきび
焚付たきつける
〔焜〕
焜炉こんろ
〔焼〕やき・やく
　・やけ・やけ
　る
焼上やきあがる

・やきあげる
焼払やきはらう
焼切やききる
焼出やけだされ
　る
焼付やきつく・
　やけつく・や
　きつける
焼失しょうしつ
焼肉やきにく
焼芋やきいも
焼尽しょうじん
　・やきつくす
焼物やきもの
焼酎しょうちゅ
　う
焼栗やきぐり
焼魚やきざかな
焼場やきば
焼焦やけこげ・
　やけこげる
焼餅やきもち
焼跡やけあと
焼落やけおちる
〔煉〕
煉瓦れんが
〔煙〕けむい・け
　むたい・けむ
　り・けむる
〔煤〕すす・すす
　ける・すすば

む
煤払すすはらい
煤掃すすはき
〔煩〕うるさい・
　わずらい・わ
　ずらう・わず
　らわしい・わ
　ずらわす
〔煌〕きらめく
〔熔〕とかす
〔煽〕あおる・お
　だて・おだて
　る
〔燗〕
燗酒かんざけ
〔燃〕もえる・も
　やす
燃上もえあがる
燃立もえたつ
燃料ねんりょう
〔燦〕
燦燦さんさん
〔燭〕
燭台しょくだい
〔燻〕いぶす・ふ
　すべる・ふす
　ぶる
〔爆〕はぜる
爆竹ばくちく
爆音ばくおん
爆発ばくはつ

爆笑ばくしょう
爆弾ばくだん
爆撃ばくげき
爆薬ばくやく
〔爛〕ただれる

王　部

〔王〕おう
〔玉〕たま
玉手箱たまてば
　こ
玉石たまいし
玉突たまつき
玉除たまよけ
玉葱たまねぎ
玉蜀黍とうもろ
　こし
玉緒たまのお
〔玩〕
玩具おもちゃ
〔珍〕めずらしい
珍妙ちんみょう
珍事ちんじ
珍無類ちんむる
　い
〔珠〕たま
珠玉しゅぎょく
〔理〕
理由りゆう
理知りち
理性りせい

理事りじ
理屈りくつ
理学りがく
理念りねん
理科りか
理想りそう
理解りかい
理論りろん
理髪りはつ
〔現〕げん・あら
　わす・あらわ
　れる
現下げんか
現出げんしゅつ
現在げんざい
現収げんしゅう
現地げんち
現住げんじゅう
現物げんぶつ
現金げんきん
現況げんきょう
現品げんぴん
現前げんぜん
現員げんいん
現業げんぎょう
現像げんぞう
現職げんしょく
〔斑〕まだら
〔琴〕こと
〔琵〕
琵琶びわ

〔瑞〕みず
瑞兆ずいちょう
瑞祥ずいしょう
〔瑣〕
瑣末さまつ
〔環〕たまき
環境かんきょう

戈　部

〔成〕なす・なる
成人せいじん
成上なりあがり
　・なりあがる
成下なりさがる
成立なりたち・
　なりたつ・せ
　いりつ
成句せいく
成行なりゆき・
　なりゆく
成否せいひ
成果せいか
成金なりきん
成育せいいく
成型せいけい
成済なりすます
成案せいあん
成程なるほど
成就じょうじゅ
成算せいさん
成績せいせき

〔戒〕いましめる
〔我〕わが・われ
我乍われながら
我先われさきに
我我われわれ
我国わがくに
我武者羅がむ
　しゃら
我等われら
我勝われがちに
我慢がまん
我褒われほめ
我儘わがまま
〔或〕ある・ある
　いは
〔戦〕おののく・
　そよがす・そ
　よぐ・たたか
　い・たたかう
戦火せんか
戦争せんそう
戦没せんぼつ
戦乱せんらん
戦車せんしゃ
戦災せんさい
戦前せんぜん
戦後せんご
戦術せんじゅつ
戦績せんせき
〔戯〕ざれる・た
　わけ・たわむ

れ・たわむれ
　る
戯曲ぎきょく
戯言たわごと
〔戴〕いただく
戴冠たいかん

瓦　部

〔瓦〕かわら
瓦落多がらくた
瓦礫がれき
〔瓶〕びん・かめ
瓶詰びんづめ

木　部

〔木〕き・こ
木立こだち
木材もくざい
木実このみ
木炭もくたん
木枯こがらし
木造もくぞう
木偶でく
木陰こかげ
木挽こびき
木間このま
木棉もめん
木葉このは
木製もくせい
木端こっぱ・こ
　ば

木霊こだま
木曜もくよう
〔本〕ほん
本人ほんにん
本文ほんぶん
本日ほんじつ
本立ほんたて
本名ほんみょう
本当ほんとう
本気ほんき
本来ほんらい
本社ほんしゃ
本位ほんい
本物ほんもの
本性ほんしょう
本国ほんごく
本屋ほんや
本音ほんね
本家ほんけ
本能ほんのう
本格ほんかく
本部ほんぶ
本場ほんば
本筋ほんすじ
本棚ほんだな
本質ほんしつ
本籍ほんせき
〔未〕いまだ・ま
　だ
未亡人みぼうじ
　ん

未未まだまだ
未成年みせいね
　ん
未来みらい
未知みち
未曾有みぞう
未練みれん
未熟みじゅく
〔末〕すえ
末子すえっこ
末末すえずえ
末広すえひろ・
　すえひろがり
末始終すえしじ
　ゅう
末長すえながい
末枯すがれる
末恐すえおそろ
　しい
末期まっき
末頼すえたのも
　しい
〔札〕さつ・ふだ
札入さついれ
札束さつたば
〔朽〕くちる
朽果くちはてる
〔朱〕しゅ
〔机〕つくえ
〔杜〕
杜撰ずさん

〔村〕むら
村時雨むらしぐれ
村落そんらく
〔材〕
材木ざいもく
材料ざいりょう
〔杖〕つえ
杖柱つえはしら
〔李〕すもも
〔杏〕あんず
〔束〕たば・たばねる・つかねる
束子たわし
束間つかのま
束縛そくばく
〔杓〕
杓子しゃくし
杓文字しゃもじ
〔条〕
条項じょうこう
〔来〕くる
来日らいにち
来月らいげつ
来年らいねん
来客らいきゃく
来訪らいほう
来週らいしゅう
来賓らいひん
〔杭〕くい

〔枕〕まくら
枕元まくらもと
〔枝〕えだ
枝折しおり
枝垂しだれる
枝葉しよう
〔東〕ひがし
東西とうざい
〔林〕はやし
林檎りんご
〔杯〕さかずき
〔果〕おおせる・はて・はてし・はてる・はたして・はたす
果物くだもの
果敢かかん
〔松〕まつ
〔枚〕まい
〔板〕いた
板子いたご
板前いたまえ
板書ばんしょ
〔枠〕わく
〔枢〕
枢要すうよう
枢機すうき
〔柿〕かき
〔染〕しみ・しみる・じみる・

そめる・そまる・そむ・そめ
染付しみつく
染込しみこむ
染抜しみぬき
染物そめもの
染透しみとおる
染渡しみわたる
〔柱〕はしら
柱時計はしらどけい
〔柄〕がら・つか
〔某〕それがし・なにがし
〔枯〕かれる
枯木かれき
枯淡こたん
枯渇こかつ
〔柩〕ひつぎ
〔枇〕
枇杷びわ
〔柔〕やわらか・やわらかい
柔軟じゅうなん
柔順じゅうじゅん
柔道じゅうどう
〔架〕
架設かせつ
〔査〕

査収さしゅう
査定さてい
査問さもん
査証さしょう
査察ささつ
〔柳〕やなぎ
〔栽〕
栽培さいばい
〔案〕あん・あんじる・あんずる
案山子かかし
案内あんない
案外あんがい
案定あんのじょう
〔校〕
校了こうりょう
校友こうゆう
校正こうせい
校本こうほん
校則こうそく
校訂こうてい
校庭こうてい
〔框〕わく
〔栗〕くり
〔桑〕くわ
〔根〕こん・ね
根子ねっこ
根元ねもと
根付ねづく

根気こんき
根性こんじょう
根差ねざす
根負こんまけ
根強ねづよい
根深ねぶかい
根幹こんかん
根競こんくらべ
〔柴〕
柴刈しばかり
〔栓〕せん
栓抜せんぬき
〔桃〕もも
桃色ももいろ
〔株〕かぶ
株立かぶだち
株式かぶしき
株価かぶか
〔格〕かく
格子こうし
格安かくやす
格別かくべつ
〔桁〕けた
桁外けたはずれ
桁違けたちがい
〔桜〕さくら
桜色さくらいろ
桜坊さくらんぼ
桜狩さくらがり
桜餅さくらもち
〔梳〕けずる・す

く・とかす・
とく
〔梯〕はしご
梯子はしご
〔梢〕こずえ
〔梃〕てこ
梃入てこいれ
梃子てこ
〔梅〕うめ
梅雨つゆ・ばい
う
梅雨入つゆいり
梅雨明つゆあけ
〔梨〕なし
〔梟〕ふくろう
〔棒〕ぼう
棒引ぼうびき
棒高跳ぼうたか
とび
〔棲〕
棲息せいそく
〔棟〕むな
〔棗〕なつめ
〔植〕うえる
植木うえき
植付うえつけ
植字しょくじ
植林しょくりん
〔森〕もり
森森しんしん
〔桟〕さん・かけ

はし
桟敷さじき
桟橋さんばし
〔棹〕さお
〔棚〕たな
棚上たなあげ
棚引たなびく
棚浚たなざらえ
棚機たなばた
〔椎〕しい
椎茸しいたけ
〔椀〕わん
〔検〕けん
検分けんぶん
検出けんしゅつ
検印けんいん
検車けんしゃ
検事けんじ
検定けんてい
検便けんべん
検討けんとう
検針けんしん
検挙けんきょ
検視けんし
検問けんもん
検眼けんがん
検証けんしょう
検診けんしん
検温けんおん
検閲けんえつ
検鏡けんきょう

〔楔〕くさび
〔椿〕
椿事ちんじ
〔椰〕
椰子やし
〔楠〕くすのき
〔極〕ごく・きわ
めて
極上ごくじょう
極内ごくない
極太ごくぶと
極安ごくやす
極秘ごくひ
極彩色ごくさい
しき
極細ごくほそ
極悪ごくあく
極道ごくどう
極暑ごくしょ
極楽ごくらく
極意ごくい
極極ごくごく
極論きょくろん
〔楊〕よう
楊枝ようじ
〔業〕ごう・わざ
業務ぎょうむ
業腹ごうはら
〔槌〕つち
〔榊〕さかき
〔楽〕たのしい・

たのしみ・たのしむ・らく,らくに
楽天的らくてんてき
楽天家らくてんか
楽観らっかん
〔概〕
概括がいかつ
〔構〕かまえる・かまう・かまえ
構内こうない
構外こうがい
構成こうせい
構造こうぞう
構想こうそう
〔槍〕やり
〔模〕
模写もしゃ
模型もけい
模造もぞう
模倣もほう
模様もよう
模範もはん
模擬もぎ
〔様〕よう・さま・ざま
様子ようす
様式ようしき

様相ようそう
様様さまざま
〔標〕しるべ
標本ひょうほん
標高ひょうこう
標準ひょうじゅん
〔横〕よこ
横手よこて
横切よこぎる
横目よこめ
横付よこづけ
横向よこむき
横町よこちょう
横取よこどり
横柄おうへい
横這よこばい
横断おうだん
横着おうちゃく
横道よこみち
横筋よこすじ
横領おうりょう
横綱よこづな
横顔よこがお
〔権〕ごん
権化ごんげ
権現ごんげん
〔樽〕たる
〔樹〕き
樹立じゅりつ
樹冰じゅひょう

〔橇〕そり
〔橋〕はし
橋渡はしわたし
〔機〕はた
機械きかい
機嫌きげん
機関からくり
〔檀〕
檀徒だんと
檀家だんか
〔檜〕ひのき
〔櫃〕ひつ
〔檻〕おり
〔櫛〕くし
櫛形くしがた
〔欄〕らん
欄干らんかん

无 部

〔既〕すでに

犬 部

〔犬〕いぬ
犬死いぬじに
〔状〕
状差じょうさし
状袋じょうぶくろ
〔献〕けんじる
献上けんじょう
献立こんだて

献金けんきん
〔獣〕けだもの・けもの

歹 部

〔死〕しぬ
死力しりょく
死処しにどころ
死目しにめ
死別しにわかれる
死没しぼつ
死花しにばな
死命しめい
死物狂しにものぐるい
死病しびょう
死掛しにかかる
死装束しにしょうぞく
死絶しにたえる
死滅しめつ
死損しにぞこない・しにそこなう
死際しにぎわ
死骸しがい
死闘しとう
〔殆〕ほとんど
〔殊〕ことに
殊外ことのほか

殊更ことさら
殊勝しゅしょう
殊勲しゅくん
〔殖〕ふやす
殖産しょくさん
〔残〕のこす・の
　こり・のこる
残存ざんそん
残念ざんねん
残金ざんきん
残品ざんぴん
残虐ざんぎゃく
残務ざんむ
残留ざんりゅう
残高ざんだか
残惜のこりおし
　い
残部ざんぶ
残暑ざんしょ
残業ざんぎょう
残酷ざんこく
残額ざんがく
〔斃〕たおす

止 部

〔止〕とどまる・
　とどめる・と
　まる・とめる
　・やむ・やめ
　る・とどめ・
　よす

止処とめど
止宿ししゅく
〔正〕せい・ただ
　しい・ただす
　・まさに
正月しょうがつ
正反対せいはん
　たい
正比例せいひれ
　い
正文せいぶん
正正堂堂せいせ
　いどうどう
正本しょうほん
正札しょうふだ
正気しょうき
正体しょうたい
正邪せいじゃ
正妻せいさい
正法しょうぼう
正則せいそく
正面しょうめん
正真しょうしん
正座せいざ
正視せいし
正覚しょうがく
正装せいそう
正解せいかい
正業せいぎょう
正銘しょうめい
正誤せいご

正課せいか
〔凪〕なぎ・なぐ
〔此〕この
此方こちら・
　こっち・この
　かた
此処ここ
此世このよ
此迄これまで
此度このたび
此頃このごろ
此許ここもと・
　こればかり
此間このあいだ
此程このほど
此儘このまま
〔歩〕ほ・ぶ・あ
　るく・あゆみ
　・あゆむ
歩行ほこう
歩道ほどう
此調ほちょう
〔武〕
武力ぶりょく
武士ぶし
武者むしゃ
武術ぶじゅつ
武装ぶそう
武器ぶき
〔歪〕いがみ・ひ
　ずみ・ひずむ

・ゆがみ・ゆ
　がむ・ゆがめ
　る
〔歳〕とし
歳費さいひ
歳暮せいぼ

日 部

〔日〕じつ
日一日ひいちに
　ち
日入ひのいり
日丸ひのまる
日日にちにち・
　ひにち・ひび
日中にっちゅう
日月じつげつ
日切ひぎり
日出ひので
日付ひづけ
日本にっぽん・
　にほん
日本語にほんご
日光にっこう
日当ひあたり
日向ひなた
日延ひのべ
日和ひより
日限にちげん
日保ひもち
日差ひざし

日記にっき
日帰ひがえり
日常にちじょう
日頃ひごろ
日陰ひかげ
日程にってい
日報にっぽう
日傘ひがさ
日焼ひやけ
日照ひでり
日数にっすう・
　ひかず
日暮ひぐれ
日増ひまし
日曜にちよう
〔旦〕
旦夕たんせき
旦那だんな
〔旧〕ふるい
〔早〕はやい・は
　やく・はやさ
　・はやまる
早口はやくち
早引はやびき・
　はやびけ
早世そうせい
早目はやめ
早出はやで
早早そうそう・
　はやばや
早老そうろう

早死はやじに
早年そうねん
早足はやあし
早苗さなえ
早急さっきゅう
　・そうきゅう
早春そうしゅん
早計そうけい
早速さっそく
早起はやおき
早着そうちゃく
早期そうき
早晩そうばん
早朝そうちょう
早道はやみち
早寝はやね
早漏そうろう
〔旨〕うまい・う
　まく・むね
旨趣ししゅ
〔旬〕しゅん・
　じゅん
旬日しゅんじつ
〔旱〕ひでり
旱魃かんばつ
〔昔〕むかし
昔気質むかしか
　たぎ
昔風むかしふう
昔話むかしばな
　し

〔昆〕
昆布こぶ・こん
　ぶ
〔昇〕のぼる
昇級しょうきゅ
　う
昇進しょうしん
〔明〕あかす・あ
　からむ・あか
　り・あかるい
　・あかるむ・
　あき・あきら
　か・あく・あ
　け・あけて・
　あける・あく
　る
明方あけがた
明白めいはく
明日あした
明快めいかい
明明後日あしあ
　さって
明盲あきめくら
明放あけっぱな
　し
明後日あさって
明星みょうじょ
　う
明透あけすけ
明朗めいろう
明眸めいぼう

明朝みょうあさ
明暮あかしくら
　す・あけくれ
明障子あかり
　しょうじ
明確めいかく
明瞭めいりょう
〔易〕やすい・や
　さしい
〔昂〕たかぶる
昂進こうしん
〔昼〕ひる
昼休ひるやすみ
昼食ちゅうしょ
　く
昼前ひるまえ
昼過ひるすぎ
昼間ちゅうかん
　・ひるま
昼寝ひるね
〔春〕はる
春先はるさき
春雨はるさめ
春秋しゅんじゅ
　う
〔是〕これ
是正ぜせい
是式これしき
是非ぜひとも
是是非非ぜぜひ
　ひ

是認ぜにん
〔昵〕
昵懇じっこん
〔映〕えいじる・
　うつり・うつ
　る・うつす・
　はえる
映出うつしだす
映写えいしゃ
映画えいが
〔星〕ほし
星回ほしまわり
〔昨〕
昨今さっこん
昨日きのう
昨夜さくや・ゆ
　うべ
昨晩さくばん
〔時〕とき
時化しけ・しけ
　る
時分じぶん
時日じじつ
時世じせい・と
　きよ
時好じこう
時折ときおり
時雨しぐれる
時限じげん
時計とけい
時差じさ

時流じりゅう
時候じこう
時時ときどき
時鳥ほととぎす
時期じき
時間じかん
時給じきゅう
時報じほう
時評じひょう
時節じせつ
〔曬〕さらし・さ
　らす
曬首さらしくび
〔晦〕くらます
〔景〕
景色けしき
景気けいき
景物けいぶつ
景品けいひん
景勝けいしょう
景観けいかん
〔普〕あまねく
普及ふきゅう
普通ふつう
普遍ふへん
〔晴〕はらす・は
　れ・はれやか
　・はれる
晴上はれあがる
晴着はれぎ
晴渡はれわたる

〔暑〕あつさ・あ
　つがり
暑気しょき
暑中しょちゅう
暑熱しょねつ
暑苦あつくるし
　い
〔智〕ち
〔晩〕ばん
晩年ばんねん
晩春ばんしゅん
晩秋ばんしゅん
晩餐ばんさん
〔暗〕くらい
暗号あんごう
暗夜あんや
暗黒あんこく
暗唱あんしょう
暗澹あんたん
暗闇くらやみ
暗礁あんしょう
〔曡〕ぼかす
〔暇〕いとま・ひ
　ま
暇乞いとまごい
暇潰ひまつぶし
〔暖〕あたたかい
　・あたたまる
　・あたためる
暖気だんき
暖房だんぼう

暖炉だんろ
〔暢〕
暢気のんき
暢達ちょうたつ
〔暫〕しばし・し
　ばらく・しば
　らくも
〔暴〕あばく・あ
　ばれる
暴力ぼうりょく
暴行ぼうこう
暴投ぼうとう
暴落ぼうらく
暴騰ぼうとう
暴露ばくろ
〔暮〕くらし・く
　らす・くれ・
　くれる
暮方くれがた
〔曇〕くもらす・
　くもり・くも
　る
曇勝くもりがち
〔曉〕あかつき
〔曖〕
曖昧あいまい
〔曙〕あけぼの
〔曜〕
曜日ようび
〔曠〕
曠古こうこ

〔曝〕さらす
曝出さらけだす

日 部

〔曲〕まがる・まげる
曲目まがりめ
曲折きょくせつ
曲角まがりかど
曲事くせごと
曲者くせもの
〔更〕さらに・ふかす・ふける
更生こうせい
更更さらさら
更迭こうてつ
更紗サラサ
更新こうしん
〔冒〕おかす
冒険ぼうけん
冒頭ぼうとう
〔書〕しょ・かく
書入かきいれる
書中しょちゅう
書手かきて
書込かきこむ
書付かきつけ・かきつける
書式しょしき
書抜かきぬく
書体しょたい

書取かきとり・かきとる
書直かきなおす
書物しょもつ
書送かきおくる
書面しょめん
書家しょか
書記しょき
書院しょいん
書留かきとめ・かきとめる
書道しょどう
書棚しょだな
書肆しょし
書類しょるい
書簡しょかん
〔曾〕
曾祖父ひじじ
曾祖母ひばば
曾孫ひまご
〔最〕もっとも
最上さいじょう
最中さいちゅう・さなか
最少さいしょう
最早もはや
最良さいりょう
最果さいはて
最悪さいあく
最善さいぜん
最期さいご

最適さいてき

比 部

〔比〕ひ・ひする・くらべる・よそえる
比例ひれい
比物くらべもの
比重ひじゅう
比率ひりつ
比喩ひゆ
比較ひかく

母・毋部

〔母〕はは
母屋おもや
母国ぼこく
母校ぼこう
母親ははおや
〔毎〕ごと
毎日まいにち
毎月まいげつ・まいつき
毎年まいねん・まいとし
毎度まいど
毎週まいしゅう
毎朝まいあさ
毎晩まいばん
〔毒〕どく
毒中どくあたり

毒気どくけ
毒牙どくが
毒舌どくぜつ
毒突どくづく
毒味どくみ
毒茸どくたけ
毒毒どくどくしい
毒殺どくさつ

水 部

〔水〕みず
水上すいじょう
水火すいか
水切みずきり
水夫すいふ
水死すいし
水虫みずむし
水団すいとん
水気みずけ
水色みずいろ
水没すいぼつ
水車すいしゃ
水防すいぼう
水兵すいへい
水泳すいえい
水門すいもん
水洗すいせん
水臭みずくさい
水害すいがい
水素すいそ

水脈すいみゃく
水桶みずおけ
水割みずわり
水着みずぎ
水道すいどう
水遊みずあそび
水煮みずに
水運すいうん
水飲みずのみ
水筒すいとう
水絵みずえ
水準すいじゅん
水路すいろ
水腫みずぶくれ
水練すいれん
水銀すいぎん
水槽すいそう
水薬すいやく
水難すいなん
水曜すいよう
水爆すいばく
[氷]こおり
氷水こおりみず
氷柱つらら
氷砂糖こおりざ
　とう
氷点ひょうてん
[永]とこしえ
[求]もとめ・も
　とめる
求人きゅうじん

[泉]いずみ
泉水せんすい
[泰]
泰斗たいと
泰西たいせい

父 部

[爽]さわやか
爽快そうかい
[爾]
爾来じらい

父 部

[父]ちち
父方ちちかた
父母ふぼ
父兄ふけい
[斧]おの
[爺]じじい

気 部

[気]き・け
気力きりょく
気入きにいる
気丈きじょう
気丈夫きじょう
　ぶ
気心きごころ
気不味きまずい
気分きぶん
気立きだて

気安きやすい
気合きあい
気任きまかせ
気色きしょく・
　けしき
気位きぐらい
気苦労きぐろう
気取けどる・き
　どる
気附きつけ
気味きみ
気負きおい・き
　おう
気迷きまよい
気毒きのどく
気乗きのり
気持きもち
気重きおも
気後きおくれ
気怠けだるい
気高けだかい
気兼きがね
気疲きづかれ
気配きはい・き
　くばり
気恥きはずかし
　い
気紛きまぐれ
気骨きこつ
気振きぶり
気張きばる

気強きづよい
気掛きがかり
気移きうつり
気温きおん
気随きずい
気落きおち
気運きうん
気象きしょう
気詰きづまり
気違きちがい
気遣きづかい・
　きづかう・き
　づかわしい
気楽きらく
気構きがまえ
気障きざわり
気慰きなぐさみ
気難きむずかし
　い

牛・牜 部

[牛]うし
牛乳ぎゅうにゅ
　う
牛追うしおい
牛飼うしかい
[牡]
牡丹ぼたん
[牧]
牧畜ぼくちく
牧師ぼくし

牧場ぼくじょう
〔物〕もの
物心ものごころ
物好ものずき
物忘ものわすれ
物別ものわかれ
物見ものみ
物体ぶったい
物狂ものぐるおしい
物事ものごと
物物ものものしい
物価ぶっか
物凄ものすごい
物音ものおと
物哀ものあわれ・もののあわれ
物差ものさし
物要ものいり
物品ぶっぴん
物思ものおもい
物恐ものおそろしい
物笑ものわらい
物産ぶっさん
物理ぶつり
物惜ものおしみ
物証ぶっしょう
物資ぶっし

物置ものおき
物語ものがたり・ものがたる
物質ぶっしつ
〔特〕とくに
特技とくぎ
特売とくばい
特長とくちょう
特典とくてん
特価とっか
特例とくれい
特配とくはい
特発とくはつ
特段とくだん
特急とっきゅう
特待とくたい
特約とくやく
特記とっき
特恵とっけい
特許とっきょ
特異とくい
特進とくしん
特報とくほう
特筆とくひつ
特集とくしゅう
特電とくでん
特需とくじゅ
特種とくだね
特徴とくちょう
特質とくしつ
〔犇〕

犇犇ひしひし
〔摯〕すき
〔犠〕
犠牲ぎせい

手 部

〔手〕て
手一杯ていっぱい
手入ていれ・ていらず
手下てした
手口てぐち
手心ごころ
手不足てぶそく
手元てもと
手切てぎれ
手引てびき
手水ちょうず
手分てわけ
手立だて
手打うち
手本てほん
手札てふだ
手加減てかげん
手出だし
手弁当てべんとう
手仕事てしごと
手付てつき・てつけ

手交しゅこう
手早てばやい
手回てまわし・てまわり
手当てあて・てあたり
手先てさき
手向てむかう・たむけ・たむける
手合あい・てあわせ
手伝てつだい・てつだう
手抜てぬかり
手弄てまさぐり
手形てがた
手足てあし
手助てだすけ
手近てぢか
手作てづくり
手法しゅほう
手並てなみ
手放てばなす・てばなし
手押おし
手招てまねき
手拍子てびょうし
手枕てまくら
手取てどり

手取早てっとり 　ばやい	手習てならい	手塩てしお	承前しょうぜん
手金てきん	手強てづよい	手勢てぜい	承認しょうにん
手首てくび	手盛てもり	手違てちがい	承諾しょうだく
手前てまえ	手頃てごろ	手跡しゅせき	〔拳〕こぶし
手洗てあらい	手帳てちょう	手触てざわり	拳固げんこ
手拭てぬぐい	手筈てはず	手鈎てかぎ	拳骨げんこつ
手持もち	手袋てぶくろ	手続てつづき	拳銃けんじゅう
手持無沙汰ても 　ちぶさた	手紙てがみ	手摺てすり	拳闘けんとう
手持もち	手細工てざいく	手摑てづかみ	〔掌〕たなごころ
手柄てがら	手渡てわたす	手蔓てづる	・てのひら・
手荒てあらい	手痛ていたい	手酷ひどい	つかさどる
手厚てあつい	手遊てすさび	手際てぎわ	〔撃〕
手負ておい	手提てさげ	手練しゅれん・	撃抜うちぬく
手品てじな	手植てうえ	てれん	撃砕げきさい
手段しゅだん	手落ておち	手綱たづな	撃破げきは
手狭てぜま	手遅ておくれ	手鼻てばな	撃滅げきめつ
手記しゅき	手軽てがる・て 　がるい	手管てくだ	撃墜げきつい
手料理てりょう 　り	手堅てがたい	手慣てなれる	〔攀〕
手挟たばさむ	手間てま	手編てあみ	攀登よじのぼる
手捌てさばき	手間取てまどる	手薄てうす	**毛　部**
手振てぶり	手無てもなく	手錠てじょう	
手荷物てにもつ	手答てごたえ	手厳きびしい	〔毛〕け
手配てはい・て 　くばり	手筋てすじ	手癖てくせ	毛布もうふ
手真似てまね	手短てみじか	手織ており	毛虫けむし
手探てさぐり	手解てほどき	手繰たぐる	毛糸けいと
手掛てがかり・ 　てがける	手順てじゅん	〔承〕うける	毛色けいろ
	手腕しゅわん	承引しょういん	毛抜けぬき
	手創てきず	承所うけたまわ 　りしょ	毛並けなみ
	手数てすう・て 　かず	承服しょうふく	毛唐けとう
		承知しょうち	毛深けぶかい
			毛彫けぼり

毛筋けすじ
毛嫌けぎらい
毛織けおり
[毟]むしる
[毬]まり
[毫]ごう
[毳]
毳立けばだつ

攵 部

[攻]せめる
攻入せめいる
攻略こうりゃく
攻落せめおとす
攻撃こうげき
[改]あらたまる
　・あらためる
改札かいさつ
改革かいかく
改悛かいしゅん
改組かいそ
改廃かいはい
改善かいぜん
[放]こく・はな
　す・はなつ・
　ほうる
放心ほうしん
放出ほうしゅつ
　・ほうりだす
放込ほうりこむ
放送ほうそう

放逐ほうちく
放射ほうしゃ
放棄ほうき
放置ほうち
放課ほうか
放題ほうだい
[政]まつりごと
政令せいれい
政府せいふ
政変せいへん
政情せいじょう
政略せいりゃく
[故]ゆえ・ゆえ
　に
故旧こきゅう
故実こじつ
故事こじ・ふる
　ごと
故国ここく
故郷こきょう
故意こい
故障こしょう
[致]いたす
[教]おしえる
教唆きょうさ
教書きょうしょ
[敗]はい・やぶ
　れる・やぶる
　・まける
敗北はいぼく
敗戦はいせん

[敏]
敏感びんかん
[救]すくい・す
　くう
救上すくいあげ
　る
救主すくいぬし
救出きゅうしゅ
　つ
救世ぐせ
[敬]うやまう
敬具けいぐ
敬服けいふく
敬虔けいけん
[敢]あえて
敢行かんこう
敢無あえない
[散]さんじる・
　ちらかす・ち
　らかる・ちら
　す・ちらばる
　・ちる
散布さんぷ
散在さんざい
散見さんけん
散乱さんらん
散発さんぱつ
散剤さんざい
散財さんざい
散票さんぴょう
散逸さんいつ

散散さんざん・
　ちりぢり
散策さんさく
散楽さんがく
散髪さんぱつ
散薬さんやく
[数]すう・かず
　・かぞえる
数奇すうき
数珠じゅず・ず
　ず
数寄すき
数等すうとう
数数かずかず・
　しばしば
[敵]てき
敵方てきがた
敵手てきしゅ
敵討かたきうち
[敷]しく
敷布しきふ
敷写しきうつし
敷地しきち
敷居しきい
敷金しききん
敷物しきもの
敷島しきしま
敷詰しきつめる
敷蒲団しきぶと
　ん
[整]ととのう・

どとのえる
整列せいれつ
整体せいたい
整理せいり
整備せいび
整然せいぜん
整頓せいとん

月 部

〔月〕げつ・つき
月日がっぴ・つきひ
月収げっしゅう
月月つきづき
月払つきばらい
月世界げっせかい
月末つきずえ
月代つきがわり
月次げつじ
月初つきはじめ
月見つきみ
月並つきなみ
月表げっぴょう
月例げつれい
月掛つきがけ
月割つきわり
月極つきぎめ
月越つきごし
月遅つきおくれ
月間げっかん

月給げっきゅう
月影つきかげ
月賦げっぷ
月謝げっしゃ
月齢げつれい
月曜げつよう
〔有〕ある・ゆうする・あるべき
有力ゆうりょく
有合ありあわせる
有名ゆうめい
有利ゆうり
有効ゆうこう
有限あらんかぎり・あるかぎり
有毒ゆうどく
有害ゆうがい
有益ゆうえき
有料ゆうりょう
有望ゆうぼう
有頂天うちょうてん
有得ありうる・ありうべからざる
有能ゆうのう
有勝ありがち
有税ゆうぜい

有触ありふれる
有数ゆうすう
有様ありさま
有儘ありのまま
有難ありがたい
有識ゆうしき
〔望〕のぞむ・のぞみ・のぞましい
望遠ぼうえん
望郷ぼうきょう
〔朗〕ほがらか
朗読ろうどく
〔期〕きする
〔朝〕あさ
朝夕あさゆう
朝礼ちょうれい
朝刊ちょうかん
朝会ちょうかい
朝食ちょうしょく・あさげ
朝焼あさやけ
朝寝あさね
朝顔あさがお
〔朧〕おぼろ
朧気おぼろげ

月(肉)部

〔肌〕
肌着はだぎ
〔肝〕きも

肝要かんよう
肝腎かんじん
〔肘〕ひじ
〔育〕そだつ・そだち・はぐくむ
育成いくせい
〔肩〕かたげる
肩先かたさき
肩車かたぐるま
肩身かたみ
肩書かたがき
〔肢〕
肢体したい
〔肥〕こえ・こえる・こやし・こやす
肥料ひりょう
肥溜こえだめ
〔服〕ふく・ふくする
服毒ふくどく
服務ふくむ
服従ふくじゅう
服装ふくそう
服飾ふくしょく
〔肯〕
肯繁こうけい
〔肴〕さかな
〔股〕また・もも
〔肺〕はい

肺病はいびょう
〔胡〕
胡弓こきゅう
胡瓜きゅうり
胡座あぐら
胡桃くるみ
胡麻ごま
〔背〕せ・せい・
そむく・そむ
ける
背丈せたけ・せ
いたけ
背戸せど
背中せなか
背比せいくらべ
背広せびろ
背伸せのび
背格好せいかっ
こう
背後はいご
背約はいやく
背骨せぼね
背筋せすじ
背負せおう・
しょう
背負込しょいこ
む
背景はいけい
背番号せばんご
う
〔胃〕い

胃病いびょう
胃腸いちょう
〔胎〕たい
胎動たいどう
〔胆〕きも
胆力たんりょく
〔胼〕
胼胝たこ
〔脅〕おびやかす
・おびえる
〔脇〕わき
脇目わきめ
脇役わきやく
〔胴〕どう
胴忘どうわすれ
胴体どうたい
胴欲どうよく
〔脂〕あぶら・や
に
脂足あぶらあし
〔胸〕むね
胸元むなもと
胸先むなさき
胸焼むねやけ
胸算用むなざん
よう
〔能〕のう・あた
う・よく
能力のうりょく
能率のうりつ
能動のうどう

〔脈〕みゃく
〔脆〕もろい
〔脱〕だっする・
ぬぐ・ぬげる
脱力だつりょく
脱皮だっぴ
脱出だっしゅつ
脱会だっかい
脱臼だっきゅう
脱却だっきゃく
脱走だっそう
脱法だっぽう
脱兎だっと
脱退だったい
脱俗だつぞく
脱捨ぬぎすてる
脱落だつらく
脱帽だつぼう
脱税だつぜい
脱獄だつごく
脱線だっせん
〔豚〕とん・ぶた
豚肉ぶたにく
豚児とんじ
〔脚〕
〔脚〕
脚気かっけ
〔脳〕のう
脳味噌のうみそ
脳裏のうり
〔腕〕うで

腕力わんりょく
腕白わんぱく
腕時計うでどけ
い
腕輪うでわ
〔腑〕
腑甲斐無ふがい
ない
〔勝〕かち・かつ
・がち・まさ
る
勝手かって
勝気かちき
勝抜かちぬき・
かちぬく
勝味かちみ
勝負しょうぶ
勝率しょうりつ
勝得かちえる
勝越かちこす
勝算しょうさん
〔脹〕ふくらむ・
ふくらみ・ふ
くれる・ふく
らす・ふくら
せる
〔腓〕
腓返こむらがえ
り
〔腰〕こし
腰弁こしべん

腰付こしつき
腰抜こしぬけ
腰巻こしまき
腰掛こしかけ・
　こしかける
腰湯こしゆ
〔腸〕はらわた
腸詰ちょうづめ
〔腫〕はれ・はら
　す・はれる
腫上はれあがる
腫物はれもの
腫瘍しゅよう
〔腹〕はら
腹一杯はらいっ
　ぱい
腹立はらだたし
　い・はらだち
　・はらだつ・
　はらだてる
腹這はらばい
腹掛はらがけ
腹黒はらぐろい
腹違はらちがい
腹穢はらきたな
　い
〔膏〕
膏血こうけつ
〔膝〕ひざ
膝元ひざもと
〔膠〕

膠着こうちゃく
〔膚〕はだ
〔膳〕ぜん
膳立ぜんだて
〔膨〕
膨脹ぼうちょう
〔臆〕おくする
臆面おくめん
臆病おくびょう
臆測おくそく
臆説おくせつ
〔謄〕うつす
謄本とうほん
謄写とうしゃ
〔臍〕へそ
臍繰へそくり
〔臑〕すね
臑当すねあて
臑嚙すねかじり
〔騰〕
騰貴とうき
〔臓〕
臓物ぞうもの
臓器ぞうき

殳 部

〔段〕たん・だん
段取だんどり
段段だんだん
段段畑だんだん
　ばたけ

段階だんかい
段違だんちがい
〔毆〕なぐる
毆込なぐりこみ
毆付なぐりつけ
　る
〔殺〕ころす・そ
　げる
殺生せっしょう
殺気さっき
殺伐さつばつ
殺到さっとう
殺風景さっぷう
　けい
殺陣さつじん
殺意さつい
〔殿〕との・どの
　・しんがり

欠 部

〔欠〕かく・かけ
　・かける・か
　かす・あくび
欠乏けつぼう
欠片かけら
欠礼けつれい
欠本けっぽん
欠号けつごう
欠字けつじ
欠如けつじょ
欠点けってん

欠食けっしょく
欠席けっせき
欠格けっかく
欠配けっぱい
欠陥けっかん
欠員けついん
欠航けっこう
欠場けつじょう
欠勤けっきん
欠損けっそん
欠番けつばん
欠漏けつろう.
欠講けっこう
〔次〕つぎ・つぐ
　・つぎに
次号じごう
次代じだい
次回じかい
次次つぎつぎ
次男じなん
次官じかん
次長じちょう
次表じひょう
次点じてん
次第しだい
〔欣〕
欣喜きんき
〔欲〕よく・ほし
　い・ほっする
　・ほしがる
欲求よっきゅう

欲望よくぼう
欲張よくばり・
　よくばる
〔欺〕あざむく
〔敬〕そばだてる
〔歌〕うたう
歌声うたごえ
歌舞伎かぶき
〔歓〕
歓声かんせい
歓迎かんげい
歓呼かんこ

片 部

〔片〕かた
片手かたて
片手間かたてま
片目かため
片田舎かたいな
　か
片付かたづく・
　かたづける
片仮名かたかな
片輪かたわ
〔版〕
版画はんが

氏 部

〔氏〕うじ
氏名しめい
〔民〕たみ

民主みんしゅ
民俗みんぞく
民族みんぞく
民衆みんしゅう
民間みんかん
民話みんわ
民謡みんよう

斤 部

〔断〕だん・だん
　じる・ことわ
　る・たつ
断切たちきる
断水だんすい
断片だんぺん
断末摩だんまつ
　ま
断行だんこう
断固だんこ
断金だんきん
断郊だんこう
断面だんめん
断食だんじき
断念だんねん
断案だんあん
断崖だんがい
断裁だんさい
断然だんぜん
断絶だんぜつ
断罪だんざい
断続だんぞく

断腸だんちょう
断髪だんぱつ
断層だんそう
断種だんしゅ
〔斯〕こう
斯斯こうこう
〔新〕あたらしい
　・あらた
新人しんじん
新入しんにゅう
　・しんいり
新手しんて・あ
　らて
新月しんげつ
新生しんせい
新宅しんたく
新米しんまい
新近しんきん
新所帯あらじょ
　たい
新参しんざん
新味しんみ
新春しんしゅん
新柄しんがら
新品しんぴん
新案しんあん
新規しんき
新開しんかい
新説しんせつ
新語しんご
新劇しんげき

新鋭しんえい
新機軸しんきじ
　く
新築しんちく
新顔しんがお

爪 (爫) 部

〔爪〕つめ
爪立つまだてる
爪切つめきり
爪先つまさき
爪弾つまはじき
爪楊枝つまよう
　じ

穴 部

〔穴〕けつ・あな
穴埋あなうめ
穴熊あなぐま
〔究〕
究明きゅうめい
〔突〕つく
突入とつにゅう
突止つきとめる
突出つきだし・
　つきだす
突外とっぱずれ
突切つっきる
突付つきつける
突込つっこみ・
　つっこむ

突如とつじょ

突合つきあわせる

突当つきあたる・つきあたり

突返つきかえす

突抜つきぬける

突拍子とっぴょうし

突刺つきさす

突放つきはなす

突発とっぱつ

突飛とっぴ・つきとばす

突破とっぱ・つきやぶる

突起とっき

突倒つきたおす

突通つきとおる

突除つきのける

突貫とっかん

突崩つきくずす

突進つきすすむ

突然とつぜん

突堤とってい

突落つきおとす

突傷つききず

突詰つきつめる

突端とっぱな・とったん

突撃とつげき

突慳貪つっけんどん

〔空〕くう・うろ・すかす・すく・から・そら・むなしい

空手からて・そらで

空手形からてがた

空母くうぼ

空白くうはく

空目そらめ

空地あきち

空名くうめい

空色そらいろ

空耳そらみみ

空気くうき

空冷くうれい

空豆そらまめ

空言そらごと・くうげん

空似そらに

空空そらぞらしい

空念仏そらねんぶつ・からねんぶつ

空威張からいばり

空洞くうどう

空挺くうてい

空恐そらおそろしい

空席くうせき

空巣あきす

空堀からぼり

空転くうてん

空惚そらとぼける

空理くうり

空虚くうきょ

空殻あきがら

空覚そらおぼえ

空費くうひ

空港くうこう

空腹すきっぱら・すきばら

空電くうでん

空漠くうばく

空寝そらね

空路くうろ

空嘯そらうそぶく

空疎くうそ

空際くうさい

空模様そらもよう

空論くうろん

空頼そらだのみ

空輸くうゆ

空爆くうばく

空閑地くうかんち

〔穿〕はく・うがつ

穿鑿せんさく

〔窃〕

窃盗せっとう

〔窄〕すぼまる・すぼめる・すぼむ・つぼむ・つぼめる・つぼまる

〔窒〕

窒素ちっそ

〔窓〕まど

窓口まどぐち

窓掛まどかけ

〔窘〕たしなめる

〔窪〕くぼ・くぼまる・くぼみ・くぼむ

〔窮〕きゅう・きわまる・きわめる

窮地きゅうち

窮屈きゅうくつ

窮迫きゅうはく

〔窺〕うかがう

〔窶〕やつれる・やつれ

〔竈〕かま

立 部

〔立〕たつ・たち
・だて・たて
る・いきりた
つ
立入たちいる
立上たちあがり
・たちあがる
・たちのぼる
立小便たちしょ
うべん
立木たちき
立止たちどまる
立代たちかわる
立込たてこめる
・たちこめる
・たてこむ
立去たちさる
立付たてつけ
立札たてふだ
立会たちあい・
たちあう
立至たちいたる
立尽たちつくす
立行たちゆく
立向たちむかう
立回たちまわる
・たちまわり
立体りったい
立身りっしん

立売たちうり
立返たちかえる
立所たちどころ
に
立役者たてやく
しゃ
立見たちみ
立法りっぽう
立居たちい
立往生たちおう
じょう
立泳たちおよぎ
立並たちならぶ
立直たちなおる
・たてなおす
立戻たちもどる
立派りっぱ
立食たちぐい
立枯たちがれ
立退たちのく
立案りつあん
立消たちぎえ
立脚りっきゃく
立寄たちよる
立遅たちおくれ
る
立番たちばん
立場たてば・た
ちば
立竦たちすくむ
立替たてかえる

立腹りっぷく
立聞たちぎき
立暗たちぐらみ
立話たちばなし
立働たちはたら
く
立詰たちづめ
立続たちつづけ
る・たてつづ
け
立腐たちぐされ
立塞たちふさが
る
立稽古たちげい
こ
立膝たてひざ
立憲りっけん
立騒たちさわぐ
立瀬たつせ
立籠たてこもる
〔竦〕すくむ・す
くめる
竦上すくみあが
る
〔端〕はし・はた
端末たんまつ
端的たんてき
端倪たんげい
端書はがき
端緒たんしょ
端境はざかい

〔競〕せり・きお
う
競上せりあげる
競立きおいたつ
競合せりあう
競争きょうそう
競売せりうり
競馬けいば
競落せりおとす
競輪けいりん

广 部

〔疢〕やましい
〔疣〕いぼ
〔疲〕つかれる
疲労ひろう
〔疼〕うずく
〔痂〕かさぶた
〔疾〕とう・とく
・とっく・と
うに
疾走しっそう
疾疾とくとく
疾患しっかん
疾駆しっく
〔病〕やまい・や
む
病人びょうにん
病上やみあがり
病付やみつき
病死びょうし

病気びょうき
病的びょうてき
病室びょうしつ
病院びょういん
〔癢〕かゆい
〔痘〕
痘痕あばた
〔痛〕いたい・い
　たましい・い
　たむ・いため
　る
痛手いたで
痛烈つうれつ
痛痛いたいたし
　い
痛憤つうふん
〔痴〕しれる
痴人ちじん
痴呆ちほう
痴漢ちかん
〔痼〕しこり
〔痺〕しびれ・し
　びれる
〔瘦〕やせる・や
　すこける・こ
　ける
瘦身そうしん
瘦我慢やせがま
　ん
瘦細やせほそる
〔瘡〕くさ

瘡蓋かさぶた
〔癪〕しゃく
〔癇〕
癇癪かんしゃく
〔瘤〕こぶ
〔療〕りょう
療養りょうよう
〔癖〕くせ
〔癒〕いえる

ネ 部

〔初〕はつ・はじ
　め・はじめて
　・ぞめ・そめ
　る
初日しょにち
初心しょしん
初号しょごう
初旬しょじゅん
初耳はつみみ
初年しょねん
初任給しょにん
　きゅう
初対面しょたい
　めん
初志しょし
初春しょしゅん
初給しょきゅう
初頭しょとう
〔袂〕たもと
〔袖〕そで

袖下そでした・
　そでのした
袖丈そでたけ
袖無そでなし
〔被〕かぶさる・
　かぶせる・か
　ぶる・こうむ
　る
被告ひこく
被害ひがい
〔袴〕はかま
〔補〕おぎなう
補欠ほけつ
補正ほせい
補充ほじゅう
補足ほそく
補助ほじょ
補強ほきょう
補習ほしゅう
補給ほきゅう
補償ほしょう
〔裾〕すそ
裾上すそあがり
裾物すそもの
裾前すそまえ
裾野すその
〔裸〕はだか
裸体らたい
〔複〕ふく
複写ふくしゃ
複合ふくごう

複数ふくすう
複雑ふくざつ
複製ふくせい
〔褪〕さめる・あ
　せる
〔裼〕すき
襁褓むつき
〔襖〕ふすま
〔襤〕
襤褸ぼろ
〔襷〕たすき
〔襟〕えり
襟巻えりまき

示 部

〔示〕しめす
示唆しさ
示談じだん
〔祟〕たたる・た
　たり
〔祭〕まつる・ま
　つり
祭日さいじつ
祭礼さいれい
祭典さいてん
〔禁〕きんずる・
　きんじる
禁止きんし
禁令きんれい
禁圧きんあつ
禁制きんせい

禁固きんこ
禁転載きんてん
　さい
禁断きんだん
禁輸きんゆ

甘部

〔甘〕あまい・あ
　まえる・あ
　まったれる・
　あまんずる・
　あまやかす
甘口あまくち
甘辛あまからい
甘煮あまに
甘蔗かんしょ
〔甚〕はなはだ・
　はなはだしい
甚助じんすけ

石部

〔石〕いし
石仏いしぼとけ
石炭せきたん
石屋いしや
石垣いしがき
石綿いしわた
石碑せきひ
石榴ざくろ
石鹼せっけん
〔研〕とぐ・みが

き
研物とぎもの
研修けんしゅう
研澄とぎすます
研鑽けんさん
〔砂〕すな・いさ
　ご
砂山すなやま
砂地すなじ
砂利じゃり
砂浜すなはま
砂原すなはら
砂埃すなぼこり
砂遊すなあそび
砂場すなば
砂煙すなけむり
砂糖さとう
〔砕〕くだく・く
　だける
〔砥〕
砥石といし
〔砲〕
砲丸ほうがん
砲撃ほうげき
〔破〕やぶれる・
　やぶる
破天荒はてんこ
　う
破産はさん
破棄はき
破損はそん

破滅はめつ
破壊はかい
〔硯〕すずり
〔硬〕かたい
硬直こうちょく
硬骨こうこつ
硬貨こうか
硬筆こうひつ
〔碁〕ご
碁石ごいし
碁敵ごがたき
碁盤ごばん
〔確〕たしか・た
　しかめる・し
　かと
確立かくりつ
確実かくじつ
確保かくほ
〔碌〕ろくに
碌碌ろくろく
〔磁〕
磁石じしゃく
〔碾〕ひく
〔磨〕みがき・み
　がく
磨砕すりくだく
磨減すりへらす
磨潰すりつぶす
〔磯〕いそ
磯辺いそべ
〔礎〕いしずえ

礎石そせき

矛部

〔矛〕ほこ
矛先ほこさき
矛盾むじゅん

癶部

〔発〕はつ・はっ
　する・たつ
発令はつれい
発生はっせい
発行はっこう
発条ぜんまい・
　ばね
発車はっしゃ
発足はっそく・
　ほっそく
発言はつげん
発見はっけん
発作ほっさ
発売はつばい
発芽はつが
発育はついく
発表はっぴょう
発明はつめい
発注はっちゅう
発信はっしん
発送はっそう
発音はつおん
発祥はっしょう

発展はってん
発現はつげん
発掘はっくつ
発散はっさん
発揮はっき
発想はっそう
発電はつでん
〔登〕のぼる
登用とうよう
登庁とうちょう
登校とうこう
登頂とうちょう
登場とうじょう
登詰のぼりつめる
登録とうろく
登攀とうはん

疋(⺪)部

〔疎〕うとむ・うとましい・おろか・まばら
疎水そすい
疎外そがい
疎忽そこつ
疎音そいん
疎開そかい
疎疎うとうとしい
疏隔そかく
〔疑〕うたがい・

うたがう・うたがわしい

目 部

〔目〕め・もくする
目下めした・もっか
目上めうえ
目方めかた
目礼もくれい
目立めだつ・めだって
目玉めだま・めのたま
目出度めでたい
目印めじるし
目付めつき
目安めやす
目次もくじ
目当めあて
目先めさき
目利めきき
目的もくてき
目前めのまえ・もくぜん
目茶めちゃ
目茶目茶めちゃめちゃ
目茶苦茶めちゃくちゃ

目差めざす
目配めくばせ
目眩めまい
目通めどおし
目盛もり
目掛めがける
目敏めざとい
目覚めざましい・めざます・めざめ・めざめる
目違めちがい
目蓋まぶた
目蔭まかげ
目隠めかくし
目論もくろむ
目論見もくろみ
目撃もくげき
目標もくひょう
目薬めぐすり
目録もくろく
目積めづもり
〔盲〕めくら
盲腸もうちょう
〔直〕じかに・じき・じきに・すぐ・ただ・なおす・なおる
直下ちょっか
直中ただなか

直立ちょくりつ
直行ちょっこう
直売ちょくばい
直直じきじき
直穿じかばき
直送ちょくそう
直前ちょくぜん
直面ちょくめん
直後ちょくご
直通ちょくつう
直視ちょくし
直訴じきそ
直営ちょくえい
直筆じきひつ
直結ちょっけつ
直様すぐさま
直撃ちょくげき
〔眉〕まゆ
眉毛まゆげ
〔盾〕たて
盾突たてつく
〔省〕はぶく
〔県〕けん
県庁けんちょう
県会けんかい
県道けんどう
県勢けんせい
〔眇〕すがめ・すがめる
〔看〕
看板かんばん

看護かんご
〔相〕あい
相方あいかた
相互そうご
相手あいて
相生あいおい
相当そうとう
相好そうごう
相伝そうでん
相応そうおう・
　ふさわしい
相伴しょうばん
相俟あいまつ
相持あいもち
相思そうし
相容あいいれな
　い
相殺そうさい
相場そうば
相棒あいぼう
相違そうい
相続そうぞく
相貌そうぼう
相談そうだん
相撲すまい・す
　もう
〔眩〕くるめく・
　まぶしい
眩惑げんわく
〔真〕しん・ま
真上まうえ

真下ました
真心まごころ
真中まんなか
真白まっしろ
真先まっさき
真向まっこう・
　まむき・まむ
　かい
真赤まっか
真似まね・まね
　る
真夜中まよなか
真青まっさお
真直まっすぐ
真価しんか
真逆様まっさか
　さま
真面目まじめ
真紅しんく
真珠しんじゅ
真剣しんけん
真盛まっさかり
真黒まっくろ
真最中まっさい
　ちゅう
真裸まっぱだか
真新まあたらし
　い
真意しんい
真暗まっくら
真鍮しんちゅう

真顔まがお
真贋しんがん
〔眠〕ねむい・ね
　むたい・ねむ
　らす・ねむる
　・ねむれる
眠気ねむけ
〔着〕ちゃく・き
　せる・きる・
　つく
着手ちゃくしゅ
着用ちゃくよう
着目ちゃくもく
着付きつける
着込きこみ・き
　こむ
着衣ちゃくい
着任ちゃくにん
着色ちゃくしょ
　く
着実ちゃくじつ
着服ちゃくふく
着物きもの
着映ばえ
着座ちゃくざ
着席ちゃくせき
着流ながし
着荷ちゃっか
着着ちゃくちゃ
　く
着陸ちゃくりく

着替きかえる・
　きがえ
着順ちゃくじゅ
　ん
着意ちゃくい
着想ちゃくそう
着飾きかざる
着駅ちゃくえき
着籠こみ
〔眼〕め
眼目がんもく
眼差まなざし
眼鏡めがね
〔眺〕ながめ・な
　がめる
〔睦〕むつまじい
　・むつまやか
　・むつぶ
〔睫〕まつげ
睫毛まつげ
〔睨〕にらむ・に
　らみ
睨付にらみつけ
　る
睨合にらみあう
　・にらみあわ
　せる
〔睡〕ねむる
睡眠すいみん
〔瞑〕つぶる・つ
　むる

〔瞳〕ひとみ
〔瞬〕しばたたく・まじろぐ・またたく・まばたき・まばたく
瞬時しゅんじ
瞬間またたくまに

田 部

〔田〕た
田舎いなか
田畑たはた
田圃たんぼ
田植たうえ
〔由〕よし
由由ゆゆしい
由来ゆらい
由無よしない
〔甲〕こう
甲乙こうおつ
甲走かんばしる
甲板かんぱん
甲高かんだかい
甲斐かい
甲斐性かいしょう
甲羅こうら
〔申〕もうす
申入もうしいれる

申上もうしあげる
申分もうしぶん
申立もうしたてる
申出もうしでる・もうしで・もうしいで
申込もうしこみ・もうしこむ
申付もうしつける
申合もうしあわせる・もうしあわせ
申告しんこく
申兼もうしかねる
申訳もうしわけ
申渡もうしわたす
〔男〕おとこ
男手おとこで
男伊達おとこだて
男向おとこむき
男泣おとこなき
男臭おとこくさい
男優だんゆう

〔町〕ちょう・まち
町内ちょうない
町外まちはずれ
町会ちょうかい
町長ちょうちょう
〔畏〕かしこまる
畏縮いしゅく
〔畑〕はた・はたけ
〔畝〕うね・せ
〔畜〕ちく
畜生ちくしょう
〔留〕とまる
留守るす
留任りゅうにん
留学りゅうがく
留針とめばり
留置りゅうち・どめおき・とめおく
〔異〕ことなる・こと
異状いじょう
異教いきょう
〔略〕りゃくす・りゃくする
略字りゃくじ
略図りゃくず
略語りゃくご

〔番〕ばん・つがい・つがえる
番人ばんにん
番号ばんごう
番地ばんち
番組ばんぐみ
番頭ばんとう
〔畳〕じょう・たたみ・たたむ
畳込たたみこむ
畳掛たたみかける

皿 部

〔罠〕わな
〔置〕おく
置土産おきみやげ
置手紙おきてがみ
置物おきもの
置場おきば
〔罪〕つみ
罪作つみつくり
罪科つみとが
罪滅つみほろし
罪業ざいごう
〔罫〕けい
罫線けいせん
〔署〕しょする

署名しょめい・

〔罰〕ばつ・ばっ

　する

罰金ばっきん

〔罵〕ののしる

〔罷〕やめる

罷通まかりとお

　る

〔罹〕かかる

〔羅〕

羅針盤らしんば

　ん

皿 部

〔皿〕さら

皿回さらまわし

〔盂〕

盂蘭盆うらぼん

〔盆〕ぼん

盆地ぼんち

盆景ぼんけい

〔益〕えきする

益益ますます

〔盛〕もる・さか

　り・さかん

盛上もりあがる

　・もりあげる

盛込もりこむ

盛衰せいすい

盛夏せいか

盛運せいうん

盛場さかりば

盛儀せいぎ

〔盗〕ぬすむ

盗人ぬすびと

盗見ぬすみみ

盗足ぬすみあし

盗作とうさく

盗品とうひん

盗電とうでん

盗聞ぬすみぎき

盗難とうなん

〔盥〕たらい

〔監〕

監修かんしゅう

監獄かんごく

生 部

〔生〕しょう・せ

　い・いかす・

　いかる・いき

　る・いく・い

　ける・うまれ

　る・うむ・な

　ま・はえる・

　はやす

生方いきかた

生水なまみず

生半可なまはん

　か

生出うみだす

生業せいぎょう

生甲斐いきがい

生付うみつける

生生いきいき・

　なまなましい

生先おいさき

生地きじ・せい

　ち

生国しょうこく

生糸きいと

生血いきち

生気せいき

生抜いきぬく

生来せいらい

生返いきかえる

生花せいか

生卵なまたまご

生体せいたい

生作いけづくり

生育せいいく・

　おいそだつ

生物いきもの

生直きすぐ

生茂おいしげる

生命せいめい

生計せいけい

生活せいかつ

生姜しょうが

生変うまれかわ

　る

生臭なまぐさい

生粋きっすい

生家せいか

生捕いけどる

生残いきのこる

生徒せいと

生涯しょうがい

生理せいり

生魚せいぎょ

生彩せいさい

生落うみおとす

生温なまぬるい

生殖せいしょく

生硬せいこう

生酢きず

生滅しょうめつ

生意気なまいき

生憎あいにく

生還せいかん

生鮮せいせん

生噛なまかじり

〔産〕さん・さん

　する

産出さんしゅつ

産地さんち

産気さんけ

産児さんじ

産物さんぶつ

産婦人科さんふ

　じんか

産業さんぎょう

産額さんがく

〔甥〕おい

矢 部

〔矢〕や
矢印やじるし
矢張やはり
矢鱈やたら
〔知〕しらす・し
　らせ・しらせ
　る・しる・し
　れる
知人ちじん
知己ちき
知友ちゆう
知辺しるべ
知合しりあい・
　しりあう
知名ちめい
知事ちじ
知者ちしゃ
知性ちせい
知的ちてき
知恵ちえ
知能ちのう
知略ちりゃく
知渡しれわたる
知覚ちかく
知慮ちりょ
知識ちしき
〔矩〕
矩形くけい
〔短〕みじかい

短大たんだい
短才たんさい
短日月たんじつ
　げつ
短冊たんざく
短気たんき
短見たんけん
短兵急たんぺい
　きゅう
短所たんしょ
短時日たんじじ
　つ
短期たんき
短絡たんらく
短艇たんてい
短歌たんか
短銃たんじゅう
短慮たんりょ
短縮たんしゅく
〔矯〕ためる

禾 部

〔禿〕かぶろ・か
　むろ・はげ・
　はげる
禿上はげあがる
禿頭はげあたま
禿鷲はげわし
〔私〕わたし・わ
　たくし
私小説ししょう

せつ
私大しだい
私心ししん
私用しよう
私行しこう
私見しけん
私事しじ・わた
　くしごと
私服しふく
私学しがく
私的してき
私信ししん
私怨しえん
私室ししつ
私財しざい
私書箱ししょば
　こ
私案しあん
私情しじょう
私費しひ
私腹しふく
私鉄してつ
〔秀〕ひいでる
秀才しゅうさい
秀逸しゅういつ
〔秒〕びょう
〔科〕かする・し
　な
科学かがく
〔秋〕あき
秋刀魚さんま

秋日和あきびよ
　り
秋作あきさく
秋空あきのそら
秋津島あきつし
　ま
秋祭あきまつり
〔秘〕ひめる
秘書ひしょ
秘密ひみつ
〔秤〕はかり
〔称〕となえる・
　たたえる・
　しょうする
称名しょうみょ
　う
称揚しょうよう
〔移〕うつす・う
　つる・うつり
移出いしゅつ
移行いこう
移動いどう
移植いしょく
移駐いちゅう
移籍いせき
〔稍〕やや
〔程〕ほど
程合ほどあい
程好ほどよい
程近ほどちかい
程度ていど

程無ほどなく
程遠ほどとおい
〔税〕ぜい
税込ぜいこみ
税金ぜいきん
税関ぜいかん
〔稚〕いとけなし
稚氣ちき
稚児ちご
〔種〕たね・ぐさ
種本たねほん
種付たねつけ
種切たねぎれ
種物たねもの
種明たねあかし
種油たねあぶら
種変たねがわり
種族しゅぞく
種蒔たねまき
〔穀〕
穀潰こくつぶし
〔稲〕いね
稲光いなびかり
稲妻いなずま
〔稿〕
稿本こうほん
稿料こうりょう
〔稼〕かせぎ・か
　せぐ
〔穂〕ほ
穂芒ほすすき

〔積〕つむ・つも
　り・つもる
積上つみあげる
積木つみき
積込つみこむ
積出つみだす
積立つみたてる
　・つみたて
積年せきねん
積卸つみおろし
積重つみかさね
　る・つみかさ
　なる
積荷つみに
積替つみかえる
積載せきさい
積算せきさん
〔穏〕おだやか
〔稽〕
稽古けいこ

用 部

〔用〕よう・もち
　いる
用心ようじん
用立ようだつ・
　ようだてる
用地ようち
用件ようけん
用足ようたし
用例ようれい

用法ようほう
用具ようぐ
用事ようじ
用品ようひん
用紙ようし
用途ようと
用意ようい
用語ようご

皮 部

〔皮〕かわ
皮肉ひにく
皮相ひそう
皮膚ひふ
〔皸〕あかぎれ
〔皺〕しわ・しわ
　む
皺伸しわのばし
皺寄しわよせ

白 部

〔白〕しらける・
　しらむ・しろ
　い・しろばむ
白人はくじん
白白しらじらし
　い
白色はくしょく
白身しろみ
白状はくじょう
白金はっきん

白河夜船しらかか
　わよふね
白星しろぼし
白昼はくちゅう
白茶しらちゃ
白書はくしょ
白黒しろくろ
白菜はくさい
白鳥はくちょう
白湯さゆ
白紙はくし
白髪しらが
白墨はくぼく
〔百〕ひゃく
百合ゆり
百足むかで
百姓ひゃくしょ
　う
百科ひゃっか
百貨ひゃっか
〔的〕まと
的中てきちゅう
的確てきかく・
　てっかく
〔皇〕こう
皇居こうきょ
皇紀こうき
〔皆〕みな
皆納かいのう
皆掛かいがけ
皆勤かいきん

皆様みなさま

瓜 部

〔瓜〕うり
〔瓢〕ひょう
瓢箪ひょうたん

衣 部

〔衣〕ころも
衣服いふく
衣食いしょく
衣魚しみ
衣替ころもがえ
衣類いるい
〔表〕ひょう
表口おもてぐち
表札ひょうさつ
表立おもてだつ
表向おもてむき
表沙汰おもてざた
表明ひょうめい
表面ひょうめん
表紙ひょうし
表通おもてどおり
表現ひょうげん
表情ひょうじょう
表装ひょうそう
表彰ひょうしょ

う
〔衰〕おとろえる
〔袋〕ふくろ
〔裁〕さばき・さばく・たつ
裁可さいか
裁判さいばん
裁定さいてい
裁断さいだん
裁量さいりょう
〔裂〕さく・さける
裂目さけめ
〔裏〕うら
裏口うらぐち
裏切うらぎり・うらぎる
裏手うらて
裏付うらづけ・うらづける
裏打うらうち
裏返うらがえす
裏表うらおもて・うらうえ
裏長屋うらながや
裏面りめん
裏背戸うらせど
裏書うらがき
裏通うらどおり
裏道うらみち

裏話うらばなし
裏腹うらはら
〔装〕よそおい・よそおう
装身具そうしんぐ
装束しょうぞく
装具そうぐ
装幀そうてい
装置そうち
〔製〕
製本せいほん
製糸せいし
製作せいさく
製材せいざい
製品せいひん
製造せいぞう
製紙せいし
製菓せいか
製靴せいか
製鉄せいてつ
製鋼せいこう
製錬せいれん
〔褒〕褒賞ほうしょう
〔襞〕ひだ
〔襲〕おそう
襲来しゅうらい

羊 部

〔羊〕ひつじ

羊毛ようもう
〔美〕うつくしい
美人びじん
美味おいしい
美容びよう
美術びじゅつ
美意識びいしき
〔羞〕はじらう
〔羨〕うらやましい・うらやむ
〔群〕むらがる・むれる・むれ
群立むらだつ
群発ぐんぱつ
群議ぐんぎ
〔義〕
義兄ぎけい
義務ぎむ
義理ぎり
義歯ぎし
〔養〕やしない・やしなう
養子ようし
養分ようぶん
養生ようじょう
養成ようせい
養魚ようぎょ
養殖ようしょく
養護ようご

米 部

〔米〕こめ
米作べいさく
米国べいこく
米俵こめだわら
米糠こめぬか
米櫃こめびつ
〔粉〕こ・こな
粉砕ふんさい
粉粉こなごな
粉雪こなゆき・
　こゆき
粉微塵こなみじ
　ん・こみじん
粉薬こなぐすり
〔粋〕すい・いき
粋人すいじん
〔粒〕つぶ
粒揃つぶぞろい
粒選つぶより
〔粘〕ねばい・ね
　ばつく・ねば
　り・ねばる
粘強ねばりづよ
　い
〔粗〕あらい・あ
　ららか
粗大そだい
粗方あらかた
粗末そまつ

粗目ざらめ
粗朶そだ
粗金あらがね
粗相そそう
粗品そひん・そ
　しな
粗略そりゃく
粗悪そあく
粗筋あらすじ
粗飯そはん
粗筵あらむしろ
粗漏そろう
粗雑そざつ
粗餐そさん
〔粕〕かす
〔粟〕あわ
粟立あわだつ
〔粥〕かゆ
〔粽〕ちまき
〔精〕せい・しら
　げる
精一杯せいいっ
　ぱい
精巧せいこう
精出せいだす
精肉せいにく
精米せいまい
精励せいれい
精舎しょうじゃ
精神せいしん
精根せいこん

精細せいさい
精密せいみつ
精進しょうじん
精錬せいれん
精精せいぜい
精算せいさん
精鋭せいえい
精糖せいとう
精髄せいずい
〔糊〕のり
〔糠〕ぬか
〔糞〕ふん・くそ
糞味噌くそみそ
糞落着くそおち
　つき
〔糝〕糝粉しんこ
〔糧〕糧食りょう
　しょく
〔糯〕糯米もちご
　め

老 部

〔老〕おいる・ふ
　ける
老人ろうじん
老耄おいぼれる
老眼ろうがん
〔考〕かんがえ・
　かんがえる
考究こうきゅう
考事かんがえご

と
考案こうあん
考察こうさつ
〔者〕もの

西 部

〔西〕にし
西下さいか
西日にしび
西日本にしにほ
　ん
西半球にしはん
　きゅう
西国さいごく
西風にしかぜ
西洋せいよう
西側にしがわ
西暦せいれき
〔要〕よう・いる
要旨ようし
要件ようけん
要因よういん
要求ようきゅう
要約ようやく
要点ようてん
要素ようそ
要望ようぼう
要領ようりょう
要請ようせい
〔覆〕おおい・お
　おう・くつが

えす・くつが
える
覆面ふくめん

耳部

〔耳〕みみ
耳元みみもと
耳打みみうち
耳朶みみたぶ
耳遠みみどおい
耳障みみざわり
耳慣みみなれる
耳輪みみわ
〔耽〕ふける
耽美たんび
耽溺たんでき
耽読たんどく
〔恥〕はじ・はじ
る
〔聖〕ひじり
聖人せいじん
聖者せいじゃ
聖書せいしょ
聖歌せいか
聖職せいしょく
〔聘〕へいする
〔聡〕さとい
〔聳〕そびえる・
そびやかす
聳動しょうどう
〔聴〕きく

聴取ちょうしゅ
聴視ちょうし
聴視覚ちょうし
かく
聴講ちょうこう
〔職〕
職人しょくにん
職工しょっこう
職制しょくせい
職長しょくちょ
う
職員しょくいん
職域しょくいき
職掌しょくしょ
う
職種しょくしゅ
職歴しょくれき
〔聾〕つんぼ

至部

〔至〕いたる
至当しとう
至尽いたれりつ
くせり
至言しげん
至宝しほう
至急しきゅう
至便しべん
至情しじょう
至極しごく
至難しなん

羽部

〔羽〕はね・わ
羽目はめ
羽織はおり・は
おる
〔翌〕
翌日よくじつ
翌年よくねん
翌晩よくばん
翌朝よくあさ
〔習〕ならい・な
らう・ならわ
し
習字しゅうじ
習作しゅうさく
習性しゅうせい
習俗しゅうぞく
習得しゅうとく
習慣しゅうかん
習熟しゅうじゅ
く
〔翔〕かける
〔翳〕かざす・か
すむ
〔翼〕つばさ
〔翻〕ひるがえす
・ひるがえる
翻訳ほんやく

聿部

〔肅〕
粛正しゅくせい

艮部

〔良〕いい・よい
良心りょうしん
良好りょうこう
良性りょうせい
良識りょうしき

虍部

〔虎〕とら
虎子とらのこ
虎巻とらのまき
〔虐〕しいたげる
〔虚〕うつろ
虚仮威こけおど
し
虚空こくう
〔虜〕とりこ
〔慮〕おもんぱか
る

虫部

〔虫〕むし
虫食むしくい
虫眼鏡むしめが
ね
虫歯むしば

〔虱〕
虱潰しらみつぶ
し
〔虻〕あぶ
〔虹〕にじ
〔蚊〕か
蚊帳かや
蚊遣かやり
〔蚤〕のみ
〔蚕〕かいこ
〔蛇〕へび
蛇口じゃぐち
蛇行だこう
蛇足だそく
蛇蝎だかつ
〔蚯〕
蚯蚓みみず
〔蛙〕かえる
〔蛹〕さなぎ
〔蛸〕たこ
〔蜂〕はち
〔蜑〕あま
〔蜻〕
蜻蛉とんぼ
蜻蛉返とんぼが
えり
〔蜘〕
蜘蛛くも
〔蜜〕みつ
蜜蜂みつばち
〔蝦〕えび

〔蝶〕
蝶番ちょうつが
い
蝶蝶ちょうちょ
う
〔蝗〕いなご
〔蝮〕まむし
〔螢〕ほたる
〔融〕とく
融通ゆうずう
融資ゆうし
〔螺〕つぶ
螺子ねじ
螺子回ねじまわ
し
螺子釘ねじくぎ
〔蠅〕はえ
〔蟠〕わだかまり
・わだかまる
〔蟻〕あり
〔螳〕
螳螂かまきり
〔蟹〕かに
〔蠢〕うごめく
〔蠟〕
蠟燭ろうそく

肉 部

〔肉〕にく
肉体にくたい
肉筆にくひつ

肉親にくしん
肉饅頭にくまん
じゅう
〔腐〕くさす・く
さる
腐敗ふはい

缶 部

〔缶〕かま
缶詰かんづめ
〔罅〕ひび
罅割ひびわれる
〔罌〕
罌粟けし

耒 部

〔耕〕たがやす

舌 部

〔舌〕した
舌打したうち
舌足したらず
舌戦ぜっせん
舌鼓したつづみ
〔舐〕なめずる
〔舗〕
舗装ほそう

竹・⺮部

〔竹〕たけ
竹子たけのこ

竹矢来たけやら
い
竹馬ちくば
竹細工たけざい
く
竹筒たけづつ
竹箆しっぺい
竹藪たけやぶ
〔竿〕さお
竿立さおだち
竿竹さおだけ
〔笑〕えむ・わら
い・わらう・
わらえる・わ
らわせる
笑止しょうし
笑者わらいもの
笑殺しょうさつ
笑話わらいばな
し
笑顔えがお
〔笊〕ざる
笊蕎麦ざるそば
〔笠〕かさ
笠木かさぎ
〔第〕
第一だいいち
第一線だいいっ
せん
第二だいに
第五列だいごれ

つ
〔笛〕ふえ
〔符〕
符号ふごう
〔笹〕ささ
笹藪ささやぶ
〔等〕など・ひとしい
等分とうぶん
等身とうしん
〔策〕さく
策動さくどう
策謀さくぼう
〔筆〕ふで
筆入ふでいれ
筆不精ふでぶしょう
筆者ひっしゃ
筆記ひっき
筆筒ふでづつ
筆答ひっとう
筆跡ひっせき
筆触ひっしょく
筆箱ふでばこ
筆蹟ひっせき
〔筒〕つつ
〔答〕こたえ・こたえる
答禮とうれい
答申とうしん
答案とうあん

答電とうでん
〔筋〕すじ
筋目すじめ
筋交すじかい
筋合すじあい
筋向すじむかい・すじむこう
筋金すじがね
筋書すじがき
筋張すじばる
筋道すじみち
筋違すじちがい
〔筈〕はず
〔節〕せつ・ふし
節分せつぶん
節句せっく
節度せつど
節約せつやく
〔筵〕むしろ
〔箔〕はく
箔付はくつき
〔管〕くだ
〔箸〕はし
〔箍〕たが
〔算〕
算入さんにゅう
算用さんよう
算定さんてい
算段さんだん
〔笲〕
笲棒べらぼう

〔範〕
範囲はんい
〔箱〕はこ
〔篝〕
篝火かがりび
〔篤〕とく・あつい
篤行とっこう
篤志とくし
篤実とくじつ
篤学とくがく
〔築〕きずく
築上きずきあげる
築山つきやま
築地つきじ
築港ちっこう
〔篩〕ふるい・ふるう
〔簀〕
簀子すのこ
〔簡〕
簡易かんい
簡素かんそ
〔箪〕
箪笥たんす
〔簾〕すだれ
〔籍〕せき
〔籠〕かご・こもる
〔籤〕くじ

籤引くじびき
〔籬〕まがき

舛 部

〔舞〕まい・まう
舞上まいあがる
舞込まいこむ
舞台ぶたい
舞戻まいもどる
舞踊ぶよう
舞踏ぶとう

色 部

〔色〕いろ
色色いろいろ
色紙しきし
色彩しきさい
〔艶〕つや・つややか

自 部

〔自〕おのずと・みずから
自刃じじん
自分じぶん
自弁じべん
自他じた
自白じはく
自生じせい
自立じりつ
自由じゆう

自在じざい
自任じにん
自戒じかい
自決じけつ
自作じさく
自体じたい
自供じきょう
自炊じすい
自若じじゃく
自明じめい
自活じかつ
自発じはつ
自負じふ
自重じじゅう・
　じちょう
自信じしん
自省じせい
自叙伝じじょで
　ん
自家じか
自害じがい
自惚うぬぼれる
自責じせき
自動車じどう
　しゃ
自転じてん
自転車じてん
　しゃ
自覚じかく
自尊じそん
自然しぜん・じ

ねん
自筆じひつ
自堕落じだらく
自愛じあい
自腹じばら
自費じひ
自粛じしゅく
自署じしょ
自滅じめつ
自棄やけ
自棄腹やけっぱ
　ら
自業自得じごう
　じとく
自認じにん
自適じてき
自慢じまん
自慰じい
自暴自棄じぼう
　じき
自縄自縛じじょ
　うじばく
〔臭〕くさい・く
　さみ・におう
　・におわせる

臼 部

〔臼〕うす
〔舅〕しゅうと

血 部

〔血〕ち
血止ちどめ
血気けっき
血色けっしょく
血肉けつにく
血行けっこう
血巡ちのめぐり
血迷ちまよう
血族けつぞく
血達磨ちだるま
血眼ちまなこ
血税けつぜい
血筋ちすじ
血道ちみち
血腥ちなまぐさ
　い
血塗ちまみれ
血潮ちしお
〔衆〕
衆知しゅうち
衆院しゅういん
衆寡しゅうか
衆議しゅうぎ

舟 部

〔舟〕ふね
舟遊ふなあそび
舟運しゅううん
〔航〕

航空こうくう
航路こうろ
〔船〕ふね
船出ふなで
船団せんだん
船尾せんび
船首せんしゅ
船室せんしつ
船便せんびん・
　ふなびん
船倉ふなぐら
船酔ふなよい
船腹せんぷく
船頭せんどう
〔舶〕
舶来はくらい
〔艘〕そう

行 部

〔行〕こう・いく
　・いける・お
　こなう・ゆく
　・ゆき
行文こうぶん
行方ゆきかた・
　ゆきがた・
　くえ
行止ゆきどまり
行立いきたつ
行当ゆきあたる
　・ゆきあたり

行返ゆきかえる・ゆきかえり
行先ゆきさき
行会ゆきあう
行列ぎょうれつ
行年ぎょうねん
行状ぎょうじょう
行来いきき・ゆきき
行李こうり
行届ゆきとどく
行戻ゆきもどり
行事ぎょうじ
行掛いきがかり・いきがけ
行進こうしん
行着ゆきつく
行悩ゆきなやむ
行程こうてい
行渡ゆきわたる
行場ゆきば
行過ゆきすぎる
行違ゆきちがい
行路こうろ
行楽こうらく
行詰ゆきづまる
〔術〕すべ
術策じゅっさく
術語じゅつご
〔衝〕くくむ・く

くめる・くわえる
〔衝〕つく
衝立ついたて
衝突しょうとつ
衝動しょうどう
衝撃しょうげき
〔衛〕
衛戍えいじゅ
衛星えいせい

糸 部

〔糸〕いと
糸姫いとひめ
糸織いとおり
〔系〕
系図けいず
系統けいとう
系譜けいふ
〔糺〕ただす
〔糾〕
糾弾きゅうだん
〔紆〕
紆余曲折うよきょくせつ
〔紅〕べに・くれない
紅一点こういってん
紅葉こうよう・もみじ

紅潮こうちょう
〔約〕やく・つづめる
約束やくそく
〔素〕す
素人しろうと
素子そし
素手すで
素地そじ
素行そこう
素朴そぼく
素肌すはだ
素早すばやい
素足すあし
素材そざい
素志そし
素知そしらぬ
素性すじょう
素泊すどまり
素直すなお
素首そくび
素封家そほうか
素通すどおり・すどおし
素破抜すっぱぬく
素振そぶり
素描すがき
素乾すぼし
素粒子そりゅうし

素晴すばらしい
素焼すやき
素寒貧すかんぴん
素頓狂すっとんきょう
素裸すはだか・すっぱだか
素養そよう
素読すよみ
素質そしつ
素敵すてき
素顔すがお
素麺そうめん
〔純〕
純一じゅんいつ
純正じゅんせい
純血じゅんけつ
純朴じゅんぼく
純良じゅんりょう
純粋じゅんすい
純情じゅんじょう
純然じゅんぜん
〔納〕おさめる
納入のうにゅう
納得なっとく
〔紛〕まがう・まがえる・まぎれ・まぎれる

・まぎらせる
・まぎらわし
い
紛失ふんしつ
紛争ふんそう
〔紙〕かみ
紙入かみいれ
紙上しじょう
紙切かみきれ・
かみきり
紙片しへん
紙代しだい
紙面しめん
紙屑かみくず
紙袋かみぶくろ
紙幣しへい
紙縒こより
〔索〕あなぐる
索然さくぜん
索敵さくてき
〔紐〕ひも
〔紡〕つむぐ
紡績ぼうせき
〔経〕へる・たつ
経口けいこう
経由けいゆ
経理けいり
経済けいざい
経路けいろ
経緯いきさつ
〔絆〕ばん・きず

な・ほだされ
る・ほだし・
ほだす
絆創膏ばんそう
こう
〔紹〕
紹介しょうかい
〔組〕くみ・くむ
組入くみいれる
組上くみあげる
組込くみこむ
組付くみつく
組立くみたて・
くみたてる
組合くみあい・
くみあう・く
みあわせ
組長くみちょう
組替くみかえる
組織そしき
〔細〕こまかい・
ささやか・ほ
そい・ほそめ
る・ほそやか
・ほそる
細大さいだい
細工さいく
細切こまぎれ
細心さいしん
細目さいもく・
ほそめ

細字さいじ
細君さいくん
細長ほそながい
細面ほそおもて
細胞さいぼう
細部さいぶ
細流さいりゅう
細細こまごま
細密さいみつ
細道ほそみち
〔終〕しゅう・お
わる・おえる
終了しゅうりょ
う
終日しゅうじつ
終止しゅうし
終末しゅうまつ
終列車しゅう
れっしゃ
終決しゅうけつ
終局しゅうきょ
く
終身しゅうしん
終始しゅうし
終発しゅうはつ
終点しゅうてん
終息しゅうそく
終着しゅうちゃ
く
終極しゅうきょ
く

終業しゅうぎょ
う
終焉しゅうえん
終幕しゅうまく
終戦しゅうせん
終演しゅうえん
〔紺〕
紺青こんじょう
紺屋こうや
〔紬〕つむぎ
〔絞〕しぼり・し
ぼる
絞上しぼりあげ
る
絞首こうしゅ
〔統〕すべる
統制とうせい
統括とうかつ・
すべくくる
統御とうぎょ
〔結〕むすび・む
すぶ・むすぼ
れる
結付むすびつく
・むすびつけ
る
結末けつまつ
結団けつだん
結局けっきょく
結束けっそく
結実けつじつ

結婚けっこん
結託けったく
結集けっしゅう
結構けっこう
結語けつご
〔紫〕むらさき
〔給〕
給与きゅうよ
給金きゅうきん
給食きゅうしょ
く
給料きゅうりょ
う
〔絵〕え・えかき
絵心えごころ
絵本えほん
絵具えのぐ
絵巻えまき
絵葉書えはがき
〔絶〕ぜつ・たえ
て・たやす・
たえる・たつ
・たえず
絶入たえいる
絶大ぜつだい
絶世ぜっせい
絶叫ぜっきょう
絶交ぜっこう
絶好ぜっこう
絶体絶命ぜった
いぜつめい

絶命ぜつめい
絶佳ぜっか
絶果たえはてる
絶品ぜっぴん
絶海ぜっかい
絶倫ぜつりん
絶頂ぜっちょう
絶唱ぜっしょう
絶間たえま
絶絶たえだえ
絶筆ぜっぴつ
絶滅ぜつめつ
絶賛ぜっさん
絶縁ぜつえん
絶壁ぜっぺき
〔絎〕くける
〔絨〕
絨毯じゅうたん
〔絡〕からます・
からむ・から
げる
絡付からみつく
〔継〕つぐ・つぎ
継子ままこ
継父ままちち
継母ままはは
継目つぎめ
継兄弟ままきょ
うだい
継合つぎあわせ
る

継走けいそう
継足つぎたす
継承者けいしょ
うしゃ
継接つぎはぎ
継親ままおや
〔絹〕きぬ
絹布けんぷ
絹糸けんし
〔続〕つづき・つ
づく・つづけ
る
続出ぞくしゅつ
続行ぞっこう
続物つづきもの
続発ぞくはつ
続柄つづきがら
続映ぞくえい
続報ぞくほう
続様つづけざま
続続ぞくぞく
続載ぞくさい
続演ぞくえん
〔綻〕ほころばす
・ほころびる
〔綾〕あや
〔綴〕つづる・つ
づり・つづれ
・とじる
綴込とじこむ
〔網〕あみ

網戸あみど
〔綱〕つな
網引つなひき
網目こうもく
網渡つなわたり
綱領こうりょう
〔緑〕みどり
緑茶りょくちゃ
〔綽〕
綽綽しゃくしゃ
く
〔維〕
維持いじ
維新いしん
〔綿〕めん・わた
綿入わたいれ
綿布めんぷ
綿密めんみつ
綿織物めんおり
もの
〔緒〕いとぐち
〔締〕しめる
締切しめきり・
しめきる
締出しめだす・
しめだし
締付しめつける
締括しめくくり
・しめくくる
締結ていけつ
〔緯〕よこ

緯度いど
〔編〕あむ
編上あみあげる
編出あみだす
編物あみもの
編制へんせい
〔練〕ねる・ねれ
　る
練直ねりなおす
練習れんしゅう
練歯磨ねりはみ
　がき
〔緘〕
緘默かんもく
〔緊〕
緊縮きんしゅく
〔緩〕ゆるめる・
　ゆるむ・ゆる
　み・ゆるい・
　ゆるやか
〔緞〕
緞子どんす
〔線〕せん
線香せんこう
線路せんろ
〔縁〕ふち・へり
縁付えんづく・
　えんづける
縁者えんじゃ
縁故えんこ
縁組えんぐみ

縁続えんつづき
縁遠えんどおい
〔縋〕すがる
縋付すがりつく
〔縕〕
縕袍どてら
〔縞〕しま
縞馬しまうま
〔縊〕くびる・く
　びれる
〔縛〕いましめる
〔縫〕ぬい・ぬう
縫合ぬいあわせ
　る
縫物ぬいもの
〔縦〕たて
縦走じゅうそう
縦書たてがき
縦割たてわり
縦横じゅうおう
縦覧じゅうらん
〔縒〕よる
〔緻〕
緻密ちみつ
〔縮〕ちぢむ・ち
　ぢまる
縮小しゅくしょ
　う
縮図しゅくず
縮刷しゅくさつ
縮緬ちりめん

〔績〕うむ
〔繁〕しげる
繁吹しぶく
繁栄はんえい
繁盛はんじょう
繁殖はんしょく
繁繁しげしげ
〔総〕そう・ふさ
　・そうじて
総力そうりょく
総毛立そうけだ
　つ
総出そうで
総代そうだい
総立そうだち
総仕舞そうじま
　い
総本山そうほん
　ざん
総当そうあたり
総会そうかい
総合そうごう
総身そうしん・
　そうみ
総体そうたい
総長そうちょう
総員そういん
総括そうかつ
総帥そうすい
総高そうだか
総浚そうざらい

総理そうり
総掛そうがかり
総崩そうくずれ
総菜そうざい
総捲そうまくり
総意そうい
総勢そうぜい
総領そうりょう
総嘗そうなめ
総説そうせつ
総選挙そうせん
　きょ
総覧そうらん
〔纖〕
纖細せんさい
〔縺〕もつれる
〔繃〕
繃帯ほうたい
〔織〕おる
織元おりもと
織成おりなす
織物おりもの
織姫おりひめ
〔縄〕なわ
縄目なわめ
縄飛なわとび
〔繋〕つながり・
　つながる・つ
　なぎ・つなぐ
〔繰〕くる
繰入くりいれる

繰上くりあげる
繰下くりさげる
繰広くりひろげ
　る
繰出くりだす
繰込くりこむ
繰回くりまわす
繰延くりのべる
繰合くりあわせ
　る
繰言くりごと
繰返くりかえす
繰寄くりよせる
繰越くりこし・
　くりこす
繰替くりかえる
繰綿くりわた
〔繰〕まとまる・
　まとめる・ま
　とう・まつわ
　る
〔繕〕つくろう

辛 部

〔辛〕からい・つ
　らい
辛辛からがら
辛抱しんぼう
辛党からとう
辛辣しんらつ
〔辭〕じする

辞任じにん
辞令じれい
辞世じせい
辞表じひょう
辞意じい
辞儀じぎ

臣 部

〔臥〕ふせる
〔臨〕のぞむ
臨地りんち
臨席りんせき
臨時りんじ

言 部

〔言〕いう・こと
　・いえる
言上ごんじょう
言下げんか・ご
　んか
言方いいかた
言分いいぶん
言切いいきる
言付ことづけ・
　ことづける
言出いいだす
言込いいこめる
言尽いいつくす
言合いいあう・
　いいあわせる
言伝いいつた

え・ことづて
言成いいなり
言伏いいふせる
言交いいかわす
言争いいあらそ
　う
言当いいあてる
言返いいかえす
言表いいあらわ
　す
言直いいなおす
言草いいぐさ
言逃いいのがれ
　る
言負いいまかす
言破いいやぶる
言値いいね
言残いいのこす
言紛いいまぎら
　す
言通いいとおす
言兼いいかねる
言掛いいがかり
言訳いいわけ
言張いいはる
言動げんどう
言葉ことば
言違いいちがえ
　る
言散いいちらす
言過いいすぎる

言替いいかえる
言触いいふらす
言損いいそこな
　う
言語ごんご
言質げんち
言説げんせつ
言繕いいつくろ
　う
〔計〕けい・はか
　らう・はかる
　・はかり
計上けいじょう
計画けいかく
計略けいりゃく
計理士けいりし
計量けいりょう
計数けいすう
計器けいき
〔記〕しるす・き
　する
記念きねん
記者きしゃ
記録きろく
記憶きおく
〔討〕うつ
討入うちいる
討究とうきゅう
討果うちはたす
討取うちとる
討議とうぎ

〔託〕たくする・
　かこつ・かこ
　つける
託送たくそう
〔訓〕くん
訓電くんでん
〔訪〕たずねる・
　とう・おとず
　れる
訪問ほうもん
〔訝〕いぶかる
〔訥〕
訥訥とつとつ
訥弁とつべん
〔許〕ゆるす・ゆ
　るし
許嫁いいなずけ
〔設〕もうけ・も
　うける
設立せつりつ
設定せってい
設計せっけい
設問せつもん
設備せつび
設営せつえい
設置せっち
〔訛〕なまり・な
　まる
〔訳〕やくす・や
　くする・わけ
〔訣〕

訣別けつべつ
〔註〕ちゅう
〔詠〕えいじる
〔評〕ひょうする
評判ひょうばん
評定ひょうてい
評価ひょうか
評論ひょうろん
〔詞〕
詞藻しそう
〔診〕
診察しんさつ
〔詐〕
詐称さしょう
詐欺さぎ
〔訴〕うったう・
　うったえる
訴訟そしょう
訴願そがん
〔証〕あかし
証人しょうにん
証文しょうもん
証印しょういん
証言しょうげん
証券しょうけん
〔詫〕わび・わび
　る
詫入わびいる
詫状わびじょう
〔詳〕くわしい・
　つまびらか

詳密しょうみつ
詳報しょうほう
〔試〕こころみ・
　ためし・ため
　す
試写ししゃ
試合しあい
試作しさく
試食ししょく
試案しあん
試問しもん
試着しちゃく
試掘しくつ
試筆しひつ
試薬しやく
試演しえん
試験しけん
〔詩〕
詩想しそう
詩歌しか・しい
　か
詩趣ししゅ
詩編しへん
〔詰〕つまる・つ
　まり・つめる
　・つむ・づめ
詰込つめこむ
詰所つめしょ
詰寄つめよる
詰掛つめかける
詰襟つめえり

〔誇〕ほこり・ほ
　こる・ほこら
　か
誇示こじ
〔誠〕まこと
誠意せいい
〔詮〕
詮方せんかた
詮無せんない
詮所せんずると
　ころ
詮索せんさく
詮議せんぎ
〔話〕はなす・は
　なし・はなせ
　る
話手はなして
話込はなしこむ
話合はなしあい
　・はなしあう
話声はなしごえ
話言葉はなしこ
　とば
話相手はなしあ
　いて
話題わだい
〔誂〕あつらえる
〔説〕せつ・とく
説分ときわける
説及ときおよぶ
説伏ときふせる

説明ときあかす
説法せっぽう
説教せっきょう
説得せっとく
説聞ときききかせる
説話せつわ
〔誌〕しるす
誌上しじょう
誌代しだい
〔語〕ご・かたる
語口かたりくち
語手かたりて
語呂ごろ
語尾ごび
語学ごがく
語草かたりぐさ
語根ごこん
語義ごぎ
語幹ごかん
語意ごい
語彙ごい
語弊ごへい
〔誑〕しいる
〔誓〕ちかい・ちかう
誓約せいやく
誓詞せいし
誓願せいがん
〔誦〕しょう
〔認〕みとめ・み

とめる・したためる
認可にんか
〔誤〕あやまる
誤字ごじ
誤植ごしょく
誤算ごさん
誤審ごしん
誤謬ごびゅう
誤魔化ごまかす
〔誘〕おびく・いざなう・さそい・さそう
誘入さそいいれる
誘水さそいみず
誘出さそいだす
誘合さそいあわせる
誘拐ゆうかい
誘掛さそいかける
誘寄おびきよせる
誘惑ゆうわく
〔誕〕
誕生たんじょう
〔誑〕たらす・たぶらかす
〔読〕よみ・よむ・よめる

読了どくりょう
読上よみあげる
読切よみきる
読方よみかた
読本どくほん
読合よみあわせ・よみあわせる
読図どくず
読返よみかえす
読取よみとる
読物よみもの
読書よみかき
読破どくは
読通よみとおす
読経どきょう
読解どっかい
読誦どくしょう
〔諄〕くどい
諄諄くどくどしい
〔諒〕
諒承りょうしょう
諒解りょうかい
〔談〕だんじる
談合だんごう
談判だんぱん
談義だんぎ
談論だんろん
〔諍〕いさかい

〔請〕うける・こい・こう・しょうじる
請求せいきゅう
請負うけおい・うけおう
請書うけしょ
請訓せいくん
請願せいがん
〔諸〕もろ
諸般しょはん
諸掛しょがかり
〔論〕ろんじる・ろんずる・あげつらう
論文ろんぶん
論争ろんそう
論理ろんり
論説ろんせつ
論議ろんぎ
〔課〕かする
課長かちょう
〔調〕しらべ・しらべる
調子ちょうし
調印ちょういん
調合ちょうごう
調法ちょうほう
調律ちょうりつ
調度ちょうど
調剤ちょうざい

調書ちょうしょ
調理ちょうり
調教ちょうきょう
調達ちょうたつ
調製ちょうせい
調髪ちょうはつ
〔誰〕だれ
誰彼だれもかも
〔諂〕へつらう
〔諦〕あきらめる
〔諺〕ことわざ
諺語げんご
〔諸〕
諮問しもん
〔謎〕なぞ
謎謎なぞなぞ
〔諫〕いさめる
〔謀〕はかりごと
　・たばかる
謀殺ぼうさつ
〔諾〕うべなう
諾否だくひ
諾諾だくだく
〔謂〕いわれ
〔謁〕
謁見えっけん
〔諭〕さとす
諭旨ゆし
〔諷〕
諷刺ふうし

〔諳〕そらんじる
〔諢〕
諢名あだな
〔謗〕そしり・そしる
〔謙〕へりくだる
〔講〕こう
講和こうわ
講師こうし・こうじ
講座こうざ
講堂こうどう
講習こうしゅう
講釈こうしゃく
講話こうわ
講義こうぎ
講読こうどく
講演こうえん
講談こうだん
〔謡〕
謡物うたいもの
〔謝〕あやまる・しゃする
謝礼しゃれい
謝肉祭しゃにくさい
謝状しゃじょう
謝金しゃきん
謝絶しゃぜつ
謝意しゃい
謝罪しゃざい

謝辞しゃじ
〔謹〕つつしんで
〔識〕
識見しきけん・しっけん
識者しきしゃ
〔譜〕ふ
〔譬〕たとえ
〔警〕いましめる
警防けいぼう
警官けいかん
警乗けいじょう
警護けいご
〔譫〕
譫言うわごと
〔謳〕うたう
〔護〕まもる
護送ごそう
〔譲〕ゆずり・ゆずる
譲与じょうよ
譲渡じょうと

走部

〔走〕はしり・はしる・はしらせる
走出はしりだす・はしりでる
走回はしりまわる

走行そうこう
走抜はしりぬく・はしりぬける
走者そうしゃ
走書はしりがき
走破そうは
走幅飛はしりはばとび
走幅跳はしりはばとび
走路そうろ
〔赴〕おもむく
赴任ふにん
〔起〕おきる・おこす・おこり・おこる
起上おきあがる
起伏おきふし
〔越〕こす・こえる・ごし
〔超〕こえる
超克ちょうこく
〔趣〕おもむき
趣向しゅこう
趣旨しゅし
趣味しゅみ
趣意しゅい

赤部

〔赤〕あか・あか

らむ・あかめ
る・あからめ
る
赤子あかご
赤心せきしん
赤目あかめ
赤札あかふだ
赤外線せきがい
せん
赤身あかみ
赤肌あかはだ
赤坊あかんぼう
赤字あかじ
赤茄子あかなす
赤面せきめん
赤貧せきひん
赤恥あかはじ
赤信号あかしん
ごう
赤飯せきはん
赤帽あかぼう
赤誠せきせい
赤裸あかはだか
赤裸裸せきらら
赤電車あかでん
しゃ
赤電話あかでん
わ
赤旗あかはた
赤銅しゃくどう
赤錆あかさび

豆 部

〔豆〕まめ
〔豊〕ゆたか
豊年ほうねん
豊作ほうさく
豊富ほうふ
豊饒ほうじょう

車 部

〔車〕くるま
車中しゃちゅう
車代くるまだい
車体しゃたい
車海老くるまえ
び
車検しゃけん
車掌しゃしょう
〔軋〕きしる
〔軍〕ぐん
軍配ぐんばい
軍旅ぐんりょ
軍略ぐんりゃく
軍備ぐんび
軍縮ぐんしゅく
〔軒〕のき
軒下のきした
軒先のきさき
軒並のきなみ
軒樋のきどい
〔転〕ころがす・

ころがる・こ
ろげる・ころ
ばす・ころぶ
転入てんにゅう
転込ころがりこ
む・ころげこ
む
転用てんよう
転出てんしゅつ
転写てんしゃ
転宅てんたく
転任てんにん
転向てんこう
転回てんかい
転住てんじゅう
転居てんきょ
転送てんそう
転乗てんじょう
転倒てんとう
転校てんこう
転宿てんしゅく
転移てんい
転転てんてん
転落てんらく
転勤てんきん
転換てんかん
転嫁てんか
転覆てんぷく
転職てんしょく
転籍てんせき
〔斬〕きる

斬新ざんしん
〔軸〕じく
軸受じくうけ
〔載〕のる
〔軽〕かるい・か
ろやか
軽口かるくち
軽水けいすい
軽快げいかい
軽侮けいぶ
軽食けいしょく
軽減けいげん
軽薄けいはく
〔輝〕かがやく・
かがやかしい
・かがやかす
〔輪〕わ
輪郭りんかく
〔輸〕
輸入ゆにゅう
輸出ゆしゅつ
輸出入ゆしゅつ
にゅう
輸血ゆけつ
輸送ゆそう
〔轆〕ろく
轆轤ろくろ
〔轟〕とどろかす
・とどろく
轟音ごうおん
轟沈ごうちん

轟然ごうぜん
轟轟ごうごう
〔櫟〕ひく
〔轡〕くつわ

酉 部

〔配〕はい・くばる
配分はいぶん
配布はいふ
配合はいごう
配当はいとう
配偶はいぐう
配属はいぞく
配給はいきゅう
配達はいたつ
配置はいち
配慮はいりょ
〔酌〕
酌量しゃくりょう
〔酣〕たけなわ
〔酢〕す
酢物すのもの
〔酵〕
酵素こうそ
〔酷〕こく・ひどい
酷使こくし
酷烈こくれつ
酷評こくひょう

酷暑こくしょ
酷薄こくはく
〔酸〕すい・すっぱい
酸化さんか
酸素さんそ
〔酔〕よい・よう
酔払よっぱらう・よっぱらい
酔狂すいきょう
酔潰よいつぶれる
〔醍〕
醍醐だいご
〔醜〕みにくい
醜悪しゅうあく
醜態しゅうたい
〔醸〕かもす
醸成じょうせい

辰 部

〔農〕
農民のうみん
農地のうち
農村のうそん
農作のうさく
農作業のうさぎょう
農家のうか
農場のうじょう
農産物のうさん

ぶつ
農業のうぎょう
農薬のうやく

豕 部

〔象〕かたどる
象眼ぞうがん
〔豪〕ごう
豪壮ごうそう
豪雨ごうう
豪胆ごうたん
豪雪ごうせつ
豪奢ごうしゃ
豪商ごうしょう
豪華ごうか
豪農ごうのう
豪勢ごうせい
豪語ごうご

里 部

〔里〕さと
里子さとご
里方さとかた
里心さとごころ
里芋さといも
里帰さとがえり
里親さとおや
〔重〕おもい・おもり・おもみ・おもさ・おもんじる・か

さなる・かさねて・かさねる
重大じゅうだい
重手おもで
重圧じゅうあつ
重任ちょうにん・じゅうにん
重役じゅうやく
重労働じゅうろうどう
重宝ちょうほう
重版じゅうはん
重厚じゅうこう
重要じゅうよう
重重おもおもしい
重責じゅうせき
重症じゅうしょう
重荷おもに
重訳じゅうやく
重湯おもゆ
重畳ちょうじょう
重態じゅうたい
重箱じゅうばこ
重鎮じゅうちん
〔野〕の
野山のやま
野心やしん

野外やがい
野生やせい
野次やじ・やじる
野良のら
野性やせい
野兎のうさぎ
野郎やろう
野党やとう
野原のはら
野球やきゅう
野菜やさい
野蛮やばん
〔量〕りょう

貝 部

〔貝〕かい
貝殻かいがら
〔負〕おう・おえる・まかす・まけ・まける
負目おいめ
負担ふたん
負債ふさい
負傷ふしょう
〔貢〕みつぐ
〔財〕
財布さいふ
財政ざいせい
財界ざいかい
財閥ざいばつ

〔責〕せめ・せめる
責立せめたてる
責任せきにん
責苛せめさいなむ
責務せきむ
〔貫〕つらぬく
貫目かんめ
貫徹かんてつ
〔貪〕むさぼる
〔貶〕おとしめる・けなす
〔貧〕まずしい
貧乏びんぼう
貧弱ひんじゃく
〔貨〕
貨物かもつ
貨幣かへい
〔販〕
販売はんばい
販路はんろ
〔貯〕たくわえる・たくわえ
貯金ちょきん
〔費〕ついやす・ついえ・ついえる
費用ひよう
〔貴〕
貴方あなた

貴兄きけい
貴所きしょ
〔買〕かう
買入かいいれる
買上かいあげ・かいあげる
買収ばいしゅう
買切かいきる
買方かいかた
買叩かいたたく
買出かいだし
買付かいつけ・かいつける
買占かいしめ・かいしめる
買物かいもの
買溜かいだめ
買漁かいあさる
〔貸〕かす
貸元かしもと
貸切かしきる
貸方かしかた
貸主かしぬし
貸付かしつけ
貸出かしだし・かしだす
貸室かししつ
貸倒かしだおれ
貸借たいしゃく
貸賃かしちん
貸越かしこし

〔貿〕
貿易ぼうえき
〔貰〕もらう・もらい
貰物もらいもの
〔資〕
資力しりょく
資本しほん
資性しせい
資財しざい
資質ししつ
〔賊〕ぞく
〔賄〕まかなう・まかない
賄賂わいろ
〔賃〕
賃下ちんさげ
賃上ちんあげ
賃仕事ちんしごと
賃労働ちんろうどう
賃金ちんぎん
賃借ちんがり・ちんしゃく
賃貸ちんがし・ちんたい
〔賑〕にぎやか・にぎわい・にぎわう・にぎわしい・にぎ

わす・にぎわ
せる

賑賑にぎにぎし
い

〔賠〕

賠償ばいしょう

〔賭〕と・かける

〔賢〕かしこい

〔賞〕

賞状しょうじょ
う

賞杯しょうはい

賞金しょうきん

賞美しょうび

賞品しょうひん

賞翫しょうがん

〔賜〕たまもの・
たまわる・た
まう

〔質〕しつ・しち
・たち・ただ
す

質入しちいれ

質朴しつぼく

質実しつじつ

質屋しちや

質流しちながれ

質素しっそ

質疑しつぎ

〔賛〕

賛否さんぴ

賛意さんい

〔賽〕

賽子さいころ

賽目さいのめ

賽銭さいせん

〔賺〕すかす

〔購〕

購入こうにゅう

購買こうばい

購読こうどく

〔贅〕ぜい

贅肉ぜいにく

贅言ぜいげん

贅沢ぜいたく

贅語ぜいご

〔贈〕おくる

贈与ぞうよ

贈呈ぞうてい

贈物おくりもの

贈賄ぞうわい

贈答ぞうとう

〔贋〕にせ

贋作がんさく

贋者にせもの

贋物にせもの・
がんぶつ

〔贔〕

贔屓ひいき

見 部

〔見〕みる・みせ

る・みえ

見入みいる

見上みあげる

見下みさげる・
みおろす・み
くだす

見切みきる

見比みくらべる

見方みかた

見分みわけ・み
わける

見付みつける・
みつかる

見立みたてる

見本みほん

見込みこむ・み
こみ

見失みうしなう

見出みだす・み
だし・みいだ
す

見合みあう・み
あい・みあわ
せる

見回みまわす・
みまわり・み
まわる

見向みむく

見見みるみる

見当けんとう・
みあたる

見地けんち

見守みまもる

見好みよい

見抜みぬく

見返みかえる・
みかえり・み
かえす・みか
えし

見初みそめる

見定みさだめる

見所みどころ

見物みせもの・
みもの

見苦みぐるしい

見易みやすい

見限みかぎる

見受みうける

見事みごと

見知みしる・み
しり

見学けんがく

見咎みとがめる

見直みなおす

見知みしり・み
しる

見送みおくる・
みおくり

見逃みのがす

見栄張みえっぱ
り

見計みはからう

見兼みかねる
見窄みすぼらしい
見通みとおす・みとおし
見殺みごろし
見破みやぶる
見料けんりょう
見紛みまがう
見頃みごろ
見透みすかす・みえすく
見惚みほれる
見覚みおぼえ
見開みひらく
見習みならう・みならい
見張みはる・みはり
見据みすえる
見做みなす
見捨みすてる
見掛みかける・みせかける・みせかけ
見違みちがえる
見馴みなれる
見過みすごす
見損みそこなう
見渡みわたす
見極みきわめる

見落みおとす・みおとし
見晴みはらす
見越みこす・みこし
見様みよう
見飽みあきる・みあき
見舞みまい・みまう
見詰みつめる
見隠みえがくれ
見澄みすます
見誤みあやまる
見積みつもる・みつもり
見縊みくびる
見離みはなす
見繕みつくろう
見顕みあらわす
見識けんしき
〔規〕
規則きそく
〔視〕のぞく・のぞき・のぞける・のぞかせる
〔親〕したしみ・したしむ・おや
親子おやこ

親分おやぶん
親父おやじ
親切しんせつ
親玉おやだま
親交しんこう
親身しんみ
親孝行おやこうこう
親和しんわ
親炙しんしゃ
親書しんしょ
親族しんぞく
親睦しんぼく
親類しんるい
親譲おやゆずり
〔観〕
観察かんさつ
観賞かんしょう
〔覿〕
覿面てきめん

足・足部

〔足〕そく・あし・たる・たり・る・たす・たし
足下あしもと・そっか
足手纏あしてまとい
足付あしつき

足代あしだい
足任あしまかせ
足労そくろう
足序あしついで
足取あしどり
足固あしがため
足並あしなみ
足拵あしごしらえ
足首あしくび
足枷あしかせ
足速あしばや
足留あしどめ
足袋たび
足掛あしがかり
足掻あがく・あがき
足場あしば
足跡あしあと・そくせき
足溜あしだまり
足慣あしならし
足算たしざん
足踏あしぶみ
足蹴あしげ
〔跛〕びっこ・ちんば
〔跡〕あと
跡切とぎれる
跡目あとめ
跡式あとしき

跡取あととり
跡絶とだえる
跡継あとつぎ
〔跨〕またぐ・またがる
〔跳〕はねる
跳上はねあがり・はねあがる
跳回はねまわる
跳返はねかえす・はねかえる
跳梁ちょうりょう
〔跣〕はだし
〔路〕みち
路地ろじ
路線ろせん
〔跪〕ひざまずく
〔踊〕おどる・おどり
踊上おどりあがる
〔踏〕ふむ
踏切ふみきる・ふみきり
踏分ふみわける
踏込ふみこむ
踏付ふみつける
踏出ふみだす
踏外ふみはずす
踏抜ふみぬく
踏均ふみならす
踏査とうさ
踏段ふみだん
踏荒ふみあらす
踏破とうは
踏倒ふみたおす
踏越ふみこえる
踏鳴ふみならす
踏潰ふみつぶす
踏襲とうしゅう
踏躙ふみにじる
〔踠〕もがく
〔蹴〕ける
蹴上けあげる
蹴込けこみ・けこむ
蹴立けたてる
蹴出けだし・けだす
蹴飛けとばす
蹴破けやぶる
蹴倒けたおす
蹴球しゅうきゅう
蹴落けおとす
蹴躓けつまずく
〔蹲〕うずくまる
〔蹌〕
蹌踉よろける・よろめく
〔躊〕
躊躇ためらう
〔蹉〕
蹉跌さてつ
〔躑〕
躑躅つつじ
〔躓〕つまずく
〔躄〕いざる
〔躙〕にじる
躙寄にじりよる

豸

〔豹〕ひょう

谷　部

〔谷〕たに
谷間たにま・たにあい

采　部

〔采〕
采配さいはい
〔彩〕いろどり
〔釈〕しゃく
釈明しゃくめい
釈然しゃくぜん

角　部

〔角〕かど・すみ・つの
角立かどだてる
〔解〕げ・ほどく・とく・とける・げせる
解分ときわける
解方ときかた
解合とけあう
解物ときもの
解析かいせき
解放ときはなす
解洗ときあらい
解消かいしょう
解剖かいぼう
解釈かいしゃく
解禁かいきん
解説かいせつ
解読かいどく
解熱げねつ
解職かいしょく
〔触〕さわる・さわり・ふれる
触込ふれこむ
触回ふれまわる
触合ふれあう・ふりあう

身　部

〔身〕み
身上みのうえ・しんじょう・しんしょう
身丈みのたけ
身元みもと

身内みうち
身分みぶん
身代みがわり・
　しんだい
身仕度みじたく
身回みのまわり
身近みぢか
身形みなり
身投みなげ
身振みぶり
身悶みもだえ
身動みうごき
身軽みがる
〔躾〕しつけ
〔躱〕かわす
〔軈〕やがて

雨部

〔雨〕あめ
雨戸あまど
雨水あまみず
雨合羽あまがっ
　ぱ
雨具あまぐ
雨風あめかぜ
雨宿あまやどり
雨粒あまつぶ
雨雪量うせつ
　りょう
雨雲あまぐも
雨量うりょう

雨勝あめがち
雨傘あまがさ
雨模様あまもよ
　う
雨曇あまぐもり
雨覆あまおおい
雨曝あまざらし
〔雫〕しずく
〔雪〕そそぐ・ゆ
　き
雪国ゆきぐに
雪辱せつじょく
雪崩なだれ
雪崩込なだれこ
　む
雪解ゆきどけ
雪模様ゆきもよ
　う
雪隠せっちん
〔雲〕くも
雲合くもあい
雲行くもゆき
雲脂ふけ
雲雀ひばり
雲脚くもあし
雲隠くもがくれ
〔雰〕
雰囲気ふんいき
〔雷〕かみなり
雷雨らいう
〔電〕でん

電化でんか
電気でんき
電休でんきゅう
電卓でんたく
電送でんそう
電柱でんちゅう
電球でんきゅう
電蓄でんちく
電算機でんさん
　き
〔零〕こぼす・こ
　ぼれる
零下れいか
零度れいど
零時れいじ
〔需〕もとむ
需給じゅきゅう
〔震〕ふるう・ふ
　るえ・ふるえ
　る・ふるわせ
　る
震上ふるえあが
　る
〔霊〕れい
霊感れいかん
〔霙〕みぞれ
〔霜〕しも
霜枯しもがれ・
　しもがれる
霜降しもふり
霜焼しもやけ

〔霞〕か・かすみ
　・かすむ
〔霧〕きり
霧吹きりふき
霧雨きりあめ・
　きりさめ
〔霰〕あられ
〔露〕つゆ
露天ろてん
露出ろしゅつ
露骨ろこつ
〔靄〕もや

青部

〔青〕あおい・あ
　おざめる・あ
　おばむ
青二才あおにさ
　い
青木あおき
青天井あおてん
　じょう
青白あおじろい
青写真あおじゃ
　しん
青田あおた
青空あおぞら
青物あおもの
青果せいか
青信号あおしん
　ごう

青臭あおくさい
青息吐息あおいきといき
青海原あおうなばら
青菜あおな
青筋あおすじ
青葉あおば
青蠅あおばえ
〔静〕しずか・しずまる・しずめる
静返しずまりかえる
静的せいてき
静物せいぶつ
静粛せいしゅく
静寂せいじゃく
静穏せいおん
静養せいよう

長 部

〔長〕ちょうじる・たける・ながい・ながさ・ながたらしい・ながらえる・おさ
長上ちょうじょう
長大息ちょうた

いそく
長手ながて
長引ながびく
長目ながめ
長広舌ちょうこうぜつ
長生ながいき
長芋ながいも
長年ながねん
長身ちょうしん
長居ながい
長長ながながしい
長者ちょうじゃ
長所ちょうしょ
長物ちょうぶつ
長命ちょうめい
長持ながもち
長屋ながや
長病ながやみ
長椅子ながいす
長道ながみち
長閑のどか・のどやか
長距離ちょうきょり
長短ちょうたん
長続ながつづき
長話ながばなし
長煩ながわずらい

長靴ながぐつ

門部

〔門〕もん
門口かどぐち
門番もんばん
〔閃〕ひらめく・ひらめき・ひらめかす
〔閉〕しまる・とざす・とじる
閉口へいこう
閉込とじこめる
閉店へいてん
閉業へいぎょう
閉幕へいまく
閉鎖へいさ
〔問〕とい・とう
問合といあわせる
問返といかえす
問屋といや・とんや
問掛といかける
問答もんどう
問詰といつめる
問質といただす
問題もんだい
〔悶〕もだえる
〔開〕ひらき・ひらく・ひらけ

る
開札かいさつ
開拓かいたく
開閉あけたて
開幕かいまく
開催かいさい
開墾かいこん
〔閑〕かん・ひま・しずか
〔間〕ま・あいだ
間手あいのて
間合まにあう・まにあわせ
間服あいふく
間近まぢか・まぢかい
間作かんさく
間抜まぬけ
間食かんしょく・あいだぐい
間柄あいだがら
間借まがり
間接かんせつ
間着あいぎ
間遠まどお・まどおい
間違まちがい・まちがう・まちがえる
間際まぎわ
〔聞〕きく・きか

せる

聞入ききいる・
　ききいれる

聞手ききて

聞分ききわけ・
　ききわける

聞込ききこみ・
　ききこむ

聞付ききつける

聞合ききあわせ
　る

聞伝ききつたえ
　・ききつたえ
　る

聞咎ききとがめ
　る

聞取ききとり・
　ききとる

聞捨ききずて

聞悪ききにくい

聞過ききすごす

聞置ききおく

聞損ききそこな
　い・ききそこ
　なう

聞誤ききあやま
　る

〔関〕せき

関山せきのやま

関門かんもん

関所せきしょ

関係かんけい

関税かんぜい

〔闇〕やみ

闇市やみいち

〔闊〕たける

〔闘〕たたかう

闘魂とうこん

〔闃〕げき

隶 部

〔隷〕

隷書れいしょ

非 部

〔非〕ひ

非公式ひこうし
　き

非行ひこう

非合法ひごうほ
　う

非常ひじょう

非常識ひじょう
　しき

非難ひなん

金 部

〔金〕かね

金入かねいれ

金高かねだか

金納きんのう

金庫きんこ

金堂こんどう

金魚きんぎょ

金満家きんまん
　か

金属きんぞく

金遣かねづかい

金槌かなづち

金蔵かねぐら

金箔きんぱく

金輪際こんりん
　ざい

金融きんゆう

金儲かねもうけ

〔針〕はり

針小棒大しん
　しょうぼうだ
　い

針金はりがね

針路しんろ

針鼠はりねずみ

〔釘〕くぎ

釘付くぎづけ

〔釣〕つられる・
　つり・つる

釣合つりあい・
　つりあう

釣瓶つるべ

釣銭つりせん

釣橋つりばし

〔鈍〕どん・にぶ
　い・のろい

鈍才どんさい

鈍行どんこう

鈍重どんじゅう

鈍感どんかん

〔鉢〕はち

〔鈴〕すず

鈴生すずなり

鈴蘭すずらん

〔鉤〕こう

鉤裂かぎざき

〔鉛〕なまり

〔鉱〕こう

〔鉄〕てつ

鉄面皮てつめん
　ぴ

鉄骨てっこつ

鉄瓶てつびん

鉄砲てっぽう

鉄兜てつかぶと

鉄筋てっきん

鉄鋼てっこう

〔銃〕

銃声じゅうせい

〔銀〕ぎん

銀行ぎんこう

銀座ぎんざ

〔銅〕どう

銅貨どうか

銅鑼どら

〔銓〕せん

銓衡せんこう

〔銚〕
銚子ちょうし
〔銑〕せん
銑鉄せんてつ
〔銘〕めい
銘銘めいめい
〔銭〕ぜに
銭湯せんとう
〔鋭〕するどい
〔鋏〕はさみ・は
さむ
〔鋤〕すき・すく
鋤返すきかえす
鋤起すきおこす
鋤焼すきやき
〔録〕
録音ろくおん
〔鋳〕いる
鋳込いこむ
〔錠〕じょう
錠前じょうまえ
錠剤じょうざい
〔錯〕
錯雑さくざつ
錯綜さくそう
錯簡さっかん
〔鋸〕のこ
鋸屑のこくず
〔鋼〕はがね
鋼鉄こうてつ
〔錚〕

錚錚そうそう
〔錦〕にしき
〔錨〕いかり
〔錘〕つむ
〔錆〕さび・さび
る
錆付さびつく
錆止さびどめ
〔鍵〕かぎ
〔鍬〕くわ
鍬入くわいれ
〔鍛〕きたえる
鍛錬たんれん
〔鍔〕つば
〔鎔〕とく・とけ
る
〔鎮〕しずまる
鎮火ちんか
〔鎖〕くさり・さ
す
〔鎧〕よろい
〔鎌〕かま
鎌止かまどめ
〔鏡〕かがみ
〔鏤〕ちりばめる
〔鏝〕こて

佳 部

〔隻〕
隻眼せきがん
〔雀〕すずめ

雀斑そばかす
〔雇〕やとい・や
とう
雇員こいん
〔集〕つどい・つ
どう・あつま
る・あつめる
集成しゅうせい
集団しゅうだん
集金しゅうきん
集約しゅうやく
集計しゅうけい
集配しゅうはい
集散しゅうさん
集落しゅうらく
集積しゅうせき
〔雅〕みやびやか
〔雄〕おす
雄大ゆうだい
雄弁ゆうべん
雄雄おおしい
〔雌〕めす
雌雄しゆう
〔雑〕ざつ
雑巾ぞうきん
雑木ぞうき
雑用ざつよう
雑多ざった
雑言ぞうごん
雑役ざつえき
雑事ざつじ

雑居ざっきょ
雑炊ぞうすい
雑物ざつぶつ
雑音ざつおん
雑魚じゃこ・ざ
こ
雑魚寝ざこね
雑煮ぞうに
雑然ざつぜん
雑報ざっぽう
雑駁ざっぱく
雑談ざつだん
雑踏ざっとう
雑観ざっかん
雑嚢ざつのう
〔雕〕ほる
〔雛〕ひな・ひよ
こ
〔離〕はなす・は
なれる
離反りはん
離別りべつ
離婚りこん
離陸りりく
離着陸りちゃく
りく
〔難〕かたい・む
ずかしい

音 部

〔斎〕(齊)とき

〔齎〕もたらす

音部

〔音〕ね・おと
音便おんびん
音読おんどく・
　おんよみ
〔響〕ひびき・ひ
　びく・ひびか
　せる
響渡ひびきわた
　る

首部

〔首〕くび・こう
　べ
首丈くびったけ
首引くびっぴき
首切くびきり
首玉くびったま
首吊くびつり
首尾しゅび
首位しゅい
首長しゅちょう
首枷くびかせ
首巻くびまき
首班しゅはん
首唱しゅしょう
首筋くびすじ
首飾くびかざり
首輪くびわ

首謀しゅぼう

革部

〔革〕かわ
〔靴〕くつ
靴下くつした
靴箆くつべら
靴擦くつずれ
〔鞄〕かばん
〔鞍〕くら
鞍替くらがえ
〔鞘〕さや
〔鞦〕
鞦韆ぶらんこ
〔鞭〕むち
鞭打むちうつ

頁部

〔頂〕いただく
頂上ちょうじょ
　う
頂門ちょうもん
頂点ちょうてん
頂戴ちょうだい
〔頃〕ころ
頃合ころあい
〔項〕
項目こうもく
項垂うなだれる
〔須〕すべからく
〔順〕じゅん

順当じゅんとう
順次じゅんじ
順応じゅんのう
　・じゅんおう
順序じゅんじょ
順位じゅんい
順延じゅんえん
順番じゅんばん
順順じゅんじゅ
　ん
順路じゅんろ
順調じゅんちょ
　う
順繰じゅんぐり
〔頓〕とん
頓才とんさい
頓死とんし
頓狂とんきょう
頓知とんち
頓服とんぷく
頓珍漢とんちん
　かん
頓馬とんま
頓挫とんざ
頓着とんじゃく
〔頑〕かたくな
頑丈がんじょう
頑是無がんぜな
　い
頑迷がんめい
頑張がんばる

〔預〕あずける・
　あずかり・あ
　ずかる
預入あずけいれ
　る
預金よきん
〔領〕
領土りょうど
領事りょうじ
領域りょういき
〔顔〕すこぶる
〔頽〕たい
頽廃たいはい
頽勢たいせい
〔領〕うなずく
〔頭〕あたま・か
　しら
頭巾ずきん
頭打ずうち
頭取とうどり
頭株あたまかぶ
頭書とうしょ
頭痛ずつう
頭割あたまわり
頭脳ずのう
〔頼〕たのみ・た
　のむ・たより
　・たよる・た
　のもしい
頼少たのみすく
　ない

頼込たのみこむ
頼無たよりない
〔頬〕ほお
頬杖ほおづえ
頬張ほおばる
〔頸〕くび
〔頻〕しきりに・
しきる
頻繁ひんぱん
〔題〕
題目だいもく
〔顎〕あご
〔額〕がく・ひた
い
額付ぬかずく
〔顔〕かお
顔付かおつき
顔合かおあわせ
顔馴染かおなじ
み
顔揃かおぞろい
顔触かおぶれ
〔類〕るい・たぐ
い
類似るいじ
類別るいべつ
類義語るいぎご
類語るいご
〔顕〕けん
顕彰けんしょう
〔願〕ねがい・ね

がう・ねがわ
しい
願上ねがいあげ
る
願出ねがいで・
ねがいでる
願事ねがいごと
〔顧〕
顛末てんまつ
〔顧〕かえりみる
〔顰〕ひそめる
顰面しかめっつ
ら

面 部

〔面〕めん・つら
面子めんつ
面白おもしろい
面立おもだち
面皮つらのかわ
面目めんぼく
面会めんかい
面汚つらよごし
面当つらあて
面差おもざし
面映おもはゆい
面持おももち
面接めんせつ
面皰にきび
面倒めんどう
面憎つらにくい

面構つらがまえ
面魂つらだまし
い
面窶おもやつれ
面影おもかげ
面輪おもわ
面積めんせき
〔靨〕えくぼ

飛 部

〔飛〕とぶ・とば
す
飛入とびいり
飛上とびあがる
飛切とびきり
飛火とびひ
飛付とびつく
飛出とびだす・
とびでる
飛込とびこみ・
とびこむ
飛立とびたつ
飛石とびいし
飛交とびかう
飛行ひこう
飛回とびまわる
飛沫ひまつ
飛板とびいた
飛歩とびあるく
飛乗とびのる
飛退とびのく

飛飛とびとび
飛降とびおりる
飛違とびちがう
飛掛とびかかる
飛散とびちる
飛翔とびかける
飛越とびこえる
・とびこす
飛蝗ばった
飛離とびはなれ
る
飛躍ひやく

食・𩙿部

〔食〕くわす・く
い・たべる・
くえる・くわ
れる・くらわ
す
食人しょくじん
食入くいいる
食上くいあげ
食中しょくあたり
食止くいとめる
食代くいしろ
食付くいつく・
くらいつく
食込くいこむ
食生活しょくせ
いかつ

食休しょくやすみ

食合くいあう

食気くいけ

食延くいのばす

食扶持くいぶち

食事しょくじ

食券しょっけん

食卓しょくたく

食者くわせもの

食物くいもの・くわせもの・たべもの

食放題くいほうだい

食前しょくぜん

食荒くいあらす

食逃くいにげ

食後しょくご

食兼くいかねる

食倒くいたおす・くいだおれ

食料しょくりょう

食掛くってかかる

食頃たべごろ

食過くいすぎ

食道楽しょくどうらく・くいどうらく

食散くいちらす

食間しょっかん

食傷しょくしょう

食違くいちがう

食詰くいつめる

食費しょくひ

食餌しょくじ

食器しょっき

食潰くいつぶす

食膳しょくぜん

食繋くいつなぐ

〔飢〕うえ・うえる

飢死うえじに

飢餓きが

飢饉ききん

〔飲〕のむ・のませる・のまれる

飲下のみくだす

飲干のみほす

飲込のみこむ・のみこみ

飲明のみあかす

飲物のみもの

飲屋のみや

飲食いんしょく

飲料いんりょう・のみりょう

〔飯〕めし

〔飼〕かう

飼草かいぐさ

飼葉かいば

〔飾〕かざり・かざる

飾付かざりつける

飾立かざりたてる

飾物かざりもの

飾窓かざりまど

〔飽〕あく・あき・あかす・あきる

飽迄あくまで

飽性あきしょう

〔餅〕もち

〔餌〕えさ

〔蝕〕むしばむ

〔餘〕よ

〔餓〕かつえる

餓死がし

〔餞〕

餞別せんべつ

〔餡〕あん

〔餛〕

餛飩うどん

〔饅〕

饅頭まんじゅう

〔饒〕

饒舌じょうぜつ

〔體〕すえる

香 部

〔香〕こうばしい

香典こうでん

香物こうのもの

香料こうりょう

風 部

〔風〕ふう

風下かざしも

風土ふうど

風向かざむき

風呂ふろ

風呂敷ふろしき

風俗ふうぞく

風変ふうがわり

風通かざとおし

風流ふうりゅう

風習ふうしゅう

風船ふうせん

風景ふうけい

風潮ふうちょう

〔颯〕さつ

颯爽さっそう

鬥 部

〔鬩〕とき

髟 部

〔髪〕かみ

髮毛かみのけ
髮型かみがた
髮癖かみくせ
〔髭〕ひげ
〔鬣〕たてがみ

馬 部

〔馬〕うま
馬車ばしゃ
馬追うまおい
馬屋うまや
馬鹿ばか・ばか
　げる
馬鹿力ばかぢから
　ら
馬鹿丁寧ばかて
　いねい
馬鹿正直ばか
　しょうじき
馬鹿臭ばがくさ
　い
馬鹿馬鹿ばかば
　かしい
馬鈴薯ばれいし
　ょ
馬鍬まぐわ
〔馳〕はせる
馳走ちそう
〔馴〕ならす
馴合なれあう
馴初なれそめ・

なれそめる
馴染なじみ・な
　じむ
馴馴なれなれし
　い
〔駄〕た
駄弁だべん・だ
　べる
駄目だめ
駄作ださく
駄物だもの
駄馬だば
駄洒落だじゃれ
駄菓子だがし
駄賃だちん
駄駄だだ
駄駄児だだっこ
〔駆〕かける
駆引かけひき
駆付かけつける
駆虫くちゅう
駆足かけあし
駆使くし
駆寄かけよる
〔駅〕えき
〔駐〕
駐車ちゅうしゃ
〔駕〕
駕籠かご
〔駒〕こま
〔駘〕

駘蕩たいとう
〔駑〕
駑馬どば
〔駱〕
駱駝らくだ
〔駿〕しゅん
駿馬しゅんめ
〔騒〕さわぎ・さ
　わぐ・さわが
　しい
騒立さわぎたて
　る
騒乱そうらん
騒音そうおん
騒動そうどう
騒然そうぜん
騒騒そうぞうし
　い
〔騙〕だます・か
　たり・かたる
騙討だましうち
〔騾〕
騾馬らば
〔驕〕おごり・お
　ごる
〔驚〕おどろく
〔驟〕
驟雨しゅうう
〔驢〕
驢馬ろば

骨 部

〔骨〕こつ・ほね
骨子こっし
骨折ほねおる・
　ほねおり
骨身ほねみ
骨張ほねばる
骨惜ほねおしみ
骨組ほねぐみ
骨違ほねちがい
〔骸〕
骸骨がいこつ
〔髄〕ずい
〔髑〕
髑髏どくろ

鬯 部

〔鬱〕うつ
鬱然うつぜん
鬱蒼うっそう
鬱鬱うつうつ

鬼 部

〔鬼〕おに
鬼畜きちく
〔魂〕たましい
魂胆こんたん
魂消たまげる
〔魅〕
魅力みりょく

〔魔〕
魔法まほう
魔術まじゅつ

竜(龍)部

〔竜〕りゅう
竜巻たつまき

麻部

〔麻〕あさ
麻酔ますい
麻雀マージャン
麻痺まひ
麻薬まやく
〔摩〕さする・すれる
摩付すりつける
摩替すりかえる
摩擦まさつ
〔靡〕なびく

鹿部

〔鹿〕しか
鹿島立かしまだち
〔麓〕ふもと
〔麗〕うるわしい

麦部

〔麹〕こうじ

歯部

〔鹹〕からい

魚部

〔魚〕うお・さかな
魚屋さかなや
〔鮫〕さめ
〔鮮〕あざやか
鮮明せんめい
鮮度せんど
鮮魚せんぎょ
〔鮪〕まぐろ
〔鮒〕ふな
〔鮨〕すし
鮨詰すしづめ
〔鯉〕こい
鯉幟こいのぼり
〔鯨〕くじら
〔鯖〕さば
〔鯣〕するめ
〔鯛〕たい
〔鰐〕わに
〔鱈〕たら
鱈腹たらふく
〔鱗〕こけら

鳥部

〔鳥〕とり
鳥小屋とりごや

鳥打とりうち
鳥目とりめ
鳥肌とりはだ
鳥居とりい
鳥屋とや
〔鳩〕はと
鳩尾みずおち
〔鳶〕とび
〔鳴〕なく・ならす
鳴立なきたてる
鳴声なきごえ
鳴渡なりわたる
鳴頻なきしきる
鳴響なりひびく
〔鴨〕かも
〔鴎〕かもめ
〔鵜〕う
鵜呑うのみ
鵜飼うかい
〔鶉〕うずら
〔鶏〕にわとり
鶏冠とさか
〔鶴〕つる
鶴嘴つるはし
〔鶯〕うぐいす
〔鷲〕わし
〔鸚〕
鸚鵡おうむ

黒(黑)部

〔黒〕(黑)くろい・くろめる・くろずむ・くろっぽい・くろばむ
黒子ほくろ
黒目くろめ
黒白こくびゃく
黒字くろじ
黒坊くろんぼう
黒枠くろわく
黒味くろみ
黒砂糖くろざとう
黒点こくてん
黒星くろぼし
〔黙〕だまる
黙込だまりこむ
黙然もくぜん
黙認もくにん
黙禱もくとう

亀部

〔亀〕かめ

歯(齒)部

〔歯〕は
歯牙しが
歯車はぐるま

歯軋はぎしり
歯科しか
歯癢はがゆい
歯磨はみがき
〔齟〕
齟齬そご

〔齧〕かじる
〔齪〕
齷齪あくせく

鼓 部

〔鼓〕こする

鼓吹こすい
鼓動こどう

鼠 部

〔鼠〕ねずみ
鼠色ねずみいろ

鼻 部

〔鼻〕はな
鼻汁はなしる
鼻先はなさき
鼻歌はなうた